De halfbroer

Lars Saabye Christensen

De halfbroer

Uit het Noors vertaald door Paula Stevens

UITGEVERIJ DE GEUS

Tweede druk

De vertaalster ontving voor deze vertaling een werkbeurs en een reisbeurs van de Stichting Fonds voor de Letteren

Deze uitgave is mede mogelijk gemaakt dankzij een bijdrage van de Europese Commissie in het kader van het programma Cultuur 2000 en dankzij een bijdrage van NORLA (Oslo)

Onderwijs en cultuur

Cultuur 2000

Oorspronkelijke titel *Halvbroren*, verschenen bij Cappelen
Oorspronkelijke tekst © J.W. Cappelens Forlag a.s, 2001
Nederlandse vertaling © Paula Stevens en Uitgeverij De Geus bv, Breda 2002
Omslagontwerp naar origineel van Kjetså + Hole Design
Omslagillustratie © Kjetså + Hole Design
Foto auteur © Trym Ivar Bergsmo
Druk Koninklijke Wöhrmann bv, Zutphen

ISBN 90 445 0218 2
NUR 302

Verspreiding in België via Libridis nv, Industriepark-Noord 5a, 9100 Sint-Niklaas

Inhoud

(PROLOOG)

'Hartstikke bedankt!'

Ik stond op mijn tenen, stak mijn arm zo ver mogelijk uit en nam het wisselgeld van Esther aan, vijfentwintig øre terug van een kroon. Ze boog zich voorover uit het kleine loket en legde haar gerimpelde hand op mijn blonde krullen en liet hem daar even liggen, niet dat ik dat nou echt leuk vond, maar het was niet de eerste keer, dus ik begon eraan te wennen. Fred had zich allang omgedraaid, hij propte het zakje kandij in zijn zak en ik kon aan de manier waarop hij liep zien dat hij ergens pissig over was. Fred was pissig en er was niets wat mij onrustiger maakte dan dat. Hij schoof met zijn schoenen over het trottoir en baande zich als het ware een weg, zijn hoofd tussen zijn hoge, spitse schouders getrokken, alsof hij tegen een sterke wind in voort ploegde en al zijn krachten nodig had, maar het was gewoon een kalme middag in mei, zaterdag was het zelfs, de hemel boven Marienlyst was blank en blauw en rolde langzaam als een enorm wiel naar de bossen achter de stad. 'Praat Fred alweer?' fluisterde Esther. Ik knikte. 'Wat zei hij?' 'Niks.' Esther lachte wat. 'Ga maar snel achter je broer aan. Voordat hij alles opeet.'

Ze trok haar hand uit mijn haar en rook er even aan terwijl ik wegrende om Fred in te halen, en dat is wat ik me herinner, dat is het hart van de herinnering, niet de gele vingers van de oude vrouw in mijn krullen, maar dat ik achter Fred aan ren, mijn halfbroer, en ik kan hem bijna niet inhalen. Ik ben het kleine, jongere broertje en ik vraag me af waarom hij zo pissig is, ik voel de punt van mijn hart in mijn borst en proef een warme, rauwe smaak in mijn mond, want misschien heb ik wel op mijn tong gebeten toen ik de straat op rende. Ik klem mijn vuist rond het wisselgeld, de warme munt, en ik ren achter Fred aan, die smalle, donkere gedaante in al dat licht om ons heen. De klok van Marienlyst staat op acht over drie en Fred is al gaan zitten op het bankje bij de struiken. Ik spurt zo hard ik kan de Kirkevei over, er is bijna geen verkeer, want het is zaterdag, er rijdt alleen een lijkwagen langs en plotseling krijgt die midden op het kruispunt pech en de chauffeur stapt uit, helemaal in het grijs gekleed, en hij slaat vloekend op de motorkap, en in de auto, in de langwerpige bagageruimte achter de stoelen, staat een witte kist, maar die is vast leeg, op een zaterdagmiddag wordt er toch niemand begraven, de doodgravers hebben nu ongetwijfeld vrij, en als er iemand in ligt maakt dat ook niet uit, want de doden moeten toch tijd zat hebben, zo denk ik, ik denk zo om maar aan iets anders te denken, en de grijze chauffeur, met zwarte handschoenen, krijgt de auto eindelijk weer aan de praat en verdwijnt richting Majorstua. Ik adem diep de zware lucht van uitlaatgassen en benzine in en ren over het gras, langs de kleine zebrapaden en de stoplichten en trottoirs die ze daar hebben aangelegd, als een stad voor dwergen, en één keer per jaar werden we daar mee naartoe genomen om de verkeersregels te leren van lange politieagenten in uniformen met strakke, brede riemen. Daar, in die kleine stad, hield ik op met groeien. Fred zit op de bank en kijkt heel ergens anders naar. Ik ga naast hem zitten en wij tweeën zijn hier nu de enigen, deze zaterdagmiddag in mei.

Fred steekt een puntig stuk kandij in zijn mond en zuigt daar lang op, het maakt een slurpend geluid, ik zie bruin spuug over zijn lippen lopen. Zijn ogen zijn donker, bijna zwart, en ze beven, zijn ogen beven. Dat heb ik vaker gezien. Hij zwijgt. De duiven schommelen geluidloos door het matte gras. Ik wacht. En ik hou het niet meer uit. 'Wat is er?' vraag ik. Fred slikt en er gaat een schok door zijn magere hals. 'Praat niet met volle mond.' Fred propt nog meer kandij tussen zijn tanden en vermaalt de suiker langzaam. 'Maar waarom ben je zo pissig?' fluister ik. Fred eet alle kandij op, verfrommelt de bruine zak en smijt hem op het trottoir. Een meeuw maakt een duikvlucht, verjaagt de duiven, schampt krijsend het asfalt en stijgt op naar een lantaarnpaal. Fred strijkt zijn haar naar achteren, maar het valt weer over zijn voorhoofd en dan laat hij het maar zo hangen. Ten slotte zegt hij iets. 'Wat zei jij tegen dat mens?' 'Tegen Esther?' 'Wie anders? Noemen jullie elkaar al bij de voornaam?' Ik heb honger en ik ben misselijk. Ik heb zin om in het gras te gaan liggen slapen, tussen de duiven. 'Ik weet geloof ik niet meer wat ik zei.' 'O, vast wel. Als je even nadenkt.' 'Erewoord, Fred. Ik weet het niet meer.' 'Waarom weet ik het dan nog wel? Als jij het niet meer weet?' 'Ik weet het niet, Fred. Ben je daarom pissig?' Plotseling legt hij zijn hand op mijn hoofd. Ik krimp ineen. Zijn hand is gebald. 'Ben jij dom of zo?' vraagt hij. 'Nee. Ik weet het niet, Fred. Doe een beetje aardig, hé. Alsjeblieft.' Hij laat zijn vuist tussen mijn krullen liggen. 'Alsjeblieft? Je bent warm, kleintje!' 'Praat niet zo.

Alsjeblieft.' Hij laat zijn vingers langs mijn gezicht glijden, het ruikt zoet, alsof hij mij met lijm insmeert. 'Zal ik je precies vertellen wat je zei?' 'Ja, doe dat. Zeg maar.' Fred buigt zich naar me toe. Ik kan hem niet in de ogen kijken. 'Je zei hartstikke bedankt.'

Eigenlijk was ik opgelucht. Ik dacht dat ik misschien iets anders had gezegd, iets wat veel erger was, iets wat ik nooit had moeten zeggen, wat ik me gewoon had laten ontvallen, woorden waarvan ik het bestaan niet vermoedde, hoerengat. Ik hoestte. 'Hartstikke bedankt? Zei ik dat?' 'Ja. Je zei verdomme *hartstikke bedankt*!' Fred riep het uit, hoewel we op dezelfde bank zaten, vlak naast elkaar. *'Hartstikke bedankt!'* riep hij. Ik begreep niet helemaal wat hij bedoelde. En nu werd ik nog banger. Ik moest nodig naar de wc. Ik hield mijn adem in. Ik wilde zo graag de juiste dingen zeggen, maar ik wist niet wat ik moest antwoorden, want ik begreep niet wat hij bedoelde. *Hartstikke bedankt.* En ik kon nu ook niet beginnen te janken. Dan zou Fred alleen maar nog pissiger worden, of me misschien uitlachen, en dat was bijna het allerergste, als hij mij uitlachte. Ik boog me voorover. 'Nou en?' fluisterde ik. Fred kreunde. 'Nou en? Ik geloof dat je toch dom bent.' 'Ik ben niet dom, Fred.' 'En hoe weet je dat dan, hm?' Daar moest ik over nadenken. 'Dat zegt mama. Dat ik niet dom ben.' Fred bleef een poosje zwijgend zitten. Ik durfde niet naar hem te kijken. 'En wat zegt mama dan over mij, hm?' 'Hetzelfde', zei ik snel. Ik voelde zijn arm op mijn schouder. 'Jij liegt toch zeker niet tegen je broer', zei Fred zachtjes. 'Ook al ben ik maar je halfbroer?' Ik keek op. Het licht om ons heen verblindde me. Het was net of de zon vol geluid was, een hard, schril geluid van alle kanten. 'Ben je daarom boos op mij, Fred?' 'Waarom?' 'Omdat ik maar je halfbroer ben?' Fred wees op mijn hand, waarin ik nog steeds het wisselgeld vasthield, een muntje van vijfentwintig øre, warm en plakkerig, als een platte pastille waar iemand lang op had gezogen alvorens hem uit te spugen. 'Van wie is dat?' vroeg Fred. 'Van ons, natuurlijk.' Fred knikte een paar keer en ik werd warm van blijdschap. 'Maar jij mag het best hebben', zei ik meteen. Ik wilde hem het muntje geven. Fred staarde me alleen maar aan. Ik werd weer onrustig. 'Waarom zeg je dan hartstikke bedankt? Als je geld terugkrijgt dat van ons is?' Ik haalde diep adem. 'Dat zei ik zomaar.' 'In het vervolg beter nadenken, goed?' 'Ja', fluisterde ik. 'Want ik wil geen broer hebben die zichzelf voor paal zet. Ook al ben je maar mijn halfbroer.' 'Nee', fluisterde ik. 'Ik zal beter nadenken.' 'Hartstikke bedankt is een rotuitdrukking. Nooit hartstikke bedankt zeggen. Gesnopen?' Fred stond op en spuugde met een hoge boog een dikke, bruine klodder uit, die met een klets in het gras voor ons landde. Ik zag een groepje mieren ernaartoe kruipen. 'Ik heb dorst', zei Fred. 'Krijg altijd vreselijke dorst van kandij.'

We liepen weer naar Esther, naar de kiosk in de portiek tegenover de Majorstuen-kerk, de witte kerk met de dominee die Fred niet had willen dopen en die later ook weigerde mij te dopen, maar dat was alleen vanwege mijn naam. Ik ging voor het loket staan, op mijn tenen, Fred leunde tegen de dakgoot, hief zijn hand op en knikte, alsof we het eens waren geworden over iets belangrijks. Esther werd zichtbaar, ze glimlachte toen ze mij in het oog kreeg en moest weer aan mijn krullen voelen. Fred stak zijn tong zo ver mogelijk uit zijn mond en deed alsof hij overgaf. 'En wat zal het deze keer wezen, meneertje?' vroeg Esther. Ik schudde haar vingers van mijn hoofd. 'Limonade. Rood.' Ze keek me wat verbaasd aan. 'Ja, ja. Rode limonade, komt eraan. Natuurlijk.' Ze pakte wat ik wilde hebben. Fred stond in de schaduw, maar ook hij werd bijna verblind door de felle weerschijn van de witgekalkte kerkmuur aan de overkant. Fred bleef me aanstaren. Hij verloor me niet uit het oog. Hij zag alles. Hij hoorde alles. Ik legde snel de munt in Esthers hand en ze gaf me meteen een muntje van vijf øre terug. 'Alsjeblieft', zei Esther. Ik keek haar in de ogen. Ik stond op mijn tenen en keek haar in de ogen, slikte een paar keer en boven ons rolde de hemel nog steeds, langzaam, als een enorm blauw wiel naar de bossen. Ik wees op het muntje. 'Dat is van ons', zei ik luid. 'Dat je het maar weet!' Esther viel bijna uit haar kleine loket. 'Allemachtig. Wat bezielt jou opeens?' 'Daar hoef ik niet voor te bedanken', zei ik. Fred pakte mijn arm en trok me mee door de Kirkevei. Ik gaf hem de limonade. Ik had geen zin in limonade. Hij beet een gat in het hoekje en perste de rode limonade in een streep achter ons aan. 'Niet gek', zei hij. 'Je leert het al.' Ik werd heel blij. Ik wilde hem het muntje ook geven. 'Hou maar', zei hij. Ik klemde mijn vingers rond het bruine muntstuk. Ik zou er muntjes mee kunnen gaan werpen, als iemand met mij zou willen spelen.

'Hartstikke bedankt', zei ik.

Fred zuchtte diep en ik was bang dat hij weer pissig zou worden. Ik had mijn hele tong wel willen afbijten en doorslikken. Maar hij legde zijn arm om me heen, terwijl hij de laatste druppel limonade in de goot uitperste. 'Weet je nog wat ik je gisteren vroeg?' vraagt hij. Ik knik snel en durf bijna geen adem te halen. 'Nee', fluister ik. 'Nee? Weet je dat niet meer?' Ik weet het nog. Maar ik wil het niet weten. En ik kan het niet vergeten. Ik zou bijna willen dat Fred niet weer was begonnen te praten. 'Nee, Fred.' 'Zal ik het nog een keer vragen?' 'Ja', fluister ik. En Fred glimlacht. Hij is niet pissig, niet als hij zo glimlacht.

'Zal ik je vader voor je vermoorden, Barnum?' vraagt hij.

Ik heet Barnum.

HET LAATSTE SCENARIO

(HET FESTIVAL)

Dertien uur in Berlijn en nu al een wrak. De telefoon ging. Ik hoorde hem. Hij wekte me. Maar ik was ergens anders. Ik was vlakbij. Ik was ontkoppeld. Ik was niet geaard. Ik had geen zoemtoon, alleen een hart dat zwaar en uit de maat sloeg. De telefoon bleef maar rinkelen. Ik deed mijn ogen open, vanuit een vlakke duisternis zonder beelden. Nu kon ik mijn hand zien. Het was niet bepaald een fraaie aanblik. Hij kwam dichterbij. Hij betastte mijn gezicht, onderzoekend, alsof hij was ontwaakt met een vreemde in zijn bed, vastzat aan de arm van een andere man. Die stompe vingers maakten me plotseling misselijk. Ik bleef liggen. Het rinkelen hield maar niet op. Ik hoorde zachte stemmen, af en toe gekreun, had iemand de telefoon al voor me opgenomen? Waarom rinkelde die dan nog? Waarom waren er mensen in mijn kamer? Was ik toch niet alleen gaan slapen? Ik draaide me om. Ik zag dat de geluiden van de televisie kwamen. Twee mannen waren bezig met een vrouw. Ze keek niet blij, eerder onverschillig. Ze had een tatoeage op haar ene bil, een vlinder, die was bedroevend misplaatst. Haar dijen zaten vol blauwe plekken. De mannen waren vadsig en bleek en ze hadden nauwelijks een erectie, maar ze gaven het niet op, ze kreunden hol en namen haar van alle mogelijke kanten. Het was onbeholpen en luguber. De onverschilligheid van de vrouw maakte even plaats voor pijn, een grimas op haar gezicht, toen de ene man zijn slappe pik over haar mond kletste en sloeg. De hand verdween van mijn gezicht. Vlak daarna was het beeld weg. Als ik mijn kamernummer intoetste, kon ik nog twaalf uur lang pay-tv zien. Ik wilde niet nog meer zien. Ik herinnerde me mijn kamernummer niet. Ik lag overdwars op bed, half uit mijn colbertje gekropen, waarschijnlijk in een poging om op een fatsoenlijke manier te gaan slapen, uitgekleed en normaal, maar verder was ik dus niet gekomen voordat het licht moest zijn uitgegaan in het achterste kamertje in de linkerhelft van mijn hoofd. Ja toch, er stond een schoen in het raamkozijn. Had ik daar zelf gestaan om het uitzicht te bewonderen, of had ik aan iets heel anders gedacht? Mogelijk. Onmogelijk. Ik had geen idee. Mijn ene knie deed pijn. Ik vond de hand weer. Het was mijn hand. Ik schoof hem naar het nachtkastje en toen hij daar hing, als een zieke, fladderende vogel boven een witte rat die met een rood, onheilspellend oog knipperde, hield de telefoon op met rinkelen. De hand vloog naar huis. De stilte besloop me van achteren en trok de stugge rits in mijn nek naar beneden en likte mijn ruggengraat met een tong van ijzer. Ik bewoog me een hele poos niet. Ik moest weer waterpas zien te geraken. Het groene luchtbelletje moest snel weer stil komen te liggen in mijn gekantelde vlees, in het kuiltje van mijn ziel. Ik herinnerde me helemaal niks. Het grote vlakgom was over me heen gegaan, zoals zo vele malen eerder. Ik had heel wat vlakgom versleten. Ik herinnerde me alleen hoe ik heette, want wie kan zo'n naam nou vergeten: Barnum. Barnum! Wie denken zulke ouders eigenlijk wel dat ze zijn, die hun zonen en dochters veroordelen tot een levenslange gevangenisstraf achter tralies van letters. Kun je niet gewoon je naam veranderen, zei iemand, die niet wist waar hij het over had. Want dat helpt niet. Je naam achtervolgt je dubbel zo smadelijk als je probeert je ervan te ontdoen. Barnum! Ik had al een half leven met die naam geleefd. Ik begon hem bijna te waarderen. Dat was nog het ergste. Toen zag ik dat ik iets in mijn andere hand hield, de sleutelkaart, een neutraal plastic plaatje met een bepaald aantal gaatjes in een bepaald patroon die je in de geldautomaat van de deur kon steken om de rekening van de kamer leeg te halen, als die al niet geplunderd was door de vorige gast, die slechts afgebeten nagels onder het bed had achtergelaten, en een kuil in de matras na zware dromen. Ik kon overal zijn. Een kamer in Oslo, een kamer op Røst, een kamer zonder uitzicht. De koffer stond op de grond, de oude, zwijgende koffer, nog niet opengemaakt, maar hij was toch leeg, geen applaus, alleen een scenario, een paar snelle bladzijden. Ik was gekomen en weer weggegaan. Zo ben ik. Gekomen en weggegaan en weer naar binnen gekropen. Maar ik kon nog wel lezen. Over de stoel bij het raam hing de witte hotelbadjas. En daar kon ik de naam van het hotel op zien. Kempinski. Kempinski! Toen hoorde ik de stad. Ik hoorde Berlijn. Ik hoorde de graafmachines in het oosten en de kerkklokken in het westen. Langzaam stond ik op. Deze dag was begonnen. Hij was alvast zonder mij van start gegaan. Nu herinnerde ik me nog iets. Ik had een afspraak. Het rode oog van de telefoon bleef maar knipperen. Er was een bericht voor me. Het kon me niet schelen. Peder moest maar wachten. Want wie anders dan Peder kon op dit tijdstip bellen en berichtjes achterlaten? Natuurlijk was het Peder. Hij kon wachten. Peder was heel goed in wachten. Dat had ik hem geleerd. Wie nog een beetje bij zijn volle verstand is, heeft de eerste ochtend in Berlijn geen besprekingen vóór de lunch, alleen Peder, mijn vriend, mijn partner, mijn agent, die maakte afspraken voor het ontbijt, want Peder was braaf geworden. Het was twee minuten voor halfeen. De getallen lichtten in groene, hoekige cijfers op onder het dode tv-scherm en versprongen tussen twee incourante hartslagen in naar halfeen precies. Ik sjorde mijn kleren uit, deed de minibar open en dronk twee Jägermeisters. Die bleven liggen. Ik dronk er nog een, liep naar de badkamer en gaf voor de zekerheid over. Ik kon me niet herinneren wanneer ik voor het laatst gegeten had. De omslag op de wc-rol was nog intact. Ik was niet eens naar de plee geweest. Ik poetste mijn tanden, sloeg de badjas om, stak mijn voeten in de witte hotelpantoffels en toen ik de deur uit liep zag ik dat het rode oog van de telefoon me nog steeds aanstaarde, maar Peder kon wachten, dat was Peders job. Peder kon blijven lullen tot de kamer waarin hij zat in brand vloog.

Ik nam de lift naar beneden naar het zwembad, leende een zwembroek, dronk een pilsje en nog een Jägermeister en zwom drie baantjes, toen was ik uitgeput. Ik bleef in de waterspiegel liggen. Klassieke muziek stroomde uit luidsprekers die ik niet kon zien, Bach natuurlijk, synthetische versies, onberoerd door mensenhanden. Enkele dames dreven stilletjes op hun rug. Ze dreven op z'n Amerikaans, met hun armen als vleugels, en ze hadden zonnebrillen op die ze voortdurend op hun voorhoofd moesten schuiven om beter te kunnen zien, om iemands blik te ontmoeten, want misschien kwam Robert Downey wel langs de kant zwalken, of Al Pacino op plateauzolen of mijn oude vriend Sean Connery, dan zou ik hem op een stevige borrel hebben getrakteerd en gezegd hebben hoe leuk het was hem weer te zien. Maar er was niemand uit die regionen van de hemel in zicht en ik was de aanblik ook niet echt waard. De dames wipten hun zonnebrillen weer op hun plaats en hielden zich drijvend met trage, blauwe armen, engelen in chloor waren ze, met kleine bolle buiken. Dat maakte me plotseling zo rustig, zo uitgeput en rustig en bijna blij. Ik dreef ook. Ik dreef op z'n Noors, met mijn armen langs mijn zij en mijn vingers als schoepraderen om het evenwicht te bewaren, mezelf drijvende te houden, ik dreef achteruit. Nu was ik waterpas. Toen kwam de angst, die kwam altijd weer even plotseling, ook al wist ik dat hij zou komen, net als sneeuw. De angst knabbelde aan mijn rust. De angst zoog mijn rust leeg. Was er vannacht iets gebeurd? Was er iemand voor wie ik bloemen moest kopen, bij wie ik me moest verontschuldigen, die ik om vergiffenis moest vragen, voor wie ik gratis moest werken, wiens kont ik moest likken? Geen idee. Er kon van alles gebeurd zijn. Ik was in de greep van de argwaan. Ik draaide me om en maakte golven onder de Amerikaanse dames, klauterde de geribbelde treden op, als een gebochelde en tweeslachtige Aphrodite, hoorde het zachte gelach over het water, en op dat moment kwam Cliff Richard uit de garderobe, verdomd als hij het niet was, in badjas en pantoffels van het hotel. Zijn haar lag als een plateau op zijn hoofd en zijn gezicht was fris en gelift. Hij leek op een mummie die was ontsnapt uit de piramide van de jaren zestig. Hij was met andere woorden goed geconserveerd en de dames achter me sloofden zich nogal uit in het water, ze snoven als vriendelijke bruinvissen, ook al stond Cliff misschien niet helemaal boven aan hun verlanglijstje. Maar voor mij was hij meer dan goed genoeg. Hij zorgde er namelijk voor dat ik een ogenblik lang mijn angst vergat, hij gaf me een kleine pauze, door er gewoon te zijn, net als hij *toen* gedaan had, in het leven dat ons verhaal is, het verhaal van Fred en mij, en dat ik slechts *toen* noem, toen ik op onze kamer zat, toen, in de Kirkevei, met mijn oor aan de pick-up gekluisterd, en ik naar 'Livin' Lovin' Doll' luisterde terwijl Fred zwijgend en met wijdopen ogen op zijn bed lag, hij had al 22 maanden niet gepraat, net zo lang als olifanten drachtig zijn, geen één woord had hij gezegd sinds de dood van De Oude, en iedereen had het opgegeven om hem aan het praten te krijgen, moeder, Boletta, de klassenleraar, de schooltandarts, Esther van de kiosk, God en iedereen, niemand kreeg een woord uit hem, en ik al helemaal niet. Maar toen ik de arm van de pick-up optilde en voor de twintigste keer 'Livin' Lovin' Doll' wilde draaien, stond Fred op van zijn bed, greep de pick-up, liep naar de binnenplaats, keilde de hele grammofoon in de vuilnisbak en begon te praten. Daar was een Cliff voor nodig geweest. En daar wilde ik hem graag voor bedanken. Maar sir Cliff Richard liep met een grote boog om me heen en ging op de hometrainer tussen de spiegels in de hoek zitten en begon tegen zijn eigen spiegelbeeld te peddelen, zonder dat in te halen, als een mummie met een tenniselleboog. Mijn hand gleed over de bar en tilde het eerste op wat hij te pakken kreeg, een gin-tonic, puur snoepgoed. Vier klokken gaven de tijd aan in New York, Buenos Aires, Djakarta en Berlijn. Ik beperkte me tot Berlijn. Kwart voor twee. Peder zweette nu. Peder converseerde, verontschuldigde zich, haalde bier, koffie, sandwiches, hij belde naar het hotel, vroeg waar ik was, liet berichten achter, rende rond in het perscentrum, knikte tegen iedereen die hij herkende en boog voor iedereen die hij niet kende en gaf zijn visitekaartje aan iedereen die hem niet herkende. Ik kon het hem bijna horen zeggen: *Barnum komt zo, hij heeft vast een kleine omweg gemaakt, jullie weten hoe dat gaat, nietwaar, goede ideeën komen vaak uit verstrooide hoofden, ik ben slechts de praktische fantasie die ze zichtbaar moet maken, proost, op Barnum!* Ja, Peder zat nu absoluut te zweten en dat zou hem goed doen. Ik lachte, ik lachte hardop aan de rand van het zwembad in Hotel Kempinski, terwijl Cliff Richard om het hardst fietste met drie spiegels en de vette blikken van de Amerikaanse dames, en even plotseling als de angst en de lach waren gekomen, werd ik overvallen door een schaduw. Wat bezielde me? Wat voor omgekeerde extase had me bevangen, wat voor zwart geluk bereed me? Was dit de laatste lach voordat het kwam, dat waarvan ik nog niets wist, maar dat ik toch het meest van al vreesde? Ik had het koud. Ik wankelde even, op de groene marmeren tegels. Ik zoog de lach in me op. Ik riep hem terug. Dit was niet de stilte voor de storm. Dit was de stilte die katten doet huiveren lang voordat de regen begint te vallen.

Ik douchte en vroeg me even af of ik in het solarium moest gaan liggen. Een zweem van een bruin kleurtje en een facelift voor de bespreking zouden niet gek zijn. Maar ik was in de hulpeloze en onverschillige fase. Ik haalde in plaats daarvan een biertje. De barman glimlachte vaag toen hij mij het flesje gaf. Het viel me plotseling op hoe jong hij was. Hij droeg het hoteluniform met houterige waardigheid, koppig bijna, als een kind dat het donkere pak van zijn vader heeft gepikt. Ik nam aan dat hij uit het voormalige Oost-Duitsland kwam, dat kwam door die koppigheid. Hij was zijn lange klauterpartij begonnen in het zwembad van Kempinski. 'Mr. Barnum?' zei hij zachtjes. Hij dacht blijkbaar dat het mijn achternaam was. Hij was niet de enige. Het was hem vergeven. 'Ja? Dat ben ik.' 'Er is een bericht voor u.' Hij gaf me een brede envelop met het logo van het hotel erop. Peder vond me toch wel. Zelfs al verstopte ik me achter de visrekken op Røst, hij vond me. Sliep ik ter ontnuchtering in een politiecel, dan werd ik waarschijnlijk door Peder gewekt. Werd ik wakker in het Cochs Hospits in de Bogstadvei, dan was het Peder die op de deur klopte. Ik boog me over de bar. 'Hoe heet je?' vroeg ik. 'Kurt, sir.' Ik knikte naar de spiegels in de hoek. 'Zie je die man daar, Kurt? Die maar blijft fietsen.' 'Ja sir. Ik zie hem.' 'Maar zie je ook wie dat is, Kurt?' 'Het spijt me, sir. Nee.' En ik begreep, langzaam maar zeker, dat ik ook oud was geworden. 'Dat geeft niet, Kurt. Breng hem een cola. Light. En zet het op mijn rekening.'

Ik vouwde de envelop vier keer dubbel en stopte hem in de zak van mijn badjas. Als Peder mij ook wilde laten zweten, dan zou hij zijn wens in vervulling zien gaan. Ik nam het bier mee naar de sauna en vond een plaatsje op de bovenste bank. Er zaten al een paar mensen die ik vaag herkende, maar niet helemaal kon plaatsen, daarom groette ik zonder iemand aan te kijken, met een vaag hoofdknikje, mijn specialiteit, mijn persoonlijke gebaar voor de wereld. Maar de anderen staarden me openlijk aan, schaamteloos. Ik hoopte maar dat er geen landgenoten aanwezig waren, dramaturgen van Norsk Film, journalisten van de roddelpagina's, de praatjesmakers van de tijdschriften en andere directeuren. Ik had meteen spijt van deze manoeuvre, deze hete omweg, want hier moest iedereen bloot zijn en er zaten zowel mannen als vrouwen. En wie een gewone handdoek rond zijn middel had, was een indringer die de anderen in verlegenheid bracht. Ik was de geklede die hun naaktheid in één klap zichtbaar en ondraaglijk maakte, alle spataderen, de platte billen, de autobandjes, de hangtieten, de littekens, de huidplooien, de moedervlekken die misschien wel kwaadaardig waren. Ik moest de handdoek afdoen. Er zat niets anders op. Ik kon niet weglopen, dat zou mijn lafheid hebben onthuld en me verdacht hebben gemaakt, een gluurder, en het festival zou nog drie dagen duren. Met tegenzin sloeg ik de handdoek opzij en liet hun zien dat ook ik natuurlijk kon zijn onder al mijn kostuums, dat mijn naaktheid nog intact was. Zo zat ik met gekruiste benen, ontbloot in een Duitse, gemengde sauna, en verbaasde me erover dat men in dit gezagsgetrouwe en humorloze land bijkans verplicht was om bij elkaar te zitten, mannen en vrouwen, als je een beetje wilde zweten. In het natuurlijke Noorwegen, dat zich nauwelijks aan de gletsjers had ontworsteld, zou zoiets leiden tot een kabinetscrisis en ingezonden brieven. Maar omdat het verplicht was, zat er toch weer een zekere logica in. Er was maar één sauna in het hotel en die moesten zowel mannen als vrouwen gebruiken, naakt en tegelijkertijd. Als het vrijwillig was geweest, zou het onbetamelijk geweest zijn. Het moest iets met de oorlog te maken hebben. Alles had hier iets met de oorlog te maken, en ik dacht aan de concentratiekampen, aan de laatste douche, waar mannen en vrouwen gescheiden werden, voor eens en voor altijd, door de nauwgezette massamoordenaars, er was zelfs een eigen kamp voor vrouwen, Ravensbrück, en even, bijna opgewonden, dacht ik dat ik dit ergens voor kon gebruiken, deze sprong, deze gedachtesprong, van de uitroeiing naar een toevallige ontmoeting in de sauna van Kempinski tijdens het filmfestival in het nieuwe Berlijn. Maar zoals zo vaak de laatste tijd was ik het alweer kwijt. De gedachte viel, de weerhaak was te slap, en terwijl ze weggleed, zonk ik ook dieper weg in de twijfel. Wat had ik eigenlijk te bieden? Hoeveel verhalen kwamen uit mijn eigen koker? Hoeveel kun je stelen voordat je gepakt wordt? Hoeveel moet je liegen voordat je geloofd wordt? Was ik misschien niet altijd een twijfelaar geweest, een doodgewone twijfelaar? Jazeker, ik had aan bijna alles getwijfeld, niet in de laatste plaats aan mezelf, ik twijfelde er sowieso aan of er wel iets was wat 'mezelf' genoemd kon worden, in sombere ogenblikken beschouwde ik mezelf als een beperkte hoeveelheid vlees, opgehoopt volgens een bepaald systeem en bekend onder de naam Barnum. Aan alles had ik getwijfeld, behalve aan Fred, Fred was ontwijfelbaar, hij was boven elke twijfel verheven. Ik herinnerde wat mijn vader altijd zei: 'Niet wat je ziet is belangrijk, maar wat je denkt te zien.' Ik dronk het flesje leeg en nu herkende ik een van de aanwezigen. Daar was ik al bang voor geweest, een bekende recensente, een oude bekende, ik zal haar naam niet noemen, wij noemden haar altijd de Eland, want ze deed ons altijd denken aan dat kitschschilderij van de eland in de zonsondergang. Ze had indertijd geschreven dat ik 'een Volkswagen tussen Rolls Royces' was, maar dat artikel had ik nooit gelezen, want toen was ik van de wereld. Peder wilde een aanklacht wegens smaad indienen, daar kwam gelukkig niets van, maar als ze met metaforen wilde duelleren was ze bij mij aan het verkeerde adres. Nu keek ze in mijn richting en begon aan een glimlach en alhoewel ze hier veel minder pompeus leek dan in haar kolommen, alsof ze een wat zachte vrucht was die met een schaaf was geschild, wilde ik die glimlach toch liever niet hoeven beantwoorden. Bovendien kon het gebeuren dat ik iets zei wat ik niet had moeten zeggen. Zij was mijn slechte voorteken. Waarvan deze keer? Ik durfde er niet aan te denken. Ik glimlachte tegen haar. 'Krijg de klere!' zei ik. Ik boog diep over mijn knieën en hoestte hard. Dit kon niet waar zijn. Mijn tong lag weer dwars. Mijn tong was een struikeldraad. Die tong van jou is een glijbaan, zei Fred altijd. Ik was de enige die het had gehoord. Krijg de klere. De Eland keek verbaasd op, ik hoestte uit alle macht, ik moest bijna overgeven, en wederom schoot Cliff Richard me te hulp. Hij kwam namelijk de sauna binnen, met een cola in zijn hand, en hij deed denken aan de hoes van 'Livin' Lovin' Doll', hij bleef even staan naast de zandloper waarin het zand daalde en oprees, alsof de tijd niet iets was wat je achter je legde, maar naast je. Toen ging Cliff bovenin zitten, waar ik ook zat. Het was er krap. Het was er bijna te warm. De wijzer stond op negentig. De Eland had er genoeg van. Ze glipte naar buiten achter haar handdoek, met een laatste snelle blik over haar schouder. Lachte ze? Lachte ze om mij? Had ze een verhaal om vanavond aan de bar te vertellen? Iemand goot water op de stenen, het siste. En de vochtigheid werd zichtbaar als een kokende mist. Ik draaide me om naar Cliff. Hij zweette niet. Hij was droog.

Zijn haar lag keurig op zijn plaats. Hij had een fraaie bruine kleur. Nu kon ik het eindelijk zeggen. 'Bedankt', zei hij plotseling. 'Voor de cola.' 'Nee, ik moet jóú bedanken', zei ik. 'Bedankt.' Cliff hief zijn flesje op, glimlachte. 'Waarvoor dan?' 'Door jouw liedje ging mijn broer weer praten', zei ik. Hij was even van zijn stuk gebracht. 'Dan kwam dat niet door mijn liedje, maar door Gods kracht', fluisterde hij.

Het werd me te heet. Ik trok mijn handdoek mee en wankelde naar buiten, duizelig en dorstig, ik douchte nogmaals en ving een glimp op van Kurt achter de bar. Hij knikte discreet en knipoogde. Hij was mijn man. Ik nam de lift naar mijn kamer. De telefoon lichtte nog steeds rood op. Ik tilde de hoorn op en liet hem weer vallen, gooide de badjas op het bed, trok een pak aan en stopte in iedere zak een flesje uit de minibar. Er zaten veel zakken in dit pak. Ik was gewapend met alcohol. Toen dronk ik de laatste Jägermeister op, die als een brandende zuil van mijn maag tot mijn verhemelte bleef staan, at een dot tandpasta en stopte mijn inlegzooltjes in mijn nieuwe, Italiaanse schoenen. Ik was klaar voor de bespreking.

En wat kon ik nu weten van alles wat daar gebeurde waar ik niet was, bewegingen die buiten mijn schootsveld plaatsvonden? Niets. Ik was nog onwetend, in de greep van de argwaan, en ik wilde het ook niet weten, ik stond in de langzame lift met spiegels aan alle kanten, zelfs het plafond was een spiegel. Ik wilde alleen in dit ogenblik zijn, een eigentijdse man die van seconde tot seconde leefde, opgesloten in het kleinste van alle tijdseenheden, waar alleen maar plaats was voor mij. Ik ving een glimp op van mijn gezicht in de spiegels en dacht aan een kind dat valt, weer opstaat en pas begint te krijsen als het de verschrikte en bezorgde gezichten van de mensen om hem heen ziet, als een vertraagde pijn, de echo van een schok. Ik had net tijd om een wodka te drinken. Toen opende een witharige portier de deur en wilde me met een paraplu naar buiten begeleiden. Ik gaf hem vijf mark om dat niet te doen. Hij keek bedroefd naar het biljet, dat plotseling tussen zijn gladde, grauwe vingers verdween, en ik kon niet zien of ik hem misschien beledigd had, door te veel te geven of veel te weinig. Hij leek op een koelie uit de koloniale tijd. Hij was het die in Hotel Kempinski aan de touwtjes trok. Hij was het die de pleerollen omvouwde. Ik liep naar buiten over de rode loper die aan de randen al begon te slijten. Er stonden vier zwarte limo's met verduisterde raampjes langs de trottoirrand geparkeerd. Geen ervan was voor mij bestemd. Er bestaat een oud gezegde in deze branche: *No limo, no deal.* Het zou me worst zijn. De wodka brandde achter mijn tong. Ik stak een sigaret op. Twee televisieteams, CNN en NDR, wachtten tot er iets zou gebeuren. Er hing een dun laagje regen over Berlijn. De geur van as. Het ontembare stof van de bouwputten. Hijskranen draaiden zachtjes rond, nauwelijks zichtbaar onder de lage wolken. Het zag eruit alsof God met Meccano speelde. Nog een limo, een lange, witte locomotief met Amerikaanse vaantjes, stopte vlak voor het hotel en er stapte een vrouw uit met de rechtste rug die ik ooit had gezien. Negentien paraplu's schoten haar te hulp. Ze lachte en die lach was gedrenkt in whisky, gesmeerd met teer en opgepoetst met grof schuurpapier. Ze bleef lachen en liep de rode loper op terwijl ze wuifde met een slanke hand die met de elegantie van een zakkenroller tussen de druppels buiten de reikwijdte van de zwarte paraplu's door glipte. Niemand kon over een rode loper lopen zoals zij. Het was Lauren Bacall. Niemand minder dan Lauren Bacall. Ze was aanwezig in haar eigen lichaam, aanwezig in elke gram. Ze vulde het op tot haar vingertoppen, haar oorlelletjes, tot haar wenkbrauwen. De paraplu's verdrongen zich boven haar als zij haar kin naar voren stak. Ze was net Duitsland binnengevallen. En ik bleef staan, gekluisterd aan dit elektrische schouwspel: Lauren Bacall die langzaam en soeverein langs me heen loopt en ik die in het vacuüm sta dat ze achterlaat, en het is als een omgekeerd voorteken, een déjà vu in spiegelbeeld: ik zie het voor me, de Rosenborg-bioscoop, rij 14, stoelen 18, 19 en 20, *The Big Sleep*, Vivian zit in het midden, het is dichtbij en duidelijk, ik kan zelfs de nieuwe coltrui voelen die in mijn nek kriebelt, ik kan Lauren Bacall horen die tegen Humphrey Bogart fluistert, met die stem die ons kippenvel in onze mond bezorgt en onrust tot in ons ruggenmerg, *a lot depends on who's in the saddle*, en Peder en ik leggen tegelijk onze arm om Vivian heen, mijn hand raakt Peders vingers, niemand van ons zegt iets en Vivian glimlacht, glimlacht stilletjes en leunt achterover, tegen onze armen. Maar als ik me naar haar omdraai, zie ik dat ze huilt.

En nu stond ik in de regen in Berlijn, naast de rode loper, voor Hotel Kempinski. Er was iets gebeurd. Iemand riep nog steeds en ik hoorde geen geluid. De lampen waren gedoofd, de camera's uitgeschakeld, de limo was ergens anders naartoe gereden. Dezelfde portier raakte voorzichtig mijn arm aan. 'Is alles in orde, sir?' 'Wat?' Zijn gezicht kwam dichterbij. Iedereen moet buigen voor mij. 'Sir, is alles in orde met u?' Ik knikte. Ik keek om me heen. De hijskranen stonden stil, God had geen zin meer om met Meccano te spelen, of misschien wekten de wolken die in tegengestelde richting langs de hemel joegen slechts die schijn. 'Weet u het zeker, sir?' Mijn sigaret dreef in de goot. Iemand had een fototoestel verloren. Het lag terug te spoelen. 'Kun je een taxi roepen?' 'Met alle plezier, sir.' Hij blies op een fluitje dat hij in zijn hand hield. Ik vond een bankbiljet, wilde hem dat geven, hij verdiende het. Maar hij schudde zijn hoofd en keek een andere kant op. 'Hou maar, sir.' Ik stak het geld snel weer in mijn zak. 'Hartstikke bedankt', zei ik.

De taxi kwam, de portier deed de deur voor me open. Het rook naar kruiden en wierook in de auto. Er lag een opgerold gebedskleedje op de voorbank. 'Zoo Palast', zei ik. De chauffeur draaide zich snel om en glimlachte. Er glinsterde een gouden tand in het midden van de zwarte mond. 'Zal ik bij de Zoo stoppen?' Ik moest ook glimlachen. 'Nee, bij het Festivalcentrum. Daar zijn de dieren grappiger.'

Het kostte een halfuur om er te komen. Te voet zou het vijf minuten geweest zijn. Ik maakte een cognac soldaat en viel in slaap. In mijn slaap zag ik een beeld: Fred die een doodskist door de sneeuw op de binnenplaats trekt. De chauffeur moest me wakker maken. We waren er. Hij lachte. Nu hoorde ik het. Het was de barmhartige lach. Zijn gouden tand verblindde me. Ik betaalde veel meer dan nodig was en hij dacht misschien dat het een misverstand was, dat ik een toerist was die niet kon tellen of een dronken bioscoopbaas in een te duur pak. Hij wilde me geld teruggeven, de eerlijke moslim in Berlijn, maar ik stond al op het trottoir, tussen ruïnes en kathedralen, tussen apen en sterren. Meteen waren er mensen die me een leren jasje wilden verkopen. Ik duwde hen opzij. Het hield op met regenen. De hijskranen zetten hun langzame cirkels voort en de hemel boven Berlijn was plotseling helder en bijna doorzichtig. Een koele zon scheen recht in mijn ogen terwijl een vlucht duiven tegelijk opsteeg en het licht in stukken hakte.

Ik liep het Festivalcentrum binnen. Twee gewapende bewakers controleerden mijn accreditatie met het kleine fotootje dat de avond tevoren was genomen, *Barnum Nilsen, screenwriter,* ze staarden net iets te lang naar mijn gezicht en lieten me toen door de veiligheidscontrole, de heilige poort tussen zij die erbij horen en zij die er niet bij horen. Nu hoorde ik erbij. Mensen renden als gekken door elkaar heen, met hun handen vol bier, brochures, cassettes, mobieltjes, affiches en visitekaartjes. De vrouwen waren lang en mager, met opgestoken haar, brillen aan een koordje om hun hals en strakke, grijze rokjes, alsof ze allemaal uit dezelfde winkel kwamen. De mannen waren voor het merendeel dik, klein, van mijn leeftijd, het boezemfibrilleren gierde door hun bloeddoorlopen ogen, we leken als twee druppels water op elkaar en minstens één van ons zou sterven voor deze dag om was. Op een groot scherm werd de trailer van een Japanse gangsterfilm vertoond. Esthetisch geweld is blijkbaar in aan het raken. Langzaam moorden was geaccepteerd. Iemand gaf me een glas sake. Ik dronk. Ik werd bijgeschonken. Ik bestookte mijn lever met een bommentapijt. Bille August werd geïnterviewd door de Australische televisie. Zijn overhemd was nog steeds even wit. Niemand heeft zulke witte overhemden als Bille August. Dat zouden ze hem moeten vragen. Hoeveel witte overhemden hebt u? Hoe vaak trekt u een nieuw overhemd aan? Ergens anders stond Spike Lee voor een camera te gesticuleren. En door dit alles heen kwam Peder aangestormd, de knoop van zijn stropdas hing op zijn buik, zijn mond bewoog ononderbroken, het leek alsof hij hyperventileerde of gewoon een nieuw record in passief roken probeerde neer te zetten. Het was niet uitgesloten dat Peder degene was die in de loop van vanavond zou sterven. Hij kwam vlak voor me tot stilstand en hapte naar adem. 'Ik zie het al', zei hij. 'Je bent teruggevallen.' 'Ik ben nooit erg stabiel geweest.' 'Hoe dronken ben je?' 'Vijf en een halve.' Peder boog zich naar me toe, zijn neusgaten vibreerden. 'Vijf en een halve? Dat riekt naar strafport, Barnum.' 'Geen sprake van. Ik heb alles onder controle.' Ik lachte. Ik vond het prettig als Peder onze oude grappen gebruikte. Maar Peder lachte niet. 'Waar was je verdomme?' 'In de sauna.' 'In de sauna? Weet je hoelang we hier op je hebben zitten wachten? Wéét je dat wel?' Peder schudde mijn arm. Hij was uit het lood geslagen. 'Ik heb verdomme zo veel fraaie dingen over je gezegd dat ik er bijna van moet kotsen!' Hij begon me naar de Scandinavische afdeling te trekken. 'Rustig maar', zei ik. 'Ik ben er nu.' 'Kun je niet een gsm aanschaffen, verdomme! Net als gewone mensen?' 'Ik wil geen hersentumor krijgen, Peder.' 'Schaf dan een pieper aan! Ik zal verdomme persoonlijk een pieper voor je kopen!' 'Denk je dat die in de sauna werkt?' 'Die werkt op de maan!' 'Jij vindt me toch wel, Peder.' Hij bleef plotseling staan en keek me lang aan. 'Weet je wat? Je begint verdomme meer en meer op die geschifte halfbroer van je te lijken!' En toen Peder dat zei, explodeerde het ogenblik, mijn bunker, en de tijd kwam van alle kanten op me af. Ik greep zijn jasje beet en drukte hem tegen de muur. 'Zeg dat nooit meer! Nooit meer!' Peder keek me verbijsterd aan, de sake liep over zijn broek. 'Verdomme Barnum. Ik bedoelde het niet zo. Ik geloof dat we beginnen op te vallen.' Ik voelde een razernij die ik nauwelijks herkende. Het deed me bijna goed. Het gaf me een houvast. 'Ik heb schijt aan wat jij bedoelt! Maar vergelijk me nooit meer met Fred! Begrepen?' Peder probeerde te glimlachen. 'Begrepen. Laat me los, Barnum.' Ik wachtte nog even. Toen liet ik Peder los. Hij bleef volkomen stil tegen de muur staan, verbaasd en bezorgd. De woede gleed van me af en liet alleen schaamte achter, angst en verlegenheid. 'Ik wil gewoon niet aan hem herinnerd worden', zei ik zachtjes. 'Het spijt me', fluisterde Peder. 'Dat was onnadenkend van me.' 'Het is al goed. We hebben het er niet meer over. Sorry.' Ik haalde mijn zakdoek tevoorschijn en probeerde de Japanse alcohol uit zijn broek te wrijven. Peder bewoog zich niet. 'Zullen we zo naar die bespreking gaan?' vroeg hij. 'Wie zijn het?' Peder zuchtte. 'Twee Denen en een Engelsman.' 'Geestig. Is dat een mop? Twee Denen en een Engelsman.' 'Ze hebben kantoren in Londen en Kopenhagen. Ze zaten tot over hun oren in *Driving Miss Daisy*. Ik heb je dit gisteren al verteld, Barnum.' Ik had ook sake op zijn schoenen gemorst. Ik knielde en poetste ze zo goed ik kon. Peder begon te schoppen. 'Gedraag je!' siste hij. Ik kwam overeind. 'Wat willen ze eigenlijk?' 'Wat ze willen? Wat denk je? Jou ontmoeten natuurlijk! Ze zijn gék op *De Viking*!' 'Hartstikke bedankt, Peder. Gaan wij tweeën nou ook tegen elkaar slijmen?' 'Nee. Kom, we gaan, Barnum.'

We gingen. Het werd steeds minder druk. Het was typerend dat de Noorse stand het verst weg lag, in een hoekje, we waren *De Gevaren van het Vissersleven* nog niet te boven, die hoeksteen van de Noorse melancholie, en die schoof ons naar de periferie van Europa en het festival. Het was een hele expeditie om bij Noorwegen te komen. Peder keek me uitermate woest aan. 'Je klinkt verdomme als een hele minibar als je loopt.' 'Die is bijna leeg, Peder.' Ik schroefde een whisky open en dronk die op. Peder hield mijn arm vast. 'We hebben dit nodig, Barnum. Dit is menens.' '*Miss Daisy*? Was dat eigenlijk niet gewoon een rotfilm?' 'Rotfilm? Weet je hoeveel nominaties die heeft gekregen? Dit zijn grote jongens. Groter dan wij.' 'Waarom hebben ze dan drie uur willen wachten?' 'Ik zei toch al, Barnum. Ze zijn gék op *De Viking*.'

Ze zaten aan een tafeltje in een hoekje bij de bar. Ze waren begin dertig, droegen maatpakken, hadden zonnebrillen in hun borstzakje, een paardenstaart, een ringetje in het oor, uitdijende buiken en beperkte blikken. Dit waren mannen van deze tijd. Ik begon nu al een hekel aan hen te krijgen. Peder haalde diep adem en schoof zijn stropdas naar boven. 'En jij bent aardig, beleefd en nuchter, Barnum?' 'En geniaal.' Ik klopte Peder op zijn rug. Hij was drijfnat. Toen liepen we naar hen toe. Peder sloeg zijn handen in elkaar. 'Hier hebben we onze node gemiste vriend. Hij was ergens verdwaald in de dierentuin. Zag het verschil niet.' Ze stonden op. Ze schakelden hun glimlachjes in. Peder was op het niveau van de platitudes aangeland en het was nog niet eens drie uur. De ene Deen, Torben, boog zich over de asbak waarin twee sigaretten lagen dood te gaan. 'Is Barnum een pseudoniem of je echte naam?' vroeg hij. 'Het is mijn echte naam. Maar ik gebruik hem als pseudoniem.' Dat leverde enige hilariteit op en Peder probeerde het glas te heffen, maar de Deen gaf zich niet zo gemakkelijk gewonnen. 'Is het je voornaam of je achternaam?' 'Allebei. Hangt ervan af met wie ik praat.' Torben glimlachte. 'Was Barnum niet een Amerikaanse oplichter? *There's a sucker born every minute.*' 'Fout', zei ik. 'Dat zei een bankdirecteur. David Hannum. Barnum was degene die zei: *Let's get the show on the road.*' Peder slaagde er eindelijk in er een toost tussen te wurmen. We proostten en nu was het de beurt van de andere Deen, Preben, om zich over de tafel te buigen. 'We zijn helemaal gek van *De Viking!* Een fantastisch script!' 'Hartstikke bedankt', zei ik en sloeg mijn schnaps achterover. 'Alleen jammer dat het nooit een film is geworden.' Peder greep het woord. 'Laten we ons nou niet in details verliezen.' 'Ja, ik vind dat we dat wel moeten doen.' Peder gaf me een schop onder de tafel. 'We kijken nu vooruit', zei hij. 'Nieuwe projecten. Nieuwe ideeën.' Ik wilde opstaan, maar slaagde daar niet in. 'Maar als jullie het script zo fantastisch vinden, waarom maken jullie de film dan niet?' Preben sloeg zijn ogen neer en Torben verschoof even op zijn stoel, alsof hij op een enorme punaise zat. 'Als we Mel Gibson voor de hoofdrol hadden gekregen, was het misschien gelukt.' De andere Deen, Preben, boog zich naar me toe. 'Bovendien is action *out*', zei hij. 'Action is *old-fashioned.*' 'But what about vikings in outer space?' vroeg ik. Er ging een gsm af. Ze grepen alledrie naar hun eigen exemplaar, als lichtelijk vermoeide revolverhelden. Tim, de Engelsman, won. Er werd gesproken over een paar grote bedragen en een paar even grote namen werden langs de neus weg genoemd, Harvey Keitel, Jessica Lange. We konden niets anders doen dan glimlachen en ons glas leegdrinken. Het lukte me om op te staan en ik liep naar de wc. Ik dronk een flesje gin leeg, leunde met mijn voorhoofd tegen de muur en probeerde te bedenken wat ik moest zeggen. Ik wilde hun niet geven wat ik had. Ik was de blanco scriptwriter op wie ze drie uren hadden gewacht. Het spiegelbeeld uit de lift stond me plotseling duidelijk voor ogen. Het was geen fraaie aanblik. Mijn kapotte ooglid zakte naar beneden, zwaar. Ik probeerde een ogenblik te vinden waarin ik me kon verstoppen. Ik vond het niet. Toen ik terugkwam had Peder mijn borrel omgeruild voor koffie. Ik bestelde een dubbele borrel. Tim zat klaar met een time-manager die dikker was dan de bijbel in Hotel Kempinski. 'Zoals je begrijpt, Barnum, sta jij hoog op het lijstje van scenarioschrijvers met wie we graag willen samenwerken.' Peder glimlachte van oor tot oor. 'Hebben jullie concrete projecten op het oog?' vroeg ik. 'We willen graag horen wat jij bij je hebt.' 'Jullie eerst', zei ik. 'Dan weet ik als het ware iets beter uit welke hoek de wind waait.' Tim verplaatste zijn blik langzaam van mij naar de Denen. Peder zweette. 'Barnum gooit graag een balletje op', zei hij gejaagd. Dat klonk zo onzinnig dat ik wel moest lachen. Ik lachte luid. Barnum gooit graag een balletje op. Peder schopte me nogmaals tegen mijn schenen. We leken nu wel een ouder echtpaar. Plotseling stond mijn borrel voor me. Torben nam het over. 'Oké, Barnum. Wij willen best een balletje opgooien. We willen Ibsens *De wilde eend* doen. Action is zoals gezegd uit. Het publiek is geïnteresseerd in intieme dingen, nietwaar? Het gezin, bijvoorbeeld. Vandaar *De wilde eend*.' Peder staarde me onafgebroken aan. Dat was hoogst zenuwslopend. 'Dit is iets voor jou, Barnum', zei hij ten slotte. 'Toch? Jij verandert dat stuk in een paar maanden in een film, nietwaar, Barnum?' Maar niemand luisterde naar Peder. 'Wordt het een Noorse productie?' vroeg ik. 'Of een Scandinavische?' 'Groter', zei Torben glimlachend. 'Amerikaans. Keitel. Lange. Robbins. Er is niks op tegen om Max of Ghita erbij te halen. Maar de dialogen zijn in het Engels. Anders krijgen we geen geld.' 'En we moeten het wat actualiseren', zei Preben snel. 'We verplaatsen de handeling naar onze tijd. De wilde eend in de jaren negentig.' 'Waar is dat goed voor?' vroeg ik. 'Natuurlijk verplaatsen we de handeling naar onze tijd', zei Peder. 'We zijn niet geïnteresseerd in een kostuumfilm, of wel soms?' Het was even stil. Ik vond nog een borrel. Tim fluisterde iets tegen Preben, die zich naar mij omdraaide. 'We zaten te denken in de richting van *Rainman* meets *Herfstsonate*', zei hij. Ik moest me naar hem toe buigen. 'Pardon? Wie ontmoet wat?' 'We willen alleen maar het geniale van Ibsen laten zien', zei Torben. 'Namelijk zijn tijdloosheid.' 'Tijdloosheid? *Miss Daisy* meets *Dood van een handelsreiziger*, of zoiets?' Torbens blik flakkerde wat. De anderen lachten kort. Peder hield het niet meer uit. Hij probeerde de juiste toon te vinden. 'Wil iemand iets eten?' vroeg hij. Niemand gaf antwoord. Peder begon te roken. Hij was al acht jaar gestopt. Torben vouwde zijn handen en keek mij over zijn knokkels heen aan. 'En welk balletje kun jij opgooien, Barnum?' 'Een pornofilm', zei ik. 'Pornofilm?' 'Ik zat vanochtend in mijn kamer naar pay-tv te kijken, en het viel me op hoe talentloos en hulpeloos die pornofilms zijn. Geen dramaturgie. Hopeloze karakters. Vreselijke casting. Buitengewoon magere dialogen. Afstotelijke scenografie.' Torben werd ongeduldig. 'Je bedoelt *erotische* films, nietwaar?' 'Nee hoor. Ik bedoel porno. Harde porno. Met een goed verhaal, interessante karakters en messcherpe dramaturgie. Aristoteliaanse opbouw tot het orgasme. Porno voor een modern publiek. Voor zowel vrouwen als mannen als wij andere mensen.

Het is *Nora* meets *Deep Throat*. Het is tijdloos.'

De Engelsman stond het eerst op. De Denen volgden. Ze gaven Peder een hand. Er werden visitekaartjes uitgewisseld. 'We houden contact', zei Peder. 'Barnum kan binnen een paar maanden een opzetje klaar hebben.' 'Help hem eraan herinneren dat het Ibsen is', zei Torben. 'En geen pay-tv.' Peder lachte luid. 'Maak je geen zorgen! Ik heb Barnum onder controle!'

De grote jongens vertrokken. Wij bleven zitten. Peder was afoon. Peder is de enige van wie ik zoiets zeg. Wanneer Peder verkoos te zwijgen, was hij namelijk afoon. Nu was hij afoner dan ooit. Ik heb geleerd ermee te leven. Als er iets is wat ik kan, dan is het wel samen zijn met afone mensen. Je moet gewoon zelf je kop houden en kijken wie er het eerst iets zegt. Peder verloor. 'Maar dat ging helemaal niet slecht', zei hij en keek me aan. 'Je komt drie uur te laat en als je dan eindelijk komt opdagen, ben je grof, heb je een kater en kom je met lege handen. Volledig lege handen. Het is niet te geloven. Proost, Barnum.' We dronken en nu was het mijn beurt om iets te zeggen. 'Denk je dat Meryl Streep de eend wil spelen?' vroeg ik. Peder keek een andere kant op. 'Je bevindt je nu werkelijk op het randje, Barnum. Mijn God. Aristoteliaanse porno!' 'Wat bedoel je met op het randje?' 'Dat weet je heel goed.' 'Nee, dat weet ik niet heel goed.' Peder draaide zich bruusk naar me om. 'Ik heb het eerder gezien, Barnum. Ik heb je zien vallen. En ik heb geen zin meer om je te volgen.' Ik stond op. Ik werd plotseling onrustig. Het gezicht uit de lift keerde terug, een hele bijenkorf van gezichten die me werden opgedrongen, een voor een. 'Verdomme, Peder. Ik haat de manier waarop ze praten. *Rainman* meets *Herfstsonate*. Al die shit die ze uitkramen. Ik haat het gewoon.' 'Ja, ja. Ik haat dat ook, hoor. Maar reageer ik daarom overgevoelig? Zo praten ze nou eenmaal. Iedereen praat zo. *The Graduate* meets *Home Alone*, en *On the Waterfront* meets *Pretty Woman*. Op een goeie dag praten wij ook zo.' Peder zette zijn borrel neer, liet zijn hoofd in zijn handen rusten en werd weer afoon. 'Ik heb Lauren Bacall ontmoet', zei ik. Peder keek langzaam op. 'Wat zeg je?' Ik ging weer zitten. Ik moest zitten als ik dit vertelde. 'Ik heb Lauren Bacall ontmoet', zei ik. 'Ik heb haar bijna aangeraakt.' Peder trok zijn stoel dichterbij en glimlachte flauwtjes. '*Onze* Lauren Bacall?' 'Peder toch. Bestaat er nog een andere Lauren Bacall?' 'Natuurlijk niet. Het spijt me. Ik ben mezelf niet helemaal. Ik heb net drie zakken geld de kamer zien verlaten.' Ik pakte zijn hand, die was warm en rusteloos. 'Hoe zag ze eruit?' fluisterde hij. Ik nam alle tijd. 'Als een sfinx', zei ik. 'Als een blauwe sfinx die zich had losgerukt van de sokkel van de spotlights.' 'Mooi, Barnum.' 'Het regende en ze werd niet nat, Peder.' 'Ik zie het voor me, Barnum.' Ik geloof dat Peder ook een paar seconden wegdroomde. Hij kreeg een gezicht als een kind en ik kon duidelijk het kippenvel zien tussen de kraag van zijn overhemd en zijn oor, alsof dat daar was vastgegroeid, die avond in de Rosenborg-bioscoop, rij 14, toen we tegelijk onze arm om Vivian heen legden, op het moment dat Lauren Bacall met die hese, opwindende stem zei: *Nothing you can't fix.*

En toen was het alsof hij terugkeerde en plotseling ouder was geworden. Een diepe rimpel die me niet eerder was opgevallen, liep schuin vanaf zijn linkeroog, midden door de waaier van lijntjes die daar al was, en verstoorde het evenwicht in zijn gezicht waardoor zijn hoofd bijna leek te kantelen. Peder en ik begonnen op elkaar te lijken. 'Vivian heeft trouwens gebeld', zei hij. 'Ik geloof dat ze zich zorgen maakt over Thomas.' 'Vivian maakt zich altijd zorgen.' Peder schudde zijn hoofd, verdrietig. 'Ik vind dat we iets moois voor Thomas moeten meenemen', zei hij. Ik probeerde te glimlachen. Dat ging me niet goed af. 'Natuurlijk', lachte ik. 'Je weet toch wat die grote jongens zeiden? Het gaat nu om het gezin.' Peder verdiepte zich in een glas en was een poosje afoon. 'Iedereen vindt je een rotzak', fluisterde hij ten slotte. Ik hoorde het hem zeggen, maar de woorden bereikten me niet. 'Iedereen?' vroeg ik. Nu keek Peder me aan. 'Ik kan in de gauwigheid niemand bedenken die dat niet vindt', zei hij. 'Thomas ook?' Peder draaide zich om en keek een andere kant op. 'Thomas is een stille jongen, Barnum. Ik weet niet hoeveel hij begrijpt.' Ik stak een sigaret op. Mijn mond was gevoelig. Ik legde mijn hand op Peders vingers. 'Misschien kunnen we samen iets voor hem kopen? Iets echt moois? Hm?' 'Natuurlijk', zei Peder.

Later begaven we ons naar de festivalbar. Daar hing de branche rond. Peder vond dat we zichtbaar moesten zijn. Zo zei hij het. We moesten op het speelveld zijn, erbij zijn, op de juiste plaats en de juiste tijd. We aten een paar vette worsten om het evenwicht te herstellen. We dronken contrastvloeistof met ijs. We werden zichtbaar. Er werd blijkbaar weer over Sigrid Undset gepraat en over in hoeverre een mannelijke regisseur überhaupt in staat is om Kristin Lavransdatter te verfilmen. Dit was de elite. Hier mengde ik me niet in. Ik mengde alleen drankjes en dacht aan Thomas. Ik was de rotzak. Ik zou een enorm cadeau voor hem kopen, ik zou een hele muur kopen waarop hij kon schrijven en een hijskraan uit Berlijn. Ik zou Gods Meccano-doos meenemen, zodat Thomas, Vivians zoon, de hemel opnieuw in elkaar kon schroeven. De stemmen kwamen nu van alle kanten. Ik dronk me de vergetelheid in. Als ik mijn ogen sloot, verdwenen alle geluiden, alsof mijn gezichtszenuw aan het labyrint in mijn oor was gekoppeld, maar het was langgeleden dat ik dacht dat de wereld dan ook verdween, zo kinderlijk eenvoudig, als ik mijn ogen maar stijf genoeg dichtdeed. Het liefst zou ik willen dat ze allebei verdwenen, zowel de geluiden als de wereld waarin de geluiden ontstaan. Toen ik mijn ogen opendeed, kwam namelijk de recensente uit de sauna eraan, zij die mijn slechte voorteken was. Ze had al een festivalblik, een cycloop met promillage. Ze aaide Peder uiteraard over zijn rug. 'Hebben jullie iets om over naar huis te schrijven, jongens? Behalve dan dat Barnum Cliff in de sauna op cola trakteert?' Peder bewoog zijn hoofd horizontaal, alsof het plafond gevaarlijk laag was. 'Te vroeg om daar iets over te zeggen. Maar de lont brandt. Schrijf maar dat Miil en Barnum erbovenop zitten.' De Eland vlijde haar hele jurk tegen hem aan. Ik stond op het punt snorkels te bestellen. 'Hebben jullie een plekje gekregen in de Kristin-trein? Gaat Barnum het script uit het Zweeds vertalen misschien?' Peder duwde haar hand weg. 'Als Kristin Lavransdatter champagne wordt,' zei hij, 'dan maken wij zwaar water.' De Eland lachte kort en vouwde zich achterover om alles wat op de bodem van het brede cognacglas zat binnen te krijgen. 'Vertel 'ns wat meer, jongens. Oude metaforen hebben we al genoeg.' 'Stel je *De Eland* meets *De Zonsondergang* voor', zei ik. Ze draaide zich langzaam naar me om en deed alsof ze nu pas besefte dat ik daar stond. Dat was natuurlijk niet zo. Ze had me de hele tijd gezien. Haar gezicht vertrok in een langzame grimas. 'We tippen je als de tijd rijp is', zei Peder haastig. 'Exclusief.' Maar zij bleef mij aankijken. 'Dat is dan afgesproken. Doe Cliff de groeten, Barnum.' De Eland boog opeens voorover tot vlak bij mijn oor. 'Krijg de klere', zei ze.

Toen verdween ze in de steile mist richting toiletten. Peder begon aan mijn jasje te trekken. 'Zei ze Cliff in de sauna? Cliff en Barnum in de sauna?' 'In Duitsland heb je gemengde sauna's, Peder. Denk je dat dat iets met de oorlog te maken heeft?' 'Waar heb je het over? Was jij met Cliff in de sauna?' 'De Eland zat er het eerst. Dit was de eerste keer dat ik haar naakt heb gezien.' 'Daar wil ik liever niets over horen, Barnum.' 'Ze leek op een weke peer.' 'Wat fluisterde ze tegen je?' 'Alleen maar mijn oude slogan: krijg de klere.' Peder sloeg zijn ogen ten hemel en zakte weer in. 'Terg haar niet zo dat ze nog meer onzin over je schrijft, Barnum. Dat is wel het laatste wat je kunt gebruiken.'

Wanneer Peder bij hoge uitzondering dronken werd, dan wees alles aan hem naar de grond, zijn haar, zijn rimpels, zijn mond, zijn vingers, zijn schouders. De alcohol hing als een zinklood in zijn lichaam. De hele Peder helde naar zijn schoenen. Ik had tegen hem kunnen zeggen dat we nu bijna oud waren, dat we merkwaardige kompanen waren die alles in dit leven hadden gedeeld en hier nu met slechts de helft van de meeste dingen waren blijven zitten. En dan had ik, met een glimlach, voorzichtig met mijn vinger langs de diepste rimpel in zijn gezicht kunnen strijken.

'Het laatste wat ik kan gebruiken,' zei ik, 'is dat jij me vertelt wat het laatste is wat ik kan gebruiken.'

'Het laatste wat we nu kunnen gebruiken, is een borrel', zei Peder.

Hij stak een arm omhoog, maar ook die viel en bleef liggen tussen asbakken, natte servetten en flessen. Iemand zong in het Noors aan een tafel waar gelukkig verder geen plaats meer was. We naderden de aftiteling. De laatste drankjes die we konden gebruiken, kwamen. Peder tilde het glas met beide handen op. 'Proost, Barnum. Nu hebben we eigenlijk niet zoveel meer te zoeken in Berlijn. Behalve dan een cadeau voor Thomas. Of ben je dat ook al vergeten?' Ik keek naar de grond en herinnerde me plotseling wat er in mijn koffer in de hotelkamer zat. 'Ik heb een script bij me', zei ik. Peder zette zachtjes zijn glas neer. 'En dat zeg je nu pas? Dat je verdomme een script bij je hebt?' 'Ben je nu niet blij, Peder?' 'Blij? Godverdomme, geef me iets, Barnum! Een aanwijzing. Een titel!' '*De Nachtman*', zei ik. '*De Nachtman*', zei Peder glimlachend. 'Moet je alles twee keer zeggen?' 'Waar gaat het over? Pitch me, Barnum!' Ik moest glimlachen. Zo praatten we nu dus. Pitch me. Vul me in. Geef me iets. 'Het gezin', zei ik. 'Wat anders?' Peder greep met beide handen naar zijn hoofd en schudde dat. 'Waarom zei je niks tijdens de bespreking? Waarom heb je dat script verdomme niet meegenomen naar de bespreking?' 'Omdat jij me gewekt hebt, Peder.' Hij liet zijn hoofd los, het kantelde tot op zijn schouder. 'Heb ik je gewekt?' 'Ja, Peder. Je belt en wekt me en hangt weer op en overal zijn er berichten voor me. Zelfs in de sauna krijg ik nauwelijks rust, Peder. Ik haat dat. En dat weet je.' 'Ik weet het, Barnum.' 'Ik haat het als er aan mijn kop gezeurd wordt. Ze hebben me m'n hele leven op mijn kop gezeten en aan mijn kop gezeurd. Iedereen heeft me op m'n kop gezeten. Ik heb er gewoon schoon genoeg van, Peder.' Zijn blik was nu helemaal leeg. 'Ben je nu klaar, Barnum?' 'Niet zeuren', zei ik. Peder kwam dichterbij en probeerde overeind te komen. Hij pakte bijna mijn handen beet. 'Ik heb je niet gebeld', fluisterde hij. 'En ik heb geen berichtjes voor je achtergelaten.'

En zodra hij dat had gezegd, werd ik helder en ijskoud en alles om me heen stond te trillen, lelijk en dichtbij. Ik wist het. Alles wat ik had uitgesteld, gebeurde nu. Ik vertrok. Peder probeerde me tegen te houden. Het lukte hem niet. Ik liep de Berlijnse nacht in. Het sneeuwde, een flikkering tussen de lampen en de duisternis. Ik hoorde de dieren schreeuwen in de dierentuin. Ik liep tussen de ruïnes door, langs de restaurants die nooit dichtgingen, naar Hotel Kempinski, waar de limousines stonden opgesteld, als omgebouwde lijkwagens in een hopeloze rij, en de oude, withharige portier deed de zware deur open en groette met zijn hand aan zijn pet en glimlachte welwillend en ik nam de lift naar mijn kamer, deed de deur open en zag dat het kamermeisje de kamer in orde had gemaakt, handdoeken, pantoffels en badjas had verschoond, en de telefoon lichtte nog rood op, ik rukte de hoorn eraf, maar kreeg alleen maar een rare zoemtoon en toen zag ik de envelop die ik had opgevouwen en in de zak van de andere badjas had gestopt, hij lag op het bureau naast een fruitschaal en een fles rode festivalwijn. Ik liet de hoorn vallen en liep ernaartoe. Ik maakte de envelop open en trok er een vel papier uit. Ik ging op bed zitten. Het was een fax, en bovenaan kon ik lezen waarvandaan die verstuurd was: Gaustad-ziekenhuis, afdeling psychiatrie, diezelfde ochtend, 7.41 uur. Het was mijn moeders handschrift, niet meer dan twee schuine regeltjes, bevende letters. *Lieve Barnum. Je zult het niet geloven. Fred is teruggekomen. Kom zo snel mogelijk naar huis. Moeder.*

Ik las de twee regels nog een keer en stond langzaam op, rustig bijna, mijn handen die het papier vasthielden trilden niet, nee, mijn handen trilden niet, en ik wierp een blik over mijn schouder, snel, zoals ik altijd doe, alsof ik dacht dat daar in de schaduw bij de deur iemand stond die mij in de gaten hield.

DE VROUWEN

(DE DROOGZOLDER)

Het is dinsdag, 8 mei 1945, en Vera, onze moeder, staat in de verste hoek van de droogzolder in de Kirkevei en haalt het wasgoed van de lijn, dat droog en zacht is geworden in de loop van de nacht daarboven. Het zijn drie paar wollen sokken die nu voorgoed kunnen worden opgeborgen, twee groene badpakken die ze nog niet hebben gebruikt, met knoopjessluiting en een touwtje in de nek, drie bustehouders, een witte zakdoek en niet in de laatste plaats de drie dunne jurken en lichte vestjes van rayon, die zo lang in de kast in de slaapkamer hebben gelegen dat ze bijna zijn verschoten van het donker. Vera had het wasgoed niet op de binnenplaats durven hangen, er is zo veel gebeurd in deze dagen, in deze jaren, dat niet ook nog eens iemand hun kleren mag stelen, nu, op het laatste moment. En ze haast zich, ze is ongeduldig en het kan haar niet snel genoeg gaan, want ze wil naar buiten om de vrede te vieren, de overwinning, alles gaat ze vieren, het leven, de lente, samen met Boletta en De Oude, en misschien is Rakel ook wel thuisgekomen, nu het vrede is, nu het voorbij is. Ze lacht zachtjes terwijl ze zich uitrekt naar de slappe snoeren die ruw aanvoelen onder haar vingers en waar ze zich gemakkelijk aan kan prikken als ze niet een beetje voorzichtig is. Het is Vera, onze moeder, die daar zo staat, alleen op de droogzolder, ze lacht en laat de houten knijpers in de grote zak van haar schort vallen en legt kledingstuk na kledingstuk netjes in de rieten mand naast haar. Ze is warm en gedachteloos, ze is slechts vervuld, tot de rand, van een grote en bijzondere blijdschap, die niet te vergelijken is met wat ze ooit eerder heeft gevoeld. Want ze is nieuw nu. Het is vijf jaar lang oorlog geweest en ze wordt van de zomer twintig en het is nu, op dit moment, dat haar leven begint, als ze eerst dat wasgoed maar van de lijn heeft, en ze vraagt zich af of ze de wollen sokken zal laten hangen, maar verwerpt dat meteen, op een dag als vandaag mag er geen was te drogen hangen, zelfs niet boven op de droogzolder. Vera moet even uitrusten, spant haar rug in een boog, buigt haar hoofd achterover en geniet van de geur van het schone wasgoed, van de drie jurken. Ze lacht weer. Ze blaast haar haren weg van haar voorhoofd. In de hoek onder de kolenschacht zit een grijze duif te koeren. Ze hoort vaag het roepen en zingen en de muziek op straat. Vera strekt zich uit naar de waslijn en wil de laatste jurk eraf halen, haar blauwe jurk, die ze ook nog nooit heeft kunnen gebruiken, en dan, op het moment dat ze de ene knijper losmaakt en met haar andere hand de jurk op zijn plaats houdt opdat hij niet over de stoffige vloer sleept, hoort ze voetstappen achter zich, ze komen langzaam dichterbij en Vera denkt even dat het Rakel is die terug is en nu door alle gangen is komen aanhollen om haar te zien, maar het is vast Boletta die haar geduld heeft verloren en die haar komt helpen, want ze hebben geen tijd te verliezen, het is vrede, de oorlog is voorbij, en Vera wil iets tegen haar moeder zeggen: *ja, ja, alleen deze jurk nog, zie je hoe mooi die is*, of misschien wil ze alleen maar lachen, lachen van pure blijdschap, en daarna kunnen ze samen de mand alle trappen af dragen. Maar dan beseft ze dat het haar moeder niet kan zijn, en ook Rakel niet, want deze voetstappen hebben een ander ritme, een ander gewicht, de vloerplanken geven een beetje mee, de duif in de hoek houdt plotseling op met koeren, dit zijn de voetstappen van de oorlog die nog steeds door lopen, en voordat Vera zich kan omdraaien grijpt iemand haar beet en houdt haar vast, een droge hand wordt op haar gezicht gedrukt en ze heeft de tijd niet om te schreeuwen. Ze ruikt de ranzige lucht van ongewassen huid, de rauwe stank uit de mond van een vreemde man, een tong die in haar nek raspt. Ze probeert hem te bijten, haar tanden zinken weg in de ruwe huid, maar hij laat niet los. Ze krijgt geen adem. Hij tilt haar op en zij schopt wat ze kan, haar ene schoen valt uit en hij dwingt haar op haar knieën en duwt haar voorover. Ze ziet dat haar jurk scheef aan één knijper aan de lijn hangt en ze trekt hem mee in haar val. Hij haalt zijn hand van haar mond en ze haalt adem, maar nu ze kan schreeuwen doet ze dat toch niet. Ze ziet zijn handen die haar rok stukscheuren, en dat is het enige wat ze van hem ziet, zijn handen, aan zijn ene hand ontbreekt een vinger en ze slaat haar nagels in die hand, maar de man geeft geen kik, negen vingers, meer heeft hij niet. Hij drukt haar gezicht op de vloer, haar wang schuurt over de ruwe planken, het licht valt schuin van hieruit gezien, de mand met wasgoed is omgevallen, de duif wappert met zijn veren. Ze voelt zijn handen op haar heupen, negen vingers schrapen langs haar huid, en hij splijt haar, hij duwt haar uit elkaar, ze hoort hem niet, ze propt haar jurk in haar mond, kauwt en kauwt op de dunne stof, de zon door het dakraam verplaatst zich met een schok, hij perst zich door haar heen en op dat moment beginnen de kerkklokken te luiden, alle kerkklokken van de stad luiden tegelijk, de duif vliegt bruusk op uit de hoek bij de kolenschacht en fladdert wild om hen heen, ze voelt vleugels die haar raken en nu is alles te laat, ze is nog geen twintig en uiteindelijk is hij degene die schreeuwt.

Daarna is alles stil. Hij laat haar los. Ze kan opstaan, maar blijft liggen. Hij legt zijn hand in haar nek. Hij ruikt naar urine en braaksel. Dan rent hij weg. Ze kan het voelen, een geluidloze dreun tegen haar gezicht, haar wang. Hij heeft haar beslopen, nu rent hij weg door de lange gangen van de zolder in de Kirkevei, 8 mei 1945. De duif zit in het kozijn van het dakraam. En Vera, onze moeder, blijft zo liggen, met haar wang op de vloer, haar jurk in haar mond en haar hand vol bloed, terwijl een streep zon langzaam over haar heen trekt.

(HET APPARTEMENT)

Boletta, Vera's moeder, was absoluut geen religieuze vrouw, integendeel, van wonderen had ze schoon genoeg, maar nu deed ze de deur naar het smalle balkon aan de kant van de Gørbitzgate open, ging erop staan en genoot van het ogenblik, voor wat het waard was: de kerkklokken die in de hele stad tegelijk luidden, die van Majorstuen, Aker en Fagerborg, zelfs van Sagene en Uranienborg kon ze horen, de zachte en wilde klank die als het ware werd opgetild door het licht en de wind en die opsteeg als één grote toon die voor eens en voor altijd de witte, scherpe echo van de luchtalarmen moest overstemmen. 'Kun je die deur niet dichtdoen! Het tocht!' Boletta draaide zich om naar de kamer, verblind bijna. De duisternis daarbinnen werd nog dieper. De bruine meubels leken donkere schaduwen die zich niet lieten verplaatsen, vastgeklonken door het harde tikken van de klok in de hal. Ze moest even een hand voor haar ogen houden. 'Wil je soms dat we juist vandaag verkouden worden? Terwijl we de hele oorlog gezond zijn geweest!' 'Je hoeft niet tegen me te schreeuwen, moeder.'

Boletta sloot de balkondeur en nu kon ze De Oude bij de boekenkasten zien staan. Ze stond daar in haar lange onderjurk en rode, fluwelen pantoffels en trok er boeken uit die ze in de kachel gooide, terwijl ze snel en nadrukkelijk tegen zichzelf praatte. Het geluid van de kerkklokken verstilde tot een bescheiden lied. Boletta liep voorzichtig naar haar toe. 'Wat ben je aan het doen, moeder?'

Maar De Oude antwoordde niet, of ze hoorde het niet en gaf daarom geen antwoord. De Oude was namelijk doof aan haar ene oor en ook het andere werkte niet helemaal zoals het hoorde. De schade was ontstaan toen Filipstad de lucht in vloog in december 1943. De Oude was in de eetkamer een zender aan het zoeken op de radio die ze geweigerd had in te leveren, met als argument dat ze Deens staatsburger was en uitsluitend van plan was naar programma's uit Kopenhagen te luisteren. Ze beweerde dat de explosies meervoudig versterkt uit de luidsprekers kwamen, begeleid door een uitgelaten jazzband uit Amerika, en daardoor werd het aambeeld in haar linkeroor verbrijzeld en verschoof de stijgbeugel in het andere. Boletta was er in haar hart van overtuigd dat de oren van haar moeder uitstekend waren, maar dat ze zich het recht wilde voorbehouden om alleen te horen wat ze wenste te horen. Nu zag ze dat De Oude de romans van Knut Hamsun uit de kasten rukte en in de groene kachel propte. 'Wat doe je nou!' riep Boletta nogmaals en ze greep haar moeder bij de arm. 'Ik maak het uit met Hamsun!' 'Hamsun? Maar jij bent gek op Hamsun!' 'Ik heb hem al vijf jaar niet meer gelezen! En hij had allang het huis uit moeten zijn!' De Oude draaide zich om naar haar dochter. Ze zwaaide met *Hoe het groeide*. 'En vooral na wat hij in de krant heeft geschreven!' 'Wat heeft hij dan geschreven?'

De Oude stopte *Hoe het groeide* in de kachel en haalde de avondeditie van de *Aftenposten* van de vorige dag tevoorschijn. Ze tikte zo hard met haar wijsvinger op de voorpagina dat er bijna een gat in kwam. 'Ik zal je woordelijk vertellen wat die griezel heeft geschreven! *Wij, zijn naaste getrouwen, buigen nu ons hoofd bij zijn dood.*' De Oude keek op. 'Kun je je een slechter moment voorstellen om Hitlers necrologie te schrijven? Bovendien had hij nooit een necrologie moeten hebben! We zouden op zijn graf moeten dansen!'

Ze gooide de krant in de kachel en stortte zich weer met tomeloze woede op de boekenkast. Haar lange, grijze haar stond als een dunne waaier rond haar hoofd, ze vloekte hartgrondig bij elk deel van Hamsuns verzamelde werken dat ze weggooide, en dat had ik graag willen zien: De Oude, onze overgrootmoeder, die op 8 mei 1945 de sporen van de hardhorige Nobelprijswinnaar uit de kamer in de Kirkevei verwijderde. Maar plotseling hield ze op, op het moment dat ze het laatste deel van de August-trilogie, *Maar het leven leeft,* wilde weggooien, ze bleef staan met deze eerste druk in haar handen terwijl ze zich zwijgend vooroverboog naar de boekenkast en iets tevoorschijn wurmde dat achter de romans van de verrader verscholen had gestaan, een onaangebroken fles Malaga uit 1936. De Oude tilde de fles voorzichtig op en vergat Hamsun even helemaal. Boletta liep om haar heen om te kijken wat er was. 'En daar heb ik nou overal naar gezocht', zuchtte De Oude. 'In de wasmand. In de stoppenkast. In de cisterne. En nu staat hij verdorie hier, vlak achter Augusts scheve rug!' Ze kuste de fles en draaide zich weer om naar de boekenkast. 'Bedankt voor het gezelschap, Knut. Maar hier scheiden onze wegen zich!'

Ze keek voor de zekerheid ook achter Herman Bang en Johannes V. Jensen, of daar misschien ook nog flessen stonden, maar dat was niet zo, ook niet achter Ibsens verzamelde werken. De Oude was al op weg naar de keuken. Boletta hield haar tegen. 'Heb jij die in de boekenkast verstopt?' vroeg ze. De Oude keek haar met grote ogen aan. 'Ik? Dan had ik hem allang gevonden en opgedronken voordat Hitler Polen binnenviel! Die moet jij daar neergezet hebben.' Boletta boog zich naar haar gezondste oor. 'Heb je nog meer dingen verstopt, misschien?'

Maar daar verstond De Oude geen woord van en ze begon aan de kurk te draaien met haar kromme, gerimpelde vingers. Boletta moest de fles voor haar vasthouden terwijl De Oude draaide en trok en zo stonden ze een hele poos te ploeteren en te hijgen. Maar plotseling liet De Oude los en keek onthutst naar zichzelf, alsof het nu pas tot haar doordrong dat ze helemaal niet aangekleed was. Ze pakte Boletta de fles af en was bijna verontwaardigd over zichzelf. 'Een Malaga uit 1936 drink je niet in je ondergoed! Waar blijft Vera? Ik wil onmiddellijk mijn jurk hebben!'

Boletta draaide zich bruusk om naar de ovale klok die op het kastje in de hal stond, die magische klok van Bien Levensverzekeringen, waar we elke maand, altijd op de eerste zaterdag, de verzekeringspremie in stopten, en daarom heb ik lang gedacht dat geld de tijd liet lopen. Boletta liep ernaartoe. Zo laat kon het toch niet zijn. Dat klopte niet. Vera had allang weer met het wasgoed beneden moeten zijn. De klok liep voor, misschien had hij de spanning van het laatste etmaal niet aan gekund en had hij een paar uur overgeslagen, toen de gevangenen uit kamp Grini werden vrijgelaten en generaal Rediess, hoofd van de SS en de Gestapo, de deur op de eerste verdieping van het koninklijk buiten Skaugum achter zich sloot, zijn pistool zo ver mogelijk in zijn mond stak en de trekker overhaalde. Boletta kon vaag het gedreun van het getande seconderadertje horen en de muntjes die nog narinkelden in het laatje onder de wijzerplaat.

Ze keek snel op haar eigen horloge. De tijd klopte. 'Ik ga kijken wat ze aan het doen is.' 'Doe dat. Ik zal ondertussen wat glazen op temperatuur brengen.' Boletta bleef staan en keek haar moeder indringend aan. 'Je raakt die fles niet aan voordat wij beneden zijn!' De Oude glimlachte alleen maar. 'Ik verheug me erop koning Haakon weer te zien. Wanneer denk je dat hij komt?' Boletta boog zich naar haar andere oor. 'Je waagt het niet hem aan te raken! Voordat Vera en ik beneden zijn!' De Oude kuste haar dochter op haar wang en huiverde. 'Ik geloof waarachtig dat ik de haard maar eens aan ga maken. De oorlog heeft de wanden koud gemaakt.'

Boletta zuchtte, sloeg een sjaal om haar schouders, haastte zich door het appartement en begon de steile trappen te beklimmen.

(DE DUIF)

De deur naar de zolder staat open. Het is er heel stil. Boletta hoort geen stemmen, geen muziek uit de stad, uit de straten, of de wind die de muren altijd doet meegeven, alsof het hele huis zich elke keer dat het waait een stukje verplaatst. 'Vera?' roept ze. Maar niemand geeft antwoord. Ze loopt door de gang, langs alle berghokken, trekt de sjaal dichter om zich heen. Het tocht, maar de wind is geluidloos. Er dwarrelt licht stof van de balken hoog onder het dak. 'Vera?' roept ze weer.

Waarom geeft ze geen antwoord? Misschien is ze ervandoor gegaan, naar Majorstuen. Onmogelijk. Boletta lacht. Alsof Vera ervandoor zou gaan! Ze is vast weer gewoon weggedroomd. En vandaag mag je wegdromen. Vandaag mag je vergeten en morgen kunnen ze zich datgene herinneren wat ze willen. Vandaag kunnen ze alles doen. Boletta heeft het plotseling koud. Voor haar ligt een omgevallen kinderwagen vol brandhout.

Ze blijft staan. 'Vera?' Zelfs de duiven koeren niet. De stilte is dubbel. De deur naar onze droogplek trilt nog na in de scharnieren. En dan hoort ze toch iets: een knarsend, gelijkmatig geluid, het lijkt op zoemen, als een zwerm insecten die steeds dichterbij komt maar die je niet kunt zien. Het is een geluid dat ze nooit zal vergeten. Boletta schuift de kinderwagen opzij, rent het laatste stukje en blijft hijgend in de deuropening staan. Zo treft ze haar dochter aan. Vera zit op haar hurken naast de wasmand. In haar schoot houdt ze de schone jurk, ze aait er keer op keer met haar hand overheen, terwijl ze zachtjes neuriet, alsof een valse toon zich heeft vastgezet in haar borst. Boletta loopt langzaam naar haar toe. Vera kijkt niet op. Ze staart naar haar handen die de dunne stof gladstrijken, steeds sneller. 'Wat is er met je, Vera?'

Vera wendt zich alleen maar af, wrijft met haar vingers over de blauwe jurk. Boletta knielt voor haar dochter neer en legt haar hand hard in haar schoot om haar te laten ophouden. Ze is bijna geprikkeld, ze had haar graag even door elkaar gerammeld, maar deze dag leent zich niet voor ergernis en standjes. Ze probeert te lachen. 'De Oude heeft een fles Malaga achter Hamsun gevonden. En ze wil hem pas opdrinken als ze haar jurk aan heeft. Kom je?' Vera draait zich langzaam om naar haar moeder en glimlacht. Haar gezicht, haar lippen zijn scheef, haar linkerwang is gezwollen. Ze heeft een wond op haar slaap, onder haar haren. Maar het ergst zijn haar ogen. Die zijn helder en groot en kijken nergens naar.

Boletta schreeuwt bijna. 'Liefje, kindje toch. Wat is er gebeurd?' Vera neuriet. Vera houdt haar hoofd schuin en neuriet. 'Ben je gevallen? Ben je op de trap gevallen? Vera, liefje, zeg iets!' Vera sluit haar ogen en glimlacht. 'Je moet niet vergeten de duif eruit te laten', zegt ze.

En dan voelt Boletta dat de nieuwe jurk vochtig en plakkerig is. Ze trekt haar hand terug. Haar vingers zijn donker van het bloed. 'De duif? Welke duif?'

Maar Vera geeft geen antwoord. Vera, onze moeder, eigende zich het zwijgen toe en praatte niet meer gedurende acht maanden en dertien dagen. Je moet niet vergeten de duif eruit te laten, was het laatste wat ze zei. En Boletta kijkt op, terwijl het bloed van haar vingers drupt. De zon is het dakraam allang gepasseerd. De schaduw valt als een zuil zwart stof schuin door de ruimte. En op de waslijn vlak boven hen zit de grijze vogel, roerloos.

Boletta wappert met haar hand. 'Mijn God! Wat heb je gedaan, al dat bloed!' Vera leunt tegen haar moeder aan, die haar voorzichtig optilt en haar de gang door en de trappen af draagt, de angst heeft Boletta, die kleine vrouw, sterk en waanzinnig gemaakt. Een van hen huilt, of misschien wel allebei, en Vera wil de bloederige jurk niet loslaten. Bij elke trede die haar moeder afloopt vallen er knijpers uit Vera's schortzak, ze liggen achter hen uitgestrooid. Boletta bekommert zich er niet om, ze zal ze wel oprapen als ze de wasmand gaat halen, die op de droogzolder is blijven staan. En ik herinner me de vogel die we op een nacht achter op zolder vonden, Fred en ik vonden hem, een harde, ingedroogde duif, als een mummie met veren, die keer dat Fred een doodskist had gekocht en zou oefenen in doodgaan, maar dat duurt nog een hele poos.

(DE RING)

De Oude stond bij het witte buffet in de provisiekamer en schonk drie brede glazen precies even vol, want Vera was nu oud genoeg om Malaga te drinken, iedereen die een wereldoorlog had overleefd verdiende op z'n minst één glas Malaga, en de geur van deze zwarte, vloeibare bloem uit 1936 liet haar dromen van de havens van Kopenhagen, scheepsdekken, zeilen, trossen en kinderkopjes, het was alsof de geur ervan elk beeld in haar donkere herinnering kon oproepen. De Oude sloeg op tafel en huilde een beetje van blijdschap. Het was een droef geluk! Ondergoed of niet, ze proostte even zo goed drie keer, één keer voor de man die in het ijs verdween, één keer opdat ze hem nooit zou vergeten, en ten slotte een toost op deze vrede en de zon die hem bescheen. Ja, het was een droef geluk! Maar de droefenis was zelden gelukkig. Het leven bestond niet uitsluitend uit grote hoeden en langzame walsen. Het leven was ook wachten op degenen die nooit terugkwamen. Ze leegde haar glas op het droeve geluk, vulde het nauwkeurig opnieuw, en eindelijk hoorde ze gestommel in de keuken. Ze drukte de kurk op de fles en zag dat Boletta Vera naar binnen droeg, die in haar armen in slaap was gevallen als een klein, stralend kind. Zo zag ze eruit, op het eerste gezicht. 'Kook water!' riep Boletta. 'Haal azijn en gaasverband!' De Oude hief haar glas op en zette het weer neer. 'Wat is er gebeurd?' 'Ze bloedt! Ze zegt niets!'

Boletta droeg haar dochter naar de slaapkamer en legde haar in het tweepersoonsbed. De Oude zette meteen de grootste pan op met water en haastte zich achter hen aan. Vera lag met gesloten ogen, haar armen stijf rond de bloedige jurk geklemd. Haar gezicht was nu nog schever. Een blauwe schaduw bedekte haar ene wang. Boletta zat op de rand van het bed en wist niet waar ze haar handen moest laten. 'Zo heb ik haar gevonden', fluisterde ze. 'En ze wil niets zeggen. Geen woord!' 'Heeft ze helemaal niets gezegd?' 'Het enige wat ze zei was dat ik de duif eruit moest laten.' 'Welke duif?' 'De duif op de waslijn. Daar zat een duif. Wat bedoelde ze daarmee?' 'Ze zal wel gewoon bedoeld hebben dat je hem eruit moest laten. Die duif.'

De Oude vond een plekje aan de andere kant van het bed. Ze aaide voorzichtig over Vera's voorhoofd en voelde dat dat warm en droog was. Toen legde ze twee vingers op de smalle, bleke hals en kon met moeite de hartslagen tellen, ze waren regelmatig en traag. En steeds hetzelfde geluid kwam uit de diepte van haar mond, een laag, donker lied dat haar lippen liet trillen. Boletta kon er niet meer tegen. Ze sloeg haar handen voor haar oren. 'Zo neuriet ze al sinds ik haar heb gevonden!' 'Ze neuriet niet. Ze koert. Godallemachtig.' De Oude probeerde de jurk van Vera af te pakken, maar slaagde daar niet in. Haar handen waren wit, er waren drie nagels gebroken. 'Zullen we de dokter bellen?' fluisterde Boletta. 'De dokter is vandaag vast ergens anders. Is het haar maandstonde, denk je?' 'Zoveel bloed, dat bestaat niet!' De Oude wierp haar een snelle blik toe. 'O, wees daar maar niet zo zeker van. Bloed hebben we meer dan genoeg.'

Ze hoorden dat het water in de keuken kookte, en terwijl Boletta de pan haalde, pakte De Oude azijn, kamfer, doeken, jodium en verband. Ze hesen Vera voorzichtig overeind in het bed, maakten de knoop van haar schort op de rug los en legden haar weer zachtjes neer, trokken haar schoenen en kousen uit, knoopten haar blouse los, maar toen ze weer probeerden de jurk van haar af te pakken, was dat nog steeds onmogelijk. Ze moesten geweld gebruiken, ze moesten vinger voor vinger ombuigen, en zelfs toen lukte het niet. Uiteindelijk pakte De Oude de schaar en knipte alle kledingstukken los, vanaf de rokzoom dwars door de bloedige jurk, tot aan de halsopening en weer naar beneden langs beide mouwen. Af en toe deed Vera haar ogen open, alsof ze wilde zien waar ze was, of om te kijken wat ze om haar heen deden. Heel even maar, dan zonk ze weer koerend weg in haar blauwe schaduw. Ze vouwden haar kleren opzij en zagen dat haar ondergoed ook bebloed was. Ze kleedden haar helemaal uit, ze bood geen weerstand meer. Boletta moest nog harder huilen toen ze haar dochter zo zag in het brede bed, bijna doorschijnend was ze, in het matte licht van de kroonluchter boven hen, en haar handen graaiden ergens naar, haar vingers kromden zich tot harde vuisten, alsof ze nog steeds een blauwe jurk vasthield die ze nooit zou dragen.

Daarna wasten ze Vera met spons, puimsteen en borstel, met de mildste zepen, ze droogden haar af met de zachtste handdoeken, verschoonden het beddengoed, legden een vette omslag op haar wang en een in azijn gedrenkte doek op haar borst en ze gaven haar voor de zekerheid drie lagen maandverband. Ze kreeg warme thee en ze mocht de Chinese nachtjapon van De Oude aan hebben. Vera neuriede niet meer. Vera sliep geluidloos en zelfs haar handen verslapten eindelijk en kwamen tot rust in de zijde.

De Oude haalde de fles Malaga en twee glazen en ging naast Boletta zitten. 'We moeten de vrede maar binnenshuis vieren', fluisterde ze. 'Dat kan net zo goed.' Ze dronken in stilte naast Vera's bed. Ze konden het gejuich horen van Majorstuen tot Jessenløkken, van Tørtberg tot Bislet, Sankthanshaugen en Blåsen. Af en toe vuurde iemand een schot af en brak er een ruit. Maar Vera ontwaakte niet uit haar slaap.

De Oude schonk nog eens in. Boletta dronk haar glas meteen leeg. 'Ik had haar nooit alleen naar boven moeten laten gaan', mompelde ze. 'Wat bedoel je?' 'Ik had mee moeten gaan.' De Oude boog zich naar haar toe en haar grijze haar viel voor haar gezicht. Ze streek het met een langzame beweging weg. 'Er was daar toch niemand anders? Bij haar?' Boletta schudde haar hoofd. 'Bij haar? Hoe bedoel je?' 'Je weet toch heel goed wat ik bedoel?' Boletta wilde gaan schreeuwen, maar hield zich in. 'Ze was alleen', zei ze stilletjes. 'Maar er had iemand kunnen zijn voordat jij kwam?' Boletta keek even naar haar moeder. 'Morgen gaan we naar de kapster', zei ze plotseling. 'Alledrie.' De Oude snoof. 'O, praat voor jezelf. Jullie mogen best naar de kapster gaan. Ik niet.' Boletta zuchtte. 'Je haar is te lang. Maar blijf jij er maar uitzien als een voddenkoningin, hoor. Als je dat zo graag wilt.' De Oude werd kwaad. 'Ik ga me niet optutten voor de vrede.' 'Bovendien verhaar je als een kat!' 'Vera kan mijn haren opsteken. Wanneer koning Haakon thuiskomt!'

Ze schrokken op van een knal tegen het raam. Ze waren schrikachtig en broos. Er stond iemand buiten steentjes tegen hun raam te gooien. De Oude zette haar glas op het nachtkastje, liep ernaartoe en opende het raam op een kier. Het waren gewoon de jongens die in hetzelfde gebouw woonden. Ze hadden bloemen in hun knoopsgaten en Noorse vlaggen in hun handen. Ze waren overmoedig en brutaal en onkwetsbaar. Ze riepen Vera. De Oude had al een waarschuwende hand opgeheven. 'Vera voelt zich niet helemaal lekker', zei ze. 'Bovendien gooien jullie tegen het verkeerde raam. Tenzij jullie met mij uit willen.'

De jongens lachten en holden verder, naar andere ramen, naar andere meisjes. Tussen de huizenblokken aan de overkant van de straat brandden op een aantal plaatsen vuren, vuren van verduisteringsgordijnen, de mensen kwamen ermee aangelopen en gooiden ze in de vlammen, de zwarte rook steeg op naar de koele hemel en vormde een hele rij zuilen, en de lucht ervan, een weeë, bijna zoetige stank, vermengde zich met de geur van de seringen die net in bloei kwamen. De avondzon liet het asfalt gloeien, alsof de hele stad gehamerd was in zacht koper. Langs de Kirkevei marcheerde een bataljon jonge, sportief geklede mannen, ze droegen een geweer op hun schouder en ze zongen. Waar kwamen al die mensen vandaan? De Oude verbaasde zich erover. En ze dacht, oorlog is stilte. Vrede is lawaai.

Ze deed het raam dicht en ging weer naast het bed zitten. 'Dit is mijn tweede wereldoorlog', zuchtte ze. 'En het moet maar de laatste zijn.' De Oude klopte drie keer op de beddenpoot. Boletta verschoonde de doek op Vera's borst en tilde voorzichtig de nachtjapon op om te zien of er meer bloed was gekomen, maar het verband was nog wit en droog. 'Ik begrijp gewoon niet hoe ze zich zo heeft kunnen verwonden', fluisterde De Oude. 'Ze moet gevallen zijn', zei Boletta gejaagd. 'Ja. Zo zal het wel gegaan zijn. Dat ze gevallen is.' Boletta boog zich voorover en haar stem was nauwelijks hoorbaar. 'Denk je dat er iemand anders geweest kan zijn?' De Oude rook lang aan de fles en keek een andere kant op. 'Nee, wie zou dat geweest moeten zijn? Je zei toch dat ze alleen was.'

Zo praatten ze, zachtjes en nerveus, over en weer, onze overgrootmoeder en onze grootmoeder, allebei met een glas Malaga, en ik verbeeld me dat ze er nooit helemaal in geslaagd zijn om de damp van die donkere, zoete wijn te verdrijven, ondanks het luchten, en als ik jaren later in die kamer mocht liggen, omdat ik een nachtmerrie had gehad of deed alsof ik ziek was, dan haalde ik altijd zo diep mogelijk adem en dan werd ik meteen licht in mijn hoofd, de Malaga was een herinnering die mijn bloed binnenstroomde, en ik droomde dronken dromen, ik hield van de dromen die in mijn dronken slaap door me heen spoelden. Maar nu lag Vera daar, onze moeder, in azijn en zijde, en buiten ging de vrede door. Af en toe betrap ik mezelf op de gedachte wat er gebeurd zou zijn als ze had gesproken, als ze verteld had wat er op de droogzolder was gebeurd, de verkrachting. Dan zou ons verhaal een ander verhaal geweest zijn. Misschien was het wel nooit op gang gekomen; het zou in andere banen zijn geleid, waar wij nooit weet van zouden hebben gehad. Vera's stilzwijgen is het begin van ons verhaal, zoals alle verhalen moeten beginnen met stilzwijgen.

Boletta maakte haar lippen vochtig met water. 'Kleine Vera', fluisterde ze. 'Heeft iemand je pijn gedaan?' Maar Vera antwoordt niet, ze wendt zich af en Boletta kijkt naar De Oude. 'Ik begrijp alleen niet waar al dat bloed vandaan komt', fluisterde ze. 'Zo heeft ze nog nooit gebloed. Dat kleine lijfje!' De Oude zat voorovergebogen, met beide handen rond haar lege glas. 'Toen ik hoorde dat Wilhelm naar Groenland zou vertrekken, bloedde ik twee etmalen lang.' Boletta zuchtte. 'Ik weet het, moeder.' De

Oude glimlachte plotseling, alsof ze ergens aan werd herinnerd wat ze eventjes was vergeten. 'En toen kwam hij de nacht voor hij vertrok naar me toe en stopte het bloeden. Hij was een tovenaar, Boletta.'

Vera draaide zich langzaam om in haar slaap en ze haalden de omslag van haar wang. Ze zagen dat de zwelling was afgenomen. Ze leek bijna weer zichzelf. De Oude fatsoeneerde Vera's haren voorzichtig met een houten kam. 'Je hebt gelijk', zei Boletta. 'Het zal haar wel te veel geworden zijn. Alles wat er gebeurd is. Dat kon ze niet aan.' 'En dan de kleine Rakel die weg is', fluisterde De Oude. 'Denk je eens in hoe Vera haar mist.' 'Ze kan nog steeds terugkomen', zei Boletta snel. 'Nee. Dat moet je niet geloven. Moet je niet zeggen. Laten we in dit huis niet nog meer mensen krijgen op wie we moeten wachten.'

Ik heb nog geen tijd gehad om over Rakel te vertellen, want haar verhaal begint voor dit alles en het is al afgelopen: moeders hartsvriendin, zwarte Rakel, is dood, dood in een massagraf in Ravensbrück, en niemand zal haar ooit vinden of haar herkennen, ze bevindt zich in het incognito van de dood, uitgeroeid door de zakelijke beulen, de nauwgezette moordenaars die elke ochtend hun vrouw en kinderen kussen voordat ze naar het vernietigingskantoor gaan. Kleine Rakel, vijftien jaar, uit het appartement op de hoek van de Jonas Reingate, een bedreiging voor het Derde Rijk. Ze haalden haar en haar ouders op in oktober 1942, maar ze waren barmhartig en grootmoedig en lieten haar door de regen over de binnenplaats rennen, naar mijn moeder, om afscheid te nemen. 'Ik kom snel terug', zei Rakel. 'Niet bang zijn, Vera. Ik kom snel terug.' Twee meisjes, twee hartsvriendinnen, midden in een oorlog, de ene is onze moeder, de andere is haar beste vriendin die moet vertrekken. Hoeveel weten ze? Hoeveel weet zij? Er rolt een regendruppel over Rakels neus en Vera veegt die weg en ze lachen allebei, even is het alsof dit een willekeurig afscheid is. Rakel draagt een bruine jas, een afdankertje van haar moeder dat te groot voor haar is en ze draagt grijze wanten, ze heeft nog geen tijd gehad ze uit te doen. Ze heeft niet veel tijd. Ze wachten op haar, haar ouders en de politie. Ze gaat een verre reis maken. Het schip heet de Donau. Ze houden elkaar vast en Vera denkt, terwijl ze de woorden in zichzelf zegt, ze komt snel weer terug, dat zei ze immers, niet bang zijn. 'Wees voorzichtig', fluistert Rakel. 'En doe de groeten aan Boletta en De Oude.' 'Die zijn weg, aardappels zoeken', glimlacht Vera en weer lachen ze allebei. Plotseling laat Rakel haar los, ze trekt haar rechterwant uit en wurmt de ring van haar middelvinger, geeft die aan Vera. 'Die mag je van me lenen tot ik terugkom.' 'Echt waar?' Maar Rakel bedenkt zich meteen weer. 'Nee.

Je mag hem hebben!' 'Nee', zegt Vera onmiddellijk. 'Jawel, je mag hem hebben!' 'Nee', zegt Vera koppig, boos bijna. 'Ik wil hem niet hebben.' Rakel pakt Vera's hand en schuift de ring op zijn plaats. 'Maar je kunt er toch in ieder geval voor me op passen!' Dan zoent Rakel haar op haar wang en ze holt weg, want ze heeft weinig tijd, ze gaat een lange reis maken en ze moet niet te laat komen. Vera staat in de keuken en ze zou willen dat Rakel haar de ring niet gegeven had. Ze hoort de snelle voetstappen de trap aflopen, de kleine, bruine schoenen op de treden, en Rakel zal nooit terugkomen. Ik herinner me iets wat mijn moeder zei, en ze zei het vaak: *ik hoor die voetstappen nog steeds uit mijn leven verdwijnen.* Ik maakte die woorden tot de mijne. En soms wil ik graag geloven dat Rakel aan de zijlijn van dit verhaal staat, of in het hart van dat wat moeders zwijgen was, en naar ons kijkt, triest en meewarig.

De Oude deed de kurk op de fles. 'Dus jij vindt dat ik eruitzie als een zwerfster, hm?' zei ze. Boletta pakte de kapotte kleren in een stuk papier, bond er een touwtje omheen en verstopte ze achter in de kast. 'Ik zeg alleen maar dat we alledrie naar de kapster zouden kunnen gaan', zuchtte ze. 'Je zei dat ik eruitzag als een zwerfster. Een voddenkoningin!' 'Vera en ik kunnen gaan. Als jij niet wilt.' 'Ja, ga maar naar de kapster en tut je op voor de vrede!'

Het was bijna nacht en De Oude had nog steeds geen tijd gehad om zich aan te kleden. Ze zat naast het bed in haar verschoten onderjurk en haar rode pantoffels en ik had graag geweten wat ze toen dacht. Dacht ze dat ze nu weer door een ongeluk waren getroffen? Boletta ging achter haar staan en tilde het lange, grijze haar met beide handen op. 'Je ziet er niet uit als een zwerfster. Je ziet eruit als een boze heks.' Daar moest De Oude om grinniken. 'Morgen is Vera vast weer beter. Misschien wil ze wel een wandelingetje maken met de heks?'

Zo probeerden ze zichzelf gerust te stellen, dat het Vera's maandelijkse bloeding was die met ongewone kracht uit haar was gevloeid, op deze ongewone dag, 8 mei 1945, en dat ze daardoor boven op de droogzolder was omgevallen. 'Toch ga ik de dokter bellen', fluisterde Boletta. 'Die heeft vast wel wat anders te doen', zei De Oude weer, net zo zachtjes. Ze sloeg snel een kruisteken, drie keer. Boletta liet de haren over haar moeders kromme rug vallen en ging voor haar staan. 'Wat deed je daar?' 'Wat ik deed? Wat bedoel je?' 'Je weet heel goed wat ik bedoel. Stel je niet aan.' 'Ik ben moe', zei De Oude nors en wilde weggaan. Boletta hield haar tegen. 'Je maakte een kruisteken. Ik zag het wel.' De Oude trok haar arm los. 'Ja, ja. Ik heb een kruis geslagen. Een oude heks die een kruisteken maakt. Maakt het wat uit?' 'Ik dacht dat je met God had gebroken en niet meer met hem wilde praten. Nou?' De Oude ging weer zitten. 'Het is langgeleden dat God en ik goeie maatjes waren. Maar af en toe geef ik hem even een teken. Zodat hij zich niet eenzaam voelt. En nu ben ik moe!'

De Oude liep naar de eetkamer en viel op de bank in slaap, Boletta ging bij Vera liggen, met haar arm om haar heen, zoals ze de afgelopen vijf jaren zo vaak bij elkaar gelegen hadden, soms ook met z'n drieën, wanneer ze uit de kelder kwamen na een luchtalarm en explosies. En wanneer ze zo lagen te wachten op de nacht en de slaap en de vrede, dan las De Oude soms voor uit Wilhelms brief en Vera huilde altijd wanneer De Oude bij het einde kwam, de laatste fraaie zin die Wilhelm, Boletta's vader, had geschreven voordat hij verdween in het land tussen ijs en sneeuw.

Boletta lag lang wakker. Ze dacht aan De Oude, die een kruisteken had gemaakt, die het nodig geacht had om vanavond in gebarentaal met God te converseren. Boletta beefde, ze beefde zó dat ze haar armen op moest tillen om Vera niet te wekken. Werd Boletta net zo onrustig van de plotselinge godvruchtigheid van De Oude als Vera werd toen Rakel haar de ring gaf? O, al die dingen die we doen en die verkeerd gaan, onze averechtse handelingen, troost die in plaats daarvan pijn wordt, beloningen die straf worden, het gebed dat tot banvloek wordt. Er klonk nog steeds geroep en gelach van de straat. Het was vrede. Rijkscommissaris Terboven had het lijk van Rediess in de bunker van Skaugum gesleept en hij verzocht de wachtmeester de lont van de enorme kan met springstof aan te steken. Er werd gezegd dat Terboven even spijt had, niet van zijn daden, maar van zijn laatste beslissing: de lont die over de stenen vloer liep. Hij probeerde het vlammetje te doven, maar dat lukte hem niet, hij was te dronken, en niemand schonk aandacht aan de enorme explosie die de vogels verschrikt deed opvliegen uit de bossen in de omgeving. De oorlog was voorbij. Voor het eerst was Boletta bang.

Ze moest toch in slaap gevallen zijn, maar kon zich dat niet herinneren. Toen ze wakker werd, abrupt en uitgeput, was Vera er niet. Het was licht in de kamer. Ze kwam overeind. Maar Vera was er niet. Het bed was leeg naast haar. Het was al zeven uur. Boletta moest naar haar werk. Het was gewoon een woensdag, een woensdag in mei. In de eetkamer praatte iemand. Ze holde ernaartoe. De Oude was in slaap gevallen met de radio aan. *Dit is de Noorse Staatsomroep. De enige ware radiozender.* Boletta zette hem uit en in de stilte die volgde hoorde ze iets anders, weer datzelfde geneurie, gekoer, maar dieper nu, gegorgel bijna. Het kwam uit de badkamer en het ging door merg en been. Ze wist De Oude wakker te krijgen en trok haar mee naar de gang. De deur van de badkamer was op slot. Vera was daarbinnen.

Boletta klopte aan. 'Vera? Kun je opendoen, Vera?' Het geneurie stierf weg, als een zucht. Het werd weer volkomen stil. Maar af en toe hoorden ze water druppelen, en een schurend geluid, zoals Boletta op de droogzolder had gehoord, maar harder nu, als schoenen op een deurmat. 'Kom je, Vera? Wat ben je aan het doen?' De Oude boog zich voorover en loerde door het sleutelgat. Ze voelde een zuchtje wind, een tocht langs haar oog. 'Ik zie niks. De sleutel zit erin.' Boletta rukte plotseling aan de deurkruk en schreeuwde. 'Vera! Nu doe je open! Geen flauwekul meer! Hoor je me! Doe open!' De Oude moest ingrijpen en haar tegenhouden. 'Beheers je en breek de hele boel niet af!' Boletta liet de deurkruk los, sloeg haar hand voor haar mond en fluisterde achter haar vingers: 'Wat moeten we doen?' 'Je kunt beginnen met niet te schreeuwen. Daar heb ik wel zo'n hekel aan.' Boletta lachte kort. 'Nee maar. Hoor je nu zo goed dat je daar last van hebt?' 'Dat zijn jouw zaken niet.' 'Misschien heeft de vrede je beide oren schoongeveegd?' Daar gaf De Oude geen commentaar op. In plaats daarvan haalde ze een haarspeld tevoorschijn en stak die in het sleutelgat, ze wrikte en frunnikte tot ze de grote sleutel aan de binnenkant op de vloer hoorden vallen. Boletta probeerde meteen de deur open te duwen, maar die was nog net zo op slot als daarnet. De Oude loerde weer door het sleutelgat. 'Zie je nu iets?' fluisterde Boletta. 'Ik geloof dat ze in de badkuip zit. Ik zie een arm.' Nu moest Boletta zich ook vooroverbuigen om door het sleutelgat te kijken. Ze voelde de koude wind tegen haar oog, en altijd, zo lang ik me kan herinneren, gaf ze daaraan de schuld wanneer haar ene oog plotseling rood en gezwollen werd en het begon te tranen, alsof het in z'n eentje in haar gezicht aan het huilen was.

Boletta zag hem ook, Vera's arm, Vera's naakte arm over de rand van het bad, haar hand, de dunne vingers en Rakels zware ring. 'We halen de huismeester! Die kan de deur openbreken!' Boletta was al op weg naar de keuken, maar De Oude wist haar tegen te houden. 'De pedel heeft het nu ongetwijfeld druk met andere dingen', zei ze. 'Maar iemand moet die deur openmaken!' 'Wil je misschien dat die nieuwsgierige idioot haar daar zo ziet? Naakt!' Boletta huilde. 'Maar wat moet ik dan doen?' 'Je moet met haar praten. Praat met je dochter!' Boletta haalde diep adem en liep terug naar de deur. 'Vera? Ben je bijna klaar?' Maar ze wilde niet antwoorden, daarbinnen. Ze wachtten. Ze hoorden alleen het langzame geluid van water dat overstroomt. En plotseling zag Boletta de klok in de hal, het schokken van de seconden, het was alsof de schaduw van de wijzers over haar heen draaide. 'Ik moet naar mijn werk, Vera! Ik moet me klaarmaken anders kom ik te laat!' De Oude pakte haar arm beet. 'Werk? Vandaag?' 'Denk je soms dat mensen niet meer met elkaar bellen, nu het vrede is?' 'Nee, ik geloof waarachtig dat ze daar geen tijd voor hebben, dat hun hoofd daar niet naar staat!' Boletta schoof De Oude opzij. 'Vera, liefje. Weet je wat ik had bedacht wat we morgen konden doen? Wanneer ik vrij heb? We kunnen naar de kapster in Adamstuen gaan.' Nu duwde De Oude Boletta weg. 'Kapster in Adamstuen! Wat een flauwekul!' 'Sst!' 'Denk je dat die kapster tijd heeft om open te zijn? Vergeet dat maar rustig!' 'Ik zeg gewoon maar wat.' 'Zeg gewoon maar wat! Je hebt het gisteren over niks anders gehad!' 'Helemaal niet!' 'Je zei dat mijn haar op dat van een voddenkoningin leek. Dat vergeet ik heus niet!' 'Ik zei dat je op een oude heks leek!'

Toen begon Vera weer te neuriën, zo zacht en zo langzaam dat het nauwelijks te horen was. Boletta kromp ineen en moest steun zoeken bij haar moeder. 'Ik ben zo bang', fluisterde ze. 'Als ze zich maar niks aandoet.' 'Zich iets aandoet? Wat zeg je nou?' 'Ik weet niet meer wat ik zeg!' 'Nee, dat weten we zo langzamerhand geen van allen meer.' De Oude draaide zich om naar de deur en klopte er hard op, drie keer. 'Nu is het mijn beurt, Vera. En als je nu niet meteen naar buiten komt, hou ik het niet meer!' Maar Vera antwoordde niet en deed niet open. Vera neuriede alleen maar, en neuriede. Drie keer klopte De Oude weer hard op de deur. 'Je wilt toch zeker niet dat je arme grootmoeder in de gootsteen moet gaan zitten, hm?' Ze luisterden, allebei, ze stonden met hun gezichten dicht bij elkaar, in elkaars adem, en plotseling werd het weer stil daarbinnen. Vera neuriede niet meer en ze hoorden zelfs geen water stromen. En toen nam De Oude een aanloop. Veel aanloop viel er niet te nemen, maar ze rende naar de deur met haar schouder vooruit. Het hielp niet en ze deed het nog een keer, ze boog haar nek, trok haar schouders op, liet haar hoofd zakken, ze leek op een stier, De Oude werd een stier, het was alsof er een onverbiddelijke kracht in haar boven kwam, het waren de spieren van het verdriet, ze wierp zich tegen de deur en nu vloog die open met een enorm kabaal, ze viel bijna op de grond, maar Boletta hield haar vast, en ze bleven daar staan, op de drempel, en de aanblik deed hen verstenen van schrik, ze zijn versteend van schrik en tegelijkertijd opgelucht, dankbaar, want Vera leeft.

Ze zit in de badkuip, haar ene arm hangt over de gebogen rand, en in het water, in het donkere water, drijft een borstel, het is de vloerschrobber uit de keuken, en Vera merkt niet dat ze er zijn, of ze wil hen niet zien, ze staart naar iets anders, zoals ze ook op de droogzolder deed, haar ogen zijn te groot voor haar, helder en bijna zwart, en haar huid, op haar borsten, schouders, haar hals, haar gezicht, is gevlekt, gestreept, alsof ze geprobeerd heeft hem weg te wassen, van zich af te schuren. Haar dunne lijfje beeft.

Boletta knielde naast de badkuip. 'Lieve Vera, wat heb je gedaan?' Er stroomde wat water over de rand, grauw en lauw. Vera gaf geen antwoord. 'Het is nu voorbij, Vera. Het is over. Je hoeft nergens meer bang voor te zijn.' De Oude zat op de wasmand in de hoek, wreef over haar schouder en zuchtte. Boletta streelde voorzichtig haar dochters arm. 'Rakel komt vast gauw thuis. Dan wil je toch niet ziek zijn? Je krijgt longontsteking als je hier blijft liggen.' Nu zuchtte De Oude nog dieper. 'Trek de stop eruit', zei ze alleen maar. 'Er is nu genoeg gepraat.' Vera trok haar arm terug. Boletta probeerde hem vast te houden, maar hij was te dun en glad en glipte uit haar vingers. 'Zeg nou toch iets!' riep Boletta. 'Zeg iets tegen me!'

Maar Vera volhardde in haar zwijgen en het enige wat ze kon, was neuriën. Haar lippen waren bijna blauw, ze trilden, Vera koerde. De Oude stond op, hief haar handen naar het plafond en vouwde ze daar, als een vuist boven haar hoofd. 'Trek die verdomde stop er nou uit, in godsnaam! Of moet ik het doen?' Boletta stak haar hand in het water. En toen sloeg Vera. Vera sloeg haar recht in haar gezicht met de vloerborstel en Boletta gilde zo dat ze haar handen voor haar oren moest slaan. En mensen in de Kirkevei en de Jakob Aallsgate die zo lang hebben geleefd dat ze zich die dagen nog kunnen herinneren, zeggen dat ze die schreeuw nooit zullen vergeten, die schreeuw waar nog jaren over gepraat werd, die het stucwerk van de muren liet spatten, die kroonluchters liet trillen en dakpannen deed vallen, die sommigen bijna deed geloven dat de oorlog weer van voren af aan begonnen was. Het was niet zozeer dat hij zo pijn deed, die klap, Boletta gilde vooral omdat ze bang werd, omdat ze ervan overtuigd was dat ze nu allemaal gestoord en gek waren, de oorlog had hen van hun laatste restje verstand beroofd, nu sloeg Vera haar eigen moeder, ze zat met een schrobber in de badkuip en sloeg daarmee haar eigen moeder in het gezicht. De Oude moest geweld gebruiken om Boletta tot bedaren te brengen en toen haar dat eindelijk gelukt was, toen ze allebei op hun knieën op de koude tegels zaten uit te hijgen, begon Vera haar nek te schrobben, ze schrobde zich met de harde, stugge borstel, alsof daar een vlek zat, precies in haar nek, die ze nog niet weg had kunnen halen. 'Ik kan niet meer', huilde Boletta.

En op dat ogenblik werd er aan de keukendeur gebeld. Even, heel even maar, hield Vera op met schrobben, misschien dacht ze dat het Rakel was, dat Rakel eindelijk thuisgekomen was en nu aanbelde aan de keukendeur om te vragen of Vera naar buiten kwam, misschien geloofde ze dat, in een ogenblik tussen twee seconden, toen ging ze verder met boenen, nog harder, ze boog haar hoofd en haar nekwervels leken een strakke boog van gloeiende kogels. 'Wie zou dat kunnen zijn?' fluisterde Boletta. De Oude leunde tegen de rand van de badkuip en liet haar hand in het water drijven, vijf rimpelige, kromme vingers in het donkere water, voorzichtig rond Vera's lichaam. Vera beefde nog heviger. 'Zo, zo, kindje. Nu ben je wel schoon genoeg.' Er werd weer gebeld. De Oude trok haar hand uit het water. 'Dat is verdomme het toppunt! Dat ze ons niet met rust kunnen laten! Nietwaar, Vera?' En Vera draaide zich naar hen om, het leek bijna of ze wilde opgeven, zich wilde overgeven, aan Boletta, aan De Oude, maar ze beet zich toch vast in haar zwijgen. De Oude stak haar arm weer in het water en trok de stop eruit. 'En nu ga ik iemand van de trap gooien', zei ze.

Het water begon langzaam langs Vera te dalen. Boletta legde een handdoek om haar schouders en ze verweerde zich niet. De Oude beende door de keuken en deed de deur open. Het was Bang natuurlijk, de huismeester van het gebouw, met een eigen dienstwoning beneden in de hoek bij het afdakje voor de vuilnisemmers, niemand minder dan Bang, de beschermheer van de bloemperken, de wachter van het wasgoed, de vijand van de wilde katten en de hoeder van de huisregels. Hij was 42 jaar, ongetrouwd, voormalig kampioen in hink-stapsprong en afgekeurd voor het leger. Hij stond daar in zijn nette pak, een wijd, zwart jasje lubberde rond zijn slungelige gestalte, zijn broek was te kort en er zat spuug op zijn sleetse knieën. Vanuit zijn bovenste knoopsgat wapperde een strik in de Noorse kleuren, zo groot dat hij bijna voorover viel. Bangs gezicht glom van het zweet, alsof hij alle trappen naar de zolder was opgerend en weer naar beneden en de binnenplaats rond en weer terug omhoog, of misschien had hij ook wel spuug op zijn voorhoofd gesmeerd. Hij keek met twee nieuwsgierige ogen en glimlachte met al zijn tanden terwijl hij zijn slappe hoed optilde en boog. 'Nee maar, is dat de pedel?' zei De Oude. Bang vertrok zijn mond. 'Is er hier iets gebeurd?' vroeg hij. Achter hem, op de volgende overloop, stonden de buren, de hoffelijke dames van de achtertrap. Ze leunden over elkaar heen om het beter te kunnen zien: De Oude in haar onderjurk en het was al kwart over acht, op 9 mei, ze staat daar alleen in haar onderjurk en haar haren vallen als een grijze lawine over haar kromme schouders, dit vreemde vrouwmens uit Denemarken, die ongeveer net zo praat als ze eruitziet en waar ze nooit helemaal vat op gekregen hebben, hoewel zij binnenkort degene is die het langst in dit huis woont, in het appartement op de hoek van de Kirkevei en de Gørbitzgate, waar zich tot de dag van vandaag nog nooit een man heeft opgehouden. 'Iets gebeurd?' zei De Oude. 'Wat zou er gebeurd moeten zijn?' Huismeester Bang leunde tegen de deurpost. 'Ik hoorde een gil. Iedereen heeft een gil gehoord.' De buren knikten en kwamen een trede lager, jazeker, zij hadden het ook gehoord, een ijselijke gil. De Oude glimlachte. 'Dat was ik, ik heb me aan het fornuis gebrand.' Nu wilde ze de deur definitief dichtdoen, maar Bang bleef staan, zijn voet ietsje te ver vooruitgestoken. Hij staarde naar haar natte arm. 'Weet u zeker dat alles in orde is?' 'Dat weet ik absoluut zeker en hartelijk dank voor de bezorgdheid.' Zo gemakkelijk liet Bang zich niet afschepen. 'Hoe gaat het trouwens met Vera? De jongens zeiden dat ze ziek was?' 'Wat zei je?' De huismeester glimlachte weer. 'Ze zeiden dat jij dat gezegd had. Dat Vera ziek was.' De Oude keek naar zijn schoen, die was scheef en de veter was niet lang genoeg voor alle gaatjes. 'Als je je voet nou niet weghaalt, ben jij de volgende die hier in huis gilt.' Bang deed snel een stap achteruit, maar hij bleef haar aankijken. 'Ik vroeg het alleen maar, mevrouw. Er gebeurt zo veel in deze dagen.' 'Ik weet het. Maar met huiszoekingen was het toch afgelopen?'

De Oude probeerde de deur nogmaals dicht te doen, maar huismeester Bang boog zich naar binnen en nu glimlachte hij niet meer. 'Ik geloof dat jullie iets op de trap hebben laten liggen.' Hij rommelde in de zak van zijn colbertje en gaf haar ten slotte een hoopje knijpers. 'Een beetje voorzichtig met zulke dingen. Iemand kan erover struikelen. En beterschap met je hand. En met Vera.'

Bang hinkte naar boven, naar de buurvrouwen die onmiddellijk in een kring om hem heen gingen staan. De Oude deed de deur dicht, legde de knijpers in een lade en haastte zich naar de badkamer. Vera zat in het lege bad, met de handdoek om haar schouders, ze had haar armen om zichzelf heen geslagen, ze liet haar hoofd op haar spitse knieën rusten. Boletta aaide haar voorzichtig over haar rug, mocht dat ook doen en samen droegen ze Vera weer naar de slaapkamer. Daar wikkelden ze haar in dekens en dekbedden, in zijde en zalven, en ze viel onmiddellijk in slaap in het warme licht. 'Ik heb het verband gezien in de wasmand', fluisterde Boletta. 'Ze heeft niet meer gebloed.' 'Mooi zo. Dan hoeven we de dokter ook niet in huis te halen.' Ze gingen naar de eetkamer om Vera niet wakker te maken. Het stof hing stil boven de meubels en langs de wanden, in de lampenkappen en op de schilderijen. De ramen waren gestreept van roet en vuil. Ze zouden binnenkort aan de voorjaarsschoonmaak moeten beginnen. 'Wie was er aan de deur?' vroeg Boletta. 'Die bespottelijke pedel.'

'Noem hem geen pedel, moeder. Hij heet Bang. Huismeester Bang.' De Oude keek uit het raam. 'Wat zei je?' 'Hij heet Bang!' De Oude lachte kort en zacht. 'De pedel droeg een complete vlag in zijn knoopsgat. En wat heeft hij tijdens de oorlog gedaan? Hij heeft de zolder uitgeruimd, alle spullen van de joden.' 'Sst!' riep Boletta. 'Niks sst! Ik zeg wat ik wil.' 'Wat wilde hij?' 'De knijpers terugbrengen. Die jij op de trap had verloren.' 'Zei hij iets?' 'Zei hij iets? Wat zou hij moeten zeggen?' 'Misschien had hij iets gezien?' 'Die man is veel te nieuwsgierig om iets te zien.' De Oude ging op de bank zitten en zuchtte. 'Het is nog maar negen uur 's ochtends en het is al een lange dag geweest. Ik ben alweer moe.' 'Kun je niet bij Vera gaan liggen?' 'Ik zal wel op haar passen. Ga jij maar naar je werk. En als je onderweg een fles Malaga tegenkomt, neem die dan mee naar huis.'

De Oude draaide haar de rug toe en sliep al. Boletta ging naar de badkamer en maakte zich klaar. Er was geen warm water meer, maar ze besprenkelde zich met het parfum waar ze nu lang genoeg zuinig mee was geweest. Ze zou in ieder geval niet vies ruiken wanneer ze te laat bij het telegraafkantoor aankwam, deze eerste dag na de oorlog.

Ze keek even bij Vera naar binnen. Ze sliep, en op dit moment, in dit licht, leek ze op het kind dat ze ooit was, nog niet zo lang geleden.

De Oude hoorde de deur dichtvallen, hoorde haar snelle voetstappen op de trap. Toen vouwde ze haar handen voor haar borst en bad een kort gebed, beschaamd bijna, want had God, als hij ergens onder ons was, of in ons, in de kracht van de gedachten en de woorden, al niet genoeg puin te ruimen? *'Zorg voor Vera',* fluisterde ze. *'En zorg voor Boletta. Om mij hoef je je niet meer te bekommeren.'* Toen sliep ze min of meer weer in, zonder haar ogen te sluiten, zoals ze zo vaak 's nachts lag sinds Wilhelm niet meer teruggekomen was uit de kou, uit het land tussen ijs en sneeuw. Dat is de verheven slaap van mensen die altijd blijven wachten.

(HET TELEGRAAFKANTOOR)

Achttien vrouwen zitten naast elkaar voor het schakelbord op de eerste verdieping van het telegraafkantoor, en de negentiende is er nog steeds niet hoewel het al elf over halftien is. Stoel nummer acht van rechts is niet bezet en Boletta haast zich door de lage, gewelfde ruimte, ze heeft nauwelijks tijd om haar jas naast de tafel van de Cheffin op te hangen voor ze gaat zitten, want ze ziet juffrouw Stang. De Cheffin, zij die hier al het langst is en die daarom ook de stijfste nek heeft en de meeste hoofdpijn, maakt accuraat notities in haar journaal terwijl ze strak naar Boletta kijkt die inplugt en de koptelefoon en de microfoon bevestigt. De andere vrouwen draaien zich even naar haar om en glimlachen gelaten. Vandaag is het toch een chaos. Vandaag is het net overbelast. Vandaag is het gewoon een kwestie van er maar het beste van maken, en het zijn deze negentien vrouwen en de Cheffin die Noorwegen nu bestieren. Ze sturen signalen door de bovengrondse leidingen over de bergen, door de kabels onder de steden, ze sturen zichzelf huizen en appartementen binnen, naar de juiste toestellen, die plotseling gaan rinkelen en mensen kunnen de hoorn opnemen en een stem horen die ze misschien hebben gemist, de stem van iemand van wie ze houden en die iets noodzakelijks en moois te zeggen heeft. En ze koppelen al die stemmen tot gesprekken, ze binden het land vast met draden van woorden, in een vloed van geluidsgolven, ze openen lijnen in een elektrisch enthousiasme, ze dirigeren de taal en bepalen wie op het net wordt toegelaten. Een visser uit Nyksund wil met zijn dochter praten die in de Gabelsgate dienstmeisje is. Een vrouw uit Tønsberg wenst te worden verbonden met kamer 204 van Hotel Bristol. Een meisje uit Hamar zoekt naar haar verloofde en vraagt huilend om het nummer van het politiebureau, de gevangenis en alle ziekenhuizen in de stad. Sommigen willen zelfs bellen met kamp Grini en een leraar uit Drammen wil een collega uit Vadsø opsporen, maar Finnmark is gesloten, er is nog geen contact met Finnmark en het houdt maar niet op, er zijn wachtenden op de lijnen uit Stockholm, Kopenhagen, Londen, het gloeit, de relais branden door en soms kruisen de lijnen elkaar en komen er verschillende gesprekken binnen op hetzelfde nummer. Maar dat geeft niet, vandaag is het toch een chaos, een heuse chaos, de vrede is begonnen en deze negentien vrouwen, met Boletta als nummer acht van rechts, vormen de Noorse schaduwregering, ik heb hen een keer gezien, en dat herinner ik me ongewoon duidelijk en intens, want het was de dag dat De Oude en koning Haakon allebei doodgingen. Ik was zeven jaar oud en mijn moeder haalde me uit school en nam me mee naar het telegraafkantoor om Boletta te vertellen dat De Oude was omgekomen bij een verkeersongeval en dat Fred in het Ullevål-ziekenhuis lag, ongedeerd, maar in shock en niet in staat om te praten. We kwamen eerst in de enorme hal die voor het publiek toegankelijk was en ik zag het schilderij dat bijna de gehele achterwand besloeg, maar we liepen meteen door naar de eerste etage, naar de centrale, moeder bleef in de deuropening staan, ze hield mijn hand vast en we zagen Boletta niet tussen de vrouwen die er zaten, allemaal in het zwart gekleed en mager, en ik dacht dat ze al wisten dat De Oude dood was, dat ze daarom zo donker en dun waren, maar dat konden ze immers niet weten, alleen moeder en ik wisten dat De Oude was overreden bij het Slottspark toen ze daar met Fred naartoe ging om het rouwfloers te zien dat van het balkon hing, op de sterfdag van koning Haakon, 21 september 1957. Maar toen bedacht ik dat ze hier alles wisten, want ze hoorden immers alles wat er gezegd werd, en nu vertelden ze het verder, dat De Oude dood was, ze praatten aan één stuk door in kleine mondstukken en hadden zware oorwarmers op waarin het knetterde, en terwijl we daar naar Boletta stonden te zoeken kwam er een nog oudere vrouw naar ons toe, ook in het zwart, en ze had een ontzettend scheve nek, alsof haar hoofd er schuin op was geschroefd en helemaal vastzat, en ze vroeg, niet bepaald vriendelijk, wat er was, en moeder zei dat we Jebsen zochten, het klonk zo vreemd toen ze dat zei, de hele naam, Boletta Jebsen, had die misschien pauze? Toen glimlachte die mevrouw even scheef als haar nek en ze kon ons vertellen dat Boletta Jebsen hier niet meer werkte, in de centrale, ze was naar beneden overgeplaatst, al jaren geleden, wist moeder dat niet? Moeders gezicht werd rood en raar en we liepen weer naar beneden naar de hal en moeder vroeg me daar te blijven wachten terwijl zij Boletta haalde. Ik bleef in de hoge hal staan kijken naar Alf Rolfsens fresco. Er stonden alleen maar mannen op het schilderij, mannen die brede wegen door het bos vrijmaken, mannen die kabels over de bergen en onder de stad door trekken en mannen die telefoonpalen oprichten, het was het zware en secure ballet van de arbeid en het leken wel heilige handelingen, zo zie ik dat nu, zoals een kruis oprichten, en daarna zegenden de vrouwen dit werk door het te volvoeren, de elektrische signalen in de relais door te verbinden en de stemmen op reis te sturen. En misschien komt het alleen omdat ik hier mijn eigen herinnering aan toevoeg, mijn schrift aan mijn geheugen koppel, mijn beelden aan mijn memorie, in een groot gesprek met mijzelf, maar ik zeg het toch maar: ik was zeven jaar en ik dacht dat ik in een kerk stond. Het telegraafkantoor in de Tollbugate werd een kathedraal, die dag dat De Oude en koning Haakon stierven en Fred stom werd, en de in het zwart geklede, magere vrouwen waren rouwende zielen die via hun apparaten en draden God aanriepen. Ik herinner me dat moeder lang wegbleef. Toen ze eindelijk terugkwam, alleen, had ze Boletta nog steeds niet gevonden. 'Ze is vast eten', fluisterde moeder. We gingen naar beneden, naar de kantine. Moeder hield mijn hand zo stijf vast dat het bijna pijn deed. Boletta was in de kantine, maar ze at niet. Ze stond achter de balie koffie in te schenken. Toen we in de taxi naar het Ullevål-ziekenhuis zaten, zei Boletta dat het toeval geen grenzen kende, De Oude was tegelijk met koning Haakon naar Noorwegen gekomen, in 1905, en nu verlieten ze op dezelfde dag het leven. 'God had zeker zin in een geintje', zei Boletta en stak een sigaret op. Moeder werd plotseling boos en vroeg haar stil te zijn, maar dit alles is nog ver weg en ik zou dat ook moeten begrijpen, dat je een verhaal niet moet afbreken, hoe vaak is het niet gebeurd dat dramaturgen een flashback hebben geschrapt zonder überhaupt de moeite te nemen die eerst te lezen, want een flashback betekent narigheid, of nog erger, een *flash forward*, dat is het afval van de montagetafel, en als ik voorzichtig navraag deed naar mijn poëtische terugblikken en vooruitlopende herinneringen, kreeg ik te horen dat wat je niet in de tegenwoordige tijd kunt vertellen, in harde valuta, door de bank genomen onzin is, artistieke ambities die ik maar mee naar huis moest nemen om er een korte film van te maken.

En ik snij weer terug naar Boletta, die daar als nummer acht van rechts zit, de eerste dag na de oorlog, en die de elektrische signalen door het land leidt terwijl ze aan Vera denkt. Maar er is nu geen tijd om aan iets anders te denken dan aan de gesprekken die verbonden moeten worden, want de hele natie valt elkaar in de rede en Boletta is in de tegenwoordige tijd, Boletta is nu, ze voelt de hoofdpijn opkomen, hij kruipt langs haar nek omhoog en verspreidt zich naar haar voorhoofd, als een magnetische wind, *morse* noemen ze die pijn, die vroeg of laat komt en die velen van hen slapeloos en nerveus maakt, en als het eindelijk één uur is kan Boletta met de halve bezetting naar de pauzeruimte gaan, en daar gaan de gesprekken verder, de akoestische gesprekken, maar Boletta is stil, ze denkt aan Vera, Vera's bloed, de andere vrouwen doen alsof ze het niet merken, ze zijn gewend aan Boletta's zwijgen, ze is nooit een van hen geworden, een van deze vrouwen, de telegraafvrouwen die ongeacht hun leeftijd op elkaar lijken, die uit de ruime appartementen komen in chique straten als de Thomas Heftyes gate, de Bygdøy allé en de Parkvei, ze zijn misschien de jongste in een groot gezin en plotseling waren ze over. Ze zijn minstens één zomer in Frankrijk geweest en als ze zich al op het strand waagden, in Nice of Biarritz, dan was dat met parasol, en de huid van de oudsten is nog bleker door alle azijn waarmee ze zich hebben ingesmeerd. Ze lijken op elkaar. Ze zijn ongetrouwd, kinderloos, zijn nauwelijks door een man aangeraakt en spreken twee talen met een stijf mondje. Boletta is ook ongetrouwd, maar ze heeft een dochter, en dat is niet alleen ongebruikelijk, dat is ongehoord, en het is hun nooit gelukt dat schandaal tot op de bodem uit te zoeken, ze hebben het allang opgegeven ooit meer te weten te komen dan ze nu weten, en dat is zo goed als niks. Ze weten alleen dat Boletta Jebsen samenwoont met haar Deense moeder, die in haar jonge jaren een ster in stomme films geweest schijnt te zijn, en met haar dochter Vera, die in 1925 is geboren, en hoewel deze magere vrouwen van het telegraafkantoor elke zondag naar de kerk gaan, hun bijbel lezen en verder tot in het kleinste detail godvrezend zijn, geloven ze toch niet echt in maagdelijke geboorten en andere wonderen. Nu praten ze druk door elkaar heen, over dappere vaders die zijn vrijgelaten uit kamp Grini en broers die ze dood waanden maar die plotseling opdoken uit schuilplaatsen in het hart van Nordmarka, want vandaag heeft iedereen een held in de familie en iedereen heeft minstens één verhaal te vertellen, maar plotseling vallen ze stil, alsof iemand hen uitgeschakeld heeft, en Boletta ontdekt dat ze allemaal naar de deur kijken, ze draait zich om en daar staat Stang, de Cheffin, die geen fan is van pauzegeklets, ze zou het liefst een spreekverbod en zwijgplicht hebben ingevoerd. Ze knikt met een scheef hoofd naar Boletta. 'Directeur Egede wil u spreken. Nu.' Juffrouw Stang loopt terug naar haar tafeltje voordat Boletta heeft kunnen vragen waar het om gaat en ook de anderen zeggen eerst niets, en misschien denken ze, niet zonder een zeker triomfantelijk leedvermaak, dat de Directeur er nu genoeg van heeft, nu zal de bovenste verdieping optreden, nu is Boletta Jebsen voor de allerlaatste keer te laat gekomen en er zijn genoeg jonge vrouwen met een smetteloze levenswandel die graag een aanstelling willen hebben bij het telegraafkantoor. Misschien denken ze zo, bij zichzelf, maar het komt niet bij hen op dat ook te zeggen, want tegenover Egede, de man achter de deur op de etage erboven, sluiten zich de gelederen, ze helpen Boletta haar haren te fatsoeneren, ze mag poeder en een zakspiegeltje lenen en Boletta raakt ontroerd over zoveel zorgzaamheid, ze krijgt wat troostende woorden mee op de lange weg naar Egedes kantoor en wanneer ze daar uiteindelijk op de deur klopt, denkt ze hetzelfde, maar niet triomfantelijk: vandaag ben ik voor de allerlaatste keer te laat gekomen en nu is het straks armoe troef. Ze hoort Egede *binnen* zeggen en ze herinnert zich nauwelijks dat ze de deur opendoet en weer achter zich sluit. Egede zit in zijn leren stoel achter het enorme bureau, Boletta loopt er langzaam naartoe en ze betrapt zichzelf erop dat ze een knix maakt, ze maakt een knix, als een schoolmeisje bij de rector, dat maakt haar woedend en die woede doet haar goed.

Directeur Egede glimlacht en wijst naar een stoel. Boletta blijft staan en kijkt hem recht aan. Ooit is hij misschien een mooie man geweest. Nu is hij uit zijn eigen gezicht gegroeid, zelfs een wereldoorlog heeft geen indruk gemaakt op zijn onderkinnen, ze rollen langs het frontje van zijn overhemd als golven bleek vet en ze zijn te zwaar om te dragen, met geregelde tussenpozen kantelt zijn hoofd voorover. Hij steekt een pijp op en neemt alle tijd. Boletta wacht. Ze houdt haar handen op haar rug en kan nu iedereen in de ogen zien. 'Ja, ja', zegt Egede na een poosje. 'Goed dat het voorbij is.' Daar zegt Boletta niets op. Maar het verbaast haar dat hij zo om de hete brij heen draait. Dat bevalt haar niet. Haar prettige woede verwatert. 'Ja, godzijdank', zegt ze dan toch, zacht. 'Godzijdank.' Egede legt zijn pijp in de asbak en veegt zijn mondhoeken schoon. Nu komt het, denkt Boletta en balt haar vuisten achter haar rug. Nu zegt hij dat de grens is bereikt. 'En is alles goed met uw familie?' vraagt hij. Boletta weet niet wat ze moet antwoorden. Ze knikt. Egede kijkt haar aan. 'Uw moeder is actrice, nietwaar?' Boletta raakt nog meer in de war. 'Ja', zegt ze. 'Maar dat is erg lang geleden.' 'Ja, dat zal wel in de dagen van de stomme film geweest zijn. Eerlijk gezegd mis ik de stomme film.' Directeur Egede staat op en het kost hem veel tijd om de diepe stoel te verlaten. 'En u hebt zelf een dochter, nietwaar?' 'Ja, ik heb een dochter.' Boletta voelt de woede weer. Als hij haar wil beledigen en vernederen voordat hij haar ontslaat, dan mag hij dat gerust proberen. Ze hoeft zich nergens voor te schamen. Ze heeft zin om die pijp in zijn gezicht schoon te maken. 'Hoe oud is ze nu?' 'Ze wordt deze zomer twintig.' Egede schudt zijn hoofd en zucht. 'Het is triest als je jeugd je door de oorlog wordt afgenomen. Is ze trouwens klaar met school?' Boletta raakt steeds meer in de war. Ze begrijpt niet waar hij naartoe wil, dat is nog bijna het ergste. Ze besluit beleefd te antwoorden, maar niet meer te zeggen dan strikt noodzakelijk is. 'Ze heeft de middelbare school afgemaakt.' 'Kijk eens aan.' Egede loopt naar het raam. Daar blijft hij met zijn rug naar haar toe naar de stad staan kijken. 'En wat is uw dochter nu van plan?' 'Ze wil iets met fotografie gaan doen.' Egede draait zich om naar Boletta en lacht onverwachts. 'Fotografie? Wil de jongedame fotograaf worden?' Boletta slikt, ze moet slikken om überhaupt te kunnen antwoorden en ze vervloekt die aangeklede vetklomp die het lef heeft haar recht in haar gezicht uit te lachen, maar zodra ze begint te praten hoort ze dat haar stem weer gedwee en beleefd is, alsof ze de hele tijd heeft gebluft en zich moet schamen. 'Ze denkt ongetwijfeld eerder aan een baantje in een fotozaak.' Egede wuift met zijn handen, ongeduldig, alsof hij er plotseling genoeg van heeft hiernaar te luisteren, hoewel hij de degene was die maar bleef doorvragen. Hij gaat log zitten en Boletta zwijgt, ze zwijgt intens en heeft veel zin om helemaal niets meer te zeggen. 'U bent hier nu al heel wat jaren', zegt hij, plotseling weer vriendelijk, vleierig bijna. Boletta laat haar adem ontsnappen en heeft geen idee waar dit naartoe gaat. Egede steekt zijn pijp weer aan, de tabak ruikt niet helemaal fris. Boletta heeft zin om zich af te wenden, maar blijft op dezelfde plek staan. Nu komt het, denkt ze. Nu heeft hij haar omhooggetrokken en kan hij haar met een klap in de afgrond laten vallen. 'Het zal niet weer gebeuren', zegt ze gejaagd. Egede kijkt haar aan. De pijp hangt krom tussen zijn dikke lippen. 'Niet weer gebeuren? Wat zal niet weer gebeuren?' 'Dat ik te laat kom. Maar vanochtend liepen alle klokken verkeerd.' Egede kijkt haar een poosje aan en begint dan weer te lachen. Hij legt de pijp nu definitief weg en zijn gelach gaat over in hoesten en wanneer hij weer kan praten, vraagt hij: 'Hoe zou u het vinden om een paar verdiepingen naar boven te verhuizen?' Boletta gelooft haar oren niet en moet even vooroverbuigen. Ze voelt dat haar gezicht verslapt en een idiote uitdrukking krijgt. 'Naar de derde verdieping?' fluistert ze. 'U hoeft echt niet zo verschrikt te kijken.' Boletta doet een stap achteruit en probeert haar mond in bedwang te krijgen. 'Bedoelt u naar de afdeling telegrafie?' 'Dat is precies wat ik bedoel. We hebben daar meer telegrafisten nodig. En we hebben ervaren vrouwen nodig. En dat bent u immers. Zeer ervaren.' Egede kijkt opeens een andere kant op, alsof hij zichzelf op iets ongepasts heeft betrapt. Zo ziet Boletta hem graag. Het geeft haar een soort overwicht. Ze vermant zich. Ze zou blij moeten zijn, dankbaar. Ze kan daarnaartoe waar geen hoofdpijn bestaat. Ze glimlacht. 'Ik heb alleen ervaring met de telefooncentrale', zegt ze. Egede trekt nauwelijks merkbaar zijn zware schouders op. 'We hebben cursussen. Het is gemakkelijk te leren. Voor iemand als u.' Egede klopt zijn pijp uit. Boletta ziet dat het mondstuk bijna kapot is gebeten. Deze man heeft waarschijnlijk ook zo zijn problemen, een geweten. Plotseling heeft ze met hem te doen. Hij heeft een brede, zwarte rand onder de nagel van zijn middelvinger, waarmee hij zijn pijp stopt. Wit stof dwarrelt als een halo rond zijn dunne, droge haar als hij af en toe een abrupte beweging maakt. Dat doet hij nu. Hij staat snel op, alsof hij een verandering in Boletta's blik heeft opgemerkt en het overwicht weer wil terugwinnen. 'En, wat zegt u van mijn aanbod?' Boletta weet wat ze gaat zeggen, maar ze wacht ermee, ze wil hier zo lang mogelijk van genieten, en als Egede ziet dat ze aarzelt gaat hij moeizaam zitten, alsof hij vergeten is dat hij net was opgestaan, en leunt met zijn ellebogen op de tafel. 'Ja, ja. U moet er maar over nadenken. Het heeft uiteraard geen haast. Maar alle posten moeten voor de herfst bezet zijn.'

Egede slaat zijn blik neer en begint in wat paperassen te bladeren en Boletta knikt, ze maakt nu geen knix, ze buigt alleen een beetje en trekt zich achterwaarts terug naar de deur. Maar op het moment dat ze de hand op de vergulde deurklink legt van het kantoor van de Directeur in het gebouw dat in de volksmond het Telegraafpaleis wordt genoemd, maar dat ik in mijn hart de Telegraafkathedraal heb gedoopt, tilt Egede zijn arm op en kijkt weer naar Boletta. Ze laat los en blijft daar zwijgend staan, terwijl er een nieuwe onrust in haar groeit, alsof dit te mooi is geweest om helemaal waar te kunnen zijn, en het leven heeft haar geleerd dat er veel te mooi is om waar te zijn en dat de triomfen korter duren dan de teleurstellingen. 'Zulke baantjes in fotozaken zijn er zeker niet veel?' vraagt hij. 'Nee', fluistert Boletta. Egede staat weer op en komt naar haar toe. 'Als u mijn genereuze aanbod aanneemt, dan komt er beneden bij de telefooncentrale een plaats vrij, nietwaar?' 'Ja', antwoordt Boletta. 'Dat is zo.' 'En dan zou het mooi uitkomen als uw dochter die innam. U kunt haar al doende inwerken.' Boletta kijkt hem nu recht aan en glimlacht. 'Dat is erg vriendelijk van u. Maar dat zal er wel niet van komen.' Egede krijgt iets duisters en verwards in zijn blik. 'Niet van komen? Hoe bedoelt u?' 'Zoals ik al zei, mijn dochter heeft andere plannen. Maar evenzogoed bedankt.'

Boletta pakt de deurklink weer vast en op dat ogenblik voelt ze zijn hand op haar schouder. Ze draait zich langzaam om en ziet zijn vingers daar hangen, als een groot insect dat per ongeluk op haar gekropen is. Nu weet ze het. Hier wilde hij naartoe, helemaal hier. 'Ik zal u morgen uitsluitsel geven', zegt ze. 'O, dat heeft geen haast. Neem de tijd die u nodig hebt.' Egede laat zijn hand langs haar arm vallen, zijn zwarte nagel schraapt langs de stof van de jurk en maakt een zacht, knisperend geluid. 'Kan ik nu gaan?' Directeur Egede trekt zijn horloge tevoorschijn, knipt het open en bestudeert het langdurig. Dan klapt hij het weer dicht en stopt het terug in zijn vestzakje. Hij kijkt naar Boletta, en zijn blik is niet duister meer, maar grijs en onverschillig. 'Jammer', zegt hij. 'Uw dochter had hier ongetwijfeld goed gepast. Want ze zal wel niet van plan zijn op korte termijn te trouwen?' Boletta lacht. Ze lacht en houdt een hand voor haar mond. Ze begrijpt niet goed wat hij allemaal zegt. 'Hoezo niet? Misschien is ze dat wel van plan.' Nu lacht Egede ook en zijn kinnen golven onder zijn gezicht, maar plotseling is hij stil en zijn hoofd dreigt voorover te kantelen, alsof hij erg moe is van dit alles. 'Wie wil er een onecht kind als vrouw, denk je?' fluistert hij. 'Wat zegt u?' 'Je kunt nu gaan.' Boletta balt haar vuist. 'Mijn dochter is net zo echt als ieder ander!'

Dan hoort Boletta dat de deur achter haar gesloten wordt. Ze loopt over de tegelvloer en hoort haar eigen voetstappen, vertraagd bijna, alsof al haar zintuigen achterlopen. Er komen drie mannen uit de bestuurskamer, ze slaan geen acht op haar. Als ze de trap afloopt, moet ze zich vasthouden aan de leuning. Ze sluipt het toilet tussen de verdiepingen binnen, wast haar handen, het ruikt er naar tabak, naar as, en als ze in de spiegel kijkt, is ze bijna verbaasd dat ze haar eigen gezicht ziet. Ze krijgt zin om over te geven, drinkt in plaats daarvan een beetje koud water, wacht tot haar adem weer rustig is, fatsoeneert haar haren, haar jurk, loopt het laatste stukje naar beneden naar de centrale, gaat op haar plaats zitten, plugt in, terwijl iedereen naar haar kijkt, bijna barstend van nieuwsgierigheid, wat heeft ze in 's hemelsnaam zo lang bij Egede gedaan? De Cheffin komt het zelf bijna vragen, maar Boletta blijft daar hardnekkig zitten, ze kijkt niet op of om en ontmoet niemands blik, en nooit zal ze iemand iets over het gesprek met Directeur Egede vertellen. Dan doet ze iets wat niet mag, maar ze heeft niets meer te verliezen, zo denkt ze, dat ze niets meer te verliezen heeft, ze schakelt door naar haar eigen nummer, ze kruipt voor in de rij, ze breekt in op het vernuftige net en in de stille kamers van het appartement in de Kirkevei begint de zwarte telefoon te rinkelen.

(DE KNOOP)

Vera hoorde hem rinkelen, ver weg, aan de andere kant van de slaap en de oorlog hoorde ze de telefoon, en niemand nam hem op. Ze kwam langzaam overeind, verbaasd, liep naar de hal en stond daar plotseling, ze kon zich de afstand niet herinneren, de seconden, van het bed hiernaartoe, alsof ze direct van een kamer naar een andere was gesneden. De telefoon bleef rinkelen en in de eetkamer kon ze De Oude zien, ze lag met de rug naar haar toe op de bank en haar haren waren één grote grijze wirwar rond haar schouders. Hoopte Vera dat het Rakel, haar joodse vriendinnetje was dat belde? Als Rakel weer thuis was, dan belde ze niet, dan zou ze dwars over de binnenplaats komen rennen, de trappen op, en haar om de hals vliegen. En aan Rakel zou Vera alles vertellen. Maar misschien was ze gewond, had ze haar been gebroken, of er kon iets anders gebeurd zijn waardoor ze moest bellen, en Vera nam snel de hoorn van het zwarte toestel, dat een omgekeerde cijferrij had, dus als je je vinger in de negen stak, helemaal doordraaide en dan losliet opdat de veer de schijf weer op zijn plaats zou duwen en de stroom zou verbreken, dan werd die stroom maar één keer verbroken, niet negen keer, en dus werd er maar één impuls naar de centrale gestuurd, negen stond gelijk aan één, acht aan twee, zeven aan drie, dat was de omgekeerde Oslo-telefoon, en op het moment dat Vera daar met de hoorn in haar hand stond, ook dat plotseling, alsof de naden van de tijd waren uitgescheurd, hoorde ze alleen de zoemtoon, de ruis van het net, als wind in een elektrisch bos, ze stond erbuiten, stond buiten het gesprek, en ze legde snel weer neer. De stilte ging van kamer tot kamer en liet sporen achter in het licht. De Oude lag nog steeds op de bank. Waarom lag ze daar nu? Waarom had Vera de Chinese nachtjapon van De Oude aan? De klok van Bien sloeg zijn halve slag tussen de uren. Vera draaide zich bruusk om en alles overviel haar weer, opende haar geheugen als een wond. Ze holde naar de badkamer, boog zich over de wastafel en dronk uit de kraan. Ze durfde niet in de spiegel te kijken. Ze voelde voorzichtig onder haar nachtjapon, aan het verband, dat was droog, zij was droog. Het deed geen pijn meer. Dat verbaasde haar. Het zou pijn moeten doen. Ze wilde liever een pijn voelen die haar alles kon doen vergeten. Ze had alleen maar dorst. In de badkuip zat een brede rand vuil, alsof het water langs de wanden tot stof was opgedroogd. Ze deed het kastje boven de wastafel open en rook de geur van Boletta's zware parfum. Ze moest bijna overgeven. Misschien had Rakel uit het buitenland gebeld, ergens ver vandaan en toen was de verbinding verbroken, ze zou vast en zeker weer bellen als ze weer bij een telefoon kwam, dichterbij, in Denemarken of Zweden, waar de verbinding beter was. Bij deze gedachte voelde ze zich een ogenblik lang gelukkig. Ze pakte de kam die op het plankje van De Oude lag, deed het kastje dicht en keek toch op: het gezicht in de spiegel. Een schaduw langs haar wang, een wond op haar voorhoofd. Met een beetje poeder zou je er niets meer van zien. Wat kon je wel zien? Iets in haar ogen? Iets in haar mond als ze die opendeed? Haar tong? Was hij daar ook geweest, in haar mond? Vera herinnerde het zich niet. Ze herinnerde zich alleen een vinger die ontbrak en een vogel op een waslijn. Ze liep naar De Oude, ging op de bank zitten, tilde het grijze haar voorzichtig op en begon het te kammen. De klok in de hal sloeg twee keer. Het haar van De Oude rook zoet, aarde, loof. 'Dacht je dat ik sliep?' fluisterde ze. Maar Vera gaf geen antwoord. Ze ging gewoon door met kammen. Haar lippen waren rond haar mond gesloten. 'Ik slaap nooit echt, weet je. Als ik slaap, is dat alleen maar een andere manier van wachten.' De Oude zuchtte en hief haar hoofd een beetje op. 'Ik vind het fijn als je me kamt, Vera. Het doet me denken aan de zee. Aan de zandstranden. Het herinnert me aan fijne herinneringen. Straks zal ik jouw haar kammen. Wij hebben geen kapster nodig, toch?' De Oude luisterde, maar ze hoorde alleen Vera's vingers. 'Tegen mij kun je praten, liefje. Ik hoor toch niet wat je zegt. Mijn oor is kapot, weet je. Toen het zo vreselijk knalde in '43. Ik weet niet goed meer welk oor het was, maar aan het andere ben ik net zo doof, dus dat maakt ook niet uit. Praat maar tegen me, als je iets te vertellen hebt, kleine Vera. Ik hoor niks.'

Maar Vera hield vast aan haar zwijgen. De Oude wachtte. De klok in de hal sloeg weer. De uren waren omgedraaid. 'Goed dan. Als jij niet tegen mij wilt praten, dan kan ik tegen jou praten. Want je kunt toch nog wel horen, ook al zwijg je nu? Je hoorde in ieder geval dat de telefoon ging.' De Oude merkte dat Vera aan haar haren trok, de kam zat vast in een klit en Vera trok hem er hard en snel doorheen 'Nu moet je me niet helemaal kaal maken, liefje. Wie denk je trouwens dat het was? Die hiernaartoe belde.

Boletta? Ze mag niet bellen vanaf haar werk. Maar zij was het vast. En toen werd ze onderbroken. Ik kan telefoons niet uitstaan. Je zegt altijd iets verkeerds als je in de telefoon praat en je de ander niet in de ogen kunt kijken. Want het komt aan op de ogen, Vera, niet op de woorden. Dat zou ik toch moeten weten, Vera? Ik was ook ooit stom, maar dat was in de film. Op het witte doek was ik stom en mijn ogen spraken voor mij. We verfden onze oogleden groen, zodat ze straalden. Ik had een grote ster kunnen worden, Vera. Groter dan Greta en Sarah. Dat had best gekund! Maar op een dag straalden mijn ogen niet meer, ook al deed ik er zoveel verf op dat ik bijna blind werd.'

De Oude zweeg. Ze voelde dat Vera's handen achter haar stilhielden. 'Ja, ja, kleine kapster. Ben ik al mooi, of heb je gewoon genoeg van mijn oude praatjes? Ik wel. Alles wat ik zeg, heb ik al eens gehoord. Al veel te vaak. Ik kan niets nieuws meer verzinnen. Maar wil je de fles Malaga voor me halen? Die staat nu achter Johannes V. Jensen.'

Vera liet haar haren los en liep naar de boekenkasten in de woonkamer. De Oude ging zitten. Ze was krommer dan gewoonlijk, weldra zou ze een cirkel zijn. Ze had met haar rode pantoffels aan op de bank gelegen en haar beide voeten sliepen nog door, ja, haar voeten waren het enige aan haar dat slaap kreeg. Ze probeerde ze te masseren, maar reikte niet zo diep, hoe krom ze ook was. Dus bleef ze maar gewoon zitten wachten tot haar tenen wakker werden. Zo was het om oud te worden, wachten tot je tenen opstaan. De kam lag bij haar kussen, vol lange, grijze haren, hij leek bijna op een dood dier. Ze maakte snel de kam schoon en legde de haren achter de bank. Ze rilde en trok de deken om zich heen. Ze hoorde Vera *Het verloren land* en *De gletscher* naar voren trekken, toen kwam ze eindelijk terug met de fles en een glas, dat ze voorzichtig volschonk en aan De Oude gaf. En De Oude hield het glas tegen het licht, om de zon door de bruine wijn te zien breken en naar de bodem te zien vallen als mahoniestof. Toen ze dat gezien had, dronk ze het glas langzaam leeg en haar rug werd soepel als een grasspriet en haar kleine, schrompelige voeten ontwaakten, het scheelde niet veel of ze namen de benen. 'Kom eens even bij me zitten', zei De Oude. 'We hebben vandaag alle tijd. Misschien kunnen we een foto van ons drieën maken? Als Boletta thuiskomt?' Vera ging op de bank zitten en De Oude begon haar te kammen. Haar haar was dun en zacht en viel zo aangenaam tussen haar vingers door. 'Verheug je je er al op weer naar de bioscoop te gaan, Vera? Misschien kun je me meenemen naar het Bioscoop-Paleis? Of het Colosseum. Ik ben niet meer in de bioscoop geweest sinds de komst van de geluidsfilm. Kun je je dat voorstellen? Het laatste wat ik heb gezien was Hamsuns *Victoria*. Met Luise Ullrich in de hoofdrol. Ze was niet slecht, maar helaas Duits. Nee, het was een slechte zaak dat ze begonnen te praten. De ogen verdwenen. De ogen en de dans verdwenen en de mond nam het over. Weet je waar ze het Bioscoop-Paleis al die jaren voor hebben gebruikt? Als aardappelopslag! Maar jij gaat vast liever met anderen naar de film dan met zo'n oude chaise longue als ik. Bovendien vallen mijn voeten vast in slaap.'

De Oude haalde adem en legde haar hand op Vera's arm. 'Je aanbidders waren hier trouwens gisteren om naar je te vragen. Je kunt ze langzaam plukken, één voor één, Vera. En haast je niet. In godsnaam, haast je niet. Mannen zijn over het algemeen valsemunters die het papier niet waard zijn waarop ze hun konterfeitsel afbeelden. Afgezien van Wilhelm, natuurlijk. Maar soms is het leuker om nee te zeggen dan ja. Geloof me.'

Er raasde een lawine door Vera heen en De Oude moest haar even vasthouden. Ze legde haar wang tegen Vera's spitse schouder en aaide over haar rug en streek de vouwen in de zijde glad. 'Deze nachtjapon heb ik van Wilhelm gekregen, vlak nadat ik hem had ontmoet. Stel je voor! Mij een nachtjapon geven nog voordat we getrouwd waren! Is het vreemd dat ik elke nacht mijn deur op slot deed en de hele maan in het sleutelgat stak om er zeker van te zijn dat niemand naar binnen zou sluipen? Nee, dat is het niet. Zullen we vanavond uit zijn brief lezen, Vera? We kunnen beginnen met dat hij vastzit in het ijs.'

Vera boog haar hoofd en haar haren vielen zo opzij dat haar dunne nek een witte boog vormde. De Oude dronk nog een glas Malaga en vroeg zich af waar ze al dit stilzwijgen vandaan haalde. En wat haar het meest angst aanjoeg, was dat ze het herkende, alsof dit zwijgen erfelijk was en nu Vera had bereikt, met een nog grotere kracht. Het stilzwijgen schreeuwde in haar. 'Dacht je daarnet dat het Rakel was die met je wilde praten?' fluisterde De Oude. Vera sloot haar ogen. 'Geloof dat maar niet, Vera. Tevergeefs wachten is alleen je leven uitstellen. Ik weet dat. Ik heb zo lang gewacht dat het te laat is om nog om te keren. Ik wacht nog steeds, Vera. Ik heb heel vaak een voorschot op de dood genomen. De dommen en de sentimentelen bewonderen me. Maar ik weet wel beter. De hoop is een vermoeide en gebrekkige dame.'

De Oude draaide zich weer om naar Vera en toen zag ze het, een plek in haar nek, een kloof in haar huid met kleine bloeduitstortingen eromheen. En op hetzelfde moment dat ze het zag en ze haar hand op wilde tillen, werd er aan de keukendeur gebeld. Vera richtte zich op. Haar haren vielen weer op hun plaats. De Oude mepte met haar vuist op de bank. 'Als dat die pedel weer is, zal ik zijn stropdas voor eens en altijd straktrekken! Niet schrikken als je een gil hoort, Vera!'

De Oude liep op blote voeten de keuken in en deed de deur open. En daar stond huismeester Bang weer, de enorme strik hing nog op zijn revers, maar zelf hing hij nogal scheef onder zijn hoed en zijn adem deed de verf in grote plakkaten van de muur bladderen. Hij helde voorover en probeerde dat op een buiging te laten lijken. De Oude kneep haar ogen tot spleetjes en wuifde hem weg als een vlieg. 'Wat kom je nu weer doen? Ontbreekt er een steentje uit het grind? Heb je hoofdpijn gekregen van de vrede?'

Huismeester Bang helde nu naar achteren, terwijl zijn blik ergens bij de blote voeten van De Oude bleef hangen. 'Ik wilde u alleen maar zeggen dat u uw wasmand op zolder bent vergeten.' 'En wat dan nog?' 'Ik wil ook zeggen dat ik die voor jullie kan halen, en ik heb er niets op tegen om hem helemaal naar beneden te dragen.' 'Maar daar heb ík wel iets op tegen, jongeman. Dankjewel en goedendag.'

De Oude deed de deur pal voor zijn neus dicht en wachtte tot hem ze de trap af hoorde hinken, hardop met zichzelf pratend. En wanneer huismeester Bang hardop met zichzelf praatte, dan ging dat meestal over de hink-stapsprong en de records die hij zou hebben gevestigd als er geen blessures, jaloezie en andere noodlottigheden waren geweest, en hij wond zich erg op als hij zo praatte. De Oude holde met kleine pasjes terug naar Vera en ging naast haar zitten, trok de kam door het droge haar en tilde dat zo op dat haar nek weer zichtbaar werd, zo dun dat De Oude er bijna van moest huilen. Ze probeerde te lachen. 'Mannen lopen hoe dan ook in hetzelfde pak. Of het nu een bruiloft is of een begrafenis, oorlog of vrede, ze hebben datzelfde afgedragen pak aan. Afgezien van Wilhelm, natuurlijk. Die droeg namelijk nooit een pak. Heb ik verteld over de laatste nacht dat hij bij me was? Vast wel, maar ik vertel het toch. Ik liet hem binnen, ook al had ik de deur afgesloten met drie sleutels en een volle maan. Hij zou immers de volgende ochtend vertrekken, met de s.s. Antarctic. Ik had toen jouw leeftijd, Vera, en soms bloedde ik zo hevig dat ik dacht dat ik eraan dood zou gaan, dat er geen bloed over zou blijven in mijn hart. Toen kwam hij bij me, Vera, dwars door alles wat ik had afgesloten heen, of misschien was ik vergeten de laatste sleutel om te draaien, weet ik veel? En hij ging stilletjes naast me liggen en stopte het bloeden. Dat was de eerste en de laatste keer tussen Wilhelm en mij. De eerste en laatste keer.'

De Oude zweeg en liet Vera's haar los. Dat in haar nek was geen kras. Het leek op een beet, een blauwe put in haar huid, van tanden. Ze voelde een plotselinge kou in haar hoofd. 'Wat is er boven op zolder gebeurd, kindje?' fluisterde De Oude. 'Heeft iemand je pijn gedaan?' Vera zonk neer in haar schoot en huilde stilletjes, dat was haar enige antwoord, een golf door haar lichaam tot ze ook geen tranen meer had. En De Oude voelde een razernij in zich opkomen, een razernij die de keerzijde van het verdriet was, een verdriet waar ze al meer dan genoeg van had gehad, ze leefde op verdriet, dat gaf haar kracht, verdriet deed haar hart kloppen. Nu kwam daar bovendien razernij bij. Ze aaide Vera over haar wang en dacht als iemand, als iemand zich aan haar vergrepen had, dan zou ze hem achtervolgen tot in de dood. 'Kom, kom', zong ze. 'Kom, kom. Het gaat wel over. De meeste dingen gaan over. Zelfs een wereldoorlog. Ik geloof dat ik maar eens naar de zolder ga om ons goed op te halen.'

Vera pakte haar arm stijf beet. 'Het is niet erg, kleintje', zei De Oude. 'Ik ben niet meer bang voor het donker. En dan krijgen we die pedel tenminste niet meer aan de deur.' Vera's hand gleed in haar schoot. 'Misschien wil je mee? Of heb je geen zin?' Vera bleef zitten, zonder ergens naar te kijken, haar ogen waren onrustig, ze trilden. 'Goed. Dan ga ik alleen. Je kunt straks Boletta's jurk lenen. En vergeet de foto niet die we gaan maken.'

De Oude deed haar rode pantoffels aan, trok een lange jas aan over haar nachthemd en ze zette een brede hoed op, want het tochtte altijd op zolder, zelfs als het mei was en midden op de dag. En toen Vera haar in die uitmonstering zag, begon ze plotseling te lachen, ze moest snel haar handen voor haar mond slaan, en De Oude lachte ook, zo ja, dacht ze, lach, mijn kindje, lach om mij, vul deze kamers met je lach. Haar nachtjapon kwam onder haar jas uit en haar hoed zat scheef, maar er was nu geen tijd voor hoedenpennen en zomen.

'Vind je dat ik mijn stok mee moet nemen? Ja, dat ga ik waarachtig doen. Mijn stok! Waar ben je?'

Ze nam ook de sleutel van de badkamer mee, voor de zekerheid, en ze zwoegde de zware trappen op. Ze zag op elke verdieping deuren op een kier staan en er werd ongetwijfeld naar haar geloerd, maar dat kon De Oude niets schelen, ze was er de persoon niet naar om stilletjes langs de muur te sluipen, zij sloeg liever hard met haar stok tegen de balustrade zodat iedereen wist dat ze eraan kwam, en de deuren gleden geluidloos dicht als ze voorbij was.

Zodra ze op zolder kwam, hoorde ze de wind, alsof het hele huis zachtjes floot. Ze liep door de gang, langs de bergingen. De kinderwagen lag nog steeds ondersteboven, de houtblokken waren eruit gevallen, een skiriempje in de Noorse kleuren, een bruine, lege fles die wegrolde. Bij de droogzolder bleef ze staan. De wasmand stond midden op de zolder, onder de slappe lijnen waar nog steeds een grijze wollen sok aan hing. Er zat een duif op de hoogste dakbalk in de hoek. De Oude deed het dakraam open met de lange stok die daar voor dat doel lag en ze stampte drie keer op de vloer, maar de duif verroerde zich niet. Ze sloeg ernaar, met de stok, het hielp niet, de duif bleef zitten, hij leek wel dood. De Oude huiverde, haalde de sok van de lijn, tilde de wasmand op, maar zette die snel weer neer. Want in het dunne stoflaagje op de brede vloerplanken zag ze een aantal voetafdrukken, en die waren groter dan Vera's kleine voeten. En toen viel haar oog op nog iets anders. Tussen de kleren in de mand lag een knoop, een glimmende knoop, die niet van hen was. Ze pakte hem op. Er zat een zwarte draad aan. Iemand had die hier verloren. Iemand was hier geweest en er was een knoop van een jas gerukt. De Oude stopte hem in haar jaszak, haakte haar stok over haar arm, droeg de mand naar het appartement en daar belde ze onmiddellijk naar dokter Schulz in Bislet, die was al vaker bij hen geweest, veel vaker bij hen geweest, als Vera haar kinderziekten had en een etmaal lang aan één stuk door schreeuwde, dan kwam dokter Schulz uit Bislet en hij zei niet veel meer dan *frisse lucht*, frisse lucht was namelijk zijn beste medicijn, hij ging zelfs zo ver dat hij de bossen van Nordmarka de grote apotheek noemde, waar je zo binnen kon stappen, 's zomers en 's winters, en zo veel frisse lucht kon halen als je wilde en dat gratis en voor niks. Het was daarom met intense tegenzin dat De Oude hem nu belde, maar er waren geen andere dokters die ze zou willen vragen, en toen Schulz eindelijk de telefoon aannam, klonk zijn stem beneveld en ongeduldig. Hij kon min of meer beloven dat hij in de loop van de avond langs zou komen, als hij niet ergens anders in de stad ontboden werd, de gevechten waren namelijk nog lang niet voorbij, dat moest eenieder pijnlijk duidelijk zijn, desperate Duitsers en andere landverraders konden elk moment toeslaan, er waren al schermutselingen en slachtoffers geweest, dit waren de laatste stuiptrekkingen van de oorlog, dit waren de verliezers die zich een laatste keer roerden voor de rigor mortis van de nederlaag intrad. En dokter Schulz uit Bislet kon niet op het laatste ogenblik verstek laten gaan, hij moest paraat zijn om gewonde patriotten bij te staan, hij moest op zijn post blijven. De Oude zuchtte en hing op, verstopte de knoop die ze had gevonden in haar juwelenkistje in de slaapkamer en ging naar Vera. Ze zat op de bank, had zich niet verroerd. De Oude dacht, nu lijkt ze op de vogel op de dakbalk en ze klopte drie keer op de deurpost, voor de zekerheid. 'Nu maken we de jurken in orde', zei De Oude. 'En daarna gaan we patience spelen en Malaga drinken.'

Vera liep langzaam achter haar aan naar de keuken, waar ze de jurken streken en Vera trok de groene aan, Boletta's jurk. Die was veel te groot, maar De Oude nam het lijfje aan weerszijden in met kopspelden, en ze gingen voor de hoge spiegel in de gang staan. Vera keek naar de grond. Vera keek een andere kant op. Ze wilde haar eigen blik niet ontmoeten. De Oude sloeg een arm om haar heen. 'Kijk eens', zei ze. 'Je hebt me ingehaald. Ik begin weer naar beneden te groeien. Straks sta ik met mijn gezicht in de modder.' En zo stonden ze in hun zondagse jurken voor de spiegel toen Boletta thuiskwam, bleek en overstuur. Ze bleef in de deuropening staan en staarde hen verbaasd aan, even bijna opgelucht. 'Je ziet er mooi uit, Vera', fluisterde ze. Vera tilde de zoom van haar jurk op en haastte zich naar de eetkamer. Boletta keek haar na. 'Heeft ze iets gezegd?' 'We moeten de ramen zemen', zei De Oude. 'De zon komt er bijna niet meer doorheen.' Boletta pakte haar moeder bij de arm. 'Heeft ze gepraat? Heeft ze iets gezegd?' De Oude keek in de spiegel. 'Mijn tijd is voorbij', klaagde ze. 'Ik lijk in m'n eentje op een hele carnavalsstoet.' Boletta kon niet veel meer hebben. 'Maar kun je ophouden ook als een carnavalsstoet te praten!' De Oude zuchtte. 'Nu heb je weer hoofdpijn. Je zou moeten gaan slapen in plaats van te schreeuwen.' Boletta sloot haar ogen en haalde diep adem. 'Kun je antwoord geven op wat ik vraag?' 'Heb je iets lekkers meegenomen? Ik heb zin in melkchocolade met boter!' Boletta moest steun zoeken bij de muur. 'Wat zei ze? Moet ik het soms uit je trekken?' De Oude zuchtte weer, nog dieper deze keer. 'Ze heeft geen woord gezegd, Boletta. Maar ze heeft mijn haar gekamd, ook al zie jij dat niet. Bovendien vind ik dat we een vlag op het balkon moeten zetten. Wij zijn vast de enigen die vandaag niet vlaggen.'

Boletta wilde Vera achternagaan. Maar de Oude hield haar tegen. 'Laat Vera nu maar even met rust.' Boletta bleef staan en haalde gejaagd een hand over haar voorhoofd. 'Weet je zeker dat we de dokter niet moeten roepen?' 'Sst!' fluisterde De Oude. 'Ik heb die idioot al gebeld.'

Dokter Schulz kwam toen ze aan de koffie zaten. En als dokter Schulz uit Bislet in aantocht was, dan viel dat op. Hij hield zijn zwarte tas in zijn uitgestrekte arm, zijn hoed was breedgerand en slap, van 1 september tot 17 mei droeg hij zwart-witte galoches, ongeacht het weer, zijn gezicht was mager en blozend, zijn neus stond als een uitroepteken tussen zijn mond en voorhoofd en onder die prominente neus hing de beroemde druppel, die was daar als het ware voorgoed vastgegroeid toen hij in de winter van 1939 op ski's helemaal uit Mylla gekomen was, en dat was de laatste keer dat dokter Schulz frisse lucht had gekregen. Nu zat hij liever thuis in Bislet en ademde zijn eigen dranklucht in. Deze avond had hij het hele trottoir en een stukje van het wegdek nodig om vooruit te komen. Hij bewoog zich zijwaarts als een zwarte krab en de kleinste jongens uit Jessenløkken liepen de hele Ullevålsvei achter hem aan, elke keer dat hij een stap in de goot deed, riepen ze aanmoedigingen en rinkelden ze met hun fietsbel, en af en toe moest iemand zich heel dichtbij wagen om hem weer in het juiste spoor te krijgen, want het gebeurde soms dat hij opeens richting Nordmarka begon te lopen, alsof daar een enorme magneet lag die hem aantrok. Het was met andere woorden geen geheim toen dokter Schulz op de hoek voor nummer 127 bleef staan en bij ons aanbelde. En ik heb me vaak afgevraagd of alles anders zou zijn geweest als dokter Schulz niet die vijfde borrel had gedronken die dag, om maar te zwijgen van de zesde, als zijn handen vast, zijn hoofd koel en zijn blik scherp waren geweest, want dan had hij misschien iets kunnen zien wat ons verhaal had veranderd en wellicht had afgebroken. Ik zeg het maar meteen: Fred leidde al voordat hij geboren was een gevaarlijk leven. Dat soort gedachten maakt me nog steeds slapeloos en bang, want wij hangen aan een dunne draad, en die draad is gesponnen uit de schaduw der toevalligheden. En ik zie hem voor me, die pathetische dokter uit Bislet, van wie ik niet weet of ik hem moet mogen of verachten, hij leunt tegen de deur en als Boletta opendoet, kukelt hij bijna de hal binnen en er wordt van hoek tot hoek, van portiek tot portiek gefluisterd, nu is die bezopen dokter Schulz op visite bij de alleenstaande vrouwen in de Gørbitzgate, die gekke vrouwen waar niemand iets van begrijpt, nu zoemt het in de grote centrale van het huis en bij het afdakje voor de vuilnisbakken op de binnenplaats rijgt huismeester Bang de geruchten aaneen tot langgerekte verhalen, waar ik ook op zal stuiten als mijn tijd komt.

Boletta weet dokter Schulz in een stoel te krijgen en hij verzamelt zijn krachten terwijl zij hem helpen met zijn hoed, galoches en jas. 'Wat mankeert de patiënt?' vraagt hij. De Oude snuift. 'Dat zouden wij ook graag willen weten. Daarom bent u hier, mocht u dat niet begrepen hebben.' Boletta geeft hem een kop koffie. 'Ze heeft een vreselijke bloeding gehad', zegt ze gehaast. 'Ik heb haar op zolder gevonden. Misschien is ze gevallen.' Dokter Schulz' handen trillen zo dat hij van het schoteltje moet drinken en zijn stem is al even kwakkelig. 'Ja, ja. Ze heeft waarschijnlijk gewoon frisse lucht nodig. Na al die jaren opgesloten te zijn.' De Oude staat op het punt hem aan te vliegen en Boletta moet tussenbeide komen. 'Vera ligt in de slaapkamer', zegt ze. 'Ik denk dat ze misschien wel een shock heeft.' Dokter Schulz komt langzaam overeind en wrijft zijn vingers tegen elkaar. 'Ja, ja. Maar wat zegt ze zelf?' Boletta slaat haar ogen neer. 'Ze zegt niets. Ze heeft niet meer gepraat sinds we haar gisteren hebben gevonden.' 'Niet gepraat? Ja, ja. Ik moet maar eens naar haar kijken. En ik wil graag alleen zijn met de patiënt.'

Dokter Schulz pakt zijn zwarte tas, loopt naar Vera en doet de deur achter zich dicht. Hij blijft er negentien minuten. De Oude en Boletta wachten buiten en ze horen geen enkel geluid. Maar wanneer dokter Schulz weer naar buiten komt lijkt hij nuchterder dan in lange tijd. Hij gaat weer in dezelfde stoel zitten en zwijgt nu ook.

De Oude houdt het niet meer uit. 'Zou u nu zo vriendelijk willen zijn ons iets te vertellen? Wat mankeert haar?' Dokter Schulz kijkt niet naar haar maar naar Boletta. 'U hebt waarschijnlijk gelijk. Ze verkeert in een soort shock. Of laat ik zeggen psychose.' Boletta moet ook gaan zitten. 'Psychose?' 'Of noem het voor mijn part een *toestand*. Als u vindt dat dat beter klinkt.' De Oude komt dichterbij en zwaait met haar vuist. 'Kunt u nu meteen zeggen wat haar mankeert, in plaats van met woorden te goochelen! En waagt u het niet om nog een keer frisse lucht te zeggen!' Dokter Schulz haalt een zakdoek over zijn hoge voorhoofd. De druppel onder zijn neus wiebelt. 'Ze heeft een aanzienlijke hoeveelheid bloed verloren en is erg zwak. Ze is waarschijnlijk gevallen en heeft een hersenschudding opgelopen. Ze heeft alle rust nodig die ze kan krijgen. Ik heb haar iets kalmerends gegeven.' 'Maar ze heeft nog nooit zo gebloed', zegt Boletta stilletjes. 'We maken nu ook ongewone tijden door.'

Dokter Schulz staat op en ze lopen met hem mee naar de hal. En terwijl Boletta twee bankbiljetten uit de la van het dressoir haalt, trekt De Oude hem apart. 'Wat denkt u van die plek in Vera's nek?' Dokter Schulz moet hard nadenken. 'Plek in haar nek? Dat is ongetwijfeld slechts een insectenbeet. Waar ze aan gekrabd heeft.' Hij gooit zijn jas om zijn schouders en is ongeduldig. Maar De Oude laat hem niet los. 'Hebt u haar vrouwelijkheid onderzocht?' vraagt ze zachtjes. Dokter Schulz doet zijn tas met een harde klap dicht. 'Pardon?' 'U weet heel goed wat ik bedoel! Is ze nog intact?' Op dat moment komt Boletta met het geld. Hij propt het snel in zijn zak en haalt net zo snel een vinger onder zijn neus door, maar de druppel blijft hangen. 'Ik kan geen andere kwalen bij Vera ontdekken dan die krachtige bloeding en dat heeft haar natuurlijk zwak en nerveus gemaakt. Geef haar elke ochtend en elke avond een staalpil.' Boletta grijpt zijn arm. 'Waarom praat ze niet?' vraagt ze.

Dokter Schulz zoekt lang naar woorden. 'Haar spraakcentrum is tijdelijk buiten werking. Dat komt door de bloeduitstorting. Ik bedoel hersenschudding. Als de druk in haar wordt opgeheven, kan ze weer vrijelijk praten.' De Oude verliest haar geduld. 'En wanneer wordt die druk opgeheven?' 'Dat kan morgen zijn, of later. De tijd heelt alle wonden.'

Boletta doet de deur open en de dokter stapt de overloop op. Hij draait zijn hoed een halve slag op zijn hoofd. 'Ja, ja. Jullie moeten maar weer bellen. Als ze niet beter wordt in de loop van de zomer...' Hij pakt de balustrade stevig beet en trekt zichzelf de trap af, jaagt de kinderen die er nog staan weg met zijn stok en krabbelt langzaam terug naar zijn appartement in Bislet, waar niemand heeft gebeld om hem te vragen hen met eerste hulp bij te staan in de laatste overuren van de oorlog. De Oude smijt de deur dicht, doet hem op slot en draait zich om naar Boletta. 'Zei ik het niet? Hij is nog steeds een idioot. Eerst was het frisse lucht. Nu moet de tijd ons helpen!'

Ze gaan bij Vera kijken. Ze slaapt en ze laten haar slapen. Daarna halen ze de kleine vlag die ze elke zeventiende mei en op de verjaardag van koning Haakon gebruiken en zetten die in de lege bloembak op het balkon. Het is nog niet donker. De hemel spant zich hoog en strak over de stad. Er gloeit nog een vuur van zwarte gordijnen en midden op de Kirkevei ligt een hoge hoed die door het milde briesje vanuit de fjord over het asfalt geschoven wordt. En plotseling staat Vera midden in de kamer. Ze draaien zich bruusk naar haar om en schreeuwen bijna van schrik, of blijdschap, misschien denken ze dat Vera iets zal zeggen, dat ze eindelijk weer tot zichzelf is gekomen, maar op dat ogenblik tilt ze haar fototoestel op en maakt een foto van hen, daarbuiten op het smalle balkon, voor die kleine Noorse vlag, Boletta in haar bruine pakje, met haar brede heupen, haar mond staat open en haar hand is op weg naar haar gezicht, alsof ze zich wil verstoppen, en De Oude, met haar lange, gele jurk en het grijze haar dat van haar hoofd stroomt, haar rechterhand is plotseling gebald, maar haar pink en duim steken uit, het duivelsteken, krom en voorovergebogen staat ze, maar toch kijkt ze me recht aan, ik die met mijn onbeholpen woorden deze foto probeer in te kleuren, want ik ben degene die de foto heeft ontwikkeld, ik vond de film toen ik ooit moeders spullen opruimde, ze waren hem vergeten, en ik verbeeld me dat ik haar ook kan zien, op de foto, zij die hem nam, onze moeder, alsof de onscherpe meiavond achter de twee vrouwen op het balkon een spiegel is waarin de schaduw van Vera zichtbaar wordt als een duister verdriet, een smart die ik nooit eerder heb gezien, in wat ik de langzame loketten van de herinnering noem.

(DE LENTE)

De dag dat koning Haakon naar Noorwegen terug zou keren stond De Oude vroeg op, zette de Deense vlag naast de Noorse in de bloembak en repte zich nog voor het zeven uur was naar de stad, om zich te verzekeren van een goed plaatsje helemaal vooraan langs de Karl Johans gate, en wee degene die haar uitzicht wilde belemmeren toen haar eigen monarch langsreed. Boletta had nachtdienst op het telegraafkantoor en was nog niet thuis. Daarom was Vera alleen in het appartement toen ze wakker werd in het tweepersoonsbed. Ze schoot wat kleren aan en nam niet de moeite in de spiegel te kijken. Ze nam niet de moeite haar haren te fatsoeneren. Het deed er niet toe. Ze leende de pantoffels van De Oude, liep de achtertrap af en de binnenplaats over. Het was zo stil. De ramen stonden open. Voor de portiek van Rakel bleef ze staan. Er kroop een witte kat door de bloemen en het grind bij het afvalhok. Ze sloop naar de tweede verdieping. Ze luisterde aan de deur. En plotseling voelde ze een steek van blijdschap in haar hart, want ze hoorde stemmen daarbinnen. Ze belde aan, maar er kwam niemand. Toen begreep ze dat de deur niet op slot was. Ze duwde hem open en liep naar binnen. De keuken was leeg. De kastjes waren leeggehaald. Geen glas, geen kopje of schoteltje stond er meer. Het was opgeruimd. Alles was uitgeruimd. Ze kon nog slechts vaag de geuren ruiken van de vreemde gerechten die Rakels moeder maakte, vooral 's zondags, vanille en kruiden, ook de geuren verdwenen, de geuren waar Rakel in gewoond had, waren bijna weg. Vera hoorde nu niemand meer. Misschien had ze zich vergist? Ze liep verder het appartement in. Ze deed de deur van Rakels kamer open. De gordijnen waren naar beneden gehaald. Het bed en het bureau waren weg. Er lag een kleerhanger op de grond. In de woonkamer stond een lege bloempot op de vensterbank. Dat was alles. De wanden waren kaal. Ze kon de lichte schaduwen op het behang zien waar de schilderijen hadden gehangen. Toen hoorde ze toch iemand. Er kwam iemand binnen. Ze werd weer blij, blij en bang tegelijk, maar vooral blij. Ze holde door de woonkamer en bleef abrupt staan in de hal. Twee mannen in werkkleren droegen een zwarte piano naar boven, ze zweetten als otters en ze vloekten voortdurend luid en de man die achteraan liep, kreeg Vera in het oog. 'Uit de weg, meisje!' riep hij. Vera perste zich tegen de deurpost terwijl zij de piano de woonkamer binnen zeulden en hem naast de kachel zetten. De twee verhuizers gooiden de banden van hun schouders en staken elk een sigaret op. Af en toe wierpen ze glimlachend een blik op Vera. De kleinste van hen schoof zijn pet naar achteren en krabde aan zijn rode pony. 'Ben jij het nieuwe dienstmeisje van de kaklui die hier komen wonen?' vroeg hij. De andere bevrijdde zich uit de band die als een strop rond zijn nek lag. 'Want dan mag je je haar wel eens kammen, meisje. Dat ziet eruit als een zwerm vogels!' Ze begonnen weer te lachen. 'Je mag mijn kam wel lenen', zei de man met het rode haar.

Vera holde de trap af. De mannen keken haar verbaasd na. Buiten stond een vrachtwagen geparkeerd met de laadbak vol meubels. Huismeester Bang stond in zijn donkere pak te praten met een mevrouw met een groene veer op haar hoed en lichte handschoenen aan. Vera had haar nog nooit gezien. Ze moest dik in de dertig zijn en ze was zwanger, haar jas spande rond haar buik en ze hield haar handen in haar rug en duwde haar buik bijkans naar voren, alsof ze de hele straat wilde laten zien hoe zwanger ze was. Vera bleef naar haar staan staren. Ten slotte werd de vreemde vrouw onrustig, wees op Vera, en huismeester Bang draaide zich meteen om en ontdekte haar op de trap. Hij schudde glimlachend zijn hoofd en kwam op haar af. De verhuizers kwamen de portiek uit. Vera zette het op een lopen, ze rende de hoek om, en tijdens het rennen bedacht ze dat Rakel alleen maar ergens anders naartoe verhuisd was, naar een ander appartement, een kleiner, misschien hadden ze geen geld meer voor zoveel kamers en een apart dienstbodekamertje na alles wat er gebeurd was. Dat dacht ze, steeds weer, ze hield zich vast aan die gedachte. Ze moest door de kelder lopen om op de binnenplaats te komen en de keukeningang weer te bereiken, alles wordt weer als vroeger, dacht ze, alles wordt weer als vroeger, de woorden klonken in Vera, ze kon ze horen, duidelijk en zwaar, maar ze kon ze niet zeggen, ze kon niet eens hardop in zichzelf praten, alsof het zwijgen nu háár koos. Ze wist hun appartement te bereiken. Er was nog niemand thuis. Ze ging naar de badkamer, kleedde zich uit, vond de schaar in het kastje en stak die in haar mond. Ze hield de schaar met twee handen vast en drukte hem tegen haar tong, sloot haar ogen, en de pijn was een andere taal die ze niet hoefde uit te spreken, slechts een schreeuw die diep in haar wegzonk. Ze voelde hoe de punt door het zachte tongvlees gleed en hoe het bloed haar mond in stroomde. Ze pakte een schoon stuk maandverband, smeerde dat in met bloed en legde het in de wasmand, ze veegde het bloed op de grond en in de wastafel weg en stopte een nieuw stuk verband tussen haar benen, liep naar de slaapkamer en ging naar bed. Vera glimlachte. Haar mond was niet meer vreemd in haar gezicht. Ze had hem zich toegeëigend. Haar tong vulde haar hele mond. Nu heb ik genoeg bloed, dacht ze. Nu heb ik genoeg bloed voor al die maanden. Ze hoorde Boletta thuiskomen. Ze smeet de deur achter zich dicht en stampte door het huis, naar het balkon. Vlak daarna kwam ze bij Vera binnen. Die deed alsof ze sliep. Maar toch kon ze haar moeder zien, alsof haar oogleden doorzichtig waren. Boletta hield een Deense vlag in haar handen en ze zag er bleek en afgepeigerd uit. Ze liep stilletjes om het bed heen en nam het *Handboek voor de Telegrafie* mee, dat op haar nachtkastje lag. Vera kon horen dat ze erin las. Boletta zat in de woonkamer en las hardop over tarieven en regels voor telegramverzending, ze las hardop, alsof ze naar haar eigen woorden moest luisteren om ze goed te begrijpen. Het klonk als gejammer en verwensingen. Het leek op een gebed en een klaagzang. *Woordberekening. Als één woord worden in duidelijke taal gerekend woorden tot 15 letters, in code- of cijfertelegrammen woorden of groepen van 5 letters of cijfers. Niet-taalkundige woordsamenstellingen zijn niet toegestaan. Namen van plaatsen, boerderijen, straten evenals scheepsnamen kunnen als één woord geschreven worden en worden ook als één woord gerekend vermits het aantal letters de 15 niet overschrijdt.* Vera hoorde elk woord, en Boletta las ze steeds weer. Deze taal, deze namen hadden iets dreigends, het leek op de oorlog. *Codetelegram, spoedtelegram, radiotelegram.* Het enige wat prettig klonk was *gelukstelegram. Wordt aan Noorse, Zweedse, Deense en IJslandse stations gestuurd alsmede naar Groot-Brittannië en Noord-Ierland, tegen een vergoeding van 50 øre, uitgeschreven op feestformulieren.* Vera droomde dat een bode, in uniform, misschien een blauw uniform, ja, blauw moest het zijn, met glimmende knopen, bij hen voor de deur zou staan met zo'n telegram, en dat moest dan goed nieuws zijn, anders was hij niet gekomen, en dit telegram, dit feestformulier van vijftig øre, zou al het kwade ten goede doen keren. Het kon een groet zijn van Rakel, die in korte zinnetjes, anders werd het te duur, schreef dat ze snel naar huis zou komen. Of misschien had iemand Wilhelm in het ijs en de kou gevonden en kreeg De Oude eindelijk een graf om te bezoeken. Of misschien stond er: alles wat er gebeurd is, heb je gedroomd. Maar er kwam geen bode, alleen De Oude, en ook zij smeet met de deuren. 'Waar is mijn vlag!' riep ze. 'Waar is mijn Deense vlag!' Vera hoorde hoe Boletta langzaam het boek dichtsloeg en opstond. 'Ik heb die vlag weggehaald, moeder. Je maakt ons in de hele stad te schande.' De Oude stampvoette. 'Wat een onzin! Koning Haakon is Deens!' Nu was het Boletta's beurt om te schreeuwen. Vera trok het dekbed over haar gezicht en moest bijna lachen. 'Koning Haakon is Noors. Waag het niet iets anders te beweren!' 'Hij mag dan koning van Noorwegen zijn. Maar hij is mijn Deense prins! Mag ik misschien een Deense vlag in mijn eigen bloembak zetten?' 'Ik weiger naar je te luisteren als je zo doet.' De Oude snoof. 'Dat komt door dat ellendige boek, daar krijg je kuren van. Je bent helemaal telegrafisch in je hoofd.' Nu stampvoette Boletta ook, of misschien deden ze het wel allebei terwijl ze tegen elkaar schreeuwden. 'En jij laat Vera alleen thuis! Waar zit je verstand, oude heks!'

Hierna bleef het lang stil in de woonkamer. Toen liep Boletta naar de badkamer, haar voeten sloften over de vloer, alsof ze geen puf had ze op te tillen. Maar ze kwam terug rennen. 'Vera heeft haar maandstonden!' riep ze. De Oude luisterde. 'Wat zeg je?' 'Je hoorde wel wat ik zei! Vera heeft gebloed!' Boletta hield het bebloede maandverband omhoog. De Oude vouwde haar handen en moest gaan zitten.

'Godzijdank', fluisterde ze. 'De koning is weer thuis en Vera heeft gemenstrueerd. Nu kan het gewone leven weer beginnen.'

(DE KLOK)

En ik voel dat iemand in mijn nek hijgt, iemand hijgt in mijn nek, want dit is nog steeds niet mijn verhaal, ik kom er nog niet in voor, ik sta niet op het veld, in de warmte, en als ik mijn intrede doe, in dit verhaal, op het veld, blijf ik waarschijnlijk plakken aan de magneten van de details, als het remblok dat ik nu al ben: een schoenveter die knapt op weg naar de dansschool, de dominee tegen wie ik vlak voor de Majorstuen-kerk mijn tong uitsteek, een leeg flesje dat ik moet terugbrengen naar Esther, zulke dingen, alles wat sommigen als onbelangrijk beschouwen, ontsporingen, omwegen, maar wat net zo goed de raadselachtige, dode hoek kan zijn die in alle verhalen noodzakelijk is, namelijk de stilte ernaast. Dat is waar ik naar jullie, alle anderen, zal zitten luisteren, terwijl jullie mij niet kunnen zien. En in die stilte hoor ik De Oude zeggen, keer op keer: *nu kan het gewone leven weer beginnen.* Want ze denken dat alles is zoals het moet zijn. Ze denken dat Vera haar plaats ook weer heeft gevonden. Ze heeft haar normale bloedingen gehad en alles zal weer worden zoals het vroeger was. De rode pantoffels staan keurig naast de bank. De vlag op het Koninklijk Paleis is gehesen. De maan hangt aan een haakje boven de Aker-scheepswerf en het etmaal heeft exact 24 uur. Want de oorlog heeft vijf jaar lang de tijd buitenspel gezet. De oorlog had de tijd gevangengenomen en in stukken gehakt, seconde na seconde, minuut na minuut. De oorlog is tegenwoordige tijd. De oorlog is van de hand in de tand. De oorlog is ogenblikken en kruimels. Nu kunnen ze de tijd weer in elkaar zetten, hem opwinden, hem laten verstrijken. De Oude koopt nog wat Malaga bij de staatsdrankwinkel in Majorstuen. Boletta leest verder in het *Handboek voor de Telegrafie* tot ze scheel ziet van de hoofdpijn. En op kantoor ontwijkt ze Directeur Egede, ze waagt zich niet op de trappen naar zijn verdieping, want ze heeft nog steeds niet gezegd of ze de nieuwe baan wil hebben. Vera blijft 's ochtends lang liggen. Dan staat ze op, zonder plezier. Ze beweegt zich langzaam door het appartement. Ze hult zich in grote truien en wijde vesten, hoewel het weer steeds warmer wordt. Sommigen zeggen dat dit de warmste zomer van de eeuw zal gaan worden en dat lijkt zinvol, dit is de verdiende zomer van het volk. Vera eet nauwelijks, ze wil liever haar eigen lichtheid voelen, wil liever naar binnen groeien en haar eigen schaduw benaderen. Vanuit de keuken kan ze zien dat er nieuwe gordijnen in Rakels appartement hangen, die zijn donkerrood, maar ze heeft daarbinnen nog niemand gezien. Op de binnenplaats hangen de waslijnen vol wintergoed en lakens, huismeester Bang loopt over het grind en rukt onkruid uit. De kat, waarvan niemand weet van wie die is, ligt in het hoekje in de zon, als een cirkel van vacht, tot Bang hem in het oog krijgt en hem wegjaagt met een hark. Maar de kat rekt zich slechts lui uit, tilt zijn staart op en besproeit een bloempot alvorens bedaard de poort naar de Jonas Reinsgate uit te wandelen. De buurjongens poetsen hun fietsen en plakken banden en gluren af en toe omhoog naar haar raam, maar dan staat daar niemand meer. Vera ziet het allemaal. Ze vult haar zwijgen met alles wat ze ziet, haar zwijgen dat Boletta op haar zenuwen begint te werken, en een paar keer staat ze op het punt om de taal uit haar dochter te rammelen, maar dan zegt De Oude: 'Wie niet spreekt, liegt ook niet.' Vera bijt 's nachts de wond in haar tong wederom open en voelt hoe haar mond volloopt en overstroomt van het bloed, en ze doopt haar maandverband in dat bloed, haar hulpeloze leugens, haar hoop, even hopeloos als wachten op Rakel. De tijd is gevangen geweest. Nu is de tijd vrijgelaten. Vera staat bij het raam en ziet dat de jongens regenkleding dragen en dat ze in de loop van de zomer zijn gegroeid, ze zijn bijna onherkenbaar en fietsen zonder zich om te draaien de poort uit.

Op een ochtend, vlak voordat Boletta naar het telegraafkantoor zou gaan om naar Directeur Egede te gaan en hem eindelijk antwoord te geven, werd er gebeld. Vera hoorde het in haar bed en was meteen wakker. Iemand belde aan hun deur, vroeg in de ochtend, in september 1945. Even wist ze het zeker, absoluut zeker, dat moest Rakel zijn, nu was Rakel eindelijk teruggekomen. Vera stond op, bang van geluk bijna, en keek de gang in. Boletta deed de voordeur open. Het was Rakel niet. Er stond een kale man, en Vera wist slechts vaag wie hij was, als een herinnering, wazig en onduidelijk, uit een andere tijd. Hij had een lange, lichte zomerjas aan, de regen drupte nog van zijn smalle schouders, en hij droeg een vierkant koffertje met twee glimmende sloten en in zijn andere hand hield hij een grijze hoed. Toen Vera zijn koffer zag wist ze het zeker, ze wist wie het was, en om de een of andere reden huiverde ze, dat deed ze altijd als deze man kwam.

Hij hield zijn koffertje omhoog, alsof hij wist dat ze dat het eerst zouden herkennen. 'Ik hoop dat u mij ook herkent', zei hij. 'Want ik ken u nog alsof ik hier gisteren voor het laatst ben geweest!' Hij smeerde een glimlach over zijn hele gezicht en boog. Boletta liet hem binnen. 'Natuurlijk kennen we u nog. Afgezien van uw haar dan.' De man streek snel over zijn glanzende hoofd terwijl de glimlach van zijn mond verdween, die tot een strakke, scheve scheur werd. 'Ik heb in Grini gezeten', zei hij alleen maar.

Hij zette zijn koffer op de grond. Boletta bloosde en hing zijn jas op. Hij keek snel om zich heen, zijn ogen gingen rap van wand tot wand, van deur tot deur, alsof hij alles met die blik noteerde. Vera trok zich terug. 'En hier is alles nog steeds bij het oude?' vroeg de man. Boletta volgde hem naar de hal. 'Ja, hier is alles bij het oude.' 'Dat is fijn om te horen. Er zijn tegenwoordig te veel mensen die gaan veranderen. Alles opnieuw inrichten. En waar is dat nou goed voor?' Hij liet zijn blik nogmaals rondgaan, langzaam, tot die bleef hangen bij de ovale klok op de commode. Die stond op twaalf minuten over tien. 'Ik weet niet goed of er genoeg geld in zit', fluisterde Boletta. 'We zijn de tel een beetje kwijtgeraakt.' 'Wie niet? Het zal wel de rest van de herfst duren voor we weer op schema zijn.' De man wendde zich tot Boletta. 'Ik gebruik room in de koffie. Als u dat nog weet?' Boletta sloeg haar handen ineen. 'Ja, natuurlijk herinner ik me dat nog. Room in de koffie. Kan ik u ook plezier doen met suiker?' 'Als u dat in huis hebt, dan... Maar niet meer dan drie schepjes, dank u.'

Plotseling stond De Oude in de deur naar de eetkamer, in haar nachtjapon en op rode pantoffels. Ze schermde haar ogen af, alsof er fel zonlicht in de kamer scheen. 'Praat je nu weer met jezelf, Boletta? Of probeer je Vera te laten antwoorden?' Boletta haastte zich naar haar toe. 'Arnesen is hier, moeder. Je kent Arnesen toch nog wel?'

Want het was Arnesen, van Bien Levensverzekeringen, die die ochtend was gekomen. Bij hem hadden we onze levens verzekerd. Bijna iedereen in het gebouw had dat gedaan. Hij placht elk halfjaar op te duiken, een keer in de herfst en een keer in de lente, op precies dezelfde datum, tenzij dat een zondag bleek te zijn, dan kwam hij in plaats daarvan op maandag. Nu was het langgeleden dat hij hier geweest was, niet meer sinds september 1941. En ook ik kan me die ovale klok herinneren, die altijd goed liep. Iedere maand, iedere laatste zaterdag van de maand, stopte Boletta of moeder geld in het laatje onder de wijzerplaat, net als een spaarpot, en het leek bijna een godsdienstoefening als dat gebeurde. Fred en ik stonden met onze handen op de rug toe te kijken, de munten die in het spleetje werden gestopt en de rinkelende, scherpe tik als ze op hun plek vielen, afhankelijk van de hoeveelheid geld die er al lag, of de geluidloze briefjes die werden opgevouwen, vol concentratie, om ze smal genoeg te maken. Ik vond het biljet van vijf kronen het mooist, vanwege de blauwe kleur, blauw zoals de hemel op een mooie zomerochtend kan zijn als er niets is waar je je zorgen over hoeft te maken, en niet in de laatste plaats vanwege het gezicht van Nansen. Tot honderd kon ik nog niet tellen en die briefjes waren te groot, het was bijna onmogelijk ze in het laatje te proppen. En dan kwam Arnesen om dat wat ze premie noemden op te halen. Ik dacht dat dat iets was wat we konden winnen, dat het geld zou veranderen in een premie, een prijs. Maar Arnesen had nooit iets bij zich, integendeel, hij pakte de premie en vertrok. Uiteindelijk zou hij te veel pakken en de premies in zijn eigen, duistere zak steken en toch alles verliezen. Ik heb ook heel lang gedacht dat het geld de klok liet lopen. Als we er te veel geld instopten zou hij sneller lopen, of als we het vergaten zou de tijd achter gaan lopen en daarna helemaal stilstaan. Was dat maar zo geweest! Ik probeerde het uit op de avond voor kerst. Ik stopte er twee extra muntjes van vijf øre in en het klonk als een lawine op de bodem van de klok. Het hielp niks. Ik herinner me dat Fred een keer het hele laatje had leeggehaald met een haarspeld. Maar de tijd stopte niet.

De Oude moest een stap dichterbij komen. 'Arnesen? Is dat Arnesen in hoogst eigen persoon? Ja, dan is het gewone leven echt begonnen.' Hij boog diep. 'Wij verzekeren zowel de gewone dagen als de feestdagen. Zelfs het leven hierna staat op onze kalender.' De Oude blies door haar mondhoek. 'Dat moet je volgens mij maar aan God overlaten, mijn beste man. Dat koffertje van jou is niet groot genoeg voor de eeuwigheid.' Arnesen ademde gejaagd en haalde een zakdoek tevoorschijn met het monogram van de verzekeringsmaatschappij erop, alsof hij zich overgaf en om vrede wilde smeken. Maar De Oude kwam alleen maar dichterbij, met toegeknepen ogen. 'Zeg eens, heb je niets meer van je vroegere haar op je hoofd?' 'Hij heeft in Grini gezeten', zei Boletta gejaagd. 'Sst, moeder!'

Toen pakte Arnesen de buisvormige sleutel die alleen hij bezat en hij ging met de rug naar hen toe staan, als een goochelaar die zijn geheimen niet wil prijsgeven. Hij loerde over zijn schouder en ontmoette plotseling Vera's blik, in de schaduw van de deur. Hij glimlachte. Toen hoorde iedereen een klik, Arnesen trok het laatje onder de wijzerplaat open, er ritselde geld, en niemand kon zo snel geld tellen als Arnesen van Bien. Hij hoefde zijn vingers niet eens te gebruiken, hij telde met zijn ogen, het oog was zijn snelste spier, en daarna stopte hij het bedrag in een leren zak met een rits, het leek een beetje op een etui, en die legde hij in de koffer die hij aan beide zijden met veel geheimzinnigheid op slot deed, het was een hele voorstelling.

Boletta ging naar de keuken om koffie te zetten. Arnesen richtte zich op. 'Het zal wel een poosje duren voordat het rekensommetje klopt', zei hij. 'De oorlog heeft de meeste dingen in de war geschopt.' De Oude kromde zich in een glimlach. 'Ja, hoe goedkoper een mensenleven is, des te duurder wordt de premie. Is het niet zo?' Arnesen glimlachte niet. 'Het is eerder zo dat sommige dingen zo waardevol zijn dat ze niet in kronen en øres gemeten kunnen worden, Jebsen.' De Oude zette al haar stekels op. 'Ach, kletspraat', zei ze. 'Tel jij je geld maar. Dat kun je het beste.'

Arnesen wilde nog iets zeggen, maar zag ervan af. In plaats daarvan nam hij de koffer, die hij nooit uit het oog verloor, mee naar de woonkamer. Arnesen kreeg overal waar hij kwam iets aangeboden, alsof de mensen een slecht geweten hadden of een goede indruk op hem wilden maken. Misschien dachten ze dat hun leven in zijn handen lag. Hij liep langzaam langs de boekenkast en liet zijn vinger langs de leren ruggen glijden terwijl hij om zich heen keek, de bank in de eetkamer die als bed was opgemaakt, het glas Malaga, het patience. Zijn vinger bleef steken bij een brede opening tussen de boeken, waarin het stof oprees. Nu glimlachte Arnesen weer. 'Ze hadden hem moeten doodschieten', zei hij. Arnesen ging in de comfortabele fauteuil zitten, met zijn rug naar het balkon. De Oude boog zich over de tafel. 'Wie hadden ze moeten doodschieten?' 'Hamsun. Die verrader.' 'Je bedoelt de schrijver?' 'De schrijver en verrader.' De Oude leunde achterover op de bank. 'Ik lees het liefst Johannes V. Jensen', zei ze.

Boletta kwam met een blad met koffie en een chocoladereep. Arnesen brak er meteen een stuk van af en begon erop te zuigen en hij nam vier scheppen suiker in zijn koffie. De Oude wilde de kamer verlaten, maar Boletta hield haar tegen. 'Hoe was het in Grini?' vroeg ze. Arnesen sloot zijn ogen en slikte. 'Het was erger voor mijn vrouw. Die in ongewisheid en angst moest wachten.' Arnesen kon weer helder kijken en smeerde zijn keel met nog meer chocola. 'Maar ze heeft zich erdoorheen geslagen. Vrouwen kunnen sterker zijn dan je denkt. Dat heeft de oorlog ons in ieder geval geleerd.'

Hij keek snel over zijn koffiekopje heen. Boletta schonk hem nog eens in en De Oude zuchtte nog dieper. 'Wachten is een privilege waar we meer dan graag afstand van doen.' Maar Arnesen luisterde niet meer. Hij zond zijn blik weer op een lange reis door de kamer en plotseling zei hij: 'Het is hier kleiner, of niet soms?' Boletta zette de koffiekan neer. 'Kleiner dan wat?' 'Dan de appartementen aan de andere kant van het huis.' De Oude pakte het laatste stukje chocolade voordat Arnesen er beslag op kon leggen. 'Het kan wel zijn dat ze groter zijn', zei ze. 'Maar hier heb je meer zon.' 'Dat weet ik waarachtig zo net nog niet. Wij hebben namelijk een balkon op het zuiden.' Nu bogen zowel Boletta als De Oude zich naar hem toe. 'Wij?' Arnesen glimlachte met zijn hele mond en gebaarde met zijn arm in de lucht als een dirigent. 'Ik heb het hoekappartement aan de Jonas Reinsgate overgenomen. Waar die arme jodenfamilie woonde.'

De Oude stond op. Haar haar viel op haar schouders. 'Wil je ons vertellen dat we buren zijn, Arnesen?' Hij tilde zijn kopje met twee vingers op en zocht naar nog wat suiker. 'We hadden eigenlijk voor de zomer willen verhuizen. Maar mijn echtgenote wilde eerst alles op orde hebben. Jullie weten hoe dat is, toch?' Arnesen vond de suikerpot, deed nog twee schepjes in zijn koffie, tuitte zijn lippen en dronk langzaam. De Oude bleef staan. Ze beefde. 'Nee', zei ze hardop. 'Wij weten niet hoe dat is. Hoe is dat?' Hij zette zijn kopje geluidloos neer en werd vertrouwelijk, op fluistertoon over het tafelkleed heen. 'Piano, dessertlepels, strijkplank. En kinderbedje. Van die dingen die een thuis scheppen. Mijn echtgenote verwacht namelijk ons eerste kind. Na al die jaren.' 'Zal ik nog wat suiker halen?' vroeg De Oude. Arnesen keek naar haar op. 'Nee, bedankt. Ik heb al.'

Boletta moest zich vasthouden aan de tafel. 'Is het absoluut zeker dat ze niet terugkomen?' fluisterde ze. 'Wie?' 'De familie Steiner. Rakel. Hun dochter.' Er ging een huivering door Arnesen heen, alsof hij een schok kreeg van het theelepeltje. Hij liet het op het schoteltje vallen. Toen leunde hij achterover en leek bijna beledigd. 'Natuurlijk. Die zijn daarginds gebleven. Dat weet toch iedereen. Er is niet eens iemand aan wie we het verzekeringsgeld kunnen uitbetalen. Helaas.'

De Oude keek langs Arnesen heen, die diep weggedoken in zijn stoel bedroefd glimlachte, en toen ontdekte ze Vera. Vera stond plotseling in de deuropening naar de slaapkamer, ze staarde hen aan, en op het moment dat De Oude haar in het oog kreeg, verstopte Vera haar gezicht in haar handen en tussen haar vingers door stroomde bloed, ze zakte in elkaar op de vloer en nu draaiden Boletta en Arnesen zich ook om, ze zagen Vera en het bloed dat uit haar mond stroomde. Arnesen gooide zijn kopje en de suikerpot om, Boletta was in één stap bij haar dochter en voor de tweede keer sinds de vrede moest De Oude dokter Schulz uit Bislet bellen. Arnesen bleef bij zijn stoel staan en kon zijn ogen niet losweken van Vera, haar nachtjapon, haar bijna doorzichtige huid, het bloed dat uit haar mond pompte, nu had hij iets geheim te houden op zijn rondes, maar als iemand aandrong, kon hij misschien een paar woorden laten vallen, dat Vera op de grond lag te kronkelen van de krampen en dat ze tussen happen bloed door raaskalde. En degene die luisterde naar wat hij te vertellen had, huismeester Bang wellicht, zou meteen dichterbij komen en vragen: 'Maar wat zei ze? Noemde ze een naam?' Dan kon Arnesen gewichtig doen met zijn leugens en zwijgen tot noch hijzelf, noch zijn toehoorders het nog uithielden. Ik heb het ooit gehoord, jaren later, toen ik op een dag vroeg uit school kwam en de sluipweg door de waskelder nam. Huismeester Bang stond bij de wringers en vertelde verhalen aan de vrouwen uit het huis, want hij had de verhalen nu tot de zijne gemaakt, hij had de leugens omgewisseld in een nieuwe valuta. 'Ze schuimbekte bloed,' fluisterde hij, 'rood schuim, en ze sloeg met gebalde vuisten om zich heen en leek wel een wild dier!' 'Maar wat zei ze?' wilden de anderen weten. 'Noemde ze een naam?' Daar kon de huismeester ook geen antwoord op geven.

De Oude legde de hoorn neer. 'Dokter Schulz komt meteen', zei ze. Boletta huilde en Vera lag stil in haar armen. 'Ze heeft een maagzweer gekregen van zo weinig eten! Dat heb ik de hele tijd al gezegd. Dat ze moet eten!' De Oude wendde zich tot Arnesen. 'Dan zijn wij voor deze keer klaar met elkaar. Doe uw echtgenote vooral de groeten.' Maar Arnesen wilde liever blijven. Arnesen wilde dit niet missen. Hij ruimde de suiker op die hij had omgegooid, zette het koffiekopje terug en depte het tafelkleed met zijn grote zakdoek. Hij deed alles heel langzaam en nam alle tijd. Hij wilde zelfs helpen Vera naar de slaapkamer te brengen. 'Ik heb een ehbo-cursus gedaan in het leger', zei hij. Toen wees De Oude resoluut in de richting van de hal en de voordeur. 'Ik zie dat je jas daar nog hangt. Die kun je aandoen als je vertrekt.'

Maar eerst moest Arnesen het geld nogmaals tellen. Hij moest in zijn koffer duiken om het bedrag te controleren, muntje voor muntje, briefje voor briefje, en toen De Oude uit de slaapkamer kwam en Vera in bed lag en Boletta bleef huilen en allang te laat was voor haar werk, stond Arnesen nog steeds in de hal, met zijn jas over zijn arm, hij draaide zijn hoed als een stuur rond tussen zijn vingers. 'Is dat arme meisje weer een beetje bij?' fluisterde hij. 'Ze slaapt. Vaarwel.' Arnesen staarde over De Oude heen. 'Heeft ze vaak dit soort aanvallen?' 'Vera heeft al een paar weken longontsteking. Ik zei vaarwel.' Arnesen glimlachte vaag. 'Longontsteking? Het gebeurt wel dat de maatschappij graag een doktersverklaring wil zien voordat we de premie vaststellen.' De Oude deed de deur wijd open. 'We hebben de dokter al gebeld. Nu zeg ik voor de derde keer adieu en vaarwel.'

Arnesen maakte een buiging, tilde zijn koffer op en liep talmend de overloop op, waar hij bleef staan om zijn jas dicht te knopen. De Oude wilde de deur dichtdoen, maar bedacht zich plotseling en greep zijn arm. 'Hoe weet je eigenlijk zo zeker dat de Steiners nooit meer terugkomen?' 'Omdat ze dood zijn! Dat zei ik toch. Lezen jullie geen kranten? En het heeft toch geen zin dat dat appartement leegstaat?' De Oude liet Arnesen los en hij begon meteen in zijn zakken te zoeken. Het was een krantenknipsel, een foto. 'Kijk maar', zei hij. 'Uit *Veckojournalen.* Dat is mevrouw Steiner met haar dochter Rakel, toch?'

De Oude pakte de foto van hem af en bracht hem dichter naar haar ogen. Ze waren het. Een groot verdriet en een even grote woede vervulden haar. Het waren Rakel en haar moeder. De moeder is stervende, misschien al dood, vel over been, gekleed in lompen, haar huid strak over haar schedel getrokken, haar ogen die veel te groot zijn en die naar de camera of God of de beul staren, en Rakel die haar moeders hand vasthoudt, ze is bijna naakt, haar schouders zijn spits als vleugels van botten, ze houdt zich vast, en ze huilt, schreeuwt, haar mond is een wond in haar gezicht, in het meisjesgezicht dat al oud is, leeftijdloos, de tijd voorbij, ook zij de dood nabij, een mishandeld kind, dat is deze foto: de stervende die zich vastklampt aan de dode. En eronder staat: *Het gevreesde kamp Ravensbrück. Gaandeweg raakte het concentratiekamp overvol en was er niet voldoende gevangeniskledij.* Dat is alles. De Oude moet steun zoeken bij de muur. 'En hier loop jij mee in je zak', zei ze zachtjes. 'Je moest je schamen.' 'Ik zag gewoon dat zij het waren', mompelde hij. 'En toen heb ik het uitgeknipt. Mag ik het nu terug hebben?' 'Nee', zei De Oude. 'Deze foto hou ik. Terwijl jij in hun appartement woont.' Arnesen zette zijn hoed op zijn hoofd en wrong zich langs haar heen. De Oude liet hem gaan. 'Ik hoop dat we allemaal ooit weer goed kunnen slapen', zei ze.

Toen hoorden ze dokter Schulz beneden op de trap, zijn zware voetstappen, zijn hand op de leuning. Arnesen wierp een snelle blik op De Oude. 'Dank u, maar ik slaap uitstekend. Behalve wanneer mijn vrouw wakker ligt.' Toen liep hij haastig de trap af en op het moment dat hij dokter Schulz passeerde, die magerder dan ooit was en nuchter vandaag, gaf Arnesen hem zijn visitekaartje. Dokter Schulz aarzelde even, las het en schudde zijn hoofd. Arnesen was een overloop lager blijven staan, hij stond daar met zijn hoed in zijn hand en glimlachte weer. 'Bel maar als het zo uitkomt, dokter!' 'Maar het komt niet zo uit. Ik heb gelukkig niets wat ik wil verzekeren.' Dokter Schulz stak het visitekaartje in zijn zak en liep de laatste treden naar boven, naar De Oude, die ongeduldig stond te wachten. Ze trok hem de hal in en duwde de deur achter hen dicht. 'Ze ligt in de slaapkamer. Kom mee! En je hoeft je schoenen niet eerst uit te trekken!'

Dokter Schulz wenste weer alleen te zijn met Vera terwijl hij haar onderzocht. De Oude en Boletta wachtten in de woonkamer. Ze zeiden niets. Ze luisterden. Het was zo stil, alsof Vera's zwijgen ook in de meubels was getrokken, in de wanden, de lampenkappen, de tapijten, de schilderijen, en het alles een donkerder kleur en een zwaardere geur had gegeven. Het tochtte onder de balkondeur door, een koude werveling rond hun voeten. De wind schudde in de Kirkevei alle bladeren van de bomen. De eerste vredeszomer zonk allang weg in zijn loof. Denemarken had het Noorse elftal met 2-1 verslagen in Kopenhagen. De bommen waren gevallen op Hiroshima en Nagasaki en de schaduw van de mens was voorgoed aan de aarde vastgelast. Dokter Schulz bleef maar bij Vera.

De Oude stond ongeduldig op. 'Ik heb het koud! Wat jij ook zegt. Ik heb het koud!' Boletta had haar handen gevouwen. 'Ik heb helemaal niets gezegd', zei ze. 'En toch heb ik het koud! Is die dokter daar in slaap gevallen? Nu ga ik kijken!' Boletta hield haar tegen. 'Laat hem met rust.' 'Dan ga ik de kachel aanmaken. Vanavond wil ik warme Malaga hebben en Vera krijgt ook. Met kinabast erin!' Boletta liet haar los. 'Doe maar, moeder. Maak de kachel maar aan.'

De Oude wist een lucifer aan te steken, liet hem in het luikje vallen en trok de schuif open. Al snel voelden ze de warmte opstijgen en ze legde haar handen op de groene, geribbelde plaat, zuchtte. 'Ik wil me niet meer bij Arnesen verzekeren', zei ze. 'Dat heb ik besloten.' 'Praat geen onzin', zei Boletta. 'Dan neemt hij de klok ook mee.' 'Dat moet dan maar. Ik kan hem gewoon niet aardig vinden!' Nu was het Boletta's beurt om te zuchten. 'Je bent een zuurpruim geworden. Dat ben je. Een zuurpruim!' De Oude stampvoette. 'Dat ben ik helemaal niet. Ik zeg alleen dat ik Arnesen niet kan uitstaan!' 'En je kunt dokter Schulz ook al niet uitstaan. Je bent onbeschoft tegen iedereen!' De Oude fluisterde over haar schouder: 'Maar wat is die idioot aan het doen? Hij was toch nuchter toen hij naar binnen ging?' Boletta had zich opgefokt en wilde niet ophouden. 'En je kunt huismeester Bang niet uitstaan!' De Oude lachte luid bij de kachel. 'Aan wat voor sport deed hij ook weer toen hij jong was? Hink-stap-sprong. Wat een belachelijk figuur! Nee, jij hebt natuurlijk weer hoofdpijn en moet je mond houden.' 'Jij mag niemand meer tegenwoordig!' riep Boletta. 'Dat is niet waar.' 'Noem dan iemand die je graag mag. Als je je de naam nog kunt herinneren!' 'Met alle plezier. Ik mag Johannes V. Jensen graag!'

De Oude onderbrak zichzelf met een gilletje en trok haar warme handen tegen haar borst, alsof ze haar vingers aan de kachel had gebrand. Boletta stond meteen op. 'Wat is er, moeder?' De Oude wees naar het kleine, beroete ruitje van de kachel, waarachter het vuur hoog en geel brandde. 'Nu hebben we Hamsun opgestookt', fluisterde ze. 'Daar brandt Hamsun.'

En op dat ogenblik kwam dokter Schulz uit de slaapkamer, en hij kwam stilletjes. Hij deed de deur achter zich dicht, liep naar de twee vrouwen in de woonkamer en zette zijn tas behoedzaam op de grond. Toen bleef hij een poosje naar zijn galoches staan kijken. De ene was niet gepoetst, of misschien was hij op weg hiernaartoe ergens in getrapt, een modderpoel.

Eindelijk keek dokter Schulz op. Hij praatte zacht en omslachtig. 'Vera heeft weer veel bloed verloren.' De Oude deed een stap in zijn richting en ademde zwaar. 'Dat weten wij ook. Maar deze keer bloedde ze uit haar mond!' Dokter Schulz knikte. 'Ja, ze heeft lelijk in haar tong gebeten, naar het schijnt.' Boletta zonk terug in de bank en glimlachte. 'In haar tong gebeten? Dus ze heeft geen maagzweer?' 'Nee, nee, geen maagzweer. Het is absoluut geen maagzweer. Pardon, maar is het hier niet erg warm?' Dokter Schulz' voorhoofd glom en hij stak een vinger achter zijn gekreukelde boordje om wat lucht te krijgen. De Oude kwam nog dichterbij. 'Ja', zei ze. 'Het is hier warm. We verbranden namelijk het verzamelde werk van Hamsun.' 'Wat zegt u?' 'En kun je nu vertellen hoe Vera's toestand is?'

Dokter Schulz wendde zich tot Boletta. 'Vera mankeert niets', zei hij. 'Afgezien van. Ik bedoel.' Hij hield abrupt op en keek weer naar beneden, naar die bespottelijke galoches. De Oude stond op haar tenen. 'Afgezien van wat dan, jongeman? Maak in godsnaam je zin af!'

Dokter Schulz, de jongeman van tegen de zestig, richtte zich zo goed hij kon op. 'Hoe moet ik dit zeggen?' begon hij langzaam en aarzelend. De Oude stortte zich bijna op hem. 'Nou, dat zal ik je vertellen! Je moet het simpelweg rechtuit en onomwonden zeggen en hier niet staan stamelen als een verlegen kadet!' Dokter Schulz haalde een hand onder zijn neus door, waar de druppel vast hing en zich niet liet wegduwen. 'Jullie weten van niets?'

En nu deed De Oude iets waar nog lang over gepraat werd in de Kirkevei, misschien praten ze er nog wel over, zoals ze zich ook Boletta's gil herinneren die stucwerk, dakpannen en kroonluchters van Fagerborg tot Adamstuen deed losraken. Het zou me niet verbazen. Maar wat mij wel hogelijk verbaast, is dat iemand het überhaupt te weten kwam, want ik kan me niet voorstellen dat dokter Schulz het zelf tegen iemand heeft verteld, integendeel, hij zou er eerder over gezwegen hebben, of gelogen. En een van ons was het in ieder geval niet. Bovendien stierf dokter Schulz korte tijd later. Toen de eerste sneeuw bleef liggen in november besloot hij de klassieke tocht naar Mylla weer te maken, en hij kwam nooit meer terug. Enkele wandelaars vonden hem de volgende lente, ver van de loipes, tussen Sandungen en Kikut. Hij hield zijn skistokken nog steeds vast, maar de druppel onder zijn neus had eindelijk losgelaten, die lag als een matte parel in zijn rottende mond, en in zijn zakken had hij niet eens een portemonnee of een skikrabbertje, alleen maar een visitekaartje van een man die levensverzekeringen verkocht, en daarom dacht de politie eerst dat het Gotfred Arnesen, commissionair bij verzekeringsmaatschappij Bien was die daar in zijn laatste stokafzet lag. Dat zorgde nog voor heel wat consternatie, toen twee politieagenten de echtgenote bezochten om te vertellen dat haar man helaas dood was aangetroffen in Nordmarka. Ze bleef er zelf ook bijna in, zelfs toen het misverstand werd opgehelderd omdat Gotfred Arnesen op de normale tijd thuiskwam van zijn werk, ongeduldig om zijn zoontje van drie maanden te zien, en later is ze ook nooit meer helemaal de oude geworden, het valse bericht had een litteken op haar ziel achtergelaten, ze durfde de deur niet open te doen als er aangebeld werd, ze ging altijd in het zwart gekleed en ten slotte verbood ze haar man, Gotfred Arnesen, het appartement te verlaten.

Maar dat is niet wat ik nu wil vertellen, ik loop op de zaken vooruit, gegrepen door mijn eigen *flash forward.* Want dit is wat er nu gebeurde: De Oude gaf dokter Schulz zonder omhaal een oorvijg, ze sloeg hem met vlakke hand hard in zijn gezicht. 'Kun je nu zeggen wat je op je hart hebt!' Dokter Schulz boog zich voorover en wreef met zijn vinger over zijn vuile galoche. Toen kwam hij overeind, de druppel hing als een pendel onder zijn neus en zijn wang brandde. 'Misschien heb ik ook wel een leven gered', fluisterde hij. 'Vandaag zou Hippocrates trots op me zijn.' 'Wat sta je daar nou te bazelen?' riep De Oude.

Dokter Schulz slikte en moest zijn keel schrapen.

'Vera is zwanger', zei hij.

Boletta was al op weg naar de slaapkamer, maar De Oude hield haar tegen en wendde zich op allervriendelijkste wijze weer tot dokter Schulz. 'Mijn beste dokter Schulz. Vertel ons eens iets nieuws. Natuurlijk weten we dat Vera zwanger is. We willen weten of alles goed is met haar en het kind.' De dokter ademde uit. 'Alles lijkt prima in orde te zijn.' Boletta's stem was nauwelijks hoorbaar. 'Heeft ze iets gezegd?' Dokter Schulz schudde zijn hoofd. 'Nog niet. Maar geef haar de tijd. Mag ik trouwens één ding vragen?' De Oude knikte en moest Boletta ondersteunen. 'Wie is de gelukkige vader?' 'Hij is in de meidagen gestorven', zei De Oude snel. 'Ze hadden toen zullen trouwen.'

Dokter Schulz keek een andere kant op en streek met zijn vinger over zijn wang. 'Neemt u me mijn indiscretie niet kwalijk. Ik ben dokter. Geen dominee. Hippocrates is ontevreden over me. U mag me best weer slaan.'

De Oude legde voorzichtig haar hand op de zijne en drukte die zachtjes. Hij pakte zijn zwarte tas en verliet hen. Ze zouden hem nooit meer zien. Ze hoorden alleen de kleinste jongens lachen en met hun fietsbellen rinkelen toen hij naar buiten kwam.

Boletta staarde De Oude aan, die nog steeds haar arm vasthield, en ze wist niet of ze moest schreeuwen of roepen. 'Wist jij dat?' fluisterde ze. 'Wist jij dat ze een kind verwacht?' De Oude rukte zich los. 'Hadden we dokter Schulz moeten laten weten dat wij het niet wisten? De leugen is sneller dan de waarheid.'

Toen gingen ze naar Vera. Ze lag op bed naar het plafond te staren, naar de hoekige kristallen van de kroonluchter, met gesloten ogen. Boletta viel op haar knieën naast haar dochter neer. 'Vertel het ons', zei ze. 'Wat er op de droogzolder is gebeurd.'

Maar Vera zei niets. Ze hield haar zwijgen vol. De Oude haalde de fles Malaga en had beide handen nodig om het laatste restje in een glas te schenken. 'Op dit kind moeten we goed passen', zei ze stilletjes.

En dezelfde middag gaat De Oude naar het politiebureau in Majorstuen. Ze moet drie kwartier wachten voordat ze wordt binnengelaten bij een jonge agent achter een typemachine. 'Ik wil een verkrachting aangeven', zegt ze. De agent kijkt op en kan een glimlach niet verbergen onder een dun, blond snorretje. 'Verkrachting? Bent u verkracht?' De Oude buigt zich naar de snotneus toe. 'Mijn kleindochter is verkracht, jongeman! Zit u daar in dat uniform de draak met me te steken?'

De agent bloost en draait een vel papier in de typemachine. 'Geenszins, mevrouw. Wanneer zou dat gebeurd zijn? De verkrachting, bedoel ik.' 'Acht mei', antwoordt De Oude. De agent haalt beide handen van de toetsen en kijkt haar weer aan. 'Acht mei? Dat is bijna vier maanden geleden.' 'Dat hoeft u mij niet te vertellen', zegt De Oude. 'Kunt u nu beginnen met uw onderzoek!'

De agent tikt langzaam naam en adres en datum en de aard van het misdrijf op het papier, dat hij later onder op het stapeltje aangiften legt dat zich heeft opgehoopt. De Oude koopt een fles Malaga in de staatsdrankwinkel en vraagt naar kinabast bij de apotheek, want vermengd is dat een afkooksel dat zowel tegen verdriet en een kater als tegen wachten helpt. Nooit tevoren was de Kirkevei zo steil onder haar voeten. Ze blijft een poosje op de binnenplaats staan. Ze kijkt naar de jongens die onder aan de trap een spelletje muntjes werpen doen. Hun gezichten zijn week en onaf, ze hurken om de pot heen, gelach en snelle knuisten en muntstukjes die rinkelen. Dan worden ze haar gewaar, alsof de blik van De Oude te zwaar is voor hun smalle schouders, ze staan op, zwijgend en ernstig, en draaien zich naar haar om. Nee, denkt ze, nee, ze zijn onschuldig, ze zijn nog niet volwassen genoeg voor een dergelijk kwaad, ze zijn slechts kinderen die naar hun gezicht zoeken. De Oude glimlacht en vindt een muntje dat ze hen toegooit en de ernst van de jongens lost op in gejuich en gelach, terwijl ze hun armen omhoogsteken en elkaar vriendschappelijk wegduwen. 'Doe de groeten aan Vera', roepen ze.

Dan verschijnt huismeester Bang op de trap, met een gereedschapskist onder zijn arm. Hij raapt de munt op die vlak voor hem op de trede valt. De jongens worden stil en nors. 'Wat gebeurt hier? Spelen op de binnenplaats is streng verboden!' Nee, denkt De Oude, nee, ook hij niet, huismeester Bang is almachtig in zijn grote simpelheid en zijn hinkepoot zou het misdrijf meteen hebben ontraadseld. 'Geef hun dat geld terug!' zegt ze.

Die nacht kan De Oude niet slapen. Ze gaat Boletta wekken, die ook wakker ligt en op Vera past. Zij is de enige die slaapt. 'Er waren hier in die dagen allerlei mensen', fluistert De Oude. Boletta komt overeind. 'Wat bedoel je?' 'Op zolder. Allerlei mensen hielden zich hier schuil in de meidagen.' Boletta verbergt haar gezicht in haar handen. 'Laten we hopen dat het een soldaat was', zegt De Oude, nog zachter. 'Een Noorse soldaat die de oorlog die in hem woedde niet kon beteugelen.' 'Mijn God', kreunt Boletta. 'Dat we haar daar alleen naartoe hebben laten gaan! Mijn God.' De Oude gaat op het bed zitten. 'God is tot nu toe geen grote hulp voor ons geweest', zegt ze.

(BLÅSEN)

Op een middag, in januari van het nieuwe jaar, 1946, zit De Oude op Blåsen, het hoogste punt van het Stenspark, uit te kijken over de stille stad. Het kalmeert haar daar te zitten. Dit is haar plekje. Ze kan de fjord zien, grijs en zwaar onder de koude mist die langs de Ekeberg drijft. De kerstbomen staan op de balkons, met restanten versiering aan bruine, droge takken. De Oude is somber en bang. Vera heeft nog steeds niet gepraat en ze draagt een kind dat ze niet meer kan verbergen. Dat is een absurditeit die hen allemaal tot de zwijgende waanzin drijft. Boletta ligt 's nachts wakker en wordt mager en kan het zichzelf niet vergeven dat ze Vera alleen naar de droogzolder heeft laten gaan. En Vera staat elke dag met gebogen hoofd voor de spiegel en kan haar eigen ogen niet verdragen. Binnenkort heeft ze twee spiegels nodig. Wie is bij haar binnen gedrongen, op de dag van de vreugde? De Oude weet het niet. Ze weet alleen dit: de man die dat deed, de man die de vader van het kind is, had zijn zin doorgedreven, hij scheurde open en maakte kapot, hij liet de duisternis op Vera neerdalen en verdient niet anders dan een nog grotere pijn en een nog diepere duisternis. Maar ze zegt het weer, diep in zichzelf: op dit kind moeten we goed passen. Want De Oude weet alles van verdriet. Het verdriet is de kracht van De Oude. Dat is waar ze op leeft, dat is haar storm, dat drijft haar. Dat wil ze Vera leren, je verdriet te dragen als een triomf en de pijn als een boeket dat elke nacht zal bloeien. Dan hoort ze voetstappen in de sneeuw en ze hoeft zich niet om te draaien, want ze weet al wie het is. Ze denkt: ik ben niet somber en ik ben niet bang. Ik ben wijs en oud, want wie zou dat anders moeten zijn, wijs en oud en moedig, als zij het niet was? De Oude glimlacht als Vera naast haar gaat zitten en ze wacht lang met iets te zeggen, ze zwijgen allebei en ze verdragen elkaars zwijgzaamheid.

'Je bent hier vast niet gekomen om te praten', zegt De Oude uiteindelijk. 'Maar je kunt toch bij me komen.' Vera legt haar hoofd tegen haar schouder. De Oude beeft even. Ze herinnert zich een keer dat ze drie hele dagen hadden gefilmd, achttien scènes waren opgenomen, de titel was *Het Kamermeisje en de Vreemde Gast.* Ze hadden zelfs een studio gebouwd, op een akker buiten Kopenhagen, en haar ogen brandden na al die uren in het felle licht, maar ze was gelukkig, want dit moest een succes worden, een sensatie, dat wisten ze, ze waren gelukkig, allemaal, van de klapper tot de regisseur, van de pianist tot de held. Toen hoorden ze een kreet van de fotograaf, die plotseling begon te huilen. Hij was vergeten een film in de camera te doen. Het was onmogelijk. Dat kon niet gebeuren. Maar het was gebeurd. Alles was tevergeefs. Elke blik, elke beweging was vergeten, verdwenen, alsof ze er nooit waren geweest, alsof alles wat niet op een filmrol werd vastgelegd onwaar was, onwerkelijk, niets. De regisseur stond op, bleef op dezelfde plek staan, ging weer zitten en verborg zijn hoofd in zijn handen. Niemand durfde iets te zeggen. En De Oude, die toen jong was, De Jonge, mooi en begeerd, was de enige die het waagde haar stem te verheffen. 'We doen het gewoon nog een keer', zei ze. Maar dat lukte niet. Het kon niet nog een keer gedaan worden. Ze moesten iets anders verzinnen, een nieuwe titel, een ander verhaal. En wat ze ook deden, ze vergeleken het altijd met datgene wat niet gefilmd was, en ze waren nooit tevreden. Ze werden nooit beter dan datgene wat niet bestond. Dat was het einde, denkt De Oude en ze beeft weer. De beste film was niet alleen stom, hij was ook onzichtbaar. Ze heeft zin om dat aan Vera te vertellen, maar ze zegt iets anders, want misschien heeft ze het al eerder verteld en eigenlijk is het een triest verhaal. 'Ik weet waar je aan denkt, ook al zeg je niets, Vera. Zo gaat dat als je slecht hoort. Ik hoor alleen maar gedachten en dromen en harten die slaan.'

De Oude zucht, legt een arm om Vera heen en borstelt sneeuw van haar haren. 'Iemand heeft je iets ergs aangedaan, kleine Vera. Het ergste wat je ons maar kunt aandoen. Maar vergeef mij en vergeef Boletta dat we je zwijgen niet hebben begrepen.'

Zo zitten ze, Vera en De Oude, ze houden elkaar vast, op het hoogste punt van het Stenspark, met uitzicht over de stad, dezelfde stad waarin ik ook zal verdwalen, hoewel hij smal en ingeklemd tussen de heuvels ligt, met een hemel die kleiner is dan de deksel van een schoenendoos. 'Heb ik je al eens over de Nachtman verteld? Zo werd hij genoemd. De Nachtman. Hij bracht de dode paarden hierheen en begroef ze hier. We zitten op een berg dode paarden, Vera. Maar niemand wist wat hij overdag deed. Sommigen zeiden dat hij bij de dode paarden sliep. En ten slotte verdween hij helemaal.'

Nu moet De Oude tegen Vera's schouder leunen. 'Er zijn te veel nachtmannen in onze familie', fluistert ze.

Ze gaan naar huis voordat het te koud wordt om daar te zitten en Vera mag de sjaal van De Oude lenen. En als ze de Pilestrede oversteken, bij Bayern, waar de scheve Duitse barakken nog staan die als kleuterschool gebruikt worden, komen ze Arnesen en echtgenote tegen, en zij is evenveel maanden heen als Vera, ze draagt een wijde bontmantel en ze monstert Vera met een stil glimlachje, terwijl Arnesen zijn hoed optilt.

'Ik zie dat de gezegende omstandigheden niet meer te verbergen zijn', zegt hij. De Oude kijkt hem recht in de ogen. 'Mijn beste man. Wij hebben niets te verbergen! Vaarwel!'

Ze pakt Vera bij de arm en trekt haar mee. Arnesen zet zijn hoed terug op zijn hoofd. 'Ik kom het klokje binnenkort legen', roept hij hen na. 'En vergeet niet dat de premie verhoogd moet worden. Als jullie het kind houden.'

Maar De Oude loopt met rechte rug door en houdt Vera vast. 'Niet omkijken', zegt ze. 'Dat plezier gunnen we Arnesen en zijn al even afschuwelijke vrouw niet.'

Ze ziet dat Vera bleek om haar mond is, haar lippen trillen en op de trap wordt ze zwaar en wankel, ze snakt naar adem en binnen in de hal zakt ze met een schreeuw op de vloer in elkaar. Boletta is er meteen. 'Mijn God', zegt ze. 'Heeft ze zich door de kou een ziekte op de hals gehaald?' De Oude knielt naast Vera neer. 'Nee', zegt ze zachtjes. 'Vera is aan het bevallen.'

En hoe zou ik de pijn kunnen beschrijven, de razernij en de liefde van de geboorte, ik, de onvruchtbare, die hier allemaal buiten staat? Ik zal het hierbij laten: de hevige samentrekkingen van de sterke spierwand van de baarmoeder zijn begonnen. Het onderste deel van de baarmoederhals wordt naar buiten geblazen, als een tunnel voor de foetus, die in de warme holte heeft gelegen, in vliezen van water, 38 weken lang, met andere woorden, het is een ongeduldige en meedogenloze foetus die zich door het bekken perst, de pijn neemt toe, er wordt aan de randen van de buikwand en het middenrif getrokken, de tijd is gekomen, het kind graaft zich naar buiten, Boletta heeft een taxi te pakken gekregen en samen met De Oude draagt ze Vera naar beneden en zet haar op de achterbank, en de chauffeur, een jongeman met een uniform en pas gepoetste pet, kijkt hen verschrikt aan en De Oude roept: 'Naar het Ullevål-ziekenhuis, mijnheer! Naar de kraamafdeling. Nu!'

En hij rijdt sneller dan toegestaan door de Kirkevei, terwijl Vera rochelt en kreunt, het zweet gutst in stromen van haar gezicht. Dan stopt plotseling al het geluid in haar en ze zakt op de bank ineen. Boletta tilt voorzichtig haar jurk op en ziet het hoofdje tevoorschijn komen, een rimpelig, slijmerig hoofdje dat al inademt om te schreeuwen, en de rest van het lijfje volgt, het is een jongen, samen met de moederkoek en een smurrie van bloed en vliezen en slijm, de chauffeur trapt op de rem, het kind blijft op de achterbank tussen Vera's dijen liggen krijsen, levend, razend, en zo werd mijn broer, mijn halfbroer, geboren, in een taxi op de kruising van de Kirkevei en de Ullevålsvei.

En dit is het eerste wat Vera zegt, ze zit daar met gesloten ogen en zegt deze wonderlijke woorden: 'Hoeveel vingers heeft hij?' Boletta kijkt naar De Oude, die zich over het blèrende kind buigt en de vingers aan elke hand telt. 'Hij heeft tien vingers', fluistert ze kalm.

Vera doet haar ogen open en glimlacht. De chauffeur hangt op het stuur en hij denkt niet aan de leren bekleding die besmeurd is met bloed en ingewanden en slijm, want daar heeft hij geen tijd voor nu er een mens in zijn auto ter wereld is gekomen, nee, hij telt maanden en weken terug en is met allerlei hoofdberekeningen bezig en komt uit in mei, mei 1945. 'Jullie kunnen hem alleen maar Fred noemen', zegt hij ten slotte.•

Fred zei het altijd zo: 'Ik ben gedoopt door een taxichauffeur op een kruising. Ik ben verdomme gedoopt door een koleretaxichauffeur, midden op een kolerekruispunt.' En ik geloof dat hij het leuk vond om dat te zeggen, want daarna glimlachte hij altijd, min of meer, hij lachte kort en haalde snel zijn hand over zijn gezicht, alsof hij bloosde, ook al was ik de enige die erbij was als hij het vertelde.

• Fred betekent in het Noors *vrede* (noot v.d. vert.).

(DE NAAM)

Vera is wakker geworden. De Oude en Boletta zitten bij haar. Achter hen staat een kamerscherm. Ze kan schaduwen zien die aan de andere kant langzaam bewegen. Ze hoort stemmen die zachtjes praten en plotseling kindergehuil. 'Waar is hij?' vraagt Vera. De Oude dept voorzichtig haar vochtige voorhoofd droog. 'Ze passen op hem', zegt ze. Vera komt overeind. 'Is er iets mis? Er is iets mis, nietwaar? Vertel op!' De Oude duwt haar kalm terug in de kussens. 'Er is niets aan de hand, kleine Vera. Hij is gezond en wel en schreeuwt het hardst van allemaal. Weet je niet meer hoe de taxichauffeur hem noemde?' Vera kijkt haar aan en glimlacht vluchtig. 'Fred', fluistert ze. 'En Fred heeft je weer aan het praten gebracht', zegt De Oude en wendt zich tot Boletta, die tot dan toe heeft gezwegen, maar die zich nu vooroverbuigt en haar dochters hand pakt. 'Er is iets wat ze moeten weten, Vera.' 'Ik wil hem zien, moeder.' 'Ja, je mag hem zo vasthouden. Maar ze zullen je eerst iets vragen. Wie de vader is.' Vera sluit haar ogen. Ze vertrekt haar gezicht. 'Ik weet het niet', zegt ze. 'Heb je hem niet gezien?' De Oude legt een vinger tegen haar lippen. Ze moeten zachter praten. Er zijn te veel oren. De schaduwen zijn bij het kamerscherm blijven staan. Vera huilt. 'Hij kwam van achteren', fluistert ze. 'Ik heb alleen zijn handen gezien.' Boletta buigt zich naar haar toe. 'Er waren allerlei mensen die zich in die dagen op zolder schuilhielden. Heeft hij iets tegen je gezegd?' Vera schudt haar hoofd. 'Hij zei niets. Maar hij miste een vinger.' Vera begint nu te lachen. 'Maar hij miste een vinger', herhaalt ze. 'Hij miste een vinger!' De schaduwen aarzelen, beven even, dan lopen ze weg van het scherm. Boletta moet haar hand voor haar mond slaan en De Oude buigt haar hoofd. 'Vergeef ons, Vera. Vergeef ons.'

Fred ligt bij de andere pasgeborenen, netjes in het gelid, de vredesbaby's, de mooie baby's, de gouden generatie die nooit een oorlog zal meemaken, ze zullen opgroeien in een welstand die hen ten slotte te veel zal worden en die hun verstand zal aantasten, ze zullen deze overvloed een poosje de rug toekeren en in plaats daarvan de natuur en kunstmatige armoede opzoeken, om daarna het verlorene weer in te halen door zich nog meer te buiten te gaan aan het lopende buffet van het privé-leven. Fred slaapt onrustig, alsof hij nu al nachtmerries heeft, twee dagen oud, en wanneer hij wakker is, schreeuwt hij erger dan de anderen, hij balt zijn vuistjes tot rode kogels, maar niemand heeft hem nog naar de moederborst gedragen, hij krijgt opgewarmde melk uit de fles. Als hij zo lang huilt dat de andere kinderen even hard proberen te huilen, brengen ze hem naar een andere kamer waar hij alleen kan liggen, en Fred is plotseling stil, geluidloos, hij doet zijn ogen niet dicht, hij staart, alsof hij op dat ogenblik begonnen is de eenzaamheid te onderzoeken waaraan hij niet ontkomen zal en waar hij uiteindelijk zelf voor zal kiezen.

De volgende keer dat het scherm verschoven wordt, komen er drie mannen naar Vera's bed. Twee ervan zijn arts, maar de derde is gekleed in een donker pak en hij heeft een map onder zijn arm. Ze gaan om haar heen staan. 'Ik wil mijn kind zien', fluistert Vera. 'Alsjeblieft.' De ene arts trekt een stoel naast het bed en gaat zitten. 'Je moeder zegt dat je verkracht bent.' Vera wendt zich af, maar daar is ook iemand die haar ziet. 'Je weet niet wie de vader van het kind is', zegt de andere arts. 'Hij kan Noors zijn. Of Duits. Maar je weet het niet. Het kind heeft geen vader.' Ze praten langzaam en vriendelijk. De man in het donkere pak haalt een vel papier tevoorschijn. 'De zaak is geseponeerd. Wegens gebrek aan bewijs. De gebeurtenis werd pas vier maanden na de beweerde aanranding aangegeven.' De twee artsen zwijgen even. De arts die zit pakt Vera's hand. 'Hoe voel je je nu?' vraagt hij. 'Ik wil Fred zien', fluistert ze. 'Kun je hem niet halen?' De arts glimlacht. 'Je hebt het jongetje al een naam gegeven?' Vera knikt. 'Ik wil met dokter Schulz praten', zegt ze. 'Dokter Schulz is niet bereikbaar. Hij wordt vermist na een skitocht.' De arts laat haar hand los en kijkt op. 'Ze heeft een diepe psychose doorgemaakt en negen maanden lang niet gepraat.' Een verpleegster schuift het scherm opzij en Vera vangt een glimp op van mevrouw Arnesen, ze zit rechtop in het bed bij het raam, in haar rug gesteund door een groot kussen, haar kind ligt aan haar borst en mijnheer Arnesen is plotseling blijven staan, hij heeft een bos bloemen in zijn ene hand en zijn hoed in de andere, ze kijken naar haar, alles is zonder geluid of beweging, dan wordt het scherm weer teruggezet en de schaduwen lossen op in het licht, worden uitgegumd. 'Waarom mag ik Fred niet vasthouden?' huilt Vera. De donkere man is nu ook gaan zitten. 'Je moet weten dat alles wat we doen voor je eigen bestwil is. En dat betekent om bestwil van het kind. Want het kind komt vóór alles, toch?' Vera knikt. Hij legt een formulier op het nachtkastje, naast het waterglas. 'Er zijn veel goede tehuizen, zowel hier als in de rest van het land. Misschien is dat maar het beste.' 'Wat bedoel je?' fluistert Vera. 'Dat de jongen naar de andere kant van het land wordt gestuurd. Dat is het beste.'

Dan wordt het scherm wederom opzijgeschoven, en nu met zoveel kracht dat het omvalt. Daar staat De Oude. Ze is opgewonden en praat met gedempte stem. 'We zijn met drie vrouwen van in totaal 131 jaar in ons huis en we zullen goed voor Vera's jongen zorgen! Is dat begrepen!' Ze loopt om het bed heen, grist het formulier van het nachtkastje en scheurt het in stukken tot er geen letter meer te lezen is. 'Kan het kind nu zijn moeder ontmoeten?'

Ze brengen hem diezelfde avond. Hij ligt rustig aan Vera's borst. Hij wacht. Kan ik het zo zeggen? Kan ik zeggen dat Fred wacht, dat het warm en aangenaam is waar hij ligt, in de cirkel van het hart, en dat hij wacht? Ja, zo zeg ik het. Fred wacht. Hij mag me niet, denkt ze opeens. En Vera hoort de stilte die zich van bed naar bed verplaatst als ze hem twee dagen later naar buiten draagt, ze voelt de blikken die haar door de gang volgen, het zwijgende gerucht verspreidt zich, deuren die zachtjes opengaan en weer gesloten worden. Het sneeuwt en alles is stil. Ze houdt drie weken lang het bed, tot ze ophoudt met bloeden. Fred wacht. Het verbaast De Oude en Boletta dat hij niet meer huilt. Ze liggen 's nachts wakker van zijn stilte. Elke ochtend horen ze pianospel aan de andere kant van de binnenplaats, het doet denken aan Mozart. En op een ochtend, als de sneeuw smelt en in beekjes door de straten stroomt en van de dakgoten drupt, is Vera buiten met Fred in de kinderwagen. Hij kijkt naar haar op, met die donkere rust waaraan ze al begint te wennen. Wanneer de zon op zijn gezicht schijnt, wendt hij zich af en doet zijn ogen dicht, en hij opent ze pas weer als er schaduw is. Dan ziet Vera mevrouw Arnesen de hoek om komen met haar kinderwagen. Plotseling voelen ze zich onzeker. Toch blijven ze staan. Ze zijn trots en zeggen niet veel. Ze kijken vooruit. Ze kijken naar beneden. Vera wil vriendelijk zijn. 'Je kunt zo mooi pianospelen', zegt ze. Mevrouw Arnesen glimlacht en schikt het dekbed over haar zoontje. 'Hij valt altijd in slaap voor ik klaar ben.' Ze lachen. Ze zijn twee moeders, ze kennen geen angst, ze zijn samen, en dan worden ze uit deze broze vriendschap, deze korte ontmoeting gerukt. 'Stoort het je?' vraagt mevrouw Arnesen plotseling. Vera draait zich om. Huismeester Bang staat bij de poort naar hen te staren. Hij heeft een dode kat in zijn hand. Die gooit hij weg en loopt dan naar de binnenplaats. 'Wat?' zegt Vera. Mevrouw Arnesen aarzelt. 'Stoort het je misschien als ik speel?' Vera kijkt op. 'Nee. Ik geloof dat Fred het ook mooi vindt. Hij huilt niet meer.' Nu glimlacht mevrouw Arnesen nogmaals. 'Heb jij al een naam voor hem gekozen?' zegt ze. 'Ja, daar lijkt het wel op. Hoe gaat jouw zoontje heten?' 'Hetzelfde als de vader van mijn man. We dopen hem komende zaterdag.'

De volgende dag zit Vera in het kantoor van de dominee van de Majorstuen-kerk. Hij heet Sunde en loopt tegen de vijftig. Zijn voorhoofd lijkt op een schild. Hij schuift zijn bril op zijn plaats en neemt ruim de tijd om in een document te bladeren. Het kruis achter hem hangt scheef. De grote bijbel met de zwarte kaft zuigt als het ware al het licht naar zich toe en bundelt dat in een donkere, gloeiende punt midden op tafel. Eindelijk kijkt hij haar aan. 'Is dat niet een prachtig geluid?' vraagt hij. Vera luistert. Ze hoort niets. 'Wat?' fluistert ze. 'Hoor je ze niet?' Vera luistert weer, maar is niet bij machte te begrijpen wat hij bedoelt, en verkiest het niets te zeggen. De dominee buigt zich naar haar toe. 'De kerkklokken', zegt hij. 'Is het niet prachtig echte kerkklokken te horen na vijf jaar goddeloosheid?' 'Ja-ha', fluistert Vera, maar ze hoort ze niet, het is volkomen stil. De dominee wacht even. Hij kijkt haar alleen maar aan. 'Je moet in jezelf luisteren', zegt hij ten slotte. 'In jezelf, Vera. Of zwijgt alles daar ook?' Vera slaat haar ogen neer en de dominee bladert weer in het document. Het is goed te weten dat ik ooit de kans zal krijgen om mijn tong naar hem uit te steken en hem klotedominee te noemen. Vera hoort nu haar hartslag, zware dreunen die haar vingers doen schokken. 'Wie is de vader?' vraagt de dominee plotseling. 'In de papieren staat wat er gebeurd is', zegt Vera. 'Je hoeft mij niet te vertellen wat hier staat. Dat kan ik zelf wel lezen.' De dominee staat op en loopt om de tafel heen. Hij blijft achter haar staan. 'Laat me je iets vragen, Vera. Heb je iets gedaan waar je spijt van hebt?' Ze schudt haar hoofd. 'Je hebt op generlei wijze omgang gehad met de mannen van de vijand?' Vera houdt haar adem in. Dan staat ze ook op. 'Ja, ik heb toch iets gedaan waar ik spijt van heb', fluistert ze. De dominee wacht. Hij wacht op de rest, op haar bekentenis, en hij wacht met een glimlach. 'Ik heb er spijt van dat ik hier gekomen ben', zegt Vera en loopt naar de deur. De dominee komt achter haar aan, bleek en razend. 'Ik hoor dat het kind al een naam heeft', zegt hij. 'Maar weet je wat Fred eigenlijk betekent?' Vera blijft even staan. 'Het betekent de naam van mijn zoon', antwoordt ze. De dominee trekt zijn mond weer op tot een glimlach. 'Het betekent *machtig*', fluistert hij. 'Vind je dat niet een beetje ongepast?'

Vera staat buiten in de Kirkevei. Ze kan zich niet herinneren hoe ze daar gekomen is. Esther wuift vanuit haar kiosk. Ze vergeet terug te zwaaien. Ze loopt naar huis. Op de binnenplaats blijft ze staan. Het ruikt er naar iets rots. Dat is de dode kat. Die ligt er nog steeds, in het vuilnishok. Vera loopt er snel langs. Ze ziet mevrouw Arnesen, die wasgoed te drogen hangt, tafelkleden voor het doopfeest, een jurk, een wit overhemd. De kinderwagen staat in de schaduw van de hoge berk. Alles is groen en stil. Dan komen er twee mannen door de poort gelopen. De ene is in uniform, de andere draagt een lange, donkere jas, ondanks de warmte. Ze lopen eerst naar Vera, en even denkt ze dat ze van politiebureau Majorstuen komen en dat ze de dader hebben gepakt, en dat maakt haar bang en verbaast haar tegelijk, dat ze niet weet of ze op dit moment, waarvan zij gelooft dat het het ogenblik der waarheid is, opgelucht is of dat ze alleen maar banger wordt, want nu zal de boze schaduw die haar van achteren besloop, de schaduw met slechts negen vingers, een naam krijgen, en ze weet opeens niet of ze dat wel wil, de naam van deze schaduw horen en zijn gezicht zien. Maar ze willen niet met Vera spreken, ze zoeken mevrouw Arnesen, er was niemand thuis in het appartement en nu dachten ze dat zij misschien hier beneden kon zijn. De mannen zijn ernstig, afwijzend bijna, en Vera denkt onmiddellijk dat ze met slecht nieuws komen, met een noodlottige boodschap, en ze draait zich om naar mevrouw Arnesen, die onder de waslijnen staat en nog niet weet wat er te gebeuren staat. Vera wijst. 'Daar is ze', zegt ze. De twee mannen knikken en lopen naar mevrouw Arnesen toe. Vera ziet dat ze handen schudden, mevrouw Arnesens gezicht is eerst verbaasd, ja, vol verwachting bijna, dan lacht ze, een luide, plotselinge lach, die eerder een schreeuw lijkt, en meteen daarna is haar gezicht volkomen star, dun en broos als droog loof, en dit mysterie, dit onbegrijpelijke en onmogelijke, dat haar man, verzekeringsagent Gotfred Arnesen, buitengewoon dood is aangetroffen, ver van de bewoonde wereld, in Nordmarka, tussen Mylla en Kikut, met slechts een visitekaartje in het borstzakje van zijn anorak, die zich veel beter heeft gehouden dan het armzalige lichaam dat diezelfde anorak bekleedt, nu de lente en de milde nachten de sneeuw die maandenlang de menselijke vorm van het vlees bewaard had, hebben doen smelten, ja, dit mysterie doet zo'n massieve duisternis op mevrouw Arnesen neerdalen, dat ze sindsdien slechts sporadisch het licht weer ziet, en dan slechts als vage schaduwen, als flarden van herinneringen uit een andere tijd, en zelfs als mijnheer Arnesen, haar man, de vader van haar kind, levend thuiskomt van zijn werk, alsof er niets gebeurd is, en op die manier, puur door zijn aanwezigheid, dit ten hemel schreiende misverstand opheldert dat misschien eerder een komedie dan een tragedie is, wordt ze niet meer zichzelf. De duisternis laat zich niet uit haar verdrijven. De uren als tijdelijke weduwe hebben die in haar geest vastgelast. Ze kan niet meer gerepareerd of verlicht worden. Het was dokter Schulz' skelet dat daar in de blauwe anorak en de wijde knickerbocker lag, hij skiede de dood in met andermans visitekaartje in zijn zak. En laat die avond hoort iedereen in het blok dat mevrouw Arnesen achter de piano gaat zitten, maar haar aanslag is zonder spanning of variatie, ze speelt steeds weer dezelfde melodie, in een eindeloze, monotone cirkel en Fred begint harder te krijsen dan ooit. Later bleek trouwens dat dokter Schulz kleine dingen aan zijn patiënten had nagelaten. Wij kregen de *Medische Vraagbaak voor het Noorse gezin, uitgewerkt door M. S. Greve, directeur van het Rijkshospitaal*, waar bijvoorbeeld dit onder *cynisme* stond: *Onverschilligheid is, in alle zaken die de gezondheid (persoonlijke hygiëne) betreffen, gevaarlijk. Het straft zichzelf, vaak op grote schaal.*

EEN KOFFER VOL APPLAUS

(DE WIND)

De zon is groen en rolt langs de steile helling naar beneden, naar de vrouwen die aan de strandlijn wachten om hem aan boord van de boot te hijsen. Er komen er nog meer. Er is een lawine van bolle, groene zonnen en Arnold staat boven op de heuvel met een zeis, hij is bijna twaalf jaar en de zeis is veel te groot voor hem, bijna twee keer zo groot, hij ziet dat het gras zich slechts buigt onder het smalle blad, hij krijgt geen houvast, hoe vaak hij het ook probeert en hij probeert het vaak. Hij kamt het gras alleen maar, dat zich meteen weer opricht als hij met de zeis voorbij is, hij fatsoeneert het haar op het hoofd van dit steile eilandje dat uit de zee oprijst en om zich heen kijkt, aan het einde van deze wereld van wind. Arnold slaat met het blad tegen de grond, het vonkt als hij een steen raakt, hij huilt bijna, maar huilt niet, in plaats daarvan lacht Arnold en hij kijkt omhoog naar de wijde hemel en hij hoort het snelle suizen van de andere zeisen en van de groene zon die langs hem rolt, hij hoort het ratelen van de verwarde meeuwen die rond de vissers cirkelen die vandaag niet hun netten ophalen, maar die duizelige oogstknechten zijn en die het gras maaien dat zo dicht en welig tiert op de vruchtbare guanogrond hier tussen de dorre eilandjes die door de vorst en de oceaan zijn verteerd en die zijn achtergelaten als afbrokkelende resten van de schepping. Arnold leunt op de zeis en hij hoeft zich niet uit te rekken om te zien, hier ziet hij alles, al is hij nog zo klein van stuk, hij ziet de wereld en de wereld is groter dan hij zich kan voorstellen, de wereld reikt verder dan het oog kan zien, want voor hem hangt de horizon, zo ver weg als niemand kan roeien, en achter hem liggen de bergen in een blauw waas, en achter die bergen zijn steden waar meer dan duizend mensen wonen, met kerktorens die hoger zijn dan de mast van de postboot en met elektrische verlichting. Arnold gaat zitten, want hij kan het toch wel goed zien. Hij huilt niet, hij lacht, en hij hoort de vrouwen beneden op het strand ook lachen, Aurora, zijn moeder, zwaait naar hem en dan moet ze weer een groene zon aanpakken, samengebonden als een kostbaar cadeau, en zijn vader staat een eindje verderop, zijn zeis schroeit door het gras en snijdt het laag en snel af. Hij kijkt naar zijn zoon, die al is gaan zitten. Nu legt zijn vader zijn zeis neer en loopt naar hem toe. De anderen nemen ook rust. De vrouwen spoelen hun handen af in het water, Arnold heeft het gevoel dat de zee meteen groen wordt. Alleen Aurora blijft staan en Arnold zwaait naar haar. Dan ontneemt zijn vader hem het uitzicht. Hij pakt Arnold de zeis af. 'Je kunt beter een hark nemen', zegt hij. En Arnold haalt een hark bij de andere jongens, die zijn jonger dan hij en groter, sommigen zijn niet ouder dan negen jaar en hij komt niet eens tot hun schouders, en de hark is zo zwaar in zijn handen, hij moet hem in het midden van de steel vasthouden, maar dan neemt hij ook aarde mee, de tanden zetten zich vast in de zachte hoofdhuid. Hij laat de hark los, valt op zijn knieën en gebruikt zijn handen. Hij harkt het gras met zijn vingers, het voelt zacht en vochtig aan. De andere jongens blijven even staan, ze kijken elkaar grijnzend aan. 'Wat wil jij worden als je groot bent, Arnold?' vragen ze, met een lach tussen de woorden. Arnold denkt na en zegt: 'Ik ga wind verkopen!' Hij roept het nog een keer, want hij vindt dat hij dat verdomd mooi gezegd heeft: 'Ik ga wind verkopen!' De vaders, die met de rug naar hem toe in een steile rij in de maat met hun zeisen zwaaien, als een groot orkest, draaien zich ook om en zijn vader komt naar hem toe, met een duister gezicht nu. 'Jij mag voor ons opbinden', zegt hij en zijn stem is kortaf en stijfjes, nauwelijks zichtbaar op zijn lippen. En Arnold kruipt terug naar de jongens en begint oude stukjes touw rond het gras te wikkelen, maar het floept eruit, hij krijgt het niet op zijn plaats, het is alsof je het licht inpakt, en hij voelt de tranen in zijn keel kloppen, daarom begint hij in plaats daarvan te lachen, hij lacht luid terwijl het gras om hem heen valt. Arnold gaat op het steilste stukje zitten, daar waar alleen honden en vogels hun evenwicht kunnen bewaren. Hij rolt zich op, tot een bol, doet zijn ogen dicht en laat zich vallen. Niemand ziet hem voordat het te laat is: Arnold, de enige zoon van Evert en Aurora Nilsen, tuimelt als een op hol geslagen wiel de helling af, steeds sneller tolt hij rond, de vrouwen op het strand laten het gras vallen en schreeuwen, en Aurora schreeuwt het hardst van allemaal, Evert gooit zijn zeis neer en rent achter Arnold aan maar kan hem niet inhalen, het is te steil en Arnolds wiel is te snel. Hij blijft op de helling staan, met zijn armen in de lucht, alsof hij zich wil vasthouden aan het afnemende licht. En het is volkomen stil op dit groene eilandje aan het uiteinde van Noorwegen, op de rand van de zonsondergang, op het moment dat Arnold een grote steen op het strand raakt en de lucht in wordt geslingerd en in de nog steeds groene baai landt, zijn hoofd eerst, en zo voor onze ogen verdwijnt.

Later zei Arnold altijd dat hij op dat moment, toen hij op de bodem ontwaakte en hij in het zachte, zware zand ging staan, met de Noorse Zee op zijn kleine schouders, besloot te vluchten. Hij moest weg en wel zo snel mogelijk. 'Ik kon geen gras maaien', placht hij te zeggen. 'Als ik eieren moest zoeken liet ik die liggen omdat ik medelijden had met de vogels. Op zee werd ik zeeziek. En als ik vis schoonmaakte, hakte ik net zo makkelijk mijn vingers eraf!' Dan trok hij altijd de speciaal voor hem gemaakte handschoen van zijn rechterhand en liet het bijeen gesnoerde stompje vlees zien dat hij nauwelijks kon bewegen, en ik huiverde en moest het van dichtbij zien, ik moest het aanraken, die grove huid betasten en Arnold droogde een traan en neuriede. 'Ik ben op de verkeerde plek geboren', zei hij. 'Zelfs de kleur van mijn ogen klopte niet!'

En hij keek ons aan met die bruine blik die hem al zo vaak had gered, terwijl hij langzaam zijn handschoen weer aantrok, die hij had opgevuld met vijf stokjes, opdat het niet voor Jan en Alleman zichtbaar was dat hij vingers miste.

Maar op deze vroege avond in juli, nadat Arnold als een levend wiel in wilde vaart van de helling was gesuisd en nu op de bodem staat en onder water zijn duistere plannen smeedt, voelt hij hoe zijn vaders handen zijn schouders grijpen en hoe hij aan boord wordt gehesen, een murw geslagen en druipend monster van de zeebodem, een gedrongen gedrocht uit de diepte, en Aurora drukt hem tegen zich aan en huilt terwijl de andere vrouwen het gras weer aan land kieperen om de boot lichter te maken. Zijn vader roeit hen naar huis, sneller dan iemand die afstand ooit geroeid heeft, het water valt als een waterval van de roeibladen, hij is opgelucht en woedend, hij is somber en toch ook gelukkig, hij prijst en vervloekt zichzelf, kortom, Evert Nilsen is een intens verwarde man, want hij weet niet wat hij aan moet met Arnold, hoe hij die zoon in het gareel moet krijgen en hem tot een deugdelijke vent moet maken en Arnold is de enige zoon waarmee hij en Aurora gezegend zijn. En Evert Nilsen kan de gedachte maar niet uit zijn hoofd zetten: ik heb slechts een halve zoon.

Arnold wordt afgedroogd, verbonden en in een wollen plaid en bontvellen gewikkeld. Ze geven hem een kop brandewijn, Arnold snakt naar adem en glimlacht en dat beschouwen ze als een goed teken. Ze maken zelfs de kachel aan, opdat de julinacht hen geen poets bakt en met zijn duistere zeekou onder de deur door komt zetten. Tuss mag naast hem liggen, de patrijshond waar Arnold volgens iedereen op lijkt, de hond gromt zachtjes en verbaasd en likt Arnolds gezicht. Evert en Aurora waken bij hem en fluisteren zachtjes woorden tegen elkaar die niemand hoort, en om de een of andere reden wil Evert haar plotseling hebben, ze duwt hem weg, maar hij is niet te stuiten en ze geeft hem ten slotte zijn zin, hij is wild en zwijgzaam, en hij heeft maar een paar seconden nodig, hij drukt haar zo stevig tegen de muur dat ze even geen adem meer krijgt, en ze denkt alleen maar: 'God, laat Arnold nu niet wakker worden, laat hem nog even in dromenland, daar waar hij niets ziet of hoort.' Maar naderhand is zij niet degene die huilt, dat is hij, Evert Nilsen, de zware, zwijgzame man die plotseling een vreemde is geworden, hij zijgt neer op een stoel en verbergt zijn gezicht in zijn handen, er trekt een rilling langs zijn kromme rug, en Aurora moet hem troosten, ze fatsoeneert haar kleren, draait zich langzaam naar hem om en legt haar hand voorzichtig op zijn schouder. Ze voelt dat hij beeft. Hij kijkt een andere kant op, want hij durft haar niet in de ogen te kijken. 'Het is te laat', fluistert Aurora. 'We zullen genoegen moeten nemen met Arnold.'

De volgende ochtend is Arnold zo stijf als een plank, hij kan nog geen vinger buigen, hij ligt op de smalle bedbank en lijkt nog kleiner, alsof hij in de zee is gekrompen of tijdens zijn val kostbare centimeters heeft verloren. De hond is weg, ze horen hem als een waanzinnige blaffen bij het kerkhof. En als ze zich over hun zoon buigen, staart die dwars door hen heen, met ogen van bruin glas. Ze laten de dokter roepen. Die komt twee dagen later. Dokter Paulsen uit Bodø stapt aan wal op dit eiland, dat niet op mensen berekend is, maar op vogels en domme honden, een rotseiland voor schipbreukelingen die het in allerijl zouden moeten verlaten zodra de gelegenheid zich voordoet, juichend en vol dankbaarheid, maar die zich in plaats daarvan vastklampen en aan hun vingers aan de dunste tak van de geografie hangen. Het regent en een weinig spraakzame, magere man steekt meteen een gescheurde paraplu boven hem op, maar dokter Paulsen heeft al natte schouders en hij weet dat er meer ziektes en kwalen zullen opduiken zodra deze sukkelende bevolking hem in het oog krijgt, dan zullen de patiënten staan te dringen en zal hij genoodzaakt zijn zich hard op te stellen, want hij kan het ongeneeslijke niet genezen, voor het hopeloze moet God maar zorgen, en daar loopt hij, in dit godverlaten zeegat, onder een halve paraplu te dromen van vaste kantoortijden in de hoofdstad, van restaurants met gereserveerde tafels en verwarmde operatiekamers. 'Ik hoop werkelijk dat het iets ernstigs is nu ik me helemaal hiernaartoe gesleept heb', zegt de dokter nors. Evert Nilsen loopt in de regen en houdt de oude paraplu krampachtig vast. 'We krijgen geen leven meer in onze zoon', mompelt hij. 'We weten niet meer of hij dood of levend is.' 'O, is daar eigenlijk wel zo'n groot verschil tussen hier?' zegt dokter Paulsen en hij stampt het huisje binnen, schudt het water van zijn mantel, eist stilte voordat iemand een woord heeft gezegd en draait zich om naar Arnold, die nog steeds onbeweeglijk in de wollen dekens gewikkeld ligt, nauwelijks zichtbaar. De dokter komt een stap dichterbij en knijpt zijn ogen tot spleetjes. 'Pak hem in godsnaam uit! Ik ben hier niet gekomen om vieze kleedjes te kloppen!' Aurora buigt beschaamd het hoofd en rolt Arnold uit, tot hij naakt voor ieders ogen ligt. Evert wendt zich af, hij kijkt de deur uit, naar de regen die rechtsomkeert maakt, de zee die een witte kraag rond de vuurtoren vormt, de hond die langs de vloedlijn loopt. De moeder huilt bij de aanblik van haar zoon, die kleine, bijna blauwe jongen in het bed, zo stil als een levend wezen nauwelijks kan zijn. Dokter Paulsen is een ogenblik bezorgd en menselijk. 'Ja, ja,' zegt hij, 'eens even kijken, eens even kijken.' Hij maakt zijn leren tas open, haalt zijn attributen tevoorschijn, gaat op de stoel zitten die klaarstaat en begint Arnolds lichaam nauwkeurig te onderzoeken. Er komen gezichten langs de ruiten, ze loeren snel naar binnen en verdwijnen weer. Elendius, de buurman die altijd slecht nieuws heeft en dat met plezier vertelt, blijft het langst staan, tot Evert hem wegjaagt. Dokter Paulsen meet de temperatuur van het bloed. Hij drukt voorzichtig op Arnolds rechteroog. Hij bindt een strak touwtje rond Arnolds linkerwijsvinger. Hij legt een zakspiegeltje op Arnolds bleke mond. Dan richt hij zich eindelijk op en kijkt Evert aan. 'Is er ook drank in dit nederige stulpje?' vraagt hij. En Evert schenkt hem onmiddellijk in, maar de dokter zet het glas niet meteen aan zijn mond. Hij zet het eerst op Arnolds borstkas, buigt zich voorover en bestudeert de brandewijn nauwlettend. Dan drinkt hij het glas leeg en vraagt om meer. Evert schenkt met tegenzin opnieuw in, maar nu maar halfvol. Ook ditmaal zet de dokter het glaasje op Arnold neer en hij zet zijn bril op om het nóg beter te zien, waar hij ook naar moge kijken. Na een poosje tilt hij het glas op en drinkt het leeg. 'Schijndood!' zegt hij. 'De jongen is gewoon schijndood!' Aurora zakt op haar knieën naast het bed en jammert: 'Is dat gevaarlijk?' 'Nou ja, gevaarlijk', antwoordt dokter Paulsen. 'Ik zou niemand aanraden om zomaar schijndood om te vallen. Maar de jongen staat dichter bij het leven dan bij de dood en is daarom nog lang niet gestorven.' 'Godzijdank', fluistert Aurora. 'Bedankt!' De dokter zucht. 'Maar zagen jullie dan niet dat de brandewijn bewoog? Als een opgesloten zee. Als een golf op zijn borst! Ik laat het jullie graag nog eens zien. Als er nog wat in de fles zit.' Evert is traag en zwijgzaam. Die fles moet nog mee tot Kerstmis en oudejaarsavond. De dokter ziet zijn onwil en zijn voorhoofd verstrakt. 'Misschien moet ik dan maar een hoedenpen in de jongen steken om te kijken of de bewegingen van de hartspier af te lezen zijn aan de naald?' Voor de derde keer vult Evert het glas en de dokter zet het op Arnold neer en iedereen buigt voorover om te kijken of de brandewijn stilstaat en dan zien ze een golf opstijgen door het kleurloze water, vanuit de diepten van Arnold, een snelle stoot, en als ze genoeg hebben gezien drinkt dokter Paulsen deze druppel in de oceaan op. 'Zijn hartje klopt', zegt hij en staat op. Maar dan blijft hij staan en kijkt op Arnold neer. 'Hoe oud is hij?' 'Tien jaar', antwoordt Evert snel en als Aurora iets anders wil zeggen, herhaalt hij, luidkeels: 'Deze zomer is hij tien geworden!' Dokter Paulsen glimlacht even en laat zijn blik over Arnolds gedrongen lichaam dwalen. 'Ja, dan is jullie jongen klein van stuk. Maar ter compensatie is hij verder groot geschapen.' De dokter draait zich om naar Evert, die knikt, en Aurora legt de plaid voorzichtig over Arnold heen terwijl ze blozend nergens naar kijkt.

Arnold hoort alles. Hij ligt daar schijndood te zijn en hoort al dit ongehoorde en raadselachtige. Hij hoort dat zijn vader liegt over zijn leeftijd en hem jonger maakt, en de vreemde stem van de dokter die zo raadselachtig antwoordt: groot geschapen. Hij is schijndood en groot geschapen. En nu smeert diezelfde dokter een zalfje op zijn voorhoofd en zegt: 'De jongen bevindt zich op het laagste bewustzijnsniveau als gevolg van zijn verblijf onder water. Hij heeft rust en reinheid nodig en een regelmatige stoelgang. Dan wordt hij vanzelf wel wakker.' Aurora's stem klinkt bits: 'Het is hier altijd schoon! En dat de koffie moge smaken!' Met die woorden loopt ze de deur uit en slaat die achter zich dicht en zijn vader blijft alleen achter met de dokter, want ze tellen Arnold, de schijndode, niet mee. 'Denkt de dokter dat Aurora en ik met meer kinderen gezegend kunnen worden?' vraagt Evert, met onrustige handen. 'Ze heeft in ieder geval temperament genoeg', antwoordt de dokter en voegt eraan toe: 'Hoe oud is ze?' Evert moet nadenken. 'We zijn nu zestien jaar getrouwd.' Dan is het de beurt van de dokter om na te denken en dat doet hij langdurig. 'Ik zou er niet te veel op hopen', zegt hij ten slotte. En als dokter Paulsen diezelfde avond naar het vasteland wordt vervoerd, met achterlating van kinine en glauberzout, kan Arnold nog de druk van zijn vinger op zijn rechteroog voelen, het zware glas op zijn borst, de lucht van brandewijn die hem overspoelde, de strakke knoop rond zijn vinger, en hij vergat ook nooit de aanblik van zijn eigen gezicht in de matte zakspiegel van de dokter. 'Schijndood', fluistert Arnold. 'Ik ben schijndood en groot geschapen!'

Later zei Arnold Nilsen dat hij het eigenlijk nog nooit zo goed had gehad. 'Ik lag daar als een prins! Nee, een koning was ik. Ik was verheven tot koning. Ja, dichter bij God kun je niet komen zonder deze wereld voorgoed te verlaten. Het waren de beste weken van mijn jeugd. Geloof me! Ik kan de schijndood aan iedereen aanbevelen die graag rust wil hebben. Het is geweldig. Het is alsof je in een hotel woont!'

Daarom blijft Arnold gewoon op zijn plek liggen en is nog steeds schijndood als meester Holst, de corpulente onderwijzer die in september altijd optimistisch is en in juni een gevaar voor zichzelf, aankomt om in twee weken tijd kennis en beschaving in de onrustige kinderen van Røst te stampen. Daarna vertrekt hij uitgeput weer naar het vasteland, in de wetenschap dat zijn woorden en vergelijkingen vergeten zijn zodra hij uit het zicht is, en hij laat hen over aan de school des levens, zoals sommigen het ook wel noemen, en de lesstof bestaat daar uit de zee, de vogelrotsen en het gras. Na twee weken is hij weer terug, bleker en nog zeezieker, want zo is het ritme tussen boek en werk, tussen aanwijsstok en vislijn, en ook in het hoofd van meester Holst worden de dagen korter en hij staart grimmig naar Arnolds lessenaar, die nog steeds leeg is. Want Arnold ligt thuis, gelukkig en lijdend, en Aurora verpleegt hem, steeds bezorgder, ze slaagt er nauwelijks in om aardappelpuree en lauwe vissoep in zijn mond te wurmen. Evert staat in de schaduw bij de deur te kijken naar zijn arme zoon en hij ziet ook bij Aurora geen verandering, ze is nog even dun rond haar middel als eerst, en hij denkt in zijn stille, maar opstandige gemoed: hoelang kun je schijndood zijn? Het vreet aan Everts geduld, een schijndode zoon te hebben. Zowel dood als levend zal Arnold waarschijnlijk een verdriet zijn dat hij moet dragen, een kruis, maar schijndood is hij bijna niet meer te harden. Bovendien is het geklets begonnen. Hij komt de geruchten over zijn eigen zoon tegen, ongeacht welke vaarroute hij kiest. En het is meester Holst die ze om de veertien dagen naar de buitenwereld roeit.

Aurora maakt voorzichtig Arnolds lippen droog, kust hem op zijn voorhoofd en fluistert: 'Ik zal altijd voor je zorgen.' Ze kijkt Evert niet aan als ze langs hem loopt met het wasbekken, de doeken, het ondergoed en de etensresten. En op die avond in oktober neemt Evert een besluit. Hij laat de dominee komen.

Het is ook de nacht dat Arnold zich begint te vervelen. Hij is niet alleen verheven tot schijndode koning, hij is ook verheven tot de grootste van alle eenzaamheden: hij kan luisteren, maar niet spreken. En iets in de liefdevolle woorden van zijn moeder heeft hem bang gemaakt, een rusteloosheid in hem gewekt, een onrust die ondraaglijk is. Hij hoort zijn moeder in het kamertje huilen, hoort de hond bij de deur janken, hoort zijn vader op tafel slaan. En de volgende ochtend hoort Arnold ook zware roeislagen in de zeestraat, ritmisch geroep van de roeiers en het gezang dat door het noodweer dreunt en de branding overstemt: *God is God, al was heel deez' aard verlaten.*

Arnold kan het niet laten. Hij staat op. Hij staat op uit de schijndood en kijkt uit het donkere venster. Hij ziet de sloep die naar de kade rolt, de mannen die in een cirkel van wit zeeschuim roeien en op de voorplecht staat een machtige gedaante, de dominee in eigen persoon, met gespreide armen, hij lijkt op een enorme aalscholver, een zwart zeil, en hij is degene die zingt, *God is God, al was ieder mens ontslapen.* Arnold voelt de rillingen over zijn rug lopen en hij roept: 'Daar komt de duivel! Daar komt de duivel!'

Dan stapt zijn vader uit de schaduw bij de deur, draait Arnold om en slaat hem in zijn gezicht, een oorvijg die even fel in Everts hand brandt als op Arnolds wang, want Evert heeft geslagen uit nijdige vreugde, uit grandioze schrik, alsof een andere kracht zijn arm op dat moment bestuurde, en hij kijkt vriendelijk, bijna beschaamd neer op zijn zoon die in vuur en vlam op zijn bed staat. 'Dat is de duivel niet! Dat is de dominee, verdomme!' En zijn vader sleurt de verbijsterde Aurora mee en rent naar de kade om de dominee te begroeten en hem zo snel mogelijk terug te sturen naar waar hij vandaan komt, want Arnold is al ontwaakt en hij heeft zijn spraakvermogen terug, hij heeft geen dominee nodig. 'De jongen is opgestaan!' roept Evert tegen iedereen. 'Ga naar huis zolang het nog kan!' Maar de dominee staat al stevig op de kade en legt beide handen op Everts bevende schouders. 'Kom, kom, beste man', zegt hij. 'Als je jongen ontwaakt is, wil ik graag persoonlijk met het mirakel spreken.'

En niemand kan nee zeggen wanneer de dominee zichzelf uitnodigt. Al snel is het hele eiland op weg naar het huis van Evert en Aurora. De mannen hebben hun werktuigen neergelegd, de vrouwen laten de was in de teilen liggen en de kinderen komen graag te laat voor de eerste les bij meester Holst en zelf is meester Holst de laatste die zich hijgend aansluit bij deze lange, verwachtingsvolle stoet die een gewone ochtend in oktober heeft uitgeroepen tot heilige dag.

Arnold ziet hen door het raam. Arnold ziet alle gezichten die naderen, de rode kin van de dominee, ingelijst door zijn zwarte baard, de nerveuze handen van zijn ouders, de gejaagde glimlach van Elendius, het dunne haar onder de natte hoed van meester Holst, en alle gedaanten zijn gebogen, alsof iemand hen in de rug duwt, en Arnold weet meteen dat ze hem hebben ingehaald, hij is teruggehaald, hij was kwijt, maar op dit moment is hij gevonden en nu begint Arnold Nilsens tweede leven.

Hij gaat liggen, sluit zijn ogen en hoort de dominee buiten op de stoep fluisteren, en het klinkt als een angstaanjagende troost en een vriendelijk dreigement: 'Ik wil alleen met de jongen praten.' En als Arnold zijn ogen weer opendoet, buigt de dominee zich met al zijn autoriteit over hem heen en zegt: 'Vertel eens', zegt hij. 'Vertel eens, hoe was het om schijndood te zijn?' Arnold weet niet wat hij moet antwoorden en verkiest daarom zijn mond te houden. Het brede hoofd wacht boven hem, en Arnold zoekt naar een teken, een teken in zijn gezicht, een spoor dat hij kan volgen, dat hem kan wijzen wat hij moet zeggen of wat hij moet verzwijgen. Dan valt er een dikke druppel van de neus van de dominee en die druppel belandt op Arnolds voorhoofd. De dominee tilt een punt van zijn mantel op en veegt de dikke druppel weg. 'In het begin was het leuk', zegt Arnold. 'Maar op het laatst was het een beetje triestig.' De dominee knikt traag. 'Ja, dat kan ik me goed voorstellen. Jezus heeft het maar drie dagen uitgehouden.' Arnold gaat rechtop in bed zitten en de dominee legt zijn hand op Arnolds hoofd en Arnold buigt zijn nek. 'Kijk me aan', zegt de dominee. Arnold slaat zijn ogen zover hij kan omhoog en kijkt de dominee aan. 'Gij zult uw vader en uw moeder eren', zegt de dominee. 'Ja', fluistert Arnold. 'Gij zult de zee eren die de woonplaats van de vissen is en de lucht waar de vogels thuishoren.' 'Ja', fluistert Arnold. 'En gij zult de waarheid eren!' 'Die ook', zegt Arnold. De dominee is nu nog dichterbij, ze praten bijna in elkaars mond. 'Ja, vooral die ook!' roept de dominee en Arnold deinst achteruit, maar dat helpt niet, de dominee komt hem achterna. 'En wat is die waarheid dan?' vraagt hij. Arnold denkt na. Hij heeft geen idee. Hij blijft het antwoord schuldig. 'Ik weet niet of ik moet lachen of huilen', zegt Arnold in plaats daarvan. De blik van de dominee is even onrustig en hij glimlacht. Hij ademt diep in, strijkt met zijn hand over zijn ogen en glimlacht, en de glimlach van de dominee is als een boog tussen lachen en huilen. 'Nee', zegt hij. 'Dat is nu net wat wij arme, heerlijke mensen niet weten. Of we moeten huilen of lachen.' De dominee staat op en blijft midden in de kamer staan, met de rug naar Arnold toe. Zijn mantel hangt als een zwarte zuil om hem heen. Buiten horen ze onrustige stemmen. Iemand klopt op de deur. Verder is alles stil. Dan draait de dominee zich weer om naar Arnold en hij wil nog iets zeggen, maar Arnold is hem voor, want Arnold heeft iets op zijn lever: 'Ik wilde weg', zegt hij. 'Dat is de waarheid.' De dominee luistert en glimlacht wederom. 'Je bent ver weg geweest, Arnold. Maar je bent helaas de verkeerde kant op gegaan, jongen.' 'Dank u', fluistert Arnold. En hij voelt nogmaals de hand van de dominee op zijn hoofd. 'En nu is het tijd om terug te keren naar de mensen', zegt de dominee. 'Daar horen we thuis.'

De volgende ochtend staat Arnold op de drempel van het schooltje, iedereen draait zich naar hem om en vanaf de achterste bank roept iemand: 'Daar komt de duivel!' Het gelach golft van de gezichten en Arnold lacht ook, hij lacht en beseft dat iedereen hier de meeste dingen weet, niet alles, niet zijn diepste wens, die kent de dominee alleen, maar de meeste dingen weten ze wel, en dat is meer dan genoeg, want alles wat hij zegt en heeft gezegd en nog gaat zeggen, gaat van persoon tot persoon, de woorden die hij het liefst voor zichzelf zou willen houden, zijn als een school vissen die vast blijft zitten in de netten van vreemden. Arnold denkt terwijl hij lacht: 'Het is hier te klein. Het is hier te benauwd.' Arnold lacht het hardst van allemaal. Dan mept meester Holst met zijn aanwijsstok op de katheder en maakt een buiging voor Arnold in de plotselinge stilte die volgt: 'Welkom terug, Arnold Nilsen. Ga zitten, dat we niet denken dat je ons meteen weer gaat verlaten.' Arnold loopt tussen de rijen door en vindt zijn plaats. De lessenaar is nog even groot als voor de zomer. Misschien zelfs wel groter. Hij raakt de vloer niet met zijn voeten. Zijn voeten bungelen los in de lucht, zwaar als zinkloden. Meester Holst komt naar hem toe. Hij heeft zijn handen op zijn rug. Hij glimlacht. Misschien glimlacht hij omdat hij die avond al naar de Lofoten zal vertrekken, waar hij veertien geweldige dagen kan uitrusten. Hij blijft vlak voor Arnold staan. 'Zo, dus jij gaat wind verkopen', zegt meester Holst. En het gelach laait weer op. Het gelach is ook slechts schijndood geweest en is nu weer tot leven gewekt. Meester Holst laat het gelach zijn gang gaan, tot hij vindt dat het zo wel genoeg is. Dan stampt hij hard op de vloer en het lachen luwt. 'Maar vertel eens, Arnold Nilsen. Was je van plan die wind per kilo of per liter te verkopen?' Arnold krijgt de kans niet te antwoorden, want meester Holst vermaakt zich kostelijk en is niet te stuiten. 'Ik weet het al', zegt hij. 'Je gaat hem in tonnen verkopen. Je stopt de wind gewoon in tonnen en stuurt die naar het zuiden en als het windstil is in de Oslofjord, en dat is het bijna altijd, en de zeilboten niet van hun plek komen, dan hoeven ze alleen maar een tonnetje van Arnold Nilsen open te maken en wind in de zeilen te gooien!' De klas lacht. Ze hangen over hun lessenaars te lachen. Meester Holst kijkt op Arnold neer en steekt zijn aanwijsstok onder zijn kin en dwingt hem omhoog te kijken, en Arnold voelt de punt tegen zijn keel duwen, tegen zijn adamsappel, terwijl het lachen in een kring om hem heen doorgaat. 'Maar hoe wil je de deksels op die tonnen krijgen voordat de wind er weer uit vliegt, kleine Arnold?' Nu is het Arnolds beurt om te lachen, en hij lacht meer dan alle anderen bij elkaar. 'Ik zet gewoon eerst die dikke kont van jou erop', zegt hij. Het wordt volkomen stil. Meester Holst laat zijn aanwijsstok vallen. Hij slaagt er met moeite in zich te bukken om hem op te rapen, heel langzaam, en zijn adem klinkt als korte fluittonen. 'Wat zei jij, Arnold Nilsen?' 'Dat ik gewoon eerst die vette heilbotkont van jou erop zet!' Arnold lacht en op dat moment zwiept de aanwijsstok op zijn neusrug. Arnold kijkt verbaasd naar meester Holst, die al op weg is naar de katheder en die daar gaat zitten, terwijl hij in het dikke klassenboek bladert en zijn pen in de inkt doopt. Pas dan voelt Arnold de pijn, alsof die achteraf komt, vertraagd, te laat, maar niet aangenaam, ergens achter zijn voorhoofd komt het bloed los en het stroomt zijn mond in, het drupt in grote klodders op de vloer, en Arnold glijdt van zijn stoel af, staat op, in een roes, en hij verlaat het schoolgebouw, achter hem is de stilte groter dan ooit en meester Holst laat hem vertrekken, want hij is veel te druk bezig met de gebeurtenis in te voeren in de kolommen van het klassenboek, zodat er later geen misverstand over kan bestaan en men duidelijker dan de zwarte inkt waarmee hij zijn verhaal neerschrijft, in langwerpige kolommen naast troosteloze cijfers, zal kunnen zien onder welke barbaarse omstandigheden hij moest werken, hier bij de poort naar de zee.

Buiten op de stoep blijft Arnold staan. Hij ziet zijn vader beneden bij de kade. Hij loopt ernaartoe en zijn vader draait zich naar hem om. 'Ben je alweer gevallen?' vraagt hij. Arnold schudt voorzichtig zijn hoofd en er komt nog meer bloed, hij moet zijn hoofd in zijn nek leggen en naar de grijze, zware hemel kijken. 'Nee', fluistert hij. 'Ik ben niet gevallen.' Zijn vader doet een stap in zijn richting, ongeduldig. 'Wat is er gebeurd, jongen?' 'Meester Holst heeft mij geraakt met zijn aanwijsstok.' Zijn vader bukt zich. 'Heeft hij je geslagen, bedoel je?' Arnold knikt, nog steeds voorzichtig, alsof alles in zijn gezicht loszit en er ieder moment af kan vallen. Zijn vader haalt een lap uit zijn zak, doopt die even in het water en geeft hem aan zijn zoon. Arnold veegt het bloed weg en begint te huilen, hoewel hij had besloten dat niet te doen, maar het schrijnt, het schrijnt zo verschrikkelijk en iets in hem is kapotgegaan. 'Ik geloof dat je neus scheef staat', zegt zijn vader, hij pakt Arnold de bebloede doek af, spuugt erop en wrijft de vlekken op zijn kin weg, en het verbaast Arnold dat die enorme handen zo licht kunnen zijn. 'Huil je niet?' vraagt zijn vader. 'Nee', zegt Arnold en hij slikt. 'Ik huil nu niet.' 'Mooi zo. Van een scheve neus ga je niet dood. Heeft hij je echt geslagen met de aanwijsstok?' 'Ja. Met zijn hele aanwijsstok.' Vader denkt even na. Dan loopt hij weg van de kade. 'Waar ga je heen?' roept Arnold. 'Niet weggaan.' Zijn vader draait zich niet om. 'Even met meester Holst praten', zegt hij.

Arnold rent zijn vader achterna met zijn hand op zijn gevoelige, loszittende neus. Zijn vader blijft pas in de deuropening van het schooltje staan en kijkt naar meester Holst, die het klassenboek dichtklapt. 'Ik ben Arnold Nilsens vader', zegt hij luid en duidelijk. Meester Holst kijkt meteen op en wordt onzeker, zijn ogen fladderen rond voor hij weer een blik in het klassenboek werpt en glimlacht. 'Evert Nilsen, ja. Ik herken de vaders van mijn geliefde leerlingen natuurlijk.' Meester Holst staat op. 'En uw zoon heeft een broodnodig lesje geleerd. Wat mij betreft is de zaak nu uit de wereld en ik zal er verder geen werk van maken, noch hier noch in de corridors van mijn meerderen.' Evert Nilsen staat daar zwijgend en somber, alsof hij het niet meer weet, vergeten is waarom hij daar staat. Zijn brede gestalte werpt een lange, grijze schaduw in de ruimte. Arnold wacht achter hem, verscholen. Hij houdt zijn vader stevig aan zijn jasje vast, want hij weet dat die niet zoveel woorden achtereen kan verdragen, die matten hem af en brengen hem in de war. 'En nu moeten we verder met de les', zegt meester Holst, hij staat op en kijkt straal langs Evert Nilsen heen. 'Arnold, zou je zo vriendelijk willen zijn weer op je plaats te gaan zitten?' Maar de vader houdt zijn zoon tegen. Dan loopt hij zelf naar voren, naar de katheder, tussen de roerloze leerlingen door die al vermoeden dat er zo meteen iets gaat gebeuren wat ze nooit zullen vergeten. Evert Nilsen zegt niets. Er is al genoeg gezegd. Meester Holst kijkt hem verbaasd aan. En Evert Nilsen pakt de aanwijsstok en slaat meester Holst op zijn hoofd, de klap is misschien niet hard, maar hij zakt ineen, meer van verbazing dan van pijn, met een brul, hij houdt zijn handen voor zijn gezicht, en Arnold denkt, eerst sloeg zijn vader hem, toen sloeg meester Holst hem en nu heeft zijn vader meester Holst geslagen, alsof het ene uit het andere voortvloeit, daar zit een soort rechtvaardigheid in die Arnold niet helemaal vat. Evert Nilsen breekt de aanwijsstok doormidden en laat de twee stukken op meester Holst vallen, die nog steeds voor de klas knielt, hij verlaat het schooltje en neemt Arnold mee de wind in, waar plaats genoeg is voor iedereen. 'Daar ga je nooit meer heen', zegt zijn vader.

De volgende dag gaat Arnold mee naar zee. Aurora weigert eerst, maar zijn vader houdt voet bij stuk. De jongen moet gehard worden. De jongen moet overleven. Andere gedachten bestaan er niet. Het is simpel, voor de hand liggend en mooi. Hier gaat het allemaal om. En nu zit Arnold op de roeibank, zijn blauwe neus is in een grof verband verpakt en hij moet door zijn mond ademhalen. Hij zit daar met open mond en zijn vader roeit met taaie, onverbiddelijke halen, die hen wegtrekken van het land. Het is stil, erg stil voor oktober, de zee ligt er donker en vol schaduwen bij, als een zwarte, bobbelige spiegel. Maar zodra ze voorbij de strekdam zijn en de vuurtoren kunnen zien die als een dikke nek in een kraag van schuim staat, komen de golven op hen af en tillen de boot op in een gelijkmatig, ondraaglijk ritme. Zijn vader kijkt glimlachend naar zijn zoon, hij roeit en verliest zijn zoon niet uit het oog, de golven rollen onder hen, niets is meer in rust, er is geen enkel punt waaraan Arnold zich kan vasthouden, ook zijn vader niet, die glimlacht, die roeit, hen de zee op roeit, ze gaan verder de zee op, tot ze het eiland al snel alleen nog vaag kunnen zien als een plateau in de mist. Arnold doet zijn mond dicht en krijgt nauwelijks nog lucht. Hij is in zichzelf opgesloten. De golven vervullen hem met een warme misselijkheid. Hij rukt het verband af, verbijt een kreet, gooit de vieze lap in zee en haalt adem met korte, zalige teugen. Zijn vader kijkt naar hem, glimlacht, roeit, ze zijn er nog niet. Arnold voelt voorzichtig aan zijn neus, die is gevoelig en zacht en staat scheef. 'Nu lijk je net een bokser', zegt zijn vader plotseling. Arnold kijkt hem verbaasd aan. 'Een bokser? Ik?' 'Op die man die op die foto in de krant stond. Weet je dat niet meer?' 'Nee. Wie dan, vader?' 'De man die zelfs in Amerika heeft gebokst. Otto von Porat.' Arnold vergeet even zijn misselijkheid en voelt in plaats daarvan een wonderlijk geluk. Zijn vader heeft tegen hem gepraat. Zijn vader heeft gezegd dat hij op een bokser lijkt. Arnold gooit zijn armen in de lucht en lacht. Het doet pijn tot hoog in zijn schedel. Hij is gelukkig en het doet pijn. Maar zodra die prettige pijn overgaat, komt de misselijkheid weer terug, en hij ziet dat zijn vader achteruit roeit, alsof hij de boot aan de golven probeert af te meren. Dan legt zijn vader de ene roeispaan op zijn dijen en wijst achter Arnold. 'Nu goed kijken', zegt hij. 'Als de vlaggenmast het zeebaken kruist en de vuurtoren op één lijn ligt met de strekdam, dan zit je goed.' Arnold draait zich om en kijkt terwijl zijn vader verder praat, en het is langgeleden dat Evert Nilsen zoveel gezegd heeft, want misschien is hij ook gelukkig op dit moment, met zijn zoon. 'Dat zijn onze bakens, Arnold. De vlaggenmast, het zeebaken, de vuurtoren en de strekdam. Die zijn als een sterrenbeeld. Al zit je midden in een chaos, in maalstromen, die staan vast. Vergeet dat niet, Arnold.' En Arnold knijpt zijn ogen tot spleetjes en kijkt, kijkt naar de bakens die dat wonderlijke patroon vormen, dat beeld dat verbroken wordt als ze een roeispaan in een andere richting verplaatsen. En hoe langer Arnold naar de bakens staart, des te zieker wordt hij, want het dringt tot hem door dat van alle dingen in de wereld hij het enige is wat niet in rust kan zijn. 'Wat heb je tegen meester Holst gezegd?' vraagt zijn vader plotseling. Arnold moet nadenken. 'Ik heb alleen maar gezegd dat zijn kont groter was dan een heilbot.' Zijn vader lacht luid. 'Groter dan een heilbot! Zei je dat recht in het gezicht van die opgeblazen otter?' 'Ja!' roept Arnold. 'Twee keer! Ik zei het twee keer!' Arnold kijkt naar zijn vader. Ze zijn ver van de beschaving. Ze zijn helemaal alleen. Ze zijn vrij, zouden dat althans zijn als de golven en de misselijkheid er niet waren geweest. Zijn vader zwijgt weer en Arnold zit zo stil mogelijk, want hij wil dit moment niet verpesten. Dan vraagt vader: 'Wat zei de dominee eigenlijk tegen je?' Arnold moet weer nadenken. 'Hij zei dat ik mijn vader en moeder moest eren.' 'Zei hij dat echt, de dominee?' 'Ja. Dat ik jou en Aurora moest eren.' En zodra hij dat gezegd heeft, kotst Arnold. Hij braakt alles wat hij in zich heeft uit in de schoot van zijn vader, zijn vader vloekt en heft zijn arm op, alsof hij wil slaan, en Arnold moet nog een keer kotsen, hij jankt en kotst en door een waas van tranen ziet hij de bakens verdwijnen. Alles glijdt uit elkaar. Hij is uit de maat. Hij zinkt neer op de bodem van de boot en doet zijn ogen dicht. 'Nu lijk ik niet meer zo op een bokser', fluistert hij.

Zijn vader roeit naar de wal. Hij zegt de rest van de dag niets meer. Aurora zet het eten op tafel. Arnold kan niet eten. Hij gaat vroeg naar bed. Het deint nog steeds. Hij heeft de golven mee naar huis genomen. Zijn bed is een boot. De boot draagt Arnold. Draagt Arnold naar de bakens van zijn dromen.

Zijn vader maakt hem de volgende ochtend vroeg wakker. 'Zoek de bakens', zegt zijn vader. Ze roeien weer de zee op. Als ze de strekdam voorbij zijn ruilt vader met Arnold van plaats en laat de roeispanen aan hem over. Arnold roeit. De golven geven tegendruk. Arnold roeit en kijkt. Zijn vader laat hem niet los met zijn blik. De riemen glippen over het water, als grote, gladde lepels. Arnold draait zich om en kijkt naar het land. Maar de bakens staan niet waar ze horen te staan. Ze zijn verplaatst. Het zeebaken ligt nu voor de vlaggenmast, de vuurtoren is in zee gezonken, de golven breken de strekdam steen voor steen af. Het sterrenbeeld is door elkaar gehusseld. Arnold denkt: 'Mijn baken is overal. Overal is mijn baken. Mijn scheve neus zal me de weg wijzen!' Vader grijpt zijn schouder beet. 'Verder de zee op!' zegt hij. En Arnold roeit verder de zee op. Hij neemt een besluit. Het zal hem nu lukken. Hij is de roerganger, Arnold de roerganger! En Arnold roeit tegen de branding in. Hij roeit door de golven. Hij roeit door de storm. De roeispanen zijn geen lepels, maar bomen! En de kroon van die boom is het roeiblad dat de hemel naar achteren duwt.

Maar hij vindt de bakens niet. De bakens zijn er niet. Niets staat stil. De wind knaagt aan hun bergen, die weldra alleen nog stof op de zee zullen zijn, als vliegenpoep in het raamkozijn. Zijn vader roept iets, maar het is onmogelijk te verstaan. Zijn vader wijst, maar er is niets te zien. Arnold roeit door regen en schuim. Hij roeit met open mond en slikt de zee in en braakt die weer uit, de zee met zijn bodem waar Arnold op gestaan heeft en waar hij zijn geheime plannen heeft gesmeed. Zijn vader rukt hem van de roeibank, neemt de riemen over en roeit weer richting wal. Arnold valt tussen zijn grote laarzen. Hij plast in zijn broek. Hij jankt. Zijn vader schopt hem weg. 'Ben je helemaal gek geworden, jongen!' roept hij. 'Was je van plan mijn boot te vernielen!' Arnold kan niets uitbrengen. Zijn vader roeit met lange halen. Vader vloekt en roeit. Arnold komt overeind en ziet tot zijn verbazing dat de zee bladstil is. Aurora staat op de punt van de strekdam. Ze is een zwarte, geduldige schaduw. En Arnold gaat voorgoed aan wal. Hij volgt zijn moeder naar het huis, terwijl hij het gelach van de jongens bij het schooltje hoort. 'Niks van aantrekken', fluistert zijn moeder. 'Ik trek me er ook niks van aan', zegt Arnold en hij klemt zijn tanden op elkaar. 'Ben je weer ziek geworden?' vraagt zijn moeder. Arnold geeft geen antwoord. Hij is een landrot, omgeven door zee. Hij is de zeezieke, geboren op een eiland. 'Mijn vader', zegt Aurora, 'werd ook ziek op zee. Hij werd iedere dag op zee ziek en kotste.' Ze lacht, een wonderlijk lachje, en pakt zijn hand. Arnold zegt niets, want hij weet niet of dit een troost of een dreigement is. Nee, het is geen dreigement, maar een schrale troost.

Op een dag zit Arnold op de kade vis schoon te maken. Zijn vader is op zee. Arnold tilt het mes op. Het mes is zwaar. De tijd verstrijkt langzaam en tegenstribbelend. De oude mannen houden hem in het oog. Ze grinniken om de gedrongen jongen. Ze vertellen de verhalen die ze altijd vertellen. Binnenkort zullen ze verhalen over Arnold vertellen. Want als ze een andere kant op kijken, heel even maar, omdat die luiwammes van een Elendius eraan komt om hen met slecht nieuws te kwellen, laat Arnold het mes uit zijn hand glippen, en dat glijdt in zijn vinger, tot op het bot, zijn vinger hangt aan een dun draadje, een reepje vlees, maar Arnold schreeuwt niet, hij is volkomen stil en staart alleen maar verbluft naar zijn hand, naar zijn wijsvinger waar het bloed uit pompt, in dikke golven, en hij hoort het mes de grond raken, hoort de anderen opstaan en Elendius gilt zo hard dat het hele eiland het kan horen: 'Het Wiel heeft zijn vinger eraf gehakt. Het Wiel heeft zijn vinger eraf gehakt!'

Dat is wat Arnold zich herinnert wanneer hij met negen vingers wakker wordt: dat ze hem Het Wiel hebben genoemd. Arnold is Het Wiel en hij wil niets anders heten. Alles wat snel door de wereld gaat heeft wielen: auto's, treinen, bussen, ja, zelfs schepen hebben wielen en was de zee ook niet één groot wiel, dat van kust tot kust rolde, ja, is ook de aarde niet een glanzend, blauw wiel dat door de duisternis van het universum tolt? Want niemand kon vergeten dat Arnold als een menselijk wiel van de steilste helling was gerold en Arnold vergat ook niet de belofte die hij zichzelf had gedaan toen hij op de bodem van de zee stond, met de golven op zijn schouders, dat hij weg zou gaan van dit eiland, weg, koste wat het kost. Hij weet niet waar hij naartoe wil, hij weet alleen maar dit: weg. Hij is een wiel en kan niet blijven. Onderweg is zijn thuis. Zo is hij geschapen. En op een nacht sluipt hij naar buiten. Hij laat een brief achter voor zijn moeder. Zijn vader is op de fjord aan het vissen. De nachten beginnen lichter te worden. Hij heeft er weken over gedaan om deze brief te schrijven, heeft geprobeerd de juiste woorden te vinden en ze in de goede volgorde te zetten. Het is een korte brief geworden, want Arnold Nilsen is niet erg schriftelijk van aard. Dit is wat zijn moeder leest, wanneer ze de volgende ochtend opstaat en zich even verbaast over de grote stilte in het kleine huisje. Dan ziet ze het papier op de keukentafel. *Lieve moeder. Ik ben vertrokken. Ik kom terug als de tijd gekomen is, of nooit. De boot vinden jullie aan de overkant. Doe ook de groeten aan mijn vader. Liefs, Arnold.*

Arnold sluipt de lichter wordende nacht in. Hij loopt snel naar de kade. Tuss komt achter hem aan, in de war en blij. Hij aait de hond en jaagt hem dan weer terug naar huis. Hij heeft een brood meegenomen, muntgeld dat hij in twee jaar bij elkaar heeft gespaard en een slokje van vaders brandewijn. Hij kijkt om zich heen. Hij ziet alles wat hij gaat verlaten. Hij maakt het touw los en de nacht is stil en zijn hart buldert. Hij huilt, van vreugde en van verdriet. Hij is overmand door zichzelf. Hij is groter dan zichzelf. Er is bijna geen plaats meer voor hem. En terwijl hij naar het vasteland roeit en zeilt, met negen vingers, zingt hij om zijn eigen gehuil niet te hoeven horen, *God is God, al was ieder mens ontslapen, God is God, al was heel deez' aard verlaten.* En nog steeds doet de mare de ronde over deze zeiltocht over de meest woeste en gevaarlijke stromingen, een kunststuk was het, een mirakel, Arnold moest de Almachtige die nacht in zijn roeispanen gehad hebben, en misschien verzachtte dat de razernij en het verdriet van zijn vader, zijn halve zoon had als een man de zee bedwongen en was zo tot een hele mare geworden.

En op de avond van de derde dag staat Arnold voor de kerk in Svolvær en alles is groter dan hij zich had kunnen voorstellen. De mensen wonen boven op elkaar in huizen van steen. De lantaarnpalen staan dicht opeen als bomen in een bos en in de etalages brandt elektrisch licht. Maar het verbaast Arnold dat het zo stil is, dat een stad zo stil kan zijn. Misschien slapen ze om deze tijd al in de steden, denkt Arnold, zodat ze uitgerust zijn voor de nacht, want in steden is alles omgekeerd, de zon gaat onder als de mensen ontwaken. Maar dan hoort hij mensen naderen en het zijn er vele, want de grond trilt onder hem. Arnold draait zich om en hij ziet een hele stoet voorbijlopen op het andere trottoir, volwassenen en kinderen, vissers en fabriekseigenaren, vrouwen en mannen, honden en katten en allerlei volk, en alsof dat niet genoeg is, komt de dominee ook nog de kerk uit, de zware deur slaat achter hem dicht en hij tilt zijn toga op om er niet over te struikelen, hij holt als een vrouw en sluit zich aan bij dit merkwaardige gezelschap dat de hoofdstraat inslaat, op weg naar de kade. Arnold verstopt zich achter een lantaarnpaal, de dominee heeft hem niet gezien. Dan volgt Arnold hen ook. Ze zijn op weg naar de andere kant van de kade. En daar, op het sportveldje tussen de fabriek en de silo, staan kraampjes en draaimolens, lampen schijnen in de meest uiteenlopende kleuren, mechanische paarden rijden in cirkels rond en in het midden is een grote tent opgeslagen, bevestigd aan een haakje aan de hemel, de maan, en boven een gouden poort kan Arnold lezen: CIRCUS MUNDUS. Hij ziet dat iedereen geld moet betalen aan een geüniformeerde man met een stijve knevel die onder zijn neus krult, en dan stromen ze naar binnen, één voor één, ze roepen, ze knokken, ze duwen elkaar omver om de eerste te zijn en de beste plaats te krijgen. Arnold blijft buiten achter, in de modder aan de rand van het voormalige voetbalveld. Al snel hoort hij het orkest spelen, paarden die hinniken, het schreeuwen van de olifanten, geweerschoten, gelach en knallende zwepen. Arnold sluipt dichterbij. Er is nu niemand meer om op te letten. De man in uniform is verdwenen. Arnold blijft even onder de poort staan en kijkt een laatste keer om. Er hangt een affiche op de paal naast hem. Hier is de beroemde slangenmens Der Rote Teufel. Hier zijn degenslikkers en leeuwentemmers, wangedrochten en schoonheidskoninginnen, en niet in de laatste plaats, hier is de langste man ter wereld, de beroemde IJslander Paturson. Arnold haalt diep adem en glipt naar binnen. Hij sluipt tussen de kraampjes en de tenten door. De paarden rijden eenzaam rondjes op de schitterende draaimolen. Is dit soms niet waar hij van gedroomd heeft en waar hij naar verlangde? Is dit niet waar hij naartoe wilde, was weg niet precies hier? Hij is aangekomen. Hij blijft staan voor de tent waar op een bord geschreven staat: *mundus vult decipi*. Hij leest het langzaam: mundus vult decipi. Dat zijn merkwaardige klanken. Dat is een taal voor zeebaarzen en heilbot op duizend meter diepte. Hij tilt het gordijn opzij, maar voordat Arnold iets heeft kunnen zien, trekt een hand hem naar buiten en draait hem ruw om. 'En waar dacht jij naartoe te gaan?' De man praat Noors. Hij buigt zich voorover. 'Ik zoek mijn ouders', zegt Arnold snel. 'Aha, zo ja. Ben je je ouders kwijt?' Arnold glimlacht. Hij is niet bang meer. Wat is liegen toch gemakkelijk. De woorden worden in zijn mond gelegd en zijn opeens waar. 'Ja', fluistert Arnold. 'Ik ben mijn ouders kwijt.' Maar deze woorden, die zowel leugen als waarheid zijn, het is maar hoe je het bekijkt, krijgen andere gevolgen dan Arnold had gehoopt. De man in uniform tilt Arnold namelijk pardoes de lucht in. 'Mijn naam is Mundus', zegt de man. 'En bij Mundus zal niemand zijn geliefden kwijtraken!' En dan draagt hij Arnold zó de grote tent binnen. Der Rote Teufel is net bezig zijn hoofd tussen zijn benen te steken terwijl hij aan een trapeze in de nok hangt, en iedereen kijkt die kant op. Hij vouwt zich dubbel en kijkt tussen zijn dijen door, en nu houdt hij zich vast met maar één hand en de toeschouwers happen naar adem en durven nauwelijks te kijken. De drummer slaat een roffel waar geen einde aan komt. Dan klinkt er plotseling een knetterend geluid en het wordt onrustig aan de trapeze. Het met goud bestikte tricot van Der Rote Teufel is op de meest ongelukkige plek gescheurd. De meesten denken even dat dit bij het nummer hoort, maar al snel beseffen ze dat dit een schandaal van het allerbeste soort is en dat De Rode Duivel zijn naam niet toevallig heeft gekregen, want een onmiskenbare lucht vult de tent en de arme slangenmens wordt inderhaast naar beneden gehaald, zijn witte billen als een toegetakelde maan boven zijn blozende, vastgeklemde gezicht. Er breekt een waanzinnig fluitconcert los, op de achterste banken staan de mannen op om proppen papier en kluiten modder naar de Teufel te gooien en dat is het moment waarop Arnold debuteert, want Mundus begrijpt dat de voorstelling zo uit de hand loopt en daarom draagt hij Arnold de ring binnen en tilt hem omhoog, het wordt stil rond de piste en de uitzinnige, brullende vissers gaan zoetjesaan weer zitten en Mundus neemt het woord: 'Hooggeëerd publiek!' roept hij. 'Deze kleine man die ik hier in mijn armen hou, is zijn ouders kwijt! Kunnen zijn ware vader en moeder zich bekend maken, zodat ze voor de ogen van iedereen met hem verenigd kunnen worden voordat de langste man ter wereld voor jullie zal oprijzen!'

Het wordt weer volkomen stil. Arnold ziet de gezichten die hem bijna omsingelen. Ze staren, ze gapen hem aan. De dichtstbijzijnde toeschouwers buigen zich naar voren en raken hem bijna aan. De dominee wil opstaan, maar blijft toch zitten, bedroefd en twijfelend. En misschien geloven sommigen even dat ook dit een onderdeel is van de voorstelling, want ze beginnen te lachen en het gelach breidt zich uit en al snel is de hele tent gevuld met gelach, mensen klappen in hun handen en stampen met hun voeten. Alleen de dominee houdt zich koest, hij kijkt nog steeds naar Arnold en weet niet of hij moet huilen of lachen. Mundus maakt een diepe buiging, loopt een rondje door de piste terwijl de mensen blijven klappen en draagt Arnold ten slotte achter het gordijn, zet hem daar neer en haast zich weer terug. Het is bijna donker. Slechts een schamel lampje boven een spiegel. Arnold verroert zich niet. Hij hoort een fanfare en tromgeroffel uit de piste. Dan hoort hij nog iets anders. Hij hoort zware voetstappen, de grond onder hem deint en de stoel waarop hij zit wankelt. Er komen geen olifanten aan. Het is een mens en Arnold moet zich vasthouden, want hij beseft dat wat hij nu ziet niets minder is dan de langste man ter wereld. En de langste man ter wereld loopt met gebogen hoofd om genoeg ruimte te hebben. Zijn gezicht is langwerpig en weemoedig. Zijn neus werpt overal schaduwen. Hij is gekleed in een zwart pak en zijn stropdas is langer dan het maanlicht in zee. Hij wordt vergezeld door een vrouw in een kort, wijduitstaand rokje met een glimmende pet op haar hoofd. Zij is ongetwijfeld volkomen normaal, maar ze reikt slechts tot de gesp van zijn broekriem en dat nog maar net. Hij blijft staan bij het goudkleurige, zware gordijn. Daar buigt hij zijn hoofd nog dieper en de vrouw laat zijn enorme hand los. De muziek verstomt. Alles verstomt, alleen het snelle wrijven op de trommels is er nog en de diepe stem van Mundus: 'Hooggeëerd publiek! Een warm applaus voor de man die door het artsencongres van Kopenhagen werd uitgeroepen tot de langste man ter wereld, de IJslander Paturson uit Akureyri! Hij is twee meter en drieënzeventig centimeter lang, maar dat is op kousenvoeten!' Paturson richt zich op en loopt naar binnen. Sommigen gillen, sommigen lachen, sommigen zuchten bewonderend, maar de meesten zijn stil, want zulke afmetingen hebben ze nog nooit gezien. Dan krijgt de vrouw met het gekke hoedje Arnold in het oog. 'Wie ben jij?' 'Arnold', zegt Arnold. Ze glimlacht, legt haar hoofd schuin en komt dichterbij. 'En wat doe je hier, Arnold?' 'Wachten op Mundus', antwoordt Arnold. De vrouw kijkt door de spleet in het gordijn en wenkt Arnold haastig dichterbij. Hij springt van zijn stoel en gaat naast haar staan. Arnold voelt dat de vrouw iets in zijn hand stopt. Het is een bonbon. Hij stopt hem in zijn mond voordat iemand hem weer kan afpakken, hij zuigt er lang op en in de bonbon zit nog iets zachters dat rond zijn tong smelt en hem bijna duizelig maakt in zijn hele lichaam.

Hij krijgt er nog een. 'Ik ben het Chocolademeisje', fluistert ze en geeft hem een vluchtige zoen op zijn wang. 'Moet je eens kijken, Arnold.' En Arnold ziet dat Paturson met de rug naar hem toe in de piste staat. Mundus meet hem op met een zilveren lint en moet op een trapje klimmen om de laatste centimeters te halen. Dan laat hij het meetlint zien aan de mensen die vooraan zitten, zodat ze met eigen ogen Patursons exacte lengte kunnen zien: 2,73 meter! Iedereen klapt en Mundus gaat weer naast Paturson staan, pakt zijn rechterhand, die zo groot is als een spade, en wurmt een ring van zijn wijsvinger. 'Is hij getrouwd?' vraagt Arnold. Hij Chocolademeisje schudt lachend haar hoofd. 'Sst!' zegt ze. Mundus heeft de ring losgekregen en laat hem aan het publiek zien. Dan haalt hij een echte zilveren munt van twee kronen tevoorschijn en trekt die door de ring en iedereen kan zien dat de ring ruim genoeg is om plaats te bieden aan het muntstuk. Het is bijna niet te geloven en de toeschouwers juichen, maar Mundus heeft het beste tot het laatst bewaard. Hij haalt twee meisjes uit de eerste rij, ze lopen blozend met hem mee de piste in. Ze mogen Paturson aanraken, opdat niemand denkt dat hij niet echt van vlees en bloed is. Dan mogen ze elk op een arm zitten, alsof ze op de takken van een grote boom zaten, en nu zijn het niet meer de meisjes die blozen, maar Paturson, zijn wangen gloeien, en bedremmeld buigt hij weer zijn hoofd terwijl de meisjes schommelen en lachen en als bezeten zwaaien. Een paar kerels op de achterste rij willen armpje drukken met de schuchtere reus, maar daar trekt Mundus de grens. Er zou iemand ernstig gewond kunnen raken. In plaats daarvan laat hij een tafel met daaroverheen een geborduurde doek binnenrollen. Die trekt hij weg, als een goochelaar, en onthult het avondeten van Paturson, dat bestaat uit maar liefst een dozijn zachtgekookte eieren, veertien broodjes, een stuk varkensgebraad, drie kilo aardappelen, achttien pruimen en twee liter melk. Dat alles verorbert de IJslander voor de grote ogen van het publiek. En terwijl Paturson eet, loopt Mundus naar het publiek toe en vouwt zijn handen voor zijn buik. 'Dames en heren', zegt hij. 'Onze IJslandse vriend komt uit een arm vissersgezin in Akureyri en zoals jullie begrijpen heeft hij grote problemen met zijn lengte. Hij wil graag teruggaan om weer samen met zijn familie te vissen. Maar noch kleding, noch normaal vistuig is groot genoeg voor hem. Zelfs schoenveters moet hij in het buitenland bestellen. Daarom hebben wij enkele kaarten vervaardigd die hij nu zal gaan verkopen. Hoe meer kaarten jullie kopen, des te groter vistuig en des te langere schoenveters hij kan aanschaffen. Laat hem niet in de steek!' De langste man ter wereld veegt zijn mond af met een laken en loopt stilletjes tussen de rijen banken door met zijn ingekleurde kaarten, die maar weinig mensen willen kopen, want ze hebben al vijftig øre betaald om binnen te komen, alleen de dominee legt twee munten in Patursons knuist. De voorstelling is voorbij. Het orkest begint te spelen. Paturson trekt zich terug en wordt weer opgevangen door het Chocolademeisje. Mundus stormt achter het toneel. Hij is woest en woedend. 'Waar is die verdomde Teufel!' roept hij. 'Ik zal hem eens wat Teufel laten zien!' Hij beent weg, maar is meteen weer terug en staart duister naar Arnold. 'Ben jij er nou nog?' Arnold knikt. Hij kan het niet ontkennen. Hij is bang dat Mundus hem eruit zal gooien, maar die zucht diep en bedroefd, steekt een sigaar op en gaat vermoeid zitten. 'Dit is een armetierig circus', zegt hij. 'De acrobaten ruften zó dat hun tricots scheuren en niemand wil de kaarten kopen die ik heb gedrukt.' 'De dominee wel', fluistert Arnold. 'Ja, ja. De dominee wel en ik blijf zitten met 348 kaarten! Het zijn hier allemaal harteloze erwtentellers!' Mundus blaast rook uit en wuift die weg met zijn hand. Arnold denkt na. 'Misschien is het niet zo slim hem eerst al dat eten te geven', zegt hij voorzichtig. Mundus kijkt weer naar Arnold. 'Wat bedoel je?' 'Ze hebben geen medelijden met hem als hij net zo veel gegeten heeft', mompelt Arnold. Mundus staat op. Hij gooit zijn sigaar naar buiten en glimlacht. 'Hoe heet je, jongen?' vraagt hij. 'Ik heet Arnold.' Op dat moment komt het Chocolademeisje binnen. Ze heeft de brandende sigaar in haar hand en kijkt verbaasd naar Mundus, die op Arnold wijst. 'Arnold heeft gelijk!' roept hij. 'Waarom heeft in godesnaam niemand ooit gezegd dat Paturson niet eerst voor de ogen van een mager publiek een compleet feestmaal moet verorberen voordat hij de kaarten gaat verkopen!' Hij draait zich om naar het Chocolademeisje. 'Heb je hem in bed gekregen?' Het Chocolademeisje knikt en neemt een trekje van de sigaar. Mundus rukt hem uit haar handen en gooit hem nogmaals naar buiten. 'Zoek een plekje waar Arnold kan slapen', zegt hij.

Het Chocolademeisje pakt Arnolds hand en neemt hem mee de tent uit, ze lopen over het modderige pad tussen de kraampjes. 'Ik geloof dat je het haar van de olifant hebt ontdekt', fluistert ze. Arnold begrijpt het niet helemaal. 'Hebben olifanten haar?' 'Ja', antwoordt het Chocolademeisje. 'Maar alleen op hun staart.' Ze kust hem vluchtig op zijn mond en Arnold wordt weer duizelig. 'Je kunt bij Paturson slapen. Ik woon in de wagen ernaast. Mocht er iets zijn.'

Ze blijft voor een wagen staan, doet voorzichtig de deur open en laat Arnold naar binnen. Daar slaapt Paturson. Hij slaapt diep. Er zijn twee bedden tegen elkaar geschoven om plaats aan hem te bieden. Arnold moet op de grond ernaast slapen. Het Chocolademeisje geeft hem een plaid. 'Ik woon in de wagen vlak hiernaast', fluistert ze. 'Mocht er iets zijn.' Ze haast zich naar buiten. Arnold blijft een poosje in het spaarzame licht naar de langste man ter wereld staan kijken. Zijn gezicht is groot en eenzaam op het witte kussen. Hij gebruikt drie dekbedden, maar toch is dat nog niet genoeg. Zijn sokken zijn kapot en zijn tenen steken er aan alle kanten uit. Ze zijn groter dan Arnolds dijen en lijken op een boeket van vlees met bloembladen van scheve, gele nagels. Dan ziet Arnold Patursons jasje aan een spijker achter het bed hangen. Hij haakt het eraf en probeert het aan. De knopen reiken tot zijn schoenen en de mouwen zijn zo lang dat hij zijn handen bijna niet meer terug kan vinden. Hij kan een lange wandeling maken binnen in dat jasje. Paturson draait zich om in zijn bed. Arnold houdt zijn adem in. Het duurt een poosje voordat de langste man ter wereld zich heeft omgedraaid. Het is net alsof de hele aardbol even kantelt. Arnold klimt uit het jasje, hangt dat weer op zijn plaats en voelt dat er iets in de ene jaszak zit. Het is het zilveren meetlint. Hij draait zich om naar het bed. Paturson slaapt nog steeds, geluidloos. En Arnold begint bij zijn langste teen en rolt het glimmende lint helemaal uit tot Patursons bovenste haar. Arnold kijkt naar het getal. Hij moet verkeerd gemeten hebben en doet het nogmaals en nu meet hij de andere kant op, van het hoofd naar de voeten, om zeker te zijn van zijn zaak. Maar hij komt tot exact dezelfde maat. Paturson is niet 2,73 meter lang, maar 2,04. Arnold stopt het lint weer in de jaszak. Hij is verbaasd, maar eigenlijk niet teleurgesteld. Hij begint iets te begrijpen, iets wat nog niet helemaal tot hem doorgedrongen is maar wat hij vermoedt, een schaduw in zijn hoofd, de leugen.

Arnold sluipt naar de wagen waar het Chocolademeisje slaapt. Hij maakt haar wakker. 'Er is iets', zegt Arnold. Ze gaat zitten en glimlacht. 'Wat dan, Arnold?' vraagt ze. 'Paturson is niet twee meter en drieënzeventig centimeter.' Het Chocolademeisje glimlacht niet meer. 'Wat zei je, Arnold?' 'Hij is maar twee meter en vier centimeter. Ik heb hem gemeten!' Het Chocolademeisje pakt Arnold beet en drukt een vinger op zijn mond. 'Paturson is twee meter en vier centimeter als hij ligt', zegt ze. 'En als hij rechtop staat is hij twee meter en drieënzeventig centimeter! Mundus bepaalt hoe lang Paturson is. Begrijp je?' Maar de gedachten gaan langzaam in Arnolds hoofd en komen niet helemaal aan. 'Hoe oud ben je?' vraagt het Chocolademeisje. Arnold ziet nu pas dat ze bijna naakt is. 'Zestien', zegt hij snel. Dan lacht ze. 'Zestien? En hoe oud ben je als je ligt?' Het Chocolademeisje trekt Arnold naar zich toe en houdt hem vast, Arnold groeit in haar armen en zij legt hem het meeste uit.

Nu weet hij wat het haar van de olifant betekent.

De volgende ochtend staat Arnold in Mundus' wagen, de grootste van het hele circus, met eigen trap, gordijnen en een schoorsteen. Mundus zelf zit in een hemelbed te ontbijten. Hij heeft een bordeauxrode ochtendjas aan en zijn knevel hangt in een leren foedraal onder zijn neus. Hij veegt eigeel uit zijn mondhoek met het puntje van een wit servet. 'Waar kom je vandaan?' vraagt Mundus. 'Nergens', antwoordt Arnold. Mundus kijkt hem aan. 'Nergens? Iedereen komt ergens vandaan, Arnold.' 'Ik niet.' 'Dan ben je misschien een engeltje dat bij ons geland is?' Arnold geeft geen antwoord. Voor zijn part. Hij wil best een engel zijn. Mundus zucht, zet het ontbijtblad weg en vindt een sigaar. 'We willen de politie niet achter ons aan hebben, toch?' 'De dominee weet waar ik ben', antwoordt Arnold. 'Ik heb hem alles verteld.'

Dan hoort hij zware voetstappen buiten. Hij keert zich om naar het raam en ziet Paturson langslopen, samen met het Chocolademeisje dat een groot dekzeil over hem heen hangt als ze de poort naderen. Mundus staat op uit bed en gaat naast Arnold staan. 'We willen immers niet dat iemand in de stad hem gratis ziet', zegt hij en steekt zijn sigaar aan met een lange lucifer. Arnold ziet de langste man ter wereld een wandelingetje maken onder een dekzeil en die aanblik doet iets met hem. 'Heb je wel eens van Barnum gehoord?' vraagt Mundus plotseling. Arnold schudt zijn hoofd en kan hem nauwelijks zien door de rook. 'Barnum was de koning van Amerika, Arnold. Hij was groter dan Alexander de Grote en Napoleon bij elkaar!' Arnold komt dichterbij. 'Ook groter dan Paturson?' Mundus lacht en hoest. 'Ja, ook groter dan Paturson. Want Barnum maakte de wereld tot zijn circus! De hele wereld was zijn piste en de hemel was het tentdoek dat hij over ons heen spande!' Mundus raakt ontroerd door zijn eigen redevoering. 'Barnum wilde de mensen gelukkig maken', fluistert hij. 'Hij wilde hen laten lachen, griezelen, staren en dansen! Bestaat er een nobeler doel voor één simpele ziel?' Het Chocolademeisje komt terug met Paturson. Ze zwaait naar Arnold. Mundus legt zijn hand op Arnolds schouder. 'Weet je wat mundus vult decipi betekent?' vraagt hij. Arnold glimlacht. Hij weet nu bijna alles. 'De wereld wil bedrogen worden', antwoordt hij. Daar kijkt Mundus van op. 'Maar kun je me ook vertellen wat ergo decipiatur betekent?' 'Dus bedrieg hem', zegt Arnold. Mundus moet zijn sigaar wegleggen. 'Maar kun je me ten slotte vertellen wat groter is dan Paturson uit IJsland?' Arnold denkt na. 'God?' oppert hij. Mundus schudt zijn hoofd. 'Welnee, zeg. God is vier centimeter kleiner dan Paturson.' 'Barnum', probeert Arnold. Mundus buigt zich helemaal naar hem toe. 'De fantasie, Arnold! De fantasie is het grootst van al! Want niet wat je ziet is het belangrijkst. Maar wat je dénkt te zien. Vergeet dat nooit.' Mundus gaat op het bed zitten, maar verliest Arnold niet uit het oog. 'Draai eens rond', zegt hij. Arnold draait zich om en blijft met de rug naar hem toe staan. 'Helemaal!' roept Mundus. Arnold draait verder door en Mundus heeft een bril opgezet. 'Ja, ja, jonge vriend. Vertel me eens wat je kunt!' 'Ik kan een wiel zijn', zegt Arnold, hij rolt over de vloer en staat weer op. Mundus is niet tevreden. 'Wielen hebben we al genoeg, Arnold.' 'Ik heb maar negen vingers', zegt Arnold en hij steekt beide handen in de lucht. Mundus haalt zijn schouders op en heeft geen interesse. 'Ik heb ergere misbaksels te bieden.' 'Ik kan schijndood zijn', zegt Arnold. 'Schijndood is een achterhaald nummer. Daar heeft het publiek genoeg van.' 'Ik ben groot geschapen', fluistert Arnold ten slotte. Mundus zet grote ogen op. 'Groot geschapen? En wie zegt dat?' Arnold slaat zijn blik neer. 'Dat heeft de dokter gezegd. En het Chocolademeisje', voegt hij er gauw aan toe. Mundus gebaart met zijn hand. 'Laat me met rust', zegt hij. 'Mundus moet nadenken.'

Arnold gaat gehoorzaam naar buiten. Hij kijkt om. Het is nog ochtend en hij ziet dat iedereen een eigen plek heeft. Hij ziet dat iedereen het zijne doet en dat ze het samen doen. De dierentemmers, de timmerlieden, de muzikanten, de clowns, de koks en de acrobaten werken, zingen, bereiden zich voor op de voorstelling van vanavond. En Arnold weet dat hij ook zijn plaats moet vinden, ergens tussen de mensen, in het zwoegen en het zingen.

Maar dan ziet hij iets anders. Het Chocolademeisje. Ze staat met de rug naar hem toe en rekt zich uit naar de waslijn die tussen twee wagens is gespannen. Daar hangt ze het met goud bestikte tricot van Der Rote Teufel op, dat in de zon blinkt en schittert. Arnold wil naar haar toe gaan, maar dan verschijnt Der Rote Teufel zelf. Hij omhelst het Chocolademeisje en kust haar in haar nek. Ze stribbelt een beetje tegen, maar dat stelt niet veel voor, en dan begint ze te lachen. En Der Rote Teufel kust haar nog heftiger en trekt haar de diepe schaduwen naast de tent in. Arnold hoort gelach verdwijnen in gelach. Arnold krimpt. Arnold wordt nog kleiner. De olifanten zijn kaal. Er schiet geen geluk meer voor hem over. En hij bedenkt dat de wegen van de lach ondoorgrondelijk zijn, de lach is altijd verschillend en lijkt nooit op zichzelf. Hij besluit dat hij een lijst van lachjes zal aanleggen. Hij zal die lijst beginnen met zijn moeder, moeders voorzichtige lach als ze buiten in de wind stond, alsof de zilte wind haar kietelde.

Maar wie op nummer twee moet staan weet hij niet, want hij beseft plotseling dat hij zijn vader nog nooit heeft horen lachen.

Arnold sluipt naar de waslijn. Het tricot van Der Rote Teufel is versteld, met een enorme leren lap op het zitvlak. Arnold houdt zijn adem in. Hij tilt snel zijn hand op, pulkt een draad los en trekt die uit de naad.

Die avond staat Mundus midden in de piste, naast een breed, zwart, zijden gordijn, en het is volkomen stil in de tent, want iedereen weet dat hij nu zijn beruchte panopticum gaat openen. Hij praat zacht, maar iedereen kan hem horen. 'Mag ik nu alle kinderen en andere tere zieltjes, zwangeren, zeezieken, hypochonders en zij die bang in het donker zijn verzoeken de tent onmiddellijk te verlaten en in plaats daarvan krachten op te doen bij het bevallige en gulle Chocolademeisje bij het rad van fortuin!' Het publiek wordt onrustig, moeders houden hun kinderen vast en vaders de moeders en zelfs de moedigste vissers op de achterste banken worden gegrepen door de onmiskenbare ernst van het moment. Maar iedereen blijft zitten waar hij zit, alleen ietsje dichter tegen elkaar aan, en er gaat een diepe zucht door de rijen als het licht wordt gedimd tot een blauwe schemer terwijl het orkest stilte uit de instrumenten strijkt. Arnold staat achter de piste en ziet dit allemaal. Later trekt hij af en telt hij bij, hij overdrijft en laat weg, hij is helderziend en haalt dingen door elkaar en alles wordt één geheel, Mundus, Der Rote Teufel, Arnardo, de dwergen, de langste man ter wereld, het Chocolademeisje, de olifanten, hemel en zaagsel, want dit is Arnolds eerste piste en hier beginnen zijn leugens. Maar dit is waar, dit is wat er nu gebeurt: Mundus heeft zijn hand op het zijden gordijn gelegd en hij zegt met donkere, vaste stem: 'Hooggeëerd publiek. Ik zal jullie nu Gods vergissingen laten zien. En mocht er nog iemand zijn die de aanblik van het wrakhout van de schepping niet kan verdragen, dan kan ik behulpzaam zijn met vlugzout en andere goede raad.' Mundus laat een bruine fles zien, draait de dop eraf en laat het publiek op de eerste rij de straffe lucht ruiken. Dan stopt hij de fles weer in zijn zak en wacht een paar seconden, in stilte, alsof hij even overweegt de toeschouwers de krankzinnige aanblik die hij hun gaat openbaren te besparen. De wind slaat tegen het tentdoek en de zware zijden gordijnen in de piste fladderen. Een vrouw gilt, maar wordt door haar naasten opgevangen. Mundus maakt een buiging en eindelijk trekt hij dat gordijn met een ruk opzij. Een Egyptische mummie grijnst naar het publiek met vijfduizend jaar oude tanden. Het skelet van een bloeddorstige viking staat op uit zijn graf en zwaait langzaam een roestig zwaard door de lucht. De eerste rij hapt naar adem en perst zich naar achteren, waar de volgende rij protesteert.

Mundus maant hen tot rust. Want dit is nog maar het begin. Hij heft beide handen op. 'De geschiedenis spreekt vol weemoed tot ons, via deze dode getuigen', fluistert hij. 'Vergeet hen vanavond niet in uw gebeden.' Hij zwijgt en laat de lijken nog een poosje voor zichzelf spreken. Dan loopt hij naar het publiek toe, want hij bespeurt een zeker ongeduld, misschien heeft iemand deze spoken eerder gezien. 'Wat jullie nu te zien krijgen,' zegt hij, nog zachter, 'wat jullie nu te zien krijgen is het door God afgekeurde schepsel, het opgegeven raadsel van de engelen of de macabere grap van de duivel. Dames en heren, een warm applaus voor Adrian Jefficheff uit de Kaukasus, onze vreeswekkende en zwijgende verwant, het monster tussen aap en mens, *the missing link*! Terg hem niet!' Een volgende vitrine gaat open en het publiek gilt. Daar staat Adrian Jefficheff opgezet en vastgebonden en hij staart hol naar de toeschouwers, die blijven gillen, want zijn gezicht is bedekt met een dikke, dichte haardos, een donkere vacht die nauwelijks plaats biedt aan zijn ogen en mond. Zijn handen zijn al net zo behaard en zijn nagels zijn lang en zwart, en als Mundus zijn hemd open knoopt kan iedereen zien dat Jefficheff vanaf het kuiltje in zijn hals tot zijn broekrand aan toe wollig is. 'Is-ie soms familie van de oude dominee?' wordt er vanaf de achterste bank geroepen. 'Die had ook zoveel haar op z'n borst!' De tent vult zich met gelach, bevrijdend, een donderslag, dit is een adempauze in de angst. Mundus vloekt zachtjes, pakt Adrian Jefficheff uit de Kaukasus snel weer in en rolt een stoel uit de duisternis en op die stoel zit iemand, verborgen onder een rode deken, alleen een naakte dij is vaag zichtbaar. De beschonken vissers verstommen en de moeders slaan hun handen voor de grote ogen van hun zonen. 'Mag ik u voorstellen,' zegt Mundus, 'mag ik u voorstellen aan miss Ezelskop, geboren in New Orleans, nota bene Grace gedoopt en in 1911 in Connecticut gekozen tot de lelijkste vrouw ter wereld! Als jullie haar zien, zullen jullie de goede God elke ochtend en elke avond en waarschijnlijk ook nog elke middag danken dat jullie niet zo'n gezicht hoeven mee te dragen!' Mundus rukt de deken weg en nu zijn de beschonken vissers niet alleen verstomd, ze worden ook op slag nuchter, want een lelijkere vrouw hebben ze nergens ter wereld ooit gezien, ze is lelijker dan de binnenkant van een zeewolfmuil. De vrouwen in de tent slaken angstkreten en werpen zich om de nek van hun man, die hun ogen wel weg willen halen van miss Ezelskop, geboren Grace, uit New Orleans, maar dat niet kunnen. Haar gezicht lijkt op rottend vlees. Haar wangen zijn als enorme zakken die de grote, poreuze neus naar beneden persen, zodat die haar hele mond bedekt. Het ziet eruit alsof ze bezig is haar eigen neus op te eten en haar ogen liggen diep en dicht bij elkaar in haar hoofd, tussen trossen donkerrode huid. De stemming nadert een climax. Arnold voelt het, daar waar hij de piste in staat te loeren, het is net of een snaar steeds verder wordt gespannen en of iedereen aan die snaar is bevestigd, maar Mundus geeft nog niet op, nee, hij gaat door, hij gaat verder, hij spant nog meer aan, hij tikt tegen de snaar en verenigt de toeschouwers in een zoete smart. Hij haalt een scalpel tevoorschijn en houdt die omhoog terwijl het licht opvlamt en hij zegt met zijn diepste stem: 'Denken wij de vogel aan zijn veren te kennen of zullen we het diepste van de ziel en de anatomie van deze arme vrouw blootleggen?' Hij wacht niet op antwoord. Dat geeft hij zelf. Hij maakt met het scalpel een snee van haar buik tot haar borsten, vouwt de huid opzij, steekt zijn hand naar binnen en haalt een foetus tevoorschijn dat twee hoofden, vier armen, vier voeten en twee nekken heeft die zijn vergroeid tot een rimpelig kluwen vlees, en nu vallen er vijf dames en één heer in zwijm en ook Arnold moet wegkijken, het is net als op zee, het deint in hem, hij bevindt zich midden in een golf, hij is de golf waar hij ziek van wordt, en hij heeft het gevoel dat hij Patursons zware voetstappen kan horen naderen, misschien dat het daarom zo deint. Arnold probeert zich vast te houden, maar krijgt geen houvast en zakt ineen op de vieze vloer en kotst voor wat hij waard is, kotst alle chocolade die hij de afgelopen nacht heeft gegeten uit, maar plotseling trekt iemand hem omhoog, het is de naaister, ze zegt iets, maar hij begrijpt het niet, ze heeft haar mond vol spelden en lijkt op een zee-egel, ze wast hardhandig zijn gezicht en mond en trekt zijn kleren uit en trekt hem andere aan en ze doet iets met zijn lippen, terwijl het panopticum wordt weggedragen, en Arnold hoort eindelijk wat ze zegt. 'Nu is het jouw beurt, Arnold.' 'Mijn beurt?' fluistert hij. De naaister zet een lange, gebarsten spiegel voor hem neer, en Arnold ziet dat ze hem als meisje heeft uitgedost, hij heeft een jurk aan, kniekousen en nauwe, witte schoenen en op zijn lippen zit iets donkerroods en plakkerigs en op zijn hoofd hebben ze een stijve pruik gezet die op zijn schedel kriebelt. Arnold herkent zichzelf niet. Er schiet een rare gedachte door hem heen. Verder weg dan dit kom ik niet, denkt hij. Verder weg kan ik niet komen. En vlak achter de schuine spiegel staat Der Rote Teufel te lachen, hij doet zijn rode haar achterover en maakt een pruilmondje. Maar meer ziet Arnold niet, want nu krijgt iedereen het druk en ze duwen hem naar het gordijn, de piste in waar Mundus hem onmiddellijk naar zich toe trekt en er gaat een stille zucht door de tent. 'Geen woord zeggen', fluistert Mundus. 'Je bent Patursons IJslandse stomme dochter!' Dan richt Mundus zich op, vouwt zijn handen en ziet zijn publiek aan. 'Hooggeëerd publiek! Er is een wonder geschied. Patursons mismaakte dochter is over de oceaan gevaren om haar vader weer te zien. Slechts negen vingers heeft ze en geen stem in haar mond, maar des te groter is het hart dat in haar borst klopt!' Nu pas ziet Arnold dat Paturson er vlak naast staat. De langste man ter wereld heeft een onrustige blik en maakt een hongerige en verwarde indruk. Mundus neemt Paturson bij de hand en fluistert ook iets tegen hem en als Paturson zich met zijn volle lengte vooroverbuigt en Arnold omhelst, gaat de zucht over in tranen. Paturson zegt iets wat alleen Arnold hoort en wat hij niet verstaat, het zijn slechts zware geluiden in Arnolds oren, maar toch vergeet hij het niet, hij zal ze nooit vergeten, deze woorden die Paturson tegen hem zegt en waar hij geen syllabe van verstaat. Ik verspreid het stof van het verhaal en laat het in eenieders mond bloeien als boeketten van de fraaiste leugens. Arnold maakt een knix, Arnold maakt een knix als een dankbare en mismaakte dochter en laat de ontbrekende vinger zien, en de tranen worden tot snikken terwijl Mundus ook een traan uit zijn glimlach wegpinkt. 'Ga kaarten verkopen en zwijg!' fluistert hij. Arnold krijgt het hele stapeltje mee en gaat van stoel tot stoel, van schoot tot schoot, en iedereen koopt, want Arnold ziet er zo sneu en lijdend uit dat ze nog nooit zó met iemand te doen hebben gehad. Hij verkoopt alle kaarten met het met de hand ingekleurde portret van Paturson en een scheve handtekening van het artsencongres van Kopenhagen onder Patursons lengte, die zowel in centimeters, als in duimen, voeten en ellen is aangegeven. Arnold wordt zwaar van de muntjes, hij draagt ze naar Mundus, die nog een traan wegpinkt, Paturson omhelst Arnold nogmaals, nog steeds even hongerig en in de war, terwijl de mensen klappen voor vader en dochter en zichzelf en hun eigen goedgeefsheid en Gods genade. Het orkest slaat een roffel voor Arnold, die buigt, nee, hij maakt een knix, want dat doen dochters, hij maakt een knix, en dit is Arnold Nilsens eerste masker, dat van de dochter van de langste man ter wereld, en hij maakt nogmaals een knix, in triomf en verbazing.

En dan is het eindelijk de beurt van Der Rote Teufel. Hij klimt in de trapeze en werpt zich naar beneden in een duizelingwekkende zweefduik, want hij wil zich wreken, hij wil de afgang van gisteren voor eens en voor altijd in het vergeetboek van de tijd bijschrijven door zichzelf te overtreffen. Hij wil een revanche en de vermetelheid is zijn wraak. Der Rote Teufel, die eigenlijk Halvorsen heet en uit Halden komt, heeft besloten vanavond een vogel te zijn. Halvorsen is een arend die drijft op het licht. Maar als hij zich dubbelvouwt en tussen zijn benen door kijkt, daar hoog boven, dan hoort hij niet de bonzende harten, en ook niet de oorverdovende stilte, nee, integendeel, hij hoort gelach. Het publiek lacht. Halvorsen kan het niet vatten. Ze lachen en hij denkt even dat hij het verkeerd gehoord moet hebben. Maar hij hoort het goed. Hij hoort gelach. Zelfs Mundus is verbaasd. Er klopt iets niet. Want dit is geen lachnummer. Dit is halsbrekende acrobatiek die angst en ontzag hoort op te roepen en ten slotte die zucht van verlichting die ons één verdoofd moment lang allemaal even onsterfelijk maakt. Halvorsen is een vogel die de dood trotseert en hoont door ermee te spelen. Hij wil vanavond de dood zelf bevechten en een eeuwig leven scheppen. Maar het publiek lacht. En Arnold snapt onmiddellijk waarom ze lachen. Ze wachten erop dat Halvorsens tricot weer zal scheuren. Dat is waar ze zich op verheugen. Want niemand is het gerucht van het gescheurde zitvlak van de broek van de rode duivel ontgaan. Daarom lachen ze. Ze lachen om iets wat nog niet is gebeurd, maar waarvan ze hopen dat het zal gebeuren. En Arnold bidt inwendig, vergeef me, lieve God, vergeef me, en hij kan de draad van het met goud bestikte tricot tussen zijn vingers voelen. Halvorsen kruist zijn voeten boven zijn hoofd en hangt daar als een dubbel mens, op de grens van het mogelijke, en het publiek lacht alleen maar. En door dat gelach raakt Halvorsen in de war en het maakt hem één moment onoplettend. Dat is genoeg. Dat is meer dan genoeg. Want in het gezelschap van de dood bestaat er geen blessuretijd. Der Rote Teufel verliest zijn grip en valt, en op datzelfde moment verstomt het gelach, maar dan is het al te laat. Hij duikt naar de piste als een aangeschoten vogel en landt op zijn rug. Nu helpt een haar uit de staart van de olifant niet meer. Zelfs een hele olifant kan Halvorsen niet meer terugbrengen. Hij is van de affiche geschrapt. Zijn nummer is voortaan afgelast. Hij is dood. En Arnold verbergt zich achter Paturson, de langste man ter wereld. 'Het was mijn schuld niet', zegt hij. Maar Paturson begrijpt niet wat hij bedoelt. 'Het was mijn schuld niet', herhaalt Arnold. 'Hij viel voordat zijn tricot scheurde.'

Diezelfde nacht beginnen ze al in te pakken. Ze kunnen hier niet langer blijven. Een ongeluk brengt altijd ongeluk mee. Dat is het lot. Het is als een besmetting en zij zijn besmet. Ze moeten vertrekken. Ze moeten op weg gaan en het ongeluk achter zich laten. Alles wordt uit de tent verwijderd. De elektriciens demonteren de verlichting. De timmerlui klappen de loge-stoelen in elkaar en schroeven de gordijnen los. Het Chocolademeisje huilt en haalt het fluweel uit de piste. En ten slotte moet het chapiteau gevierd worden, de tent zelf, en de zon, die nauwelijks onder is geweest, komt alweer op boven de blauwe fjord. Mundus heeft de hele nacht Microdine geslikt om wakker te blijven en zijn ogen zijn rood en doorschijnend, als knikkers van gekleurd glas. De dood is slechte reclame voor een circus. Hij heeft met de politie en de dokter gesproken en hij heeft een telegram gestuurd naar Halvorsens familie in Halden. Nu loopt hij naar Arnold toe, die zijn meisjeskleren allang uit heeft. 'Help de mannen met de tent', zegt hij, ongeduldig en rusteloos. Arnold gaat naast de tentmeester staan. De knechten staan in een cirkel en laten het enorme zeildoek zakken, dat als een ballon neerdaalt, iedereen heeft zijn eigen taak en plaats. Ze roepen met geregelde tussenpozen naar elkaar en dat klinkt bijna als een lied. 'Wat moet ik doen?' vraagt Arnold. De tentmeester kijkt op hem neer. 'Je kunt Halvorsens schoen halen', zegt hij en wijst. Dan ziet Arnold dat diens ene schoen, die meer op een dunne pantoffel lijkt, daar nog ligt. Hij wil gaan rennen, maar de tentmeester houdt hem tegen. 'Neem dit mee.' Arnold krijgt een mes, en dat houdt hij vast terwijl hij haastig Halvorsens acrobatenschoen gaat halen, hij begrijpt niet goed wat hij met een mes moet, maar hij ziet dat alle anderen ook een mes hebben, en daarom vraagt hij niets, dat heeft hij wel geleerd, niet vragen als hij het laten kan. In plaats daarvan denkt hij: 'Daar ligt alles wat er van Der Rote Teufel over is, een bescheiden schoen.' Maar als hij zich bukt om die op te rapen, gebeurt er iets. Hij hoort de mannen brullen en het is net of een windvlaag hem omverblaast en hij wordt tegen de grond geduwd. Want er is al een ongeluk gebeurd en een ongeluk komt zelden alleen. Er zijn twee touwen geknapt en Arnold heeft het hele circus over zich heen gekregen. En de mensen die eromheen staan, aan de buitenkant, op deze ochtend, zien dat het doek beweegt, een kleine, onrustige bult, en misschien denkt iemand dat een kat daarbinnen verzeild is geraakt, maar het is Arnold Nilsen. Hij kruipt rond in een merkwaardige, doorzichtige duisternis, hij kan niet aan die duisternis ontsnappen, onder het zware, vochtige doek, alsof de wind tot een vlies op hem is gestold. De stemmen daarbuiten klinken opgewonden, de tentmeester geeft bevelen, Mundus roept zijn naam, maar ze kunnen hem nu niet helpen. En Arnold weet wat hij met dat mes moet, hij houdt het met beide handen vast en hakt er uit alle macht mee in de grond, het grind spat in zijn ogen en hij begrijpt dat hij verkeerd om ligt, hij weet zich om te draaien en heft het mes op naar de schaduwen die boven hem deinen, hij krijgt bijna geen adem meer, en hij splijt het doek met het lemmet. Hij kerft zich vrij, hij snijdt zich los, hij staat op en steekt zijn hoofd door de spleet, hij stapt het licht in, de zon in, en de mannen pakken Arnold beet en tillen hem de wereld binnen waarin hij thuishoort.

Later die dag reizen ze met de postboot over de Vestfjord naar Bodø. Arnold staat op het dek met de reddingsboten en ziet de bergen in een blauwe wind wegzakken. Aan de einder, waar hemel en zee één worden, kan hij vaag de eilanden zien waar hij vandaan komt en die hij nu verlaat, ze liggen als een stip van steen tussen de golven. Arnold glimlacht. Hij is niet zeeziek. Hij voelt zich sterk. Hij tilt de hand met de vier vingers op en zwaait. Dan loopt hij naar de anderen in het restaurant. Niemand zegt iets. Iedereen heeft genoeg aan zichzelf. Halvorsens lichaam is in de koelruimte onder alle hutten gelegd, maar hij zal Halden nooit meer halen, want het wordt warmer weer, de ijsblokken smelten en hij begint al snel te rotten.

Arnold gaat bij Mundus aan tafel zitten. Die heeft een zwarte koffer met een touwtje erom op zijn schoot. 'Wat zit daarin?' vraagt Arnold. Mundus draait zich om en kijkt hem met bloeddoorlopen ogen aan. 'Dat zou je wel willen weten, hè, Arnold?' Arnold heeft spijt dat hij het gevraagd heeft. Maar Mundus legt zijn hand op de deksel en buigt zich naar Arnold toe. 'Hierin', fluistert hij. 'Hierin heb ik al het applaus ingepakt. Je mag er wel voor mij op passen.'

Het circus gaat in Bodø aan land. Ze begraven Der Rote Teufel op het kerkhof, zo dicht mogelijk bij de zee, in de smalle strook aarde tussen de poort en de stenen muur. Het graf is zó smal dat hij zich nogmaals moet opvouwen, in zijn laatste en allerlangste sprong. Arnold zou het Chocolademeisje nooit meer terugzien. En wederom verdwijnt hij voor onze ogen. Hij heeft op de bodem van de zee gestaan. Hij is schijndood geweest. Hij heeft onder de circustent gelegen. Nu heeft hij eindelijk zijn donkere vasteland bereikt. Hij draagt een koffer met applaus en verdwijnt daar om de hoek.

(DE LACH)

Ik vond trouwens iets wat vader had geschreven, toen we na datgene wat we het ongeluk noemden zijn spullen moesten opruimen. Hij kreeg een discus tegen zijn hoofd en stierf. Ik begreep misschien niet helemaal, destijds, wat het betekende, dat wat hij had opgeschreven op een vel papier dat hij uit een bijbel moet hebben gescheurd, een nacht dat hij niet kon slapen in een goedkoop hotel ergens in de wereld. Het papier zat in de zak van het lichte linnen pak dat hem allang te klein was geworden. Ik heb dat papier bewaard. Ik heb het nog steeds. Zijn handschrift is kinderlijk, hij gebruikt alleen maar hoofdletters en ik stel me zo voor dat hij erg langzaam geschreven heeft, in dezelfde maat als de gedachten zich in hem vormden en in de blauwe inkt naar buiten vloeiden, of misschien was zijn handschrift zo omdat hij een vinger miste en de pen niet goed vast kon houden. Het is een soort lijstje, een lijstje van lachjes: *Aurora's lach: verlegen. Vaders lach: stil. Meester Holsts lach: boosaardig. Dominees lach: triest. Dokter Paulsens lach: aangeschoten. Mundus' lach: zwart. De lach van het publiek: vol leedvermaak.* Die laatste woorden, vol leedvermaak, heeft hij doorgestreept, alsof hij er meteen spijt van had, en in plaats daarvan had hij geschreven: *hulpeloos.* En onderaan had hij eraan toegevoegd, veel later waarschijnlijk, misschien vond hij dit stuk papier, dat hij allang was vergeten, toevallig in zijn zak, op een zomerdag toen hij in een park in een vreemde stad op een bankje zat, en daardoor komt hij op een nieuwe gedachte, een vraag waar hij geen antwoord op heeft, maar hij moet hem wel opschrijven, zijn handschrift lijkt nu nog onbeholpener en daarom denk ik dat het geschreven moet zijn nadat hij de rest van zijn hand verminkte en de pen met zijn halve duim moest manoeuvreren, de stumperige letters beven op het dunne, poreuze papier: *bestaat er een barmhartige lach?*

Moeder zei altijd tegen ons: ik heb hem genomen omdat hij me aan het lachen maakte.

En de volgende keer dat Arnold Nilsen in ons verhaal opduikt, vanaf zijn donkere vasteland, komt hij over de Kirkevei aangereden, in een glimmende, gele Buick Roadmaster Cabriolet. Het is de lente van 1949, bijna mei, de zon schijnt aan de beroemde hemel boven Marienlyst, er is nauwelijks ergens een schaduw te vinden, en iedereen die buiten is die ochtend blijft staan, behalve Vera, om naar deze auto te staren die langzaam langs hen glijdt, met kap en roodlederen bekleding, want aan deze kant van de stad heeft niemand ooit zo'n voertuig gezien, mevrouw Arnesen blijft midden op het kruispunt staan terwijl haar verwende zoon aan haar arm trekt en erachteraan wil rennen, de dominee draalt bij deze aanblik even op de trap van de kerk, huismeester Bang veegt het trottoir vanwege bevrijdingsdag en laat uit pure verbijstering zijn bezem vallen, en zelfs Esther hangt uit haar loket, haar ogen toegeknepen tegen het felle licht, en ze kan de kleine man achter het stuur zien, hij moet op een dik kussen zitten om hoog genoeg te komen, zijn zwarte haar ligt als een glanzende helm rond zijn hoofd, zijn neus staat scheef in zijn brede gezicht, hij is gekleed in een streepjespak en hij draagt witte handschoenen, zijn zomerhandschoenen, hij oogt als een buitenlander die verdwaald is. Maar Vera, onze moeder, laat zich niet van haar stuk brengen. Ze draagt in beide handen zware tassen, ze heeft boodschappen gedaan bij Boter-Pedersen en er is meer voor nodig dan een Amerikaanse slee om haar van haar apropos te brengen. Ze loopt met vaste tred en kijkt naar de grond, naar het stof en haar eigen schoenen, dat is een hebbelijkheid die ze zich heeft aangewend, ze ontmoet niemands blik omdat de blikken boosaardig en hautain worden als zij eraan komt, of ze wenden zich af en laten haar passeren in de plotselinge stilte die ontstaat tussen de glimlachjes. Ze weet wat ze denken. Ze denken allemaal net als de dominee, dat ze het met de vijand heeft gehouden, omdat ze niet kon uitleggen wie de vader van de bastaard was. Er zijn mensen die beweren dat ze haar in de oorlog in de ondergrondse of zelfs in de bossen op Bygdøy hebben gezien, samen met Duitsers, bezig met onnoemelijke activiteiten. Als De Oude zoiets hoort, dan recht ze haar rug, en het is haar koud om het hart als ze de desbetreffende persoon terechtwijst: 'Dan vergist u zich toch deerlijk. Maar ik begrijp dat u wél op beide plaatsen bent geweest!' En het is niet waar dat de tijd alle wonden heelt. De tijd bevriest de wonden tot open littekens. Binnenkort is Esther van de kiosk de enige die haar nog groet. 'Wat een patser!' zegt ze hoofdschuddend. 'Ik geloof warempel dat hij op een kussen zit om beter gezien te worden!' Vera zet de boodschappennetjes neer. 'Wie?' 'Wie! Zag je die auto niet?' Esther wijst en Vera ontdekt de open Buick die op de hoek van de Suhmsgate geparkeerd staat en het donkere, gladde hoofd dat net boven de rug van de stoel uitkomt, het ziet er bijna komisch uit. Esther trekt Vera naar zich toe. 'Hij rijdt vast illegaal', fluistert ze. 'Tenzij hij een handelsreiziger is, natuurlijk.' 'En nu heeft hij vast geen benzine meer', zegt Vera, net zo zachtjes. 'Net goed!' constateert Esther. 'Als hij denkt dat hij naar Fagerborg kan komen en ons kan paaien met pommade en een automobiel! Maar als hij nylonkousen verkoopt, mag hij blijven!' Ze lachen en Esther vouwt een zakje kandijsuiker dicht dat ze aan Vera geeft. 'Hoe gaat het met Fred?' vraagt ze. Vera zucht. 'Hij is in ieder geval opgehouden met krijsen.'

Arnold Nilsen ziet in de spiegel dat de jonge vrouw een bruin zakje in haar jaszak stopt, de boodschappennetjes optilt en langzaam over het trottoir naar het kruispunt loopt waar hij geparkeerd staat. Ze kijkt naar de grond, denkt hij. Ze kijkt naar haar oude schoenen en dikke kousen. Haar gebogen nek is wit en dun. Hij huivert en veegt snel het zweet van zijn voorhoofd, wikkelt een haarlok rond zijn vinger en op het moment dat ze langsloopt, buigt hij zich over de passagiersstoel. 'Zal ik u helpen met uw veel te zware last, juffrouw?' vraagt Arnold Nilsen. Maar Vera antwoordt niet. Ze loopt gewoon door, langs het kruispunt en langs huismeester Bang, die haar zonder iets te zeggen met zijn ogen volgt. En Arnold Nilsen zit niet zonder benzine. Hij rijdt langs het trottoir en haalt haar in. 'Zou u ten minste in mijn richting willen kijken', zegt hij. Maar Vera is standvastig, ze geeft niet toe, ze kijkt naar de grond, ze loopt rechtdoor, ze is bijna thuis. Dan leunt Arnold Nilsen met zijn hele gewicht op de claxon en het klinkt als een fanfare en een misthoorn, Vera krimpt ineen en verliest haar ene netje en Arnold Nilsen is de auto al uit voordat ze zich heeft kunnen bukken en hij raapt het voor haar op. Hij houdt het netje vast en maakt een diepe buiging. 'Ik zag u al bij Majorstuen. En ik kon mijn ogen niet van u afhouden. Mag ik u nu een lift aanbieden?' Vera is in de war en boos, maar vooral in de war, zulke praatjes heeft ze nog nooit gehoord, en ze weet dat iedereen in de Kirkevei hen ziet, en degenen die hen nu niet zien, krijgen het bijtijds te horen van huismeester Bang, die glimlachend op zijn bezem leunt, want hij kan binnenkort nieuwe hoofdstukken toevoegen aan zijn geruchten. 'Ik woon hier', zegt Vera haastig. 'Maar dan ben ik op het laatste nippertje gekomen', zegt Arnold Nilsen en hij pakt haar het andere netje ook af en loopt met haar mee de hoek om. Bij de deur blijft Vera staan. 'Hartstikke bedankt', zegt ze en wil de netjes terugpakken, maar Arnold Nilsen geeft het niet op. Hij buigt weer diep en loopt met haar mee naar de eerste verdieping en als ze die bereikt hebben, gaat Vera in de deuropening staan. 'Hartstikke bedankt', zegt ze nogmaals, verbaasd over zichzelf, en de kleine man met het zwarte, glanzende haar zet de volle boodschappennetjes op de mat, trekt de handschoen van zijn linkerhand, maar geeft haar zijn rechter, met de handschoen nog aan. 'Een oorlogswond belet mij u mijn hele arm te tonen', fluistert hij. 'Mijn naam is Arnold Nilsen.' Vera pakt zijn hand, de handschoen is glad en dun en ze voelt dat er in de handschoen iets hards zit, iets wat zich niet laat buigen, stijve, vierkante vingers, ze huivert. 'Mijn excuses voor mijn opdringerigheid,' gaat hij verder, 'maar u was zo mooi dat ik niet zomaar langs kon rijden.' Vera bloost en laat zijn dode hand los. Ze hoort iemand de trap op komen. Het zijn Boletta en Fred. Ze blijven één overloop lager staan en zodra Fred Arnold Nilsen in het oog krijgt, begint hij te krijsen, hij krijst erger dan ooit, er zit zoveel lawaai in de magere jongen dat niemand begrijpt waar hij het vandaan haalt, maar zij die het zich nog herinneren zijn niet vergeten hoe Vera schreeuwde, en misschien heeft het kind dat ze droeg het gehoord en besloot het zijn moeder na te apen. Fred krijst en Boletta moet uiteindelijk haar hand op zijn mond leggen. Dan bijt hij en nu is het Boletta's beurt om te vloeken en even plotseling wordt het weer stil. Boletta verstopt haar hand achter haar rug en Fred staat daar met dat duistere in zijn ogen en zijn strakke lippen en er loopt een druppel bloed over zijn kin. De deur achter Vera gaat wijdopen en De Oude steekt haar warrige kapsel naar buiten. 'Wat is hier in 's hemelsnaam aan de hand?' Vera wendt zich tot Arnold Nilsen. 'Dit is mijn overgrootmoeder', zegt ze. 'En daar beneden staat mijn zoon, Fred, met zijn grootmoeder.' Arnold Nilsen maakt een buiging in alle richtingen en moet even nadenken, hij moet zich herstellen, tijd winnen, terwijl hij zijn handschoen aantrekt en Vera in de ogen kijkt. 'Het is me een genoegen met uw familie kennis te maken. Als ik me niet vergis zijn hier maar liefst drie moeders, twee grootmoeders, een overgrootmoeder, twee dochters en één zoon, en allemaal familie van elkaar!' Vera ontmoet zijn blik en moet ook even nadenken. Dan lacht ze, en Boletta en De Oude kijken elkaar aan, allebei even verbaasd, want ze kunnen zich nauwelijks herinneren wanneer Vera voor het laatst gelachen heeft, en Arnold Nilsen kust haar hand en loopt de trap af. Hij blijft staan voor Fred, die daar verbeten en duister staat. Boletta trekt hem tegen zich aan. Fred stribbelt tegen. 'Heb je die auto buiten gezien?' vraagt Arnold Nilsen. Fred zwijgt. 'Die heeft een kap die je kunt dichtdoen als het regent.' Fred zwijgt nog steeds. 'Hij start even snel als een vliegmachine en is helemaal uit Amerika komen rijden.' Fred haalt een hand over zijn kin en veegt het bloed weg. 'Je mag wel een stukje meerijden, als je moeder dat goedvindt', zegt Arnold

Nilsen en hij loopt verder de trap af. Ze horen de deur die dichtslaat en de auto die vlak daarna start. Dan holt Boletta naar Vera toe. 'Wie was dat?' fluistert ze. En De Oude vraagt hetzelfde. 'Wie was dat schepsel in godesen 's hemelsnaam?' 'Hij heeft me alleen maar helpen sjouwen', zegt Vera. 'Hij heet Arnold Nilsen.' Ze draait zich om naar Fred, die beneden op de overloop is blijven staan. 'Mag dat, moeder?' vraagt hij.

Arnold Nilsen komt twee dagen later terug. Hij heeft bloemen meegenomen die hij voor de deur zet. Hij belt niet aan. Hij laat het boeket daar gewoon staan en voor zichzelf spreken. De Oude vindt het, als ze van de staatsdrankwinkel komt met genoeg Malaga om vier jaar vrijheid te vieren. Ze tilt het boeket op, telt eenentwintig bosanemoontjes en neemt ze mee naar binnen. 'Voor wie kunnen die nou zijn?' vraagt ze. Vera bloost weer, ze kan nog blozen, en wil de bloemen van haar afpakken, maar De Oude houdt haar op afstand. 'Er zit geen kaartje bij. Ze kunnen net zo goed voor mij zijn. Of misschien wel voor Boletta.' 'Praat geen onzin', zegt Vera en ze windt zich op. 'Geef dat aan mij!' Maar De Oude laat deze zeldzame kans op een onverwacht pleziertje niet zomaar lopen. 'Boletta!' roept ze. 'Heb jij een geheime bewonderaar die anemoontjes op de deurmat legt?' Boletta schudt haar hoofd en Vera holt om De Oude heen om het boeket te pakken te krijgen en rukt het uiteindelijk uit haar handen met een plotselinge razernij die de stilte opeens weer op hen doet neerdalen. Vera schikt de bloemetjes in een blauwe vaas die ze in het raamkozijn zet. Daar blijft ze naar buiten staan kijken. Boletta krijgt weer de telegraafziekte en gaat naar bed. De Oude proeft de Malaga om te kijken of die het waard is gedronken te worden. Dat is het geval en ze neemt haar glas mee naar Vera. 'Is het nu jouw beurt om te wachten?' fluistert ze. 'Ik wacht op niemand', zegt Vera beslist. 'Dat is misschien maar het beste.' De Oude kust haar op haar wang. 'Die bloemen zien er wat geradbraakt uit', zegt ze. 'Maar hij heeft ze vast zelf geplukt.'

Ik heb ooit Esther gevraagd, toen moeder en ik de kleine kiosk in de portiek tegenover de kerk van haar hadden overgenomen en zij een gedeelde tweepersoonskamer had gekregen in de Prins August Stichting in de Storgate, wat er eigenlijk gebeurde, die dag dat Arnold Nilsen vanaf Majorstuen door de Kirkevei kwam aanrijden. 'Gebeurde?' zei Esther. 'Gebeurde er dan iets?' 'Ja, dat kun je wel stellen. Hij ontmoette mijn moeder.' Esther keek me aan, in een plotseling, helder moment. 'De liefde is toevallig, nietwaar', zei ze. Ik glimlachte. 'Is dat zo?' Ze haalde haar schouders op en ik zag dat ze weer wegzonk in de duisternis. 'Je vader was geen goed mens', fluisterde ze. 'Ook al had hij die verdomde nylonkousen bij zich.'

Want als Arnold Nilsen de volgende keer in de Kirkevei opduikt, op bevrijdingsdag maar liefst, heeft hij een plat pakje in de zak van zijn colbert en dat legt hij niet voor de deur neer, hij belt resoluut aan en hoopt dat de simpele bloemen zijn pad hebben geëffend. De Oude doet open. 'Kijk eens aan', zegt ze en laat hem binnen. Arnold Nilsen maakt een buiging. 'Het is misschien wat veel verlangd dat ik me op deze dag aan u opdring. Maar toch vraag ik u onomwonden of uw kleindochter thuis is?' 'Hier is iedereen thuis', antwoordt De Oude. Arnold Nilsen draait zich om, de deuren tussen de kamers staan open, en achter in de eetkamer ziet hij Boletta en Vera en Fred aan de gedekte tafel zitten waar de vlammetjes van de kaarsen nauwelijks zichtbaar zijn in het zonlicht dat door de hoge ramen valt en de ruitjes bijna doet trillen. Ze kijken naar Arnold Nilsen en er gaat een schok door hem heen bij deze aanblik, Vera, haar zoon, haar moeder, de bosanemoontjes die hij zelf heeft geplukt, hij moet een hand voor zijn ogen houden, hij huilt, of de zon en het stralend witte tafelkleed verblinden hem. Dan loopt De Oude met hem mee naar binnen en hij krijgt een plaats aan hun tafel.

Het is een poosje stil. Fred gooit zijn glas om en wil weer gaan krijsen. Boletta legt een servet op de vlek en Vera moet naar de keuken om een doekje te halen. Dan vraagt De Oude: 'Wat brengt u eigenlijk hierheen?' Arnold Nilsen is even overrompeld, hij staat met de mond vol tanden en is in verlegenheid gebracht. 'Ik ben hier omdat u mij hebt binnengelaten', zegt hij ten slotte. De Oude fronst haar voorhoofd, verbaasd over dat antwoord. Boletta kijkt hem aan. 'Waarom trekt u uw handschoenen niet uit?' Arnold Nilsen zucht. 'Omdat ik jullie je eetlust niet wil ontnemen. Mijn rechterhand is als een ster ontploft door een Duitse mijn in Finnmark.' 'Laat zien', zegt Fred. Maar op dat ogenblik komt Vera terug, ze veegt de gemorste limonade van de vloer en De Oude verliest haar geduld. 'We gaan nou geen grote schoonmaak houden! We hebben gasten!' Vera gaat eindelijk weer zitten en ze haalt zo diep adem dat ze bijna de kaarsen uitblaast. 'Bedankt voor de bloemen', zegt ze. 'Ze stonden daar maar nutteloos te zijn, dus heb ik ze geplukt', zegt Arnold Nilsen. De Oude wendt zich tot Boletta. 'Hij praat als een roman die we ooit in de kachel hebben gegooid', fluistert ze, maar zo luid dat iedereen het kan horen.

Vera buigt het hoofd en gooit ook bijna haar glas om, maar Arnold Nilsen lacht luid. 'Dat is een waarheid als een koe', zegt hij. 'Ik spreek namelijk maar liefst drie talen vloeiend. Noors, Amerikaans en Røsts!' Ze kijken hem aan. 'Røsts?' vraagt Vera. Arnold Nilsen neemt de tijd. 'Als je de wind vertaalt in mensentaal en daar muziek en vervolgens kleur aan toevoegt, dan kom je in de buurt van mijn moerstaal.' Arnold Nilsen wordt weemoedig en melancholiek. 'Ik ben geboren op een stip ver in de zee, die Røst heet', zegt hij zachtjes en zonder dat zangerige in zijn woorden. Dan herinnert Arnold Nilsen zich dat hij iets heeft meegenomen. Hij haalt het pakje uit zijn zak en legt dat voor Vera op tafel neer. 'Een cadeau voor de vrouwen van de familie', zegt hij en kijkt langdurig de tafel rond. Vera haalt voorzichtig het papier eraf en zelfs De Oude buigt zich naderbij en ze worden stil en deemoedig als ze zien wat het is. 'Wat is het?' vraagt Fred. Het zijn drie paar nylonkousen, uit Denemarken. Vera houdt ze omhoog, ze zijn zacht en voelen prettig aan onder hun vingers. 'Hartstikke bedankt', zegt ze en dat is alles wat ze weet uit te brengen. Ze kijkt naar Arnold Nilsen, die zich koestert in hun grote, kinderlijke dankbaarheid. Boletta wil ook voelen, en De Oude schenkt een glas Malaga in dat ze over de tafel schuift. 'Maar waar leeft u van?' vraagt ze. 'U leeft toch niet uitsluitend van bosanemoontjes en nylonkousen?' 'Ik leef van het leven', zegt Arnold Nilsen. De Oude is ook nu niet tevreden met zijn antwoord. 'Leeft u van het leven?' herhaalt ze. 'Levert dat nog wat op?' Arnold Nilsen kijkt naar het overvolle glas dat voor hem staat. 'Dank u wel, maar ik ben helaas vandaag ook met de auto.' Hij laat het glas staan en draait zich om naar Fred, die niet krijst, maar terugkijkt met een duistere koppigheid. 'Heb je het trouwens aan je moeder gevraagd?' Fred knikt. Arnold Nilsen legt de kapotte hand op zijn schouder. 'En, mocht het?'

Ze rijden de heuvel op naar de Frognerseter, Arnold Nilsen zit op zijn kussen en houdt nauwlettend de wijzertjes op het dashboard in de gaten, want je mag je niet verder dan 25 kilometer van je woonplaats verwijderen, en vandaag is de Kirkevei in Oslo zijn woonplaats, en hij wil een rechtschapen man zijn. Maar 25 kilometer is lang genoeg voor een rit vandaag, het is een avontuur, het is een reis om de wereld, en Vera en Fred zitten op de achterbank, de kap is naar beneden en ze zitten in de wind, in het licht, in de snelheid. Arnold Nilsen stopt bij het beroemde uitzicht, haast zich plechtig om de auto heen en maakt het portier open voor Vera. Ze gaan op het bankje zitten, terwijl Fred op de achterbank moet blijven. Er gaat een hele poos voorbij zonder dat er iets gezegd wordt. Ze kijken liever naar de stad die onder hen ligt in een waas van zonlicht. De vlaggen wapperen hoog op alle huizen. Er is vier jaar verstreken sinds het einde van de oorlog. 'Nu komen er betere tijden', beweert Arnold Nilsen en hij schuift dichter naar haar toe. Vera schuift eerst weg, maar hij komt achter haar aan, en ze laat hem begaan en uiteindelijk zitten ze dicht tegen elkaar aan, hij heeft er spijt van dat hij niet aan haar andere kant is gaan zitten, want dan had hij de handschoen van zijn gezonde hand kunnen trekken en misschien zijn vingers door haar haren hebben kunnen halen. 'Bedankt', zegt Arnold Nilsen. Want nu was er bijna geen stuk bank meer over om op weg te schuiven. En Vera lacht, ze geeft zich over, en ik wil graag geloven dat deze lach een soort verliefdheid was, of opluchting, de lach verbond haar met deze kleine man die van een stip in de zee kwam, de lach overstemde al het andere, wiste de duisternis in haar uit, ze kon lachen, en misschien was dit wel de lach waar Arnold Nilsen al die jaren naar gezocht had, de barmhartige.

Dan staat Fred voor hen. 'Laat je hand eens zien', zegt hij. Arnold Nilsen schuift een stukje bij Vera vandaan en kijkt naar de magere, koppige jongen. Dan trekt hij voorzichtig en uiterst langzaam zijn handschoen uit. Hij heeft de vingers ervan opgevuld met stukjes hout zodat ze toch rechtop staan, alsof hij zijn hele hand heeft losgemaakt en die op zijn schoot heeft gelegd, en aan het uiteinde van zijn arm is niets anders overgebleven dan een bobbelige, grijze reep huid, bijeengesnoerd met grove steken, en een halve duim zonder nagel, een nutteloos uitgroeisel. Vera moet haar handen voor haar ogen slaan. Fred buigt zich voorover en wil de kapotte hand graag aanraken, maar voor hij zover komt is Vera opgestaan, bruusk en ongeduldig, en ze trekt hem kordaat weer mee naar de auto. Arnold doet haastig zijn handschoen aan en loopt achter hen aan. 'Mijn allerinnigste excuses voor mijn domheid', fluistert hij en buigt het hoofd. 'Ik wil niet dat hij nachtmerries krijgt', zegt Vera snel. 'Het was mijn fout.' 'Absoluut niet', protesteert Arnold Nilsen. 'Ik was onmiskenbaar degene die de triestte resten van mijn handdruk toonde. Hoe kan ik het weer goedmaken?' Daar geeft Vera geen antwoord op. In plaats daarvan kijkt ze hem aan en ze glimlacht. En die glimlach geeft hem de moed om haar iets te vragen, terwijl Fred op de voorbank mag gaan zitten. 'Ik zag geen man in huis', zegt Arnold Nilsen. 'Dat heb je dan goed gezien', zegt Vera. 'Heeft de jongen geen vader?' Nu wendt Vera zich van hem af. Fred houdt het stuur vast en maakt geluiden die eerder op die van een dier lijken dan op die van een motor. 'Nogmaals vergiffenis', smeekt Arnold Nilsen.

Ze rijden weer naar de stad. Het begint te betrekken. De wolken jagen voorbij. Vera heeft het koud. Fred zit op de voorbank naar de snelheidsmeter te staren. En dan komen ze een andere auto tegen, een zwarte Chevrolet Fleetline Deluxe, ze passeren elkaar langzaam en remmen. Arnold Nilsen stapt uit, de andere chauffeur, een lange, jonge man met blond haar en een sjaaltje om zijn nek, komt ook tevoorschijn, ze groeten elkaar en de twee mannen lopen om de auto's heen en scheppen op, ze strelen met hun vingers langs de glimmende sierstrips, ze doen de motorkappen open en hoeven niets meer te zeggen, ze knikken alleen maar, ingewijd, ze snappen elkaar, ze maken deel uit van de broederschap van de Amerikaanse paardenkrachten, en Arnold Nilsen heeft opeens een groot, intens gevoel erbij te horen, hij kan zich niet herinneren eerder zoiets gevoeld te hebben, niet sinds hij de tent van Mundus binnenstapte. Hij ziet ook dat er een mooie vrouw in de Chevrolet zit, ze glimlacht vermoeid en gelukkig naar hem door het openstaande zijraampje, ze is zwanger en de stoel biedt haar nauwelijks genoeg plaats. Dan rijden ze elk weer verder en ze zullen elkaar nooit meer ontmoeten, maar ze zullen in dezelfde stad blijven wonen, ze zullen hun levens daar leiden, hun wrange en verwoeste levens, want ze zullen allebei worden getroffen door een groot ongeluk. Het jonge, onbekende paar in de Chevrolet zal het hunne al in de volgende bocht ontmoeten, terwijl Arnold Nilsen nog vele jaren moet wachten voordat hij wordt ingehaald, zoals dat heet, door datgene wat sommigen het lot noemen, maar wat net zo goed wiskunde kan heten, of zoals ik later tegen Peder zei, toen ik mijn idee introduceerde van wat ik als de volkomen dramaturgie zie: 'Het was niets anders dan de symmetrie van de hink-stapsprong.'

Zodra Arnold Nilsen weer achter het stuur zit, begint het te regenen. Dat komt hem goed uit. Nu heeft hij een goede reden om nog een wonder te laten zien. Hij maakt een draaiende beweging met zijn stijve handschoen, om de aandacht te trekken, en met de andere drukt hij een knop op het dashboard in. De kap sluit zich langzaam boven hen. Fred houdt zijn adem in. Vera klapt in haar handen. Arnold Nilsen is tevreden over zijn voorstelling en zijn publiek. 'Nu kunnen we droog naar huis rijden', zegt hij en schakelt. Vera draait zich snel om, en ziet de rode remlichten van de andere auto die op het natte asfalt weerschijnen en in de regen achter hen verdwijnen. 'Rij voorzichtig', fluistert ze. 'Het is glad op de weg.'

En Arnold Nilsen rijdt hen voorzichtig naar huis. De Oude en Boletta staan voor het raam als hij op de hoek parkeert. Ze zien dat Fred van de voorbank stapt en het portier achter zich dicht duwt, maar de twee anderen blijven in de auto zitten. 'Nu vraagt hij of ze voor morgen iets kunnen afspreken', zegt De Oude. Boletta draait zich naar haar om. 'Denk je dat het serieus is?' De Oude zucht. 'Zij kan niet meer van de bovenste plank kiezen. En hij ook niet.' 'Sst!' zegt Boletta. Arnold Nilsen steekt een sigaret aan met de elektrische aansteker. 'Ik hoop dat ik je niet afgeschrikt heb met mijn halve hand', zegt hij zachtjes. Vera schudt haar hoofd. Arnold Nilsen rookt eerst zijn sigaret op voor hij weer iets zegt. De tabak is droog en schroeit zijn keel. 'Ik ga morgen graag weer een stukje rijden', verklaart hij. 'Ik ook', zegt Vera snel. 'Ik kan je helaas niet bij mij thuis uitnodigen. Ik logeer voorlopig in een armetierig pension.' Vera leunt tussen de stoelen door naar voren. 'Pension?' Arnold Nilsen kijkt naar buiten. Fred drukt zijn neus tegen het raam. De regen klettert naar beneden. 'Cochs Hospits. Tot ik iets voor mezelf vind. Maar lege huizen groeien tegenwoordig niet aan de bomen.' Arnold Nilsen zucht. 'Ik heb de hele stad afgezocht en op elke advertentie gereageerd sinds ik terug ben uit Amerika. Zelfs in de hotels hebben ze geen plek voor mij! Maar in New York woonde ik in het Astoria! Heb je wel eens van het Astoria gehoord?' 'Nee', zegt Vera. 'Daar droegen ze je koffer tot je deur en de suites hadden vier kamers op een rij!' Hij slaat met zijn gezonde vuist op het stuur. 'Bij Cochs wonen we met drie man op één kamer! Eentje drinkt iedere nacht en houdt ons alle twee wakker.' Hij zwijgt en kijkt beschaamd naar zijn hand. Vera zit stil na te denken. 'Ik zal met moeder praten', zegt ze ten slotte. Arnold Nilsen kijkt op en draait zich naar haar om. 'Wat zeg je?' 'Ik zal ook met De Oude praten', voegt ze eraan toe. Hij glimlacht. Zijn gezicht splijt in een brede glimlach, hij vergeet zichzelf en legt de verkeerde hand op haar arm. 'Maar goed dat ik zo klein van stuk ben', zegt hij. 'Ik kan op een kussen in het raamkozijn liggen!'

In juni verhuist Arnold Nilsen naar de Kirkevei. Dat baart opzien; een Buick op de hoek en een man in het vrouwenappartement. In het begin slaapt hij op een smalle matras in de hal. Hij staat om zeven uur op, drinkt zijn koffie, loopt naar zijn auto en komt om halfzes thuis. Ze weten niet goed wat hij doet en hij vertelt hun er niets over. 'Nu gaat hij eropuit om van het leven te leven', bauwt De Oude hem na en ze schudt haar hoofd, maar diep in haar hart kan ze het toch niet laten om hem aardig te vinden. Hij loopt nooit in de weg. Hij is schoon en netjes. Hij slaapt zonder geluiden. Hij stopt elke week geld in de huishoudpot. Hij draagt het vuilnis naar de binnenplaats. En 's zondags neemt hij hen mee voor een autoritje, naar Nesodden en de fjord, of de andere kant op, naar de bossen en de meren. Fred zit voorin en de vrouwen hebben achterin alle ruimte. Ze hebben koffie en zoete broodjes bij zich en overal waar ze komen blijven mensen staan om de elegante Buick na te kijken en Arnold Nilsen zwaait naar iedereen. En 's avonds maakt hij Vera aan het lachen. Boletta heeft in het geheim navraag naar hem gedaan op het Telegraafkantoor. Hij heeft nergens over gelogen. Hij komt van het eiland Røst op de Lofoten, zijn vader was visser en ze hebben nooit telefoon gehad. In juli wordt hij bevorderd naar de eetkamer en slaapt hij op de bank daar. De Oude en Boletta kibbelen in het meidenkamertje en Fred slaapt bij zijn moeder. Op een nacht wordt Arnold Nilsen wakker omdat de jongen naar hem staat te staren. Misschien staat hij al een hele poos zo. De magere schaduw in het donker is stram en vastberaden. Hij zegt niets. Dat is nog bijna het ergste. Arnold Nilsen komt overeind. 'Wat wil je?' vraagt hij. Fred geeft geen antwoord. Arnold Nilsen wordt onrustig. 'Je hoeft niet bang te zijn', fluistert hij. Maar hij begrijpt meteen dat de jongen niet bang is. Dan had hij niet zo gestaan, in het donker, naast de divan. Hij is eerder boos, bedreigend. Arnold Nilsen zoekt naar woorden, de man die de meeste mensen van de sokken kan kletsen, zoekt in al zijn taal naar de juiste zin om te zeggen tegen een jongetje van nauwelijks drie jaar oud. Hij praat nog zachter. 'Ik zal je moeder niet van je afpakken, Fred.' Hij steekt zijn arm zonder hand uit. Fred beweegt zich niet. Hij blijft maar staan staren, zwijgend, verbeten, dan loopt hij geruisloos terug naar zijn moeders slaapkamer.

Arnold Nilsen slaapt die nacht niet meer. En als de wekker gaat, staat hij niet op, hij blijft liggen. Even later hoort hij iemand voor de deur, een onrust, ze praten zacht en snel, alsof ze geen besluit kunnen nemen, en uiteindelijk steekt Vera haar hoofd om de hoek van de deur. 'Ben je ziek?' vraagt ze. En Arnold Nilsen draait zich om naar de muur opdat ze niet zal zien dat hij bijna moet huilen, omdat iemand zich om hem bekommert, iemand zich afvraagt hoe het met hem gaat, en die zorgzaamheid brengt hem bijna van zijn stuk. 'Ik neem vandaag vrij', fluistert hij.

Vera doet zachtjes de deur dicht en brengt dit bericht over. Arnold Nilsen is gezond. Hij wil alleen vrij nemen. Ze weten niet goed waarvan hij dan vrij neemt. Maar hij blijft daar op de bank liggen en neemt vrij. Boletta gaat naar het Telegraafkantoor. Fred gaat naar beneden, naar de binnenplaats. De Oude en Vera wassen tafelkleden. 'Als hij leeft van het leven, dan zal hij dus ook wel vrij nemen van het leven.' zegt De Oude. Vera zegt sst! 'Niks sst! Ik gebruik alleen zijn eigen woorden. Heeft hij tegen jou iets gezegd?' De Oude trekt zo hard aan het tafelkleed dat Vera haar evenwicht verliest en zich aan haar grootmoeder moest vastgrijpen. 'Iets gezegd?' 'Ja, wat hij doet. Wat hij heeft gedaan. Wat hij van plan is te gaan doen! Hij zal toch wel niet alleen poëzie in je oortjes fluisteren!' Vera gaat op de rand van het bad zitten. 'Ik vraag hem niets. En hij vraagt mij niets.' De Oude zucht en legt het tafelkleed op haar schoot. 'Laten we hopen dat hij niet ook een nachtman is.'

Er staat ontbijt klaar voor Arnold Nilsen als hij de keuken in komt. Het is stil in het appartement. Hij is alleen. Dit is de eerste keer dat hij alleen in het huis is. Hij wordt weer onrustig. Hij neemt zijn kop koffie mee naar het raam en kijkt naar de binnenplaats. Vera en De Oude hangen wasgoed op, grote, witte tafellakens die ze uitrekken en over de lijnen gooien en vastzetten met knijpers die ze in een zak om hun middel dragen. Arnold Nilsen ziet het. Het is een gewone ochtend, zomer 1949, de zon vult bijna de hele binnenplaats, een paar jongens repareren een fiets bij de poort, de manke huismeester staat er met de rug naartoe en vult een emmer met water, en op de achtergrond van dat alles hoor je iemand een simpel melodietje op een piano spelen, steeds maar weer. Vera en De Oude lachen als een windvlaag die hier verdwaald is het laken dat ze tussen zich in hebben omhoog blaast en hen bijna optilt. Arnold Nilsen ziet het allemaal. Hij is deze ochtend een getuige. Hij is getuige van deze menselijke beslommeringen, een emmer die gevuld moet worden, een fiets die gerepareerd moet worden, tafellakens die in de zon moeten drogen. De eerste onrust is van hem afgegleden. In plaats daarvan verbaast hij zich, en dat is een ander soort onrust, hij verbaast zich over alle dingen die hij zichzelf aan het toe-eigenen is. Hij is een man op de rand van zijn jeugd, die heeft hij bijna gehad, hij nadert de dertig en de wereld om hem heen wordt almaar kleiner. Dit is zijn wereld en hij is er getuige van. Hij moet alles wat geweest is vergeten en opnieuw beginnen te herinneren. Dan ziet hij dat Fred in het enige hoekje zit dat nog in de schaduw ligt. Hij zit daar te staren. Hij scheurt deze ochtend aan flarden. Vera roept hem. Fred verroert zich niet. Ze roept nogmaals. Maar Fred blijft zitten, in zijn donkere hoekje, en wanneer dat langzaam volloopt met licht, slaat hij zijn handen voor zijn ogen.

Dan wordt er aangebeld. Arnold Nilsen zet zijn koffiekopje neer en aarzelt. Hij woont hier niet. Zijn naam staat nog niet op de deur. Er wordt weer gebeld. Hij kijkt naar de binnenplaats, waar De Oude op haar hurken voor Fred zit en hem vasthoudt. Arnold Nilsen loopt naar de hal en doet open. Het is Arnesen. Hij doet alsof hij verbaasd is. 'Zijn de dames niet thuis?' vraagt hij. 'Die zijn beneden was aan het ophangen. Ik kan ze halen.' Maar Arnesen wuift met zijn hand en is al langs hem heen gelopen. 'Ik weet de weg.' Hij zet zijn koffertje voor de klok op de vloer, haalt de sleutel tevoorschijn en wendt zich tot Arnold Nilsen. 'Ze zeggen dat u de eigenaar bent van de nieuwe auto.' Arnold Nilsen knikt. Arnesen glimlacht. 'Hoeveel paardenkracht heeft zo'n motor?' '150.' '150? Allemachtig. Ja, dan kan hij harder rijden dan wettelijk toegestaan is.' Arnold Nilsen lacht. 'Een snelle auto kan ook langzaam rijden', zegt hij. 'Dat is een waarheid als een koe. Als je niet voor de verleiding bezwijkt. En dat kan iedereen gebeuren. Als niemand het ziet, bedoel ik.' Daar zegt Arnold Nilsen niets op. En nu is Arnesen degene die lacht. 'Nee maar, nu sta ik hier in de baas z'n tijd te praten zonder mezelf voor te stellen. Arnesen, verzekeringsagent.' Hij steekt zijn hand uit, pakt de stijve handschoen beet en laat die meteen weer los, er gaat een rilling door hem heen. 'Ongeluk?' vraagt hij. 'De oorlog', antwoordt Arnold Nilsen. Arnesen glimlacht, draait hem zijn rug toe, trekt het laatje onder de klok open en verzamelt het geld in een leren zakje dat hij in zijn koffer stopt. Arnold Nilsen ziet dat zijn vingers soepel en snel zijn, hij heeft dit eerder gezien, maar hij weet dat niemand snel genoeg is, dat je altijd door iemand ontmaskerd zult worden, vroeg of laat, je maakt een fout en laat alles op de grond vallen, je trilt een beetje en je arm wordt weggeblazen. 'Is dat uw vrouw, die pianospeelt?' vraagt hij. Arnesen schuift het laatje weer dicht en kijkt hem aan. Hij glimlacht niet meer. 'Hebt u er last van?' 'Absoluut niet.' 'Maar misschien vindt u dat ze een nieuwe melodie zou moeten instuderen?' 'Dat was nog niet bij me opgekomen.' 'Als u hier lang genoeg blijft wonen, komt die gedachte vanzelf bij u op.' Arnold Nilsen haalt een bankbiljet uit zijn jaszak en laat dat in de koffer vallen. 'Dan ben ik nu ook verzekerd', zegt hij. Arnesen klapt de deksel dicht. 'Ja, dat kon u wel eens nodig hebben', zegt hij.

Arnesen trekt zich met een buiging terug, maar hij steekt zijn hand niet meer uit, hij heeft de valse vingers al gevoeld. Arnold Nilsen blijft bij de ovale klok staan, die staat op zes minuten over negen. Dan hoort hij de anderen in de keuken. Hij loopt naar hen toe. 'Arnesen heeft de premie opgehaald', zegt hij. De Oude kijkt om zich heen. 'Ja, ik voelde al dat het hier koud was', fluistert ze.

Fred holt naar de hal, klimt op een stoel en schudt de klok. Er komt geen geluid, alleen Fred die lacht, krijst bijna, terwijl hij de klok maar blijft schudden, en De Oude moet hem ten slotte uit zijn vingers rukken en de wijzers weer goed zetten. Arnold Nilsen pakt nog een bankbiljet en geeft dat aan Fred. 'Dat mag jij hebben, om in het laatje te stoppen.' Fred kijkt naar het gekreukelde, blauwe papier. 'Ik wil geld hebben', zegt hij. Arnold Nilsen lacht en pakt in plaats daarvan een munt, waar hij hard in bijt alvorens hem aan Fred te geven. 'Deze hoor je wél als hij op de bodem valt.' Fred wrijft het muntje lang over zijn broekspijp en stopt het dan in zijn zak. 'Die moet je in de klok doen', zegt Vera. 'Zodat er niks met ons gebeurt.' Fred schudt zijn hoofd en wil weglopen. Vera houdt hem tegen. 'Je kunt in ieder geval bedankt zeggen. Zeg hartstikke bedankt, Fred!' 'Het geeft niet', verzekert Arnold Nilsen haar. Maar Vera heeft het zich in haar hoofd gezet, Fred moet bedanken. 'Zeg hartstikke bedankt!' roept ze. 'Anders moet je het geld teruggeven!' Fred knijpt zijn mond dicht, balt zijn vuist diep in zijn zak en wringt zich los. 'Zeg hartstikke bedankt!' roept Vera en laat hem niet gaan. Dan komt De Oude tussenbeide. 'Laat die jongen toch', zegt ze en stopt voor hen allemaal geld in de klok.

Diezelfde avond halen Boletta en Vera de droge was op. De zon staat laag aan de andere kant en heeft het licht uit de binnenplaats getrokken. Ze dragen de mand naar de mangel in de kelder, stoppen het eerste kleed tussen de rollers en moeten met z'n tweeën draaien. Als het volgende kleed er ook doorheen is gehaald en gladgestreken is, vraagt Boletta: 'Is er iets met Fred gebeurd?' Vera rust uit op de slinger. 'Ik kan niet meer met hem praten. Hij luistert niet meer naar me.' Boletta vouwt het kleed op en legt het in de mand. 'Hij is gewoon in de war', zegt ze. 'En dan word je snel boos', zegt ze. Vera moet bijna huilen, ze houdt haar hand voor haar mond. 'Misschien is het beter als Arnold verhuist', fluistert ze. Boletta glimlacht. 'O, daar dacht ik helemaal niet aan.' Ze legt haar arm om haar dochter heen. 'Fred is er niet aan gewend je te horen lachen.'

Dan komt iemand door de gang gelopen en ze weten meteen wie het is, een schoen blijft bij elke stap een beetje achter, vertraagd en uit de maat, en schraapt over de stenen vloer. Hij blijft in de deuropening staan. Het is huismeester Bang. Hij laat zijn blik rusten op de stapel tafellakens. 'Tafellakens kun je nooit genoeg hebben', zegt hij en dat is alles wat hij in eerste instantie zegt. Boletta keert hem de rug toe en spat water op het laatste kleed dat door de mangel moet. Huismeester Bang laat zijn blik naar Vera dwalen. 'Zal ik helpen draaien?' Vera schudt haar hoofd. 'Nee, dank je.' Hij glimlacht en komt naderbij. 'Er zijn nu natuurlijk meer mensen om voor te dekken.' Vera trekt wat ze kan aan de slinger en het kleed verdwijnt tussen de rollen. 'Het zal wel een geruststellend gevoel zijn eindelijk een man in huis te hebben', gaat huismeester Bang verder, langzaam. Boletta draait zich bruusk om en hun gezichten raken elkaar bijna. 'Maak dat je wegkomt, met die poot van je!' Huismeester Bang hinkt achteruit, sprakeloos en verongelijkt, en haast zich verder de kelder in. Boletta en Vera kijken elkaar aan, houden zo lang mogelijk hun adem in en barsten ten slotte in lachen uit. 'Het was alsof ik De Oude hoorde!' lacht Vera. Boletta moet op haar leunen en kan nauwelijks praten. 'O jee,' snikt ze, 'begin ik op mijn moeder te lijken!'

Als ze bovenkomen met de tafellakens ligt De Oude al in bed. Ze zegt dat ze zich suf en duizelig voelt, ze wil naar dokter Sand, Schulz' opvolger en tegenpool, een degelijke geheelonthouder die monddoekjes en patiëntenkaarten gebruikt. Ze heeft pijn in haar hoofd. Ze is misselijk tot in haar armen. 'Jij hebt me aangestoken, met je hoofdpijn en je blauwe ellebogen!' zegt ze tegen Boletta, en wil met rust gelaten worden. Dat gebeurt en de volgende ochtend staat De Oude al vóór de anderen op, ze bestelt een taxi en laat zich niet tegenhouden door Boletta en Vera, die haar horen telefoneren en willen helpen, ze wil niet dat iemand met haar meegaat en ze wil al helemaal niet in Arnold Nilsens auto gebracht worden. Nee, ze wil het laatste stukje zelf lopen, zoals olifanten waardig een stap opzij doen en gaan liggen om te sterven, om de rest van de kudde geen last te bezorgen. 'Je stelt je gewoon aan', snuift Boletta. 'Je mankeert niks!' Maar De Oude kijkt haar onheilspellend aan, loopt de trappen af naar de taxi en gaat op de achterbank zitten. Ze vraagt de chauffeur de hoek van de Jacob Aallsgate om te slaan en daar te stoppen. 'Dat is maar honderd meter', zegt hij. 'En ik betaal', zegt De Oude. Hij doet wat ze zegt. En ik had graag gezien dat dit dezelfde chauffeur was als degene die de taxi bestuurde waarin Fred geboren werd, maar dat was niet zo, zulke dingen gebeuren niet, en als het wel zo geweest was, dan had het verhaal misschien een wending genomen en was een heel andere kant op gegaan, of degene die ernaar luistert zou gedacht hebben dat het een leugen was, een verzinsel, en daardoor ook aan de rest van onze geschiedenis hebben getwijfeld en die waarschijnlijk voorgoed hebben weggelegd om andere, geloofwaardigere vertellingen te zoeken. Toch zou ik het gewild hebben, dat het dezelfde chauffeur was, want ik zou graag een gesprek tussen hem en De Oude hebben gehoord, misschien zou ze hem later op de dag bij haar thuis uitgenodigd hebben voor een kopje koffie of thee, ze hadden elkaar kunnen vertellen hoe het gegaan was sinds ze op het kruispunt van de Kirkevei en de Ullevålsvei stonden en er een bebloed mensenkind ter wereld kwam op zijn achterbank, en daarna zou hij Fred hebben kunnen begroeten, de jongen die hij gedoopt had, want had Fred niet die eerste naam gehouden die in die heilige taxi genoemd werd? Ja, dit is nou Fred. Maar deze chauffeur is een ander, een oudere man die voortdurend zijn vinger langs zijn warrige snor haalt die ook niet helemaal schoon is. 'Wachten we op iemand?' vraagt hij. 'Daar hoeft u zich voorlopig niet druk om te maken', zegt De Oude. Ze houdt de Buick in het oog, die op de andere hoek geparkeerd staat. Arnold Nilsen heeft zich nog niet vertoond. Ze wordt even ongerust. Misschien neemt hij vandaag ook vrij? De taxameter tikt door. Dan komt hij eindelijk, hij gaat achter het stuur zitten en draait de Kirkevei op. 'Wilt u nu zo vriendelijk zijn die auto te volgen', zegt De Oude en ze zakt zo diep mogelijk weg in haar stoel om onder geen beding gezien te worden.

Arnold Nilsen rijdt via Majorstuen de Bogstadvei af. Het regent zachtjes en hij heeft de kap dicht. Er staan een paar mensen met de handen in de zakken en gebogen hoofden te wachten voor de staatsdrankwinkel. De duiven op de Valkyrieplass stijgen als één vlucht op alvorens ieder naar een dakgoot te vliegen. De bakker draagt brood naar zijn bestelauto, de verse korsten dampen. De stad is wakker en slapeloos in de milde regen. En Arnold Nilsen rijdt nietsvermoedend door een nieuwe ochtend. Hij parkeert op een binnenplaats in de Grønnegate en loopt het laatste stukje naar Cochs Hospits. De Oude heeft de taxi bij de Parkvei laten stilhouden en ze ziet dat hij aanbelt en al snel wordt binnengelaten. Ze wacht. Ze heeft tijd genoeg. De taxameter geeft nu een ongehoord bedrag aan. Ze heeft geld genoeg. De chauffeur haalt zijn vinger onder zijn neus door. Maar geduld heeft ze niet genoeg. Ze betaalt en haast zich de straat over, naar de naargeestige ingang. Dit is Arnold Nilsens nooduitgang en achterdeur, denkt ze, zijn dekmantel. Of hij heeft iemand anders met wie hij zich vermaakt, dat kleine aftreksel van een man, en hij zal er hoe dan ook voor boeten. De Oude belt aan bij Cochs Hospits. De deur gaat open, op een kiertje, en een dikke dame met zware oogleden loert naar buiten. 'Ik moet naar Arnold Nilsen', zegt De Oude. De dame kijkt zorgelijk. 'Ken ik niet.' Ze wil de deur weer dichtdoen, maar De Oude is geenszins van plan om Cochs Hospits onverrichter zake te verlaten. Ze steekt haar schoen uit, grijpt de dame bij haar oor en draait dat om. 'U mag niet liegen tegen oudere vrouwen', sist ze. 'Laat me Nilsens kamer zien!' De Oude mag binnenkomen. Ze lopen een steile trap op naar iets wat op een receptie lijkt, een balie met asbakken en een oude krant en een bord waarop twee sleutels hangen. Het ruikt er naar tabak en beschimmelde matrassen. Drie mannen zitten in een kamer zonder ramen te kaarten en bier te drinken. Ze kijken naar De Oude, even onzeker, dan buigen ze zich weer over hun flessen, zwijgend. 'Hij zit in 502', zegt de dikke dame en ze wrijft over haar oor. 'Maar waarom hebt u dat niet meteen gezegd?' vraagt De Oude beminnelijk. 'Omdat onze gasten onbeperkte discretie wensen', zegt ze en tilt haar oogleden op. De drie mannen grinniken in het achterkamertje. 'Ja, dat wil ik wel geloven', zegt De Oude. 'Maar die is nu voor Arnold Nilsen niet onbeperkt meer!' En ze loopt door naar de vierde verdieping en komt in een lange, smalle gang met hoge ramen aan de ene kant en deuren aan de andere. Voor een ervan staat een paar schoenen. De Oude loopt langzaam door tot het einde van de gang en vindt nummer 502. Ze luistert eerst en hoort wonderlijk gefladder in de kamer, dat aanzwelt en wegsterft. Ze loert door het sleutelgat en ziet schaduwen voorbij schieten. De

Oude richt zich op en klopt hard aan. 'Ik wil niet gestoord worden!' roept Arnold Nilsen. 'Hoe vaak moet ik dat nog zeggen!' 'Nog één keer!' roept De Oude. Het wordt stil in kamer 502, doodstil. Dan doet Arnold Nilsen de deur open en hij kijkt haar aan, bleek en onverzorgd. 'Ja, dan moet je maar binnenkomen.' De Oude loopt langs hem heen en blijft staan. Het bed is opgemaakt. Er ligt allerlei gereedschap op de grond. Werktekeningen liggen uitgerold op de tafel voor het raam, waarvoor de gordijnen zijn dichtgetrokken. Het lampenkapje is van de lamp gehaald en het peertje schijnt fel alle kanten op. Er is verder niemand in de kamer. Maar midden in de kamer staat een hoge stellage met een propeller eraan die bijna op een scheve ster lijkt, en er voert een ladder naar boven. Arnold Nilsen sluit de deur. 'Je kijkt naar mijn windmolen', fluistert hij. De Oude draait zich naar hem om. 'Een windmolen? Heb je een windmolen verstopt in Cochs Hospits?' Hij zet het lampenkapje weer op zijn plaats en gaat bij het raam staan. 'Het kost tijd om hem af te krijgen', zegt hij. 'Met maar één hand.' De Oude loopt om de windmolen heen en weet niet of ze teleurgesteld is of opgelucht. Ze is daarom in de war en gaat uiteindelijk op het bed zitten. 'Maak je hem zelf?' vraagt ze. Arnold Nilsen laat haar onmiddellijk de tekeningen zien, maar zij begrijpt niets van deze geometrie en duwt hem weg. 'Jullie hebben hier in het zuiden geen verstand van wind', zegt hij. 'Want jullie weten niet wat wind is! Jullie denken dat er wind staat als het een beetje ruist in het Frognerpark. Niks hoor!' Hij klimt een paar treden de ladder op, zwengelt het wiel aan en weer hoort ze dat geluid, dat gefladder, en De Oude moet achteroverleunen om niet aan haar hoofd geraakt te worden. Arnold Nilsen lacht. 'De wind is als een mijn, een mijn onder de hemel! En daar kun je het zuiverste vloeibare goud halen dat er maar bestaat.' Plotseling wordt hij ernstig en komt weer naar beneden. 'Je bent niet ziek', fluistert hij. 'Je bent mij gevolgd.' 'Natuurlijk!' zegt De Oude. 'Ik wilde zien wat voor een man jij eigenlijk bent!' 'Jij dacht dat ik naast Vera nog iemand had, of niet soms?' De Oude antwoordt niet. Arnold Nilsen gaat naast haar zitten. 'En in plaats daarvan tref je mij hier aan met een windmolen! Wat voor man ben ik dan nu volgens jou?' De Oude staat op en loopt naar het raam. 'Heb je wel eens gehoord van de olifanten in de berggebieden van Deccan?' vraagt ze. Arnold Nilsen schudt zijn hoofd. 'Dat is boven in India. De trein rijdt daar tussen de grenzen heen en weer en moet een grote hoogvlakte over waar kuddes olifanten rondtrekken. Op een keer overreed de locomotief een olifantenjong. Luister je wel, Arnold Nilsen?' Hij knikt en het zweet spat van zijn voorhoofd. 'Ja. Ik hoor alles wat je zegt en nog meer.' 'Goed zo! Want toen de trein weer terug moest, stond de olifantenmoeder op dezelfde plek te wachten. En toen de trein kwam, viel ze de locomotief aan. Ze viel een locomotief en 25 wagons aan. Want ze wilde haar dode kind wreken. Ze wilde de hele trein omvergooien.' De Oude gaat weer naast hem zitten. 'Wie denk je dat er won, Arnold Nilsen?' vraagt ze. Hij antwoordt niet meteen. En als hij antwoord geeft, is dat op een andere vraag. 'Misschien is het daarom dat een haar uit een olifantenstaart geluk brengt', fluistert hij. De Oude blijft een hele poos zwijgend zitten. 'Ik weet niet wat voor een man jij bent, Arnold Nilsen. Ik weet alleen dat je voorzichtig moet zijn met Vera en Fred. Ze zijn kwetsbaar, allebei. Is dat begrepen?'

In augustus verhuist Arnold Nilsen naar Vera's slaapkamer, met al zijn pakken die hij achter in de kast hangt, achter haar jurken. Hij gaat stilletjes naast haar liggen in het tweepersoonsbed. Hij staart naar het plafond. Hij glimlacht. Misschien denkt hij dat de groene zon eindelijk hoog genoeg gestegen is om hem te beschijnen. Hij haalt diep adem, geroerd en verbaasd, en proeft een zoete, zware smaak in zijn mond. 'Ik geloof dat het hierbinnen naar Malaga smaakt', fluistert hij. En Arnold Nilsen draait zich om naar Vera, die hem laat komen.

In september trouwden ze, in de kerk van Majorstuen. Vera had liever gewild dat de inzegening ergens anders plaatsvond, omdat dezelfde dominee daar nog steeds zat. Daarover zei Arnold Nilsen bedaard: 'Al wilde die kwezel Fred niet dopen, hij kan ons niet weigeren naar het altaar te gaan! In dat geval zal ik hem en zijn hele parochie aanklagen bij de koning en de regering en bij wat nog erger is!' Het regende die zaterdag. Aanwezig waren De Oude, Boletta, Fred, Esther, huismeester Bang, Arnesen en drie vermoeide mannen uit Cochs Hospits. De dominee las de tekst gejaagd en nurks voor en staarde vol afschuw naar Vera's witte jurk. En Vera ontmoette zijn blik, koppig, glimlachend, maar toen Arnold Nilsen de ring waar ze voor Rakel op zou passen aan haar vinger schoof, boog ze haar hoofd, tot grote tevredenheid van de dominee, en huilde, en ze wist dat er niet zoiets als pure vreugde bestaat en dat dat misschien de reden is dat we lachen.

In maart werd ik geboren. Ik kwam met mijn voeten eerst ter wereld en bezorgde mijn moeder hevige pijnen.

BARNUM

(DE DOOP)

'Barnum?' De dominee legde zijn pen neer en keek moeder aan, die aan de andere kant van zijn bureau zat met mij op schoot. 'Barnum?' herhaalde hij. Moeder gaf geen antwoord. Ze wendde zich alleen tot vader, die langzaam zijn hoed tussen zijn vingers ronddraaide. 'Ja', zei vader. 'U hebt het goed gehoord. Dat hebben wij besloten. De jongen gaat Barnum heten.' Misschien huilde ik toen net een beetje. En moest moeder mij troosten. Moeder zong in het kantoor van de dominee. De dominee pakte zijn pen weer op, ongeduldig, en schreef iets op een vel papier. 'Is Barnum eigenlijk wel een naam?' vroeg hij. Vader zuchtte zachtjes over zoveel onwetendheid. 'Barnum is net zo goed een naam als alle andere', zei hij. De dominee glimlachte. 'U komt uit Noord-Noorwegen, Arnold Nilsen?' Vader knikte. 'Van Røst, mijnheer Sunde. Daar waar Noorwegen ophoudt.' Ik huilde niet meer en moeder hield op met zingen. De dominee stond op. 'Misschien zijn ze daar in het noorden wat vrijer in het gebruik van namen. Maar hier in het zuiden zijn er grenzen.' Vader lachte. 'Barnum is geen Noord-Noors verzinsel, waarde dominee. Het is Amerikaans.' De dominee trok een boek uit de kast achter hem. Daar bladerde hij in, op zoek naar iets. Moeder schopte vader tegen zijn scheen en knikte naar de deur. Vader schudde zijn hoofd. De dominee ging zitten en legde het boek op tafel. Vader boog zich naar voren. 'Moet je met de bijbel overleggen?' De dominee gaf geen antwoord. Hij las hardop voor: 'Het is verboden een naam te kiezen die een last kan worden voor degene die hem moet dragen.' Ik begon te huilen. Moeder wiegde me en neuriede. De dominee sloot het boek en keek op, met strakke kaken. 'De naamgevingswet van 9 februari 1923.' De hoed draaide niet meer rond in vaders handen. 'Maar is het niet zo dat een naam alleen niemand schande kan brengen?' vroeg hij. Daar had de dominee geen weerwoord op. In plaats daarvan zei hij: 'Ik verzoek jullie een andere naam te zoeken voor die arme jongen.' Moeder was al opgestaan en ze liep naar de deur. 'Het is geen arme jongen!' zei ze. 'En nu gaan we!' Vader bleef nog even zitten. 'Dit is al de tweede keer dat u zich onwillig opstelt tegenover mijn kinderen, dominee', fluisterde hij. De dominee glimlachte. 'Uw kinderen? Bent u de vader van allebei?' Vader zette zijn hoed op zijn hoofd. Zijn ademhaling deed pijn in zijn borst en hij vervloekte zijn scheve neus. 'Er zijn meer dominees!' fluisterde hij. 'Maar slechts één God, en één wet', zei de dominee. Vader sloeg de deur hard achter zich dicht toen ze wegliepen, maar op de gang werd moeder moedeloos. 'Kunnen we hem niet gewoon iets anders noemen?' huilde ze. Vader wilde er niet van horen. 'Hij zal Barnum heten, verdomme!' Nu krijste ik weer. En vader schopte de deur van het kantoor van de dominee weer open en stak zijn hoofd en hoed naar binnen. 'Wij hadden thuis een buurman die Elendius heette!' riep hij. 'Dat had beter bij jou gepast!'

Die nacht sliep vader niet. Hij bleef zitten tobben. Hij ijsbeerde door de woonkamer en hield de rest van ons ook wakker. Hij sloeg een paar keer met zijn vuist op tafel en praatte hardop met zichzelf. Daarna was het een hele poos stil. En toen het ontbijt klaar was, stond hij in de keuken, uitgeput maar vastberaden, en hij wilde niet gaan zitten. 'Toen ik mijn ouders verliet heb ik een bericht voor hen achtergelaten', zei hij. 'Dat ik terug zou komen als de tijd gekomen was. Of nooit. En nu is de tijd gekomen.' Moeder liet de lepel met de pap die ze in mijn mond probeerde te wurmen in de lucht hangen. Ze keek op. Boletta zette haar theekopje neer en De Oude moest Fred vasthouden zodat hij stilzat. 'Wat bedoel je?' vroeg moeder. Vader haalde diep adem. 'De jongen wordt op Røst gedoopt!' zei hij.

Vader was twee dagen lang verdwenen. Hij moest eerst iets regelen. De derde ochtend kwam hij thuis, in een zwart maatpak, een lichte jas, glimmende schoenen en met een kapsel met een net zo glimmende lok op zijn voorhoofd. Hij kuste moeder en wapperde met een stapeltje tickets. 'Pak je koffer en maak je klaar!' We vertrokken diezelfde avond nog, met de nachttrein naar Trondheim. Boletta, De Oude en Fred brachten ons naar het Østbane-station. Moeder huilde in de vertrekhal. Fred kreeg van vader een melkchocoladereep, die hij meteen op de rails gooide. Ach, hadden ze me niet gewoon Arne kunnen noemen, Arnold junior of Wilhelm de tweede! Maar nee, ik moest Barnum heten en we moesten naar Røst om dat in de kerkregisters ingeschreven te krijgen. Een conducteur droeg de koffer naar het slaaprijtuig. Toen ging er een schok door de locomotief en moeder hing uit het raam om te zwaaien terwijl mijn vader mij in zijn armen hield. En ik kan nog steeds die geur ruiken, die ik nu ontleed, stukje bij beetje, als een chemicus in het laboratorium der herinneringen:

haarwater dat zich vermengt met het zoetige parfum van zijn ruwe wang, de intense vleug tabak van zijn stijve handschoenen en het vage zweet van zijn krappe boord, al die dingen die opgaan in een hogere eenheid, in de wrange formule van de perrons: afscheid. Ik sliep en kon dit niet weten. Ik viel nog buiten de herinnering. Ik sliep bij moeder in de onderste couchette en vader zat op de rand en schroefde de dop van een zakflacon en schonk een borrel in een waterglas. Dat gaf hij aan moeder, die alleen maar wilde ruiken. Vader dronk alles zelf op en ontspande. 'Nu zal de jongen zijn rechtmatige naam krijgen', zei hij. 'En ik zal de draad weer oppakken.' Hij schonk zijn glas nog eens vol en dronk dat ook op. 'Proost, liefje. Laat dit ook onze verlate huwelijksreis zijn.' Moeder pakte zijn kapotte hand en fluisterde, want ik sliep nog steeds en moest niet wakker worden: 'Weten ze dat we komen?' Vader voelde plotseling pijn in de vingers die er niet meer waren. 'Ze?' 'Je ouders, Arnold.' 'Ik weet niet eens of ze nog wel leven', fluisterde hij. En vader liet zich op de vloer zakken en bleef zo zitten, op zijn knieën, tegen moeders borst geleund. 'Ik ben bang, Vera. Ik ben zo bang.'

In Trondheim regent het. Moeder draagt mij de trein uit. Een conducteur brengt de kinderwagen en daar word ik in gelegd. Vader heeft de angst achter zich gelaten. Hij geeft de conducteur een bankbiljet en klopt hem op zijn schouder. 'Ik kan de koffer wel met de andere vracht vervoeren', zegt de conducteur en hij stopt het geld snel in zijn pet. 'Graag.' Vader duwt hem op weg en later ruilt hij de lege zakflacon voor een paraplu met een man die wacht tot het café opengaat. 'Wat voor vracht?' vraagt moeder. 'O, gewoon een cadeautje', lacht vader en hij klapt de zwarte paraplu boven ons open en zo duwen ze mij door de brede straten naar de kade. Daar ligt de lijnboot klaar. Moeder wordt bleek. Nu is zíj bang. 'We hoeven toch zeker niet in die tobbe te varen?' fluistert ze. Maar vader heeft nu geen tijd om te antwoorden, want een houten kist van minstens vier bij vier met een dik touw eromheen wordt aan boord gehesen, hij slingert in de windvlagen en kiepert bijna uit de kabels. 'Voorzichtig, verdomme!' brult hij. En uiteindelijk wordt de kist veilig op het dek gevierd, de boot schommelt nog meer, de passagiers die langs de reling staan applaudisseren en vader maakt een diepe buiging, alsof hij deze kostbare last zelf heeft opgetild met zijn anderhalve hand.

De kapitein wijst ons persoonlijk onze hut. Die is klein en laag en de golven drijven langs de patrijspoort. Vader neemt hem apart. 'Hoelang blijven we in Svolvær liggen?' vraagt hij. 'Eén uur', antwoordt de kapitein. 'Uitstekend', zegt vader. En de kapitein nodigt de familie Nilsen uit voor het diner aan zijn tafel, om zes uur diezelfde avond. Maar moeder wordt zeeziek in haar hele lijf voordat we de Trondheimsfjord uit zijn en Fosenlandet ronden en de steven eindelijk naar het noorden wenden. Vader staat aan dek, in de luwte van de grote houten kist waar zijn naam met rode verf opgeschreven staat. Hij staat onder de zwarte paraplu. De angst die hij achter zich had gelaten, haalt hem weer in. Hij kan bij de volgende kade aan land gaan en verdwijnen. Hij is al eerder verdwenen. Nee, het is te laat. Hij heeft zijn poolnacht gehad. Dat weet hij. Nu is hij zichtbaar. Nu is het juni. Ze zetten koers naar de zon. Ze varen de regen uit, de zon in. Hij begint plotseling te lachen en gooit de paraplu overboord, die drijft schuin weg als een gescheurde aalscholver en verdwijnt achter de golven, want wie is er ooit naar Røst teruggekomen met een herenparaplu in zijn hand, dat moet dan een zot of een spook geweest zijn, die niet wist dat de enige paraplu die ooit op Røst de wind getrotseerd heeft baleinen van heilbotgraten had en overtrokken was met het vel van vier zeewolven. Vader legt zijn oor tegen de kist en meent daarbinnen een zwak geruis te kunnen horen. Dan loopt hij naar de hut. Moeder ligt in de smalle kooi. Het zweet gutst van lichaam. 'We gaan om zes uur aan de kapiteinstafel eten', zegt vader. Moeder geeft over. En als moeder overgeeft, doe ik hetzelfde, alsof ik nog niet helemaal van haar losgekomen ben. We geven samen over en vader krijgt het druk. Hij haalt een kamermeisje dat de lakens verschoont, de vloer boent en twee emmers bij het bed neerzet. Moeder is uitgeput en leeg. Ze kan mij met moeite vasthouden. 'Kom mee naar boven', zegt vader. 'Het zijn de wanden die je zeeziek maken.' 'Sst', fluistert moeder. Vader droogt haar gezicht af met zijn zakdoek. 'Je moet de golven zien om ertegen te kunnen', zegt hij. Moeder kreunt. 'Waarom hebben we de auto niet genomen?' Vader wordt onrustig en veegt het zweet van zijn eigen voorhoofd. 'Omdat er niet genoeg benzine is en bovendien is de auto in de werkplaats. En verder ligt er nog steeds geen asfalt op de zeestraat van Moskenes.' Moeder glimlacht vaag. 'Dat waren drie antwoorden, Arnold. En dan weet ik dat je jokt.' Vader lacht. 'En dan weet ík dat jij binnenkort weer gezond bent!' Hij staat op en kijkt neer op moeder en mij. Misschien ziet vader nu dat ik op hem zal gaan lijken, afgezien van mijn ogen, die zijn blauw. Het is een moment van blijdschap en bezorgdheid, triomf en verdriet. 'Ik zal vragen of de kapitein het eten naar beneden stuurt', fluistert hij. 'Nee, ga maar naar hen toe', zegt moeder. 'Alsjeblieft.' En vader doet wat ze wil. Arnold Nilsen neemt plaats aan de kapiteinstafel. Hij eet moten heilbot met botersaus en drinkt een flesje bier. Hij praat luid en Amerikaans met een paar toeristen en toost met iedereen. 'Wat brengt u naar het noorden?' vraagt de kapitein. 'Ik ga mijn zoon laten dopen', antwoordt vader. De kapitein steekt een sigaret op en kijkt naar vaders handschoenen. 'Dan is dat misschien een kerk, die u in de kist hebt?' Vader glimlacht. 'Ja, dat zou je kunnen zeggen.' Meer verraadt hij niet. Hij is niet van plan de nieuwsgierigheid met meer antwoorden te belonen. Eén waarheid is genoeg voor vandaag. Hij geniet ervan geheimzinnig te zijn, een goedgekleed raadsel dat meerdere talen spreekt. Hij houdt zijn mond. Ze krijgen koffie. De tafel deint. De schoteltjes glijden naar de rand. Een fles valt om. De lampen flakkeren. De kapitein is niet tevreden over het gesprek. 'Wilde uw echtgenote niet met ons eten?' vraagt hij. 'Ze kan helaas niet tegen de golven', antwoordt vader. Dat was nog een waarheid, denkt hij meteen. En twee waarheden is er vaak één te veel, wanneer ze elkaar met zo weinig tussenruimte opvolgen. Hij had beter een leugentje kunnen vertellen, of onbeleefd kunnen zijn en zwijgen. Want de kapitein is meteen bezorgd. 'Er is een dokter aan boord die misschien naar de jonge moeder zou kunnen kijken', zegt hij. 'Dat is absoluut niet nodig', smeekt vader. Maar de kapitein klapt al in zijn handen. 'Dokter Paulsen!' roept hij. En een oude, magere man, met een sleetse overhemdkraag, een barst in zijn ene brillenglas en maar twee knopen aan zijn vest, draait zich langzaam om aan de tafel achter in de hoek, terwijl hij zijn stoel achteruitschuift, en het is alsof hij opstaat vanuit een andere plaats in de tijd en hij door de jaren en uren kijkt die in de duisternis liggen. Zijn mond beeft. 'Wie?' mummelt hij. De kapitein wenkt hem. 'Hierheen, dokter!' Vader buigt zich over zijn koffiekopje. Hij weet niet waarom, en hij vervloekt zichzelf, maar de angst haalt hem weer in, hij kan hem niet afschudden, de angst is sneller dan hij. Dit is waar hij tegen opgezien heeft. Dit is waar hij naar uitgekeken heeft: de herkenning. Maar het zou niet zo moeten gebeuren, niet op deze manier, zo bescheiden en miezerig. Hij wil triomf en weergaloze verbazing. Dokter Paulsen komt naar hen toe, wankelend op de schuine vloer. Hij blijft staan. De kapitein trekt hem dichterbij. 'We hebben een zeezieke vrouw met een klein kind aan boord, beste Paulsen. Welke raad is volgens jou de beste in deze kwestie?' De oude dokter begint plotseling te lachen. Dat is hoogst ongepast. Het is de beschonken lach, die nooit weet waarom hij lacht en die uiteindelijk om zichzelf lacht. Arnold Nilsen durft op te kijken. 'Vindt u het grappig dat mijn vrouw onwel is?' De dokter hoest en veegt zijn natte mond af met zijn mouw. 'Van zeeziekte is nog nooit iemand doodgegaan, mijne heren. Zeeziekte is niet meer dan een flinter van het menselijke onbehagen. Voordat men aan de bewegingen van het schip gewend is.' Arnold Nilsen wordt overmoedig. 'Een hoedenpen in het hart wil misschien wel helpen', zegt hij. Dokter Paulsen is verbaasd, doet zijn bril af, staart Arnold Nilsen aan, zet hem weer op. 'Ik zou eerder droog, hard brood aanbevelen en een half glas wijn.' Hij buigt en loopt terug naar zijn tafel. Arnold Nilsen, mijn vader, lacht, hij heeft het overleefd, hij is nog niet herkend. 'Is dat de scheepsdokter die ons een bezoekje bracht?' zegt hij. De kapitein schudt zijn hoofd. 'Nee, dokter Paulsen is zelf ziek', fluistert hij. 'Hij is voor onderzoek in Trondheim geweest. Hij is helaas stervende.' Dokter Paulsen is tussen de tafels blijven staan, hij draait zich om en kijkt nogmaals naar Arnold Nilsen, alsof ook hij iets door het gebarsten brillenglas kan ontwaren, een schaduw, een knoop van tijd die zich ontwart. 'Uw echtgenote zal zich wel redden', zegt hij. 'Maar het kind wil ik voor de zekerheid graag zien.' Vader zet zijn kopje hard neer. 'De jongen mankeert niks. Hij heeft geen dokter nodig!' De kapitein loopt om de tafel heen. 'Het is waarschijnlijk het beste als u doet wat de dokter zegt. We verwachten een nog hogere zeegang.' Ze lopen samen naar de hut. Moeder gaat meteen rechtop in bed zitten, verbaasd en woedend wanneer ze de vreemde man ziet. Vader heeft droge sneetjes brood bij zich en een slokje rode wijn. Hij loopt snel naar haar toe. 'De dokter van het schip heeft zich bereid verklaard te kijken of Barnum nadelige gevolgen heeft ondervonden van de golven', zegt hij. Moeder haalt haar handen door haar stugge, warrige haar en bedekt haar schouders. 'Hij mankeert niks', fluistert ze. Maar dokter Paulsen buigt zich al over de wagen waarin ik lig. Hij slaat het dekentje opzij. Hij drukt zijn vinger op mijn buik, laat los en blijft een hele poos naar mij staan kijken, zwijgend. Moeder wordt onrustig. Vader wil iets zeggen. Dan begint dokter Paulsen opeens te huilen. Hij staat over de kinderwagen gebogen te snikken. Vader pakt de oude man bij de schouder en duwt hem naar buiten, en wanneer hij weer binnenkomt zit moeder op de rand van het bed met mij in haar armen, ze heeft bleke wangen. 'Waarom huilde hij?' fluistert ze. 'De dokter was aangeschoten', zegt vader. 'Hij vroeg innig om excuus.' 'Ken je hem?' Vader doopt het harde brood in de wijn en geeft dat haar. 'Nee', zegt hij. En moeder kauwt tot ze nogmaals moet overgeven. Daarna houdt vader haar in zijn armen. 'Ik was als kind elke dag zeeziek', zegt hij. 'Dat heeft mijn maag gehard en mijn geest nederig gemaakt.' Vader pinkt een traan weg uit zijn ooghoek. 'De dokter zei bovendien nog dat hij zelden zo'n welgeschapen kind had gezien.' Moeder zwijgt. De golven slaan tegen de romp. Het schip vaart een nacht verder naar het noorden en de nacht verliest zijn grip en laat het licht worden. We slapen nauwelijks. 'De poolcirkel is een grens in je hoofd', fluistert vader. 'Voel je dat we die passeren?' Maar moeder voelt niets, alleen een grote vermoeidheid, een intense afwezigheid, haar hersenen hebben geen bloed meer, en ik bevind me buiten de schaal van de breedtegraden, ik ben mijn eigen korte liniaal, nog steeds naamloos en op weg naar mijn doop. Wanneer het schip de kade van Bodø verlaat, gaat vader weer aan dek. Dokter Paulsen staat beneden op de steiger, krom en beverig. Hij tilt zijn hand op. Dan draait hij zich voor de laatste maal om en verdwijnt in het licht onder de stad. Het is vroeg in de ochtend, de zon schijnt. De Vestfjord schittert, hij ademt, een brede, langzame golf die zichzelf voortduwt. Hij ziet de bergen aan de overkant oprijzen, in een blauwe nevel, alsof ze hun houvast kwijt zijn en ergens tussen hemel en aarde zweven. Hij heeft dat eerder gezien, toen hij in tegengestelde richting reisde. Hij moet zich vasthouden. Hij is zelf ook bezig los te raken, te vallen. Het is te laat om om te keren. De opluchting die hij een poosje gevoeld heeft, wordt tot onverschilligheid en lijkt op een soort roes. De kapitein roept hem vanaf de brug. 'Hoe gaat het met vrouw en kind?' 'Die worden gehard', roept vader. De kapitein lacht en loopt het stuurhuis binnen. De bergwand van de Lofoten wordt dichterbij getrokken. De meeuwen hangen als een krijsende wolk rond het schip. In Svolvær haast vader zich aan land. Na een uur is hij nog niet terug. De scheepsbel klinkt voor de derde maal. De kapitein wordt onrustig. De kade staat vol mensen, die zich verbazen over deze vertraging. Ze liggen al een kwartier achter op de dienstregeling. Twee snelle jongens krijgen de opdracht Arnold Nilsen te zoeken, die korte man met zijn zwarte, gladde haar in een lok op zijn voorhoofd, lichte jas en handschoenen. Ze vinden hem niet, noch in de cafés, noch in het hotel of de visfabriek. Er is een halfuur te veel verstreken. De kapitein geeft het bevel de loopplank in te trekken en de trossen los te gooien. Hij vloekt. Is hij de rest van de reis opgezadeld met een verlaten, zeezieke echtgenote en een zuigeling, of moet hij hen ook aan land zetten? Hij vloekt weer en dan gebeurt er iets bij de pakhuizen. De mensen gaan opzij en maken plaats. De stemmen worden zachter. Het geroep verstomt. Hoeden en petten worden afgezet. Arnold Nilsen komt er eindelijk aan. En hij komt niet alleen. Arnold Nilsen heeft de oude dominee bij zich. Hij lijkt niet meer op een zwart zeil in de storm. Hij is nu slechts een smalle wimpel in de zon en hij kan Arnold Nilsen nauwelijks bijhouden, die moet blijven staan en hem mee moet trekken. De loopplank wordt meteen weer uitgeschoven en de kapitein helpt de oude dominee persoonlijk aan boord en zet hem in de dichtstbijzijnde stoel. Hij draait zich om naar Arnold Nilsen. 'Is uw vrouw er zo slecht aan toe?' vraagt hij glimlachend. Arnold glimlacht ook en spreekt in raadselen. 'Als ik een kerk bij me heb, moet ik toch ook een dominee hebben', zegt hij. Dan loopt hij naar de hut om moeder te halen, die mij het licht in draagt. 'Zeg gedag tegen mijn oude vriend', zegt hij. 'Hij is de beste dominee in deze contreien en van de rest van het land!' Moeder kijkt gegeneerd naar de tengere man, die uit zijn stoel opstaat en langzaam zijn hand uitsteekt en mijn hoofd aanraakt. Ik zweer het, ik voelde een schok, een schok die ook mijn moeder treft, en ze maakt een buiging, ze houdt mij vast en maakt een knix voor deze grijsaard, die bijna geen stem heeft maar wel heldere, alerte ogen en een kruis om zijn nek. 'Ik heb te veel gezongen', fluistert hij. 'Ik probeerde de storm te overstemmen.' 'Is u dat gelukt?' vraagt moeder. 'Nee', zegt de oude dominee. En dit is de boog, de boog tussen huilen en lachen, gespannen in de glimlach van de oude man, wanneer hij het zo zegt: 'Ik zal uw kind met genoegen dopen.'

Ze blijven aan dek staan, terwijl het schip langs de steile bergwand vaart. Moeder is nu rank en sterk en ik slaap, uitgeput door de wind en de schokken. Moeder wankelt zelfs niet als de boeg de zee-engte van Moskenes met zijn maalstroom doorsnijdt. Ze is gehard. Nu is het vaders beurt om week te worden. Hij ziet de vuurtoren. Hij ziet de Nyken-rotseilandjes. Hij leert moeder de vele namen van de vogels, om zijn angst van dat moment te vergeten. Hij ziet de witte eilandjes die de bakens van de aalscholvers zijn. Hij komt dichterbij. Hij is achttien jaar weggeweest. Hij weet niet wat hem daar straks te wachten staat. Maar ze wachten daar op hem. Wanneer het schip afmeert aan de kade van het vlakke eiland, dat door de stormen en het zout in het zeegat is afgeschaafd, is er nauwelijks een staanplaats over op de smalle kade. De geruchten zijn sneller gevaren dan het schip. De golven hebben hun berichten voortgerold. De wind heeft zijn telegrammen gestuurd. Arnold Nilsen trekt mijn moeder tegen zich aan. 'Wat ruik ik toch?' zegt ze. En vader is blij dat ze dat vraagt, het geeft hem de tijd om rechtop te staan, alles te herkennen. 'Stokvis, liefje. Het parfum van de netten.' Moeder ziet de vis die aan rekken hangt, overal, als in een grote, wonderlijke tuin waar vreemde vruchten aan wanstaltige bomen drogen. Moeder zei later dat ze die lucht nooit meer kwijtraakte, die zette zich vast, in haar haren, haar huid, onder haar nagels, in haar kleren, die ging mee toen ze weer vertrokken, en die kon haar op elk willekeurig moment doen overgeven, terwijl hij haar andere keren liet dromen, wild en ongehoord. Maar nu beginnen de mensen die op de kade staan te wachten ongeduldig te worden. Wil Arnold Nilsen niet aan land komen? Is hij alleen maar gekomen om zijn gezicht te laten zien, weer om te draaien en hen voor gek te zetten? En dan roept plotseling iemand: 'Het Wiel is thuis! Het Wiel is weer thuis!' En nu roepen ze allemaal. Ze roepen om Het Wiel. Ze zien dat hij in de lengte niet erg zijn best heeft gedaan, maar dat heeft hij in de breedte vrijwel goedgemaakt. Arnold Nilsen sluit zijn ogen, slikt, slikt het stekende licht, de straffe wind weg, pakt moeder bij de hand en dan lopen ze de loopplank af. Ik word wakker. Ik ruik de stank ook. Ik heb daarna nooit meer vis kunnen eten. Ik huil. Moeder troost me. Vader groet, hij schudt sommigen de hand, de gezichten glijden voorbij, ze staren evenzeer naar de stadse dame, de jonge stadse dame met de dunne schoenen en het huilende kleine kind. Vader blijft staan, kijkt om zich heen. 'Aurora en Evert', fluistert hij. 'Waar zijn Evert en Aurora?' Maar niemand krijgt de tijd te antwoorden, want nu wordt de enorme kist op de kade neergezet, Arnold Nilsen heeft niet alleen vrouw en kind bij zich, hij heeft ook een kist meegenomen die net zo groot is als een botenhuis. 'Moet je die niet openmaken?' vragen de allernieuwsgierigsten en dat is bijna iedereen. Arnold Nilsen lacht. 'Het is nog geen Kerstmis', zegt hij. En hij trekt moeder mee, hij wil naar huis, hij heeft het achttien jaar uitgesteld, hij wil naar huis, hij wil zijn ouders zien, Aurora en Evert, dat moet eerst gebeuren. Dan verspert een oude, glimlachende man hem de weg en Arnold weet wie dat is, dat is de buurman, de man die ze Elendius noemden omdat hij altijd degene was die met het slechtste nieuws kwam, over schipbreuk, fabrieken die over de kop waren, ziekte, schapen die in de steenlawines omkwamen, verlate post en orkanen. Hij is geen dag ouder geworden, denkt Arnold, hij is altijd even oud geweest. 'Weet je het niet?' vraagt Elendius en hij neemt zijn pet af. Arnold Nilsen weet wat Elendius gaat zeggen, maar hij schudt zijn hoofd, hij weet het nog niet. 'Aurora en Evert zijn dood.'

En dan moet mijn vader, de halve zoon, eerst naar het kerkhof om echt thuis te komen. Hij loopt tussen moeder en de oude dominee in, hij duwt de kinderwagen, waar ik in lig, voor zich uit over de smalle steenslagweg die dwars over het eiland loopt, langs de toren voor zeelui en drenkelingen. We worden gevolgd door iedereen die Arnold Nilsen niet uit het oog wil verliezen en onder die laatsten is Elendius de eerste. De koster komt aangehold uit het rouwkapelletje en laat het juiste graf zien, wat je nauwelijks een graf kunt noemen, het is een scheef, witgeschilderd houten kruis dat in de dorre aarde tussen het onkruid bij de muur is gestoken. Er zijn twee namen in de plank gekrast: Evert en Aurora Nilsen. Vader zakt op zijn knieën, trekt zijn handschoenen uit en vouwt zijn handen. De oude dominee knielt ook en zelfs hij, die in zijn beroep zo'n beetje alles gezien heeft, schrikt wanneer hij Arnolds verminkte hand ziet. 'De dood en de doop', fluistert de dominee. 'Je bent gekomen in vreugde en verdriet.' Vader hoort hem niet. Hij staart naar de twee namen, met hetzelfde handschrift geschreven. Hij staat op. 'Zijn ze tegelijk gestorven?' vraagt hij. Meteen staat Elendius naast hem. 'Aurora is laat in de winter van '46 gegaan', zegt hij. 'Evert is haar met Pinksteren gevolgd. Toen de aarde genoeg ontdooid was om hen eronder te kunnen stoppen.' Arnold Nilsen knikt. 'Ja, we volgen degenen die we liefhebben', zegt hij en begint te huilen. Elendius kijkt naar beneden, naar de vingers die aan vaders hand ontbreken. 'Niemand kon je vinden om het je te laten weten', zegt Elendius. Vader wendt zich tot de koster en herkent hem, het is een van de jongens met wie hij samen grasmaaide, misschien wel de jongen die het breedst grijnsde toen de zeis te groot werd en de heuvel te steil. 'Ik wil een zichtbaar gedenkteken voor mijn ouders hebben', zegt vader luid, zodat iedereen het kan horen, terwijl hij zijn handschoen met de valse vingers weer aantrekt. 'Ik wil een sarcofaag die niet kleiner mag zijn dan de grootste stenen hier en die moet worden gevuld met zeezand en hun namen moeten er in marmer op staan!' De koster knikt. Iedereen knikt. Want zo moet het zijn. Het Wiel zal eindelijk zijn vader en zijn moeder eren. De wind waait in wilde vlagen tussen de kruisen door. Bloemen worden uitgerukt en hangen in onrustige boeketten op de graven. 'Dat kost wel een paar centen, zo'n mausoleum', zegt de koster. 'Ja, en laat het nog maar meer kosten!' roept vader. 'En stuur de rekening maar naar Arnold Nilsen, Oslo.' De mensen beginnen zo zoetjesaan het kerkhof te verlaten, langzaam en met trage passen, want ze willen graag horen waar Arnold Nilsen zijn intrek denkt te nemen, misschien gaat hij samen met de oude dominee naar hotel Fiskarheimen en krijgt hij vergeving van zijn zonden, of misschien zit er een caravan met raampjes en gordijnen in die geheimzinnige kist op de kade? Dan wil Elendius eindelijk en voor het eerst met goed nieuws komen. 'Jullie zijn van harte welkom om bij mij te logeren!' zegt hij zo hard hij kan. En de anderen willen niet voor hem onderdoen. Arnold Nilsen mag met zijn gezin bij iedereen logeren. Arnold Nilsen pakt mijn moeders hand, ontroerd, hij is bedrukt en opgewekt. 'Nee, beste vrienden. We gaan bij onszelf logeren!' Het wordt stil rond Arnold en de mensen slaan hun ogen neer, ze schudden hun hoofd en gaan elk huns weegs.

Het is zaterdag. Het is bijna avond en de avond is zonder duisternis maar vol wind. Morgen word ik gedoopt, in de nieuwe kerk, door de oude dominee. Ik ga Barnum heten. Vader wijst de weg terug, hij is dezelfde weg al zo vaak gelopen, hij kan het in zijn slaap doen, ook al zijn er telegraafpalen gekomen waartussen hij kan verdwalen, want hij hoeft alleen maar de geuren te volgen van de droge, broodmagere vis die voordat de vuren op midzomernacht worden aangestoken van de rekken wordt gehaald en naar het zuiden wordt gezonden, maar de geuren blijven hangen, net zoals hij de pijn in zijn afgehakte vingers maar niet kwijtraakt. Bij de fabriek nemen ze het pad langs de zeestraat. Arnold Nilsen heeft een zwaar gevoel in zijn borst. Hier zijn al een poos niet veel mensen geweest. Ze laten de kinderwagen staan bij de verzakte omheining en moeder draagt me verder. Ze verliest de hak van haar rechterschoen en zegt niets. Er is nergens beschutting tegen de wind. Vader sleept de koffer achter zich aan. 'Ze zouden koffers met wieltjes moeten maken', zegt hij. Moeder hoort het niet. Ze hoort alleen de wind en de snelle vogels die op hen neer duiken en zo dichtbij opzij zwenken dat ze de uiteinden van de vleugels tegen haar gezicht voelt. Ze stapt in een slenk en verliest haar andere hak ook. Ze krijgt zin om te huilen, om te keren, maar ze doet geen van beide. Want waar moet ze anders naartoe op een eiland als dit? Ze zal Arnold Nilsen naar huis volgen. En dan blijft hij staan. Daarginds staat op een lage aarden wal een huis. Nee, het zijn de restanten van een huis en misschien zelfs dat niet eens, het zijn de herinneringen aan een huis. Ze lopen ernaartoe. Het gras is hoog en wild opgeschoten. De ruitjes zijn gebroken. De deur klappert in de windvlagen. Een kinnebak op de stoep. Arnold Nilsen zet de koffer neer en aarzelt even. De hond, denkt hij. Tuss. Ze gaan naar binnen. Moeder moet haar hoofd buigen. Ze kijkt om zich heen. De koffiepot staat op het fornuis. Een klok is van de wand gevallen. Arnold hangt hem weer op zijn plaats, aan het haakje dat zijn vader had geslagen in het wrakhout dat ze langs de stranden vonden. De wijzers laten los en hangen loodrecht naar beneden achter het matte glas, er ligt ook een vlieg onder de zes. Hij zet een stoel recht. Hij raapt wat glassplinters op maar weet niet wat hij daarmee moet doen. In de hoeken ligt schapenpoep. 'Hier gaan we toch niet slapen?' fluistert moeder. 'Het komt wel goed', zegt vader. 'Het komt wel goed.' Dan loopt hij naar buiten, vindt de zeis achter het huis, slijpt die en begint het gras te maaien. Moeder staat met mij op de arm in de deuropening te kijken naar deze man, Arnold Nilsen, die het gras maait, die maait of zijn leven ervan afhangt, in donker pak en met leren handschoenen, hij maait als een bezetene en de zeis is nog steeds groot en onhanteerbaar in zijn handen, maar hij geeft het niet op, en moeder laat hem begaan, ook al bederft hij de kleren die hij in de kerk moet dragen, en misschien denkt moeder dat ze hem niet kent, ze weet niets van hem, maar niet hij is de vreemde vanavond, dat is zij. En Arnold Nilsen hakt het roestige blad door het gras, ademt moeizaam, huilt en lacht, en als het armzalige lapje grond plat en gemaaid is, haalt hij de droge restanten van netten uit de schuur en sjort daar het droge gras in en de groene zon is geel geworden.

Het is al nacht als hij weer binnenkomt. Hij heeft een emmer water uit de ton meegenomen, maar ook dat is zout. De regen is hier zout. De wind is zout. Ik slaap op de harde bank. Ik kan tegen een stootje. Zij gaan in het ouderlijk bed liggen. Er is maar net genoeg plaats. Moeder is wakker. Ze wijst naar een deur waar ze zich over verbaast, een hoge deur in de buitenmuur van het tochthalletje, naast de stoep. 'Waar wordt die voor gebruikt?' vraagt ze. Vader glimlacht. 'Dat is de lijkdeur, Vera. Daardoor konden ze de kisten recht naar buiten dragen en hoefden ze de doden niet te onteren door ze op hun kant te zetten.' Ze zwijgen een poosje. Misschien luisteren ze naar mij. 'Ik zou Aurora en Evert graag ontmoet hebben', fluistert moeder. Vader pakt haar hand. 'Ze zouden zich vast hebben afgevraagd hoe ik jou aan de haak had weten te slaan.' Moeder glimlacht ook. 'Dan zou ik gewoon gezegd hebben dat je me aan het lachen maakte', zegt ze. Vader snakt plotseling even naar adem, en knijpt in haar hand, met zijn valse vingers, zo hard dat het pijn doet, en ze schreeuwt, maar hij merkt het niet. Hij kreunt. 'Er is iets wat ik je moet vertellen, Vera.' Hij roept het bijna uit en laat haar op hetzelfde moment los. Maar hij zegt niets meer. 'Wat dan, Arnold?' Moeder wacht. Hij zegt niets. Zij gelooft dat hij de spanning wil opvoeren. Ze draait zich naar hem om, lacherig, en ziet dat hij naast haar ligt, verlamd, het zweet gutst van zijn gezicht, in zwarte strepen uit zijn haar, hij heeft spuug rond zijn mond, speeksel, wit schuim, en zijn ogen zijn als bruin glas dat op de bodem gebroken is. Moeder schreeuwt weer. 'Wat is er, Arnold!' En dan is het alsof hij wakker wordt, hij kan weer ademhalen, de duisternis valt van hem af, hij kan zien, hij ziet haar, geschokt. 'Niets', fluistert hij. 'Er is niets.' Hij weet niet hoelang hij weg is geweest, misschien maar een seconde. Hij staat op, hij moet naar buiten, alleen, hij heeft lucht nodig. Hij gaat op de stoep zitten, pakt de grauwe, gladde hondenkaak op, ruikt eraan, gooit hem weg. Na een poosje staat moeder ook op. Ze blijft achter hem staan. Hij wacht. Misschien heeft hij in zijn slaap gepraat, zich versproken en alles verteld. Hij wacht en weet dat hij op dit moment verdoemd kan zijn. 'Wat wilde je me vertellen?' vraagt ze uiteindelijk. Hij zucht. Dat is alles, een zucht van verlichting. 'Je moet morgen uitgerust zijn', fluistert hij. Ze verbergt haar gezicht in haar handen. Er is licht om hen heen, van alle kanten, van de zee. 'In zulke nachten kun je niet slapen', zegt ze. 'Gewoon je ogen dichtdoen, Vera.'

Ze haalt haar handen niet weg. 'Dat helpt niet. Het licht is te fel.' Dan gaat ze toch naar binnen, misschien omdat ze hoort dat ik ook wakker word. Arnold Nilsen blijft zitten. Hij kijkt naar de wind. Het is nooit dezelfde wind. De wind is een brede rivier die door zijn wereld stroomt. Hun boot ligt naast het botenhuis, vermolmd, op z'n zij, als een dood, rottend dier. Hij beeft nog steeds, een echo in zijn lichaam. Dat gaat snel over. Er moet een fles in huis te vinden zijn, een slokje brandewijn dat nog over is van een kerst. Arnold Nilsen staat op. Hij staat voor de lijkdeur. Niet hierdoor, denkt hij. Nee, nu niet hierdoor. Hij loopt om het huis heen en sluipt de keuken binnen. Hij trekt een lade open, treft een chaos van bestek, borden, kopjes en gereedschap aan, het zal Evert wel niet gelukt zijn het netjes te houden toen Aurora als eerste was vertrokken. En alles is bedekt met stof en zout, dat de kleuren wegslijpt, zoals het eiland ook wordt verteerd tot de zee er op een goede dag overheen stroomt. Dan vindt Arnold Nilsen iets waar hij niet naar zoekt. Onder de tafelkleden in de onderste la, naast het briefje dat hij ooit aan zijn moeder schreef op een stuk papier dat hij uit zijn rekenschrift had gescheurd, ligt een ansichtkaart. Hij pakt hem. Het is de ingekleurde foto van Paturson, de langste man ter wereld. En op de achterkant heeft hij een groet geschreven aan Arnold, zijn goede vriend, in mei 1945. Hij schrijft dat het Chocolademeisje dood is. Er raast een nieuwe lawine door Arnold. De kaart is verstuurd vanuit Akureyri, IJsland, en is langs vele adressen gegaan, zowel in Noorwegen als in het buitenland, voordat hij uiteindelijk hier belandde, bij zijn ouders, op Røst. Arnold Nilsen stopt hem weg in zijn oude zwarte koffer, in een scheur in de voering, en die kaart is het enige wat hij meeneemt als we hiervandaan vertrekken.

Het is ochtend geworden. Dat merk je niet. Het etmaal is zonder onderbrekingen. De tijd is zonder randen. Moeder is toch in slaap gevallen, hij laat haar slapen, met mij ernaast. Hij gaat naar buiten. Hij ziet boten van de andere eilanden komen, het lijkt een hele armada, ja, zelfs de families en ambtenaren van het vuurtoreneiland Skomvær hebben deze zondag de tocht hiernaartoe ondernomen. Arnold Nilsen glimlacht. Hij is er weer bovenop. Zijn handen trillen niet. Niemand wil thuiszitten als Het Wiel en zijn chique stadse vrouw hun zoon laten dopen in de nieuwe kerk. De boten stampen tegen de wind in. De golven spatten wit op rond de vuurtoren en slaan over de strekdam. Arnold Nilsen lacht. De wind is aangenaam en er is meer dan genoeg van. Hij wast zijn gezicht in het zilte regenwater, scheert zich en wekt mijn moeder en mij met een kus. 'Onze kerk heeft harde banken', zegt hij. 'Je moet maar een kussen meenemen.'

En er is geen zitplaats meer vrij. De mensen staan zelfs langs de wanden, ongeduldig, in hun glimmende nette kleren, en deze zondag zijn er niet genoeg gezangboeken, en wanneer ze *God is God, al was heel deez' aard verlaten* moeten zingen, zingen ze sneller dan hen ooit gelukt is, de organist probeert hen even bij te houden, maar geeft het op in het tweede vers, ze willen zo snel mogelijk klaar zijn om bij de het belangrijkste te komen, namelijk hoe de kleine jongen van Het Wiel gaat heten, en dat kan niet mis zijn, aangezien hij na al die jaren van uitlandigheid, circus en stilte is teruggekeerd om hem hier te laten dopen door een gepensioneerde dominee. Maar ze willen vooral de preek en de zegening en de collecte achter de rug hebben, zodat ze te weten zullen komen wat er zich in Arnold Nilsens kist bevindt die nog steeds als een raadsel op de kade staat. Dan draagt mijn moeder mij eindelijk naar voren, vader haast zich achter haar aan en ik ben de enige die vandaag gedoopt gaat worden. Achterin staan sommigen op van de bank om het beter te kunnen zien. Er valt een gezangboek op de grond. De koster giet water in de doopvont. Al snel is het helemaal stil. En de oude dominee is bijna weer als een zwart zeil, in zijn kleed en kraag, maar hij is een zeil zonder wind, stevig rond de mast gesjord. Want zijn stem klinkt zachtjes wanneer hij zijn vingers in het water doopt, dat ook zout is, het op mijn hoofd druppelt en mijn rechtmatige naam opleest met zulke kleine letters dat zelfs mijn moeder het niet kan horen. Er ontstaat onrust in de kerk. Er wordt gemompeld. Schoenen schrapen over de vloer. En uiteindelijk, wanneer de oude dominee mijn hoofd afdroogt met een stugge handdoek, dit is me allemaal verteld, roept iemand, het is Elendius: 'Hoe zegt hij verdomme dat de jongen gaat heten?' Arnold Nilsen draait zich naar hem om, het zijn dezelfde gezichten, de mannen met hun haren achterovergekamd, weg van witte voorhoofden, de pinnige kinnen en voorzichtige glimlachjes van de vrouwen, de grote ogen van de kinderen, de zondagse gezichten, dezelfde gezichten die hij heeft gezien vanuit elke piste waarin hij heeft gestaan, en hij weet dat als hij niet van deze gezichten kan houden, hij ook van geen andere kan houden en het minst van al van zichzelf. Arnold Nilsen heft zijn handen ten hemel. 'De naam van de jongen is Barnum!' roept hij. 'En nu nodig ik jullie uit voor de festiviteiten!' Ik ben geregistreerd. Ik tel mee. De kerkklokken luiden en zo begint mijn leven als Barnum en het feest gaat verder op de benedenverdieping van Fiskarheimen. Arnold Nilsen heeft een sarcofaag besteld voor het graf van zijn ouders. Nu wil hij net zo gul zijn tegenover de levenden en hij trakteert de eilandbewoners op alle mogelijke dranken en belegde broodjes, en dat laten ze zich geen tweemaal zeggen. En in het medische rapport over Røst, 1950, opgetekend door districtsarts Emil Moe, kan men lezen dat het in dat jaar door de bank genomen goed gesteld is met de nuchterheid op het eiland, iets wat gewoon komt omdat niemand geld heeft om drank te kopen, met uitzondering van een zondag in juni, toen een doopfeest ontaardde in een langdurig drinkgelag, gelukkig zonder ongelukken afgezien van een verstuikte pols, schaafwonden en twee gebroken kunstgebitten, toch laat de omvang van de alcoholconsumptie zich afmeten aan het grote aantal bezoekjes aan de wijkverpleegster in de week erop om de laatste rantsoenen Amerikaans sinaasappelsap uitgedeeld te krijgen. De vrouwen drommen samen rond Vera, de jongste meisjes willen mij vasthouden en mogen dat ook, terwijl vader bij de mannen staat, die hun stijve boorden die kriebelen in de hitte wat losser maken en die de flessen die binnen worden gebracht in het oog houden, en Elendius is er midden tussenin gaan staan, zodat hij kan horen wat in beide groepjes gezegd wordt en hij niets mist. De glazen worden gevuld en de mannen drinken. 'Jij hebt het ver geschopt, Arnold Nilsen', zegt de vuurtorenwachter. En Arnold Nilsen kijkt naar de grond en wil bescheiden doen. 'Ik mag in ieder geval niet klagen', fluistert hij en schenkt nog eens in, want de glazen lijken zo ongerijmd klein in die grote handen. 'Maar wat heb je dan zoal gedaan?' vraagt de koster. Arnold Nilsen glimlacht. 'Ik heb zo veel gedaan dat er nauwelijks tijd is om de helft op te noemen', zegt hij. De mannen stellen de drank zeer op prijs, maar zijn ontevreden over dat antwoord. 'Wij hebben alle tijd', zegt de viskeurmeester. Arnold Nilsen herkent hen nu nog beter, van de eilandjes als ze grasmaaiden, van school, hij herinnert zich hun namen en het gelach. 'Ik zal jullie binnenkort iets laten zien van wat ik zoal gedaan heb', zegt hij vriendelijk. De mannen nemen daar genoegen mee, want misschien zullen ze er eindelijk achter komen wat er in de kist op de kade zit. Ze proosten weer. Arnold Nilsen draait zich om naar Elendius en ziet tot zijn ongenoegen dat die steeds dichter bij de vrouwen gaat staan. 'Kun je niet meer tegen drank?' roept Arnold Nilsen. Elendius komt aangeslopen en Arnold Nilsen geeft de nieuwsgierige kerel een leeg glas. 'Ik doe het maar halfvol, aangezien je hand zo trilt', zegt hij. Elendius glimlacht. 'Ik denk dat jij nog onvaster bent, Arnold. Aangezien je nog meer vingers bent kwijtgeraakt sinds de laatste keer.' Elendius drinkt zijn glas leeg en steekt het weer uit. Arnold Nilsen zet de fles neer. 'Herinner me niet aan mijn ongelukken op een dag als deze', zegt hij zachtjes. Elendius wacht met zijn lege glas. 'Ik meen me toch te herinneren dat de eerste vinger die je kwijtraakte geen ongeluk was.' 'Ik ben de rest van mijn hand in de oorlog kwijtgeraakt', fluistert Arnold en hij giet Elendius' glas vol, om hem de mond te snoeren. Maar de drank maakt hem alleen maar praatzieker. 'Ja, de oorlog was sowieso voor de meesten van ons een ongeluk', zucht hij. 'Waarom heb je trouwens je andere zoon niet meegenomen?' Arnold Nilsen sluit zijn ogen. Hier weten ze bijna alles. Hij luistert naar de wind. Hij wordt ongerust. Luwt die? Nee, hij hoort de vlaggen klapperen, er is genoeg wind en hij zal hun eens wat laten zien. Hij legt vriendelijk zijn arm om Elendius heen. 'Hij is de eerste zoon van mijn echtgenote', zegt hij. 'En er wordt goed genoeg op hem gepast door mijn lieve schoonmoeder.' 'Is je vrouw eerder getrouwd geweest?' wil Elendius weten. Arnold Nilsen schudt zijn hoofd. 'Maar dit kan ik je vertellen, Elendius, dat mijn schoonmoeder niet zomaar iemand is. Nee, ze is de cheffin van het Telegraafkantoor in Oslo en zorgt ervoor dat jullie elkaar kunnen bellen en door elkaar heen kunnen praten.' Hij lacht om zijn eigen woorden en de mannen hebben hun jasje uitgetrokken en beginnen zich in de richting van de vrouwen te begeven. Vera staat op en legt mij in de kinderwagen. Ik heb genoeg van de meisjes die het maar niet kunnen laten om met hun vingers door mijn krullen te woelen die al als een dunne halo van oor tot oor groeien. 'Ik wist niet dat deftige dames werken in de stad', zegt Elendius. Arnold Nilsen heeft bijna met hem te doen. 'Zo zie je maar weer hoe weinig jij weet, Elendius.' Maar Elendius geeft zich niet gewonnen. De drank heeft zijn nieuwsgierigheid nieuw leven ingeblazen, zijn hoofd is al een encyclopedie van roddels. 'Dan heeft je schoonvader zeker een nog hogere positie?' vraagt hij. Vera draait zich naar hem om en Arnold Nilsen krijgt niet de kans om te antwoorden. Ze is hem voor met haar eerlijkheid. 'Ik heb geen vader', zegt Vera, luid, zodat iedereen het kan horen. Het is een paar tellen stil. De glazen zijn weer leeg. Arnold Nilsen vult ze en doorbreekt de stilte. 'Ik ben de enige man in de familie', lacht hij. Elendius buigt zich over zijn glas. 'Nou, dan ben je blijkbaar in een gespreid bedje gekomen, Arnold', zegt hij. En op dat moment moet het vader zwart voor ogen zijn geworden. Hij schiet uit met zijn gebalde vuist, die schuin afketst op Elendius' slaap, er kraakt iets, maar dat is niet het arme hoofd van Elendius dat barst, het zijn Arnolds kunstvingers die in de handschoen breken, en voor Elendius tegen de grond kan gaan houdt Arnold Nilsen hem vast, alsof de klap nooit gegeven is, alsof zijn hand de klap teruggetrokken heeft, de vrouwen krijgen niet eens de kans om te gillen. 'En Vera's grootmoeder is een beroemde actrice uit Denemarken', zegt Arnold Nilsen en hij trekt zijn handschoen strakker aan. 'Maar misschien kennen jullie haar niet?' Niemand geeft antwoord, iedereen is stil en verbaasd. Arnold Nilsen slaakt een lange zucht. 'Nee, dat viel ook niet te verwachten. Ze was een internationale ster in de tijd van de stomme film, onovertroffen op het witte doek en haar gezicht sprak in alle talen!' Hij schenkt Elendius' glas tot de rand toe vol, legt zijn arm om zijn schouder en kijkt om zich heen. 'Ze was getrouwd met de beroemde Deense ontdekkingsreiziger en redder Wilhelm Jebsen. Hem kennen jullie toch wel?' De mannen kijken elkaar aan en knikken voor de zekerheid. Na een poosje schraapt de koster zijn keel. 'Ja, wat heeft die ook alweer ontdekt?' Arnold Nilsen laat Elendius los. 'Ik wil niet zeggen dat hij in zijn eentje Groenland heeft ontdekt, maar hij werd daar het ijs in gestuurd om André te vinden. Maar hij moest het opgeven en keerde nooit meer terug uit de stilte van de gletsjers.' Arnold Nilsen omhelst mijn moeder en kust haar langdurig. Dan loopt hij naar buiten, waar hij uitpuft tegen de vlaggenmast en zijn vingers repareert. Korte tijd later heeft ook de oude dominee frisse lucht nodig en hij komt naast hem zitten. 'Het is voor niemand gemakkelijk om terug te komen', zegt hij stilletjes. 'Nee', zegt Arnold. 'Of je komt te vroeg. Of je komt te laat.' De oude dominee knikt. 'Maar het is beter dan helemaal niet te komen', fluistert hij. Ze zwijgen een poosje. Binnen gaat het feest verder. Ze horen nu muziek en rappe voetstappen. Twee vrouwen hebben allebei een stuk taart gehaald. De jongetjes hollen achter hen aan en bedelen om een stukje. De vlaggen hangen plotseling slap. Maar vlak daarna tilt de wind ze weer op. 'Jij bent een goed mens geweest, zowel voor mij als voor anderen', zegt Arnold Nilsen. 'Ik ben waarschijnlijk noch beter, noch slechter geweest dan anderen', mompelt de oude dominee. 'Ik vind beslist dat jij een van de betere was. Jij hebt een kaart van Paturson gekocht en je hield me niet tegen toen ik hier weg wilde. En je hebt mijn zoon gedoopt.' De oude dominee slaat zijn ogen neer. 'Het goede brengt niet altijd iets goeds voort', mompelt hij. Daar wil Arnold Nilsen niet over nadenken. In plaats daarvan zegt hij: 'En nu wil ik je om nóg een gunst vragen.' De oude dominee knikt en wacht. Arnold Nilsen sluit zijn ogen. 'Ik vraag je mij vergiffenis te schenken', fluistert hij. 'Waarvoor dan?' Arnold Nilsen wendt zich af en antwoordt niet. De oude dominee zucht. 'Denk je aan het feit dat je je ouders hebt verlaten?' vraagt hij. Arnold Nilsen schudt zijn hoofd. 'Ik vraag alleen om vergiffenis. Voor al mijn wandaden.' De oude dominee schuift naar Arnold toe. 'Ik moet weten welke daden God je moet vergeven. Hij houdt een nauwkeurige boekhouding bij.' Arnold Nilsen is geïrriteerd, ja woedend bijna, door deze omslachtigheid. Hij roept: 'Dan kan ik je beter vragen of God alles kan vergeven?' De oude dominee neemt Arnolds hand in de zijne, voelt de vingers die los in de handschoen zitten en huivert even. 'Ja', fluistert hij. 'God kan alles vergeven.' Arnold Nilsen trekt zijn hand terug. 'Dank je. Dat wilde ik alleen maar weten.' Op dat moment komt Vera met de kinderwagen naar buiten en ze kijkt naar hen. Achter haar staat Elendius boos te kijken. Arnold zwaait en wil naar hen toelopen. Dan houdt de oude dominee hem tegen. 'Maar God ziet het liefst dat je eerst de mensen om vergiffenis vraagt', fluistert hij. Dan loopt Arnold verder naar mijn moeder, die op hem wacht. Hij blijft voor haar staan, beneveld door de wind, de drank, mijn naam en alles wat de dominee heeft gezegd. 'Wat is er?' vraagt moeder en ze steekt haar hand uit. Vader aarzelt, hij voelt haar vingers langs zijn overhemd strijken, hij aarzelt, haalt diep adem en wendt zich dan tot Elendius. 'Vergeef me dat ik je geslagen heb', zegt vader. 'Mijn hand wist niet wat hij deed.' Elendius kijkt een andere kant op en wrijft over zijn voorhoofd. 'Het is maar goed dat jouw vingers spaanders zijn, anders had je een leven op je geweten kunnen hebben', fluistert hij. Arnold Nilsen lacht het weg. 'Haal de sterkste kerels die je kunt vinden', eist hij. 'Ik wil dat de kist naar Veddøya wordt gebracht!' Elendius vergeet dat hij bijna doodgeslagen is, rent naar binnen om de juiste bemanning te vinden en al snel staat iedereen op de kade om te kijken hoe de kist aan boord van de postboot wordt gehesen en over de zee-engte wordt gevaren naar de steile, groene berg die met kromme rug opstijgt uit de branding. En de eilanders gaan erachteraan, er is in dit vaarwater niet meer zoveel verkeer geweest sinds de wintervisserij van 1915. Maar Arnold Nilsen wordt ongerust daar op de voorplecht. De wind neemt af. De wind luwt. Hij kan een sigaret opsteken zonder dat het vlammetje uitwaait. Eindelijk gaan ze aan land en vijf mannen sjouwen de kist naar het hoogste plateau en ze zetten hem pas neer als de zon in een spinnenweb van wolken en licht boven de horizon hangt. Het gras is zacht en dik. De vogels vliegen met wit gekrijs op van de rotsrichels. De vrouwen blijven beneden aan de strandlijn staan, met de oude dominee, en kijken bezorgd naar hun wankelende mannen. Maar moeder draagt mij naar de top, moeder klautert met mij in haar armen omhoog, en zelfs Elendius kijkt naar haar, de stadse dame die gewend is aan trottoirs en trapleuningen, kijkt naar haar met andere ogen, en Arnold Nilsen wordt vervuld van een wonderlijke, verliefde trots, hij krijgt zin om te huilen, van vreugde, maar hij doet het niet, in plaats daarvan lacht hij luid. Hij heeft de wind weer aan zijn zijde. De wind heeft alleen een beetje met hem gedold, gespeeld met de man die hier ooit langgeleden stond en zwoer dat hij de wind die hem nu recht in het gezicht blaast zou verkopen. En dan zijn ze er. De mannen proosten. De tijd is gekomen. Arnold Nilsen loopt naar de kist, geniet van deze ogenblikken, hij kijkt naar de vrouwen beneden op het strand, die naar hem zwaaien, nog steeds dezelfde vrouwen, afgezien van Aurora, alsof alle tussenliggende, donkere jaren wegzinken in een mild, verzoenend ogenblik, en dan breekt hij de ene wand open en trekt een bouwsel naar buiten zoals niemand ooit gezien heeft. Het lijkt op een stellage met vleugels, een vogelverschrikker met wielen bovenop. De mannen komen dichterbij. Ze zwijgen. Ze staren. Arnold Nilsen draait zich naar hen om. Nog steeds zegt niemand iets. Moeder zit op de achtergrond, in het gras, het kan haar niet meer schelen of haar jurk vies wordt. Zij zwijgt ook en wiegt mij in haar armen, ik ben wakker en duizelig, alles hier is te groot voor mijn ogen, en ik heb me vaak afgevraagd of deze aanblik van mijn vader, aan de rand van het groene plateau, naast zijn krakkemikkige geheim, een schaduw legde op de huid van de herinneringen die ik later weer kon oproepen, want ik zie hem altijd zo, mijn vader, op de top van Veddøya, terwijl hij staat te wachten op gejuich dat niet komt. In plaats daarvan neemt Elendius het woord. 'Wat heb je nou voor een schroothoop meegezeuld?' vraagt hij. Vader kijkt hen aan, één voor één. 'Het is een windmolen', zegt hij. Maar als hij uitkijkt, naar de horizon, tot aan de zon die een zuil in de bodem heeft geslagen, is het geen gezichtsbedrog, het is geen luchtspiegeling die hij ziet en het is ook niet de drank die zijn hersenen blokkeert. De zee is bladstil. Zelfs de vogels vallen verbaasd naar beneden. Voor de eerste keer sinds mensenheugenis is het windstil op de Røst-eilanden. Arnold Nilsen wacht. Het moet omslaan. Maar het slaat niet om. Het wiel van Arnold Nilsens brieke molen staat stil. Uiteindelijk klauteren de mannen weer naar beneden. Alleen moeder blijft achter, moeder en ik. Ze gaat naast vader zitten, op de rand van Veddøya, voor de geluidloze windmolen. Ze zien dat de boten worden afgeduwd en dat de mannen hun vrouwen naar huis roeien in de lege, lichte nacht. Zo blijven ze zitten, zonder iets te zeggen. Ze wachten op de wind. Moeder legt haar hoofd tegen Arnolds schouder, en ik verbeeld me dat ze gelukkig is op dit moment, ze is in een andere wereld en ik droom op haar schoot.

(DE NAAM VAN HET STILZWIJGEN)

Ik ga over een merkwaardige dag vertellen. Ik werd wakker omdat De Oude huilde. Ik bleef een poosje liggen luisteren. Ze huilde zachtjes en wat mij het meest angst aanjoeg was dat ik haar nooit eerder had horen huilen. Ik stond op. Ik pakte mijn schooltas. Ik zat al op school. Nu huilde moeder ook. Ik hoorde hen in de woonkamer. Ze huilden samen en probeerden elkaar te troosten. Mijn schooltas was bijna nieuw en zat vol roosters die ik gekregen had van de boekhandelaren in de Bogstadvei. Eigenlijk had ik maar één rooster nodig, maar het was fijn er meer te hebben. Dan kon ik mijn eigen rooster opstellen en bij het eerste uur zou ik *dromen* schrijven, zodat ik kon uitslapen. Misschien had Fred iets verkeerds gedaan, en huilden ze daarom? Ik liep naar de badkamer. Hij stond voor de spiegel zijn haar te kammen. Hij keek naar mijn schooltas. 'Wou je naar school, Barnum?' Ik knikte. 'Jij niet?' Hij stak de glimmende kam in zijn kontzak. 'We hoeven niet naar school nu de koning dood is', zei Fred. 'Is de koning dood?' Fred zuchtte. 'Hij is vannacht om vijf over halfvijf overleden.' Ik glimlachte. Ik moest bijna lachen, want ik was zo opgelucht omdat alleen de koning dood was en ze daarom huilden. Ik wilde naar hen toe hollen, maar Fred hield me tegen. 'Ik geloof niet dat het zo slim is om vandaag te lopen lachen, Barnum.' Daar dacht ik aan terwijl ik de lange weg aflegde van de badkamer naar de woonkamer, dat het gemeen van mij was om te gaan lachen omdat de koning dood was en dat ik wel een slecht mens moest zijn, en ik liep zo langzaam mogelijk, zodat mijn gezicht die glimlach kwijt kon raken, maar het probleem was dat die glimlach als het ware vastzat in mijn mond, mijn lippen hadden zich eromheen gesloten, en ik moest aan iets anders denken, dat vader degene was die dood was, dat hij zich dood had gereden in een bocht of was geraakt door een trein en verpletterd was onder achttien wielen en nu moest ík dat gaan vertellen aan moeder, die dat nog niet wist, dat vader overleden was maar dat hij er nog in geslaagd was haar naam te fluisteren, en mijn halve, voordat hij helemaal dood was. Ik was bijna in tranen toen ik in de deuropening stond. De Oude zat naast moeder op de sofa achter een zakdoek te snikken. Boletta stond bij het balkon, haar jurk was zwart en zij was bleek. Ze dronk koffie met twee handen. De *Aftenposten* lag op tafel, met maar één kop: *De koning is dood.* Ik kon niets uitbrengen. Het stroomde over mijn wangen. Moeder stond op, glimlachte ondanks alles en legde haar armen om me heen. 'Kom, kom, knul van me. Kom, kom.' Ik legde mijn hoofd tegen haar buik en huilde daar. 'Je hoeft vandaag niet naar school', zei ze. 'Want als de koning sterft, heeft iedereen vrij.' 'Ik niet', hoorde ik Boletta zeggen. En toen was het de beurt van De Oude om iets te zeggen. 'Kom eens hier', fluisterde ze. Moeder liet mij los en ik liep naar de sofa. De Oude droogde mijn gezicht af met haar zakdoek en die smaakte zoet, alsof hij in suiker was gedoopt, misschien hoorden echte tranen zo te zijn, als limonade, niet zuur en hard, zoals de mijne. In haar schoot lag een foto van koning Haakon, die ze zó vaak had laten zien dat ik hem kon dromen, gemaakt toen hij na de oorlog terugkeerde en in een open A1 door de stad reed, het is precies zeventien minuten over één en hij passeert Parfumerie Lotus in de Torggate, onder een golvend dak van vlaggen, en je kunt De Oude ontwaren in de mensenmenigte links, juichend, zwaaiend, naar haar koning, en er waren druppels op de foto gevallen, donkere vlekken die deze blijdschap langzaam uitwisten. 'Nu ben jij mijn kleine koning', zei De Oude en ze kuste me op mijn voorhoofd.

Ik ging toch naar school. Ik liep met Boletta mee naar Majorstuen. Het was net herfst. Huismeester Bang bezemde in een zwart pak bladeren van het trottoir. Het regende boven de kleine stad. De vlaggen hingen halfstok. Esther had een zwart lint rond het loket van haar kiosk gebonden en huilde tussen de weekbladen. De auto's reden langzaam en de tram wachtte op iedereen. Boletta hield mijn hand vast tot we elk een andere kant op moesten. 'Vandaag zijn er vast niet veel mensen die elkaar bellen', zei ik. Boletta droogde een traan, een echte traan, niet zoals de mijne, die ik gewoon zelf maakte. 'De wereld is niet altijd zoals we het graag zouden willen', fluisterde ze.

Op school huilden de volwassenen ook. De juffen en de meesters huilden. Ze probeerden het in te houden, maar dat lukte niet en ten slotte gaven ze het op. Het was een raar gezicht. Ik bedacht dat niets meer zoals vroeger kon zijn, nu we hen hadden zien huilen. Enkele meisjes stonden op een kluitje bij de drinkfontein, ze hielden elkaar vast. Ik benijdde hen, zij konden huilen. Zij waren goed. Ik niet. Ik was slecht. Ik had het nog nooit zo stil horen zijn op het schoolplein. Niemand lachte. Niemand gooide kastanjes naar me. Niemand riep mijn naam. Het was een fijne ochtend. Zo zou het elke dag moeten zijn. Dit was precies zoals ik de wereld wilde hebben. Langzaam, stilletjes en zonder scherpe randjes. Ik wilde veel liever gehuil horen dan gelach. De bel werd niet eens geluid. We werden naar de gymnastiekzaal geleid, die vol stoelen stond en de wandrekken waren versierd met takken en bloemen. Stel je voor dat het er elke keer zo uitzag als we binnengym hadden, dacht ik. Stel je voor dat de koning elke nacht dood kon gaan. Eerst zong 7a, de meisjesklas, 'Tussen Berg en Dal', en toen we eindelijk gingen zitten was ik mijn klas kwijt en kwam ik terecht naast een meisje dat ik niet kende. Ze had een glanzende moedervlek op haar wang. Ik kon mijn ogen er niet vanaf houden. Ze verhuisde naar een lege plaats helemaal vooraan en fluisterde iets tegen een meisje dat zich omdraaide en me aanstaarde. Ik dacht dat ik naar de wc moest. Toen hield de bovenmeester een lange rede waar ik me niet veel van herinner, alleen de eerste zin, *tijdens de bezetting schreven we de naam Haakon de zevende in de sneeuw*, want ik had ontdekt dat Aslak, Preben en Hamster vlak achter me zaten, uit Freds klas. Ze konden me nu niets doen. De koning was dood. Maar toen de bovenmeester iedereen verzocht op te staan voor een minuut stilte, fluisterde Preben: 'Is je halfbroer er niet?' Ik antwoordde niet. Hamster boog zich naar voren. 'Durfde hij vandaag niet te komen?' Ik antwoordde nog steeds niet. Er was nog geen minuut verstreken. Aslak kwam tot vlak bij mijn oor. 'De koning is niet koning voor iedereen', zei hij. Toen de minuut voorbij was, riep de bovenmeester Aslak naar het spreekgestoelte. Ik dacht dat hij een uitbrander zou krijgen. Maar Aslak ging een gedicht voorlezen. Hij was vorig jaar leerling van het jaar geworden, won een handenarbeidtentoonstelling en werd tweede tijdens het atletiektoernooi, vlak achter Preben. De leerling van het jaar krijgt geen uitbrander. De leerling van het jaar leest met luide stem Nordahl Grieg voor: *De zware, moede groeven van het zwoegen in zijn gezicht zijn van hemzelf. De smart erin geldt anderen. Zo moet het gezicht van de vrede zijn.* Aslak maakte een diepe buiging en nadat we het volkslied hadden gezongen, gingen we naar onze klassen. Daar gaf Knokkel ons de opdracht onze schriften tevoorschijn te halen en de koning te tekenen. Zelf zat ze achter de katheder en het leek alsof haar gezicht werd ingelijst door het zwarte bord erachter. Maar ik kon maar niet van me af zetten wat Aslak in mijn oor had gefluisterd, al was het de oplichtende moedervlek op de wang van het meisje dat ergens anders ging zitten die ik nooit zou vergeten. Ik stak mijn hand op. Iedereen keek naar me. Knokkel knikte. 'Was de koning koning voor iedereen?' vroeg ik. Knokkel antwoordde met een trieste glimlach. 'Ja, dat was hij, Barnum. Koning Haakon was koning voor groot en klein, voor hoog en laag.' Dat was niet wat ik wilde weten. Ik wilde weten of hij ook koning was voor de halven en de helen. Maar nu stak plotseling iedereen zijn vinger op en vooral Muis op de achterste bank, hij had beide armen in de lucht, de ijverigste op de klassenfoto. Knokkel wees naar hem. 'De interland tegen Zweden gaat toch wel door, ook al is de koning dood?' vroeg Muis. Knokkel stond op, liep tussen de banken door, bleef voor Muis staan en draaide zijn oor driemaal om. 'Als de koning dood is, denken we niet aan voetbal', zei Knokkel. 'Onze gedachten horen rein en edel te zijn.' Ze liet los en het oor van Muis tolde weer op zijn plaats als een propeller en hij steeg bijna op van zijn stoel. Hierna had niemand meer iets te vragen. Knokkel schreef met grote letters het motto van de koning op het bord: *Alles voor Noorwegen.* Ik boog me over mijn schrift en tekende een lange man met een kroon en een rode mantel. Eronder schreef ik: *Koning Barnum.* Toen ging de deur open. Het was de bovenmeester. We stonden naast onze lessenaars. De bovenmeester fluisterde iets tegen Knokkel en ze draaiden zich allebei om naar mij. Ik vond Knokkel een fraaie naam. Ik vroeg me af of mannen ook Knokkel konden heten. Ze kwam naar mijn lessenaar toe en ik moest met hen mee. De bovenmeester liep voorop. En achter in de gang, tussen de haakjes, wachtte moeder. Ze was dun als zwart papier. Ze stond volkomen stil. Ik begon te rennen. Ik was vandaag de enige die rende. Eindelijk had ik haar bereikt en moeder ging op haar hurken zitten, hield mijn handen vast en keek me in de ogen. Moeder had gehuild. Haar huid hing in strepen over haar wang. Ze rook naar parfum, sterk en indringend, alsof ze geprobeerd had haar tranen op te smukken. 'Er is een ongeluk gebeurd', fluisterde moeder. Ik sloot mijn ogen. Moeder legde haar wang tegen de mijne. 'De Oude is dood, Barnum.' Knokkel hing mijn schooltas op mijn rug. Ik liep achter moeder aan het schoolplein op. Dat was leeg. Wij waren de enigen. De drinkfontein was afgesloten. En op datzelfde moment dreunden de kanonnen op de Akershus-vesting, 21 schoten, en alle kerkklokken die er in dit land waren luidden tegelijk. De Oude was dood.

We liepen naar het Telegraafkantoor om Boletta te vertellen wat er gebeurd was. Moeder zei onderweg niets. Ze had tijd nodig. En ik durfde niets te vragen. Misschien was het beter niet te weten. Ik wist dat De Oude dood was. Dat volstond. Het was mijn schuld. Als ik niet al die verkeerde gedachten had gedacht, dat vader dood was, zou De Oude nog geleefd hebben. Ook nu kon ik niet huilen. Het was net alsof de tranen in mij bevroren en niet naar buiten konden. Ik hield mijn moeders hand vast toen we eindelijk in de grote hal in de Tollbugate stonden. Iedereen praatte zachtjes. 'Sst!' zei moeder. Maar ik had niks gezegd. We moesten een brede trap op. In een andere zaal zat een rij vrouwen met apparaatjes in hun oren staafjes in panelen te steken die vol draden zaten. We konden Boletta niet ontdekken. Sommigen keken naar ons en draaiden zich net zo snel weer om. Ik kreeg hoofdpijn. De tranen waren ijsschotsen die door mijn schedel dreven. Moeder praatte met een dame die achter een bureau zat en in een dik boek bladerde. Toen ze terugkwam leek ze verbaasd. 'Boletta is blijkbaar aan het eten', fluisterde ze. We moesten dezelfde trap weer af. We vonden Boletta uiteindelijk in de kantine in de kelder. Ze stond achter de balie koffie in te schenken. Ze droeg een witte schort. En toen Boletta ons ontdekte keek ze een andere kant op, en eerst leek ze zich te schamen, alsof ze op heterdaad betrapt was bij het jatten van geld uit de lade onder de klok, maar al snel maakte ze in plaats daarvan een boze indruk en ik dacht dat ze het vast al wist, dat De Oude dood was, want hier hoorde je alles, en misschien was ze boos op De Oude omdat ze dood was. 'Wat doe je hier?' vroeg moeder, zachtjes. Boletta's bewegingen werden bruusk en hardhandig. 'Wat ík hier doe? Wat doen jullie hier?' Nu moest moeder vertellen waarom we hier gekomen waren, maar ze gaf zich niet gewonnen. 'Waarom zit je niet boven in de centrale?' 'Omdat ik hier beneden ben', zei Boletta obstinaat en ze morste koffie. Moeder was in de war en buiten zichzelf. 'Maar je bent toch aangenomen als telefoniste, niet als koffiejuffrouw?' Boletta pakte moeder bij de arm. 'Ik kon de centrale niet meer bedienen. Ik begon slecht te horen met mijn rechteroor! Ben je nu tevreden?' Maar moeder was helemaal niet tevreden. Ze werd kwaad en het was net alsof ze in haar slaap praatte. 'En toen hebben ze je naar beneden gestuurd?' Boletta zuchtte. 'Ja, ik werk nu in de kelder. Onder in het gebouw.' Moeder schudde haar hoofd. 'Hoelang is dat al?' 'Twaalf jaar.' 'Twaalf jaar!' riep moeder. Boletta sloeg haar ogen neer. 'Ja. Ik sta hier al sinds het einde van de oorlog.' Ik begreep niet dat ze zo konden praten, op een dag als deze, praten over alles behalve over datgene wat er gebeurd was. 'En je hebt geen woord tegen ons gezegd', fluisterde moeder. Boletta zette nog meer kopjes neer. 'Ik heb mijn val voor mezelf gehouden', zei ze. Ik pakte moeders hand. 'Moet je het niet vertellen?' vroeg ik. Boletta draaide zich om. 'Wat vertellen?' 'De Oude is dood', zei ik. Boletta legde een hand op mijn hoofd. 'Nee, de koning is dood, Barnum.' Moeder haalde diep adem. 'De Oude is ook dood, Boletta.' Boletta begon te huilen. Ze liet de koffiekopjes pardoes op de grond vallen. Ze braken, één voor één. Toen rukte ze haar schort af en smeet die over de balie. Daarna namen we een taxi naar het Ullevål-ziekenhuis. We moesten door veel gangen lopen die vies roken voordat we Fred vonden. Hij zat op een bed in een kamer zonder ramen. Hij staarde ons aan, maar zijn ogen waren volkomen leeg, als twee lepels. Moeder holde naar hem toe. Fred wendde zich af. Boletta hield mij tegen. We stonden in de deuropening en zagen hoe moeder Fred probeerde te omhelzen, maar hij wilde niet, hij duwde haar weg. Er kwam een dokter die iets tegen moeder fluisterde, net als de bovenmeester bij Knokkel had gedaan. En ik moest bij Fred wachten terwijl moeder en Boletta met de dokter meegingen. Ik herinner me dat Boletta iets zei van dat De Oude nu ook naar de kelder was gestuurd en dat moeder hard sst! zei. Ik ging naast Fred op het bed zitten. Zo zaten we een hele poos. Het bed was hard en te hoog en het lag vast niet lekker. Er zat een bloedvlek op Freds jasje, onder aan de ene mouw. Was Fred ook gewond? 'Bloed je?' vroeg ik. Fred antwoordde niet. Buiten naderde een ambulance. Er holde een verpleger voorbij. Er hing een schilderij aan de grijze muur: iemand die een net uit de zee hees. 'Waarom is De Oude dood?' fluisterde ik. Maar Fred zei ook nu niets. Fred was begonnen aan zijn lange stilzwijgen. Zijn ogen waren de bolle kanten van lepels en hij staarde alleen maar recht voor zich uit, naar de deur of nergens naar. Ik wilde Freds hand vasthouden. Hij balde zijn vuist en stak hem in zijn zak. Ik had geen zin meer om daar te zitten. Ik sprong op de grond. Fred hield me niet tegen. Ik liep de gang weer in en probeerde moeder en Boletta te vinden. Het leek op de gangen op school, maar hier waren geen haakjes om je jas aan op te hangen. Ik holde een trap af. Ik hoorde geluiden uit een kamer. Ik keek naar binnen en zag een man die huilde achter een bos bloemen. Ik sloop verder en kwam bij een andere trap en die liep ik ook af. Het werd killer. Ik had het koud. Ik wou dat Fred me had tegengehouden. Dit moest de kelder zijn, want de trappen eindigden hier. Je kon niet verder naar beneden. Ik liep de gang door. Er kwam licht uit lange buizen aan het plafond. Een oude man in een witte jas rolde een bed de andere kant op. Hij aarzelde even, maar liet me lopen. Het bed was bedekt met een wit laken waar iemand onder lag. Er stak een voet uit. Ik kwam bij een hoek. Er waren een paar letters op de muur geschreven die ik niet begreep. Misschien was het een andere taal. Ik kende een andere taal, maar alleen de klanken. Vader had me die geleerd: *mundus vult decipi*. Nu was ik verdwaald. Misschien vond ik de weg naar de verdiepingen boven de grond nooit meer terug. Ik kreeg zin om te huilen, écht te huilen, het ijs achter mijn voorhoofd smolt en stroomde naar mijn ogen. Toen rook ik het, een andere geur, een zoete vleug, dat was moeders parfum. Ik liep die kant op, naar moeders parfum, moeders geur, die werd steeds sterker, alsof zij me het laatste stukje leidde, en ten slotte bleef ik staan voor een brede deur die niet dicht was. Ik keek naar binnen. Daar stonden moeder en Boletta, elk aan een kant van een tafel met glimmende randen en wielen en de dokter leunde tegen een kast vlak onder een lamp die een scherpe, zwarte schaduw op mijn schoenen wierp. Moeder keek op en zag mij. Ik liep naar hen toe. De Oude was volkomen naakt. Ik durfde alleen naar haar gezicht te kijken. Ze had een diepe wond in haar voorhoofd. Ik tilde mijn arm op en legde een vinger op haar lippen, en haar lippen waren koud en zacht en zonken weg in haar mond.

Het was gebeurd op de Wergelandsvei, op de hoek bij het park. De Oude wilde naar het Koninklijk Paleis om te zien hoe de gardisten de omfloerste koninklijke standaard halfstok hesen op het balkon. Ze wilde afscheid nemen van haar Deense prins, haar reisgenoot. De chauffeur van de vrachtwagen, die met pallets naar een havenloods moest, zei in zijn verklaring dat De Oude plotseling het kruispunt op stapte en dat hij met geen mogelijkheid had kunnen remmen. Getuigen van het ongeluk, de verkoper in de krantenkiosk en een reeks klanten daar die binnen waren om het laatste nieuws te lezen, konden dat bevestigen, en ze voegden eraan toe dat het een wonder was dat de chauffeur erin geslaagd was de jongen te ontwijken, die ook zó de straat op rende. De Oude werd over de motorkap geslingerd en verschillende meters door de lucht gegooid. Maar er was niemand die kon vertellen wat er precies gebeurde op het moment dat De Oude Freds hand losliet en de straat op tuimelde, of ze struikelde, een attaque kreeg of gewoonweg in haar eigen, zwaarmoedige gedachten verzonken was op deze zwarte morgen. Ik heb er later vaak aan gedacht, wat er gebeurde in de seconden voor het ongeluk, voordat De Oude op de hoek van het Slottspark haar evenwicht verloor en voor de vrachtwagen belandde. Er werd geen aanklacht ingediend tegen de chauffeur, aangezien de politie van mening was dat de voetganger zich schuldig had gemaakt aan 'grove onachtzaamheid'. Toen de ambulance kwam was De Oude al dood en Fred zat zwijgend op de stoeprand met zijn kam in zijn hand en 22 maanden lang zou niemand een woord uit hem krijgen.

Tot de begrafenis van De Oude luidden elke dag tussen twaalf en een uur de kerkklokken, op de radio was uitsluitend langzame muziek, de vlaggen hingen halfstok en zelfs het nationale elftal speelde met rouwbanden en wist 2-2 tegen Zweden te spelen nadat ze waren gezegend door de bisschop. Moeder en Boletta hadden geen tijd meer om te huilen. Er moesten zoveel dingen geregeld worden, een advertentie, kransen, gezangen, broodjes, gebak en paperassen. Ik begreep dat het vermoeiend was om te sterven, in ieder geval voor degenen die achterbleven. En ze probeerden vader op te sporen, die op reis was, maar ze konden hem nergens vinden en hij liet ook niks van zich horen. Het viel hen niet eens op dat Fred nog steeds niets gezegd had. Het viel mij wel op. Want iedere avond als we naar bed waren gegaan, lag hij daar, stom, met die bevroren ogen, die de hele nacht open bleven.

Vader kwam halverwege de uitvaart. Toen de dominee van Majorstuen in tongen had gesproken en de aanwezigen, dezelfden die altijd bij onze begrafenissen aanwezig waren en dat waren er niet zo veel, zo mooi mogelijk hadden gezongen, werd de deur achter ons met een knal opengegooid en iedereen draaide zich om en daar stond hij, met de hoed in zijn ene hand en witte bloemen in de andere. 'De koningin is dood!' riep vader. 'Lang leve de koningin!' Hij liep het middenpad door, legde de bloemen op de kist, maakte een diepe buiging, ging naast moeder zitten die tot in haar hals bloosde, kuste haar en wees op de dominee. 'Nu kun je verdergaan', zei vader. Ik draaide me om naar Fred. Fred staarde naar zijn schoenen. Boletta verstopte zich achter een zakdoek. De dominee daalde af naar vader en pakte hem bij zijn handschoen. 'Jij bent blijkbaar een man die altijd te laat komt, Nilsen', fluisterde hij. Vader staarde hem vol haat aan en glimlachte tegelijk. 'En hij die te laat komt moet dat niet verbergen!' De dominee liet zijn hand los en haastte zich naar de kist, waar hij aarde op wierp. Ik werd kwaad. Ik zou willen dat Fred hem tegenhield. Fred deed niks. Hij verroerde zich niet. Zijn handen lagen als een witte knoop op de bijbel in zijn schoot. Ik wilde opstaan, ik had zin om de dominee tegen zijn schenen te schoppen en het schepje uit zijn handen te rukken, maar vader legde zijn arm om mijn schouders en na afloop reden we in de Buick naar Majorstuen. Moeder was buiten zinnen. 'Waar was je?' riep ze. Vader verschoof het kussen dat altijd op zijn stoel lag, keek over het stuur heen en kreeg de laagstaande zon in zijn ogen. 'Waar ik was? Was ik niet aan het werk soms?' 'Twee weken lang!' Ik kon net de grijze rook zien die uit de hoge schoorsteen van het crematorium kwam en ik bedacht dat De Oude zo in de hemel zou komen. Vader lachte. 'Het duurde iets langer dan ik gepland had', zei hij. 'De maximumsnelheid wordt verlaagd als er hofrouw is.' 'Je had op z'n minst kunnen bellen!' 'Ik ben zo snel mogelijk gekomen', fluisterde vader. 'Zodra ik de advertentie zag, ben ik hiernaartoe gereden!' Nu lachte moeder ook, maar op die nare manier. 'En komt zo bij de begrafenis binnenvallen, als een clown!' Vader ademde zwaar en zijn handen in de strakke handschoenen gleden rond het stuur. 'Ach, ik geloof dat De

Oude wel gewend was te wachten. Of sta je vandaag meer aan de kant van de dominee?' 'Stil!' riep Boletta en ze hield haar handen voor haar oren. 'Ik heb hoofdpijn!' Moeder draaide zich naar ons om, want Boletta zat tussen Fred en mij op de achterbank. 'Hoofdpijn, jij zeker! Jij staat sinds de oorlog koffie in te schenken!' Toen begon Boletta te huilen en moeder kon het ook niet meer aan, het werd haar allemaal te veel, ze brulde, en vader reed naar de stoeprand en stopte daar. 'Nou, nou', zei hij. 'Vandaag mag iedereen uithuilen, om veel plaats te maken voor de lach! Maar kunnen jullie me vertellen waar we naartoe moeten?' We moesten naar de bovenverdieping van café Larsen. En ik herinner me dat Fred en ik allebei op een stoel zaten tegen de muur van een bruin zaaltje, achter in de hoek stond een zwarte piano met twee kaarsen erop en de volwassenen dronken uit kleine glaasjes en aten al net zulke kleine broodjes, Arnesen was er met zijn vrouw, huismeester Bang liet deze kans ook niet lopen en Esther van de kiosk had voor iedereen bonbons bij zich. Meer mensen waren er niet en er bleven veel stoelen over. Dit was mijn eerste begrafenis en voor het eerst vroeg ik me af of De Oude eenzaam was geweest tijdens haar leven. 'Waarom praten ze zo zachtjes?' fluisterde ik. Fred antwoordde niet. Toen stond vader op en het werd stil om hem heen. 'Ik ben blij dat ik de begrafenis van De Oude gehaald heb', zei hij. 'Ze heeft een fantastisch moment uitgekozen om te sterven. Het hele land gaat in zwart gekleed, de Europese vorstenhuizen rouwen en de kanonnen van Akershus dreunen. Dat is verdiend. De Oude was geliefd. Ik durf te zeggen dat ze af en toe gevreesd was. Maar onze liefde was groter. Ze wordt nu al gemist!' Vader dronk uit zijn glaasje en bleef naast zijn stoel staan. Fred schoof met zijn voeten over de vloer. Vader glimlachte, schonk nog wat in zijn glas en ging niet zitten, hij rekte de pauze, almaar langer, tot niemand meer wist wat er ging gebeuren en de stilte ondraaglijk werd en Boletta op het punt stond het kleed van tafel te rukken. Toen nam vader het woord weer. 'Maar wat ik wilde zeggen, is dat ik het smadelijk vind dat De Oude zich heeft laten overrijden door een simpele vrachtauto! Ze had op z'n minst voor een Chevrolet of een Mercedes kunnen gaan staan! Proost!' De stilte duurde nog een seconde, toen lachten we, iedereen, behalve Fred, lachte, want dat was het met vader, hij kon mensen aan het lachen maken, het verdriet had als het ware geen vat op hem, het gleed van hem af als water van een spiegel, en misschien was het wel daarom dat er niemand was die hem niet op zijn minst een beetje aardig vond, Arnold Nilsen, met de opgevulde vingers van zijn handschoen. Moeder had beide armen om hem heen geslagen en ze lachte en ze kusten elkaar, ik kreeg een veilig en prettig gevoel vanbinnen als ik ernaar keek, en van toen af aan was er niemand meer die fluisterde. 'Vader regelt het wel', zei ik hardop tegen Fred. Maar Fred staarde alleen maar naar zijn schoenen en had veel tijd nodig om zijn veters opnieuw te strikken. Moeder liet vader los en hij kwam naar ons toe met twee halve sneetjes brood met ei. Ik had honger. Fred wilde niets hebben. Vader keek op hem neer. 'Hoe kon dit nou gebeuren?' zei hij. Fred zat daar, zwijgend, zijn gebogen nek trilde. 'Wat?' vroeg ik, mijn hele mond vol ei. Vader zuchtte. 'Dat De Oude werd overreden, Barnum.' Vader at het andere broodje zelf op. 'Heb je niet goed genoeg op haar gepast, Fred?' Fred keek op, bruusk, en ik dacht dat hij iets zou gaan zeggen, want hij deed zijn mond open, er hing een speekseldraadje tussen zijn lippen, maar op datzelfde ogenblik begon mevrouw Arnesen aan de andere kant van de zaal piano te spelen, de enige melodie die ze kende en die ze elke dag gespeeld had in al die jaren sinds ze door een misverstand en een speling van het lot gedurende twee uur en één kwartier weduwe was geweest. Gotfred Arnesen, de commissionair die destijds thuiskwam en zijn vrouw als weduwe aantrof, boog zijn hoofd van onbehagen en schaamte en wilde haar meteen laten ophouden, maar vader draaide zich om en hield hem tegen. 'Ja, nu is de tijd van de afrekening gekomen', zei vader. Arnesen werd onrustig. 'Wat bedoel je?' Vader glimlachte. 'Het geld dat we onder de klok hebben gespaard, Arnesen. Onze levensverzekering.' De commissionair duwde vaders hand weg. 'Dit is toch niet het juiste moment voor dergelijke besprekingen', fluisterde hij. Vaders glimlach werd nog breder. 'Niet het juiste moment? Nee, we kunnen best wachten tot mevrouw klaar is met spelen.' Dat duurde nog een hele poos en de piano op de bovenverdieping van Larsen was niet erg muzikaal. We zaten er met gebogen hoofden bij. En toen ze eindelijk het laatste akkoord aansloeg, raakte ze de toetsen met zoveel kracht dat ze de kaarsen in de kandelaars aan weerszijden van de piano uitblies en er viel wederom een stilte, want niemand wist wat hij moest zeggen of doen, en mevrouw Arnesen bleef achter de piano zitten alsof ze daar was vastgeplakt, tussen de rook van de zwarte pitten, totdat mijn vader zijn armen ophief. 'Bravo!' riep hij. 'Bravo! Ik benijd je om elk van je tien fijnbesnaarde vingers!' Nu konden we allemaal klappen, allemaal, behalve Fred, terwijl Arnesen bedankte voor het genotene en zijn vrouw naar buiten loodste. Daarna viel ik in slaap en vader droeg me naar huis. Ik geloof dat ik droomde dat De Oude op het balkon van het Koninklijk Paleis stond te wuiven, het regende en ze had bijna geen kleren aan en het was net of de kleuren van haar af stroomden. Toen ik wakker werd, luidden de kerkklokken niet meer, vader haalde de Buick op bij Larsen en Fred sliep met open ogen. Ik sloop naar zijn bed, over de witte streep heen, en wekte hem. 'Wat heb je gedroomd?' vroeg ik zachtjes. Maar Fred antwoordde niet, nog niet, het zou nog lange tijd duren voordat hij antwoordde, en toen hij eindelijk antwoordde, herinnerde ik me niet meer wat ik hem gevraagd had. Ik ging naar moeder en Boletta. Ik probeerde te voelen of de wereld anders was geworden nu De Oude dood was, en ik hoopte dat dat zo was, want ik kon het niet verdragen dat je zou sterven en dat alles dan gewoon doorging zoals vroeger, alsof niemand gemerkt had dat je er was geweest. Ik bleef voor de slaapkamer staan. Moeder en Boletta waren aan het opruimen, ze ruimden de spullen van De Oude op. Ik was bijna opgelucht. De wereld was toch anders en kon nooit meer dezelfde worden, in ieder geval niet in ons appartement in de Kirkevei. 'Nu krijgen we meer plaats', zei ik. Moeder draaide zich bruusk om, met verstrakte mond, maar Boletta liet vallen wat ze in haar handen had, een lange, dunne jurk met een bloem in het midden, omhelsde me en glimlachte tussen haar rimpels door. 'Dat is helemaal waar, Barnum. Dat is de reden dat mensen doodgaan. Om plaats te maken.' 'Is dat zo?' Boletta ging op het bed zitten. 'Ja, dat is waarachtig zo', zei ze. 'Want anders zou er ten slotte voor niemand meer plaats zijn en waar zouden we dan naartoe moeten?' Boletta's gezicht keek vermoeid en ze zweeg een poosje. Ik was teleurgesteld, de dood moest iets meer zijn dan dat, meer dan een grote schoonmaak en een stoelendans, was het zo dat we uit deze wereld werden gegooid als het een beetje vol begon te worden, was de dood slechts een boze conciërge die ons van het schoolplein joeg? Boletta stond weer op. 'En nu ben ik opgeschoven in de rij', zei ze. 'De volgende keer is het mijn beurt.' Moeder stampvoette. 'Ik verbied je zo te praten!' zei ze. Boletta lachte. 'Ik praat precies zoals ik wil, zo lang ik het meen!' Ze raapte de jurk die op de grond lag op, de smalle, lange jurk met de bloem, ze hield hem voor zich en maakte een paar danspasjes door de kamer terwijl ze een melodie neuriede die ik niet kende, en toen draaide moeder zich om, glimlachend, en zong met haar mee, die langzame melodie die zo vreemd en weemoedig leek, maar toch zo bekend, en al snel kon ik hem ook fluiten en ik rook de zoete geur van Malaga die overal hing, ik haalde diep adem en floot, duizelig en verward en blij, de dag na de begrafenis van De Oude. Plotseling zong moeder niet meer. Boletta was ook stil geworden. Alleen ik floot nog. 'Fred?' fluisterde moeder. Ik draaide me om. Het was net of mijn mond verwelkte. Daar stond Fred. Hij droeg de kleren die hij gisteren aangehad had, het zwarte pak dat veel te wijd was en het witte overhemd. Ik dacht dat hij eindelijk iets zou gaan zeggen. Maar hij draaide zich om en liep weg. Moeder holde achter hem aan. Boletta hield me tegen. Even later hoorden we een deur dichtslaan. Moeder kwam terug en ging verder met opruimen, met weinig behoedzame handen, lades, kistjes, doosjes, alle plekken waar De Oude haar spullen had opgeborgen. 'Heeft hij iets gezegd?' vroeg Boletta. Moeder schudde haar hoofd zonder haar aan te kijken. Boletta zuchtte en deed een andere kast open. Het geluid van klerenhangers die tegen elkaar slaan, ik kon er niet tegen, ik moest mijn handen voor mijn oren slaan, ik weet niet waarom, maar ik kon er niet tegen, het lawaai van de klerenhangers toen Boletta de dunne jurken doorbladerde, en sindsdien heb ik dat geluid niet meer kunnen verdragen, ik leg mijn kleren over een stoel, smijt ze op de grond, gooi ze op het bed wanneer ik een hotelkamer binnenkom, want zodra ik het lawaai van klerenhangers in een nauwe kast hoor, voel ik nog steeds de druk van de koude, zachte lippen van De Oude tegen mijn vingers, alsof ik een grote stilte aanraak. Ik holde naar het raam. Fred verdween tussen de huizen aan de overkant, zonder zich ook maar één keer om te draaien. Het had vannacht geregend. De trottoirs glinsterden. De bladeren waren in de goot gestrooid. Het vage licht hing als een sluier in de lucht, trillend. Wat was mijn plaats in de rij? Ik stond vast achter Fred in die lange rij en voor hem stonden moeder, vader en Boletta en we stonden nooit stil, we kwamen voortdurend dichterbij en sommigen werden misschien uit de rij gerukt voor het hun beurt was en in onze rug drongen en duwden de dommen die dachten dat het zaak was zo snel mogelijk naar voren te komen, ik had geen zin meer om verder te denken. 'Zal ik helpen?' vroeg ik. Moeder leunde tegen het bed, knikte. Ik mocht het nachtkastje uitruimen. Ik vond het gebit in het glas water niet prettig, alsof dat alles was wat er van De Oude was overgebleven, haar tanden, de binnenkant van een mond, een glimlach. De po die op de vloer stond, was gelukkig leeg. Maar toen ik de bijbel optilde, die ze daar ook had liggen, op haar nachtkastje, voor de zekerheid, viel daar iets uit, een foto, ongetwijfeld uit een weekblad geknipt, of een krant, want het papier was dun en gekreukeld. Ik las langzaam wat eronder geschreven stond. *Het gevreesde kamp Ravensbrück. Gaandeweg raakte het concentratiekamp overvol en was er niet voldoende gevangeniskledij.* Een meisje, mager, doorschijnend bijna, een schaduw, zit naast een vrouw die dood moet zijn. 'Wat is dat, Barnum?' Moeder kwam naar me toe. En toen ik haar die foto gaf, zeeg ze neer op het bed en haar handen trilden. Boletta keek ook en verborg haar gezicht meteen in haar handen. 'Waarom heeft ze me dit nooit laten zien?' fluisterde moeder. Boletta ging naast haar zitten. 'Er zijn vele manieren om rekening met anderen te houden', zei ze, ook zachtjes. Moeder boog haar hoofd en huilde. 'Ik heb het de hele tijd al geweten. En toch weet ik het nu pas.' Boletta legde haar arm om haar heen. Moeder liet de foto vallen en ik raapte hem weer op. Ik zag de dode in de armen van de stervende, de holle, mishandelde gezichten en de ogen die te groot waren en me aanstaarden, het donkere meisje dat haar blik niet neersloeg, misschien seconden verwijderd van haar eigen dood, misschien was degene die de foto nam ook haar beul, misschien hield hij een zwaard, of een pistool, in zijn ene hand en het fototoestel in de andere. Ik wist dat er vele nachten voorbij zouden gaan voordat ik weer kon slapen. Een angstaanjagende gedachte schoot door me heen, dat ik nooit meer echt zou kunnen slapen terwijl deze gezichten me van alle kanten uit de duisternis aanstaarden en als ik mijn ogen sloot, zouden ze er toch zijn, de gezichten, want ik had ze gezien. 'Wie is dat?' vroeg ik en ik kon mijn eigen stem nauwelijks horen. Boletta pakte mijn hand. 'Dat is je moeders hartsvriendin', zei ze zachtjes. Dat klonk heel gek. 'Heeft moeder een hartsvriendin gehad?' 'Natuurlijk, Barnum. Rakel, heette ze. Ze was erg mooi en woonde in de portiek hiernaast.' Ik keek weer naar het knipsel. Ik wilde het niet, maar kon het niet laten. Ik werd als het ware naar de kille foto getrokken, de gestorvene in de armen van de stervende, een gewoon meisje uit de portiek hiernaast, een hartsvriendin, die naar haar beul staarde. 'Waarom hebben ze dat met haar gedaan?' fluisterde ik. Boletta dacht lang na. Moeder rommelde verder in de spullen van De Oude, pantoffels, flaconnetjes, sieraden, een bril, al haar bewegingen waren traag, alsof ze al slapende aan het werk was en opruimde in een droom die ze nooit op orde zou krijgen. 'Omdat de mensen ook slecht zijn', zei Boletta. Dat begreep ik niet, maar ik vroeg niet verder. *Ik hoor die voetstappen nog steeds uit mijn leven verdwijnen.* Dat is moeders lied. Nu draaide ze zich bruusk om, glimlachend bijna, en liet iets zien wat ze in het juwelenkistje had gevonden. Dat is het ritme in moeders gedachten. Het was een knoop, een glimmende knoop waar nog een zwarte draad aan hing. 'Waar komt die vandaan?' fluisterde moeder. Ze gaf de knoop aan Boletta, maar die wist het ook niet. Ze bleven zwijgend naar de knoop zitten staren, die groter was dan een kroonkurk. 'Mag ik hem hebben?' vroeg ik. Moeder keek op. Ze was bleek, haar wangen zakten weg in haar gezicht, en één tel lang vond ik dat ze op het meisje van de foto leek, haar hartsvriendin, Rakel. Ik wendde me af. Ik wilde het niet meer zien. 'Natuurlijk mag dat, kleintje', zei Boletta. 'Omdat je zo flink hebt helpen opruimen.' Ze gaf me de knoop. Die was zwaar en koud tussen mijn vingers.

'Bedankt', fluisterde ik. Ik liep naar onze kamer. Ik legde de knoop in mijn etui. Ik probeerde wat huiswerk te maken. De tekening van de koning was nog niet af. Maar ik kon me niet concentreren. Het enige wat ik deed, was uitgummen wat ik onder de magere, scheve gedaante had geschreven: koning Barnum. Dit waren dus de spullen van De Oude, datgene wat ze achterliet: een foto van moeders hartsvriendin en een glimmende knoop met een zwarte draad eraan. Ik begon te huilen. Ik kon niet anders. Ik huilde tot vader thuiskwam en we moesten eten. Freds stoel was leeg. Moeder was stil en raakte haar eten bijna niet aan. We aten visballen in witte saus. Vader prakte zijn aardappelen met zijn vork en was een hele poos net zo stil als moeder. Boletta dronk bier en verder was het een sombere maaltijd. Ten slotte zei vader: 'Ik heb met Arnesen gesproken.' Niemand zei daar iets op. Vader werd ongeduldig en morste op het tafelkleed. 'Willen jullie soms niet weten waarover ik met Arnesen heb gesproken?' Boletta boog zich over de tafel. 'Waarover heb je met Arnesen gesproken?' vroeg ze. Vader veegde zijn mond af met zijn servet. 'De levensverzekering', zei hij. 'We krijgen zegge en schrijve niet meer dan krap tweeduizend kronen uitgekeerd.' Boletta schoof haar visballen weg. 'Ben je al aan het uitrekenen hoeveel De Oude oplevert, Arnold Nilsen?' Vader stond op en gooide zijn stoel bijna om. 'Opeens fijngevoelig, Boletta? Ik vond alleen dat De Oude meer waard is dan een paar armzalige duizendjes.' 'Ga zitten', zei moeder opeens. Vader ging zitten. Het werd weer stil. Ik hoorde het sopperige geluid van de visballen die rond gleden op de gladde borden. 'We hebben te weinig premie betaald', fluisterde vader. 'We hebben altijd betaald wat we moesten betalen', zei moeder. Vader schudde zijn hoofd en wendde zich tot haar. 'Misschien kon iemand de verleiding van het geld onder de klok niet weerstaan', zei hij. Ik sloeg mijn ogen neer. Ik had ook op het tafelkleed gemorst. 'Ik niet', fluisterde ik. 'Nee, maar heb je misschien gezien of Fred met een beetje lange vingers in het laatje heeft gezeten?' Boletta sloeg op tafel. Ze sloeg zo hard dat de glazen omvielen. Moeder gilde en vaders gezicht werd zo wit als zijn servet. En ik was eigenlijk opgelucht, want nu hoefde ik misschien niet te antwoorden. 'Je moet niet altijd Fred de schuld geven', zei Boletta. Vader schoof heen en weer op zijn stoel. 'Ik geef niemand de schuld. Ik probeer alleen maar uit te vinden wat er gebeurd is.' Boletta glimlachte. 'Misschien heeft Arnesen ons belazerd?' vroeg ze. Vader was minstens een paar minuten in gepeins verzonken. Hij legde zijn hand op Boletta's kleine vingers. 'We hadden dat geld in ieder geval goed kunnen gebruiken', zei hij. 'Nu jij niet meer op het Telegraafkantoor werkt.' 'Ik heb mijn pensioen', zei Boletta. 'En jij mag best geld van me lenen als je blut bent.' Vader stond langzaam op en liep van tafel, zonder ook maar een woord te zeggen. Moeder kreunde. 'Dat had je toch niet hoeven zeggen', fluisterde ze. Boletta liet haar hoofd in haar handen rusten. 'Arnold Nilsen is van top tot teen een handelaar. Ik kan al dat gepraat over geld niet uitstaan!' Nu liep moeder ook van tafel. Ik bleef zitten. De visballen waren koud geworden. De witte saus stolde rond mijn vork. 'Niet luisteren naar alles wat wij volwassenen zeggen', zei Boletta. 'Goed.' Boletta lachte even. 'Maar je moet wel naar mij luisteren als ik je zeg dat je niet moet luisteren naar alles wat we zeggen.' Boletta had twee glazen bier gedronken. Misschien praatte ze daarom zo. 'Goed', zei ik. Boletta trok haar stoel dichterbij. 'Heeft Fred iets tegen jou gezegd?' 'Nee. Waarover dan?' 'Ik zou zo graag weten waar ze over praatten voordat De Oude stierf, Barnum.' 'Hij heeft niks gezegd', fluisterde ik. Ik hielp de tafel afruimen. Ik droogde af terwijl Boletta afwaste en daarna wachtte ik op Fred. Hij kwam toen ik al sliep. Hij zat plotseling op zijn bed. Ik kon hem vaag zien in het donker. Zijn ogen zag ik het best. Ik durfde het licht niet aan te doen. 'Waar hadden jij en De Oude het over?' vroeg ik. Zijn ogen verdwenen. Hij antwoordde niet. Ik haalde mijn etui uit mijn schooltas en legde de zware knoop voorzichtig in zijn hand. Zijn ogen werden weer zichtbaar. 'Dat is de knoop van De Oude', fluisterde ik. Fred deed het licht aan. Hij staarde naar de knoop en sloot zijn hand. 'Je mag hem wel hebben', zei ik. Ik dacht dat hij iets ging zeggen, maar hij liet alleen de knoop op de grond vallen. Ik moest onder het bed kruipen om hem te zoeken en Fred deed het licht uit. Hij volhardde in zijn lange zwijgen. In het begin viel het eigenlijk niemand echt op, behalve mij, want Fred was nooit erg spraakzaam of babbelziek geweest, integendeel zelfs, hij was eerder gesloten en een slome prater. Hij had de woorden niet op zijn hand. Ze waren kriskras in hem opgeslagen en de letters kwamen er vaak in de verkeerde volgorde uit. Fred schreef de kortste opstellen van de wereld, áls hij al iets inleverde. Hij kreeg hoe dan ook een onvoldoende voor Noors en één keer kreeg hij zelfs een één. In de pauzes stond hij bij de muur met zijn rug naar ons toe. Er was nooit iemand die naar Fred toeging, maar zelfs ik kon zien dat de meisjes stiekem naar hem loerden en arm in arm langs hem heen liepen, met voorzichtige glimlachjes. Ik wilde zo graag trots zijn op Fred. Op een dag had iemand 'hoerenjong' op de muur van het schuurtje geschreven. De conciërge had ongeveer twee uur nodig om het weg te poetsen en er was enige beroering, maar niemand werd gepakt. De maandag daarop kwam Aslak met een zonnebril op school, hoewel het regende. Zijn ene oog was donkerblauw en hing als een dikke bal onder zijn voorhoofd. Aslak zei dat hij tegen een deur gestruikeld was en het slot in zijn oog had gekregen. Er waren er niet veel die dat geloofden, behalve dan de leraren. Fred stond nog steeds zwijgend bij de muur. Ik liep naar hem toe. Fred draaide zich niet om. Aslak, Hamster en Preben zaten op het hek achter de tramhalte en volgden alles. 'Zullen we samen naar huis lopen?' vroeg ik. We liepen samen naar huis. Ik liep op het ene trottoir. Fred op het andere. Esther van de kiosk leunde naar buiten en stak een stukje kandij verpakt in knisperend, stijf boterhampapier in mijn zak. 'Met je broer delen', zei ze en haalde een hand door mijn krullen. Maar Fred was allang doorgelopen, Fred wachtte nooit, hij was om de hoek of achter de kerk verdwenen, ik weet het niet, hij kon zomaar verdwijnen, voordat ik het in de gaten had, en dan bleef ik alleen achter. Het was net of hij slechts een smalle schaduw op het trottoir achterliet, die huismeester Bang moest opvegen met zijn enorme bezem en naar de vuilnisbakken moest dragen. Fred kwam altijd pas thuis als ik al in bed lag. Soms kwam Boletta nog later. Ze had heel wat passen nodig om de badkamer en haar bed te vinden en de volgende dag had ze hoofdpijn en bleef ze liggen met een washandje op haar gezicht en moeder was geprikkeld en waakzaam. 'Ben je nu alweer naar de Noordpool geweest', siste ze, haar mond strak als een liniaal. Zo zei ze dat, ben je alweer naar de Noordpool geweest, en ik werd elke keer weer even bang, want ik zag Boletta voor me die door ijs en wind en koude ploeterde en misschien zou ze het niet halen en ik begreep ook niet wat ze op de Noordpool moest, zocht ze daar iemand? 'Waarom gaat Boletta naar de Noordpool?' vroeg ik Fred diezelfde avond. Maar Fred antwoordde niet. Het begon midden november te sneeuwen, op een vrijdag. Ik lag te luisteren naar de groeiende stilte. Toen werd die plotseling doorbroken. Mevrouw Arnesen speelde piano, maar een geheel nieuwe melodie, en dat niet alleen, ze speelde meerdere stukken, het leek wel een volledig concert, en na afloop opende iedereen zijn ramen en klapte voor mevrouw Arnesen, die tussen de gordijnen op de tweede verdieping stond en een buiging maakte, zelfs huismeester Bang rechtte zijn rug, leunde op zijn sneeuwschep en klapte. En de volgende zondag konden we Gotfred Arnesen met zijn vrouw over de Kirkevei zien kuieren, ze gingen naar de kerk, en zij was gekleed in een glanzende, enorme bontmantel waar iedereen zich naar omdraaide, vooral de vrouwen van Fagerborg, ze schudden hun hoofd, bewonderend, argwanend en afgunstig, en nog een hele tijd werd er veel over die bontjas gepraat en veel mannen moesten uitrekenen hoeveel zo'n bontje kostte, als je hem op twee jaar afbetaling kocht. 'Wat wil je met Kerstmis?' vroeg vader. 'Bontmantel', antwoordde moeder. Vader stond op en liep naar de deur terwijl hij zijn kapotte hand tot een vuist probeerde te ballen. 'Ik geloof dat die beste Arnesen ernstig behoefte heeft aan vergiffenis als hij bij acht graden onder nul naar de kerk gaat!' Moeder wilde niet luisteren. 'Daarom had zijn vrouw een bontjas aan', zei ze. 'Omdat het koud was!' 'Maar in de kerk is het warm genoeg!' riep vader. Moeder zuchtte. 'Je bent gewoon jaloers.' Vader lachte erg luid. 'Denk je nou echt dat ik me wil uitdossen in zo'n wild beest met knopen?' Nu was het moeders beurt om te lachen. 'Je bent jaloers op Arnesen, die geld genoeg heeft om zijn vrouw cadeaus te geven!' Vader sloeg met zijn kapotte hand tegen de deur. 'Maar met zijn levensverzekeringen is hij niet zo gul!' En toen bleef hij twee dagen weg. Moeder wendde zich tot Fred. Hij zat bij de kachel met zijn handen in zijn schoot. 'Wat wil jij hebben?' vroeg ze. Maar Fred antwoordde niet. Moeder vroeg het nogmaals. Fred herhaalde zijn zwijgen. 'Als je niks wilt hebben, dan krijg je ook niks', zei moeder. 'Laat die jongen met rust', zei Boletta en ze ging naar de Noordpool. Moeder verborg haar gezicht in haar handen en huilde. Dat deed pijn in mijn buik. Het schrijnde in mijn keel. Ik legde mijn hand op haar rug. Die was net zo warm als de kachel. 'Kunnen we de brief niet lezen?' vroeg ik, voorzichtig. Moeder knikte. 'Doe maar, Barnum.' Ik haalde de brief uit het kastje en ging op de sofa zitten, onder de lamp. Ik las, langzaam en secuur, want de woorden waren moeilijk, ook al kende ik ze uit mijn hoofd. En terwijl ik las staarde Fred mij aan, en er was iets in zijn blik, de manier waarop hij keek, de duisternis die steeds meer bezit nam van zijn ogen, zijn glimlach, het was net alsof hij in de loop van deze zinnen veranderde en ik raakte bijna de draad van overgrootvaders brief uit Groenland kwijt. '*Men had besloten dat wij een muscusos mede terug zouden nemen en op den dag dat wij op Ankers aankwamen, ontdekten wij een kudde ossen die graasde tussen de poolwilgen, nagenoeg het eenige gewas dat daar is, de kapitein en ik en 5 man gingen aan land om te trachten een kalf te vangen. Er was inderdaad een kalf in de kudde, maar het was niet eenvoudig daarbij in de buurt te geraken, zoodra de ossen ons zagen, er waren er zoo'n 15 of 16, sloten zij zich aaneen tot een troep met het kalf daar midden tusschenin en begonnen zij allemaal te brieschen en te schrapen als dolle stieren. Wij moesten toen onverrichter zake wederkeeren naar het schip tot groot vermaak van al degenen aan boord, later werden er 2 stierkalfjes gevangen waarvan 1 al dood is, maar het kostte wel 22 ossen het leven omdat wij 2 kuddes moesten doodschieten om de kalfjes te vangen.*' Fred lachte plotseling en dat was het enige geluid dat uit hem was gekomen sinds de dood van De Oude. Maar pas toen de klassenleraar na de kerst opbelde, drong het tot moeder door dat Fred niet alleen dwars en gesloten was, maar dat hij was gestopt met praten. 'Ik moet u verzoeken om komende woensdag op de ouderavond te komen', zei de klassenleraar. Moeder moest gaan zitten. 'Heeft hij iets verkeerds gedaan?' fluisterde ze. Het bleef even stil aan de andere kant. 'Misschien is het u niet opgevallen?' vroeg de klassenleraar ten slotte. 'Wat is me niet opgevallen?' 'Uw zoon heeft al drie maanden en veertien dagen geen woord meer gezegd.' Moeder legde de hoorn op de haak en liep meteen naar Fred. 'Wat is dit voor een onzin!' zei ze. Fred lag op bed. Hij verroerde zich niet. Ik maakte huiswerk. Dat probeerde ik tenminste. Ik had met kerst een liniaal gekregen die aan de ene kant centimeters mat en aan de andere kant duimen. Als ik hem omdraaide was hij niet even lang. Met die liniaal tekende ik lijnen die straten en kruispunten moesten voorstellen, want we zouden binnenkort in de klas bezoek krijgen van een agent die ons iets over veilig verkeer zou leren. 'Nu praat je tegen me, Fred!' Moeder schreeuwde. Ze gilde het uit. Toch praatte Fred niet tegen haar. Het werd volkomen stil. Moeder ging op het bed zitten. Fred staarde naar het plafond. 'Je kunt met mij praten, Fred', fluisterde ze. Dat hielp ook niet. Moeder begon te huilen, rammelde hem door elkaar en mobiliseerde een woede die zelfs Fred deed opstaan. Maar hij deed iets raars. Hij omhelsde moeder en kuste haar op haar voorhoofd. Toen vertrok hij. Moeder bleef zitten, verbaasd, en ze voelde met haar vingers aan de plek waar Fred haar gekust had, midden op haar voorhoofd. Het leek bijna alsof ze een vlek weg wilde boenen. Ze draaide zich langzaam om naar mij. 'Heeft hij iets tegen jou gezegd, Barnum?' Ik schudde mijn hoofd. 'Je liegt niet, Barnum?' 'Nee moeder, ik lieg niet.' Ze legde haar armen om me heen en was zwaar. 'Jij kunt niet liegen, hè, Barnum?' fluisterde ze. 'Nu heb je drie keer achter elkaar Barnum gezegd', zei ik. Moeder lachte even, maar veel stelde het niet voor. De volgende dag was het vaders beurt. Hij wachtte Fred op in de woonkamer. 'Kom hier', zei vader. Fred liep regelrecht naar onze kamer. Ik vroeg me af of hij het niet hoorde, misschien was dat het probleem, dat zijn oren niet meer werkten. Even later stond vader in de deuropening. 'Ik hoor dat je je stem kwijt bent', zei hij. Fred nam niet de moeite om zich om te draaien. Hij bleef gewoon naar het plafond staren. Vader kwam naar hem toe. 'Die kun je maar beter terugvinden voordat hij voorgoed verdwenen is', zei hij. En ik zag voor me hoe Freds stem ergens lag, in de goot, misschien was hij in een put gevallen, en daar lag hij Fred te roepen. Vader gaf het niet op. 'Als je doet alsof je schijndood bent, dan speel je dat slecht', zei hij. Toen hij dat gezegd had, was het minstens drie minuten stil, tot vader ontplofte. 'Zeg iets tegen me!' schreeuwde hij en stampte zo hard op de vloer dat de lijnen in mijn schrift braken en scheef werden. 'Laat die jongen met rust', zei Boletta. Maar niemand liet Fred met rust. Iedereen wilde hem laten praten. Het lukte hen niet. Freds zwijgen groeide slechts in omvang en besmette ons, zoals Vera's zwijgen Boletta en De Oude tot waanzin had gedreven toen ze Fred verwachtte. Nu had hij het zwijgen geërfd. Nu was het van hem. Uiteindelijk overtrof hij moeder. En toen Pasen naderde en Fred nog steeds geen woord had gezegd en er geen geluid over zijn lippen was gekomen, noch op school, noch thuis of in zijn slaap, werd hij naar een specialist in het Rijkshospitaal gestuurd. Daar maakten ze draden aan zijn hoofd vast en maten de druk in zijn hersenen. De zwijgspecialist dacht dat Fred waarschijnlijk een klap tegen zijn hoofd had gehad toen De Oude werd overreden, misschien was hij gevallen of was hij ook door de auto geraakt, iets wat een bloeduitstorting had kunnen veroorzaken die drukte op het spraakcentrum en hem op die manier het spraakvermogen ontnam. Maar in alle rapporten over het ongeluk was geconstateerd dat Fred zich niet in de buurt van de auto bevond toen het ongeluk gebeurde, en dat was juist zo raar, dat De Oude plotseling midden op straat stond, terwijl Fred nog op het trottoir stond te schreeuwen. De specialist mat zijn hoofd nogmaals op en gebruikte nog meer draden en elektrodes. Fred lag op een bank en leek op een marsmannetje. Boletta snoof alleen over de wetenschap. 'Fred werd zó bang toen De Oude stierf, dat hij zijn stem kwijtraakte', zei ze. 'Zo simpel ligt dat. Hij begint wel weer te praten, te zijner tijd.' Maar Freds zwijgen kreeg in ieder geval een naam. De specialist noemde het *afasie*. En op dezelfde dag dat Fred in het Rijkshospitaal is en stroom door zijn hoofd krijgt, komt er een agent in uniform in onze klas op bezoek om ons de verkeersregels te leren. Voorrang Voor Veilig Verkeer hebben we met gekleurde letters op het bord geschreven, om hem een plezier te doen. De agent heeft verkeersborden meegenomen en hij vertelt wat die betekenen, want als we dat niet weten zijn we verloren. We leerden ook hoe hij het verkeer op een kruispunt regelde en dat een fiets twee remmen moet hebben, een bel en verlichting, dat is verplicht, maar versnellingen, reparatiesetje en bagagedrager zijn ook nuttig. Het volgende lesuur gaan we allemaal naar Marienlyst, naar de miniatuurstad daar, met straten, trottoirs, zebra's en stoplichten, net als in een echte stad, met dat verschil dat alles veel kleiner is, alsof het lang in de regen heeft gestaan en is gekrompen. Daar eten we onze lunchpakketjes op en Esther van de kiosk zwaait naar ons en even is de klas jaloers op mij omdat ik een dame ken in een kiosk vol kandijsuiker, ijs en tijdschriften. Maar dat duurt niet lang, want al snel is het menens. Nu moeten we laten zien wat we in het vorige uur hebben geleerd. We moeten in een lange rij gaan staan en de agent loopt van de een naar de ander en uiteindelijk blijft hij voor mij staan, hij glimlacht en legt zijn hand op mijn schouder. Ik moet met hem meelopen naar het kleine kruispunt. Misschien heeft hij van het ongeluk van De Oude gehoord en heeft hij mij daarom uitgekozen. Ik weet dat je twee keer naar rechts en naar links moet kijken voordat je een straat oversteekt. Dat was De Oude vergeten. Rood licht betekent gevaar, oranje geeft aan dat het licht gaat verspringen en groen betekent dat het veilig is. Niemand heeft het zo druk dat hij niet op groen licht kan wachten. De agent kan me vandaag echt alles vragen. 'Hier zou jij bijna kunnen wonen', zegt hij. De agent lacht en geeft me een klopje op mijn rug. Dan wordt het volkomen stil. Ik kijk naar hem op. Ik wil hier niet wonen. 'Hoezo?' vraag ik. De agent bukt zich. 'Hoezo?' 'Ja, hoezo?' Hij recht zijn rug weer. Knokkel staat ongeduldig op de zebra. De rest van de klas doet een stap naderbij. 'Omdat alles hier zo klein is dat het precies groot genoeg is voor jou', zegt de agent. Zo zegt hij het, dat alles hier precies groot genoeg is voor mij, en hij lacht. Iedereen lacht. Ik sta midden in het gelach en de agent aait mijn krullen. 'Maar kun je me zeggen wat je moet onthouden als je een straat oversteekt?' Ik antwoord niet. Ik zie hoe de anderen uit de klas me aankijken. En ik weet dat hierna niets zoals vroeger kan zijn. Van nu af aan ben ik klein. Ik ben de enige inwoner van deze kleine stad. Mijn tekortschieten, mijn gebrek aan lengte is opeens zichtbaar geworden. De agent heeft mij gebrandmerkt. Ik voel het gewicht van alles wat ik niet heb. 'Geef de agent antwoord, Barnum!' roept Knokkel. In plaats daarvan loop ik het grasveld over, weg van de agent, Knokkel en de klas, weg van de kleine stad, en niemand houdt me tegen. Dat is misschien nog het ergste. Ik mag weggaan. Ik kijk niet om. Er is niemand in het appartement als ik thuiskom. Ik meet mijn lengte tegen de deurpost en zet een potloodstreep daar waar ik ophoud. Ik klim op een krukje en zie mezelf in de spiegel. Daar is niet veel spiegel voor nodig. Met een zakspiegeltje kom je een heel eind. En dit is misschien wel de eerste keer dat ik mezelf zie. Ik wil niet meer kijken. Ik loop terug naar de slaapkamer, trek de gordijnen dicht, doe het licht uit, kruip onder het dekbed en sluit mijn ogen. En is het niet zo dat alles verband met elkaar houdt, in dit wat we het leven noemen, gebeurtenissen die niets met elkaar te maken hebben maar die toch verbonden zijn, in een wonderlijke volgorde, gedreven door toevalligheden, dood en een samenloop van omstandigheden, alsof de vrachtwagen die De Oude overreed een kettingbotsing in de tijd veroorzaakte, die begon met Freds zwijgen, de foto van moeders hartsvriendin in het concentratiekamp, de glimmende knoop en de noodlottige woorden van de agent en die daarna verderging met de Buick die vader kwijtraakte, de mestkuur op het platteland, de grammofoon en Cliff Richard, gebeurtenissen waar ik nog niets vanaf weet, maar die binnenkort zullen plaatsvinden en waar ik niets aan kan doen, want ik weet niets. En eigenlijk begon alles met het verscheiden van koning Haakon de zevende. Dit is mijn film. En er zijn geen bewegende beelden. Er zijn alleen maar punten, samengevoegd, als een kalender die je snel door kunt bladeren zodat je regen in sneeuw ziet veranderen. En hier verwissel ik de filmrol: Fred komt thuis uit het Rijkshospitaal met afasie, maar ook al heeft zijn zwijgen nu naam en adres gekregen, daarom begint hij nog niet te praten. Hij draait gewoon om op de drempel en loopt weer naar buiten, niemand weet waar hij naartoe gaat, maar ik denk dat hij naar de Vestre Gravlund gaat, naar het graf van De Oude. Later die avond staat moeder naast mijn bed. 'Waar is de knoop?' vraagt ze. Maar ik antwoord niet. Ik wil niet voor Fred onderdoen. Ik wil ook mijn afasie hebben. Moeder bukt zich. 'Barnum?' Ik klem mijn tanden op elkaar. Het doet pijn in mijn mond. 'Slaap je?' fluistert ze. Ik laat haar in de waan. Ze sluipt de kamer uit. Ik zwijg de rest van de nacht. De volgende ochtend zeg ik ook niets. Op school ben ik net zo stil. Het eerste uur zegt Knokkel dat ik van bank moeten verwisselen. Ze wijst naar de bank die het dichtst bij haar katheder staat. 'De kleinsten moeten vooraan zitten, Barnum', zegt ze. 'Zodat ik je kan zien.' Ik pak mijn rugzak en leg de lange weg af, tussen de banken door. Ik ben al wat ik ga worden, de kleinste. Ik hoor mijn nieuwe namen, heel zachtjes gefluisterd, maar net luid genoeg, kriel, pygmee, dwerg, dit is niet de laatste keer en ik zal nog veel meer namen krijgen, alsof ik al niet genoeg te stellen heb met mijn eigen naam. Ik ga achter mijn nieuwe lessenaar zitten. Juf Knokkel glimlacht. Ze is zo dichtbij dat ik haar kan ruiken. Het ruikt niet prettig. Hier zal ik de rest van mijn leven stilzitten, terwijl alle kinderen achter mij groeien, steeds groter worden, en hun schaduwen op mij werpen. 'Daar zit je prima, Barnum.' Ik zeg niks. Ik ga stom naar huis. Mijn tanden doen pijn. Ik eet mijn avondeten zonder een woord te zeggen. Ik moet bijna huilen. En wanneer ik eindelijk naar bed ga, stiller dan ooit, en het licht uit is, dan doe ik met een luide kreun mijn mond open en haal diep adem, alsof ik sinds gisteren onder water ben geweest. Maar er komt een vreselijk vermoeden bij me op. Er is niemand die merkt dat ik opgehouden ben met praten. Mijn zwijgen gaat onopgemerkt aan hen voorbij. Mijn afasie maakt geen verschil, noch in positieve, noch in negatieve zin. Ik zou net zo goed dood kunnen zijn. Ik hou het twee dagen vol. Ik zit in de woonkamer. Moeder staat bij de open balkondeur een sigaret te roken. 'Mijn etui', zeg ik. Ze draait zich langzaam naar me om en blaast een ring die ik aan mijn vingers schuif voordat hij in rook opgaat. 'Wat zei je, Barnum?' 'De knoop ligt in mijn etui', fluister ik en steek mijn vinger in mijn mond. Moeder stapt het balkon op en zwaait. Ik loop achter haar aan. Beneden op straat staat vader de Buick te poetsen. Hij kan zich al bijna in de wieldoppen spiegelen. De hemel schittert in de motorkap. Het is lente, mei, eigenlijk is dit een fijne tijd, het is een tijd voor herbaria, kaarten en andere plannen. Moeder drukt haar sigaret uit in de bloembak en omhelst me. 'Zou je zin hebben om deze zomer met de auto op reis te gaan?' vraagt ze. 'Waarheen dan?' 'Tja, waarheen dan? Dat mag jij beslissen, Barnum.' Ik wil dat liever niet in mijn eentje beslissen. 'Ik en Fred kunnen dat beslissen', zeg ik. Moeder glimlacht. 'Dat is prima. Jij en Fred beslissen.' Ik denk na. 'Groenland.' Moeder laat me los en steekt nog een sigaret op. 'Er loopt geen weg naar Groenland, Barnum. Verzin iets anders.' 'Denemarken, misschien?' Nu denkt moeder na. En vader staat tegen de glimmende auto geleund en roept: 'Ga je mee, Barnum!' Op dat ogenblik steekt Fred de straat over en ik kijk op naar moeder. 'Ga maar snel', zegt ze. En ik zie dat haar gezicht blij staat, voor de eerste keer in lange tijd, sinds De Oude dood is. Ik ren naar beneden en Fred zit al op de achterbank. Ik ga voorin zitten, naast vader, die met zijn handschoenen over het stuur wrijft en in het spiegeltje kijkt. 'Waar wil je naartoe, Fred?' Fred antwoordt niet. Hij zit met zijn armen over elkaar in de hoek van de bank. Vader wacht, maar dat helpt niet. Dus draait hij zich om naar mij en begint te lachen. Dan stapt hij uit en haalt iets uit de achterbak en als hij terugkomt heeft hij een enorm kussen bij zich, nog groter dan het kussen waar hij zelf op zit. 'Hier, Barnum. Jij wilt zeker ook wel wat zien?' Hij schuift het kussen onder me, maar ik word niet groter, ik word kleiner, ik word niet opgetild, ik zink weg, weg in de roodlederen stoel en vader aait me over mijn bol. 'Kun je het nu goed zien, Barnum?' Ik knik. Het enige wat ik zie is de rand van het dashboard en de hemel en de lucht en de lucht is blauw met witte, wollige strepen overdwars. Vader rijdt naar Majorstuen en slaat daar rechtsaf, hij laat de kap zakken, houdt zijn hoed vast en rijdt verder naar de Holmenkollen-skischans en de bossen. De mensen op de trottoirs kijken ons na en daar geniet vader elke keer weer van. De wind is warm en sterk in mijn gezicht. Ik moet mijn ogen dichtdoen. Ik kan nu bijna alles zien. De zon stroomt alle kanten op. Een insect raakt de voorruit en blijft vastzitten. Vader ruitenwissert hem weg. Maar de resten van een vleugel blijven plakken. Er komt een auto achter ons rijden. Het is een taxi. Vader schakelt en bij de volgende bocht is die verdwenen. 'Dat was dat', zegt vader tevreden. De weg wordt steiler. We zijn alleen. Al snel zien we de skischans en de blauwe vijver onder aan de uitloop. Vader remt even en draait zich om. 'Hier ben je al eerder geweest, Fred. Weet je dat nog?' Fred antwoordt niet. Vader zucht, maar het is een prettige zucht. 'Dat was een fijn tochtje, ook al begon het te regenen.' Hij denkt na. 'Toen is je moeder waarschijnlijk voor me gevallen, Barnum.' 'Ook al begon het te regenen?' vraag ik. Vader lacht. 'Ik hoefde alleen maar het dak dicht te doen en binnenshuis verder te rijden. Nietwaar, Fred?' Maar Fred zwijgt nog steeds. Alle geluid in hem is uitgeschakeld. De taxi verschijnt weer achter ons, langzaam rijdend. 'Ik geloof dat iemand ons volgt', fluister ik. 'Nu draaf je wel heel erg door, Barnum', zegt vader, hij werpt een snelle blik in de spiegel en rijdt door, en nu stopt hij pas als we bij de laatste bocht zijn en daar rijdt hij helemaal door tot de rand en het is net alsof hij op een wolk parkeert en onder ons ligt de fjord, de stad, het bos. Vader stapt uit en wrijft met een zakdoek de plakkerige vlek van de voorruit en gaat weer zitten. 'Kijk eens in het handschoenenvakje', zegt hij. Ik doe het handschoenenvakje open. Daar ligt een flesje cola in. Ik pak het er voorzichtig uit. Vader heeft ook een flesopener, hij wipt de kurk eraf, neemt eerst zelf een grote slok en geeft de fles door aan Fred. Maar Fred wil niets hebben. Hij zit in een hoekje van de bank, armen over elkaar, en zijn haar is achterover gewaaid tot een hoge, golvende kuif. Vader geeft de fles dus maar aan mij, ik neem een slok, en daarna zwijgen we een hele poos en de blauwe, gladde hemel glijdt voorbij, voortgeduwd door een mild briesje dat ook de boomtoppen doet deinen als groene fakkels. Vader steekt een sigaret op en leunt tegen de neksteun. 'Nu hebben we het fijn, toch, jongens? Of niet soms?' Ik ben de enige die antwoordt. 'Ja', zeg ik. Vader legt zijn handschoen op mijn schouder. 'Het is goed als mannen af en toe onder elkaar kunnen zijn, Barnum. Want van vrouwen zullen we nooit alles begrijpen.' 'Hoeveel dan wel?' vraag ik. 'Hoeveel wat, Barnum?' 'Hoeveel kunnen we wel begrijpen, vader?' Hij drinkt langzaam uit het colaflesje en geeft het weer aan mij. 'Twee procent', zegt hij. 'En dat met moeite.' Fred klimt over het portier en loopt naar een boom om te pissen. Vader rookt verder. 'Zegt hij ook niets tegen jou?' fluistert hij. 'Nee, vader.' Ik inhaleer de blauwe, sterke rook en word een beetje duizelig. Dat is prettig. Ook vader zwijgt een poosje. Hij drukt de sigaret in de asbak tussen ons in. Wanneer hij naar Fred kijkt, die nog steeds achter de boom staat te pissen, jat ik de peuk. 'Hoe gaat het op school?' vraagt vader. 'Ik ben de kleinste van de klas.' 'Dat geeft toch niks?' 'Ik had graag wat groter willen zijn', zeg ik. Vader lacht. 'Ik was ook de kleinste, Barnum. En kijk eens wat er van mij geworden is!' Ik weet niet goed wat ik daarop moet zeggen, of het een troost of een dreigement is. 'O', fluister ik. We zitten allebei op ons kussen. Er is maar net genoeg plaats voor vaders buik achter het stuur. Zijn dijbeen is zacht en stoot tegen mijn knie. 'Ik heb ooit de langste man ter wereld gekend', zegt hij. 'En dat maakte hem niet gelukkig, Barnum. Eerder het tegendeel.' 'Hoe lang was hij?' Vader glimlachte. 'Daar kibbelen de geleerden over. Maar hij was zo lang dat hij niet bij zijn eigen schoenen kon komen, Barnum.' Ik lach. Dat zou wat zijn, niet bij je eigen schoenen kunnen komen. Er trekt een schaduw over vaders gezicht. Hij sluit zijn ogen en zet een zonnebril op. Dan zegt hij iets wat hij vaak zal herhalen in de weinige jaren die tussen hem en de dood liggen. 'Niet wat je ziet is het belangrijkst, Barnum,' zegt vader, 'maar wat je denkt te zien.' Fred is eindelijk klaar met pissen en gaat weer in het hoekje van de achterbank zitten. Het is net alsof er een kilte met hem meekomt, alsof zijn zwijgen koud door je tanden trekt. 'We zitten over het leven te praten', zegt vader. 'Wat heb jij daarover te vertellen, Fred?' Maar er komt geen antwoord. En het heeft ook geen zin om te wachten. Fred is uitgeschakeld. Vader zucht weer, en ditmaal diep. 'Afasie', zegt hij. 'Doet dat pijn of merk je er helemaal niets van?' Vader lacht meteen. Fred lacht niet. Er zit nog steeds geen geluid in hem en vader geeft het op. 'Ik ben ooit een keer alleen over de maalstroom bij Moskenes gevaren', zegt hij dan maar. 'En dat is de krachtigste draaikolk die er in welke zee dan ook bestaat. Het is alsof je het oog van de duivel binnenvaart.' Nu zwijg ik ook. Ik luister. Vader aait langzaam met zijn handschoenen over het stuur. 'Maar ik ben toch gekomen waar ik wilde zijn, jongens. Dat is wat telt. Komen waar je wilt zijn.' 'Waar is dat dan?' vraag ik voorzichtig. Vader laat het stuur los. 'Bijvoorbeeld hier', zegt hij. 'Jullie zijn mijn haven.' Op dat moment komen de twee mannen eraan. Ze komen uit het bos. Ze blijven even staan, kijken om zich heen, of naar elkaar, en dan lopen ze verder naar ons toe. Ze dragen donkere kleren en ze lopen in de maat. Ik zie nog net dat vader probeert het sleuteltje om te draaien, maar het is te laat, hij laat het los, trekt het kussen onder mij vandaan en legt dat op zijn eigen stoel, hij richt zich op en wendt zich tot de twee mannen, één kussen groter dan normaal. 'Lekker weertje', zegt hij luid. 'Arnold Nilsen?' vraagt de ene man. Vader lijkt verbaasd bij het horen van zijn eigen naam. 'Arnold Nilsen? Ja, dat klinkt warempel bekend.' De andere man maakt het portier open. 'We willen even met je praten', zegt hij. Vader blijft zitten. Het is net alsof hij zich vasthoudt aan het stuur. Zijn gezicht loopt leeg. Dan gaat hij met hen mee en ze verdwijnen tussen de bomen. Ik weet niet wat er gebeurt. Ik weet alleen dat het niet veel goeds kan zijn, want ik had vaders gezicht gezien. Ik ben op een andere manier bang. Nu moet Fred iets zeggen. 'Zeg iets', fluister ik. Hij zegt niets. Is hij net zo bang? Ik draai me om. Ik kan geen verschil zien, alleen dat hij min of meer glimlacht. Zijn lippen krullen zich rond zijn mond. Ik word nog banger. Ik moet vooral niet in mijn broek poepen of gaan huilen. Als ik aan de handrem tussen de stoelen trek, zal de auto over de rand rollen en misschien pas tot stilstand komen als hij met de voorwielen in de Oslofjord staat. Ik pak de stang beet, die voelt warm aan en ik voel dat hij trilt in mijn vingers. Nu kan ik alle verkeersregels overtreden. Ik krijg kippenvel op beide armen. Plotseling mept Fred me tegen mijn achterhoofd. Ik word heel blij. Ik laat los en heb zin om hem te bedanken. Daar krijg ik de tijd niet voor. Vader komt terug met de twee anderen. Hij blijft bij het geopende portier staan en kijkt op ons neer. Zijn broek is vuil. Hij heeft zijn hoed niet op. Zijn haar is naar de verkeerde kant gevallen. Hij probeert te lachen, maar het blijft bij een probeersel. 'Ik geloof dat jullie maar uit de auto moeten komen, jongens', zegt vader. Ik ga naast hem staan. Fred blijft op de achterbank zitten. 'Kom uit die auto', herhaalt vader. Is dit het moment waarop Fred weer zal gaan praten? Is dit het ogenblik waarop hij iets gaat zeggen wat de vreemdelingen op de vlucht doet slaan en ons aan het lachen maakt en alles weer laat zijn zoals het was? Dat is wat ik hoop. Dat is het bevrijdende moment waarop ik altijd wacht. Het komt nooit. Fred blijft zwijgen. Hij treuzelt alleen maar. Vader buigt zich over het portier. 'Alsjeblieft', fluistert hij. Fred haalt zijn schouders op, alsof het hem begint te vervelen, en stapt eindelijk uit. De twee mannen duwen vader opzij en stappen in. De ene, degene die niet achter het stuur gaat zitten, gooit de kussens over het portier naar buiten en lacht luid. Dan rijden ze weg. Ze rijden weg in vaders Buick en verdwijnen om de bocht. Wij blijven achter. Het is onbegrijpelijk. Het is die lucht van benzine en zon, die schrijnt. Vader loopt het bos in om zijn hoed te halen. Die is gedeukt. 'De kussens', sist hij. Ik raap de kussens op. We beginnen de heuvel af te lopen, naar de stad. Nu zegt niemand van ons iets. Vader loopt voorop, hij ademt zwaar en zijn nek is nat, hij is een zwart vierkant in het warme licht. Ik loop in het midden. Ik draag de kussens. En terwijl ik daar loop, met in elke hand een zwaar kussen, besluit ik te stoppen met eten. Als Fred gestopt is met praten, zal ik op z'n minst stoppen met eten. Er zit niets anders op. Dat ik daar niet eerder aan gedacht heb. Het is immers zo simpel. Als ik niet eet, zal ik ook langer worden. In plaats van in de breedte te groeien, zoals vader al die jaren moet hebben gedaan, tegen de aarde gedrukt door zijn eigen gewicht, zal ik in de lengte groeien, ik zal me uitrekken, mager en gewichtloos, de honger zal me optillen. Vader wil naar binnen in een tent die de Bakkekro heet. Daar bestelt hij een biertje. Maar alvorens dat op te drinken gaat hij naar de wc. Fred en ik zitten aan een tafeltje bij het raam. Tussen ons in staat een verlept boeket op het kleedje. Ik zit op de kussens. Binnenkort zal ik die niet meer nodig hebben. Als vader terugkomt heeft hij zijn haar gekamd, zijn hoed uitgedeukt, zijn schoenen gepoetst en zijn broek schoongemaakt. Hij lijkt weer op zichzelf, maar niet helemaal, er ligt een schaduw onder zijn ogen die hij niet weg heeft kunnen poetsen. 'Willen jullie een broodje?' vraagt hij. 'Nee, bedankt', zeg ik. Ik ben al begonnen met niet eten. Ik meen mezelf al bijna te kunnen voelen groeien. Vader drinkt het donkere bier in één teug op en zet het glas voorzichtig neer, alsof het minste geluid alles kapot kan maken, of dat weinige dat nog over is, dat niet allang kapot is. Vader kijkt me aan. 'Hierover zeggen we niks tegen moeder', fluistert hij. Ik schud vele malen mijn hoofd. Vader knikt en wendt zich abrupt tot Fred. 'En als jij nu begint te praten, dan heb je het verkeerde moment uitgekozen! Ga door met die afasie!' Dan gaan we naar huis. Moeder wacht op ons. 'Wat zijn jullie lang weggebleven', zegt ze. Vader neemt de kussens van me over, loopt naar de woonkamer en gaat op de divan liggen. Moeder kijkt hem verwonderd na. Fred trekt andere schoenen aan en gaat er weer vandoor. Ik ben de enige die blijft staan. 'Was het een leuk tochtje?' vraagt moeder. 'Ja hoor, moeder.' Ik moet hard nadenken om niet iets verkeerds te zeggen, iets wat ik niet had moeten zeggen. Ik moet me niet verspreken. 'Waar zijn jullie geweest?' 'Naar de plek waar jij voor vader gevallen bent, moeder.' Ze is even verbaasd en moet ook nadenken. Dan komt ze dichterbij. 'De knoop lag niet in je etui, Barnum', zegt ze. 'O nee?' 'Nee, Barnum.' Moeder draait zich om naar vader, die ligt met de kussens onder zijn hoofd en de krant op zijn gezicht, de bladzijden vibreren. 'Wat wil je met die knoop?' vraag ik. 'Ga je handen wassen', zegt moeder. Ze haast zich naar de keuken, want er ruikt iets aangebrand. Ik loop naar onze kamer en pak het etui. Moeder had gelijk, de knoop ligt er niet. Of ik ben hem op school verloren, of ik weet wie hem gepakt heeft. En we zullen lange tijd en vele jaren verder zijn voordat diezelfde knoop weer opduikt, als een klein wiel dat door onze levens is gerold. 'Het eten wordt koud!' roept moeder. Vader treuzelt in de woonkamer. Ik treuzel in de slaapkamer. Ik ga tegen de deurpost staan en leg mijn hand plat op mijn hoofd, maar er is geen verschil te meten, zelfs niet als ik mijn krullen meetel. Maar ik ben immers ook nog maar net aan het hongeren en je wordt niet echt veel langer van het afslaan van één enkel broodje in de Bakkekro. Daar moet je meer eten voor afslaan. Moeder wordt ongeduldig en roept nog harder. We gaan aan de keukentafel zitten. We hebben vandaag weer visballen. De stoelen van Fred en Boletta zijn leeg. Moeder schenkt water in de glazen. 'Waar heb je de auto geparkeerd?' vraagt ze. Vader kauwt langzaam, nee, hij vermaalt de visballen alleen tussen zijn tanden. 'Boletta is zeker weer naar de Noordpool?' zegt hij. Moeder geeft geen antwoord. Vader stopt zijn mond vol met nog meer visballen. 'Vind je niet dat ze daar wat vaak is, gezien haar leeftijd?' Moeders ogen verstarren. 'Ik vroeg waar je de auto geparkeerd hebt', herhaalt ze. En het valt me op dat ze geen van beiden antwoord geven op wat hun gevraagd wordt en dat ze in plaats daarvan iets heel anders vragen. Ik heb vader nog nooit zo gezien. Het lukt hem niet eens het weg te lachen. Zijn ogen wankelen in zijn gezicht. 'Die is bij de garage', mompelt hij. Moeder buigt zich over de tafel. 'Wat zeg je?' 'Die is bij de garage, verdomme!' Nu mompelt vader niet. Hij schreeuwt. Moeder zakt een beetje in. 'Garage? Hebben jullie pech gekregen?' Vader werpt me een snelle blik toe, het is alsof hij klem zit. 'De handrem kraakte', zeg ik. Moeder haalt haar schouders op, laat de pan rondgaan. Ik geef hem door. 'Eet je niet, Barnum?' 'We hebben broodjes gegeten in de Bakkekro', zegt vader. 'Vlak bij de garage.' Het is een poosje stil. Het is alsof de rust op ons neerdaalt. Maar die duurt niet lang. 'Kraakt de handrem?' vraagt ze. Meer kan vader niet verdragen. 'Sinds wanneer heb jij verstand van auto's?' zegt hij bokkig. 'Ik heb niet gezegd dat ik verstand van auto's heb.' 'Hou je mond dan!' Moeder legt mes en vork neer en kijkt vader alleen maar aan. Zijn nek wordt een boog waar zijn hoofd aan hangt. 'Dat had ik niet moeten zeggen', fluistert hij. 'Nee, dat had je zeker niet', zegt moeder, ze loopt naar de slaapkamer en doet de deur achter zich op slot. Die doet ze pas de volgende ochtend weer open. Vader heeft de hele nacht gebruikt om te bedenken wat hij moet zeggen. 'Ik heb de auto verkocht', zegt vader. Moeder kijkt naar vader. Vader kijkt naar mij. Boletta staat op van de sofa. Fred komt uit de badkamer. 'De auto verkocht?' fluistert moeder. Vader knikt. Dat begrijpt moeder niet. 'Ik dacht dat we deze zomer met de auto op reis zouden', zegt ze. Vader slaat zijn ogen neer. 'Misschien de volgende zomer, liefje.' Moeder smijt de deur dicht en doet hem even snel weer open. 'De volgende zomer? En ik heb Barnum beloofd dat we deze zomer met de auto op vakantie gaan!' Vader draait zich om naar mij. 'Het geeft niet', fluister ik. Vader glimlacht met vermoeide lippen. 'Hoor je wel?' zegt hij. 'Maar waarom heb je de auto verkocht?' vraagt Boletta. Vader haalt diep adem. 'Omdat we het geld nodig hadden', zegt hij. Moeder stampvoet en gaat dwars liggen. 'Je liegt!' roept ze. 'Je staat me recht in mijn gezicht voor te liegen!' Vader weet niet waar hij moet kijken of wat hij moet zeggen. Daarom speelt hij de beledigde onschuld en moeder wordt nog woedender. Ik ga tussen hen in staan. 'Niet wat je ziet is het belangrijkst', zeg ik. 'Maar wat je denkt te zien.' Vader legt zijn gladde, stijve hand dankbaar op mijn schouder, maar moeder schudt slechts haar hoofd, is nog minstens een maand lang kwaad en stampt de keuken binnen, waar ze een lunchpakketje smeert dat ik in de dichtstbijzijnde afvalemmer kan gooien zodra niemand me ziet. Er was sowieso niemand die het echt opviel dat ik gestopt was met eten, evenmin als mijn zwijgen sporen nagelaten had. Maar dit hield ik langer vol. Ik hongerde in stilte. Nu had ik mijn eigen afasie, de afasie van maag en darmen. En ik ging grondig te werk. Als ik kandijsuiker van Esther kreeg, verstopte ik het zakje onder een steen achter de radio- en tv-studio's van Marienlyst. In de schoolkantine deed ik alsof ik mijn wortel en mijn knäckebrød met leverpastei opat, maar ik ging daarna naar de wc om over te geven. Thuis gaf ik de schalen en pannen gewoon door en niemand zei daar iets van. Ik was onzichtbaar. De honger maakte mij doorzichtig en hol. Elke avond mat ik mijn lengte langs de deurpost, maar ik kon nog steeds geen verschil zien. Mijn merkteken bleef hetzelfde. Mijn krullende tekortschieten stond onherroepelijk vast. Ik moest geduld hebben. Groeien is een langzaam gebeuren. En iedereen had gelukkig andere dingen aan zijn hoofd. Moeder was nog steeds kwaad vanwege dat met de auto en vader deed zijn best om haar weer blij te maken, hij kocht bloemen, was elke avond thuis, lapte de ramen en zei dat ze mooier was dan ooit, maar het hielp niet, moeders razernij kon niet afgebroken worden, die moest zijn beloop hebben, tot er geen razernij meer over was. Boletta dronk bier in de Noordpool en Fred had het alleen maar druk met zijn zwijgen. Op een avond had ik toch het gevoel dat hij naar me keek, met nieuwe ogen, en ik dacht dat hij misschien iets ging zeggen, dat ik veranderd was, dat ik niet meer dezelfde was, maar dat gebeurde niet. Ik was een aantal kilo's afgevallen. Ik wilde ze inwisselen voor centimeters. Die lieten op zich wachten. In het begin werd ik slap. Ik kon 's ochtends met moeite uit bed komen. Alles draaide om niet eten. Honger was mijn enige gedachte. Ik moest ook vaak naar de wc. Dat hield snel op. Er was immers niets wat eruit moest. Het was net een som. Die uitkwam. Behalve dan dat ik nog niets langer geworden was. Maar ik gaf niet op. Ik heb nog nooit zoveel niet gegeten. Ik werd een smalle schaduw in de lentezon. Niemand wilde mijn honger zien, totdat ik tijdens de godsdienstles op de vrijdag voor de zomervakantie flauwviel in de armen van Knokkel en ik naar de schoolarts werd gedragen. Daar werd ik wakker op een matras. De honger was een merkwaardig lied in mijn hoofd. Ik was naakt. De schoolarts bekeek mijn magere, korte lichaam met grote, bezorgde ogen. 'Hoelang is het geleden dat je iets hebt gegeten?' vroeg hij. 'Lang', fluisterde ik. De schoolarts schudde zijn hoofd. 'Maar waarom heb dan niet gegeten?' Daar kon ik geen antwoord op geven. Ik kon niet zeggen hoe het in elkaar stak. Hij zou me niet geloofd hebben. 'Weet niet', zei ik zachtjes. De schoolarts legde een vinger op mijn pols en telde hardop. 'Krijg je thuis geen eten?' vroeg hij toen hij uitgeteld was. En nu gaf ik het verkeerde antwoord. Ik wist het zodra de woorden waren gezegd. De leugen werd in mijn mond gelegd en die leugen zou van alles meebrengen. 'Niet zo veel', antwoordde ik. De schoolarts wierp een blik naar de verpleegster, die met de armen over elkaar naast de deur stond. Ze ging meteen moeder bellen. Ik werd gewogen en mocht me weer aankleden. Moeder kwam na een uur. Eerst moest ze een hele poos met de schoolarts en de bovenmeester praten. Ik wachtte op de matras. De verpleegster hield me in de gaten. Dacht ze dat ik weg zou lopen? Nou, daar hoefde ze zich geen zorgen over te maken. Ik had er de kracht niet voor. Ik kon met moeite mijn hand optillen en me onder mijn neus krabben. 'Dus jij krijgt thuis geen eten, hm?' zei ze. Ik wilde iets zeggen, zeggen dat dat niet waar was, dat er thuis rijkelijk eten op tafel stond, dat ons huis een hoorn des overvloeds was, visballen, karbonades, stoofpotjes, bloemkoolsoep en zoetzure augurken, maar toen kwam moeder uit het kantoortje, met gebogen hoofd, blozend, krom van schaamte. Ze had niet alleen een zoon met afasie, ze had nog een zoon, en die was zowel ondermaats als ondervoed. Plotseling rechtte ze haar rug en blies haar haren uit haar gezicht en haar ogen waren helder en sterk. 'Wat hebben we gisteren gegeten, Barnum?' 'Kliekjes', fluisterde ik. Toen pakte ze me mijn hand en trok me mee naar buiten. Maar in het park kon ze niet meer, ze ging op een bankje zitten en begon te huilen. 'Hoe kon je zoiets zeggen? Dat je geen eten krijgt?' 'Het was niet de bedoeling', fluisterde ik. Moeder wrong haar handen. 'Wat heb ik verkeerd gedaan?' snikte ze. Ik liep naar haar toe. 'Jij hebt niets verkeerd gedaan, moeder.' Moeder keek op en het was net alsof ze me toen pas opmerkte en zag hoe dun ik was geworden. Ze omhelsde me, voelde dat mijn ribben als een telraam vlak onder mijn overhemd lagen en ze huilde nog harder. 'Wat moeten we met je doen, Barnum?' Daar zou ze snel achter komen. Er kwam een brief voor vader en moeder, van de schoolarts. Ik zou naar een boerderij gestuurd worden waar ik twaalf dagen moest blijven om vetgemest te worden. Nu was het vaders beurt om razend te worden. Hij sloeg op tafel en weigerde, maar ze hadden geen keus. Ik zeg niets meer, voorlopig, ik zeg alleen Weir Mitchel-kuur en dat moeder me naar de trein bracht, ik droeg een rugzak met kleren, een tandenborstel en een liniaal, ik werd op station Dal afgehaald door de boer zelf en reed met hem in een vrachtwagen naar een boerderij die bij een meer lag dat Hurdalsjø heette. Ik kon het 's avonds vanuit mijn kamer zien. Er zat vis die opsprong in het maanlicht. De boer had een vrouw met grote handen. Er waren ook nog twee andere jongens. Ik was dunner dan zij. Toen ik thuiskwam was ik een propje. Maar voordat de school begon was ik mezelf weer, niet langer of korter, niet meer of minder, ik was voor eens en voor altijd Barnum, alsof er niets was gebeurd, alsof de Weir Mitchel-kuur slechts een droom was geweest. Ik werd bij de schoolarts geroepen en hij onderzocht alles, van kont tot mond, en stelde vast dat ik erbovenop was, de kuur was aangeslagen, het vet was rijkelijk over mijn lichaam verdeeld en de darmvlokken zogen zó goed dat het een lieve lust was. 'Was het leuk op de boerderij?' vroeg de schoolarts. Ik was niet in staat te antwoorden. Ik knikte alleen maar. Vader en moeder konden opgelucht ademhalen, Esther kon haar hand op mijn krullen leggen en de rest van de klas kon me uitlachen, omdat de meisjes in de loop van deze zomer ook waren gegroeid, ongebreideld waren ze gegroeid, me zomaar voorbij, ik bleef alleen achter in het laagland, in de gure kou, ik moest tegen iedereen opkijken en er was niemand op wie ik kon neerkijken. Ik zou graag Fred hebben verteld wat er allemaal op de boerderij was gebeurd. Ik had hem kunnen vertellen dat het niet leuk was. Maar ook daar was ik niet toe in staat. Hij was nog stiller. Zijn zwijgen kon straten en steden verwoesten. Misschien bestond er ook een kuur voor stommen? Die gedachte beviel me wel. Ik zag het al voor me, een boerderij op het platteland, of in een park, waar de stommen in de schaduw van de bomen zaten en met elkaar moesten praten, de eerste dag één woord, de volgende vier en als de twaalfde en laatste dag kwam, konden ze een hele zin zeggen. Ik doopte het de Barnum-kuur. Maar er was geen kuur voor Fred. In september begon het te regenen. Vader was het hele weekeinde weggeweest. Maandag kwam hij thuis. Hij had geen tijd om zijn jas en zijn natte schoenen uit te trekken. Hij liep recht de kamer in en zette een grote kartonnen doos op tafel. Hij zou moeder voor eens en voor altijd blij maken. 'Kijk eens!' riep hij. Wij verzamelden ons rond die kartonnen doos. Vader nam plotseling alle tijd. Hij droogde beide handschoenen omstandig af met een zakdoek, kamde zijn haar, stak een sigaret tussen zijn lippen en zocht naar een lucifer. 'Jullie zijn zeker wel heel benieuwd?' zei hij. Maar vader kreeg niet de reactie die hij had verwacht. We stampvoetten niet van verwachting, uitzinnig door dit uitstel. We stortten ons niet op de doos om hem van alle kanten open te scheuren. We waren een ellendig en ondankbaar publiek. Misschien waren we moe door alles wat er was gebeurd sinds koning Haakon en De Oude met slechts enkele uren tussenruimte waren gestorven, bijna alles was ons te veel geworden, we konden niet veel meer hebben, de voorstelling had te lang geduurd en onze zintuigen waren afgestompt, we waren leeg geschraapt. Vader was even van zijn apropos, hij nam de sigaret uit zijn mond en legde die weer in het etui, alsof hij de tijd terug wilde draaien en het nummer van voren af aan wilde beginnen. Dat hielp ook niet en vader was uitermate ontevreden over ons, hij voelde zich beledigd en moest improviseren. Hij droeg de doos gewoon weer naar buiten. Misschien wilde hij een nieuwe entree maken, op een nieuwe manier binnenkomen, zonder jas en natte schoenen, en dat was bijna troostrijk, dat het wellicht mogelijk was je daden over te doen, op een betere manier. 'Waar ga je heen?' vroeg moeder. Vader bleef staan, draaide zich langzaam om en deed verbaasd. 'O, ik wist niet dat jullie hier waren.' Moeder glimlachte. 'Wij zijn hier, Arnold.' Wij waren er, Boletta, moeder en ik, zelfs Fred was er. Vader keek van de een naar de ander en deed alsof hij ons nu pas zag. 'Ik was alleen van plan het vuilnis naar beneden te dragen', zei hij nors. Moeder moest hem paaien. 'Praat geen onzin. Laat eens zien wat je bij je hebt.' Vader treuzelde nog even voordat hij terugkwam met de kartonnen doos. Hij was nu heer en meester van de situatie en dat wist hij, we aten eindelijk uit zijn hand. 'Ja, ja', zuchtte hij. 'Als mijn bescheiden gaven jullie nog kunnen interesseren.' Toen trok hij het touw kapot, vouwde de bovenkant open, haalde diep adem en we zetten grote ogen op toen vader er een grammofoon uit tilde, een Radionette, met twee snelheden, 45 en 33 toeren, en een automatische arm. We kwamen dichterbij. We raakten het wonder aan. Vader haalde zijn sigaret tevoorschijn, stak die aan en leek ondanks alles toch tevreden met de voorstelling. 'Maar helaas hebben we geen platen om erop te draaien', zei Boletta. Alsof vader daar niet aan gedacht had. Dit was het moment waarop hij had gewacht. Hij glimlachte schalks en blies rook uit zijn bovenste mondhoek. 'Daarom heb ik de nieuwe ster die zo fabelachtig schittert aan het muziekfirmament naar dit huis meegebracht.' Vader hield plotseling een geel singletje tussen zijn handschoenen en ik kon met geen mogelijkheid zien waar hij die vandaan had gehaald. Nu waren wij degenen die zuchtten, behalve Fred. Vader fluisterde. 'En zijn naam is Cliff Richard.' Vader legde de plaat voorzichtig op de grammofoon, drukte op een knop, de arm gleed vanzelf op zijn plaats en de naald landde in de groeven, het ruiste en knetterde en eerst kwamen er een paar donkere, trage geluiden en een stem begon zo diep en langzaam te zingen dat het ongeveer klonk als koning Haakons begrafenis achterstevoren. Vader raakte behoorlijk overstuur, stak zijn sigaret in Boletta's mond en draaide een knop driemaal rond. De snelheid nam toe en de naald sprong een paar groeven over maar uiteindelijk konden we het horen, zo helder en duidelijk en zuiver alsof hij in onze eigen woonkamer stond: Cliff Richard zong 'Livin' Lovin' Doll'. En hij ging door met zingen. Zodra de plaat klaar was werd de naald weer naar het begin getild. We konden hem nog horen toen we op bed lagen. Vader en moeder dansten in de kamer en Cliff Richard zong. Daarna waren ze rumoerig in de slaapkamer. Hetzelfde herhaalde zich de volgende avond. Cliff Richard zong 'Livin' Lovin' Doll' en vader en moeder dansten in de woonkamer en de rest van de nacht waren ze weer zo luidruchtig in hun bed. Fred bleef buiten tot ze ophielden. Boletta vluchtte naar de Noordpool. Ik was de enige die thuis met een kussen over mijn hoofd naar die langgerekte concerten lag te luisteren, elke avond weer, Cliff Richard, 'Livin' Lovin' Doll' en het wonderlijke kabaal dat altijd volgde. Vader en moeder hadden elkaar weer gevonden en samen hadden ze Cliff Richard ontdekt. En zo ging het de hele herfst door. Ik had blij moeten zijn. Dat lukte me niet. De Oude was dood, Fred zweeg en ik werd niet langer. De deurpost stond stil. En daarom voelde ik nog heel lang die leegte in mijn hart, een smaak van verdriet die snel overging in schaamte en paniek wanneer ik Cliff Richard hoorde, toevallig, op de radio, in een lift of aan een bar, zijn droge en toch gladde stem, een stem zonder barsten, mooi en onzichtbaar, totdat ik hem met eigen ogen naast een zwembad in Hotel Kempinski in Berlijn zag, toen was het net of deze banvloek verbroken werd, de leegte in mijn hart groeide dicht bij de aanblik van Cliff, het verdriet werd tot gelach, zoals Fred ten slotte ook zijn langdurige zwijgen doorbrak. Want op een avond was er geen geluid in de woonkamer en ook daarna niet. Ik lag een hele poos wakker en hoorde niets. De grammofoon stond stil. Ik luisterde tevergeefs. De volgende ochtend kwam moeder onze kamer binnen. Ze had de grammofoon bij zich. 'Alsjeblieft', zei ze. Ik wilde vragen wat er gebeurd was, maar deed het niet. Ze zette de grammofoon op tafel en liep weer weg. Vader was een aantal dagen verdwenen. Boletta had hoofdpijn. Fred kwam thuis, nog steeds zwijgend. Het begon te sneeuwen. We leefden in een stomme film. Er waren zelfs geen teksten tussen de scènes. De sneeuw bleef vallen.

Mijn mond was vol sneeuw. En op een bepaald moment kon ik het niet meer aan. Het was eigenlijk een doodnormale avond. Het was lente geworden. Ik hoorde de fietsbellen die in een wedstrijd over de Kirkevei verdwenen. De kamer was vol stilte en zon. Ik stond bij de deurpost en mat mijn lengte. Ik was niet hoger gekomen. Ik moest geluid hebben. Ik moest iets horen. Ik drukte de knop van de grammofoon in. De arm verhief zich. En daalde naar de groeven. Ik blies het stof van de naald. Nooit was het stiller geweest in mijn hoofd. En diezelfde seconde, of vlak daarna, in het hoekje van de seconde, begon Cliff Richard te zingen, nog een laatste keer, in ons huis, 'Livin' Lovin' Doll'. Toen stond Fred op, brak de arm af, keilde de plaat zo tegen de muur en staarde me aan. De stilte was dubbel. 'Zal ik je vader voor je vermoorden?' vroeg hij. Fred had gesproken. Dit was het eerste wat hij zei. Ik werd heel blij. Ik lachte. 'Wat zei je?' Fred kwam dichterbij. 'Zal ik je vader voor je vermoorden, Barnum?' Ik lachte niet meer. Fred nam de grammofoon mee, liep naar de binnenplaats en gooide hem daar in de vuilnisbak. Ik geloof dat huismeester Bang zich erover ontfermde, want hij placht altijd in de emmers te neuzen voordat ze geleegd werden, maar hij slaagde er blijkbaar niet in hem aan de praat te krijgen. Ik holde de woonkamer in. Moeder zat bij de openstaande balkondeur te slapen. 'Fred heeft gepraat', fluisterde ik. Moeder werd langzaam wakker, tilde haar hoofd op en wreef de slaap uit haar ogen. 'Wat zei je, Barnum?' 'Fred heeft gepraat!' Moeder kwam abrupt overeind. 'Echt waar?' 'Ja, moeder. Fred praatte!' 'Maar wat zei hij?' vroeg moeder. Ik zweeg. Moeder pakte mijn arm en rammelde me door elkaar. 'Wat zei hij, Barnum!' Ik keek naar de grond. 'Dat hij niet van Cliff Richard houdt', zei ik.

(DE NECROLOGIE)

Op een ochtend gaf moeder een gil. We zaten in de keuken te ontbijten. Fred praatte allang weer, maar hij zei niets. Nu was vader degene die het meest zweeg. Hij miste de grammofoon. En hij miste niet in de laatste plaats zijn Buick. En wij, de anderen, waren ook niet echt babbelziek. We misten De Oude. Soms dacht ik: 'Misschien kunnen we net zo goed allemaal onze stem kwijtraken, tegelijk, besmet worden met afasie, want er is toch al zo veel waar we niet over mogen praten.' En toen gaf moeder dus een gil. Ze was de krant gaan halen. En ze kwam naar ons toe gehold, haar haren stonden in een wilde dos rond haar hoofd en haar nachtjapon hing scheef en in haar handen hield ze de *Aftenposten*, als een vlag. 'We staan in de krant!' riep ze. 'We staan in de krant!' Nog nooit had ik haar zo opgewonden gezien en ik zou het ook nooit meer te zien krijgen. Ze maaide het beleg opzij en gooide de krant op tafel. Nu konden we het met eigen ogen zien. Er stond iets over De Oude. Het was haar necrologie, twee jaar te laat. Moeder moest tussen ons in gaan zitten, ze huilde al. Boletta, die pas helder kon zien als de avondeditie kwam, boog zich over de tafel, bleek en ontzet. 'Lees voor', fluisterde ze. En moeder tilde de krant op en las hardop, in de taal van haar grootmoeder, en zo herinner ik me deze vreemde, zachte woorden, in mijn moeders mond.

De onzichtbare ster

'De schone Ellen Jebsen is uit haar mensenrol getreden en heeft de wankele coulissen van onze tijd verlaten. Wij die haar kenden, voelen nu een intens verdriet in onze harten, dat slechts verzacht kan worden wanneer wij haar volgen in de duisternis. Ze werd geboren in Køge in 1880. Haar vader was een zeer gerespecteerde zadelmaker en behanger, maar ze leek op haar moeder, die haar al vroeg de liefde voor de vertelkunst bijbracht, wanneer ze in het uur van de deemstering luisterde naar haar verhalen terwijl de geur van de gebakken appelen op de tegelkachel de kamer vulde met het aroma dat de fantasie ontsluit.

Maar pas toen ze haar Wilhelm ontmoette, de jonge en begaafde zeeman, onderging haar leven de eerste plotselinge ommezwaai, waarvan er zovele zouden volgen. Ze ontmoetten elkaar toen de familie Jebsen een uitstapje naar Kopenhagen maakte, op de ijsbaan bij het Sø-paviljoen, en hij wilde het mooie meisje niet door zijn vingers laten glippen. Men mag niet verhullen, zelfs niet in deze context, in het nawoord van de dood, dat haar ouders geenszins blij waren met deze alliantie en alles deden om hem te verhinderen. Ik schrijf dit niet om hun nagedachtenis te bezoedelen, integendeel, ik schrijf dit uitsluitend om aan te tonen uit welk een kracht de liefde van de jongelui gegoten was. Maar zoals de grote dichter schreef: juist echte liefde leidt tot het grootste ongeluk. Ze kregen niet de kans te trouwen. In juni 1900 monsterde Wilhelm aan op de s.s. Antarctic, die van Kopenhagen naar Groenland voer om een muskusos te halen voor de dierentuin. Hij kwam niet meer thuis. Wilhelm verdween daar in het ijs. Hij keerde niet terug naar het schip na een jacht, toen hij en de tweede kanonnier muskusossen moesten zoeken aan de overkant van de fjord. Zijn spoor stopte bij een wak en hij werd nooit teruggevonden. Moge ook zijn nagedachtenis in vrede rusten. Maar in Køge zat zij die wachtte. Ze wachtte tevergeefs. En datzelfde jaar baarde ze hun dochter, die Boletta werd gedoopt. Ik zal niet blijven stilstaan bij deze destijds ongehoorde gebeurtenis, slechts snel vaststellen dat ze met haar familie brak en naar Kopenhagen verhuisde, waar ze na een poosje te vinden was aan de kassa van de eerste bioscoop in Denemarken, in Vimmelskaftet, in de pionierstijd van het bewegende beeld, toen films namen hadden als *Susanna in Het Bad* en *De Wederwaardigheden van een Emigrant of de Verdwenen Geldbuidel* en er veel mannen waren, zowel heren als verlopen kerels, die liever hun oog op Ellen Jebsen lieten rusten dan op de mysterieuze vrouwen op het witte doek. En een van degenen die zijn ogen ook niet van haar kon afhouden was de legendarische Ole Olsen, de goochelaar en bioscoopdirecteur. Hij ontdekte Ellen Jebsen aan de kassa in Vimmelskaftet en zag dat haar gezicht geschapen was voor de stomme film, want nadat haar geliefde, de vader van haar dochter, in het blauwe ijs verdween, had haar schoonheid een diepere dimensie gekregen, de tragedie stond in Ellen Jebsens gezicht en trekken gegrift en in haar blik las men de wet van de liefde. Ze sprak zonder woorden tot hem. En Ole Olsen bood haar onmiddellijk een plaats aan in wat hij zijn acteursstal noemde en diezelfde zomer al gingen zij en de kleine Boletta mee naar de volkstuinen van Visby, waar het atelier bestond uit een gammele schuur, die later Nordisk Film zou worden. Er volgde een heerlijke tijd! Hier stortten we ons vol overmoed op zowel komedies als griezeldrama's en we beseften niet welk een toekomst we schiepen, destijds, toen Visby groter was dan Hollywood. Hier waren echte Chinezen, wilde leeuwen, bomen met geschilderde palmbladeren eraan, moord en romantiek. En midden in deze artistieke anarchie stond Ellen Jebsen als een pijler van weemoedige schoonheid. Ze had een Asta Nielsen kunnen worden, ja, ze had een Garbo kunnen zijn. Daarom is het een nog grotere schande en ongeluk dat het nageslacht haar niet heeft kunnen zien. De filmrollen uit die tijd in Visby zijn verloren gegaan en later werd ze weggeknipt. Ellen Jebsens momenten in het elektrische theater zijn uitgewist. Zij was de voorloper die in de schaduw van haar erfgenamen kwam te staan.

En al snel verliet ze ons. Twee gebeurtenissen en een diep verlangen voerden haar noordwaarts, naar Noorwegen, in 1905. De Deense prins Carl zou als Noorse koning worden gekroond. En ze had het aanbod gekregen om een rol te spelen in de eerste Noorse dramatische film, *De Gevaren van het Visserleven.* Zo zou ze ook dichter bij haar geliefde zijn, op wie ze nog steeds wachtte, want zo was haar hart: trouw tot het einde en altijd het bekrompen verstand trotserend. Maar wanneer het leven een abrupte ommezwaai maakt, weet men nooit zeker wat zich om de hoek bevindt. Ellen Jebsens rol in *De Gevaren van het Visserleven* werd geschrapt, om economische of twijfelachtige artistieke redenen. Slechts drie personen namen deel aan het verhaal, de ouders en hun zoon, die in de loop van het verhaal verdronk in de jachthaven van Frognerkilen, die de bruisende en gevaarvolle zee moest voorstellen. Laat het meteen gezegd zijn dat deze omissie niet alleen een teleurstelling was voor Ellen Jebsen, maar tragisch was voor de Noorse film in zijn totaliteit, die nauwelijks van de grond kwam na dit magere begin. Met haar in de dragende rol, als de geliefde van de omgekomene, zou de film een andere toon gekregen hebben, die het publiek had kunnen aangrijpen. Want is dat niet het voornaamste doel van de film, namelijk zijn toeschouwers bewegen, hen tot huilen of lachen brengen, tot verdriet of opluchting. Na deze gebeurtenis hing Ellen Jebsen haar carrière aan de wilgen en kreeg in plaats daarvan een baan bij het Telegraafkantoor, waar haar dochter Boletta later ook zou werken. Ellen Jebsen bleef in Oslo wonen, tot haar dood, die intrad op dezelfde dag dat koning Haakon, haar prins, heenging. Er was een wetmatigheid in haar leven, die de kunst overstijgt en lijnrecht tegen het toeval indruist.

Ik schrijf dit, twee jaar na haar dood, waar ik nu pas van heb vernomen, in de zekerheid dat het nooit te laat is om een volmaakt mens te herdenken en te eren. Ellen Jebsen is ons onthouden. Nu wil ik dat deze simpele woorden, geschreven in verdriet en dankbaarheid, haar vast zullen houden en haar zullen optillen naar het firmament waar ze thuishoort.'

Hoogachtend,
Fleming Brant
Bellagio, Italië

Toen moeder klaar was met lezen en de krant neerlegde, huilden wij ook. De woorden in de krant groeiden in ons, de woorden die komen als alles voorbij is, zoals de brief uit Groenland pas lang nadat de afzender was verdwenen, was gestorven in het ijs, arriveerde. Ten slotte zuchtte moeder: 'Het is jammer dat De Oude dit niet heeft kunnen lezen.' Vader stond bruusk op. 'Wie is in godsnaam Fleming Brant?' Moeder keek naar Boletta, die slechts haar hoofd schudde, nog bleker, en ze liet haar blik zo diep zakken dat we haar ogen niet konden zien. 'Ik heb geen idee', fluisterde ze. Fred deed zijn mond open. 'Waar ligt Begalio?' vroeg hij zacht. 'Italië', zei ik snel. Fred boog zich over de tafel en krabbelde aan mijn slapen. 'Denk je dat ik niet kan lezen, kleintje?' Moeder onderbrak ons voordat ik kon gaan janken. 'Nu even geen ruziemaken, jongens.' Ze pakte een schaar uit de keukenla en knipte de necrologie voorzichtig uit en ik kan me dat nog herinneren, vlakbij en duidelijk, alsof ik die ochtend nooit van tafel ben opgestaan maar daar nog steeds zit, dat geluid van de wat trage, botte schaar die door het papier hakt, moeder die twee keer moet knippen, hard, om hem erdoor te krijgen, en de rest van de overlijdensadvertenties die in de afvalemmer worden gegooid, knisperend, als vlammen, zwarte kolommen met namen, als de aftiteling van een film die niemand heeft gezien. We gaan die dag niet naar school. Moeder schrijft een briefje voor ons. We schijnen allebei buikloop te hebben. Ik lach luid en moeder probeert me te temperen. We gaan naar het kerkhof. Iedereen die we in de Kirkevei tegenkomen groet nu anders, ze knikken en kijken ons na, lang nadat we voorbij zijn. Ze hebben de *Aftenposten* gelezen en weten van welke ster wij afstammen. Het heeft zwart op wit naast de overlijdensadvertenties gestaan en valt niet te weerspreken. Esther doet het loket van haar kiosk open en zwaait met handschoenen zonder vingers. 'Gefeliciteerd!' roept ze. Moeder zwaait terug. 'Hartstikke bedankt!' Maar als we bij het graf van De Oude staan, is Fred verdwenen. Hij is 'm gesmeerd tussen de bomen in het Frognerpark. Ik zag alleen zijn rug nog. Moeder roept hem. Fred hoort ons niet. De steen, met die beroemde naam erop, *Ellen Jebsen 1880-1957*, is scheefgezakt. Vader probeert hem recht te zetten, hij zet zijn schouder tegen de zwarte steen en duwt en ik sta achter vader en duw hém, maar het lukt ons niet. De vorst in de grond heeft ermee geschoven. Het water is in de aarde bevroren. De doden hebben het koud, in hun bedden van ijs. Maar vader geeft zich niet gewonnen. Hij heeft een appeltje te schillen met deze grafsteen. Hij zal hem weer op zijn plaats zetten. Moeder wil hem tegenhouden, maar nu heerst de vorst ook in vaders gemoed, zijn koppigheid is vastgevroren. Hij legt zijn hele gewicht tegen de weerbarstige zuil die daar scheef en godslasterlijk staat, hij vloekt, moeder houdt haar handen voor haar oren, en Boletta houdt mijn hand vast, maar de steen is het sterkst, de steen duwt vader achteruit, hij duwt hem tegen de grond en overmeestert hem, want plotseling is vaders gezicht blauw en hij blijft op het graf van De Oude liggen spartelen. Moeder valt op haar knieën en roept zijn naam. Vader graait in het gras. Dan blijft hij volkomen stil liggen, met zijn wang op de koude grond, alsof hij daar in slaap is gevallen, aan de voet van de scheve steen. Boletta holt naar de kapel om hulp te halen. Ik heb koude voeten. Ik hoor een orgel. Moeder sjort aan vader. Dan komt hij langzaam overeind, kijkt naar mij, verwonderd, borstelt aarde van zijn jas, wendt zich tot moeder. 'Niet boos zijn', fluistert hij. Moeder houdt hem vast en huilt. 'Waarom zou ik boos moeten zijn?' In plaats daarvan lacht ze. Vader sluit zijn ogen en rust uit in haar armen. Zo zitten ze op het graf van De Oude tot Boletta op een holletje terugkomt. 'De koster belt de ambulance!' roept ze. Vader duwt moeder weg en kijkt naar Boletta, die hijgend is blijven staan in een wolk van bevroren adem. 'Ambulance?' vraagt hij. 'Ben je ziek, Boletta?' Moeder streelt zijn wang. 'Je hebt wellicht een lichte attaque gehad, Arnold. Je moet naar het ziekenhuis.' Vader wil opstaan, maar zijn benen willen hem niet dragen. Hij valt als een blok om en vloekt erger dan ooit. 'Ik ga niet naar een ziekenhuis! Horen jullie me?' Hij probeert weer op te staan, maar het is net of een grote hand hem tegenhoudt. 'Help me, godverdomme!' roept vader. 'Help me!' En na een poosje krijgen we hem overeind. Hij kan nauwelijks op zijn benen staan. Hij beeft. We horen de sirenes naderen. Vader schroeft zijn hoed vast op zijn hoofd. 'Vaarwel', zegt hij. Moeder trekt aan zijn jas. Maar vader is niet te stuiten. Hij loopt erg langzaam, alsof iedere stap die hij zet opperste concentratie vereist. De ambulance rijdt achteruit het hek door en twee mannen in witte jassen haasten zich naar ons toe. Moeder wijst op vader, die tussen de graven door wankelt. Ze rennen achter hem aan. Maar vader is niet van plan zich te laten opnemen. Hij maait de dokter opzij en even lijkt het net of ze hem komen arresteren. Dan geven ze het eindelijk op en laten vader met rust, terwijl moeder beschaamd en innig om excuses vraagt. Boletta dacht dat De Oude er niet van gediend was geduwd te worden. De steen moest blijven staan zoals hij stond, als een onregelmatigheid in de rust en orde van het kerkhof, een scheve herinnering aan haar grootheid. Maar de volgende lente, toen de zon de aarde onder onze voeten liet wegspoelen, stond de grafsteen weer recht, een liniaal van zwart steen, alsof De Oude in haar slaap was opgestaan, voor de allerlaatste keer, en haar kussen had omgedraaid.

Die nacht lag ik wakker. Moeder wachtte op vader, ze liep onrustig heen en weer, bleef voor het raam staan, ging op de sofa zitten maar kon geen rust vinden. Boletta legde de necrologie in dezelfde lade als de brief uit Groenland. Ik was er een poosje van overtuigd dat moeders valse melding bewaarheid zou worden. Mijn maag begon zich te roeren, hij kantelde en stond op het punt zich om te keren. Maar plotseling raakte iets mijn voorhoofd. Het was een harde kogel van zilverpapier. Fred had die gegooid. Als Fred iets gooide, raakte hij meestal. Hij rook naar tabak, tot waar ik wakker lag. 'Ging hij bijna dood?' vroeg Fred. 'Daar leek het wel op', fluisterde ik. 'Hoe zag hij eruit?' 'Zijn gezicht was blauw', zei ik, zachtjes. 'Hoe blauw dan?' 'Wat bedoel je?' Fred gooide nog een kogel van zilverpapier naar me toe. 'Was hij donkerblauw of lichtblauw, Barnum?' Ik moest nadenken. 'Hij was donkerblauw, Fred.' Fred grinnikte in het donker. 'Zei hij iets?' 'Ja', zei ik. Fred grinnikte niet meer en werd ongeduldig. 'Moet ik alles uit je slaan, Barnum?' 'Niet boos zijn', zei ik. Fred kreunde. 'Ik ben niet boos. Vertel nou maar wat hij zei.' 'Dat zei hij dus, Fred. Niet boos zijn.' Fred bleef een hele poos zwijgend liggen. 'Wat zei moeder toen?' vroeg hij ten slotte. 'Dat ze niet boos was', zei ik. 'Godverdomme', fluisterde Fred. En op dat moment kwam vader thuis. Hij sloop niet voorzichtig langs de wanden. Hij kwam in zijn volle omvang en maakte zich niet kleiner dan hij was. Zo was hij, het ene ogenblik op de grond, het volgende moment weer overeind gekrabbeld, de klappen die hij kreeg ketsten gewoon op hem af, hij was alweer vergeten dat hij gepijnigd op het graf van De Oude had gelegen, met blauwe wangen, nu waren triomf en luide stem daarvoor in de plaats gekomen. Ik holde naar de woonkamer.

Daar lag vader op zijn knieën, hij vouwde een enorme kaart uit op de vloer. Ik ging tussen moeder en Boletta in staan. Het was Europa en Europa was bijna even groot als ons tapijt. Vader sloeg hard met zijn vuist op de kaart. 'Daar!' riep hij. 'Daar ligt Bellagio!' We bogen ons verder voorover. Bellagio lag boven in Italië, bij een smal, blauw meer dat Como heette. 'Dat is ver weg', fluisterde ik. Vader keek me aan. 'Ver? Dat is net zo ver als Røst, jongen.' Vader schudde zijn hoofd en legde zijn andere hand op Røst. 'Europa is zo klein dat ik mijn neus kan snuiten met deze kaart!' 'Hou toch eens op', zei moeder lachend. Vader hield absoluut niet op. Hij was net warmgelopen. Hij genoot. 'Maar als je Amerika erbij legt, dan kunnen we over afstanden beginnen.' 'Waar ligt Groenland?' We draaiden ons om naar Fred. Hij stond tegen de muur geleund, met een nors gezicht. Vader glimlachte. 'Dat is een goeie vraag, Fred. Want Groenland ligt buiten deze kaart. Maar als je onder de sofa kijkt, dan vind je Groenland daar misschien.' Fred verroerde zich niet. 'Ik dacht dat je dood was', zei hij. Het werd erg stil. En Fred ging weer naar bed voordat iemand iets kon zeggen. Vader lachte, maar te laat, alsof zijn gezicht en zijn lach niet bij elkaar pasten. Ik kroop onder de sofa en zocht naar Groenland, maar vond niets anders dan een oude pastille met stof erop en een wijnkurk die zoet en zwaar rook. Vader moest me eronder vandaan trekken. 'Kijk hier eens', zei hij. 'Met deze auto kun je door Europa rijden!' Hij gaf me een luciferdoosje. Ik keek er lang naar. 'Dit is geen auto', fluisterde ik. 'Jawel, Barnum. Dat is een auto.' 'Het is een luciferdoosje.' Vader blies zijn adem uit. 'Nee', zei hij, een tikkeltje harder aan de randjes. 'Als je goed genoeg kijkt, zie je dat het een auto is. Het is zelfs een Buick Roadmaster Cabriolet.' Ik keek goed genoeg. 'Nu zie ik het', fluisterde ik. Vader legde zijn hand op mijn schouder. 'Maar als je liever wilt varen, dan is er geen enkele reden waarom het niet ook een boot kan zijn.' Hij pakte er een lucifer uit en prikte die door de deksel. 'Zie je wel? Nu kun je bijvoorbeeld langs de hele kust omhoog varen, naar Røst.' 'Ik wil liever autorijden, vader.' 'Ook goed, Barnum. Als je maar niet vergeet dat ze in Zweden links rijden.' Vader stak een sigaret aan met de mast en de boot werd weer een auto, een Buick, met plaats voor ons allemaal. Ik ging op de kaart liggen en begon aan de reis, naar het zuiden, in Oslo. Maar voordat ik bij Svinesund ben, word ik wagenziek en ik zak in elkaar op het Skagerrak. Ik herinner me niet dat moeder me naar bed draagt. Ik heb het te druk met niet overgeven. De bochten waren te krap. De snelheid was te hoog. De maan achter het raam is een geel stuurwiel. Ik heb geparkeerd. De nacht is een garage. Fred slaapt onrustig. En elke keer dat je je ogen sluit, maak je een sprong. Elke knippering is een clip in de film van je leven. In mijn slaap voeg ik de filmstroken samen, ik splits de tijd, niet in een langzame overvloeier, maar in een abrupte cut. Ik ben de kleine god die alles weggooit wat niet in het manuscript staat. En als vader ons wekt is de kamer gevuld met licht, het is zomer en vandaag is moeder jarig.

(DE GODDELIJKE KOMEDIE)

We sluipen naar moeder toe. Vader loopt voorop, hij heeft een kaarsje aangestoken, maar de vlam is nauwelijks zichtbaar in de zon die onze kamers vult. Boletta heeft broodjes gebakken, dat zegt ze tenminste, maar ik geloof dat ze ze gisteren in Majorstuen heeft gekocht en ze nu gewoon in de oven heeft opgewarmd en ze heeft versierd met een extra rozijn. Fred en ik hebben allebei een cadeau voor moeder. We blijven in de deuropening staan en zingen lang-zal-ze-leven. Vader overstemt iedereen. De ceintuur van zijn ochtendjas raakt los. We zingen nog een couplet. Maar moeder ligt stil in bed met de rug naar ons toe en ze verroert zich niet. Wij vallen ook stil. Vader is ongeduldig. 'Vera?' fluistert hij. 'Gefeliciteerd met je verjaardag!' Dat helpt ook niet. Het is net of moeder slaapt of ons niet wil horen. Boletta begint bezorgd te worden. 'Ik geloof dat we haar even alleen moeten laten', zegt ze. Fred is bleek en houdt zijn platte cadeau met beide handen vast. Vader protesteert. 'Alleen? Ze is toch jarig!' Hij blaast de kaars uit met zijn stem en op dat moment draait moeder zich eindelijk om. Haar gezicht is mager en bleek en ik herken haar bijna niet. Haar haar hangt in plukken, alsof ze nog nooit van haar leven bij een kapster is geweest. Ze kijkt ons met grote, droge ogen aan. Misschien herkent ze ons niet? Misschien denkt ze dat wij vreemden zijn, die zijn binnengedrongen? Ik ben nog nooit zo bang geweest. Ik wil huilen, maar durf niet, er komt alleen een snik en Fred schopt met de punt van zijn schoen tegen mijn scheenbeen. Vader loopt naar het bed. Boletta pakt zijn arm, maar hij schudt haar van zich af. Hij begrijpt dit niet. Hij is verward en beledigd. 'Ben je ziek, Vera?' En moeder komt overeind van het kussen. 'Hoe oud word ik vandaag?' vraagt ze. Vader blijft staan. Hij probeert te lachen. 'Zo, ben je dat ook al vergeten?' zegt hij. 'Hoe oud word ik vandaag?' herhaalt moeder. Ik wil het hardop zeggen, maar Fred schopt me nog harder tegen mijn scheen. In plaats daarvan zegt vader het. 'Vandaag word je niet meer en niet minder dan 35 jaar, liefje.' Moeder gaat weer liggen en is slechts een schaduw in het bed. 'En wat heb ik aan mijn leven gehad?' vraagt ze. En ze geeft zelf het antwoord: 'Niets!' zegt ze en slaat op de matras. 'Niets!' Ik wil niet dat ze zo praat. Hoe moeten wij ons redden als moeder ongelukkig is en het opgeeft? Is ze boos op ons? Wat hebben we gedaan? Ik klem mijn tanden op elkaar zodat het pijn doet in mijn kaken. Boletta zet het blad met broodjes en koffie neer. 'Kom, kom', zegt ze. Vader staat verbijsterd naast het bed en probeert te glimlachen. 'Niets? Dat is toch wel een tikkeltje overdreven.' Moeder kijkt hem aan en er ligt een razernij in haar blik die ik nooit eerder heb gezien. 'Vertel jij het me dan maar eens, Arnold Nilsen! Wat ik aan mijn leven heb gehad!' Vader denkt na. 'In de eerste plaats heb je twee heerlijke jongens', zegt hij. Moeder begint te huilen. Dan loopt Fred naar haar toe en hij legt zijn cadeau op het dekbed. 'Gefeliciteerd met je verjaardag, moeder', zegt hij luid. Moeder aarzelt en pakt het met langzame bewegingen uit. Het is een broodplank. Fred heeft hem gemaakt bij handenarbeid. Bovenin heeft hij VOOR MOEDER VAN FRED gebrand, met scheve, bruine letters, het ruikt nog steeds verschroeid en er staat geen letter verkeerd. Moeder ziet het nauwelijks. 'Dank je', zegt ze alleen maar, zacht. De teleurstelling staat op Freds gezicht te lezen, als een stempel, hij slikt en probeert het te verbergen, maar slaagt daar niet in. Vader geeft hem een schouderklopje. Fred briest en wrikt zich los. Dan is het mijn beurt. Ik geef mijn cadeau aan moeder. Ze pakt het uit, ook heel langzaam, alsof alles te veel moeite is. Het is een servetring. 'Bedankt', mompelt ze, zonder me aan te kijken. Ze legt de broodplank en de servetring meteen in het laatje van haar nachtkastje en gaat weer onder het dekbed liggen. Vader is onrustig. 'Nu mis je alleen nog brood en een servet', zegt hij. Het is stil in het bed. 'Nu je een plank en een ring hebt gekregen, bedoel ik.' Vader lacht luid. Hij is de enige die lacht. Moeder kijkt hem aan met de smalste ogen van Fagerborg. 'Als je me niks anders te geven hebt dan dat valse lachje van je, hoepel dan maar op!' Vader blijft staan. Hij is gekwetst. Hij is diep gekwetst. Maar hij blijft staan. Hij trekt de ceintuur van zijn ochtendjas strakker. Boletta heeft de Malaga gehaald en schenkt een royaal glas in, maar ook dat wil moeder niet hebben. Dan drinkt Boletta het zelf maar op en ik inhaleer de warme en zoete geur die me één verdoofde seconde laat vergeten, vergeten dat moeder jarig en ongelukkig is en dat ze de cadeautjes die wij gemaakt hebben niet leuk vindt. 'Ik geef je niet mijn lach', zegt vader met trillende stem. 'Wat dan?' vraagt moeder zonder naar hem te kijken. Boletta schenkt nog wat Malaga in het glas. Maar moeder wil nog steeds niets hebben. Ik draai me om naar Fred. Hij balt zijn vuisten. Vader loopt naar het bed toe. 'Ik geef je niet mijn lach', herhaalt hij. 'Ik geef je je eigen lach. Ik maak je namelijk aan het lachen.' 'Nu niet meer', fluistert moeder. Vader schudt lang zijn hoofd over deze kletspraat. 'Zou ik, die een koffer vol applaus door Europa heeft gedragen, er niet in slagen om Vera Nilsen aan het lachen te maken in de Kirkevei?' Moeder zucht en wuift hem weg met een smal handje waarvan de vingers slap neerhangen. Ik weet het nu. Ze heeft genoeg van ons. Ze wil ons kwijt. Dat doet pijn onder in mijn buik. Het schrijnt ergens onder mijn hart. En nu doet vader wat hij het beste kan. Misschien heeft hij wel op dit moment gewacht en heeft hij alles op één kaart gezet. Hij loopt naar de deur, met gebogen hoofd, zwijgend. Maar plotseling blijft hij staan en draait zich weer om. Hij richt zich op en knipt met zijn vingers, alsof hem nu net te binnen schiet wat hij vergeten is te vertellen. Hij draait de situatie om. Hij laat dit nare moment omslaan en weet het publiek voor zich te winnen. Hij maakt het onverdraaglijke draaglijk. Hij wringt een lach uit de wrevel. O, ik zou willen dat vader dit direct en meteen had gezegd! 'Als ik je dan niet meer aan het lachen kan maken, heb je dan misschien zin om in plaats daarvan mee te gaan naar Italië?' zegt hij. Het wordt volkomen stil in de slaapkamer. We staren vader aan. Hij wipt van voor naar achter op zijn versleten pantoffels en vindt een halve sigaar in zijn ochtendjas, stopt die in zijn mond. Zelfs moeder wordt ongedurig in het bed en kan het niet laten zich om te draaien. 'Waar heb je het over?' vraagt Boletta. 'Ik heb het over het beroemde Italië', zegt vader. Boletta snuift luidruchtig en drinkt nog wat Malaga. Maar moeder komt langzaam overeind. 'Italië?' fluistert ze. En dit is vaders triomf. Hij heeft moeder kleur op haar wangen gegeven. Hij heeft leven in haar haren geblazen. Hij heeft haar wederom gewonnen. Hij werpt een snelle blik over zijn schouder en kijkt mij aan, alsof wij dit klusje samen geklaard hebben, moeder veroveren, met een broodplank, een servetring en een droom over Italië, deze ochtend dat ze 35 jaar wordt, in augustus, 1960. Vader stopt zijn sigaar weer in zijn zak en gaat op het bed zitten. Hij is nu vervuld van een grote rust. Wij eten uit zijn hand. Wij zijn bevestigd aan één en dezelfde snaar en hij spant die, trekt hem strak en spant hem, tot het uiterste, totdat moeder haar hand opheft om de rest uit hem te rammelen. Maar hij is haar voor, op het laatst nippertje. 'Je bent ooit met mij meegegaan naar het noorden, naar het verste eiland, om Barnum te dopen', zegt vader. 'En nu wil ik je meenemen naar het zuiden.' Moeder zwijgt weer. Haar ogen zijn vraagtekens. Het is vaders beurt om te zuchten, niet zijn diepe zucht, maar zijn goedgeluimde en toegeeflijke zucht. 'Zou het bijvoorbeeld geen goed idee zijn om Fleming Brant te bezoeken, de necrofiele vriend van De Oude in Bellagio?' zegt hij. Boletta stampvoet. 'Hij schreef haar necrologie, Arnold Nilsen. Laten we het daarbij laten!' Vader lacht. 'Dat is hetzelfde! Wat zeg je ervan, moeder? Ga je mee?' 'Dat kunnen we niet betalen', zegt ze. Vader haalt slechts geamuseerd zijn schouders op. 'Maar daar weet ik wel wat op', zegt hij. Hij haalt een pakje uit zijn kamerjas, het lijkt wel een goocheltruc, en als hij het bruine papier opzij vouwt zien we dat het geld is, stapeltjes bankbiljetten, we komen dichterbij en houden onze adem in. Ik pak Freds hand beet en hij trekt die niet los. 'Italiaanse lires', fluistert vader. Boletta snuift nog luider. 'Die zijn per stuk nog geen øre waard!' zegt ze. Vader luistert niet naar haar. Hij kijkt liever naar moeder, die een van de dunne biljetten oppakt en het net zo snel weer laat vallen, bezorgd, achterdochtig en bijna weer zichzelf. 'Waar komen die vandaan?' vraagt ze. Vader beseft dat hij terrein dreigt te verliezen, hij moet verder oprukken, hij moet deze bezorgdheid, deze argwaan meteen vermorzelen. Hij heeft zijn antwoord klaar. 'Dat is de uiteindelijke afrekening voor de Buick, liefje', zegt vader. Hij kust moeder op haar wang. Ze laat hem begaan. Boletta springt bijna tussen hen in. 'En hoe had je gedacht naar Italië te gaan? Te voet misschien?' Vader kijkt naar haar op en zijn hele gezicht straalt geduld uit. Want nu gaat hij de kroon op zijn werk zetten. Hij gaat zichzelf overtreffen. Vandaag is hij goeie maatjes met God. 'Ik was eigenlijk van plan om met de auto te gaan', zegt hij. En hij wijst naar het raam. We hollen ernaartoe en rukken de gordijnen opzij. Daar beneden op de hoek staat de enige auto in de straat. Het is niet bepaald een Buick Roadmaster Cabriolet. Het is een zwarte doos op wielen. Het is een Volvo Duett. En voor zichzelf heeft vader nieuwe autohandschoenen gekocht, van zwart leer. Hij omhelst moeder. 'Gefeliciteerd met je verjaardag, mijn liefste', zegt hij.

Die avond vraagt moeder, zacht: 'Hoe ben je aan die auto gekomen?' Ik lig in bed en hoor het. Ik hoor vader zijn keel schrapen en een rondje door de kamer lopen. 'Ik zal een lang verhaal kort maken', zegt hij. 'Ja, doe dat!' Dat is Boletta, die hard praat. 'Sst!' sist moeder. 'Een vriend was me nog iets schuldig', fluistert vader. 'Welke vriend?' vraagt moeder. En vaders lach galmt. 'Ik heb zo veel vrienden', zegt hij.

Ik kan die nacht niet slapen. De blijdschap maakt me slapeloos. We gaan op zomervakantie. We gaan naar het buitenland. Ik heb een Italiaanse munt van vader gekregen, om mee te oefenen. Ik zeg het in mezelf: lire. Lire. Hij is heel licht in mijn hand en is minder waard dan een øre. En deze gewichtloze munt herinnert me aan moeders donkere somberheid van vanochtend, de barst in mijn blijdschap vannacht. Wat kan ik nu helemaal kopen met dit geld? En wat moet ik er dan mee? Ik laat de munt op de grond vallen en hoor hem niet landen. 'Waarom was moeder zo verdrietig?' vraag ik voorzichtig. Maar Fred is er niet en niemand geeft antwoord.

We vertrokken twee dagen later. Vader was chauffeur, moeder kaartlezer en Fred en ik zaten op de achterbank met Boletta tussen ons in en ze was dwars en eiste zoveel plaats op dat wij onze wang tegen de ruiten moesten drukken. Het was pas vier uur toen we wegreden uit de Jacob Aallsgate en de stille, verlaten stad, waar zelfs de krantenjongens nog niet wakker waren, in de zwarte doos die vol zat met koffers, tassen, thermoskannen, jerrycans met benzine, slaapzakken en zonnebrandcrème, langs de fjord, die leek op geboend linoleum, want moeder slaagde er in ieder geval in de Mossevei, de uitvalsweg naar het zuiden te vinden. Maar vlak voor Moss werd ze wagenziek, vader moest in de berm stoppen en moeder knielde bij de greppel en gaf uitgebreid over. Misschien wel omdat de Volvo Duett minder vering had dan een rodelslee. Vader dacht echter dat het een te grote inspanning voor haar geweest was om met zestig kilometer per uur naar de kaart te kijken. 'Waar is dit nou goed voor!' zei Boletta, nog steeds vol tegenzin. 'Goed voor?' vroeg vader. We wachtten buiten de auto. Het was een mooie ochtend, afgezien van moeder. Ze zat nog steeds op haar hurken. Boletta wees naar haar. 'Zie je soms niet dat je ziek wordt van zo te reizen!' Vader stak een sigaret op. 'Ja, je moet wennen aan het reizen als je een stilstaand leven hebt geleid', zei hij. Boletta kwam op hem af. 'Hou je mond!' riep ze. Vader lachte alleen maar. 'Ik herinner me nog goed dat ze ook zeeziek werd onder de kust.' Maar Boletta gaf het niet op. 'Het is een grote zonde de doden te storen', fluisterde ze. Vader was verbaasd. 'Doden? Is Fleming Brant dood?' Boletta was buitengewoon geprikkeld. 'Daar weet ik niks van, Arnold Nilsen. Maar De Oude is dood en wij moeten haar niet storen!' Moeder kwam overeind uit de greppel en haalde diep adem. 'Laten we maar verdergaan', zei ze. Vader klapte in zijn handen, aarzelde even, en wees ten slotte naar mij. 'Van nu af aan ben jij mijn kaartlezer, Barnum.'

Ik ruilde met moeder van plaats. Ik was de kaartlezer. Ik zat naast vader. Hij moest drie kussens op de stoel leggen om boven het stuur uit te komen. Ik mocht Freds slaapzak lenen om op te zitten. Ik had een fraai uitzicht. Ik had de kaart van Europa op schoot en volgde de rode lijnen met mijn vinger. We waren weer op weg. Ik had een poosje gedacht dat we naar Italië konden rollen, het was immers de hele weg bergafwaarts, je hoefde alleen maar groen licht te hebben bij Majorstuen en dan was het zo gepiept. Nu wist ik beter. Het gaat zowel bergopwaarts als bergafwaarts en je kunt er niet omheen. Dat moet een kaartlezer weten. 'Hoe ver is het naar Helsingborg?' vroeg vader. 'Van Oslo naar Helsingborg is het 565 kilometer', antwoordde ik. 'Maar we hebben al zestig kilometer gereden.' 'Dan halen we de veerboot nog voor het avondeten', zei vader vergenoegd. 'En de veerboot naar Helsingborg duurt 25 minuten', informeerde ik hem. 'Goed zo, Barnum!' Vader klopte me op mijn dij. 'En hoe ver is het naar de maan, sukkel!' vroeg Fred. Zelfs Boletta lachte. We draaiden de raampjes naar beneden en aten droge broodjes. We waren alleen op de weg. Er reed een trein voorbij, midden door een akker. In de achterste wagon zwaaide iemand. Wij zwaaiden terug. De zon klom aan de welvende hemel en stortte zijn licht over alles uit en de lucht was helder en zacht. Mocht God ons in het oog krijgen, dan zou hij kunnen denken dat de auto waarin we zaten slechts een luciferdoosje was dat over de aardbol stoof die hij in het wereldruim had uitgevouwen.

We tankten bij de grens bij Svinesund en kochten mineraalwater en chocola in de kiosk. Moeder en Boletta stonden in de rij voor de wc en vader moest een stapeltje papieren aan de beambten laten zien. Toen lieten ze ons de grens over. We waren in het buitenland. Ik merkte geen verschil, behalve dan dat we links moesten rijden. Er was niet eens een kuil waar Noorwegen Zweden werd en de hemel was precies hetzelfde. 'Hoe ver is het naar Helsingborg, min pojke', zei vader. Misschien was dat het om in het buitenland te zijn. Je begon meteen Zweeds te praten. En als we de grens van Italië overstaken, kenden we dan plotseling Italiaans? Ik rekende uit alle macht op de kaart. '425 kilometer, vader.' Ik praatte nog steeds Noors, voorzover ik kon horen. 'Maar hoe ver is het naar Gøteborg?' wilde hij nu weten. Ik rekende en rekende met de kleine cijfertjes die langs de wegen op de kaart stonden. Ik kon bijna niet meer kijken. Ik was wagenziek in mijn ogen en ik had die chocolade ook niet moeten eten. '110 kilometer', fluisterde ik. 'Dan kunnen we wel in Gøteborg eten, inte hur?' Mijn maag was een trommel. Ik slikte en slikte. De grenzen en de wegen en de steden en de meren vloeiden samen tot een land waarvan ik de naam niet wist. Misschien kon ik niet tegen links rijden? Vader wierp een snelle blik op me. 'Hoe gaat het, Barnum?' vroeg hij. 'Neem me niet kwalijk, ursjäkta meg', zei ik. Nu praatte ik ook Zweeds. En toen kotste ik. Ik kotste over de kaart en het dashboard en het stuur en de voorruit. Ik brak in tweeën. Vader maakte een noodstop, moeder gilde, Fred lachte, Boletta sliep alleen maar en een bus reed toeterend voorbij. Ik rolde de berm in en kotste de rest uit. Het stroomde uit mijn mond en neus en ogen. Alle holtes waren in gebruik. En sindsdien word ik wagenziek als ik maar aan getallen denk of een kaart zie. Ik ben gezakt voor aardrijkskunde en heb mijn rijbewijs nooit kunnen halen. Mijn tijd als kaartlezer was voorbij, daar in de greppel, drie kilometer na de Zweedse grens. Moeder hing de kaart te drogen. Boletta pakte schone kleren voor me. Vader waste de auto en Fred klom in een boom en wilde niet meer beneden komen. Maar toen ik de volgende keer wakker werd zat hij naast vader op de voorbank en lag ik als een hoopje tussen moeder en Boletta in. Het rook naar zee. Ik kwam overeind. We konden tot aan Denemarken kijken. We stonden een uur in de rij. Toen reden we aan boord van de veerboot. We holden naar het bovenste dek, want als je de horizon kunt zien, word je niet zeeziek. Midden op de Øresund begon vader Deens te praten. 'Trakteer je op bier, Boletta?' zei hij. Maar Boletta antwoordde niet eens. Boletta draaide hem gewoon de rug toe en liep naar de salon. Ze werd steeds tegendraadser naarmate we verder naar het zuiden kwamen. Ze wilde niet naar Køge om het geboortehuis van De Oude te bezoeken en ze wilde niet naar de dierentuin om de muskusossen te zien die in rechte lijn afstamden van het dier dat ze uiteindelijk in december 1900 met de s.s. Antarctic naar de stad van de koning brachten. 'Het is een grote zonde de doden te storen', zei ze.

Het was al laat op de avond toen we in Helsingør aan land reden. De duisternis daalde neer op Denemarken. Fred moest een zaklamp gebruiken om de kaart te kunnen lezen. We aten gebakken schol in een restaurant langs de weg. Vader kon eindelijk bier drinken. Moeder vroeg of er een kamer vrij was, die was er niet, maar als we een tent hadden dan mochten we die wel achter in de tuin opslaan. We hadden geen tent en sliepen net zo lief in de auto. Als we alle bagage vastsjorden op de imperiaal en de stoelen neerklapten, was er bijna plaats voor iedereen. Fred wilde liever buiten slapen. Boletta praatte in haar slaap. Ik begreep niet wat ze zei. Misschien was dit haar nachttaal, die alleen zij kon begrijpen? Moeder probeerde haar zachtjes stil te krijgen. Vader ademde zwaar door zijn neus, die leek op een blaasinstrument. Ik wurmde de deur open en kroop naar buiten, naar Fred. Hij was ook wakker. Ik ging naast hem zitten. De hemel was hier groter dan in Noorwegen, vast omdat Denemarken zo vlak was. Een Deens insect zoemde voorbij en maakte de stilte nog intenser. 'Waarom is Boletta zo raar?' fluisterde ik. 'Boletta is niet raar', zei Fred. 'Wat is ze dan?' 'Ze is oud, Barnum.' Ik vond het fijn als Fred zo praatte, tegen mij. Ik leunde met mijn hoofd tegen zijn schouder. 'Heb je er zin in?' vroeg ik. 'Waarin?' 'Italië, natuurlijk.' Fred zweeg een poosje. 'Was liever naar Groenland gegaan', zei hij. Toen hoorden we een merkwaardig geluid, een suizen in de duisternis, een golf die tegen ons aansloeg zonder dat we nat werden. Fred stond op en liep weg van de auto. Ik volgde hem. We kwamen dichterbij. We stapten de golf in en bleven staan. Er rolde een groot wiel door de nacht en toch stond het stil, of het kon een vogel zijn die er niet in slaagde op te stijgen. Het was een windmolen. En er ontwaakte een herinnering in mij, terwijl we daar wachtten in de diepte van de Deense schaduw, een herinnering die zwaar en onzichtbaar was, buiten mijn bewustzijn en boven mijn verstand en daarom niet vastgehaakt aan mijn korte geheugen, het was meer een litteken, een afdruk, in mijn slaap gemaakt, die ik pas kon duiden toen ik terugkeerde naar Røst, vele jaren later, als een vluchteling, en ik boven op Veddøya de trieste overblijfselen aantrof van vaders uitvinding.

De volgende dag bereikten we Flensburg en we werden de grens over gewuifd door twee mannen in strakke uniformen. Boletta was nu kaartlezer en zij had Europa allang opgevouwen en in het handschoenenvakje gelegd. Ik geloof dat ze het liefst zou willen dat vader verkeerd reed. Ik hoopte dat vader meteen Duits tegen ons zou gaan praten, maar hij was vrij zwijgzaam en verbeten. Hij wilde verder en draaide de Autobahn op. Die voerde naar Hamburg. Daar zouden we overnachten. Ik zag niks, alleen de wijzer van de snelheidsmeter die tegen de honderd aan duwde. De Volvo Duett schudde. We moesten ons vasthouden. Maar toch werden we voortdurend ingehaald. Lage sportwagens zoefden langs ons heen en het was net of we stilstonden. Wij waren de langzaamsten. Vader voerde de snelheid op tot 110. Het hielp niet. De nieuwe handschoenen waren glad op het stuur. Hij zweette. De anderen reden gewoon nog sneller. Ik voelde me ongelukkig. Hoe konden we de laatsten zijn terwijl we harder reden dan ooit tevoren? En vader vertelde over de snelheidsblinden, mensen die denken dat ze stilstaan en uit de auto stappen terwijl ze minstens zestig rijden, en sindsdien heb ik altijd gedacht dat Fred niet woordblind was, maar snelheidsblind, dat hij te vroeg uit de taal was gestapt. Toen moest iedereen toch remmen, want een stukje verderop knipperde een blauw licht en er was iets gebeurd, een ongeluk, misschien een woordblinde chauffeur die een bord verkeerd gelezen had. Ik kon nog net een wrak zien en stukken mens, een arm, bloed op het asfalt, kleren, een vrouw die knielde, een brancard, een dode hond en een kapotte kinderwagen voordat moeder haar handen voor mijn ogen sloeg en me vasthield, helemaal tot we in Hamburg waren en we de weg kwijtraakten op een rotonde en daar begon vader pas te praten en toen praatte hij Noors. Want plotseling rende een man vlak voor ons de weg op en hij zwaaide met zijn armen en wees naar iets en wij dachten dat we een lekke band hadden en dat die man ons dat probeerde te vertellen. Vader reed de auto het trottoir op en draaide het raampje naar beneden. De vreemde man bukte zich en keek ons glimlachend aan. Hij had een litteken in zijn mondhoek dat op een verlengstuk van zijn glimlach leek. 'Noorwegen?' zei hij met gebroken stem. Vader knikte. 'Noorwegen?' herhaalde de vreemde. 'Ja', zei vader. Wij komen uit Noorwegen. Wat wilt u?' Nu stak de Duitser zijn hele arm de auto in en hij wilde iedereen de hand schudden. 'Ik ben in de oorlog in Noorwegen geweest', zei hij. 'Een mooi vaderland!' Vader staarde hem ongelovig aan. Boletta duwde de hand weg, alsof die onrein en besmettelijk was. Moeder hield Fred en mij vast. De glimlachende Duitser, met het litteken in zijn gezicht, was ontroerd. Hij veegde een traan weg. 'Ik hoop dat ik ooit naar Noorwegen kan terugkeren', zei hij. Toen werd het vader te veel. Hij trok zijn handschoen uit en liet zijn kapotte vuist zien, ja, het was net alsof hij die vuist met alle ontbrekende vingers balde en vlak onder de kin van de Duitser liet trillen. Maar toen bedacht vader zich opeens. Misschien schoot hem te binnen dat we de weg kwijt waren op een rotonde in Hamburg en dat het laat was en dat we nog geen plek hadden om te overnachten, want niemand van ons wenste nog een nacht door te brengen in de kofferbak van een Volvo Duett. De kapotte vuist werd nu vriendelijk en de man pakte de vleesklomp met twee handen vast en huilde. 'Wij zijn twee gewonde soldaten, wij allebei', fluisterde hij. Vader was onaangenaam getroffen. 'Kunt u een hotel in de buurt aanbevelen?' vroeg hij en trok snel zijn arm terug. 'Alleen het beste is goed genoeg voor jullie', zei de Duitser en wees de andere kant op. 'Aan de rechteroever van het buitenste, kleinste meertje in het centrum ligt de Vier Jahreszeiten.' Vader draaide het raampje met een klap omhoog en scheurde weg van het trottoir. Ik draaide me om en keek naar de Duitse soldaat, de hoffelijke verliezer, die nog bij de rotonde stond en die zijn hoed optilde bij wijze van groet. 'Ja, die oorlog heb je fraai gewonnen, Arnold Nilsen', zei Boletta. 'Had je hem niet kunnen overrijden?' Vader antwoordde niet. Hij leunde bleek en verbeten op het stuur en wurmde de handschoen met de opgevulde vingers op z'n plaats. Achter ons toeterde iemand. Overal om ons heen waren auto's. We stroomden gewoon met het verkeer mee Hamburg in, als een rivier op wielen, en daar, aan een klein meer, omkranst door een rij stakerige bomen, lag hotel Der Vier Jahreszeiten. Vader stopte voor de brede trap. Er stond een piccolo klaar op de rode loper. 'Dat ziet er duur uit', fluisterde moeder. Vader glimlachte slechts, legde zijn haar op z'n plaats, poetste zijn schoenen met zijn zakdoek, stak een sigaret op en liep de trap op, terwijl hij de terughoudende piccolo wat geld toestopte, en bovenaan deed een andere bediende een gouden deur voor hem open. We wachtten. Het duurde lang. 'Kunnen we niet gewoon omkeren en naar huis gaan?' fluisterde Boletta. Moeder werd kwaad en leunde tussen de stoelen door naar voren. 'Nou moet je deze vakantie niet voor mij verpesten!' Boletta draaide zich om en zei voor de laatste keer: 'Men moet de doden niet storen.' Op dat moment duwde de piccolo zijn gezicht tegen de voorruit en loerde naar binnen. Hij leek op een clown, met zijn glimmende lippen en witte wangen. Boletta stak haar vuist op en hij trok zich terug, buigend, naar de rode loper. 'Misschien is er een douche op de kamer', zuchtte moeder. We wachtten zwijgend af. In de foyer konden we de gasten langzaam heen en weer zien lopen met glazen en sigaretten in hun handen en met glinsterende sieraden. Na een poosje kwam vader terug. Hij duwde de piccolo opzij, plofte achter het stuur neer en reed weg. Hij was ergens boos over. Zijn handen trilden zo dat hij nauwelijks kon sturen. 'Er waren geen kamers meer vrij', mompelde hij. Moeder probeerde te glimlachen. 'Geen kamers vrij?' Vader ademde uit. 'En daar mag je blij om zijn!' riep hij. 'Die armzalige herberg had slechts vijf sterren!' Boletta keek hem aan. 'Vijf sterren? Is dat niet heel veel?' Nu lachte vader. 'Ik heb in hotels met tien sterren gelogeerd en dat is dubbel zoveel als vijf!' Boletta grinnikte. 'Misschien waren wij niet chic genoeg voor de Vier Jahreszeiten!' zei ze. Vader zweeg en moest op een hoek stoppen. Hij was weer in een zwart humeur. Moeder veegde het zweet van zijn voorhoofd en kon de zakdoek daarna uitwringen. 'Wat doen we nu?' vroeg ze voorzichtig. Vader haalde een kaart van Hamburg uit zijn zak. Midden op het verkreukelde papier was een kruis getekend. 'Ze bevalen allergenadigst een hotel in de Grosse Freiheit aan', zei hij. 'Grosse Freiheit?' herhaalde moeder. 'Dat is hier een bekende straat, liefje. We moesten uitkijken naar een olifant.' En we reden verder, niet naar het zuiden, maar verder Hamburg in, de geluiden en de lichtjes binnen, die ons al snel omringden, tot we bij de diepste kamers van het goddeloze hart van de stad kwamen, een hart dat wild en uit de maat sloeg, een reusachtige systole die de auto deed trillen onder de motorkap en ten slotte stonden we vast in een bloedprop in een nauwe straat met rode ramen. Ik keek naar buiten. Ik zag dames met naakte dijen, matrozen die bier dronken, schaduwen die op honden leken in donkere portieken, mannen op hoge hakken en portiers die lokten. Moeder hield haar handen weer voor mijn ogen, hard, ik kreeg bijna geen adem. 'Olifant?' fluisterde ze. Vader wees. 'Daar!' riep hij. Moeder liet me los en in een steegje ontwaarden we een uithangbord met een olifant erop. Zijn slurf vormde een cirkel die in verschillende kleuren flikkerde. Vader reed ernaartoe en parkeerde de auto voor de ingang. Het heette de Indra Club. Hier waren geen rode lopers en ook geen piccolo's en sterren. 'Heb je ons meegenomen naar het circus?' vroeg Boletta. Vader antwoordde niet. Hij dacht even na. Toen nam hij een besluit. Hij wilde dat we allemaal met hem meegingen en dat we meteen de bagage meenamen. Fred en ik sleepten onze koffers door de deur van de Indra Club. We kwamen in een garderobe. Achter de balie stond een kale man die ons verbaasd aanstaarde. En eindelijk praatte vader Duits. Hij praatte lang en vloeiend en ik weet niet wat hij zei, maar de kale luisterde aandachtig, wees op het plafond en zei iets wat op een getal leek. Vader draaide zich in zijn nopjes naar ons om. 'Ik heb ons net met onderhandelen een kamer op de eerste verdieping bezorgd!' zei hij. We werden door een mistig lokaal geleid waar een paar gasten aan ronde tafels bier zaten te drinken uit brede glazen met handvatten. Ze keken ons na en schudden glimlachend hun hoofd, terwijl het schuim rond hun mond dreef. Op een toneeltje achter tegen de muur stonden een drumstel en drie versterkers. Er lag een zwarte, elektrische gitaar op de vloer. We liepen een steile, scheve trap op en kwamen in datgene wat onze kamer voor vannacht moest voorstellen. Moeder bleef staan en keek. Er was niet eens een wastafel. Het tweepersoonsbed vertoonde een kuil in het midden en het was ongetwijfeld al een poosje geleden dat iemand de lakens had verschoond. In het raamkozijn scheen een lamp met een rode kap die vol vliegen zat. Op het hoofdkussen lag een halve wc-rol. Zelfs vader moest even slikken. 'Het moet maar goed genoeg zijn', zei hij. Boletta ging op de enige stoel zitten. 'Maar het is niet meer het beste', fluisterde ze. Fred rolde de slaapzakken uit. Moeder sloop naar de gang om een douche te zoeken. Ze kwam al snel terug en was nu nog bleker. 'Wat is er?' vroeg vader. Moeder begon onze spullen weer in te pakken. 'Is het de bedoeling dat we in een hoerenkast slapen?' Vader knipperde met zijn ogen. 'Hoerenkast?' Moeder was razend. 'Ja! Hoerenkast! In alle kamers zijn vrouwen!' Vader probeerde haar vast te houden, maar dat werkte niet, zelfs lachen hielp nu niet meer. 'Ik blijf hier geen seconde langer!' siste ze. En zo verlieten we de kamer, de rekening en de Indra Club overhaast en in alle stilte. Moeder hield me in mijn nekvel vast en fluisterde onophoudelijk: 'Recht voor je kijken, Barnum. Recht voor je kijken!' We wisten de trap af te komen en vonden een achterdeur op de begane grond. En op het moment dat we door die deur naar buiten glipten, zag ik vijf jongens in nauwe broeken en lila jasjes die op het toneel sprongen, de gitaren omhingen en de trommelstokken oppakten. Ik bleef even staan. Ik wilde dat geluid horen. De langste van de jongens boog zich naar de microfoon, verwrong zijn mond, telde in het Engels, *one, two, one, two, three, four* en zou beginnen te zingen. Ik zag hoe zijn lippen zich tot een schreeuw vormden. Ik zag de gitaargrepen, de stokjes die zwaar op de drums vielen, de spitse, zwarte schoenen die de maat zouden gaan tikken. En op dat moment, voor het begon, voordat de vijf jongens op gang kwamen, in een merkwaardige, zware stilte, als in de seconden tussen bliksem en donderslag, trok moeder me mee en de deur sloeg achter ons dicht. We holden naar de voorkant, kieperden de koffers en de slaapzakken in de kofferbak, stapten in de auto en vader reed zo snel hij kon tussen de neonlichten en de sterren door weg. En het laatste wat ik van Hamburg zag, was een schreeuwerige affiche op een muur: *The Beatles. England. Liverpool.*

We bereikten Bellagio de volgende avond en stopten in een krappe bocht vlak voor het stadje. We stapten uit de auto. Alleen Boletta bleef zitten, haar armen over elkaar. De zon zonk achter de groene bergen en alle schuine daken glommen als donkere, scheve spiegels. Het was net alsof het meer ook zonk, van blauw naar zwart. De lucht was vervuld van een stille, hete wind. Een rij spitse, smalle bomen hing als donkere messen op een heuvel boven een kerkhof, in de hemel gespietst. Vader, die sinds Oostenrijk opera had zitten zingen om niet achter het stuur in slaap te vallen en die nauwelijks nog op zijn benen kon staan, trok ons tegen zich aan. Zo stonden we, in de zoemende, Lombardische duisternis. We waren er. 'Wat doen we nu?' fluisterde moeder.

Eerst gingen we naar het politiebureau. Dat lag aan het plein. Daar parkeerden we. Drie agenten kwamen meteen naar buiten en loerden nieuwsgierig naar het nummerbord. Vader draaide het raampje naar beneden en groette. Vader sprak Italiaans. Het was niet te vatten dat er in één mond plaats was voor zoveel talen. Ze praatten langdurig. Moeder volgde het trots en legde steeds haar vinger op haar mond, alsof ze bang was dat wij vader zouden storen. Maar wij waren met stomheid geslagen van bewondering. Zelfs Boletta moest haar oogleden optillen. En ik verbeeld me dat dit vaders *finest hour* was, het hoogtepunt in zijn verscholen carrière, toen hij Italiaans kon praten met de agenten op het plein van Bellagio. Er was al een hele volksoploop rond de auto ontstaan. Misschien hadden ze in Italië nog nooit een Volvo Duett gezien. Vader draaide het raampje weer omhoog en was uitgepraat. 'Ze wisten heel goed wie Fleming Brant was', zei hij en zweeg een poosje, om de spanning op te voeren. Boletta sloot haar ogen en moeder moest hem smeken. 'Zeg het dan', bedelde ze. Vader glimlachte. 'Ze noemen hem de Roodhuid.' 'Roodhuid? Waarom?' 'Moet je mij niet vragen', zei vader. 'Maar hij werkt in Villa Serbelloni.'

Een groepje magere, gebronsde jongens holde voor ons uit om de weg te wijzen. Villa Serbelloni was een hotel. Het lag op het puntje van een landtong die het diepe Como-meer in stak en leek op een slot met zijn bogen, pilaren en terrassen. Hier werden ongetwijfeld alleen gasten met blauw bloed toegelaten. De jongens durfden niet verder met ons mee te lopen en verdwenen in de schaduwen onder de palmen. Vader remde zachtjes af en stopte ten slotte bij de tennisbaan, die er verlaten bij lag in de schijnwerpers die het rode gruis deden gloeien. We stapten uit de auto. Met grote ogen. Zoiets hadden we nog nooit gezien. Een man in rok kwam haastig op ons af. Vader vroeg naar Fleming Brant. En zodra vader die naam had gezegd, Fleming Brant, werden we behandeld als koningen en koninginnen, prinsen en prinsessen. Een leger van piccolo's haalde onze bagage. Een chauffeur in een grijs uniform parkeerde de Volvo in de garage aan de andere kant van het hotel en wij werden de brede trappen bijkans op gedrágen. 'Ik zei dat we familie van hem waren', fluisterde vader. Het plafond in de receptie was zo hoog dat ik duizelig werd en me aan Fred moest vasthouden. Boletta wilde het liefst weer vertrekken, maar moeder hield haar vast. Vader legde een bundeltje bankbiljetten op de balie. De receptionist glimlachte en haakte een grote sleutel van een paneel. Toen stond er opeens een gerant. Hij maakte een buiging en leidde ons naar de eetzaal. De gasten keken op van hun bord. De kelners duwden wagentjes vol taarten en wonderlijke vruchten rond. Achter in de hoek zat een man alleen. Het was ver lopen. Boletta wilde omdraaien, maar moeder liet haar niet los. De man was erg oud. Hij droeg witte handschoenen en een donkere bril. Hij las een boek terwijl hij koffie dronk uit een klein, groen kopje. De huid van zijn gezicht was korrelig en rood gevlamd, alsof hij te lang in de zon had gezeten, en zijn haar was wit en dun. Het was Fleming Brant. Hij merkte ons pas op toen we naast zijn tafel stonden. Hij legde het boek op het tafellaken, Dantes *Divina commedia*, en stond op, verbaasd, uit zijn evenwicht, en toen herkende hij ons, of herkende De Oude in ons. En ik kon niet zien wat deze korte ontmoeting allemaal inhield, ik wist alleen dat dit ogenblik groter was dan zichzelf, hier kwam de tijd samen. Maar dit zag ik: Fleming Brants droevige kalmte, een sombere vreugde, toen hij langzaam zijn bril af zette en zijn gevoelige ogen neersloeg. Moeder stak haar hand uit. 'Wij zijn gekomen om u te bedanken', zei ze. 'Mij bedanken?' Fleming Brant keek niet naar moeder. Hij keek naar Boletta. 'Voor de fraaie woorden die u over mijn moeder Ellen Jebsen hebt geschreven.' Fleming Brant bleef zwijgend voor Boletta staan en Boletta had nu ook haar tong verloren. Toen draaide hij zich langzaam weer om naar moeder. 'Ga zitten', zei hij. Hij praatte langzaam. De kelners waren direct ter plekke met meer stoelen. De kar met taarten en fruit werd gehaald en er werden wijnflessen en glazen naar de tafel gedragen. We gingen zitten. Ik dacht dat Fleming Brant wel de eigenaar van het hotel moest zijn, misschien bezat hij ook wel het meer en de stad. Hij tilde het boek op waarin hij had zitten lezen. 'Het was mijn droom dat Ellen Jebsen ooit Beatrice in Dantes komedie zou spelen', zei hij. 'Is die grappig?' vroeg ik. Fleming Brant dacht even na. 'Ja, die is grappig. Hoe heet jij?' 'Barnum', zei ik. Fleming Brant zette zijn zonnebril weer op. 'Ik ben erg ontroerd', zei hij zacht. Vader stak zijn hand uit. 'En ik ben Arnold Nilsen!' Ze schudden elkaar de hand, een zwarte en een witte handschoen, Fleming Brant liet het eerst los en verontschuldigde zich. 'Ik heb uitslag', zei hij. 'Mijn eczeem. Dat heb ik aan de films overgehouden.' 'Ja, ze noemden je Roodhuid', lachte vader. Het was even stil. Fleming Brant keek naar de grond. 'Ik kon niet tegen het licht en de chemicaliën. Ik los langzaam op.' Moeder keek hem aan. 'Was u ook toneelspeler?' vroeg ze. Fleming Brant schudde zijn hoofd en glimlachte, maar het was een trieste glimlach. 'Nee, ik was de cutter', zei hij.

Later gingen we naar onze kamer. Die was groter dan het appartement in de Kirkevei. Er waren een tweepersoons hemelbed, een bad, een douche en een veranda. Moeder bleef zo lang in de badkamer dat we ten slotte een kijkje moesten nemen. Ze lag in een wolk schuim te lachen. Vader ging op de rand zitten. Moeder legde haar natte, naakte arm om hem heen. We hadden het gehaald. We hadden Fleming Brant gevonden. We zouden binnenkort teruggaan. Toen zei Fred, en hij had de hele avond nog niets gezegd: 'Waar is Boletta?' Moeder viel stil. Vader rolde zijn mouw op, trok de handschoen van zijn gezonde hand en stak die in het schuim. 'Hier niet', zei hij. Maar moeder lachte niet. Ze stond plotseling op en ik keek een andere kant uit. Fred stond bij het raam. Ik liep naar hem toe. En daar beneden op het terras zat ze, met Fleming Brant, ze waren de enigen, verder waren de tafels leeg en de lampen langs de balustrade wierpen blauwe schaduwen langs hen heen. Een kelner kwam naar buiten met een deken en die legde Fleming Brant rond Boletta's schouders. Ik dacht, zonder het te beseffen, dat ze nu toch de doden stoorde. 'Ik kan hier alleen maar uit opmaken dat hij een bijzonder rijke man moet zijn', zei vader.

Ik zie Fleming Brant de volgende ochtend. Ik ben voordat de anderen ontwaken de veranda opgelopen. Hij staat op het strand. Zijn gezicht verwelkt. Zijn huid schilfert. Hij leunt op een hark. Zo staat hij, op een hark geleund. Dan komen de eerste gasten, vrouwen en mannen, hand in hand. Ze lopen stilletjes het water in om te zwemmen. En Fleming Brant harkt hun sporen weg uit het zand, moeizaam, van de trap naar de rand tot waar de kleine golfjes reiken. En wanneer de gasten weer uit het water komen en zich naar het terras en het ontbijt haasten, moet Fleming Brant hun sporen nogmaals wegharken, zodat het zand er egaal en mooi bij ligt voor de volgende gasten die komen.

En dit zijn mijn herinneringen, de windmolens in de nacht, de popgroep die ik niet te horen kreeg en de cutter die de sporen in het zand wegharkt, zo grondig en secuur dat er niets meer te zien is, en als ik straks naar datzelfde strand ga zal de cutter ook achter mij aanlopen en mijn sporen wegvlakken, in het koele, fijne zand, dat onder mijn voeten valt.

(BARNUMS LINIAAL)

Ik vertel niet hoe lang ik ben. Dat staat in het rapport van de schoolarts. Het is gemeten langs de deurpost van onze kamer. Het is genoteerd in mijn paspoort. Maar mijn ogen zijn blauw, niet bruin. Ik heb alleen vaders lengte geërfd. Ik werd niet groter. Tot die dag dat de agent mij vervloekte in De Kleine Stad, voor het front van de hele klas, onderscheidde ik me niet echt, behalve door mijn krullen, waar oudere dames in kiosken en in de tram zo graag hun handen op legden, maar toen bleef ik als het ware hangen, ik stagneerde, en de anderen stegen om mij heen, bleven stijgen als een op hol geslagen bos, terwijl ik daar beneden in het mos en de dennennaalden achterbleef, voorgoed gevangen in mijn armzalige centimeters. En in aanmerking genomen dat de groei in de eerste levensjaren het sterkst is en na verloop van tijd afneemt, tot je minder dan een fractie van een centimeter groeit als je de dertig nadert en je daarna begint te krimpen, waren mijn vooruitzichten somber. Een schrale troost is de wetenschap dat je hart tot het einde toe doorgroeit. Het was ook geen troost dat ik in ieder geval boven de minimumlengte uitkwam die vereist was om rond 200 jaar voor Christus ingelijfd te worden in het Romeinse leger. Dat was 1,51 meter. Zelfs de meisjes staken me voorbij, met hun lange kuiten en rechte nekken keurden ze me nauwelijks een blik waardig. En de weinige keren dat ze me zagen, keken ze naar beneden, recht naar beneden, en ik geloof dat ze dat leuk vonden, op mij neerkijken, want dan moest ik naar hen opkijken. Waar moesten ze hun plotselinge lengte anders voor gebruiken dan neerkijken? Ik ben ukkepuk, broekventje, dwerg, pygmee, kriel, duimpje, dreumes, opdondertje, kontkrummel en dreutel genoemd, alsof mijn eigen naam al niet zwaar genoeg te dragen was. Ze wisten van geen ophouden. Ik herinner me een andere keer. Ik was op weg van school naar huis. Het was oktober. Het regende, natuurlijk regende het. Gelukkig hoefde ik geen laarzen aan, want die kwamen ongeveer tot aan mijn kruis. Paraplu en zuidwester weigerde ik pertinent te gebruiken. Ik droeg alleen maar een korte, gele regenjas en werd met andere woorden nat. Dat deed me niks. Ik voelde dat mijn krullen, die krullen die ik haatte, maar waar ik me toch niet van kon ontdoen, plat werden en zich langs mijn hoofd vleiden, zoals haar zou moeten zitten. Ik hield van de regen. Ik heb altijd van regen gehouden. Zon is gedoe. Zon jaagt je op. In de regen kun je tussen de druppels uitrusten. Ik slenterde door het Urrapark. Ik bleef altijd bij de kerk staan om over het hek te leunen en te kijken naar de tram die op de straat onder me langsreed. Het gebeurde wel dat iemand op het achterste balkonnetje naar mij zwaaide. Dan zwaaide ik ook. Het was heel prettig om naar beneden te kijken, op mensen neer te kijken, en tegelijkertijd naar hen te zwaaien. Vandaag stond er geen enkele passagier buiten. Ik zwaaide toch en dacht aan al die dingen die we doen die niemand ziet. En als je je ogen sloot, hoe kon je er dan eigenlijk absoluut zeker van zijn dat alles niet meteen verdween en weer ontstond als je ze opendeed? Had God zo de wereld geschapen, door twee keer met zijn ogen te knipperen? Stel dat God moe werd en zijn ogen weer sloot, voorgoed, of dat hij zich begon te vervelen en in slaap viel? Zo stond ik daar, tegen het hek geleund, in de regen, in mijn eigen gedachten verzonken. Als God alles al besloten had, wat voor zin had alles dan nog? Dan maakte het niet uit wat je deed, dan ging het zoals het moest gaan. Fred was trouwens op een school in het centrum begonnen. Misschien had God daar ook een vinger in de pap. De leraren zeiden dat Fred dom was en daarom moest hij naar een speciale klas op de jongensschool in de Stenersgate, die geschikt zou zijn voor zulke leerlingen, die om de een of andere reden achterbleven op de gewone lagere school, en sommigen zeiden dat de jongens daar zo'n garnalenverstand hadden dat ze niet eens de meisjesschool in de Osterhausgate konden vinden, al gaf je ze een kompas, een kaart en liep je tot halverwege met ze mee. Je kon veel van Fred zeggen, maar dom was hij niet, en dat zou God toch zeker horen te weten. Maar er was iets met de letters, dat lukte hem niet helemaal. Natuurlijk kon hij goed praten, maar op papier werd het een zootje. Hij kon zijn naam laten veranderen in Ferd en in het begin moest iedereen daar smakelijk om lachen. Hij schreef ooit Branum op een cadeautje voor mij. Ik vond het best mooi. Voor Branum. Ik had er niets op tegen om zo te heten. Fred mocht me zo vaak Branum noemen als hij wilde. En het was het mooiste cadeau dat ik ooit heb gekregen, een echte typemachine. Maar het gelach verstomde al snel en niemand lachte meer, behalve ik, en toen Fred Ferd bleef schrijven en hij *Peer Gnyt* van Ibsen las kreeg hij een oorvijg van de klassenleraar die je helemaal tot het afdakje aan de andere kant kon horen en iedereen die daar stond hield een hand tegen zijn wang, alsof ze een pijn die buiten henzelf lag wilden verzachten. De school besloot dat Fred dom genoeg was en nu zat hij dus in de sloppen in de Stenersgate, samen met de stedelijke idioten die het stempel achterlijk, hopeloos en onmogelijk hadden gekregen. Ik schoot een klodder spuug naar de straatstenen en toen hoorde ik dat er iemand door de druppels naderde, lang voordat de klodder op de grond landde. Ik deed mijn ogen open en draaide me om. Ik wist het. Het was de raamkliek uit de zevende, Aslak, Preben en Hamster. Ze glimlachten onaangenaam, hun glimlachjes waren vol tanden en ik dacht onwillekeurig dat dit nooit gebeurd zou zijn als ik mijn ogen niet gesloten had.

Het geluid werd aangezet, het krijsen van de tram in de krappe bocht achter de school, de bomen die ritselden in de regen, autobanden op nat asfalt, als lange zuchten overal in de stad, en de klodder die met veel lawaai landde in de straat onder me. 'Waar ga jij naartoe, hm?' 'Naar huis', fluisterde ik. 'Naar huis? Weet je dat zeker?' Ik knikte. 'Heel zeker?' Ik knikte nog een keer. 'Misschien moesten wij dan maar met je meelopen, hm?'

De kerkklokken begonnen plotseling te luiden, om de een of andere reden luidden de kerkklokken. Misschien was iemand zijn eigen begrafenis in de regen vergeten. De vogels vlogen op van de huisdaken. Ik trilde als een tulp. Aslak, Preben en Hamster kwamen dichterbij en bogen zich voorover, ze snuffelden als dolle honden aan mijn gezicht, ik moest mijn ogen weer sluiten en wachtte er gewoon op dat ze zouden bijten, bijten als beesten, of dat de wereld nu onder zou gaan en zou verdwijnen. Dat was het beste geweest. 'Zei ik toch. Zijn gezicht ruikt naar kut.' Ik deed langzaam mijn ogen open. De klokken luidden niet meer. Ze knepen hun neus dicht en deinsden achteruit. 'Oude kut. Zo ruikt z'n gezicht. Gadverdamme.' Aslak boog zich weer naar me toe, gaf me bijna een kopstoot en trok zich terug. 'Weet je zeker dat hij niet naar pik ruikt? Volgens mij ruikt hij ook naar jongenskut en pik.' 'Vast allebei. Zijn gezicht ruikt naar kut en pik.'

Ze bleven naar mij staan kijken. De balustrade deed pijn in mijn rug. Na een poosje keken ze naar elkaar en fluisterden iets. Dat was erger. Nu zouden ze het niet zomaar opgeven. Aslak lachte. 'Wat heb je vandaag in je schooltas, hm, kutje? Pijpenragers of een slipje voor je gezicht?' Antwoorden had niet echt zin. Ze trokken de schooltas van mijn rug, maakten hem open en kieperden de gehele inhoud over de balustrade: mijn etui, het werkboek voor aardrijkskunde, mijn gum, een half lunchpakket met worst, het schrift voor gezondheidsleer en mijn liniaal, alles zweefde in de regen en landde op de straatstenen in de Holtegate, tussen de glimmende tramrails. Toen hingen ze de schooltas weer op mijn rug en gaven me om de beurt een klopje op mijn hoofd. 'Moest jij niet naar huis, onderdeurtje?' Ik begon te lopen. Onderdeurtje had ik nog niet eerder gehoord. Ze kwamen achter me aan. Ze zeiden niets. Dat was bijna nog het ergste. Ze volgden me alleen maar, en ik kon niets anders doen dan lopen, door de Bogstadvei, langs de Rosenborg-bioscoop waar ze net de oude filmaffiches weghaalden, *Days of Wine and Roses*, en ze de nieuwe nog niet hadden aangeplakt, het was midden tussen twee voorstellingen in, zo was het, de lokettist nam een stapeltje verschoten foto's van Jack Lemmon en Lee Remick mee zijn loket in, het was pauze, ik liep in een duisternis, met Aslak, Preben en Hamster op mijn hielen, er rolde een druppel langs de binnenkant van mijn overhemd en die plakte onder aan mijn rug vast als een postzegel. Zou ik dat niet meer weten? Zou ik niet meer weten hoeveel stappen het is van de Uranienborg-kerk naar het Stenspark, een middag in oktober, als het regent en je gevolgd wordt en je broer naar een andere school is gegaan, aan de verkeerde kant van de stad? Het zijn 634 passen. Ik miste Fred. Dit zou niet gebeurd zijn als hij niet zo geklungeld had met de letters en zijn naam niet fout geschreven had. En toen kwam hij toch. Fred kwam uit het pissoir onder aan de heuvel. Hij hield een peuk in zijn ene hand en trok met de ander zijn gulp dicht, nat en mager stond hij daar, in zijn hippe peau de pêche-jasje, dat donker was van de regen. Ik hoorde de voetstappen achter me stilstaan. Fred stak de sigaret in zijn mond en nam een lange haal, het gloeiende uiteinde bereikte bijna zijn mond, toen spuugde hij de peuk uit, die bleef liggen branden in de regen. Hij zei geen woord. Hij keek me alleen aan. Niemand zei iets. Ik stond in het midden. Toen hief hij zijn blik op, min of meer, en staarde over mijn schouder, langs me heen, het duurde misschien maar een seconde, niet meer dan een seconde, maar de tijd dijde als het ware uit in die seconde, als een taaie druppel uit een roestige kraan, alles was mogelijk en ik bleef staan, tussen Fred en de raamkliek uit de zevende in, en toen hoorde ik dat ze zich omdraaiden en wegliepen, want niemand kon Freds blik op den duur uithouden, er lag een zwarte rust in zijn blik die niemand echt kon verdragen, en Aslak, Preben en Hamster slopen langs de huizenwand aan de overkant van de straat, laffe honden als ze waren, en een eind verderop draaide Aslak zich om, balde zijn vuist en zei iets, maar daar liet hij het bij. 'Honden!' riep ik hen na. Maar als ik erover nadenk is het vreemd dat toen ik de overlijdensadvertenties begon te lezen, omdat ik daar kon zien hoe het oude bekenden verging, ik een sterk gevoel van weemoed kreeg op de ochtend dat ik Prebens volledige naam daar zag staan. Hij was slechts 41 jaar geworden, en ik voelde leegte, intense weemoed, ook al was hij alleen maar een pestkop en een kwelgeest geweest. Aslak had de necrologie geschreven. Hij prees Prebens gevoel voor rechtvaardigheid, zijn loyaliteit en vooral zijn ontwapenende humor. Hij had het ver geschopt in de reisbranche, met zogenoemde ervaringstochten, en stierf zinloos toen hij van een platte rots in de Oslofjord dook. De gedachten gingen naar zijn vrouw Pernille en hun dochter. Aslak was juridisch adviseur van dezelfde firma, die failliet ging na Prebens dood, terwijl Hamster op een eigen ervaringstocht vertrokken was, zijn hoofd in, en daar verdwaalde hij. Hij kwam nooit meer helemaal terug na zijn laatste shot. Ik zag hem soms in de stad. Hij bietste geld voor eten. Ik placht over te steken naar het andere trottoir. 'Honden!' riep ik nogmaals. 'Jullie zouden eens moeten weten!'

Fred trapte de gloeiende peuk uit in het natte gras en liep naar me toe. 'Alles in orde, Barnum?' 'Gaat wel. Wist je dat ze me volgden, Fred?' 'Ik moest gewoon pissen. Mazzel voor jou, kleintje.' Ik slikte. Mijn keel was zo nauw. 'Ze hebben mijn schooltas leeg gekieperd', fluisterde ik. 'Had erger kunnen zijn', zei Fred en begon zich blijkbaar te vervelen. Ik pakte zijn arm. 'Ze zeiden dat mijn gezicht naar kut rook.' 'Je gezicht naar kut? Daar hoef je ook niet om te janken. Oké?' Ik knikte. 'Je jankt toch niet, Barnum?' Ik schudde mijn hoofd. 'Want dan heb ik geen zin om hier met jou te staan.' 'Ik jank niet, Fred.' 'Goed zo, Barnum.' Hij trok zijn arm los. 'Wat had je gedaan als ze me in elkaar geslagen hadden?' vroeg ik. 'Zeg ik niet, Barnum. Want dan kun je vannacht niet slapen.' Ik lachte luid en Fred draaide zich om en stak een nieuwe sigaret op. Ik dacht dat hij kwaad op me was, omdat ik lachte, en ik wilde het weer goedmaken, iets zeggen wat hij wellicht leuk zou vinden. 'Dan hadden hun gezichten in ieder geval naar kut geroken', zei ik. 'Na wat jij met ze gedaan had. Als je het gedaan zou hebben, bedoel ik.' Fred haalde zijn schouders op. Hij was blijkbaar toch niet boos, hij had alleen de wind de rug toegekeerd om zijn sigaret aan te steken. 'Waar hebben ze je schooltas leeg gekieperd?' 'Bij de kerk', antwoordde ik. Fred keek me weer aan. 'En veeg die grijns van je gezicht voordat ík het doe. Je ziet er zó stom uit.' Ik haalde snel de rug van mijn hand over mijn mond. Fred blies rook in mijn gezicht en kreunde. Nu stond hij op het punt te ontploffen, ik zag het aan zijn ogen, de zwarte rust begon zich te roeren, als olie op water, en nu moest ik iets zeggen waarvan ik wist dat het hem blij zou maken. 'Zullen we de brief vanavond lezen?' vroeg ik voorzichtig. Fred keek een andere kant op. 'Ik wil best hardop voorlezen', zei ik, nog zachter. Toen legde hij zijn hand op mijn schouder en dat was zo verrassend dat ik bijna kermde van vreugde, maar ik geloof dat hij het niet hoorde, want hij liep mee terug naar de Holtegate en daar raapten we de trieste restanten uit mijn schooltas op. Het werkboek voor aardrijkskunde was uit elkaar gevallen, bladzijde na bladzijde dreef weg in de regen, Turkije, Egypte, Japan, Amerika en de poolstreken, de werelddelen dobberden alle kanten op, ik vond de bladzijden met het proefwerk over Groenland waar ik een 10 voor had gehaald. De letters waren bijna weggevaagd, maar ik herinnerde me wat er had gestaan. *De ijsbergen kunnen honderd meter hoog zijn. Maar de gedeelten onder water zijn negen keer groter.* De eksters vochten om mijn halve lunchpakket. De tram was minstens drie keer over mijn etui gereden. De liniaal was gebroken en de gezondheidsleer kon ik gewoonweg opnieuw maken. 'Geloof dat ik mijn schooltas op een dag ook maar leeg kieper', zei hij en begon naar huis te lopen, terwijl ik holde. Fred liep altijd een stukje voor me uit en ik moest hollen, op mijn platte voeten, om hem überhaupt bij te kunnen houden. Fred liep en ik holde naast hem. 'Hoe is het op de nieuwe school?' vroeg ik. 'Geweldig. Alle stommeriken bij elkaar.' 'Maar daar ben jij er niet een van, Fred.' 'Een van wat?' 'Van de stommeriken, Fred. Jij bent daar niet een van.' Hij bleef vlak voor de Rosenborg-bioscoop staan, bij de lege vitrines waar binnenkort nieuwe foto's van filmsterren zouden hangen. Hij staarde me aan. Maar hij zei niets. Ik werd weer bang. 'Welke film denk jij dat er komt, Fred?' 'Eentje waar jij niet in mag', zei Fred. De lokettist stond in de foyer en keek door de deuren naar buiten. Misschien wilde hij zien of het nog steeds regende, want plotseling stak hij een paraplu op en de stapel foto's die hij onder zijn arm hield viel op de grond. 'Van wie ben ik er een?' vroeg Fred. 'Wat zei je?' Fred boog zich tot vlak bij me. 'Van wie ben ik er een?' Ik wist niet wat ik moest zeggen. Ik zag het weer in zijn ogen, het allerdonkerste. 'Ik kan je helpen met de letters', fluisterde ik. Fred duwde me tegen de vitrines zodat het glas rinkelde. Plotseling schreeuwde hij: 'Ik ben van niemand! Snap je dat! Nou?!' Hij liet een vinger van mijn voorhoofd naar mijn wang glijden. 'Dat gezicht van jou ruikt verdomme naar kut.' Toen liep hij weg over het trottoir, schuin, alsof hij de regen te slim af wilde zijn, en op dat ogenblik kwam de lokettist naar buiten. 'Allemachtig', zei hij. 'Was je van plan mijn bioscoop te vernielen?' 'Nee hoor', fluisterde ik. Ik wilde het liefst weglopen, maar de lokettist hield me tegen. 'Is alles goed met je?' vroeg hij. 'Ja, dank u.' Hij bukte zich. 'Wil je een boterham?' 'Nee, dank u.' Maar hij was zo aardig dat hij me de foyer binnenduwde, waar het linoleum zo glom dat ik bijna uitgleed op de traptreden, hij pakte mijn arm en liep door, met mij op sleeptouw, tot we in een klein kamertje achter de bioscoopzaal zelf kwamen en daar stond een enorme machine die door een luikje in de muur stak en op de grond stonden stapels ronde dozen met Engelse titels erop. *Days of Wine and Roses.* Het was er warm en het rook er niet echt lekker. Het bleek dat de man niet alleen lokettist was, hij was ook operateur, hij was degene die de films draaide, zonder hem zou het witte doek in duisternis gehangen hebben, als een zwaar en breed rolgordijn voor een raam in het holst van de nacht. 'Hier woon ik', zei hij. Hij maakte zijn lunchpakketje open. 'Wat wil je hebben? Kaas of salami?' Ik had geen honger. Oude vrouwen wilden het liefst mijn krullen aanraken, terwijl oudere mannen me eten wilden geven. Dat was tamelijk vermoeiend op den duur. 'Salami', zei ik. Ik kreeg een boterham. Die moest ik opeten. We aten. 'Heeft hij je geslagen?' vroeg de operateur. Ik schudde mijn hoofd. We aten verder. Ik zag de bioscoop plotseling voor me als een schip, een oceaanstomer die op Amerika voer, de operateur stond in de machinekamer en hij was degene die de schroef liet draaien en de sterren liet schijnen, en terwijl ik zo zat te denken kwam ik op een andere gedachte, en ik kon niet bevatten dat die van mij kwam, het was net of andere mensen die eerst hadden gedacht en nu nam ik die gewoon over, ik bedacht dat stomme films zeilboten op diezelfde oceaan waren en de wind was de machinekamer, zonder mensen. 'Word je vaak gepest?' vroeg hij. Ik kon het niet helemaal volgen. 'Wat?' Hij vroeg het nog een keer. 'Word je vaak gepest, omdat je zo klein bent?' Ik zei niets. Hij bedoelde het goed. Dat wist ik. Dat kan ik wel zeggen. De meesten bedoelen het goed en die zijn vaak het ergst. Ik had kunnen antwoorden: 'Ja. Vooral jij pest me.' Ik zei niks. Ik keek alleen naar de grond. Hij legde zijn hand op mijn knie. 'Vroeger mochten operateurs maximaal vijf voet lang zijn', zei hij. 'Want anders was er niet genoeg ruimte voor hen in de projectiecabine. Dat zou iets voor jou geweest zijn, hè!' 'Ja', fluisterde ik. 'Ja.' Hij bracht me naar buiten. Ik rende achter Fred aan, maar die was allang verdwenen. In de Norrabakke probeerde ik vijf voeten bij elkaar op te tellen, als er sprake was van mijn voeten, dan stelde dat niet veel voor, en toen vroeg ik me af of een voet met of zonder schoenen was, dan moesten mensen die maat 48 droegen immers tot een geheel ander resultaat komen. Ik bleef staan op de hoek van de Kirkevei. De bomen waren zwart en zwijgend. Esther hing de weekbladen met knijpertjes aan een koord in haar loket, alsof ze daar te drogen moesten hangen. Ze zwaaide naar mij en hield iets omhoog wat op een kandijklont leek, die ik misschien mocht hebben als ze eerst toestemming kreeg haar gerimpelde hand op mijn krullen te leggen.

Maar mijn krullen waren weg geregend, zoals de werelddelen in mijn aardrijkskundeboek, en ik bleef gewoon staan waar ik stond en deed alsof ik haar niet zag. Ze hield haar hoofd schuin en leek verdrietig, zo keek ze altijd sinds ik was gestopt met hartstikke bedankt te zeggen, toen stak ze de hele klont in haar eigen mond, en het geluid van haar tanden die de donkerbruine, gekristalliseerde suiker vermaalden deed me rillen. Ik hield mijn handen voor mijn oren. Waar was Fred? Een lijkwagen reed langzaam voorbij aan de overkant, slechts gevolgd door een Volkswagen met een grijs kruis op het dak, ook heel langzaam, en ik werd bevangen door een wonderlijk en toch duidelijk gevoel dat ik dit eerder had gezien, dat iets zich herhaalde, niet precies zoals ik het me herinnerde, maar als een soort variatie, de lijkwagen, de chauffeur, de witte kist achterin en de kanten gordijntjes voor de ruitjes, en dat greep me zo sterk aan dat ik tegen de zwarte boom moest leunen waarnaast ik was blijven staan, want op datzelfde ogenblik dacht ik dat ik dit misschien niet eerder had gezien, maar dat het me juist moest herinneren aan iets wat ik binnenkort zou weerzien. In de Volkswagen zat een man te lachen. Hij leunde op het stuur en lachte. Misschien vergiste ik me. Misschien huilde hij. Misschien leek lachen op huilen als je het geluid niet kon horen. Toen waren ze voorbij. Ik drukte mijn hand tegen mijn gezicht en rook aan mijn vingers. Een gezicht als een kut?

Moeder had een stoofpotje gemaakt, maar ik had niet veel honger en moeder ook niet. Boletta was verdwenen sinds ze de vorige avond met zwarte handschoenen aan en een sluier voor vertrokken was. Dan wist iedereen waar Boletta naartoe ging. Ze ging naar de Noordpool om haar hart af te koelen met bier. Dat moest ze, als ze het op haar heupen kreeg. Zo zei moeder het altijd. *Ze heeft het weer op haar heupen.* Fred was ook niet thuisgekomen en vader was op reis. We wisten niet zo goed wat het inhield, dat vader op reis was. Hij vertelde zelden iets. We wisten alleen dat hij dingen verkocht en dat hij soms opdook met geld te veel. Dat was altijd snel op. Ik prikte in mijn eten. Moeder prikte in haar eten. We zaten in de keuken, met ons bord voor ons, zwegen, prikten. Het was al donker buiten. De wilde wingerd ritselde langs het raam. De klok tikte in de hal. Zwijgen was moeders talent. Ze had wereldkampioen zwijgen bij de vrouwen kunnen worden, als die tak van sport bestaan had, en Fred had bij de heren kunnen winnen. Ik geloof dat die zwijgzaamheid, die soms weken kon duren, vader nog rustelozer maakte. Hij had moeder aan het lachen gemaakt, maar dat was dan ook alles. Plotseling pakte ze een handvol stoofpot en smeet dat zo tegen de muur. Het klonk ongeveer alsof een vrachtwagen een egel platreed. Daarna bleef ze voor zich uit zitten staren, niet naar mij, en niet naar de vleesbrokjes die naar beneden gleden en die een patroon vormden dat deed denken aan een foto die ik had gezien van een Russische officier die aan flarden was geschoten op een straathoek in Boedapest, alleen was dit in kleur. Ik was eigenlijk van plan geweest moeder iets te vragen, iets wat ik me al heel lang afvroeg, maar dat deed ik nu maar niet. Moeders maat was vol en ik liet haar daar zitten staren met een blik die zwarter was dan een herenparaplu. Ik ging naar de badkamer en waste mijn gezicht. Ik waste mijn gezicht met groene zeep en schuurpoeder en spoelde het af met jodium en toen ik mezelf in de spiegel zag, leek ik op de achterkant van een bloedsinaasappel die iemand had geprobeerd te schillen met wanten aan. Ik sloop naar mijn kamer en kroop onder het dekbed. Een gezicht als een kut. De klok die tikte. Het natte asfalt van de Kirkevei. Moeder die door het huis draafde, bij de telefoon bleef staan, doorliep naar de woonkamer, terug naar de telefoon, de hoorn opnam en hem weer neersmeet. Ik luisterde. Ik was het luistervinkje met een gezicht als een kut. Er belde niemand. Op wie wachtte ze het meest, op Fred, vader of Boletta? Of wachtte ze op heel iemand anders? Hoopte ze nog steeds dat Rakel terug zou komen? Ik weet het niet. Ik luisterde. Moeders voetstappen werden steeds zwaarder. Moeders zwijgen, dat ze binnenkort zelf niet meer kon dragen. Ze deed opeens de deur open en loerde naar binnen. 'Ben je al naar bed?' Ik kwam overeind. Nu kon ik het vragen, maar toen ik zover was vroeg ik in plaats daarvan iets heel anders. 'In wat voor auto is Fred geboren, moeder?' Ze zuchtte en zocht steun bij de deurpost. 'In een taxi, Barnum.' 'Ja, maar wat voor een?' Moeder glimlachte even. 'Nee, dat weet ik niet meer. Ik had wel wat anders aan mijn hoofd.' Moeder zweeg weer. Het was net of ze haar mond had dichtgenaaid, of ze in het diepste geheim de Singer-naaimachine had gekust. Haar schouder kwam tot waar mijn laatste streepje was gezet. Dat stond daar al een hele poos. Freds streepje stond een flink stuk hoger. 'Waarom word ik niet groter?' vroeg ik. Moeder tornde de steken in haar lippen los. 'Je bent toch nog niet gestopt met groeien, Barnum?' Ik sloeg mijn ogen neer. 'Jawel, ik geloof haast van wel.'

Moeder deed stilletjes de deur dicht en ik maakte mijn schooltas open en haalde de kapotte liniaal eruit. Ik probeerde hem te lijmen. Maar al pasten de stukken in elkaar, er ontbrak toch iets, daar waar de breukvlakken elkaar ontmoetten, millimeters stof en flinters van dat stof. De liniaal was kleiner dan zichzelf geworden, hij haalde zijn eigen twintig centimeter niet, en ik dacht aan de meter die in Parijs lag, in een loden gewelf, de meter der meters, de moeder van de meter, die niet meer en niet minder was, maar die zijn lengte waarmaakte met de nauwkeurigheid van de grote timmerman. Ik rekte me uit in mijn bed, zo ver ik kon, en ik besloot dat ik van nu af aan mijn eigen meeteenheid zou gebruiken, Barnums liniaal. Ik hield van de zoete geur van de lijm.

Er kwam iemand thuis. Het was Boletta niet. Ik zag haar voor me. Boletta die aan de bruine tafels in de Noordpool zit en grote glazen bier drinkt met de stoere mannen die haar verhalen vertellen die haar alles doen vergeten, terwijl het bier zich als een stempel in haar hoofd legt en de herinnering verzegelt die in haar bevroor bij de aanblik van haar dochter, Vera, onze moeder, op de droogzolder, die dag in mei, 1945. Ik heb het gezien. Ik heb het door de gele ramen van de Noordpool gezien, toen een van de mannen langzaam Boletta's zwarte handschoenen uittrok.

Het was Fred die thuiskwam. Hij lachte. Moeder schreeuwde tegen hem. Fred lachte alleen maar. Toen huilde ze en er viel iets op de grond en brak. Ik wilde het niet horen. Ik sliep. Ik sliep in mijn liniaal. Fred ging ook op bed liggen. Zijn adem, gejaagd. Moeders gehuil in het hoekje van de verste kamer. De scherven op het blik. Hoe ver in de slaap kun je komen voor het te laat is om om te keren? 'Boletta danst', fluisterde Fred. 'Nu danst Boletta op de Noordpool.' Ik werd wakker. 'Moeten we haar gaan halen?' Fred antwoordde niet. En opeens herinnerde ik me niet meer wat ik gevraagd had. Wie kan grootmoeders sluier oplichten? Had ik dat gevraagd? Wie is Freds vader? Ik hoorde dat moeder haar jas aantrok, daarna haar voetstappen op de trap, snel. Nu ging ze weg om Boletta te halen. Nu was het nacht. Ik loerde naar Fred. Hij had zijn schoenen niet uitgetrokken, alsof hij gereed wilde zijn om er elk moment vandoor te kunnen gaan. 'Nu weet ik het', zei ik. 'Wat?' 'Jij bent een van ons.' 'Hou je kop!' Ik hield mijn kop. Het rook naar lijm in de kamer, aan mijn vingers. Ik werd duizelig. Ik kreeg zin om in het raamkozijn te gaan staan. Freds schoenen glommen in het donker. Als er brand uitbrak, kon hij zó naar buiten rennen. 'Zullen we de brief lezen?' vroeg ik. Fred zei niks. Ik geloofde dat hij me de rug toekeerde. Ik hoefde de lamp niet aan te doen. Ik kende hem van buiten. Ik kon hem opdreunen. Ik haalde diep adem. *Eenen liefdevollen groet zend ik een ieder thuis, hier vanuit het land van de middernachtzon, alsmede een korte beschrijving hoe de expeditie tot nu toe verloopen is, want ik denk dat het jullie misschien zal interesseeren iets te hooren over wat wij hier zooal ondernemen, tusschen ijs en sneeuw.* Tussen ijs en sneeuw. Ik kon er niets aan doen. Er liepen elke keer weer rillingen over mijn rug, ik kreeg een brok in mijn keel en voelde de zachte schok van het prettige huilen, het warme verdriet. 'Luister je, Fred?' fluisterde ik. Er kwam geen geluid uit zijn bed. Ik sloot mijn ogen en zag het voor me, het schip tussen ijs en sneeuw. *Nu eerst het schip. Het is een houten schip, dat zeer stevig en solide is gebouwd en voorzien is van een ijsversterking.* 'Hou je kop', zei Fred. *Het is oorspronkelijk gebouwd voor de walvischvaart en heette eerst Cap Nord.* 'Hou je kop, stomme lul!' 'Ik lees zo langzaam omdat het in het Deens is', fluisterde ik. Er knalde iets tegen de muur, vlak boven mijn hoofd. Het was een schoen. Freds schaduw stommelde bij de muur. Ik werd bijna geraakt door nog een schoen. 'Weet je waarom ze zeiden dat je gezicht naar kut ruikt?' 'Nee, Fred.' 'Zal ik het je vertellen?' 'Nee, Fred.' 'Omdat je bij de meisjes maar tot hun kut komt. Ben je soms achterlijk of zo?'

De schaduw van Fred kwam tot rust. Ik zette zijn schoenen op de vloer. Ik kon die nacht niet meer slapen. In plaats daarvan droomde ik over Tom Thumb, de Amerikaanse dwerg die slechts 89 centimeter lang werd en op zijn zwaarst 24 kilo woog, en die in de vorige eeuw in heel Amerika tentoon werd gesteld en daarna naar Europa kwam en koningin Victoria ontmoette en verdwaalde in haar vele rokken. Als hij at stonden er nooit waterkannen op tafel, men was bang dat hij daarin zou kunnen verdrinken. Over Tom Thumb werd gezegd dat God een veto over zijn toekomst uitsprak toen Tom twee jaar was en dat hij daarom niet meer groeide. Dat droomde ik. Misschien was God pissig geworden of had hij er gaandeweg genoeg van gekregen. Ergens in de Middeleeuwen probeerden joodse rabbijnen te bewijzen dat bij de schepping de gemiddelde lengte ongeveer 50 meter was geweest en dat het daarna alleen maar bergafwaarts was gegaan. In 1718 pakte de Fransman Henrion die draad weer op en hij ontwikkelde een wiskundige tabel die liet zien hoe de mens in de loop der tijden was gekrompen. Volgens zijn berekeningen was Adam minstens 40 meter lang geweest, terwijl Eva 38 meter mat. Maar het verval was al ingetreden. Noah was slechts 33 en een halve meter, Abraham werd niet groter dan negen, Mozes kon zich uitrekken tot 4,22 meter, Hercules tot drie en Alexander de Grote tot 1,92 meter, maar toen begon God nerveus te worden en hij moest Jezus naar de aarde sturen om hier een einde aan te maken, en Jezus zelf werd niet langer dan 1,62 meter, dat kun je zien aan de markeringen op het kruis.

Ik droom dat God mij vergeten is.

En ik werd wakker zonder geslapen te hebben. Freds beide schoenen waren weg. Ik stond op en ging naast de deurpost staan. Ik wilde zien of ik in de loop van de nacht was gegroeid, maar ik was gestopt, ik was voorgoed gestopt, en sindsdien heb ik me geconcentreerd op het behouden van mijn lengte en niet in elkaar te zakken, zoals Boletta, wanneer ze thuiskwam van de Noordpool, met een rug zo krom als de maan boven de Majorstuen-kerk in oktober. Ik begon extra goed voor mijn krullen te zorgen, die tilden me op, ja, tilden me op aan mijn haren, en ik was de eerste in Fagerborg die een afrokapsel had, blond ook nog, voor mij was dat iets heel natuurlijks, ik leek op een witte poedel, maar ik kan wel zeggen dat het niet lang bleef zitten. In de winter liep ik met een enorme berenmuts van bont, zoals de grote Russen in ballingschap, die had ik tussen de spullen van De Oude gevonden. Ik heb zelfs geprobeerd mezelf langer te hongeren en ik ben ook niet vies geweest van kurkhakken en dubbele zolen. Toen armoe de laatste mode werd kon ik het hele jaar door dikke bergschoenen dragen, om nog maar te zwijgen van plateauzolen, dat was misschien wel mijn beste tijd, niet dat ik op de gebeurtenissen vooruit wil lopen, die komen snel genoeg, maar alleen om mijn leven te kunnen monteren tot één onmogelijk en noodzakelijk beeld: kut en plateauzolen. En eigenlijk is het gek dat ik me toch wel groter voelde in deze eenzame jaren, in de epoche van de elefantiasis, aangezien de meeste anderen ook plateauzolen hadden. Ik was nog steeds exact hetzelfde aantal centimeters kleiner dan zij. Maar ik zat als het ware boven de minimumlengte. Ik had het hoofd boven water en ik liep meestal alleen, want degenen die ik kende en liefhad hadden het land verlaten, ik maakte omwegen en nam achterafstraatjes, op mijn wankele, flonkerende schoenen. Des te groter was de val toen de plateauzolen op de mesthoop van de lach werden gegooid, achter in de duisternis van de kast werden gezet, weggeborgen tot het carnaval of inzamelingsacties. Ik was de laatste in Oslo die plateauzolen droeg, en als ik erover nadenk, dan was dat mijn eigenlijke hoogtepunt, in dat glijdende ogenblik tussen twee modes, als de verwarring regeert, toen greep ik de macht en stond fier op mijn hoge hakken, terwijl de anderen naar beneden klauterden, naar hun oude sandalen. Maar het kon niet blijven duren. Ik abdiceerde. Ik kwam ten val. De koning van de plateauzool werd afgezet en ik droomde dat God op een ochtend wakker zou worden en zestig centimeter zou ontdekken die hij vergeten had aan de mensen te geven, en God zou spreken: dertig daarvan behoren toe aan Barnums liniaal. Vader sloeg me een keer op de rug toen hij zo'n bui had en zei dat het niet op de lichaamslengte aankwam als de natuur je zo groot geschapen had als ons, want dat had de dokter van het vasteland persoonlijk vastgesteld na een nauwkeurig onderzoek van het Nilsense lichaam. 'Vraag je moeder maar', zei vader. Dat deed ik niet. Maar ik heb me wel een poosje afgevraagd of ik operatief een extra stukje skelet kon laten inzetten. Ik had in een weekblad gelezen dat je dat in Amerika kon laten doen. Daar hadden ze een Amerikaan van Noorse afkomst uit Fargo zes centimeter uitgerekt door een nieuw stuk tussen zijn knieschijven en zijn heupen te schroeven. Maar hij kon daarna nooit meer echt goed wandelen en moest meestal zitten, en wat had het dan voor zin? Hij stierf overigens aan een hartaanval, hij bukte zich om zijn veters te strikken en stierf ter plekke, dat stond in het volgende nummer. Wat moest Fred om mij lachen, als hij zo'n bui had! Eén keer droeg hij me op zijn schouders de hele Kirkevei af en via Majorstuen naar de Colosseum-bioscoop. En ik liet hem begaan. Maar opeens zette hij mij neer en zei: 'Zullen we ruilen, Barnum?' Ik werd meteen bang, want ik wist niet wat hij wilde ruilen en voordat ik het had kunnen vragen was hij verdwenen. Als mensen erg grappig wilden zijn, zeiden ze dat ik maar nauwelijks tot mijn eigen hoofd kwam. Dan lachten ze zich een breuk. Of ze zeiden dat mijn gezicht naar kut rook. Ikzelf lachte zelden. Ik kwam trouwens James Bond een keer tegen, maar zelfs hij kon me niet helpen. Ik zag namelijk Sean Connery, zoals hij eigenlijk heet, in de sigarenwinkel in de Frognervei, waar ik naartoe was gegaan om de *Cocktail* te kopen, die zoals algemeen bekend was samen met de *Weekendsex* en de *Pinup* onder de toonbank lag, en die kon ik natuurlijk niet in de buurt van Fagerborg kopen, nee, ik moest zo ver mogelijk weg. Ik wachtte ongeveer een uur buiten op de stoep voordat ik naar binnen durfde te gaan. Ik dacht dat ik alleen was, maar daar stond James Bond dus, en hij zag er ook tamelijk sullig uit. Hij had dun, bijna peenkleurig haar, dat hij zeker drie maanden niet had gekamd. Hij had net een sigaar gekocht die hij probeerde aan te steken. Ik was bijna weer meteen naar buiten gegaan, want ik dacht dat ik visioenen had en werd bang in mijn hele hoofd. Maar hij was het, Sean Connery in hoogsteigen persoon, in de winkel in de Frognervei, Oslo, Noorwegen, Europa, Aarde, Heelal. En de dame achter de toonbank, die hem ongetwijfeld niet had herkend, boog zich over het snoep heen en vroeg wat ik wilde hebben. Ik kon mijn ogen niet van James Bond afhouden. Nu had hij eindelijk de brand in de sigaar gekregen. Hij glimlachte tegen me. Hij had ook een slecht gebit. De dame vroeg het nog een keer. Ik kon geen woord uitbrengen. Ik herinner me alleen dat ik ontzettend teleurgesteld was dat James Bond er zo miezerig uitzag. Hij wilde zijn hand op mijn krullen leggen. Toen holde ik weg en ik holde in één keer naar huis. Die avond, toen we naar bed waren gegaan, vertelde ik het aan Fred. 'Ik heb James Bond vandaag gezien', fluisterde ik. Fred draaide zich om. 'Naar de bioscoop geweest?' 'Nee, ik heb hem in de Frognervei gezien.' Freds stem klonk schamper. 'Heb je James Bond in de Frognervei gezien?' Ik knikte. 'Hij had dun haar en een slecht gebit', zei ik. Fred was een hele poos stil. 'Jij hebt James Bond niet gezien in de Frognervei', zei hij ten slotte. 'Welles! In de sigarenwinkel!' 'Wat deed je daar?' Ik sloeg mijn ogen neer. 'Een *Cocktail* kopen', fluisterde ik. Fred lachte en ging weer liggen. 'Welterusten, Barnum. Geen lawaai maken als je bezig bent.' 'Het is waar', zei ik. 'Wat is waar?' 'Dat James Bond daar was. Of Sean Connery!' Fred kwam overeind en was nu écht pissig. 'Nou hou je je kop, dwerg!' 'Ik heb hem gezien!' riep ik. 'Ik heb James Bond gezien!' Fred deed een stap in mijn richting en sloeg me recht in mijn gezicht. Ik tuimelde op het kussen en bleef liggen. Ik dacht, terwijl het bloed in dikke klonters uit mijn neus stroomde, niemand gelooft me als ik de waarheid spreek, maar iedereen gelooft me als ik lieg. En nu ik toch bezig ben, som ik met alle plezier Humphrey Bogart op, Toulouse Lautrec, James Cagney, Edvard Grieg, die zo klein was dat hij op Beethovens verzamelde bladmuziek moest zitten als hij pianospeelde, en Mickey Rooney, niet te vergeten Mickey Rooney, dat onappetijtelijke onderdeurtje, die desalniettemin vijf keer getrouwd was met de mooiste vrouwen van de wereld, wij zijn verwant, roep ik, wij zijn de kleinsten en wij zijn het dichtst bij de goot! Dan legt Peder zijn hand op mijn schouder en kalmeert me, terwijl de vrouwen elkaar zwijgend aankijken en de mannen naar buiten, naar de veranda lopen. 'Laat Grieg er de volgende keer buiten', fluistert Peder. En het gebeurt wel, als ik toevallig tegen een deurpost leun en op iemand wacht, als ik me verveel of nerveus ben, dat ik zonder erbij na te denken mijn hand plat op mijn hoofd leg en me snel omdraai om te kijken of ik gegroeid ben. Maar er staat geen streep op deze deurpost, geen inkeping om aan af te meten, en ik doe in plaats daarvan de deur dicht en loop terug. Hoelang duurt een droom? Wie kan het alfabet achterstevoren opzeggen in zijn slaap? Ik snijd mijn leven, ons leven, in stukjes. Ik ben de montagekamer binnengedrongen met een zilveren schaar, en daarna plak ik de fragmenten aan elkaar, met mijn kleine handen, in een andere volgorde. En vergeef me als ik moet liegen, want de leugen is slechts datgene wat je toevoegt om de breukvlakken passend te maken in de liniaal van het verhaal. En ik zie dat wat ik vertel altijd korter wordt dan datgene wat we hebben meegemaakt. Zo keer ik terug naar die ochtend toen ik in de deuropening stond, nog steeds met een gevoelig gezicht, om te kijken of de nacht vruchten had afgeworpen. Freds schoenen waren verdwenen. Het was overal stil. De eerste woorden van overgrootvaders brief lagen geluidloos in mijn mond. *Eenen liefdevollen groet zend ik een ieder.* En dit is geen flashback. Dit ben jij die in een kamer staat die je vaag herkent. Je hoort, vaag, iemand huilen achter je rug, en als je omkijkt zie je een kind en dat kind ben jij.

Ik keek de woonkamer in. Boletta sliep op de bank en de gordijnen waren dicht. Elke keer als ze ademhaalde kwam er een geluidje uit haar mond. De zwarte handschoenen waren op de grond gevallen. Ik wilde haar niet wekken. Ik sloop naar haar toe, tilde de sluier zo voorzichtig mogelijk op en kuste haar op haar voorhoofd. Toen ik terug wilde lopen naar de slaapkamer, stond moeder daar. 'Dat was lief van je, Barnum', zei ze. Moeder had een blauwe schort strak om haar lichaam gesnoerd en ik zag hoe dun ze was. Ze hield een grijze doek in haar hand, die rook zuur en zat vol resten van het stoofpotje en ander orgaanvlees. Ik werd plotseling misselijk. Ik herinnerde me een zondag dat vader klaagde over de biefstuk, die was klaarblijkelijk te doorbakken, of omgekeerd, en toen had ze zo'n doek in de koekenpan gesmeten en hem die daarna opgediend, met saus en al. Maar het ergste was nog dat vader hem opat, ik begrijp niet goed hoe hij het voor elkaar kreeg, maar hij sneed hem in kleine stukjes en at ze op en dat was het laatste wat we van die doek gezien hebben. Moeder is net Røst, placht vader te zeggen. 'Geen meteoroloog ter wereld kan voorspellen wat voor weer ze morgen krijgt.' 'Ze slaapt', zei ik stilletjes. Moeder glimlachte vermoeid. 'Ze zal wel niet wakker worden voordat ze het kwijt is.' Zo was het nu eenmaal. Wat Boletta op haar heupen kreeg, moest ze ook weer kwijtraken. Ik had graag willen weten wat dat was, wat ze op haar heupen kreeg. 'Het wordt zo langzamerhand tijd dat je op de dansschool begint', zei moeder opeens. 'O, nee.' 'O nee? Natuurlijk wel. Daar zul je nooit spijt van hebben!' Ze liet de ranzige doek op de grond vallen en pakte mijn pyjama beet en leidde me door de kamer, langs de sofa, maakte een korte draai bij de kachel, gooide bijna een lamp om en lachte, ze rook naar afwas en parfum en ik kon haar knokige botten onder haar schort voelen, ik probeerde me los te rukken, maar toen bekeek ze mijn gezicht eens beter en kreeg ze andere dingen aan haar hoofd. 'Wat heb jij met jezelf gedaan?' 'Gedaan? Niks.' 'Je bent helemaal rood en gezwollen.' 'Ik moet naar school', fluisterde ik. 'Met zo'n gezicht?' Ze legde een vinger op mijn wang om te voelen. 'Je hebt toch niet de bof? Nee, de bof heb je al gehad. Godzijdank. Eens kijken of je uitslag hebt, Barnum.' Ik wrong me los. 'Ik ben niet ziek. Ik heb me gewassen.' Moeder lachte. 'Ja, dat is te zien. En grondig ook. Heb je bleekwater gebruikt?' 'Nee. Groene zeep, schuurpoeder en jodium. Mijn gezicht rook naar kut.' Moeder liet mijn pyjama los en haar mond trilde, alsof ze naschokte van een onverwachte klap. 'Wat zei je, Barnum?'

Op dat moment kwam vader thuis. Ik zag hem achter moeder, hij kwam de hal binnen, duwde de deur dicht met zijn elleboog, en op dat moment, die seconde, toen hij zich ongezien waande, op een vrijdagochtend in oktober, terwijl hij zijn glimmende koffer op de grond zette, zijn hoed op het haakje tussen de lampjes hing, zijn paraplu in de paraplubak zette, uit zijn regenjas kroop, zijn schoenen met een zucht uittrok, zijn sokophouder losrukte en zijn witte kuit krabde en tegen de muur leunde, alles in één opname, geen enkele cut, in die seconde kon ik zien dat zijn nek gebogen was, ik zag zijn ronde rug en zijn colbertje dat knelde, bijna knapte, de zakdoek in zijn borstzakje, met zijn initialen erop, A.N., de zweetdruppels op zijn voorhoofd, de hand die dat zakdoekje, dat niet meer helemaal schoon is, er langzaam uittrekt en het over het brede, gewelfde voorhoofd haalt, maar het zweet lijkt wel vast te zitten, als schimmel, hij wrijft en wrijft, wanhopig, woedend, hij slaat met zijn vuist op zijn voorhoofd, alsof dat helpt, en nu draait moeder zich ook om, maar zij heeft niets gezien van wat ik heb gezien, vaders thuiskomst, en ik hoest, vader richt zich acuut op, met de zakdoek in zijn hand, en hij glimlacht, op hetzelfde moment glimlacht hij, hij spreidt zijn armen en komt zo op ons af, alsof het ogenblik daarvoor, toen hij tegen de muur geleund stond en zijn vuist tegen zijn voorhoofd sloeg, slechts bedrog was, gezichtsbedrog. 'Ik had je pas morgen thuis verwacht', zei moeder. 'Ik ook. Daarom ben ik nu gekomen!' Vader stopte zijn zakdoek weg, al zag ik niet waarheen die verdween, lachte en kuste moeder op beide wangen. Vader was nog vetter geworden. Hij werd elke reis vetter. Zijn huid hing over zijn boord als geklopte slagroom in een overvol kopje. Hij droeg geen riemen meer en gebruikte alleen nog bretels. Zelfs zijn knieën waren vet. Hij was binnenkort even breed als hij lang was. Hij liet eindelijk moeder los, draaide zich naar mij om en kneep zijn ogen tot spleetjes. 'Wat is er met je gezicht gebeurd, Barnum? Heeft Fred geprobeerd het te spellen?' Vader lachte weer, erg hard. Er trok een huivering door moeder. 'Hij is alleen maar verkouden', zei ze snel. 'Daarom is hij thuis van school.'

Maar vader had Boletta nu in het oog gekregen. Ze lag ineengedoken op de sofa en ze was het nog niet kwijt, dat wat ze op haar heupen had. 'Kijk eens aan', grinnikte vader. 'Lit de parade.' Moeder pakte zijn arm beet. 'Sst. Zeg zulke dingen niet.' 'Wat betekent dat?' vroeg ik. Vader moest zijn zakdoek weer voor zijn voorhoofd gebruiken. 'Lit de parade? Dat is gewoon Frans en het betekent een kater. Zullen we een borreltje op haar borst zetten om te kijken of ze nog leeft?' Moeder trok hard aan zijn jasje, dat had een volkomen gekreukeld rugpand en de middelste knoop was losgeraakt en stond op het punt eraf te vallen. 'Waarom ben je eerder gekomen?' vroeg moeder nogmaals. Vader haalde diep adem. Hij hief zijn kapotte hand op. Hij probeerde te glimlachen. 'Wil je dat ik weer wegga?' zei hij. Moeder zuchtte. 'Ik vroeg het me alleen af, Arnold.' Plotseling raakte vader zijn zelfbeheersing kwijt. Hij kon niet meer verdragen. 'Zal ik je vertellen waarom ik een dag eerder thuiskom?' schreeuwde hij bijna. Moeder knikte en wilde hem sussen. Maar het was te laat. 'Omdat de auto het niet meer deed! Die heeft de reis naar Italië niet overleefd!' Vader ging zitten. 'Is-ie kapot?' informeerde moeder voorzichtig. 'Hij staat bij de sloperij, in Kløfta! Ik heb er twee kronen en vijftig øre voor gekregen!' Vader kwam weer overeind. 'We kunnen in ieder geval vaststellen dat die verdomde reis alleen verlies heeft opgeleverd', fluisterde hij. 'Want bij Fleming Brant viel niet veel te halen!' Moeders blik versmalde. 'Was dat waarom je daarnaartoe wilde? Om te kijken of hij geld had?' Vader wist dat hij te veel zei, maar hij kon nu niet meer stoppen. 'Ja, verdorie! Hij had immers de koning van Bellagio kunnen zijn! En toen bleek hij slechts een simpele huismeester te zijn die het zand aanharkte!' Het werd doodstil. Vader hield zijn zakdoek in zijn hand als een witte, slappe vlag. Hij moest nu nog iets zeggen. Hij droogde zijn nek af, en diep in al dat zweet en vet lag een glimlach, sommigen zeiden zelfs dat ik vaders glimlach geërfd had en dat ik daar dankbaar voor moest zijn. Hoewel het steeds moeilijker werd vaders glimlach te vinden, ik zag dat het nog steeds een glimlach was die effect had, hij wekte verwachtingen in ons, hij maakte moeder mild en toegeeflijk en het maakte hem mooi en onweerstaanbaar, alsof die glimlach hem aan de zwaarte van zijn lichaam liet ontstijgen en hem boven de banale hindernissen van de alledag verhief. Dan werd hij weer de jongen die wind wilde verkopen. 'Raad eens waar ik aan dacht toen ik in de trein naar huis alleen in die sombere coupé zat', zei vader. Dat konden we onmogelijk raden, want vaders gedachten maakten zoveel omwegen dat ze zelden hun doel bereikten, ze plachten te verdwalen in slecht gezelschap. Hij legde zijn armen over elkaar. Dat lukte hem slechts met moeite. Hij wachtte op tromgeroffel en trompetgeschal. Hij wachtte op zichzelf. 'Zeg dan, vader! Zeg wat je dacht!' 'Rustig, Barnum. Rustig aan. Alles op zijn tijd!' Hij bleef nog een poosje op dezelfde plek staan. Moeder pakte mijn hand beet. Toen liep hij eindelijk naar de hal en haalde zijn koffertje. Dat zette hij voorzichtig op de salontafel neer en we gingen aan weerszijden van hem staan om te kijken.

Vader wreef zich in zijn handschoenen. 'Behalve dat ik aan jullie dacht, iets wat ik natuurlijk de hele tijd doe, moeten jullie weten, dacht ik aan de Olympiade! Ik voelde me olympisch en dacht aan de Olympiade in Tokio en toen dacht ik: het wordt tijd om in vorm te geraken! En ik besloot meteen een nieuw leven te beginnen. Daarom hield ik halt bij het Bisletstadion en regelde een ruilhandeltje met de beheerder daar. Hij kreeg een gesigneerde grammofoonplaat van Jens Book-Jenssen. En ik, mijne dames en heren, kreeg niets meer en niets minder dan dit.'

Vader opende het koffertje, maar stond er zo overheen gebogen dat we niet konden zien wat erin zat. Toen tilde hij een ronde schijf op die in het midden iets dikker was en die leek op een ingedroogde koeienvlaai, die hij voor hetzelfde geld meegenomen had kunnen hebben uit een weiland in Østfold. Die hield hij voor ons omhoog. We zeiden geen woord. Moeder keek een andere kant op. Vaders blik begon onrustig te worden. 'Zeg dan eens wat!' riep hij. 'Wat is het?' vroeg moeder zachtjes. En nu lachte vader voor de derde maal sinds hij thuisgekomen was luid. 'Mijn lieve, onwetende en beminde echtgenote! Wat had je zonder mij moeten beginnen, ik, die informatie en liefde in dit huis bracht. Vertel je moeder wat ik hier in mijn handen hou, Barnum!' 'Een discus', fluisterde ik. 'Goed zo, Barnum! Dit is een discus, niets meer en niets minder!' Moeder liet haar adem ontsnappen. 'Een discus? Is dat alles wat je mee naar huis hebt genomen?' Vader kreeg een schuine rimpel in zijn grote voorhoofd, die liep overdwars, als een greppel voor de zweetdruppels. Maar de glimlach was er nog, die zat als het ware vast, alles kostte veel tijd bij vader, zijn lichaam was trager dan zijn gedachten, daarom gebeurde het wel dat hij nog steeds glimlachte wanneer hij kwaad was, of andersom, dat hij een klap uitdeelde terwijl hij in een goeie bui was. Hij keek moeder een hele poos aan. 'Alles?' lachte hij. 'De discus is de medaille van de geciviliseerde mens! Dit is het eerste wat de mens weggooide zonder te willen doden!' En toen wrong hij zich uit zijn jasje, legde de discus plat in zijn kapotte hand, boog zijn knieën en begon op het tapijt rond te draaien. 'Tamara Press', kreunde vader. 'Tamara Press!' Moeder verborg haar gezicht in haar handen en schreeuwde daarbinnen en ik moest gaan zitten want anders had ik niet op mijn benen kunnen blijven staan. Ik lachte me kapot, vader leek op een krankzinnige olifant op één been die naar zijn slurf zocht en toen werd Boletta wakker. Ze stond op van de divan, blies haar sluier weg en wees op vader. 'Wat is die man aan het doen?' 'Vader is aan het discuswerpen!' riep ik. 'In mijn huis wordt niets geworpen! Hoor je dat!' Vader remde langzaam af, hij draaide steeds langzamer en ten slotte stond hij één kant op, terwijl het zweet van zijn oorlelletjes droop, alsof zijn hoofd lek was. 'Je hebt gelijk, kleine Boletta. Discuswerpen is een buitensport. We kunnen beter tot de lente wachten.' Hij legde de discus in het laatje van het ladenkastje. Toen sloeg hij zijn armen om ons heen, zelfs Boletta wist hij op de been te krijgen, en trok ons allemaal tegen zich aan. 'Het is fijn om weer thuis te komen bij jullie!' zei vader. 'Godallemachtig, wat is het fijn om bij jullie thuis te komen!'

Zo stonden we daar, dicht tegen elkaar aan, een familie, op een vrijdag in oktober. Dat was het moment waarop vader tegen me fluisterde, en alleen ik hoorde het: 'Verspreid geruchten en zaai twijfel, Barnum.' 'Waarom dat?' vroeg ik. 'Omdat toch niemand je gelooft', zei vader. Hij lachte. 'En bovendien is de waarheid saai, Barnum.' En toen zag ik, in de schaduw tussen de deur en het kastje, Freds blik, Freds ogen. Hoelang stond hij daar al? Ik weet het niet. Misschien had hij daar de hele tijd wel gestaan. Nu glimlachte Fred. Hij glimlachte en ik had zin om mijn hand naar hem uit te steken. Maar hij schudde zijn hoofd, sloot zijn ogen en leunde de duisternis in. En ik dacht, nu bestaan we niet. Nu verdwijnen wij ook.

(DE MOEDERVLEK)

Ik speelde met de gedachte. Daar speelde ik het meest mee. Ik had niemand anders om mee te spelen. Ik speelde met de gedachte aan rampen, ongelukken, ziekte, dood en andere onherstelbare kwaden. Dan genoot ik. Het was een soort troost, alles kon erger, nog heel veel erger. Als ons appartement uitbrandde, bijvoorbeeld op de avond voor kerst, de boom zou vlam kunnen vatten en op de cadeautjes kunnen vallen, en ik de enige was die het overleefde en daar tussen de verkoolde resten van moeder en Fred en Boletta werd gevonden en ik minstens drie maanden aan de beademing moest liggen terwijl achttien dokters vochten voor mijn leven en dat wat er nog van mij over was, dan zouden ze allemaal wel anders piepen. Reken maar. Dan zouden de meesten die mij gepest hadden zo'n slecht geweten krijgen dat ze kruipend om vergiffenis kwamen smeken, en ik, in mijn gekwelde grootmoed, zou hun die schenken, vergiffenis, en de kranten zouden vol staan met artikelen over mijn lot, er zouden boeken over me geschreven worden, films gemaakt, schilderijen geschilderd en opera's geënsceneerd, en op de keper beschouwd was dat het enige waar ik van droomde: dat alles anders zou worden, anders dan het nu was. Ik zag mezelf rondlopen met mijn verbrande gezicht in verband gewikkeld, eenzaam en verheven. Zo droomde ik. Want de gedachten waarmee ik speelde werden tot dromen en ik droomde alleen als ik wakker was en nooit 's nachts, dat durfde ik niet, maar ik kon urenlang in mijn eentje lopen dromen, tot ik op een steen moest gaan zitten, misschien op het hoogste punt van het Stenspark, om te huilen, want deze dromen waren zo overweldigend dat ze me tot een wonderbaarlijke waanzin dreven. Ik huilde, ik snikte, ik was gegrepen door de aangrijpende dramaturgie van mijn eigen dagdromen. Ik was in de ban van mezelf. Ik was diep in mijn dromen. Ik droomde dat ik ziek werd, dat de dood nabij was en dat deze ziekte ongeneeslijk was, pijnlijk en erg slepend. Toen kwam iedereen naar mij toe, iedereen die om excuus wilde vragen, die vrienden met me wilde worden, maar nu was het te laat, want ik was stervende en het laatste wat ik deed was mijn hand opheffen, als een zegening van iedereen die nu aan mijn zijde stond. Maar verder kwam ik niet in mijn droom, in gedachten. Dat ergerde me. Ik slaagde er niet in mezelf voor te stellen als dood, ja, dat lukte nog wel, maar ik beleefde er geen plezier aan, helemaal niet. De droom van mijzelf als dood, in een bescheiden kist in het Vestre Krematorium of de kerk van Majorstuen, werd altijd te kort, ik kreeg er geen vat op, hij eindigde als het ware vanzelf, stroomde weg in het zand voordat het iets werd. De droom over mijn eigen dood was altijd mislukt. Het was net of ik er niet echt in kon geloven. Dan was het beter te dromen over kwalen en ongelukken die ik overleefde, op het nippertje, en waardoor iedereen om mij heen dromde, in bewondering, uit medelijden. Ik droomde dat ík, en niet Fred, op de stoeprand zat toen De Oude werd aangereden en het leven verloor, maar ik zat daar niet ongedeerd, ik had juist geprobeerd De Oude te redden, tevergeefs, met gevaar voor eigen leven, en dat ze stierf maakte mijn lot alleen maar erger, want ik had het geprobeerd, zo hard als een mens maar kan, maar toch stierf ze, en ik zijg neer in de goot, mijn ene been is verbrijzeld en er sijpelt bloed uit een diepe snee in mijn voorhoofd waardoor het voorste gedeelte van mijn hersenen zichtbaar wordt, als een dunne pannenkoek. Ik droom dat ze medelijden met mij hebben en dat ik de eer krijg, ja, de eer, want ik had mijn eigen leven gewaagd voor dat van een ander en daarom was ik een edel mens, een echt mens. Ik dacht, kan een gedachte slecht zijn? Ook al blijft hij in je hoofd? Kan een droom net zo slecht zijn? Als hij in het diepste van je gedachten blijft, in de kamers van de stilte, onberoerd en nooit in de wereld gezet? Zo dacht ik. En op een dag zouden mijn dromen werkelijkheid worden. Ik zou de gedachten optillen uit de duisternis. Ik zou de droom naar die werkelijkheid slepen die te klein was, zelfs voor mij.

Ze zat in de parallelklas. Ik hield haar al een tijdje in de gaten. Ze stond onder het afdakje, de rug naar iedereen toe en altijd alleen. Ik hield mezelf voor dat ze eenzaam was, net zo eenzaam als ik. Ik omsingelde haar, maar ze kwam niet dichterbij. Wat beeldde ik me eigenlijk in? Dat Barnum een vriendinnetje zou krijgen? Ja. Het was ongehoord, maar dat was wat ik me inbeeldde, dat ik een vriendinnetje zou krijgen, en het moest het meisje zijn dat alleen onder het afdakje stond met de rug naar iedereen toe. Ze had blond, kort haar en een moedervlek op haar linkerwang, vlak onder haar oog. En vooral die moedervlek beviel me, want die maakte haar onvolmaakt en bereikbaar, die gaf mij hoop en moed, ja, het was de moedervlek die me op de keper beschouwd in haar aantrok, de moedervlek was haar merkteken, zoals mijn lengte het mijne was, mijn ontoereikende centimeters, zo zichtbaar voor Jan en Alleman.

Ik begon haar achterna te lopen als ze uit school naar huis liep. Ik bleef op afstand. Ze zag mij niet. Ik holde van hoek naar hoek. Ze liep altijd alleen. Haar schooltas leek veel te zwaar. Af en toe moest ze blijven staan, om uit te rusten. Ik wilde haar zo graag helpen, had haar schooltas kunnen dragen, dat zou een peulenschil geweest zijn voor mij. Maar dat deed ik nooit. Ik bleef alleen naar haar staan kijken, vanuit de schaduw van een portiek waar zij niet van wist en waar de geur van het avondeten dat gekookt werd door deurspleten en sleutelgaten sijpelde en de trappen af golfde en mij vervulde met een zware, grauwe misselijkheid die me deed overgeven onder de brievenbussen die uitpuilden van verlate kaarten met kleurenfoto's van schepen en stranden. Dit was in september. Toen ik weer overeind kwam was ze weg. Ze heette Stine. Ik wist al waar ze woonde. Ik rende ernaartoe, naar de Nobelsgate, en zag dat de gordijnen werden dichtgetrokken in de kamer op de tweede verdieping.

Ik bleef een hele poos staan kijken. Maar er gebeurde niets. Ze kwam niet meer naar buiten. Toen liep ik langzaam naar huis en droomde dat ik met een vliegtuig neerstortte, ongeveer midden in Afrika, en de enige was die het overleefde. Ik werd opgevangen door een stam waar niemand ooit van gehoord had en ik woonde drie jaar bij hen. Er zat een klein addertje onder het gras bij deze droom: wat deed ik in een vliegtuig boven Afrika? Dat moest ik weten, anders telde de droom niet. Uiteindelijk vond ik de oplossing. Ik had op school een opstelwedstrijd gewonnen en nu zou ik naar Madagaskar gaan, waar leerlingen uit de hele wereld bijeen waren om nieuwe opstellen te schrijven. Maar op weg daarnaartoe valt mijn vliegtuig dus naar beneden, ik overleef het op miraculeuze wijze en word opgevangen door deze wilde stam die nog nooit een blanke heeft gezien en ik moet drie jaar bij hen wonen. Thuis in Noorwegen wordt als alle hoop vervlogen is een herdenkingsdienst voor mij gehouden in de Majorstuen-kerk en die is zo druk bezocht dat er een rij staat tot aan de staatsdrankwinkel een eind verderop. Iedereen is er, mijn klas, de leraren, de hele school, Esther van de kiosk, en ik sluit niet uit dat iemand van het koninklijk huis ook de weg heeft gevonden naar de Majorstuen-kerk, ik zou immers Noorwegen vertegenwoordigen bij de opstelwedstrijd in Madagaskar toen ik naar beneden viel. De dominee wordt overmand door verdriet en een slecht geweten en hij verkondigt dat hierna iedereen die Barnum heet zijn naam met trots moet dragen, en Barnum is de komende jaren de populairste naam. Fred houdt een herdenkingsrede die hij zelf heeft geschreven, en er staat geen letter verkeerd, want hij mist mij zo erg dat hij niet meer woordblind is, hij kan zien en hij ziet helder, hij herdenkt mij als de trouwe en eenzame halfbroer, maar in zijn ogen was ik heel, ja, een helere broer bestaat er niet in deze wereld, en naast moeder, vader en Boletta zit Stine en ze huilt bitter, want er is niet eens een kist om bloemen op te leggen en naast te knielen, maar ze kunnen de pot op, ja, dat kunnen ze allemaal, de pot op, terwijl ik in een strooien hutje in hartje Afrika lig en zie dat de medicijnman die ongeveer honderd jaar oud is zich over me heen buigt met een pijl door zijn neus. Hij schudt slechts zijn hoofd en zegt iets in een taal die alleen hij verstaat. Zo blijf ik weken en maanden liggen, ik drink regenwater en eet gekookte apenniertjes, maar op een dag mag ik een soep proeven die de medicijnman heeft getrokken van planten die onder de grond groeien en die daarom zeldzaam en erg moeilijk te vinden zijn. En deze soep, die dik en blauw is en naar warme kattenpis ruikt, doet wonderen voor me, mijn wonden groeien dicht, mijn geheugen keert terug, en dat niet alleen, ik groei, ik voel het terwijl ik daar lig, want mijn voeten zijn steeds verder weg, weldra kan ik ze niet meer zien, en als ik eindelijk opsta ben ik langer dan alle anderen, maar ik weet het niet helemaal zeker, misschien komt het alleen omdat de inboorlingen nog kleiner zijn, misschien is het alleen maar gezichtsbedrog. Dan word ik gevonden door een missionaris die een koffer vol bijbels bij zich heeft die hij gratis uitdeelt aan de wilde stam, en een groen flanelbord waarop hij plaatjes van Jezus en zijn geschiedenis vasthecht. Ik vraag hoe lang hij is. God heeft gewild dat ik 1,74 meter werd, zegt de missionaris. Dan weet ik dat het waar is, want ik ben langer dan hij, hij komt slechts tot mijn schouder, die arme missionaris. Ik moet minstens 1,80 zijn. En als hij zijn flanelbord en alle plaatjes heeft ingepakt, ga ik met hem mee door de jungle, en op de dag dat ik op vliegveld Fornebu land, drie maanden later, staan er duizenden mensen in de aankomsthal, ja, ze wachtten ook buiten op de landingsbaan, met vlaggen en grote borden waarop ze hebben geschreven: *Wees hartelijk welkom, Barnum.* En helemaal vooraan staat Stine, met haar moedervlek, maar ik loop straal langs haar heen, en de mensenmenigte zucht diep als ze me ziet, 1,80 lang, bijna onherkenbaar, maar in mijn hart ben ik dezelfde Barnum als vroeger, de goeie, oude Barnum, want ik heb een hart van goud. De fotografen vechten om me op de foto te krijgen en ik loop straal langs Stine heen, die me probeert vast te houden, maar ik ruk me los en hol in plaats daarvan naar Fred, die me om de nek valt, want hij is ontroostbaar geweest en nog woordblinder sinds hij de herdenkingsrede heeft gehouden en hij snikt op mijn schouder.

Ik moest uitrusten bij de fontein in de Gyldenløvesgate. Ik was uitgeput. Het water was afgesloten en er dreven slechts bladeren en kastanjes op de bodem van het bekken. Maar ik was mijn eigen fontein. Nu was het mijn beurt om te snikken. Ik snikte tegen mijn eigen schouder. En de droom loste op in de tranen, die zwaar neerdrupten op het gladde asfalt tussen de regenwurmen, die kropen voor hun leven. Ik kwam niet verder, de droom stopte op het moment dat Fred zich om mijn hals wierp. Het vervolg kon me niet schelen. Dat was traag en saai. Ik had geen zin om dat te dromen. Het beste deel van de droom was eigenlijk de herdenkingsdienst, als ik in hartje Afrika lig en de rest van de wereld zich in de Majorstuen-kerk bevindt, bij de begrafenis zonder kist. Ik huilde nog wat meer. Toen boog iemand zich naar mij toe en raakte bijna mijn gezicht. 'Zit je hier verdrietig te wezen?' zei een stem. Iemand droogde mijn tranen met een zakdoek die rook naar visballen en hoestsiroop. 'Waar kan zo'n leuk, klein jochie als jij nu verdrietig over zijn?' Ik deed mijn ogen open en keek recht in een stokoude mond. Haar lippenstift had afgegeven op haar tanden, die op lichtrode schelpjes leken, en haar tong was gerimpeld als een slak. Ik leunde achterover. Zij propte haar zakdoek in haar tasje en boog met me mee. 'Ben je misschien gevallen en heb je je pijn gedaan?' Ik schudde mijn hoofd. Ze was zo dichtbij dat ik dacht dat ze me zou gaan likken met haar slak, en ik kon niet verder achteroverleunen, want dan zou ik in het bekken vallen. 'Mijn broer is dood', zei ik. Ze bevroor en haar ogen zwollen als het ware op. 'Is je broer dood?' 'Ja', snikte ik en veegde met de rug van mijn hand over mijn wang. Ze legde haar hand op mijn hoofd en kreeg een hele zachte stem, de oude tong stroomde over. 'Is het langgeleden dat hij gestorven is, hm?' 'Gisteren.' 'Is je broer gisteren gestorven?' 'Ja. Gisteren. Hij wordt overmorgen begraven.' Ik voelde dat ik gegrepen werd, nog sterker dan door de droom over Afrika, toen ik zei dat Fred dood was, toen ik het hardop zei en het niet alleen dacht en zij die naar me luisterde dacht dat het waar was. Het was alsof het echt was gebeurd, ik geloofde het zelf en luisterde aandachtig naar mijn eigen woorden, gezegd door mijn eigen mond. 'Hij is verdronken', zei ik. 'In de Gaustad-beek. Ik probeerde hem te redden, maar...' Ik begon echt te janken. Ik kon niet meer praten. De mevrouw huilde ook en ze droogde mijn gezicht weer af. 'Je bent een dapper jongetje', zei ze. En toen gaf ze me maar liefst een munt van vijf kronen, haalde voorzichtig een hand door mijn krullen, vouwde haar zakdoek op en liep weg door het gele loof. Toen gebeurde er iets raars. Toen ik bedankt wilde zeggen, hartstikke bedankt, kwamen er in plaats daarvan andere letters uit mijn mond. 'Stomme slakkenkut!' riep ik. De vrouw bleef even staan, draaide zich om en haar gezicht viel uiteen onder de zwarte bomen. Ik rende zo hard ik kon naar de brandweerkazerne en ik zou er niets op tegen gehad hebben als er nu brand uitgebroken was. De hele stad mocht voor mijn part affikken, en het Koninklijk Paleis mocht het eerst in vlammen opgaan, met de koning brandend op het balkon. Maar de wagens stonden geluidloos in de hal en de helmen hingen aan de haakjes. De sirenes waren ergens anders. Alleen in mijn hoofd brandde het, een vuur in mijn verhemelte, en die brand kon geen brandweerman ter wereld blussen. Ik holde. Ik holde om het hardst met mezelf en stopte pas toen ik in de Bogstadvei was. Ik stond voor de parfumerie op de hoek waar de tramrails omkeren en ik kon mijn gezicht zien in de spiegel in de etalage. Er kwam geen rook uit mijn oren en mijn krullen waren ook niet geschroeid. Ik was ongeveer zoals tevoren, mijn wangen waren alleen een beetje rood en mijn ogen een tikkeltje te groot, alsof ze meer dan genoeg hadden gezien. Maar ik had vijf kronen in mijn hand. Ik stapte de winkel binnen. Daar waren allemaal dames en ze draaiden zich tegelijk om en de glimlachjes braken door op hun stijve gezichten, alsof mijn aanblik hen wekte uit een diepe droom ver weg in de slaap der geuren, ja, de geuren leken op het vochtige loof dat zich onder de bomen ophoopte en ik weet niet waarom, maar ik zag plotseling egels voor me die diep in een bult dode bladeren slapen. Nu zal zo wel iemand zijn hand op mijn hoofd leggen, dacht ik, en ik was nog niet uitgedacht of de verkoopster in een lichtblauwe jurk stopte haar vingers in mijn haar en wikkelde mijn krullen eromheen en lachte. 'Slakkenkut', zei ik en beet op mijn tong. Maar ze bukte zich en glimlachte nog breder en de parfumeriedames lachten in koor. 'Hebben jullie ooit zo'n beleefd jongetje gezien!' Dat hadden ze blijkbaar niet, want ze wilden allemaal om de beurt aan mijn hoofd zitten, en toen dat eindelijk klaar was vroeg de verkoopster wat ik wilde hebben, moest het misschien 4711 voor mijn moeder zijn, of een stalen kam? 'Ik wil een ring hebben', fluisterde ik. De verkoopster boog zich voorover. 'Wat zei je, lieve jongen?' 'Ik zei een ring', zei ik. 'Met een letter erop.' Nu glimlachte ze begrijpend, duwde me verder de winkel in en trok een smalle lade open die vol ringen zat. 'Welke letter had je willen hebben?' Ik had het hele alfabet wel willen kopen, voor de zekerheid, maar dat kon ik niet betalen, als ik met de A begon, zou ik niet verder komen dan de E, en ik kende niemand met die letters die een ring van mij verdiende, afgezien van Esther van de kiosk. 'De S', zei ik gejaagd. Ze haalde een ring met een S tevoorschijn. 'Hoe heet je vriendinnetje? Sarah?' Ik schudde mijn hoofd. 'Sylvia dan', zei ze. 'Nee', zei ik. Nu zat ze bijna op haar knieën voor me. 'Ze heet Sonja!' En toen zei ik iets waar ik behoorlijk tevreden over was. 'Stilzwijgen', zei ik. 'De S voor stilzwijgen.' De verkoopster stak nog een keer haar hand in mijn haar en stond op. 'Jij bent een slim knulletje.' Slakkenkut, dacht ik zo hard dat mijn schedel kraakte, maar mijn gedachten gaven geen kik. S voor stilzwijgen, dacht ik. Dat moest ik onthouden.

De ring werd in watten en zilverpapier verpakt, ik legde de vijf kronen op de toonbank en kreeg drie kronen en zestig øre terug. Als alles verliep zoals gepland, dan kon ik Stine mee uit nemen voor dat geld, we konden naar Studenten gaan en een frambozenmilkshake bestellen, of naar Esther om kandij en drop te kopen die we mee konden nemen naar het Stenspark om het daar in alle rust op te eten, nee, we konden helemaal naar de Gaustad-beek lopen en daar op een plaid aan de oever gaan zitten, want daar zou niemand ons vinden. Ik zei deze keer niet hartstikke bedankt. Ik dacht het alleen maar, hartstikke bedankt, dacht ik, en droeg het cadeau voorzichtig naar huis. Moeder en Boletta hadden al gegeten en moeder vroeg me waar ik was geweest. 'Nergens', zei ik. 'Bovendien heb ik geen honger.' Ik ging naar de slaapkamer en legde het pakje met de ring onder in mijn etui, onder het gum, de puntenslijper en de liniaal. Plotseling stond Fred achter me. 'Wat doe je?' vroeg hij. Ik boog me over het etui. 'Niks', fluisterde ik. 'Niks?' Fred lachte. Ik zou willen dat hij niet lachte. 'Echt waar', zei ik. Fred legde zijn handen op mijn schouders. 'Niks bestaat niet. Dus lieg je.' 'Alsjeblieft', bad ik. 'Ik lieg niet.' Maar Fred liet zich niet bidden. Hij boog zich voorover, rukte het etui uit mijn handen en trok de rits open, alsof hij het al die tijd al geweten had, dat de ring daar lag. Hij hield het glimmende pakje tussen zijn vingers omhoog. 'En wat is dit dan, Barnum? Niks?' Ik keek naar de grond. 'Ring', fluisterde ik. Fred glimlachte. Hij ging op zijn bed zitten en pakte het uit. Het scheelde niet veel of ik moest janken. Maar ik jankte niet. Hij zou eens moeten weten wat ik had gedroomd, dat hij een herdenkingsrede moest houden bij een leeg graf als ik was verdwenen. 'S', zei Fred. 'Wie is dat?' 'Een meisje in de parallelklas.' 'En haar ga je die ring geven?' Ik knikte. Fred was een poosje stil. Ik zei ook niets. Ik vroeg me alleen af wat hij nu zou gaan doen, de ring in de plee gooien, hem inslikken, of misschien de letter er afbreken. Maar hij deed niets van dit alles. In plaats daarvan pakte hij de ring weer in, precies zoals hij ingepakt had gezeten, en gaf hem aan me terug. 'Goed werk, Barnum', zei hij. Ik durfde nog steeds niets te zeggen. Ik stopte het pakje voorzichtig in mijn etui. Fred ging voor het raam staan met zijn rug naar me toe. Het was al donker buiten. Er klonk een langzaam, nat suizen als de bus langsreed, en de straatlantaarns hingen onrustig in de wind. 'Vind je haar leuk?' vroeg Fred zachtjes. Ik kreeg het koud. 'Ja', fluisterde ik. 'Wat vind je dan het leukst aan haar?' 'Ze heeft een moedervlek op haar gezicht', zei ik. Fred draaide zich naar me om. 'Zal ik je een raad geven, Barnum?' 'Ja', zei ik. 'Ja.' Hij kwam naar me toe. 'Niet tegen haar zeggen dat je haar moedervlek het leukst vindt.' Fred haalde zijn hand door mijn krullen, en ik geloof dat het de eerste keer was dat hij dat deed. Toen ging hij weg, zonder nog iets te zeggen.

Die nacht droomde ik een nieuwe droom, hoewel ik sliep: ik had een lange reis gemaakt. Ik was de kou en de duisternis in getrokken, om Wilhelm, mijn overgrootvader, te vinden, en ik reisde alleen. Ik liep verscheidene dagen, misschien waren het maanden, want de tijd liet zich hier niet in tijdspannes meten, zonder iets te vinden. Toen vond ik een doos, die lag bij een steen en ik moest hem losbikken. Ik herinner me de doos duidelijk. Hij was zwart en aan weerszijden van het gebutste deksel zaten twee glimmende sloten die vastgeroest waren. Ik wist hem open te krijgen, en er lagen een stoffige fles Malaga, drie blikjes sardientjes en vier kilo schoensmeer in. Ik ging naast de steen zitten, dronk de zoete wijn, at de sardientjes, proostte op de koning en poetste mijn schoenen. Daarna viel ik in slaap en toen ik wakker werd, uit de slaap in mijn droom, in diezelfde kou, was ik omringd door ijsberen. Ik schoot twee ervan dood met een geweer dat ik plotseling in mijn handen hield en toen verdwenen de anderen ook. Ik ging meteen verder, maar zag geen teken van leven meer. Mijn schoenen waren zwaar en plakten vast aan de sneeuw. Ik ging al snel dood. Dat was vreemd. Ik stierf en toch ging de droom verder. Ik zonk weg in het ijs en bleef daar liggen, op de bodem van de kou, in een kist van geluidloos ijs. En toen er evenveel jaren verstreken waren als er verstreken zijn sinds Wilhelm op Groenland tussen ijs en sneeuw verdween, of misschien was het maar een week, want de tijd was niet te vertrouwen, waren er anderen die *mij* vonden. Ze sneden het ijsblok waarin ik lag los en brachten me terug naar Noorwegen. Daar werd ik tentoongesteld in het muziekpaviljoen in de Karl Johans gate, Barnum vastgevroren in een stuk ijs, goed geconserveerd in mijn doorzichtige kist van kou. Maar dan breekt de zon door, het ijs begint te smelten, het drupt en stroomt, de toeschouwers juichen en ik rot weg op het moment dat ik wakker word en het smalle etui met de ring vasthou.

Het regende elke pauze en zij stond alleen onder het afdak. Ik wachtte bij de fontein. Ze zag me niet. De moedervlek leek een donkere druppel die op haar wang was blijven hangen. Het laatste uur hadden we gymnastiek in de zaal. Ik zat in de kleedkamer en hoorde de anderen in de zaal rondjes rennen. Toen werd het stil en de Bok werd zichtbaar in de deuropening. Ik moest aan mijn droom denken, want het was net of de Bok ook gesmolten was en wegrotte. Zijn enorme spieren stroomden langs zijn lichaam naar beneden als golven licht vet. Als hij samen met ons douchte, gebruikte hij drie kranen tegelijk en dan werden zijn voeten nog niet nat. 'Moet jij je niet verkleden?' vroeg hij. 'Voel me niet helemaal lekker', fluisterde ik. 'Wat heb je vandaag dan, hm?' 'Verkouden', zei ik, nog zachter. 'Vannacht vergeten het raam dicht te doen en mijn bed is natgeregend.' De Bok zuchtte diep. 'Ja, ja. Maar niet weggaan voor de bel gegaan is.' Hij liep terug naar de andere jongens en blies op zijn fluitje. Ik hoorde het gelach. Ik hoorde de touwen die werden losgemaakt. Ik hoorde de apparaten die over de vloer werden geschoven en iemand die radslagen maakte van klimrek naar klimrek. Ik zat op de bank tussen de regenjassen. Kleedkamers zijn eenzame oorden. Alle kleedkamers lijken op elkaar. Het is dezelfde lucht. Het is hetzelfde verhaal. Kleedkamers zijn de plekken waar het verdriet en de pijn blijven hangen, als vergeten kledingstukken die niemand meer komt ophalen. De overwinningen neem je mee naar het schoolplein, de straat op. De nederlagen laat je hier achter. De douches drupten. Als ik tot vijfhonderd druppels telde, zou de bel gaan. Ik kwam tot vierhonderddertig. Toen kon ik niet langer wachten. Ik had namelijk een idee gekregen en ik had maar weinig tijd. Ik holde helemaal naar Plesner in de Grense, waar moeder altijd inlegzooltjes en kurkhakken voor mij kocht. Het was de enige winkel in de stad die skeletten in de etalage had staan, vooral voeten en ellebogen. Ik ging naar binnen en de verkoopster achter de toonbank, die meer op een verpleegster leek in haar witte jas en klompen, herkende me onmiddellijk, maar deze keer had ik niet iets nodig om mijn korte scheefgroei te corrigeren. Ik vroeg om een draagverband. 'Een draagverband?' herhaalde ze. 'Ja', zei ik. 'Mijn broer heeft zijn arm verstuikt.' 'Nee maar. En hoe heeft hij dat dan voor elkaar gekregen?' 'Hij deed de radslag in de woonkamer en die was te klein.' Ze nam me langdurig op. Toen liep ze naar het achterkamertje en kwam terug met een kleerhanger vol draagverbanden. Er zouden ook draagverbanden met letters moeten zijn, een grote B, B voor breuk, B voor Barnum, maar dat was bijna te veel gevraagd. Ik was in een uitstekend humeur. Nu zou ik de droom optillen naar het daglicht, de gedachte zou handeling worden, ik zou werkelijkheid worden. Ik koos een groen draagverband. Dan zou de blessure nog ernstiger lijken. Maar toen bedacht ik me, want de groene kleur viel bijna weg tegen de trui die ik eronder droeg, daarom nam ik in plaats daarvan een witte, wit was ziek, wit was lijden zoals sneeuw en ijs, wit kon iedereen zien. Ik betaalde drie kronen en tien øre en nu had ik nog vijftig øre over. Dat was niet om over naar huis te schrijven, dat was nauwelijks genoeg voor twee waterijsjes, en september was niet het seizoen voor waterijsjes, maar we konden net zo goed op haar kamer zitten en ik kon mijn gezonde arm om haar heen slaan. De mevrouw bij Plesner wilde het verband inpakken, maar ik nam het gewoon in mijn hand en holde naar buiten. Ik dook de dichtstbijzijnde portiek in en probeerde het draagverband op de juiste manier vast te knopen. Maar eerst moest ik beslissen welke arm gebroken was. Daar had ik nog niet aan gedacht. Ik moest om mezelf lachen. Ik had alles tot in het kleinste detail gepland, maar was de arm zelf vergeten. Ik koos de rechter. Dat was het ergst. Met veel moeite wist ik een knoop te maken, ik hing het draagverband om mijn nek en legde mijn rechterarm erin. Nu was die gebroken, op uiterst dramatische wijze. Ik kreunde. Ik liep door de Karl Johans gate. Ik liep langzaam en moest vaak uitrusten, zo'n pijn deed het. Mensen wandelden heen en weer, gebogen onder zwarte paraplu's in de regen. Ze zagen mij niet. Dat ergerde me. Ze hadden me best kunnen zien en medelijden met me kunnen hebben en misschien kunnen vragen of ik hulp nodig had bij het oversteken en of ze mijn schooltas een stukje moesten dragen. Ik zou nee gezegd hebben, maar het zou prettig geweest zijn als het gevraagd werd. De banken in het Studenterlunden-parkje werden op een vrachtwagen getild en weggebracht. Het was herfst. De bomen schudden hun bladeren los. Ik nam een omweg, want ik moest oefenen in met een draagverband lopen. Ik bleef staan op de Rådhusplass. Er kwam een trein van het Vestbane-station en de locomotief trok de goederenwagons achter zich aan, het waren er minstens drieëntwintig, en toen de laatste voorbij was, kon ik helemaal tot aan de Akers Mek.-scheepswerven kijken, en op dat moment gleed er een enorm schip uit het dok, een hoge, zwarte romp gleed geruisloos door de regen het donkere water in en dat was zó mooi, want zo waren mijn dromen nu ook, ik ging ze te water laten, ik ging varen.

Ik liep regelrecht naar de Nobelsgate. De gordijnen op de tweede verdieping waren dicht. Het was tien voor halfvier. Ze was ongetwijfeld thuis uit school. Ik haalde de ring uit mijn etui, stak hem in mijn zak, verstopte mijn schooltas onder de trap en liep twee verdiepingen omhoog en belde daar aan. Het duurde even. Toen deed haar moeder de deur open. Ze keek op me neer. 'Daag', zei ze. 'Is Stine thuis?' vroeg ik. 'Ja', antwoordde haar moeder en bleef staan. Ik wist niks meer te zeggen. In plaats daarvan leunde ik tegen de deurpost, sloot mijn ogen en kreunde wat. 'Hoe heet je?' vroeg de moeder. 'Barnum', fluisterde ik. 'Barnum?' 'Ja. Kunt u Stine de groeten doen van Barnum?' De moeder boog zich voorover. 'Wat is er met je arm gebeurd, Barnum?' Ik deed mijn ogen open. 'Gebroken', kreunde ik. De moeder liet me de hal binnen en vroeg me daar te wachten. Ze had een bezorgd gezicht. Haar rimpels trokken in het midden samen tot een knoop. Ze liep verder het appartement in. Ik wachtte. Het rook er naar zeep en boorwater, ongeveer als in de wachtkamer van de schoolarts. Ik zag een piano in de woonkamer, maar de klep was dicht. Er waren geen planten. Op een commode lag een bril naar de muur te staren. Ik ging ervan uit dat de moeder terug zou komen om me te halen. In plaats daarvan kwam Stine de hal in. Ze staarde me verbaasd aan. Haar moedervlek glinsterde onder haar oog. Ik moest steun zoeken bij een stoel. Er ontsnapte een kreun aan mijn lippen. Ik viel bijna. 'Barnum', zei ze alleen maar. Ik had haar nog nooit horen praten. Haar stem klonk droog en laag. Ik richtte me op. Haar moeder stond achter in de kamer. Toen verdween ze. 'Ja', fluisterde ik. En ik besefte dat Stine misschien niet wist wie ik was, want ze had mij nog nooit gezien, ik was degene die háár had gezien. En als ze al wist wie ik was, dan was dat omdat ze geruchten had gehoord over die hopeloze sukkel van een onderdeurtje uit de parallelklas, de geruchten over de kleinste van de school, de kleinste jongen van de stad, die de meisjes slechts tot hun kut reikte en over het gelach dat hem volgde waar hij maar ging. Ik begon de moed te verliezen. 'Ik zit in de parallelklas', zei ik. 'Dat weet ik. Maar wat doe je hier?' Nu leek ze eerder ongeduldig dan verbaasd. Er lag een plasje modderwater rond mijn voeten. Mijn arm deed pijn. 'Ik heb mijn arm gebroken', zei ik. Dat maakte niet veel indruk op haar. Ze legde niet voorzichtig haar arm op het draagverband en vroeg niet hoeveel pijn het deed. Ze kuste me niet op mijn wang om me te troosten en de pijn te verzachten. 'Hoe weet je waar ik woon?' vroeg ze. 'Ben je me gevolgd, of zo?' Ik knikte. 'Ja', zei ik. Het bleef een poosje stil. En er werd langzaam een glimlach zichtbaar rond haar mond, heel vaag, het was net of haar lippen te klein waren voor een hele glimlach, maar het was genoeg voor mij, dat kleine glimlachje was meer dan genoeg. 'Hoe heb je je arm gebroken?' vroeg ze. Ik moest mijn ogen sluiten. 'Bij gymnastiek', zei ik en had er meteen spijt van, want die leugen kon iemand ontrafelen, en dan zou er geen draad van over blijven, maar ik kon me nu niet meer bedenken. 'Ik sprong over de bok en kwam verkeerd neer', ging ik verder. 'De botten staken recht uit mijn elleboog.' Buiten in het trappenhuis frunnikte iemand aan het slot en Stine draaide zich om daar de deur, die vlak daarna openging. Haar vader kwam binnen. 'Ik zie niks', zei hij. 'Ik heb mijn bril vergeten. Waar is die?' De moeder was meteen ter plekke en gaf hem de bril die op de commode naar de muur lag te staren, en hij zette die op. Hij haalde opgelucht adem, trok Stine tegen zich aan en kuste haar op haar voorhoofd. 'Hoe gaat het met je, meiske van me?' fluisterde hij en ze wrong zich uit zijn armen. 'Dit is Barnum', zei haar moeder snel en hij draaide zich naar me om en kneep zijn ogen toe. 'Barnum? Hallo, Barnum. Heb je je arm pijn gedaan?' Maar ik kreeg geen tijd om te antwoorden. 'Hij heeft hem gebroken toen hij over de bok sprong', zei Stine. 'Ocharm. Laat mij eens voelen.' 'Nee!' riep ik. De vader lachte. 'Rustig maar, jongen. Ik ben dokter.' Hij begon het draagverband op te rollen. 'Maar waarom heb je geen gips?' vroeg hij. Ik draaide me om naar Stine. 'Ik vind je moedervlek leuk', zei ik luid. De vader liet mijn arm vallen. Stine probeerde te blijven glimlachen, maar haar lippen konden dat niet aan en haar mond werd vormeloos als natte klei, ik vond plotseling dat ze er lelijk uitzag, zij en haar moedervlek. 'Ik denk dat je nu maar beter kunt gaan', zei de moeder. Ik herinner me alleen dat ik beneden op straat stond. Ik had mijn schooltas op mijn rug en de ring in mijn zak. Alles was tevergeefs. Ik durfde niet omhoog te kijken naar het raam op de tweede verdieping. Het was over en uit voor mij. Barnums verhaal was uit. Ik moest maar gewoon naar bed gaan. Het regende nog steeds. Ik liep door het Frognerpark. Ik rukte het draagverband af en gaf dat aan een zwerver die onder een struik zat te rillen. Dan konden de mensen hém zielig vinden. Toen ik thuiskwam, ging ik zoals gezegd rechtstreeks naar de slaapkamer en naar bed. Al snel stond moeder in de deuropening. 'Ik ben ziek', fluisterde ik. 'Ga maar weg.' 'Ziek? Hoezo dan, Barnum?' 'Gewoon ziek. Het is besmettelijk. Ik kan morgen niet naar school.' Moeder zuchtte. 'Maar dat hoeft ook niet. De herfstvakantie is immers begonnen.' Terwijl ze de deur dichtdeed zuchtte moeder nogmaals en ik begreep dat Boletta weer naar de Noordpool was om bier te drinken.

Ik bleef liggen. De tijd van de dromen was voorbij. Ik had mijn laatste droom gedroomd. Ik trok het dekbed over me heen en huilde. Ik was te water gelaten en zonk weg in het donkere water. De romp hield het niet. De naden in het ijzer lieten los en ik ging ten onder. Dat ik dat van die moedervlek had kunnen zeggen! Dat ik had kunnen doen of mijn arm gebroken was! Dat ik in plaats daarvan niet gedaan had of ik niet kon praten! Dan had ik haar de ring gewoon kunnen geven zonder een woord te zeggen en die ring zou met die ene letter erop duidelijke taal gesproken hebben! Nu had ik haar de ring helemaal niet gegeven en was het allemaal te laat.

Moeder kwam met een avondboterham. Ik raakte hem niet aan. Ze nam mijn temperatuur op en ging weer weg. Later kwam Fred. Hij ging op bed liggen en lag een poosje te luisteren. Ik zei niets. Hij rook naar tabak en bier. 'Heb je geen zin om het aan je broer te vertellen?' fluisterde hij. 'Of ben je alleen maar een halfbroer?' 'Wat dan, Fred?' Hij kreunde. 'Hoe het met de ring gegaan is natuurlijk.' Ik dacht na. 'Ik heb hem niet aan haar kunnen geven', zei ik zachtjes. Fred ging rechtop in bed zitten. 'Je durfde niet, bedoel je? Je bent ervandoor gegaan, hm? Als een vreselijk watje?' 'Nee', riep ik bijna. 'Ik ben bij haar thuis geweest!' Fred zonk weer terug op zijn kussen en staarde een hele poos naar het plafond. 'Je hebt dat van die moedervlek gezegd, of niet soms?' Ik kroop zo ver mogelijk onder het dekbed. 'Ja', zei ik. Ik hoorde iemand beneden op straat zingen. Het was Boletta. Ze zong schlagers waar iedereen allang genoeg van had. Moeder kreeg het druk, ze rende naar beneden en haalde haar op voordat iemand kon klagen en huismeester Bang wakker werd. Toen werd de nacht rustiger, afgezien van mijn hart. 'Ik zei toch dat je niets over die moedervlek moest zeggen', fluisterde Fred. 'Luister je niet meer naar mij?' 'Jawel Fred. Ik luister naar je.' 'Denk eens aan alles waar je wel iets over had kunnen zeggen, Barnum? Haar ogen. Mond. Haar. Oren. Dat horen meisjes graag.' 'De neus ook?' vroeg ik voorzichtig. 'Ja, de neus ook. En de nek, handen, voeten. Maar even wachten met hun billen en tieten, Barnum. Tot de kust veilig is.' 'Ik wacht', fluisterde ik. Ik kon zien dat Fred in het donker zijn hoofd schudde. 'Is ze mooi?' vroeg hij. 'Ja', zei ik. 'Het mooiste meisje dat ik ooit gezien heb.' 'En dan speel je het klaar om iets van die moedervlek te zeggen. Dat moet je weer goedmaken, Barnum. Anders heb je jezelf goed te kakken gezet.'

Ik geloof dat Fred in slaap viel. Het was het fijnste gesprek dat we ooit hadden gehad. Ik kreeg zin om naar zijn bed te lopen en naast hem te gaan liggen. Dat deed ik gelukkig niet. Ik bleef liggen nadenken over alle dingen die ik weer goed kon maken. Dat was een gedachte om tegen aan te leunen. En ik zag het schip voor me dat uit het dok van Akers Mek. gleed en in het zwarte water zonk. Maar het was nog niet te laat. Ze konden het schip bergen en naar het dok terugslepen, het oplappen en nogmaals te water laten. Zo dacht ik. Mijn bed was het dok. En daar lag ik de rest van de herfstvakantie, terwijl de andere kinderen van mijn klas aardappels rooiden bij verre familie in de binnenlanden of bladeren harkten bij de witte zomerhuizen langs de fjord. Ik vroeg me af wat Stine deed en toen steeg de temperatuur in moeders thermometer zo vervaarlijk dat ze bijna een taxi belde om naar de dokter te gaan. Maar ik hield vol. En toen het maandag was verklaarde ik mezelf gezond, stond op en ging naar school met de ring in mijn zak.

Ik zag haar niet in de eerste pauze. Maar ik zag iets anders. De meisjes uit haar klas stonden onder het afdak te huilen. Het volgende uur lukte het me niet bij de les te blijven. Er was iets mis. Knokkel was nog bleker dan anders en vroeg mij bijvoorbeeld wat ik in de aardappelvakantie had gedaan. De lach verspreidde zich en Muis kon nog net zeggen Barnum is bijna verwisseld met een bintje, toen kreeg hij de aanwijsstok als een zweep in zijn nek en hij slikte zijn halve tong in, terwijl het krijt sneeuwde op de plotselinge stilte. In de grote pauze was ze er ook niet. Er stond nu niemand onder het afdak. Zelfs de andere meisjes waren er niet. Preben stond met Hamster en Aslak bij de drinkfontein naar mij te staren. De conciërge had het water afgesloten. Ik liep met een grote omweg om de eerste klas heen en holde de achterdeur binnen, langs de kantine naar de vierde verdieping. Het was doodstil. Het was de grote pauze. Iemand had een boterham met worst laten vallen en gewoon laten liggen. De haakjes staken leeg uit de wanden, als een rij glimmende vraagtekens. De ring zat in mijn zak. Er was iets vreselijk mis. Ik liep langzaam door de gang. De deur van haar klas stond open. Ik bleef staan en loerde voorzichtig naar binnen. De meisjes zaten zwijgend, met gebogen hoofden, in een kring rond een lessenaar waar een witte kaars op brandde. Sommigen huilden geluidloos. Op het bord stond met grote letters geschreven: we missen je, Stine. Ik trok me terug. Ik sloop onder de haakjes door. En toen kwam Knokkel de hoek om en ik botste pardoes tegen haar op. Ze legde haar hand zwaar op mijn schouder. 'En wat doe jij binnen?' vroeg ze. Maar om de een of andere reden leek ze niet boos. Ik besloot te zeggen waar het op stond. Ik had niets meer te verliezen. 'Ik wilde alleen Stine iets geven', fluisterde ik. Ze tilde haar hand op en raakte mijn wang aan. Haar vingers waren koud. Ze ging op haar hurken zitten. 'Stine is hier niet meer', zei ze zachtjes. 'Is ze naar een andere school?' vroeg ik. Knokkel wrong in haar handen tot haar nagels kraakten, en het was waar wat er gezegd werd, ze rook naar oude medicijnen, alsof haar gezicht een voormalige apotheek was. 'Stine is helaas dood', fluisterde ze. Stine is helaas dood, zei ik bij mezelf. Is helaas dood. Helaas dood. 'Dat kan helaas niet kloppen', zei ik. Knokkel glimlachte vaag en hield mijn hand vast. Ik zou willen dat ze me losliet. 'Stine is in de herfstvakantie gestorven, Barnum.' Ik trok mijn arm terug. 'Hoe dan?' 'Ze had een afschuwelijke ziekte. Kanker.' Knokkel leunde nog verder naar voren, fluisterde. 'De moedervlek. Die was kwaadaardig.' 'Ik moet gaan', zei ik. 'De bel gaat zo.' Ik liep door de gang. Ik streek met een vinger langs de haakjes. Ik dacht, nu kan Stine niet roddelen. Ik ben gered. Nu kan ze aan niemand vertellen dat ik met mijn arm in een draagverband bij haar kwam en loog. En ik dacht ook dat dit het slechtste was wat ik ooit had gedacht. 'Wat wilde je haar geven?' vroeg Knokkel. Ik bleef staan en draaide me om. Ze stond voor het klaslokaal en een paar meisjes keken naar buiten, bleke, stille gezichten. Ik raapte de boterham op die bij mijn voeten lag en at die langzaam op. En wat ik nu zei was in feite nog slechter dan alles wat ik gedacht had. 'Niets', zei ik. Toen holde ik de trap af, naar de plees, viel op mijn knieën en kotste me leeg, ik gaf over, alles wat ik had opgekropt. Toen liet ik de ring in de pot vallen en trok door. Maar ik had er meteen spijt van. Gelukkig was de plee nogal verstopt, al een hele tijd. Ik stak mijn hand zo ver ik kon in het bruine water, voelde met mijn vingers tussen zachte hompen en papier en vond hem ten slotte. Ik droogde de ring zo goed en kwaad als het ging af aan mijn jack en stopte hem weer in mijn zak. S voor Stine. S voor stilzwijgen.

De bel ging. Ik liep naar huis. Daar was niemand. Ik haalde de sleutel van de zolder en sloop naar boven. Ik was een slecht iemand. Dat wist ik. Ik was een gemeen iemand, dat was het enige aan mij wat groot was, mijn gemeenheid. Ik stond op de droogzolder, tussen de lage waslijnen. Het dakraam drupte. De wind deed het plasje trillen. Mijn gedachten waren een zwarte cirkel die ronddraaide achter mijn ogen. Hoe kon ze doodgaan als haar vader dokter was? En het enige wat ik kon zien was haar moedervlek, die verspreidde zich over haar gezicht, hij groeide, tot hij haar hele lichaam bedekte. Toen werd ik rustiger. Toen werd ik koud en leeg. Ik liep naar de kolenschacht en verstopte de ring daar, in het roestige luikje ernaast. En toen vond ik iets. Onder een jutezak lag een fles. Er stond Eau de Vie op het etiket en hij was halfvol. Ik draaide de dop eraf en dronk. Het brandde aan mijn tanden. Maar daarna steeg er een lach op naar mijn hoofd. Het was een lach die me beviel. Ik nam nog een paar slokken en legde de fles weer onder de zak. Er werd luid gelachen in mijn hoofd. Ik klom de ladder naar het dakraam op, duwde dat zo ver ik kon open, ik kon het met moeite vasthouden, en keek uit over de stad. De stad bewoog. Wilde niet stilstaan. De windhaantjes stegen op en werden een vogelzwerm langs de fjord. Maar als ik naar het kerkhof in het westen keek, stonden de donkere bomen op hun plek, als zwaarden onder de grauwe hemel, en een rij in het zwart geklede mensen droeg een witte kist tussen de stenen door en bleef staan waar de aarde open lag, als een verse wond.

Ik wurmde mijn jack uit, stak mijn rechterarm over de rand, liet hem daar liggen, hield mijn adem in en liet het raam los. Ik hoorde nog dat er iets kraakte en op dat moment stopte het lachen in mijn hoofd. Ik verloor mijn houvast, maar bleef aan het kozijn hangen, toen nam ik glas en glaslatten mee en viel van de ladder af, raakte verstrikt in de waslijnen en raakte de vloer, met mijn elleboog eerst.

Met een half oog kon ik Boletta zien. Ze hurkte bij de kolenschacht en rommelde onder de jutezak. Ze vond de fles die daar lag. Ze dronk. Ik droomde niet. Het was waar. Ik was een poosje weggeweest. Ik weet niet hoelang, het was slechts tijd. Maar in het kapotte dakraam daalde de duisternis al neer tussen de glasscherven. Het bloed stroomde uit mijn arm, die scheef langs mijn lichaam lag. De huid was in een lange reep losgescheurd en er glom iets wits, iets glads diep in het vlees van de wond. Ik viel weer een beetje flauw. En toen draaide Boletta zich om. Ze gilde en ik hoorde de fles uit haar handen vallen, hoorde haar gil dichterbij komen. Boletta droeg me de trappen af, en onderwijl praatte ze onophoudelijk, tegen zichzelf, tegen iedereen, tegen God. 'Ik zal die zolder afbranden. Ja, dat ga ik doen. De hele droogzolder tot de grond toe afbranden.'

Ik werd wakker in een bed op de ehbo. Moeder zat naast me en streek met een hand door mijn haar. Ik geloof dat ze gehuild had. Mijn rechterarm was gehecht. Daarna werd ik een andere kamer binnengereden en daar gipsten ze hem in. Ik probeerde mijn arm op te tillen, maar hij was te zwaar. 'Hoe zijn we hier gekomen?' vroeg ik. Moeder glimlachte en kuste me op mijn voorhoofd. 'We hebben een taxi genomen, Barnum. Weet je dat niet meer?' Ik schudde mijn hoofd. 'Nee, verdorie', zei ik. Maar ik mocht ook in een taxi naar huis, de volgende ochtend, met mijn arm in een draagverband, een wit draagverband. En langzamerhand keerde de herinnering terug. Alles wat ik wilde vergeten, stond me helder voor de geest. Nu hoefde ik niet te doen alsof. Ik was geworden wie ik was. Moeder en Boletta moesten me de trap op helpen. Ik dronk chocolademelk, at een rond pilletje, lachte wat en viel in slaap. De volgende keer dat ik wakker werd stond Fred voor het raam, met zijn handen in zijn zak. 'Hallo, kleintje', zei hij. 'Gevallen, of zo?' Toen kwam moeder binnen en ik moest weer naar school. Ik probeerde te weigeren. Het had geen zin meer. Moeder hielp me met het draagverband en maakte dat met een speld vast op mijn schouder en Boletta had boterhammen met ei en haring gemaakt, maar ik was hol en vol. En zo ging ik op pad, in dat wat ik mijn tweede leven zou willen noemen, het leven na Stine, langs de lage, bijna witte herfstzon door de Kirkevei. Esther leunde uit haar kiosk en gaf me een zak kandij. Ik hoefde geen kaartje te kopen voor de tram. Een volwassen mevrouw stond op en gaf mij haar plaats. De conducteur hielp me de treeplank af. Zo had ik het willen hebben, dit was waar ik van gedroomd had, maar nu schonk het me geen vreugde, en ook geen verdriet om vreugde over te voelen, slechts een nog grotere leegte.

Ik was de enige op het schoolplein. De bel was al gegaan. Ik liep langzaam de trap op. Ik hoorde de echo van mijn eigen voetstappen nog lang daarna, en een paar keer meende ik de echo al te kunnen horen voordat ik mijn voet neerzette. Ik bleef voor het klaslokaal staan. Het was helemaal stil. Dat was eng. Mijn arm hing zwaar in het draagverband. Ik klopte aan. Het bleef nog even stil. Toen hoorde ik Knokkels stem: 'Binnen!' Ik deed de deur open. Alle jongens stonden naast hun lessenaar naar me te staren en op het bord stond met enorme letters geschreven: *we hebben je gemist, Barnum*! Ik wilde het liefst rechtsomkeert maken, maar Knokkel trok me naar haar katheder en daar lag een kringel die de meisjes van de parallelklas in de schoolkeuken hadden gebakken en ik moest het eerste stuk opeten, dat bedekt was met dik, grijs glazuur en harde rozijnen, terwijl Knokkel mijn rugzak afdeed en me naar mijn plaats hielp. *We hebben je gemist, Barnum.* Ik kauwde en kauwde maar kreeg de kringel niet weg en toen er niets meer op de schaal lag, hing Knokkel een plaat op met een gekleurde tekening die het inwendige van een arm voorstelde, en ze wees naar mij. 'Nu kun je ons vertellen wat er gebeurd is, Barnum.' Maar ik had niets te vertellen. Ik had mijn mond vol kringel en leugens. Knokkel glimlachte alleen maar en wees naar de plaat. 'Goed, dan niet, Barnum', zei ze. 'Maar de armen zijn de belangrijkste werktuigen die we hebben. Als we rechtop staan komt het topje van onze middelvinger ongeveer tot het midden van het dijbeen. Maar de rechterarm is meestal een halve centimeter langer dan de linker, omdat we die het meest gebruiken.' Plotseling onderbrak ze zichzelf. 'En waarom lachen jullie nu?' vroeg ze, erg luid, want alle kinderen in de klas, behalve ik, lagen met roodaangelopen gezicht over hun lessenaars te lachen, en ik was bijna blij, want nu was het weer zo als vroeger. Knokkel stapte met opgeheven aanwijsstok van de katheder. Ik slikte het laatste stuk kringel door en Knokkel draaide zich plotseling om naar mij en liet de stok zakken. 'Zei je iets, Barnum?' Ik had niets gezegd, niets wat ik gehoord had tenminste, en ik werd bang dat ongehoorde woorden aan mijn lippen waren ontsnapt, knokkelkut, en nu keek iedereen naar mij, ik moest iets zeggen, en ik stelde een vraag, want vragen kunnen toch geen leugens zijn? 'Wil je iets op mijn gips schrijven?' vroeg ik. Knokkel aarzelde even, alsof ze niet wist wat ze moest doen. Toen pakte ze haar vulpen en schreef langzaam haar naam op het gips, met bevende, kleine letters, Adjunct K. Haraldsen, en toen ging de bel.

In de pauze ging de hele klas in de rij staan om op mijn arm te schrijven. De meisjes uit de parallelklas kwamen ook, ja, al snel had de hele school het gips ondertekend en ten slotte was het Prebens beurt en de andere jongens stonden in een groepje te grinniken, want op het schoolplein weet iedereen alles, alles wat gezegd wordt, wordt doorverteld, hier zijn geen geheimen, hier gaan de geruchten. Er was bijna geen plaats meer voor nog meer namen. 'Weet je waarom de rechterarm het langst is?' vroeg Preben. Hij gaf zelf antwoord. 'Omdat je je daarmee aftrekt.' Hij zette zijn handtekening naast die van Knokkel. 'Dus nou wordt je linkerarm even lang', zei hij en ging naast de anderen in een kring van gelach staan. Ze lachten zich een ongeluk. Ik begon ook te lachen. 'Niet als jij me aftrekt', zei ik. Het werd doodstil. Ze staarden. Ze kwamen dichterbij. Iedereen op het schoolplein staarde naar ons. Maar ze konden me nu niet in elkaar slaan. Dat wisten ze. Dat wist ik. Ik had om een pak slaag op onbepaalde termijn gevraagd.

Toen ik thuiskwam, stond Fred nog steeds voor het raam met zijn handen in zijn zakken. Ik ging op bed zitten. 'Is vader nog niet thuis?' vroeg ik. Fred draaide zich om. 'Wie?' 'Vader', zei ik. 'Is hij op reis?' 'Over wie heb je het, Barnum?' Daar was dat donkere weer in zijn ogen, het donkere dat diep in zijn ogen trilde. 'Arnold', fluisterde ik. 'Arnold Nilsen, bedoel je? Die vette halve zool met dat gladde haar? Die hier binnen komt vallen en ons eten opeet en moeder neukt?' Ik wendde me af en knikte. Fred keek weer uit het raam. Hij haalde zijn schouders op, zijn hoofd zonk weg. 'Geen idee.' Ik haalde de zak kandij tevoorschijn en legde die op tafel. Fred bleef staan. 'Alsjeblieft', zei ik voorzichtig. Het duurde een poosje, toen zei hij: 'Hartstikke bedankt.' Ik wist niet of het slim was om te lachen, ik had zin om te lachen, maar Fred raakte de kandij niet aan, daarom deed ik het niet, ik lachte niet. 'Hartstikke bedankt', zei hij nogmaals. 'Alsjeblieft', zei ik nog een keer. De bruine zak bleef op tafel liggen. 'Zou jij me helpen als iemand me in elkaar sloeg, Fred?' Hij haalde zijn schouders weer op. 'Niet als je het verdiende. Om in elkaar geslagen te worden. Daar is-ie trouwens.' 'Wie?' 'Wie? Die vette halve zool die ons eten opeet en moeder neukt.' Ik moest bijna huilen. 'Praat niet zo, Fred.' 'Gratis kandij van Esther gekregen?' Maar voordat ik daar antwoord op had kunnen geven, tuimelde vader de deur binnen en hij tilde mij op en brak het gips bijna. 'Gekke jongen!' riep hij. 'Heb je daarboven circusje gespeeld, hm?' Hij zette me neer en draaide zich bruusk om naar Fred. 'Heb jij Barnum meegenomen naar de zolder?' Fred staarde uit het raam. 'Kijk me aan als ik tegen je praat', zei vader en hij legde zijn gezonde hand op Freds schouder. Er trok een huivering door Fred heen. 'Haal die vingers weg', siste hij. 'Nu.' Vader aarzelde even, liet toen zijn hand vallen en keek weer naar mij. 'Ik wilde alleen maar de stad zien', zei ik. 'Door het dakraam. En toen viel ik. Fred was er helemaal niet bij.' Vader glimlachte, veegde zijn gezicht af met zijn zakdoek en liet zijn vinger over alle namen op mijn gips glijden. 'Kijk eens aan. Jij hebt heel wat vrienden, Barnum! Meer dan ik ooit heb gehad!' Fred lachte zachtjes bij het raam. Vader trok vijf vulpennen uit zijn jasje en koos uiteindelijk voor de dikste, schroefde de dop eraf en schreef rond de hele elleboog: *van harte beterschap. Groetjes, vader.* 'Waar was je?' vroeg ik. Vader schroefde de pen dicht en stopte hem in zijn borstzakje. 'Waar ik was? Ik was aan het werk, Barnum. Hoe moeten we anders eten op tafel krijgen?' Fred lachte weer. Vader balde zijn vuist, maar ontspande zijn vingers weer net zo snel. 'Zo, nu ga ik moeder ook verrassen!' zei hij, hij klapte in zijn handen en liep naar de deur. 'Heb je niets meegebracht?' vroeg ik. Vader bleef abrupt staan en zijn grote, gladde gezicht viel als het ware uit de plooi voordat hij het weer op zijn plaats bracht met een glimlach. 'Iets meegebracht? Ik moest alles wat ik in mijn handen had laten vallen om naar huis en naar jou te gaan, Barnum!' Toen verdween hij en liet een zoete stank achter, parfum, pommade en pastilles. We zeiden een hele poos niets. 'Misschien heeft hij de hele tijd in Valka bier zitten hijsen', zei Fred ten slotte. 'Hij heeft een dikkere kop gekregen.' Fred ging op zijn bed zitten en zag er moe uit. 'Kun jij ook niet op mijn gips schrijven?' vroeg ik. 'Waarom dat?' 'Omdat iedereen dat gedaan heeft.' 'Iedereen? Laat zien.' Hij kwam naar me toe en begon de namen te lezen. Dat kostte tijd. Ik wachtte. 'Ik kan niet zien dat Cliff Richard zijn naam hier heeft geschreven', zei hij. Hij keek op. Ik wist niet of ik moest lachen of huilen. Dat wist ik nooit als Fred me zo aankeek. 'Nee', fluisterde ik. 'En hoe zit het met koning Olav? Heeft die hier iets geschreven?' 'Natuurlijk niet', fluisterde ik. 'Maar zei je niet dat iedereen iets geschreven had, hm?' 'Ik bedoelde iedereen op school, Fred.' Hij boog zich weer over het gips en deze keer duurde het nog langer. Toen liet hij mijn arm los. 'S heeft ook niks geschreven', zei hij. Ik wist niet dat het zo'n pijn kon doen. Het deed zo'n pijn dat ik bijna blij werd. Fred keek op en ontdekte misschien een verandering in mijn gezicht, want het donkere in zijn blik gleed als het ware weg, als olie. 'Ze is dood', fluisterde ik. Fred dacht na. 'Als iemand je een pak slaag wil geven, dan moet je gewoon met je gips op zijn gezicht beuken. Afgesproken? Afgesproken, Barnum?' Ik knikte. Ik werd bijna rustig. Nu durfde ik te zeuren. 'Toe, schrijf nou wat', zei ik. 'Alsjeblieft.' En Fred haalde een pen. Het was vreemd hem met een pen in zijn hand te zien, het was net of die daar niet paste, tussen zijn vingers. Hij kon de meeste dingen vasthouden, zonder aarzeling, een mes, schroevendraaier, hamer, zaag, tennisbal, steen, kam, speer, wat dan ook, maar nu trilde zijn hand. Hij kwam weer bij me zitten, kromde zijn rug en begon op het laatste lege plekje op het gips te schrijven. Het ging erg langzaam. Ik legde voorzichtig mijn hand op zijn nek. Die was warm en onrustig. Ik kon zijn ademhaling horen en zijn hart dat onder het dunne overhemd sloeg. Hij schudde me van zich af. En het donkere vloeide terug in zijn blik. Hij had *Ferd* geschreven. 'Het geeft niet', zei ik zachtjes. 'Stik de moord', zei Fred. 'Het geeft niet', herhaalde ik. Hij haalde de pen over de foute letters tot de punt afbrak op het gips en de inkt langs mijn hele arm stroomde en de namen bedekte met blauwe vlekken die als schaduwen groeiden, in een woedend patroon. Fred stond op en keilde de kapotte pen tegen de muur. 'Ik wil wedden dat je het met opzet hebt gedaan!' riep hij. 'Wat?' fluisterde ik. 'Je arm gebroken. Je hebt het met opzet gedaan zodat iedereen medelijden met je krijgt. Verdomme. Je bent een rotzak!' 'Ja', zei ik. Fred zweeg subiet. Hij keek op me neer, verbaasd bijna. 'Wat zei je?' 'Ja', zei ik. 'Ik heb het met opzet gedaan.' Fred haalde naar me uit. Ik viel om op het bed. Toen liet hij zijn hand stil en zacht op mijn wang liggen. 'Hoe moet ik nou op je passen als jij zulke dingen doet, Barnum?' Hij stak zijn hand snel in zijn zak en wilde nog iets zeggen, maar dat lukte hem niet. In plaats daarvan pakte hij de zak kandij en rukte de deur open, waarachter moeder tussen vader en Boletta in stond met een enorme kringel op een schaal, hij duwde hen opzij en we zagen hem pas maandag weer terug, en nu was het nog maar vrijdag.

Maar heel veel later, toen het gips er allang af was en mijn arm dun en grauw was en aan elkaar genaaid met een blauwe, kronkelige naad, en ik met dansles was begonnen en Peder en Vivian had ontmoet, toen wilde Fred dat ik met hem meeging naar de Vestre Gravlund. Ik had er niet zo'n zin in, kerkhoven zijn niks voor mij, kerkhoven maakten mij slapeloos en mager, maar Fred had al twee tulpen gepikt uit het bloemperk van huismeester Bang en nu wilde hij dus dat ik meeging, want hij moest me iets vertellen, en ik had geen keus. Ik mocht zelfs zijn peau de pêchejasje lenen en ik zou willen dat iemand me daarin gezien had, Vivian bijvoorbeeld. We kwamen niemand tegen. Ik dacht eerst dat we naar het graf van De Oude zouden gaan, maar toen we er aankwamen, op dat fraaie en lelijke kerkhof, dit was namelijk in mei en de bomen stroomden over van bottend loof, liep hij regelrecht naar de andere kant, naar de onbegaanbare en onverzorgde hoek achteraan in de zijstraat van de doden. Hij legde de bloemen bij een stakerig houten kruis dat scheef in de grond stond. Zelfs ik moest me bukken om de naam te kunnen lezen. *K. Schulz 1885-1945.* 'Wie is dat?' vroeg ik. 'Mijn dokter', zei Fred. Ik keek weer naar het graf. Ik voelde me niet op mijn gemak. Ik wilde naar huis. 'Ga zitten', zei Fred. We gingen zitten in het dunne, gele gras. Fred keek om zich heen. Het was een verlaten plek. 'De goeien verrotten het eerst', zei hij. Ik zat doodstil. 'Wat?' 'De goeien verrotten het eerst', herhaalde Fred en het was net of hij glimlachte. Hij leunde achterover en ik deed hetzelfde. We keken naar de hemel die zich langzaam bewoog in het licht. 'K. heeft mijn leven gered', zei Fred. Ik durfde nauwelijks adem te halen. 'Hoe dan?' fluisterde ik. 'Ik had eigenlijk niet geboren moeten worden', zei Fred. Ik lag volkomen stil, naast Fred, in het stugge gras van de Vestre Gravlund. De wind liep door de bomen. De zon dreef. Een mier kroop over een sprietje, er kwam een vliegtuig uit de hemel. Ik probeerde me voor te stellen dat Fred niet bestond, dat ik alleen was, dat alleen ik er was, enigst kind. Maar het lukte me niet. Mijn dromen waren dor, alsof ze ook ingegipst waren geweest en nu ook dun en onbruikbaar afhingen van de rusteloze romp van de slaap. Een wereld zonder Fred kon ik me met geen mogelijkheid voorstellen, al had ik het heel vaak gewenst, hem voorgoed kwijt te zijn. 'Wat?' zei ik. 'Ik had niet geboren moeten worden', herhaalde Fred. Ik wachtte tot hij verderging, maar hoopte eigenlijk dat hij zou zwijgen. 'Ik ben in moeder gedwongen', zei hij zachtjes. 'Ik had weggehaald moeten worden. Uitgegraven en weggegooid. Maar moeder zei pas iets toen het te laat was en dokter Schulz was zo dronken dat hij mij niet ontdekte.' 'Hoe weet je dat?' fluisterde ik. Fred glimlachte. 'Ik heb geluisterd. Naar het huis. Naar de droogzolder. Er zijn overal verhalen, Barnum. Maar niemand kan me vertellen wie mijn vader is. De man die moeder nam. De man die moeder binnendrong en haar kapotmaakte.' Fred praatte erg merkwaardig. Ik had hem nog nooit zo horen praten en het was net alsof hij een nieuwe taal had geleerd, of verzonnen had. Hij rukte een grassprietje los, stak het in zijn mond en wendde zich tot mij. 'Het beste zou zijn als hij dood was, nietwaar? Nietwaar, Barnum?'

We bleven nog een poosje zo liggen, zonder iets te zeggen. Ik had het koud. Ik zou willen dat Fred me dit niet verteld had. Er was zoveel dat ik niet wilde horen. Hij stond op, borstelde aarde en gras van zijn overhemd, bleef even staan en keek neer op de twee tulpen en het armzalige graf dat niemand bezocht en dat binnenkort overwoekerd zou zijn, weggevaagd, voorgoed vergeten, en ik herinner me dat ik dacht, kan iemand spoorloos verdwijnen? 'Binnenkort is er geen plaats meer', zei ik. 'Plaats voor wie?' 'Doden.' Fred haalde zijn schouders op. 'In ieder geval nog wel voor ééntje', zei hij alleen maar, hij stak een sigaret op en begon sneller te lopen. Ik probeerde hem bij te houden, maar slaagde daar niet in. Hij liet me achter op de Vestre Gravlund, zijn donkere, magere gestalte verdween achter de bomen bij het Frognerpark en ik bleef hijgend staan op het smalle grindpad, in de vage tabakslucht, tussen hoge, glanzende marmeren stenen en overdadige boeketten. En ik had nog een gedachte, ook al was er bijna geen plaats meer in mijn hoofd: ook tussen de doden is er verschil. Toen zag ik het. Stines graf. Haar naam stond op de zwarte steen, haar geboortedatum en wanneer ze gestorven was. *Onze onmisbare*, stond er geschreven, onmisbaar en nu al gemist. En ik besefte plotseling dat Fred mij hiernaartoe had geleid, naar Stines graf, hij had alleen eerst een omweg gemaakt. En ik voelde zo'n genegenheid voor hem, ja, ik hield op dat moment van hem, innig en zonder voorbehoud, en ik huilde echt, voor hem, mijn halve broer. Ik liep terug naar dokter K. Schulz, pakte een van de tulpen en legde die bij Stines steen. Ik vroeg me een poosje af of ik de ring zou halen, maar deed dat niet. Die mocht blijven liggen waar hij lag. En naderhand vergat ik hem, ik vergat zelfs mezelf, want ik moest zoveel andere dingen gaan onthouden. Maar toen Vivian in verwachting was van Thomas en ze naar de zolder in de Kirkevei was verhuisd, die tot appartementen werd verbouwd toen deze stad begon bulken van het geld, zat ik daar op een avond onder het schuine dakraam te drinken, zonder plezier, maar doelgericht en koppig, om de vergetelheid te bespoedigen, en toen schoot me plotseling iets te binnen, namelijk die ring, die nu waarschijnlijk ergens in de muur zat, ingemetseld, en ik voelde een soort vreugde toen ik me dat herinnerde, een ring met een letter, S, de eerste letter van de naam van een meisje dat die ring, die voor haar was gekocht, nooit kreeg. De sneeuw viel op het schuine raam. En ik dacht, terwijl ik de fles leegdronk en mezelf vol liet lopen: we zijn niet spoorloos. We trekken een kielzog achter ons aan dat zich nooit helemaal sluit, een snee in de tijd die we met zoveel moeite achter ons laten.

(DE NOORDPOOL)

Fred wekte me. 'We gaan naar de Noordpool', fluisterde hij. Ik was meteen wakker. 'Nu?' Fred knikte. 'Boletta danst, Barnum. Schiet op.' Fred was al aangekleed, trui, windjack, overschoenen, twee broeken, muts, wanten en sjaal. Ik trok hetzelfde aan, maar met bergschoenen in plaats van overschoenen. We gingen naar de Noordpool. Ik kon geen risico's nemen. Het was midden in de nacht. Fred had zelfs zijn rugzak ingepakt en daarin zaten haverkoekjes, sigaretten, een zaklamp, koffie, een thermoskan en lucifers. We lieten moeder slapen. Ze sliep achter vader, die zwaar door zijn neus ademde en die elke keer een vibrerend, donker geluid maakte dat de gordijnen deed golven en de kamer deed schudden, hij leek op een walvis die was opgestegen van de witte bodem van het laken om voor de laatste keer lucht te happen. We slopen naar de binnenplaats. Daar stond de slee al klaar. Fred sjorde zijn rugzak vast met een touw. We trokken de slee de poort uit en begonnen aan de fikse klim de Kirkevei op.

Het was heel stil. De hemel was geruisloos en zonder wind. De sneeuw gaf licht, of misschien liet de maan de sneeuwranden glinsteren, de maan die als een glimmende, bevroren klok boven de stad hing. In het begin was het helemaal niet koud. Ik was bijna verbaasd. Misschien had ik te veel kleren aan? Een lange onderbroek met een maillot daaroverheen kon te warm zijn, en het zat ook niet echt lekker. Maar toen we bij het kruispunt kwamen waar Fred indertijd in een taxi was geboren, werd mijn mond gevuld met een koude die zich als een waaier van ijzer over mijn gezicht verspreidde en die mijn huid samensnoerde tot een strakke knoop tussen mijn ogen. Fred liep voorop en trok. Ik liep achteraan en duwde. We volgden de route langs het hek van het ziekenhuis, waar achter de onderste ramen blauwe lampen brandden. Nu hoorde ik de stilte niet meer. Ik hoorde alleen de glij-ijzers die op de harde sneeuw krasten en mijn bergschoenen die bij elke stap kraakten en binnenkort kon ik geen teen meer bewegen. Fred draaide zich om. 'Alles in orde', riep ik. We ploeterden verder en liepen bijna verkeerd bij de schooltuintjes, waar een appel als een rode druppel aan het uiteinde van een zwarte tak hing, we waren bijna naar het oosten gegaan en dan zouden we geëindigd zijn in het pakijs van Torshov en waren we misschien nooit meer levend thuisgekomen. Fred veranderde van koers. We hadden de maan in de rug. We passeerden Nordre Gravlund, de noordelijke begraafplaats, velen waren ons hier voorgegaan en hadden dat met hun leven moeten bekopen. De grafstenen wierpen diepe schaduwen in de nacht. 'Niet opgeven', werd er uit alle graven gefluisterd. 'Niet opgeven!' Ik duwde. Fred trok. Hij draaide zich weer om. 'Die bergschoenen van jou zijn wel verdomde aan het kraken', zei hij. 'Jaagt de ijsberen weg', fluisterde ik. 'Kop dicht', zei Fred. We moesten een open kruispunt oversteken, de wind beukte van alle kanten tegen ons aan, de stuifsneeuw liet los van de sneeuwranden en rolde als golven door de lucht, we gleden bijna naar beneden, naar de onreine vaarwateren bij de Alexander Kielland plass, en toen we eindelijk de overkant bereikten, zaten al onze openingen vol sneeuw. We moesten een plek zoeken om te rusten. Die vonden we op de trappen achter de kerk. Daar konden we in de luwte zitten. We waren in Sagene. Het was nog ver naar de Noordpool. En tussen Sagene en de Noordpool waren steile hellingen, diepe ravijnen en rivieren die het ijs deden splijten alsof het niets was met hun driftige stroomversnellingen en hoge watervallen. Mijn tenen bloedden. Ik zei niets. Fred stak een sigaret op en ik mocht ook een trekje. Er gleed een wolk voor de maan. De duisternis groeide. We waren alleen in Sagene, vlak bij de poolcirkel. 'Herinner jij je André, waar overgrootvader over schrijft?' vroeg Fred. 'Ja, de man die ze moesten zoeken?' Fred gaf me een koekje. 'Weet je wat hij bij zich had op zijn tocht?' Ik wist het niet. Ik wist alleen dat hij een ballon bij zich had die helaas onderweg naar beneden viel. 'Twintig kilo schoensmeer', zei Fred. 'Twintig kilo?' 'Dat zeg ik toch, Barnum.' 'Maar waarom had hij twintig kilo schoensmeer bij zich?' Fred zuchtte. Dat had ik niet moeten vragen. Ik had het zelf moeten snappen. Misschien wilde hij de ijsberen insmeren. Misschien had hij een spoor van zwarte schoensmeer achter zich aan willen trekken opdat hij de weg terug kon vinden. Fred wees op mijn stugge bergschoenen. 'André had twintig kilo schoensmeer bij zich zodat hij geen pijn in zijn voeten kreeg', zei hij. 'Heel slim', fluisterde ik. 'Hij smeerde elke avond en elke ochtend zijn laarzen in, Barnum. Het heeft geen zin om de beste uitrusting van de wereld te hebben als je schoenen niet goed zijn.' 'Maar dat heeft hem ook niet geholpen', fluisterde ik. 'Twintig kilo schoensmeer.' Fred zweeg een poosje. De maan sloeg een bres in de wolk en even was het net of de zon boven ons scheen, we werden verblind door de maan, die nacht in Sagene, voordat de duisternis zich weer in onze blikken nestelde. 'Nee, het heeft niet geholpen', zei Fred. 'Hoeveel schoensmeer je ook meeneemt, je kunt nooit helemaal zeker zijn.' Ik at nog een koekje en nam een slok koffie uit de thermoskan. 'Is hij trouwens ooit gevonden?' vroeg ik. Fred knikte en begon de rugzak weer in te pakken. 'Veertig jaar later, Barnum. In een puinwaaier op een eiland. Toen waren er alleen nog wat botten over. Opgegeten door roofdieren.' Ik had het koud. Ik wilde het liefst omkeren, dezelfde weg terug lopen, als die er nog was, dezelfde weg, want misschien was die dicht gestoven, misschien waren onze sporen wel weg en we konden de maan ook niet volgen, want die stond nu ergens anders te schijnen met zijn lege wijzerplaat, die was onbetrouwbaar. Ik bleef zitten. De trap was koud. 'Denk je dat overgrootvader ook opgegeten is?' vroeg ik, zo zacht dat ik het zelf nauwelijks kon horen. Fred keek me aan. 'Overgrootvader is in het ijs verdwenen. En daar ligt hij nu nog. Nog helemaal heel.' 'Helemaal heel?' Fred sjorde de rugzak vast op de slede. 'Een gletsjer is net een gigantische koelkast, Barnum. Alles blijft daar goed.' Ik kon het voor me zien en moest mijn ogen dichtdoen: overgrootvader diep in het ijs, waar de tijd geen macht heeft, nog steeds even oud als toen hij verdween en stierf. Misschien steekt hij een hand uit, die zo is vastgevroren en die niemand heeft kunnen pakken. 'Maar wat als het ijs smelt?' vroeg ik. 'Dat smelt niet.' 'Maar áls het smelt, Fred?' 'Nou hou je je kop, Barnum.' Fred begon de slee naar het noorden te trekken. Ik holde achter hem aan. Mijn bergschoenen kraakten. We moesten over de rivier bomen, waar de ijsschotsen met plotselinge, genadeloze rukken voorbijschoten. En toen brak het touw dat om de rugzak zat. We hadden onze proviand daar kwijt kunnen raken, verdoemd, halverwege tussen Sagene en de Noordpool, als Fred er niet geweest was, die ging liggen en de ene riem wist te pakken voordat alles voorgoed verdween in de zwarte maalstromen bij Møllene. We kropen boven op een sneeuwhoop en ontdekten een bankje aan de voet van de laatste, beslissende helling. Fred vloekte en maakte de rugzak vast op zijn rug. 'Wat deden ze als ze naar de wc moesten?' vroeg ik. Freds blik werd donker. 'Je moet nu toch zeker niet poepen, Barnum?' Ik schudde snel mijn hoofd. 'Ik vroeg het me gewoon af', zei ik. Fred trok zijn muts verder over zijn voorhoofd. 'Ze poepten waar ze stonden', zei hij. 'Poepten ze gewoon waar ze stonden?' 'Wat dacht jij dan? Dat ze een eigen plee bij zich hadden?' Ik weet niet goed wat ik had gedacht, maar het was iets waar ik vaak aan moest denken, hoe gingen astronauten, bergbeklimmers, duikers, fakirs en poolreizigers eigenlijk naar de wc? 'Nansen ook?' vroeg ik. 'Nansen? Wat is er met Nansen?' 'Poepte die ook gewoon waar hij stond?' Fred werd een beetje moe onder zijn muts. Ik had het niet moeten vragen, ik had beter mijn krachten kunnen sparen. De wind nam in sterkte toe. De nacht was een razende witte cirkel. 'Nansen poepte waar hij stond', zei Fred. 'Roald Amundsen poepte ook waar hij stond. En de poep bevroor nog voordat hij de grond raakte, dus ze moesten snel zijn, Barnum. Verdomde snel.' 'Moesten ze dat?' 'Dat moesten ze, Barnum. Anders kon het hele zootje aan hun kont vastvriezen.' 'Gadverdamme', zei ik. 'Dat kun je wel stellen. En daarom hadden ze hun kont ook geschoren.' 'Nansen?' fluisterde ik. 'Heb jij geen haren op je kont, Barnum?' Ik gaf geen antwoord. Ik had eigenlijk nooit echt gevoeld. Ik was blij dat ik niet naar de wc hoefde. Het was langgeleden dat Fred en ik zo fijn samen gepraat hadden en het was nog langer geleden dat hij zoveel achter elkaar gezegd had. En nu zei hij nog meer, terwijl hij opstond en zijn hoofd tegen de wind boog. 'Ze hebben nog iets meer van André gevonden dan alleen botten', zei hij. Ik stond ook op en moest me aan Fred vasthouden om niet om te vallen. 'Wat dan?' 'Een horloge. Zo'n ouderwets horloge met een deksel. En in dat horloge zat een foto van zijn liefje en haar haar.' 'Liep het nog?' fluisterde ik. 'Lopen? Doe niet zo dom, Barnum. Wie had het moeten opwinden?' Fred schudde de rugzak op zijn plaats en we ploeterden verder, de laatste helling op, tussen ijs en sneeuw, ik duwde, Fred trok en daar, op de top van het eindeloze plateau, stroomde geel licht uit hoge ramen en achter die ramen kon ik mensen ontwaren die hun armen optilden alsof ze voortdurend naar elkaar zwaaiden. Dit was dus de Noordpool. Iemand was ons hier voor geweest. 'Iemand is ons voor geweest!' riep ik. 'We hebben verloren!' 'Nou hou je echt je kop, Barnum.' Fred trok de slee verder. Ik holde achter hem aan. 'Waarom noemen ze het de Noordpool?' vroeg ik. Fred antwoordde niet. Hij bleef staan op het trottoir bij de krappe rotonde, zodat we in de schaduw stonden, tussen de maan en de lantaarnpalen. We staarden naar de gele ramen. Ik zag de gezichten daarbinnen lachen en praten, maar ik hoorde niets, het was een stomme film, en de gezichten leken rode lampen die fel en geruisloos brandden. Er waren vooral mannen, hun voeten waren zwaar en ze konden nauwelijks opstaan, en de vrouwen droegen witte schorten en zwarte rokjes en ze liepen heen en weer met bladen vol bruine glazen die vanboven schuimden en ze kwamen terug met evenveel lege glazen. En toen kwam Boletta. Ze liep tussen de tafels door en de mannen graaiden naar haar, maar kregen haar niet te pakken. De mannen wilden haar naar beneden trekken, maar ze duwde hen weg. Boletta lachte. Boletta klom op een tafel en misschien was er ook muziek, want Boletta danste op tafel, terwijl de mannen klapten, en hoe sneller zij danste, des te langzamer ging alles in mijn ogen. 'Boletta vermaakt zich blijkbaar prima', fluisterde ik. Fred zei niets. En Boletta danste tot ze niet meer kon en ze omviel in de armen die naar haar waren uitgestoken, een golvend bed van gewillige handen, en ze werd op een stoel gezet met een glas voor zich. Ik had plotseling geen zin om nog meer te zien. 'Zullen we gaan?' zei ik. Maar Fred hield me tegen. En het was toch te laat geweest. We waren al ontdekt. De gezichten daarbinnen keerden zich naar ons toe. De maan had een ruk gemaakt en wij stonden in het koude schijnsel ervan, zichtbaar voor hen die nog konden zien. En sindsdien heb ik de scène die zich daarbinnen afspeelde nooit meer kunnen vergeten, stom en snel, alsof het raam het witte doek was en Fred en ik buiten in de kou naar de film stonden te kijken, en misschien liep er een draad door Boletta's leven, die hier was vastgemaakt, een fijne, dunne draad die trilde als ze op tafel danste, en die werd doorgeknipt, die knapte, op de dag dat de Noordpool voorgoed gesloten werd. Maar nu kwam er een man in een wit jasje naar buiten. Hij wees naar ons. 'Wat doen jullie hier?' vroeg hij. 'Wachten op Boletta', zei Fred. 'Want wij moeten haar naar huis brengen', zei ik. Het witte jasje haastte zich weer naar binnen en al snel dook Boletta op, ondersteund door twee mannen die zelf ook wel steun konden gebruiken. De ene had een soort uniform aan. Hij leek op de dirigent in een orkest dat alle instrumenten kwijt is. Het zweet bevroor meteen tot dunne schotsen op hun brede gezichten. 'Wij mogen Boletta nooit naar huis brengen!' riep de onvaste dirigent en hij lachte. De andere wilde niet voor de eerste onderdoen en lachte nog harder. 'Boletta is de laatste maagd van de Noordpool! Geen man is ooit dichter bij haar in de buurt gekomen dan de kerstman bij zijn wijf.' Fred deed een stap in hun richting en had zijn zwarte blik gekregen. 'Laat mijn oma los', zei hij. Hun zweet brak. De mannen werden gedwee en nuchter. 'Zullen we een taxi bellen?' vroeg de eerste. 'We hebben een slee', zei Fred. Ze lieten Boletta los. Ze zeeg neer in onze armen en we wisten haar op de slee te krijgen. Ze was slaperig en zwaar. Fred drapeerde zijn windjack om haar heen en ze mocht op mijn sjaal zitten. De twee mannen wilden ook helpen haar warm te houden en begonnen hun jassen uit te wurmen. Fred keek hen alleen maar aan. 'Dit is wel genoeg', zei hij. De mannen kleedden zich weer aan. En achter de ramen zaten de andere gasten en de serveersters naar ons te staren, nu was dit de plek waar het gebeurde, net als in de vroegste bioscopen, toen het doek midden in de zaal hing en doordrenkt werd met olie, zodat het doorzichtig was en de mensen de film van beide kanten konden zien. De andere man, die met het uniform, boog zich voorover en legde zijn hand op Freds schouder. Fred schudde die af. 'Boletta is onze engel', fluisterde de man. 'Pas goed op haar.' Dat deden we. We sjorden Boletta vast met het touw en daarna trokken we haar naar huis. Fred en ik trokken en Boletta zat op de slee te slapen. We trokken haar veilig door de storm. We vonden de weg. Het was me het nachtje wel. Er hadden trompetten en vaandeldragers moeten zijn, koningen en vuurwerk, tribunes en fakkels! Iemand had ons nu moeten zien met Boletta vastgesjord op de slee, op weg van de Noordpool naar huis. En er was ook iemand die ons zag. Want toen Fred de slaapwandelende Boletta langs de trapleuning leidde en ik de voordeur open zou doen, zo stil als mogelijk was met zulke bevroren vingers, die nauwelijks een sleutel horizontaal konden houden, stond moeder daar plotseling, bleek en buiten adem, en achter haar in de hal draaide vader zich om met de telefoonhoorn in zijn hand en zijn ochtendjas binnenstebuiten, en de ontvangst duurde net zo lang als het vader kostte om met kracht de hoorn op de haak te smijten. Moeder trok me haar ochtendjas binnen. 'Waar ben je geweest?' fluisterde ze. 'Alleen maar op de Noordpool', zei ik. En toen pas kreeg ze Fred in het oog, die Boletta de bovenste traptreden opduwde, vader floot luid en moeder trok haar het huis binnen en ze gooide de deur bijna recht in Freds gezicht dicht, maar hij glipte op het laatste nippertje naar binnen en de sneeuw werd tot pap die van onze kleren en haren droop. Vader hing eindelijk de telefoon op en hield op met fluiten. 'Maar dan hoef ik de politie ook niet te bellen', zei hij. 'Hou je mond', zei moeder. Ze liep naar Boletta toe. Boletta was wakker geworden. Ze stond daar te smelten. 'Schaam jij je niet!' fluisterde moeder. Boletta zei niets. Moeder gaf het niet op. 'Op jouw leeftijd! Dat je je niet schaamt.' Boletta boog het hoofd, maar ik geloof dat dat vooral was omdat het te zwaar was om het lang achtereen omhoog te houden. 'Kom, kom', zei vader. Moeder draaide zich naar hem om. 'Zeg niet kom, kom tegen mij!' riep ze. 'Kom, kom', zei vader. 'Straks maken we de hele Kirkevei wakker.' Hij omhelsde moeder en het leek of de lucht uit haar liep. Dit was het leven waarin ze zich moest schikken. Zo was het geworden. Vaders neus was schever dan gewoonlijk, hij wees weg van zijn gezicht. 'Ik denk dat we de poolreizigers maar naar bed moeten sturen voordat we hier een overstroming krijgen', fluisterde hij. Toen tilde Boletta haar hoofd op en ze keek om zich heen, verbaasd, alsof ze ons op dat moment voor het eerst zag. 'Groenland is een land dat gans niet geschikt is om te bewandelen', zei ze. En moesten we niet lachen? We lachten. Vader lachte door zijn neus, als een verstopte klarinet in de nacht. We moesten de handen voor onze oren slaan. We lachten en hielden de handen voor onze oren. Zelfs moeder lachte, ze kon het niet laten, want wat had ze anders moeten doen, huilen? Moeder lachte maar. En Fred, zelfs Fred lachte, hij leunde tegen de muur en gaf zich over, hij lachte, en ik besefte, terwijl ik zijn natte, magere gezicht zag barsten van het lachen, dat ik me niet kon herinneren hem ooit te hebben zien lachen, en dat maakte me tegelijkertijd bang en blij. En ik bedacht dat ik ook een lijstje van lachjes kon maken, zoals vader, die het hardst van allemaal lachte, ooit gedaan had, en dat lijstje zou er misschien zo uitgezien hebben: Moeders lach: albatros. Vaders lach: koekoek. Boletta's lach: duif. Freds lach: aalscholver. Barnums lach: alk. 'Maar waar lachen we om?' vroeg Boletta plotseling. En het werd zo wonderlijk stil toen ze dat had gezegd.

Ik was twee weken verkouden. Fred had bevriezingsverschijnselen aan beide oorlelletjes. En Boletta had een kater van zeven dagen. Maar de volgende ochtend kwam ze toch al vroeg onze kamer binnen, ze smeet met de deur en gooide een pantoffel naar ons allebei. 'Waar is de brief?' fluisterde ze. Fred veegde de pantoffel weg en ging rechtop in bed zitten. 'In mijn tas', zei hij. Zijn versleten schooltas met de kapotte rits stond onder de stoel. Boletta griste hem naar zich toe en schudde de inhoud op de vloer. Dat was nogal wat, vier stenen, een mes, drie lunchpakketjes, een gebroken potlood, een schroevendraaier, een Mercedes-merkteken, een leeg colaflesje, lucifers, een pakje sigaretten, vloeitjes, een fietsketting, twee putdeksels, een condoom, een opstelschrift en uiteindelijk kwam ook de envelop tevoorschijn en Boletta trok de brief eruit om er helemaal zeker van te zijn dat die er nog was. Dat was hij. Ze wendde zich tot Fred, die met gebogen hoofd en rode oortjes in zijn bed zat. 'Waarom heb je hem meegenomen naar school?' 'Moest een opstel schrijven', zei hij zacht. 'Het spijt me, oma.' Fred zei het spijt me, en ik geloof dat hij bloosde. Fred bloosde en zei het spijt me, oma. Boletta liep naar hem toe. 'Ja, ja, Fred, kom ter zake. Ik heb hoofdpijn!' Fred zocht naar woorden. Die waren moeilijk te vinden. Ze stonden dwars op zijn verhemelte, ze tuimelden zijn keel in, ze bleven hangen in zijn slokdarm. 'Ik heb de brief overgeschreven', fluisterde hij ten slotte. Boletta aarzelde. Ze leek zwaar te peinzen. 'Wat was de opdracht?' vroeg ze. 'Vertel over een held.' Fred sprak nog zachter. Nu glimlachte Boletta en ze aaide hem over zijn wang. Fred wendde zich af. Zijn oren brandden. 'Wat heb je voor dat opstel gekregen?' vroeg ze. 'Een acht', zei Fred snel. 'Een acht? Ja, dat was toch ook wel het minste!' Boletta liep naar de deur. Daar bleef ze staan. 'Neem deze brief nooit mee dit huis uit, Fred! En jij ook niet, Barnum! Is dat begrepen? Nooit!' 'Ja', zei ik. 'Ja', fluisterde Fred. Boletta bleef staan en nu zei ze iets wat wij niet begrepen, maar ook niet vergaten: 'Want alles waar wij van afstammen, staat hier', zei ze en wuifde met de envelop. Daarna lagen we een hele poos zwijgend op bed. Ik zweette. Fred brandde. 'Had je een acht?' vroeg ik. 'Eén', zei Fred. 'Een één? Heb je een één gekregen?' Een één was minder dan voldoende. Een één was aan de andere kant van de streep. Een één was geen cijfer, dat was een doodvonnis. Fred staarde naar het plafond. Het leek alsof zijn kussen in brand zou vliegen. 'Zelfs overschrijven lukte me niet', fluisterde hij. Hij keerde me zijn rug toe en staarde naar de muur. Ik had nog nooit een één gehad. Een één was ongeveer het enige wat ik niet had gehad. Ik geloof dat ik koorts had. 'Ik wil best opstellen voor je schrijven', zei ik. 'Kop dicht', zei Fred. Hij stond plotseling weer op en begon zijn overhemd aan te trekken. 'Ik kan jouw opstellen schrijven, als jij op mij past', fluisterde ik. Fred keek uit zijn boord. 'Ik kan niet op je passen als ik op die verdomde debielenschool zit!' Ik stond ook op. 'Waarom ga je daar eigenlijk heen?' Fred kwam op me af terwijl hij het overhemd op zijn plaats trok. 'Weet je dat niet, of doe je net alsof?' 'Tja', fluisterde ik. Hij pakte mijn schouder beet en duwde me achteruit. 'Zeg het dan, debiel!' 'Zeg jij het maar', fluisterde ik. 'Omdat ik in die klotetaxi geboren ben!' En Fred bloosde weer, trok woest de rest van zijn kleren aan en liep naar de deur. 'Ik heb verdomme geen zin meer om met jou te praten', zei hij. Fred vertrok gewoon. Ik geloof dat het zondag was. Het was erg stil en mijn neus zat dicht. Buiten waren onze sporen allang bedekt. Een vogel liet de sneeuw van een leiding dwarrelen. Ik ruimde Freds spullen op. Ik stopte alles weer terug in zijn tas. Maar ik keek even in zijn opstelschrift, haastig. Er stond niets in. De bladzijden waren blanco. Ik sloot mijn ogen. Toen sloop ik naar Boletta. Ze lag op de divan met een ijsblokje op haar voorhoofd en als het ijs smolt, stroomde het water als beekjes door de rimpels die zich over haar gezicht verspreidden. De brief, waar alles waar wij van afstammen in stond, lag onder haar handen. Ik wurmde hem los. Ik las. *Wij moesten dwars over een schiereiland lopen om een fjord in kaart te brengen die aan de overzijde lag en die met ijs bedekt was en daardoor onbereikbaar met het schip. Wij moesten 5, 6 Deense mijl lopen en dezelfden weg terug, echter Groenland is een land dat gansch niet geschikt is om te bewandelen.* Boletta sloeg haar ogen op. Het leek of ze huilde. Haar rimpels werden nu te klein en het water stroomde over haar wangen. 'Waarom heet het Groenland als er alleen maar ijs is?' vroeg ik.

'Omdat de eerste mensen die daar kwamen een mooi bloempje aantroffen dat lelietje-van-dalen heet, Barnum.' Ik legde de brief weer in haar handen. 'Maar waarom heet het de Noordpool?' Boletta glimlachte. 'Omdat het bier er zo koud is', zei ze.

(DE DANSLES)

Overigens was Boletta degene die me opgaf voor dansles. Ze kwam onze kamer binnen, het was begin september, het was zelfs een woensdag en restanten van de zomer hingen in de bomen langs de Kirkevei, steeds schaarser, binnenkort zou er niets meer zijn om op te warmen, slechts kale takken, wanneer de herfst de kachel uitzette en zijn enorme stalen kam over de stad trok. Ik maakte huiswerk, gezondheidsleer, ik deed mijn best, ik schreef zo langzaam in mijn werkboek dat zelfs Fred het had kunnen lezen, mocht hij de puf gehad hebben. *Waar begint de spijsvertering? In de mond.* Fred was trouwens buiten, hij zwierf buiten rond, zoals moeder zuchtend placht te zeggen, Fred zwerft vanavond ook weer rond, zei ze, en dan zag ik de schaduw van Fred voor me, rusteloos en mager en steels door de straten en de parken, langs portieken en over bruggen. Boletta ging op de rand van het bed zitten en legde haar vingers op mijn knieën. 'Morgen begin je bij Svae in de Drammensvei, Barnum.' Ik liet alles wat ik in mijn handen had vallen, mijn potlood, balpen, gum, liniaal, kleurpotlood, knikker en carbonpapier, en draaide me naar haar om. 'Svae?' fluisterde ik. 'De dansschool?' Boletta lachte en boog zich naar me toe. 'Daar hoef je toch niet zo van te schrikken', zei ze. 'Je hoeft het leger niet in.' Maar ik had verhalen gehoord over de Drammensvei, de bovenste etage van het Handelsgebouw, over Svae, die bijna twee meter lang was en mager als een viool en die jongens dwong met haar te dansen, en dat niet alleen, om hen voor eens en altijd te leren hun rug recht te houden, legde ze een elpee van Eddie Calvert tussen zichzelf en de arme jongen in, en wee degene die zo'n lapzwans was dat de plaat op de grond viel. Maar dat was niet waar ik het meest tegen opzag. Aan oude vrouwen was ik wel gewend. Ik was bang voor de meisjes, de mooie meisjes en de andere jongens. 'Moet dat, oma?' Boletta schudde haar hoofd, alsof ze haar oren niet kon geloven. 'Je was toch niet van plan door het leven te gaan zonder te kunnen dansen? Hm? Rumba. Cha-cha-cha. Tango! Denk eens aan de tango, Barnum! Denk eens aan wat je allemaal zou missen!' Ik dacht lang na, maar niet over tango, cha-cha-cha en rumba. Ik dacht aan al die dingen die ik graag zou willen missen en dat je in feite het meeste in het leven mist en dat dat een schrale troost is, maar niettemin een troost. 'Waarom is Fred niet op dansles geweest?' vroeg ik. Boletta keek naar het plafond en zuchtte. De huid van haar hals was losgeraakt en hing als een smalle, schrompelige pannenkoek tussen haar kin en haar borst, die helemaal plat was onder de gebloemde zomerjurk die ze nog steeds droeg. Maar binnenkort zou de herfst haar die ook afpakken en de zomer voorgoed inpakken. 'Met Fred ligt dat anders', zei ze alleen maar. 'Hoezo dan?' 'Fred is niet geboren om te dansen. Morgen om zes uur, Barnum.' Boletta maakte aanstalten om te gaan, maar ik hield haar tegen en haar arm voelde dun en hard aan. 'Wat is er, Barnum?' De zon vulde het hele raam met een bijna rossig licht en dit was misschien wel het fijnste moment op onze kamer, mijn en Freds kamer, als de laatste flikkering over de heuvel sloop, tussen de huizenblokken door, recht bij ons naar binnen. Dat duurde niet lang, een paar seconden slechts, maar het was de moeite waard. Toen namen de schaduwen om ons heen hun plaats in. 'Is het niet moeilijk om de passen te leren?' vroeg ik. 'De passen?' Boletta lachte weer en haar adem sloeg recht in mijn gezicht. Rook het zo, oud worden, of je een deur naar een kamer opendeed waar je heel lang niet geweest was? Er had zich ongetwijfeld veel stof in Boletta's hoekjes opgehoopt. Ik deed een stap achteruit, alsof ik al begonnen was te dansen, ik geloof niet dat ze iets merkte. 'De passen zijn niet zo belangrijk', zei ze. 'Maar of je kunt *leiden*.' 'Leiden?' 'Ja, Barnum, leiden. Gewoon de vrouw vastpakken, vriendelijk en resoluut, en haar leiden. Vrouwen zijn gek op mannen die goed kunnen leiden. Maar af en toe moet je een beetje kalm aan doen, zodat de vrouwen denken dat zij leiden. Dat begrijp je na een poosje vast wel.' 'Echt waar?' 'Ja hoor, Barnum. Als je het onder de knie hebt. En je handen moeten droog en vast zijn. Je mag wel wat talkpoeder van me lenen. Kun jij je een slappe, zweterige hand voorstellen op je rug en je heupen en op nog ergere plaatsen?' Ik rilde hartgrondig en sloeg mijn ogen neer. 'Denk je dat iemand met mij wil dansen, oma?' Ze legde een vinger onder mijn kin en tilde langzaam mijn hoofd op. 'En waarom zouden ze dat niet willen, Barnum? Waarom zouden de vrouwen niet in de rij staan om met jou te dansen?' Mijn gezicht werd heel zwaar, maar Boletta hield het vast. Er kwam een vage, zoetige lucht uit haar ogen, of haar haren, het moesten haar haren zijn, die in een strak, grijs knotje in haar nek bijeengebonden waren, en dat was de enige geur aan haar die ik prettig vond, het rook als een dessert.

'Omdat ik kleiner ben dan zij', fluisterde ik. Ze liet me los en keek uit het raam. De straatlantaarns wierpen smalle schaduwen. Ik kon haar vingers nog steeds voelen, als putten in mijn huid. 'Wat een onzin! Denk je dat dat vrouwen iets kan schelen? Een paar centimeter lengte? Hou ze gewoon vast, Barnum, en *leid* ze naar waar je ze hebben wilt. En dan was er nog iets wat ik wilde zeggen', zei ze. Het was begonnen te waaien, ik zag het niet, hoorde het alleen maar, het ritselen van de bomen en het bos dat zich boven de stad verhief en zijn duisternis verspreidde. 'Wat dan?' fluisterde ik. Boletta tilde mijn gezicht weer op. 'Nooit naar beneden kijken. Kijk hen in de ogen, Barnum. Anders bereik je niets bij ze.' En ik keek haar in de ogen, ze glimlachte en kuste me vluchtig op mijn voorhoofd. 'Morgen om zes uur bij Svae! Niet vergeten! En maak je nagels schoon!'

Boletta deed een paar schuine passen door de kamer, draaide om haar eigen as en verdween met een lach, alsof de lach haar had uitgenodigd en ten dans had gevraagd. Misschien liep je zo de deur van de Noordpool uit, maar ongetwijfeld niet bij Svaes dansschool. Als iemand mij al vroeg, dan zou dat het huilen zijn, het huilen zou zich over mijn gezicht buigen en mij toedekken met zijn stugge haar. Ik sloeg mijn gezondheidsleer voor die avond dicht. *Hoe vaak hoort men zijn eten te kauwen? Zesentwintig keer. Zesentwintig keer hoort men zijn eten te kauwen, anders krijgt men darmcatarre, verstopping, slokdarmontsteking, opgezet tandvlees, slechte tanden, een breuk en een bochel.* Ik sloeg het avondeten over en ging voor tienen slapen, hoewel ik nog niet echt moe was, en eigenlijk haatte ik dit trage moment, voor je in slaap valt, als je daar maar ligt en de tijd zich uitrekt, als een elastiekje, als haakjes rond een bijzin, opbolt als een blauwe ballon, tot hij knapt, een slome knal achter je voorhoofd, een knetteren in je ogen, als een lichtpeertje dat doorbrandt en door de duisternis wordt verpletterd. Ik had te veel stroom in mijn hoofd. Mijn gedachten peinsden verder, lang nadat het licht uit was. Kijk hen in de ogen, had Boletta gezegd. Dan moest ik ofwel stelten gebruiken of zo ver achterover hangen dat ik mijn nek brak. Wie wilde dansen met een onderdeurtje als ik? Ik voelde aan mijn hand. Die was klam, week bijna, wie wilde zo'n spons om zich heen voelen, ik moest hem op z'n minst te drogen hangen, afhakken en mijn hele hand met een knijper aan de lijn hangen, tussen onderbroeken, schoenveters en zwarte kousen. En terwijl ik in mijn smalle bed aan het ergste lag te denken en zou willen dat ik buiten aan het rondzwerven was, net als Fred, want wie rondzwierf kon niet veel tijd hebben om na te denken, wie rondzwerft heeft het al druk genoeg met rondzwerven, hoorde ik de naaimachine in de woonkamer snorren, moeders oude Singer, en dat was tenminste iets. Ik hield van dat geluid, ik werd bijna kalm, hij repareerde de scheuren in het donker en reeg mijn oogleden stilletjes en zacht aan mijn wangen vast en liet de nacht voor het naadgaren zitten en zo viel ik in slaap terwijl ik droomde dat ik door de wereld liep en een naaimachine meedroeg, het was een van mijn fijne dromen, ik was de man die de wereld repareerde, ik naaide steek na steek aan een lange, blauwe bies en werd met een schok wakker toen Fred thuiskwam, of hij maakte mij wakker, met opzet, hoe dan ook, ik was wakker. Fred zat op zijn bed en trok zijn schoenen uit zonder de veters los te maken, dat deed hij altijd, en de plafondlamp was aan. 'Moeders neemt mijn broek in', zei hij. Ik trok het dekbed hoger. 'Echt waar?' 'Yes, Barnum. Mijn grijze broek van twee jaar terug. Ze maakt hem minstens een halve meter korter.' Ik verroerde me niet. Ik luisterde. Ik hoorde de naaimachine niet meer. Ik hoorde alleen die glimmende schaar in mijn hoofd, die de naden kapot knipte, die de wereld verscheurde. Fred lachte en ging met zijn kleren aan op bed liggen. 'Grootste omslag die ik ooit gezien heb, Barnum. Geloof bijna dat het een wereldrecord is. Wereldrecord in omslag.'

Ik dacht aan het huiswerk voor morgen. Waar begint de spijsvertering? In de mond. Op de tong. In de vingers, die de vork van het bord optillen, in de handen, die het voedsel naar huis dragen. Ik dacht aan Stine, het meisje met wie ik niet zou kunnen dansen, het meisje dat misschien nooit met iemand had kunnen dansen. 'Slaap je, Barnum?' 'Nee', fluisterde ik. 'Zeg dan iets.' Ik bleef een poosje stil liggen. Uiteindelijk zei ik: 'Waar was je?' 'Nergens.' Fred zei ook een hele poos niets. Ik geloof dat hij lag te lachen. Ik durfde niet te kijken. Ik durfde het licht niet uit te doen. 'Moet je naar dansles, Barnum?' 'Weet ik niet', zei ik. 'Misschien.' 'Weet je dat niet? Doe niet zo dom, zeg.' 'Boletta heeft me opgegeven.' Fred lachte nog harder. Het was een lach die zich naar binnen vrat. Die de lucht uit de kamer zoog. 'Je had in plaats van die broek mijn knickerbocker wel mogen lenen, Barnum. Dat zou fraai geweest zijn, toch? Lakschoenen en knickerbocker. Neem ook stelten mee.' 'Zeg zulke dingen nou niet, Fred.' 'En als de meisjes je voor gek proberen te zetten, dan zeg je gewoon dat het mijn knickerbocker is. Dat is de broek van me broer, zeg je dan. Toch?' 'Alsjeblieft, Fred.' Hij was even stil. 'Jank je, Barnum?' 'Ik jank niet.' 'Welles. Dat doe je wel. Ik hoorde het. Je jankt, Barnum.' 'Ik jank niet', zei ik. Fred ging rechtop in bed zitten. 'Jij jankt om alles. Je bent een watje, Barnum.' 'Ik jank niet!' schreeuwde ik. 'Ik jank niet!' Fred haalde diep adem. Fred stond op. 'Kun je me op één ding antwoord geven, Barnum? Als je geen zin hebt om naar dansles te gaan, waarom zeg je dan niet gewoon nee?' Ik gaf geen antwoord. Fred liep naar de deur om het licht uit te doen, maar op het moment dat hij zijn vinger op de schakelaar legde, draaide hij zich naar me om en hij schudde langzaam zijn hoofd, hij leek bijna bedroefd, niet boos, alleen bedroefd. 'Ik snap verdomme niet waarom ik je spaar.' Zo zei hij het. Hij gebruikte precies die woorden: je spaar, alsof ik een postzegel was, een handtekening, een automerk of een kroonkurk. Hij ging weer liggen en ik hoorde al snel dat hij sliep. Maar ik bleef liggen piekeren. Ik dacht aan de broek, en zag Freds broek voor me, met de grootste omslag ter wereld en de blazer die te lang was en mijzelf in die kleren met lakschoenen eronder en mijn gele krullen erboven, Barnum uit Fagerborg himself, het beeld was scherp en verblindend in mijn hoofd, en de meisjes waren er ook, de meisjes uit Skillebekk en Skarpsno en Bygdøy, de meisjes die ongetwijfeld heftig met hun ogen zouden knipperen, waarschijnlijk met open mond, voordat ze weer beleefd en boosaardig werden en ze hun lachjes smoorden, hun hoongelach en hun glimlachjes, achter smalle handjes vol ringen, en ze staken hun hoofden bij elkaar en praatten precies zó zacht dat ik het kon horen, *kijk eens naar dat opdondertje, dat stelt ook niks voor, je moet op je knieën zitten om hem een hand te geven,* zo zouden ze ongetwijfeld praten en daarna zouden ze me hun rug toekeren alsof ik lucht was, het niet eens waard om hun parfum mee te vermengen, en waarschijnlijk moest ik met Svae dansen, met de elpee tegen mijn buik, en terwijl we dansten gingen de steken van de omslag los en die rolde naar beneden en over mijn schoenen en de vloer en alle paren bleven midden in een wals staan om te staren naar mij, die met zijn broekspijpen achter zich aan naar de deur kroop en riep dat dit niet mijn broek was, maar die van Fred, mijn halfbroer, de sufferd die niet kan schrijven, het is zijn broek, het is zijn schuld, en toen ik dit dacht, allemaal tegelijk, in één razend beeld dat tussen twee zwarte frames in langs mijn ogen klikte, voelde ik die kramp weer in mijn maag, dat gebeurde af en toe, ik zakte weg en kon het niet tegenhouden. *Leg uit hoe het voedsel steeds verder wordt geduwd. De darmen hebben spieren die hen laten samenknijpen en weer uitdijen. Op die manier wordt het voedsel verder geduwd.* Mijn billen maakten huiswerk. Het stroomde uit me. Ik sloot mijn ogen in de duisternis. Het stroomde. Als ik nu had kunnen kiezen, zou ik het liefst dood geweest zijn. Mijn pyjama plakte aan mijn dijen. Het was warm en week. Het was onmogelijk. Fred werd wakker. Ik hoorde zijn ogen. Ik bleef zo stil mogelijk liggen. Hoelang kun je zo blijven liggen? Hoeveel naaimachines waren er in de wereld? En waren er evenveel scharen? Freds schaduw werd onrustig. 'Wat heb je nou gedaan, Barnum?' 'Niks.' 'Niks? Heb je niks gedaan?'

'Erewoord, Fred. Moet je niet slapen?' Als ik maar lang genoeg bleef liggen dan zou het wel overgaan, alles was slechts een kwestie van tijd, degene die volhoudt wint of verveelt zich dood, en dat was bijna een troost, ik kon hier blijven liggen en de tijd laten verstrijken, de seconden zouden het werk voor mij doen, net als de oude klok, als ik zo bleef liggen tot ik dood was, kon ik een lade met pleepapier opentrekken en de minuten zouden alles schoonmaken. Het was nu besloten. Ik zou nooit meer opstaan. Ik zou hier blijven liggen en dit bed zou mijn graf worden. Fred deed de lamp aan en keek naar me. 'Het is niet waar', zei hij. 'Wat, Fred?' 'Het is niet waar', herhaalde hij. Het drupte ook op de vloer, bruin en dun, ik was een riool, een goot, ik was een plee die iemand vergeten was door te trekken, ik gaf me gewonnen want wat moest ik anders doen? 'Help me', fluisterde ik. 'Help me, Fred.' Fred bleef een poosje staan, hij kneep zijn neus met beide handen dicht. Toen deed hij het raam open en liep naar mijn bed. Daar bleef hij lang op me staan neerkijken. 'Wat moeten we hier nou mee, hm, Barnum?' Ik schudde mijn hoofd, heel even, want alles zat los in mij. 'Ik weet het niet. Help me, Fred.' Hij dacht een hele poos na. Zelfs de koele lucht vanuit de duisternis buiten kon mijn stank niet overstemmen. 'Zal ik ma roepen?' 'Liever niet', fluisterde ik. 'Zal ik je vader roepen?' Fred lachte voordat ik iets had kunnen zeggen. 'Nee, verdomme, die is immers niet thuis. Waar is je vader, Barnum? Die met dat kapsel?' 'Ik weet het niet', zei ik zacht. 'Aan het werk, misschien.' 'Natuurlijk. Aan het werk. Maar waar is mijn vader, hm? Zal ik mijn vader ook roepen?' 'Ik weet het niet', fluisterde ik. 'Weet wat niet?' 'Waar jouw vader is.' Fred glimlachte. 'Fout, Barnum. Jij weet niet wie mijn vader is. Hoe kan ik hem dan roepen?' Ik zei niets. Fred boog zich over me heen. 'We moeten die troep van je maar opruimen', zei hij uiteindelijk. 'Hoe opruimen?' vroeg ik voorzichtig. Fred zuchtte diep en trok zich terug, naar het raam. 'Die stront weggooien en het beddengoed verschonen. Misschien gooi ik jou ook weg.' 'Denk je niet dat moeder het ontdekt?' 'Dat ik jou weggooi? Ze zal me bedanken, Barnum.' 'Praat niet zo, Fred.' 'Jij bent zo klein dat het toch niemand opvalt. Dat ik je weggooi. Ik zeg gewoon dat je in een put bent gevallen en bent verdwenen.' Ik geloof dat ik weer begon te janken. Fred kwam dichterbij. 'Heb jij soms een beter idee?' vroeg hij. Ik had geen beter idee. Ik stond op, langzaam en stijf. Er stroomde beits uit mijn pyjama. Fred staarde me aan. Dit zou hij niet vergeten. Toen vertrok hij. Hij sloot de deur geluidloos. Niemand kon zo stil zijn als Fred. Ik bleef naast het bed staan. Misschien kwam hij wel nooit terug. Dat zou net iets voor hem zijn, dat hij mij hier in mijn eigen drek liet staan. Ik had het koud. Ik jankte niet. Hij kwam terug. Hij had schoon beddengoed bij zich en een enorm stuk grauw papier. Ik vroeg niets meer. Ik wilde niets meer weten. Hij mocht doen wat hij maar wilde. Hij haalde het laken en de dekbedhoes van het bed, vouwde ze op en stopte ze in het papier. Toen draaide hij zich naar me om. 'Doe je pyjama uit.' Ik deed mijn pyjama uit. Ik stond daar naakt. Ik rilde een beetje. Fred nam me op en glimlachte. 'Mag ik je iets vragen, Barnum?' Ik knikte. 'Hoe is het eigenlijk om zo verdomde klein te zijn?' Ik keek naar beneden. Mijn huid zat vol kippenvel. De plekken waar het langs gestroomd was, jeukten en schrijnden. En toen antwoordde ik iets wat ik nooit gedacht had te zeggen. 'Het is een beetje eenzaam', zei ik. Fred hief zijn blik op en keek me recht aan, niet lang, een seconde slechts, minder dan een seconde, maar hij keek me recht aan, plotseling, alsof hij net zo verrast was als ik, en misschien herkende hij iets, van zichzelf, misschien zag hij in mijn blik ook de schaduw van het zwarte, zag hij dat we ondanks alles broers waren. 'Zullen we dansen, Barnum?' Fred legde zijn hand op mijn schouder. Ik zakte een beetje in. Toen lachte hij, zachtjes, geluidloos bijna, vlak bij mijn gezicht, en hij liet me even abrupt weer los, knoopte een touwtje om het pak, nam het onder zijn arm en verdween weer. Ik hoorde zijn snelle voetstappen de achtertrap aflopen. Ik sloop naar de badkamer en douchte zo stil ik kon. Het bruine water steeg in de afvoer, ik werd plotseling misselijk, bang, ik probeerde erop te stampen, op dat bruine water, en eindelijk zakte het weg, het stroomde door de buizen, door het riool onder de duisternis van de stad en de fjord in bij de Fred Olsen-kade, waar de palingen dik en vet in de stinkende modder op de bodem huizen. Ik luisterde. Iedereen sliep. Geen enkel geluid, alleen het water dat wegliep. Ik pakte de talkpoeder uit het kastje boven de wastafel. Ik bepoederde me met talk, een droge sneeuwstorm, en spoot een beetje 4711 op mijn buik en dijen en hals. Niemand had iets gehoord. Ik stond midden in een grote, diepe slaap. Ik kon doen wat ik wilde, midden in de slaap van de anderen. Misschien was ik slechts iemand die de slapenden droomden? Ik draaide me om naar de spiegel en zag mijn gezicht, bleek en maar nauwelijks zichtbaar, mijn krullen hingen als lekke spiralen rond mijn hoofd. Ik was echt, want een droom kan zich niet spiegelen, dat is nog niemand gelukt. Ik vond geen schone pyjama, maar in de laatjes ernaast lagen moeders slipjes. Ik trok er een aan. Het was veel te groot, hoewel moeder vrij tenger was, ik kon het slipje tot ver over mijn borstkas trekken, en het voelde zacht en licht aan, ik merkte bijna niet dat ik het aanhad. Zo sloop ik terug naar onze kamer, in moeders slipje, vol talkpoeder en 4711. Ik maakte het bed op en ging weer liggen. Ik vroeg me af of het me zou lukken vóór morgen ziek te worden. Ik had nog maar een paar uur. Het begon al een beetje licht te worden. Ik kon bijvoorbeeld een vinger afhakken met Freds mes. Dat zat in de familie. Vader had in totaal slechts vijf vingers, want wat er aan zijn rechterhand van zijn duim restte kon je nauwelijks een vinger noemen, eerder een homp verschrompeld vlees. Ik kon mijn pink er gewoon afhakken. Die had ik toch niet vaak nodig. Als ik er goed over nadacht, was die eigenlijk tamelijk overbodig. Ik kon niks bedenken wat je niet zonder pink zou kunnen doen. Waar bleef Fred? Ik stond weer op en liep naar het open raam. Daar bleef ik staan, in moeders slipje, en ik voelde me raar, wonderlijk, alsof ik mijn lichaam verruild had, ik kreeg een hol gevoel in mijn maag, maar anders dan anders, bevend en duister. Ik moest tegen het raamkozijn leunen. Was Fred met de dekbedhoes en het laken in de waskelder? Als ik hier lang genoeg bleef staan wachten kon ik verkouden worden. Met een beetje mazzel liep ik ook nog een longontsteking op. Ik vroeg me af waar de mensen over droomden. Was er iemand die over mij droomde? Fred was vast in het afvalhok om de hele handel weg te gooien. Ik sloot het raam en trok Freds ochtendjas aan, die rook naar motten en zweet en hij sleepte over de grond. Ik leek op een bokser die in de verkeerde gewichtsklasse was beland. Ik was een vlieg in de badjas van een zwaargewicht. Ik sloop naar de woonkamer. Ik probeerde te sluipen als Fred, want Fred zwierf en sloop. Moeders naaimachine stond op de eettafel. Freds oude broek hing over de stoelrug. Hij was omgeslagen. Hij leek op een korte broek, een grijze korte broek met vouw. Ik legde mijn pink onder de naald. Als ik de machine nu aanzette, kon ik hem in stukken naaien. Toen stond moeder daar. Ik had haar niet horen aankomen. Ik verstopte mijn hand achter mijn rug. Moeder glimlachte en trok haar nachtjapon om zich heen. 'Ben je benieuwd?' vroeg ze.

Ik keek een andere kant op. 'Kun je niet slapen?' 'Moest even naar de wc.' 'Je hoeft er niet tegen op te zien, Barnum.' 'Ik zie er niet tegen op. Ben gewoon benieuwd.' 'Natuurlijk ben je benieuwd. Wil je de broek nu passen?'

Ik schudde mijn hoofd. Ik meende de schaduw van Fred achter moeder te zien, achter in de gang. Een verdieping lager trok iemand door, misschien maken we straks het hele huis wakker, dacht ik, misschien zou mijn hart, dat in mijn borst beefde, de hele stad en de rest van de wereld wekken. 'Morgen gaan we nieuwe schoenen kopen', zei moeder. 'Want je kunt niet met dansles beginnen zonder nieuwe schoenen, wat jij?' 'Kan ik niet gewoon die van Fred lenen?' 'Die zijn een beetje te groot voor jou, denk ik. Zelfs als je extra sokken aandoet.' Moeder deed plotseling een stap in mijn richting en kneep haar ogen tot spleetjes. 'Heb je weer parfum gebruikt, Barnum?' Ik trok de ochtendjas dichter om me heen. 'Een beetje', fluisterde ik. Ze zuchtte diep en ademde uit. 'Hoe vaak moet ik het nog zeggen? Je mag geen parfum gebruiken. Wat denk je dat de meisjes zullen zeggen als je naar parfum ruikt?' Daar kon ik geen antwoord op geven, want het lukte me niet zo ver vooruit te denken. Het lukte me niet eens me voor te stellen dat ze zin hadden om zo dichtbij te komen dat ze konden ruiken hoe ik rook, en als ze zo dichtbij kwamen moesten ze ook bukken, nee, het was onmogelijk, het was net als heel hard aan het heelal denken, dan verdween de gedachte gewoon in een sterke, blauwe wind en wanneer de gedachte zo ver kwam dat hij niet meer dacht, verloor hij zijn houvast en tuimelde langzaam naar de binnenkant van je schedel, zonder ooit te landen. 'Vader gebruikt parfum', fluisterde ik. 'Hij gebruikt aftershave', zei moeder snel. 'En Fred vindt het niet prettig als je zijn ochtendjas leent.' 'Het spijt me', zei ik. 'Heb je het koud?' 'Niet echt.' Moeder haalde even een hand door mijn krullen. Ik wrikte me los en moeder lachte. 'Ga maar weer slapen, Barnum. Maar was eerst je gezicht.' Ik holde naar de badkamer, stak mijn hoofd onder de kraan en ging naar bed, maar eerst hing ik Freds ochtendjas terug in de kast. Ik hoorde moeder van kamer naar kamer lopen, alsof ze iets zocht waarvan ze allang vergeten was waar ze het neergelegd had, of misschien moest ze alleen haar rusteloosheid kwijt, die haar slapeloos en prikkelbaar maakte en waar geen naaimachine ter wereld een omslag in kon maken. Toen stopten moeders voetstappen eindelijk en ik hoorde iets anders, ik hoorde Freds lach, hij lag al in zijn bed en lachte zachtjes, ik had hem niet opgemerkt en ik wist niet goed wat ik erger vond, moeders voetstappen of Freds lach, als hij zo lachte als nu. 'Wat is er?' fluisterde ik. 'Niets.' 'Wat heb je met mijn pyjama en het beddengoed gedaan?' 'Maak je daar maar geen zorgen over, Barnum. Dat is geregeld.' Fred lachte opeens niet meer en ging zitten. 'Hoor je me?' 'Ja Fred, ik hoor je.' 'Je zegt ja tegen die dansles, maar eigenlijk heb je daar geen zin in. Klopt dat?' 'Ja', fluisterde ik. 'Dan zit er maar één ding op, Barnum.' Ik kwam ook overeind. 'Wat dan, Fred? Zeg op dan, Fred.' 'Zorg ervoor dat je eruit gegooid wordt. Zo snel mogelijk.' 'Hoe doe je dat dan? Eruit gegooid worden, bedoel ik.' Fred liet zijn gezicht een poosje in zijn handen rusten, bijna of hij zat te huilen of ergens pijn had, zo'n hoofdpijn als Boletta placht te krijgen als het onweerde en ze de nacht ervoor bier had gedronken op de Noordpool. Ik wilde niet dat Fred weer gevaarlijk zou worden. Ik probeerde weer aan mijn huiswerk te denken.

Hoe vaak moet men zijn darmen legen? Minstens eenmaal per dag. Wat moeten we doen om een trage stoelgang te voorkomen? Lichaamsbeweging, bruinbrood eten, fruit, groenten, opgewekt en schoon zijn. 'Maar hoe word je eruit gegooid?' vroeg ik nogmaals. Fred keek op. 'Eerst moet je uitvogelen wat alle anderen doen. En dan doe jij precies het tegenovergestelde. Heel simpel, eigenlijk.' Fred had genoeg gezegd, hij ging liggen en draaide me zijn rug toe. Ik hoorde de krantenjongen aankomen door de straat, zijn zware sleutelbos, de piepende wielen van zijn blauwe karretje dat ongetwijfeld vol slecht nieuws lag. Heel simpel, eigenlijk. Als de anderen een stap naar voren deden, hoefde ik alleen maar een stap naar achteren te doen, misschien twee, voor de zekerheid. Wanneer de jongens een buiging moesten maken, kon ik een diepe knix maken. Ik voelde me bijna gelukkig door die gedachte alleen al, het was als een vreugde in de duisternis, alsof er plotseling een last van mijn schouders werd genomen en het gewicht van een heel universum mijn hoofd verliet. Het was alsof ik bevrijd werd. Ik kon doen wat ik wilde. Fred was slim. Als iedereen in de kleedkamer nette schoenen aantrok, zou ik pardoes het parket oplopen met laarzen die zo vol modder, regenwurmen, natte bladeren en hondenpoep zaten dat de naald van de pick-up over de groeven zou springen, waar de trompet van Eddie Calvert was ingebrand in dat zwarte geheugen met een gat in het midden. Maar toen ik aan schoenen dacht, begon mijn maag weer te schuiven en ik rolde me op, in mijn moeders slipje, deed wat ik kon om gedachteloos te zijn. Was het mogelijk om gedachteloos te zijn, om één voor één elke gedachte te doven die in je lichaam gloeide, zoals de lichtjes 's nachts uitsterven in een stad, zodat je uiteindelijk slechts diepe rust en langzame stilte was? De krantenjongen holde de trappen op. Ik hoorde hem niet naar beneden lopen. Fred snurkte, ver weg, en toen de regen tegen het raam me wekte, was hij vertrokken. Ik zag een grote dag voor me, misschien wel een van de grootste van mijn leven. Moeder deed de deur op een kiertje open. 'Nu moet je opschieten, Barnum. Anders kom je te laat.'

Ik lachte zachtjes. Te laat komen. Dat kon ik ook doen. Dat was een koud kunstje. Ik kon te laat komen voor de dansles. Er vielen eindeloos veel dingen te bedenken, en terwijl ik zo dacht, want het bleek toch niet mogelijk om gedachteloos te zijn, kwam ik tot de conclusie dat er evenveel verkeerde dingen zijn die je in deze wereld kunt doen als juiste, of misschien waren het er wel veel meer, want als je eenmaal begon te broeden op wat je allemaal verkeerd kon doen, dan werd je als het ware veel vindingrijker, er openden zich nieuwe mogelijkheden, en ik was die ochtend zó in vorm dat het me lukte een som te maken zonder te hoeven overgeven, namelijk dat als je alle juiste dingen die je kunt doen met ongeveer drie vermenigvuldigt, dan krijg je het aantal verkeerde dingen waaruit je kunt kiezen. Dat rekenstukje schreef ik op de achterkant van mijn gezondheidsleer opdat ik het niet zou vergeten, en ik noemde het *Barnums vergelijking*, en toen ging de deur helemaal open en moeder keek weer naar binnen. Ik verstopte me achter mijn schooltas. 'Hallo, wat ben je aan het doen?' 'Mijn huiswerk doornemen natuurlijk. Wat anders?' 'Mooi zo. Maar schiet wel een beetje op. En vergeet niet schone sokken aan te trekken.'

Moeder verdween weer en de draden in mijn buik begonnen zich te vervlechten tot een enorme knoop. Ik moest aan iets heel anders denken om niet te hoeven stilstaan bij alvleessap en slijmvliezen en darmsap, in plaats daarvan concentreerde ik me uit alle macht op mijn hoofd, op alle kabels in je hoofd die je gedachten verbinden, net als op het Telegraafkantoor waar Boletta vroeger werkte, de grote hersenen, dacht ik, de kleine hersenen, de hersenstam, ruggenmerg en ten slotte dacht ik aan wat ik het leukste vond, het verlengde merg, misschien kon dat nog langer worden, dat het verlengde merg op een dag, of net zo lief een nacht, ja, het liefst op een nacht, langs mijn rug naar beneden zou groeien en me zo omhoog zou duwen, maar toen werd ik duizelig en moest ik even op bed gaan zitten, want het is vermoeiend om over je eigen gedachten na te denken, dat moest ongeveer net zoiets zijn als wanneer iedereen op het Telegraafkantoor zijn eigen nummer belde en ze uiteindelijk de grootste ingesprektoon van de wereld kregen, of slechts hun eigen stem hoorden roepen, rondzingend, en uit dat alles kwam een beeld naar voren, plotseling opgeroepen op het vlies van de hersenspinsels, alsof dit hetgene was waar ik eigenlijk de hele tijd aan gedacht had: de Amerikaan Walther die zes keer rond de aarde zweefde en die na een reis van 256.000 kilometer met een zucht ten westen van de Midway-eilanden landde, twee minuten te laat, en misschien dacht hij wel terwijl hij daarboven in zijn krappe capsule dobberde en zag hoe de aarde zich verwijderde als een blauwe munt in een zwarte put, dat hij nu als enige ter wereld niet thuis was.

Maar toen moeder voor de derde keer aanklopte en binnen dreigde te komen, gooide ik de kont tegen de krib en nam een besluit. Ik zou nu al beginnen te oefenen, oefenen in het tegenovergestelde doen. Daarom trok ik geen schone sokken aan, maar de oude, ik ging naar de badkamer en waste mijn gezicht en mijn oksels, maar poetste mijn tanden niet. Ik was begonnen. Nu had Fred me eens moeten zien. Nu zouden we uit een ander vaatje tappen. Nu gaan we uit een ander vaatje tappen, zei ik, ik stond op mijn tenen voor de spiegel en zag mijn krullen omhoog staan, als zachte springveren, alsof ik mezelf aan mijn haren omhoogtrok. Reken maar!

Moeder wachtte in de keuken, haar blik was ongeduldig maar haar lippen glimlachten, als een botsing in haar gezicht, haar huid zat vol remsporen. Ik ging aan het tafeltje bij de muur zitten. Boletta las de *Aftenposten*, elke keer dat ze een bladzijde omsloeg werd ze even zichtbaar. Ik weet niet of ze enig verschil zagen. Dat maakte ook niet uit, want ík voelde het, het verschil, vanbinnen, hoewel aan de buitenkant vrijwel alles bij het oude was. Ik was niet dezelfde als gisteren. Freds woorden hadden me tot een ander gemaakt. Ik was de omgekeerde. 'Nee, dankjewel', zei ik toen moeder de zoete, donkere zwartebessenjam naar me toe schoof, ze sloeg haar ogen ten hemel, het ongeduldige verdween, maar ze sloeg haar ogen pas echt ten hemel toen ik een stuk van de Deense kaas afsneed die ongeveer nog stamde uit de tijd dat De Oude stierf en die zo stonk dat hij een eigen koelkast moest hebben en Fred zei een keer toen hij in een goeie bui was, weet niet precies waarom hij dat was, in een goeie bui, dat ik de kaas van De Oude in het Stenspark kon uitlaten, maar hem wel aan de lijn moest houden, anders zou hij weglopen. Ik heb nog dagen gelachen toen hij dat zei. En nu nam ik een enorme hap, mijn hersenstam rilde en het scheelde niet veel of mijn ingewanden hadden kortsluiting gemaakt. Maar ik gaf me niet gewonnen. Want nu zou ik waarschijnlijk zo vreselijk stinken dat ik het Handelsgebouw in de Drammensvei niet eens binnengelaten zou worden, misschien werd ik zelfs wel uit de stad en het land verjaagd. Dat zou me een waar genoegen geweest zijn. Ik bleef doorkauwen en het was alsof alle kaas uit Denemarken onder mijn verhemelte opzwol en mijn huig hing als een pendel van bloedworst in het speeksel te deinen, het ging almaar moeizamer, alles werd taai en traag, moeders blik, Boletta's vingers die de krantenpagina's omsloeg, de regen die over het raam liep, en ik probeerde me mijn huiswerk te herinneren terwijl ik mijn mond in slowmotion bewoog, ik vroeg me af wanneer die achteruit zou beginnen te draaien. *Waarom moeten we niet drinken met voedsel in de mond? Dan wordt het voedsel niet voldoende met speeksel vermengd. Waarom horen we niet te lachen of te praten met voedsel in de mond? Dan gaat het voedsel de neus of het strottenhoofd in.* Ik had niets om over te lachen en niets te zeggen. Ik was door kaas tot zwijgen gebracht. Boletta liet de *Aftenposten* zakken en keek moeder aan. 'Begint Barnum eindelijk die oude Deen lekker te vinden?' Ik knikte meermaals, hoewel ze het tegen moeder had, en moeders gezicht was nog steeds in botsing, haar ogen konden mij niet geloven, en haar lippen glimlachten nog steeds. Boletta wendde zich tot mij. 'Meisjes houden van sterke geuren bij een man. Sterke geuren en een vaste blik. Maar je moet het niet overdrijven, Barnum.' Moeder lachte. 'En als hij niet opschiet, moet ik een briefje voor juf Haraldsen schrijven dat hij te laat komt vanwege Deense kaas!' 'Ze heet Knokkel', zei ik.

Maar zo ver kwam het niet. Er stond niets in mijn gezondheidsleer over dat je niet met voedsel in de mond mocht lopen, of zelfs rennen. Ik pakte mijn schooltas en was de Kirkevei al uit voordat iemand tijd had om naar het raam te komen en me mijn zuidwester achterna te gooien. Esther deed haar kiosk open en had haar armen vol tijdschriften, maar ze zwaaide toch en iedereen zwaaide terug naar Esther, daarom zwaaide ik niet, ik stak mijn vuisten diep in mijn zakken en liep verder in de richting van Majorstuen, met kromme rug en een mond vol kaas, ik was een omgekeerde pelikaan met genoeg eten in mijn snavel voor de rest van het jaar, en ik bedacht dat ik als het zo doorging misschien ook wel uit de wereld verwijderd werd, niet alleen uit de dansles en het land, maar uit de rest van de wereld, en op die manier zou het merendeel van mijn problemen in één klap opgelost zijn, maar voordat die gedachte tot het einde gedacht was, werd ik verblind door de witte muur van de kerk, ik moest bijna mijn handen voor mijn ogen slaan, verblind door de druppels heen, en ik bleef staan, bij de kerk, laadde alle kaas over in een put en stak mijn tong zo ver mogelijk de regen in om hem af te spoelen. Er stond iemand naar me te kijken, een man op de trap naar de brede deur, hij stond onder zijn paraplu naar mij te staren. Zijn gezicht was wit achter de regen, zijn vingers ook, hij glimlachte met al zijn tanden en om zijn nek had hij een kraag, een witte kraag, die vloeide bijna samen met zijn weke kin en het trof me plotseling dat alles aan deze persoon die op de derde trede naar de Majorstuen-kerk stond wit of zwart was, zijn gezicht, de paraplu, zijn handen, zijn kraag, zijn tanden, het was de dominee die noch Fred, noch mij had willen dopen. 'Kijk eens aan, wat een aardig jongetje', zei hij en kwam een trede naar beneden, alsof hij het beter wilde zien. 'En hoe heet jij?' De klok boven hem, op de hoge, witgekalkte muur, waar de wilde wingerd als dunne, gloeiende leidingen op lag, wees al halfnegen aan. Ik was bijna te laat. De dominee leunde over de trapleuning. Hij praatte nu luider, maar ik hoorde hem uitstekend. 'Sta jij daar je tong tegen mij uit te steken?' De paraplu begon te trillen in zijn hand en werd bijna binnenstebuiten gekeerd, tot een schaal waarin hij de regen kon opvangen. Hij glimlachte niet meer. Zijn tanden lagen verborgen achter zijn smalle lippen. 'Sta jij daar echt je tong tegen me uit te steken!' Hij klapte zijn paraplu in en was al nat toen hij daarmee naar me wees. Nu schreeuwde hij door de regen. 'Wil je die tong onmiddellijk wegdoen!' Maar ik kreeg hem niet meer in mijn mond. Hij kwam alleen maar verder naar buiten. Ik wist niet dat mijn tong zo lang was. Ik kon mijn eigen tong zelfs zien en dat was een wonderlijk gezicht, waar ik niet echt op zat te wachten. 'Ik heet Barnum', zei ik, zo duidelijk als mogelijk was met die tong op sleeptouw. 'Barnum! Weet je dat nog?' De dominee moest zich vasthouden aan de leuning. 'Ja, dacht je dat ik niet herkende? Jou en die arme broer van je!' Ik glimlachte voor wat ik waard was en deed een stap dichterbij. 'Krijg de klere', zei ik en liep zo hard ik kon naar de Valkyrieplass en wist mijn tong op zijn plaats te krijgen voordat ik het Vestkanttorg had bereikt. Daar moest ik uitrusten op een bankje. Ik had mijn tong uitgestoken tegen de dominee! Ik had mijn hele tong uitgestoken tegen de dominee van de Majorstuen-kerk, in eigen persoon! Ik had tegen hem gevloekt! Krijg de klere, dominee. Nu had Fred me eens moeten zien. Dan zou hij zijn eigen ogen niet geloofd hebben. Maar het was waar, elk woord was waar en dat zou ik hem vertellen. En na dit alles had het eigenlijk geen zin om te laat op school te komen. Ik kon toch bijna niet meer tegendraadser worden dan ik al was. Zelfs God moest mij nu in de peiling hebben gekregen. Daarom holde ik het laatste stuk ook en ik kon nog net aansluiten in de rij toen de bel ging en op datzelfde ogenblik was er een bliksemflits, ik had nog maar tot vier geteld toen de donder over het schoolplein rolde en de kerkspitsen beefden. Ik begon ongerust te worden. Misschien had ik God op zijn tenen getrapt. Misschien was God wat lichtgeraakt? De meisjes gilden en de jongens lachten en plotseling stonden mijn kwelgeesten vlak achter me, ik heb geen zin om te zeggen hoe ze heetten, maar het waren dezelfde als laatst, ik hoorde dat een van hen iets zei terwijl het voor de tweede keer knalde: 'Begint bijna gevaarlijk te worden, dit hier. Ik geloof dat we een bliksemafleider nodig hebben.' En toen zei een van de anderen iets, het was net of ze deze zinnen hadden ingestudeerd of ze voor deze gelegenheid hadden opgeschreven, en ik wist wat ze gingen zeggen, ik had het zelf kunnen doen, ik had het vóór hen kunnen zeggen, maar in plaats daarvan telde ik inwendig, de donderseconden, en nu kwam ik maar tot drie. 'Misschien kunnen we Barnum gebruiken? Als bliksemafleider, bedoel ik.' En hoewel ik met mijn rug naar hen toe stond kon ik als het ware zien dat ze tegen elkaar knikten en grijnsden, alsof dit het beste idee was dat ze hadden gehad sinds ze me op de Bondebakke als rodelslee hadden gebruikt. Ik liet hen knikken en grijnzen en toen tilden ze me met schooltas en al op en zo liepen we naar ingang B, terwijl het om me heen bliksemde en knetterde. God was pissig en ik was elektrisch. Mijn krullen stonden overeind als stijve kurkentrekkers en dat was ongeveer het moment waarop De Bok eraan kwam en God met zijn fluitje probeerde te overstemmen, maar dat lukte niet erg, en daarom trok hij ons omver, de donder was nu verder weg, ik kon nu tot negen tellen, het haar op mijn hoofd zakte in en ging weer netjes liggen, zo moest het ongeveer zijn als je een permanent nam en ik kreeg plotseling zin om iets te zeggen, *God is een beroerde kapper*, wilde ik heel hard roepen, maar ik zei iets anders. 'Het was mijn voorstel', zei ik. De Bok leunde verder voorover, zijn wenkbrauwen liepen in elkaar over op zijn neuswortel, als een zwarte heg in zijn gezicht, terwijl hij Aslak, Preben en Hamster vasthield met alles wat hij aan handen had en de hele school stond in een kring om ons heen en rook bloed. 'Wat zei je, Barnum?' 'Dat het mijn voorstel was. Dat ze me zouden dragen.' Na een korte, maar hectische bedenktijd liet De Bok hen los, schudde de regen uit zijn wenkbrauwen en bekeek me nog nader. 'De bliksem is niet om mee te spelen, Barnum! We moeten respect hebben voor de natuurkrachten! Ga onmiddellijk naar jullie klassen!' 'Hartstikke bedankt', zei ik. Ik maakte een diepe buiging en repte me de trap op en de rest van de dag zat ik zo stil mogelijk in mijn bank, vooraan in de middelste rij, behalve tijdens de gymnastiekles, toen kreeg ik namelijk toestemming om voor mijn eigen lichaamsbeweging te zorgen, De Bok was daar heel gemakkelijk in, hij had mij als het ware opgegeven, ik hoefde me niet eens om te kleden, maar soms maakte ik een radslag, zo langzaam dat ik naderhand niet hoefde te douchen, want onder de douche ging ik niet meer, dat zeg ik maar even, na die keer dat ze mijn benen vasthielden en die uit elkaar trokken alsof ik een kip was en ze allerlei dingen deden met een stuk zeep. Maar eigenlijk was er niemand meer die me nog echt pestte. Er viel als het ware niets meer aan mij te pesten. En ik wilde best een bliksemafleider zijn en op handen door de regen worden gedragen als dat zo uitkwam. Maar soms probeerde iemand wel eens wat, als ik bijvoorbeeld uit het fonteintje wilde drinken en op mijn tenen moest staan, of me aan de rand moest optrekken om bij de straal te kunnen, boerenpummels die hun kans schoon zagen om ten koste van mij stoer te doen, water in mijn broek te gieten, me mee te nemen naar de wasbakken voor een wasbeurt of me uit te schelden met namen die ze onlangs hadden geleerd, opdondertje, broekventje, aapje, kleinduimpje. Het gleed langs me af. Ik kon me er niet druk om maken. Ik stond erboven, ja, stond erboven. Mochten ze langzaam en door pijnen gekweld stikken in hun eigen belachelijke gelach en daarna wegzinken in hun bodemloze gehuil met wetstenen rond hun nek en hun voeten in sneeuwschoenen van beton. Maar het ergste was wanneer een van de meisjes het voor me opnam en zei dat het een gemene streek was en konden ze niet wat volwassener zijn en niet zo ontstellend kinderachtig dat ze Barnum moesten pesten, alleen omdat hij een beetje klein was, want het was sneu voor Barnum dat hij zo weinig centimeters toebedeeld had gekregen toen de lengte door de wereld trok en zijn maten aan de mensen uitdeelde, toch? Dan kon ik weken achtereen haten, ja, ik haatte maandenlang en die haat was als een motor in mijn lichaam, een dikke dynamo die tegen de banden van de droom draaide en die een zwart licht in mij liet branden, een omgekeerde zon die duisternis uitstraalde, en ik beeldde me in dat het verdriet van De Oude ook zo geweest moest zijn, een wiel voor haar verlangen. Dan groeide ik, in die haat werd ik groter dan mijzelf en ik begreep bijna wat Fred bedoelde als hij zei dat hij slecht was, in en in slecht. Ik dronk ook nooit meer water uit het fonteintje. En God kalmeerde in de loop van de dag dat ik op de dansschool moest beginnen en ik omgekeerd was, de donder rolde naar een andere stad, de wolken gleden voorbij en de hemel liet zich van zijn beste kant zien, blauwer dan blauw. Gods kalmte duurde echter niet lang. God was ongeduldig. In het laatste uur hadden we gezondheidsleer van juf Knokkel, die naam had ze al ver voor onze tijd gekregen, ze had namelijk ooit een echt dijbeen meegenomen om aan de leerlingen te laten zien en het gerucht wilde dat het het dijbeen van haar vader was dat ze als een laatste aandenken aan hem had bewaard en dat was een vrij walgelijke gedachte als je er goed over nadacht, en sommigen dachten zelfs dat ze haar vader had vergiftigd om dat dijbeen maar te pakken te krijgen. Er waren niet veel mensen die graag in de buurt van juf Knokkel kwamen, ze rook naar medicijnen en ze was met geregelde tussenpozen niet op school, ze had in haar jeugd blijkbaar te weinig zon en slechte voeding gehad en leed aan de Engelse ziekte, misschien had ze daarom wel haar vader om het leven gebracht en zijn dijbeen gestolen. En als juf Knokkel langer dan twee dagen weg was, dan kregen we een vervanger. Dit was de derde dag dat ze ziek was. Ik zag er al tegen op. De vervangster beende in volle vaart de klas binnen, alsof ze er echt zin in had. Ze oogde erg gezond, zei ga zitten en terwijl wij gingen zitten glimlachte ze met haar hele gezicht en toen werd ik pas echt nerveus, want ik weet dat er zelden iets goeds voortkomt uit een dergelijke glimlach. Bij boosaardige glimlachjes weet je tenminste waar je aan toe bent. Maar de vriendelijke kunnen god weet wat bedenken. Ze zei hoe ze heette en ze schreef haar naam ook op het bord, maar die ben ik allang vergeten en ik weet niet of ik hem ooit heb onthouden. Ik denk dat ik haar Egel noem. Egel was de vervangster van Knokkel. Zo zat de wereld in elkaar. Ze liep tussen de rijen op en neer en vertelde over de hygiëne in de vorige eeuw, alsof dat iets met ons te maken had, en dat je goede ogen kreeg als je bosbessen at, en daar liet ze het niet bij, ze praatte over warm en koud water, tandbederf, het schoolontbijt, kalk, platvoeten, bochels en een slechte houding, en hoewel ik me niet durfde omdraaien kon ik zien dat Hansen en Muis hun liniaals al hadden geladen met papieren kogels en geitenkaas, maar toen keerde Egel terug naar de katheder, sloeg de gezondheidsleer open, hield haar hand boven haar ogen en keek de klas in. Ze wees op Muis. 'En hoe heet jij?' Zo'n type was ze, die iedereen moest vragen hoe hij heette voordat hij iets mocht zeggen. Ik kreeg een zwaar gevoel in mijn maag, zwaar als een zak nat zand. 'Halvor', zei Muis. 'Kun jij me vertellen wat de milt is, Halvor?' Muis dacht lang na. 'Amerikaans schaatser', zei hij. Egels gezicht betrok ietwat, ze probeerde te lachen en wees op Hansen. Ik bedacht opeens iets. Als iedereen het verkeerde antwoord gaf, kon ik het goede geven. Ik was niet vergeten wat Fred had gezegd. 'En hoe heet jij?' 'Hans', zei Hansen. 'Maar je mag me wel Hansen noemen.' 'Prima. Kun jij me vertellen wat de milt voor iets raars is?' Hansen deed net of hij minutenlang nadacht, maar dat was niet zo. Hij sliep. Hansen had nog nooit nagedacht, maar het kostte wel tijd, niemand kon zo tijd rekken als Hansen, een keer had hij hem tot een heel lesuur gerekt, en Egel begon ongeduldig te worden, het glimlachje trilde als het ware op haar lippen, als een waaier. 'Wat zeg je, Hans?' Hansen kwam weer bij bewustzijn en Egel boog zich voorover, alsof ze een genie in topvorm aan het werk zag. 'De milt,' zei Hansen langzaam, 'de milt is een melodie die Finn Eriksen altijd op de trompet speelt in *Muziekwensen*.' Egel, vervangster Egel, zeeg neer achter de katheder en toen viel haar blik uiteraard op mij, op wie anders? Ik wist wat er ging komen. 'En hoe heet jij dan?' Haar stem klonk anders toen ze tegen mij praatte, hij ging verkeerd in haar mond liggen. Het was stil in de klas. Ze vermaakten zich kostelijk. Zoveel hoogtepunten hadden we niet, afgezien van het laatste uur voor de zomervakantie. 'Barnum', zei ik. 'Wat zei je?' 'Barnum', zei ik. Egel begon bloed naar haar gezicht te pompen. 'Als ik vervanger bij jullie ben, gebruiken jullie je echte naam. Dus vertel nu hoe je heet, voordat ik boos word.' 'Mijn naam is Barnum', zei ik. Egel rukte een lade open, haalde het klassenboek eruit, smeet dat op de katheder en boog haar gezicht tussen de kaften. Toen werd haar hele gezicht plotseling vriendelijk, ze bekeek me eens beter en praatte nog weker. Ik zei het al, de goeden zijn het ergst, de goeden geven nooit op. 'Barnum? Kun jij, Barnum, ons vertellen wat de milt voor iets raars is in ons lichaam, Barnum?' Dat was bijna een record. Een vervanger die we het jaar daarvoor voor handenarbeid hadden, was erin geslaagd om in één zin vijf keer Barnum te zeggen toen hij me een schaaf overhandigde. Ik deed alsof mijn neus bloedde. 'De milt', zei ik, 'helpt het bloed te zuiveren. Bovendien krijgen we steken in de milt.' Egel klapte in haar handen. Dat had ze echt niet hoeven doen. 'Dat is helemaal, helemaal goed, Barnum. Kun je hier komen, Barnum?' Ik bleef zitten. 'Waarom?' fluisterde ik. 'Omdat je zo goed bent, Barnum.' 'Ik kan niet', zei ik. 'Ik heb steken.' Maar Egel lachte alleen maar en ze schreef met grote letters milt op het bord. 'Barnum! Nu kom je hier, Barnum!' Ik gleed uit mijn bank en liep naar de katheder. Egel keek naar me en ik wist dat ze zin had om haar hand op mijn krullen te leggen. Ze deed het niet. In plaats daarvan legde ze haar hand op haar rug. Ik kreeg het gevoel dat alles verkeerd zou gaan. Ik was niet meer omgekeerd. Ik was averechts. Ik zou nu een aanwijsstok moeten breken, een krijtje moeten gooien, een inktpot omstoten. Dat had Fred kunnen waarderen. Maar ik stond daar alleen maar. Iedereen in de klas zat over de lessenaar geleund te staren, sommigen met open mond, alsof het allerergste allang gebeurd was. Ik werd duizelig. God had een plan gemaakt en ik zat er middenin. 'Waar zit de milt?' vroeg Egel. 'Links', fluisterde ik. 'Vlak bij het middenrif.' Egels hand kwam weer naar voren, en ze legde hem op mijn hoofd. Ze was voor de verleiding bezweken. Ze kon zich toch niet inhouden. 'Ja, maar dat is helemaal goed, Barnum! De milt ligt vlak onder het middenrif. Kun je ons dat laten zien, Barnum?' Ik boog mijn nek. 'Wat laten zien?' 'Ons laten zien waar de milt zit, Barnum.' 'Onder het middenrif', herhaalde ik. 'Ja, ja, Barnum, dat hebben we gehoord. Laat ons nu eens zien.' Ik wees links. 'Daar', fluisterde ik. Maar Egel was niet te stuiten. Ze pakte mijn trui en begon eraan te sjorren. 'Laat het ons nu eens echt zien, Barnum.' En ik gaf me gewonnen. Ik rolde mijn trui en mijn overhemd omhoog. En toen ging er een kreun door de klas, een snakken naar adem, en zelfs Egel wankelde en moest zich vastgrijpen aan de katheder. Ik keek naar mijn milt. Dat was mijn moeders slipje. Het was moeders dunne, roze slipje. Het hing als een scheve riem met kant over mijn heupen. Ik liet mijn overhemd en trui vallen. Maar het was te laat. Ze hadden het gezien. Iedereen had gezien dat ik moeders wijde slipje onder mijn broek droeg en niemand zou ooit vergeten waar de milt zat. Toen ging de bel. Ik liep langzaam naar mijn lessenaar, terwijl de rest van de klas naar buiten stormde. Ik nam alle tijd. Als er maar genoeg tijd verstreek zou alles wel overgaan. Langzaam maar zeker zou alles overgaan, vergeten worden, weg worden gelegd, vernietigd. De tijd was de grote vlakgom die over mijn leven wreef. Het was mijn enige troost. Een schrale. Ik was de op één na laatste die wegging. Egel maakte nog steeds het bord schoon. De spons was droog en hard. Ze draaide zich naar me om, triest en verbaasd, nu was het haar beurt om anders te zijn, omgekeerd. De letters vielen als wit stof op haar vingers. Ze zei niets. 'Vaarwel', zei ik.

Toen ik op het schoolplein kwam, stond de hele school bij de tram te wachten. Ik maakte rechtsomkeert en holde naar de andere poort. En daar stond moeder. En alsof dat nog niet genoeg was, stond moeder daar te zwaaien. Ik kon het gelach op elke straathoek van de stad al horen, in elke straat en over hekjes en in portieken. Ik kon het gelach horen in de dakgoten en de putten en het riool. Ik liep straal langs haar heen. Ze kwam achter me aan. 'Dag, Barnum. Ik ben het.' Alsof ik dat niet wist. Alsof de hele school binnenkort niet wist dat de moeder van Barnum Barnum opwachtte en dat Barnum in haar slipje liep? Moeder lachte. 'We moeten immers nieuwe schoenen voor je kopen', zei ze en legde haar hand op mijn schouder terwijl we door het loof achter de kerk waadden. Ik zakte in. 'Moet dat?' fluisterde ik. 'Natuurlijk moet dat. Je was toch niet van plan de meisjes op hun tenen te trappen?' Moeder lachte nogmaals, ze had blijkbaar een goed humeur. En dat was waarschijnlijk omdat vader op de Valkyrieplass op ons stond te wachten. Hij droeg een lange, lichtbruine jas die hij in het midden maar nauwelijks dicht kon knopen. 'Voel eens', zei hij. Ik legde mijn hand op zijn arm. 'Hoger', zei hij. Ik verplaatste mijn hand naar zijn elleboog. 'Naar binnen', fluisterde hij. Ik streek met mijn vinger over de bovenste knoop, maar verder kwam ik niet. 'Een stukje naar beneden', fluisterde hij. Ik deed wat hij vroeg en toen voelde ik iets opbollen, zijn binnenzak bolde op en vader glimlachte. 'Kameelhaar', zei hij en trok zijn dikke portefeuille tevoorschijn. 'En nu gaan we dansschoenen kopen!' En we gingen op pad, met mij in het midden, als een echt gezin, naar het Valkyrie Schoenmagazijn. En ik zal het kort houden, zo kort ik kan. Want schoenen voor mij kopen, en dan ook nog schoenen waar op gedanst moest worden, was geen sinecure. Het geval wil namelijk dat ik met mijn voeten eerst ben geboren. Ze moesten met grote tangen bij moeder naar binnen en mijn armen langs mijn lichaam buigen om plaats te maken voor mijn hoofd, opdat het niet in de navelstreng verstrikt raakte. Vandaar mijn pes valgus. Ik had er net zo goed met pes varus uit hebben kunnen komen en zou daarom dankbaar moeten zijn, maar pes valgus is ook geen pretje. Onze voetzolen zijn verzakt en omsluiten te allen tijde de aarde waarop wij lopen. Daarom kun je ons horen aankomen. Wij kunnen nooit aan onze voeten ontsnappen. Vader liep voorop, het Valkyrie Schoenmagazijn binnen. 'Schoenen voor deze mijnheer!' riep hij zodat iedereen in de winkel het hoorde. De verkoper kwam meteen en kon zijn ogen niet van vaders dikke portefeuille afhouden, terwijl ik op een lage stoel moest gaan zitten en mijn oude schoenen moest uittrekken. Moeder kneep haar neus dicht en schudde uitgebreid haar hoofd. Mijn sokken lagen in vochtige vouwen rond mijn tenen en het zweet dampte als een dichte wolk. Maar vader lachte alleen maar en gaf de verkoper vijf kronen voorschot. Ik paste negentien paren. Ik moest negentien keer langs een spiegel lopen die schuin op de grond stond. Ik moest negentien danspassen maken. Maar het hielp niet. De schoenen waren te nauw, te groot, te klein of te breed. Ik dacht aan André die 45 kilo schoensmeer bij zich had in de ballon die alsnog neerstortte. Al snel bemoeide iedereen in het Valkyrie Schoenmagazijn, zowel personeel als klanten, zich met mijn voeten, ja, er stonden zelfs mensen voor de etalage naar binnen te loeren, naar de platvoetige Barnum, zijn voeten waren het middelpunt van de Valkyrieplass. De verkoper zweette en haalde diep adem. Vader gaf hem nogmaals vijf kronen. Toen stelde hij zich met zijn volledige naam voor en zei: 'De voet moet niet worden aangepast aan de schoen. De schoen moet worden aangepast aan de voet! Drie hoeraatjes voor de scheve leest!' En toen moesten we mee naar het magazijn, dat achter de winkel lag. Daar stonden de schoenen tot het plafond opgestapeld. Ik had nog nooit zoveel schoenen gezien. Hoe ver je ook liep, je zou nooit al deze schoenen in de loop van een mensenleven kunnen verslijten. Dat was zowel een trieste als een prettige gedachte. De verkoper beklom een ladder en kwam weer beneden met een paar zwarte schoenen dat hij met de grootste eerbied aan mijn voeten schoof en hij hoefde niet eens een schoenlepel te gebruiken, ze gleden eromheen als een zachte, ruime handschoen. 'Dit paar heeft ooit aan Oscar Mathisen toebehoord', fluisterde hij. 'Hij heeft ze gebruikt op het banket ter ere van zijn wereldtitel in 1916. Maar ze zijn niet goedkoop.' Moeder keek vader aan. Vader keek mij aan. 'Hoe zitten ze?' vroeg hij. 'Als een handschoen', zei ik. Vader glimlachte en maakte met de verkoper een wandelingetje naar een hoek waar ze het eens werden over de prijs en toen we eindelijk weer voor het Valkyrie Schoenmagazijn stonden, in de regen die was opgehouden en langs de tramrails stroomde, met Oscar Mathisens eigen schoenen in een doos en ik dacht dat het ergste achter de rug was, afgezien van de dansles zelf, de kroon op wat mijn werk zou worden, stak vader zijn arm omhoog en riep: 'En nu gaan we naar Plesner!' Daar namen we een taxi naartoe. Ik mocht op de voorbank zitten en terwijl ik daar zat en vader tegen moeder hoorde fluisteren en de lach hoorde die in snelle stoten door hem heen rolde als hij in zo'n bui was, moest ik aan Stine denken en ik kreeg een hol gevoel in mijn hele lichaam en die leegte, mijn holle innerlijk, werd langzaam maar zeker gevuld met bezorgdheid en nog eens bezorgdheid. En inderdaad, dezelfde verkoopster stond achter de toonbank bij Plesner, en toen ze ons zag greep ze mijn hand. 'Hoe gaat het met je broer?' vroeg ze. 'Heel goed', zei ik haastig. 'Dat is fijn om te horen!' Ze richtte zich op en gaf moeder een hand. 'Dit is zo'n aardige jongen', zei ze. En ik begreep dat de leugens je vroeg of laat inhalen, de leugens en de dromen, ze komen terug, ze wachten je op in de deuropening, verkleed als zorgzaamheid, troost en waarheid, want de wereld is niet groot genoeg om een leugen in te verbergen. De leugen loopt op stelten. De droom slaapwandelt razendsnel. Moeder keek me bevreemd aan. Ik keek bevreemd naar vader en hij had gelukkig al de allerduurste inlegzooltjes gevonden, handgemaakt en geslepen en gelakt, als een sieraad voor de voet, en toen konden we naar huis. We namen weer een taxi en ik zat weer voorin. 'Heb je honger?' vroeg vader. 'Nee', zei ik. 'Maar zit je vol?' 'Dat ook niet.' Vader knoopte zijn jas open. 'Goed zo', zei hij. 'Je moet namelijk in evenwicht zijn als je gaat dansen. Heb ik je wel eens verteld van Halvorsen uit Halden?' 'Ja', zei ik. 'Der Rote Teufel.' 'Juist. Hij was niet in evenwicht en viel naar beneden en was morsdood.' 'Nu maak je Barnum bang', zei moeder. Maar vader lachte alleen maar. 'Maak ik Barnum bang?' 'Nee', zei ik. Vader boog zich tussen de voorbanken door naar voren en stoorde de chauffeur bijna. 'Dansen is als in de trapeze hangen, Barnum. Je gooit je van omhelzing naar omhelzing. En het is zaak niet tussen de schone dames in te vallen en je nek te breken.' Moeder zuchtte en vader leunde weer achterover en hield haar vast. 'Vandaag begin je op de op één na belangrijkste school', zei hij. 'Wat is dan de belangrijkste?' vroeg ik. 'Dat is de school des levens, Barnum. En de gewone school komt op de derde plaats. Zwoegen, dansen en rekenen. Dat is de volgorde voor de mens!'

Ik mocht douchen tot al het warme water op was, ik legde het slipje terug in de kast, wreef deodorant op mijn halve lichaam en toen ik voor de spiegel in de hal stond, in Freds oude broek, zijn blazer en Oscar Mathisens schoenen, en eigenlijk was het vrij vreemd dat een wereldkampioen op de schaats zulke kleine schoenen had gehad, kwam moeder achter me staan en ze begon mijn haar te kammen met langzame, bijna luie slagen. We keken naar elkaar in de spiegel. Ik hoorde vader, die op de divan in de eetkamer sliep en als een zaag lag te snurken. Boletta was naar de Noordpool gegaan om met donker bier op mij te proosten en Fred zwierf buiten rond tussen de lantaarnpalen. Moeder glimlachte op haar bangelijke manier. 'Je ziet er goed uit, Barnum.' 'Is dat zo?' 'Zo goed als maar kan.' 'Ja, zo goed als maar kan', herhaalde ik en het trof me dat dat een eenzame zin was, zo goed als maar kan, beter kon ik niet worden, ik had mijn top bereikt en die lag lager dan bij de meeste mensen. Moeder stopte de kam in mijn zak en boog zich naar mijn oor. 'Wat heb je bij Plesner over Fred gezegd, Barnum?' 'Niets.' 'Jawel. Ze vroeg toch hoe het met hem ging?' Ik dacht na. Ik dacht aan Freds bevel, dat ik omgekeerd was, dat ik een tegenovergesteld persoon moest zijn. Ik jokte, maar het had waar kunnen zijn. 'Ik heb alleen maar gezegd dat hij in een klotetaxi werd geboren. Maar je hoeft verdomme geen medelijden met hem te hebben.' Moeder liet me los. Dit zou Fred mooi gevonden hebben. Ik was bijna weer in vorm. 'Wat zeg je?' fluisterde moeder. 'Dat hij gedoopt werd door zo'n klotetaxichauffeur. Denk je dat ik dat niet weet? Dat hij daarom zo vreemd in zijn hoofd is!' Moeder sloeg me, ze sloeg me met vlakke hand tegen mijn wang en net zo plotseling streek ze voorzichtig met haar vingers langs mijn boord, alsof die twee bewegingen één waren, de klap en de liefkozing, de liefkozing was een verlengde van de klap, de oorvijg, en ik zag dat de klok achter haar was blijven staan, want het was langgeleden dat iemand geld in het laatje had gelegd en de wijzers hingen op halfzes, als twee dunne, dode vingers. Vader stond langzaam op van de divan in de woonkamer, het vet stulpte tussen zijn knoopjes uit, en hij kon maar met moeite zitten, zijn buik zat in de weg, hoe hij zich ook wendde of keerde. Hij tilde zijn arm op en zwaaide, alsof ik aan boord van de Bergensfjord ging om aardappelen te schillen gedurende mijn overtocht naar Amerika en ik voorgoed zou verdwijnen. Was dat maar waar. 'Succes dan maar, Barnum', zei vader. 'En doe de meisjes de groeten van me!' Mooi niet verdomme, dikke lul, riep ik zonder geluid. Moeder kuste de wang die ze net had geslagen en stuurde me op pad. Toen ik door de Kirkevei liep vroeg ik me af hoe langzaam je eigenlijk kon lopen voordat je helemaal stilstond. Als het licht van sterren die ongeveer acht miljoen jaren geleden waren uitgedoofd ons nog steeds niet had bereikt, dan moest ik er toch een paar weken over kunnen doen om bij de dansschool te komen. Ik dacht dat ik Fred op de trap voor de kerk zag zitten met een peuk tussen zijn lippen en de glanzende duisternis in zijn ogen. Ik bleef staan en hief mijn hand op, wist niet of hij mij kon zien, maar misschien zat hij daar alleen maar te glimlachen, want het was niet onmogelijk dat hij de geruchten al had gehoord over al het omgekeerde dat ik in de loop van deze dag had gedaan. Zelfs God had ik getergd. Ik werd zo opgewekt van die gedachten dat ik gewoonweg verder holde, om niet te laat te komen om van de dansles gegooid te worden, maar toen ik de Riddervoldsplass wilde oversteken werd ik plotseling de bosjes ingetrokken, achter het beeld van Welhaven, en in de bladeren geduwd en over mij heen gebogen stonden Preben, Aslak en Hamster. 'We willen alleen maar even zien wat je onder je broek draagt, pikkie!' Ik mepte om me heen, maar tevergeefs. Ze lachten alleen maar nog harder. 'Jammer dat je broer hier nou niet is, hm?' 'Moet je niet om je broer roepen, hè? Of heeft iemand hem opgesloten?' Ze trokken me Freds broek uit. Ze vonden geen slipje met kant langs de randen, maar een witte onderbroek met een opening voor mijn pik en al. Ze waren ongetwijfeld teleurgesteld. 'Thuis geweest om dat kutslipje uit te doen, hm?' vroeg Hamster. 'Ik weet niet waar je het over hebt', zei ik. Ze begonnen een beetje tegen me aan te schoppen, maar zonder veel plezier, het werden niet meer dan een paar verveelde trapjes tegen mijn buik, en dit was eigenlijk het beste wat me kon overkomen. Nu kon ik iedereen die dacht dat ik in een damesslipje liep vertellen dat ze visioenen hadden gezien, behekst door vervangster Egel. Misschien sloegen ze me wel zo in elkaar dat ik naar de eerste hulp moest, niet in staat om in de nabije toekomst te dansen. 'Hartstikke bedankt, kuttekoppen', zei ik en knoopte mijn broek weer dicht. Preben, Aslak en Hamster keken elkaar aan, schudden hun hoofd, schoffelden me onder de bladeren en verdwenen in de richting van het Urrapark. Ik bleef nog even liggen nadenken. De wereld was een wonderlijke plek. Het ene leidt tot het andere, maar niets hangt samen. *Verklaar het verschil tussen een willekeurige spier en een onwillekeurige spier. Willekeurig: spieren die aan het skelet zijn bevestigd. Onwillekeurig: werken onafhankelijk van onze wil.* Dan moet het hart een onwillekeurige spier zijn, terwijl de handen en voeten willekeurig zijn, hoewel ze ook dingen doen die je nooit had gepland. Ik stond op uit het vochtige graf, schudde bladeren en regenwurmen uit mijn zakken en liep rechtstreeks naar Svaes dansschool. De lucht in de lift was zo zwaar van het parfum en de haarcrème dat hij nauwelijks omhoogkwam. Ik stond met mijn rug tegen de spiegel en hield mijn adem in. In de garderobe hingen de duffelse jassen op een rij. Sommigen gebruikten zelfs overschoenen. Ik hoorde een droge stem in een andere ruimte, maar kon de woorden niet verstaan. Ik deed mijn jas uit en sloop naar binnen. Maar niemand kan ongemerkt de zaal binnensluipen op de eerste dansles. Svae stond naast een tafel met een grammofoon erop en ze hield op met praten zodra ze mij zag en dat was meteen. Ze leek niet op een viool, maar op een vlaggenmast met een zwart laken eromheen. De jongens zaten op harde stoelen langs de ene muur, als ter dood veroordeelde gevangenen, en de meisjes zaten tegen de andere muur, eenzame, opgemaakte gezichtjes, als de olieschilderijen in de spiegel achter hen, en niemand keek naar elkaar, want iedereen keek naar mij. 'Nee maar', zei Svae luid. 'Daar hebben we de laatste eindelijk. En hoe heet jij?' Er was geen bekende te zien. Ik boog. 'Nilsen', zei ik luid. Er rolde een golf van gelach van stoel naar stoel, die abrupt stopte toen Svae haar arm ophief. 'Ga zitten', zei ze. 'En laat dit de laatste keer zijn dat je te laat komt, Nilsen.' Ik begon haar bijna aardig te vinden. Ze vroeg niet wat mijn voornaam was. Ze noemde me Nilsen. 'Komt voor elkaar, Svae', zei ik en ging op de lege stoel zitten die het dichtst bij de ingang stond. Svae haalde diep adem en ging midden in de zaal staan. Het was duidelijk dat ze een speech ging houden, en ze mocht zo lang praten als ze wilde. 'In de beschaafde wereld,' zei ze, 'is de dans een uitdrukking van een feestelijke, blije stemming, een sociale vorm, waarbij vooral jongelui elkaar ontmoeten. De dans maakt de ziel opgewekt, sterkt het lichaam en geeft de dansers een goed evenwichtsgevoel, een fraaie houding en een goede beheersing van de ledematen.' Svae liep langzaam langs alle meisjes terwijl de jongens met gebogen hoofden bleven zitten en niemand durfde op te kijken, want wie begon te lachen had het gehad op Svaes dansschool, dat was een ding dat zeker was. Ik vroeg me af of ik hard zou lachen zodat het maar achter de rug was, voor eens en voor altijd, maar voordat ik zover kwam, draaide Svae zich bruusk naar ons om met haar wijsvinger in de lucht als een scheve haak waaraan ze onze lichamen kon ophangen, alsof ze de lach al gehoord had nog voor hij mijn mond verliet. Ze praatte heel luid. 'Maar in de verleidelijkheid van de dans schuilen ook de gevaren ervan! En dan denk ik aan de overdrijving! Daarom moeten jullie het volgende niet vergeten: een bal moet beginnen met rustige dansvormen en ook met zodanige worden afgesloten. Er moet altijd een uur verstrijken tussen het tot zich nemen van voedsel en het beginnen met dansen. Na een inspannende dans moet men bij voorkeur een beetje rondlopen tot het hart weer tot rust gekomen is en de huidactiviteit is afgenomen. En wanneer men zich warm heeft gedanst moet men niet bij een raam gaan staan of zich blootstellen aan tocht, maar het liefst een luchtig kledingstuk rond de schouders leggen, vooral als de jurk een lage hals heeft.' Nu draaide ze zich weer om naar de meisjes en monsterde hun jurken. Sommigen probeerden hun blote schouders te verbergen, die plotseling dun en doorschijnend werden, als kleine, spitse vleugels. Ik had nooit vermoed dat er zulke grote gevaren aan dansen verbonden waren. Daar had Boletta niets over gezegd. Maar Svae was nog niet klaar. 'Het is het beste om jurken te dragen van een lichte stof die niet te strak om de hals zitten, maar het is ook niet zonder gevaar, ik herhaal, zonder gevaar, om jurken te hebben die zo gedecolleteerd zijn als tegenwoordig helaas vaak het geval is.' Svae zweeg enige seconden om deze woorden te laten bezinken. Ze bezonken, de meisjes beefden en Svae ging weer midden op het parket staan. 'Laat me ook nog zeggen, met de allergrootste nadruk, dat hoe langer men in de nacht blijft dansen, des te kleiner is het nut, en dan komt er een grens, een noodlotszwangere grens, dat de dans omslaat in zijn lijnrechte tegenstelling en uitsluitend nog schadelijk is.' De meesten verkeerden nu op de rand van een zenuwinstorting. Svae klapte in haar handen. Het klonk als twee stenen tafelen die werden dichtgeslagen. 'Maar dit weten jullie natuurlijk allemaal al! En nu mogen de jongens op kalme en waardige wijze een partner zoeken en dan beginnen we met de eenvoudige passen en handgrepen. Ga jullie gang!' Nu moest de strijd gestreden worden. Dit was het uur der waarheid en in deze gruwelijke stonde was het volkomen stil, de meisjes staarden naar de vloer, de jongens zaten in de aanslag, vastgevroren in zweet en angst en de plotselinge kou van hun dromen. De wereld wachtte. Ik mobiliseerde al mijn gedachten, al mijn krachten, voor de ultieme en beslissende omgekeerde daad. Toen stonden de jongens op en stormden de vloer over. Sommigen hadden hetzelfde meisje uitgekozen, en deze meisjes, de mooisten, de elegantsten, genoten van elke seconde van het gevecht, ze glimlachten wanneer voor hun stoelen enig gedrang dreigde te ontstaan, maar Svae greep genadeloos in voordat het uit de hand liep. Al snel hadden de meesten een partner gevonden. Er waren meer meisjes dan jongens en zij die eenzaam en verlaten bleven zitten, de minder mooien, de lelijken, de dikken en de dommen, bogen hun hoofd nog dieper, uit schaamte en wanhoop, en trokken hun jurken dichter om zich heen, alsof dat hen kon helpen, nee, niets kon hen nu meer helpen, ze waren open wonden, ze waren de dode muurbloempjes, de eersten die vielen in de bloedige slag van de dansschool. En ik herkende mezelf.

Toen zag ik een jongen die zich langzaam tussen de paartjes door bewoog, op weg naar een van de meisjes die over waren. Hij leek vrij doelbewust, maar tegelijkertijd lui, misschien omdat hij mollig was en als het ware over de vloer slofte, zonder moeite te doen zijn voeten op te tillen. Zijn blazer was gekreukt en hij had een scheiding in het midden. En het meisje naar wie hij op weg was, rechtte haar rug, en ik zag dat ze toch mooi was, op zo'n broze, bijna wankele manier, of misschien zie ik haar nu zo, nu de herinneringen zijn veredeld, de beelden zijn geraffineerd in de vloeistof van de afstand. Ik zie nog steeds het mooie, onterechte muurbloempje dat haar ogen opslaat en ons allebei ziet, de jongen die voor haar blijft staan en ik die naderbij kom. Maar zij was niet degene naar wie ik toe holde en die ik wilde vragen. In plaats daarvan vroeg ik de jongen die net voor dit meisje wilde buigen ten dans, en de trage, mollige jongen draaide zich verbluft naar me om en kneep zijn ogen tot spleetjes. 'Wat?' fluisterde hij. 'Zullen we dansen?' herhaalde ik, ik legde mijn arm om hem heen en leidde hem naar de dansvloer. 'Laat me los', riep hij. Maar ik liet hem niet los. Ik hield hem vast en maakte een paar danspassen. 'Laat me los, enge dwerg!' Hij schreeuwde. Het meisje bij de muur was opgestaan. En plotseling was het weer volkomen stil en iedereen staarde ons aan. Toen zette ik de kroon op mijn omgekeerde werk, mijn tegenovergestelde meesterwerk. Ik rekte me uit en kuste hem op zijn wang. Hij sloeg me in mijn oog. En op datzelfde moment voelde ik Svaes haak in mijn nek en haar stem die als een spijker in mijn oor geslagen werd. 'Verdwijn! Verdwijn van mijn dansvloer en laat ik je hier nooit meer zien!'

Zo ontmoette ik Peder. Zo ontmoette ik Vivian. Zo ontmoetten we elkaar.

(DE BOOM)

Ik herinner me een andere nacht. Fred zat naast mijn bed. Ik kon net zijn gezicht ontwaren, als een schaduw boven zijn knieën. 'Ik ben bij De Oude geweest', zei hij. Ik bleef doodstil liggen. Fred staarde naar me in het donker. Zijn stem klonk anders. Hij had een ander kunnen zijn, die was binnengedrongen, een vreemde die gekomen was om mij bang te maken. 'Ik ben bij De Oude geweest', herhaalde hij. Fred leunde voorover en wiegde van voor naar achter. 'De Oude', fluisterde ik. 'Kom je nu van het kerkhof?' Fred schudde zijn hoofd. Zijn haar viel over zijn voorhoofd en hij lachte bijna, in een flits zag ik zijn mond, een donkere scheur, misschien reed er op dat moment een auto langs die de wanden met licht bestreek. 'Ik heb met haar gepraat', zei hij. Ik kwam langzaam overeind. 'Heb je ook met haar gepraat?' Fred knikte en hield zijn pony op zijn plaats. 'Ik heb haar verteld dat ik leef. Dat ik niet ook overleden ben.' Ik kon niets uitbrengen. Fred legde plotseling zijn hand op mijn been. 'Ze was ontzettend blij, Barnum. Zij dacht dat ik ook overreden was. Ze zei dat ze me vergaf.' Toen ik aan de duisternis gewend was, zag ik dat zijn gezicht heel bleek was en hij was magerder dan ooit, maar toch glimlachte hij en ik had nog nooit zo'n glimlach bij hem gezien, het was het soort glimlach dat clowns rond hun mond schilderen voordat ze de piste ingaan. Ik lachte. 'Klets niet, Fred.' De glimlach stroomde van Freds lippen. Hij boog zich dichter naar me toe. Ik dacht dat hij me zou gaan bijten. 'Ik moest jou ook de groeten doen, Barnum.' 'Van wie dan, Fred?' 'Luister je niet? Van De Oude, natuurlijk. Ze zei dat je het je niet zo moest aantrekken dat je zo klein bent.' Ik liet me langzaam op mijn kussen terugzakken. Fred bleef als een kromme schaduw naast me zitten. 'Waar ben je haar tegengekomen?' fluisterde ik. 'Ben je dom of zo, Barnum?' 'Ik vroeg me alleen af waar je haar bent tegengekomen, Fred.' Hij glimlachte weer, zijn gezicht verzachtte. 'In de hemel. Waar anders?' Fred sloop eindelijk naar zijn eigen bed en ging daar liggen. Hij zweeg een hele poos. Maar ik kon toch niet slapen. 'Stel je voor dat ze nooit te weten zou zijn gekomen wat er gebeurd is', fluisterde hij. 'Stel je voor.' Ik wist niets te zeggen. Ik zag De Oude voor me, zoals ze op de tafel in de kelder van het ziekenhuis had gelegen, met haar handen op haar buik gevouwen, ze had er heel vredig uitgezien, behalve haar oogleden, die groot als schelpen waren. Gingen onze gedachten verder na onze dood? Leefden de raadsels door? 'Waarom zei ze dat ze je vergaf?' fluisterde ik. Fred kwam overeind. 'Kun je een geheim bewaren, Barnum?' 'Ja', zei ik. 'Ja, Fred.' Hij ging weer liggen. 'Dit is ons geheim.'

Ik heb het altijd bewaard.

Maar toen ik door de Drammensvei liep op deze omgekeerde avond en ik een langzame wals vanaf de bovenverdieping van het Handelsgebouw hoorde, had ik het graag verraden, tegen wie dan ook, tegen de tramconducteur die op de treeplank zat te roken, tegen de taxichauffeur die met gesloten ogen uit zijn raam leunde, tegen de pianoleraar die met zijn tas vol bladmuziek de hoek om kwam, ik had hardop tegen hen willen zeggen dat Fred, mijn halfbroer, in de hemel was geweest en De Oude had gesproken, als alles maar ongedaan kon worden gemaakt, als de tijd gewoon terug kon worden gedraaid, met één enkele slag, en als het averechtse weer recht kon worden gebreid, want plotseling twijfelde ik en die twijfel was diep, als een scheur in mijn gedachten. Ik kon me niet eens herinneren hoe ik op straat was beland, of ik de lift had genomen of alle trappen afgelopen was. Mijn triomf vertoonde barsten. Ik was erin geslaagd van de dansschool gegooid te worden. Maar welke prijs moest ik betalen? Wat zou dit meebrengen? Want je kon niets doen zonder dat dat iets meebracht, iets anders, alles volgde op iets anders, als in een geradbraakte droom. Ik wist het. Mijn oog schrijnde, beide ogen, het was alsof ik door bobbelig glas naar de stromende regen keek. Ik moest steun zoeken bij een lantaarnpaal. Als iemand me nu kon zien, zou die denken dat ik een hond was, een zeldzaam ras, maar evenzogoed een hond, die gromde tegen niets en uiteindelijk zichzelf in zijn staart beet. Misschien werd ik ook wel uit de klas gegooid, uitgewezen, weggewezen en afgewezen, omdat ik zo'n onmogelijk iemand was, en werd ik naar een opvoedingsgesticht gestuurd waar ik in een hok in de kelder werd opgesloten en vier keer per dag een pak slaag kreeg. Of misschien zou het gelach me de rest van mijn leven achtervolgen, als een schaduw, zodat ik me nooit meer ergens kon vertonen zonder dat het gelach daar eerst was, en mij op hoon en geschater onthaalde? Flikker, flikker, zou iedereen op mijn weg roepen. Ik was verdoemd. Het was Freds schuld, want hij had voorgesteld het tegenovergestelde te doen. Het was Boletta's schuld, want zij had me opgegeven voor de dansschool. Het was moeders schuld, zij had me bij school opgewacht. Het was vaders schuld, hij had Oscar Mathisens schoenen voor mij gekocht, het was de verkopers schuld, hij had ze aan vader verkocht. Het was Egels schuld, zij had mijn overhemd opgerold en moeders slipje laten zien. Het was de dominees schuld, die had mij niet meteen in de ban gedaan. Het was Prebens en Aslaks en Hamsters schuld, die hadden me niet doodgeslagen achter Welhaven. Slecht waren ze. Ik haatte hen allemaal. De woorden stroomden door me heen. Er zou een wc voor woorden moeten zijn. Ik zou ze tegen de lantaarnpaal kunnen uitpissen. Ik zou ze in de goot kunnen uitkakken.

Toen hoorde ik iemand over het trottoir aan komen hollen. Ik begon ook te rennen. Misschien was het iemand die mij te grazen wilde nemen. Maar degene die achter me aan holde, liep niet erg hard, want ik liep nog harder en hij slaagde er niet in me in te halen, en dan moest hij behoorlijk langzaam rennen, als hij mij niet kon inhalen. 'Blijf staan!' riep hij. Ik waagde de gok en bleef staan, want ik rende ook de verkeerde kant op, ging ik door dan zou ik zo meteen in vijandig gebied achter de Munkedammsvei belanden, en vergeleken met degenen die daar de dienst uitmaakten waren Preben, Hamster en Aslak slechts gouden jongens met fluwelen handschoenen. Ik stond recht onder de gigantische bloedbeuk in het Hydropark, in een regen van rood loof. Ik draaide me om. Er slofte een mollige schaduw door de bladeren, hijgend. Het was de jongen ik die ten dans had gevraagd en op zijn wang had gekust. Hij bleef voor me staan. Ik vroeg me af of hij me meteen ook op mijn andere oog zou slaan, maar voorlopig had hij het te druk met op adem komen. Toen keek hij op. Ik geloof dat hij glimlachte, maar het was vrij donker waar we stonden en misschien vergiste ik me volkomen. 'Ik ben er ook uitgegooid', zei hij. 'Echt waar? Waarom dat?' 'Omdat ik jou een enge dwerg had genoemd.' Ik begon bijna weer bang te worden. Maar plotseling begon hij te lachen. 'Geintje. Ik zei dat als ik niet met jou mocht dansen, ik dan met niemand wilde dansen.' Hij kwam dichterbij. 'Het spijt me dat ik je op je oog geslagen heb, trouwens. Deed het pijn?' 'Niet erg', zei ik. 'Ik besefte namelijk niet hoe geniaal jij was.' 'Geniaal?' fluisterde ik. 'De slimste manier om van de dansschool gegooid te worden die ik ooit heb gehoord.' Zijn gezicht kreeg even een bezorgde trek en hij verkreukelde zijn voorhoofd als een stuk papier. 'Want dat was toch de bedoeling, of niet soms?' 'Uiteraard', zei ik. 'Wat dacht je dan?' Hij ontvouwde zijn gezicht weer en stak zijn hand uit. 'Hoe heet je? Behalve Nilsen?' 'Barnum', zei ik zacht. 'Barnum? Gaaf. Ik heet Peder.' En we schudden elkaar de hand, onder de bloedbeuk, terwijl de wind ritselde door het rode loof waarin we stonden. Ik weet niet hoelang we daar zo bleven staan, maar ik kan zweren dat ik de maan schuin boven de stad zag opkomen en een plaatsje aan de hemel zag vinden als een sinaasappel op een grote, zwarte schaal. Uiteindelijk liet Peder los. Ik stak mijn hand snel in mijn zak. 'Waar woon je?' vroeg hij. 'Aan het einde van de Kirkevei', zei ik. 'Mooi zo', zei Peder. 'Dan kunnen we een stukje met elkaar op lopen.'

We liepen door de Bygdøy allé. Ik raapte een kastanje op, maar gooide hem snel weer weg. Ik was daar niet om kastanjes te rapen. Ik was blij en in de war, in de war en blij, bang en gelukkig. Ik stond wellicht op het punt een vriend te krijgen. We zwegen een poosje. Peder floot een melodietje uit *Muziekwensen*. Dat kende ik ook. Ik begon ook te fluiten. Maar toen we de Nils Juelsgate overstaken, hielden we het niet meer en we lachten ons bijna dood en niemand heeft ooit tegelijkertijd kunnen fluiten én lachen. Ik moest Peder acht keer met mijn vlakke hand op zijn rug slaan voordat hij weer bijkwam. 'Wat doen we nu?' snikte hij. Ik slikte mijn lach in. 'Wat bedoel je?' 'Wat ga jij tegen je ouders zeggen, hm? Dat je van dansles bent weggestuurd omdat je mij hebt gekust?' Hij lachte weer hard en knielde bijna op het trottoir. Ik kreeg een droge mond. Daar had ik nog niet aan gedacht. 'Denk je dat Svae onze ouders belt?' Peder richtte zich op en haalde zijn schouders op. 'Misschien. Misschien ook niet.' Hij draaide zich om en staarde naar het andere trottoir. 'Kijk', fluisterde hij. Het was een meisje. Het was het meisje van de dansschool, het mooiste muurbloempje van allemaal. 'Hé!' riep Peder. Ze bleef tussen twee bomen staan en staarde ons aan. Peder keek op zijn horloge, pakte mijn arm en trok me mee de straat over. Ze stond er nog steeds, tegen het maanlicht geleund. Ze droeg een rode regenjas die bijna lichtgevend was. Ik geloof dat ze het koud had. Ze blies in haar handen, die ze als een jong vogeltje voor haar gezicht hield. 'Ben jij ook van dansles gegooid?' vroeg Peder. Ze liet haar armen vallen. 'Niemand wilde met me dansen', zei ze. 'Had geen zin om te blijven.' Zo zei ze het. Niemand wilde met me dansen. Peder wierp me en snelle blik toe, alsof wij samen iets hadden afgesproken, en hij glimlachte toen hij zich weer tot haar wendde. 'O nee? Niemand? Wat denk je dat ik aan het doen was toen die halvegare daar kwam en dat geintje uithaalde, hm?' Hij trok me dichterbij. Ik maakte een buiging. Ze tilde haar handen weer op en glimlachte min of meer, daarachter. 'Denken jullie echt dat ik met jullie had willen dansen?' vroeg ze. Peder was even stil. Toen haalde hij zijn schouders op. 'Misschien. Misschien ook niet. Wat denk jij, Barnum?' Ik haalde mijn schouders op. 'Misschien. Misschien ook niet', zei ik, zo nonchalant als wat. Nu deed ze een stap in mijn richting. 'Hoe heette jij ook weer?' vroeg ze. Ik stak mijn hand uit en zij nam die aan. 'Barnum', zei ik luid. Ze bleef mijn hand nog even vasthouden, of ik de hare. 'En ik heet Peder', zei Peder, net zo luid, en we wisselden allemaal handen uit. Ten slotte was het haar beurt. 'Ik heet Vivian', zei ze. 'Misschien wil ik toch wel met jullie dansen.'

We liepen verder door de Bygdøy allé, Peder, Vivian en ik, en Vivian liep in het midden, tussen ons in. Ik weet niet wat het was, maar het leek net alsof we daar altijd zo gelopen hadden, wij drieën, onder de kastanjebomen, in de vochtige duisternis, en we wisten niets van elkaar, niets behalve dat de eerste avond op Svaes dansschool ook meteen de laatste was geweest. 'Ik heb het', zei Peder plotseling. 'We nemen de gok dat Svae niet belt en doen gewoon of we er nog steeds naartoe gaan. Toch?' We bleven staan en Peder raapte een kastanje op die hij in zijn zak stak. 'Toch? Dan kunnen we elkaar toch elke donderdag ontmoeten en iets heel anders doen!'

En zo geschiedde. Die herfst ontmoetten we elkaar elke donderdag, onder de bloedbeuk in het Hydropark, in danskledij. We stonden verscholen achter de stam en zagen de anderen het Handelsgebouw binnengaan. We lachten hen uit. Ze zagen er vrij belachelijk uit. De jongens leken op pinguïns. De meisjes waren pauwen. Daarna verzonnen we iets, we gingen naar de film als we geld hadden, en meestal was Peder degene die geld had, we stonden in de tunnel bij Skøyen en hielden elkaar vast als de trein over ons heen reed, we kochten en deelden een milkshake in de Studenten-ijsbar of zaten op Peders kamer naar de radio te luisteren. Maar deze avond liepen we alleen maar met elkaar naar huis. Toen we het hoogste punt van de Bygdøy allé bereikt hadden, liep Vivian het hek naast de Frogner-kerk binnen, ze verliet ons zonder een woord te zeggen, maar ze draaide zich daar in de duisternis om, hief haar hand op, legde een vinger tegen haar mond, en verdween. Peder keek me aan. 'Godsamme. Vlak naast de kerk wonen. Knap sneu, of niet?' 'Misschien is haar vader dominee', zei ik. We slenterden verder, in de richting van het Frognerpark. 'Elke zondag wakker worden van kerkklokken recht boven je bed', zei Peder. 'Tof hoor.' 'Ja, niet echt tof', zei ik. 'Wakker worden met je kop in een kerkklok.' Peder lachte. 'Haar vader is vast dominee. Ik geloof dat we haar moeten verlossen.' Ik snapte niet helemaal wat Peder bedoelde, maar was het met hem eens. 'Ja, nou', zei ik. 'Wat is jouw vader eigenlijk?' vroeg Peder. Ik moest even nadenken. 'Zo'n beetje van alles', fluisterde ik. 'Een beetje van alles? Mijn vader is van alles een beetje.'

Peder bleef staan voor een huis met een hek eromheen en geel licht achter alle ramen. Daar woonde hij, in een vrijstaand huis met tuin en vlaggenmast. Op het hek hing een bordje; wacht u voor de hond, stond er. 'Hebben jullie een hond?' vroeg ik en voelde me knap stom. 'Die is twee jaar geleden doodgegaan,' antwoordde Peder, 'maar we hebben het bordje gehouden.' Er draaide een auto de straat in, de wieldoppen rammelden en de bumper viel er bijna af, er stroomde een beek van vonken over de straat, ik geloof dat het een Vauxhall was, hij reed zo de garage naast Peders huis binnen en parkeerde daar met veel lawaai. Een man met een enorme hoed en een platte tas onder zijn arm kroop naar buiten terwijl hij uitlaatgassen van zijn gezicht veegde. 'Dat scheelde niet veel', kreunde hij. 'Ik denk dat we naar de garage moeten.' 'Hallo, vader', zei Peder. Het was Peders vader. Hij bleef staan en glimlachte naar ons. 'En? Hoe was het op dansles?' Peder haalde zijn schouders op. 'Ik geloof dat we ons dood hebben verveeld.' Zijn vader lachte en draaide zich om naar mij. 'Dat snap ik best. Wat heb je verdorie aan een foxtrot? Je kunt nog beter beginnen met schermen. En wie ben jij?' 'Dat is Barnum', zei Peder. 'Goeienavond, Barnum. Je komt toch zeker wel binnen voor een hapje? Als je niet bang bent voor de hond?' Ik maakte een buiging en bedankte. Het werd me gewoonweg te veel. Ik moest naar huis om uit te rusten. Ik moest deze avond opslaan, hem sparen en niet alles in één keer opgebruiken. Maar voordat ik wegging, nam ik Peder bij de arm, alsof ik hem tegen wilde houden, hoewel hij volkomen stil stond. 'Je kunt morgenavond wel bij ons komen eten', zei ik gejaagd. Zijn vader klopte me op mijn schouder. 'Uitstekend idee, Barnum. Of niet soms, Peder? Want je moeder en ik gaan namelijk weg.' Peder keek me glimlachend aan. 'Hoe laat zal ik komen?' vroeg hij. 'Vijf uur', zei ik en holde weg, dit was de eerste keer dat iemand mij voor een hapje binnen vroeg en het was de eerste keer dat ik een kameraad thuis te eten uitnodigde, de hoogste triomf, de kroon op een vriendschap, een maatje hebben dat bij jou blijft eten. Ik juichte de hele Kirkevei lang, ik was een wereldkampioen in de schoenen van een wereldkampioen, ik was een vriend, ik was iemands vriend, ik kon bijna niet wachten om dit te vertellen, want ik kon dit niet alleen dragen, mijn schouders waren te smal, mijn hart was te klein. Maar toen ik thuiskwam was er niemand, moeder was naar de Noordpool om Boletta te halen en vader was weer vertrokken, dat deed hij altijd, hij moest altijd iets regelen, hij kon niet stilzitten, hij kwam thuis, raasde wat, was koning of vagebond, liet een vies overhemd en wat geld achter en verdween weer. En ik bedacht dat het zo misschien wel het beste was, dat ik op dit moment alleen was, want ik had ook een leugen te dragen, en die was even groot als de waarheid. Mijn tong was nog niet glad genoeg. Ik durfde niet tegen moeder en Boletta te zeggen dat ik was gestopt, eruit was gegooid, want ze hadden Svae vast al betaald en kregen hun geld misschien niet meer terug. Ik zette mijn schoenen op het rekje in de gang. Ik hing mijn blazer aan een haakje en trok mijn stropdas af. Ik dronk een glas melk in de keuken, liep naar de badkamer en bekeek mezelf in de spiegel. Mijn linkeroog had wat roestige randjes. Dat gaf niets. Ik kon wel huilen van blijdschap. Ja, dit was een moment voor eenzaamheid, ik zou op deze blijdschap zuigen als op een stuk kandij. Maar toen ik onze kamer binnenkwam was ik toch niet alleen. Fred lag in mijn bed met zijn armen onder zijn hoofd naar het plafond te staren. 'Hallo, kleintje', zei hij. Ik ging op zijn bed zitten. Ik was niet bang. Ik had hem iets te vertellen. 'Het is me gelukt', fluisterde ik. 'Weet ik', zei Fred. 'O ja?' vroeg ik, nog zachter. Fred draaide zich even naar me om. 'Hoe heet dat mens van de dansschool?' 'Svae', zei ik. 'Juist. Die heeft gebeld.' Ik zakte in. 'Heeft ze hiernaartoe gebeld?' Fred zuchtte en staarde weer naar het plafond. 'Waar anders naartoe?' Mijn tong groeide in mijn mond, droog als vlakgum. 'Heeft ze met moeder gesproken?' 'Nee. Ze heeft met mij gesproken. Mazzel, hè? Dat ik alleen thuis was.' Fred zweeg even. Ik hield het niet meer uit. 'Wat zei Svae, Fred?' Fred sloot zijn ogen. 'Dit bed is veel te groot voor jou, Barnum. Als we de helft eraf zagen, hebben we meer plaats, toch?' 'Kunnen we best doen', fluisterde ik. 'Wat heb je tegen Svae gezegd?' Fred glimlachte. 'Ze zei dat je onzedelijke dingen gedaan had, Barnum.' 'Onzedelijke dingen?' 'Dat moet je eens haarfijn uitleggen, Barnum.' Ik keek weg. De gezondheidsleer lag op tafel. Misschien had Fred daarin zitten bladeren. Misschien had hij Barnums vergelijking gezien. 'Ik heb een meisje gekust', zei ik. 'Heb je een meisje gekust?' 'Ja, Fred.' 'Kwam je zo hoog dan?' 'Ze zat', zei ik. Nu sloot ik mijn ogen. Ik hoorde dat Fred opstond van mijn bed. 'Ik heb gezegd dat ik je vader was', fluisterde Fred. 'En dat ik je zou straffen.' Hij begon te lachen. Ik durfde mijn ogen nog niet open te doen. Hij kwam naast me zitten. 'Ik had je vader moeten zijn', zei hij. 'In plaats van die rotzak die zegt dat hij het is.' Fred legde zijn arm op mijn schouder. 'Het is me in ieder geval gelukt eruit gegooid te worden', fluisterde ik. Fred klopte me op mijn rug en het duurde lang voor hij iets zei. Ik zou willen dat hij niets zei en me in plaats daarvan op mijn rug klopte. Ik zou hier best de hele nacht zo kunnen zitten. 'Welke straf zal ik je geven, Barnum?' 'Straf? Klets niet zo, Fred.' Hij trok zijn hand terug en schraapte met zijn nagels over mijn huid.

'Kletsen? Ik heb Svae immers beloofd dat ik je zou straffen.' Hij liep naar het raam en ging daar staan. Ik voelde zijn hand nog in mijn nek. 'Moeder zei dat ze de schoenen van Oscar Mathisen voor je gekocht hadden.' 'Ja', fluisterde ik. 'Pasten ze?' 'Pasten prima.' Fred lachte. Zijn rug schokte. 'Weet je wat er met Oscar Mathisen gebeurd is, hm?' 'Hij is wereldkampioen schaatsen geworden.' 'Ik bedoel nadat hij wereldkampioen was?' 'Weet ik niet. Is er iets gebeurd dan?' 'Eerst schoot hij zijn vrouw dood. En toen zichzelf. De wereldkampioen.' Fred draaide zich bruusk naar me om. 'Nu weet ik wat voor straf jij moet hebben.' 'Wat dan?' 'Je mag nooit meer tegen me liegen, Barnum.' 'Ik heb niet tegen je gelogen, Fred.' Hij glimlachte hoofdschuddend. 'Zie je wel. Nu doe je het alweer.'

(HET PAKJE)

Toen ik wakker werd, lag ik in mijn eigen bed. Fred was weg en moeder stond ongeduldig over mijn gezicht gebogen. 'Hoe ging het?' vroeg ze. 'Op dansles?' Ik ging zitten en herinnerde me meteen alles weer. 'Peder komt vanavond eten', zei ik. 'Wie?' 'Peder!' Moeder ging op de rand van het bed zitten. 'Wie is Peder?' En ik had niet gedacht ooit te kunnen zeggen wat ik nu kon zeggen: 'Dat is mijn nieuwe vriend', fluisterde ik. Moeder glimlachte op een beetje rare manier en wilde haar vingers door mijn haren halen, maar hield zich in. 'Heb je die gisteren ontmoet?' 'Ja. We zijn samen naar huis gelopen.' Moeder bleef een poosje stilzitten, met hetzelfde glimlachje om haar mond. 'En toen heb je hem te eten uitgenodigd?' 'Ja. Dat doen vrienden.' Moeder aarzelde even, toen stond ze op en klapte in haar handen. 'Dan moeten we maar beginnen de tafel te dekken.' Ze stiefelde weg en ik ging weer liggen. Ik hoorde dat ze Boletta riep. 'Kom me eens helpen, oud lijk! We krijgen vanavond gasten!' En ik bleef liggen luisteren naar dit vriendelijke gerammel met pannen en koekenpannen, kastdeurtjes die dichtklapten, deksels die op de grond vielen, de stofzuiger en het strijkijzer en ik begon ertegen op te zien, tegen alles waarop ik me verheugde, zag ik ook op, en ik dacht, of misschien denk ik dat nu, zo vanzelfsprekend als regen, dat wat destijds niet meer dan een gevoel was, een twijfel, dat niets helemaal heel is, dat alles een barst heeft, de blijdschap, het geluk, de schoonheid, in alles zit een scheur, een gebrek, behalve dan in deze complete en nutteloze gedachte aan het onvolkomene.

Moeder deed de deur open. Ze keek verbaasd. 'Allemachtig! Moet jij vandaag niet naar school?' Ik fluisterde onder mijn dekbed. 'Ik geloof dat ik liever thuisblijf.' Moeder veegde haar haren van haar voorhoofd. Ze droeg rubberen handschoenen en een groot, wit schort. 'Ben je ziek?' 'Nee. Maar je kunt toch schrijven dat ik dat wel ben.' Boletta werd achter moeder zichtbaar en ze loerde naar binnen met rode ogen en een rimpelige mond. 'Laat Barnum toch thuisblijven. Schrijf dat hij koorts heeft.'

'Ik hou niet van liegen', zei moeder. Boletta ging naast me zitten en legde haar hand op mijn voorhoofd. 'O, dat is geen leugen, kleine Vera. Barnum is naar dansles geweest en dan stijgt de temperatuur! Bovendien heeft hij een dik oog. Hij heeft waarschijnlijk te veel naar de meisjes gekeken!' Ik was al overeind. 'Ik kan boodschappen doen', riep ik bijna. Moeder wees naar me. 'Jij blijft in ieder geval binnen. Jij mag je kamer opruimen en niet in de weg lopen!' Ze verdween naar de keuken. Boletta bleef nog even staan. 'Je moeder is gewoon zo blij', zei ze. 'Omdat je bezoek krijgt. Maar ze heeft moeite haar blijdschap te tonen.' Ze streelde mijn nek, waar ik nog steeds sporen van Freds nagels had. 'Hoe was het gisteren op dansles?' vroeg ze, nog steeds zachtjes. 'Tja. Wel leuk.' Boletta lachte, maar vooral in zichzelf. 'Je hoeft niets te zeggen. Ik ben maar een oude, domme vrouw die wil weten wat ze mist.' Ik keek haar aan. 'Jij bent niet dom, Boletta', zei ik. 'Dankjewel, Barnum. Dat is een hele geruststelling.'

Ze haastte zich achter moeder aan en ik begon op te ruimen. Ik maakte de bedden op. Ik stopte al mijn schoolboeken in mijn schooltas, mijn pennen in mijn etui, verstopte de oude inlegzooltjes in een onderste la, blies het stof van M.S. Greves *Medische Vraagbaak voor het Noorse gezin*, deed het raam open en nieste. Buiten scheen de zon. Die wierp dunne schaduwen. De tijd verstreek. Hij stond stil en verstreek tegelijk. Zelfs de tijd was niet heel. Boletta kwam aanzetten door de Kirkevei. Ze had haar boodschappenwagentje vol boodschappen, ze kon het nauwelijks trekken. Ik deed het raam dicht en begon nerveus te worden. Ik ruimde Freds spullen ook op. Ik verstopte zijn mes, zijn sigaretten en al zijn sleutels onder zijn kussen. Ik zette zijn spitse, bruine schoenen in de kast en schraapte de oude kauwgum van de bedrand en gooide het weg. Ik wist dat ik dat niet moest doen. Ik wist dat ik Freds spullen niet moest aanraken. Hij had een streep over de vloer getrokken. Die mocht ik alleen met zijn toestemming oversteken. Fred had geen toestemming nodig. Hij liep precies waar hij wilde. Ik hoopte dat hij niet thuis zou komen om te eten. En toch wilde ik dat ook weer wel, dat hij bij ons zou zitten, een grote broer, hij hoefde er alleen maar te zitten, zonder iets te zeggen, ja, dat nog het liefst, zwijgend en mysterieus, een echte grote broer. Maar als vader tijd vond om thuis te komen, dan zou het beter zijn als Fred wegbleef, één van hen was genoeg. Ik hoorde dat moeder de tafel in de woonkamer dekte, het witte kleed, de hoge glazen, de servetringen, het Chinese servies, het zilveren bestek, nu werd het grootse verleden op tafel gelegd, dat nooit toekomst was geworden. Ik holde naar moeder toe. 'Kunnen we niet gewoon in de keuken eten?' 'In de keuken? Nou ja zeg! Nu heb je zéker koorts.' 'Alsjeblieft, moeder! Kunnen we niet net als anders eten!' Ze draaide zich naar me om, ze hield een bordje in haar hand en even wist ik niet of ze het op de grond zou keilen of netjes op tafel zou zetten. 'Wat bedoel je, Barnum?' 'Dat dat de bedoeling is. Dat alles net als anders is.' Moeder keek me een hele poos aan. 'Ik geloof niet dat je dat meent', zei ze. Toen zette ze het bordje langzaam en voorzichtig op het tafelkleed.

Vader kwam om kwart voor vijf, alsof hij gewoon tijdens kantooruren werkte en wij een gewoon gezin waren. Hij bleef in de hal staan, zwaar en krom, misschien was hij weer helemaal van Majorstuen komen lopen, of van nog verder. Hij kon maar nauwelijks bij zijn schoenen komen. Maar toen richtte hij zich op, keek om zich heen en snoof. Hij keek verbaasd naar mij, ik die bij de klok stond te wachten, niet op hem, maar op Peder. En langzaam verplaatste hij zijn blik van de blinkende knopen van mijn blazer naar de gedekte tafel in de eetkamer, waar de kaarsen al waren aangestoken en flakkerden in de tocht uit de hoekjes van de ramen. Zijn gezicht groeide, een glimlach die niet zichtbaar was, liet het uitdijen en deed zijn ogen verdwijnen in al die huid. 'Godsammekraken', fluisterde hij. 'Zie je dat? Godsammekraken.' Moeder liep met een schaal aardappelen langs ons en draaide zich even naar hem om. 'Barnum krijgt bezoek', zei ze. 'Ga je opknappen.' Vaders gezicht zakte een beetje in, als een kampvuur, zijn ogen kwamen weer tevoorschijn, misschien had hij gedacht dat dit alles voor hem was aangericht, een verrassing, een beloning, een plotselinge medaille. Er kwamen geuren uit de keuken gedreven die niemand van ons ooit had geroken, kruiden en vanille en gekookt vlees, het waren recepten in vreemde talen en Boletta zong schlagers boven de pannen. Vader hervond zijn glimlach en wendde zich tot mij. 'Bezoek? Heb je nu al een meisje ontmoet, Barnum?' 'Hij heet Peder', zei ik. Vader liep naar het kastje en mixte een drankje in het dunste glas. Hij dronk het langzaam op en slikte driemaal. 'Zo, nu heb ik me opgeknapt', zei hij.

Het werd vijf uur. Peder was er nog niet. Moeder legde een handdoek over de aardappels. Boletta hield de pannen warm. Vader mixte nog een drankje en zijn hoofd kantelde. Hij keek naar mijn voeten. 'Draag je je nieuwe schoenen niet?' vroeg hij. 'Nee, dankjewel.' 'Pasten ze toch niet?' 'Ik loop niet graag in de schoenen van doden', zei ik. Ik zei het gewoon, zonder na te denken, alsof de woorden ergens anders ontstonden. Ik loop niet graag in de schoenen van doden. Vaders blik was een poosje rusteloos, hij leegde zijn glas en stampte op de vloer. 'Aan tafel!' riep hij. We gingen zitten. Vader stak zijn servet tussen zijn bovenste knoopjes en wilde opscheppen. Moeder legde haar hand op zijn arm. 'We wachten', zei ze zacht.

Vader liet zijn handen in zijn schoot vallen, ongeduldig, hij keek om zich heen en bleef bij mij hangen. 'Hoe heet die jongen?' vroeg hij. 'Peder', zei ik. 'Peder hoe?' Ik dacht, maar hij komt niet. Hij heeft het alleen gezegd om aardig te zijn, dat hij zou komen eten, omdat zijn vader stond mee te luisteren, misschien had hij ook wel medelijden met me, omdat ik een sukkel ben, hij kwam niet, hij had me bedonderd, ik was van dansles weggestuurd in de schoenen van een dode en ik was alleen. 'Peder', herhaalde ik. 'Peder.' Boletta leunde over de tafel. 'Hij komt heus wel', zei ze. 'Hij komt.' Op dat ogenblik kwam Fred. Hij bleef bij de deur naar ons staan kijken. Hij schudde zijn pony opzij en kwam dichterbij. Hij glimlachte, maar zijn lippen waren smal. 'Wie is er dood?' vroeg hij en ging op de laatste vrije stoel zitten. 'Die is bezet', zei vader. 'En er is niemand dood.' 'Nú is hij bezet', zei Fred. 'En jij bent dood.' Fred schepte zijn bord vol en begon te eten. 'Jullie hoeven niet op mij te wachten', zei hij en gaf de schaal door aan Boletta, die haar hoofd schudde. 'Barnum krijgt een vriend op bezoek', zei moeder snel. 'Een vriend? Barnum?' Fred keek me aan. Moeder legde haar hand op de zijne. 'Ik had er niet op gerekend dat je zou komen, Fred.' Vader lachte. 'Nee, wie rekent daar nou op?' zei hij. 'Dat Fred komt.' Boletta had tussen moeder en mij al voor een extra iemand gedekt en schoof een stoel aan. Fred staarde vader aan. 'En wie kan erop rekenen dat jij komt, hm? Sukkel.' Vaders hand beefde. 'Ik ben er. Bovendien hoor je niet met volle mond te praten.' Fred kauwde langdurig en draaide zich om naar mij. Ik hoopte dat Peder niet kwam. Dat hij het alleen had gezegd om aardig te zijn, dat hij nooit zou komen. 'Waar blijft hij dan, hm?' vroeg Fred. 'Die vriend van je, bedoel ik.' 'Die komt wel', zei Boletta en ze schonk een glas wijn in. Vader nam de fles van haar over en schonk zijn glas ook vol. 'Misschien is de tram te laat', fluisterde ik. 'Ja, vast', zei moeder. 'Hij zal hier zo wel zijn, dat zul je zien.' Fred grijnsde. Vader proostte. 'In het grote buitenland wacht men precies één kwartier voordat de voorstelling kan beginnen. En nu is het klokslag vijftien minuten over vijf!' Hij vulde zijn bord tot de rand en toen hij de eerste hap wilde nemen, werd er gebeld. Het werd volkomen stil in de kamer, zelfs Fred bevroor bij wijze van spreken boven het tafelkleed. Er werd nog een keer gebeld. Ik gooide bijna mijn stoel om en rende naar de hal en deed open. Het was Peder. Hij kwam binnen. Hij leek aardig buiten adem. 'Aan het einde van de Kirkevei', hijgde hij. 'Verdomme.' 'Behoorlijk steil', zei ik. 'En je had niet gezegd welk nummer.' Peder lachte. Ik lachte ook. 'Hoe heb je het dan gevonden?' 'Gewoon gevraagd waar Barnum Nilsen woonde', zei Peder. We draaiden ons om naar de kamer. Daar zat mijn familie. Ze glimlachten. Vader had zijn eten terug op de schaal gelegd en zelfs Fred glimlachte. Ze zagen er gelukkig uit, tussen de kandelaars en de glazen, alsof ze dat ook waren, gelukkig. Ik probeerde hen met Peders ogen te zien, iemand die hier voor het eerst kwam. En zo zag ik hen, voor het eerst: vader die al opstaat, van de stoel die hoger is dan alle andere, en die zijn hand snel over zijn gladde haar haalt voordat hij plaatsmaakt voor Peder, onze gast. Boletta verschuift de wijnfles om alles beter te kunnen zien, een grijze en glimlachende grootmoeder te midden van het gezin. Moeder gaat ook staan, ze ziet er opeens jonger uit dan de meeste moeders, ze bloost en steekt haar armen uit, alsof ze Peder wil omhelzen en hem tegen zich aan wil drukken, terwijl Fred gewoon verdergaat met eten, een redelijk superieure, grote broer die zich niet laat storen. Dit had goed kunnen gaan. 'Jemig', fluisterde Peder.

Hij gaf eerst vader een hand en vader liet hem niet zo snel meer los. 'Peder Miil', zei Peder met een buiging. 'Miil? Is dat met één of met twee i's, Peder?' 'Twee', zei Peder. 'Miil.' Toen liep hij om de tafel heen en gaf iedereen een hand, ja, zelfs Fred groette hem, en eindelijk zaten we daar. 'Bedankt voor de uitnodiging', zei Peder. Moeder en Boletta keken elkaar aan. Zo'n jongen hadden ze nog nooit meegemaakt. 'Maar je kwam te laat', zei Fred. 'Dat geeft toch niks', lachte moeder en Boletta gaf de schalen door aan Peder en vader schonk limonade in zijn glas tot het boordevol was. 'Wie welkom is, komt altijd op tijd', zei vader. 'Dat zeiden we in Amerika altijd. En dan kunnen we dat hier ook zeggen!' Peder knikte en schepte op. 'Ik durf te wedden dat Barnum vergeten was te zeggen waar hij woonde', zei Fred. Peder schoof de schaal naar hem door. 'De tram was helaas te laat', zei hij. Fred monsterde hem grondig. 'Barnum heeft namelijk nog nooit eerder gasten gehad', zei hij. 'Jij bent de eerste.' Peder draaide zich om naar mij. 'Dan kom ik liever laat dan nooit.' Iedereen lachte, behalve Fred, en ik misschien. Het was een poosje stil. We aten. Zo hoorde het te zijn. We moesten daar alleen maar zitten en gekookt varkensvlees eten, naar elkaar glimlachen, kleine slokjes uit onze glazen nemen en elkaar vriendelijke blikken toewerpen en misschien iets over het weer zeggen, als er dan absoluut iets gezegd moest worden. Dit had goed kunnen gaan. 'In welke branche zit je vader?' vroeg vader. 'Postzegels', zei Peder. Het was weer een poosje stil. Vader pakte een tandenstoker en groef wat in zijn mond. 'Postzegels?' zei hij ten slotte. 'Ja. Hij verkoopt postzegels. Nadat hij ze eerst gekocht heeft.' 'Kun je daarvan leven dan?' vroeg Fred. 'Hij heeft vorig jaar een postzegel uit Mauritius verkocht voor 21.734 kronen', zei Peder. Vader zwaaide met zijn tandenstoker voor Freds neus, als een gekrompen aanwijsstok. 'Dat heet filatelist. Mocht je dat niet weten. Filatelist!' Vader stopte de tandenstoker in het zakje van zijn overhemd en tastte nogmaals toe. 'Ik zie dat je naar mijn gebrekkige hand kijkt, Peder', zei hij plotseling. En ik zag nu pas dat hij zijn handschoen niet droeg, wij waren gewend geraakt aan de grauwe kleur, het stompje vlees. 'Ik deed het niet met opzet', fluisterde Peder. Vader tilde zijn hand op. 'Dat geeft niet. Maar het is een lang verhaal, Peder. Die waardevolle vingers vielen eraf toen ik na de oorlog in Finnmark mijnen opruimde.' Fred gaapte. 'De Duitser, zie je,' ging vader verder, 'is een nauwkeurig krijger. Maar sluw is hij ook. Deze mijn lag plotseling verkeerd en ik kruiste zijn pad. Nu weet je bijna alles van mijn rechterhand, Peder.' 'Bent u ook in Amerika geweest?' vroeg Peder. Vader was in zijn element. Hij was nu graag opgestaan om een speech te houden. Hij beperkte zich tot het neerleggen van zijn mes en vork. 'Of ik in Amerika ben geweest? Amerika is mijn tweede vaderland, Peder. En ik durf te stellen dat ik daar beter bekend ben dan hier.' Ik zou willen dat we snel van tafel konden gaan. Ik gaf de schaal door aan Boletta. 'Maar hoe was het gisteren bij Svae, jongens?' vroeg ze. Peder wierp me een snelle blik toe. 'Gaat wel', zei ik. 'Ze heeft vooral gepraat', zei Peder. Boletta legde haar mes en vork neer. 'Gepraat? Je praat toch niet op een dansschool. Je danst!' 'Ze zei dat we schoon ondergoed moesten aantrekken als we na het dansen bezweet waren', zei Peder. Wat moesten we lachen! Zelfs Fred lachte. Vader moest zelfs opstaan en om de tafel heen lopen. Zo hard lachte hij. Dit had goed kunnen gaan. Vader ging weer zitten. 'In Amerika dansten we nachtenlang achter elkaar door', zei hij. 'Ik kan je verzekeren dat we dan bezweet raakten!' 'Ja, ja, Arnold', zei moeder gejaagd, maar vader hield niet op. 'En wie het het langst volhield, had gewonnen. We hadden nauwelijks tijd om aan bezweet ondergoed te denken!' Fred bleef mij maar aanstaren. 'Hoe heet dat wijf van de dansschool?' vroeg hij. 'Pas op je woorden', zei vader. 'Pas jij maar op jezelf', zei Fred. 'Svae', fluisterde ik. Fred wendde zich tot moeder. 'Die heeft gisteren nog gebeld.' Peder sloeg zijn ogen neer. Ik keek nergens heen. Ik sloot mijn ogen. Het was donker daarbinnen. 'Gebeld?' vroeg moeder. 'Waarom dat?' Fred prakte een aardappel met zijn vork en nam alle tijd. 'Ze wilde alleen maar zeggen dat het volgende week om halfzes begint. Niet om zes uur.'

Ik deed mijn ogen open. Fred glimlachte en op dat moment werd er aangebeld. Er vloog een onrust over zijn gezicht die alleen ik kon zien. Hij keek me aan. 'Heb je nog meer vrienden gemaakt, Barnum?' Ik schudde mijn hoofd. Er werd weer gebeld, lang en hard. Moeder haastte zich naar de deur en deed open. Het was huismeester Bang. Hij liep recht langs haar heen en hield een pakje in zijn hand, zo ver mogelijk van zich af. 'Nu heb ik er genoeg van!' riep hij en smeet het pakje tussen ons in op tafel. 'Dit heb ik vandaag met de post gekregen!' Moeder kwam achter hem aangehold. Vader stond bruusk op en zijn stoel viel achter hem om. 'Wat is dit in 's hemelsnaam?' 'Maak maar open en kijk zelf!' krijste Bang en hij leek wel gek. Ik herkende het pakje. Vader vouwde het papier open en deinsde achteruit. Daar lag mijn pyjama. Hij rook absoluut walgelijk. Moeder verborg haar gezicht in haar handen. 'Mijn God', kreunde ze. Boletta nam haar glas mee naar de keuken. Peder er zat volkomen roerloos bij. Ik keek naar Fred. Wat had hij gedaan? 'Ik pik dit soort zwijnerij niet! Ik pik het gewoonweg niet.' Bang stampte met zijn manke poot op de vloer. 'Wie z'n pyjama is dit?' vroeg vader met merkwaardig vriendelijke stem. 'Van mij', fluisterde ik. Hij haalde naar me uit. Moeder gilde. Ik viel bijna van mijn stoel. Toen liep vader om de tafel heen, ging achter Fred staan en legde zijn verminkte hand op zijn schouder. 'En wat heb jij te zeggen, Fred?' 'Niks.' 'Niks? Jij hebt niks met deze vieze smeerboel te maken?' 'Niks', herhaalde Fred. 'Barnum had in zijn broek gepoept en ik heb zijn pyjama bij het vuilnis gegooid.' Vader boorde zijn stompe duim in Freds nek. 'En toen is die pyjama uit eigen beweging naar huismeester Bang gelopen?' 'Dat weet ik toch niet', zei Fred. 'Kan iemand die viezigheid weghalen, trouwens? Ik zit te eten.' Bang draaide het pakje om en daar stond zijn naam en adres geschreven, met grote, houterige letters. 'Zo makkelijk kom je er niet vanaf, stuk ongeluk! Je hebt mijn naam niet eens goed kunnen schrijven!' Bang tikte zo hard met zijn vinger op het papier dat zijn nagel er bijna doorheen ging. Bnag, stond er. Fred had Bnag geschreven, hiusmeester Bnag. Dat was ongeveer hetzelfde als het pakje signeren met je volledige naam, adres en vingerafdrukken. En ik zag dat hij zijn hoofd boog, blozend, razend, terwijl vader hem sloeg met zijn gezonde hand, één keer, twee keer, drie keer, totdat moeder zich om vaders nek wierp en hem tegenhield. Maar vader duwde haar gewoon weg. 'Bied je excuses aan', siste hij. 'Bied onmiddellijk je excuses aan, idioot!' Fred bleef zitten. Er stroomde iets over zijn gezicht. Ik weet niet wat het was, tranen, bloed, spuug. Toen stond hij op, langzaam stond hij op, en hij glimlachte. Het was de afschuwelijkste glimlach die ik ooit heb gezien. Hij stond recht tegenover huismeester Bang. 'Het spijt me. Ik dacht dat jij hier in huis de pyjama's waste, Bnag.' Vader wilde weer slaan, maar Fred hield zijn hand tegen, hield die een paar seconden vast en keek om zich heen, met diezelfde glimlach, en met ogen die overstroomden van olie.

Dit begon gevaarlijk te worden. Toen liet hij los en liep naar onze kamer. Niemand van ons zei iets en we hadden ook niet echt honger meer. Mijn pyjama lag als een stinkend dessert midden op tafel. Moeder trilde zo dat ze moest gaan zitten. Vader legde een arm om huismeester Bang heen, trok hem mee naar een hoekje en haalde sigaren tevoorschijn waar Bang naar believen uit mocht kiezen. Ik vroeg me opeens af wat Fred zou zeggen wanneer hij zag dat ik in zijn spullen gerommeld had en had opgeruimd. Maar ik hoorde geen kik uit onze kamer.

Toen stond moeder abrupt op, verfrommelde het pakje, propte alles in de kachel en stak die aan. Ik liep een stukje met Peder mee. Hij zweeg de hele Kirkevei. Nu was alles verpest. Nu was alles erger dan ooit. Ik bloosde van schaamte als ik er alleen al aan dacht, mijn eigen pyjama, aan ieders bespotting prijsgegeven op de eettafel. Morgen zou ik iedereen die hier vanaf wist vermoorden. Ik zou Peder ook moeten vermoorden. Ik liep drie passen achter hem. Dit was het einde. Ik stond op het punt te gaan janken. Toen we bij Majorstuen kwamen bleef hij staan, draaide zich naar me om en glimlachte. 'Misschien kun je de volgende keer bij ons komen eten', zei Peder.

(NAAKT)

Er stond een naakte man midden in de woonkamer bij Peder thuis. Hij stond volkomen stil, zijn armen over elkaar geslagen, en het leek alsof hij ergens heel hard aan dacht, of aan helemaal niets. Zijn huid was gebronsd en glad, zijn spieren lagen strak en duidelijk langs zijn lange, slanke lichaam, en meer durfde ik niet te zien. Hij was dus naakt en stond bij Peder in de woonkamer. Eerst dacht ik dat het misschien zijn broer was, maar Peder had geen broer, en bovendien was hij minstens dertig jaar oud, dus zijn broer kon het niet zijn. 'Sst', fluisterde Peder en hij pakte me bij mijn arm voordat ik één woord had gezegd. We stonden achter een kapstok die vol sjaals, jassen en hoeden hing. 'Moeder is aan het werk', zei hij, nog zachter. En nu kon ik haar ook zien. Ze zat in een diepe stoel bij het raam, waar het gordijn dichtgetrokken was, op een vel papier te tekenen. Af en toe keek ze op, kneep haar ogen toe en hield het potlood voor zich, alsof ze de hoogte onder het plafond mat. Dan boog ze zich weer over het papier. Nu zag ook ik dat ze niet in een gewone stoel zat. Er zaten wielen aan. Ze zat in een rolstoel. De naakte man had zich nog steeds niet bewogen. Ik hield ook mijn adem in. Hij kon net zo goed dood zijn, dood en mooi en rechtop. Peder boog zich tot bijna in mijn oor. 'Ik geloof dat moeder verliefd op hem is', fluisterde hij. 'Ze is alleen met zijn gezicht al drie maanden bezig.' Peder lachte even en nu was het haar beurt om ons te zien. 'Hallo, jongens!' riep ze, ze stak het potlood in haar mond en reed naar ons toe. Ze stak haar hand uit en ik nam hem aan. Ze was gewikkeld in een grote plaid, waarin ze bijna verdween. Maar ik herinner me haar volle, fraaie haar, het was rood, als koper, het gloeide en glansde, alsof ze altijd een zachte kroon droeg. 'Jij moet Barnum zijn', zei ze. Ik knikte. 'En jij bent vergeten dat Barnum vanavond bij ons blijft eten', zei Peder terwijl hij het potlood uit haar mond trok. 'Dat ben ik verdorie inderdaad vergeten', lachte ze. 'Maar we zullen desondanks wel iets op tafel weten te zetten. Kijk eens, Barnum.' Ze liet me de tekening zien. 'Hij is nog niet af, maar wat vind jij ervan?' Ik vond de dunne, snelle streken mooi. Als je je ene oog dichtdeed en alleen met het andere keek, werden ze plotseling anders, alsof de lijnen in tegengestelde richting gingen en iets heel anders voorstelden. Maar ik zag natuurlijk wat ze had getekend. Het gezicht leek niet erg, maar vooral over de rest was geen twijfel mogelijk. Peder zuchtte. 'Plaag Barnum niet zo', zei hij. Zijn moeder zuchtte ook. 'Ik plaag Barnum niet. Ik vraag hem alleen maar wat hij ervan vindt, Peder.' 'Ik vind dat hij af is', zei ik. Ze keek verbaasd naar me op, want zo laag was de rolstoel. 'Af? Ik ben nauwelijks begonnen!' 'Toch vind ik dat hij af is', fluisterde ik. Peders moeder staarde naar haar eigen tekening en bleef haar hoofd schudden en ik was bang dat ik iets doms had gezegd of iemand had beledigd. 'Het spijt me', zei ik. Zijn moeder keek me weer aan. 'Ik geloof warempel dat je gelijk hebt, Barnum. Misschien is hij toch wel af.' Ze wendde zich tot de naakte man die daar nog even roerloos stond. 'We zijn klaar, Alain. Maar zeg Barnum even gedag voor je gaat.' De man die Alain heette, kwam als het ware los van de vloer, alsof hij daar vastgevroren was geweest en nu tot leven werd gewekt door het bevel van Peders moeder. Hij kwam langzaam naar me toe en drukte vluchtig mijn hand, een beroering slechts. Ik maakte een diepe buiging, maar deed mijn hoofd snel weer omhoog. Dit was de eerste keer dat ik een naakte man begroette. Peder keek fluitend een andere kant op en trok me de kamer door, de trap naar de bovenverdieping op. Dat duurde even, want we moesten ons een weg banen tussen onafgemaakte schilderijen door, stapels met boeken, koffers, kranten en drooglijnen. Maar op Peders kamer was het anders. Ik bleef in de deuropening staan. Ik bedacht dat je niet echt kameraden bent voordat je op elkaars kamer bent geweest, maar Peder had mijn kamer nog niet gezien, bovendien was dat niet alleen mijn kamer, hij was net zo goed van Fred, onze kamer was doormidden gedeeld met een streep die je niet weg kon poetsen. Peder viel kreunend op zijn bed. 'Verdomme. Wat goed dat je zei dat die tekening af was! Want anders was hij nooit af gekomen.' Er hing een enorme landkaart boven zijn bureau en naast die kaart hingen vier klokken die verschillende tijden aangaven. De eerste wees kwart voor vijf aan. Maar op de tweede was het al kwart voor acht. 'Welke lopen verkeerd?' vroeg ik. Peder lachte. 'Geen een, sukkel. Kom erbij!' Ik ging naast hem op bed liggen. Dat was breed genoeg. Peder wees op de klokken. 'De eerste geeft de tijd hier in Frogner aan. De tweede die in Rio de Janeiro. De derde in New York en de vierde in Tokio.' 'Handig hoor', zei ik. 'Ja', zei Peder. 'Want als er iemand uit New York belt, dan weet ik precies hoe laat het daar is.' 'Belt er wel eens iemand uit New York?' vroeg ik.

'Nooit', zei Peder en hij lachte weer. 'Kan toch handig zijn om te weten', zei ik. We bleven een poosje liggen zonder iets te zeggen. Het was een rare gedachte dat de tijd verschillend is, dat iemand al thuis kan komen uit school, bijvoorbeeld in Rio de Janeiro, terwijl anderen daar ver achter liggen en misschien net aan de eerste les zijn begonnen, bijvoorbeeld in Tokio. Sommige hebben vertraging en anderen hebben een voorsprong. Dat was eigenlijk onrechtvaardig. Maar wat gebeurde er als je van Frogner naar New York ging? Werd je dan plotseling acht uur ouder, of jonger? Het was niet te vatten. En als je de hele aardbol rondreisde en weer thuiskwam, kon je dan opnieuw beginnen, was de tijd dan zo ver teruggedraaid dat de meeste dingen uit je leven ongedaan waren gemaakt, zodat je het nog een keer kon doen, maar op een betere manier, of het laten en het helemaal niet doen, als je spijt had van wat je gedaan had? 'In slaap gevallen?' vroeg Peder. 'Dacht gewoon na', fluisterde ik. 'Waar dacht je dan aan?' 'De tijd.' 'Tijd is alleen maar iets wat wij hebben verzonnen', zei Peder. 'Net als geld.' We hoorden voetstappen in de tuin en repten ons naar het raam. De naakte man, Alain, vertrok. Gelukkig was hij nu niet naakt meer. Hij droeg een lange jas en een zwarte sjaal die minstens achttien keer rond zijn hals gewikkeld was. Op straat draaide hij zich opeens om en zwaaide, hij hief alleen zijn arm op en vouwde zijn vingers. Maar hij zwaaide niet naar ons. 'Wat mankeert je moeder?' vroeg ik. Peder zei pas iets toen de man die Alain heette verdwenen was en het speet me dat ik het gevraagd had, want ik wilde niets verkeerds zeggen, ik wilde niets verpesten, dat was wel het laatste wat ik wilde, want ik was tot Peders kamer toegelaten. 'Mankeert haar dan iets?' Ik slikte. 'Ze zat immers in een rolstoel', fluisterde ik. Peder haalde zijn schouders op. 'Misschien zit ze gewoon graag.' 'Ja, natuurlijk', zei ik. Peder liet zijn schouders weer zakken. Ik wilde iets anders vragen, maar liet het maar zo. We bleven zwijgend bij het raam staan. De tijd verstreek in Tokio, in Rio de Janeiro en New York. In Frogner stond de tijd stil. Het was net alsof wij ook modellen waren geworden, die roerloos in onze lichamen wachtten terwijl iemand ons tekende, maar we wisten niet wie dat was, die ons tekende, en we wisten ook niet wanneer de tekening af zou zijn. Eindelijk zei Peder iets. 'Weet jij hoeveel lullen Gustav Vigeland heeft gemaakt?' vroeg hij. 'Lullen?' 'Ja, lullen.' 'Nee', zei ik. '121', zei Peder. 'Hoe weet je dat?' 'Omdat ik ze geteld heb. En het zijn er 122 als je de Monoliet meetelt.' 'En 123 als je die in de woonkamer meetelt', zei ik. 'Ja, verdomme. Er is maar één ding dat erger is dan naast het Vigelandpark wonen.' 'Wat dan?' 'Naast een kerk wonen. Zoals Vivian. Denk eens aan die herrie 's zondags, hm?' 'Of met kerst', zei ik. 'Moet zwaar kloten zijn.'

Peder keek me aan. 'Sommigen zeggen dat haar moeder een geheime deur heeft van haar slaapkamer naar de kerk.' 'Wie zegt dat?' Peder haalde zijn schouders weer op. 'Sommigen. Maar dat is vast gelogen.' Toen kwam zijn vader thuis. Dat hoorden we lang voordat we hem konden zien. De roestige Vauxhall maakte meer lawaai dan een gebombardeerde locomotief en deed de laatste vogels al opvliegen uit de haag in de tuin toen hij nog op de rotonde op de Solliplass was. Ongeveer een halfuur later manoeuvreerde hij de garage binnen, alhoewel manoeuvreren eigenlijk overdreven was, de auto sprong eerder het hek in, alsof zijn vader niet goed wist hoe hij de pedalen moest bedienen en erop trapte als op een fiets, of misschien was er iets mis met de motor, maar waarschijnlijk allebei. 'Vader heeft er drie jaar en acht maanden over gedaan om zijn rijbewijs te halen', zei Peder. '208 rijlessen. Kostte ietsje meer dan de auto zelf.' Er klonk een lelijke klap in de garage. Vlak daarna kwam Peders vader naar buiten met zijn aktetas onder zijn arm en zijn hoed in zijn hand, hij keek naar boven en glimlachte tegen ons alsof er niets gebeurd was. Peder deed het raam open. 'Hallo!' riep zijn vader. 'Staan onze dansmonsters daar?' 'En hoe vaak ben je vandaag aangehouden door de politie?' riep Peder terug. Zijn vader lachte en wees naar mij. 'Barnum! Hou je van doorbakken bloedworst met rauwe ui?' Ik had geen tijd te antwoorden, maar hij zag blijkbaar dat ik vrij sip keek. 'Ik ook niet, Barnum!' En toen verdween hij en wij holden naar beneden en in de woonkamer was de tafel al gedekt en het rook in ieder geval niet naar bloedworst en ui, maar naar iets wat ik waarschijnlijk nog nooit geproefd had, maar wat daarom niet minder lekker rook, en Peders moeder reed met een enorme schaal naar binnen en even later kwam zijn vader er ook aan, hij bukte zich en kuste Peders moeder heel lang en toen konden we aan tafel. Ik bedacht dat hier niet al te lang geleden een naakte man had gestaan en nu aten we in dezelfde kamer. Ik moest eerst opscheppen en Peders vader hield me goed in de gaten. 'Eten is niet gevaarlijk', zei hij. 'Plaag Barnum niet zo', zuchtte Peder. 'Ik plaag Barnum niet. Ik zeg alleen maar dat er meer is waar dat vandaan komt' Ik legde een plakje vlees, dat bijna doorzichtig was, op mijn bord en gaf de schaal door aan Peder en besefte meteen dat ik hem aan zijn moeder had moeten geven, net zoals je in de tram voor ouden en zieken opstaat, en dat ik nu bijna weer alles verpestte en zou worden verstoten en ze mij zouden verzoeken nooit meer terug te komen, dat wat ik het meest van al vreesde, maar toen was het al te laat en Peder nam net zo makkelijk meteen maar twee porties en goot er saus overheen tot er geen plaats meer was op zijn bord. Hij draaide zich naar me om, gewapend met mes en vork en servet. Ik was er toch niet uitgegooid. 'Eend', zei hij. 'Zó uit het Frognerpark.' 'Hou op!' lachte zijn moeder en ze gooide haar servetring naar hem, terwijl zijn vader de rest van de schaal in veiligheid bracht. Maar Peder hield nog niet op. 'Ja hoor. Moeder gaat in haar rolstoel op eendenjacht. Eerst voert ze ze. Dan draait ze ze de nek om. Lekker, Barnum?' 'Niet naar hem luisteren', riep zijn moeder en ze schonk appelsap in mijn glas. 'Jawel hoor', zei zijn vader. 'Moeder haalt al ons voedsel uit het Frognerpark. Vissen uit de vijver en zwanen uit de fontein!' 'Dat doe ik niet!' 'En in de winter konijnen. Wist jij dat er konijnen in het Frognerpark zaten, Barnum?' 'Niet naar hen luisteren!' lachte zijn moeder. 'Vroeger ging ze met de hond op jacht. Die trok de rolstoel. Net als een slede.' En zo gingen ze maar door tot ze er genoeg van hadden. Peder at ongeveer tweemaal zoveel als wij anderen bij elkaar en even snel. En voordat het dessert kwam viel er een lange stilte, verzadigd en doezelig. We keken elkaar glimlachend aan. Ik kon bijna niet bevatten hoe blij ik was. Ik zat bij Peder in de woonkamer te eten. Ik was op zijn kamer geweest. Ik had naast hem op bed gelegen. Hier kon Fred nooit komen. Dit was van mij, alleen van mij.

De vader haalde zijn hand door het gouden haar van Peders moeder. 'Heb je vandaag nog wat kunnen tekenen?' vroeg hij zachtjes. Ze knikte en nam zijn hand in haar schoot. 'Barnum zegt dat het klaar is', zei ze. De vader wendde zich tot mij, verbaasd. 'Heb jij daar verstand van, Barnum?' Peder stond op en nam het woord voordat ik antwoord had kunnen geven, en dat was misschien maar beter zo. 'Als Barnum zegt dat iets klaar is, dan is het klaar. Klaar?' We knikten en Peder bracht de borden naar de keuken en bleef daar een hele poos. Ik had zin om achter hem aan te lopen maar bleef zitten, want niemand had gezegd dat ik van tafel mocht, en ik wilde niet brutaal zijn en hun de indruk geven dat ik onopgevoed en ondankbaar was. Ik wilde dat ze me aardig zouden vinden, alles aan mij aardig zouden vinden. Peders vader stak een pijp op en legde een wolk over de tafel. 'Barnum', zei hij. 'Ja', zei ik. 'Barnum', herhaalde hij. 'Ja', zei ik en ik dacht, nu gaat híj het verpesten, als hij ook dingen over mijn naam zegt en die belachelijk gaat maken, zoals de meeste mensen gewoonlijk deden. 'Barnum', zei hij voor de derde maal. 'Ik heb een postzegel gehad met Barnum erop. Een uiterste zeldzame Amerikaanse zegel.' Toen kwam Peder met het dessert. 'En deze heeft moeder gevangen op het hondenveldje', zei hij en zette de kom op tafel. 'Poedeloren in room!' Het waren perziken met slagroom, maar ik kon nauwelijks eten, want ik moest aan de postzegel denken, de postzegel met Barnum erop, ik had bij wijze van spreken mijn eigen postzegel, Barnums postzegel, als ik ooit rijk werd zou ik alle postzegels met Barnum erop opsporen en ze kopen en daarna kaartjes sturen naar al die mensen die mijn naam belachelijk hadden gemaakt, vooral de dominee, naar hem zou ik een hele stapel sturen, met mijn eigen postzegel erop, groetjes, Barnum, hij zou nergens anders meer tijd voor hebben dan kaarten van mij ophalen, dat zou ik doen. 'Je moet wel wat eten, Barnum', zei Peders moeder. 'Voordat Peder alles heeft opgegeten.' Ik nam nog een poedeloor en zijn vader stak zijn pijp weer aan en het werd wederom bewolkt. 'Vandaag kwam er een oudere dame naar de winkel', zei hij. 'Ze wilde een postzegel verkopen. En ik vroeg hoeveel ze ervoor wilde hebben. Vijftig kronen, misschien, zei ze. Haar postzegel was minstens 800 waard.' Zijn vader had nog een lucifer nodig en ik kon hem maar met moeite zien daar in die mist. Peder werd ongeduldig. 'Dat betekent dat je 750 kronen hebt verdiend', zei hij. Maar zijn vader schudde zijn hoofd. 'Dat kon ik niet. Die oude dame beduvelen, bedoel ik.' Peder wilde opstaan, maar hij had blijkbaar te veel gegeten, hij kwam niet helemaal omhoog. 'Beduvelen!' riep hij. 'Ze noemde die prijs toch zelf!' 'Ja, maar ze had totaal geen verstand van postzegels, Peder.' 'Wat heb je haar gegeven?' fluisterde hij. 'Ik heb haar gegeven wat hij naar mijn mening waard was. 800 kronen.' Peder verborg kreunend zijn gezicht in zijn handen. 'Ik geloof dat ik de zegel voor bijna negenhonderd aan een Zweedse verzamelaar kan verkopen', zei zijn vader en wendde zich tot Peders moeder. 'Dat is toch honderd kronen winst.' Ze legde haar hand op de zijne. 'Je bent veel te aardig', zei ze. 'Hij is veel te dom!' brulde Peder. Zijn vader legde zijn pijp neer en keek me aan met een merkwaardige glimlach. 'Ik ben noch aardig, noch dom, Barnum. Ik ben gewoon eerlijk.'

Peder liep een stukje met me mee naar huis. Hij had frisse lucht nodig. En zijn moeder wilde ook mee. We duwden haar door de Kirkevei en namen het pad langs de lege zwemvijver en de duiktoren, die een witte schaduw leek tegen de zwarte hemel waaraan een volle maan stond, midden in een onrustige ring van kou. Het zou wel gauw gaan sneeuwen. Peder legde zijn sjaal om zijn moeder heen. Ik zei plotseling iets raars. 'Sneeuw staat u', zei ik. Peders moeder leunde achterover en keek naar me op. Ik geloof dat ze wilde lachen, maar ze glimlachte alleen een beetje verwonderd. 'Dank je', zei ze. 'Dat was mooi gezegd, Barnum.' Ik was blij dat ik niet hoefde uit te leggen wat ik bedoelde. Want dat wist ik zelf ook niet helemaal. Het was alleen iets wat ik plotseling kon zien, dat sneeuw haar goed zou staan. Haar rode haren. Koper en sneeuw. 'Dank je', zei ze nog een keer. En Peder legde zijn hand op mijn schouder.

Daarna liep ik alleen door de Kirkevei. Ik liep langzaam, opdat deze avond zo lang mogelijk zou duren. Bij Esthers kiosk meende ik Fred de portiek binnen te zien gaan. Ik bleef staan en hield mijn adem in. Maar waarschijnlijk speelde de maan me gewoon parten. Toch bleef ik daar staan, verscholen achter een boom op de hoek, tot het gevaar voorbij was. De schors was koud en ruw tegen mijn wang. Ik was niet bang.

Toen ik thuiskwam, was moeder al naar bed. Vader was op reis, want zijn koffer en jas waren weg. Fred was niet op onze kamer, hij zwierf rond, en Boletta zou wel weer naar de Noordpool zijn. Ik deed de balkondeur open en keek naar de maan. Zo groot was hij nog nooit geweest, in zijn mantel van kou en wind. Het was dezelfde maan die ze vanaf Røst en Groenland konden zien, en misschien ook in Rio de Janeiro, als ze goed genoeg keken. Boletta had een keer over maanziekte verteld, dat je dromen sterk als staal kunnen worden als de maan vol is, want het maanlicht is een vlam die de werkelijkheid en alles wat we ons verbeelden aan elkaar last. Tijdens de oorlog had niemand last van maanziekte, want toen had iedereen verduisteringsgordijnen en mocht je 's nachts niet naar buiten, daarom hebben wij gewonnen. Misschien was dat wel wat Boletta op haar heupen kreeg, als ze naar de Noordpool moest, maanziekte, en raakte ze dat pas weer kwijt als de zon de maan wegduwde en de lassen in het metaal van de duisternis liet smelten. Ik sloot de deur, trok de gordijnen dicht en liep op mijn tenen naar moeder. Ik kroop naast haar in bed, hoewel ik wist dat ik dat niet meer hoorde te doen. Moeder lag een hele poos stil, met de rug naar me toe. 'Wat is er, Barnum?' 'Ik ben zo blij', fluisterde ik. Moeder draaide zich om. 'Ben je blij?' 'Ja', zei ik. 'Ik ben bij Peder geweest.' 'Dan ben ik ook blij, Barnum. Heel erg blij.' Ik sloot mijn ogen. 'Denk je dat Fred ook blij wordt?' vroeg ik. Moeder sloot haar ogen ook. 'Er zit te veel woede in Fred, Barnum. Te veel woede. Nu proberen we te slapen, goed?'

Maar ik kon niet slapen. Ik lag wakker. Ik liet deze dag in me voortduren. Ik haalde diep adem en toen proefde ik de smaak die nog steeds in de kamer hing, de smaak van die donkere wijn, en die werd een golf in mijn bloed en een hunkering in mijn hoofd, ik lachte, moeder zei sst!, en ik lachte tot in mijn slaap, en zo sluit ik deze herinnering af, dit nachtbeeld, gedrenkt in maanlicht en Malaga.

(HET LABYRINT)

Peder vroeg ooit wat eigenlijk het eerste was wat ik me van Fred herinnerde. Waar moest ik beginnen? Welk beeld moest ik kiezen uit de stapel herinneringen die ik verborg in een duisternis die ik zelden durfde te openen? En gleden deze beelden niet in elkaar over, werden de tussenruimtes, de jaren die hen scheidden, niet uitgewist wanneer ik terugkeek, zodat de beelden niet langer apart stonden maar in een vreemde volgorde waren gemonteerd, onmogelijk uit elkaar te halen, in een andere logica, een verwrongen chronologie, die de afdruk van de herinneringen is, zoals de voetsporen van het jongetje in *The Shining*, die we lang daarna samen in de bioscoop zouden zien. Ik mocht eerst niet naar binnen en moest een legitimatie laten zien en Peder, die snel bang was, maar alleen als het om film ging terwijl ik alleen snel bang was waar het al het andere betrof, pakte elke keer dat de vermoorde tweeling in het bloedbad opdook mijn hand vast. Hij had ook kunnen vragen wat Freds eerste herinnering aan mij was. Wat dacht Fred toen hij zich over de kinderwagen boog en het stille jongetje zag dat daar lag en dat zijn stompe knuistjes naar hem uitstrekte? Was dat onze eerste herinnering, ons gemeenschappelijke beeld, als hij de kinderwagen heen en weer wiegde, om me laten slapen, of om me bang te maken? Was dat waar we begonnen? Peder hief zijn glas en proostte. 'Je weet het niet meer', zei hij. Ik dronk. 'Ik haat het woord eigenlijk. Je weet dat ik het woord eigenlijk haat.' 'Ook goed', zei Peder. 'Dan schrap ik dat. Wat is het eerste wat je je van Fred herinnert?' En ik denk: niet die dingen die anderen me verteld hebben, die aan mijn geheugen zijn toegevoegd en die ik verder vertel alsof ik erbij was toen het gebeurde, voor mijn tijd, buiten mijn tijd, op de achterbank van de taxi waarin hij geboren werd, of in de goot op de hoek van de Wergelandsvei toen De Oude dood was, nee, dat is niet wat ik me herinner, het eerste wat ik me van Fred herinner is dit: zes nylonkousen, de geur van Malaga en Boletta die met rustige stem voorleest uit de brief van onze overgrootvader, *Aan boord van de s.s. Antarctic 17-8-1900*, en hoe vaak hebben ze die niet gelezen, hoe dun is het papier waarop hij geschreven is niet geworden van de vingers die hem voorzichtig doorgebladerd hebben, hoe versleten zijn de randen van de envelop niet waar ze die velletjes behoedzaam uit tevoorschijn trekken, elke keer weer even plechtig, elke keer alsof het de eerste keer is, en af en toe breekt Boletta's stem en dan horen we dat de glazen weer gevuld worden en de kruimels dwarrelen van de droge cakejes als ze even pauzeren, de drie vrouwen. Want Fred en ik zitten onder de tafel in de eetkamer. Ik kan zes knieën tellen, in twee ervan zitten gaten, die zijn van moeder, en De Oude heeft haar pantoffels uitgeschopt, haar grote teen steekt uit de dunne kous, en Boletta tikt de maat met haar voet als ze leest. Er is maar net genoeg plaats voor Fred, maar ik zit goed, tegen Freds rug geleund, ik voel hoe warm hij is, en we zijn zo stil als we maar kunnen, we houden onze adem in, we willen niets missen, en eindelijk gaat Boletta verder. *Wij hebben hiernaartoe een zeer voorspoedigen reis gehad, wij liepen aan op het onbewoonde eiland Jan Mayen en lagen daar twee dagen voor anker terwijl de natuurvorschers aan land waren. Reeds voordat wij zoover gevorderd waren, stond de zon des middernachts hoog aan de hemel. Kort nadat wij dit eiland verlaten hadden, bereikten wij het ijs, wij drongen het ijs binnen, maar daar dit gestaag dikker werd moesten wij na twee dagen omkeeren en het ijs verlaten en verder naar het noorden varen, wij ploegden door vrijwel aaneengeslooten ijsvelden, indien het weder fraai was of wij niet verder konden, bonden we onderwijl een ijsvlag vast om een temperatuurserie te maken, dat wil zeggen de temperatuur van het zeewater op verschillende diepten onderzoeken, en wij namen loodpeilingen, wij hadden peilapparatuur aan boord waarmede wij tot op 4000 vadem diepte konden peilen. Het diepste wat wij gepeild hebben, is voor zoover ik mij herinner 1600 vadem.* 'Mijn God', fluistert De Oude. 'Dat ze dat durfden. 1600 vadem!' 'Sst!' zegt Fred luid. Dan is het een poosje doodstil. En plotseling leest Boletta, luid en duidelijk: *Ik behoef toch niet te vreezen dat U met het journaille in contact treedt, immers ik wil niets hiervan in de krant zien staan!* Dan wordt het tafelkleed opgetild en wordt moeders gezicht zichtbaar, ze kijkt ons verbaasd aan, maar ik geloof dat ze maar doet alsof, want ze hebben ongetwijfeld de hele tijd geweten dat wij hier zaten. 'Raad eens wie zich onder de tafel verstopt hebben?' fluistert moeder. En nu moeten De Oude en Boletta ook kijken, het is net of hun hoofden ondersteboven hangen, ik heb plezier, maar Fred blijft ernstig. 'Meer', zegt hij. 'Meer.' Moeder zucht. 'Nee, nu is het genoeg geweest. Het is niet goed voor de jongen.' Bedoelt ze mij, of Fred? Is het niet goed voor ons om de rest te horen, of wil ze niet dat we onder de tafel zitten? Hoe het ook zij, er werd die avond niet meer voorgelezen. Boletta stopte de brief in de envelop en knoopte er een blauw touwtje omheen, zodat er geen velletjes uit konden vallen, en daarna werd het geheel in het onderste laatje van de secretaire geduwd. We krabbelden tevoorschijn uit onze verstopplaats onder de tafel achter het kleed. Maar het was toch nog niet afgelopen, want De Oude was op dreef gekomen, alsof de herinneringen op een rij in haar stonden te dringen. Ze tilde me op haar schoot en ik zag Freds blik op het moment dat De Oude haar armen om me heen legde en me tegen het frontje van haar jurk drukte, ik zag de afgunst in zijn ogen en tegelijkertijd iets anders, hoon, ik kan er geen ander woord voor vinden, afgunst en hoon, maar hij ging niet weg, hij ging in de hoek op de grond zitten, want we wisten wat er nu ging komen. Boletta deed alle lampen uit, trok de gordijnen dicht en stak kaarsen aan. Moeder bakte schijfjes appel in de keuken en al snel vermengde die geur zich met de duisternis. De Oude zuchtte vergenoegd. 'Nu is de deemstering weer gekomen', fluisterde ze. 'Wat willen jullie horen?' 'Over de brief', fluisterde ik. 'Over de brief!' 'Zeur niet zo', zei Fred, in de hoek. En als De Oude ging vertellen begon ze altijd ergens anders, alsof ze het verhaal zijdelings wilde binnentreden, ze maakte lange omwegen, ze stelde ons geduld op de proef, schroefde onze verwachtingen op, ze vertelde over het stadje Køge, waar zij geboren was en waar H.C. Andersen ook over geschreven heeft, ze vertelde over de ruggengraat van de klipvis waar ze kopjes, suikerpotten en roomkannetjes van maakten, en van de oorstenen van de kabeljauw die in patronen op doosjes werden geplakt waarin ze kleine geheimen konden bewaren. Ik at warme appelschijven en doezelde, de duisternis en de traagheid van De Oude maakten me slaperig. Maar plotseling was ze er, onverwachts, op de springplank van het verhaal, klaar voor de grote sprong. 'En toen gebeurde het dat een jonge zeeman voor mij viel', zei ze. Ik werd wakker. 'Viel hij voor je?' vroeg ik. Fred gromde. De Oude grinnikte. 'En ik viel voor hem, Barnum. We vielen zo hard voor elkaar dat het tot in Kopenhagen echoode, ja, in het hele land.' 'Nu moet je niet zo overdrijven', zei Boletta. De Oude nam een slokje Malaga. 'Denemarken is zo klein dat je dat hoort', zei ze. 'Ga verder', fluisterde ik. En De Oude ging verder. 'Het was in de tijd dat ik nog De Jonge was, toen de wereld zich nog in de vorige eeuw bevond. Maar ons geluk samen zou kortstondig zijn. In juni 1900 monsterde hij aan op het zeilschip Antarctic dat naar Groenland zou varen. En hij, die Wilhelm heette en die jullie overgrootvader is, kwam nooit meer bij me terug en bleef daar in het grote ijs.' De Oude zweeg. Ik hoorde haar hart onder de jurk, het sloeg langzaam en hard en deed haar handen trillen. Ik moest bijna huilen. 'Niet ophouden', fluisterde ik. De Oude trok haar vingers door mijn krullen. 'Misschien begint het verhaal nu pas, Barnum? Want een jaar later, toen kleine Boletta was geboren, kreeg ik bezoek van een heer van de rederij en hij nam een brief mee die ze in Wilhelms anorak hadden gevonden op de dag dat hij verdween. En dat is dezelfde brief als daar in de lade ligt.' De Oude moest even rusten. Ze at een stukje warme appel. Wij wachtten. Ver weg speelde mevrouw Arnesen op de piano, dezelfde melodie. 'Ga verder', fluisterde ik. 'Ga verder!' 'Niet zo zeuren', zei Fred. En De Oude ging verder. 'Toen ik de brief las, was het net alsof mijn Wilhelm tegen me praatte. Hij was vermist, maar hij praatte tegen me. Dat was zo wonderlijk. Ik kon zijn stem in de woorden horen, in de droge inkt, in het handschrift waar hij zo zijn best op had gedaan in de kou. Maar ik kon het ook niet nalaten te denken dat als hij die anorak aangetrokken had, hij misschien nog in leven zou zijn.' Boletta zuchtte. 'Dan zou de brief misschien ook verdwenen zijn', zei ze. Daar dachten we even over na. Fred stond op, maar ging even snel weer zitten. Het was de sterke geur van gebakken appels in het donker. Die hield ons vast. Het was de schil die knisperde in je mond, zoet en krokant. De Oude snoot haar neus. 'En daarna ging ik bij de film', fluisterde ze. 'Want ze zeiden dat ik het bekoorlijkste meisje van Denemarken was.' Ik keek naar haar op. Ze hing als een rimpel boven me, haar gezicht leek één grote rozijn. 'Wat betekent bekoorlijkste?' vroeg ik. 'Mooi', fluisterde De Oude. Ik bekeek haar nauwkeuriger. 'Dan hebben ze tegen je gelogen', zei ik. De Oude lachte en duwde me naar bed. Fred was behoorlijk kwaad omdat hij tegelijk met mij naar bed moest, maar om de een of andere reden weigerde hij niet. We lagen wakker in het donker. 'Dat had je nooit mogen zeggen', zei hij. Ik werd bang. Ik had iets gedaan wat Fred niet beviel. 'Wat?' 'Dat ze gelogen hadden.' 'Ik bedoelde het niet zo, Fred.' 'Je zei het. Zeg dat nooit meer.' Ik liet mijn hoofd op het kussen vallen en huilde. 'Zal ik je voorlezen?' fluisterde ik. Fred gooide een schijfje appel op de grond. 'Wat voorlezen, kleintje?' Ik dacht na. 'Als we de brief halen kan ik de rest aan je voorlezen.' Fred bleef een poosje zwijgend liggen. 'Niemand mag die brief aanraken', zei hij uiteindelijk. 'Alleen Boletta en De Oude. En moeder.' Fred zweeg weer. Ik had ook niets meer te zeggen. 'Bovendien kun je niet lezen', zei hij. Ik ging in bed zitten. 'Welles, dat kan ik wel.' 'Nietes', zei Fred. 'Jawel, ik kan lezen.' 'Nietes', zei Fred. 'Je bent te klein.' Ik ging weer liggen. Ik moest bijna huilen. 'A b c', fluisterde ik. 'Wat zeg je?' 'A b c d e f g', zei ik. Nu kwam Fred overeind. 'Waar ben jij in godsnaam mee bezig!' riep hij. 'H i j k l m n o p', zei ik zo snel ik kon. 'Ik lees! Q r s t!' Fred sprong uit bed en kwam naar me toe, en ik wist niet wat hij van plan was, wat hij ging doen, ik zag alleen dat zijn ene vuist gebald was en ik dook onder het dekbed en hoopte dat hij me niet zou vinden in het donker. Maar plotseling stopte hij, vlak voor het raam. Daar bleef hij staan. Na een poosje durfde ik te kijken. En toen zag ik dat Fred met beide handen een potlood vasthield, zich bukte en een enorme streep trok, dwars over de vloer tussen ons in. En elke keer dat moeder die streep weg boende, maakte Fred een nieuwe, en ten slotte gaf ze het op en liet hem daar staan, een streep die de kamer in tweeën deelde. En is het die nacht of een andere, dat vader, Arnold Nilsen, thuiskomt met een wasmachine? Het maakt ook niet uit. Hij komt die nacht. Dat is de reden dat Fred niet meer gaat slapen. Hij blijft staan luisteren. Er is een enorm lawaai in het trapportaal. Vader draagt de wasmachine op zijn rug en wekt het hele huis. Dat kan hem niet schelen. Hij kan zoveel lawaai maken als hij wil, want hij komt thuis met een wasmachine. Moeder gelooft haar eigen ogen niet en moet Boletta vastpakken en ze houdt De Oude al vast. Vader briest als een eland en zijn gezicht is knalrood, maar hij heeft toch nog genoeg kracht om te glimlachen. 'Hier kom ik', zegt hij. 'Opzij!' En hij draagt de wasmachine regelrecht naar de badkamer en zet hem daar neer en zelf gaat hij in de badkuip zitten en veegt het zweet weg en laat zijn op hol geslagen hart tot rust komen, terwijl moeder een pilsje voor hem haalt, het is midden in de nacht en het is nog niet te geloven. Hij drinkt de hele fles in één slok leeg en wij staren alleen maar naar hem. 'Nu is de tijd voorbij dat jullie jezelf kapot werken met tobbes en teilen!' zegt hij uiteindelijk, en kijkt beurtelings naar moeder, Boletta en De Oude. 'Want nu heb ik de vooruitgang mee naar huis genomen!' Hij staat op uit de badkuip als was hij een zonnekoning. 'Hoe ben je daaraan gekomen?' fluistert moeder. Vaders blik wordt ongedurig, een trekje bij zijn ooghoek, een schaduw in zijn glimlach. Maar deze nacht is te mooi om zich op te winden. In plaats daarvan pakt hij moeder stevig beet en kust haar zo heftig dat ze hem met al haar kracht weg moet duwen. 'Dat was een koud kunstje', zegt vader lachend. En dan begint hij te schroeven en te koppelen en hij vloekt erger dan ooit, want hij moet het allemaal met één hand doen, moeder legt haar armen om mij heen en Boletta houdt Freds oren uit de buurt, terwijl De Oude slechts zucht en haar hoofd schudt over al die vooruitgang die de krappe badkamer moet herbergen. Maar vader kan wederom in triomf herrijzen. Eindelijk gaat er een knopje in de deksel branden en hij wijst met heel zijn gezonde hand. 'Indien men nu de elektrische schakelaar beweegt, kan men maar liefst wassen, wringen en leegpompen, in de volgorde die ik zojuist noemde. Verder kan ik terloops melden dat de machine een regelbaar element heeft, een automatische pomp, een pulsator in de zijwand en een roestvrijstalen trommel.' Het is lange tijd stil. Wij zijn met stomheid geslagen. Wij zijn stom van bewondering en vader geniet van elke seconde. Wij eten uit zijn hand. Hij tovert een pak wasmiddel tevoorschijn. 'Wat staan jullie hier nou te staren!' roept hij. 'Haal het allervieste wat jullie hebben!' Maar wat moeten we halen? Moeten we beginnen met de gordijnen, het beddengoed, de sokken, de keukendoekjes, de broeken of misschien alle zakdoeken? We blijven daar staan, op een kluitje in de badkamer, zelfs Fred verroert zich niet, en vader moet hartelijk lachen om al dit onbenul en deze dadenloosheid, het is zijn welwillende lach, zijn geduldige en goedgelovige lach in een gulle nacht. 'Dan moet ik jullie maar vragen om het mooiste wat jullie hebben', fluistert hij. Moeder verdwijnt even en komt terug met de nylonkousen. Boletta wil protesteren, maar vader verpulvert de tegenstand met een nieuwe glimlach. 'Wol, zijde en fijngoed wassen we één minuut in lauw water', zegt hij, zachtjes. Dan laat hij de kousen één voor één in de machine vallen, hij klapt de deksel dicht, giet poeder in een schuifje, draait de kraan open en houdt zijn vinger boven de schakelaar. We moeten dichterbij komen. Hij draait de schakelaar om. Als snel horen we een geluid, een zwak gezoem dat gaandeweg harder wordt, de machine begint te trillen, hij schudt, een razende motor op de plaats rust. Moeder is bleek, Boletta durft niet te kijken en De Oude zucht gewoon door, niet de vooruitgang, maar de waanzin heeft hier zijn intrede gedaan. Vader wordt even een tikkeltje nerveus, zijn glimlach hangt aan een dun draadje, en hij gaat op de machine liggen om hem vast te houden, die moet vooral niet kantelen, hier zijn krachten aan het werk die groter zijn dan wij, een dergelijke machine kan de lijnboot van Svolvær naar Bergen en weer terug aandrijven voordat hij aan het spoelen is toegekomen. Ik sta achter Fred, die huilt van het lachen, en vader wil net naar hem uithalen als de machine net zo plotseling weer stilvalt, er komt stoom uit de deksel, hij sterft, vader kijkt vergenoegd op zijn horloge en telt de laatste seconden af tot de minuut is verstreken. Dan maakt hij de deksel open, tilt de drie kousen eruit en laat ze over zijn kapotte hand hangen. Ze glanzen, en dat niet alleen, zelfs de ladders op de knieën zijn gerepareerd, ik zweer het, ze zijn heel en schoon en geuren zoet, ze zijn zo goed als nieuw, ja, ze zijn nog beter dan toen ze nieuw waren, en moeder en Boletta en De Oude trekken deze herrezen kousen aan en moeten een rondje door het appartement lopen op hun pasgewassen benen. Vader neemt Fred en mij terzijde. 'Nu hebben jullie gezien hoe het moet', fluistert hij. 'En deze nacht zal niemand van ons vergeten.'

Vervolgens trekt hij zijn overhemd uit en propt dat in de machine, hij wil onze pyjama's ook hebben, maar dan stuurt moeder ons weer naar bed, maar we gaan niet slapen, we liggen te luisteren naar het lied van de wasmachine, en als alles weer stil is en het bijna ochtend is geworden, sluipen we terug naar de badkamer, waar vaders witte overhemd te drogen hangt, en gaan op onze hurken zitten. Fred strijkt met zijn vingers over het plaatje vlak onder de schakelaar en ik zit naast hem, zo dichtbij als ik maar durf. Zijn gezicht staat ernstig, hij klemt zijn kaken op elkaar en verplaatst zijn vinger langzaam van letter naar letter. W A S M A C H I N E, spelt hij net zo langzaam, hij zegt elke letter hardop. Op het plaatje staat niet wasmachine. Daar staat Evalet. Fred draait zich naar me om en glimlacht. Ik glimlach ook. Maar ik zeg niks, want het gebeurt zo zelden dat hij me zó aankijkt, glimlachend, hij is als het ware trots en verlegen tegelijk. Ik zeg niet dat de wasmachine Evalet heet, in plaats van wasmachine. We blijven op de koude badkamervloer zitten, onder vaders overhemd, en Fred blijft met zijn vingers over de letters strijken. 'Wasmachine', fluistert hij.

En ik denk aan de kleine naamstrookjes die moeder in onze kleren naaide, lusjes, zodat niemand ze per ongeluk mee zou nemen bij gymnastiek, in het zwembad, bij de dansles of de tandarts. Dat was bijna een obsessie van moeder, nadat we de wasmachine hadden gekregen. Alle kleren droegen onze namen, de overhemden, de truien, de sokken, het peau de pêche-jasje, de knickerbockers, de mutsen, de wanten, zelfs de onderbroeken voorzag ze van lusjes: Fred Nilsen, Barnum Nilsen. Onze kleren zouden nooit verdwalen.

Maar nu, nu alles allang gebeurd is, achter ons ligt, denk ik aan het labyrint, het jongetje in *The Shining* die tussen de hoge, besneeuwde hagen door wegvlucht en Peder die in de bioscoop mijn hand pakt, hoewel we al dertig zijn, maar we zijn snel bang, elk op onze eigen manier. En diep in mijn oor, daar waar de gehoorzenuw groeit, is ook een labyrint. Dat is gevuld met een heldere, taaie vloeistof, het akoestische water, en lijkt op een slak die je 's zomers langs de waterkant kunt vinden en die je als aas kunt gebruiken. Er zou ook een labyrint in het oog moeten zitten, diep in het oog, maar het oog is alleen maar tranen en spieren, en ik zie Fred die zijn vinger, langzaam, door het stof onder de tafel in de kamer haalt, langs de brief, de nylonkousen, over de streep in onze kamer en dan naar de wasmachine, terwijl hij fluisterend de schrijftaal van onze tijd probeert te spellen. 'Je had dat nooit moeten zeggen, Barnum.' Ik word heel erg bang. 'Wat? Wat had ik nooit moeten zeggen?' 'Dat ze tegen De Oude gelogen hebben', zei Fred.

(DE KIST)

Fred kwam thuis met een kist. Het was nacht. Ik sliep net. Ik werd wakker omdat ik hem beneden op de binnenplaats hoorde, hoorde dat hij iets zwaars door de sneeuw sleepte en vlak daarna mijn naam riep, op die zachte manier. Ik stond op, zo stil ik kon, bang voor wat Fred kon hebben verzonnen. Ik deed het raam open en keek naar buiten. En daar was Fred, op weg langs de waslijnen, die doorhingen van de rulle sneeuw en die bijna over de grond sleepten. Hij trok een slee achter zich aan en op die slee lag een kist, een witte doodskist. Bij de achteringang bleef hij staan en hij keek omhoog naar het raam waar ik stond te bibberen. Zijn adem dreef als een grijze wolk rond zijn gezicht. 'Kom je helpen, of hoe zit dat?'

Ik kleedde me snel aan en liep op mijn tenen het appartement door. De anderen sliepen. Het tochtte door het sleutelgat als ik erdoorheen keek. Ik kon moeder niet zien achter vader, die op zijn buik lag en op een dode walvis leek. Als hij op moeder ging liggen, zou ze ter plekke sterven. Ik hoorde de felle, fluitende ademhaling van zijn scheve, dichtzittende neus. Het kon niet waar zijn dat Fred een doodskist bij zich had. Ik moest het verkeerd gezien hebben. Maar bij Fred was het meeste wel waar. Ik zou het liefst weer zijn gaan slapen om morgen net te doen alsof dit gewoon weer een droom was. In plaats daarvan liep ik naar de eetkamer en legde het dekbed beter over Boletta heen, zodat ze niet verkouden zou worden. Terwijl vader almaar groter werd, was Boletta aan het krimpen. Als het zo doorging en ze lang genoeg leefde, zou er uiteindelijk niets van haar over blijven. Dat moest een rare manier van sterven zijn. Haar gezicht leek op het hoofd van een mummie die ik had gezien in de *National Geographic* en die ongeveer tweeduizend jaar onder een piramide had gelegen. Ik legde voorzichtig mijn hand op haar voorhoofd, maar ik was opgehouden haar te zoenen, ze smaakte naar levertraan. Haar voorhoofd was rimpelig als een portefeuille en ze glimlachte in haar slaap. Natuurlijk had ik het verkeerd gezien. Hoe kon Fred nou aan een doodskist komen. Ik rende de achtertrap af. Fred was behoorlijk ongeduldig toen ik kwam. Hij had een sigaret opgestoken. Zijn vingers waren geel. 'Moest je eerst nog in bad of zo?' Ik staarde naar de slee. Ik had het niet verkeerd gezien. Daar lag een doodskist op. 'Wat is dat?' vroeg ik zachtjes. Fred drukte een vinger tegen mijn slaap, hard. 'Wat denk je?' 'Is dat een kist?' 'Nee, Barnum, dat is een bobslee. Een eenmansbob. Ik ga trainen voor de Olympische Spelen. Hoe dom ben je eigenlijk, Barnum?' 'Maar hoe kom je daaraan, Fred?' 'Breek daar je hoofd maar niet te veel over.'

Hij haalde zijn vinger van mijn slaap en gaf me een trekje. Het was een van de sterke sigaretten zonder filter die De Oude had achtergelaten, ze waren droog als hooi en ongetwijfeld gerold in de tijd dat koning Haakon voet zette op Noorse bodem. Ik hoestte als een gek. Fred schroefde de peuk uit mijn mond en gooide hem in de sneeuw. Hij doofde niet eens. Fred sloeg me op mijn rug. 'Wat vind je, Barnum? Zullen we het hele huis wakker maken of niet?'

Ik slikte tabak door en keek op. Boven ons waren alle ramen zwart. Daarachter lagen de meeste mensen nu te slapen, zich niet bewust van wat er om hen heen gebeurde. En ik bedacht dat we ongeveer van de helft van ons leven, misschien wel meer, want sommigen slapen bijna de hele zondag, niets af weten, de helft van ons leven zijn we dood in onze bedden en de rest ervan gebruiken we om de bedden op te maken. Ik had vergeten ons raam dicht te doen. Vannacht zou ík verkouden worden. Vannacht zou ik verdwijnen. Fred duwde me naar de slee. 'Kom op! Doe niet zo sloom!'

Ik zag de sigaret als een oog in de sneeuw gloeien en erin wegzinken. We pakten elk een kant van de kist vast en droegen hem de achtertrap op. Op elke overloop moesten we bijkomen en we zeiden niets, om niemand te wekken. Ik droeg de bovenkant en Fred liep onder, en op de droogzolder was de lucht droog en scherp en hij schraapte langs onze gezichten, want de kachels waren uitgezet of kapot, er was namelijk bijna niemand meer die de droogzolder nog gebruikte. De wind deed de wanden knisteren. Ik deinde. Het was net alsof alles bewoog, als op zee, en ik bewoog mee. Ik deinde. De lamp aan het plafond was kapot, maar ook daar had Fred aan gedacht. Hij had een zaklamp bij zich, die stak hij in zijn mond, zodat hij kon dragen en tegelijkertijd kon bijlichten. Daar zou ik nooit aan gedacht hebben. Maar ik zou ook nooit midden in de nacht thuiskomen met een kist. Aan een slappe waslijn had iemand een stel lange onderbroeken laten hangen die volkomen vergeeld waren en die zich naar de grond uitstrekten, alsof ze zin hadden om naar beneden te springen en er voorgoed vandoor te gaan. Toen scheen de lamp ergens anders, spinnenwebben, een roestige sleutel, een lege drankfles, een oude krant die op de vloer lag en in zichzelf bladerde. We droegen de kist naar het achterste berghok en zetten hem daar voorzichtig neer. De maan hing in het dakraam. Zwart stof steeg op uit de lege kolenzakken langs de muur. Ik was hier eerder geweest, maar dat leek plotseling heel lang geleden en nu was alles anders. Ik zou mijn arm niet breken. We hadden alleen maar een kist bij ons. Moeder wilde niet dat we hier kwamen. Fred spuugde de zaklamp uit en scheen me er recht mee in mijn gezicht. Ik schermde mijn ogen af met mijn hand. 'Die was niet zo heel zwaar', fluisterde ik. Fred lachte. 'Dacht je dat er iemand in lag?'

Ik gaf geen antwoord. Fred gooide plotseling de zaklamp naar mij toe, een gele boog door het donker, en ik wist hem maar net te vangen. Ik scheen naar de deur, want misschien stond daar iemand zonder dat wij het wisten. Ik wilde de duisternis legen en vullen met licht. Ik wilde zien. 'Hier droogde ma de was', zei Fred. Toen zag ik hem, de dode vogel, hij lag recht onder de maan in het dakraam, er was nauwelijks iets van over, slechts het skelet van een vleugel die was vastgegroeid in het zwarte stof en bijna een voetafdruk leek. Ik liep ernaartoe. Nu kon ik ook een oog zien, een verschrompelde knikker, een rozijn bijna. Fred pakte mijn arm en trok me achteruit. 'Licht me bij', fluisterde hij.

Ik moest de zaklamp met beide handen vasthouden en scheen op de kist. Fred tilde de deksel op. Hij was rood vanbinnen, gevoerd met iets wat op zijde leek en wat in plooien langs de randen lag. Er was ook een kussen, het zag er bijna uit alsof je er lekker in kon liggen. Er liep plotseling een rilling over mijn rug, een koude lawine vanuit mijn nek. Fred draaide zich naar me om en glimlachte. 'Gaaf!' zei hij.

Toen trok hij zijn jasje uit en ging in de kist liggen. Hij vouwde zijn handen op zijn borst en lag daar doodstil met wijdopen ogen. Ik had het gevoel dat hij bleker werd, en magerder werd hij ook, alsof er gaten in zijn wangen vielen en zijn gezicht inzakte. Ik klampte me vast aan de zaklamp en hield die zo stil ik kon vast, en misschien kwam het alleen maar door dit bleke licht en de matte maan dat hij er zo uitzag, dood, de kleuren stroomden weg uit zijn ogen en hij had zich nog niet verroerd. 'Doe niet zo raar, Fred', fluisterde ik.

Het dakraam tochtte. Er lag rijp en ijs rond de sponningen. Ik kon de sneeuw horen, sneeuwranden die losraakten en van het dak gleden. Ik vroeg me af hoe laat het was, hoeveel tijd er verstreken was, maar ik durfde niet op mijn horloge te kijken. De maan verdween. Mijn schaduw ging bijna op in de rest van de duisternis.

'Fred? Alsjeblieft, Fred.' Maar hij lag daar maar met zijn gevouwen handen en zijn starre blik, die als het ware leeggelopen was, alsof alles wat hij gezien had niet meer bestond, alsof ik niet bestond en ook de lamp in mijn hand niet of het licht dat hem trof, en plotseling herkende ik Fred niet meer, het was net alsof er een volslagen vreemde dood in de kist lag.

Toen zei hij eindelijk iets, zachtjes en zonder naar me te kijken. 'Nu doe je de deksel erop, Barnum.' Ik tuimelde achterover. 'Nee', zei ik. 'Doe het. Doe de deksel erop.' 'Waarom, Fred? Hoef ik dat alsjeblieft niet te doen?' 'Gewoon doen wat ik zeg, Barnum. Doe de deksel erop. En dan ga je slapen en je houdt je kop.' Ik kwam een stap dichterbij. 'Blijf jij hier?' fluisterde ik. 'Dat was ik wel van plan, ja.' 'Maar wat moet ik zeggen als moeder naar je vraagt?' 'Zei ik toch. Je houdt je kop. Kom op met die deksel, verdomme.' 'Ik wil niet, Fred.' 'Heb je soms zin om hier zelf te gaan liggen, Barnum? Nou?' 'Nee, Fred.' 'Kan best een kinderkistje voor je regelen. Groter heb jij niet nodig.'

Ik legde de zaklamp op de grond en tilde de deksel op. Ik geloof dat ik een beetje huilde, maar ik deed mijn ogen dicht zodat hij het niet zou zien. Ik haatte hem. Hij kon daar mooi in zijn kist blijven liggen. Ik zou de deksel vastschroeven zodat hij er nooit meer uit kwam. Ik zou tegen niemand zeggen waar hij zich had verstopt. Hij zou doodhongeren nadat hij eerst was gestorven van de dorst, maar eerst zou hij stikken, het maakte ook niet uit, zo lang hij maar doodging en pas gevonden werd als het te laat was. En wie zou op het idee komen om hem hier te zoeken? Ik wist de deksel op zijn plaats te sjorren, bukte me om de zaklamp te pakken en op dat moment hoorde ik twee geluiden, het ene was Freds lach, hij lachte in de kist, en het andere geluid dat ik hoorde was een zacht knetteren, en voordat ik had kunnen opstaan doofde de lamp in mijn handen en omsingelde het duister me, terwijl Fred maar bleef lachen, en dat is wat ik me herinner, de lach en het duister, in die volgorde, maar naarmate de tijd verstreek en ik terugdacht aan die nacht op de droogzolder, vloeiden de herinnering aan de lach en het duister in elkaar over, het waren niet twee gebeurtenissen die elkaar opvolgden, Freds lach in de kist en de zaklamp die uitging, ze waren gelijktijdig en daarom niet te scheiden, en daarom kan ik niet meer iemand horen lachen zonder het gewicht te voelen van die grote duisternis die toen in mijn trillende handen groeide.

Ik liet de zaklamp vallen. Hij raakte de grond met een klap. Nu was het ook een poosje stil in de kist. 'Wat was dat, Barnum?' 'Er is geen licht meer', fluisterde ik. 'Maakt mij niet uit', zei Fred daarbinnen. 'Kom eruit', smeekte ik. 'Ik zie niets meer.' Fred kreunde en ik geloof dat hij met zijn vuist tegen de deksel sloeg. 'Nou smeer je 'm, Barnum! Ik heb je niet meer nodig!'

Ik vond de deur. Ik kroop langs de muur. Ik dacht het geluid van vleugels te horen, een vogel, wiekslagen in het donker, misschien was het een vleermuis, misschien alleen Freds lach. Toen was ik buiten, op de trap, het licht kwam van beneden en ik rende ernaartoe.

Iedereen sliep. Ik ging met kleren aan in bed liggen. Ik sliep niet. Ik lag wakker in de slaap van de anderen. Alles bestond in iets anders. Kon het maar zo snel mogelijk ochtend worden, kon de dag maar komen met zijn blinkende vlakgom om de letters van de nacht uit te gummen. Fred, die 'kist' niet eens kon spellen. Ik sloop naar de kamer, trok het laatje van het kastje open en haalde de brief van Wilhelm eruit. Ik probeerde wat te lezen, maar vond daar ook de rust niet voor. *De expeditie bestaat uit eerste-luitenant-ter-zee G. Amdrup, harpoenier Jacobsen, smid Nielsen, stuurman Løth, drs. Hartz, botanicus en geoloog, dokter Deichman, scheepsarts en natuurvorscher, geoloog drs. Jensen, zoöloog en kunstschilder Ditlevsen, en assistent Madsen van den dierentuin wiens opdracht het is een muscusos te vangen en naar Kopenhagen te brengen.* Als ik had kunnen kiezen, zou ik graag harpoenier geweest zijn, of misschien Madsen, die een muskusos moest halen. Maar misschien was niemand van hen teruggekomen, misschien zijn zij ook daarginds gebleven, *tusschen ijs en sneeuw,* in de grote, witte stilte die hen vastschroefde in een eeuwige dood.

Boletta keek naar me. Ik voelde het, haar oogjes kriebelden in mijn nek. Ik legde de brief terug, duwde de lade dicht en draaide me naar haar om. Ze lag te glimlachen. Ze zei iets vreemds. 'Hoe oud ben je nu eigenlijk al?' Ik zei hoe oud ik was, hoewel ze dat ongetwijfeld wist. Boletta glimlachte met al haar rimpels. 'Over zeven jaar ben je net zo oud als mijn vader.' Ik moest naar haar toe lopen. 'Wat zei je, oma?' 'Ik heb hem immers nooit ontmoet. En als ik hem nu zou ontmoeten, zou ik drie maal zo oud zijn als hij. Een lelijk oudje die haar jonge, knappe vader ontmoet. Denk je dat eens in.' 'Heb je daar lang over gerekend?' fluisterde ik. Boletta pakte mijn hand. 'Ik reken het elke dag uit, Barnum. Dat houdt me gezond.' Ze liet mijn vingers los en ik liep naar de deur. Ik hoorde dat ze ging zitten. Misschien voegde ze al een nieuwe dag toe aan haar berekeningen. 'Hoe gaat het met je nieuwe vriend?' vroeg Boletta. Ik draaide me om. 'Peder? Heel goed. Ik heb vanavond met hem afgesproken. Ik bedoel morgen. Of vandaag.' Boletta glimlachte weer, maar nu nogal triest, haar mond was slechts een plooi in haar schrompelige gezicht. 'Je moet op Fred passen', fluisterde ze. 'Ik? Ik kan niet op Fred passen', zei ik. 'Jawel, jij moet ook op Fred passen, Barnum. Nu je andere vrienden krijgt.' 'Hij heeft mij niet nodig', riep ik. 'Jawel, hij heeft je nu juist nodig. Want Fred maakt niet zo gemakkelijk vrienden.'

Ik holde naar onze kamer. Ik was bijna boos. Maar ik durfde niet terug te gaan naar de zolder. Ik zat voor het raam tot het eerste licht zich vertoonde als een smalle rand langs de hemel, midden tussen de bleke maan en de stad. Fred kwam niet naar beneden. Ik ging weg voordat de anderen opstonden, voor het ontbijt, Esther had zelfs haar kiosk nog niet opengedaan en ze moest minstens een ton sneeuw ruimen voordat ze dat kon doen. Ik schepte het grootste gedeelte voor haar weg met een schuiver die ik in de portiek had gevonden, dan kon in ieder geval één iemand blij zijn vandaag. Want ik was blij en bang tegelijk. Zo was het nu eenmaal. Ik was blij als het gesneeuwd had en bang voor de sneeuwballen. Ik was blij omdat ik Peder zou zien en bang voor wat er zou kunnen gebeuren. Wat ik slechts had vermoed, als een achterdocht, een gevoel, was plotseling heel duidelijk in mijn gedachten gegrift, dat genoegens moeten worden afbetaald met angst en dat de lach de stem is van de duisternis. Fred was een deel van mij, maar hoe zou ik, kleine Barnum, op hem kunnen passen? Fred was immers degene die op míj moest passen.

Het eerste wat er gebeurde toen ik het schoolplein opliep, was dat ik een sneeuwbal in mijn gezicht kreeg. Hij was niet echt hard, maar des te natter, hij smolt als het ware op het moment dat hij me raakte en droop mijn overhemd binnen. Ik klappertandde alleen maar en lachte. En meer valt er eigenlijk niet te vertellen, behalve dan dat het in de laatste pauze mijn beurt was om te gooien. Ik mikte op het open raam van de schoolkeuken. Het was een vrij goeie worp. Ik hoorde potten rammelen en koekenpannen vallen. Het volgende uur kwam de bovenmeester langs om de schuldige te vinden. Ik stak vrijwillig mijn arm op en moest drie kwartier nablijven. Daar had ik eigenlijk niets op tegen. Bovendien moest ik dertig keer in schoonschrift schrijven: *je mag geen sneeuwballen gooien.* Toen ik daarmee klaar was, begon ik op een nieuw vel. Daarop schreef ik negentien keer *je mag niet in je kist gaan liggen voor je dood bent.* Toen was de tijd om en mocht ik naar huis. Niemand stond me in het park op te wachten om me in de enorme sneeuwrand achter de kerk te duwen. Dat was het voordeel van nablijven. Maar toch ging ik niet naar huis. Ik liep naar de hoek van de Bygdøy allé en de Drammensvei en ging daar onder de boom op Peder staan wachten. Er hingen nog steeds bladeren aan de takken. De winter was te plotseling gekomen. De herfst had zijn werk niet kunnen afmaken. Als ik mijn hoofd achterover boog, leken de bladeren op rode waterlelies die dreven in een wit ven dat op mij neerviel. Zo stond ik minstens een uur. Toen trok iemand aan mijn windjack. Het was Peder. 'Jij lijkt verdorie wel de zoon van de Verschrikkelijke Sneeuwman!' riep hij. Hij bleef aan mijn kleren schudden. 'Sta je hier al lang soms?' 'Een poosje', zei ik. 'Had me in de tijd vergist.' Peder leunde tegen de stam. 'Sneeuw is het stomste wat er bestaat', zei hij. 'Waarom?' 'Waarom? Geef me één goeie reden waarom het moet sneeuwen.' Ik dacht na. 'Je kunt erin skiën', opperde ik. Peder keek me aan met iets wat op afschuw leek. 'Skiën? Ski jij veel, Barnum?' 'Niet echt', zei ik snel. 'Nee, zo zie je er ook niet uit. Ik zal je iets zeggen. Er valt in Oslo jaarlijks ongeveer duizend millimeter neerslag en daar moet ik er minstens vijftig van sneeuwruimen. Anders kan moeder niet naar buiten.' Peder haalde een paraplu tevoorschijn die hij onder zijn duffel had verstopt en klapte die boven ons open. We stonden daar een poosje zonder iets te zeggen, beschut tegen de sneeuw. 'Wat bedoelde je daarmee?' vroeg ik. 'Denk jij dat moeder sneeuw kan ruimen? En vader heeft geen zin. Maar ik krijg er in ieder geval zakgeld voor. Dat is het enige positieve wat ik van sneeuw kan zeggen. Dat ik er geld aan verdien. Ik eis een tientje voor elke millimeter.' 'Je zei dat ik er zo ook niet uitzag', fluisterde ik. 'Wat bedoelde je daarmee?' Peder lachte. 'Vind je dat ik eruitzie als iemand die stukken gaat langlaufen, hm?' Ik schudde mijn hoofd. 'Absoluut niet', zei ik. 'Nou, jij ook niet!' We lachten allebei. We zouden geen van beiden een flitsend figuur slaan in de loipes. Daar waren we niet op gebouwd. Dat was een duidelijke zaak. Wij zouden onze sporen op andere hellingen achterlaten. Toen schoot me iets te binnen. 'Misschien weet ik toch wel een goeie reden', zei ik. 'En dat is?' 'Je moeder kan hem schilderen. De sneeuw, bedoel ik.' Peder kreunde. 'Dat zei moeder ook al. Ik geloof dat ze je aardig vindt. Ik vraag me alleen één ding af.' Peder bleef in een diep stilzwijgen onder de zwarte paraplu staan. 'Wat dan?' vroeg ik. 'Je zou toch sneeuw moeten kunnen schilderen zonder dat ik hem hoef te ruimen.'

Nadat Peder dit gezegd had, zeiden we niet zo veel meer. We hadden genoeg stof tot nadenken. We stonden achter de rode boom zodat niemand ons kon zien. Het was de eerste keer dat ik samen met iemand op iemand wachtte. De dansles begon over een kwartier en de eersten waren het Handelsgebouw al binnengegaan, alsof ze dachten dat iemand hen ten dans zou vragen omdat ze zo mooi op tijd waren. 'Ze komt niet', zei ik ten slotte. 'Natuurlijk komt ze', zei Peder bedaard. 'Wedden?' 'Om hoeveel?' 'Hoeveel heb je?' Ik voelde in mijn zakken. 'Twee kronen en twintig øre.' 'Oké. Dan wedden we om twee kronen en twintig øre.' 'Afgesproken', zei ik. Peder mepte me op mijn rug. 'En jij hebt zojuist twee kronen en twintig øre verloren!' Want door de Bygdøy allé kwam Vivian aangelopen, hollend door de sneeuw, met een enorme rode muts op haar hoofd, ze sprong over het hekje en waadde naar ons toe. Haar gezicht was nat, ze haalde snel een hand over haar voorhoofd en kwam onder de paraplu staan. Het begon daar aardig dringen te worden. We ademden elkaar in het gezicht. 'Barnum dacht dat je niet zou komen', zei Peder. Vivian keek me aan. 'Ik ben gekomen', zei ze. 'Misschien is Barnum gewend teleurgesteld te worden', ging Peder verder en gaf niet op. 'Misschien', zei Vivian en ze deed haar muts af. 'Heb jij thuis iets gezegd?' vroeg ik, om over iets anders te beginnen. Ze schudde haar hoofd en uit haar haren lieten druppels los die in een glinsterende cirkel om haar heen geslingerd werden. 'Wat niet weet, wat niet deert', zei Peder. 'Met andere woorden, de dommen hebben het goed.' En nu kwam de rest ook, de rest van de dansschool, in hun donkere kleren en hun tasjes waar veel te krappe schoenen in zaten, het zag eruit alsof ze op zijn minst naar een begrafenis gingen, of op weg waren naar het slachthuis waar ze een klap met een hamer op hun hoofd zouden krijgen en aan haken aan het plafond werden opgehangen om te besterven terwijl Svae steeds maar weer 'O Heideroosje' draaide, waarna ze hen vilde met een nagelvijl. Het was niet alleen een triest groepje, ze zagen er ook tamelijk belachelijk uit. We lachten. We wezen en lachten. Nu waren wij aan de beurt. Wij lachten hen uit. Wij waren zo superieur. Wij waren samen. Het was wij tegen hen, tegen de rest van de wereld, en wij hadden de overhand. En misschien was het wel de eerste keer, daar, onder de zwarte paraplu achter de rode boom, dat ik dat gevoel van verbondenheid voelde, dat buiten je familie om gaat, ja, buiten jezelf om gaat, die verbondenheid die de onrust in je hart wegvaagt en die je een eigen plek geeft, ik voelde het, sterk en duidelijk, met Peder en Vivian die avond. Toen zagen we tussen de lantaarns in de Drammensvei alleen nog de sneeuw en alle sporen daarin, en we hoorden de muziek door de ramen op de bovenverdieping, de maat, en de passen die zich verspreidden over het parket dat wij hadden verlaten, voor eens en voor altijd.

We zeiden een poosje niets. We keken elkaar alleen glimlachend aan. We hadden niets te vrezen. We konden naar de top van de boom klimmen en daar de hele avond blijven zitten, als we daar zin in gehad hadden. Peder klapte de paraplu dicht. Het sneeuwde niet meer. 'We gaan bij mijn pa langs', zei hij en liep weg. Wij volgden hem. Hij liep in de richting van Vika. Het zou niet slim zijn heel veel verder te gaan. De straten waren nog niet schoongeveegd en de sneeuw was bruin. Maar ik was niet bang. We waren samen. Vivian had bijna mijn hand gepakt, en dat had niemand ooit gedaan, afgezien van mijn naaste familie. Eindelijk bleef Peder staan voor een winkel in de Huitfeldtsgate. Boven het raam, waar tralies voor zaten, stond met grote letters: MIILS POSTZEGELS, IN- EN VERKOOP. Peder haalde een enorme sleutelbos tevoorschijn en maakte de deur open. We liepen naar binnen en hij sloot achter ons af. Er was niemand. Peder deed een plafondlamp aan die fel en wit licht gaf. Zoveel postzegels had ik nog nooit gezien. Een glazen toonbank lag vol oude brieven. Het rook er naar lijm en tabak, en iets anders, iets wat ik niet kon thuisbrengen, misschien een speciale stoom die gebruikt werd om de postzegels van de brieven te weken zonder dat ze kapotgingen. 'Het ruikt naar gom', zei Peder. 'Daar wen je na een poosje wel aan.' Vivian keek nieuwsgierig om zich heen. 'Kun je echt leven van postzegels verkopen?' vroeg ze. 'Natuurlijk', zei ik. 'Een postzegel uit Mauritius kost 21.734 kronen.' Peder glimlachte en duwde ons verder, naar de achterkamer. Daar stonden een bank, een koelkast en een bureau waar merkwaardige, glimmende instrumenten op lagen, vergrootglazen, loepen en microscopen, het leek wel een operatietafel. Peder haalde een flesje bier en een cola uit de koelkast en maakte die open met een pincet. Toen mengde hij bier en cola in een glas, nam een slok en gaf het door. Het smaakte zuur en zoet tegelijk. Mijn ene oor begon te suizen. We gingen op de bank zitten. Vivian zat in het midden. 'Mag je hier wel zijn?' vroeg ze. Peder schonk meer bier in de cola. 'Vader zegt dat ik op een dag de hele rotzooi toch moet overnemen. Ik ben degene die de tandjes telt!' Peder lachte luid en pakte een postzegel achter uit een lade die hij met twee sleutels open moest maken. Hij kwam weer bij ons zitten. 'Wat ik het leukst aan postzegels vind, is dat degene waar een foutje aan zit het meest waard zijn'. Hij liet ons de postzegel zien die hij had gepakt en we mochten hem om de beurt vasthouden. Hij was Zweeds, geel en leek heel lang geleden te zijn verstuurd. 'Een drie-shillings uit 1855', fluisterde Peder. 'Zou eigenlijk groen moeten zijn. De koning van Roemenië kocht in 1938 zo'n zegel voor vijfduizend pond. Alleen omdat hij geel was. En niet groen.' Peder legde de postzegel terug in de la en draaide zich naar ons om. Hij staarde naar Vivian. 'Ik ben dik', zei hij. 'En Barnum is heel klein. Wat is er mis met jou, Vivian?' Ik durfde geen adem te halen. Het was zó lang stil dat ik dacht dat Peder alles verpest had. Maar toen zei ze toch iets, ze keek op en glimlachte. 'Ik ben tijdens een ongeluk geboren', zei Vivian.

Ik dacht er de hele weg naar huis over na, wat ze had gezegd, dat ze tijdens een ongeluk geboren was, ik dacht er zo veel aan dat ik vergat wat ik zelf wilde zeggen. Waren wij meer waard omdat er een foutje aan ons zat? Moeder stond al in de hal en in de kamer zat vader in een stoel te soezen. Boletta kon ik nergens ontdekken, dus die had het vast weer op haar heupen en was naar de Noordpool vertrokken. 'Moest je nablijven?' vroeg moeder en haar mond trilde. 'Ja', zei ik. 'Het is in ieder geval mooi dat je niet liegt. Want het hoofd heeft gebeld en het verteld. Hoe kon je!' Vader stond op uit zijn stoel en nam alle tijd. 'Zo, zo', zei hij. 'Heb je een sneeuwbal door het raam gegooid, Barnum?' 'Ja', fluisterde ik. 'Dat belooft veel goeds. Deze lente beginnen we met de discus, en het fijne van de discus is dat je ook meer succes bij de meisjes hebt!' 'Hou op!' riep moeder. Vader lachte alleen maar en maakte aanstalten om weer te gaan zitten. Moeder trok aan mijn jasje. 'En nu ben je in die kleren naar dansles geweest!' Ik keek een andere kant op. 'We hebben alleen maar de cha-cha-cha gedanst', zei ik. Moeder zuchtte diep en haar handen dwarrelden door de lucht. 'En waar is Fred? Heb je die gezien?' 'Hij ligt in een doodskist op de droogzolder', zei ik. Moeders armen vielen recht naar beneden. Vader bleef toch staan, plotseling wakker en met een wit gezicht. 'Wat zei je daar?' vroeg hij. 'Niks.' Mijn verhemelte was volkomen droog. Mijn tong plakte vast. Vader kwam dichterbij. 'Niks? Zei je niks!' 'Ik weet niet meer wat ik zei', fluisterde ik. Vader bleef vlak voor me staan, zijn hele lichaam beefde. 'Je zei dat Fred in een doodskist op de droogzolder lag!' Ik keek naar de grond. 'Ja, dat zei ik geloof ik.'

Niemand van ons had gedacht dat vader zó hard trappen kon lopen. Moeder haastte zich achter hem aan en kon hem maar met moeite bijhouden, en helemaal achteraan kwam ik. Ik moest zien wat er ging gebeuren. Dit is wat ik zag: vader is achter op de droogzolder blijven staan, vlak onder het dakraam. De kist staat op de grond. Moeder verbergt haar gezicht in haar handen, ze schreeuwt zonder geluid. Maar het wonderlijkste is dat vader niet naar de kist kijkt, maar eerst naar de drooglijnen, de knijpers, de overblijfselen van de dode vogel, de lege kolenzakken, en hij ademt zwaar, hij ademt het stof de ruimte rond, hij blijft naar al die dingen staan staren, alsof hij vergeten is waarvoor hij hier kwam, verdwaald is. Dan duwt Fred zelf de deksel weg en hij gaat zitten. Het ziet er gek uit. Hij zit daar te gapen, bleek en mager tussen de zijden plooien. Hij staart naar mij. Ik ga in de schaduw achter moeder staan, die nog steeds haar gezicht in haar handen verbergt. 'Doe hem niks', fluistert ze. En vader draait zich naar haar om, bijna verdrietig, bijna verontschuldigend. Dan gebeurt het allerwonderlijkste. Vader bukt zich en omhelst Fred, drukt hem tegen zich aan, klopt hem op de rug, zelfs moeder moet nu kijken, want vader geeft Fred geen pak slaag, hij omarmt Fred, en ik vang een glimp op van Freds blik over vaders schouder, in de war en verstijfd van schrik, en een van hen huilt, het is niet Fred, het is vader, Arnold Nilsen, die huilt.

Ik holde naar beneden en ging naar bed. De anderen kwamen een poosje later, hun stemmen waren zacht en traag. Toch hield ik mijn handen voor mijn oren. Ik wilde niet horen wat ze zeiden. Maar Fred hoorde ik niet. Misschien wilde hij me in elkaar slaan, omdat ik had verklapt waar hij lag, en dat zou waarschijnlijk een dubbel pak slaag worden, aangezien vader hem niet had geslagen. Dat zou het beste geweest zijn, dat Fred flink op zijn donder had gehad en dat was dan dat. Ik was bang en sliep niet. Ik was net zo in de war en verstijfd van schrik als Fred. Hij kwam toen iedereen naar bed was. Hij ging naast mijn bed zitten. Ik zei geen woord. Ik wachtte. Hij zat daar maar. Toen kon ik niet meer wachten. 'Het spijt me', fluisterde ik. Fred zei ook nu niets. Een grote stilte hield zijn schaduw overeind. Hij had iets in zijn handen, ik kon niet zien wat het was. Ten slotte wilde hij iets zeggen. Hij ademde uit. 'Ik geloof dat ik slecht ben', zei Fred. Ik zou willen dat hij toch maar niets gezegd had. 'Jij bent niet slecht', zei ik. Fred boog zich naar mijn bed. 'Hoe kun je dat weten?' Daar moest ik over nadenken. Een pak slaag was beter geweest. 'Je hebt nooit iets slechts gedaan', zei ik ten slotte. 'Is dat zo?' Fred had heel wat gedaan, hij had mijn pyjama per post naar huismeester Bang gestuurd, hij had bijna twee jaar niet gesproken, hij was in een doodskist op de droogzolder gaan liggen, en dat was nog maar een fractie van alles wat hij had uitgevreten, maar als er een God bestond, zou hij dan zulke dingen niet door de vingers zien, had hij in zijn cartotheek wel plaats voor dit soort vergrijpen? 'Jij hebt nooit iets gedaan wat echt slecht was', zei ik. Fred keek weg. 'Nog niet', fluisterde hij. Nu fluisterde ik ook. 'Nog niet? Wat ben je van plan te gaan doen, Fred?'

Er reed een auto door de Kirkevei, en het licht van de koplampen gleed door onze kamer. Toen zag ik wat hij in zijn handen had. Het was de discus. Hij gaf geen antwoord. Hij bleef gewoon zo zitten, met de discus op schoot, streelde hem met zijn vingers. Fred glimlachte. 'Juniordiscus', fluisterde hij. 'Anderhalve kilo.' En meer zei hij niet. Hij ging naar bed. De discus liet hij in het raamkozijn liggen. Ik droeg hem weer naar de kamer. Hij was best zwaar. Ik was blij dat het geen seniordiscus was. Wat was Fred van plan? Ik werd onrustig. Ik nam de brief mee terug, deed het lampje boven het bed aan en las hardop. Ik weet niet of Fred het hoorde of dat hij al sliep. Maar toch las ik, de hele brief, van begin tot eind, tot de laatste zin, de mooiste die ik kende, en het lukte me zonder ook maar ergens een traan te vergieten. Dat was de laatste keer dat we de brief lazen.

Overigens werden er in die periode in Oslo geen doodskisten als vermist opgegeven. Vader schroefde de vergulde handvatten eraf, haalde de zijde eruit en hakte hem tot brandhout, dat hij in de kachel stopte, in december, toen het koud begon te worden en de balkondeur tochtte. Het brandde heel goed. Maar ik vond het niet echt prettig om in die warmte te zitten, die liet me zweten en huiveren tegelijk, dus ik ging altijd weg als vader de kist waarin Fred gelegen had opstookte. En laat op zo'n avond, als iedereen zich wat vreemd voelt door die strenge, koortsachtige warmte uit de kachel en zelfs vader is weggegaan om af te koelen, rukt Boletta de deur van onze kamer open, ze staat daar met een trillende vinger en kan nauwelijks uit haar woorden komen. Ik wist niet dat ze zó boos kon zijn, zo had ik haar nog nooit gezien, die lieve Boletta, ze leek op een opgewonden veer die gesprongen was. 'Waar is de brief?' sist ze. 'Waar is de brief!' Ze staart naar Fred, want die is ook thuis, hij ligt op bed en haalt slechts zijn schouders op. 'Geen idee. Weet jij het, Barnum?' Boletta draait zich om naar mij. 'Ligt hij niet in de la?' vraag ik. 'Nee, hij ligt niet in de la!' 'Misschien heb je hem meegenomen naar de Noordpool', zeg ik. Boletta heft haar tengere hand hoog op. 'Steek je nu ook nog de draak met me, Barnum!' 'Nee, oma. Maar ik heb hem de laatste keer dat ik hem gelezen had teruggelegd in het kastje.' Boletta stort zich weer op Fred. 'Als jij die brief gepakt hebt, heb je zowel de doden als de levenden geschonden! Hoor je!' Fred komt overeind. 'Ik heb hem niet aangeraakt!' roept hij. 'Ik heb die rotbrief verdomme niet aangeraakt! Waarom krijg ik altijd de schuld!'

Moeder is er ook bij komen staan. Ze moet Boletta vasthouden. Daarna zetten ze het hele huis op zijn kop, maar de brief wordt nooit meer gevonden. 'Je hebt hem zelf weggemaakt', zegt moeder. Boletta weet niet meer wat ze moet geloven en gelooft daarom bijna alles. In de war en ongelukkig gaat ze op de divan liggen. Ik ga naast haar zitten om haar te troosten. 'Het is niet zo erg', zeg ik. 'Ik ken hem uit mijn hoofd.' Boletta slaat haar ogen op. 'Uit je hoofd?' fluistert ze. Ik knik en veeg druppels weg van haar voorhoofd. En dan begin ik de brief aan haar voor te lezen, zonder papier en zonder letters lees ik de hele brief. Maar als ik klaar ben, wanneer ik de laatste woorden gezegd heb en niets heb toegevoegd of weggelaten, nog geen komma heb ik veranderd, pakt Boletta mijn hand, komt langzaam overeind en fluistert: 'Het is toch niet hetzelfde, Barnum. Nee, dat is het niet.'

Ik zei niets meer. En zo bleven we zitten, op de divan in de eetkamer in december, terwijl de warmte van de kachel ons in hete vlagen tegemoet sloeg, en sindsdien heb ik nooit aan deze brief, geschreven in het land van de middernachtzon tussen sneeuw en ijs, kunnen denken zonder me tegelijkertijd de kist te herinneren, die nu brandt en ons slaperig en droomloos maakt.

(HET ONGELUK)

Vivian werd geboren tijdens een ongeluk. Dat gebeurde op 8 mei 1949. Aleksander en Annie, die haar ouders zullen worden, rijden in een Chevrolet Fleetline Deluxe, een cadeau van zijn vader toen ze de vorige herfst trouwden. Ze rijden naar Frognerseter. Ze zijn jong, ze staan aan het begin van hun leven samen, zij zal over twee maanden bevallen, hij heeft nog één jaar te gaan van zijn rechtenstudie aan de universiteit van Oslo en hij wordt beschouwd als de slimste van zijn jaar. Zij was het jaar daarvoor tot het mooiste meisje van de eindexamenklas gekozen. Het is zo'n paar dat door anderen wordt bewonderd en benijd, ze zijn de sieraden in de keten der geslachten. Vreugde is iets vanzelfsprekends, ze kennen niets anders, vandaag, dan de vreugde over het feit dat ze bestaan, ze zijn op weg naar de toekomst en de toekomst staat aan hun kant. De zon is belangrijk. De blauwe hemel. De groene bomen. Ze stoppen bij de Holmenkollen-skischans. Aleksander Wie draait het raampje naar beneden en wijst op de rand van de springtafel en de uitloop, en hij, die een man van paragrafen is, hij, die anders in de letters van de wet spreekt, wordt dichterlijk en omslachtig. Het komt door zijn verliefdheid. Het komt door haar. Het komt door het moment en de toekomst. 'Wij staan nu boven op de schans, Annie', zegt hij. Zij legt haar hand op de zijne. 'Wij staan op de schans', herhaalt hij. 'We zetten af en we zijn niet bang.' 'Nee', lacht Annie. 'We zullen verder zweven dan iedereen voor ons.' 'Ja, Aleksander!' Hij buigt zich voorover naar haar schoot, zij leunt achterover in haar stoel, het is net een bed, en Aleksander luistert, hij luistert naar het kind in haar en hij denkt dat hij twee harten kan horen slaan, Annies hart en dat van het kind. Hij blijft lang zo liggen, luistert. Ze haalt haar hand door zijn haar. 'Je bent mooi', fluistert Aleksander. 'Heb ik je dat al eens gezegd?' Annie lacht. 'Vanochtend nog.' 'En nu zeg ik het nog eens. Jullie zijn mooi.' Hij kust haar. Hij komt overeind en wordt weer de zakelijke jurist, de man die haar wil beschermen. 'Je moet stevig zitten', zegt hij. 'Het kind kan eronder lijden. Je moet voorzichtig zijn.'

Ze rijden verder. Aleksander doet het zijraampje dicht. Hij wil niet dat ze op de tocht zit. Op de laatste helling gaat hij even sneller rijden, net over de limiet, hij voelt de kracht van de auto, zacht en gewillig, maar hij remt onmiddellijk weer af als ze de bossen inrijden. En daar komt hen een andere auto tegemoet. Hij gelooft zijn eigen ogen bijna niet. 'Allemachtig', roept hij. 'Dat is een Buick!' De auto's blijven elk aan hun kant van de weg staan. Aleksander doet het portier open. Annie pakt zijn hand. 'Wat ga je doen?' vraagt ze. 'Wat ik ga doen? Ik moet die auto even bekijken.' 'Blijf niet te lang weg.' Hij schuift terug op zijn stoel. 'Voel je je niet goed?' Ze schudt haar hoofd. 'Ik heb het alleen een beetje koud.' 'Koud?' 'Ik weet het niet. Ik heb opeens koude rillingen.' 'We gaan naar huis', zegt hij. Ze lacht. 'Schiet nou maar op. Het gaat zo over.' 'Zeker weten?' 'Zeker weten. Ik voel me nu al beter.' Aleksander kust haar op haar wang en haast zich de weg over. De andere chauffeur, een kleine, donkerharige man met lichte handschoenen, staat al naast de open coupé en steekt een sigaret op. Aleksander denkt onmiddellijk: hij lijkt op een parvenu die rondrijdt om zichzelf te laten zien, misschien wel een simpele walvisvanger die te veel geld in handen heeft gekregen. Er zit een jongetje op de voorbank, hij ziet er nors uit, mokkend, en achter hem zit een magere, bleke vrouw die bedeesd glimlacht, alsof ze weet dat dit een verkeerde auto voor hen is, ze hebben niet hetzelfde niveau als hun voertuig, het is een merkwaardig gezelschap, maar Aleksander begroet de kleine, aanstellerige man vriendelijk, die een andere tongval heeft, noordelijk, wat hij probeert te verdoezelen door langzaam en met hoofdletters te praten. Ze lopen om hun auto's heen en scheppen een beetje op. 'Is dat uw echtgenote?' vraagt de vreemdeling. Aleksander knikt. 'Ja, dat is ze.' 'Ze is uitzonderlijke mooi.' Aleksander voelt zich slecht op zijn gemak bij deze vertrouwelijkheid. Er glijdt een schaduw langs die het licht meeneemt. Het betrekt. Hij neemt afscheid en loopt snel terug naar de Chevrolet, stapt in. 'We gaan naar huis', zegt hij. Maar Annie wil verder. 'Nee, nog niet. Ik wil naar de top van de schans.' Aleksander lacht en voelt blijdschap, die complete blijdschap zonder scheuren, zonder barsten. Ze doet mee. Ze wil hem volgen. Ze wil hem volgen naar de top. 'Komt in orde. Dan hoeven we ook niet achter die charlatan aan te rijden!' Hij kust haar snel en dan begint het te regenen. Hij zet de ruitenwissers aan en rijdt door naar de volgende, krappe bocht. Annie draait zich om en ziet dat de vrouw in de andere auto zich ook heeft omgedraaid, één tel duurt het, dan zijn ze uit elkaars zicht verdwenen. En aan de andere kant van deze bocht gebeurt het ongeluk.

Misschien reed Aleksander Wie te snel, misschien was de weg glad van de warme regen, misschien kwam er plotseling een dier uit het bos dat hem afleidde. In ieder geval verliest hij de controle over de bijna twee ton zware Chevrolet, het gebeurt voordat hij tijd heeft om te reageren, voordat hij hem recht kan trekken, de krachten keren zich tegen hem, de auto schuift opzij, raast een steile helling af en raakt een boom. Annie wordt tegen de voorruit geslingerd, die in haar gezicht verbrijzelt. Het wordt volkomen stil. Alleen de regen die blijft vallen. Alleen een vogel die opvliegt van een tak. Aleksander zit vastgeklemd tussen het stuur en zijn stoel, zo goed als ongedeerd, een snee in zijn voorhoofd, dat is alles, hij weet zich los te rukken en draait zich om naar Annie. Hij ziet niets dan bloed, haar gezicht is bloed, een glasscherf steekt uit haar wang en deelt haar gezicht in tweeën, haar hals, haar borst, alles is bloed, alles is kapot. 'Annie', fluistert hij. 'Annie.' En hij hoort niet zijn eigen stem, maar iets anders, geen geluid, hij hoort een beweging, en hij kijkt naar beneden, op de vloer bij haar voeten ligt een hoopje, een hoopje van vlees en bloed, een mens, nog bevestigd aan Annie, die plotseling brult, rochelt, haar handen tegen haar kapotte gezicht drukt, de glasscherf breekt tussen haar vingers, ze loeit, loeit, Aleksander probeert zich naar het kind te bukken, een meisje, ze hebben al besloten dat het kind Vivian gaat heten als het een meisje wordt, het is een meisje, en Vivian draait zich naar ons om. 'Kom dan', zegt ze. Peder kijkt me aan, knikt, hij is bleek en lijkt bijna dun. En we volgen Vivian door het donkere, stille huis, grenzend aan de Frogner-kerk, het is de eerste keer dat we daar zijn, bij Vivian, en het had lang geduurd voor ze ons durfde uit te nodigen. 'Afoon', fluistert Peder. 'Wat zeg je?' vraag ik, net zo zachtjes. 'Afoon', herhaalt hij. We lopen haar kamer binnen en ze doet de deur geruisloos dicht. Het ziet eruit alsof er niemand woont. Alles is opgeruimd. Alles lijkt onaangeraakt, haar rugzak, boeken, een trui, een paar pantoffels, naast elkaar, en het valt me op dat de kamer bijna leeg is, er staat niets in, niets, geen platenspeler, geen radio, geen tijdschriften. Wij gaan op de grijze slaapbank zitten en Vivian op een krukje, want er is verder niets om op te zitten, alleen een krukje. We zijn een poosje stil, alsof de stilte in dit huis besmettelijk is. Peder geeft zich het eerst gewonnen. 'Gaaf', zegt hij ten slotte. Vivian kijkt op. 'Gaaf? Wat bedoel je?' 'Bij ons thuis staat allemaal troep. Hier staat niets.' Vivian glimlacht even. 'Allemaal troep?' 'Maar bij Barnum is het nog erger.' Hij kijkt me grijnzend aan en ik begrijp dat Peder zo praat om het over iets anders te hebben maar hij weet niet goed wat hij moet zeggen en daarom praat hij zo. Ik heb het koud. Peder heeft het ook koud. Hij heeft kippenvel in zijn nek. 'Allemaal troep', zeg ik snel. Vivian schudt haar hoofd, want ze begrijpt dat we alleen maar onzin uitkramen en wij begrijpen dat zij dat begrepen heeft en we zwijgen allemaal een hele poos en deze keer geef ik het als eerste op, en wat ik zeg is knap duf. 'Heb jij tegen je ouders gezegd dat je gestopt bent met dansles?' vraag ik. Vivian haalt haar schouders op, net als Peder altijd doet en ik word daar een beetje nerveus van. 'Het kan hen niet schelen', zegt ze alleen maar. 'Ze zijn toch vergeten dat ik was begonnen.' Dan valt mijn oog op een foto aan de muur achter haar en ik blijf ernaar zitten kijken, ik kan mijn ogen er niet van afhouden, terwijl Peder doorgaat met onzin uitkramen, het is een foto van een vrouw, in zwart-wit, ongetwijfeld heel oud, ze houdt een sigaret tussen haar vingers, de rook kringelt in een matte spiraal voor haar gezicht omhoog, haar mond is smal en breed, er is iets hards, kils, bijna vijandigs aan haar gezicht, maar het is tegelijkertijd uitnodigend, verleidelijk, alsof ze jou en alleen jou mee wil laten doen aan iets wat je nooit eerder hebt gedaan en waar je waarschijnlijk ook nooit meer de kans voor zult krijgen. Marmer en marsepein, denk ik. De woorden tuimelen gewoon mijn schedel binnen. Marmer en marsepein. 'Als ik kon kiezen,' zegt Peder, 'dan koos ik liever niets dan veel troep.' 'Maar hier is een heleboel van beide', glimlacht Vivian. 'Niets én troep.' Peder zweet nu en draait zich helaas om naar mij. 'En wat heb jij daarop te zeggen, Barnum?' 'Marmer en marsepein', zeg ik. Ze beginnen allebei te lachen, Peder en Vivian lachen, en het is net of het geluid van gelach hier niet past, maar ik lach ook, we buigen ons naar elkaar toe en lachen samen, marmer en marsepein, dat zijn wij met z'n drieën, we zeggen dingen die niemand anders begrijpt, alleen wij, en dan bonkt er iemand op de muur en een snellere stilte heb ik nog nooit gehoord. We gaan rechtop zitten, alsof we op heterdaad zijn betrapt, gepakt bij een gruwelijke misdaad, we lachten. We lachen niet meer. 'Dat is Lauren Bacall', fluistert Vivian. 'Die op de muur bonkte?' 'Nee, sukkel. Die jij zit aan te gapen.' Vivian draait zich om naar de foto, het enige wat aan de wanden hangt. Peder kijkt er nu ook naar. 'Wie is dat?' vraag ik. 'Een actrice', antwoord Vivian. 'Mijn grootmoeder was ook actrice', zeg ik langs mijn neus weg. Vivian kijkt weer naar mij, en ik verbeeld me dat dat met andere ogen is, dat ze me plotseling in een nieuw licht ziet. 'Echt waar?' Ik knik. 'Echt waar.' 'Bij de film of in het theater?' 'Film.' 'Dat moet dan toch de stomme film geweest zijn', zegt Peder en hij lacht weer en iemand doet plotseling en geruisloos de deur open. Het is haar vader. Zijn haar is volkomen grijs, dat is het eerste wat me opvalt, naast zijn benige neus. Hij kijkt de kamer in. Peder staat onmiddellijk op. Ik sta ook op. Vivian blijft zitten. Haar rug is gekromd, als bij een kat. Hij glimlacht kortaf, een rukje in zijn lippen. 'Jullie moeten maar eens gaan', zegt hij.

We gingen. Vivian stond achter het raam, hief haar hand op, dat deden wij ook, hieven onze hand op en hielden die zo tot we elkaar niet meer konden zien. 'Verdomme', zei Peder. 'Behoorlijk koud daar.' 'En afoon.' 'Ja verdomme, daar heb je gelijk in. Afoon en koud.' De tram reed langs ons heen, de gezichten achter de ruiten waren bleek, geel bijna, en ik vond plotseling dat ze allemaal op Vivian leken. 'Hoe heette die vrouw die aan de muur hing ook alweer?' vroeg ik. 'Lauren Bacall', zei Peder. 'Sommigen zeggen dat ze op Vivians moeder lijkt. Of omgekeerd.' 'Echt waar?' 'Nu niet meer.' Peder bleef staan en pakte mijn arm. 'Ze zit in het donker in haar slaapkamer en heeft geen gezicht.' 'Nee? Heeft ze geen gezicht?' 'Dat is verdwenen bij het ongeluk. Ze hebben geprobeerd het weer aan elkaar te naaien. Dat hielp niet echt.' Peder liet me los en liep verder. Ik holde achter hem aan. Er kwam nog een tram langs, met dezelfde gezichten in een gele schaduw. 'Ze is sinds het ongeluk nooit meer buiten geweest', zei Peder. Nu hield ik hem tegen. 'Hoe weet je dat?' vroeg ik. 'Dat heeft Vivian verteld.' Ik slikte. Ik had plotseling te weinig plaats in mijn keel, want er schoot een angstaanjagende gedachte door me heen. Ik keek een andere kant op. Het was net of de stoeprand een koord was waarop ik balanceerde. 'Heb jij verkering met Vivian? Ik bedoel, heeft Vivian verkering met jou?' 'Misschien. Misschien ook niet', zei hij. Het werd nog duisterder in mijn hoofd en ik kon niets meer zeggen, want ik dacht dat als Peder en Vivian nu verkering hadden, dan was ik te veel, dan was de kleine Barnum weer te veel en kon hij beter naar huis gaan en op bed gaan liggen. 'In dat geval', fluisterde ik. Peder draaide me om en lachte. 'Ik heb geen verkering met Vivian', zei hij. '*Wij* hebben verkering met Vivian, Barnum. Snap je dat niet?'

(DISCUS EN DOOD)

Vader maakte ons die zondag vroeg wakker. 'Wat liggen jullie hier te luilakken terwijl de zon schijnt!' riep hij. Ik deed langzaam mijn ogen open, hoewel ik allang wakker was. Vader stond in de deuropening in een geel trainingspak dat maar een beetje te strak zat. Het rook naar koffie. Moeder floot in de keuken. Boletta slofte voorbij met haar handen op haar rug. De gordijnen konden het licht niet buiten houden. Er was iets. Vader ademde zwaar en klapte in zijn handen, het klonk merkwaardig, een geamputeerd applaus. En verder hoorde ik die brede stilte die bij de zondag hoort, want de kerkklokken hadden nog niet eens geluid. 'Kom op nou, jongens! Ik heb verdorie tot één uur het Bislet-stadion afgehuurd!' 'Ik kom', zei Fred. Ik geloofde mijn oren niet. 'Ik kom', zei Fred. Ik werd blij en zenuwachtig. Hij zwaaide zijn voeten op de vloer en keek naar mij. 'Blijf jij daar liggen, of hoe zit dat?' Vader klapte nogmaals in zijn handen. 'Zo hoort dat, Fred! Zorg dat Barnum eruit komt!' 'Ik kom', zei Fred glimlachend. 'Wij komen.'

We trokken korte broeken en singlets aan, want het was al warm, en toen ik samen met Fred in de badkamer stond, en hij werd niet eens chagrijnig omdat ik binnenkwam terwijl hij daar was, hoewel hij dat meestal wel werd, haalde hij langzaam de kam door zijn haar, achterover, maar zodra hij de kam optilde rolde zijn pony weer over zijn voorhoofd, en ik vond het leuk om te kijken naar die zwarte lok die hem als het ware trotseerde, Fred wilde hem omhoog hebben, de lok wilde naar beneden, en ik begon te lachen. Fred draaide zich bruusk naar me om en ik lachte niet meer. Maar er gebeurde niets. Hij keek alleen maar naar mij, hij staarde niet, dan was namelijk alles mogelijk, hij keek. Ik werd weer rustiger, blij bijna. Toen deed hij het kastje open, rommelde tussen alle tubes en parfums en deodorants die daar stonden en pakte ten slotte het haarwater eruit, vaders haarwater. Hij draaide de dop eraf, boog zich over de wasbak en goot de halve fles over zijn hoofd. Het regende haarwater. Hij wreef het in zijn haar, plantte de kam voor in de lok en tilde alles weer achterover. Daar lag hij dan. De lok bleef liggen alsof hij op zijn schedel was geplamuurd, een muur van haar. Fred keek in de spiegel. Fred glimlachte en droogde zijn gezicht af. Ik werd plotseling misselijk, want vader rook ook altijd naar zweet, wanneer hij thuiskwam met veel te veel haarwater, dat in dikke strepen langs zijn wangen stroomde en over de kraag van zijn overhemd vloeide. Fred zette de fles terug en draaide zich weer naar me om. Er lag iets in zijn ogen, dat donkere, dat er altijd al geweest was, misschien was het alleen maar zijn lok die een schaduw wierp. 'Wat is er?' vroeg ik. Fred verroerde zich niet. 'Wat is er?' herhaalde ik. Fred legde beide handen op mijn hoofd en wreef het laatste haarwater in mijn krullen. 'Ben je er klaar voor?' fluisterde hij. Ik begreep het niet. 'Klaar? Mmmjaa.' 'Goed zo, Barnum.'

We liepen naar de keuken en maakten indruk op moeder en Boletta, in singlet en korte broek en ons haar vol haarwater en zo, het moet me nogal een schouwspel geweest zijn, die zondag, eind mei, nog zo vroeg dat de wereld om ons heen stil was, stil en groen door de wilde wingerd die voor onze ramen hing als een gordijn genaaid van loof. Vader liet zijn koffiekopje vallen en lachte zó, dat het gele trainingspak langs zijn buik omhoogschoof en zijn navel onthulde, die op een krater leek in een tot nu toe onontdekte planeet van vlees. Boletta stond op, sloot haar ogen en vouwde haar handen toen deze lillende planeet in haar baan kwam. 'We doffen ons op voor het banket, jongens!' riep vader. 'Niet voor de wedstrijd!' 'Banket?' vroeg ik. Vader schudde langdurig zijn hoofd. 'Heb je ooit gehoord van een echte sportmanifestatie zonder banket?' Vader schoof zijn navel weer op zijn plaats en keek om zich heen. 'Ik niet', zei hij. 'Daarom heb ik voor vanavond maar liefst een tafel voor vijf besteld in het Grand Hotel. Tenzij Boletta naar de Noordpool moet, natuurlijk.' 'In het Grand zullen ze ook wel bier hebben', zei moeder en ze glimlachte samenzweerderig naar ons, en dat was heel fijn, want als ze kon lachen om Boletta's bier was ze in een goeie bui, mild en welwillend, misschien zelfs wel gelukkig, alsof ze even kon ontspannen van het leven, in het ogenblik kon uitrusten, in het gewicht van het moment, ik kon me nauwelijks herinneren wanneer ik haar voor het laatst zo gezien had, dat moest geweest zijn toen Peder bij ons zou komen. Boletta deed haar ogen weer open, maar bleef staan. 'Maar niet zo koud', constateerde ze. Vader keek naar haar op met een vriendelijk en vredig gezicht. 'Maar het wordt wel in flessen geserveerd door hoogopgeleide kelners. Kom nu in ons midden zitten, lieve Boletta.' 'Alleen als jij je buik op z'n plek houdt onder dat afschuwelijke pak!' 'Dat beloof ik', lachte vader. Boletta ging met tegenzin zitten, zo ver van vader vandaan als maar mogelijk was, en dat was niet erg ver, want onze keuken was niet groot en vader nam het leeuwendeel van de ruimte in beslag. Vader had vandaag niets aan het toeval overgelaten. 'Het ontbijt is het eigenlijke begin van de worp!' zei hij. Hij had namelijk informatie ingewonnen bij huismeester Bang, voormalig kampioen hink-stapsprong, en die had hem kunnen vertellen dat niemand minder dan Audun Boysen voor belangrijke wedstrijden twee boterhammen met leverpastei, drie zeewiertabletten en een afgestreken theelepel zeewiermeel at, want het was van doorslaggevende betekenis dat je het lichaam exact de juiste voedingsstoffen toediende, zonder dat je je vol hoefde te eten. Het smaakte niet echt. Het smaakte naar gymtas. Maar Fred slikte alles wat zeewier heette door, zonder een spier te vertrekken. En ik zag dat moeder zich verbaasde, zich verbaasde over Freds rust, en die verbazing ging over in achterdocht, de schaduw daalde weer op moeder neer. 'Audun Boysen is toch een hardloper?' vroeg ik. Vader keek me aan. 'Uiteraard. Audun Boysen is een van de beste hardlopers ter wereld, Barnum.' 'Maar hij werpt geen discus', zei ik. Vader schudde zijn hoofd over zoveel onwetendheid en schoof het laatste zeewiertablet naar me toe. 'Of we nu discuswerpen, hink-stapsprong doen, clowns in de piste zijn of acrobaten in de nok, we halen evenzogoed onze kracht uit dezelfde plek, Barnum!' Vader zweeg en ademde zwaar door zijn scheve neus. Hij sloeg zijn blik neer en zijn ogen stroomden over, gegrepen door herinneringen, door het ogenblik, door het gewicht van het moment. Ik slikte het zeewiertablet door. 'Waaruit dan?' fluisterde ik. 'Uit het hart', zei vader, ook zachtjes. 'Uit het hart, Barnum.' En hij keek naar ons, terwijl hij zijn tranen droogde. 'Het haar van de olifant', fluisterde hij. 'Het zeldzaamste wat er bestaat. Dat heb ik hier gevonden, ja.' Hij legde zijn arm om moeder heen en trok haar tegen zich aan. Fred werd onrustig. 'Gaan we nou nog?' vroeg hij. Vader stond meteen op. 'We zijn al weg! Want nu zit mijn hoofd vol olympische gedachten!' Hij liep achter Fred aan de hal in. Ik keek naar moeder. 'Gaan jullie niet mee?' Ze glimlachte weer, maar het was een andere glimlach, haar nerveuze, gejaagde glimlach, als een wind langs je gezicht. 'Vandaag zijn jullie als mannen onder elkaar', zei ze en vulde een thermoskan met limonade. 'Bovendien moeten we thuisblijven om ons mooi te maken voor het banket', fluisterde Boletta. 'En dat kost tijd bij oude dames.'

Fred en vader riepen. Fred en vader riepen me. 'Ga maar gauw', zei moeder, zachtjes, zodat alleen ik het kon horen. 'Ga maar gauw.' Boletta stak een sigaret op. Ik holde naar hen toe. Vader wees op mijn voeten. 'Wou je op pantoffels discuswerpen, Barnum?' Fred stond bij de deur. Hij had witte tennisschoenen aan. Ze glommen. De veters waren als bloemen aan zijn voeten. Nu zag ik dat vader iets achter zijn rug verborgen hield. 'Of was je van plan de strijd aan te gaan op je dansschoenen?' Ik schudde mijn hoofd. Vader lachte en liet zien wat hij verborgen had. Nog een paar tennisschoenen, net zo nieuw en wit. Ik ging op de vloer zitten en trok ze aan, en ik kan me nog de geribbelde zolen herinneren, de glimmende metalen oogjes rond de vetergaten en het zachte rubber rond mijn hielen, en toen ik ging staan was het alsof ik op lucht stond. Vader legde zijn hand op mijn schouder en deed hetzelfde bij Fred, hij trok ons naar zich toe, twee halfbroers op witte schoenen. 'Ik heb ooit een vriend gehad', zei vader. 'Dat was in vroeger dagen. Toen ik bij het circus zat. We noemden hem Der Rote Teufel. Hij donderde uit de trapeze en stierf. En waarom deed hij dat? Hij had namelijk de verkeerde schoenen aangetrokken, jongens.' Vader zuchtte. 'Op een dag zullen jullie begrijpen wat ik bedoel. Maar dat zal nog wel even duren.' Vader had zijn zwarte schoenen aan, zwarte schoenen en een geel trainingspak. 'Kom mee', zei hij.

Ik mocht de discus dragen. Die zat in een doos met een handvat. Fred droeg de rugzak. En zo liepen we naar Bislet, deze ochtend, de laatste zondag in mei. Moeder en Boletta stonden achter het raam te zwaaien. Wij zwaaiden terug, behalve ik, ik moest de discus dragen. Vader draaide zich om en glimlachte. 'Is het zwaar, Barnum?' 'Nee hoor', zei ik. 'Maar anderhalve kilo.' Fred lachte zachtjes achter mij. 'Precies', zei vader. 'Juniordiscus! Om groot te worden moet je klein beginnen! Kom mee!' Het groene in de bomen. Het licht in de straten. De stilte in de stad. En plotseling vlogen de duiven op van de daken, tegelijk, in de seconde voordat de kerkklokken begonnen te luiden. Vader draaide zich weer om. 'Zullen we naar de kerk of gaan we naar Bislet?' Het was Fred die antwoordde, vlak achter me. 'Bislet.' We lachten, stuk voor stuk. We lachten allemaal en gingen naar Bislet, vader voorop, Fred achteraan en ik in het midden, met de discus in een doos met handvat, en de donker geklede mensen die we onderweg tegenkwamen droegen gezangenbundels en paraplu's en vader, in zijn strakke, gele trainingspak en zijn lichte handschoenen, boog en groette en liet hen passeren op de steile helling bij het pissoir. Toen waren we er. Het geluid van de kerkklokken gleed weg. De vogels landden weer op de daken, tegelijk. Vader had de sleutel van het hek bij de noordelijke bocht. Hij maakte het open. Hij liep naar binnen. Ik liep achter hem aan en achter mij kwam Fred en ik hoorde de zware ijzeren deur dichtslaan. We moesten een gang door. Vader liep heel langzaam. Er lag een krant bij de muur. De wind bladerde erin. Een stokje van een ijslolly. Een bierdop. Plotseling voelde ik een koude rilling. Het was alsof we steeds dieper een koude duisternis binnenliepen. Ik kreeg zin om om te keren. Maar ik bleef doorlopen. En toen we er aan de andere kant uitkwamen, bleven we alledrie staan, verblind bijna. Daar lag de baan. De lege tribunes, het ijle gras en de hemel daarboven. We hadden een heel stadion voor onszelf en het was net alsof al het licht zich hier had verzameld, in een enorme kuil van beton. Onze stemmen gaven een echo, maar niemand had nog iets gezegd toen vader zijn armen om ons heen legde, en ik voelde dat er een schok door Fred heen ging, een korte, intense ruk die vaders kapotte hand op mijn rug deed trillen, en vader zei: 'Paradijs!' Het woord vloog ervandoor in de buitenbaan, 400 meter, en kwam terug op hetzelfde moment dat het was gezegd, maar langzamer nu, alsof er iemand achter de tribunes stond en hem nabauwde: paradijs! Paradijs! Daarna was alles weer stil. We volgden vader over de sintels. Hij bleef staan bij een cirkel van droge aarde. Hij wees. 'Hier', zei vader. 'Hier gaat het gebeuren.' Ik gaf hem de doos met de discus. Hij zette hem in het gras, naast de cirkel waarin we moesten staan. Toen haalde hij een meetlint uit het rugzakje, een meetlint van zilver. Hij zweette nu al. Hij veegde met zijn gezonde hand zijn gezicht af en glimlachte. 'Zien jullie dit?' zei hij. Hij liet het meetlint in zijn volle lengte voor ons op de grond vallen. Wij knikten. 'Kun jij het laatste getal voor mij lezen, Fred?' Fred kneep zijn ogen toe en boog zich voorover. 'Drie meter', zei hij. Vader draaide het meetlint om. 'En kun jij nu het laatste getal hardop voorlezen, Barnum?' Ik hield mijn hand boven mijn ogen. 'Twee meter', zei ik. Vader glimlachte en rolde het meetlint op, langzaam, terwijl hij ons aanstaarde. 'Mundus vult decipi', fluisterde hij. 'Weten jullie misschien wat dat betekent?' Hij gaf zelf antwoord. 'De wereld wil bedrogen worden.' 'Ergo decipiatur', zei Fred. Vader liet het meetlint vallen en draaide zich stomverbaasd naar hem om. 'Zei je iets, Fred?' 'Ergo decipiatur', herhaalde hij. Vader kreeg de verbijstering niet van zijn gezicht, de verbijstering en de blijdschap. Hij moest naar Fred toelopen om zijn eigen oren te geloven. 'Goed zo, Fred. Ergo decipiatur. Maar vandaag gaan we de wereld niet bedriegen, toch?' Nu was het Freds beurt om te glimlachen. 'Nee', zei hij. Vaders gezicht werd weer ernstig. 'En niet doen alsof jij slechter bent dan Barnum! Is dat helder en duidelijk?' Fred knikte. 'Zou niet bij me opkomen', zei hij. Vader aarzelde even, in verwarring, en keek toen naar mij. 'Want vandaag gaan we de echte lengte meten, jongens! En moge de beste winnen!' Vader maakte de doos open en tilde de discus eruit. Hij hield hem voor zich uit, als een kroon, hij had hem opgepoetst, hij glom. We mochten hem om de beurt vasthouden, juniordiscus, 1,5 kilo, van hout, omsloten door een gladde metalen ring en aan de zijkanten ingelegd met messing. Vader trok de handschoen van zijn gezonde hand en spreidde zijn vingers. 'Ik moet helaas de finesses van de worp met mijn linkerhand aan jullie demonstreren, aangezien mijn rechterhand is gesneuveld door een Duitse granaat. Maar eerst gaan we ons opwarmen! Ren maar een keer de baan rond!' Vader haalde een plak chocolade en een thermoskan met koffie uit de rugzak. Hij ging moeizaam in het gras zitten, terwijl Fred en ik naar de sintelbaan slenterden en aan de warming-up begonnen. Ik rende. Fred kwam vlak achter me aan. Maar Fred rende niet. En ik besef nu dat ik Fred nooit heb zien rennen, alsof dat beneden zijn waardigheid was, zich zo te bewegen, of misschien vond hij het te onthullend om te rennen, want zelfs toen hij werd neergeslagen door de indianen uit Vika rende hij niet, hoewel hij de mogelijkheid had ervandoor te gaan, maar dat zou angst onthuld hebben, rennen onthulde je verlangen, je haast, je ongeduld, je nederigheid. Fred zei ooit tegen me: 'Alleen slaven rennen, Barnum.' Ik rende. Fred liep. Ik geloof dat hij lachte, laag en brommend, terwijl hij me inhaalde, in de buitenbaan, in de schaduw van de grote staantribune, met lange, geluidloze passen. Ik versnelde en het lukte me min of meer hem bij te houden en toen we terugkwamen wilde vader dat we het warmlopen verlengden door twaalf keer heen en weer te rollen, beide kanten op. We gingen op onze rug in het gras liggen en rolden. Vader telde elke rol en lachte. 'De clowns moesten zich ook warmlopen!' riep hij tegen ons. 'Zelfs de clowns en de dierentemmers en de chocolademeisjes!' Vader zweeg en keerde zich in zichzelf en stak een sigaret op. Ik lag naast Fred in het gras uit te hijgen. 'Weet je nog wat ik je beloofd heb?' fluisterde hij. 'Wat dan?' Fred gaf geen antwoord. Ter afsluiting moesten we armzwaaien, 24 keer. Vader stond op en gooide zijn sigaret achter het doel. 'Goed zo, jongens! Jullie lijken wel windmolens!' Toen waren we warm genoeg. Vader wenkte ons naderbij. Hij hield de discus in zijn linkerhand, de gezonde. 'Letten jullie nu goed op?' We knikten. Vader praatte op gedempte toon, alsof hij een geheim met ons deelde en de tribune vol mensen zat die dat meer dan graag wilden horen. Er was verder niemand. Alleen Fred, vader en ik. 'De platte kant van de discus wordt tegen de binnenkant van de hand en het polsgewricht gelegd. Zo. Let je op, Barnum?' 'Ja, vader.' 'Goed zo. Want de discus is een serieuze zaak.' Nu trok vader plotseling de handschoen van zijn rechterhand. Het stompe hoopje vlees hing aan het uiteinde van zijn arm, alleen de halve, aangenaaide duim zonder nagel herinnerde aan de vingers die er ooit gezeten hadden. Ik kon er niet naar kijken. Vader legde de discus in zijn beschadigde hand en liet hem meteen in het gras vallen. Fred raapte het ding voor hem op. Vader praatte nu nog zachter. 'Ik heb jullie nu laten zien, met behulp van mijn ongeluk, hoe belangrijk het is de discus in de juiste greep te houden. Wil jij je ogen opendoen, Barnum? Zodat we niet nog meer ongelukken krijgen.' Ik deed mijn ogen open. Fred glimlachte. Vader stond midden in de cirkel. Hij had zijn handschoen aangetrokken en hield de discus weer in zijn linkerhand. 'Doe maar net alsof ik een spiegel ben waar jullie voor kunnen oefenen', zei hij. Hij draaide twee keer om zijn as en bleef abrupt staan. Het verbaasde me dat die dikke, zware man zo gracieus kon zijn, als een danser bijna. En ik zag dat Fred ook onder de indruk was. Vader was in de war. 'Wat is er, jongens?' Wij zeiden niets. Want wat konden we zeggen, dat hij op een danser leek, in een geel trainingspak, midden in die kleine cirkel? Ja, misschien hadden we dat kunnen zeggen, maar we deden het niet, we stonden daar zwijgend en geïmponeerd naar hem te kijken. Freds mond was smal en het donkere was weer in zijn ogen verschenen. Wat had hij mij beloofd? Vader werd plotseling ongeduldig. Hij praatte luid. 'Jullie pakken de rand beet met gespreide vingers, met de laatste kootjes. En je gebruikt je duim als steun. Zo. Laat je arm losjes hangen en zorg ervoor dat de discus goed en stevig in je hand ligt.' Vader maakte nogmaals een pirouette, snel, hij bracht zijn arm naar voren zonder de discus los te laten. 'Het belangrijkste is nu de discus in de perfecte baan los te laten. De discus moet namelijk door de lucht snijden en om zijn eigen as draaien. En niet slingeren! Horen jullie dat? Niet slingeren!' We hoorden het. De discus mocht niet slingeren. Vader dempte zijn stem weer. 'En hoe doen wij dat? Juist, wij geven de discus een zwieper met een scherpe draai van de onderarm naar links en duwen de discus als het ware weg met onze wijsvinger.' Hij liet ons zien hoe, maar liet ook nu de discus niet los. 'Maar het belangrijkste is dat de hand rustig is en dat de werper stevig staat', fluisterde hij. 'Als je een verkeerd ritme hebt, dan kan al je kracht je ook niet helpen. Mag ik jullie verzoeken jullie aandacht op mijn voeten te richten?' Wij keken naar beneden. 'Deze ring, jongens, deze gewone en bescheiden cirkel op de grond is de piste van de werper. Hiervandaan gooit hij zijn jubel het publiek in. Kijk nu goed!' Hij maakte een paar snelle bewegingen, boog zich voorover, draaide in het rond en de discus verliet zijn hand en landde een stukje verder op de baan. 'Gesnopen? De kracht van je benen, lichaam en arm moeten samenwerken in één schroefbeweging naar voren en naar boven, zodat je de grootst mogelijke kracht in je worp legt! Ja, ja, haal de discus, Fred.' En Fred deed het. Fred gehoorzaamde. Fred haalde de discus op en bracht hem terug. 'Moeten we niet meten?' vroeg ik. 'Eerst trainen we. Dan meten we.' Fred gaf de discus aan vader. Vader gaf hem door aan mij. 'Hoe is het vandaag met je werparm, Barnum?' 'Een beetje slap', zei ik. Vader voelde eraan en glimlachte. 'Geen smoesjes. Die is prima genezen. Jij mag beginnen, Barnum.'

De wolken dreven langs Bislet en sleepten lange flarden schaduwen achter zich aan. Daarna scheen de zon weer. Het was warmer dan elders hier op de bodem van het stadion, als een enorme badkuip tot de rand toe gevuld met droog licht. De lucht stond stil. De hitte hing boven de verspringbak.

Ik dacht dat ik verderop iemand bij de kleedkamers zag, een beweging in de hitte, misschien was het alleen maar een ijspapiertje, een vogel.

Ik nam plaats in de ring. Ik probeerde net als vader te doen. Voeten uit elkaar. De werparm zo ver mogelijk naar achteren. Voet tegen de rand van de cirkel. Vader volgde nauwkeurig wat ik deed. Fred trok zich terug. Ik draaide rond en liet de discus los. Het werd een miserabele worp. Hij wankelde door de lucht en landde vlak voor vaders voeten. Hij schudde zijn hoofd. 'De zwieper, Barnum. Je vergat de zwieper. En daarom slingerde de discus als een vogel met maar één vleugel. Jouw beurt, Fred.' En Fred ging in de ring staan, legde de discus plat in zijn rechterhand, leunde naar voren, soepel en kwiek, en voordat ik kon zien wat hij eigenlijk deed, schoot hij de discus weg en draaide zich nog voor die geland was om naar vader. 'Volg je worp met je ogen, Fred! Je kunt zelf aan de discus zien wat je fout gedaan hebt.' Fred glimlachte zwakjes. 'Heb ik wat fout gedaan dan?' Vader keek verrast op. 'Je bent nog geen wereldkampioen, Fred. Ik vond bijvoorbeeld je aanloop wat te wild. Maar verder was het goed.'

Ik draafde weg om de discus te halen. Vader haalde het meetlint weer tevoorschijn en een blocnote om de resultaten op te noteren. 'Nu wordt het menens', zei hij. 'En om een geldige worp te gooien, moet de discus met de grootste precisie in de gemarkeerde sector van negentig graden vallen. Is dat ook begrepen?' Ik weet niet goed of ik het wel begreep, maar ik knikte. Het was zo warm. We zweetten als otters. Ik moest mijn handen afdrogen aan het dorre gras. Vader ademde zwaar door zijn scheve neus en keek weer naar Fred. 'En volg de discus met je ogen. De worp is pas beëindigd als de discus is geland.' Fred knikte ook. Fred glimlachte. Vader liet ons een glimmend muntstuk van één kroon zien. 'Kop', zei ik. Fred glimlachte. 'Munt', zei hij. Vader flipte hem de lucht in, ving hem op, kneep zijn vingers dicht en opende langzaam zijn hand. 'Barnum begint', zei hij. 'En denk eraan dat in deze sport je lengte geen enkele rol speelt.

Want in de discuscirkel zijn we allemaal gelijk.' Hij keek me aan. 'O', fluisterde ik. Vader glimlachte en gaf ons allebei een klap op de rug. 'Dan wens ik jullie succes, jongens. Moge de beste winnen!'

Vader pakte meetlint, potlood en blocnote en begaf zich naar de sector. Daar bleef hij afwachtend staan. Hij schermde zijn ogen af met zijn hand. Ik kon zijn adem hier horen, hij was een locomotief. Fred stond zwijgend achter me. Mijn arm was bleek en dun en glad. Ik gooide. Ik gooide voor wat ik waard was. De discus scheerde laag over het gras en viel abrupt op de grond. Vader holde ernaartoe, stak een stokje in de grond en mat de afstand tot de cirkel. Die schreef hij langzaam op zijn notitieblok. 'Elf en een half!' zei hij. 'Daar valt nog wel wat aan te verbeteren. Jouw beurt, Fred!'

Fred staat in de cirkel. Vader loopt weer naar het gras. Hij gaat links van ons staan, bijna bij de atletiekbaan. Hij heeft de zon recht in zijn gezicht. Wij in onze rug. 'Ben je er klaar voor, Barnum?' fluistert Fred. Ik weet niet wat hij bedoelt en hij wacht niet op antwoord. Fred kijkt naar vader. Vader zwaait. Fred duikt in elkaar, net zo snel en soepel als daarnet, hij strekt zijn arm als een staaldraad, de zwieper met zijn vinger en de discus die wegvliegt, die door het licht schroeft, naar vader, die midden in de zon staat, in zijn gele trainingspak en met het meetlint in zijn hand. Het is nu nog stiller. Fred volgt de discus met zijn ogen. De worp is nog niet afgelopen. De worp is nog maar net begonnen. De worp is nu zijn eigen heer en meester, bevrijd, losgerukt en toch vastberaden, zijn baan is allang in de lucht afgetekend, gestuurd door de zwieper van Freds vinger, misschien is de worp al begonnen met degene die de discus maakte, of degene die hem bedacht, aan de vorm en zwaarte van de discus dacht, voor de eerste keer. Ik volg de discus met mijn ogen. Die stijgt nog steeds. Hij bereikt zijn hoogste punt en rust even op het licht. Dan valt hij. Het gaat zó snel. Ik zie het pas als het al gebeurd is. Vader moet zijn ogen afschermen met zijn hand. Misschien denkt hij, in deze korte seconde, dat de zon niet meer groen is, de zon is nu zwart. En op datzelfde moment treft de discus hem. Hij treft vader recht op zijn hoofd, de bovenkant van zijn voorhoofd, en hij laat het meetlint vallen, zijgt neer in het gras en blijft daar liggen. De duiven vliegen op van het dak van de kleedkamers. Fred draait zich om. Zijn mond trilt. Ik wil langs hem heen rennen. Hij houdt me tegen. 'Blijf hier', fluistert hij. Ik sta nu in de cirkel. En Fred loopt naar vader toe. Ik zie dat hij naast hem knielt en zijn hoofd optilt. Hij buigt zijn oor naar vaders mond. Zegt vader iets? Praat hij tegen Fred? Ik hou het niet meer uit. Ik breek los uit de cirkel. Ik ren naar hen toe. Ik blijf achter Fred staan, achter Freds gebogen rug. 'Wat zegt hij?' fluister ik. Fred laat vaders hoofd los. 'Zegt?' vraagt Fred. 'Denk je dat hij iets zegt?' Fred gaat in het gras zitten, met zijn armen rond zijn knieën, hij wiegt van voor naar achter, wiegt, misschien zat hij ook zo toen De Oude dood was, wiegend. Ik zie vader. Zijn schedel is verbrijzeld. Zijn voorhoofd is over zijn gezicht geschoven. Hij lijkt op niemand. De mens in hem is verdwenen. Ik huil niet. 'Wat heb je gedaan, Fred?' Hij antwoordt niet. Ik vraag het nog een keer. 'Wat heb je gedaan, Fred? Wat heb je gedaan?' En Fred kijkt naar me op. Ik zie zijn ogen, zie het donkere dat daarin aanzwelt, blijft aanzwellen. Maar dat is niet wat ik me herinner. Ik herinner me dat hij plotseling glimlachte. 'Misschien is hij alleen maar schijndood?' zegt Fred.

De tafel in het Grand Hotel bleef die avond leeg. Er kwam geen banket. Vader had een tafel bij het raam besteld, zodat iedereen ons kon zien als we daar zaten achter ons driegangenmenu, met meer messen en vorken dan we nodig hadden en een wit tafellaken dat bijna tot de vloer reikte, terwijl de rest van de stad langsliep over de Karl Johans gate en misschien zou iemand die we kenden langskomen en acuut blijven staan, verbaasd, onder de indruk en jaloers, en wij konden de talloze glazen heffen die voor onze vergulde borden waren geplaatst om te proosten met de hongerige stakker die daarbuiten tevergeefs zijn gezicht tegen het raam drukte. Maar onze tafel bleef leeg. Het banket was afgelast. Vader was afgelast. En toen we thuiskwamen uit het Ullevål-ziekenhuis, waar vader op een baar in de kelder lag, en het was niet nodig om een glas brandewijn op zijn borstkas te zetten of een hoedenpen in zijn hart te steken, toen ging de telefoon. Moeder rukte de hoorn van de haak, alsof ze dacht dat iemand tegen haar zou zeggen dat alles een misverstand was, een ongelukkige droom, een verlate aprilgrap. Ik zag dat ze plotseling bloosde. 'Het spijt me heel erg', fluisterde ze. 'We zijn helaas verhinderd.' Ze luisterde even en hield de hoorn met beide handen vast. Boletta en Fred en ik keken naar moeder en durfden nauwelijks adem te halen. Ten slotte zei ze: 'Ja, ik begrijp het. Maar mijn man is vandaag gestorven.' En pas toen ze het gezegd had, dat vader dood was, het zo tegen de gerant van het Grand gezegd had, begon ze te huilen. Ze liet de hoorn vallen en we konden de gerant haar horen condoleren in het restaurant aan de Karl Johans gate en toen werd er ook aan de deur gebeld. Boletta legde de hoorn op zijn plaats terwijl de hoffelijke gerant innig zijn deelneming bleef betuigen in de telefoon. Het werd plotseling stil. Moeder legde haar armen om Fred en mij heen en trok ons tegen zich aan. Er werd weer aangebeld. Boletta liep naar de hal. Boletta nam het commando nu over. Zij had haar kalmte bewaard. Haar handen trilden niet. Ze deed open. Het was huismeester Bang. Hij leunde naar binnen en maakte een buiging. 'Vreselijk', fluisterde hij. 'Een vreselijk ongeluk. Maar het is nog het ergst voor Fred.' Huismeester Bang wendde zich langzaam tot ons. Fred deed een stap achteruit, in de schaduw van moeder. 'En wat bedoel je daarmee?' wilde Boletta weten. Bang sloeg zijn ogen neer. 'Was Fred niet degene die gooide dan?' 'Zal ik je eens wat zeggen?' zei Boletta luid. 'Het is erg voor ons allemaal. Maar het ergst is het voor Arnold Nilsen! Wat kom je hier doen?' Bang boog het hoofd weer. 'Ik wilde in de eerste plaats condoleren. Uit naam van het huis.' Boletta knikte. 'Bedankt. Dat is aardig. Maar nu willen we met rust gelaten worden.' Huismeester Bang bleef in de deuropening staan. 'Een vreselijk ongeluk', zei hij weer. 'Ja, we weten het, Bang. We troosten ons met het feit dat hij onmiddellijk gestorven is.' Boletta wilde de deur dichtdoen, maar huismeester Bang was sneller. Hij stond plotseling in de hal en had onze rugzak in zijn hand. 'Ik dacht dat jullie dit misschien wilden houden', fluisterde hij. 'Wat?' vroeg Boletta, ongeduldig. 'Zijn spullen. Die zijn blijkbaar in Bislet blijven liggen.' En huismeester Bang haalde het meetlint tevoorschijn, het potlood, het notitieblok waarop mijn zielige record genoteerd stond, elf en een halve meter, en nu was Boletta's geduld op, ze rukte de rugzak uit zijn handen, maar die was te zwaar, hij viel op de grond met een doffe klap die natrilde in onze voeten. Huismeester Bang bukte zich en pakte de discus op. Boletta deinsde achteruit en wilde hem niet aanraken. Moeder kreunde en drukte me steviger tegen zich aan en ik begreep dat Bang, de man die De Oude altijd de pedel noemde, daar de hele tijd had gestaan, verscholen bij de kleedkamers, hij had alles gezien, maar wat had hij gezien? Hij had niets anders gezien dan een ongeluk, een ongelukkige worp, hij had een man in een geel trainingspak gezien die op de verkeerde lijn stond in de geometrie van het toeval. En Bang was niet tevoorschijn gekomen uit zijn schuilplaats. Hij had zich verstopt, zich verstopt en het gezien, maar nu kon hij niet meer wachten, de ijdele gluurder, die het niet kon verdragen in de schaduw te staan. En het beangstigde me evenzeer als dat het me verbaasde, dat dit het sterkste en felste en puurste was wat ik tot nu toe vandaag had gevoeld: ik haatte huismeester Bang. 'Waar zal ik hem neerleggen?' vroeg hij. Boletta hief beide armen op en Bang dook weg, alsof hij dacht dat ze hem zou slaan. 'Hou dat afschuwelijke ding maar!' riep ze. Bang schudde zijn hoofd. 'Ik doe niet aan discuswerpen', fluisterde hij. 'Ik doe aan hink-stapsprong.' Ik begon te huilen. Fred schopte tegen de muur. Boletta duwde Bang naar de deur. 'Zie je nou wat je aangericht hebt met je goeie daden! Verdwijn!' Plotseling liep Fred naar huismeester Bang toe en bleef vlak voor hem staan, en Bang werd nog krommer. Hij loerde. 'Bedankt', zei Fred. 'Wat?' Bangs blik flakkerde. 'Bedankt', zei Fred nogmaals en pakte de discus van hem af. Huismeester Bang maakte een buiging en hinkte achterwaarts de trap af. De deur sloeg dicht. Fred stond in de hal met de discus in zijn handen. Moeder liet mij los en zei iets merkwaardigs. Haar ogen waren opgezwollen en ze wees op Fred en zei: 'Zorg dat die onheilsvogel mijn huis uit komt!' En op hetzelfde moment besefte ze dat haar woorden te veel inhielden, ze waren eruit gegooid zonder zwieper, ze slingerden door de lucht en troffen Fred, als een mokerslag, ik zag een schok in zijn nek en een pijn die ik nooit eerder had gezien, en die pijn dijde uit tot een glimlach. Hij keek naar moeder, die ontzet haar gezicht in haar handen verborg. Boletta legde onmiddellijk haar arm om hem heen. 'Zo bedoelde ze dat niet, dat begrijp je toch wel?' Ze pakte de discus van Fred af, ze droeg hem naar de keuken en wij liepen achter haar aan, en daar keilde ze de discus uit het raam, zo op de binnenplaats, waar hij met veel lawaai in het grind tussen Bangs bloemperkjes landde. Toen draaide ze zich naar ons om. 'Nu zijn we hem eindelijk kwijt! De onheilsvogel!' In de andere appartementen werden de lampen aangedaan. Er werden gezichten zichtbaar. Het was al nacht. Vader was dood. Waar waren zijn handschoenen? En zijn gele trainingspak? Moeder probeerde te glimlachen, maar slaagde daar niet in. Ze pakte Freds hand. Fred beefde, alsof hij het plotseling koud had of in snikken zou uitbarsten. 'Het spijt me', fluisterde hij. Fred zei dat het hem speet. Boletta legde voorzichtig haar arm om hem heen. Fred was van glas. Fred kon elk moment breken. Hij kon op de grond vallen en verbrijzelen. Moeder aarzelde even. Toen streek ze met haar hand door zijn haar. Dat had ik haar nog nooit zien doen. 'Lieve jongen. Het was jouw schuld niet.' Boletta werd woedend voordat moeder uitgesproken was. 'Schuld!' riep ze. 'Niemand heeft hier schuld! En als iemand al de schuld heeft, dan is het God en niemand anders.' 'Sst', fluisterde moeder. Maar Boletta ging nog harder praten. 'God mag best horen wat ik zeg! Want vandaag hoort hij zich te schamen!' Moeder haalde diep adem en bleef met haar vingers door Freds haar strijken, dat nog steeds glibberig was van het haarwater. 'Vader liep altijd in de weg, weet je. Hij kon niet stilstaan. Hij was een wiel.' Boletta stampvoette en zei hetzelfde. 'Ja, Arnold Nilsen was een wiel.' Fred keek mij aan, glimlachend. 'Hij liep in de weg', fluisterde ik. 'Hij liep Fred voortdurend in de weg.' Moeder zuchtte en moest aan de keukentafel gaan zitten. 'Willen jullie vannacht bij mij slapen?' vroeg ze. Ik schudde mijn hoofd en legde mijn hand op Freds schouder. 'Ik moet op Fred passen', zei ik.

Alles wat ik eruit knip, uitgum, vergeet, en laat staan: Fred die opstaat.

De vogels in een grijze zwerm boven de kleedkamers. Vader die op het ijle gras van Bislet ligt. Fred die langzaam naar het hek loopt, zonder zich om te draaien, en ik die blijf staan, alleen, want vader is er niet, vader is weg. Zijn verbrijzelde schedel. De discus die nog niet stilligt. Het bloed langs de metalen rand. Ik schreeuw. Niemand hoort me. Daarna de sirenes, de ambulance, de baar. Fred die op de tribune zit. Een politieman die met ons praat en met een balpen in een zwart boekje schrijft en ons vraagt langzaam te praten. We zeggen dat vader in de weg liep. Vader liep in de weg en de discus raakte hem.

Ik sliep niet. Ik dacht aan morgen, dat wanneer ik morgen op school zou komen iedereen er al van gehoord zou hebben, van het ongeluk, misschien stond het wel in de krant, met een foto van het Bislet-stadion, misschien had iemand zelfs wel de hand weten te leggen op foto's van vader, en van Fred en mij, en de kop zou bijna de gehele voorpagina beslaan: de discus des doods. En iedereen zou medelijden met mij hebben, ik zou niet overhoord worden in de les, niemand zou me pesten, integendeel, morgen zou iedereen aardig en behulpzaam zijn en ze zouden zachtjes praten als ik in de buurt was, want ik had mijn vader verloren bij een tragisch en gruwelijk ongeval en ik had hem zelf zien sterven, van dichtbij. 'Kutverdomme', zei ik plotseling hardop. Ik moest gewoon. De woorden kwamen zonder dat ik ze kon tegenhouden, mijn razende alfabet. 'Discuskut!' riep ik. 'Slingerpik!' Ik beet op mijn tanden. Ik had bloed in mijn mond. Fred lag doodstil. Maar hij sliep niet. En ik kon moeder en Boletta horen. Ze waren al begonnen op te ruimen. Zij konden ook niet slapen. Ze ruimden vaders spullen op, en was het uit liefde of uit wroeging dat ze dat deden, vaders rommel opruimen, de nacht dat hij dood in de koude kamer in de kelder van het Ullevål-ziekenhuis lag? 'Hoor je dat?' fluisterde Fred. 'Ja. Moeder en Boletta ruimen op.' 'Nee, niet dat. Luister eens goed, Barnum.' Ik deed mijn best, maar hoorde verder niets. Mijn mond was warm en stroperig. 'Vader ademt niet', fluisterde Fred. 'Hij ademt niet meer door zijn neus.' Nu hoorde ik het ook. Vaders zware ademhaling was er niet. Fred ging rechtop zitten. Toen liep hij de kamer door, ging in mijn bed liggen en hield me vast. Zo bleven we liggen, zonder iets te zeggen. Al snel kwamen Boletta en moeder ook tot rust. Misschien had ik even geslapen. Ik weet het niet. Fred hield me nog steeds vast. 'Welke straf denk je dat we krijgen?' fluisterde hij. Ik antwoordde niet. Fred zei niets meer. Ik had zin om weer te huilen. Mijn ogen waren even warm als mijn mond. Welke straf zullen we krijgen? Na een poosje stond ik op. Fred liet me gaan. Ik liep naar de hal. Daar stonden vaders spullen. Het meetlint lag op het kastje, naast de ovale klok, waarin geen geld en geen tijd meer zat. Ik herinner me dat Peder ooit zei, lang nadat zijn vader gestorven was, in de garage, op de voorbank van zijn Vauxhall, en Oscar Miil moest het lang van tevoren hebben voorbereid, de rekeningen waren betaald, abonnementen waren opgezegd, zijn ondergoed was gewassen: 'Ik zal het hem nooit vergeven.' Dat zei Peder. Was Arnold Nilsen, Het Wiel, er klaar voor geweest? Nee, dat had hij onmogelijk kunnen zijn, want wie verwacht de dood op een zondagochtend in het Bislet-stadion, tijdens een vriendschappelijk wedstrijdje? Niemand. Zijn leven was nog niet klaar. Ik keek de slaapkamer binnen. Moeder en Boletta waren met hun kleren aan in slaap gevallen. Ze hadden nog net kans gezien hun schoenen uit te trekken. Vaders pakken hingen over de stoel, een stapel pakken in alle kleuren, zwart, grijs, blauw, zelfs groen, en bovenop lag zijn witte linnen pak, aan een gelakt knaapje van een dure kledingzaak, misschien was hij van plan geweest dat vanavond aan te trekken, tijdens het banket in het Grand, hoewel het hem ongetwijfeld te klein was geworden. Misschien kon ik het aandoen, tijdens de begrafenis. Ik haalde het witte, gekreukelde pak voorzichtig van het knaapje. Ik probeerde het jasje aan en toen vond ik het lijstje dat hij had gemaakt, het lijstje met lachjes, op een stuk papier dat hij uit een bijbel had gescheurd. Het zat in zijn zak. Eerst zag ik alleen de bijbelplaats, uit de Openbaring van Johannes: *Ik betuig allen, die de woorden der profetie dezes boeks horen: indien iemand daaraan toevoegt, zo zal God hem de plagen toevoegen, die in dit boek geschreven zijn; en indien iemand afneemt van de woorden van het boek dezer profetie, zo zal God hem zijn deel afnemen van de boom des levens en van de heilige stad, welke in dit boek beschreven zijn.* En op de achterkant had vader dus zijn vreemde lijstje geschreven, met aan het eind, in schuine, kinderlijke letters: *bestaat er een barmhartige lach?* En ik had misschien, in deze nacht, kunnen toevoegen: vaders lach.

(BEGRAFENIS)

Er waren niet veel mensen bij vaders begrafenis. Het was zaterdag en het regende. Wij waren er, op de voorste bank. Esther van de kiosk was er. Huismeester Bang was er, hij had een lege plek gevonden aan het uiteinde van de bank, bij de pilaren, naast Arnesen en zijn vrouw, mevrouw Arnesen, de manische pianiste, die een enorme bontjas droeg hoewel het juni was. Meer mensen waren er eigenlijk niet toen de klokken luidden, afgezien van een paar stokoude dames die we niet kenden, maar die hier plachten te komen om te oefenen voor als het hun beurt was. Er dook ook niemand op uit het noorden. De meesten daar waren ook dood. Vaders kist was zwart. Ik zat tussen Fred en Boletta in. Moeder hield Freds hand vast. Het regende die dag. Ik keek naar de grond. Er vormde zich een donkere plas rond mijn schoenen, mijn glimmende dansschoenen. Een regenwurm kroop langs de zool van mijn linkervoet en vandaar de vloer op, naar de bloemen die daar lagen, daar kronkelde hij naartoe, over het zijden lint dat rond de stelen gebonden was, van vrienden in het huis, ik kon mijn ogen er niet van afhouden, de regenwurm in het Vestre Krematorium, misschien lachte ik, want Boletta porde me hard in mijn zij. De dominee kwam ons begroeten. Het was een volkomen nieuwe dominee, hij leek even zenuwachtig als wij, want in zijn beknopte testament had vader uitermate duidelijk en schriftelijk vastgelegd dat de dominee van de Majorstuen-kerk, die geweigerd had zowel Fred als mij te dopen, onder geen beding verder nog iets met de familie Nilsen te maken mocht hebben, of het nu een huwelijk, het avondmaal, een doop, belijdenis of een sterfgeval betrof. Misschien was vader toch wel klaar geweest, klaar voor de dood, aangezien hij al een testament had gemaakt, zijn laatste verlanglijstje, zijn getuigenis: een testament en lachjes. De dominee liet mijn hand los en aaide over mijn wang. Zijn vingers waren droog. Toen liep hij naar de preekstoel. Ik zag de regenwurm nergens meer. De dominee praatte over vader. Ik zocht naar de regenwurm. Maar die was weg. En toen ik me omdraaide, want misschien was hij wel door het middenpad gekropen, zag ik dat Peder en Vivian stilletjes op de achterste bank gingen zitten. Peder hief nauwelijks merkbaar zijn hand op en schudde zachtjes zijn hoofd. Vivian wuifde ook en ik geloof dat ze bloosde. Ik werd zó blij. Mijn vrienden waren er. Vader was dood en mijn vrienden kwamen naar de begrafenis en het gaf niet dat ze te laat kwamen. Ik had zin om naar hen toe te hollen. Boletta hield me tegen. De dominee zei dat vader een gulle man was. Hij had een weidsere horizon meegenomen van de eilanden in het uiterste noorden. Moeder huilde. Ik sloot mijn ogen. Fred leunde op zijn knieën. Boletta haalde een zakdoek tevoorschijn. De dominee zei iets merkwaardigs. Hij vertelde over de aalscholvers, de zwarte vogels daar aan de kust, die op de bergen en de rotseilandjes schijten opdat ze de weg terug naar huis terug kunnen vinden, witte wegwijzers van stront. Ik deed mijn ogen open. De dominee glimlachte, maar corrigeerde zichzelf en draaide zich om naar de kist waar vader in lag. Hij had op de bodem van de oceaan gestaan. Hij was schijndood geweest. Hij had onder de circustent gelegen. Nu was er geen weg terug meer. Ik zag op tegen het moment dat we moesten zingen. De dominee had zijn zegje gedaan. De organist begon te spelen. Ik bladerde in het boekje waar vaders naam met sierlijke letters op stond, plus zijn jaartallen en de gezangen die we zouden zingen. *God is God.* We hoestten. We wachtten. De schoenen die tussen de banken schraapten. De druppels die we mee naar binnen hadden genomen. De paraplu's die langs de banken op de grond gleden. Het pijnlijke verdriet. De iele stemmen. *God is God, al was ieder mens.* De dominee probeerde ons aan te vuren, maar ook zijn stem droeg niet ver, die was droog en plat als papier. *God is God, al was ieder mens ontslapen.* We waren een broos koor. Ik dacht te horen dat Peder aanzette en hij was niet bepaald een Wiener Sängerknabe. Ik kreeg weer de neiging om te lachen. Maar toen was er een andere stem die ons overvleugelde, een donkere en machtige en vreemde stem die het hele crematorium vulde, plotseling, die het gezang hoog en trots droeg. *God is God, al was ieder mens ontslapen.* Ik draaide me om, moeder en Boletta draaiden zich om, zelfs Fred moest kijken en de dominee staarde ook zwijgend naar de deur. En daar, midden tussen de schaduwen en het licht, tussen de glas-in-loodramen en de regen, stond een oude, magere gedaante, gekleed in een lange, zwarte jas, hij hield een hoed in zijn hand, zijn haar was wit en wit was de snor die over zijn mond golfde en die verborg, zodat het leek alsof het gezang uit zijn hele wezen kwam, dat hij het in zijn handen optilde en zong met zijn hele lichaam. *God is God, al was heel deez' aard verlaten.* We lieten hem het gezang ten einde zingen, alleen, alle verzen, en hij was in zijn eentje een heel mannenkoor. Na afloop was het stiller dan ik ooit gehoord had. Alleen de regen op het dak. Alleen het zwakke ritselen van de bloemen en het stof dat van de bloemblaadjes viel. Alleen de laatste zuchten van de orgelpijpen. En het volgende wat ik me herinner, toen vaders kist voorgoed in de vloer was verzonken, was dat we op de trap voor het crematorium stonden. Er was een kleine rij om te condoleren, dat zware en vreemde woord dat zo prettig is om te hebben wanneer we niet weten wat we moeten zeggen, gecondoleerd, dat we kunnen mompelen, fluisteren, snikken, gecondoleerd, als een formule, het wellevende dialect van de rouw, daar waar we geen andere taal tot onze beschikking hebben dan lawaai of stilte, want de gêne is altijd sterker dan het verdriet, gecondoleerd, zei Arnesen, gecondoleerd, zei huismeester Bang wederom, gecondoleerd, fluisterde Esther van de kiosk, gecondoleerd, zeiden de oude dames die we niet kenden en die het hardst van iedereen huilden. Fred liep naar het hek langs de trambaan en stak een sigaret op. De regen was opgehouden. Fred liet de lucifer op de grond vallen en verloor ons niet uit het oog. Het was de beurt van Peder en Vivian en ze begroetten moeder, houterig als bij Svaes dansschool, in donkere, onwennige kleren, en draaiden zich toen naar mij om en grepen ook mijn hand. 'Gecondoleerd', zei Peder. 'Ook bedankt', zei ik. 'Gecondoleerd', zei Vivian. 'Graag', zei ik. Maar de man op wie we allemaal wachtten, was de magere, lange man met de snor, de zanger, van wie niemand wist wie hij was. Hij liep naar voren, maakte een diepe buiging, kwam overeind en keek moeder recht aan. 'De dood kan niemand bedotten, mevrouw Nilsen. De dood is de grote directeur.' Het was vreemd, want zijn stem klonk nu anders en leek niet op de stem waarmee hij had gezongen, hij klonk broos en brak als het ware bij elk woord, een stem op krukken was het. Maar zijn blik was nog even indringend, zijn ogen waren vastgeschroefd in zijn magere gezicht en zijn snor stond als een haag onder zijn neus. Hij pakte ook Boletta's hand. 'Ik heb vele namen gehad, maar Arnold Nilsen kende me waarschijnlijk het best als Mundus.' Eerst had de oude dominee dat gezang gezongen toen hij vader uit de dood wilde wekken, daarna had vader het gezongen toen hij over de maalstroom bij Moskenes voer, en nu had Mundus, de circusdirecteur, het ook gezongen, op vaders begrafenis, nu hij echt dood was. *God is God.* En toen hoorden we een enorme klap op het parkeerterrein, en voordat ik zag wat het was, had Peder zijn gezicht al in zijn handen verborgen en hij kermde als een hond. Het was Peders vader, uiteraard. Hij klauterde uit de rokende Vauxhall en liep op een drafje naar ons toe, met een boeket onder zijn arm, maar gaandeweg minderde hij vaart, tot hij hijgend stilstond voor moeder. 'Het spijt me ontzettend', zei hij. 'Die belachelijke auto kreeg pech op de Solliplass en zodoende had ik ook geen tijd meer om Peder en Vivian op te halen.' Peder sloot zijn ogen en keek naar de hemel. Vivian lachte zich bijna dood. Fred kwam dichterbij. Peders vader gaf de bloemen aan moeder en werd plotseling plechtstatig. 'Ik ben Peder Miils vader. Uw man heeft een diepe indruk op mij gemaakt.' Moeder keek hem verbaasd aan. En ze glimlachte. Ze glimlachte tegen iedereen en het viel me op dat ik me niet kon herinneren haar ooit zo te hebben gezien, ik moet het woord gelukkig gebruiken, op dit moment, gelukkig op de trap voor het Vestre Krematorium, ik moest in haar gezicht speuren om er zeker van te zijn dat ik het goed zag, of deze glimlach niet slechts een grimas was, een masker, maar ik had het niet verkeerd gezien, het was haar echte gezicht, en ik weet niet helemaal waarom, maar ik schaamde me voor haar. Fred liep plotseling naar Vivian toe. 'Heb je een vuurtje?' vroeg hij. Vivian schudde haastig haar hoofd en trok zich terug. Daar had ik op moeten letten, daar had ik mijn ogen op moeten richten, al mijn aandacht, op dat gebaar, Vivian die haar hoofd schudt en zich terugtrekt en Fred die een stap achter haar aan loopt, hij houdt een regenwurm tussen twee vingers, dan blijft hij staan en loopt de andere kant op, weg, langs het station, de tramrails over. In plaats daarvan keek ik naar moeder. Ze stond tussen Peders vader en de man die zich Mundus noemde in. Ze hief haar hand op en nam het woord. 'Het zou me genoegen doen,' zei ze luid, 'als jullie met ons meekomen naar het Grand om mijn overleden man te herdenken.'

We reden in twee taxi's naar de Karl Johans gate, want Peders vader liet de Vauxhall staan, hij nam niet het risico dat die het nogmaals zou begeven, en hij is waarschijnlijk de enige wiens auto met boete en al is weggesleept van de parkeerplaats bij het Vestre Krematorium, alsof de gestorvene zelf naar zijn eigen begrafenis gereden was en zijn auto daar voor eeuwig had geparkeerd. En toen waren we er eindelijk, in het Grand, we kregen een plaatsje aan de langste tafel bij het raam, en de mensen die buiten langsliepen, die middag, de eerste zaterdag in juni, de wolken waren over gedreven en de zon scheen op het natte, donkere asfalt, zouden kunnen denken dat we iets te vieren hadden, misschien een rond getal, een jubileum, dat het feest was daar in het Grand, en ik werd bevangen door een grote eenzaamheid en wanhoop, tussen Peder en Vivian in, want we weten slechts van elkaar wat we zien, we staan met een loep midden in de melkweg, en wat we zien is ook niet waar, we weten weinig tot niets, we zijn los van elkaar en ieder voor zich, we zijn slechts ongeduldige waarnemers, en over onszelf weten we nog minder. De obers liepen af en aan met tompoezen en koffie en likeurtjes, en de galante gerant dartelde om ons heen, Boletta kreeg koud bier uit een flesje, huismeester Bang at met twee vorken, Arnesen rookte sigaren, Mundus veegde zijn snor schoon met heel zijn servet en goot zijn likeur in de koffie, Peders vaders poetste zijn bril, Esther van de kiosk dronk nog een likeurtje, Fred was er niet en moeder, moeder, die was zó opgewonden, zó buiten zichzelf, op de rand van een zenuwinzinking of de grote vreugde, en plotseling begreep ik haar, dat maakte me rustiger, want we waren toch niet helemaal eenzaam, dit was haar laatste kans om een feest voor Arnold Nilsen te geven, het laatste feest en misschien wel het beste, moeder was het middelpunt, ongestoord en onbetwist, de begrafeniskoffie was een banket geworden, aan een tafeltje bij het raam in het Grand. Peder boog zich naar me toe. 'Waar is Fred gebleven?' Zijn vader maande hem tot stilte, want de man die zich Mundus noemde was opgestaan om iets te zeggen, een rede te houden, het was net alsof het hele restaurant zweeg en wilde luisteren naar de woorden van deze magere, merkwaardige man. Hij sprak: 'Ik bedank u voor de fraaie gastvrijheid die mij hier vandaag ten deel is gevallen. Ik hoop dat Arnold Nilsen hetzelfde voelde toen hij naar mijn circus kwam, zovele jaren des Heren geleden. Hij kwam bij me als een kleine engel.' Moeder begon weer te huilen en Mundus legde voorzichtig zijn hand op haar schouder. 'Ik moet de groeten overbrengen van iedereen in het circus, ik doe de groeten van de langste man ter wereld, van het Chocolademeisje, de naaisters, de clowns en de muzikanten, van ons allemaal breng ik vandaag een groet aan Arnold Nilsen, hoewel de meesten van hen allang dood zijn en mijn circus is opgedoekt, nog slechts een herinnering, een streep in het zaagsel dat in alle windrichtingen vervliegt.' Hij lachte plotseling zachtjes om zijn eigen woorden. Zwart, had vader over die lach geschreven. Ik luisterde. Vader had gelijk, hij was zwart, als het gezang, zijn lach glom als zwart marmer. En opeens draaide Mundus zich om naar mij. 'Jij lijkt op je vader', zei hij. Ik boog het hoofd. Ik wilde niet op mijn vader lijken. Ik wilde op niemand lijken, en al helemaal niet op mijn vader. 'Hoe heet je?' Ik keek weer op. 'Barnum', fluisterde ik. Mundus glimlachte breed. 'Barnum, ja. Hoe had je ook anders kunnen heten.' Hij moest een traan uit beide ogen wegpinken en toen hij dat gedaan had, verplaatste hij zijn vochtige blik naar Peder. 'En jij bent Barnums broer?' Peder moest bijna hard lachen, maar wist zich in te houden voor het zover kwam. 'Nee. Ik ben gewoon Peder. Peder Miil. Barnums vriend.' Mundus keek weer naar moeder. 'Had Arnold Nilsen niet twee zoons?' vroeg hij. Het werd volkomen stil aan tafel. Er klonk geen enkel geluid in het hele restaurant. De gerant stond midden in de zaal vastgevroren met een rekening in zijn hand, de obers waren blijven staan met hun bladen en menu's. En het was alsof moeder Fred nu pas miste, haar gezicht zakte als het ware in, als zijde en loof, en ze staarde mij aan. 'Waar is Fred?' 'Die zwerft rond', fluisterde ik. Mundus bleef staan. Er was een onrust in ons gekomen die niemand kon verbergen. Hij doorbrak de stilte die weer was ontstaan. 'Arnold Nilsen placht mijn bagage te dragen, mijn dierbaarste koffer. Ik heb hem al snel uit het oog verloren. Maar ik ben hem nooit vergeten.' Mundus boog en verliet de tafel. Eerst dachten we dat hij alleen maar naar het toilet ging of misschien iets uit de garderobe ging halen. Maar vlak daarna zagen we hem buiten lopen, over de Karl Johan, de man die zich Mundus noemde, en hij draaide zich niet om, hij stak schuin de straat over en verdween daar, voor onze ogen. Niemand van ons heeft ooit nog iets van hem gehoord, en later gebeurde het wel dat we dachten dat we hem gewoon gedroomd hadden, hij bestond niet, hij was gewoon iemand over wie we elkaar hadden verteld. 'Jemig', zei Peder. De galante gerant kwam naar onze tafel met de rekening. De magie is verbroken. Dit is een begrafenis, geen banket. We zijn op de verkeerde plek. We zitten in de etalage, met ons onbeholpen verdriet. Op het trottoir staan mensen ons uit te lachen, ze wijzen en lachen ons uit. Moeder staat op, bleek en duizelig, en wij volgen haar. We gaan van tafel. In de garderobe wendt moeder zich tot Peders vader en vraagt: 'Kende u mijn man?' Peders vader schraapt zijn keel. 'Ik heb hem slechts één keer ontmoet. Hij liet zoals gezegd een diepe indruk achter.' Moeder is verbaasd. 'Waar hebt u hem ontmoet?' 'Hij kwam naar mijn zaak. Hij wilde een zeldzame brief uit Groenland verkopen.' Boletta slaakt een diepe zucht, het lijkt op een kreun, en ze moet op de balie leunen, de garderobeman denkt even dat ze gaat flauwvallen en houdt haar vast, maar Boletta maait hem weg met haar paraplu. 'Hebt u die brief nog in uw bezit?' vraagt ze vriendelijk. Peders vader schudt zijn hoofd. 'Nee, die is meteen doorverkocht naar het buitenland. Zeer gewild.' Moeder glimlacht. Moeder probeert te glimlachen. 'Ja, dat is grappig', zegt ze. 'Bedankt. Jullie allemaal bedankt.'

We liepen naar buiten. We liepen naar huis. Moeder sliep twee etmalen. Boletta zat op de Noordpool en koelde haar woede met koud bier. Ik lag in onze kamer op Fred te wachten. En ik dacht aan die merkwaardige reeks gebeurtenissen die ertoe hadden geleid dat ik dit hier nu lag te denken. Eerst was ik op dansles begonnen en daar had ik Peder en Vivian ontmoet en ik werd er tijdens de eerste les uitgegooid, maar durfde niets tegen moeder te zeggen. Toen had vader in het diepste geheim de brief met de Groenlandse postzegel verkocht aan Peders vader en stierf hij door een discus tegen zijn hoofd. En vandaag was hij begraven en ontmaskerd, hij was degene die de brief, onze brief, had gepikt en verkocht. Het ene leidt tot het andere en het is onmogelijk te zeggen waar het begint, het ene dat in het andere overgaat, een schaduw die uitdijt, langzaam maar zeker, een plas rond onze schoenen die in het crematorium uitgroeit tot een zee, een spiegel waar je je overheen kunt buigen als je je veters strikt en een regenwurm ziet wegkruipen. Het was vaders schuld. Zo dacht ik en toen ging de deur open. Boletta kwam zachtjes binnen. Ze had op de Noordpool aan ons zitten denken, onze gedachten hadden dezelfde banen gevolgd, en nu ging ze op de rand van mijn bed zitten. Ze rook naar bier. Ze luisterde naar mijn adem. 'Jullie moeten het me maar vergeven', fluisterde ze. 'Dat ik dacht dat jullie de brief gepakt hadden.' 'Geeft niet', fluisterde ik ook. Ze legde haar hand op mijn voorhoofd, alsof ze dacht dat ik koorts had. 'Hoe voel je je?' vroeg ze plotseling. Ik begon te lachen. Het klonk zo komisch. Boletta lachte ook. 'Gecondoleerd', zei ik. Boletta lachte nog harder, maar viel plotseling stil, alsof iemand haar lach had doorgeknipt. 'Ik meen het, Barnum', fluisterde ze uiteindelijk. 'Hoe voel je je?' Ik moest nadenken. Ik moest mezelf doorzoeken, want ik wist het niet, hoe ik me voelde, ik probeerde uit alle macht iets in mijzelf te vinden wat echt was. 'Ik ben boos', fluisterde ik. 'Ik ben net zo boos als jij, Barnum.' 'En ik ben bang, Boletta.' 'We zijn allemaal bang, Barnum.' 'Maar ik ben ook opgelucht', zei ik zo zacht mogelijk. 'Opgelucht mag je ook zijn', zei Boletta. Ik stond op het punt te gaan huilen. Ik verborg mijn gezicht in mijn kussen. 'Ik ben alles tegelijk', snikte ik. Boletta ging weer zitten. 'Dan heb je geluk, Barnum. Dat je uit zoveel gevoelens kunt kiezen!' Ze bleef zitten en krabde mijn rug. Ze wist hoe lekker ik dat vond, al was ik allang te oud voor dat soort dingen. 'Wil je vannacht bij mij slapen?' vroeg Boletta. 'Nee, maar hartstikke bedankt', fluisterde ik. Boletta liep op haar tenen naar de deur. En Boletta liep ook stilletjes naar buiten. Later kwam Fred. Hij deed de deur geruisloos dicht en ging met zijn kleren aan in bed liggen, zonder iets te zeggen. Het werd al licht. Ik vroeg me af of ik toch in slaap gevallen was en alles wat ik gedacht en gehoord had slechts had gedroomd, maar iemand had me hoe dan ook op mijn rug gekrabd. 'Jij had de brief niet gepakt', fluisterde ik. Fred ademde zwaar en draaide zich nauwelijks om. 'Fijn dat je me dat vertelt, Barnum. Want ik dacht een poosje dat ik het was.' Hij zweeg weer. Zijn handen waren rusteloos. 'Ben je nou je verstand helemaal kwijt, omdat je vader dood is, hm?' 'Hij was het', zei ik. 'Vader was het. Hij heeft de brief aan Peders vader verkocht.' Fred glimlachte. 'Haal de bijbel', zei hij. 'De bijbel?' 'Doe niet zo sloom, Barnum. Je weet wat ik bedoel.' Ik stond op en trok de *Medische Vraagbaak voor het Noorse gezin* uit onze boekenkast. Die stond tussen de atlas en de jaarboeken. 'Zoek begrafenis op', zei Fred. 'Alsjeblieft', fluisterde ik. 'Nou doe je gewoon wat ik zeg, Barnum.' Ik deed wat hij zei. Ik ging op mijn bed zitten en zocht de B op. Begrafenis kwam voor Bevruchting. Ik las in mezelf over de Bevruchting, alleen om tijd te winnen. Fred hief zijn hand op. 'Nou begin ik toch bijna een beetje pissig te worden, Barnum.' Ik verplaatste mijn ogen naar boven. Begrafenis. 'Ik heb het gevonden', fluisterde ik. Fred kreunde. 'Mooi. En nu lees je het luid en langzaam voor. Dan kunnen we daarna slapen. Nietwaar?' Ik las: *Begrafenis. Het laten neerdalen van een lijk in een graf opdat het vergaat en weer tot aarde wordt. Het vergaan gebeurt middels een speciale bacteriële activiteit in de het lijk omgevende aardlaag. Is die zandhoudend en poreus, dan vergaat het lijk na weinig jaren; is het leem, duurt dat twintig jaren of meer. Indien de desbetreffende bacteriële mogelijkheden van aarde te sterk aangesproken zijn, vergaat het lijk helemaal niet, maar verandert in een wasachtige substantie, die lijkvet genoemd wordt.* Ik las niet verder. Het volgende woord was *Begrip, Besef, zie onder Hersenen.* Ik ging weer liggen. Fred schopte zijn schoenen uit. Het was bijna licht. 'Wie was dat meisje?' vroeg Fred plotseling. 'Welk meisje?' 'Welk meisje? Hoeveel meisjes waren er op Arnold Nilsens begrafenis, Barnum?' Ik sloot mijn ogen. 'Vivian', zei ik.

Twee maanden later kwam er een envelop voor moeder die haar gemoed nog meer verduisterde. Hij kwam van Cochs Hospits. Het was een rekening. Het was de langste rekening die we ooit hadden gezien. Hij was veertien jaar lang. Moeder las langzaam. Ze trok haar vinger over het papier naar beneden en werd bleek om haar neus. Toen gaf ze de brief aan Boletta. 'Veertien jaar!' riep die. 'Heeft Arnold Nilsen veertien jaar lang een kamer in Cochs Hospits gehad!?' 'Die heeft hij aangehouden na ons huwelijk', fluisterde moeder, alsof ze het nu pas begreep. 'Mijn God.' 'Hij heeft hem zelfs aangehouden na zijn dood, die labbekak!' zei Boletta. Ze stond op, woedend en met veel misbaar. 'We gaan er meteen naartoe! Misschien heeft hij het geld van de brief daar verstopt!' Boletta hees moeder uit haar stoel en ze draaiden zich bruusk om naar mij. Ik stond bij de deur en hoorde en zag alles. 'Mag ik mee?' vroeg ik. 'Nee!' snerpte moeder. Maar Boletta glimlachte. 'Jawel hoor', zei ze. 'Het kan geen kwaad als je ziet wat voor een man je vader was.'

En dat was misschien wel wat ze geloofden, dat we erachter zouden komen wie Arnold Nilsen eigenlijk was, die man die ooit door de Kirkevei was komen aanrijden in een Buick Roadmaster, met lichte, leren handschoenen en haar dat als een zwarte deksel over zijn brede hoofd was gekamd. Is het hier dat we naar elkaar zoeken, in kamers die we hebben verlaten, in de onbetaalde rekeningen? Willen we zo een licht werpen op onze duistere daden, om daar misschien, uiteindelijk, een waar gezicht te zien?

Hoe het ook zij, nadat Boletta naar de bank in Majorstuen was geweest om de rest van haar staatspensioen van het Telegraafkantoor op te nemen, gingen we naar het Cochs Hospits aan het begin van de Bogstadvei. Toen we daar kwamen, zonk moeder de moed in de schoenen en ze wilde omkeren naar huis, naar Fred. Maar Boletta was vastbesloten. Ze deed meteen de deur open en duwde moeder naar binnen en we moesten een steile trap omhoog naar wat de receptie genoemd werd. Daar stond een dame met grote oogleden achter een balie. Ze trok een ervan omhoog toen ze ons zag. 'Waarmee kan ik u helpen?' vroeg ze. Boletta legde haar handen op de balie. 'Nou, dat zal ik je vertellen, kleine hospiesmadam. Wij zoeken de kamer van mijnheer Arnold Nilsen.' 'Die is verhuisd', zei de dame. Boletta glimlachte. 'Ja, zo kun je het ook noemen. Maar hij zal zijn kamer toch niet meegenomen hebben?' 'Hij is verhuisd', zei de dame weer. 'Hij is dood', zei Boletta. Moeder leunde ook tegen de balie. Haar gezicht trilde. 'Logeerde hij hier vaak?' fluisterde ze. De mond van de dame raakte vermoeid en ze haalde alleen haar schouders op. Moeder praatte nog zachter. 'Logeerde hij hier met iemand?' Er kwamen gasten de trap af, een stelletje, geen van beide helemaal nuchter. Moeder legde haar handen over mijn ogen. Ik kon hun gelach de stad in horen verdwijnen. 'Kunnen we nu de kamer zien!' zei Boletta. De dame kreeg haar spraakvermogen weer terug. 'Waarom dat?' Toen mepte Boletta met de dikke envelop op de balie zodat de dame erachter verschrikt opsprong. 'Hier is het geld voor 4982 etmalen. Wij zijn namelijk een familie die zijn schulden graag betaalt! Geef me de sleutel!' De dame haakte nummer 502 van het paneel en gaf die aan ons. We liepen drie verdiepingen omhoog. Achteraan in de gang lag kamer 502. 'Wacht hier', zei moeder. Ze liep samen met Boletta langs alle kamers. Maar ik sloop achter hen aan. Ik wilde alles zien en alles horen. Boletta gaf de sleutel aan moeder, maar die wilde hem niet vasthouden en gooide hem terug naar Boletta, die hem in het sleutelgat stak, diep ademhaalde, hem omdraaide en langzaam de deur openduwde.

Wat hadden ze verwacht aan te treffen? Een grafkamer vol schatten? Arnold Nilsen, op heterdaad betrapt, post mortem? De kamer was keurig en kaal. Het bed was opgemaakt. De gordijnen waren dicht. De duisternis stond stil. Het rook er naar schimmel en lange vakanties. Boletta ging het eerst naar binnen. Moeder volgde haar alras. Ik bleef staan, op de drempel van vaders kamer. Moeder wist niet goed wat ze moest doen. Boletta deed het. Ze trok de lade van het nachtkastje open. Het enige wat ze vond, was een versleten bijbel. Ze bladerde hem snel door, alsof ze dacht dat er iets verstopt kon zijn, tussen de kaften. 'Zelfs uit de bijbel scheurt hij bladzijden', zuchtte ze. Moeder keek mij aan, maar zei niets. In plaats daarvan rukte ze een kast open, leeg, slechts een rijtje klerenhangers die rammelden aan een metalen stang, en stof dat opwervelde en weer neerviel. Ik stond op de drempel en dacht aan bossen, nu lopen we een bos binnen, dacht ik, we moeten takken en spinnenwebben en brandnetels opzij duwen om te kunnen zien. Ik deed mijn ogen dicht. 'Zie je iets?' vroeg Boletta. Ik deed mijn ogen open. Moeder schudde haar hoofd. Boletta liet zich op handen en voeten zakken en kroop loerend door de kamer. Daarna tilde ze de matras op. Ze haalde zelfs een nagelschaartje tevoorschijn en sneed de hele matras open, stak haar hand erin en voelde. Plotseling begon moeder te lachen. Ze lachte luid en ongeremd en Boletta draaide zich geprikkeld naar haar om. 'Dit is niet om te lachen!' 'Denk je echt dat Arnold Nilsen geld in zijn matras heeft verstopt?' vroeg moeder. 'Je kunt nooit weten', zei Boletta, met stramme mondhoeken. 'En hou nu op met dat weerzinwekkende lachje!' Maar moeder bleef gewoon lachen. Ik weet niet wat haar bezielde. Ze moest op bed gaan zitten en Boletta kon nog net haar arm uit de matras trekken, ze ging naast moeder zitten en al snel lachten ze allebei. Ja, dat deden ze. Ik snapte er niets van. Wat voor lachje was dit? Daar zaten ze te lachen, hulpeloos, op het groene bed, ze moesten elkaar ondersteunen om niet om te vallen van het lachen, misschien hadden ze geen andere keus dan te lachen, als ze niet wilden huilen. 'Neukmatras', zei ik. Ik beet hard op mijn tong. Het was langgeleden dat mijn mond zich voor het laatst versproken had. Moeder en Boletta keken me aan. Maar ze lachten alleen maar. Misschien gebeurde alles in mijn hoofd, diep in me, misschien praatte ik alleen maar in mezelf, naar binnen, een achterwaartse taal, het patience van de tong. 'Neukmatras!' riep ik en deed een zware stap naar binnen en wees naar een smalle kast achter de deur. 'Daar hebben jullie nog niet gekeken', zei ik. Het werd stil, de lach trok zich terug tot vage glimlachjes, gedachtestreepjes in hun gezicht. Ik wees weer. En ten slotte stond moeder op van het bed, liep naar de kast achter de deur en deed die open. Een vlaag warme duisternis sloeg ons tegemoet. Er stond een koffer in de kast, een zwarte koffer, met een dik touw eromheen. Hij kon niet erg zwaar zijn want moeder tilde hem op alsof het niets was en legde hem op het bed. Het touw brak zodra Boletta de knoop aanraakte, het verpulverde gewoonweg, als een verdroogde bloem. De koffer was ook niet op slot. Moeder duwde de deksel open. De koffer was leeg. Dat was alles, een kapotte bijbel, het zware stof en een lege koffer. 'Ja, ja', zei Boletta. 'Was dat echt alles?' Moeder liet de deksel dichtvallen. 'Die laten we staan', zuchtte ze. Ik kwam nog een stap dichterbij. 'Ik wil hem hebben!' Moeder draaide zich naar me om en bleef een poos zo staan, haar handen op de deksel en haar vingers vol touw en stof. Toen knikte ze, weer met een zucht. 'Als je dat echt wilt.'

We liepen naar buiten. Ik droeg de koffer. Boletta sloot achter ons af. 'Nu doen we deze deur voorgoed op slot', zei ze. En moeder repte met geen woord meer van kamer 502 in Cochs Hospits, nooit meer. Zelfs niet toen ik haar, veel later, in een andere tijd, vroeg waar vader volgens haar die kamer, slechts een paar huizenblokken bij ons vandaan, voor gebruikt had, wilde ze er niet over praten. Ze legde een vinger tegen onze lippen, eerst de hare, toen de mijne, en glimlachte. 'Dat is vergeten', fluisterde ze. 'Vergeet dat niet, Barnum.' Maar ik kon het niet vergeten. Ik laat niet weg. Ik ben degene die er iets aan toevoegt. Dat is mijn karakter. Ik zou er zelf ooit logeren. Dat duurt nog een paar jaar. Ik eis dat ik kamer 502 krijg. Ik lig, al snel bewusteloos, op het gammele bed en probeer te bedenken wat vader had gedroomd, wanneer hij hier naar hetzelfde plafond lag te staren, in kamer 502, in Cochs Hospits. Maar ik ben droomloos. Ik roep om Fred. Mijn enige gedachte is deze: hier is iedereen een leugenaar.

Esther boog zich uit haar kiosk, groette moeder en Boletta en keek naar de koffer die ik droeg. 'Je bent toch niet van plan ons te verlaten, Barnum?' 'Ik ga naar huis', zei ik. En daar vroeg Fred precies hetzelfde toen ik de koffer onder het bed schoof. 'Daarin is ongetwijfeld plaats genoeg voor jou', zei hij. 'Als je scheef gaat liggen.' Fred begon te lachen. 'En dan kan ik je dragen.' Ik draaide me naar hem om. Ik zei: 'Nu is vader dood.'

Vaders bijnaam werd ook in zijn steen gebeiteld. Arnold 'Het Wiel' Nilsen, stond er. Het duurde lang voordat ik ernaartoe ging en het is langgeleden dat ik er ben geweest.

(STRAF)

Fred werd in elkaar geslagen. Hij werd dusdanig in elkaar geslagen dat we hem daarna nauwelijks meer herkenden. Hij was bij Miils Postzegels geweest en had naar de brief uit Groenland gevraagd. Peders vader vertelde later dat Fred eerst niet wilde geloven dat die al doorverkocht was, aan een buitenlandse klant, en dat die klant, een Duitser, de brief aan een andere verzamelaar had doorgespeeld, ook in het buitenland, van wie Peders vader de naam niet kende. Fred weigerde dat gewoon te geloven. Hij had lang gespaard om de brief terug te kunnen kopen, ik heb geen idee waar hij het geld vandaan haalde, maar ik heb zo mijn vermoedens. En nu was het toch te laat en hij werd recalcitrant. Hij duwde Peders vader opzij, dreigde hem op te sluiten in het kantoortje, trok alle lades uit, opende elke kast en bladerde alle papieren in de hele zaak door. 'Ik was in feite niet bang', zei Peders vader. 'Ik kende hem immers van de begrafenis en Peder had veel over hem verteld. Ik maakte me alleen zorgen dat hij iets kapot zou maken.' Maar Fred was niet uit op vernietiging. Als dat het geval was geweest, dan had Peders vader Miils Postzegels voorgoed kunnen sluiten en in plaats daarvan een uitdragerij kunnen openen. Maar Fred verboog nog geen tandje en kreukte geen enkele envelop. Het enige wat hij wilde was de brief uit Groenland vinden. Die vond hij niet. Die was er niet. Dat besefte hij uiteindelijk. Fred ging op een stoel zitten en verborg zijn gezicht in zijn handen, verlegen en verbolgen tegelijk, kan ik me indenken. Peders vader bood hem een gratis postzegelpakket aan. Fred was niet geïnteresseerd. Hij bleef alleen minutenlang zo zitten. Toen stond hij opeens op. 'Hoeveel heeft hij ervoor gekregen?' vroeg hij. 'Dat kan ik helaas niet zeggen', zei Peders vader. 'O', zei Fred en staarde hem aan. 'Maar het was minder dan je voor een Zweedse shilling-zegel pleegt te krijgen en meer dan voor een Deense eerste-dagafstempeling.' Fred bleef Peders vader aanstaren. 'Voor een shilling-zegel kun je misschien wel tienduizend kronen krijgen. En een Deense eerste-dagafstempeling kan wel achtduizend waard zijn.' Fred was een poosje stil. 'Ik heb schijt aan het geld', zei hij ten slotte. 'Dat is mooi', zei Peders vader. 'Geld is niet het belangrijkste.' 'Ik heb schijt aan het geld', herhaalde Fred. 'Ik wilde alleen weten voor hoeveel hij ons heeft verkocht.' Peders vader was verbaasd. 'Wil je een cola?' vroeg hij. Fred hief zijn hand op. 'En hoeveel heb jij aan de brief verdiend?' Peders vader schudde zijn hoofd. 'Het was eerlijk gezegd niet zo'n lonende transactie voor mij. Uiteindelijk hield ik er vijftig kronen aan over. En zestig daarvan moest ik als belasting betalen. Ik heb er met andere woorden tien kronen op toegelegd.' 'Waarom heb je die brief dan gekocht?' 'Omdat ik schijt heb aan het geld.' Fred glimlachte. Peders vader deed de deur open en toen Fred naar buiten liep, zei hij: 'Mag ik jou nu iets vragen?' Fred bleef staan, met de rug naar hem toe. 'Waarom ben je zo geïnteresseerd in die brief?' Fred haalde zijn schouders op. 'Omdat ik hem mooi vond', antwoordde hij. Peders vader begon Fred aardig te vinden. 'Ja, zo vergaat het mij ook. Ik zou het liefst geen enkele postzegel hoeven te verkopen. Maar daar kun je geen zaak van draaiende houden.' Fred stond al buiten op de stoep. 'Doe de groeten aan je moeder. En Barnum.' 'Denk ik niet', zei Fred. 'De mazzel.'

Maar Fred liep niet naar de Solliplass om vandaar de tram naar Majorstuen te nemen, wat de snelste weg naar huis was. Hij liep in plaats daarvan naar het centrum, naar de spoorlijnen en de bruggen. Hij liep de stad in. Hij liep door dat donkere deel van de stad dat in het zuiden begrensd wordt door de Munkedamsvei terwijl de Arbiensgate de scheidslijn in het oosten vormt. Ik weet niet waarom hij dat deed. Misschien wilde hij een kortere weg naar de haven nemen. Misschien was hij gewoon in de war en wist hij niet wat hij deed. Hij had het nooit moeten doen. Want bij de eerste brug, waar het gaas op het verroeste hekwerk schaduwen werpt die op woelig water lijken en waar een zware stank opstijgt van het vuilnis langs de rails, stond een bende van vier die zich verveelde en die niet veel anders te doen had dan aan een peuk te zuigen, want ze hadden geen zin om voor het avondeten naar huis te gaan en kliekjes te eten en op hun donder te krijgen en het was nog te vroeg voor wat er zoal kan gebeuren. En dan gebeurt er toch iets. Ze zien Fred aankomen, magere Fred in een strakke broek, hij komt de hoek om, komt in hun richting, naar hen toe, als een cadeautje, een vreemde, een indringer is hen recht in de armen gezonden. Fred ziet hen ook, hij mindert vaart, min of meer, zonder dat ze dat merken, maar hij maakt niet rechtsomkeert, hij had rechtsomkeert kunnen maken, kunnen wegrennen, had hem kunnen smeren, maar hij loopt door, ze zijn met z'n vieren, ze dragen donkere kleren, zwart, hun gezichten zijn bleek, een van hen, de kleinste, heeft een blauw oog, een zwelling, hij staat vooraan te glimlachen, twee anderen kammen hun haar, langzaam, alsof ze zich klaarmaken voor een feestje en dat is precies wat ze doen, en ze verliezen Fred niet uit het oog terwijl ze omstandig hun haar kammen, Fred ziet het allemaal, het plotselinge flitsen van metaal dat fel glanst in het zonlicht, misschien een sleutelring, een boksbeugel, een zenuw spant zich in een nek, een trekje van een mondhoek, en achteraan wacht de oudste van het stel, hij oogt ongeïnteresseerd, onverschillig, boven de anderen verheven, maar als Fred langs hen wil lopen is hij degene die zijn arm uitsteekt, zijn sigaret op het trottoir laat vallen en zegt: 'Veel vullis op straat vandaag.' Fred moet blijven staan. Hij blijft staan. Ze staan om hem heen. De kleinste knippert met zijn gemaltraiteerde oog en er stroomt een donkere streep over zijn gezwollen wang. 'Au', zegt hij. De twee anderen lachen. Ze zijn eigenlijk niet bedreigend. En als iemand hen gezien had, vanuit een raam niet ver daarvandaan, dan had die best kunnen denken dat daar vijf goede vrienden stonden te praten over de zomervakantie, meisjes, een baan op de werf, de training, de wedstrijden, vijf jongens die stoer doen in de gele, flakkerende schaduwen van de namiddag. Maar Fred weet dat het niet zo is. Hij staat tussen hen in en voelt hun warme, snelle adem. Hij weet wat ze gaan doen. Hij is op de verkeerde plek. Hij is de foute straat in gelopen. Het maakt niet uit wat hij doet. Het maakt niet uit wat hij zegt. Hij staat aan de andere kant. Er rijdt een trein onder hen door. De brug trilt. Het kriebelt in zijn schoenen. Fred heeft hen al geplaatst. Het is een simpel sommetje. Het heeft geen zin om het uit te rekenen. De jongen die praatte is de leider. Maar de kleinste, hij met het kapotte oog, is de gevaarlijkste. De twee anderen zijn slechts meelopers. Ze kammen hun haren. 'Veel vullis op straat', herhaalt de kleinste, de gevaarlijkste. 'Ik zie het', zegt Fred. Ze komen dichterbij. 'Heb je het tegen ons?' Fred glimlacht, draait zich langzaam om en telt. 'Een, twee, drie, vier. Vier stuks vullis.' Het wordt stil. Dat duurt maar heel even. Deze stilte is niet echt. Fred voelt een steek in zijn rug, maar draait zich niet om. De jongen die de leider is, legt zijn hand op Freds schouder. 'Zullen we een beetje opruimen?' vraagt hij. Fred geeft geen antwoord en het is ook geen vraag. En misschien is dit precies wat hij wil, dat ze hem zullen beroven van het geld dat hij heeft gespaard, misschien denkt hij dat het hierdoor gemakkelijker te verdragen zal zijn dat hij te laat bij Miils zaak kwam en onze brief niet terug kon kopen. Maar niemand gaat ervan uit dat Fred iets bij zich draagt dat meer waarde heeft dan een kam en een aansteker. Ze nemen hem mee naar het talud bij de spoorbaan, waar een hoge schutting hen uit het zicht houdt van de dichtstbijzijnde huurkazernes en waar de zatlappen zitten met hun glanzende flessen. Die staan op en vertrekken als ze zien wie er komt. Fred wacht. Maar niemand doet nog iets. Iedereen wacht. Fred staat tussen hen in. Iemand roept zijn kinderen. Een raam wordt gesloten. Ze beginnen langzaam om hem heen te lopen. Ze tellen ook. Ze tellen de seconden. Ze tellen en wachten, wachten op de volgende trein, die rijdt op tijd, een dreun die door de tunnel nadert, de goederenwagons die voorbijrijden, en dan slaan ze, de kleinste eerst, hij slaat wild en doelloos en raakt Fred maar een paar keer, verdomme! roept hij, maar niemand kan horen wat hij zegt, dan zet hij af en plant zijn vuist recht in Freds gezicht, op zijn mond, alsof hij ergens een spijker in slaat en op dat ogenblik rijdt de laatste wagon voorbij, de stilte komt als een koele schaduw en Fred staat daar, met zijn handen langs zijn lichaam, het bloed sijpelt van zijn lippen, bloed en gruis, zo voelt het aan, bloed en gruis, zijn mond heeft losgelaten en midden in die prut glimlacht hij, Fred glimlacht en blijft staan. De kleinste, de wildeman, veegt zijn handen af aan het gras en kreunt. Hij is degene die kreunt. De leider bekijkt Fred, even verbluft, eerder verbluft dan woedend, dan glimlacht hij ook en plotseling verblindt de zon hen. Er komt een trein van de andere kant, een locomotief in zijn hart, een locomotief in zijn bloed die de pijn overstemt, en nu slaat het voetvolk, Fred ziet de ramen, als in een film rollen ze voorbij, een paar mensen kijken naar buiten, de passagiers, naar hen, ze denken dat ze dromen, hij hoort de treinfluit, als een dunne, glanzende streep geluid in de lucht. Fred staat. Zijn handen langs zijn lichaam. Hij kan zijn eigen gezicht niet voelen, alsof iemand een masker over zijn hoofd heeft getrokken. Hij kan bijna niets meer zien. Hij glimlacht met zijn kapotte mond. En die glimlach maakt de kleinste nog gekker. Hij rukt een plank uit de schutting, stormt op Fred af en slaat hem tegen zijn achterhoofd. Fred wankelt een stap naar voren, maar blijft staan. 'Au', fluistert hij en lacht. Er ontstaat een golf achter zijn voorhoofd, een zwarte golf die door hem heen deint. Alles wordt stil, afgezien van die golf. Er zit een spijker in de plank, een kromme, bruine spijker. De kleinste wil nog een keer slaan. Hij kan hier niet meer tegen. Maar de leider houdt hem vast. Ze trekken zich terug. Zíj smeren hem. Zíj zijn nu het bangst. Ze zien Fred die wankelt, maar blijft staan, ze begrijpen het niet, dit is helemaal verkeerd, het is onmenselijk, hij had nu moeten liggen, hij had om genade moeten smeken, en misschien hadden ze hem wel overeind geholpen, ervoor gezorgd dat hij bleef leven, maar Fred staat, hij staat daar te lachen. De kleinste ziet dat er bloed zit aan de plank die hij vasthoudt en smijt die weg. Hij klimt achter de anderen aan de schutting over. Fred tilt langzaam zijn handen op.

En ik hoor Montgomery kraaien. En als Montgomery kraait wekt hij de hele stad, of we nu slapen of niet. Montgomery kraait als een bezeten haan en hij kent het verschil niet meer tussen zon en maan. Hij kruipt langs de rails, in zijn lange uniformjas, hij huilt en kraait, de oude, verwoeste soldaat, hij is nog steeds in oorlog want de oorlog is in hem, hij liet zijn verstand achter op het strand van Normandië, juni 1944, en nu is er nog slechts een loopgraaf in zijn ziel en een bloedig strand in zijn hart, zo ver het oog reikt. Montgomery kraait elke nacht om de doden te wekken. Hij gaat naast Fred liggen, die nu in elkaar is gezakt in het dunne, bruine gras. Montgomery tilt voorzichtig Freds hoofd op en giet wat druppels drank in de toegetakelde mond. Montgomery huilt, kraait en huilt en fluistert. 'Niet bang zijn, jongen', fluistert hij. 'De geallieerden komen eraan.'

Ik dans met moeder. Ze heeft de meubels opzijgeschoven en we hebben de hele vloer voor ons alleen. We dansen en Boletta houdt ons vanaf de divan nauwlettend in de gaten. Ik hou moeder vast en leid haar zo goed ik kan van hoek naar hoek en schuin door de kamer en weer terug. Boletta is uitermate ontevreden. 'Heb je dan helemaal niks geleerd bij Svae?' vraagt ze. Moeder lacht en duwt me naar de muur. 'Met Vivian danst hij vast beter', zegt ze en geeft me een vluchtige kus op mijn voorhoofd. Boletta komt het overnemen. Ik dans met Boletta. Moeder gaat op de divan zitten uithijgen. Ik dans met Boletta. Zij leidt. Ze schudt haar hoofd. 'Ben je alles vergeten wat ik gezegd heb over wie moet leiden?' vraagt ze. 'Ja', zeg ik en duw Boletta in het rond, ik ben hardhandig en vastberaden, en na een poosje glimlacht ze zowaar. 'Dat was al beter, Barnum! Een beetje onbehouwen mag je wel zijn!' En zo dansen we de rest van de avond. We zitten om de beurt op de divan uit te hijgen en ten slotte dansen moeder en Boletta samen en ze lijken op twee oude, giechelige muurbloempjes die niemand wil hebben en als er geen muziek meer op de radio is, houden we op en gaan we naar bed.

Het is al diep in de nacht als Fred komt, het is bijna ochtend. Het licht trilt ijl in de kamer. Ik heb geslapen en iets raars gedroomd. Ik droomde dat ik in de kist lag die Fred die keer mee naar huis had genomen. En ik lig er niet alleen. Vivian houdt me vast. Het is krap, maar dat geeft niet. Ze strijkt met haar hand over mijn buik. We zijn dus nog niet dood. Ze pakt mijn hand en brengt die daarheen waar zij hem wil hebben en ik wrijf. Iemand klopt op de deksel. We doen alsof we het niet horen. Ik herinner me dat ik me afvraag wie dat kan zijn, wie op de kist klopt, is het Peder of heel iemand anders. Uit die droom word ik wreed gewekt en dan is Fred er. Ik zie hem. Hij heeft me de rug toegekeerd. Mijn buik is nat. Hij zegt niets. Ik droog me af aan het dekbed. 'Waar ben je geweest?' vraag ik. Fred antwoordt niet. Hij ademt zwaar, alsof hij verkouden is, het klinkt als gieren, tocht. Het doet me aan vader denken. Ik word bang. Ik ga zitten. Er ligt iets op de vloer, iets donkers. Er drupt iets van Freds bed, drupt op de grond. 'Wat zei vader voor hij stierf?' fluister ik. 'Kop dicht', zegt Fred. Maar er is iets mis met zijn stem. Hij kan bijna niet praten, ongeveer als een radio die verkeerd is afgesteld. Fred kraakt. Ik word nog banger. Ik sluip naar hem toe. Ik kan zijn gezicht niet zien. Ik doe de lamp boven het bed aan. Ik sluit mijn ogen, want het kan niet waar zijn, wat ik gezien heb. Ik doe mijn ogen open. Het is waar. Fred draait zich om en staart me aan. Ik herken hem niet. Zijn gezicht is kapot. Het is alleen maar bloed, zijn haar zit vol bloed, zijn neus is over zijn gezwollen wangen uitgesmeerd, zijn mond is niet meer dan een gat waar af en toe bloed uit stroomt. Alles in Freds gezicht is scheef en gebroken. Zijn ogen zijn nog net zichtbaar tussen blauwe hompen vlees. Ik weet niet of hij mij ziet. Ik kan wel janken. 'Wie heeft dat gedaan?' fluister ik. Fred antwoordt ook nu niet. Hij ligt daar maar. 'Je moet naar de dokter, Fred.' 'Kop dicht', zegt hij weer, bijna niet te verstaan, het lijkt meer op gekreun, en hij pakt mijn hand, hij houdt hem heel stijf vast en wil niet loslaten. Ik moet op de rand van het bed gaan zitten. Daar blijf ik een hele poos zitten. Ik weet niet goed wie wie troost. Eindelijk laat hij me los. Ik haal een doekje uit de badkamer en was Freds gezicht, zo voorzichtig mogelijk. 'Veeg mijn ogen af', fluistert hij. 'Wat?' vraag ik, want hij praat zo onduidelijk. 'Ik zie niks, Barnum.' En ik veeg zijn ogen af. Langzaam komt zijn gezicht tevoorschijn, toegetakeld, gehavend, en hij ziet mij ook, alsof hij me voor het eerst ziet. 'Bedankt', zegt Fred. 'Bedankt.' 'Wie heeft dat gedaan?' vraag ik weer. 'Kop dicht', zegt hij. Dan valt Fred in slaap. Ik hoor in ieder geval niets meer van hem, alleen die zware ademhaling, die als het ware vastzit in zijn platgeslagen neus, en ik kan er niets aan doen, het doet me aan vader denken, en dat lijkt zo ongerijmd, dat Fred daar zo ligt en me aan vader doet denken. Ik veeg het bloed van de vloer. Ik blijf de rest van die nacht naast Fred zitten, en als ik absoluut zeker weet dat hij slaapt, zijn moeder en Boletta al opgestaan, en ik loop naar hen toe, in de keuken. Boletta wijst naar me met haar theelepel en lacht samenzweerderig. 'Ik vind dat je er moe uitziet, Barnum. Hebben de oude dames je gisteren helemaal afgemat?' Ik schud mijn hoofd en voel dat ik geen honger heb. Ik ben ook vergeten welke dag het is, maar waarschijnlijk is het een volkomen normale dag, ergens midden in de week, zo ver van feestdagen verwijderd als maar mogelijk is. 'Heeft Fred je wakker gehouden?' vraagt moeder opeens. Ik schud mijn hoofd. Moeder staat abrupt op en loopt naar onze kamer. 'Niet doen', zeg ik. Moeder blijft staan en kijkt me verbaasd aan. 'Wat doen, Barnum?' 'Niet naar hem toe gaan', fluister ik nu. Moeder blijft een paar tellen staan, dan haalt ze haar schouders op, geprikkeld, en doet snel de deur open. Ik kijk naar Boletta. Ze heeft een diepe frons in haar voorhoofd en ze buigt zich over de tafel. 'Is er iets gebeurd, Barnum?' vraagt ze. En op dat moment gilt moeder. Ze gilt en komt vlak daarna de kamer weer uit gehold en kijkt me verwilderd aan. 'Wat is er met Fred gebeurd?' 'Hij is gestruikeld', zeg ik. Boletta is ook opgestaan en ze loopt naar Fred. Zij gilt niet bij zijn aanblik. Ze is alleen nog stiller wanneer ze terugkomt. 'Gestruikeld, Barnum?' 'Ja. Toen hij vannacht thuiskwam. Op zijn gezicht.' Moeder pakt mijn arm beet. 'Dat lieg je toch niet? Dat is toch niet iets wat je zomaar verzint?' 'Erewoord!' roep ik. 'Ik moest het bloed ook opvegen. Kijk maar eens naar het doekje!' Moeder loopt weer naar Fred en haalt het bebloede doekje, dat als het ware gestold is, het lijkt op zo'n marsepeinroos die ze boven op dure taarten zetten, alleen is het doekje veel groter en niet echt eetbaar, maar het ziet er dus uit alsof moeder een kapotte kunstroos in haar hand houdt en ze schudt haar hoofd. 'Hij wil niets zeggen. Ik geloof dat hij gedronken heeft. Hij rook naar drank!'

Boletta belde naar de doktersdienst. Ik nam een taxi naar school, zo was moeder, tot lang na vaders dood, ze trakteerde op een taxi opdat ik niet te laat op school zou komen. Maar ik kwam toch te laat. Ik vroeg de chauffeur drie keer langzaam rond de Vestre Gravlund te rijden, en ik zag iemand in de achterste hoek van het donkergroene kerkhof spitten. Het maakte trouwens niet uit dat ik te laat kwam en ik werd toch niet overhoord, mijn vader was immers dood. Sinds vaders dood was ik beschermd geweest, maar niet zoals ik gedroomd had toen ik droomde over ongelukken en lijden en dat iedereen zó met me te doen zou hebben dat ik verheven zou worden tot koning en alleenheerser over al het medelijden van de wereld. Nu had ik het gevoel dat ik eerder de lach achter alle gezichten kon zien, het ingehouden lachje op ieders lippen, want een belachelijker dood dan die van Arnold Nilsen kon je je toch nauwelijks voorstellen, een discus tegen je voorhoofd in het Bislet-stadion op een zondag. Ze lachten achter hun gezichten en achter mijn rug en ik moest denken aan het lijstje dat ik in vaders zak had gevonden, deze lach had er ook bij moeten staan, en ik zou hem schandalig noemen, de schandalige lach die zich in de mond hoort om te draaien en in de keel moet blijven steken om langzaam maar zeker degene die het had gewaagd het te lachen te laten stikken. Zo zat ik zo'n beetje te denken, op mijn plaats bij het raam, in de klas, beschermd tot eenzaamheid, verlaten als een leproos, bedekt met korsten van een belachelijk verdriet. Op zulke momenten zou ik willen dat Peder en Vivian bij mij in de klas zaten, ik had ze bijvoorbeeld een briefje kunnen doorgeven, en daar zou alleen maar op staan: *de schandalige lach*, en zij zouden meteen begrepen hebben wat ik bedoelde. Maar Peder zat op een andere school buiten de stad en hij moest elke ochtend met de bus of met zijn vader meerijden als die erin slaagde de Vauxhall aan de praat te krijgen, en Vivian kreeg privé-onderwijs, dat zei ze tenminste, misschien gaf haar moeder haar les, we hebben namelijk nooit op dezelfde school gezeten en misschien was dat maar beter ook, misschien was dat de reden dat we zo onafscheidelijk waren, want we hunkerden, ja, we hunkerden naar elkaar in de tijd dat we niet bij elkaar waren, misschien zou de tirannie van de pauze onenigheid gebracht hebben, misschien zouden zanglessen, handenarbeid en zaalgym ons tot tegenstanders hebben gemaakt. Nu konden we in plaats daarvan elkaar buiten het schoolplein ontmoeten, buiten het lesrooster, in onze eigen grote pauze, onder de rode boom in het park, in de koele zalen van de bioscoop, alleen wij drieën, Peder, Vivian en Barnum, we stonden erbuiten, nee, we stonden ermiddenin, we hadden onze eigen plekjes en dáár stonden alle anderen buiten. 'Voel je je weer niet goed, Barnum?' Knokkel vraagt dat, en er zit een kraak in haar stem, een rimpel in haar woorden. Ze begint genoeg te krijgen van mij en mijn hele wezen. Ik draai me langzaam om en het is helemaal stil. Maar ver weg kan ik Montgomery horen kraaien. De oorlog gaat door. Het is elke dag D-Day. Knokkel heeft haar handen gevouwen en achter haar is het bord volkomen zwart. We hebben bijbelkennis. 'Alleen een beetje leproos', zeg ik. En ik sta op en ga. Knokkel wil me tegenhouden, een tikkeltje ongeduldig, boos, ze zal wel vinden dat mijn tijd als beschermde diersoort binnenkort voorbij moet zijn, weduwen rouwen immers ook maar één jaar, maar ik geef dat niet op, het is mijn eenzame vrijheid, al weet ik dat dit niet kan blijven duren. Ik vertrek zonder me om te draaien. En de anderen in de klas benijden me, de door verdriet overmande Barnum, zij zouden vast ook graag een dode vader gehad willen hebben.

Toen ik thuiskwam, was de dokter geweest. Moeder zat in de woonkamer en ik moest bij haar komen. Ze was in een moedeloze bui. Haar ogen rolden onverschillig heen en weer. Ze floot zelfs. Dat was geen goed teken.

Ze wilde met me praten, maar ze zei niets. Ten slotte was ik degene die iets zei. 'Wat is er, moeder?' Ze bleef fluiten. 'Moeder, wat is er? Is er iets met Fred?' Plotseling glimlachte moeder en ze floot niet meer. 'Geestige dokter was hier', zei ze. 'O ja?' 'Ja, erg geestig. Hij zei dat als Fred die verwondingen had gekregen omdat hij op de vloer gevallen was, dat die vloer hem dan minstens twintig keer geslagen moest hebben en ten slotte van achteren tegen hem op gebotst moest zijn.' Ik keek naar de grond. Nu zuchtte moeder. 'Waarom lieg je, Barnum?' 'Ik weet het niet', fluisterde ik. Moeder trok me naar zich toe. 'Weet je niet waarom je liegt?' Ik schudde snel mijn hoofd. 'Ik weet niet wat er gebeurd is.' Moeder zuchtte weer diep. 'Iemand heeft Fred overvallen, maar hij zegt natuurlijk niks.' Ze leunde achterover op de divan en leek even op Boletta. De zuchten volgden elkaar nu in ras tempo op. 'Nee, niemand vertelt mij iets. De dokter zei dat we de overval bij de politie moesten aangeven, maar wat moeten we aangeven als Fred geen boe of ba zegt!' Moeder verborg haar gezicht in haar handen. Het werd haar allemaal te veel. En toen zei ze datgene wat me altijd bang maakte en waarvan ik zou willen dat ze het nooit zei. Iets aan die woorden, die ze altijd zei als ze in een bepaalde bui was, maakte me zo hulpeloos, het had te maken met de toon waarop ze gezegd werden, het alledaagse in het gruwelijke, dat kon me wekenlang uit mijn slaap houden, het was de ultieme afwijzing, het laatste dreigement. Ze zei, terwijl ze uitademde: 'Wat moet ik met jullie beginnen, Barnum?' 'Niet zeggen', fluisterde ik. 'Alsjeblieft.' Moeder pakte mijn hand. 'Ga naar je broer en kijk of jij hem kunt laten bekennen.' Bekennen? Hij was toch degene die neergeslagen was. Ze liet me los en ik was al op weg naar onze kamer, want ik wilde liever bij Fred zitten dan naar moeder luisteren. Maar plotseling stond ze op en zwaaide met beide armen. Het werd haar weer te veel. Alles werd te veel. 'Nee!' riep ze. 'Ik wil het niet weten! Ik wil niet weten wie mijn zoon mishandeld heeft. Ik wil helemaal niets weten!' Zo bleef ze doorpraten, tegen zichzelf, met zichzelf, dat zij van alle mensen ter wereld het minst wist, niets wist ze, de wereld hield haar voor de gek, we waren vreemden voor elkaar en ze wist nauwelijks wie ze zelf was, een eenzame weduwe, te jong nog om de rest van haar leven in zwart gekleed te gaan, en al te oud om opnieuw te beginnen. 'Arme Fred!' riep ze plotseling. 'Arme Fred!' Ik trok me zachtjes terug zonder dat ze dat merkte en ging bij hem zitten. Hij lag op zijn rug en leek op een mummie. Ik moest denken aan een foto die ik in een jaarboek gezien had, van Lenin, Fred leek op Lenin zoals hij er nu bij lag, een fotograaf was er namelijk in geslaagd een foto te maken van het gebalsemde lichaam van Lenin in het mausoleum op het Rode Plein. Ik raakte voorzichtig het enorme verband rond Freds hoofd aan. 'Nu heeft moeder het ook op haar heupen', fluisterde ik. Naast Lenin lag Stalin trouwens, hij stond ook op die foto, als twee oude vrienden, Stalin heeft zijn uniform aan, je kunt de glimmende knopen zien, en zo moeten ze tot in eeuwigheid liggen, ik hield niet van die foto maar moest er toch steeds naar kijken, want het was alsof de fotograaf erin geslaagd was een foto te maken van de dood zelf, de dood had opgeroepen, hun gezichten stralen een mat, wit licht uit, wat misschien komt doordat de hersenen verwijderd zijn, die hebben de sovjetdokters met een scherpe haak door de neuzen van Lenin en Stalin naar buiten getrokken, net als bij de oude Egyptenaren, wanneer een farao drieduizend jaar moest slapen. Ik heb er een opstel over geschreven. 'Hersenschudding', zegt Fred. Ik buig me voorover. 'Wie? Heeft moeder een hersenschudding?' Fred zucht. 'Nee, ik. Verstand weer verloren?' 'Doet het pijn?' Hij zegt een poosje niets. 'Haal een spiegel, Barnum.' 'Waarom?' 'Haal op, verdomme!' Ik sluip naar de badkamer en pak een spiegel. Boletta is thuisgekomen. Ze zit bij moeder. Zo is het. We zitten bij elkaar, ieder apart. Ik haast me weer naar onze kamer. 'Hou de spiegel voor me', mompelt Fred. 'Waar dan?' 'Boven mijn gezicht, Barnum. Ik wil zien hoe ik eruitzie.' En ik hou hem vlak bij Freds gezicht en zijn zware adem kleurt de spiegel ten slotte mat. 'Je leeft nog', zeg ik. 'Of zal ik een hoedenpen in je hart steken? Boletta heeft vast wel een hoedenpen.' Fred lacht even. 'Zet liever een borrel op me', fluistert hij. Maar als ik de spiegel weghaal, zie ik dat Fred zich heeft afgewend en hij huilt.

De volgende ochtend is er geen beweging in hem te krijgen en de geestige dokter moet weer komen. Hij is niet geestig meer. Hij schijnt in Freds ogen en verschoont het verband. Daarna praat hij op gedempte toon met moeder en schrijft een receptje uit. De taxi wacht op de hoek, want moeder heeft ook vandaag een taxi besteld, een dokter en een taxi, en Boletta zegt me op te schieten. Ik loop de trap af, naar de taxi, terwijl de dokter nogmaals in Freds ogen schijnt en aan zijn neus voelt. Ik zeg tegen de chauffeur dat hij wel twee keer rond het kerkhof mag rijden, ik kom toch te laat. Ik blijf binnen in de pauzes en heb niet de puf me voor de gymles te verkleden, maar ik begin nu de ongedurigheid om me heen te merken, de irritatie, het lachen begint zichtbaar te worden, sommigen hebben een spottende blik. Hoelang kan vaders dood duren, hoelang kan ik een vaderloze zoon zijn, in quarantaine, opdat mijn verdriet de anderen niet besmet? Misschien duurde het tot de vakantie, en na de vakantie kon alles anders zijn, de school kon zijn afgefikt, Preben, Hamster en Aslak konden zijn verdronken, ik zou de mij toekomende centimeters gegroeid kunnen zijn. De zon is zo warm op de ruit dat ik bijna zweet. Ik kan niet meer. Ik sta op en loop weg. Knokkel heeft net iets op het bord geschreven en ze draait zich abrupt om. Ik geloof dat we aardrijkskunde hebben. Ze wijst met haar krijtje en er dwarrelt wit stof naar beneden, dat de grond nooit helemaal bereikt. 'Weet je wat dit betekent, Barnum?' Ik begrijp de tekens die ze heeft opgeschreven niet, ze lijken op letters die uit elkaar zijn gevallen. Ik schud mijn hoofd. Knokkel komt dichterbij en verstopt het krijtje. 'Dat is een taal die Urdu heet, Barnum. En Urdu spreken ze in een ver land dat Pakistan heet. Dat moet je onthouden voor de volgende keer. Want misschien krijgen we er wel een schriftelijk over.' Knokkel glimlacht. 'Hoe gaat het met de gezondheid van uwe edele?' vraagt ze. 'Gaat wel', fluister ik. Knokkel klapt in haar handen en blijft in een witte, droge wolk staan. 'Dat bedoelde ik niet, Barnum. Dat heb ik op het bord geschreven. In Urdu. Hoe gaat het met de gezondheid van uwe edele?' Ik rep me naar buiten voordat het gelach losbarst. Maar bij het hek staat een vent die ik nog nooit heb gezien. Hij is in het zwart gekleed en kamt langzaam zijn haar, alsof hij zich spiegelt in het licht om hem heen. Ik loop naar de andere uitgang, misschien kan ik daar een tram halen. Maar als ik daar kom, staat hij daar ook en nu zijn ze met z'n tweeën. Ze zijn allebei identiek en ze volgen me naar de kerk. Ik begin sneller te lopen. Het helpt niet. Ik ga rennen. Ze halen me toch in en het eerste wat me opvalt is dat ze wonden op hun knokkels hebben en precies hetzelfde kapsel. 'Ben jij de broer van Fred?' vraagt de ene, die zoveel op de ander lijkt dat het net zo goed die ander had kunnen zijn. Ik knik. Ik probeer weer te rennen, om de kerk heen, maar ze houden me vast. 'Hoe gaat het met hem?' 'Hij leeft nog', zeg ik. Ze werpen elkaar een snelle blik toe. 'Vraag hem vanavond naar het Stenspark te komen', zegt de eerste. 'Tien uur.' Ze laten me los en spurten de helling af. Ik blijf staan tot ik hen niet meer kan zien. Dan gaat de schoolbel. Het duurt nog lang tot tien uur. Hoe gaat het met de gezondheid van uwe edele? Ik wil niet naar huis. Montgomery kraait. Ik sluip door de straten. Peder staat al bij onze boom. Ik ren het laatste stuk, zoals altijd, want ik ben zo blij hem te zien. 'Raad eens!' roept Peder. 'Ik eerst!' roep ik net zo hard en ik kan bijna niet praten. 'Ik ben neergeslagen!' Peder houdt in. 'Neergeslagen? Door wie dan?' We gaan in het gras zitten, onder de rode boom, en we moeten wachten tot de tram voorbij is voordat we elkaar kunnen verstaan. 'Weet ik niet', zeg ik. 'Dezelfden die mijn broer hebben neergeslagen.' 'Heeft iemand je broer neergeslagen?' 'En niet zo'n beetje ook! En vanavond willen ze hem weer zien.' 'Waarom dan?' 'Misschien willen ze sorry zeggen', zeg ik. 'Of hem nog een keer in elkaar slaan', oppert Peder. Ik moet diep ademhalen. 'Ze stonden me op te wachten bij school', zeg ik. Peder denkt na. 'Maar hebben ze jou ook geslagen?' vraagt hij uiteindelijk. 'Niet echt. Bijna. Ze hielden me vast. Kijk maar!' Ik laat hem de hele arm zien die ze vastgehouden hebben. Peder kijkt. 'Sodeju!' zegt hij. Ik rol mijn mouw weer naar beneden. Peder komt dichter bij me zitten. 'Maar waarom hebben ze je broer dan in elkaar geslagen?' 'Ze zijn vast niet de enigen die dat wel zouden willen', fluister ik. 'Hij zag eruit als een gehaktbal toen hij thuiskwam. Een gehaktbal met saus.' 'Sodeju', zegt Peder. 'Zijn neus was verbrijzeld.' 'Echt waar?' 'Ja. En zijn tanden zaten vast in zijn tong. Ik moest ze eruit trekken.' 'Jemig', zegt Peder en dan zeggen we een hele poos niets meer. Dan zeg ik: 'Maar één ding begrijp ik niet.' Peder glimlacht. 'Wat dan, bijvoorbeeld?' 'Dat het hun gelukt is Fred in elkaar te slaan.' We blijven daar in het gras over liggen nadenken, dat iemand er überhaupt in geslaagd is Fred een pak slaag te geven. Ze moeten met een heel stel geweest zijn. Het gras kriebelt in mijn nek. De hemel vliegt voorbij en is bijna onzichtbaar boven de ritselende kroon van de bloedbeuk. 'En jij dan?' vraag ik. Peder gaat zitten. 'Herinner je je die man nog die mijn moeder tekende toen je de eerste keer bij ons was?' 'Vaag', zeg ik. 'Die in de woonkamer stond?' 'Precies. Die naakt in de woonkamer stond.' 'Was je moeder niet klaar met die tekening van hem?' Peder glimlacht op zijn trieste manier, schuin in zijn gezicht. 'Moeder is toch nooit klaar', zegt hij en gaat weer liggen, plotseling stil, alsof hij vergeten is wat hij wilde zeggen. Ik wacht, want ik wil hem niet opjagen. Maar uiteindelijk kan ik niet meer wachten. 'Wat is daarmee?' vraag ik. Peder rolt zich om en gaat boven op me zitten. Hij is behoorlijk zwaar. Ik laat hem toch zitten. Nu kan hij bijna niet praten. 'Hij kent iemand die een filmclub heeft waar ze films draaien die verder nergens vertoond worden!' Peder wiegt boven op me. Ik krijg bijna geen adem meer. 'Nou en?' fluister ik. 'Nou en? Hij heeft gezegd dat wij vanavond naar binnen mogen!' 'Nee!' 'Jawel!' 'Welke film dan?' Peder begint op mijn borstkas te hameren, alsof ik een trommel in de schoolfanfare ben. 'Weet je nog die vrouw die bij Vivian aan de muur hing?' 'Hou op!' roep ik. Maar hij houdt niet op. Hij blijft op me hameren. Ik lig bijkans murw geslagen onder Peder. 'Herinner je je haar nog of niet?' 'Jawel! Maar niet hoe ze heette!' Peder buigt zich naar me toe en zijn mond ruikt naar drop, zijn tong is helemaal zwart. 'Lauren Bacall', zegt hij, langzaam, zodat elke letter hoorbaar is. 'Lauren Bacall.' Dan horen we vlak bij ons gelach. We draaien ons tegelijk om. Het is Vivian. Ze staat te lachen. Peder staat als eerste op en trekt mij mee en ik kan met moeite mijn evenwicht bewaren. We schudden het gras van ons af. Ik stop mijn handen in mijn zakken. Peder klakt met zijn tong. Vivian blijft lachen. We lopen naar haar toe. Peder schraapt zijn keel en slaat zijn armen over elkaar. 'Wil je mee naar de film of niet?' vraagt hij. 'Filmclub', voeg ik er snel aan toe. 'Ga je mee of niet?'

Het duurt nog drie uur en niemand van ons heeft zin om in de tussentijd naar huis te gaan. We lopen naar de telefooncel op de Solliplass, schrapen munten bij elkaar en Peder belt zijn vader om te zeggen dat hij bij mij eet en ik bel moeder om te zeggen dat ik bij Peder blijf eten en ik hoor dat moeders stem tamelijk moe aan de randjes is. 'Doe de groeten', zegt ze. En ik hang op voordat ze begint te vragen waar ik vandaan bel en ik maak plaats voor Vivian, maar zij heeft geen zin om wie dan ook te bellen. Daarna zoeken we een tafeltje in konditorei Samson in de Frognervei en bestellen thee en we hebben net genoeg geld voor een gedeelde rozijnenbol. De serveerster veegt haar handen af aan haar schort en kijkt ons heel lang aan. 'Hoeveel bolletjes moeten het zijn?' 'Eén', herhaalt Peder. De serveerster haalt een notitieblok tevoorschijn en schrijft langzaam. 'En dat moet een bolletje met rozijnen zijn?' Peder knikt. 'Dat hebt u goed begrepen. In rozijnen met bolletjes zijn we niet geïnteresseerd.' De serveerster verdwijnt en we moeten onze adem inhouden om ons niet dood te lachen. 'Welke film gaan we zien?' vraagt Vivian. Peder buigt zich over de tafel als zijn lichaam tot rust is gekomen. 'Ik herinner me de titel niet meer precies. Maar Lauren Bacall doet mee.' 'Van wie je die foto aan de muur hebt hangen', voeg ik er snel aan toe. Vivian kijkt me vriendelijk aan. 'Denk je soms dat ik niet weet wie ik aan de muur heb hangen?' 'Njaa...' zeg ik. Peder roept de serveerster. Misschien is ze naar huis gegaan. Er zijn geen andere gasten. Misschien zijn we opgesloten in Samson en moeten we de nacht doorbrengen in deze klamme lucht van koffiebroodjes en glazuur dat smelt in de vitrine. 'Barnum is vandaag bijna neergeslagen', zegt Peder. Om de een of andere reden glimlacht Vivian. 'Echt waar?' 'Ze duwden alleen een beetje', fluister ik. Peder buigt over de tafel. 'Maar de broer van Barnum is bijna helemaal doodgeslagen.' Vivian bekijkt me nog nauwkeuriger en ik besef opeens, op dat moment, dat ik hier niet over wil praten, ik wil niet over Fred praten. 'Gewoon een tik op zijn neus gehad', mompel ik. En dan komt de serveerster eindelijk. Ze heeft de bol midden op een enorme schaal gelegd, die ze plechtig op tafel zet. 'Alsjeblieft', zegt ze. 'Hier is jullie bol.' In een vroeger leven is ze vast grappig geweest. 'Hoeveel rozijnen zitten erin?' vraagt Peder. 'Hoeveel rozijnen?' 'Ja. Hoeveel rozijnen zitten er in die bol? Ik kan niet betalen voordat ik weet hoeveel rozijnen erin zitten.' Ik begin de rozijnen uit de bol te pulken en ik kom tot zeven rozijnen, dan worden we er uitgegooid, en wij zijn waarschijnlijk de enigen die ooit uit Samson aan de Frognervei zijn gegooid, we wankelen langs de tramrails, we wankelen van het lachen, en een plotselinge gedachte schiet door mijn hoofd: waar hoort deze lach thuis, op vaders lijstje? Is het een lach vol leedvermaak, het publiekslachje? Om wie lachen we? Lachen we om de serveerster? O nee, we lachen om onszelf, want dit is de bevrijdende lach, de uitgelaten en magistrale lach, we lachen om alles wat er met ons gaat gebeuren, om alles wat gaat komen, en we gaan op een bankje achter onze boom zitten en delen de rozijnen, ieder krijgt er twee en de laatste kunnen we aan Montgomery geven die langsloopt met een fles als een rode bloem in zijn hand. 'Je lijkt niet erg op hem', zegt Vivian plotseling. Ze zit tussen ons in, tussen Peder en mij. Ik begrijp niet wat ze bedoelt. 'Op wie? Montgomery?' Peder kraait wat en Vivian lacht. 'Je broer natuurlijk.' Mijn hoofd valt droog. 'Hoe weet je dat?' fluister ik. Vivian stopt een rozijn in mijn mond. 'Omdat ik Fred op de begrafenis van je vader heb gezien, sukkel.' En ik denk alleen maar, dat ze dat nog weet, terwijl ik het ben vergeten. Peder staat bruusk op. 'En daar mag je verdomde blij om zijn', zegt hij. Ik kijk hem aan. 'Hoezo blij zijn?' Peder trekt Vivian omhoog uit het gras. 'Is Barnum vandaag nog trager in zijn kop dan anders, of zijn wij gewoon te snel?' 'Barnum is traag', zegt Vivian. Ze pakt mijn handen en trekt me omhoog en Peder legt zijn knuist op mijn schouder en praat langzaam. 'Je mag verdomde blij zijn dat je niet op je broer lijkt', zegt hij.

De titel van de film is *The Big Sleep*. Hij is voor boven de zestien en wij mogen naar binnen. Hij is nog niet begonnen. We zitten op rij 14, stoelen 18, 19 en 20, de Rosenborg-bioscoop, en Vivian zit in het midden. Als ik zodra het licht gedoofd wordt voorzichtig mijn arm om haar schouder leg, stoot ik Peders hand aan, want hij heeft precies hetzelfde gedaan, zijn arm om Vivian heen gelegd. Ze leunt achterover, in onze armen, en zo blijven we zitten. Mijn coltrui kriebelt in mijn hals, maar ik durf nu niet te krabben. De zaal is halfvol en iedereen is ouder dan wij. En man in een zwart jasje en met een zwarte bril gaat voor het doek staan en zegt iets van dat de film die we nu gaan zien niet alleen een klassieker is, hij weegt verdorie zwaarder dan al Ibsens stoffige verzamelde werken bij elkaar en wie niet begrijpt wie de moordenaar is moet komende herfst de dubbele ledenprijs betalen. Welkom in de ultieme duisternis! Gegrinnik in de zaal. Wij grinniken ook, want nu moet er gegrinnikt worden. Wij grinniken het hardst van allemaal. 'Tof', fluistert Peder. 'Tof', fluister ik. Iemand draait zich naar ons om en zegt Sst! We laten ons onderuitzakken en zeggen de komende 110 minuten niets meer.

En hoe vaak heb ik die sindsdien niet gezien, *The Big Sleep*, ik heb geen cijfers, maar dit is de eerste keer en wat kan zich meten met de eerste keer? Niets. Al het andere is herhaling, variaties, plagiaat. Later is slechts een vervolg. De volgende keer is slechts een schaduw. Maar de eerste keer is echt. Je bent dichtbij, je bent plotseling aanwezig in je leven, je kunt je vinger op het moment leggen en de tijd voelen tikken en op datzelfde ogenblik weet je dat het voorbij is, het moment, weggegleden in het modderige kielzog van de polsslag. Maar nu nog niet, nu nog niet want dit is het eerste wat we zien: sigaretten die in de asbak worden gelegd, twee peuken die daar blijven liggen, en de witte letters op het bijna grijze doek: *Humphrey Bogart* en *Lauren Bacall*. Dan zien we een naambord, Sternwood is de naam, en een vrij stompe vinger, Bogarts rimpelige vinger, die aanbelt. De deur wordt geopend door een nogal stijve bediende, Bogart glipt naar binnen, en wanneer de bediende tegen de Generaal wil gaan zeggen dat Marlowe gearriveerd is, verschijnt er een dame in een kort wit rokje, het ziet eruit of ze elk moment kan gaan tennissen, en eerst denk ik dat dat Lauren Bacall is, maar dat is niet zo, het is haar zus, haar kleine zusje, Carmen Sternwood, gespeeld door Martha Vickers, en zij zegt die repliek die ik nooit zal vergeten, Martha Vickers kijkt naar Bogart, die zich hier niet bepaald thuisvoelt, in de kilte van de rijkaards, ze neemt deze merkwaardige man op en zegt: *'You're not very tall, are you?'* En Bogart krult zijn lippen als dun papier over zijn tanden en antwoordt: *'I try to be.'* Dit is een film voor boven de zestien. Ik hoor het publiek lachen, nee, grinniken, niemand lacht hier, ze grinniken, alle schouders wippen op en neer. Zo lach je in een film voor boven de zestien zonder kleuren. De vrouw in het korte rokje vleit zich plotseling in Bogarts armen, en ik denk, opeens, want de gedachten komen nu overal vandaan, en ze gaan ook alle kanten op, zo moet het Chocolademeisje eruit hebben gezien, denk ik, het Chocolademeisje van Circus Mundus over wie vader vertelde, en dan staat die bediende er weer en Bogart moet haar netjes van zich af duwen, en in de volgende scène is hij in een plantenkas en de Generaal zit in een rolstoel. *'How do you like your brandy, sir?'* vraagt hij. *'In a glass'*, antwoordt Bogart. Nog meer gegrinnik en wippende schouders, en nu krijgt hij zijn opdracht, terwijl zijn overhemd aan zijn vel plakt, ik raak het spoor bijster en begrijp het niet meer en dat geeft niks, ik voel liever de kilte in de hitte van de kas, Bogart zweet ijswater, hij zou het in zijn drankjes kunnen gooien, en ik probeer te schatten hoe groot hij is, hij lijkt niet erg lang,

Martha Vickers had gelijk, maar misschien lijkt hij gewoon nog kleiner omdat hij zijn broek zo hoog opgehesen heeft, tot onder zijn oksels bijna. Ik heb geen tijd om verder te denken, want op weg naar buiten wordt Bogart door de bediende naar een andere kamer gebracht, het moet een slaapkamer zijn, want er staat een bed, een hemelbed, en bij het raam staat een tafel vol flessen en bij die tafel staat een vrouw een glas vol te schenken en als ze daar klaar mee is draait ze zich om naar Bogart. Het is Lauren Bacall. We zien Lauren Bacall voor de eerste keer. Peders vingers aaien over mijn hand. Ik draai me om naar Vivian. Ze beweegt niet. Het is net of ze heel langzaam ademhaalt, de hele zaal inhaleert. En Lauren Bacall kijkt Bogart aan, ze gloeit, ze gloeit in zwart en wit, haar neusgaten worden wijder, ze is een dier, een leeuwin, en ze lacht, Bacalls lach, ze hoont hem. '*You're a mess, aren't you.*' En Bogart antwoordt slechts: '*I'm not very tall either. Next time I'll come on stilts.*' Misschien is het onmogelijk de eerste keer te beschrijven, want dat doe je altijd achteraf, in een ander licht, in een andere tijd. Misschien is het ogenblik niet meer dan een postzegel die zijn tanden verliest en langzaam maar zeker in waarde stijgt in je privé-verzameling, die je hoger hebt verzekerd dan je kinderen. Je kunt ze niet allemaal verzamelen, niet de hele wereld, je moet kiezen, sommige moet je verkopen of ruilen. Misschien is deze episode, in de Rosenborg-bioscoop, rij 14, stoelen 18, 19 en 20, met het onrustige grijze licht op onze gezichten, terwijl we daar zitten en er niets van snappen, erbuiten en erbinnen tegelijk, niet meer dan een scène die ik opnieuw ondertitel, of waar ik een voice-over bij aanbreng, mijn stem, die zich terugpraat in mijn leven, door mijn dagen, mijn jaren heen, opdat de scène bij de rest van het verhaal past? Maar dit is waar, dat weet ik: ik zag het. Ik hoorde het. En ik kan het niet vergeten. Wanneer ik nog een keer naar Vivian kijk, huilt ze.

Na afloop lopen we door de warme straten, waar vaders hun auto's wassen en moeders uit de ramen hangen, leunend op het raamkozijn, en ze lachen ergens om, misschien om hun fanatieke en ijdele mannen die zich spiegelen in glimmende motorkappen en blinkende wieldoppen. Het lijkt op een soort schoolpauze en alles is weer in kleur. De kleuters met de pleisters op hun knie en hun veel te grote stuur fietsen weer terug als hun moeder fluit. Wij zijn ergens anders. Wij lopen naast alle dingen. 'Verrekt goeie film', zegt Peder. 'Ja, verrekte, verrekte goed', zeg ik. 'Sodeju.' 'Ja, sodeju. Verrekte goed.' Vivian zegt niets, ze is stil, geluidloos, ze sluipt. Peder en ik lopen met haar mee naar huis. Ook dan zegt ze niets, ze verdwijnt gewoon door de deur naast de kerk en ik meen een beweging te zien achter de gordijnen op de tweede verdieping, een schim die ze beter dichttrekt. We wachten even. De lichten worden uitgedaan. Er gebeurt niets meer. Dan lopen we verder door de Gimlevei en een vrouw lacht hard in het restaurant van Hotel Norum en uit een kamer horen we vreemde muziek die achter ons verdwijnt in de duisternis die langzaam valt. 'Vivian huilde', zeg ik zachtjes. Peder knikt. 'Hoorde ik. Ze huilde.' We lopen een poosje zwijgend verder. Ik voel me onrustig worden. 'Waarom huilde ze?' vraag ik. Peder haalt zijn schouders op. 'Misschien vond ze de film zielig.' 'Misschien wel. Vond jij hem zielig?' 'Ik heb er geen reet van begrepen', zegt Peder. 'Jij wel?' We blijven staan voor Peders huis. Ik haal mijn schouders op. 'Lauren Bacall was goed', fluister ik. Peder glimlacht. 'Lauren Bacall is goed', fluistert hij. 'Ja, sodeju', zeg ik. 'Heb je die neusgaten gezien!' Peder kijkt me aan en begint te lachen. 'Jij hebt er ook geen reet van begrepen. Het is je niet eens opgevallen hoe ze in de film heette.' We lachen nog wat. Dan houden we daar ook mee op. 'Nee, hoe heette ze dan?' vraag ik. 'Ze heette Vivian', zegt Peder.

Zo hol ik naar huis, die wonderlijke avond, met ieders naam op mijn lippen. En terwijl ik hol, want misschien komt er iemand achter me aan om me in elkaar te slaan, denk ik aan wat vader placht te zeggen, dat niet wat je ziet het belangrijkst is, maar wat je denkt te zien. Wat dacht vader te zien, toen de discus op hem af kwam suizen en Fred roerloos in de ring stond en diezelfde discus met zijn ogen volgde? Wat was toen het belangrijkst, wat hij zag of wat hij dacht te zien? Moeder slaapt al. Boletta zie ik nergens. Fred ligt op bed. Hij heeft zich niet verroerd. Ik ga bij hem zitten. 'Er is iemand die met je wil praten', zeg ik. Fred verschuift zijn opgezwollen, blauwe gezicht op het kussen. 'Wie?' fluistert hij. 'Twee stuks. Ze stonden me bij school op te wachten.' Fred is een poosje stil. 'Hoe zagen ze eruit?' vraagt hij langzaam. 'Ze waren volkomen identiek', zeg ik. Fred lacht en moet zijn hand voor zijn mond houden. Er sijpelt bloed tussen zijn vingers door. Dan legt hij plotseling zijn hand op mijn schouder. 'Hebben ze jou niks gedaan, Barnum?' En ik ben zo ontroerd, door deze bezorgdheid, door Fred die daar tot moes geslagen ligt en toch aan mij denkt, dat ik nauwelijks een woord uit kan brengen. Ik schud alleen mijn hoofd. Fred duwt zijn hand weg van mijn schouder. 'Wat zeiden ze, Barnum?' 'Ze vroegen of je nog leefde', zeg ik. Fred moet zijn mond nogmaals verbergen, hij lacht en de tranen schieten hem in de ogen. 'Vroegen ze dat?' fluistert hij. 'Ja.' 'En wat zei jij?' 'Dat je nog leefde, Fred. En toen vroegen ze of je hen in het Stenspark kon ontmoeten. Om tien uur.' Fred verroert zich een hele poos niet. Ik zou willen dat hij in slaap gevallen was. 'Hoe laat is het nu?' vraagt hij. 'Halftien, Fred. Je bent toch niet van plan erheen te gaan?' 'Aan de kant, Barnum.'

Fred komt zijn bed uit. Ik moet hem ondersteunen. Hij kan nauwelijks staan. Ik moet hem aankleden. Zijn hele lichaam is opgezwollen en blauw. Fred lacht. Ik kleed Fred aan. Het is mijn schuld. Ik had niet moeten zeggen dat ze naar hem gevraagd hebben. 'Niet doen', fluister ik. 'Mijn witte overhemd, Barnum.' 'Alsjeblieft niet, Fred.' 'Ik wil mijn witte overhemd hebben, Barnum.' Ik haal zijn witte overhemd uit de kast en trek hem dat aan en doe alle knoopjes dicht, behalve de drie bovenste. 'Ik ga mee, Fred.' 'Prima.' Meer zegt Fred niet. Prima. Dat is prima. Maar niets is prima. We sluipen naar buiten. Moeder slaapt. Boletta is nog niet thuis. We lopen naar het Stenspark. De stad is stil. De duisternis is mild. De seringen stralen. We lopen de heuvel die Blåsen heet op. Ik moet Fred het laatste stukje duwen. We gaan op het bankje zitten. Van hieruit kunnen we vrijwel alles zien, maar vrijwel niet gezien worden. Er is niemand te zien. 'Heb je wel eens van de Nachtman gehoord?' Fred antwoordt niet. Hij kijkt alleen maar. 'De Nachtman begroef zijn paarden hier, Fred. De dode paarden. Maar overdag zag niemand hem ooit.' 'Kop dicht', fluistert Fred. 'Het is waar', zeg ik. 'Geloof jij dat soort flauwekul?' En dan komen ze. Ze zijn met z'n vieren, ze lopen langzaam de heuvel op, komend vanaf de kerk. Ze kijken om zich heen, gejaagd, snelle blikken, onrustig. Ze lopen dicht opeen, op een kluitje, zijn bijna niet van elkaar te onderscheiden, maar ik herken twee ervan, de tweeling. Ik wijs. Fred duwt mijn arm weg. Fred blijft zitten. Ik heb zin om weg te rennen. 'Wacht', fluistert hij. Hij glimlacht. 'Nu zijn wij de Nachtmannen, Barnum.' Fred veegt zijn glimlach weg en staat op, als een invalide. We lopen de trappen af, naar de fontein in de hoek. We kunnen hen zien. Zij kunnen ons niet zien. Ze staan bij de draaimolen. 'Hoe laat?' fluistert Fred. Ik laat het hem zien. Het is tien uur. Fred knikt. Hij begint te lopen. Hij hinkt. Ik loop achter hem aan. Hij draait zich om. 'Wacht hier, Barnum.' Maar de bende heeft hem nu in het oog gekregen. Een van hen roept zijn naam. Fred blijft staan. Ik sta vlak achter hem. Zijn witte overhemd licht op. Ik geloof dat ik begrijp waarom hij juist dat overhemd aan wilde hebben. Hij staat volkomen stil. Ze peilen elkaar, Fred en de bende bij de draaimolen. Zij zijn met z'n vieren. Fred en ik zijn met z'n tweeën. Nee, met anderhalf. Niemand verroert zich. We zijn standbeelden in het Stenspark. Wie houdt het het langst vol? Wie kan deze nacht verdragen? Wie is het beste in wachten? Dat is Fred. De anderen komen langzaam op ons af gelopen. Fred houdt zijn handen op zijn rug. Zijn witte overhemd licht op. Hij beweegt niet. Ze blijven pas staan als ze een paar meter van ons vandaan zijn.

Ze staren naar Fred. Ik kan me zo voorstellen dat Fred glimlacht, met zijn kapotte mond, maar ik kan het niet zien, want ik sta achter hem. 'Godverdomme', zegt een van hen, hij heeft een blauw oog dat misschien door Fred is veroorzaakt, en even denk ik dat hij Fred aan wil vliegen, maar in plaats daarvan doet hij een stap achteruit en gaat tussen de tweeling in staan. De vierde komt nog dichterbij. Hij steekt zijn hand in zijn jaszak. Er gaat een schokje door Fred heen, van zijn elleboog tot zijn schouder, een ruk. Dan is alles weer rustig. De andere jongen haalt een pakje sigaretten tevoorschijn, tikt er twee uit en geeft een ervan aan Fred. 'Erling is de naam', zegt hij. 'Maar de meesten noemen me Tienus. Fred knikt even en neemt de sigaret aan. Erling, die de meeste mensen Tienus noemen, ziet mij, in de schaduw achter Fred. 'Wil jij ook eentje?' vraagt hij. 'Hij rookt niet', zegt Fred. Ik zeg bij mezelf: *How do you like your brandy, sir? In a glass.* Erling steekt de sigaretten aan met een glimmende aansteker. Zo blijven ze een poosje staan, ze roken, zwijgend, nooit heeft het roken van een sigaret zo lang geduurd, de maan roetsjt verder en eindelijk laten ze hun peuken op de grond vallen, ze wrijven er met hun schoenpunten overheen en de vonken vliegen alle kanten op, het lijkt alsof hun schoenen vlam zullen vatten. Dan legt Fred zijn handen weer op zijn rug. Erling kijkt hem aan. 'Kun je ook slaan?' vraagt hij. Hij vraagt of Fred kan slaan. Ik zie hoe Freds handen elkaar loslaten op zijn rug. 'Misschien.' De jongen blijft een poosje naar Fred staan kijken. Dan draait hij zich om naar de anderen. 'Tommy, kom hier.' En de jongen met het blauwe oog loopt naar Fred en gaat vlak voor hem staan. Fred aarzelt. Dan slaat hij. Maar de jongen die Tommy heet maakt een snelle schijnbeweging met zijn bovenlichaam, het lijkt op een zwemslag, en de klap schampt af langs zijn slaap. 'Au', zegt Tommy en hij loopt terug naar de tweeling. Erling kijkt een hele poos naar Fred en pakt het pakje sigaretten weer. Ik weet niet wat er nu gaat gebeuren. Fred heeft geslagen, maar gemist. Hij draait zich naar me om en ik zie de plotselinge verwarring in zijn scheve gezicht, want hij weet ook niet wat er nu gaat gebeuren, wat de volgende zet is, en zijn verwarring maakt me dubbel zo bang. Erling, Tienus, schudt er nog twee sigaretten uit. 'Je bent beter in geslagen worden dan in zelf slaan', zegt hij. Dan slaat Fred nog een keer. Het is net of ik die slag voel, ik voel hem doel treffen, ik beef, ik ben geschokt, van geluk en angst. Erling zakt in elkaar en blijft liggen, terwijl de sigaretten de heuvel af rollen. En ik denk opeens: nu begraven we de dode paarden. Fred blijft staan, zijn hand bloedt. Tommy en de tweeling komen een stap naderbij en Fred heft beide handen op, dat is moeilijk, hij krijgt ze niet helemaal omhoog. Maar ze willen Fred niet pakken. Ze beginnen te tellen. Ze tellen langzaam tot negen en voor ze tien hebben kunnen zeggen, staat Erling op, glimlachend. 'Niet slecht', zegt hij. 'Maar je moet nog veel leren. Zullen we gaan zitten?' Erling en Fred lopen naar het bankje bij de crèche en gaan daar zitten. Ze praten samen. Ik kan niet horen wat ze zeggen. Tommy raapt de sigaretten op. De tweeling kamt het haar. Ik verroer me niet. Ik weet niet hoelang het duurt. Fred en Erling praten. Vooral Erling is aan het woord. Dan zwijgen ze een poosje en als ze opstaan, schudden ze elkaar de hand, alsof ze het ergens over eens zijn geworden. Erling, Tommy en de tweeling lopen weg langs het pissoir. Fred komt de heuvel af. Ik ren achter hem aan. 'Hebben jullie vriendschap gesloten?' vraag ik. Fred geeft geen antwoord. 'Maar hoe wisten ze wie ik was?' Fred blijft staan en kijkt me aan. Een van de wonden in zijn gezicht is opengebarsten. 'Wat?' 'Hoe wisten ze dat ik jouw broer was, Fred?' 'Iedereen weet wie jij bent, Barnum', zegt hij langzaam. 'Hoezo? Hoezo weet iedereen wie ik ben?' Fred veegt het bloed weg en denkt na. 'Laat maar zitten', fluistert hij en loopt verder. Ik kan het niet laten zitten. Weet iedereen wie ik ben, niet alleen op school, maar in de hele stad, aan de andere kant van de rivier, in de laatste donkere steegjes in Vika en helemaal tot aan de kades? Maar Fred heeft geen zin meer in praten. En wanneer we thuiskomen staat moeder in de hal, buiten zichzelf van woede. 'Waar zijn jullie geweest?' roept ze. Fred loopt straal langs haar heen en dan houdt ze mij tegen. 'Even wezen wandelen', zeg ik. Moeder buigt zich over me heen. 'Wandelen? Midden in de nacht!' 'Fred had lucht nodig, moeder. Hij kreeg bijna geen adem meer. Vanwege zijn neus.' Moeder laat me los en trekt haar nachtjapon om zich heen. 'Jullie worden mijn dood nog eens', fluistert ze. Ik probeer een arm om haar heen te leggen. 'Nee hoor', zeg ik. Moeder stampvoet. 'Jawel, dat is wel zo. Maar ga gerust je gang. Breng me maar om zeep! Verdwijn maar midden in de nacht met een wit overhemd en een hersenschudding!' Opeens kijkt ze me aan. 'Dit had niks te maken met dat hij in elkaar geslagen is? Hm?' Ik schud mijn hoofd en ontmoet moeders blik. 'Mis je vader?' vraag ik. En ik zie hoe haar gezicht openbarst, op datzelfde ogenblik, en ik heb nog net tijd te denken, voordat ze op mijn schouder leunt, dat we zo vele gezichten hebben, we verwisselen ze voortdurend, we dragen zoveel gezichten mee als we maar kunnen dragen, gezichten en namen. En moeder glimlacht en haar adem is nat. 'Ja, dat doe ik, jongen van me. Ik mis je vader.'

Drie dagen later kwam er post voor me. Het was de eerste keer dat ik een brief kreeg. Mijn naam stond op de envelop, mijn naam en mijn adres.

Het was alsof ik ontdekt werd, ontstond. Iemand had mij gevonden. Deze brief was door de stad gedragen en in de juiste brievenbus gestopt. Ik dacht, voordat ik me afvroeg van wie hij kwam: zou deze postzegel ooit iets waard worden? We zaten in de keuken aan het avondeten. Het was minstens dertig graden. We zweetten al als we onze vork optilden. Fred was er ook. Hij dronk water en at aardappels. Zijn gezicht was als het ware in de verkeerde volgorde weer aan elkaar gegroeid. Ik moest twee keer kijken om hem te herkennen. 'Waar zit jij naar te staren?' vroeg hij. 'Niks', zei ik snel. Fred legde zijn vingers op zijn neus en duwde hem heen en weer. Boletta sloeg haar handen voor haar oren. Het knarste. En toen haalde moeder de envelop tevoorschijn en reikte hem me over de tafel aan. Ze was zo blij, voor mij, ik kreeg een brief in Oslo en misschien had ze hem al gelezen. 'Er is een brief voor je', zei ze. Ik werd erg traag en stil. Barnum Nilsen stond er met hoge, smalle letters. Barnum Nilsen, mijn naam, en het adres eronder, ja, ik was ontdekt, gevonden, ik was een mens, er was geen twijfel mogelijk, ik was een man om rekening mee te houden. Ik scheurde de envelop open met mijn mes en las. Hij kwam van Peders vader. Mijn ogen werden zwaar. Moeder glimlachte. 'Lees eens hardop voor, Barnum!' En ik las zo zacht ik kon hardop voor wat Oscar Miil, die vrolijke en voorzichtige man, had geschreven: 'Beste Barnum. Nu Peder en jij zulke goeie vrienden geworden zijn, iets waar wij erg blij mee zijn, willen we je graag uitnodigen deze zomer mee te komen naar ons zomerhuis op Ildjernet, als je moeder daar toestemming voor geeft.' Ik keek naar moeder. 'Goed?' vroeg ik. Ze knikte meermalen. 'Natuurlijk, dat begrijp je toch wel! Maar ga je niet alles lezen?' 'Ik heb alles al gelezen', fluisterde ik. 'Dat heb je niet, Barnum.' 'Jawel', zei ik. Maar moeder pakte me de brief af en las verder: 'Je broer is ook van harte welkom! Hartelijke groeten van Oscar Miil.' Ik sloeg mijn ogen neer. Fred haalde snel adem door zijn scheve neus en het geluid leek op dat van vader als hij sliep, ik huiverde. 'Zou dat niet leuk zijn, Fred?' vroeg moeder. Ik kon Fred horen glimlachen. 'Kannie', zei hij alleen maar. 'Kan niet? En waar heb jij het dan zo druk mee deze zomer?' 'Moet trainen.' Ik keek naar Fred. Moeder vouwde de brief van Oscar Miil langzaam op en zelfs Boletta legde haar mes en vork neer. 'Trainen? Wat trainen, als ik vragen mag?' 'Ben lid geworden van de Centrum Boksclub, als je het absoluut wilt weten.' Fred nam nog wat aardappelen en prakte die fijn. Het werd stil aan tafel. En ik was ontzettend opgelucht. Fred moest trainen. Eerst sloegen ze hem neer. En toen zorgden ze ervoor dat hij lid werd van de Centrum Boksclub en nu kon hij niet mee op vakantie met Peders familie. Zo hing alles samen.

Het is altijd zo dat het ene tot het andere leidt. Ik was gelukkig en ik schaamde me. 'Jij gaat niet boksen bij wat voor boksclub dan ook', zei moeder en haar gezicht stond boos. Fred nam niet te moeite te antwoorden. Hij at aardappels. 'Heb je niet genoeg slaag gehad? Kijk naar jezelf, Fred!' Fred haalde zijn schouders op. 'Boksen is geen pak slaag', zei hij. Moeder boog over de tafel. 'Heeft die Centrum Boksclub je misschien neergeslagen, hm?' Fred lachte stilletjes. 'Daar hoef jij je hoofd niet over te breken.' Moeder brieste. Boletta legde haar hand op moeders schouder. 'Waar ligt Ildjernet trouwens?' vroeg ze. Moeder zuchtte diep en vouwde de brief weer open. Zo was het nu eenmaal. Goed nieuws kwam nooit alleen. En het slechte nieuws kon goed zijn voor anderen. Fred moest boksen en ik zou op vakantie gaan met mijn beste vriend en ik hoefde Fred niet mee te nemen. Peders vader had een kaart op de achterkant van de brief getekend. Ildjernet was een eiland in de Oslofjord en om er te komen moest ik de Nesoddboot nemen, die langs het hele Nesoddland voer. Ik ging meteen naar mijn kamer om te pakken. Algauw kwam Fred ook. Hij ging op bed liggen. Ik durfde hem niet aan te kijken. Ik pakte. 'Niet te veel makreel eten', zei hij ten slotte. 'Waarom niet?' vroeg ik. 'Weet je dat niet?' 'Nee, wat dan?' 'Makrelen eten Duitse lijken. Die op de bodem van de Oslofjord liggen.' 'Toch niet waar, hè?' 'Dus als je makreel eet, eet je eigenlijk Duitse lijken.' Ik draaide me om naar Fred. 'Je mag best mee', fluisterde ik. Hij sloot zijn ogen. Het was alsof er in zijn gezicht een vreemde op bezoek was, die niet meer weg wilde gaan. 'Sst', zei hij. 'Niet liegen.'

En de zaterdag daarop, op midzomer, stond ik aan dek van de veerboot te zwaaien naar moeder en Boletta, hoewel ik nog zo gezegd had dat ze niet mee moesten komen. Gelukkig kon ik hen al snel niet meer zien en de klok op het raadhuis werd smal als een polshorloge en de stad zonk weg in een blauwe wind. Ik zag alles wat ik ging verlaten voor mijn ogen verdwijnen. Ik was niet zeeziek. Ik voelde me sterk. Ik was maar één keer alleen op reis geweest, met de trein, toen moeder, Boletta en de schoolarts bedachten dat ik te mager was en ze me naar een boerderij stuurden om vetgemest te worden, maar daar wil ik liever niet over praten, nee, daar wil ik absoluut niet over praten, ik ben het vergeten, voorgoed. En dit was iets anders. Ik ging naar mijn kameraad. Na Flaskebekk begon het te deinen. Ik droeg vaders oude koffer naar de salon en kocht een flesje cola in de kiosk. De passagiers glimlachten naar me. We gingen op zomervakantie. Ik glimlachte terug. Een oude dame met dun haar en een mond vol rimpels boog zich over een mand waarin een jong hondje lag te knorren. 'Moet je ver?' vroeg ze en haalde een droge hand door mijn krullen.

Ik besloot beleefd te zijn. 'Zo ver als het schip vaart', antwoordde ik. En op Ildjernet, de laatste aanlegsteiger voordat de fjord openzwaait en tot zee wordt, de zee waarover De Oude en Boletta en koning Haakon waren komen varen toen ze Oslo voor het eerst zagen, stonden Peder en zijn vader te wachten. Ik droeg mijn koffer de loopplank af. Peder kwam naar me toe rennen. Hij was al behoorlijk bruin, en dunner. Ik herkende hem bijna niet en even was ik jaloers, maar ik wist niet waarop. Peder bleef vlak voor me staan en stak zijn hand uit. 'You're a mess', zei hij. 'Next time I'll come on stilts', zei ik. Peder zuchtte. 'Fout, Bogart. Je moet eerst zeggen, I'm not very tall either.' 'I'm not very tall either', zei ik. 'We beginnen opnieuw', zei Peder en hij haalde diep adem. 'Klaar?' 'Zo klaar als maar kan.' 'You're a mess, mister Barnum Nilsen.' 'En jij bent verdomd bruin geworden', zei ik. Peder kreunde en stond op het punt me in het water te duwen. Toen kwam zijn vader naar ons toe, hij had een sigaret in zijn mond en droeg een zonnebril op zijn gewone bril. Hij pakte mijn koffer. 'Zullen we aan de overkant zien te komen voordat de vakantie voorbij is, jongens?' We liepen achter hem aan tot hij bleef staan bij een smalle hangbrug die was vastgemaakt tussen het vasteland en het eiland waarop hun zomerhuis stond. Zijn vader keek me aan. 'Heb je hoogtevrees, Barnum?' 'Nog niet', fluisterde ik. Peder lachte. 'Barnum is zo klein dat hij niet weet wat hoogtevrees is', zei hij. Zijn vader moest even beide brillen afdoen. 'Wat zei je, Peder?' 'Niets', zei Peder en hij holde de brug op, ik liep in het midden en Peders vader liep achteraan. 'Niet naar beneden kijken', riep hij. Ik keek naar beneden. De hele brug schommelde en in de diepte rolden de golven voorbij. Ik sloot mijn ogen, maar toen werd de wind nog sterker, de wind in mijn hoofd, de golven in mijn mond, ik probeerde me vast te houden aan de reling, maar dat was een touw dat onder mijn handen kronkelde, ik hoorde Peder nog steeds lachen en ik dacht plotseling aan Der Rote Teufel, ik hing tussen het vasteland en Ildjernet en kon het niet laten aan De Rode Duivel te denken, die doodging door een lach. 'Niet naar beneden kijken!' roept zijn vader nogmaals. Peder gaat gewoon door met lachen, hij is waarschijnlijk geboren op deze hangbrug. Hij draait zich om en spreidt zijn armen, alsof hij me wil omhelzen. 'Het is niet gevaarlijk', zegt hij. En het werd een wonderlijke week, een wonderlijke week in mijn allerfijnste zomer, de eerste zomer bij Peder op Ildjernet, want ik kan me de volgorde van alles wat er gebeurde niet meer herinneren, het is een film die lukraak gemonteerd is en misschien bevindt het einde zich ergens midden in de handeling, als een mysterie dat je pas later begrijpt, of misschien nooit. Toen ik thuiskwam, bruin over mijn hele lijf, en Fred op de kade stond te wachten en de klok van het raadhuis weer voor mijn ogen opdoemde, met zijn zware wijzers en gouden getallen, was het net alsof de dagen op Ildjernet uitdijden, tot een boeket dat zich in alle richtingen ontvouwt en als je één bloem uit deze zandloper, deze blauwe vaas haalt, dan zal de rest onmiddellijk verwelken. Er gebeurde daar iets, die zomer, ik weet niet goed wat, het gebeurde gewoon, op een andere manier, stil en langzaam. En zo begint mijn zomer: ik laat het touw los, doe mijn ogen open en struikel zo in de armen van Peders moeder die in haar rolstoel aan het andere uiteinde zit. 'Hopla, Barnum. Heb je een goede reis gehad?' Ik puf uit. 'Jawel. Maar bij Flaskebekk ging de zee nogal tekeer.' Peder draait de rolstoel om en lacht. 'Nu heeft Barnum hoogtevrees gekregen', zegt hij. 'Hij moet met jou terugrijden!' Zijn vader geeft me een klopje op mijn rug en ik vraag me af hoe zijn moeder hier gekomen is, want een rolstoel op een hangbrug heb ik nog nooit gezien. Peder duwt haar in de schaduw achter het lage, witte huis midden op het eiland en daarna laat hij me de kamer zien waar wij slapen. Er staat een bed onder het raam, een tweepersoonsbed, en Peder laat zich erop vallen en blijft liggen terwijl ik uitpak. En wat ik bij me heb is niet te zuinig, het is namelijk beter te veel mee te nemen als je een week bij een vriend op een eiland gaat logeren. Ik heb onder andere een pyjama bij me, badschoenen, twee zwembroeken, zodat ik meteen een droge aan kan trekken als ik heb gezwommen om te voorkomen dat ik verkouden word, ik heb ook extra ondergoed bij me, een pot zonnebrandcrème, een potlood en een vel papier waar moeder ons telefoonnummer en adres op heeft geschreven, voor de zekerheid, ik heb de muggenolie ook niet vergeten, kam en deodorant, om nog maar te zwijgen van het oude fototoestel. 'Was je van plan hier de rest van je leven te blijven of zo?' vraagt Peder. Ik draai me om naar het bed en neem een foto van hem: Peder die met zijn handen achter zijn hoofd ligt, zijn glimlach, zijn ene oog gesloten, alsof hij me voor de gek houdt of net een tamelijk flauwe mop heeft verteld, zijn naakte bovenlijf, zijn buik die ietsje over de band van zijn korte broek puilt, zelfs nu hij ligt, zijn tenen die gespreid zijn en een schaduw die de foto in tweeën deelt, schuin, van hoek tot hoek. Zo herinner ik me hem, Peder op bed, onze eerste gezamenlijke zomerdag. Dan kijkt hij me met beide ogen aan. 'Aan welke kant wil jij liggen?' vraagt hij. Ik blijf staan. 'Weet je wat er in deze koffer gezeten heeft, Peder?' 'Geen flauw idee.' 'Applaus.' Peder sluit zijn ene oog weer, alsof ik hém nu voor de gek hou. 'Applaus?' 'Yepp. Van mijn vader geërfd.' Peder blijft liggen nadenken. 'Maar nu zit er geen applaus meer in?' vraagt hij uiteindelijk. Ik schud mijn hoofd en ga voorzichtig naast hem liggen. De matras is zacht en er zit een diepe kuil in het midden, waar we in rollen. Peders huid is warm, hij gloeit als ik hem aanraak. 'Een koffer vol applaus', fluistert Peder. 'Gaaf.' Ik pak de Nivea, wip de deksel eraf, doop mijn vinger in de witte, taaie crème en begin hem in te smeren. Hij draait zich om. Zijn schouders zijn rood en hij vervelt op zijn rug. Ik wrijf de dunne vellen dode huid eraf. En midden tussen zijn schouderbladen zit een muggenbeet waar ik aan moet krabben. Daarna trek ik de kleren waarin ik gereisd heb uit en trek een zwembroek aan en Peder smeert mij in en hij doet erg zijn best, hij vergeet geen enkel plekje waar ik verbrand zou kunnen raken. Daarna blijven we doodstil liggen. 'Vroeg je je af hoe moeder hier gekomen is?' vraagt Peder plotseling. 'Met een boot misschien?' 'Nee. Ze vaart met haar rolstoel.' 'Dat is toch niet waar?' 'Jawel. Ze maakt vaart op de kade en stuift zo naar de overkant. Ongeveer zoals een Mississippi-boot.' 'Nee toch?' 'Jawel. Iedereen komt naar de kade om te kijken als moeder naar het eiland moet. De mensen kijken er het hele jaar naar uit.' En ik zie het voor me, zijn moeder in haar rolstoel over de fjord, ik sluit mijn ogen en zie het voor me, de rolstoel in de golven, en dan roept iemand ons, ver weg roepen ze, vanuit de zon en de wind. We blijven toch nog even liggen. 'Ik ben blij dat je hier bent', fluistert Peder. 'Ik ook, Peder.' Dan rennen we naar het terras, waar onder een parasol een tafel gedekt is en we gaan zitten in zachte stoelen en schenken gele limonade in onze glazen en drinken die zoete limonade terwijl een wesp boven het tafelkleed zoemt en wij laten hem zoemen. Peders vader wordt zichtbaar in de brede deur naar de woonkamer en hij staat tussen de dunne gordijnen die hem bijna omhullen. Hij houdt een pan in zijn handen en glimlacht. 'Honger, jongens?' 'Kolerehonger', zegt Peder. Zijn vader stapt uit de gordijnen naar voren en zet de pan op tafel. 'Niet vloeken op mijn eiland', zegt hij. Peder lacht. Ik kijk in de pan. Het is vis. Peders vader rolt een krant op en slaat naar de wesp, maar raakt hem geen enkele keer. Dan klapt hij zijn zonnebril omhoog en kijkt naar het strand en de duikplank. 'Maria!' roept hij. 'Eten!' En al snel hoor ik de wielen van de rolstoel, misschien moeten die eens gesmeerd worden, ze komt aangereden vanuit de schaduw en Peder en zijn vader tillen haar in een gewone stoel, ik vang een glimp op van haar magere lichaam, haar heupen, slechts vel over been, grauwe huid die van haar botten afhangt en zij ziet dat ik het gezien heb en dat ik ervan griezel, ervan schrik, hoewel ik nu een heel andere kant op kijk, naar de zeilboten op zee, een open platbodem, het langzame hart van de fjord, naar de wesp die terugkomt en op de rand van mijn glas gaat zitten, naar de zon die op de vorken schijnt en ik denk aan al die dingen die je niet zou moeten zien, waar je heel goed zonder kunt, ik heb ooit Fred voor de spiegel in moeders slaapkamer zien staan, hij boog zich voorover en kuste, nee, likte, zijn eigen spiegelbeeld, ik wilde het niet zien, want alles wat je ziet draag je mee, elke afzonderlijke aanblik wordt gemengd tot één groot beeld, te zwaar voor onze ogen, en toch moet ik nog een keer kijken, ik kan het niet laten, naar haar dunne benen, waar de plaid opzij is gegleden, bijna blauw is ze, verschrompeld, en ze glimlacht als ze de plaid over haar knieën trekt. 'Schep jij eerst maar op, Barnum', zegt ze. Peder schuift de pan naar me toe. Het ruikt naar azijn. Het is koude vis. Peders vader trekt twee pilsjes open en geeft de ene aan Peders moeder. Ze drinken zo uit de fles. 'Makreel!' zegt zijn vader en draait zich naar me om. 'Makreel?' fluister ik. 'Een mooie, vette makreel, Barnum. Die is dit jaar vroeg, de makreel. Maar mij houdt-ie niet voor de gek!' Peder gaapt en draait aan de parasol. De schaduw glijdt over de tafel, alsof iemand een glas omgooit. Ik leg het kleinste stuk dat ik kan vinden op mijn bord. Peders moeder lacht. 'Je hoeft niet zo bescheiden te zijn, Barnum!' Gelukkig neemt Peder de pan van me over en hij is niet erg bescheiden. 'Als je niet minstens drie makrelen eet, is vader hartstikke beledigd', zegt Peder. Ik probeer te lachen. Peders vader zet zijn bierfles neer. 'Makreel is niet alleen lekker, jongens. Het is ook gezond. Voel maar eens wat een vette pels hij heeft.' 'Makrelen hebben geen pels', zegt Peder. Ik lach hard. Maar zijn vader haalt met een zucht zijn vinger over het glanzende vel. Ik buig mijn hoofd. De makreel op mijn bord. De Duitse soldaten. Op de bodem van de fjord. Een Duits lijk op mijn bord. Dit is de oorlog die verder woedt. Nu word ik zeeziek. Ik moet niet zeeziek worden. Ik moet niet overgeven. Want misschien denkt zijn moeder wel dat ik om haar overgeef, dat ik de aanblik van haar lamme lichaam onder de plaid niet kan verdragen, haar vel over been. Dat mag niet gebeuren. Ik slik, het gladde vlees, het gladde vlees van de zeebodem glijdt naar beneden en ik sta op, loop zonder me om te draaien om het huis heen en daar val ik op mijn knieën en geef over in het gras. 'Wat heb jij nou, Barnum?' Ik veeg mijn mond af met de rug van mijn hand, het smaakt naar zonnebrandcrème en azijn. Peder staat achter me. 'Kan niet tegen makreel', fluister ik. Peder gaat op zijn hurken zitten. 'Moet je eerst overgeven voor je dat durft te zeggen?'

Nu traint Fred. Nu rent hij alle trappen van de achteringang op, twaalf keer, want niemand mag Fred zien rennen. Nu drukt hij zich dertig keer op in onze kamer en de volgende keer doet hij het vijftig maal. Fred wordt soms midden in de nacht wakker, rusteloos en onrustig, gaat op de grond liggen en drukt zich nog eens veertig keer op en daarna rent hij weer naar de zolder. Nu loopt hij de deur van de Centrum Boksclub in de Storgate binnen en iedereen draait zich naar hem om. Fred hoort de slagen stoppen, hij ziet de stootzakken nadeinen, hij ziet de glimlachjes in de bezwete gezichten. Daar komt de jongen die als geen ander in de stad klappen kan incasseren. Ze hebben er zin in.

Peder liep met me terug naar de tafel op het terras. 'Barnum denkt dat makrelen verklede Duitse soldaten zijn', zei hij. Zijn moeder glimlachte even en aaide snel met een vinger over mijn arm. 'Voel je je nu beter?' Ik knikte. Maar Peders vader sperde zijn ogen open en gooide bijna zijn fles bier om. 'Wat zei je, Peder?' 'Barnums broer heeft gezegd dat makrelen Duitse soldaten eten.' Zijn vader draaide zich langzaam naar me om, alsof zijn gedachten de tijd moesten krijgen om hem in deze draai te volgen. 'Heeft je broer dat echt gezegd?' 'Ja', fluisterde ik. 'Maar dat was vast een geintje.' Peders vader stak zijn arm nu helemaal in de pan, hij tilde de grootste makreel die hij daar kon vinden eruit en liet die zien. 'Zeg op! Is dit een nazi-vis? Nou? Heeft hij bijvoorbeeld een snorretje?' 'Hij heeft een pels', zei Peder. 'Dan is het misschien wel een Russische makreel', zei zijn vader. 'Laten we eens kijken.' En toen at hij hem op, hij duwde de hele vis in zijn mond, kauwde langdurig en keek om zich heen. Hij werd wat bleek rond zijn neus en moest zijn zonnebril afzetten. 'Wo is Blücher, mein Schiff? Ich muss zu Oslo fahren!' 'Je bent dronken!' riep Peders moeder. En we lachten zo hard dat we op de grond moesten gaan zitten om niet van onze stoelen te vallen. Peders vader dronk nog meer bier en liet de makreel bezinken. 'Ik geloof dat het vanavond worstjes wordt, jongens.' En de rest van de dag sprokkelden we hout voor het midzomernachtvuur en toen de duisternis min of meer de fjord binnengleed, als een vage schaduw, het zog van het licht, en het nog mild was buiten, aangenaam koel en mild, stak Peders vader de planken en takken die we als een spitse toren op het strand hadden opgestapeld aan, en al snel konden we de andere vuren zien, overal flakkerende, onrustige punten, we hoorden muziek van de dichtstbijzijnde aanlegsteigers, de vlammen en de stemmen werden elke seconde die er deze avond verstreek duidelijker, alsof de tijd alles accentueerde, en niet de duisternis. We aten de laatste worstjes op, trokken truien aan en gingen dichter bij elkaar zitten. Peder telde de vuren en kwam tot achtentwintig en dat waren er drie meer dan vorig jaar. Ik kon me niet herinneren ooit zo'n rust gevoeld te hebben, misschien had ik die ook nog nooit gevoeld en wist ik nu pas dat hij bestond, mijn diepe, nog niet ondervonden rust.

Toen zijn moeder in slaap viel, duwde Peder haar over het pad naar huis. Ik bleef achter met zijn vader. Het vuur brandde langzaam op, zoals ook de andere vuren uitdoofden, als lampen in de nacht. 'Kon je broer niet meekomen?' vroeg Peders vader. 'Hij traint', zei ik. 'Wat traint hij dan?' 'Boksen.' Peders vader lachte wat en stak zijn pijp aan. 'Boksen, ja. The noble art of self-defence.' 'Misschien had de makreel een Engelse soldaat gegeten', zei ik. Peders vader lachte en legde een arm om mijn schouder. 'Kan hij dan een beetje boksen, die broer van je?' 'Hij is in ieder geval erg goed in geslagen worden', zei ik. Peders vader klopte de as uit zijn pijp en die dreef weg op het water. 'Ja, ja. Dat is ook een kunst, Barnum. En sommigen zijn beter dan anderen.'

Peder kwam niet meer terug. We liepen zwijgend naar het huis. Peders vader pakte plotseling mijn hand beet en hield die lang vast. Toen hij hem eindelijk losliet, slenterde hij weer terug naar het zwarte vuur en bleef daar staan. Ik kon het knarsen van de wielen van de rolstoel horen, ergens, of misschien was het de hangbrug die kraakte in de wind. Ik holde naar onze kamer. Peder sliep al. Ik kleedde me uit en ging aan mijn kant liggen, voorzichtig, om hem niet wakker te maken. Peder draaide zich om, snurkte wat, maar al snel was zijn ademhaling weer gelijkmatig en kalm. Ik herinner me niet of ik iets droomde. Ik geloof dat ik het te druk had met slapen. Ik moest mijn rust niet kwijtraken.

De volgende ochtend werden we al vroeg door zijn moeder gewekt. 'Ik wil jullie schilderen!' riep ze. Ze was tot vlak bij ons gereden. Ik kwam meteen overeind, zo licht sliep ik, ik sliep zoals De Oude me had geleerd, met mijn ogen open. Peder trok alleen maar kreunend het dekbed over zich heen. 'Barnum heeft een fototoestel bij zich. Neem toch een foto. Spaart veel tijd.' Zijn moeder boog zich voorover en trok het dekbed van hem af. Peder was naakt. Ik had Peder nog nooit zien blozen en ik heb het hem later ook nooit meer zien doen. Ik voelde dat ik ook bloosde, maar dat was zeker niet de laatste keer, de warmte sloeg uit mijn wangen, ik brandde langzaam op. En Peders moeder was ook even verlegen, in ieder geval moest ze zich vasthouden aan de wielen. Peder trok het dekbed weer terug. Toen vormde zijn moeders kleine mond opeens een glimlach. 'Beledig me niet, Peder. Kom over een kwartier naar de duikplank. Toch, Barnum?' 'Natuurlijk', fluisterde ik. Peders moeder reed weg en na een poosje stak Peder zijn hoofd tevoorschijn en loerde naar me. 'Kan niet slapen in een pyjama', zei hij.

En we zitten die hele dag op de rots naast de duikplank, Peders moeder heeft haar stoel in de flakkerende schaduw van de appelboom geparkeerd en schildert ons. Ze heeft een grote, witte hoed op haar hoofd en meer zien we niet van haar. Er is geen wolk aan de hemel, we worden bruin en het is net of Peders haar verbleekt, het staat hem, al kijkt hij behoorlijk chagrijnig. Ik vraag me af of zijn moeder dat kan schilderen, dat we veranderen voordat het schilderij klaar is, dat we niet meer dezelfden zijn. Maar we krijgen niet te zien wat ze schildert. Als we dorst krijgen komt Peders vader met een kan koud sinaasappelsap en we gaan ieder uur zwemmen. We springen tegelijk van de duikplank en laten ons zinken tot onze voeten de gladde stenen raken en dan zetten we af en zwemmen omhoog naar de zon die aan een draad van glinsterende druppels hangt. 'Ik heb jullie bijna!' roept Peders moeder. Wij gaan weer op onze plek zitten en zijn meteen droog. Zijn moeder neuriet een bekend deuntje, onder de appelboom, onder de brede, witte hoed, achter de ezel, en wanneer ik dat liedje later hoorde kon ik de hitte van die dag voelen, op de rotsen, ik moest mijn ogen dichtdoen om niet verblind te raken en de geur van warme zonnebrandcrème en tabak vervulde me met een wonderlijke, sidderende smart die ik niet helemaal begreep, want ik had het nog nooit zo naar mijn zin gehad als daar, op die hete rots, Ildjernet, de zomer met Peder, en misschien is dit juist de naaf in het wiel van het verdriet dat door ons leven tolt, dat het voorbij is, dat het ogenblik al is verlaten. 'Ik heb jullie bijna!' roept Peders moeder nogmaals. En zelfs Peder glimlacht, hij houdt zijn buik in en probeert spieren te laten zien. Zijn vader laat ijsblokjes in onze glazen vallen, een tinkelend, koel geluid op de bodem van de zon.

En nu staat Fred in de garderobe van de Centrum Boksclub. Tienus wijst op een kastje en zegt: 'Die is van jou. De sleutel krijg je nog.' Tommy en de tweeling staren hem aan, zwijgend. Fred draait zich naar hen om. Ze kijken een andere kant op. Er komt een man binnen. Hij blijft achter Tienus staan, die meteen opzij gaat. Hij kijkt Fred een poosje aan. 'Ik heet Willy', zegt hij ten slotte. 'Ik ben de trainer hier.' Fred zegt niets, kijkt de man alleen even snel aan. Hij draagt een blauw, versleten trainingspak en aan zijn voeten heeft hij iets wat op pantoffels lijkt. Hij is pafferig, alsof zijn spieren hebben losgelaten. Willy is 52 jaar, woont alleen op een kamer bij de bushalte op het Ankertorg, werkt op de Akers Mek.-werf en het enige waar hij iets vanaf weet is lassen en boksen en dat is genoeg. 'Ik hoor dat jij heel wat kan hebben', zegt hij. 'Heb je zin om ook te leren slaan?' Fred haalt zijn schouders op. Willy draait zich om naar Tienus. 'Kan hij praten?' 'Hij kan praten', antwoordt Tienus. Tommy lacht, maar houdt daar even abrupt weer mee op. Willy kijkt weer naar Fred. 'Heb je wel eens aan een andere sport gedaan?' Fred strikt zijn veters. 'Discus', zegt hij.

Ik ben in de zon in slaap gevallen, met mijn hoofd tegen Peders warme, gladde schouder en ik hoor de stem van zijn moeder ver weg. 'Ik heb jullie niet meer nodig, jongens!' Als ik mijn ogen opendoe, zie ik dat ze wegrijdt uit de schaduw van de appelboom, of misschien heeft het gepiep van de wielen me deze keer gewekt. 'Laat eens zien!' roept Peder en hij staat op. Maar zijn moeder schudt lachend haar hoofd. 'Pas als ik klaar ben.' Ze haalt het doek van de ezel en draait zich om naar het huis. Ze is klaar met ons, maar niet met het schilderij. En ze zal er die zomer ook niet klaar mee komen. Er is altijd nog wel iets te doen, een streek, een lijn, een punt. Pas na de begrafenis van zijn vader, toen Peder niet op tijd terug was uit de VS, kreeg ik ons portret te zien, en toen was ze ongetwijfeld nog niet helemaal tevreden. Ik was geschokt toen ik het zag, ik kan niets anders zeggen. Maar ze had het schilderij een mooie titel gegeven, 'Vrienden aan zee' noemde ze het, heel simpel, en het onbepaalde van die titel, vrienden aan zee, rukte het onderwerp los van onszelf, zoals ook de tijd een afstand geschapen had, alsof ik er nooit in zou slagen mijn hand uit te steken en dit schilderij aan te raken. 'Het komt toch nooit af!' roept Peder. Zijn moeder stopt en draait haar stoel om. 'Zullen we wedden?' Peder lacht. 'Dan verlies je toch.' 'Zullen we wedden?' herhaalt zijn moeder. 'Nee', zegt Peder. 'Maar ik ga je in plaats daarvan fotofuckgraferen!' En hij haalt mijn camera tevoorschijn die hij onder de handdoeken had verstopt, zijn moeder gilt en verbergt haar gezicht in haar handen, maar Peder drukt minstens vier keer af voordat ze haar rolstoel om weet te draaien en ze met een aardig vaartje rond het huis verdwijnt. Opeens staat Peders vader achter ons. 'Wat gebeurt hier?' vraagt hij. 'We fotofuckgraferen wat', zegt Peder en hij geeft de camera aan mij. Ik wil net hard gaan lachen, want dat woord is nieuw voor mij en het kietelt bijna in mijn mond. Maar iets in zijn vaders blik doet me ervanaf zien, ik lach niet, probeer in plaats daarvan de camera achter mijn rug te verbergen. 'Je weet dat moeder er niet van houdt gefotografeerd te worden. Doe dat dus ook niet. Jij ook niet, Barnum.'

Ik legde de camera in mijn koffer en besloot hem die zomer niet meer te gebruiken. Peder kwam achter me aan en ging op het bed zitten. 'Mijn moeder is soms wat bijgelovig', zei hij. Ik stond met de rug naar hem toe. 'Hoezo?' 'Ze denkt dat iemand haar ziel steelt als ze gefotografeerd wordt.' 'Haar ziel steelt?' 'Ja. Dat heeft ze zich in haar hoofd gehaald.' Ik draaide me om naar Peder. 'Ik zal de foto's niet laten ontwikkelen', zei ik. Peder zuchtte. 'Geloof jij het ook? Hm?' Ik wist niet goed wat ik moest zeggen. 'Als zij erin gelooft', zei ik alleen maar. 'Ja?' Peder begon ongeduldig te worden. 'Dan maakt het niet uit wat wij geloven.' Peder zweeg een poosje.

'Je moet in ieder geval die foto van mij ontwikkelen', zei hij.

En nu staat Fred voor de spiegel achter in de trainingsruimte van de Centrum Boksclub. Alle blikken zijn op hem gericht, Freds blik is gericht op zichzelf. 'Linkervoet voor!' roept Willy. 'Of ben je soms zo'n stomme southpaw uit de kakbuurten!' Fred trekt zijn rechtervoet achteruit, slaat naar de spiegel, de magere spieren, het scheve gezicht. 'Op je tenen!' roept Willy. 'Of ben je zo'n stomme platvoet uit de kakbuurten!' Fred rekt zich uit, op zijn tenen, zoekt naar zijn evenwicht en nu komt Willy van achteren, duwt hem heel even met een vinger in zijn rug en Fred struikelt naar de spiegel. 'Een bokser die moe is in zijn voeten heeft het gehad, Fred. Want een bokser die moe is in zijn voeten, is ook moe in zijn ziel.' Tommy geeft een fles aan Tienus en Tienus geeft hem aan Willy, die hem aan Fred geeft. Hij drinkt. Het is zoet en zwaar. Hij geeft de fles terug aan Willy, die hem naar Tommy gooit. 'Ik ben trappen op en af gerend', zegt Fred. Willy kijkt hem aan. 'Sla me, Fred.' 'Wat?' 'Sla me, Fred.' Fred denkt even na. Hij slaat. Maar dan is Willy ergens anders. 'Sla me, Fred!' Fred slaat weer. Willy staat plotseling aan de andere kant. De oude, dikke man danst om Fred heen. 'Niet trappen op en af rennen', zegt Willy. Fred gaat op de bank langs de wand zitten. Het is stil in de zaal. Willy gaat naast hem zitten. 'De voeten, de handen, het hoofd', zegt Willy. 'Het hoofd, de handen, de voeten. Zeg mij na, Fred.' Fred kijkt hem alleen maar aan. 'De voeten, de handen, het hoofd', herhaalt Willy. 'Het hoofd, de handen, de voeten. Kun je dat niet eens zeggen?' Fred kijkt naar de grond 'De voeten, de handen, het hoofd', fluistert hij. 'Het hoofd, de handen, de voeten.' Willy buigt naar Fred toe. 'Je hebt nog veel te leren, Fred. Wil je dat leren?' Fred knikt. Willy draait zich om naar de andere jongens. Die staan al in de rij, Kalle, Jørgen, Zalfje, Junior, het Talent, Arve, alle jongens die ervan dromen zich omhoog te slaan, zich weg te slaan, door de geluidsbarrière en de pijngrens heen te slaan en een riem te dragen met een gesp van goud en vleugels, Tommy springt op en neer, Tienus, de Tweeling, ze staan in een rij van hier tot Bjølsen. 'Talent', zegt Willy. 'Maak je klaar.' Het Talent, een gedrongen, stille vent uit Torshov, knikt en loop rustig naar de garderobe. Willy haalt een paar handschoenen en knoopt die Fred om. 'Heb je wel eens gehoord van the noble art of self-defence?' vraagt hij. 'Engels', zegt Fred. 'Engelse lulkoek', zegt Willy. 'Dat is wat aanstellerige schrijvers met snorretjes in hun boeken schrijven. Boksen is geen zelfverdediging. Boksen is aanvallen. Sla als dat je bedoeling is. Dans als het nodig is.' Het Talent komt uit de kleedkamer en klimt de ring in. 'Kijk me in de ogen', zegt Willy. Fred kijkt hem in de ogen. Zo zitten ze een hele poos. 'Hoe voelt dat?' vraagt Willy. Fred tilt zijn handschoenen op. 'Goed', zegt hij. 'Goed', zegt Willy. 'Ik wil je zien.' 'Je ziet me toch', zegt Fred. 'Ik wil je in de ring zien.' Iemand sjort een klamme bokskap over zijn hoofd. Nu klimt Fred over de touwen. Het Talent wacht in het midden op hem. Hij staat daar met zijn handschoenen langs zijn zijden, ernstig, zwijgend. Niet bang zijn, Fred. Ik denk nu aan je. Ik ben bij je. Ik zit in jouw hoek. En Fred loopt recht op het Talent af en begint te slaan. Hij slaat wild om zich heen, maar zijn slagen treffen slechts de ijle lucht om het Talent heen, het Talent danst, het Talent is overal en nergens, en Fred slaat naar hem, maar voelt in plaats daarvan zware stoten op zijn lichaam, zijn borstkas, zijn schouder, alsof zijn eigen slagen met dubbele kracht terugkomen, en Fred slaat nog harder, sneller, maar hij mist, en dat maakt hem onbezonnen, gek, hij slaat en raakt niets, het Talent is een schaduw om hem heen, ja, het Talent schaduwt hem, zo is het, en Fred wordt weer op zijn borstkas getroffen, zijn adem explodeert, een kreun, en door die kreun, de stilte in de zaal en de snelle, onmogelijke passen in de ring, verliest Fred zijn zelfbeheersing, hij slaat in alle richtingen, hij rent recht op het Talent af, breekt door een zwerm slagen heen, hij vecht als een woedend kind, want dit is erger dan een pak slaag, dit is een vernedering, hij wordt belachelijk gemaakt en je kunt alles met hem doen, maar hem belachelijk maken, dat niet, Fred duwt het Talent naar de touwen en dan voelt hij hoe iemand van achteren zijn armen in een houdgreep neemt, het is Willy, en Willy trekt hem mee, de ring uit, naar de kleedkamer, zet hem op een bank neer, maakt de handschoenen los en trekt de bokskap af. 'Ga douchen', zegt Willy. 'Koud.'

En Peder wijst naar boven. 'Makreelwolken', zegt hij. Ze glijden langzaam voorbij, als reepjes papier, rood gekleurd door een licht dat van beneden komt, van de zon die nu daalt, naar de heuvelrug aan de overkant van de fjord, waar een zeilboot vastloopt in de windstille avond. Peder lacht. 'Dus kan het niet waar zijn dat makrelen dode Duitsers eten. Want Duitse soldaten kwamen niet in de hemel.' We liggen in het gras tussen het terras en het strand. Dan lossen de wolken op, verdwijnen, of misschien veranderen de kleuren alleen, want al snel is alles blauw, het hele landschap is als een trap met hoge, blauwe treden. 'Ben je er nog?' vraagt Peder. 'Joa', antwoord ik. Ik lig vlak naast hem. We gaan dichter tegen elkaar aan liggen. We hebben blote benen, tenen die gespreid zijn, de witte huid ertussen, het is me nooit eerder opgevallen dat tenen zo verschillend kunnen zijn. Peder telt hardop tot twintig, twintig tenen. Ik kan het snijdende geluid van zijn moeders rolstoel horen, bij de vlaggenmast, misschien zoekt ze naar haar ziel. Ik zal haar de film geven. Maar als zij ons schildert, wat gebeurt er dan met onze zielen? Mogen we die houden, omdat het zo veel meer tijd kost een schilderij af te maken? 'Wat kun jij het beste, Barnum?' 'Wat?' 'Wat kun jij het beste?' herhaalt Peder. Ik moet nadenken. 'Het beste?' 'Ja. Het beste. Er moet toch iets zijn waar jij beter in bent dan anderen?' 'Ik weet het niet.' 'Weet het niet? Natuurlijk wel!' Ik moet nog eens nadenken. 'Dromen', fluister ik. Peder wuift een wesp weg. 'Dromen? Iedereen droomt.' 'Ik droom alleen overdag', zeg ik. 'En daar ben ik heel goed in.' 'Maar wat droom je dan, Barnum? Dat je groter wordt?' Het is net alsof ik als ik mijn arm uitsteek de hemel kan aanraken en een hoekje van dat blauw opzij kan vouwen. Zelfs het gras waarin we liggen is blauw. 'Ik droom dat er dingen met me gebeuren.' 'Dingen gebeuren? Wat voor dingen?' 'Ongelukken. Rampen. Zulke dingen.' Ik doe mijn ogen dicht. Peder wacht op de rest. 'Ik droom dat ik door een auto overreden word en het maar net overleef, maar de rest van mijn leven blind en stom ben. Ik droom dat ik vermist word in een vliegtuig dat neerstort boven Afrika en dat ik bij een wilde stam moet wonen en pas na dertien jaar gevonden word.' Ik doe mijn ogen open. Peder zwijgt. Het is raar om het verteld te hebben. Ik heb het nooit eerder aan iemand verteld. Ik ben bijna uitgeput. 'O', zegt Peder alleen maar en hij wacht blijkbaar op meer. 'Ik heb ook gedroomd dat ik over het kerkhof loop en bloemen op een graf leg en als iemand me vraagt wie daar ligt, zeg ik dat het mijn moeder is die aan kanker is gestorven.' Peder trekt zijn trui aan. Ik vind het niet koud. 'Waarom doe je dat?' vraagt hij. 'Zo dromen?' 'Zodat ze medelijden met me hebben.' 'Jij bent net zo gestoord als die gestoorde broer van je', zegt Peder. Ik rol me om, ga boven op hem zitten en sla. Ik sla wat ik kan. Ik sla overal. Peder schreeuwt. Zijn armen zitten vast in zijn trui. Hij probeert zich los te rukken, maar ik klem hem vast tussen mijn benen en sla, ik mep met mijn vuisten op zijn borstkas, zijn gezicht, Peder gilt en trekt zijn trui kapot, ik blijf alleen maar slaan en dan raakt hij mij ook, maar ik merk het niet. 'Zeg dat niet!' schreeuw ik. 'Zeg dat niet!' Er stroomt bloed uit Peders neus en iemand tilt me op en smijt me weg, het is Peders vader, hij staat tussen ons in. 'Waar zijn jullie verdomme mee bezig!' roept hij. Peder staat wankelend op. 'Niet vloeken op mijn eiland', zegt hij. Zijn vader pakt hem beet en trekt hem naar zich toe. 'Niet te ad rem worden, jongeman! Waren jullie van plan elkaar dood te slaan?' Peder veegt het bloed weg met zijn gescheurde trui. 'Nee. Barnum was van plan mij eerst dood te slaan.' Zijn vader draait zich om naar mij. 'Kun je mij dit misschien uitleggen, Barnum?' Ik kijk naar de grond. Ik krijg geen adem. Ik kan niets uitbrengen. Peder gaat naast me staan. 'We hadden gewoon ruzie', zegt hij. 'Ik zei dat Barnum zo klein was. En Barnum zei dat ik een vetzak was.' Zijn vader kijkt ons langdurig aan. Hij begint te glimlachen, vaag. 'Zulke dingen zeggen vrienden niet tegen elkaar, jongens. Dat laten we liever aan onze vijanden over.' Wij kijken elk een andere kant op. Peders vader geeft hem een zakdoek. 'Ja, ja. Zullen we elkaar een hand geven?' Wij aarzelen. Ik steek mijn hand uit. Peder steekt zijn hand uit. We schudden elkaar de hand. Het is een merkwaardig ogenblik. 'Dat was dan dat', zegt zijn vader en hij slaat ons op onze rug.

En nu komt Fred uit de douche. Hij loopt naar zijn kastje. Hij heeft het koud. Hij kleedt zich snel aan. Er is hier niemand, behalve Willy. Ze kunnen de klappen in de zaal horen, de ademhalingen, de voetstappen, de dreunen, als goederenwagons die voorbijtrekken. 'Je bent te kwaad, jongen', zegt Willy. Fred kijkt hem niet aan. 'Een bokser moet niet kwaad zijn, Fred. Kwaaie mensen doen domme dingen. Een bokser moet koud zijn, verstandig en sluw.' Fred duwt zijn garderobekastje dicht. Maar de deur gaat meteen vanzelf weer open. 'Waarom ben je zo kwaad op jezelf?' vraagt Willy. Nu draait Fred zich naar hem om en Willy doet een stap achteruit. Fred heeft vergeten de douche uit te doen. Het klatert. Willy loopt ernaartoe en draait de kraan dicht, Fred heeft zich in de tussentijd niet bewogen. Willy rommelt in de zak van zijn versleten trainingsbroek, vindt iets, een sleuteltje, en geeft dat aan Fred. 'Zou je je kastje niet op slot doen?' Fred glimlacht even, doet zijn kastje op slot, nummer negen. Willy legt een hand op zijn rug. 'En nu ga je naar huis, slapen. Rust je woede eruit, Fred.'

Ik ging die avond als eerste naar bed. Ik lag op Peder te wachten. Ik bedacht dat dit de eerste keer was dat ik iemand had geslagen en dan nog wel mijn enige en beste vriend, Peder Miil. Ik dook weg onder het dekbed. Nu was iedereen boos op mij. Misschien zouden ze me de volgende dag over de hangbrug jagen. Dat verdiende ik. Ik verdiende niet beter. Ik schaamde me zo. Peder had zelfs voor mij gelogen. Ik had het nog nooit zo sterk gevoeld, dit gevoel van schaamte, dat donker en dor en drukkend is, want ik had hen teleurgesteld, ik had iedereen teleurgesteld, ook moeder en Boletta, ik had de wereld teleurgesteld, en dat was het laatste wat ik wilde, überhaupt iemand teleurstellen. Ik was tot de rand gevuld met schaamte. De schaamte overmande me. Peder haatte me vast, hoewel hij me na afloop de hand had geschud. Eindelijk kwam hij. Hij ging op het bed zitten, met zijn rug naar me toe. Die was heel krom. Ik deed of ik sliep. 'Het spijt me', zei Peder. Ik lag volkomen stil. 'Dat zou ik moeten zeggen', fluisterde ik. 'Nee, ik', zei Peder. 'Ik heb geslagen', zei ik. 'Maar ik begon, Barnum. Ik had dat van je broer nooit moeten zeggen.' 'En ik had je nooit moeten slaan. Nooit. Doet het pijn?' 'Nee hoor. Een beetje maar. En jij?' 'Niet zo erg', zei ik. Ik voelde die rust weer, was rustiger dan ooit. Peder bleef zitten. Ik aaide met mijn hand over zijn gekromde rug. Hij had een pyjama aan. 'Sst', fluisterde Peder. Ik bewoog me niet. We hoorden dat zijn vader en moeder gingen slapen, het piepen van de wielen dat stopte en hij die haar in het bed tilde, gelach, gefluister, toen stilte. De maan verdween achter een wolk. 'Raad eens wat ik heb?' zei Peder. 'Wat dan?' Hij richtte zich op, draaide zich om en hield een rode fles voor mijn neus. 'Een fles', zei ik. 'Campari', fluisterde Peder. 'And how do you like your brandy, sir?' 'In a glass', antwoordde ik. Peder haalde onze waterglazen en schonk ze vol. Hij kwam naast me zitten. 'Proost', zei Peder. 'Proost', zei ik. Het was alsof we elkaar nogmaals de hand schudden. Dit was meer. We dronken samen. Peders gezicht vertrok tot een verwrongen, harde knoop, alsof zijn hoofd in koud water was gedompeld en daarna met sinaasappelschillen en groene zeep was ingewreven. 'Listefuckerine!' hijgde hij. Ik lachte en wilde nog wat hebben. We dronken alleen maar. Dit was iets voor mij. Peder kwam bij na het tweede glas. Ik voelde me goed na drie. Nu begreep ik waarom Boletta naar de Noordpool ging om bier te drinken. Het had iets te maken met vergeten, een stapje opzij doen, ergens anders zijn, waar niemand je kon raken. Weg was de schaamte. Weg waren de teleurstellingen. Weg was alles wat ik weg wilde hebben. Ik werd niet alleen licht in mijn hoofd, mijn lichaam werd ook gewichtloos, ik vergat mijn eigen vlees en bloed en als ik mijn ogen dichtdeed kon ik net zo goed 1,78 zijn, ja, waarom niet 1,90. Ik wist het al. De roes was afwezigheid. De roes was de afwezigheid die je kon vullen met wat je maar wilde. Misschien was dat wat er die zomer echt gebeurde, dat ik met Peder Campari dronk uit een waterglas, midden in de nacht, in dat krappe tweepersoonsbed. De fjord aaide de rotsen. Over een paar miljoen jaar zouden die zijn afgesleten tot stof en gejaagd door de wind zijn, als er in de tussentijd niets anders gebeurde. De vogels waren volkomen stil. Ik zou zo graag willen dat dit moment, dat juist dit ogenblik de rest van ons leven kon zijn, zo, niets anders dan dit, wij tweeën, de grote, milde afwezigheid en de stille vogels. 'Raad eens waar ik het best in ben?' vroeg Peder. Ik dronk. Ik dacht na. Maar mijn gedachten waren ergens anders. Mijn gedachten waren zelfstandig en dachten in hun eigen banen. 'Dansen', zei ik. De Campari bleef in Peders slokdarm steken en ik moest wel een kwartier lang zijn rug masseren. 'Nog één kans', fluisterde hij. 'Tellen', zei ik. Peder ging rechtop zitten, knikte. 'Juist. Tellen. Hoe wist je dat in godsnaam, Barnum?' 'Raad maar eens twintig keer', zei ik. Peder glimlachte en sloot zijn ogen. 'Ik kan alles tellen. Ik kan tellen tot er geen getallen meer over zijn. Een keer heb ik alle neuzen in de Bygdøy allé geteld.' 'De neuzen? Echt waar?' 'Ja, sodeju. Doe ik nooit meer.' Hij keek me weer aan. Ik lachte en hij begon mijn tanden te tellen, alsof ik een paard was, en hij kwam tot 31. 'Je hebt een tand te weinig', zei hij. 'Proost.' 'Die ligt vast in mijn glas', zei ik. 'Proost, Peder.' We dronken. Ik meende een wesp in de kamer te horen, maar al snel hoorde ik die niet meer, die had vast zijn weg naar buiten gevonden door het raam dat op een kiertje stond, of misschien was het gewoon een zekering in mijn hoofdstoppenkast die aan het doorbranden was. 'Maar waarom tel je alles?' vroeg ik. Peder zakte onderuit in het bed. Ik volgde zijn voorbeeld. Hij fluisterde, in vervoering: 'Ik word er zo rustig van. Als ik tel, valt alles op z'n plaats. Getallen zijn het mooiste wat er is, Barnum. Getallen die kloppen.' 'Jij bent net zo gestoord als ik', zei ik. Peder gooide zijn glas om, ging boven op me zitten en hield mijn armen vast. 'Wiskunde en dromen! Dat zijn wij, Barnum!' Ik kon bijna niet ademhalen. 'Ja', piepte ik. 'Denk eens aan wat wij allemaal kunnen bereiken!' Peder boog zich naar me toe en bleef me vasthouden. 'Wat dan? Wat dan, Peder?' 'Denk eens na!' riep Peder. 'Ik krijg geen adem!' riep ik net zo hard. Maar Peder liet me niet los. 'Jij droomt', zei hij. 'En ik kan uitrekenen hoeveel dat kost! Maar één ding.' 'Hoezo, één ding?' 'Ben jij dronken, Barnum?' Peder rook aan mijn mond. 'Dat zou best eens kunnen', zei ik. Peder begon te wiegen. Het hele bed wankelde. De matras kraakte. 'Je moet het teken van je dromen veranderen, Barnum.' 'Teken veranderen?' 'De min, Barnum. Jij droomt in de min. Je moet naar de plus! Anders wordt het niks!' Peder viel naast me neer en zo lagen we een hele poos zonder iets te zeggen. Er viel een ijl licht door de gordijnen dat mijn ogen binnendrong en zich als een brandende waaier door mijn hoofd verspreidde. 'Wiskunde en dromen', zei Peder langzaam en dat was het laatste wat hij die nacht zei. 'Dat zijn wij, Barnum.'

Nu slaapt Fred. Hij slaapt tien uur. Voor het ontbijt gaat hij trainen. Hij rent niet, hij loopt snel, zwaait zijn armen hoog en hard heen en weer. De mensen kijken hem glimlachend na. Het kan Fred niet schelen. Fred heeft er schijt aan. Hij doet wat Willy gezegd heeft. Voor het eerst doet hij wat een ander zegt. Het regent. Dat komt hem goed uit. Hij keert om bij de Vestre Gravlund, strekt tegen een boom, en loopt even snel weer naar huis. Hij is warm, niet bezweet. Hij doucht, eet havermout en drinkt gekookt water. Moeder en Boletta zwijgen. Fred verspilt ook geen krachten aan praten. Hij spaart zijn krachten. Hij slaat ze op. Hij bewaart ze voor de lange ronden. Hij neemt de tram naar de Centrum Boksclub. Willy wacht al op hem. Fred verkleedt zich. Ze zijn alleen. Willy geeft Fred een touw. 'Springen', zegt Willy. En Fred springt. 'Op je tenen!' roept Willy. Fred springt touw. O, wat had ik dat graag gezien, Fred die touwtje springt, voor de spiegel van de Centrum Boksclub, steeds sneller, tot hij op de vloer in elkaar zakt, met pijnlijke en opgezette kuiten, Willy buigt zich glimlachend over hem heen. 'Voeten, handen, hoofd', zegt hij. 'Hoofd, handen, voeten', zegt Fred en hij staat weer op. Willy bindt hem een paar lichte handschoenen om. 'De zak', zeg hij enkel. Fred loopt naar de stootzak die aan een touw aan het plafond hangt en begint te slaan. Willy staat achter hem en stuurt zijn armen, tilt zijn ellebogen op, draait zijn vuisten. Willy laat hem los. Fred slaat. De dreunen in de lege zaal. Een lucht die daar hangt, kamfer, het zou kamfer kunnen zijn, een koele vleug, zwaar zweet, oude kleren. 'Waar sla je?' vraagt Willy. 'Ik sla die verdomde zak!' zegt Fred. Hij kromt zijn nek, hij tilt zijn schouders op, gaat door met slaan. 'Dat is geen verdomde zak!' roept Willy. 'Je slaat nu op het lichaam! Je mat hem af!' En Fred slaat, de zware slagen met het lichaam, die diep in je beginnen, in je hakken, nee, in je gedachten, in je dromen, een beweging die door je hele leven trilt, een spier van tijd. 'Wie sla je?' vraagt Willy. Fred grijnst, grijnst en slaat. 'Ik sla die verdomde zak!' roept hij. Willy houdt hem vast. Fred laat zijn armen zakken. 'Fantasie, Fred, heb je dat?' Fred gaat op de bank zitten, afgemat door zijn eigen slagen. 'Niet wat je ziet is het belangrijkst, maar wat je denkt te zien', zegt hij. 'Gelul', roept Willy. 'Wie heeft dat gezegd?' 'Iedereen die dat zei is dood', antwoordt Fred. Willy droogt het zweet van hem af en geeft hem iets te drinken, zoet water. 'Schaduwboksen', zegt Willy. En Fred bokst, alleen in de ring, hij danst, hij slaat, hij voelt dat het zwaarder is om niets te raken dan iets te raken, een slag in de lucht treft degene die slaat. 'Tegen wie boks je?' roept Willy. 'De schaduw', zegt Fred. 'Fout, Fred. Je moet je inbeelden dat je tegen iemand bokst.' 'Tommy', zegt Fred en slaat. 'Vergeet hem', zegt Willy. 'Tienus', zegt Fred en slaat. 'Vergeet Tienus', zegt Willy. 'Het Talent', zegt Fred en slaat een snelle serie. 'Vergeet het Talent ook maar.' Fred blijft staan en draait zich naar de hoek waar Willy staat. 'Tegen wie boks ik?' vraagt Fred. 'Niemand', zegt Willy. 'Niemand?' 'De tegenstander, Fred. Hij is niemand. Hij heeft geen naam. Hij heeft geen adres. Hij heeft geen familie. Het enige wat je van het weet, is dat je hem zo hard mogelijk moet raken en hem moet verslaan. En dat is alles wat je moet weten, Snap je?' Fred knikt. Fred glimlacht. 'Ja', zegt hij. 'Dat had ik de hele tijd al begrepen.'

En Fred slaat, slaat de schaduw, zijn enige wens, de schaduw treffen en de schaduw voorgoed aan zijn voeten te zien neerzakken.

Ik word wakker van de regen op het dak. Ik blijf liggen, luister, naar de regen, het is zomer, het is vroeg, het is fijn. Dan draait Peder zich naar me om. Hij stinkt. 'Heb je iets gedroomd?' vraagt hij. 'Niks', zeg ik. 'En jij? Heb jij iets geteld? 'Niks.' Zijn blik wordt star. 'Maar ik ga nu tellen hoeveel keer ik moet kotsen', zegt hij. Hij draait zich om, er klinken wat erbarmelijke geluiden en dan stinkt het nog erger. 'Een', zegt Peder. Ik loop naar buiten. Ik kleed me aan en loop weg en laat hem alleen. Mijn ene voet blijft plakken in een restje Campari. Ik hoor nog een gulp vanaf het bed. 'Twee', zegt Peder. Ik ben al weg. Niemand is nog op. Alleen ik. Alleen ik, in de miezerregen. Ik loop het eiland rond. Dat is niet groot. Eilanden moeten niet groot zijn. Eilanden moeten zo zijn dat je ze op een ochtend in de regen helemaal rond kunt lopen. De fjord is grijs en heeft kippenvel. Ik ga op de trap bij de duikplank zitten en doop mijn gezicht in het water. Dat helpt. Ik neem alle tijd. De treden zijn glad, groen. Alles is vreemd en gewoon. Ik zie de veerboot omkeren en weer koers zetten naar de stad. Zo meteen ga ik terug naar Peder. We zullen over wiskunde en dromen praten. Dat zijn wij. Dan zie ik haar. Of misschien ziet zij mij het eerst. Het is Vivian. Ze staat halverwege de hangbrug, met rugzak en paraplu, nooit zal ik dat vergeten, Vivian onder een gele paraplu, op de wiebelende hangbrug naar Ildjernet. Wie neemt er nu een paraplu mee op zomervakantie? Vivian wel. Ik weet niet wat ik moet denken. Ik zwaai. Ik weet niet wat ik voel. Ik weet niet wat ik wil. Ik zwaai weer. En Vivian loopt het laatste stukje, blijft staan als ze haar voeten op ons eiland heeft gezet. 'Hé, kleintje!' roept ze. Ik hol naar haar toe. 'Jij ook hier?' vraag ik. 'Ja. Waarom niet?' En ze kijkt me steels aan. 'Wat zie jij eruit', zegt ze. 'Is dat zo?' 'Je ziet eruit alsof je in het water hebt geslapen.' Ik glimlach. 'Peder en ik hebben vannacht een feestje gehad', zeg ik. Vivian klapt de gele paraplu dicht. Het regent nog steeds. 'Een feestje?' vraagt ze. 'Ja. Stel je voor!' Ze schudt de paraplu woest uit. 'Wie was er op jullie feestje?' 'Peder en ik.' Vivian kijkt me weer aan. 'Het regent', zegt ze. We lopen naar het huis. Alles is stil. Het water druipt van de blauwe parasol op het terras. Ik draag haar paraplu. Het gras is koud onder mijn voeten. 'Is er nog niemand op?' vraagt Vivian. 'Peder niet in ieder geval.' We sluipen bij hem naar binnen. Peder ligt met zijn hoofd de verkeerde kant op. Hij is niet dood. Hij heeft een slotgracht van kots rond het bed gemaakt. Hier heeft luchten geen zin meer. Vivian houdt haar neus dicht. Ik klap de paraplu open, voor de zekerheid. 'Ik heb toch iets gedroomd', zeg ik luid. Peder schrikt op een vertraagde manier. Hij draait zijn ogen opzij. 'Wat dan?' kreunt hij. 'Dat Vivian kwam.' Peder rolt op de vloer en blijft op zijn knieën zitten, alsof hij bid. Dat doet hij niet. Het ziet er eerder uit alsof hij elektrische schokken in zijn mond krijgt en hij stoot akelige geluiden uit. 'Vier en een half', fluistert Peder. Hij klimt weer op bed en krijgt Vivian in het oog. 'Hallo, fatso', zegt ze. 'Wat ben jij bruin geworden.' Peder glimlacht tegen haar, maar kijkt naar mij. 'Goed zo, Barnum. Nu zit je in de plus.' Ik klap de paraplu dicht. Vivian stapt over de kots heen en gaat op het bed zitten. 'Is er tussen jullie in nog plaats voor mij?' Dan hoor ik de rolstoel achter me. 'Jij krijgt een eigen kamer, Vivian!' We draaien ons om naar Peders moeder. Peder heeft het al opgegeven. Het lukt hem de fles te verstoppen, maar niet om acht kilo kots weg te scheppen. 'Hallo, moeder. Ik geloof dat ik buikgriep heb. Besmettelijk.' Vivian gaat met Peders moeder mee. Het houdt op met regenen. De zon valt schuin door het raam, een kluwen van licht in het blauwe kozijn. Peder staat op. 'Bedankt voor je droom', zegt hij. 'Wist je dat ze zou komen?' vraag ik. Peder haalt zijn schouders op. 'Misschien. Misschien ook niet. Zullen we opruimen?' De volgende keer dat we Vivian zien, heeft ze alleen een bikini aan. Ik weet de kleur niet meer. Ik durf nauwelijks te kijken. Maar ik kan mijn ogen ook niet van haar af houden. Ze is dun, mager is het juiste woord, haar huid is overal glad en strak, vooral op haar buik, die toch een flauwe boog vormt naar de rand van haar bikinibroekje, en ze heeft nergens een afscheiding, want haar lichaam is overal even bleek, maar niet grauw, eerder een diepe witte kleur die aan oude serviezen doet denken. Ze draagt een zonnebril. Ik kan niet zien waarnaar ze kijkt. Haar mond lijkt groter dan anders. Ze heeft haar haren in een knotje in haar nek bijeengebonden en het dunne touwtje op haar rug losgemaakt. We liggen op de rotsen. Peder smeert haar schouders in. Peder telt haar ribben. Ze heeft meer ribben dan wij. Ze lacht. Ik staar naar de rots. Toch zie ik haar. Het is de warmste dag van de zomer. Plotseling gooit Peder de zonnebrandcrème naar mij toe. Hij vecht met een wesp. De wesp staat op het punt te winnen. Vivian komt bruusk overeind. Ik zie haar borsten, een glimp, dan zijn haar bikini en handen ter plekke. Peder slaat met de handdoek naar de wesp. Maar ik heb haar borsten gezien. Ze zijn niet groot. Ze zijn genoeg. Als ik mijn hand op haar ene borst zou leggen, zou dat precies passen. Ik doe het niet. Ik zou het graag hebben gedaan. Ik zie het voor me. Dat ik voorzichtig mijn hand op haar borst leg en zij zucht. Haar ogen achter de donkere bril. Ik zie niet waarnaar ze kijkt. De zonnebrandcrème smelt op mijn vingers, drupt op de rots en stroomt weg in een diepe groef. Peder keilt een steen naar de wesp. 'Ik wil zwemmen', zegt Vivian. Ze loopt de plank op en duikt. Er klinkt nauwelijks een plons als ze landt, met haar armen eerst, als een speer, nee, een zwaard, een sabel die het water opensnijdt en de golven geruisloos opzij vouwt. Peder kijkt me aan. 'Ga jij niet zwemmen?' vraagt hij. 'Ik geloof dat ik nog even wacht', zeg ik. 'Ik ook. We kunnen later wel zwemmen.' 'Tuurlijk', zeg ik. Peders moeder zit bij de vlaggenmast, ze zwaait. Vivian is bijna onzichtbaar in al het licht dat rond haar trilt als onrustige spiegels. 'Ik geloof bijna dat we een zonnebril moeten aanschaffen, wat jou, Barnum.' Dan klimt Vivian het badtrapje op. Wij gaan voorzichtig op onze buik liggen. Ze gaat tussen ons in zitten. Ik zie haar huid opdrogen, druppel voor druppel. Langs haar ruggengraat groeien kleine, zachte donshaartjes. Ik heb zin om ze aan te raken. De rots, de hete stenen, de berg geven een rauwe, warme geur af die me een beetje duizelig maakt. Ik doop mijn vingers weer in de zonnebrandcrème. 'Je moet niet verbranden', fluister ik. Ze gaat liggen, op haar rug. Ze sluit haar ogen. Peder heeft haar zonnebril geleend. Hij ziet er aardig stoer uit. Hij zuigt zijn wangen naar binnen en heeft een scheve grijns. Ik ga op mijn hurken naast Vivian zitten. Ik maak een witte, warme plas Nivea op haar buik. 'Ik ben je broer tegengekomen', zegt ze opeens. Mijn hand blijft steken. 'Wat?' 'Je broer. Fred. Die ben ik tegengekomen.' Peder schuift de zonnebril op zijn voorhoofd en laat zijn wangen ontsnappen. 'Waar dan?' vraag ik. 'In de Bygdøy allé. Hij rende.' 'Rende hij? Fred rent nooit.' 'Hij liep in ieder geval onwijs snel. En hij maaide met zijn armen. Zag er vrij maf uit.' 'Het verschil tussen rennen en lopen is dat je als je rent nooit meer dan één voet tegelijk op de grond hebt', zegt Peder. 'Het heeft niks met snelheid te maken. Daarom is het mogelijk langzamer te rennen dan te lopen. Dat dat maar even gezegd is.' 'Hij traint', zeg ik. Peder lacht. 'Traint in de Bygdøy allé? En waar traint hij dan wel voor?' 'Boksen', fluister ik, zo zacht ik kan, en ik moet mijn ogen afschermen tegen de zon. Vivian gaat zitten en smeert de zonnebrandcrème zelf uit. 'Hij moet in september een wedstrijd boksen', zegt ze. Ik krijg plotseling pijn in mijn hoofd, het zoemt, mijn mond wordt droog, er komt een enorme misselijkheid in me op. Peder kijkt me aan. Het is net alsof hij nu ook autobandjes rond zijn voorhoofd heeft. 'Alles in orde, Barnum?' Ik knik en haal diep adem. Alles is niet in orde. Ik weet niet wat me bezielt. Maar de gedachte dat Fred iets tegen Vivian heeft gezegd en dat zij met hem heeft gepraat is ondraaglijk. Ik ben duizelig en misselijk. Peder gaat zitten. Vivian gaat weer liggen. 'Heb je met hem gepraat?' fluister ik en ik heb bijna geen stem. 'Even.' 'Even? Bleef hij staan?' 'Hij moest strekken.' 'Strekken? Moest hij dat?' 'Ja. Tegen een boom.' 'Dan heeft hij die vast omgeduwd', zegt Peder. Ik hou nog steeds mijn adem in. 'Wat zei hij? Toen hij aan het strekken was?' Vivian zucht. 'Doe niet zo sullig, Barnum. Hij zei dat hij in september gaat boksen. Zijn eerste wedstrijd. Wist je dat niet?' Ik lach. 'Tuurlijk wist ik dat', zeg ik luid. 'Fred is de beste van de stad. Niemand kan zoveel klappen incasseren als hij! Sodeju!' Ik kijk naar Peder. Ik ben trots op mijn broer. Dat wil ik zijn. Peder kijkt de andere kant op. Dan staat zijn vader op het terras, met zijn handen omhoog. 'Eten en drinken!' roept hij. Peder is al op weg. Vivian loopt achter hem aan. Ze draait zich om en aarzelt even. 'Kom jij niet mee, Barnum?' 'Jawel. Zo meteen.' Ik loop naar Peders moeder en help haar het pad af. 'Waarom smeer je die wielen niet?' vraag ik. 'Zodat jullie mij kunnen horen aankomen', antwoordt zijn moeder. 'Net als krakende schoenen', zeg ik. Ze buigt haar hoofd achterover en glimlacht, maar haar mond hangt verkeerd om. 'Jij voelt je niet beroerd, Barnum?' 'Helemaal niet.' 'Want het zou niet raar zijn als je je vandaag een beetje beroerd voelt. Na zo'n nacht.' 'Ik weet het', zeg ik. Ze legt haar hand op de mijne. 'Ik ben blij dat je hier bent', zegt ze zachtjes. 'Je bent een goeie jongen.' 'Nee', zeg ik. 'Ik ben helemaal niet zo'n goeie.'

En nu loopt Fred naar huis, door de stad, in de regen, murw geslagen, murw geslagen door niemand, door de schaduw, door zichzelf. Hij loopt langzaam, beurs, zijn tas over zijn schouder, zijn blik alle kanten op, in de verlaten straten. Naast hem loopt Willy. Willy houdt niet op met praten. 'Er zijn twee stemmen in het hoofd van een bokser, Fred. De ene zegt: val aan! De andere fluistert: trek je terug! Dat is precies één stem te veel.' Fred knikt. Willy pakt zijn arm beet. 'Als je daartussenin staat, ben je er geweest. Je gedachten moeten helder en duidelijk zijn. Een bokser die twijfelt, is al gevloerd.' Willy lacht. 'Eigenlijk is boksen net zo simpel als iemand een pak slaag geven.' Ze blijven staan. 'Je vuist vooruit, Fred. Dat is alles wat je moet onthouden. Je vuist vooruit!' Willy laat zijn arm los. 'Je bent me vijftig kronen schuldig, Fred.' 'O ja?' 'Ik heb je lidmaatschapsgeld betaald. Anders kun je in september niet boksen.' 'Hartstikke bedankt', zegt Fred. Willy stopt zijn handen in de zakken, eventjes bezorgd. 'Ik heb je er verdomme niet op getrakteerd!' Ze staan op de Rådhusplass. 'Tot ziens', zegt Fred zacht. Willy houdt hem tegen. 'Heb je wel eens gehoord van Bob Fitzsimmons?' Fred schudt zijn hoofd. Willy glimlacht. 'Natuurlijk niet. Maar Bob Fitzsimmons was de grootste bokser, Fred. Toen hij in 1907 aan barrels werd geslagen door Jack Johnson stond er de volgende dag in alle kranten dat Fitzsimmons voorgoed uitgeteld was. Twee maanden later versloeg hij Corbett. Knock-out in de derde ronde.' 'Verdomme', zegt Fred. 'Ja, verdomme. Geloof niet wat er in de kranten staat. Sommigen zeggen dat boksers nooit meer terugkomen. Dat is niet waar.' 'Nee', zegt Fred. De klok in de toren slaat drie. Willy heeft opeens haast. 'Tot morgen', zegt hij snel, hij geeft Fred een klopje op zijn rug en holt naar de poort van de Akers Mek.-werf, de zware man holt soepel over de straatstenen. 'Werk je daar?' roept Fred hem na. Willy draait zich tijdens het lopen om. 'Iedereen werkt hier!' Hij haalt nog net zijn ploegendienst en Fred blijft staan kijken, naar de ruggen die door poort naar de werkplaats verdwijnen, de poort die dichtgaat. De regen glijdt over de stad. En op een bepaald moment, om acht over drie, is de Rådhusplass in tweeën gedeeld, in licht en schaduw, in regen en zon, en Fred staat in het midden, met één arm in de regen en de andere in de zon. Zo blijft hij staan, even verbaasd, verblind en nat, op het snijvlak van de zon, voordat die hem weer helemaal bedekt. En als hij ver genoeg had kunnen kijken, de fjord uit, langs het groene, steile Nesoddland, tot Ildjernet en het witte zomerhuis daar, en ik ben blij dat Fred niet zo ver kan kijken, zou hij eerst Vivian gezien hebben die cola met een rietje drinkt, haar mond is een zachte, vochtige tuit en ze houdt het rietje voorzichtig met twee vingers vast en loert naar Peders vader die probeert op te staan uit de strandstoel, maar hij heeft te veel gegeten en de stoel is te diep, hij ploft weer neer en wij lachen hem uit, de volwassen man, postzegelverkoper Miil. 'Mijn God, wat hebben we het goed', zegt hij. 'Moeder en ik en Peder en Barnum en Vivian!' Hij kijkt van de een naar de ander, alsof hij niet helemaal kan geloven dat het waar is, dat zijn eiland bewoond is, dat de zon vandaag toch ging schijnen, dat we lacherig en dankbaar zijn, dat we goed gezelschap zijn. Hij laat zijn blik rusten op Vivian. 'Het werd tijd dat je kwam', zegt hij. Vivian glimlacht en kijkt op van haar glas. De smeltende ijsblokjes tinkelen. 'Bedankt', fluistert ze. 'We hebben namelijk iemand nodig die op de jongens kan passen, nietwaar?' We lachen, wederom, Peders moeder slaat naar een wesp met een krant van vorig jaar, en zijn vader draait zich om naar mij. 'Nietwaar, Barnum?' 'Ja, natuurlijk', zeg ik. 'Je bent toch niet weer misselijk, Barnum? Er zat geen enkele makreel in de salade!' Ik schud voorzichtig mijn hoofd. 'Vooral op Peder', zeg ik. 'Daar moet iemand op passen.' 'O, hoor hem eens!' roept Peder. 'Hij heeft een oppas nodig. Hij heeft hoogtevrees!' We lachen nog meer en Peders vader slaagt er uiteindelijk in overeind te komen, hij kijkt spiedend uit over de fjord, knikt, alsof hij iets heeft gezien waarmee hij het helemaal eens is, en kijkt neer op Peders moeder. 'Laagwater', zeg hij. 'Tijd voor een Campari, Maria! Zal ik er ook eentje voor jou meenemen?' Peders moeder denkt na. 'Zouden we niet liever een Martini proberen?' 'Martini bij laagwater? Nee, alsjeblieft zeg!' Zijn vader loopt hoofdschuddend het huis in. Ik kijk naar Peder. Peder kijkt naar de hemel en fluit. 'Peder', zegt zijn moeder. 'Ja, moeder', zegt Peder en blijft de hemel onderzoeken. Die is blauw. 'Dit moet je zelf maar regelen, Peder.' Vivian kijkt naar mij. Ik haal slechts mijn schouders op. Tot iets anders ben ik niet in staat. Dan komt zijn vader weer naar buiten. 'Heb jij de Campari gezien, Maria?' 'Staat hij niet in de koelkast?' 'Nee, daar staat hij niet.' Peders moeder kijkt Peder weer aan. 'Zie je iets?' vraagt ze. 'Iets zien?' 'Ja, in de lucht? Staat er daarboven iets geschreven, Peder?' Zijn vader begint ongeduldig te worden. 'De Campari, Maria! Straks is het hoogwater!' Dan staat Peder op. 'Ik moet een mededeling doen', zegt hij. Zijn vader wendt zich tot Peder. 'Wat zeg je?' 'Ik heb een mededeling, vader.' 'Ja, dat hoorde ik. Wat is hier aan de hand?' Peder buigt zijn hoofd. 'Er is geen Campari meer, vader. Noch in de koelkast, noch ergens anders op Ildjernet.' Zijn vader draait zich om naar zijn moeder. 'Wat bedoelt onze zoon?' Zijn moeder zucht. 'Ik denk dat hij bedoelt dat ze je Campari hebben opgedronken.' Zijn vader draait zich nogmaals om, en deze keer naar mij. 'Ja, nou begrijp ik waarom jij er vandaag wat pips uitziet, Barnum.' En ik voel dat ik weer ziek word, pips, misselijk, want ik zie Fred voor me die strekoefeningen doet tegen een boom, een kastanjeboom in de Bygdøy allé, en Vivian die blijft staan, iets tegen hem zegt, Vivian en Fred die samen praten en Fred die vertelt dat hij in september gaat boksen, dat haar vertelt. Ik moet overgeven. Ik kan niet twee keer overgeven op hetzelfde eiland. Peders vader krabt aan zijn voorhoofd. Hij vervelt daar, midden op zijn voorhoofd, hij krabt langdurig. 'Nou ja', zegt hij. 'Jullie leven tenminste nog. Ik moet de volgende keer dat ik in de stad ben maar een nieuwe fles kopen.' Hij blijft daar nog een poosje staan en ik geloof dat hij nadenkt. 'Zo zout heb ik het nog nooit gegeten', zegt hij. Dan slentert hij naar binnen. Ik kijk naar Peder. Hij kijkt zijn vader na. Daar komen we goed mee weg. Ik besluit zijn vader een keer op iets lekkers te trakteren. Vivian staat op en loopt naar Peder. 'Die vader van jou is een toffe peer', zegt ze. En plotseling wordt Peder woest. Ik begrijp het niet. Hij wordt vreselijk woest. 'Vader!' roept hij. 'Vader!' Zijn vader kijkt naar buiten door de deur van de veranda. 'Ja? Ik hoop dat je nu niet om een Martini gaat vragen. Want die krijg je niet.' Peder schudt zijn hoofd. Hij is heel rood. 'Weet je waarom we jouw Campari hebben opgedronken?' vraagt hij. Zijn vader glimlacht. 'Ik heb zo'n vermoeden, ja.' 'Om te wreken dat je Freds brief hebt doorverkocht!' De glimlach van zijn vader zakt weg. Hij bloedt op zijn voorhoofd, een dun draadje bloed dat naar zijn neuswortel stroomt.

Hij veegt het weg met de rug van zijn hand en wil iets zeggen, maar doet dat niet, kijkt in plaats daarvan naar mij, ik begrijp het niet, begrijp niet wat Peder gezegd heeft, ik zit daar alleen maar zwijgend en pips en in de war, bang om plotseling iets verkeerds te zeggen, iets volkomen verkeerds. Dan verdwijnt Peders vader achter de gordijnen en we horen het piepen van de rolstoelwielen en de stem van Peders moeder die boos en verdrietig tegelijk is. 'Dat was niet nodig, Peder. Dat was zelfs gemeen.' Ik draai me naar hen om. Peder kijkt naar de grond. De kleur is uit zijn gezicht verdwenen. Vivian loopt naar de duikplank. Ze staat op het puntje, buigt haar knieën een beetje, een smalle, lange S in de zon, zet af. Ik hoor haar niet neerkomen. 'Het spijt me', zegt Peder. 'Dat moet je niet tegen mij zeggen! Zeg dat tegen je vader!' Peder haalt zijn schouders op en loopt naar de woonkamer. Hij blijft een poosje weg. Ik sta langzaam op. 'Misschien is Peder zijn ziel kwijt', fluister ik. Zijn moeder kijkt naar me op. 'Wat zei je nu, Barnum?' 'Ik heb een foto van hem genomen', zeg ik. Zijn moeder doet haar mond open, alsof ze gaat lachen, maar ze verandert van mening. 'Iedereen raakt van tijd tot tijd zijn ziel kwijt', zegt ze. 'Het is alleen zaak die zo snel mogelijk weer terug te krijgen.' 'Hoe doe je dat?' 'Door de juiste dingen te doen', zegt Peders moeder. Peder komt eindelijk terug. Hij heeft een glas bij zich dat hij aan zijn moeder geeft. 'Alsjeblieft', zegt hij met een diepe buiging. 'Martini, laagwater en citroen.' 'Waar is je vader?' 'Vader rust, moeder. Op de bank in de kamer.' Zijn moeder houdt haar glas met beide handen vast. 'Weet je wat ik vind dat je nu moet doen, Peder?' 'Niet echt.' 'Je moet het gras maaien.' Peder denkt na. 'Goed.' 'En als je klaar bent met het gras, kun je wier plukken op het strand.' 'O, nee hè.' 'O, jawel. En daarna zou het fijn zijn als je de duikplank en het trapje schoonmaakt. Ik weet zeker dat Barnum wel wil helpen.' En de rest van de dag werken we om onze zielen weer terug te krijgen. We maaien het grasveld achter het huis. We harken het gras met een kam. We schuren de groene aanslag van de treden van het badtrapje. We boenen de meeuwenpoep van de duikplank. Het werkt. Mijn ziel komt dichterbij. Hij is bijna weer terug. Het is net als een cijferslot, als je denkt dat je je eindelijk de getallen herinnert en je voelt dat het slot meegeeft, een schok in je handen, maar dan draait het door, een van de getallen was toch fout. Freds brief? Waarom had Peder hem Freds brief genoemd? Nu moet alleen het strand nog. Vivian zit in het zand en volgt ons met haar ogen. We plukken wier. Ze heeft een rode handdoek om haar schouders. Het ziet eruit alsof ze het koud heeft. Het ruikt er zurig, naar het wier, oud afval, pis, iets wat wegrot in de hitte, langzaam, kadavers. 'Is dit jullie straf?' roept Vivian. Peder kijkt op. 'Straf? Ben jij gelovig soms?' Vivian tekent een cirkel in het zand om haar heen. 'Ik geloof dat ik in God geloof', zegt ze. Peder glimlacht. 'Dat is alleen omdat je naast de Frogner-kerk woont. Ik durf te wedden dat iedereen in de Bygdøy allé gelooft dat hij in God gelooft.' 'Gek', roept Vivian en ze verstopt zich in de handdoek. We gooien het wier in een grote emmer. Peder zweet. 'Waarom zei je dat, van die brief?' vraag ik. Peder haalt zijn schouders op. 'Had ik zin in.' 'Dat had je niet moeten zeggen.' 'Misschien. Misschien ook niet.' Peder vindt een kurk die hij in het smalle zakje aan de binnenkant van zijn zwembroek stopt. 'Maar waarom zei je dat het Freds brief was, Peder?' Hij draait zich snel naar me om en lijkt even onzeker, aarzelt. 'Zo is het wel genoeg', zegt hij alleen maar en hij staat op. 'Er is nog meer wier', zeg ik. Peder lacht. 'En nog meer wier waar dat vandaan komt, Barnum. Je kunt de rest van je leven wier plukken zonder ooit klaar te zijn.' 'Je kunt wier niet tellen', zeg ik. 'Nee, inderdaad! Dat is het stomme met wier. Je kunt het niet tellen.' 'Ik ga toch nog even door', zeg ik. Peder keilt de kurk weer in het water. 'Ga je gang. Ik heb in ieder geval geen zin meer.' Hij loopt naar Vivian, rukt de handdoek van haar af en ze staat gillend op en Peder rent naar het huis met de handdoek als een lasso boven zijn hoofd en zij holt achter hem aan en haalt hem al snel in en ik heb geen idee waar ze blijven. Ik zit op mijn hurken aan de vloedlijn. De blazen die knappen in het natte wier. En het droge wier dat in het zand ligt, dat tot groen stof verpulvert als ik het maar even aanraak. Er is een kwal aan land gespoeld. Als er een ster naar beneden viel, zou die er misschien zo uitzien. Wanneer ik mijn vinger erin steek, krijg ik die bijna niet meer los. Ik moet de kwal eraf schrapen. Ik heb een keer gelezen over een man die in de kwallen verdronk, ze sloten hem op, een dak van kwallen, hij kwam er niet doorheen, hij bleef onder water, in de schaduw van de kwallen, dan kun je toch maar beter een discus tegen je hoofd krijgen. Ik geef over in de emmer. Ik steek mijn vinger in mijn keel en geef nog meer over. Iemand legt een hand op mijn rug. Ik draai me om en zie Peders vader. 'Ja, ja', zegt hij. 'Is het geen makreel, dan is het wel Campari.' Ik plof neer in het zand. Hij gaat naast me zitten. Ik mag een zakdoek van hem lenen. 'Het gaat over, Barnum. Het gaat over. Maar in de tussentijd straft je lichaam je.' 'Straffen?' 'Noem het een soort strafport. Jullie hebben gisteren te weinig postzegels op je plezier geplakt en vandaag moet je lichaam de rest betalen.' Peders vader lacht opeens en giet het zand uit zijn schoenen. 'Nee, nu praat ik onzin', zegt hij. 'Ik vond het wel mooi klinken', fluister ik. Peders vader trekt zwijgend zijn schoenen weer aan. Hij heeft er veel tijd voor nodig. De veters zijn dun en versleten en staan op het punt te knappen. 'Dat was vervelend, met die brief', zegt hij ten slotte. 'Mijn vader heeft hem toch verkocht.' 'Ja, dat is zo. Ik wist toen niet wie hij was. Dat hij jouw vader was.' 'Wat raar dat oude dingen zoveel waard kunnen worden', zeg ik. Peders vader lacht even. 'Niet alle oude dingen, Barnum. Mijn schoenen, bijvoorbeeld. Ik betwijfel of ik daar iets voor krijg.' 'Nee, ze kraken ook nog.' 'Ja, ze kraken en ze zijn lek. En ik wil ze ook niet verkopen. Deze hopeloze schoenen hebben waarde voor mij. Alleen voor mij.' 'Maar als ik een brief aan mijn moeder schrijf en zij die dertig jaar verstopt, misschien wordt die dan iets waard?' 'Dat hangt ervan af', zegt Peders vader. 'Waarvan?' 'Of je ooit beroemd wordt, Barnum.' Ik moet nadenken. Ik kan het me niet goed voorstellen. Beroemd? Barnum beroemd? Waar zou ik beroemd om moeten worden? Mijn lengte? Mijn naam? Mijn dromen? Mijn gedachten schieten tekort. 'Je hoort sowieso niet andermans brieven te lezen', zeg ik. Peders vader knikt. 'Dat is precies wat je broer ook zei.' 'Mijn broer?' 'Die was namelijk bij mij in de winkel. Hij wilde de brief terug hebben. Die moet veel voor je betekend hebben, die brief, Barnum.' Ik zeg niets. Fred is overal. Fred heeft met iedereen gepraat. Peders vader legt zijn arm om me heen. 'Hij wilde de brief terug hebben voor jou. Zo zei hij het.' 'Echt waar?' 'Jazeker. Echt waar. En toen bedacht ik dat Fred een prima oudere broer moest zijn.' Ik weet niet meer wat ik moet geloven. Maar ergens diep in mijn hart word ik heel erg blij. Ik wil het geloven, geloven wat ik denk te horen, wat Peders vader zegt, dat Fred iets voor mij heeft gedaan. 'Ik geloof bijna dat Peder een beetje jaloers op je is', fluistert zijn vader. Ik sta op en loop naar het huis. Maar ik neem een omweg om alleen te zijn met deze gedachten. Het is net alsof mijn hoofd verzadigd is. Ik heb buikkramp in mijn hoofd. De buitenplee is vrij en daar ga ik zitten. Als ik door het gat kijk, kan ik de bodem niet zien. Ik kan mijn drol niet eens horen vallen. Als ik erin viel zou ik pas in de herfst gevonden worden. Aan de wanden hangen foto's van de koninklijke familie, het gezicht van Van Gogh en een jongen, dat moet Peder zijn, maar de foto is ongetwijfeld langgeleden genomen. Hij staat op het puntje van de duikplank, met een enorme zwemband om, en hij ziet er behoorlijk kwaad uit, want misschien verliest hij op dat ogenblik wel zijn ziel. Dit is voordat wij elkaar leerden kennen, voordat hij wist wie ik was en ik wist dat hij bestond, in dezelfde stad, voordat iemand van ons kon weten dat Vivian ook door dezelfde straten liep, misschien hadden we zelfs wel dezelfde tram genomen, waren we bij dezelfde halte uitgestapt, en dit denk ik, op de buitenplee, op Ildjernet, die vreemde zomer, die ik daarna mijn eerste zomer noemde, dat we het meeste niet weten, we weten zo weinig dat het nauwelijks zichtbaar is vergeleken met alles wat we niet weten, als een mier op de Mount Everest, een druppel in de Dode Zee, en het weinige dat we weten moeten we vooral niet vergeten en wat we denken te weten moet ook meegerekend worden. Ik kan in ieder geval die gedachten de bodem horen raken, want na een lange zweefvlucht worden ze tot woorden in mijn mond. 'Ik weet minder wel dan ik niet weet', fluister ik. En weer word ik vervuld van een grote genegenheid voor Fred, ik zie hem voor me, hij loopt stilletjes rond, verricht zijn goede daden, in het diepste geheim. Ik blijf nog even zitten. Ik weet niet goed waarom, maar ik zou wel willen huilen. Ik heb het naar mijn zin. Het papier is stug, maar als ik het snel tussen mijn handen wrijf, wordt het vrij zacht. Dan ga ik naar buiten. Peders vader duwt de rolstoel langs het strand. Peder en Vivian zitten elk in een strandstoel op het terras tijdschriften te lezen. Peder krijgt me in het oog. 'Weet je wat zo fijn is als je oude weekbladen bewaard, Barnum?' 'Nee', zeg ik. 'Dan kun je zien dat de horoscopen niet klopten.' 'Is dat zo?' Peder bladert tot hij vindt wat hij zoekt. 'Luister maar eens wat ze vorig jaar over jou schreven: "Een van de beste en interessantste weken van het jaar. Er worden levendige contacten aangeknoopt met buitenlandse vrienden of zakenrelaties. U hebt ruim de gelegenheid om wat te flirten en zult misschien ervaren dat het serieus wordt."' Peder keilt het blad weg en kijkt me aan. 'Is iets daarvan gebeurd, Barnum?' 'Niet dat ik me kan herinneren', zeg ik. 'Niet eens een kleine flirt met buitenlandse vrienden?' 'Kan ik niet echt zeggen.' 'Zie je wel. Gewoon bedrog.' 'Het is niet gezegd dat de horoscopen voor iedereen kloppen', zegt Vivian. Peder draait zich naar haar om. 'Geloof je ook dat je in horoscopen gelooft?' 'Soms.' 'Dus eigenlijk schrijft God de horoscopen voor *Aktuell*? In het Noors?' Peder doet alsof hij verbijsterd is en schudt uitgebreid zijn hoofd. 'Afgelopen herfst stond er dat ik twee interessante mannen zou ontmoeten', zegt Vivian. 'En toen kwam ik jullie tegen.' Ze lacht plotseling luid. 'Gewoon mazzel', zegt Peder. 'Als je de hele tijd liegt, dan komt er af en toe ook een waarheid uit. Simpele waarschijnlijkheidsberekening.' Vivian doet haar ogen dicht. 'Waar geloof jij in?' vraagt ze. 'Peder gelooft in getallen', zeg ik. Peder glimlacht. Hij buigt zich naar Vivian en praat zacht. 'Als je vannacht naar onze kamer komt, om dertien over twaalf, dan zal Barnum je iets laten zien.' Vivian doet haar ogen weer open. 'Wat dan?' 'Dat zul je wel zien', zegt Peder. En meer zegt hij die avond niet. Hij zit alleen maar in zijn strandstoel en telt de boten die de fjord in varen en schrijft de getallen in een boek waar al een heleboel sommetjes in staan. Als we naar bed zijn gegaan, gaan we niet slapen, we zitten op de rand van het bed op Vivian te wachten. Het is volkomen stil in huis. Ik hou het niet uit. 'Wat gaan we haar laten zien?' vraag ik. 'Sst!' zegt Peder. 'Je ruikt naar wier.' Ik was mijn handen en gezicht nogmaals in het lauwe, stoffige water dat ik uit een blauwe kan giet. 'Dat heb je gewoon maar gezegd, nietwaar? Nietwaar, Peder?' 'Wat? Dat je naar wier ruikt?' 'Dat ik Vivian iets zal laten zien.' Peder leunt achterover. Ik kan hem zien in het donkere raam, een onrustig, onscherp beeld in het schijnsel van de lage lamp met het rode kapje naast het bed, en dit alles vermengt zich met het schuine licht van de maan die aan een draadje lijkt te hangen, tot bijna in de fjord. 'Denk je dat ze komt, Barnum?' Ik draai me naar hem om. 'Nee.' 'Maar ik denk van wel.' Peder komt weer overeind. 'Nee, dat denk ik niet', zegt hij. 'Dat weet ik.' 'Hoe kun je dat weten?' Peder glimlacht. 'Omdat ze nieuwsgierig is, natuurlijk. Zou jij niet komen als zij jou iets zou laten zien?' 'Nja.' 'Zie je wel. Ze komt. Wacht maar af.' Ik ga op het bed zitten, naast hem. Peder ruikt aan mijn handen. 'Dat is beter', fluistert hij. 'Vrouwen houden niet van wier.' We wrijven ook wat deodorant onder onze armen en zeggen een poosje niets. 'Hoe laat is het?' vraagt Peder. 'Acht voor twaalf.' 'Nou moeten we niet in slaap vallen, Barnum.' 'Nee. We moeten elkaar maar wakker houden.' Peder wast zijn gezicht in hetzelfde water. 'Ik zou willen dat ik een oudere broer had', zegt hij opeens. 'Echt waar?' Hij gaat weer zitten en mag mijn handdoek lenen. 'Moeder kon geen kinderen meer krijgen nadat ik geboren was.' Ik denk na. 'Maar dat zou dan een jongere broer geworden zijn', zeg ik. 'Als je een broer had gekregen nadat je geboren was.' Peder denkt ook na. 'Daar heb je verdomme gelijk in, Barnum.' We zijn wakker. 'Denk je dat ze komt?' vraag ik. 'Wacht maar af', zegt Peder. 'Vivian komt.'

Ze kwam. Om dertien over twaalf werd er voorzichtig op de deur geklopt. Peder deed open. Vivian glipte naar binnen. Peder deed de deur dicht en luisterde, we luisterden allemaal. Het huis was stil. Niemand had ons gehoord. De fjord gleed langs. 'Wat wilde je me laten zien, Barnum?' fluisterde Vivian. Ik keek naar Peder. Peder glimlachte alleen maar. Vivian liep weer naar de deur. 'Als het iets smerigs is, ga ik weg!' Peder lachte zachtjes. 'Sst!' zei hij. Maar Vivian liet zich de mond niet snoeren. 'Als jullie iets proberen, ga ik gillen!' Ze deed plotseling een stap in mijn richting. 'Ik sla je in elkaar, Barnum! Dat je het even weet!' Ze stond op het punt me aan te vliegen. Peder moest tussenbeide komen. 'Lieve Vivian. Stond er niet in je horoscoop dat wij twee interessante mannen zijn?' Vivian kalmeerde. Nu was ze alleen nog ongeduldig. 'Vertel dan wat het is!' Peder duwde mij om het bed heen. Vivian volgde ons met haar ogen. 'Barnum wil je graag zijn koffer laten zien', zei Peder. Vivian werd weer achterdochtig. 'Ik wil Barnums koffer niet zien!' Het leek alsof ze bij de gedachte alleen al misselijk werd en ze verborg haar gezicht in haar handen. Wat dacht ze, dat ik mijn broek naar beneden zou trekken en haar alles wat ik had zou laten zien? Peder lachte. 'Maak je niet druk, Vivian. Niet in de koffer, maar een echte koffer.' Hij wierp me een snelle blik toe, knipoogde twee keer en trok toen mijn oude koffer tevoorschijn, legde hem op het bed. 'Dit is Barnums magische koffer', fluisterde hij. Vivian liet haar handen vallen en staarde ernaar. 'Wat zit erin?' Peder opende de koffer. Vivian deinsde achteruit, nog argwanender. Toen kwam ze weer dichterbij. 'Maar die is leeg', zei ze. Peder wendde zich tot mij. 'Vertel, Barnum!' 'Er heeft applaus in gezeten', zei ik. Vivian ging naast de koffer zitten en streek voorzichtig met een vinger over de zachte voering aan de binnenkant. 'Applaus?' 'Ik heb hem van mijn vader geërfd. En die had hem gekregen van circusdirecteur Mundus.' 'Die man die op de begrafenis was?' 'Ja. Vader moest op de koffer passen. Daar hadden ze al het applaus in gestopt. En mijn vader droeg die koffer.' Vivian keek me aan. 'Waar is al dat applaus nu?' 'Misschien is het opgebruikt. Ik weet het niet. Misschien is hij het verloren.' Peder stond bij het raam naar ons te kijken. Hij zei niets. Hij stond daar maar en schudde af en toe zijn hoofd. 'Was dat wat je me wilde laten zien, Barnum?' vroeg Vivian. 'Ja', zei ik. Vivian raakte mijn hand aan, heel even. 'Dat was mooi', zei ze. We zwegen een poosje. Plotseling schoot er een wit, snel licht over ons heen, alsof het buiten bliksemde. We draaiden ons om naar Peder en knipperden met onze ogen. Hij legde mijn fototoestel in het raamkozijn. Ik dacht aan onze zielen, dat je ziel verliezen hetzelfde is als sterven, gefotografeerd worden is als een terechtstelling, als het klopte wat Peders moeder zei, maar hoe vaak kun je je ziel verliezen? 'Barnums camera', fluisterde Peder. Vivian keek me aan. Ze had donkere schaduwen onder haar ogen. 'Weet je zeker dat er geen applaus meer in die koffer zit?' vroeg ze. 'Ziet er niet naar uit.' 'Geen enkel klapje? Misschien heeft je vader wat applaus voor zichzelf verstopt?' Peder werd enthousiast. 'Goed gedacht, Vivian. Natuurlijk heeft hij iets bewaard. We gaan kijken!' Peder haalde een mes tevoorschijn en ging op het bed zitten. Hij keek ons aan. 'Zullen we?' fluisterde hij. Ik knikte. En Peder sneed de voering los, hij sneed het karton aan de binnenkant van de deksel stuk om te zien of daar geheime vakjes zaten waarin vader een restje applaus had kunnen verstoppen. Er was niets. Het rook alleen naar schimmel, mottenballen, zwaar. Peder stak zijn mes terug in de schede. 'Dachten jullie echt dat we iets zouden vinden?' Hij liet zich achterover op bed vallen en lachte zachtjes. 'Wat zei jouw vader ook alweer altijd, Barnum?' vroeg hij. Ik keek naar Vivian. Zij keek naar de opengesneden, lege koffer. 'Niet wat je ziet is het belangrijkst, maar wat je denkt te zien', zei ik zachtjes. Peder ging weer zitten. 'Maar ik denk dat het andersom is', zei hij. 'Wat je ziet is het belangrijkst. Wat denk jij, Vivian?' Vivian gaf geen antwoord. Ze wees naar de rand van de deksel. 'Kijk', zei ze. Daar stak iets uit, het hoekje van een vel papier, een boek, iets in ieder geval. Ik wist het eruit te wurmen. Het was een kaart die vader daar verstopt moest hebben, of vergeten was, een oude ansichtkaart, en ik kan me nog de blijdschap en de angst herinneren, op dat ogenblik, de schok van dat te vinden, want ik was trots dat ik iets had om hun te laten zien, mijn koffer was niet leeg, maar ik was ook bang, want wat kon dat zijn, dat verborgen lag in de deksel van een koffer die ik had geërfd? Het was een foto van de langste man ter wereld, Paturson uit Akureyri. Ik ademde opgelucht uit. Zijn naam stond onderaan, zowel in drukletters als in handschrift, en daar stond zijn lengte, 2,74 meter, gemeten onder toezicht van het artsencongres in Kopenhagen. Peder en Vivian hingen over mijn schouders. Mijn handen beefden, van geluk, van verbazing, ik weet het niet, maar mijn handen beefden. Het met de hand ingekleurde portret van Paturson was verschoten, de kleuren waren bleke schaduwen. En de aanblik daarvan irriteerde me, ja, ik werd somber en geïrriteerd, ik moest mijn handen vasthouden. Paturson had een lang gezicht en een kleine mond, een korte boog boven een brede kin, zijn haar was in een scherpe scheiding gekamd die bijna midden op zijn hoofd zat en zijn ogen, die blauw waren geweest, leken twee gaten in een masker. Hij droeg een zwart pak. Zijn schoenen waren wit en veterloos. '2,74', fluisterde Peder. 'Dat is onmogelijk.' 'Het staat er toch', zei ik. Peder boog zich voorover. 'Dan moet zijn gezicht minstens één meter zijn. Dat kan niet. Het is bedrog.' 'Denk jij dat het hele artsencongres van Kopenhagen aan bedrog meewerkt, hm?' Peder zuchtte. 'Bijna drie meter lang? Mooi niet.' Ik werd kwaad. 'Denk jij dat mijn vader liegt?' Peder keek me aan, wilde iets zeggen, maar kwam niet zover. Vivian zei iets. 'Er staat ook iets op de achterkant', zei ze. Ik draaide de kaart om. Daar zat een postzegel. IJslands. Gestempeld. Akureyri. 10.5.1945. We konden de datum, die schuin op de groene IJslandse postzegel gedrukt was, nog net lezen. Tien mei. Negentienvijfenveertig. De kaart was aan vader gericht. Arnold Nilsen. Het was niet gemakkelijk geweest hem te vinden. Eerst was de kaart naar Circus Mundus, Stockholm gestuurd. Dat adres was doorgestreept, en er was een nieuw onder geschreven: Cochs Hospits, Oslo. En ik zag de postbodes voor me, met de kaart aan vader, die hem van IJsland naar Zweden moesten dragen en van Zweden naar Noorwegen, naar het verlaten kamertje in het Cochs Hospits in de Bogstadvei. Maar daar hadden ze Arnold Nilsen ook niet gevonden. Hij was verhuisd. En wederom werd de kaart doorgestuurd, naar het noorden, terug naar de eilandjes die hij ontvlucht was, naar Røst, maar niemand wist waar Arnold Nilsen was, en daar moest de kaart jarenlang gelegen hebben, als een irritante herinnering aan de verloren zoon, die er op een nacht stiekem vandoor was gegaan en zo diep gezonken was als een man maar kan zinken, naar de circuspiste. En later had hij hem zelf gevonden, toen hij daar met moeder naartoe reisde om mij Barnum laten te dopen. 'Lees eens voor', fluisterde Vivian. Het handschrift was vrij onduidelijk, de woorden waren vaak verkeerd gespeld en de regels stonden te dicht op elkaar om aan alles plaats te bieden. Ik las hardop voor. *Beste Arnold, mijn goede vriend.* Ik keek naar Peder en Vivian. 'Dat is mijn vader', zei ik. 'Arnold.' Ik moest opnieuw beginnen. Ik herkende mijn eigen stem niet. *Beste Arnold, mijn goede vriend. Ik schrijf je om je te feliciteren met de vrede en met de nederlaag van dat ellendige Duitsland. Nu kunnen ze voor eens en altijd hun staart tussen de benen steken! Ben je nog steeds bij het circus? Daar gok ik maar op. Zelf ben ik teruggekeerd naar IJsland. En herinner je je haar nog, die we het Chocolademeisje noemden? Ze is nu helaas dood. Ze kreeg een ziekte die ze niet kon dragen. Ze was een goed mens. Ze zei altijd alleen maar goede dingen over je. Ik hoop dat onze paden elkaar op een mooie dag weer kruisen. Ik wens je al het goede in het leven, Arnold. Groeten de langste man ter wereld. Paturson.* We zwegen een hele poos. Ik had zin om te huilen. Ik had mijn besluit al genomen. Deze kaart zou ik nooit aan iemand laten zien. Ik stopte hem in een vakje van mijn toilettas. Peder keek me aan, knikte, alsof hij had begrepen wat ik dacht en het met me eens was. 'Nu heb je je eigen brief', zei hij.

Ik sliep die nacht niet. Ik was wakker en opgewonden en hoorde Peders rustige ademhaling en de wind in de appelbomen, de geluiden in het gras, de maan in de fjord, en als ik heel goed luisterde kon ik Vivian zich langzaam horen omdraaien in het bed in haar kamertje. Er was te weinig plaats in mij voor dit alles. Ik stroomde over. Ik moest opstaan. Ik moest ademhalen. Ik ging op de stoel bij het raam zitten, en dacht, het is mogelijk om gelukkig te zijn, het was toch niet zo moeilijk, het was alleen zo ongewoon en het geluk was een verwarrend boeket in mijn handen. We stonden op en gingen weer op de rotsen liggen en vielen daar in slaap, terwijl Peders vader in de schaduw een postzegelcatalogus zat te lezen en zijn moeder bezig was met haar schilderij. De zon was zwaar en heet op onze ruggen. En toen maakte ik iets vreemds mee. Ik werd plotseling wakker, duizelig en bang, met maar één gedachte in mijn hoofd: nu gebeurt er een ongeluk. Het was net alsof ik de pijn van iemand anders kon voelen. En op dat moment werd ik gestoken door een wesp. Die stak me in mijn hals. Ik begon al op te zwellen. Ik gilde. Peder en Vivian kwamen overeind. 'Ik ga dood!' schreeuwde ik. 'Ik stik!' Mijn stem viel weg. Ik rolde me om. Mijn hoofd leek te barsten. Nu ging ik dood. En dit was het laatste wat ik zag: Peder die dacht dat ik alleen maar een geintje maakte. Ik probeerde iets te zeggen, maar het was te laat. Ik was bijna aan gene zijde. Ik gaf het op. Ik werd bevangen door een grote rust, op het randje van bewusteloosheid. Mijn ziel verloor zijn houvast. Vaarwel, vrienden. Maar toen boog Vivian zich over me heen en legde haar lippen in mijn hals, alsof ze me voor de eerste, en de laatste, keer wilde kussen. Ze was tamelijk hardhandig. Ze beet. Ze zoog. Ze spuugde. Ze zoog nog meer, ze zoog het gif uit me en redde mijn leven, voor de eerste, maar niet voor de laatste keer.

Toen was de vakantie plotseling voorbij, met een wespensteek en een kus. Ik voer samen met Vivian terug naar de stad. Peder stond midden op de hangbrug en zwaaide tot hij ons niet meer kon zien. Mijn koffer was zwaarder dan toen ik kwam. We zaten buiten op de bankjes achter op de boot. Toen zag ik iets, in de zeestraat tussen het eiland en het vasteland. 'Kijk!' riep ik. Vivian draaide zich om. 'Wat is er?' vroeg ze. 'Zie je het niet?' 'Wat dan?' 'De moeder van Peder!' En ik zag de rolstoel die in volle vaart over de golven rolde, de wielen wentelden door de golven en de meeuwen vormden een witte, krijsende zwerm om haar heen. Vivian leunde tegen mijn schouder, sloot haar ogen en zei niets.

Fred stond me op te wachten op Pier B toen de boot aanlegde. Ik werd bang, misselijk bijna. Waar was moeder? Waarom stond Fred hier? Ik hoopte dat Vivian hem niet zou zien. Hij was mager, moe. Hij droeg een grijze trui die hem veel te groot was. Vivian had hem al gezien. Maar Fred nam niet de moeite naar haar te kijken. Hij staarde naar mij, liep op mij af. 'Tot ziens', zei Vivian luid. Ze liet mijn hand los en liep langzaam naar haar vader, die in een taxi bij de kiosk wachtte. Ik keek haar na. Ik hoopte dat ze zich niet om zou draaien. Ze draaide zich om en zwaaide. Ik hief mijn hand op. Ze aarzelde even, toen ging ze op de achterbank zitten en de deur werd gesloten. 'Heb je nu een vriendinnetje?' vroeg Fred. Ik schudde mijn hoofd. 'Waar is moeder?' 'Moeder is bij Boletta, Barnum.' 'Waarom?' 'Boletta is vanochtend van de trap gevallen. Toen ze thuiskwam van de Noordpool.' 'Is het goed afgelopen?' 'Nee.' 'Nee? Hoezo?'

'Ze dacht dat ze in Italië was, Barnum.' Fred pakte mijn koffer en we gingen naar het Ullevål-ziekenhuis. Daar was moeder. Ze had veel gehuild. Er liepen strepen over haar gezicht, groeven. En toen ze mij zag, huilde ze nog meer. 'Je bent bruin geworden', fluisterde ze. 'Heb je het leuk gehad?' 'Ik ben door een wesp gestoken', zei ik. Fred werd ongeduldig. 'Is ze al bij?' vroeg hij. Moeder schudde haar hoofd en liet me los. Er kwam een arts uit de kamer waar Boletta lag. We gingen naar binnen. Ze leek heel klein in het bed. Ze had een verband om haar hoofd en ze zat vast aan een apparaat waar lampjes en lijntjes oplichtten en knipperden, als een enorme radio. We moesten fluisteren. Boletta was helemaal blauw en haar ogen waren groot, maar toch ver weg. Ze had net zo goed dood kunnen zijn. Ze was thuisgekomen van de Noordpool en had de laatste traptreden niet gehaald. Ze was achterovergevallen en had haar schedel gebroken en toen was ze helemaal naar beneden gerold, tot de begane grond. Daar had moeder haar gevonden, in een plas bloed. Dat was wat ik gevoeld had, vlak voordat de wesp me stak, dat Boletta viel. 'Boletta', fluisterde ik. Moeder pakte mijn hand. 'Ze kan je niet horen, Barnum.' De dokter kwam weer binnen. Hij zei iets tegen moeder. Moeder werd ongelukkig en nerveus. Kunnen we elkaars pijn voelen? Ja. Dat kunnen we. Ik had het gevoeld, Boletta's val. Fred stond zwijgend tegen de muur naar de vloer te staren. Wat voelde ik toen hij geslagen werd? Is pijn besmettelijk? Hoeveel kunnen we van elkaars pijn verdragen? 'Het is niet zeker of ze nog bijkomt', zei de dokter zachtjes. Ik draaide me om en wees naar hem. 'Ik zal je fotofuckgraferen!' riep ik. Moeder verborg haar gezicht in haar handen. Fred keek op. De dokter verdween weer. Moeder liet haar handen vallen. 'Wat zeg je allemaal, Barnum?' 'Boletta komt weer bij', zei ik.

Ze kwam bij. Maar het duurde zeven etmalen. Moeder zat al die tijd naast haar. Fred trainde harder dan ooit. Huismeester Bang moest het bloed bij de brievenbussen wegpoetsen. 'Vreselijk', fluisterde hij. 'Hoe gaat het met haar?' 'Bewusteloos', zei ik en liep langs hem heen. 'Misschien heeft ze toch nog geluk gehad', zei Bang. 'Want je schijnt zachter te vallen als je dronken bent.' Ik dacht aan de schedel, een koepel van bot en huid en haar die de hersenen beschermt, en als een baby in slaap valt kantelt zijn hoofd achterover, terwijl de schedel van een bejaarde voorover valt, naar beneden, het kind droomt naar de hemel, de gedachten van de bejaarde worden naar de aarde getrokken. Ik verstopte de kaart van Paturson aan vader in een scheur in het behang achter de commode. En op een avond zei Fred iets, hij lag op zijn bed, afgepeigerd door de training. 'Misschien is het een straf', fluisterde hij. 'Een straf?' vroeg ik, ook zachtjes. 'Ja. Na alles wat er gebeurd is.' 'Boletta heeft toch niets verkeerds gedaan?' zei ik. Fred was veranderd. Ik herkende hem bijna niet meer. Hij praatte op een andere manier. Straf? Misschien was hij zo geworden door het boksen. 'Ben jij gelovig soms?' zei ik en lachte. Fred stond op en kwam naar me toe. Hij boog zich over mijn bed en zijn spieren trilden vlak onder zijn huid, als kabels, elektrische leidingen, zijn ogen waren donkerder dan ooit. Hij ademde zwaar door zijn neus. 'Heb je met Vivian geneukt, Barnum?' 'Nee.' 'Vond ze het lekker?' 'Maar ik heb niet geneukt, Fred.' 'Zeker weten?' 'Ja. Ik heb nog nooit met iemand geneukt.' 'Ik dacht dat je daarom zo stoer was geworden, Barnum.' Fred ging weer op zijn bed liggen. Daar bleef hij liggen, zwijgend en verbeten. 'Ga je in september een wedstrijd boksen?' vroeg ik. Fred gaf geen antwoord. Ik wachtte, maar hij gaf geen antwoord. Alleen zijn zware ademhaling vulde de kamer. 'Denk jij dat Boletta bijkomt?' vroeg hij. 'Ja', fluisterde ik. 'Ja.' En ik voelde haar broze, dunne oogleden over mijn gezicht glijden.

Die nacht kwam Boletta bij. Moeder zat naast haar. Ze vertelde dat er eerst een schok door Boletta heen ging, een beving, alsof ze het koud had, haar oogleden vielen dicht en moeder had gedacht dat dit Boletta's manier was om dood te gaan, je ogen sluiten tot diep in een andere slaap. Maar moeder had geen tijd om de dokter te roepen, ze had geen tijd om te huilen, want Boletta veranderde van gedachten, haar tijd was nog niet gekomen, er was nog iets wat ze niet wilde missen, en in plaats van voorgoed te sterven sperde ze haar ogen weer open en wendde zich tot moeder. 'Heeft Fred al gebokst?' vroeg Boletta. Moeder werd bijna boos. 'Het is nog maar juli', zei ze. 'Je mag best nog een poosje bewusteloos blijven!' 'Mooi zo. Dan halen we de wedstrijd allebei.'

En nu neemt Fred het over. Hij duwt deze dagen voort, hij drijft deze merkwaardige zomer naar zijn einde. Boletta moet minstens een maand rusten, kan geen bier meer verdragen en ze krijgt een stok, die ze meer gebruikt om mee te slaan dan als steun. Peder blijft op Ildjernet. Hij stuurt een kaartje vanuit Drøbak, waar hij met zijn vader een tochtje naartoe heeft gemaakt. Hij schrijft dat hij getallen wil verzinnen waar niemand ooit nog van gehoord heeft. En hoe gaat het met de dromen? Groetjes, de dikste man ter wereld. Vivian vertrekt naar een ziekenhuis in Zwitserland, waar nog artsen zijn die denken dat ze haar moeders gezicht opnieuw aan elkaar kunnen naaien. En ik sta voor het raam en zie Fred naar buiten lopen, elke ochtend vroeg, in regen, in zonneschijn, in de dunne, klamme mist die in deze tijd van het jaar af en toe de stad binnentrekt, de mist die weer optrekt en zich met het licht vermengt. Ik zie Fred thuiskomen, met grote passen door de Kirkevei, en de zomeravond ruikt naar uitlaatgassen en zon. Hij ziet Esther niet, die vanuit haar kiosk naar hem zwaait. Hij ziet niemand. Hij praat niet. Hij spaart zijn krachten. Hij schraapt alles wat overbodig is weg. Hij gaat steeds meer op een dier lijken. Moeder wast zijn sportkleren en ik mag ze te drogen hangen op de binnenplaats, de korte broek, de dikke kousen, zijn hemd. Huismeester Bang staat bij het afvalhok en schept het grind om. 'Ik hoop niet dat hij iemand doodslaat', zegt hij. 'Of zelf doodgeslagen wordt.' Ik mag niet mee met Fred naar de Centrum Boksclub. Fred wil alleen zijn. Hij wil niet gestoord worden. Op een ochtend staat moeder naast me. Het regent. Ze glimlacht. Fred loopt snel door de regen. Hij wordt nauwelijks nat. Hij is de regen te snel af. 'Ben je trots op je broer?' vraagt moeder. En ik weet waarom ze dat vraagt, omdat ze zelf trots is, misschien wel voor het eerst is ze trots op Fred, ze maakt zich zorgen over hem, maar is vooral trots. 'Ja, moeder', zeg ik. Hij draait zich om, in de regen, hij ziet ons niet. 'Ik ben zo blij', zegt moeder opeens, maar ze houdt zich in, kreunt bijna, alsof ze meteen een slecht geweten krijgt, door dat alleen al te zeggen, alsof ze het recht niet heeft om blij te zijn, en ze trekt mij ruw tegen zich aan. We kunnen Fred niet meer zien. De regen stroomt langs de ramen. 'Wat leuk dat Peder je schrijft', zegt moeder zachtjes. 'Ja. Ik moest de groeten doen, trouwens.' Moeder wacht even. We horen Boletta's stok. Ze slaat tegen de muur. 'Waar droom jij van, Barnum?' vraagt moeder gejaagd. Ik wil zeggen dat ze kaartjes die aan mij gericht zijn niet moet lezen. Maar in plaats daarvan zeg ik: 'Dat Fred de wedstrijd wint.'

De school begint weer. Het meeste is bij het oude, maar was er iets veranderd: de geruchten over Fred. Ik weet niet wie het had rondverteld, het gerucht, naar de zomerhuisjes, de vakantiekolonies, de stranden, de parken en de zwembaden, misschien was het vanzelf gegaan, als stof opgedwarreld uit de droge, verlaten stad en samen met de regen langs ieders oren gevallen. Ik was niet meer alleen de kleine Barnum, ik was de broer van Fred, en Fred was niet meer alleen die zwijgzame zwerver, hij was de bokser geworden die alles verdroeg en die door niemand kon worden verslagen. Fred was niet meer een bedreiging, hij was een hoop geworden, de slungelige, witte hoop uit Fagerborg, een wonder dat zich in de loop van de zomer had voltrokken, een bokser was geboren, en als er iets was wat deze stad nodig had, dan was dat wel een echte bokser. Het gerucht was niet te stuiten en werd tot het verhaal van Fred: hij liep elke ochtend dertig kilometer. Hij drukte zich negentig keer op met één hand. Hij bokste zonder handschoenen. Niemand durfde zijn sparringpartner te zijn. Er lagen er al twee in coma. Sommigen beweerden dat hij zó gemeen was dat hij zijn eigen grootmoeder het Ullevål-ziekenhuis ingeslagen had. Hij zou groter worden dan Otto von Porat, groter dan Ingo, groter dan wie dan ook. En ik ontkende niets als iemand me wat vroeg, ik haalde slechts mijn schouders op. 'Hij is al kampioen', zei ik.

Drie dagen voor de wedstrijd zat Fred in onze kamer te wachten toen ik thuiskwam uit school. Hij zat op zijn bed naar me te staren, met zijn handen in zijn schoot. Ik werd onrustig. 'Moet je niet trainen?' vroeg ik. Fred haalde adem, zijn schouders trilden onder zijn trui. 'Jawel. Ik rust.' Hij rustte nog een poosje. Ik wilde hem niet verder storen. Fred rustte. Rust was de lijm van de training. Zonder rust zou hij uit elkaar vallen. Ik probeerde huiswerk te maken. Een opstel. Maar ik kon me niet concentreren. Fred bleef maar naar me kijken. Dat voelde ik. Ik draaide me naar hem om. Fred haalde een hand over zijn voorhoofd. 'Ik word morgen geïnterviewd', zei hij. Ik legde mijn potlood neer. 'O ja?' 'Door *Aftenposten*.' 'Jemig. *Aftenposten*?' Fred sloeg zijn ogen neer. 'Ja. Jemig. Maar ik heb geen zin.' Meer zei hij niet. Zijn handen waren rusteloos. De knokkels van zijn rechterhand waren blauw. 'Heb je geen zin?' vroeg ik. 'Nee. Ik wil er met niemand over praten.' 'Maar waarom doe je het dan?' vroeg ik. 'Omdat Willy dat zegt.' 'En dan moet je?' 'Dan moet ik. Willy is de trainer.' Fred zweeg weer. 'Misschien komt er wel een foto van je', fluisterde ik. 'Op de sportpagina.' 'Ik wil niet gefotofuckgrafeerd worden', zei Fred langzaam en keek op. Hij glimlachte vaag. 'Kun jij niet meekomen, Barnum?' vroeg hij. Ik moest me naar hem toe buigen. 'Wat zei je, Fred?' Hij raakte geïrriteerd en kreeg die boze blik in zijn ogen. 'Je hoorde best wat ik zei, stomme kruldwerg!' Ik hield mijn adem in en durfde hem nauwelijks aan te kijken. 'Natuurlijk. Maar waarom?' Fred stond op en deed strekoefeningen tegen de deurpost. 'Jij moet ervoor zorgen dat ik niets verkeerds zeg.' Fred trok een vel papier uit zijn achterzak, vouwde dat open en gaf het aan mij. Het was een lijst die Willy, zijn trainer, had opgesteld. Alle dingen waarover Fred niets tegen de journalist moest zeggen. Het was een tamelijk lange lijst. 'Waarom kan Willy niet mee?' vroeg ik. 'Hij leest geen kranten', zei Fred.

De journalist wilde het interview het liefst bij ons thuis afnemen, maar dat weigerde Fred. Afgesproken werd dat we elkaar de volgende dag in konditorei Samson in Majorstua zouden ontmoeten, drie uur 's middags. Moeder was in alle staten. Ze stelde voor dat Boletta en zij aan een tafeltje achterin konden zitten, voor de zekerheid. Toen dreigde Fred zich terug te trekken uit het gevecht en moeder moest de handdoek in de ring werpen. En om drie uur, de volgende dag, liepen wij, Fred en ik, de bokser en zijn broer, de bruine konditorei binnen, waar het rook naar oude koffie, sigaretten en natte bontjas vanwege alle oude dames die daar zaten tot ze stierven. Fred droeg een lange regenjas over zijn trainingspak. Ik had uiteindelijk gekozen voor een zwarte coltrui, een windjack, een ribfluwelen broek en een paraplu. De journalist was er al. We begrepen wie hij was lang voordat hij ons had gezien. Er zaten nooit dat soort mannen van boven de dertig in Samson. Hij rookte langzaam een sigaar terwijl hij een slagroompunt at, met een lepel. We liepen naar hem toe. Hij legde de sigaar op zijn bordje. Het scheelde niet veel of de slagroompunt vloog in brand. Hij veegde zijn handen af aan zijn servet. Hij keek naar Fred. 'Ben jij Fred Nilsen? De bokser?' Fred knikte en bleef staan. De journalist stak zijn hand uit. Fred keek er alleen naar. 'En ik heet Ditlev. Van *Aftenposten*. Fijn dat je kon komen, Fred.' We gingen zitten. Ditlev bestelde mineraalwater en nog meer slagroomtaart. Hij had een tamelijk bolle kop, het zweet stond op zijn voorhoofd en hij gaapte. Er lagen twee balpennen naast een schrijfblok tussen de asbak en zijn bordje, dat vol lichtbruine kruimels en as lag. De derde pen stak uit het borstzakje van een gekreukeld, blauw colbertje met glimmende knopen. 'Echt fijn dat je kon komen, Fred', zei hij nogmaals. 'Wie heb je bij je?' 'Barnum. Mijn broer.' Ditlev greep snel naar een balpen. 'Hoe zei je dat hij heette?' 'Barnum.' Ditlev schreef het snel op zijn blok en wendde zich tot mij. 'Fijn dat jij ook kon komen, Barnum. Hoe kom je aan die naam?' 'Van mijn vader', zei ik. 'Heette die ook Barnum?' 'Nee. Hij heette Arnold.' Fred schopte me onder de tafel. Ik zei niets meer. De serveerster kwam met slagroompunten en mineraalwater. Fred wilde geen mineraalwater hebben. Hij wilde gewoon water hebben. De journalist keek weer naar Fred. 'Ja, we waren van plan een portret van jou te maken, Fred. Voor het gevecht. Zijn we er klaar voor?' Fred gaf geen antwoord. Hij leek zich te vervelen, maar dat was niet de reden, hij voelde zich gewoon niet op zijn gemak. 'Kom maar op', zei ik. Ditlev trok aan zijn sigaar en kreeg daar weer leven in. 'Zie je ertegen op?' vroeg hij. 'Fred ziet nooit ergens tegen op', zei ik. Ditlev hoestte. 'Nu praat ik met Fred. Is dat goed? Dan kan ik daarna misschien met jou praten.' 'Ik zie nooit ergens tegen op', zei Fred. Ditlev schreef. 'Met andere woorden, je hebt er zin in?' Fred schudde zijn hoofd. 'Ik heb nooit ergens zin in.' Ditlev legde zijn sigaar weer neer. 'Hoelang boks je trouwens al?' Fred aarzelde. Ik fluisterde iets in zijn oor. 'Mijn hele leven al', zei Fred uiteindelijk. 'Je hele leven al', herhaalde Ditlev. 'Dat is mooi. Je ziet er ook uit als een echte bokser. Al voor je eerste gevecht.' Ditlev wees met zijn sigaar op Freds scheve neus. Fred keek een andere kant op. 'Is het waar dat je elke ochtend dertig kilometer rent?' vroeg Ditlev. 'Ik ren nooit', zei Fred. Ditlev keek op van zijn blok. 'O nee? Waarom niet?' 'Alleen slaven rennen.' Ditlev grinnikte en noteerde. 'Dit wordt prima, Fred.' Ditlev at slagroomtaart en pakte een andere balpen. Wij wachtten. Fred wilde weg. De oude dames keken naar ons en ik hoorde plotseling dat het volkomen stil was geworden in konditorei Samson. 'Je mag best je regenjas uittrekken, Fred', zei Ditlev. 'Nee', zei Fred. Ditlev glimlachte en schreef. Hij schreef een hele poos. Ik probeerde te zien wat hij schreef, maar zijn arm lag in de weg. Hij kon toch nooit zoveel tijd nodig hebben om drie letters op te schrijven, nee. Ik nam nog een slagroompunt en kwam tegen zijn hand aan. Ditlev keek op. 'Wie is je voorbeeld geweest?' vroeg hij. Fred draaide zich snel om naar mij. Ik fluisterde weer iets in zijn oor. 'Huismeester Bang', zei Fred. Ditlevs hand stokte. 'Huismeester Bang? Wanneer heeft die gebokst?' Fred glimlachte. 'Hij deed aan hink-stapsprong.' Ditlev werd wat ongeduldig, maar hield zich in. 'Hink-stapsprong is mooi', zei hij. 'Maar ik dacht meer aan boksers. Otto von Porat, bijvoorbeeld.' Fred zweeg een hele poos. 'Bob Fitzsimmons', zei hij ten slotte. 'Bob Fitzsimmons? Kijk eens aan. Waarom?' 'Hij gaf nooit op', zei Fred. 'Hij kwam altijd weer terug.' 'Jij houdt van mensen die niet opgeven, Fred?' 'Nee', zei Fred. Ditlev krabde met de balpen op zijn voorhoofd. 'Maar dat zei je net.' 'Ik hou van Bob Fitzsimmons. Luister je niet of zo?' Ditlev pakte weer een andere balpen, keek mij aan en probeerde te lachen. 'Is hij altijd zo, Barnum?' 'Bijna', zei ik. Fred schopte me nogmaals tegen mijn schenen. Ditlev lachte en dronk koffie. Er vielen druppels op zijn schrijfblok. Zijn sigaar stierf. 'Jij bent blijkbaar een gehaaide jongen, Fred', zei hij. Fred zei niets. Ditlev zweette en sloeg een bladzij om. 'Wat is je sterkste punt?' 'Zeg ik niet', zei Fred. Ditlev schreef. 'Dan zul je ook wel niet willen zeggen wat je zwakste punt is?' 'Nee.' Nu was het Ditlevs beurt om te zwijgen. Hij dacht lang na. Fred werd onrustig. 'Je bent nog maar sinds juni lid van de Centrum Boksclub', zei Ditlev eindelijk. Fred knikte. Ditlev boog zich over de tafel. 'Voor wie vecht je? Voor de club, de trainer of voor jezelf?' 'Voor mijn broer', zei Fred. 'Voor Barnum.' Ditlev keek mij aan. Ik geloof dat ik bloosde. Ik kreeg in ieder geval een warm hoofd. 'Hoe is het om een grote broer zoals Fred te hebben?' vroeg Ditlev. 'Absoluut super', fluisterde ik. Dat schreef Ditlev op zijn blok, super, en hij wendde zich weer tot Fred. 'Hoe ga je Asle Bråten verslaan?' Fred haalde diep adem. 'Wie?' 'Asle Bråten. Dat is de jongen tegen wie je over twee dagen moet vechten.' Fred schoof heen en weer op zijn stoel. 'Hard', zei hij. 'Hard?' 'Ja. Ik ga hem hard verslaan.' Ditlev lachte zachtjes terwijl hij schreef. 'Jij weet het mooi te zeggen, Fred. Misschien kun je iets over jezelf vertellen?' 'Ik moet pissen', zei Fred. Hij stond op, haalde de sleutel bij de toonbank en liep naar het toilet achter in de zaak. Alle oude dames die daar in hun natte bontjassen zaten, keken hem na. Ditlev zuchtte. Fred bleef lang weg. 'Dan moeten wij ondertussen maar wat kletsen', zei Ditlev. Hij sloeg om naar een nieuwe, lege bladzijde op zijn blok. 'Doe jij aan sport, Barnum?' 'Nee, eigenlijk niet.' Ditlev knikte. 'Jij zou een goeie cox zijn.' 'Cox?' 'Stuurman in de vier. Daar hebben ze kleine mannetjes zoals jij nodig.' Nu mocht ik Ditlev niet meer. 'Ik zal de jongens van de roeiclub eens een tip geven', zei hij. 'Er zijn niet veel jongens met jouw postuur hier in de stad, nee.' Fred kwam niet. Ditlev boog zich naar me toe en dempte zijn stem. 'Wees eens eerlijk, Barnum. Denk jij dat Fred gaat winnen?' 'Hij beslist het in de derde ronde', zei ik. Ditlev schreef en schudde zijn hoofd. 'Ja, ja. Je zegt het maar. Is het trouwens waar dat jullie alleen maar halfbroers zijn?' Het deed pijn als hij het zo zei, alleen maar halfbroers, alsof we in tweeën waren gedeeld, doormidden gekliefd. Ik mocht Ditlev steeds minder. 'Ja', fluisterde ik. 'Kun je nog iets over Fred vertellen?' Ik dacht na. 'Hij is in een taxi geboren', zei ik. En op hetzelfde moment stond hij er. Hij stond achter ons en hij had daar al een poos kunnen staan, want Fred was zonder geluid, geruisloos, een indiaan in een regenjas in Samson, en pas toen hij zijn adem door zijn neus liet ontsnappen, dat zachte fluiten, een tocht in zijn hoofd, merkten we dat hij er was. Ditlev liet een balpen op de grond vallen en draaide zich snel om. 'Hallo, Fred', zei hij. 'Ik geloof dat ik eigenlijk alles wel heb. Tenzij jullie er nog iets aan willen toevoegen?' 'Geen rotzooi schrijven', zei Fred. Ditlev lachte iets te hard. 'In de *Aftenposten* schrijven we geen rotzooi, Fred. Je mag het best even doorlezen.' 'Barnum mag het lezen.' Ditlev gaf me zijn schrijfblok. 'Alsjeblieft, Barnum.' Ik wierp een blik op wat hij geschreven had. Maar het was erg onsamenhangend. Alleen maar woorden en afkortingen, grote letters en uitroeptekens. Taxi, stond er. Zijn hele leven. Wonderlijke types. Barnum. Half. Fitzsimmons. Ik legde het blok op tafel en keek op naar Fred. 'Ziet er goed uit', zei ik. Ditlev stond op. 'Dan gaan we nu naar de fotograaf!' En die wachtte op ons in het Frognerpark, bij het beeldje van Sinnataggen, het driftkikkertje. Hij had een enorme camera om zijn nek. Ditlev sloeg hem op zijn schouder. 'Ik wil graag beide jongens erop hebben, Tormod.' De fotograaf, die Tormod heette, keek ons met vermoeide ogen aan. 'Allebei?' 'Ja, allebei. Zoals ik al zei.' 'Ik had gedacht dat de witte hoop een beetje tegen Sinnataggen zou kunnen schijnboksen.' 'Goed gedacht, Tormod. Maar de witte hoop kan in plaats daarvan tegen Barnum boksen.' 'Barnum?' Ditlev wees naar mij. 'Doe maar of hij Sinnataggen is', zei hij. En dat werd de foto van Fred en mij: we staan op de brug, het regent, en de fotograaf gebruikt zijn flitser, het is net alsof het bliksemt, een flits die onze gezichten op een wonderlijke, vreemde manier verlicht. Fred houdt zijn arm om me heen geslagen, ik kom niet eens tot zijn schouders, ik ben kleiner dan ooit, of misschien is Fred langer geworden, magerder, donkerder, zijn andere hand heft hij op, een gebalde vuist, en terwijl Fred recht voor zich uit staart, zonder te aarzelen, zonder te knipperen, met wijdopen ogen, heb ik de mijne gesloten, alsof ik op het moment dat de foto genomen wordt iets zie wat ik niet kan verdragen. De foto stond de volgende dag in de avondeditie van de *Aftenposten*, op de sportpagina. Fred was aan het trainen. Moeder las de kop voor: *De ongetemde bokser: Ik ben in een taxi geboren en boks mijn hele leven al, zegt Fred Nilsen, Oslo's nieuwe hoop in de boksring.* En onder onze foto stond: *Barnum gelooft in een overwinning in de derde ronde.* Moeder kreunde, gaf de krant aan Boletta en draaide zich om naar mij. 'Heb jij gezegd dat Fred in een taxi geboren is, Barnum?' Ik sloeg mijn ogen neer. Boletta begon luid voor te lezen. *Toen we Fred ontmoetten in konditorei Samson was hij in gezelschap van zijn halfbroer, die de originele naam Barnum draagt. Fred zei dat hij bokste voor zijn kleine halfbroertje. Barnum zelf droomt ervan cox te worden.* Ik rukte de krant uit Boletta's handen. 'Dat is niet waar!' riep ik. 'Wat is niet waar, Barnum?' vroeg Boletta. 'Dat ik ervan droom cox te worden!' Moeder was bijna in tranen. 'Straks weet heel Noorwegen dat Fred in een taxi is geboren', zei ze zachtjes. 'Ach, zoveel mensen lezen de avondeditie van de *Aftenposten* niet', zei Boletta. 'Maar waarom heb jij je ogen dicht op de foto, Barnum?' 'Zodat mijn ziel niet zou verdwijnen', zei ik stilletjes.

Ik was wakker en wachtte tot Fred thuis zou komen, de laatste nacht voor zijn gevecht. Hij ging met zijn trainingspak aan in bed liggen. Ik hoorde dat hij ook niet sliep. 'Ben je boos?' vroeg ik. 'Boos? Waarom dat?' 'Om wat Ditlev heeft geschreven.' 'Heb ik niet gelezen', zei Fred. 'Ga ik ook niet lezen. En jij houdt je kop.' Ik wachtte even. Freds neus floot. 'Maar de foto was heel mooi', fluisterde ik.

De dag dat Fred moest boksen scheen de zon. Hij vertrok voor het ontbijt. Hij zei niets. Moeder had een afspraak bij de kapper. Ze wilde zich mooi maken voor het gevecht. Ik bleef thuis van school en hield Boletta gezelschap, of zij hield mij gezelschap. Ik was rusteloos. We waren allemaal rusteloos en nerveus. Mijn handen trilden. Ik stond voor het raam en zag dat het plotseling herfst was geworden. De stad kreeg een andere kleur. De bladeren lieten los van de bomen in de Kirkevei. Alles stond in brand. Het was mooi, maar het beviel me niet. Ik hoorde Boletta's stok achter me. Ze pakte mijn hand. 'Je hoeft niet bang te zijn, Barnum.' 'Ik ben niet bang.' 'Mooi zo. Want Fred is er niet bij gebaat als wij bang zijn.' Ik draaide me naar haar om. Binnenkort zou ze net zo klein zijn als ik. 'Denk je dat hij bang is?' vroeg ik. Boletta glimlachte en liet mijn hand los. 'Wie kan weten wat er in die jongen omgaat? Nee, ik denk dat hij boos is.' 'Boos, op wie dan?' Boletta moest op de bank gaan zitten. 'Fred is denk ik boos op iedereen', zei ze. 'Op ons. Op zichzelf. Hij heeft de woede van De Oude geërfd.' 'Misschien is het een straf', fluisterde ik. Boletta sloeg hard met haar stok op de grond. 'Straf? Wie zou ons moeten straffen, Barnum?' 'Nee, ik weet het niet', zei ik. Boletta zuchtte. 'Misschien is het een straf een mens te zijn, op de keper beschouwd.' Ze haalde haar droge vingers door mijn krullen, ook al wist ze dat ik daar niet van hield. 'Het is maar goed dat jij die woede van je broer niet hebt, Barnum.' En toen kwam moeder thuis. Ze had een volkomen nieuw kapsel gekregen. Haar haar stond als een glanzende beker op haar hoofd. Ze glimlachte, verlegen bijna. Boletta stond op van de divan. 'Ja, vandaag moeten we allemaal ons beste beentje voor zetten, voor Fred. Maar verder vind ik boksen belachelijk, onbeschaafd, afstotelijk en saai.' Ze liep naar de badkamer. Ik keek naar moeder. Ze hield zich vast aan haar tas alsof die een hekwerk was voor een afgrond. 'Ik vind je er mooi uitzien', zei ik. 'Dank je, Barnum.' 'Ik weet zeker dat Fred het ook mooi vindt. Je kapsel, bedoel ik.' 'Je hebt zeker niets van hem gehoord?' Ik schudde mijn hoofd. 'Nee, hij zal wel andere dingen aan zijn hoofd hebben', zuchtte moeder. De rest van de dag draaiden we om elkaar heen en we wisten niet hoe we de tijd moesten doorkomen. We hadden ook geen zin in eten. Het enige wat we konden doen was wachten. Ik knipte het interview uit de *Aftenposten* en verstopte dat achter het behang, met de ansicht van Paturson. En ik begreep dat van alle tijden de wachttijd het moeilijkst door te komen is. En dat verbaasde me. Het verbaasde me dat ik de tijd sneller wilde doen gaan, zo snel mogelijk, hoewel ik als een berg opzag tegen datgene waar ik op wachtte. Ik wilde gewoon dat het achter de rug zou zijn. En ik wist niet meer waar ik het meest tegen opzag, het gevecht of de gedachte dat Vivian daar zou zijn.

Om zes uur namen we een taxi. Toen de chauffeur hoorde dat we naar de Centrum Boksclub moesten, wierp hij een snelle blik op mij en glimlachte. Ik zat voorin. 'Ben jij de broer van de jongen die vanavond die noorderling klop gaat geven?' 'Ja', fluisterde ik. Hij sloeg van enthousiasme met zijn handen op het stuur. 'Zag ik in de krant. Een bokser die in een taxi geboren is, kan iedereen klop geven!' Zelfs moeder moest glimlachen. En toen zette de chauffeur de taxameter uit. Hij weigerde betaling. Het was een eer ons te rijden. En we konden tegen Fred, de bokser, de hoop uit Fagerborg, die in een taxi geboren was, zeggen dat hij ook gratis mocht rijden, wanneer hij maar wilde. We bedankten de chauffeur en stapten uit in de Storgate. Er stond al een rij. Wij mochten erlangs. Iemand sloeg me op mijn rug. En toen waren we binnen, in de Centrum Boksclub. Een jongen veegde op zijn knieën de vloer van de ring droog. Een oudere man in een zwart pak en met bijna wit haar controleerde de touwen. Hij leek op een dominee. Er stonden stoelen om de ring heen. Het was volkomen stil. Dat was merkwaardig. De hal was geluidloos, niets dan langzame bewegingen en zware geuren. Moeder werd weer onrustig. 'Ik wil Fred zien', zei ze. Iedereen hoorde het. De oude in het zwart geklede man draaide zich abrupt om, klom uit de ring en kwam op ons af. Hij begroette moeder. 'Ik ben vanavond de scheidsrechter hier', zei hij. 'Kom maar met me mee.' We volgden hem naar de kleedkamer. Daar moesten we wachten terwijl de scheidsrechter naar binnen ging. Er ging een poos voorbij. Hij kwam naar buiten met de trainer, Willy. Willy fluisterde. We bogen ons naar hem toe. En ik moest denken aan de begrafenis van vader, in de kapel, waar ook iedereen had gefluisterd, alsof ze bang waren de doden te wekken, of dat er een vloek zou rusten op degene die het waagde hardop te spreken. 'Fred kan niet gestoord worden', fluisterde Willy. 'Gaat het goed met hem?' fluisterde moeder. Willy glimlachte. 'Het gaat goed met hem. Ik zal de groeten doen.' Maar voordat Willy de deur dichtdeed, ving ik een glimp op van Fred in de kleedkamer. Hij lag op een bank, tussen de kastjes, onder een wit, naakt licht. Hij staarde in het licht. Hij lachte. Ik hoorde zijn lach niet. Toen kon ik hem niet meer zien. De scheidsrechter nam ons mee terug naar de ring en we gingen op de eerste rij zitten, zo dicht mogelijk bij Freds hoek. 'Moet je geen plek vrijhouden voor Peder en Vivian?' fluisterde moeder. Ik legde moeders handschoenen op de stoelen naast me. We wachtten. Ik zag dat de ring geen ring was, maar een vierkant, alsof de boksers er niet tegen hadden gekund om in een cirkel opgesloten te zijn en daarom scherpe hoeken naar buiten hadden geslagen, hoeken om in uit te rusten, want wie kan rusten in een cirkel? Er kwamen mensen binnen. Ditlev en de fotograaf, Esther van de kiosk, Aslak, Preben en Hamster, iedereen wilde Fred zien boksen, wilde hem zien winnen of verslagen zien worden, niet in de laatste plaats huismeester Bang, zijn naam had in de krant gestaan, in de avondeditie van de *Aftenposten,* de manke hink-stapspringer die nooit op het podium had gestaan, het voorbeeld, ik en Fitzsimmons had hij tegen de deurwachten gezegd en hij was vanavond gratis binnengekomen, het broeide, we voelden allemaal een koorts, en Fred zou die met een schijnbeweging uit ons verjagen, zou ons afkoelen met zijn onverbiddelijke slagen. Toen kwamen de supporters van Asle Bråten, die bij zijn hoek gingen zitten. Ze waren van ver gekomen, kwamen uit een plek ver in het noorden die Melhus heette. Plotseling werd er achter me geroepen. 'Boeren! Boeren!' riepen ze. Dat was Tienus met zijn bende. Tommy schreeuwde het hardst. 'Boeren! Boeren!' De fans van Asle Bråten stonden op. Misschien waren het zijn broers. Ze wogen elk minstens negentig kilo en hadden rood haar. Het werd weer stil achter me. En ten slotte kwamen Peder en Vivian. Het was vijf voor halfacht. Ze wurmden zich tussen de stoelen door en gingen zitten. Vivian gaf een kneepje in mijn hand, gejaagd. Moeder zag het en glimlachte. Peder schudde slechts zijn hoofd. 'Welkom in het Colosseum', zei hij. 'De gladiatoren zijn klaargestoomd.' En toen kon het beginnen. Ik was al uitgeput. De scheidsrechter klom in de ring. Hij had zijn jasje uitgetrokken. Het overhemd dat eronder zat, was vast ooit wit geweest. Nu was het bijna geel, gevlekt, alsof het zweet van alle wedstrijden die hij had geleid in de gesteven stof was getrokken. Het publiek klapte en stampvoette. De stoelen wankelden. Peder boog zich naar me toe. 'De leeuwen hebben honger, Barnum.' De scheidsrechter hief beide handen op en het werd stil in de zaal. Eerst moest het Talent boksen tegen een bleke southpaw uit Lørenskog. Ze holden langs de touwen en prikten in elkaar. Er begonnen mensen te fluiten. Het Talent, die in de loop van de zomer de moed verloren had, won nipt op punten. Een overwinning die nu al vergeten was. 'Maar dit ging er best netjes aan toe', zei moeder en ze leek opgelucht. 'Ze durfden niet eens te boksen', zei Boletta hardop en ze stampte met haar stok op de grond. Toen kwam Asle Bråten binnen met zijn trainer, Asle Bråten, de kampioen van Trøndelag, ongeslagen in de laatste negen gevechten. Iedereen bij zijn hoek stond op om te juichen. Asle Bråten was breed en zwaar. Hij maakte een bijna verlegen indruk. Hij sloeg zijn ogen neer toen de fotograaf van de avondeditie van de *Aftenposten* een foto nam en hij ging op het krukje in zijn hoek zitten, liet zijn armen op de touwen rusten. Er kon geen lachje af bij Asle Bråten. De trainer masseerde zijn schouders. Fred zou drie ronden tegen Asle Bråten boksen, eerst twee ronden van drie minuten en een laatste van vier, met zestig seconden pauze tussen elke ronde. Vanavond golden de Queensberry-regels. De scheidsrechter was almachtig. Hij kon er een ronde van twee minuten achteraan plakken als de beslissing niet binnen de reguliere tijd viel. Nu keek de scheidsrechter op zijn horloge. Maar Fred kwam niet. Wij wachtten. De scheidsrechter praatte met Asle Bråtens trainer. Asle Bråten kwam overeind en begon zich op te warmen. Wij keken naar de kleedkamer. Er gebeurde niets. Ik dacht, met een zekere opluchting, ja, opluchting en triomf, dat Fred ertussenuit geknepen was, want dat zou net iets voor hem zijn, dat hij de achterdeur genomen had, ons had laten stikken, de overwinning gratis aan Asle Bråten uit Melhus in Trøndelag schonk, de avondeditie van de *Aftenposten* voor gek had gezet, evenals de Centrum Boksclub, Willy, Tienus, Tommy en de Tweeling en mij. Toen ging de deur toch open. Fred kwam uit de kleedkamer. Hij glom. Het was net of het naakte licht dat ik daarbinnen gezien had aan zijn lichaam was vastgekleefd. Willy kwam achter hem aan, met een handdoek, een kistje en een spons. We juichten. We schreeuwden. Vivian klapte en kon niet stil blijven zitten. Fred liep rustig naar de ring, kroop tussen de touwen door en staarde naar Asle Bråten. De scheidsrechter onderzocht hun handschoenen. De scheidsrechter praatte in een microfoon. Er kraakte een luidspreker achter ons. Hij noemde hun namen. Fred tilde zijn armen op en bleef naar Asle Bråten staren. Asle Bråten tilde zijn armen op en staarde naar Fred. Ze waren als twee spiegels, ze spiegelden zich in elkaars angst, kracht, in het zweet dat al snel uit hun huid vloeide en zich met hun spieren vermengde tot een zinderend oppervlak. Wie het langst staart, heeft gewonnen. Wie wegkijkt, heeft verloren. De eerste zwakte ligt in de ogen. De ratelslang verlamt zijn prooi met zijn blik. Fred probeerde Asle Bråten te verlammen voor het gevecht begon. Asle Bråten gaf geen krimp. Hij maakte alleen een buiging. En toen was het gevecht begonnen. 'Sla hem dan!' schreeuwde Boletta. Asle Bråten sloeg het eerst. De stoot kwam langzaam, ontvouwde zich vanuit zijn schouder. Fred danste weg. Asle Bråten miste, maar zijn hoek deed de lucht tussen de touwen golven. Er ging een zucht door de zaal. Niemand, afgezien van Asle Bråtens broers, gunde het iemand in de baan van zijn rechterhandschoen te staan. Er werd gezegd dat Asle Bråten in ieder gevecht slechts eenmaal sloeg. Dat was meestal genoeg. Nu was het niet genoeg. Fred was te snel. Asle Bråten maakte zijn tweede slag. Fred was weg. Fred trof hem tegen zijn oor. Asle Bråten schudde slechts zijn hoofd, alsof een vlieg hem even irriteerde. Toen kwamen beiden tot rust. Ze hadden elkaar gezien. Ze duwden elkaar wat. Ze cirkelden rond met hoge verdediging en lage hoeken. Toen was de eerste ronde voorbij en gingen ze ieder naar hun hoek. Willy zei veel dingen tegen Fred die we niet hoorden. De tweede ronde verliep op dezelfde manier. Ze wachtten af. Ze loerden. Ze schuifelden. De sigarettenrook zweefde onder het plafond. Het werd bewolkt in de Centrum Boksclub. Boletta werd ongeduldig. 'Als er nu niks gebeurt, ga ik weg!' riep ze. Moeder probeerde haar de mond te snoeren, maar Boletta gaf zich niet gewonnen. 'Ik heb bij de Noordpool mensen beter zien boksen!' Fred sloeg. De slag was er gewoon, plotseling, Freds arm, die een opening in Asle Bråtens vizier had gevonden, de handschoen tegen zijn voorhoofd, zijn hoofd dat achterover kantelde, Asle Bråten was geschokt, Fred sloeg nogmaals, een linkerhoek, die ergens bij zijn achillespees begon en die Asle Bråtens brede kin trof die op een la vol tanden leek, maar Asle Bråten wierp zich tegen Freds lichaam en duwde hem naar de touwen en ze leken een kluwen vlees, aan elkaar geplakt in een ruwe, onvrijwillige omhelzing tot de scheidsrechter hen uit elkaar moest halen, de tweede ronde was voorbij en deze ronde was voor Fred. Wij brulden. Wij waren in de ban. We lieten ons meeslepen. Peder stond op zijn stoel. Vivian was opgestaan. Zelfs moeder klapte in haar handen en Boletta riep terwijl ze met haar stok maaide: 'Goed gedaan, Fred! Pak 'm, Fred!' Willy depte Freds gezicht met de vochtige spons, alsof hij voorzichtig letters van een schoolbord wiste. De derde ronde was begonnen. Asle Bråten ging meteen in de aanval. Hij sloeg zwaar naar Fred, naar zijn borstkas, zijn buik, zijn schouders, hij wilde Fred afmatten, hem murw slaan, leeg, maar de slagen bereikten hun doel niet, Fred was een schaduw, we hoorden alleen het suizen van de handschoen, alsof die rakelings langs je oor schampte, Asle Bråten matte zichzelf af en in deze mist, Asle Bråtens mist, wist Fred hem te raken, een snelle combinatie, niemand zag het, in ieder geval Asle Bråten niet, we zagen alleen het resultaat, zijn knieën die knikten, zijn lichaam tegen de vloer, een dreun, en de scheidsrechter boog zich voorover en telde, met opgestoken vingers, een voor een, de stilte tussen elk getal, een kloof, twee, vier, Fred liep naar zijn hoek, Willy sloot zijn ogen, vijf, zeven, de scheidsrechter telde, de enige getallen die er in de wereld bestonden, en bij acht stond Asle Bråten, de kampioen uit Melhus, op, wankelend, maar hij bleef staan. De scheidsrechter onderzocht zijn ogen nauwkeurig, praatte met de trainer en zette de kampioen weer aan het werk. Het was stil. Er waren nog dertig seconden te gaan. Fred hoefde alleen op de been te blijven, uit de buurt van Asle Bråten te blijven, vol te houden, en dan had hij gewonnen, hij was er nog een halve minuut vandaan. En dan zie ik dat Fred zijn armen laat zakken, alsof hij heel erg moe is, of geen zin meer heeft, hij laat zijn dekking zakken, hij ontbloot zich, hij staat daar naakt, niet langer dan een seconde, maar dat is genoeg. Asle Bråten ziet het ook, maar hij aarzelt, alsof hij ook verrast is en het nauwelijks kan geloven, dat Fred zijn handschoenen laat zakken en hem vrij baan geeft, zijn gedachten zijn als het ware trager dan zijn lichaam en Fred doet een stap naderbij, naakt, blootgesteld, en er gaat een diepe zucht door de zaal. Dan slaat Asle Bråten. Het is een wilde, woeste slag tegen Freds gezicht en die maakt een wolk van zweet rond Freds hoofd los, nat, glimmend poeder, als een verpulverde stralenkrans. Er gaat een schok door Fred heen, maar hij blijft staan. Dan slaat Asle Bråten nog een keer. Hij treft Fred weer even hard, op zijn kaak, er klinkt een knallend, krakend geluid van iets wat breekt. Moeder verbergt kreunend haar gezicht in haar handen. Boletta schreeuwt, maar heeft geen stem meer. Vivian houdt mijn hand vast. Peder draait zich naar me om, triest. En ik, ik kan de pijn nu niet voelen, ik probeer het, maar ben buiten bereik van Freds pijn, die is niet van mij, hij is alleen, in het hart van die pijn, en het enige wat ik voel is schaamte, en ik schaam me diep voor die schaamte. Fred zakt door zijn knieën. Het bloed drupt uit zijn mond en stroomt uit zijn ogen. Willy leunt op het touw. De scheidsrechter onderbreekt het gevecht. Asle Bråten heeft gewonnen. De scheidsrechter tilt zijn arm in de lucht. Maar het is geen triomf. De nederlaag is groter dan de overwinning. De nederlaag overschaduwt de zege. Dus heb ik toch nog gelijk gekregen. Fred besliste het gevecht in de derde en laatste ronde.

Moeder en Boletta gingen met Fred naar het ziekenhuis waar ze zijn neus en zijn kaak opnieuw aan elkaar schroefden. Hij was er zo slecht aan toe dat hij zelfs onder militaire dienst uitkwam, hoewel, ik weet niet of dat alleen daarom was, maar ze hadden in het Noorse leger in ieder geval geen behoefte aan een woordblinde en duizelige zwerver met oorsuizingen, slecht zicht in zijn linkeroog, hoofdpijn en onvoorspelbaar gedrag. Ik ging met Peder en Vivian mee. We liepen langzaam door onbekende straten, maar om de een of andere reden waren we niet bang, we waren in de Centrum Boksclub geweest en erger kon het niet worden, we waren onkwetsbaar. 'Nu weet ik waar het onmogelijke getal ligt', zei Peder. 'Waar dan?' 'Tussen negen en tien.' We pakten de tram op de Stortorg en gingen achterin zitten. Het gele licht maakte onze gezichten bleek. De duisternis buiten werd een zwarte vloed die de andere kant op stroomde, terug naar de ketel van de stad. We stapten uit op de Frognerplass. Daar stonden we een poosje, we wisten niet goed wat we moesten doen. 'Ik heb zo met hem te doen', fluisterde Vivian. Peder keek een andere kant op. 'Met wie?' vroeg ik. 'Met Fred natuurlijk.'

Hij kwam pas de volgende dag thuis. Stilletjes. Ik had hem niet gehoord. En dat was die keer dat ik hem zag, per ongeluk, in de spiegel van moeders slaapkamer. Ik was op weg naar buiten en bleef staan, hield mijn adem in, ik wilde hem zo niet zien, maar het was al gebeurd. Hij boog zich naar de spiegel, naar zijn eigen, scheve spiegelbeeld, hij trok bekken, stelde zich aan, en ik dacht dat hij misschien naar zijn ware gezicht zocht, of dat denk ik nu, misschien hoopte hij dat hij daar alle maskers kon zien, in het matte glas, een galerij in de diepte die eindigde in zijn ware gezicht. Fred lachte plotseling, drukte zijn lippen tegen de spiegel en likte. Ik wilde het niet zien. Maar ik had het al gedaan. Het was te laat. 'Waarom heb je verloren?' vroeg ik. Fred draaide zich naar me om, eventjes verlegen, woedend. 'Hoor je dat, Barnum?' zei hij. 'Wat?' Hij ademde een paar keer zwaar en glimlachte. 'Mijn neus. Die is weer in orde.' Hij ging op moeders bed zitten en leunde achterover. Het rook hier nog steeds naar Malaga. Een zoete, zware lucht. Ik kreeg zin om dronken te worden. 'Waarom heb je verloren, Fred?' Hij stond weer op, verbaasd, verdrietig bijna. 'Verloren? Ik heb gewonnen, Barnum. Snap je dan helemaal niks?'

Het zou jaren duren voordat ik de foto's van deze zomer liet ontwikkelen, de zomer die ik mijn eerste zomer noemde. Ik had het uitgesteld. Ik kon Peders moeder niet vergeten, die haar gezicht verborg en haar rolstoel keerde, woedend, bang om haar arme ziel te verliezen. Ik had beloofd de foto's niet te ontwikkelen. Maar er kwam een tijd dat de dromen door mijn vingers glipten, zodra ik ze op het papier probeerde vast te leggen, losten ze op als stof en verdwenen. Ik had iets tastbaars nodig, iets om vast te houden, iets om naar te kijken, iets van waaruit ik kon schrijven. Daarom nam ik het oude filmrolletje dat sindsdien onaangeroerd in een la had gelegen mee naar de fotowinkel in de Bogstadvei, ik dacht dat ik deze herinneringen misschien tot een verhaal kon vlechten waar ik een scenario van kon maken. Een week later haalde ik de envelop met foto's op. Ik ging naar café Den Gamle Major en maakte hem daar open. Ik bladerde de stapel langzaam door. Ik bladerde naar huis. Ik bladerde het licht terug. De eerste foto had moeder genomen, in de meidagen van 1945, De Oude en Boletta staan op het balkon in de Kirkevei en kijken verbaasd, bang bijna naar de vrouw die hen vanuit de woonkamer fotografeert, Boletta wil iets zeggen, De Oude houdt haar vingers gespreid, misschien is zij ook bang om haar ziel te verliezen. En de rest van de foto's hoort bij een andere tijd, alsof er een heel leven overgeslagen is: Peder die in het zomerhuis op Ildjernet in het tweepersoonsbed ligt, met ontbloot bovenlijf, zijn ene oog gesloten en zijn hand in zijn kruis en met een schaduw die de foto in tweeën deelt. Dat is mijn schaduw. Vivian en ik die op het bed zitten, de koffer ligt tussen ons in en Vivian buigt zich naar me toe en wil mijn magere schouder kussen. Ik kan me niet herinneren dat Peder die genomen heeft. Ik herinner me die kus, die aanraking niet. Peders moeder draait haar rolstoel om, maar ze is niet bang voor de camera, ze is gewoon verblind door de zon, zoals ik het zie houdt ze haar handen voor haar ogen om niet verblind te worden, door de zon, die breed en scherp boven de fjord hangt in mijn eerste zomer en op de achtergrond, op de hoek van de veranda, staat Peders vader, half verscholen, alsof hij op het punt staat een stap naar voren te doen, of zich terug te trekken, alsof hij degene is die haar verdoemt. Ik drink nog een pilsje. Het is begonnen te regenen. De mensen komen binnen en hangen hun lelijke kleren met al die merken erop over de rugleuning en bestellen halve flessen rode wijn. De laatste foto is van Fred. Die heb ik niet genomen. Hij moet hem zelf genomen hebben, op de droogzolder, want ik kan het dakraam en de lijnen met de knijpers zien, hij moet de camera met gestrekte arm hebben vastgehouden en hebben afgedrukt. Zijn gezicht is bijna onherkenbaar, verwrongen, zijn mond staat open, hij zegt iets, hij probeert te praten, hij praat tegen mij, hij roept, vanaf de droogzolder, terug in de tijd, en ik hoor niets, ik hoor hem niet.

(HONGER)

Op een avond belde Peder en hij was behoorlijk opgewonden. Ik nam de telefoon op voordat een van de anderen dat had kunnen doen, bovendien was ik ook alleen thuis, en dat Peder opgewonden was, is niet bepaald overdreven. Hij klonk alsof hij vanaf een andere planeet door een misthoorn brulde. 'Kom naar de boom!' riep hij. Ik hield de hoorn op een armlengte afstand om geen blijvende gehoorbeschadiging op te lopen. Peder schreeuwde nog harder daar ergens in het heelal. 'Ben je daar, Barnum?' Ik trok de hoorn weer naar me toe. 'Ja hoor. Wat is er aan de hand?' 'Wacht maar af.' 'Klets niet. Wat gebeurt er?' Peder werd ongeduldig. 'Kom je nou of kom je niet, dwergzwam!' 'Ik kom!' brulde ik. En ik kwam. Ik smeet de hoorn erop, rukte mijn jas mee, rende de achtertrap af, liep bijkans mijn moeder omver die op weg naar boven was met de lege vuilnisemmer en ik had bijna een persoonlijk record gevestigd, want als Peder mij een dwergzwam noemde was het menens, dan was er geen ontkomen aan. Als hij me pad had genoemd zou ik vrij lang getreuzeld hebben, of halve zool, dan was ik misschien wel thuisgebleven en als hij alleen wollen sok had gezegd had ik misschien niet eens antwoord gegeven. Maar dwergzwam, dan was het meer dan menens, dan was er minstens bosbrand in het Frognerpark. 'Geen tijd!' riep ik tegen Boletta, die achttien treden achter moeder aankwam, voordat een van hen een woord had kunnen uitbrengen, ik holde over de binnenplaats, dook onder de waslijnen door, stampte door de verdorde bloemen van huismeester Bang en liep de Jacob Aallsgate door, maar op het Vestkanttorg kwam ik niet verder, want iemand riep mijn naam en dat was Fred en die had ik al vijf dagen niet gezien. Ik zou willen dat hij het niet was, dat ik een andere weg genomen had. Ik liep langzaam naar Fred toe. Hij zat op het enige bankje dat daar nog stond. Het was al oktober en er was bijna geen bank meer om op te zitten in de stad, alleen deze. Hij zag er niet goed uit. Hij begon weer een beetje op zichzelf te lijken, na het gevecht tegen Asle Bråten, hij was alleen nog magerder geworden, zijn spieren waren als het ware weggekwijnd, alsof ze lang in het water hadden gelegen en daarna in de zon te drogen waren gehangen. Hij rookte een sigaret en liet die in het grind vallen, tussen zijn afgetrapte schoenen. 'Ga zitten, Barnum', zei Fred. Ik ging zitten. Nu wachtte Peder. Misschien had hij geen zin om langer te wachten. 'Waar ben je geweest?' vroeg ik. 'Waarom vraag je dat?' 'Ik vroeg het gewoon.' 'Is ma kwaad?' 'Ik geloof het niet.' 'Zeker weten?' 'Ze heeft tenminste niks gezegd.' Fred stak een sigaret aan en inhaleerde diep. 'Misschien ben ik wel bij Willy geweest', zei hij. 'Die bokstrainer? Ga je weer boksen?' Fred schudde zijn hoofd. 'Willy is gestopt als bokstrainer.' 'O ja?' Fred keek me aan. 'Haast, Barnum?' 'Moet naar Peder', fluisterde ik. Fred haalde zijn schouders op. 'Ga dan maar.' Ik bleef zitten. 'Wat heb je bij Willy gedaan, Fred?' 'Had jij geen afspraak met Peder, hm?' 'Ja, Straks.' 'Komt Vivian dan ook?' Ik vond het niet prettig dat hij haar naam zei. Ik kreeg zin om haar een andere naam te geven. Ik kon haar Lauren noemen. Ik besloot dat ze zo heette. Lauren. Lauren en Barnum. Dat klonk prima, als een beroemd paar, en dan mocht Fred zo vaak Vivian zeggen als hij wilde, want hij wist niet dat ik haar in plaats daarvan Lauren noemde. 'Weet ik niet', zei ik zachtjes. Ik stond op en bleef staan. 'Wat gaan jij en dat vriendje van je doen, Barnum?' 'Weet ik niet', zei ik nogmaals. 'Weet je dat ook niet? Iets wat je mij niet wilt vertellen, Barnum?' 'Ik weet het niet, Fred. Erewoord.' 'Erewoord. Dat is goed.' 'Ik moet echt weg, Fred.' 'Draai je om', zei hij. Ik deed mijn ogen dicht en draaide me om. 'Wat is er?' vroeg ik. 'Ik wilde alleen kijken of je je vingers gekruist hield. Want dan geldt het niet.' 'Wat niet, Fred?' 'Een erewoord, Barnum. Doe Peder maar de groeten.' 'Oké', zei ik. 'Zal ik doen.' Fred glimlachte. 'En doe Vivian de groeten. Als ze ook komt.' Ik begon over het plein te lopen, naar de lantaarnpalen, ik had zin om te rennen, maar durfde niet. Opeens stond Fred op. 'Doe niets waar je spijt van krijgt!' riep hij. Ik bleef even staan. 'Wat bedoel je?' Fred glimlachte. 'Wat ik bedoel? Dat weet je heel goed.' 'Nee Fred. Dat weet ik niet.' Fred ging weer zitten, alsof hij zich plotseling ontstellend verveelde en geen zin meer had om met mij te praten. 'Daar kom je dan nog wel achter, Barnum.' Ik ging pas rennen toen ik bij de fontein kwam, die afgesloten was, want het was herfst en het kon elk moment gaan vriezen. Ik holde helemaal tot aan de Solliplass en daar stond Peder onder onze boom in het Hydropark, hij kon niet stilstaan. Ik bleef buiten adem staan en hij kwam het laatste stukje aangerend, dwars door de dikke bladerenlaag die van de takken viel. 'Verdomme, wat ben je laat!' 'Ik ben zo snel mogelijk gekomen, hoor!' 'Zo snel mogelijk. Dat had veel sneller gekund!' We hielden elkaar een poosje vast. We stonden tot onze knieën in de bladeren, bloedrode en vochtige snippers die nooit in rust waren, een zee van loof. 'Maar wat is er aan de hand?' vroeg ik. 'Ze zijn aan het filmen in de Solligate', fluisterde Peder. 'Filmen?' 'Ja. Ze filmen in de Solligate, verdomme!' 'Nu?' 'Ja! Ze zijn nu bezig! Denk je dat ik uit mijn nek klets, hm?' Nee, dat dacht ik niet, dat Peder Miil uit zijn nek kletste, hij maakte over de meeste dingen grapjes, maar dit was geen geintje, dat iemand op een doodnormale avond in oktober in de Solligate filmde. 'Maar waar is Vivian dan?' vroeg ik. Peder keek op zijn horloge en het zweet stond op zijn voorhoofd. 'Die is ongeveer net zo traag als jij', kreunde hij. We wachtten nog een poosje. Maar Vivian kwam niet. Misschien had ze geen toestemming gekregen om naar buiten te gaan. Misschien was ze in de tussentijd ziek geworden. Er moest iets aan de hand zijn. Er moest iets zijn waardoor ze niet kon komen, en een wilde gedachte schoot door me heen, als een klap, maar hij liet me los, ik dacht hem niet helemaal ten einde. We konden niet langer wachten. We liepen naar de Solligate. Daar waren ze bezig. Peder maakte geen geintje. Er werd gefilmd. Het was een andere wereld. En wij liepen die langzaam binnen. De straatstenen waren met aarde bedekt. De rode brievenbus was weggehaald. De auto's die er gewoonlijk geparkeerd stonden, waren verdwenen. Bij de portiek van nummer twee stond een politieagent in een ouderwets uniform met platte pet en enorme glimmende knopen. Hij hief zijn hand op en groette een koetsier van een paardentaxi die langsreed. Zelfs de gordijnen voor de ramen van de begane grond waren vervangen en om de een of andere reden maakte dat de meeste indruk op mij, misschien hadden ze de appartementen achter de gordijnen ook opnieuw ingericht, de wanden behangen, andere stoelen en banken naar binnen gedragen, de boeken in de boekenkasten vervangen, schilderijen aan de wanden gehangen, de douche eruit gebroken, de wasmachine en de koelkast verstopt en de mensen die er eigenlijk woonden naar het platteland gestuurd. Want ik dacht die wonderlijke gedachte, die ik zelf ook niet helemaal begreep, en zal ik hem ooit aan iemand kunnen uitleggen, ik dacht, hoeveel is ervoor nodig om het publiek dat deze film ooit zal gaan zien te bedotten, hoeveel moest je afdekken, hoe ver moest je naar binnen gaan, in de gevels, de gebouwen, in de mensen en de harten, om ons te laten geloven dat het waar was? En ik hoorde vaders lach en stem: niet wat je ziet is het belangrijkst, maar wat je denkt te zien. Ik pakte Peders hand. 'Kijk eens', fluisterde ik. 'De gordijnen zijn vervangen.' Maar toen gebeurde er iets aan het eind van de straat. We werden verblind door een fel licht en een man met een megafoon kwam overeind in de schaduw. Dat was ongetwijfeld de regisseur. 'Haal die idioten daar weg!' riep hij. De agent kwam aangehold en joeg ons ongeveer weer helemaal terug naar de Solliplass, waar we gehurkt achter een vuilnisbak bleven zitten. 'Sodeju!' fluisterde Peder. 'Ja, sodeju. Dat ging maar net goed.' De agent repte zich terug naar de portiek en stelde zich daar weer op. Wij kropen tevoorschijn en nu kwam er leven in de brouwerij. Een dame in een bontjas en hoed kwam tevoorschijn, ze begon het trottoir af te lopen. Een camera volgde haar op de hielen. De rillingen liepen over onze rug. Dit was geen film. Dit was echt. Wij zaten er middenin, binnen in een dubbele werkelijkheid. Ze kwam op ons af, zij en de cameraman, het leek alsof zij het ook koud had, ze had haar handen verstopt in een dikke bontmof op haar buik, en ze draaide zich voortdurend om, alsof iemand haar volgde, iemand voor wie ze bang was, misschien was ze alleen op weg naar huis en ging iemand haar overvallen, maar behalve de cameraman was er niemand, en voor hem hoefde ze toch niet bang te zijn. Toen bleef ze staan voor de portiek waar de agent stond, die zijn pet aantikte, ze aarzelde even, haar gezicht was heel bleek en ze moest zich nog een keer omdraaien voordat ze in de duisternis verdween. De regisseur stond op uit een stoel en klapte in zijn handen. De dame in bont kwam de portiek weer uit, glimlachend nu, en ze kreeg een zoen van de regisseur terwijl de lichten met een zoemend geluid uitdoofden. 'Lauren Bacall is beter', fluisterde Peder. Ik miste Vivian toen hij dat zei en ik was ervan overtuigd dat Peder haar ook miste. Ze had hier moeten zijn. We hadden dit samen moeten zien. 'Wat voor film denk je dat dit is?' vroeg ik. 'Voor boven de veertig', zei Peder. We bleven gehurkt achter de stinkende vuilnisbak staan. Die rook naar oude zomer. Het duurde een poosje. Een hond rende voorbij met iets in zijn bek. Misschien waren ze klaar met filmen. De agent stak een sigaret op. Wij wachtten. Iedereen wachtte. Zo was het. Het was wachttijd. De regisseur zat op zijn stoel in een dikke stapel papier te bladeren. En plotseling kwam er een windvlaag, zoals die door de Munkedamsvei kan komen aanzetten, vanaf de bodem van de stad, als een waaier van storm in de straten, en er werd een vel papier van de schoot van de regisseur geblazen, het vloog over een hek, ik stond op, Peder probeerde me tegen te houden maar ik holde erachteraan, ik kreeg het vel te pakken en terwijl ik snel terugliep naar de regisseur, die was opgestaan en die tamelijk verwilderd keek, had ik tijd om te lezen, de bovenste regel op het papier, en ik herinner het me, ik herinner het me alsof het gisteren was, alsof het vandaag is, of dit ogenblik, want dit was het eerste script dat ik in mijn handen hield: *blz. 48, ext. avond. Straat* IV. *Enkele voetgangers en een taxi.* PONTUS *ziet een hondje dat door de goot naar huis rent met een bot in zijn bek.* Dit waren woorden die film zouden worden, Pontus, een hond, de goot, woorden die van het papier getild zouden worden, losgerukt van het blad en tot beweging zouden worden, beeld, geluid, en toen ik die alledaagse woorden in deze alledaagse zin las, zo onderkoeld en toch zo krachtig, nam ik mijn besluit, op dat ogenblik nam ik het besluit, zonder na te denken, ik nam het gewoon en wist dat het juist was: ik zou mijn dromen opschrijven. En ik voelde een intense, blijvende vreugde over het feit dat ik dit besloten had. Ik gaf bladzijde 48 met een diepe buiging aan de regisseur. Hij rukte hem uit mijn hand. 'Alstublieft', zei ik. Er kon geen bedankje af. Hij wuifde me gewoon weg. Ik holde terug naar Peder achter de vuilnisbak. En nu begonnen er weer dingen te gebeuren. Een lange, dunne man met sleetse kleren, een rond brilletje en een mager, ongeschoren gezicht liep langzaam door dezelfde straat, maar nu bevond de camera zich ervoor, de man liep op de camera af, en plotseling bleef hij staan om zijn bril te poetsen, het leek of hij met zichzelf praatte en het oneens was met alles wat hij zei. 'Dat moet Pontus zijn', fluisterde ik. 'Wie?' 'Pontus. Dat stond in het script.' De man die Pontus moest zijn liep weer door, steeds dichter naar de camera, het was net of hij van plan was de camera te overvallen. Toen klapte de regisseur in zijn handen, riep iets en de magere man, Pontus, moest alles overdoen, naar de camera lopen, blijven staan, zijn bril poetsen, met zichzelf praten, en ik kon geen verschil zien, maar hij moest het twee keer doen voordat de regisseur tevreden was en toen doofden ze de lampen voorgoed, ze pakten hun spullen in en reden weg in een bestelauto. Peder en ik kwamen overeind. Er verschenen weer mensen achter de ruiten. Een huismeester begon de aarde weg te vegen van de straatstenen. De brievenbus werd weer tevoorschijn gehaald. De paarden reden weg in de richting van het koninklijk paleis. Alles werd terug op zijn plaats gezet en langzaam werd de straat weer zichzelf. Het leek bijna een droom. We liepen door de Bygdøy allé en ik verheugde me erop Peder te vertellen dat mijn leven een plotselinge en radicale wending had genomen toen ik met dat vel papier in mijn handen stond, blz. 48, en de bedaarde zinnen over Pontus en de hond las, in het Deens geschreven. Maar ik zei niets tegen Peder, nog niet, want ik wilde eerst naar huis om iets te schrijven wat ik hem kon laten zien. 'Vraag me af waar Vivian bleef', zei ik. We bleven voor haar huis staan en keken naar boven, naar haar raam. Het was er donker. Peder gooide een kastanje en trof doel.

Maar niet Vivian schoof de gordijnen heel even opzij, maar haar moeder, ze keek even op ons neer, toen trok ze zich weer terug. Peder keek me aan en rilde. 'Blij dat mijn moeder alleen maar in een rolstoel zit', zei hij. En op dat moment kwam Vivian eraan, aan de andere kant van de kerk, en wij holden naar haar toe. 'Waar bleef je nou?' riep Peder. 'Even wezen wandelen', zei ze. 'En ik moest eerst mijn moeder helpen.' 'Eerst je moeder helpen?' Vivian haalde haar schouders op. 'Ik lees haar altijd voor. Anders kan ze niet slapen.' Peder zei niets meer. Ik kon bijna niet stil blijven staan. 'Verdomme, raad eens wat je gemist hebt!' Vivian keek me aan, maar niet lang, ze keek in plaats daarvan naar de grond en leek plotseling ongelukkig en bang, maar wie zou dat niet zijn, met een moeder zonder gezicht die je voor moest lezen. 'Nee, wat dan?' vroeg ze. 'Ze namen een film op in de Solligate! Met camera en schijnwerpers en de hele mikmak!' 'Ik weet het', zei Vivian. 'Weet het? Weet je dat?' 'Ja, dat stond in de krant. Hij heet *Honger*.' '*Honger*? Best een goeie titel.' 'Het is eigenlijk een boek van Knut Hamsun. Dat lees ik nu voor aan mijn moeder.' Vivian liep naar haar huis. Daar draaide ze zich om. 'Ze gaan morgen ongetwijfeld weer filmen. Zullen we proberen ze dan te vinden?' Wij knikten. Natuurlijk zouden we hen vinden. Dat kon niet zo moeilijk zijn, een film te vinden in een stad als deze. Vivian lachte en begon weer op zichzelf te lijken, alsof zij ook in een film had meegedaan en nu eindelijk haar kostuum uittrok. 'We zien elkaar om twaalf uur', zei ze. 'Als jullie durven spijbelen.'

Peder was weer afoon toen we samen opliepen naar huis en dat was ik ook, want ik had genoeg aan mijn hoofd, ik zou gaan schrijven, en die gedachte was zo groot dat er nauwelijks plaats was voor iets anders. Maar toen we afscheid namen, zei Peder toch nog iets. 'Ik geloof dat we goed op Vivian moeten passen', zei hij. 'We passen altijd goed op Vivian', zei ik. Peder omhelsde me plotseling. 'Welterusten, Barnum. Morgen spijbelen we als de neten.' En ik liep het laatste stuk alleen, door de Kirkevei omhoog. Het was een wonderlijke avond. Bij Marienlyst bleef ik staan en keek om me heen. Dit was van mij. Dit was mijn wereld. De straten waarin ik liep, het bos achter de stad, de hemel boven de daken. Hier zou ik over schrijven. Hier zouden mijn mensen leven, Esther van de kiosk, De Oude, Fred, moeder, Peder en Vivian, Boletta, vader, ook al was hij dood, iedereen zou hier een plekje krijgen, zowel de levenden als de doden. Toen kwam Fred eraan. Hij liep over het grasveld, hij liep recht door de miniatuurstad, waar we ooit de verkeersregels hadden geleerd, door de kleine straten, over de kleine zebra's die niet meer waren dan streepjes op het asfalt, over de kleine trottoirs en tussen de kleine huizen door die op echte huizen moesten lijken, en toen ik hem zo zag, kreeg ik een idee, mijn eerste idee. Fred bleef voor me staan. 'Je ziet er erg triest uit, Barnum.' 'Ik dacht na', zei ik. 'Dacht na? Waarover dan? Iets triests?' Ik moest het aan Fred vertellen. 'Ik dacht aan alles wat ik ga schrijven', zei ik. Fred boog zich naar me toe. 'Schrijven?' 'Ik heb een besluit genomen, Fred. Ik ga schrijven.' 'Wat schrijven?' 'Filmscenario's', zei ik. Fred keek een andere kant op, alsof hij bang was dat iemand hem volgde. Maar wij waren vanavond de enigen op Marienlyst. 'Ik ben moe', zei hij, hij legde een hand op mijn schouder en zo liepen we samen naar huis. Moeder kwam de woonkamer uitgestormd toen ze zag dat Fred er eindelijk was, maar hij liep door naar de slaapkamer en nam niet eens de moeite om hallo te zeggen. 'Waar ben je geweest?' vroeg moeder. 'Even wezen wandelen', zei Fred en hij smeet de deur dicht. 'En daar heb je vijf dagen over gedaan!' riep moeder hem na, maar ze keek naar mij. 'Even wezen wandelen', herhaalde ik. Toch glimlachte moeder, blij dat Fred was thuisgekomen, ook al had dat vijf dagen geduurd, en dat zouden we nog vele malen zeggen, dat Fred even wandelen was, toen hij begon te verdwijnen, en uiteindelijk bleef hij zo lang weg dat hij dood werd verklaard, en het schoot me te binnen dat Vivian dat vanavond het eerst had gezegd, even wezen wandelen. 'Zal ik iets te eten voor je maken?' vroeg moeder, en toen wist ik dat ze echt in een goed humeur was. 'Nee, dank je', zei ik. 'Maar hebben wij een boek dat *Honger* heet?' Moeders glimlach werd verbaasd en ze draaide zich om naar Boletta, die al van de bank was opgestaan en die in trage vaart op ons afkwam. 'Die roman hebben we helaas verbrand', zei ze. 'Verbrand?' 'De schrijver was een schurk tijdens de oorlog, Barnum. Zijn boeken waren geen sier meer voor de boekenkast hier. Daarom hebben we zijn verzamelde werken hier zó in de kachel verbrand.' Boletta moest op mijn schouder leunen. We waren bijna even klein. Ze zuchtte diep. 'Maar nu heb ik er spijt van', zei ze. 'Want ook schurken kunnen goed schrijven.'

Daar dacht ik aan toen ik ging slapen, en dat maakte me nog zekerder van mijn zaak. Ook schurken kunnen goed schrijven. Dan moest ik het toch ook kunnen, ik, Barnum, even lang als mijn pen. Ik stond weer op, ging aan de tafel zitten, deed de lamp aan, vond een potlood en een kladblok en schreef: *Een jongen loopt door een straat. Hij is groter dan de huizen. Hij is hoger dan de verkeerslichten. Op een hoek blijft hij staan. Hij is alleen.* Verder kwam ik niet, want ik was vergeten dat Fred in zijn bed lag. 'Hoe heet het wat je schrijft?' vroeg hij. 'De Kleine Stad', zei ik. 'Dat is een mooie titel, Barnum.' Ik werd vreselijk blij. Ik deed de lamp uit. 'Ga je niet verder schrijven?' 'Ik wacht tot morgen.' 'Waarom?' 'Ik weet niet hoe het verder gaat.' 'Jij bent de enige die dat kan weten', zei Fred. Ik ging onder mijn dekbed liggen. Het was langgeleden dat we zo samen gepraat hadden. Dit gesprek zou ik koesteren. Ik sloot mijn ogen. Ik wilde mezelf langzaam in slaap glimlachen. Toen hoorde ik Fred aankomen, hij ging op de rand van mijn bed zitten. Nu kon hij alles verpesten. Maar dat deed hij niet. Wat hij zei gaf het gesprek nog meer gewicht en ik wist dat ik deze woorden nooit zou vergeten. Toch werd ik bang. 'Ik heb ook nagedacht', zei hij zacht. 'Waarover?' Hij zei een hele poos niets. 'Dat ik de brief ga vinden die wijlen Arnold Nilsen heeft verkocht.' Zo zei hij het, wijlen Arnold Nilsen. Ik deed mijn ogen open. Fred boog zich over me heen, was vlak bij mijn gezicht. 'Tegen niemand vertellen, Barnum.' 'Nee.' 'Tegen niemand.' Ik hield mijn handen omhoog, zodat hij mijn vingers kon zien. Hij lachte kort, richtte zich weer op en bleef naar het schrift staan kijken dat vaag zichtbaar was in het gele schijnsel van de lantaarnpaal dat in een dunne, bevende streep door het gordijn kwam. En hij begon hardop voor te lezen, hij las langzaam en duidelijk: *Een jongen loopt door een straat. Hij is groter dan de huizen. Hij is hoger dan de verkeerslichten. Op een hoek blijft hij staan. Hij is alleen.* Fred las het eerste wat ik geschreven had, zonder zich één keer te vergissen, hij had geen enkele letter gemist. Ik durfde niets te zeggen. Stel dat ik ging huilen. Dat moest niet gebeuren. Dat moest in geen geval gebeuren. Fred klapte mijn schrift dicht en ging op bed liggen. We lagen in het donker met een krijtstreep tussen ons in. 'Hij is alleen', fluisterde hij.

Fred sliep toen ik de volgende ochtend opstond, of hij deed alsof. Moeder sloop door het huis, praatte zachtjes en zei bij het minste of geringste sst!, bang hem wakker te maken. Ik ging niet naar school. Ik liep naar het Stenspark en ging boven op Blåsen zitten. Ik haalde mijn schrift, potlood en lunchpakketje tevoorschijn en verstopte mijn schooltas onder een struik. Het was een mooie dag. De lucht was helder en fris, maar niet koud. Het was net alsof alles dichterbij kwam, de helling van de Ekeberg aan de overkant, de grijze gebouwen, de kerktorens. De stad werd steeds kleiner. Ik schreef: *Hij is alleen. Het verkeerslicht verspringt. Maar er zijn geen auto's. Hij loopt over de zebra. De witte strepen zijn kleiner dan zijn voeten. Hij loopt een winkel binnen en moet zich bukken om binnen te komen. Het is een bloemenzaak. Ook daar is hij alleen. Hij roept: 'Is daar iemand?' Maar niemand antwoordt. Hij begint bloemen uit de vazen te plukken en de bloemen komen nog net boven zijn vingers uit. Hij legt wat geld op de toonbank en loopt naar buiten. En op het moment dat hij gebukt naar buiten komt, wordt hij verblind door een fel licht en hij moet zijn handen voor zijn ogen slaan. Een stem roept: 'Je bent gearresteerd!'* Ik kreeg er honger van en at een boterham met kaas en worst, en terwijl ik zo zat, op Blåsen, die heuvel van dode paarden, midden in mijn vertelling, werd mijn aandacht getrokken door iets wat zich op Sankthanshaugen afspeelde, de andere heuvel in dit deel van de stad, en ik zag al snel wat het was. Ze waren de film aan het opnemen. Ze waren al bezig. Ik zat hier te schrijven en zij waren daar aan het filmen, elk op onze eigen berg. Ik pakte mijn spullen bij elkaar, liep het steile pad af en holde ernaartoe. Toen waren ze al aan het pauzeren. Ik herkende Pontus. Hij zat op een bank, leunde op de glimmende knieën van zijn broek en rookte nerveus een sigaret. Hij maakte net zo'n vermoeide indruk als gisteren. De regisseur zat op zijn eigen stoel een broodje te eten, ondertussen in het script bladerend. Dezelfde agent was er ook weer. Het kon toch niet verboden zijn om hier nu te lopen? Ik liep over de paden tussen de bomen door en hield in toen ik Pontus naderde. Hij keek op en wreef in zijn oog, met een dunne vinger achter zijn bril. Hij zag er echt niet goed uit. Plotseling gooide hij zijn sigaret weg en zei iets. 'Zoudt u zo vriendelijk kunnen zijn mij te zeggen hoe laat het is?' vroeg hij. Ik bleef staan, tamelijk overdonderd, en slaagde er nog net in mijn mouw op te slaan. 'Het is tien uur', zei ik. Pontus schudde zijn hoofd. 'Nee, dat is niet zo. Het is twee uur!' Ik moest nog eens kijken. Op mijn horloge was het tien uur. 'Het is tien uur', herhaalde ik. Pontus stond geïrriteerd op. 'U vergist zich schromelijk. Het is twee uur. Gedraagt u zich daarnaar, mijn beste man!' Ik hoorde iemand bij de camera lachen. 'Wil je een boterham met worst, Pontus?' vroeg ik. Pontus was een ogenblik verbouwereerd, buitenspel gezet, perplex. Hij ging weer zitten. 'En hoe heet jij?' vroeg hij. 'Barnum', antwoordde ik. Hij knikte en bleef naar me kijken. 'Pontus en Barnum', zei hij. 'Dat klinkt warempel als een koppel uit een oude stomme film. Heet je echt Barnum?' 'Ja. Ik ben door de dominee van Røst Barnum gedoopt.' 'Maar ik heet helaas niet Pontus. Mijn naam is Per Oscarsson.' Hij stak zijn hand uit. Ik nam hem aan. Het was alsof je botten schudde. 'Dankjewel, Barnum. Ik had graag een boterham met worst gegeten. Maar dat is helaas onmogelijk. Ik speel een uitgehongerde gek in deze film, en dan moet ik honger hebben.' 'Ik zie het', zei ik. Hij liet mijn hand los en wees naar zijn schoenen. Die waren net zo dun. 'Ik ben blootsvoets van Stockholm naar Oslo gelopen', zei hij. 'Weet jij hoeveel kilometer dat is?' Ik schudde mijn hoofd. 'Ik ook niet. Maar het is heel wat.' Pontus leunde achterover. 'Ik ben moe', zuchtte hij. 'Ik weet nauwelijks waar ik ben.' 'Je bent op Sankthanshaugen in Oslo', zei ik. Pontus knikte langzaam. 'Dankjewel, Barnum. Dan gaan we later vandaag naar het Slottspark.' Hij zuchtte diep. 'De volgende keer wil ik een dikke koning spelen.' Er kwam een vrouw in een wijde broek naar ons toe. Ze had een kistje met tubes en iets wat op een scheerkwast leek bij zich. 'De maestro wacht', fluisterde ze. En toen begon ze op Pontus te kliederen, ze maakte zijn baardstoppels nog donkerder, zijn haren nog dunner en zijn ogen nog wilder. En terwijl ze daarmee bezig was, stond de maestro op en riep: 'Willen alle onbevoegden het terrein onmiddellijk verlaten!' De maestro was de regisseur. De onbevoegden, dat was ik. 'Hoe laat is het?' vroeg ik snel. Pontus haalde zijn zakhorloge tevoorschijn, glimlachte en knipte de deksel plechtig open. De horlogekast was leeg, als een schelp van zilver waar de inhoud uit was geschraapt. Pontus glimlachte. 'Het is precies vijf minuten voor twaalf', zei hij.

Ik holde naar de Solliplass, maar op de laatste hoek remde ik af en ik liep het laatste stuk heel rustig. Peder en Vivian wachtten al onder de boom. Ik had alle tijd. Ik raapte een paar bladeren op en bestudeerde het fraaie patroon, rode aderen op een groen vlak. Peder en Vivian kwamen naar me toe. 'Barnum heeft vandaag alle tijd', zei Peder. Ik liet de bladeren voorzichtig weer op de grond vallen. 'Ze zijn in het Slottspark', zei ik. 'En hoe weet jij dat?' Ik haalde mijn schouders op. 'Met Pontus gepraat.' Vivian hield haar hoofd schuin. Dat deed ze altijd als ze iets niet begreep, alsof dat hielp, je hoofd kantelen. Haar ogen hadden rode randjes, dunne korstjes die ze geprobeerd had weg te boenen. Misschien had ze vannacht niet geslapen? Misschien was ze wakker gebleven om de rest van de roman aan haar moeder voor te lezen? 'Pontus?' vroeg ze, zachtjes. 'De hoofdrol in de film. Kwam ik tegen op Sankthanshaugen.' Peder deed een stap in mijn richting. 'Is dat waar?' 'Natuurlijk is dat waar.' Peder begon met zijn armen te maaien. 'En hoe was hij?' Ik dacht na, lang. Peder steeg bijna op. 'Pontus had honger', zei ik. En toen vertrokken we naar het Slottspark. Daar was niets te zien. Alleen koning Olav was thuis. Misschien had hij de opdracht gekregen weg te blijven van de ramen. Die gedachten lieten me maar niet los. Hoeveel is ervoor nodig om ons te laten geloven wat we zien? Hoeveel kunnen we eigenlijk zien? En als er een vliegtuig over de stad vloog, moesten ze dan alles weer overdoen? Dit dacht ik: hoe erg moet je liegen voordat iemand gelooft dat het waar is? 'Ik heb ook honger', zei Peder. Hij liep langzaam naar de kiosk bij het Nationaltheatret. Hij was na de zomer weer dikker geworden. We konden zijn zware ademhaling hier horen. Vivian glimlachte even en wilde iets zeggen, maar zei toch niets. We gingen in de bladeren zitten, achter de dikste boom, zodat de koninklijke garde ons niet kon zien. Vivian zweeg.

Als ik lang naar haar keek, werd ze bijna doorzichtig, alsof haar huid water was waar ik me in kon buigen. Ik herinnerde me plotseling wat ze had gezegd, dat ze was geboren in een ongeluk. 'Wat is er?' vroeg ze. 'Niets', fluisterde ik. Ik wilde dichter bij haar gaan zitten, maar ze ontweek me en haalde een boek uit haar schoudertas. Dat gaf ze mij. Het was *Honger*, van Knut Hamsun, de schurk. 'Dat mag je hebben', zei Vivian. 'Heb je het al uit?' Ze knikte. 'Hartelijk dank', zei ik. Ik bladerde er wat in. Ik vond nergens een Pontus. 'Hoe loopt het af?' vroeg ik. 'De hoofdpersoon verlaat de stad', zei Vivian. 'Komt hij weer terug?' Vivian sloeg haar ogen neer. 'Dat weet ik niet. Daar staat niets over in.' 'Dat klinkt als een vrij triest einde', zei ik. Vivian keek me weer aan. 'Vind je?' Maar daar kon ik geen antwoord op geven, want Peder kwam terug en hij had meer dan genoeg eten gekocht, hij zeulde de halve chocoladefabriek mee en nog wat meer, hij was zelfs niet vergeten echte marsepeinrepen en pepermuntpastilles mee te nemen, Vivians lievelingskostje, en dat terwijl ze zo dun was. 'De waarschijnlijkheid dat één van twee gebeurtenissen zal plaatsvinden, is gelijk aan de som van de waarschijnlijkheid van elke gebeurtenis afzonderlijk', zei Peder en hij leegde drie zakken snoep in het gebladerte. 'Met andere woorden, kiezen we voor chocolade of voor honger?' We begonnen met de chocolade. En iemand moet ons daar gefotografeerd hebben zonder dat we dat merkten, want jaren later stuitte ik op een foto in een jaarboek, en langzaam herkende ik de drie vage gedaanten die voorovergebogen in de bladeren zaten te graven, dat waren wij, Peder, Vivian en ik, en we zagen er tamelijk suf uit, alsof we bezig zijn met iets verbodens in plaats van met snoepjes zoeken in de herfstbladeren. En onder de foto stond: *De eerste jongeren die het drugsmilieu in het Slottspark opzochten, uit protest tegen wat ze de dodendans rond de plastic God en het gouden kalf noemden.* En toen begreep ik, voor eens en voor altijd, beschaamd, misschien lacherig, maar ook met een zeker verdriet, dat het oog beslist wat het wil zien, het oog vervormt de wereld, en alles wat je ziet en wat je nog zult zien heeft een terugwerkende kracht.

Ze kwamen vlak voor de schemering, Pontus, de maestro en de hele filmploeg, in het tussenlicht dat trilt en als het ware de dag niet los wil laten in de maand voordat de fjordenmist door de straten trekt en afstanden en hoeken uitwist. De zon was een rode schaduw tussen de bomen. Ze stelden zich op achter de barak van de koninklijke garde. Wij liepen ernaartoe. Het oogde chaotisch. Iedereen rende door elkaar heen. Misschien hadden ze weinig tijd. Het gezicht van de bleke dame in de bontjas werd geschminkt en nu was ze nog bleker. Pontus ging op een bank zitten die naar hem toe werd gedragen. Het leek op de bank op Sankthanshaugen. Er werden lampen aangestoken. Een machine blies bladeren naar Pontus. Ik hoopte dat het hele script weg zou waaien, dan kon ik het bladzij voor bladzij oprapen en het in de juiste volgorde naar de regisseur terugbrengen. Ik probeerde naar Pontus te wuiven, maar hij zag me niet. Hij schreef iets op een papiertje en had zich afgesloten voor deze wereld. Ik wist meteen dat ik graag op hem zou willen lijken. Peder pakte mijn arm beet. 'Zeg tegen hem dat je oma een beroemd actrice was', fluisterde hij. 'Tegen Pontus?' 'Tegen de regisseur natuurlijk! Dat is de man die de dienst uitmaakt.' 'Waarover?' 'Over alles, Barnum.' De regisseur maaide met zijn armen en leek op een dirigent die zijn orkest niet gestemd kreeg. Ten slotte ging hij in zijn stoel zitten en vouwde zijn handen. Ik dacht aan De Oude, die nooit in een film te zien was geweest. 'Mijn overgrootmoeder', zei ik. 'Die was actrice.' 'Wat maakt het uit. Zeg het nou maar.' Peder gaf me een duw in mijn rug. Ik geloof dat Vivian ook in mijn rug duwde, voorzichtig. Ik haalde diep adem en liep langzaam naar de regisseur. Hij leek nogal korzelig toen ik voor hem bleef staan. 'Raken we die jongens dan nooit kwijt!' riep hij. Ik maakte een diepe buiging. 'Mijn overgrootmoeder was een beroemd actrice in Denemarken', zei ik. De regisseur keek me met een oog aan. 'O ja? Was je overgrootmoeder actrice in Denemarken? En hoe heette ze dan?' Ik noemde de naam van De Oude. Hij schudde zijn hoofd. 'Ken ik helaas niet. Dat zal wel voor mijn tijd geweest zijn.' De regisseur keek weer in zijn script. Ik bleef staan, vooral omdat ik niet wist wat ik moest doen en omdat het zo zwaar was om door bladeren te lopen. Zo stond ik een poosje. De regisseur keek op van zijn papier en nam zijn bril af. 'Met hoeveel ben je?' 'We zijn met z'n drieën', zei ik. De regisseur spreidde zijn armen. 'Goed. Als we jullie toch niet kwijtraken, kunnen we jullie net zo goed gebruiken.' Hij stond op en liep naar twee dames, een ervan was de vrouw die schminkte, en praatte met hen. En wat er toen gebeurde moet ik bijna zo zacht ik kan vertellen, want het jaar daarna, toen we in de zaal van de Saga-bioscoop zaten, bij de première, was de teleurstelling zo groot, ja, we voelden ons gewoonweg belazerd, en die teleurstelling was vermengd met iets wat nog veel erger was, namelijk schaamte, daarom vertel ik dit zachtjes, ik fluister: we zouden figuranten worden. We kregen ouderwetse kleren aan, wijde broeken die aan je dijen kriebelden, schoenen die te groot waren en jasjes met meer knopen dan wij vingers hadden. 'Wat heb jij mooie krullen', zei de schminkdame en kamde mijn haren iets te lang. Vivian kreeg een lange, ritselende jurk aan, hoge laarsjes en een zware mantel. We waren een fraai stel. Het jaar was 1890. De stad was Oslo, toen nog Kristiania geheten. We waren op weg naar huis, door het Slottspark, na een bezoek aan een oom en tante in de Wergelandsvei. 'Jullie zijn twee broers en hun zus', zei de regisseur. 'Is dat niet wat vreemd?' bracht Peder daartegen in. 'Vreemd? Hoe bedoel je?' Peder ging naast mij staan en trok Vivian naar zich toe. 'Zien wij eruit als broer en zus, hm?' De regisseur ademde zwaar. 'In de vorige eeuw zagen broers en zussen er zo uit', zei hij. 'Jullie mogen naar de vijver lopen en doen alsof er niets aan de hand is. En je niet omdraaien! Begrepen!?' We knikten. 'Moeten we nog aan iets speciaals denken?' vroeg ik. De regisseur keek me langdurig aan. 'Denken?' 'Ja, waar moeten we aan denken?' Nu stond Pontus ook naast ons. 'Zijn we collega's geworden, Barnum?' 'Daar lijkt het wel op', zei ik. Pontus lachte met gele tanden en holle wangen. 'Ik zal jullie vertellen waar jullie aan moeten denken. Jullie moeten denken aan alle broodjes die jullie gaan eten als jullie thuiskomen. Met kalkoen. Ham. Kaas. Worst. Vette mayonaise. Chocolade met slagroom.' De regisseur greep in. 'Zo is het wel weer genoeg, Oscarsson. Nu hebben ze wel genoeg om aan te denken.' En al snel waren we aan het werk. We liepen naar de donkere vijver waar een paar eenden dreven, terwijl achter ons de film opgenomen werd. We draaiden ons niet om. We zeiden geen woord. Ik weet niet waar Peder en Vivian aan dachten, maar ik dacht eraan hoe ik dit geschreven zou hebben. In de eerste plaats zouden we geen broers en zus geweest zijn. We waren eerder drie vrienden op weg naar huis van een feest, of een bal, ja, een bal, en zowel Peder als ik was verliefd op Vivian en nu is het uur der waarheid aangebroken, het is hij of ik. Maar dan valt Vivian in de vijver, daar waar die het diepst is, ze kan niet zwemmen, het water is koud in deze tijd van het jaar en ze dreigt te verdrinken. Peder en ik moeten haar samen redden, we storten ons erin en weten haar op het droge te krijgen. Maar het is te laat. Het is te veel voor haar geweest en ze sterft ter plekke, in onze hulpeloze handen. 'Ik geloof dat we nu ver genoeg gelopen hebben', fluistert Peder. We waren de Parkvei al bijna overgestoken. En toen we ons eindelijk omdraaiden stond de regisseur ons als een schaduw voor de schijnwerper te wenken. We liepen op een holletje terug. 'Uitstekend', zei hij. 'Moeten we het nog een keer doen?' vroeg ik. 'Dat is niet nodig. Dit was perfect.' We verkleedden ons weer en kregen elk vijf kronen. We werden betaald. We liepen dezelfde weg naar de vijver nogmaals en hadden loon gekregen om mee te doen aan een film, elk een vijfje, tezamen vijftien kronen. 'Dit moeten we vieren!' riep Peder. 'We laten ons vollopen!' De eenden stegen met zware, druipende vleugels op uit het water.

'Ja!' riep ik. En we lieten ons behoorlijk vollopen, vooral Peder en ik al helemaal. 'Barnum wordt het snelst dronken omdat hij zo klein is', zei Peder altijd. En dan zei ik dat Peder het langzaamst dronken werd omdat hij zo dik was. En dan dronken we nog meer. We gingen naar Miils Postzegels, in- en verkoop, en leegden de koelkast in het achterkamertje, er stond zelfs champagne in, voor het geval er een grote slag geslagen werd, en misschien hadden mijn vader en Oscar Miil wel champagne gedronken op de dag dat overgrootvaders brief werd verkocht en gekocht. Wij dronken hem in ieder geval. We maakten hem met een knal open en dronken het schuimende, kietelende spul zo uit de fles, want was dit niet ook een grootse aanleiding, we hadden meegedaan aan een film, we hadden in *Honger* gespeeld. Daar zaten we de rest van de avond, in het krappe achterkamertje, in de zware lucht van oude brieven, en we proostten met champagne en Campari en cola. Peder zei altijd dat Vivian niet dronken werd omdat ze zo mooi was. Maar ik herkende hem, de roes, de roes die ik op Ildjernet gevoeld had en die ik de eerste keer had ondergaan in moeders slaapkamer, wanneer ik diep ademhaalde en ik de zoete, zware smaak van Malaga op mijn tong proefde. Zo zaten we daar. Ik haakte af, eerst langzaam, toen was het alsof er een schakelaar werd omgedraaid, en het merkwaardige was dat het leeuwendeel van mij in duisternis gehuld werd, terwijl in een andere ruimte het licht aanging, een ruimte waarvan ik het bestaan niet vermoedde, en in die ruimte was ik koning, zo lang het duurde, daar kon ik Barnums liniaal oprekken, de schaduwen die ik wierp waren lang en soepel, de ideeën kwamen zo gemakkelijk, ze stonden te dringen en ik was koning. Ik haalde mijn schrift tevoorschijn en schreef op een lege bladzijde: 'Mestkuur'. Dat was het woord dat ik opschreef. Mestkuur. Dat was mijn nieuwe idee, al zou het nog jaren duren voordat ik dat verhaal afmaakte en de grote scenariowedstrijd van Norsk Film won. Ik was op weg. 'Wat heb je daar?' vroeg Peder. Ik bladerde terug, naar De Kleine Stad. 'Gewoon iets wat ik geschreven heb', zei ik. 'Geschreven? Heb jij iets geschreven?' Ik kwam overeind. Ik stond niet helemaal stevig, ik zweefde over de vloer, zoals de gedachten door mij zweefden. 'Ja', zei ik luid. 'Ik ben begonnen te schrijven!' Peder klapte in zijn handen. 'Lees je werk aan ons voor, Barnum!' En ik las voor, het begin van het eerste wat ik had geschreven, afgezien van de opstellen op school, en die telde ik niet mee. Toen ik klaar was glimlachte Vivian, terwijl Peder afoon nog een fles bier openmaakte. 'Mooi', zei Vivian en ze gaf me een vluchtige knuffel. Ik probeerde haar vast te houden, maar dat lukte me niet. Het is niet waar dat ze niet dronken werd omdat ze zo mooi was. Ze werd niet dronken omdat ze niet dronk. Misschien was ze daarom wel zo mooi. 'Je bent zo mooi', zei ik en zeeg neer op de bank. 'Klets niet', zei Vivian. Ik keek haar aan en zag plotseling dat ze de pruik op had gehouden en dat haar gezicht wit was van de schmink. 'Jawel! Op een dag zal ik over je schrijven!' Peder werd ongeduldig. 'Maar wat gebeurt er verder? Zo kan het toch niet ophouden?' Ik dacht na. Ik was op weg. Het draaide nu prima. Ik was een wiel. 'Hij komt in de gevangenis!' riep ik. 'Daar is alles veel groter, net zoals alles klein was in De Kleine Stad. Hij, die de grootste mens ter wereld was, wordt de kleinste ter wereld. Het enige wat hem nog herinnert aan De Kleine Stad zijn die bloemen, die hij heeft bewaard.' Ik zweeg en het was een poosje stil. 'Dat met die bloemen vond ik mooi', zei Vivian. Peder stond op. 'Maar wat betekent het?' Vivian lachte. 'Jij kunt tellen hoeveel woorden het is', zei ze. Ik lachte ook. 'Ja! Tel maar hoeveel woorden ik geschreven heb! Kijken of je het dan begrijpt!' Peder kwam dichterbij. 'Maar begrijp je het zelf, Barnum?' Ik schudde mijn hoofd en dat had ik eigenlijk niet moeten doen. 'Ik heb geen idee', zei ik. Ik werd door Peder naar huis gebracht. Toen ik weer bij mijn positieven kwam, zat ik in de hal, voor de klok. Die stond stil. Er lagen geen muntjes meer in de lade. De tijd was blut. Moeder stond ook voor me. Maar zij stond niet stil. Ze was onrustig langs de randjes, alsof ze haar evenwicht probeerde te bewaren met haar vingertoppen. Achter haar, naast de dode klok, stond Boletta, leunend op haar stok, en ik geloof dat ik Fred in onze kamer hoorde lachen. Iemand lachte. Ik was het maar. Moeder huilde. 'Het hoofd van de school heeft gebeld', zei ze. 'O ja? Wat zei hij dan?' Moeder stopte met huilen en pakte mijn schooltas. 'Je krijgt één kans Barnum! Om de waarheid te vertellen!' 'De waarheid?' 'Ja, wat je vandaag hebt gedaan. Want je bent namelijk niet op school geweest!' Ik dacht na. Het zweefde niet meer. Het plakte. Ik was geen wiel. Ik was een scheef en onbruikbaar wiel dat een helling vol egeltjes af schoof. 'Ik heb geschreven', fluisterde ik. 'Geschreven?' 'Ja. En daarna heb ik gefilmd. Geloof je me niet, soms?' Nu werd moeder kwaad. Ze maakte mijn schooltas open en wroette erin met wilde handen. 'Het schoolhoofd heeft schoon genoeg van al dat spijbelen van jou!' riep ze ondertussen. 'Je kunt geen examen doen als je zo doorgaat!' Ik haalde mijn schouders op. Dat was zwaar werk. 'Kan mij wat schelen', zei ik. Moeder boog zich met trillende mond naar me toe. 'Probeer niet Fred na te apen, Barnum! Want dat lukt je toch niet!' Mijn mond trilde even erg als de hare. 'Het is waar!' zei ik. Moeder deed een stap naar achteren. Ze hield *Honger* in haar ene hand en mijn schrift in de andere. Ze ontdooide even. Maar ze bevroor even plotseling weer en boog zich naar me toe. 'Heb je ook nog gedronken, Barnum?' Ik knikte. Dat had ik niet moeten doen. Ik gleed van de stoel, in de schaduw van de klok. Ik had niet veel te zeggen. En ik kan nu ook niet zo veel zeggen. Ik gleed gewoon van de stoel en wat ik nu zeg is door anderen verteld, over mij. Ik ben de vertelling, degene die verteld wordt, zoals ik daar lig, voor dood, aan moeders voeten. Maar dit weet ik in ieder geval: ik kreeg Boletta's remedie, die zij destijds van De Oude had geleerd en die ze weer had doorgeven aan moeder. Dat was kinawijn zonder Malaga en de volgende keer dat ik wakker werd lag ik gelukkig in mijn eigen bed en ik had het toch goed gehoord, Fred lachte, Fred lag in zijn bed en lachte diep en zachtjes. 'Waar lach je om?' fluisterde ik. 'Raad eens', zei Fred. 'Om mij?' 'Fout. Ik lach niet om mijn kleine broertje.' 'Dank je, Fred. Dank je.' 'Heb je vandaag iets geschreven?' 'Ja. Een halve bladzijde in mijn schrift.' 'Goed zo, Barnum.' Fred hield zijn lachen een poosje in. Het ruiste in mijn hart, alsof de snelheid was opgeschroefd, zodat de tijd in mij sneller verstreek, misschien werd ik vele jaren ouder in de loop van deze nacht, misschien stierf ik wel, of werd ik oud en wijs wakker. 'Was je dronken?' vroeg Fred. 'Ik geloof het wel', fluisterde ik. 'Vond je dat leuk?' Ik probeerde het me te herinneren. 'Voor zo lang het duurde', zei ik. En ik werd op slag bang, want ik kon me niet herinneren hoe ik thuisgekomen was, vanaf het moment dat we de deur van Miils Postzegels achter ons sloten tot ik voor de klok zat, het was net of een verbindingstuk in mijn leven was losgescheurd, het was mijn eerste zwarte gat en het zou niet het laatste zijn. Fred liet zijn lach weer ontsnappen. 'Nu is Barnum een stoute jongen', zei hij. 'Je lacht toch om mij', zei ik. Fred hield op met lachen. 'Ik lach om Arnesen.' 'Arnesen? Waarom dat?' 'Wacht maar af', zei Fred. 'Hoor je niet hoe stil het is?' Ik luisterde. Inderdaad. Het was stil. Het was langgeleden dat het zo stil was geweest in het gebouw. Mevrouw Andersen speelde geen piano. 'Welterusten, Barnum.' Ik droomde niets en de volgende ochtend was Fred al opgestaan en vertrokken. Moeder zat op de rand van het bed en haalde glimlachend een hand door mijn haren. 'Mochten jullie meedoen aan *Honger*?' zei ze, toen ze zeker wist dat ik wakker was. Ik voelde me oud, maar niet erg wijs. 'Ja. We waren figuranten. Peder, Vivian en ik.' 'Dat had De Oude eens moeten weten', zuchtte moeder. 'Stel je voor.' 'Ja, stel je voor. We liepen door het Slottspark en werden gefilmd.' Moeder hield haar hand stil en liet hem in mijn krullen liggen. 'Maar beloof me nooit meer dronken te worden. Daar ben je veel te jong voor.' 'Ja, moeder.' 'Je hart wordt lelijk van drinken, Barnum.' 'Is Boletta's hart ook lelijk geworden?' vroeg ik. Moeder rammelde me hard door elkaar. 'Ik zou eigenlijk razend op je moeten zijn, Barnum! Je zou minstens een maand huisarrest moeten krijgen!' 'Ja', fluisterde ik. 'Maar eerst mag je me vertellen hoe jullie aan die drank zijn gekomen.' 'We hebben een fles champagne geleend van Peders vader.' 'Geleend?' Moeders gezicht kwam dichterbij. 'Heb je pijn in je hoofd?' Ik wilde eerlijk zijn. 'Ja', zei ik. Moeder glimlachte. 'Dat is ook de bedoeling. Dat je pijn in je hoofd hebt.' 'Ja, dat is wat ze strafport noemen', zei ik. Moeder staarde me langdurig aan en haar ogen stonden niet goed. Toen haalde ze godbetert de *Medische Vraagbaak voor het Noorse gezin* en ging weer op de rand van het bed zitten. 'Luister goed, Barnum.' En dit las ze aan me voor, langzaam en duidelijk, zodat ik geen enkel woord zou missen: *Alcoholisme. Tijdens een lichte roes is het zelfgevoel verhoogd, de controle over spraak en gedachten verzwakt. Is de roes sterker, dan zullen het verstand en gevoel verdoofd zijn of geheel afwezig, de beheersing over de spieren is beperkt en uiteindelijk is er slechts een hoeveelheid botten, vlees en bloed over, in de greep van het toeval of van anderen. De sterkste roes is een door vergiftiging veroorzaakte volledige bewusteloosheid of verlamming. De gevolgen van de roes zijn een ongesteldheid, met een vieze smaak in de mond, een slechte adem, een slecht humeur, verminderde eetlust, die voor velen een zekere drang meebrengt om opnieuw in een roes te geraken. Dit leidt vaak tot chronisch alcoholisme. Het lichaam raakt verzwakt en de handen trillen. Het gezicht wordt blauwrood en met name de neus is gezwollen. Geleidelijk gaan alle geestelijke vermogens verloren, er resteert slechts een pijnlijke, doorlopende zucht naar alcohol, die uiteindelijk ook niet meer verdragen wordt, tot het restant van het wrak door de dood wordt verzwolgen.* Moeder sloeg het boek van dokter Greve met een klap dicht en draaide zich om naar Boletta, die bij de deur stond. 'Je moet die jongen niet de stuipen op het lijf jagen', zei Boletta. Moeder stond op en zette het boek op zijn plaats. 'Barnum moet weten wat hij doet als hij zich klem drinkt.' 'Ja, ja, dokter Greve vind vast dat ik ook allang door de dood zou moeten zijn verzwolgen!' 'Praat niet zo, moeder!' 'Ik praat zoals ik wil en ik zeg dat die dokter Greve een spelbreker is en spelbrekers hebben meer levens op hun geweten dan champagne!' 'Barnum is nog niet mondig', fluisterde moeder. 'Ik wil niet dat hij zijn leven vergooit!' Boletta lachte. 'O, er is wel meer voor nodig om je leven te vergooien. Zou jij ook niet een fles champagne hebben gedronken als je filmacteur was geworden?' Zo praatten ze, alsof ze dachten dat ik al dood was en niets kon horen, maar ik lag daar, ik keek naar mijn handen, ik zag ze niet trillen, ik proefde de smaak van mijn eigen adem, ik voelde aan mijn neus, of die iets groter was geworden, ik onderzocht of ik honger had, ik had geen honger, ik had dorst, ik voelde dat ik diep in mijn hart, en dat was angstaanjagend en verleidelijk tegelijk, best zin zou hebben in nog wat champagne, één slokje maar, dat me kon optillen, ergens anders heen. Ik was reeds het restant van een wrak. 'Per Oscarsson is op blote voeten van Stockholm naar Oslo gelopen', zei ik hardop. Moeder en Boletta draaiden zich tegelijk om naar mijn bed. 'Ik heb tegen het hoofd moeten zeggen dat je griep had', zei moeder. 'Je moet nog twee dagen thuisblijven van school. En dit is de laatste keer dat ik voor je lieg! Heb je dat begrepen?' 'Ja, moeder.' Ze kwam weer naar me toe en haar ogen stroomden over van een plotselinge en onverwachte tederheid. 'Fred heeft beloofd zijn leven te beteren, Barnum. En dan moet dat jou toch ook lukken.' 'Zijn leven beteren? Hoe dan?' 'Hij gaat werk zoeken. En zie je hier geen verandering?' Ik kon geen verschil zien, behalve dan dat Fred zijn bed had opgemaakt. Moeder wees naar de vloer en glimlachte. 'De streep is eindelijk weg', zei ze. Nu zag ik het. Freds streep was uitgewist. De kamer was niet meer in tweeën gedeeld en dat wat me blij had moeten maken, maakte me eerder ongerust, ja, doodsbang bijna, want ik wist niet wat het betekende, en zo moet Boletta het ook gevoeld hebben, want ze keek weg en sloot haar ogen. Maar voor moeder was dit een goed teken, dat Fred de witte streep tussen ons had verwijderd. Hoe erg kun je je vergissen? We duiden de tekens zoals wij willen dat ze zijn, we liegen ze naar onze kant en de tekens keren langzaam maar zeker hun woede tegen ons. Moeder glimlachte. 'Dat was mooi, wat je had geschreven, Barnum. Over de kleine stad.' Ik ging in bed zitten. 'Heb je het gelezen?' 'We konden niet meer ophouden toen we eenmaal waren begonnen', zei moeder zacht, beschaamd bijna. 'Maar je moet het wel afmaken.' Boletta sloeg met haar stok tegen de deurpost, alsof dat haar manier was om te klappen. 'En zorg ervoor dat het gelukkig en naar tevredenheid afloopt, Barnum. Er zijn al te veel trieste verhalen in de wereld. En als we trieste verhalen vertellen, dan gaan we daar zelf op lijken.' Ik wist nog niet hoe ik het moest laten eindigen, mijn verhaal. 'Ik zal het proberen', beloofde ik. Moeder legde mijn schrift op mijn dekbed en sloeg de laatste bladzijde open. 'Maar wat staat hier?' vroeg ze. Ik kon mijn eigen letters nauwelijks lezen. Ze waren scheef en onvast en lagen bijna over elkaar heen. Misschien verging het Fred zo, met de woorden, dat ze als kleine, zwarte beestjes over het papier kropen en je voortdurend te slim af waren. 'Mestkuur', zei ik uiteindelijk. Moeder schrok even. 'Daar ga je toch niet over schrijven.' Ik keek naar haar op en besloot dat niemand ooit zou mogen lezen wat ik schreef voordat ik dat zelf besloot. 'Wat is er met Arnesen?' vroeg ik. Moeder liep naar de deur. 'Arnesen? Is er iets met Arnesen?'

Er was iets met hem. Voor de tweede maal kwamen er twee vreemde mannen met een rampzalige boodschap bij mevrouw Arnesen. Maar ditmaal vergisten ze zich niet. Nu hadden ze niet een toevallig visitekaartje gevonden in de jaszak van een skelet in Nordmarka. Nu hadden ze bewijzen. Ze parkeerden in de Jacob Aallsgate en baarden toen al een zeker opzien. De gezichten achter de gordijnen. De deuren op een kier. Ik voor het raam. De zachte regen. Een lange fluistering over Fagerborg en iedereen weet alles gelijktijdig. Ze bellen aan op de tweede verdieping. Mevrouw Arnesen doet open. Ze kijkt naar de twee mannen en glimlacht. Denkt ze dat ze iets willen verkopen? Denkt ze misschien dat het jehova's getuigen zijn die haar willen bekeren, er zijn eerder dit jaar een paar verlossers in deze contreien geweest, ze komen altijd twee aan twee en lijken net tweelingen. Deze twee mannen lijken ook op elkaar, maar ze glimlachen niet. Verkeert ze in onwetendheid, of weet ze wat er gaat komen en probeert ze haar masker op te houden, zo waardig als maar mogelijk is voor iemand die zich weldra in een vrije val zal bevinden? De mannen stellen zich niet voor. Ze vragen alleen maar of haar man thuis is. Hij is thuis. Hij zit in de achterste kamer te wachten. Hij heeft op hen gewacht. Hij heeft geweten dat dit moest gebeuren. Ze roept hem en hij staat op, trekt zijn stropdas strakker en bedenkt dat dit het laatste normale moment van zijn leven is. Wanneer hij eraan komt heeft hij zijn jas al aan. Hij is gereed. Hij kust zijn echtgenote gehaast op de wang. De twee mannen slaan hun ogen neer, verlegen. Ze probeert hem tegen te houden. 'Wat is er?' vraagt ze. Ze weet het dus niet. Dat pleit voor haar. Maar het helpt haar niet. 'Het is voorbij', zegt hij alleen maar. 'Voorbij? Wat bedoel je?' Ze zal het snel weten. Ze begrijpt het misschien al wanneer ze hen in de auto ziet stappen, de zwarte auto, die snel wegrijdt. Hij is een trouweloos dienaar geweest. Hij had te diep in de laden onder de klokken gegraaid, hij was hebberig geworden, hij had een voorschot op de tijd genomen, hij had van de levensverzekeringen van de klanten gesnoept en ten slotte kon hij er niet meer mee ophouden. Hij had beter een trouweloze echtgenoot kunnen zijn. Daar viel mee te leven. Dat kon je verzwijgen. Maar het allerbeste zou geweest zijn dat hij dood was, als hij degene was geweest die in de smeltende sneeuw tussen Mylla en Kikut had gelegen, een hoopje knokkels en skistokken en ski's, gestorven lang voordat de verleiding om de munten in zijn eigen zijn zak, zijn speciaal daarvoor genaaide binnenzak, te steken te groot werd. Dan had zij, mevrouw Arnesen, iedereen recht in de ogen kunnen kijken, want de tragedie adelt en het verdriet verheft, maar de schande verteert en vernedert je, die eet je blik, drinkt je bloed en buigt je rug. 'Wat gebeurt er?' vroeg moeder. Ze stond achter me, legde haar handen op mijn schouders en was de enige die van niets wist. 'Arnesen is gepakt voor verduistering', zei ik. 'Wat zei je?' 'Ze hebben hem net gehaald.' Moeder holde naar Boletta. 'Arnesen is gearresteerd!' riep ze. Boletta mepte om zich heen met haar stok. 'Ik heb altijd al gezegd dat die man uit het verkeerde hout was gesneden. Hij had te veel zakken!' Moeder trok de lade onder de klok open. 'Maar het is sneu voor mevrouw Arnesen', fluisterde ze. Boletta snoof. 'Hebben zij ooit iemand sneu gevonden? Behalve zichzelf?' 'Sst!' zei moeder. 'Hou op met je ge-ssst! Jij weet net zo goed als ik dat ze dat appartement al betrokken hadden voordat iemand nog wist of Rakel werkelijk dood was.' Moeder leunde op de klok. 'Dat is al zo lang geleden', zei ze zachtjes. 'Wat heeft dat er nu mee te maken?' vroeg Boletta. Er werd aan de deur gebeld. Het waren Peder en Vivian. Moeder veegde haar tranen weg en probeerde te glimlachen. 'Daar hebben we de rest van de acteurs', zei ze. Peder en Vivian gaven haar een hand en waren overdreven beleefd, maar hun blikken waren erg onrustig, alsof ze in beide ogen grauwe staar hadden, en ik loodste hen heel snel onze kamer binnen en Vivian ging op Freds bed zitten en ik hoopte plotseling dat ze weg zouden gaan voordat Fred kwam. Peder was ook niet erg in vorm. Zijn gezicht zag eruit als een rugzak zonder frame en hij oogde als de Zonnekoning op een slechte dag. Maar zijn handen trilden in ieder geval niet. 'Het was leuk gisteravond', zei Peder. 'Ja, nou', zei ik. 'Het was me de avond wel.' 'Jij was goed dronken', zei Peder. 'Jij ook', zei ik. Peder glimlachte. 'Maar jij wordt het snelst dronken omdat je zo klein bent', zei hij. Ik smeet een gum tegen zijn oor. 'En jij moet tweemaal zoveel drinken omdat je zo dik bent', zei ik. We draaiden ons om naar Vivian. Zij hoefde niets te drinken, ook al was ze in een ongeluk geboren. Ik zou willen dat ze ergens anders ging zitten, niet op Freds bed. 'Je hebt make-up nodig, Barnum', zei ze. En misschien was het op dat ogenblik, op het moment dat ze dat zei, dat ze besloot dat ze dat wilde gaan doen, make-up, toen ze mijn grauwe, gevlekte verschijning *the morning after* zag, of misschien had ze dat altijd al geweten, sinds ze haar moeders verbrijzelde gezicht had gezien. Peder lachte en mepte me zo hard op mijn rug dat ik bijna op de grond kukelde. 'Mooi, wat je ons voorgelezen hebt', zei hij. 'Verdomd mooi.' 'Dank je', hoestte ik. 'Hartstikke bedankt.' 'Alsjeblieft. Niks te danken.' 'Ik bedoel bedankt dat jullie me naar huis hebben gebracht.' Peder werd weer afoon en wierp een snelle blik op Vivian. 'Je hebt de tram genomen', zei ze zachtjes. 'Weet je dat niet meer?' Nu was ik degene die lachte. 'Natuurlijk weet ik dat nog! Denk je dat ik dom ben of zo?' Maar ik kon het me nog steeds niet herinneren, dat ik de tram vanaf de Solliplass had genomen, een kaartje had gekocht, bij Majorstuen uitgestapt was, de rest van de Kirkevei had gelopen, de deur open had gemaakt en eens goed was gaan zitten op de stoel voor de klok die niet liep. Ik was het voorgoed kwijt. 'Is je moeder boos?' vroeg Peder. We draaiden ons om naar de deur en daar stond ze, met een avondboterham en drie enorme glazen melk. 'Ik heb helaas geen champagne', zei moeder. Ik keek naar de grond en mijn gezicht werd zoals dokter Greve had beschreven, blauwrood en gezwollen. Maar Peder stond op en maakte een buiging. 'Dank u, maar we hebben gisteren genoeg champagne gehad.' Moeder moest lachen, zette de schaal op het bureau en trok zich beleefd terug. Peder had een goede eetlust, dus met hem was er niets aan de hand, hij at alle boterhammen en dronk alle melk op, hij was tamelijk onverzadigbaar. Vivian verhuisde naar mijn bed, ze leunde achterover, legde haar hoofd op mijn kussen, en ik dacht, nu kan ik nooit meer slapen zonder aan haar te denken. 'Jouw moeder is tof', zei ze. 'Njaa. Als ze in een toffe bui is, dan…' Vivian keek me aan. 'Is het waar dat zij ook een ongeluk heeft gehad?' Ik hoorde wat ze zei. Ik begreep het niet. 'Wat bedoel je?' vroeg ik en mijn stem was poreus en wankel. Peder hoestte zo hard dat er een douche van witte broodkruimels uit zijn mond kwam. 'Wat ik nog had willen zeggen', riep hij bijna. 'We moeten zorgen dat mijn pa die flessen terugkrijgt. Anders wordt hij een beetje pissig.' We legden het loon dat we hadden gekregen bij elkaar, vijftien kronen, dat was net genoeg voor sodawater en een postzegel, maar Peder was tevreden. 'De rest leen ik wel van mijn pa', zei hij. Ze gingen weg voordat Fred terugkwam. Vivian moest eerst nog naar de wc. Peder en ik wachtten in de hal. Moeder en Boletta zaten in de woonkamer te glimlachen. Wij glimlachten terug. 'Vivian is verliefd op je', fluisterde Peder. Ik deed net of mijn neus bloedde. 'Is dat zo?' 'Ja. Dat is zo. Waarom staat die klok trouwens stil?' 'Omdat de man die hem opwindt gearresteerd is wegens verduistering.' 'Gaaf.' 'Hoe weet je dat?' 'Wat, Barnum?' 'Dat ze verliefd op mij is?' Ik praatte nu nog zachter. De woorden waren onmogelijk in mijn mond. 'Ik heb de keren geteld dat ze naar je keek.' 'Echt waar?' 'Achtenzestig keer, Barnum.' Ik dacht na. 'Ze blijft lang op de wc', zei ik. En dat moet ik vrij luid gezegd hebben, want moeder keek me plotseling aan en Peder glimlachte nog breder. 'Bedankt voor het eten!' riep hij. 'Hartstikke lekker!' Ik hoorde dat Vivian doortrok. 'Meisjes blijven altijd lang op de wc', zei Peder. 'Vooral Vivian.' Nu waste ze haar handen. Haar handen waren op bepaalde plaatsen geweest. Ik zuchtte. 'Heeft ze niet naar jou gekeken?' vroeg ik. 'Maar 42 keer. Jij ligt op kop, Barnum.' Toen was ze klaar. Ze vertrokken. De meeste mensen vertrekken voordat Fred terugkomt. Ik ging op bed liggen, met mijn wang op de plek waar Vivian had gelegen, haar haren, haar lichte huid, haar wimpers die lang en gekruld waren en die ik graag zou hebben aangeraakt, maar ik droomde niet. Ik lag volkomen stil en was in de war en bang. Kon iemand verliefd worden op mij, het onderdeurtje uit Fagerborg, de kleinste in deze contreien, de dreumes, het diepterecord? Of had ze achtenzestig keer naar me gekeken omdat ze nog nooit zoiets doms had gezien? Dat was waarschijnlijker, ja, dat moest het zijn. Niemand werd verliefd op mij. Ik riep geen andere gevoelens op dan barmhartigheid en verbazing en lacherigheid, net als de getrimde poedels op het hondenveldje in het Frognerpark, met bilspleten als roze kloven onder stijve staartjes, die schoothondjes waarnaar oude dames zich bukten om hen te aaien en in tongen tegen hen te praten. Ik was een poedel. Ik riep niet eens angst op. En waarom vroeg Vivian of mijn moeder een ongeluk had gehad? Het was ondraaglijk. Bestond er niet één gevoel dat zuiver en onaantastbaar was? Ik probeerde te lezen in de roman die ik van Vivian had gekregen, *Honger*, maar kwam niet verder dan de titelpagina, waarop ze voor Barnum van Vivian geschreven had, ik bestudeerde die letters, betekenden ze iets meer, voor Barnum van Vivian, kon er een geheime boodschap in zitten, een hint, de B van mijn naam was vrij groot, misschien was dat wat, en haar V leek op een enorme vaas, was dat ook een teken? Ik zocht de H op in dokter Greves bijbel om te kijken wat hij over honger had geschreven. Het hongergevoel zit in de hartkuil, stond er. Volwassenen kunnen bij toediening van drinkwater maandenlang hongeren, de zogenoemde hongerkunstenaars. Dat zou ik worden, een hongerkunstenaar, met de meest hongerige hartkuil ter wereld. Fred kwam toen ik al sliep. Ik droomde dat Vivian mij opmat met de achterkant van vaders meetlint en dat ze ontdekte dat ik meer dan 1,90 meter lang was en daarna likte ze elke gouden centimeter van me. 'Wie heeft er op mijn bed gezeten?' vroeg Fred. Ik werd wakker. 'Peder', zei ik. Fred draaide zich om. 'Peder? Die dikke?' Ik knikte. 'Geloof ik niet', zei Fred. 'Dan was de matras verpletterd geweest.' 'Misschien was het Vivian wel', fluisterde ik. 'Die was hier ook.' Fred ging liggen en staarde een poosje naar het plafond. Toen deed hij het licht uit. 'Het geeft niet, Barnum. Het is alleen prettig te weten wie je bed heeft gebruikt, nietwaar?' 'Natuurlijk', zei ik. Ik wilde hem vragen naar de streep op de vloer, die nu weg was. Maar ik durfde niet. 'Heb je werk gevonden?' vroeg ik in plaats daarvan. Fred deed de lamp weer aan, rukte het kapje eraf en hield zijn gezicht vlak bij het peertje. 'Kijk me aan', zei hij. Ik had geen zin. Ik deed het toch. Ik keek hem aan. Ik sloot mijn ogen. 'Denk je dat iemand mij wil hebben? Hm? Denk je dat?' Hij schreeuwde bijna. 'Ik weet het niet', fluisterde ik. Het was donker. 'Heb je vandaag iets geschreven?' vroeg hij. 'Niet veel.' 'Niet veel? Hoeveel is dat?' 'Niets, Fred.' 'Verdomme, Barnum. Halve verhalen zijn stom!' Toen hoorden we het, het laatste akkoord van Arnesens piano, Mozart, en niemand deed zijn raam open om sst! te roepen, want mevrouw Arnesen zou toestemming krijgen om haar twintig jaar durende concert af te sluiten en een donkere toon bleef in de duisternis hangen en stierf daar weg, tussen de waslijnen en het afvalhok. 'Wist jij het?' vroeg ik. 'Wat, Barnum?' 'Dat Arnesen gepakt zou worden?' Fred antwoordde niet. Hij lag een poosje te glimlachen. 'Wat niet weet, wat niet deert', zei hij alleen maar. 'Geloof je dat?' 'Ja', zei Fred. 'Ik weet het.' Hij kwam plotseling overeind. 'Wanneer gaat die film trouwens in première?' 'Welke film?' Fred lachte. 'Heb je de laatste tijd aan meer films meegedaan? *Ben Hur*, misschien?' 'Ik weet het niet', fluisterde ik. 'Ik weet niet wanneer de première is.' 'Verheug je je erop?' 'Ja, Fred.' En zo begon dat wat ik mijn tussentijd noem, mijn eerste tussentijd, waar er nog zovele van zouden volgen en die sommigen het liefst zouden schrappen, eruit zouden knippen, de dramaturgen wordt het rood voor de ogen wanneer er zulke lange, stille scènes komen, de producenten smijten het script in de dichtstbijzijnde prullenbak, de regisseurs vragen je er een onbekende man met een machinegeweer in te schrijven of een ongelukkige jeugd en ze gaan op de wc op een nieuwe versie zitten wachten, ze hebben liever een moord en harde muziek en outfaden naar zwart, ze willen liever reclame hebben, ze willen alles behalve dit, want ze zijn erg bang dat ze zich zullen vervelen. Maar ze hebben nog niet begrepen dat juist in deze hoeken van het verhaal de keerpunten kunnen liggen, de sluimerende onrust, die langzaam opstijgt van de bodem en zijn ringen van onderuit verspreidt. En mijn beeld voor deze tussentijd, mijn halfduistere herinnering is Arnesens lege appartement. Ze hebben geen geld meer om het te behouden en wij staan op het andere trottoir te kijken hoe de verhuizers de meubels naar buiten dragen, de tapijten, de vazen, de lampen, de schilderijen, we knikken, zwijgend en goedkeurend, we denken hetzelfde, boven hun stand, denken we, dat wreekt zich altijd, we hebben altijd al geweten dat er iets niet klopte, we zien iemand de gordijnen loshaken, de naakte ramen, de vensterbanken zonder bloemen, en als laatste dragen ze de piano naar buiten, twintig jaar geleden brachten twee mannen hem naar boven, maar er zijn vier mannen voor nodig om hem naar buiten te krijgen, zwart, glanzend en op slot, en er gaat een zucht door ons heen, sommigen applaudisseren bijna, we wachten op mevrouw Arnesen, we houden ons warm onder de natte, ijle bomen, ik ben nu een van de vrouwen in de straat, tot moeder komt en me wegtrekt, als een snotjongen, ze vernedert me, ik heb haar misschien nog nooit zo kwaad gezien, zo verbeten, en als we thuis zijn houdt ze me vast, haar hand schudt mijn nek heen en weer en ze zegt, met haar mond vlak bij mijn gezicht: 'Mevrouw Arnesen heeft niks verkeerds gedaan! En jij staat daar als een oud wijf om haar te bespotten!' 'Ik bespotte haar niet', fluister ik. 'Jawel, dat deed je wel! Je bespotte haar door daar te staan loeren! Ga naar je kamer!' Ze duwt me weg, ik val bijna om en ik doe de deur dicht, ik beef over mijn hele lichaam, want vandaag is er iets in moeder gebroken, ik hoor haar huilen, en dan wordt het doodstil, en later die avond komt ze bij me, ze heeft nette kleren aangetrokken en de mantel die ze anders alleen 's zondags draagt, ze is bijna weer heel en ze pakt mijn hand. 'Het spijt me, Barnum', zegt ze. Ik sla mijn ogen neer. 'Ik had daar niet moeten staan', fluister ik. Ze haalt een kam tevoorschijn en kamt me. 'Ga je jas halen.' Ik kijk naar haar op. 'Waar gaan we heen?' 'We gaan afscheid nemen van mevrouw Arnesen, Barnum.'

We lopen de binnenplaats over en nemen de achteringang. Op de tweede verdieping staat de deur op een kier. Het plaatje met hun naam is eraf geschroefd en we kunnen zien dat er ooit een ander bordje heeft gehangen, aan de schroefgaten, kleiner dan dat van de Arnesens. Moeder belt aan. Ik zou het liefst weer naar beneden rennen, maar ze houdt me vast. Ze probeert te glimlachen. Haar ademhaling slaat in zware golven door haar heen. Er komt niemand. Moeder belt nog een keer aan en dan begrijpen we dat de bel niet werkt. Het wordt alleen nog maar stiller. Moeder duwt de deur open. Ik volg haar naar binnen. Ze blijft staan en kijkt met verbaasde, vochtige ogen om zich heen. De wanden zijn kaal en gevlekt. Het fornuis is weggehaald. Er hangt een rand van roet en vet onder de plafondlijst. En achter dat alles kunnen we andere sporen zien; merktekens die zich niet laten verbergen, van de mensen die hier vóór de Arnesens woonden. En dan zien we haar, mevrouw Arnesen, ze staat in de lege woonkamer, onder de plafondlamp, het enige licht dat op haar valt, in een gele, onrustige cirkel. Ze draait zich naar ons om. Moeder laat mijn arm los en loopt op haar af. Ik zie hen, deze twee vrouwen, beschadigd en trots, ze hebben in dezelfde kraamkamer gelegen, ze hebben in hetzelfde huis gewoond en in de loop van al die jaren hebben ze nauwelijks een woord met elkaar gewisseld, ze hebben ieder hun eigen leven geleid, elk in hun eigen portiek, maar op dit moment, hier, in dit verlaten appartement, mijn ongemeubileerde memorie, staat er niets tussen hen in. 'Jij hebt de mensen gekend die hier voor ons woonden, nietwaar?' zegt mevrouw Arnesen. Moeder knikt, vaag, glimlacht weer. 'Dat was mijn beste vriendin. Ze heette Rakel.' 'Waar is ze nu?' 'Ze is met haar familie naar Ravensbrück gestuurd.' Moeder steekt haar hand uit. 'Ze heeft me deze ring gegeven', zegt ze. 'Daar moest ik voor haar op passen.' Mevrouw Andersen steekt haar hand ook uit. Ze pakken elkaars handen. 'We wilden alleen even afscheid nemen', zegt moeder. 'Dank je. Dat is aardig.' 'Waar ga je wonen?' 'In het huis van mijn ouders. Buiten de stad. Ver weg.' Mevrouw Arnesen laat moeders hand los. 'Ik zal je pianospel missen', zegt moeder. Mevrouw Arnesen schudt haar hoofd. 'De meesten zullen wel blij zijn dat ze ervanaf zijn.' Ze draait zich om naar mij en glimlacht, alsof ze me nu pas ontdekt. 'Ben jij er ook?' vraagt ze. Ik maak een buiging en hoor ergens een geluid, een kraan die loopt en weer dichtgedraaid wordt. 'Jammer dat we niet vaker hebben gepraat', zegt moeder. Mevrouw Arnesen kijkt weer naar haar. 'Ja. En nu is het te laat.' Moeder is een ogenblik van haar stuk gebracht en ik heb zin om weg te gaan. 'Is dat zo?' Mevrouw Arnesen lacht plotseling. 'Weet je nog hoe Fred iedereen op de afdeling wakker hield? Zoals die jongen krijste!' Moeder lacht ook. 'Daar hield hij gelukkig mee op toen we thuiskwamen.' Ze zwijgen een poosje. Ik doe een stap achteruit. Er zijn meer mensen in het appartement. Er zijn hier anderen. 'Hoe gaat het met je zoon?' vraagt moeder ten slotte. Mevrouw Arnesen houdt haar handen in een knoop voor zich. 'Hij heeft gelukkig verlof gekregen van het leger. Dus kon hij me helpen. Met de verhuizing.' En Aslak komt de badkamer uit, Aslak, mijn plaaggeest, onze plaaggeest, hij draagt een donkergroen uniform, zijn vingers druipen. Hij kijkt niet naar ons en wil doorlopen. Maar zijn moeder houdt hem tegen. 'Herken je Barnum niet meer?' zegt ze. Aslak draait zich langzaam naar me om. 'Jawel. Hij is geen steek veranderd.' Aslak steekt zijn druipende hand uit en ik moet die wel pakken. 'Gecondoleerd', fluister ik. Moeder bloost geschrokken en er gaat een schok door Aslaks arm. 'Ja, dat klopt', zegt hij. 'Mijn vader is ook dood.' En als we weer beneden op de binnenplaats staan, ademt moeder uit. 'Ik weet dat je het niet zo bedoelde, Barnum. Maar je moet een beetje oppassen met wat je zegt.' Het is opgeklaard. De duisternis is dicht en duidelijk. De hemel is een glinsterend, zwart vierkant boven ons. 'Ik blijf hier nog even', zeg ik. Moeder aarzelt. Dan gaat ze eindelijk.

Ik ga op de trap bij het afvalhok zitten. De ramen doven om me heen en weldra zijn alleen de sterren nog zichtbaar. Ik luister. Ik hoor. Want het is waar wat Fred ooit op het kerkhof zei, dat je naar het huis kunt luisteren, dat er overal verhalen waren die nooit zwegen, die nooit stilstonden. Maar geen van die verhalen kan vertellen wie Freds vader was, wie moeder kapotmaakte, zelfs de drooglijnen op de zolder kunnen dat niet, zelfs het stoffige licht onder het schuine dakraam niet. De verhalen hebben ook hun geheimen die ze niet willen prijsgeven, als ze bij die geheimen komen beginnen ze in plaats daarvan een ander verhaal te vertellen, bijvoorbeeld dat Arnesens appartement nog lange tijd leegstaat nadat mevrouw is teruggegaan naar het huis van haar ouders waar niemand pianospeelt. Maar op nieuwjaarsdag wordt het derde naambordje op de deur geschroefd, deze keer nog groter en van gepoetst koper: Ole Arvid Bang. Dat is huismeester Bang die oprukt, van de schaduwrijke kamer naast de ingang naar vier kamers, een balkon en ochtendzon op de tweede verdieping, dat is de beloning voor een lange en trouwe dienst, dit is zijn laatste hink-stapsprong, zijn verste sprong, het is een persoonlijk record, eindelijk staat hij bovenaan op het podium, maar er wordt gezegd dat hij het zo eenzaam vindt dat wanneer hij 's ochtends in de keuken met zichzelf zit te praten, hij pas antwoord krijgt als hij allang naar bed is. En jaren later, toen Arnesen allang weer vrij was, ging hij naar zijn oude appartement, zag het nieuwe bordje, en belde aan. Maar huismeester Bang deed niet open, Bang staarde alleen maar door het spionnetje waarvoor hij een gat in de deur had geboord, hij zag Arnesens gezicht, bleek als een maan, en hij sloop terug naar de keuken en trok de gordijnen dicht. Bang was bevorderd tot eenzaamheid en Arnesen was vrijgelaten maar werd niet binnengelaten, nergens, want hij droeg een besmetting mee, een schaduw van schande. Sommigen zeggen dat hij daarna in een kist op een kade sliep, zich scheerde bij de waterkraan op de Bispekai en drie kronen per dag plus statiegeld verdiende door brandewijn te kopen in de staatsdrankwinkel in de Rådhusgate voor de zwervers die er niet in slaagden nuchter te blijven als de bevroren mist vanuit de fjord hun tong liet verleppen in hun droge mond.

Ik loop naar boven en ga naar bed. Dit is mijn tussentijd. Ik droom en dicht. Op een ochtend word ik wakker en is het mijn verjaardag. Moeder staat naast mijn bed te zingen terwijl Boletta met haar stok de maat slaat en Fred staat tegen de deurpost geleund waar mijn groeistrepen heel lang geleden zijn gestopt. Het eerste pakje dat ik openmaak, is van moeder. Ik krijg een stropdas. Het tweede pakje is van Boletta. Het is een dasspeld.

Het derde pakje is van moeder en Boletta samen. Het is zwaar. Het is het verzamelde werk van Knut Hamsun. De asvellen uit de kachel zijn schoongemaakt, op volgorde gezet, bladzijde na bladzijde, en ingebonden, band voor band, achttien ruggen uit de brandstapel getild. 'Bedankt', fluister ik. En dan is Fred aan de beurt. Hij bukt zich en haalt iets tevoorschijn wat hij onder zijn bed had verstopt. Ik heb nooit eerder een cadeau van Fred gehad. Moeders mond valt open van verbazing. Boletta recht opeens haar kromme rug. Fred legt een enorm, hoekig pak op mijn dekbed. 'Gefeliciteerd', zegt hij. Ik durf het bijna niet open te maken. Ik zou het liefst wachten. Ik wil dit moment bewaren, nu ik nog niet weet wat het is en het van alles kan zijn of dat wat ik wil dat het is. Fred heeft een cadeau voor me gekocht. *Voor Branum van Fred.* Ik doe alsof ik dat niet zie. Ik zie het niet. Ik heet Branum. De streep op de vloer is weg. Ik voel aan het pak. Het is hard. Er klinkt een rammelend geluid als ik het schud. Moeder begint ongeduldig te worden. Fred lacht. 'Het zijn geen granaten', zegt hij. Ik trek het papier eraf. Het is een typemachine. Ik moet mijn ogen sluiten en doe ze weer open. Het is nog steeds een typemachine. Een Diplomat, met draagtas en drie regelafstanden. Boletta slaat met haar stok tegen de muur. Moeder kijkt duister en argwanend, maar de blijdschap in haar wint en ze klapt in haar handen, want dit moet je niet bederven. 'Nu heb je alleen nog iets nodig om op te schrijven', fluistert ze, ontroerd bijna. Fred wijst naar de tafel. Daar ligt al een stapel wit papier. 'Nu heeft hij alleen nog iets nodig om over te schrijven', zegt hij. Ik sta op. Ik pak Freds hand. 'De volgende keer krijg jij het mooiste wat ik heb', zeg ik. Fred kijkt me verwonderd aan. 'Hartstikke bedankt', zeg ik alleen maar. Fred glimlacht. 'Het is al goed, Barnum.' En hij laat mijn hand los en vertrekt.

Ik leg de stropdas en de dasspeld in mijn la, zet Hamsuns verzamelde werken op het plankje tussen *De Medische Vraagbaak voor het Noorse gezin* en *Wereld in Beeld* en begin diezelfde avond te schrijven. Ik schrijf 'De Kleine Stad' op de typemachine. Ik schrijf het over uit mijn schrift. Ik voer het in. Dat is niet eenvoudig. Ik moet een paar keer opnieuw beginnen. Nu hoor je niet meer mevrouw Arnesens piano op de binnenplaats, maar mijn typemachine. Er is iets mis met twee van de letters. De i doet het niet meer en de d is afgesleten en lijkt op een o. Dat geeft niet. Misschien heeft Fred hem goedkoop op de kop getikt. Maar het wordt vreemd als ik bijvoorbeeld 'liefde' schrijf. Dan staat er in plaats daarvan 'lefoe'. Dat is geen woord. Maar dat geeft niet. Ik schrijf dat woord toch niet zo vaak. En ik corrigeer de fouten achteraf met een balpen. Wanneer ik klaar ben is het anderhalve bladzijde geworden. Dat zijn eigenlijk twee bladzijden. 'De Kleine Stad'. Door Barnum Nilsen. Ik heb twee bladzijden geschreven. Dit is van mij. Dit is van niemand anders. Dit heb ik alleen kunnen maken. Daar heb ik nooit eerder bij stilgestaan. Wat ik op deze twee bladzijden heb neergeschreven bestaat nergens anders op de aardbol, nergens in het hele heelal, alleen hier, en het is uit mijn hoofd gekomen, mijn eigen hoofd, mijn hand heeft het geschreven en nu staat het daar, 'De Kleine Stad', door Barnum Nilsen, 48 regels die de wereld nog nooit heeft gezien. Ik moet even gaan liggen. Ik ben een beetje dronken. Ik wankel al liggend. Dan komt Peder. En Peder is niet bepaald het type dat aanklopt en op antwoord wacht. Hij stormt gewoon naar binnen en moeder staat in de deuropening met een taart met al mijn kaarsjes in de slagroom. 'Gefeliciteerd!' roept Peder. Dan blijft hij even staan, loopt naar de glanzende typemachine en bekijkt die lang en grondig. 'Van mijn broer gekregen', zeg ik, apetrots. 'Sodeju', zegt Peder. Hij draait zich meteen om naar moeder. 'Mijn excuses voor mijn taalgebruik. Ik wilde alleen mijn enthousiasme uiten voor het mooiste cadeau dat ik ooit heb gezien.' Moeder glimlacht. 'Wil je een beetje taart?' 'Een beetje? Peder Miil zegt ook geen nee tegen veel taart.' Dit is mijn verjaardag. Ik blaas de kaarsjes uit. Het lukt bij de derde poging. Moeder laat ons alleen. We eten taart, maar ik heb niet veel honger en Peder verslaat me met vijf stukken. 'Heb je hem al uitgeprobeerd?' vraagt hij. En ik laat hem de bladzijden zien die ik heb getypt. Hij kijkt daar ook lang en grondig naar, glimlacht en knikt. Dan herinnert hij zich eindelijk dat hij een cadeautje bij zich heeft. Hij wurmt een vierkant pakje uit zijn zak. Ik maak het open. Het is een rood, vierkant metalen doosje. 'Wat is het?' vraag ik. Peder wijst. 'Op het knopje drukken, slome.' Ik druk op het knopje. Het begint te lachen. Eerst is het niet meer dan wat gegrinnik. Dat wordt allengs wilder. Het grinniken gaat over in gesnik en het snikken wordt lachen en Peder en ik lachen ook, het werkt aanstekelijk, de mechanische lach werkt aanstekelijk, we moeten ons aan elkaar vasthouden, zo lachen we, we lachen om de lach, en dat duurt twee minuten, dan is het doosje stil, en wij ademen uit, drogen onze tranen en kunnen nauwelijks normaal praten. 'Dit kwam het dichtst in de buurt', zegt Peder. 'Het dichtst in de buurt van wat?' Peder moet zijn buik masseren. 'We konden geen applaus vinden voor in je koffer.' Het werd een poosje donker in mijn hoofd. 'Kon Vivian niet komen?' vraag ik en kijk een andere kant op. Peder zet het apparaat weer aan. Het lacht. En als er geen lach meer over is staat moeder in de deuropening met haar handen voor haar oren. 'Allemachtig. Waar lachen jullie om?' Peder staat op. 'Barnum lachte om mij en ik om hem. Maar Barnum lachte het hardst!' Moeder schudt haar hoofd, lacht ook en neemt de lege taartschaal en de uitgebrande kaarsjes mee. Peder blijft staan. 'Ik weet het', zegt hij. 'Jij schrijft mijn opstellen en ik maak jouw wiskundeopgaven.' 'Kon Vivian niet komen?' vraag ik nogmaals. 'Ze moest op haar moeder passen', fluistert Peder. 'Verdomme.' 'Ja, verdomme', zeg ik. Als ik de typemachine in de draagtas wil doen vind ik nog iets, nog een cadeau, dat Fred daar ingestopt moet hebben. Het is een dozijn Durex, godsamme. Peder kijkt me aan, lang en grondig. 'Mag ik er eentje lenen?' vraagt hij. 'Wat moet je daarmee?' Peder kreunt. 'Jij hebt er toch geen twaalf nodig!' Hij krijgt één Durex en de rest verstop ik in Oscar Mathisens linkerschoen, achter in de kast, en ik vouw 'De Kleine Stad' op en leg dat in de rechterschoen, maar ik probeer diezelfde avond nog een Durex uit, het schrijnt, ik stel me dingen voor, en na afloop weet ik niet waar ik hem moet verstoppen. Ik gooi hem uit het raam. Bij huismeester Bang naast de ingang brandt nog licht. Nu heeft het huis nog iets om over te vertellen, maar ik verklap niks. Ik schrijf Peders opstellen en hij doet mijn wiskundehuiswerk. We halen hoge cijfers. Ik lees *Honger.* Fred komt thuis. Hij kleedt zich uit. Ik zie zijn lange, magere lichaam in het donker naast het bed. Hij staat met de rug naar me toe. Als ik met mijn hand zijn schouder had gestreeld, langs zijn nek, naar zijn wang die nog steeds blauw is, zwart bijna, opgezet, wat zou hij dan gezegd hebben? Ik weet het niet. Ik kan niet slapen. Wat we doen is slechts een schaduw van alles wat we hadden kunnen doen. 'Waarom heb je niet verteld dat Vivian ook in een auto geboren is', vraagt hij plotseling.

Op een dag ligt er een weer een brief voor me als ik thuiskom uit school. Moeder is zo ongeduldig dat ze nauwelijks kan wachten en ik weet zeker dat ze hem tegen het licht gehouden heeft en geprobeerd heeft hem te lezen, maar dat is niet gelukt, want de envelop is dik en ondoorzichtig. Boletta is ook erg druk. Zij heeft ongetwijfeld voorgesteld hem met stoom en Malaga open te prutsen. 'Moet je die brief niet openmaken?!' roept moeder. Ik draai hen de rug toe en scheur hem langzaam open. Ik lees. Boletta bonkt met haar stok op de grond. Moeder leunt over mijn schouder. 'Wat staat er, Barnum?' fluistert ze. 'Ik heb gewonnen', zeg ik, verbaasd en verward. Moeder omhelst me. 'Ik wist het wel!' Dan blijkt dus dat moeder 'De Kleine Stad' heeft ingezonden naar de grote opstelwedstrijd voor scholieren in Oslo en ik weet niet of ik kwaad ben of blij, ik ben waarschijnlijk allebei, zowel kwaad als blij, trots en verlegen, want moeder heeft met andere woorden mijn manuscript in Oscar Mathisens rechterschoen gevonden en heeft dit achter mijn rug om gedaan, en dan heeft ze ook ongetwijfeld de tien condooms in de linkerschoen gezien. Moeder rukt me de brief uit handen en leest hem voor. *Beste Barnum Nilsen. Het doet ons genoegen je te kunnen vertellen dat jij de Opstelwedstrijd voor scholieren in Oslo in jouw leeftijdscategorie hebt gewonnen met het verhaal 'De Kleine Stad'. De prijs zal vrijdag de twaalfde worden uitgereikt in het raadhuis en we zouden het op prijs stellen als je daarnaartoe kwam.* Moeder kust me op mijn wang en krijgt het opeens druk. 'Allemachtig, dat is al over vier dagen, Barnum!' Boletta heeft al twee glazen Malaga ingeschonken. Ik moet naar mijn kamer om op adem te komen. Binnenkort ben ik beroemd. Ik begrijp niet helemaal waarom, maar ik begin te huilen, ik zit in het raamkozijn te huilen, van blijdschap, en ik ben blij dat Fred me nu niet ziet. Maar als ik me omdraai, staat hij toch in de deuropening. Ik verberg mijn ogen. Fred laat zich op bed vallen. 'Nu duurt het niet lang meer', zegt hij. 'Wat, Fred?' Hij kijkt me alleen maar aan en glimlacht, dat scheve glimlachje, zijn lippen die over zijn tanden schuiven. 'Je vergeet niet wat je beloofd hebt, Barnum?' 'Natuurlijk niet.' 'Dat je niks zegt?' 'Ik zeg niks, Fred.' 'Broers verklikken elkaar niet, toch?' 'Natuurlijk niet.' Hij staat plotseling op. 'Ik vergeet je helemaal te feliciteren! Gefeliciteerd, Barnum! Ik ben trots op je!' Ik sla mijn ogen neer. 'Als ik die typemachine niet had gehad', fluister ik. 'Maak jezelf niet kleiner dan je bent, Barnum.'

Die avond ga ik naar Vivian. Het is kil in de portiek. Ik bel aan. Het duurt lang. Ik hoor voetstappen binnen. Ik loer door het sleutelgat. Haar moeder wordt De Sluier genoemd. Sinds het ongeluk bedekt ze haar gezicht altijd met een sluier. Ze is de eeuwige weduwe. Ze verloor haar schoonheid in de bocht boven de Holmenkollen-skischans. Ze is lelijk en verlaten. Sommigen gebruiken haar om hun kinderen bang te maken. Als je niet lief bent, komt De Sluier je halen, zeggen ze. Als je je eten niet opeet. Als je je huiswerk niet maakt, niet gaat slapen, niet je handen wast. En is dat niet wat ons het meest angst aanjaagt, dat wat we niet zien, maar vermoeden, wat we denken dat er is, onder het bed, om de hoek, in het donker, achter de sluier, de veronderstellingen die we laten groeien? Je kunt je niet voorstellen hoe mensen denken dat ze eruitziet. Ze verzinnen dat wat ze nooit gezien hebben, een gezicht zonder trekken, een gezicht als een open gat, onmenselijk en onherkenbaar. Maar als we het gezien hebben, het in de ogen gezien hebben, is er niets meer om bang voor te zijn. Vivian doet open. 'Raad eens!' roep ik. Ze denkt na terwijl ze me opneemt met een schuine, aarzelende blik. 'Je bent acht centimeter gegroeid', zegt ze. Ik schud mijn hoofd. 'Zie ik er zo uit dan?' 'Is Peder drie kilo afgevallen?' zegt ze. Ik schud nogmaals mijn hoofd. 'Ik ben schrijver geworden!' roep ik. Eindelijk laat ze me binnen en we gaan op haar kamer zitten, onder de foto aan de wand, en pas jaren later zou Vivian vertellen dat het niet Lauren Bacall was die daar hing, maar haar moeder, als jonge vrouw, haar moeder vóór het ongeluk, perfect en mooi. Ik vertel haar wat er is gebeurd. Ik kan nauwelijks uit mijn woorden komen. Dat moeder in het diepste geheim het manuscript naar de opstelwedstrijd heeft gestuurd en dat ik de beste was in mijn leeftijdscategorie en dat dit gelijkstaat aan de Nobelprijs voor literatuur en dat ik zelf aanwezig moet zijn in het raadhuis om de mooiste prijs in ontvangst te nemen, misschien een reis om de wereld voor twee personen of een schilderij van Munch of een jaar gratis met de tram, uit handen van de burgemeester, en als Vivian zin heeft om te komen kan ik ongetwijfeld een plaatsje vrijhouden. Ik leg mijn gezicht op haar schoot. 'Heb je met Fred gepraat?' fluister ik. Vivian streelt mijn nek. 'Waarom vraag je dat?' Ik antwoord niet. Ik blijf met mijn hoofd op haar schoot liggen, en zij blijft mij strelen, in mijn nek, ik maak het bovenste knoopje van haar broek los, en nog een, ik kan de rand van haar slipje zien en het ruikt sterk, bedwelmend bijna, ze wriggelt wat en haar hand beweegt nu niet, dus hou ik mijn adem in en lik haar huid, weet nog een knoop open te wurmen en dan staat ze abrupt op en ik rol op de grond en durf niet naar haar te kijken en weet niet hoe ik zou kunnen opstaan, misschien moet ik hier de rest van mijn leven wel blijven liggen. 'Wil je mijn moeder gedag zeggen?' vraagt Vivian. Ze pakt mijn arm en helpt me overeind. 'Het spijt me', fluister ik. Vivian sluit haar ogen en kust mijn mond. Haar lippen zijn zacht en onrustig, alsof ze tijdens de kus lacht. En ik volg haar door het appartement, de ene kamer is nog donkerder dan de andere, ik heb geen zin, maar ik doe het toch, ik heb geen keus, en ten slotte komen we bij de slaapkamer van haar moeder, Vivian klopt aan en doet de deur open, laat mij eerst naar binnen. Ik kan haar moeder niet meteen ontdekken. Dan zie ik haar. Ze zit op een stoel in de schaduw bij het raam, waar lange, dikke gordijnen voor hangen. Ik blijf staan. Ze heeft zich nog niet verroerd. De lucht is zwaar. Vivian staat naast me. Ik hoor de deur achter ons dichtvallen. En ik krijg het vreemde gevoel dat dit meer betekent dan ik kan vatten, dat Vivian mij wil testen, om te kijken of ik dit aankan. Ik besluit dat ik dit aankan. 'Dit is Barnum', zegt Vivian. Ik doe een stap naar voren en maak een buiging. Haar moeder draait zich langzaam naar mij om. 'Aha. Dus jij bent Barnum?' Haar stem klinkt kinderlijk, alsof daar een klein meisje zit te praten. 'Ja', fluister ik. 'Dat ben ik.' Haar moeder tilt plotseling haar sluier op, maar ik kan haar gezicht niet zien, het is net alsof dat er niet is, en ik ben blij toe, ik ben blij toe en toch zou ik het graag hebben gezien, dat wat er niet meer is. 'Barnum heeft de eerste prijs gewonnen in de opstelwedstrijd voor scholieren', zegt Vivian. Haar moeder leunt naar voren. 'Gefeliciteerd, Barnum', zegt ze. Ik buig nog dieper. Zo hoef ik niet naar haar te kijken. 'Dank u wel', zeg ik. Ze legt haar hand op mijn arm. Ik beef. Dat merkt ze, want ze houdt me nog steviger vast. 'Jij bent vast een slimme jongen, Barnum.' Ik hoor haar broze, tinkelende stem, alsof dat het enige ongeschondene aan haar is, de stem is alles wat er rest van het jonge, mooie meisje in de Chevrolet en die stem blijft doorpraten in het verwoeste lichaam. 'Je hebt mooie krullen', zegt ze. Ze kan mij zien, maar ik haar niet. Ik zie alleen de sluier die weer voor de overblijfselen van haar gezicht valt, ze trekt haar arm terug, het bezoek is voorbij, ik ben ingewijd, en ik vraag me af hoeveel mensen hier voor mij zijn geweest, of ik de eerste ben, of ik ben geslaagd, en Vivian trekt me mee naar buiten, nu is haar vader ook thuisgekomen, hij zit in de kamer te slapen, maar ik geloof dat hij doet alsof, de man die mijn schoonvader zal worden, want zijn ene oog is bijna open en kijkt stiekem naar mij en het ziet er niet uit of het oog blij is met wat het ziet. Zelfs ik begrijp dat het tijd is om op te stappen. 'Dat wilde ik je nog vragen', fluister ik. Vivian fronst haar voorhoofd. 'Wat dan?' 'Mijn krullen. Die zou ik eigenlijk wel kwijt willen voor de prijsuitreiking.' Vivian trekt wat aan mijn haar en laat het weer terugspringen. 'Of je kunt het helemaal afknippen', zegt ze. 'Of?' vraag ik, nog zachter. Vivian glimlacht. En ik mag haar haarnetje en haarspelden lenen en zo lig ik drie nachten lang. Ik ben blij dat Fred me niet ziet. Als ik de vierde dag opsta voelt mijn hoofd plat en anders aan, alsof iemand het afgeschaafd heeft. Ik ruk het haarnetje van mijn hoofd, maak de clipjes los en hol naar de badkamer. Ik ben een ander in de spiegel. Eerst ben ik meer dan in de wolken. Vandaag zal ik mijn prijs krijgen in het raadhuis en ik ben een ander geworden. Ik lijk niet meer op mezelf. Ik moet nu waarschijnlijk het volle pond in de tram betalen en geen enkele oude dame zal meer aan me zitten. Mijn kapsel ligt plat en vlak op mijn schedel, geen haartje staat overeind. Maar al snel ben ik niet meer tevreden. Er klopt iets niet. Het duurt even voordat ik besef wat het is, wat er niet klopt, ik denk dat ik ga flauwvallen, en dan staat moeder daar en ze kijkt me bezorgd aan. 'Je bent toch niet ziek, Barnum?' 'Nee hoor', fluister ik en zoek naar mijn tandenborstel. Moeder draait me om. 'Jawel', zegt ze. 'Er is iets.' 'Ik ben alleen een beetje gespannen, moeder.' Ze doet weer een stap achteruit. 'Maar, Barnum, ben je gekrompen?' 'Ja', snik ik. Nu is Boletta ook in de badkamer. 'Hij is zijn mooie krullen kwijt', zucht ze. En moeder krijst bijna: 'Hij is zijn mooie krullen kwijt!' Ik zie er minstens acht centimeter kleiner uit en ik lijk op een pad. 'Ik wil mijn krullen terug!' roep ik. En de rest van de ochtend schroeft moeder ze weer tevoorschijn, een voor een, het is een moeizaam karwei, zodra ze ze loslaat, vallen de plukken weer terug, alsof mijn haar rubber is dat rechtstreeks uit mijn hersenschors wordt getapt en is gevulkaniseerd bij circa 170 graden, ze moet opnieuw beginnen en als ik eindelijk in de grote zaal van het raadhuis sta, met blazer en blauwe stropdas en dasspeld en de krappe schoenen waar noch een manuscript, noch condooms in steken, maar mijn stompe, klamme voeten, piekt mijn kapsel alle kanten op, en op de beroemde foto die van mij werd genomen, door de fotograaf van de avondeditie van *Aftenposten*, op het moment dat mij de schitterende oorkonde met het wapen van de stad en de cheque van vijftig Noorse kronen wordt overhandigd, lijk ik op een tamelijk vermoeide pocketuitgave van Einstein, en onder die foto, die moeder liet inlijsten en boven de kachel in de kamer ophing, stond: *Barnum Nilsen, het kleine genie.* Nadat de burgemeester zich door de rij van nerveuze prijswinnaars heen heeft gezweet en de moeders hebben gehuild en Peder en Vivian zijn opgestaan en al applaudisserend en stampend mijn naam hebben geroepen, komt namelijk diezelfde Ditlev op me af met zijn notitieblok in de aanslag en we lopen naar het voorplein om rustig te praten. 'Ja, ja', zegt Ditlev. 'Heb je je broer niet meegenomen? Of is die nog steeds uitgeteld?' Maar voordat ik antwoord heb kunnen geven, staat Peder naast me en hij geeft Ditlev een hand. 'Peder Miil', zegt Peder. 'Barnum Nilsen staat alleen in mijn aanwezigheid de pers te woord.' Ditlev zucht diep en steekt een sigaret op. 'Ja, ja', zegt hij nogmaals. 'Wat bedoelde je eigenlijk met dat rare verhaal van je, hm?' Ik denk na. Vivian staat met moeder en Boletta bij het portaal te zwaaien. Ik zwaai ook. Het stroomt overal, het drupt, het sijpelt, de laatste sneeuw smelt en de zon schijnt in de plassen die het licht weerkaatsen, alsof de stad bezaaid is met gebroken glas. Pasen is voorbij. 'Dat alle mensen groot genoeg zijn', zegt Peder. Ditlev wordt kwaad en draait zich om naar Peder. 'Heeft Barnum Nilsen vandaag gewonnen of jij?' Peder wijst op mij. 'Dat alle mensen groot genoeg zijn', zeg ik. 'Als ze het bij zichzelf nagaan.' Ditlev noteert in zijn blok en slaat een nieuwe bladzij op. 'Heb je ook literaire voorbeelden, Barnum?' 'Dat moet dan Hamsun zijn', antwoord ik. 'Wat bevalt je in het bijzonder aan Hamsun?' Ik denk weer even na. 'Hij was een schurk die goed schreef', zeg ik. Ditlev schrijft alsof zijn leven ervan afhangt. 'Prima, Barnum. Dit wordt prima. Hamsun is een schurk.' Peder slaat zijn ogen ten hemel. 'Barnum is ook geïnspireerd door zijn overgrootvader', zegt hij. Ditlev brengt zijn balpen naar zijn mond. 'Je overgrootvader? Was die ook schrijver?' 'Hij schreef brieven', zeg ik. 'Maar daar kan ik helaas verder niets over zeggen.' 'Nee? Waarom kun je dat niet, Barnum?' 'Omdat hij schreef dat we niet met het journaille mochten praten.' Peder komt meteen tussenbeide. 'Ik wil ook nog noemen dat Barnum Nilsen een bescheiden rolletje heeft in de komende grote film *Honger.*' Ditlev steekt zijn pen in zijn borstzakje en klapt zijn blok dicht. 'Het journaille bedankt je voor de informatie', zegt hij. Het interview is blijkbaar afgelopen. Na afloop gaan we naar het Grand Hotel, dat heeft moeder besloten, want daar ging Ibsen in zijn tijd ook naartoe, en we zitten aan dezelfde tafel als laatst, toen vader dood en begraven was, moeder en Boletta, Peder en Vivian, en ik. We eten broodjes garnalen met een dikke laag mayonaise en een slablad eronder, en buiten lopen de mensen langs met bruine gezichten boven lichtblauwe overhemden en witte blouses. We wachten op Fred. 'Hij zei dat hij naar het raadhuis zou komen', zegt moeder en haar stem klinkt eventjes somber. Ik kijk weg. 'Het geeft niet', zeg ik. Ik probeer teleurgesteld te lijken, heldhaftig en teleurgesteld, een broer met een oorkonde. Eigenlijk ben ik opgelucht. Moeder legt haar hand over de mijne en ik probeer die weg te trekken. 'Hij komt wel, dat zul je zien.' Boletta tilt haar bierglas op, hoewel ze gestopt is met bier drinken, want ze kan het niet meer verdragen, maar vandaag is een uitzondering, vandaag is een dag zonder weerga en zonder regels, en ze proost op mij. Vivians cola rinkelt als een gletsjer. Peder en ik moeten plotseling naar de wc. We rennen naar de heren en vinden een leeg hokje, maar we hoeven geen van tweeën te pissen. Peder heeft iets in beide zakken van zijn tweedjasje, dat hij met moeite middenvoor kan dichtknopen. Hij heeft twee miniatuurflesjes rum. We schroeven de doppen eraf. We drinken. We hoesten. Het brandt in ons hoofd. 'Ik ben trots op je, Barnum!' 'Klets niet', zeg ik. Peder omhelst me. 'Ik meen het! Ik ben zo verdomde trots op je, Barnum!' Hij heeft nog een flesje en dat delen we en daar, in een hokje in het herentoilet van het Grand, leg ik waarschijnlijk de basis voor mijn enthousiaste gebruik van kleine flesjes, het speelgoed van de minibar, die als het ware in stijl waren met mijn eigen lengte en die je in de kleinste zakken, plooien en wanten kon verstoppen, ja, ik heb zelfs wel miniatuurflesjes in mijn schoenen gehad. 'Ik heb haar gezien', fluister ik. 'Wie gezien, Barnum.' 'Vivians moeder.' 'Heb je haar gezien?' 'Niet echt. Het was vrij donker in de slaapkamer. Maar ik heb haar in ieder geval gehoord.' Peder schudt zijn hoofd. 'Wat zei ik je? Vivian is verliefd op je.' 'Denk je dat?' 'Denken? Ik weet het, Barnum. Dat is simpele wiskunde.' We liepen het hokje uit en wasten onze monden met zeep en de eerbiedwaardige heren die hier ongetwijfeld tussen de bedrijven door op de heren-wc verpoosden, trokken hun poreuze, wijnrode neuzen op die zich over hun gevlekte gezichten uitsmeerden en die uiteen leken te vallen en toen we eindelijk terugkwamen bij onze tafel bij het raam was Fred er nog steeds niet. Ik moest extra grondig naar Vivian kijken en ze glimlachte naar mij op haar karakteristieke manier, een glimlach zonder veel poespas, want alles aan Vivian was stilletjes, maar dat was alleen aan de buitenkant, en moeder keek minstens twee keer extra grondig naar Peder en mij en we kregen koffie en merengues en daarna liepen we door de milde avond naar huis en daar was Fred ook niet. Moeder werd nog onrustiger. De prettige stemming was verdwenen. Boletta kreeg hoofdpijn en klaagde haar nood. 'Had je maar geen bier moeten drinken!' zei moeder. 'Onzin!' riep Boletta. 'Ben je vergeten dat ik bij het Telegraafkantoor heb gewerkt! Ik krijg al pijn in mijn hoofd als ik maar een telefoondraad tussen twee palen zie!' Moeder weigerde verder met haar in discussie te treden, ze ging in de woonkamer zitten en begon te wachten. Moeder begon te wachten en Fred begon te verdwijnen. De volgende dag moest ik in de aula 'De Kleine Stad' voorlezen aan alle leerlingen en ik geloof niet dat er veel waren die er iets van begrepen, want in de pauze was er niemand die iets zei, ze trokken zich eerder terug en lieten mij alleen bij de fontein staan, en zo werd mijn eenzaamheid op het schoolplein nog duidelijker, scherp en kort als een schaduw. Het kon me geen donder schelen. Dat was zo lekker, als het je geen donder kon schelen. Ik had Peder. Ik had Vivian. Ik had mijn typemachine! Dat was genoeg. Dat volstond. Diezelfde dag stond het interview met mij in de avondeditie van de *Aftenposten*, met de woeste foto van mij die moeder bij de krant bestelde en die ze liet inlijsten en die vandaag de dag nog boven de groene kachel hangt. Het kleine genie. Prijswinnaar Barnum Nilsen lucht zijn hart. Maar Fred had zich nog steeds niet vertoond. En toen dat langer dan een week had geduurd, dit was de eerste keer dat hij zo lang weg was, kwam moeder onze kamer binnen, terwijl ik zat te schrijven aan wat de openingsregels moesten worden voor het verhaal 'Mestkuur', zonder kloppen, ze rommelde in Freds laden, opende zijn klerenkast, loerde onder het bed en kwam waarschijnlijk tot de conclusie dat er niets weg was, dat alles lag waar het hoorde te liggen en hij niets mee had genomen. Toen ging ze naast me zitten. Ik trok het vel papier van de rol en legde het in de la. 'Barnum', zei moeder. 'Wij hoeven geen geheimen voor elkaar te hebben, toch?' Daar gaf ik geen antwoord op. Ik ging ervan uit dat dit een val was, en dan was zwijgen mijn beste kaart. Moeders gezicht was bleek en slapeloos. 'Jij kunt geen geheimen hebben', zei ze, toen ze besefte dat mijn antwoord op zich zou laten wachten. 'Denk je soms dat ik de condooms in je schoenen niet gevonden heb, hm?' Hier kon ik al helemaal niks op zeggen en we waren allebei een poosje stil. Toen lachte moeder kort. 'Barnum, Barnum', zei ze. 'Die zal Fred wel voor je gekocht hebben.' Ik zei niks. Ik besefte dat ik me heel goed zou redden tijdens een verhoor. Moeder haalde diep adem en streek met een hand door mijn krullen, die weer waren gegroeid sinds laatst, hoger dan ooit. 'Heeft Fred iets tegen jou gezegd?' fluisterde ze. 'Over waar hij is?' En ik herinnerde me wat ik had beloofd en dat broers elkaar nooit verklikken. 'Ik weet het niet', zei ik, zo zacht ik kon, alsof we werden afgeluisterd. 'Kijk me aan, Barnum! Je liegt toch niet tegen je moeder?' Ik keek haar aan. Het was geen fraaie aanblik. Het was alsof haar ogen aan twee dunne draadjes boven schaduwen van huid hingen. Ik kon niet vertellen dat Fred misschien vertrokken was om de brief uit Groenland te zoeken. In plaats daarvan zei ik: 'Misschien is hij bij Willy.' Moeders ogen versmalden. 'Willy? Die idiote bokstrainer?' Ik knikte. 'Daar is hij vaker geweest.' Moeder vond het adres in de telefoongids en ze ging er met een taxi heen, naar de andere kant van de stad, diezelfde avond nog, want ze wilde niet opbellen en Fred de kans geven om er ook daar tussenuit te knijpen, als hij er al was. Boletta en ik zaten thuis in de woonkamer te wachten. Ze had geen hoofdpijn meer, maar het was net alsof zij ook verdween, verloren ging, gram voor gram, misschien was doodgaan wel zo, dat je indroogt, als een sappige vrucht die in de zon ligt en verschrompelt tot een rimpel van vel en pitten. Ik vroeg me af of ik hier misschien iets van kon gebruiken in mijn verhaal over vetmesten. Boletta draaide zich naar me om en glimlachte. 'Je ziet er zo peinzend uit', zei ze. 'Of ben je verdrietig?' 'Wat geloof jij dat er gebeurd is?' vroeg ik. 'Ik ben te oud om ook maar iets te geloven, Barnum. Daarom geloof ik niets voordat ik het zeker weet.' Boletta dronk thee en roerde langzaam in haar kopje. 'Maar dan geloof je het niet', zei ik. 'Dan weet je het immers.' Boletta zuchtte. 'Ik weet alleen dat Fred geen rust in zijn lijf heeft. Hij zwerft rond.' Ik ging dichter bij haar zitten. Ik hield van de geur van de zoete thee. Ik vond het fijn Boletta voor mezelf te hebben. 'Zwerft rond? Hier door de straten? Dan had ik hem wel gezien.' 'O, nee. Hij zwerft nu vast verder weg. Veel verder. En niemand kan hem tegenhouden.' 'Wij ook niet?' Boletta schudde haar hoofd. 'Fred is een nachtman, Barnum.' Ze dronk de rest van haar thee op en op de bodem van het kopje lag een grote klont bruine suiker, die ze met haar theelepeltje opat. 'En ik niet?' vroeg ik, zacht. 'Nee, Barnum.

Jij bent geen nachtman.' Ik liep naar onze kamer. Ik was geen nachtman. Ik was de man die bleef. Ik zou wel op andere manieren reizen. Ik had een lachmachine, een schrijfmachine en een meetlint met twee verschillende kanten. Ik redde me wel. En ik herinner me iets, iemand vertelde me dat en nu vertel ik het verder, het is geen verhaal, maar een beeld, een beeld dat boven komt drijven in een verhaal, als een foto in vloeistof: een moeder, in Siberië, ze staat op het kale strand en kijkt uit over de zee, elke dag weer, terwijl ze zonnebloempitten eet die ze in haar hand heeft. Een vreemdeling vraagt haar waar ze naar kijkt. 'Mijn zoon', antwoordt ze. 'Hij is nog niet terug.' 'Is hij allang weg?' vraagt de vreemdeling, in zijn onnozelheid. 'Achttien jaar', zegt de moeder en kauwt zonnebloempitten, en kijkt uit, over de zee.

Moeder kwam die avond laat thuis. Ik holde naar de woonkamer. Ze zat al op de bank. Er was iets. Er was iets met haar. Ik had haar nog nooit zo gezien. Ze had haar jas niet uitgetrokken en hield haar tasje met beide handen vast in haar schoot, alsof dat het enige was wat haar verhinderde te vallen. En toch glimlachte ze vaag en die glimlach paste juist niet bij de rest van haar. Boletta werd ongeduldig, maar hield zich koest en zwaaide niet met haar stok, want ook zij had gezien dat er vanavond iets met moeder was, en ik zag dat Boletta's droge ogen groot waren van verwondering en heel veel angst. Eindelijk zei moeder iets. 'Fred is naar zee', zei ze. Boletta ging op de bank zitten. 'Naar zee? Weet je dat zeker?' Moeder fluisterde. 'Willy vertelde het. Willy Halvorsen, bedoel ik.' Boletta ademde uit. 'Is die te vertrouwen?' vroeg ze. 'Een simpele bokstrainer?' Moeder knikte. 'Hij heeft Fred geholpen een schip te vinden.' Moeder keek naar mij, maar zei niets. Boletta hielp haar uit haar jas en was niet overtuigd. 'Hoe kun je daar zeker van zijn? Die Willy Halvorsen heeft Fred niet eens kunnen leren boksen!' Moeder stond op. 'Ik heb met het kantoor van de rederij gebeld. Fred is naar zee.' We keken elkaar aan. Boletta haalde haar smalle schouders op. 'Ja, ja. Er zijn ergere dingen. Maar hij had best even gedag kunnen zeggen voor hij vertrok.' Pas toen begon moeder te huilen. Ze moest weer gaan zitten. Ze schokte. Boletta probeerde haar vast te houden, maar dat hielp niet. Ik begreep dat plotseling de gedachte bij moeder op was gekomen dat ze Fred nooit meer zou zien. Maar hij kwam terug, en elke keer dat hij weer wegging was dat als een kleine dood, een kleine dood die steeds groter werd en uitgroeide tot een herdenkingsdienst in de kerk van Majorstuen, een begrafenis zonder lijk, slechts een groot gemis, en ik hield, zoals gezegd, de gedenkwaardige rede. Boletta liet moeder uithuilen, maar niet aan de tranen kwam een einde, maar aan haar krachten. En ik had dezelfde gedachte, dat Fred ons nu voorgoed verlaten had, want het volgende moment vroeg Boletta: 'Op wat voor schip is hij trouwens beland?' 'De Poolbeer', fluisterde moeder. 'Ja, maar waar gaat dat schip heen?' Moeder keek noch naar mij, noch naar Boletta, maar naar beneden, beneden. 'Groenland', zei ze. En ze keek meteen weer op, bezorgd op een averechtse manier, en zei de woorden die we later zo vaak zouden herhalen, wanneer we onszelf probeerden te troosten: 'En hij heeft geeneens een trui meegenomen.'

Ik liep weer naar onze kamer, die nu misschien de mijne was, misschien had ik vanavond wel een eigen kamer gekregen, terwijl Fred op weg was naar Groenland, aan boord van de Poolbeer, en als ze op dit ogenblik Røst passeerden, voordat ze afbogen naar het westen, naar de blauwe horizon en de groene, dalende zon, hoopte ik dat Skomvær voor hen brandde, de laatste vuurtoren, Fresnels kristalflits, die hun beeld in de wind kon branden. *Eenen liefdevollen groet zend ik een ieder thuis, hier vanuit het land van de middernachtzon, tusschen ijs en sneeuw.* Misschien wilde Fred een muskusos vinden. Misschien moest hij zeehondenvlees eten. Was dat wat Fred had gedacht, dat hij in dezelfde voetsporen moest treden, in hetzelfde kielzog moest varen, dat zich daar in het noorden van de zee had gesloten achter de s.s. Antarctic, 66 jaar geleden, om de brief te vinden, moest hij dezelfde zon zien als overgrootvader had gezien, de kou voelen, het ijs horen kantelen, voordat hij kon beginnen te zoeken? Misschien vond hij grootvader, vastgevroren in een gletsjer, een jack rond een skelet en in de zak van dat jack zat een potloodstompje, waar hij ooit de brief mee geschreven had? Ik was blij, ja, blij dat Fred was vertrokken. Maar ik voelde geen vreugde. Ik pakte de Diplomat in, het was te laat om nog iets te dichten, er was al genoeg gedicht, en in plaats daarvan ging ik met de lachmachine op bed liggen. Ik zette hem aan. Hij lachte onder het dekbed. Ik luisterde naar de mechanische lach. Die was harteloos en boosaardig. Als slangen konden lachen, zouden ze dat zo doen. De lach die ik zo barmhartig had gevonden toen ik er samen met Peder naar luisterde, barmhartig en aanstekelijk, vervulde me nu met een grote, onrustige duisternis. En ik begreep dat de lach niet werkt als je alleen bent. Dat moest ik opschrijven, voordat ik het vergat. Misschien zou ik zo'n ontdekking kunnen gebruiken. Dat de lach gezelschapsziek is. Maar ik viel in slaap voordat ik zo ver kwam, terwijl de batterijen in de machine opraakten en de lach langzaam dieper en dieper werd, tot hij helemaal wegstierf met een kort klikje en er slechts een laag, ver geruis over was, als wind in een allang verlaten huis, stelde ik me zo voor, en toen verdween dat ook, de ruis, en liet een dun draadje achter, gesponnen van niets, waar mijn dromen aan te drogen konden hangen.

Moeder wekte me. 'Wij gaan naar het Telegraafkantoor', zei ze. 'En je hoeft niet nu al in Freds bed te gaan liggen!' Ik stond meteen op, beschaamd en slaperig, want ik had nauwelijks geslapen. 'Mag ik mee?' Ik ging mee. Boletta had haar mooiste kleren aangetrokken, maar vlak voor de zware deur van de Tollbugate zonk de moed haar in de schoenen en ze ging bokken en wilde omkeren, ze had hoofdpijn gekregen, de *morse*, maar moeder duwde haar vastberaden naar binnen, en toen stonden we daar, in de grote hal, waar Boletta geen voet meer had gezet sinds ze ontslag had genomen op de dag dat koning Haakon en De Oude negen jaar eerder op dezelfde dag waren gestorven. Het was er niet meer zo stil als in een kerk. Nu deed de hal eerder denken aan een magazijn, een magazijn voor gesprekken en telegrammen. Overal klonk gezoem, alsof een enorme zwerm bijen zich in vliegende vaart van de ene naar de andere hoek verplaatste. De schoenen die over de stenen vloer holden. De klok aan de wand die met harde tikken vooruit schokte. Moeder schudde Boletta een beetje door elkaar. 'Sta daar niet zo te staren!' Maar Boletta bleef staan staren. 'Veranderd', fluisterde ze. 'Wat zeg je nou?' vroeg moeder. 'Scheepsnamen kunnen als één woord geschreven worden', zei Boletta. 'Indien ze niet meer dan vijftien letters tellen.' 'Poolbeer', zei moeder en telde snel op haar vingers. 'Dat zijn maar acht letters. Laten we het maar achter de rug zien te krijgen.' We liepen de brede trap naar de eerste verdieping op. Boletta groette een paar dames, maar die wisten niet meer wie ze was, ze repten zich voorbij, en iedere keer als iemand haar niet herkende, werd de rug van Boletta krommer, ja, ze werd bij elke stap kleiner, zelfs chef Egede bleef niet staan, de verlopen man, hij aarzelde slechts een overloop lager en keek naar ons, alsof hem iets begon te dagen bij de aanblik van Boletta, en zij ontmoette zijn blik, koppig en afwachtend, maar de stakker praatte tegen mij. 'Het kleine genie', zei hij en lachte. Toen liep hij verder de trap af, naar de hal. Boletta kromp nog verder ineen. Juffrouw Stang, de Cheffin, de maagd van het relais, was allang met pensioen en zat thuis in haar donkere tweekamerappartement in Uranienborg, met een vochtige doek op haar voorhoofd om de stekende hoofdpijn te verzachten, en ze zag de zwarte bakelieten toestellen vervangen worden door grijze en witte apparaten, laag en discreet, die gedurende een korte periode, in de jaren zeventig, vervangen zouden worden door onpraktische en belachelijke installaties in schreeuwende kleuren, rood, geel, oranje, kleuren die niets met telefoons te maken hebben, toestellen die op hun eigen draaischijf stonden en daarom, door zogenaamde gevatte tongen, de homofoon werden genoemd, omdat je het nummer aan de achterkant draaide, en daarna werd het Telegraafkantoor opgeheven, het grote gesprek ontplofte, in de jaren negentig, het werd geprivatiseerd, naar alle windstreken verspreid, er was geen ontkomen aan de draadloze telefoons, de meest intieme ontboezemingen werden aan restauranttafels uitgeschreeuwd, geheimen werden in wachtrijen en bij haltes onthuld, men werd gedwongen de ruzies, verwijten, de hartenkreten van anderen te horen, ja, de samenleving werd tot één grote slaapkamer waar iedereen praatte met iedereen, maar het meest met zichzelf, en niemand iets te zeggen had.

Toen waren we in de telegramzaal. Er stond een rij. Hiervandaan werden de belangrijkste berichten verstuurd, die om leven of dood gingen, en die niet gesproken konden worden, want de stem is een onnauwkeurig instrument, de stem is vol misverstanden, intonaties, versprekingen en overdrijvingen, terwijl een telegram niet mis te verstaan is, het telegram is klankloos en klaar als een klontje, het telegram is voor misère en minnepijn. Er zaten acht dames, ieder achter hun bureau. Ook hier was niemand die Boletta herkende. We zeiden niets. De telefoon is vermoeiend voor de zenuwen en het gehoor en degene die hem bedient mag nooit meer dan vier uur achter elkaar werken. Bij telegrafie hebben de handen en vingers het meest te lijden, dat kan leiden tot kramp en jicht. Moeder had de boodschap op een papiertje geschreven, dat gaf ze aan de telegrafist toen het eindelijk onze beurt was, en de telegrafist vond de juiste codes en toetste de bondige, maar betekenisvolle woorden in, en ik zag voor me hoe op datzelfde ogenblik de Draad op de Poolbeer het bericht kon duiden, de punten in letters kon vertalen en naar boven liep om het in de mess aan de nieuwe jongen, Fred Nilsen, te geven. Ik zag het voor me, de Draad was een lolbroek, die graag een beetje de draak wilde steken met dat merkwaardige en zwijgzame groentje, die niet eens zeeziek werd op zijn eerste reis en die een veelbelovend bokser geweest scheen te zijn die klop had gekregen van een doodgewone, noordelijke kampioen. 'Hé, Nilsen. Mamma mist je!' En de rest van de bemanning, iedereen die in de mess was, zou grinniken en lachen, en Fred, kan ik me indenken, zou het bericht gewoon verfrommelen en in zijn zak steken, nors en verlegen, en later, wanneer hij wacht had, zou hij het weer tevoorschijn halen, de weinige woorden van moeder lezen, en het daarna in zee gooien, waar de ijsschotsen al voorbij dreven als vieze korsten die tegen de romp botsten en hem wakker hielden wanneer hij moest slapen.

Hij stuurde moeder geen antwoord. Ze wachtte elke dag op het telegram, van de Poolbeer, een woord, een teken van leven, een vonk. Het kwam niet. Ze holde naar de deur als er aangebeld werd, om te ontdekken dat het slechts een colporteur was die haar Tupperware, een voddenkleed of de verlossing door Jehova in de maag wilde splitsen. Ze joeg hen de trappen weer af. Ze kreeg in deze tijd grijs haar. Boletta en ik liepen op spelden, ze kon door het minste of geringste haar zelfbeheersing verliezen, ja, we vreesden een poosje voor haar verstand, en Boletta fluisterde me toe dat wachten een kunst was, het kost veel tijd die te leren, het lukt maar weinigen en de tijd zelf is je leermeester. Toen er een bepaalde tijd was verstreken, zonder een geluid, zonder een letter, zonder een morseteken van Fred, kwam ook moeder tot rust, alsof ze haar lot accepteerde en zich erin schikte, een slome razernij, en op een avond vlak voor de zomervakantie werd er weer aangebeld, moeder holde niet naar de deur, en we begrepen dat ze de rust van de wachttijd was binnengetreden, waarin je niets anders doet dan wachten, zoals De Oude vóór haar gedaan had, het wachten tot een kunst had verheven, een grondstof voor haar ziel, en ik was degene die naar de deur liep om open te doen. Het was Peder. En vlak achter hem stond Vivian, ze loerde over zijn schouder en glimlachte. Het was een poosje geleden sinds ik hen had gezien. Ik werd blij. Ik had vrienden die op bezoek kwamen. 'Woont hier de grote, maar kleine schrijver?' zei Peder. Ik maakte een diepe buiging en liet hen binnen, we gingen zitten op onze kamer die ik nog niet de mijne noemde en Vivian wilde de lachmachine horen, maar ik had vergeten de batterijen te verwisselen, en in plaats daarvan vroeg ze: 'Is Fred vertrokken?' 'Hij zit in dienst', zei ik. Ik wist niet waarom ik dat antwoordde, maar nu had ik het gezegd, dat Fred in dienst zat. Peder floot luid en lang. 'Nou, dan is ons land in veilige handen. Nu kunnen we eindelijk gerust slapen 's nachts.' Vivian keek me aan. 'Waar dan?' vroeg ze. Ik moest nadenken. De leugen was al bezig zich te vermenigvuldigen. Als een regenwurm deelde hij zich gewoon doormidden en werd tot twee regenwurmen, en zo kon het doorgaan, dat was gewoon biologie. 'Dat is geheim', antwoordde ik. Vivian sloeg haar blik neer. 'Geheim?' Peder begon weer te fluiten en de leugenaar moest iets anders verzinnen om over te praten. Ik sloeg Peder op zijn schouder. 'Kan dat model ons niet weer bij de filmclub binnenloodsen!' zei ik, luider dan nodig. Peder hield abrupt op met fluiten. 'Moeder is klaar met hem.' 'Klaar? Is ze helemaal klaar met het schilderij?' Peder werd plotseling bokkig en stond op. 'Hoorde je niet wat ik zei soms?' Ik hoorde wat hij zei, maar begreep niet wat hij bedoelde. Vivian keek een andere kant op en van haar viel ook geen hulp te verwachten. Als ik eraan gedacht had batterijen te kopen voor de lachmachine, zou alles anders geweest zijn. Ik haastte me het opstel te vinden dat ik hem nog schuldig was. Peder stond nog steeds met de rug naar me toe. Hij griste het papier alleen maar uit mijn handen. Ik had gekozen voor 'Vertel over een karwei waar je aan mee hebt gewerkt'. Peder keek naar de titel. 'Ik zei toch dat je "Voor- en nadelen van de moderne techniek" moest kiezen! Verdomme!' 'In feite ben ik erin geslaagd om beide opdrachten in hetzelfde opstel te verwerken', zei ik voorzichtig. Peder begon te lezen. 'Je hebt geschreven over toen we figuranten in *Honger* waren, sukkel!' 'Ja, en daarna heb ik geschreven over de ontwikkeling van de filmcamera.' 'Jemig', zei Peder. Vivian wilde het ook zien en las hardop: 'Het is boven elke twijfel verheven dat des te lichter en kleiner een camera is, des te beter kun je ermee filmen, want dan kan de fotograaf gemakkelijker de acteurs of wat hij verder wil filmen, volgen. Maar de afmeting van de camera mag niet ten koste gaan van de capaciteiten om zowel in de breedte als in de diepte te filmen. Dit ondervond ik onder andere toen ik samen met mijn twee beste vrienden als figurant meespeelde in de nieuwe film *Honger*, die helaas nog niet in première is gegaan.' Peder draaide zich langzaam om en glimlachte. 'Prima, Barnum. Dit is prima. Ik ruik al op afstand een zeven.' Maar Vivian draaide me alleen maar nog meer haar rug toe. Peder en ik keken naar elkaar en nu volgde er een gesprek waar ik lang over heb zitten piekeren, en ik zou eigenlijk willen dat er toen een marconist aanwezig was geweest om alles in morse in te tikken, zodat er een strookje met deze tekens uit kon rollen op een nacht dat ik meer begreep, op een nacht dat ik de grote Draad was die achter de tekens en onder de woorden kon kijken. 'Wat is er?' vroeg Peder. Vivian antwoordde niet. 'Wat is er?' vroeg ik. Vivian keek over haar schouder. 'Ben ik alleen maar je beste vriend, Barnum?' Ik was in de war. Alleen maar? En even schoot door me heen dat de leugen behaaglijker moet zijn dan de verwarring, verwarring is zonder verdoving, de leugen is volledige narcose, zo lang het duurt. Misschien had vader destijds gelijk, dat je slechts twee procent van een vrouw kunt begrijpen, en om die twee procent te begrijpen had je de rest van je leven nodig. 'Ja, jij en Peder', fluisterde ik. 'Dat is toch zo?' En nu zei Peder iets nog merkwaardigers, dat ik graag schriftelijk uit zijn mond zou hebben gehad, dat wat hij tegen Vivian zei. 'Het is mijn opstel, nietwaar. Niet dat van Barnum. Hij heeft het alleen voor mij geschreven.' Na deze uitspraak waren we een poosje stil, tot Peder in zijn handen klapte en op een stoel klom. 'Bovendien weet ik wanneer de première is!' Vivian stond ook op en mijn hand gleed snel naar beneden langs de lichtblauwe trui die in plooien over haar scherpe ruggengraat hing. 'Wanneer dan, slome!' riep ik. Peder keek op me neer. 'Over precies 84 dagen. En morgen nog maar 83.'

Ze vertrokken voordat moeder klaar was met een avondboterham maken. Ik holde naar de keuken. Ze was nog steeds geitenkaas aan het schaven, in langzame plakken. Het wachten had haar omstandig en traag gemaakt. 'Negentien augustus is de première!' zei ik. Moeder draaide zich langzaam om. 'Zijn ze al weg?' 'Ja! En 19 augustus gaat *Honger* in première!' Moeder zuchtte. 'Misschien is Fred tegen die tijd wel thuisgekomen.' Er werd weer aangebeld en ik zag dat er een schok door moeder heen ging, ze liet de kaasschaaf op de grond vallen. Ik liep naar de deur en deed open. Het was Peder weer. 'Ik was iets vergeten', fluisterde hij. Hij haalde een envelop tevoorschijn en stak me die gehaast toe. 'Ik geloof niet echt dat je broer in dienst is', zei hij, nog zachter. Ik staarde naar de envelop. *Branum Nilsen, Miils Postzegels, Oslo, Noorwegen.* De hoek zat stampvol Deense postzegels. Fred had hem naar Peders vader gestuurd. Nu bracht Peder hem naar mij. Ik zei niets. Ik staarde alleen maar naar de envelop. 'Ja, ja', fluisterde Peder. 'Alles zal wel een bedoeling hebben.' Hij draaide zich om en liep de trap weer af. Ik sloop naar mijn kamer, de brief onder mijn overhemd verstopt. Daar verborg ik hem onder mijn matras. Plotseling stond moeder achter me. 'Was dat Peder weer?' vroeg ze. Ik knikte. 'Wat wilde hij?' Ik slikte en ging op bed zitten. 'Hij was vergeten me een paar wiskundeopgaven te geven.' 'Wilde hij geen eten?' Ik schudde mijn hoofd. 'Geen tijd.' Moeder glimlachte. 'Als Peder geen tijd heeft om te eten, dan heeft hij echt weinig tijd.' 'Ja, nou.' 'Ga je al naar bed?' Ik gaapte uitgebreid. 'Heel moe', zei ik. Moeder ging naast me zitten. Ze zocht naar woorden. Onder de matras lag de brief van Fred. 'Dat is leuk, van die film', zei ze. 'Stel je voor dat we nou een acteur in de familie hebben.' Moeder lachte even. 'Figurant', zei ik. 'Dat is bijna hetzelfde.' Moeder zweeg een poosje. Ik zou willen dat ze wegging. Ik gaapte nog een keer en strekte mijn armen in de lucht, en er schoot door me heen, op het moment dat ik mijn mond opende en luid gaapte en mijn armen opstak, dat alles wat ik deed overdreven was, dat elke beweging vergroot was, alsof dat me geloofwaardiger kon maken, alsof de overdrijving dubbel zo waar was. 'Ik kan niet slapen', zei ze. 'Ik kan niet slapen zo lang hij weg is.' 'Het gaat vast goed met Fred', fluisterde ik. 'Hij is een nachtman.' Er ging weer een huivering door moeder heen, alsof mijn woorden haar een schok gaven. Ze pakte mijn hand en drukte die, in woede of verdriet, ik weet het niet, misschien was het ook wel liefde. Ik geloof dat ze die nacht ook niet sliep. Maar toen het stil genoeg was, haalde ik de envelop tevoorschijn en maakte hem voorzichtig open. Er zat een ansichtkaart in. Het was een foto van een muskusos. Die stond op een dorre helling, met gebogen kop, en hij zag er nogal voddig en verkommerd uit. En op de achterkant had Fred geschreven, in zijn onbeholpen schoonschrift. *Niks zeggen. Fred.* Dat was alles. Niks zeggen. Fred. Ik weet niet hoelang ik naar die woorden heb zitten staren. En ik nam een besluit. Ik zei niks. Ik kon niet anders. Nou ja, dat kon ik wel, ik had een keuze, is dat niet waar het allemaal om draait, de keuze die je moet maken en waar geen excuus voor bestaat? Ik had iets anders kunnen doen. Ik had mijn belofte aan Fred kunnen breken, naar moeder kunnen gaan en haar de kaart kunnen laten lezen. Ik deed het niet. Ik hield mijn belofte en liet haar daar slapeloos liggen. Ik huilde een beetje. 'Kolerekuttekop!' riep ik en sloeg een hand voor mijn mond. Ik luisterde. Het bleef stil. Ik stopte de kaart weer in de envelop en verstopte die op een plek waar moeder hem naar ik wist nooit zou vinden. Zo begon mijn lange leugen.

En elke dag die verstreek was een vervolg van die leugen. Ik zei niks, dus ik loog. Ik hield mijn woord en loog tegelijkertijd. Ik heb twee tongen en één gezicht, of omgekeerd, ik heb vele gezichten en één tong. Moeder ligt 's nachts wakker. Soms gaat ze naar Willy om nieuws over de Poolbeer te horen. Wanneer ze weer thuiskomt, is ze nog stiller en Boletta zit hoofdschuddend in de kamer. Ik schrijf het eerste concept voor 'Mestkuur', maar ben niet tevreden en gooi het weg zodra ik klaar ben. Ik moet het lint van de machine verwisselen. We wachten. De tijd is traag en stribbelt tegen. Fred komt niet. Er gaat een zomer voorbij. Peder begint op het gymnasium, waar hij dezelfde herfst tot penningmeester van de schoolclub wordt gekozen, Vivian zit thuis te studeren en doet één vak per keer en ik loop de poort van de Fagerborg middelbare school binnen, naar weer een eerste schooldag, met de zon in mijn rug, ik zie alle mensen die zich als één man naar me omdraaien en mij met hun ogen opmeten en ik besluit een nieuw spijbelrecord te vestigen. Dat haal ik glansrijk.

Drie dagen later is de première van *Honger.* We warmen ons op in de Stortorgets Gjestgiveri, maar krijgen geen bier wanneer we dat bestellen, alleen thee. Dat geeft niet. Peder heeft namelijk een fles champagne weten te bemachtigen en die heeft hij onder de tafel verstopt, en Peder is de enige die het gelukt is een champagnekurk uit de fles te wurmen in de Stortorgets Gjestgiveri zonder op heterdaad betrapt te worden. Hij krijgt alleen een beetje natte schoot. We drinken onze thee zo snel mogelijk op en gieten champagne in de kopjes. We zitten aan de achterste tafel. Vivian ruikt ergens naar. Na twee kopjes word ik een beetje wild in mijn hoofd en ik begraaf mijn gezicht in haar hals. Vivian duwt me weg, maar ik kom terug. 'Barnum!' roept ze plotseling. 'Je bijt!' Vivian gaat naar de wc en Peder ligt plat op tafel te lachen. De andere gasten draaien zich naar ons om, donkere gezichten in het gouden schijnsel van de halve liters bier die ze met twee handen optillen. De kelner krijgt een wat ijzeren blik en komt de asbak legen. De theekopjes bruisen. 'Jullie drinken toch geen meegebracht spul?' vraagt hij. 'Muskus', antwoordt Peder. De kelner schudt zijn hoofd, maakt een ronde langs de tafeltjes en loopt langzaam naar de tap. Ik buig me naar Peder toe. 'Muskus?' fluister ik. Peder wurmt nog wat champagne in de kopjes. 'Vivians parfum, Barnum. Dat tappen ze uit de ballen van muskusossen.' 'De ballen van muskusossen?' 'Word je verdomde geil van.' 'Geil? Wie?' 'Jij.' Dan komt Vivian terug van de wc. Ze ruikt niet meer. Misschien heeft ze haar hals gewassen. Ik zeg niks. Ik kan niet goed nadenken. Er is te veel om aan te denken en mijn gedachten zijn onsamenhangend. Peder kijkt op de klok en heft zijn kopje. 'Tijd om de bioscoop in te nemen', zegt hij. We drinken onze koppen leeg en lopen arm in arm naar de bioscoop, met Vivian in het midden, naar onze eerste première. Het is de voorstelling van zeven uur. Er staat een rij buiten. En ik moet mijn leeftijd aantonen. Peder legt zijn hand op de blauwe arm van de kaartjescontroleur. 'Laat mij u informeren dat wij meedoen aan de film van vanavond', legt Peder uit. 'En u wilt de acteurs toch niet de toegang weigeren?' 'Figuranten', zeg ik. 'Kop dicht', zegt Peder. 'Als hij niet oud genoeg is, is hij niet oud genoeg', zegt de controleur. Peder zucht luid. 'Als hij oud genoeg is om in de film te spelen, is hij ook oud genoeg om hem te zien.' Vivian lacht en we mogen naar binnen. En daar is iedereen. Ik zie hen zodra we gaan zitten, op de eerste rij, moeder en Boletta, Esther van de kiosk, Peders ouders, zijn moeder zit in haar rolstoel onder aan de trap, ja, Vivians vader is er, achter hem zit Ditlev van de avondeditie van de *Aftenposten*, hij kan bijna niets zien en schuift onrustig op zijn stoel heen en weer en wordt tot stilte gemaand; ze zijn er allemaal, want het kan niemand zijn ontgaan dat wij aan de film meedoen, Peder, Vivian en ik, we hebben er zelfs een opstel over geschreven en het in interviews gezegd, ik zie huismeester Bang, Knokkel, de Bok, Aslak, Hamster en Preben, verre gezichten in de schuine zaal, ik zie Tienus, de Tweeling, Tommy en het Talent, de jongens van de boksclub, met scheve neuzen en iets langer haar, ik zie de ouders van S, bleek en dun, vlak bij de nooduitgang, en ik denk, terwijl het gordijn opzij wordt geschoven en het licht wordt gedimd, dat de meeste mensen die een rol in mijn leven hebben gespeeld hier zitten, sommigen zijn slechts op de achtergrond langsgelopen, anderen zijn me na komen te staan, ik denk, terwijl de duisternis en de stilte een ogenblik samenvallen, dat hier waarschijnlijk meer mensen zijn dan er op mijn begrafenis zouden komen, als ik op het idee zou komen nu te sterven, en vlak voordat Vivian mijn hand pakt en Pontus zichtbaar wordt op het witte doek, met zijn rug naar ons toe, over een leuning van een brug over de Akerselv gebogen, terwijl hij koortsachtig iets op een papiertje schrijft, dat hij in zijn mond stopt en opeet, het papier opeet dat hij heeft beschreven, zie ik dat iemand in de schaduw naast moeder gaat zitten en dat is Willy.

We zitten er niet in. We zijn niet aanwezig in het Slottspark. We zijn onzichtbaar. We zijn eruit geknipt. We zitten in een rol die ergens in Denemarken in een prullenbak is gegooid, overbodig, verworpen. Het wordt dus toch een soort begrafenis. Het is weer Barnums liniaal. Barnums liniaal is te kort. Er ontbreekt altijd een centimeter. We gaan weg voordat de aftiteling afgelopen is. 'Jullie hebben in ieder geval je ziel behouden', fluistert Peders moeder als we ons langs haar reppen. We staan al buiten. De straten zijn nat. Het is herfst geworden. Peder en ik moeten pissen achter een vuilnisbak. We gooien de kaartjes weg en pissen erop. 'Rotfilm!' roept Peder. We zeggen niets meer tot we bij de Solliplass komen. Onze boom is rood en glanst in de regen. Dan zegt Peder: 'Als hij zo'n vreselijke honger had, waarom ging hij dan niet de bossen in om bessen te plukken? Hè?' 'Misschien voelde hij een ander soort honger', fluister ik. 'O ja? Hij praatte verdomme de hele film lang over niks anders dan worst! Hij had een haakje kunnen maken en zijn schoenveters als vissnoer kunnen gebruiken om een paar kabeljauwen op te halen, toch! De stomkop!' 'Hij had in ieder geval die Twist op kunnen eten', zei Vivian. We kijken haar aan. 'Twist?' vraagt Peder. 'Hebben jullie dat niet gezien? Er lagen nog twee Twistfucktoffees en een dropje in de bladeren in het Slottspark.' Peder kijkt me aan. Ik kijk naar Peder. 'Echt waar?' Vivian knikt. Echt waar. Peder rukt de boom bijna los, zo moet hij lachen. 'Daarmee hebben we de film bedorven! Twist in 1890!' Ik lach, ik lach ook, maar toch maakt iets me bedroefd, alsof ik nu al de sporen kan zien van wat er gaat komen, van alles wat niets wordt, wat wordt weggelaten, geschrapt, weggeknipt, alsof de schaar mijn wapen is. 'De mazzel!' zegt Peder plotseling en hij loopt de Bygdø allé in, onder de kastanjes door. 'Wacht even!' roept Vivian. Maar Peder wacht niet. Hij loopt door. Ik laat Vivians hand los en ren achter hem aan. 'Wat is er met jou aan de hand?' Peder leunt op een hek en glimlacht. 'Is er iets met mij dan?' Ik leg mijn hand op zijn schouder. 'Je hoeft toch nog niet naar huis?' 'Misschien heb ik wel honger.' En zijn glimlach, zijn lach, krijgt iets zachts, iets breekbaars, alsof zijn mond elk moment tot huilen over kan gaan. 'Jullie zijn nu met z'n tweeën', zegt Peder. 'We zijn met z'n drieën', zeg ik. Peder schudt zijn hoofd. 'Nee. Ik ben te veel. Tot ziens.' En hij steekt het kruispunt over. Hij kijkt niet om. Ik blijf staan. Ik weet niet wat ik moet doen. Ik wil achter Peder aan hollen. En ik wil terug naar Vivian. Zij komt naar mij toe.

Die avond gebeurt er nog iets. We lopen samen door het Frognerpark. Het begint donker te worden. Het regent nog steeds. Bij het witte paviljoen gaat Vivian in het gras zitten. Ik ga naast haar zitten. Het is niet echt comfortabel. Het is nat. Ze mag mijn jasje lenen. En nu gebeurt het. Vivian gaat boven op me zitten. Ik kan niet weg komen. Ze pint me vast. Ik wring mijn hoofd van de ene kant naar de andere en voel het plakkerige gras in mijn haar en mijn nek. Ze doet iets. Ze trekt haar slipje naar beneden en wipt het over haar voet. Dan maakt ze mijn gulp open. Ik durf me niet te verroeren. Ze trekt er een kapotje overheen en leidt me naar binnen. Ze laat zich gewoon zakken, zwaar en hard. Ze is volkomen stil. Ik ook. En ik ruik het weer, die geur van muskus, buiten zinnen, woedend, dat zal mijn deur naar deze avond zijn, muskus en scharen. Ik zak weg. Het is al gebeurd. Vivian staat op, met haar rug naar me toe, doet haar slipje weer aan en trekt haar rok recht. Ik blijf liggen. Ik heb het koud. Ik sluit mijn ogen. Ik durf niet te kijken. Het schrijnt. Ik schaam me. Ik hoor dat ze de helling afloopt. Als ik weer op mijn benen sta, is ze verdwenen. Ik trek het condoom eraf, schreeuw, en gooi hem haar achterna. Ik pak mijn jasje, struikel de helling af naar het hek en klim eroverheen, krijg een scheur in mijn broek, val in de bosjes aan de andere kant en kruip het trottoir op. Er rijdt een tram voorbij. Het gekrijs als hij door de krappe bocht scheurt. Ik hou mijn oren dicht. Ik kan bij Peder langsgaan. Ik doe het niet. Ik heb niets te zeggen. En hoe moet ik het zeggen? Ik hol de Kirkevei op. Ik ben blij dat het regent. Ik ren tot ik niet meer kan. Nu besta ik, zeg ik. Ik zeg het nog een keer. Nu besta ik. Nu heb ik het gedaan. Ik ben opgelucht. Ik ben niet gelukkig, maar opgelucht. Dat is niet verkeerd. Eigenlijk heb ik haar versierd. Natuurlijk. Ik was het. Het is mijn schuld. Ik heb haar meegenomen naar het Frognerpark, naar het paviljoen, de duisternis bij het paviljoen. Alsof niemand weet wat dat betekent. Ik heb zelfs mijn jasje in het gras gelegd zodat zij daarop kon liggen, in het natte gras, als ze het zo wilde hebben. Het is niet verkeerd. Ik heb het gedaan. Het met Vivian gedaan. Ik. Het is mijn schuld. Ik blijf staan. Ik kan het me niet herinneren. Of ik klaar ben gekomen. Of ik echt klaar ben gekomen. Of het me gelukt is. Of ik geschoten heb. Of ik aan mijn gerief ben gekomen. Ik kan niets voelen. Het schrijnt alleen maar. Ik loop terug. Ik zoek in het gras tussen de struiken bij het paviljoen. Er komt een zwarte hond naar me toe. Ik jaag hem weg. De hond wil niet weggaan. Hij schurkt weer tegen me aan. Ik geef hem een schop. Dat helpt niet. Dan vind ik wat ik zoek. Ik til het kapotje op. De hond jankt. Het is onmogelijk te zien. Het regent. Het gele, verwrongen condoom druipt. Ik kan niets in het topje zien. Het is gewoon water, regen, modder. Ik gooi het weg. De hond rent er meteen achteraan en neemt het in zijn bek. Iemand fluit, ver weg, misschien op de brug, en de hond verdwijnt.

Ik loop naar huis. Boletta zit in de woonkamer. 'Daar ben je eindelijk!' zegt ze. Ik blijf staan, in de schaduw achter de haard, bij de foto van het kleine genie. Ik zeg niets. Boletta leunt voorover in haar stoel. 'Je bent toch niet teleurgesteld, Barnum?' Ik schud mijn hoofd. 'Want dat moet je absoluut niet zijn. Jullie zijn niet de eersten die eruit geknipt zijn. De Oude is bijna wereldberoemd vanwege alle films waar ze uit weggeknipt is!' Boletta lacht. 'En ik kan je dit vertellen, al is het langgeleden dat ik naar de film ben geweest, ik ben niet meer in de bioscoop geweest sinds ze in de oorlog het Bioscoop-Paleis als aardappelopslag gebruikten, Barnum, ik vond dit een bijzonder vreemde film. Dat een mooie vrouw zo'n smoezelige langpootmug wil aanraken!' 'Dat was alleen maar een droom', zeg ik. Boletta zwijgt even en steekt dan haar armen uit. Ik loop er langzaam naar binnen. Nu ziet ze pas hoe ik eruitzie. Ik zie er niet uit. Ik stink. 'Heb je gevochten?' vraagt ze. Ik sla mijn ogen neer. Boletta houdt mijn plakkerige jasje beet, haalt gejaagd adem en kijkt verbaasd naar me op. 'Nee, dat heb je vast niet, Barnum.' Ze glimlacht. 'Waar is moeder?' vraag ik. Boletta laat me los. 'Ze is bij Willy. Willy Halvorsen.' 'Wat doet ze daar?' Boletta zucht. 'Je moeder heeft ook vrienden nodig, Barnum.' En op dat ogenblik komt ze thuis. Nog voordat ze de deur weer dicht heeft gedaan, horen we al dat er iets aan de hand is, er is iets mis, verschrikkelijk mis. Opeens staat ze in de kamer. 'Het schip is vergaan', fluistert ze. Boletta staat op. 'Wat zeg je?' 'De Poolbeer. In het ijs. Godallemachtig.' Moeder gaat zitten. Ze haalt iets uit haar tas. Haar handen trillen. Het is een knipsel uit een Deense krant, dat ze van Willy, Willy Halvorsen heeft gekregen. Boletta doet een lamp aan. Het is een foto, vanuit de lucht genomen, van een schip, opgesloten in het ijs. Het is de Poolbeer. De bemanning, tien man sterk, is van boord gegaan en staat op een kluitje op een ijsschots, tussen twee wakken in. Moeder leest voor wat er geschreven staat, en haar stem trilt net zo erg als haar handen. 'Op weg naar huis vanuit de Muggenbaai werd het vangschip Poolbeer eind juli bij Groenland door een ijsschots ingesloten. Het schip sloeg lek, de dekplanken braken als luciferhoutjes en het schip werd ontruimd. De bemanning wacht op het ijs op een Amerikaanse helikopter die hen in veiligheid zal brengen. Iedereen werd gered.' Moeder zwijgt abrupt en moet een zakdoek pakken. 'Maar dan is het toch in orde', zegt Boletta. 'Als iedereen gered is!' Moeder schudt haar hoofd en scheurt het zakdoekje bijna doormidden. 'Hij staat er niet bij! Fred staat er niet bij!' Boletta neemt moeders handen in de hare. 'Weet je dat zeker?' Ik trek de lamp dichterbij en haal de kap eraf, terwijl Boletta een vergrootglas haalt. En hoewel de mannen op de verre foto niet meer dan kleine, zwarte streepjes in het ijs zijn, is het toch niet onmogelijk om te zien dat Fred er niet tussen staat. Fred is er niet bij. Moeder staart plotseling naar mij, in het schelle licht, is een ogenblik terug in deze wereld. 'Wat zie jij eruit!' zegt ze. 'Ga je wassen!' Ik sta op en loop weg uit dit licht, voordat moeder weer in snikken uitbarst. Ik loop mijn kamer in. Ik ga het van nu af aan mijn kamer noemen. Maar als ik de deur dichtdoe, fluistert er iemand. 'Sst, kleintje.' Ik draai me bruusk om naar het andere bed. Het is Fred. Fred ligt daar, hij houdt een vinger voor zijn mond. Hij is veranderd. Er is iets in zijn gezicht wat ik niet herken, een trek die er vroeger niet was. Misschien komt het alleen omdat hij bruin is geworden, zijn gezicht is heel donker, en zijn haar is kort. Ik zou naast hem kunnen gaan liggen. Ik doe het niet. Misschien is mijn leugen wel voorbij. Dat is het enige wat ik denk, dat mijn leugen voorbij is. Fred is teruggekomen. Hij haalt zijn vinger van zijn mond. Hij mist een tand. 'Wanneer ben je gekomen?' fluister ik. 'Toen jullie in de bioscoop waren. Was-ie goed?' Zijn stem slipt zacht door. 'Best wel', zeg ik. 'Best wel? Was-ie goed of was-ie niet goed?' 'Het ging wel. Maar het einde vond ik mooi.' 'Hoe eindigde het dan?' 'De hoofdpersoon verliet de stad.' Fred kijkt me aan. Ik weet dat ik niet moet beginnen te janken. Ik jank niet. Hij steekt zijn hand uit en glimlacht. 'Heb je gevochten, Barnum?' 'Nee, ik heb geneukt.' Moeder huilt weer in de kamer. Boletta troost haar. Het regent. 'Goed zo', zegt Fred. 'Wie heb je geneukt?' Ik draai me om naar de deur. 'Waarom was jij er niet bij toen de Poolbeer in het ijs zonk?' Fred gaat zitten. Hij glimlacht. 'Ik ben in Godthåb afgemonsterd. Ik had genoeg gezien.' Het is weer stil geworden. 'Ga naar moeder', zeg ik. Fred haalt een hand door zijn korte haar. Zijn glimlach verdwijnt, alsof zijn lippen door het zwarte gat tussen zijn tanden naar binnen worden gezogen. 'Wat moet ik zeggen, Barnum?' 'Zeg maar dat je een trui komt halen.' Ik doe de deur open. Fred aarzelt even, dan loopt hij naar de kamer. Ik sta hier en zie het. Ik zie moeder die opstaat en Boletta die haar handen voor haar ogen houdt. Ik zie moeders gezicht verwringen, bijna lelijk worden, van blijdschap, woede, hulpeloosheid. Ze werpt zich niet om zijn hals. Ze kust hem niet. Ze slaat. Laat ik het zo zeggen: moeder slaat uit nijdige vreugde en grandioze schrik. Fred verzet zich niet. Hij laat moeder slaan. Ten slotte moet Boletta haar tegenhouden en dan pas komt ze tot bezinning. Ze pakt Freds hand, en ik hoor het niet, maar ik ben ervan overtuigd dat hij het zegt: 'Kom alleen even een trui halen, ma.'

Ze hebben de hele avond in de keuken gezeten. Eindelijk komt Fred ook naar bed. Moeder staat tussen ons in. Ze wil dit moment bewaren. Ze is een eekhoorn. Ze zal de blijdschap verstoppen en die over haar bos uitspreiden, alsof zij het ook weet, diep in haar hart, dat Fred binnenkort weer vertrokken zal zijn. Haar stem klinkt bijna als vroeger. 'Welterusten, jongens.' We zijn kinderen, de klok met geld is weer begonnen te lopen, maar de andere kant op, terug, de munten rinkelen, en elke munt is een herinnering die moeder op kan poetsen en waar ze tijd voor kan kopen. Ze kust Fred op zijn voorhoofd. 'Morgen ga je naar de tandarts!' zegt ze. Ze buigt zich over mij heen en fluistert: 'De film was vast beter geweest als jullie hadden meegedaan.' Daarna horen we de wasmachine, het snelle brommen, we liggen wakker in het donker en horen moeder Freds kleren wassen, en af en toe zingt ze, het is midden in de nacht en moeder wast kleren en zingt. 'Evalet', zegt Fred, langzaam, letter voor letter. 'Wasmachine', zeg ik, net zo langzaam. We lachen, in het donker. 'Ik durf te wedden dat je vader hem gejat heeft', fluistert Fred. Het wordt stil. Moeder hangt zijn kleren te drogen, aan een lijntje boven de badkuip. 'Waar had je genoeg van gezien?' vraag ik. 'Hetzelfde als overgrootvader zag. Sneeuw en ijs.' 'Was dat alles?' 'Ik heb een gletsjer zien afkalven.' 'Afkalven?' 'Plotseling gleed de halve berg gewoon de zee in. Vlak voor ons. Je had het geluid moeten horen.' 'Hoezo dan?' 'Denk jij dat ijs stil is? IJs maakt herrie, Barnum. Onophoudelijk. Als je door het ijs vaart, doet niemand een oog dicht.' 'Heb je geen muskusossen gezien?' Fred zoekt iets. Ik hoor iets klikken. Hij vloekt. 'Heb je de kaart gekregen?' 'Ja. Peder heeft hem gebracht.' Fred grijnst, een lage, afgebroken lach. 'Waarom heb je moeder rechtstreeks naar Willy gestuurd, Barnum?' 'Ik heb moeder niet rechtstreeks naar Willy gestuurd.' 'Jawel. Jij zei dat ik bij Willy was geweest. En moeder ging naar Willy. Denk je dat moeder met boksen gaat beginnen, Barnum?' 'Moeder was bang. Ze kon ook niet slapen.' 'Maar de volgende keer ga ik niet eerst naar Willy.' Eindelijk krijgt Fred vuur, er trekt een flits over zijn donkere, grove huid, hij steekt zijn sigaret aan en sluit de vlam op in de glimmende Zippo-aansteker. 'Ik geloof niet dat je naar die brief zoekt', fluister ik. 'En waar denk je dan dat ik wel naar zoek, slimme Barnum?' 'Je vader', zeg ik, snel, alsof ik het bijna niet gezegd heb. Fred inhaleert, zodat de gloed steeds kleiner wordt. Ik zie alleen die gloed. 'Wie heb je geneukt?' vraagt hij. Ik doe mijn ogen dicht. 'Weet je nog wat je zei toen ik met dansles begon? Dat ik gewoon moest kijken wat anderen deden, en dan het tegenovergestelde doen?' Fred antwoordt niet. Ik doe mijn ogen open. De gloed staat stil in de lucht. Ik wacht. 'En toen?' zegt hij uiteindelijk. 'Wat als je het tegenovergestelde doet van wat je zelf wilt?' 'Dan ga je naar de bliksem, Barnum.' Fred staat op, doet het raam open en schiet de peuk naar buiten. Het lijkt op een minivuurwerk dat in de donkere regen uitdooft. Dan draait hij zich om en komt naar me toe. 'Durf je niet te zeggen wie je geneukt hebt?' vraagt hij. Ik kijk naar hem op. 'Lauren Bacall', fluister ik.

Op een dag stond ze me voor school op te wachten. Ze was veranderd, op een bepaalde manier ouder geworden, of misschien kwam dat alleen door de grote duffelse jas, de blauwe sjaal die ze minstens acht keer om haar nek had gewonden en de muts die ze tot over haar ogen had getrokken. 'Hallo', zei ze. 'Jemig', zei ik. We staan er wat ongemakkelijk bij. Het was een poos geleden sinds de laatste keer, en de laatste keer was het paviljoen in het Frognerpark. 'Leuke school?' Ik haalde mijn schouders op. 'Vooral als ik eruit gestuurd ben.' Ze lachte zachtjes en verborg haar mond achter haar hand. Haar adem liet rijm verschijnen op haar dikke, groene handschoen. 'Peder nog gezien?' vroeg ze plotseling. 'Jij?' 'Het gaat slechter met zijn moeder.' 'Slechter? Hoe dan?' 'Ze kan binnenkort haar arm ook niet meer gebruiken.' Zo praatten we. En toen zwegen we weer. Ik voelde een soort weemoed, een schok, we lieten iets achter ons, zonder het te begrijpen, iets was voorbij, en er kwam een beeld bij me op, ik weet niet waar het vandaan kwam: het was als je spiegelen in de wieldop van een auto die voorbijrijdt. We konden daar niet blijven staan. Het was te koud. Ik vernikkelde. Ik kon niet meer. 'Zullen we naar de bioscoop gaan?' stelde ik voor. 'De bioscoop? Die zijn nu niet open.' 'Jawel', zei ik. We liepen naar de Rosenborg-bioscoop. Ik klopte op de glazen deur, het duurde een poos, ik klopte weer, en na verloop van tijd kwam hij, de oude operateur, hij deed open met twee sleutels en we mochten de foyer binnen. 'Zo, ben jij het, jongen.' Dat kon ik niet ontkennen. 'Kun je ons niet een film laten zien?' vroeg ik. Hij schudde zijn hoofd uitvoerig. 'Willen jullie zomaar overdag een film zien?' Ik lachte. 'Juist! Zomaar overdag!' Hij dacht na, knoopte zijn wijnrode uniformjasje dicht en deed de deur met beide sleutels op slot. 'Ja, ja, dan moeten we maar eens kijken wat er is.' We liepen met hem naar boven naar de projectieruimte, het kleine kamertje waar de projectoren stonden, als kanonnen voor de schietgaten, klaar om het doek met licht te bombarderen als het donker genoeg was. Er lag een lunchpakketje op de stoel, het papier was opzij gevouwen, een boterham met kaas was half opgegeten. De operateur zocht een paar rollen door die in een hoek achter zijn bureau waren gestapeld, kreunde plotseling, en trok een ervan eruit, een platte, glimmende doos, een wiel. 'Mijn God', kreunde hij. 'Deze zijn we vergeten door te sturen.' 'Dan willen we die zien', zei ik. De operateur kwam overeind. 'Dat kan niet.' 'Waarom niet?' 'Die is voor volwassenen.' Vivian lachte. 'Barnum is volwassen', zei ze. 'Bovendien is er niemand die ons ziet', voegde ik eraan toe. De operateur deed de deksel open en haalde de rollen eruit. 'Ja, ja, schiet nou maar op, zodat we klaar zijn voor de voorstelling van zeven uur begint!' En wij liepen de trap af, naar de zaal die veel groter leek zonder mensen die hoestten, fluisterden, stampten, chocolade uitpakten en hun neus snoten en tandenknarsten, alleen Vivian en ik, we renden tussen de rijen banken door, verrukt, we zochten een plaats, nu zou ik in ieder geval niet achter iemand van twee meter met een afrokapsel en flaporen komen te zitten. 'Waar wil jij zitten?' vroeg ik. Maar Vivian kon niet kiezen en ik ook niet. We hadden zeshonderd kaartjes te verdelen en wisten niet welke we moesten gebruiken. De operateur riep iets door zijn luikje en uiteindelijk gingen we zitten op rij 14, stoelen 18 en 19, natuurlijk. Ik legde mijn hand in haar schoot. Ze trok haar want uit en legde haar hand voorzichtig op de mijne. Het licht werd uitgedaan, niet langzaam en zachtjes, als een zonsondergang, zoals we gewend waren, een blauwe, langzame schemering waarin we ons konden voorbereiden op de duisternis en de reclamefilmpjes, maar plotseling, en we hoorden slechts het zware gordijn dat opzij schoof en toen begon de film. En het was net alsof de tijd een lus om me heen sloeg en die aantrok. Het was *Days of Wine and Roses.* Ik herinnerde me die titel, de affiches in de regen, de operateur die ze naar binnen droeg, de voetstappen die ik telde, iemand die me achtervolgde en Fred die uit het ronde urinoir bij de kerk kwam. Was dit ook een meetpunt op Barnums liniaal, de tijd die je inhaalt? En hoelang duurt zo'n ogenblik, dat niet zijn merkteken achterlaat met een mes in de deurpost, maar een tijdstip lossnijdt in je herinnering? Ik weet alleen dat *Days of Wine and Roses* één uur en 57 minuten duurt en ik zal nooit de scène vergeten waarin Jack Lemmon de Union Square Bar binnen wil, plotseling blijft staan als hij zijn eigen spiegelbeeld in de ruit ziet, en hij gelooft, een seconde lang, die al snel oplost, dat er een vreemde binnen staat, een zatlap, een verwoeste, pathetische en beschadigde dronkelap, en dan begrijpt hij dat hij het zelf is.

Daarna gingen we naar Krølle. We gingen in het achterste hoekje zitten. 'Godsamme, wat een film', zei ik. Vivian wikkelde de sjaal van haar nek. 'Rotfilm', zei ze. Ik vond een sigaret in mijn zak. 'Rotfilm? Waarom?' Vivians gezicht was bleek van de kou, haar mond was smal en traag. 'Ik hou niet van films die slecht aflopen.' De ober was bij onze tafel blijven staan. 'Een halve liter bier', zei ik. Hij boog zich naar me toe. 'Grapjas', zei hij. Nu had ik moeten zeggen, uit een geheel andere film, onze film: *What's wrong with you?* 'Een thee', zei Vivian. 'Voor mij hetzelfde', fluisterde ik. De ober richtte zich op. 'En wat te eten?' 'Niets', zei ik. 'Eten is hier verplicht, kleintje.' Ik begon hem werkelijk irritant te vinden. 'Dan wil ik graag een schijfje citroen in mijn thee.' De ober keek op me neer. 'Zie je wel, toch een grapjas. Misschien wil je je lunchpakketje buiten opeten.' 'Appeltaart', zei Vivian. 'Voor mij hetzelfde', fluisterde ik. 'Met slagroom.' De ober liep naar het luik naar de keuken en keek op dat korte stukje twee keer om. 'Kutober!' Ik hield mijn hand voor mijn mond. Vivian was aan het ontdooien, en de warmte steeg op langs haar hals en haar lippen werden zacht. Ik zei niets meer tot de ober met de bestelling kwam. We moesten eerst betalen. Ik trakteerde. Ik gaf hem een handvol munten die ik in de lade onder de dode klok had gevonden. Het tellen duurde ongeveer een kwartier. Toen hij eindelijk weg was, leunde ik over de tafel. 'Waarom hou je niet van films die slecht aflopen?' vroeg ik. 'Omdat die me doen denken aan mijn ouders', zei ze. Ik at slagroom met mijn vingers en dacht goed na over wat ik moest zeggen. 'Er zit verschil tussen film en werkelijkheid', legde ik uit. Vivian begon te lachen. 'Goh, wat ben jij slim, Barnum.' Ik bloosde en ging naar de wc. Iemand had een zakflesje achter de wc-pot verstopt. Dat was niet leeg. Ik deed de deur op slot en dronk de rest op. Mijn hoofd brandde snel en geluidloos. Ik bekeek mezelf in de spiegel boven de wasbak, trok mijn krullen omlaag op mijn voorhoofd en ging weer naar Vivian. 'Een happy end is stom', zei ik. 'Waarom vind je dat, Barnum?' 'Omdat een happy end niet bestaat! We gaan toch dood. Nietwaar?' Vivian glimlachte. 'Misschien was het wel beter geweest als ze bij het ongeluk waren omgekomen', zei ze. 'Wie?' 'Mijn ouders.' Ik dronk mijn theekopje leeg. De vlammen in mijn hoofd brandden steeds lager. Binnenkort had ik alleen nog as op mijn tong. 'Dat meende je niet', fluisterde ik. Nu leunde Vivian over de tafel. 'Ze denken alleen maar aan het ongeluk, Barnum.' 'Dat is misschien ook niet zo vreemd', zei ik. Vivian keek me langdurig aan. 'Het zijn zelfzuchtige, egoïstische rotzakken', zei ze. 'En het ongeluk geeft hun een excuus. Ze koesteren het ongeluk. Ze houden ervan.' Ik wist niet meer wat ik moest zeggen. Ik had haar nog nooit zo boos gezien, hoewel ze fluisterde trilde haar stem alsof die elk ogenblik in een schreeuw uiteengereten kon worden. 'Wil je nog wat thee?' vroeg ik. Vivian schudde haar hoofd. 'Zal ik je wat vertellen, Barnum? Moeder heeft alle spiegels uit huis laten weghalen. De spiegels in de badkamer, in de kamer, in de hal, de zakspiegeltjes gooide ze weg, ze wilde geen zilveren schaal gebruiken omdat ze daarin ook haar gezicht kon zien. Vader liep naar de tuin en gooide alles daar weg en zelfs hij kon het niet opbrengen naar haar te kijken. En op een dag werd er aangebeld. Moeder deed open en op de stoep stonden een paar kinderen met een spiegel, een mooie, ovale spiegel in een lijst, de spiegel die altijd in de hal hing. Ze dachten dat die per ongeluk was weggegooid en wilden hun een dienst bewijzen. Maar moeder zag haar gezicht in de spiegel, die ze omhooghielden, ze sloeg hem kapot met haar vuist en joeg de kinderen de trap af, joeg hen de stuipen op het lijf.' Vivian schoof haar lege kopje naar de rand van de tafel, echt op het randje. De ober hield ons in de gaten. 'Ze zal wel gedacht hebben dat het een rotstreek was', zei ik. Vivian keek me aan. 'Wat moet je eigenlijk met je gezicht? Het is niet meer dan een masker, nietwaar? Maakt het iets uit of het mooi of lelijk is?' Ik pakte haar hand voordat het kopje op de grond zou vallen. 'Als ze omgekomen waren, hadden wij hier nu niet gezeten', zei ik. Vivian glimlachte. 'Nee, alleen jij. Zullen we bij Peder langsgaan?'

We gingen naar Peder. Hij was niet thuis. Maar zijn moeder weigerde ons te laten gaan. Ze had moeite haar rolstoel te duwen. Ik hielp haar naar de woonkamer. Daar wemelde het van de penselen, tubes, lijsten en doeken. Het viel me op dat haar wielen niet meer piepten, ze waren gesmeerd. En midden in deze rommel stond haar model, hij had daar al die jaren gestaan, net zo naakt, maar hij was niet zo Grieks meer, hij begon dik en week te worden, hij dijde uit en wierp een schaduw op zichzelf. Vivian staarde naar hem. Ik staarde naar Vivian. Peders moeder floot. Het model tilde een witte handdoek op en verdween. 'Ik zie jullie niet zo vaak meer', zei Peders moeder. We werden een beetje verlegen. Het drong tot me door dat de meeste dingen langgeleden waren en dat we de tijd gewoon hadden laten verstrijken, elk in onze straat, in deze kleine stad. 'Hoe gaat het met je?' vroeg ik. 'Als ik al mijn schilderijen af kan maken voordat mijn arm helemaal verdort, ben ik tevreden.' Peders moeder lachte. 'Maar laten we het niet over mij hebben. Hoe gaat het met jullie?' 'Ik probeer wat te schrijven', zei ik. 'Waar schrijf je over, Barnum?' 'Dingen die ik gezien heb', zei ik. Peders moeder rolde dichterbij, geruisloos. 'Heb je dingen gezien die niemand anders heeft gezien?' 'Ja', fluisterde ik. Ze keek me recht aan. 'Niet zeggen wat het is, want dan kun je er niet meer over schrijven.' Ze draaide zich om naar Vivian. 'En jij?' 'Ik ben aangenomen op een school in Zwitserland volgend jaar', antwoordde ze. Ik voelde de grote lift in mij vallen. Er waren niet veel verdiepingen, maar hij stopte op geen ervan. 'Wat voor school?' vroeg Peders moeder. Vivian sloeg haar ogen neer. 'Een school voor schoonheidsspecialisten', zei ze. Op dat moment werd er aangebeld. Ik holde naar de deur en deed open, blij even weg te kunnen. Had ze me daarom voor de school opgewacht, om me te vertellen dat ze naar een school in Zwitserland zou gaan om schoonheidsspecialiste te worden? Er werd nogmaals gebeld. Het was Peder. Peder vergat altijd zijn sleutel. Peder dacht aan bijna alles, maar nooit aan zijn sleutel. Hij stond in het licht op de stoep met een tas onder zijn arm en met oorwarmers, schermde zijn ogen af en tuurde. 'Is Peder er ook?' vroeg Peder. 'Peder is nog niet thuis', zei ik. 'Wanneer komt Peder dan thuis?' 'Misschien komt hij nooit meer thuis', zei ik. 'Zeg maar dat Barnum geweest is', zei Peder. 'Vaarwel dan maar, Barnum', zei ik en wilde de deur dichtdoen. 'Vaarwel, Barnum', zei Peder en hij stortte zich op me en we tuimelden de hal binnen en rolden daar rond en hielden elkaar vast, in een lawine van schoenen en laarzen en pantoffels, we lachten, dezelfde lach als vroeger, maar plotseling duwde hij me weg en stond op. Het was Vivian. Ze stond tegen de muur geleund met haar armen gekruist naar ons te kijken, glimlachend, en ik kwam ook overeind. 'Volle bak', zei Peder. En toen we op zijn kamer zaten zag ik het, dat wij, die altijd bij elkaar zouden blijven, uit ons evenwicht waren. Peder praatte ongeveer drie kwartier over de kastekorten bij de gymnasiastenclub en legde precies uit hoe hij aan nieuw kapitaal zou komen, namelijk door heel simpel advertentiekosten te eisen van de bakkerij aan de Ullevålsvei, als die dat niet betaalde zou Peder ervoor zorgen dat de leerlingen hun broodjes ergens anders gingen kopen. Het was een poosje stil. We hoorden zijn vader in de garage parkeren. Een stapel brandhout viel om, of misschien was het de donder, donder in november. Vivian draaide zich naar me om. 'Wat heb je gezien?' vroeg ze. 'Niets', zei ik, zacht. Peder keek naar ons, glimlachte, maar was hem even snel weer kwijt, die glimlach. Het was weer stil. Het getal en de droom kwamen niet uit. Wij kampten ook met een tekort. En Peder bracht hem ter sprake, alsof we iemand anders dan onszelf nodig hadden om over te praten. 'Heeft die gekke broer van je al een beetje zijn draai gevonden, hm?'

Daar dacht ik aan, toen ik de avond naar huis liep, of Fred zijn draai had gevonden. Ik wilde dat hij zou blijven. En ik wilde dat hij ertussenuit zou knijpen. Mijn gedachten waren ook half. Hij lag op bed, met zijn kleren aan en met zijn rug naar me toe. Ik kleedde me uit, stil en snel, en toen ik naakt in het smalle licht van het raam stond, draaide hij zich om en ik zag dat hij huilde.

Hij had tweeëntwintig maanden gezwegen en Cliff Richard had hem weer aan het praten gekregen. Hij was naar Groenland gevaren op het vangstschip Poolbeer, was in Godthåp afgemonsterd, had aardappelen geschild op de terugweg naar Bremen en was tijdens een storm bij Kaap Vaarwel een tand kwijtgeraakt. Maar hij had zijn draai niet gevonden. Binnenkort zou hij aan zijn derde reis beginnen, de laatste en de langste, die achtentwintig jaar zou duren. Het was op een maandag, begin december. Ik stond bij het keukenraam en zag de sneeuw in zware vlokken vallen, zag huismeester Bang die probeerde ze weg te vegen, maar dat lukte hem niet en uiteindelijk gaf hij het op, hij ging op de trap zitten en liet het sneeuwen, hij sneeuwde onder. Als hij daar lang genoeg bleef zitten, zou hij verdwijnen. Ik hoefde niet naar school. Ik was weer geschorst. Dat was een prima regeling. Eerst spijbelde ik. Dan werd ik geschorst. Het was bijna een beloning. Maar ik kreeg geen films meer te zien bij de operateur van de Rosenborg-bioscoop, want hij was of dood, of met pensioen. Die winter kreeg ik verkering met Vivian. Ik hoorde Fred binnenkomen, hij ging vlak achter me staan. 'Ik smeer 'm', zei hij. 'Waarnaartoe?' 'Dat moet ik juist uitvinden', zei hij. Misschien dacht ik dat hij over een paar dagen terug zou komen, of in ieder geval vóór de kerst, hij moest alleen eerst wat rondzwerven. Er waren nachten waarin ik wakker lag, vele jaren later, toen we een herdenkingsdienst voor hem gehouden hadden, en ik geloofde dat hij gewoon zijn intrek had genomen in Cochs Hospits, kamer 502, vaders oude kamer, en dat hij ons daar nu voor het raam stond uit te lachen. 'Kun jij het tegen moeder zeggen?' fluisterde hij. 'Natuurlijk. Wat moet ik zeggen?' 'Dat ik vertrokken ben.' Ik draaide me om. 'Vertrokken? Waarnaartoe dan?' Fred schudde zijn hoofd. Hij had zijn peau de pêche-jasje aan en de zwarte koffer stond naast de deur, vaders oude koffer, ontdaan van applaus. 'Mag ik die lenen?' vroeg Fred. 'Tuurlijk', antwoordde ik. Hij tilde zijn hand op en raakte mijn wang aan, voorzichtig. Ik had moeten begrijpen dat hij niet van plan was terug te komen.

En toen Fred meer dan een maand weg was en de kerst voorbij was, nam moeder een taxi naar Willy, de lasser die Fred zou leren timmeren, maar die wist niet waar Fred was en hij had ook niets van hem gehoord. Moeder was wekenlang niet aanspreekbaar. Later, toen er een halfjaar verstreken was en we nog steeds op Fred wachtten, gingen moeder en Boletta naar de politie om hem als vermist op te geven. Ik ging naar de bioscoop, met Vivian, Peder, of het liefst alleen. Ten slotte, toen moeder het niet meer aankon, werd de afdeling vermiste personen van het Leger des Heils ingeschakeld.

En dit was het laatste wat Fred tegen me zei, voordat hij vertrok: 'Ik hoop dat je iets schrijft als ik weg ben, Barnum.'

Ik draai me langzaam om en het is 28 jaar geleden. Ik zit aan mijn bureau, tussen het raam en de muur. De kamer is donker. De gordijnen zijn dicht. Alleen het scherm licht op, een blauw suizen tegen mijn gezicht. Boven in de hoek staat de naam van het bestand: *De Nachtman*. Ik klik op home. De tekst maakt een sprongetje, alsof er niets is, achter het scherm, alsof het schrift slechts bedrog is, een oppervlak, en in de seconden waarin de woorden het blauwe, lege binnenglijden, word ik zoals altijd overvallen door de angst om kwijt te raken, te wissen. Soms haal ik de oude Diplomat tevoorschijn, maar ik kan er niet meer op schrijven. Dan wordt het begin zichtbaar, ik ben elke keer dat dat gebeurt weer even opgelucht, ik print de twee eerste scènes uit. Ik hoor hoe de printer klikt, de inkt moet de elektrische sporen vullen, de printer is een mond die langzaam spreekt. Ik heb niet geslapen. Ik ben opgehouden met slapen. Ik slik Microdin. Het vel papier valt op de grond. Ik heb geen zin om het op te rapen. Ik ga op het voetenbankje zitten en lees.

SCÈNE 1. EXT. STAD. VROEGE OCHTEND. (DROOM)

Een JONGEN, *mager en bleek, acht jaar oud, holt door de straten. Geen andere mensen. Alleen hij. Hij holt zo hard hij kan. Zijn gezicht verbeten en vol verwachting. De mist drijft op de jongen af en verbergt hem bijna even. Hij holt verder. De mist wordt dichter. Hij slaat een hoek om en belandt op…*

SCÈNE 2. EXT. HAVEN. VROEGE OCHTEND. (DROOM)

De haven. De jongen blijft staan. Hijgend. Glimlachend. POV *van de jongen: de kades zijn verlaten. Geen schepen. De trossen hangen van de bolders in het stille, donkere water. De mist sijpelt binnen vanuit de fjord. Close-up van het gezicht van de jongen. Zijn ogen. De teleurstelling. Hij huilt bijna. Hij doet een paar stappen. Blijft weer staan. Kijkt om zich heen. Veegt snel een traan weg met de rug van zijn hand. Dan hoort hij een* SCHEEPSBEL *klinken, ver weg. De jongen luistert. Hij hoort golven die gebroken worden, ergens in de mist. Hij rent naar de rand van de kade. We kunnen de schaduwen van zeilen ontwaren in de drijvende mist. De jongen roept iets, wat we niet horen. En uit de mist komt een zeilschip, bekleed met een ijsversterking. Het schip heet Antarctic. Voor op de steven staat een* MAN *in wit uniform uit te kijken. De jongen roept weer. Nu horen we hem.*

JONGEN: *Vader!*

De man op het schip draait zich even om naar de kade. Hij tilt zijn hand op, glimlacht, terwijl hij langzaam zijn hoofd schudt. De jongen heeft zijn arm opgestoken. Hij laat zijn arm zakken. Hij roept een laatste keer. Stom. En hij ziet het schip weer in de mist verdwijnen. Close-up van het gezicht van de jongen. Hij sluit zijn ogen. POV *van de jongen: binnenkant van de oogleden, dunne, bijna doorschijnende huid, aderen, en een scherp licht dat dichterbij komt.*

Ik raap het papier op, streep *droom* in beide regieaanwijzingen door en doe hetzelfde op het scherm. Is een film niet sowieso één lange droom? Kun je een droom van een droom onderscheiden, zoals water in een golf, als wind in een storm? Die gedachte schrap ik ook. Er is nauwelijks een producent te vinden die de puf heeft een scenario te lezen dat met een droom begint, en die producent heeft waarschijnlijk geen geld om een film te maken en áls hij al geld heeft, dan is dat net te weinig om een optie te nemen en daar heeft hij ook geen zin in, maar hij heeft genoeg om te trakteren op een drankje in de bar, en na vijf drankjes, die je zelf hebt betaald, stelt hij voor dat je maar iets anders moet schrijven, als de wiedeweerga, voordat iemand het idee pikt, welk idee, vraag je, moe, moe maar opgewekt, en hij buigt zich naar je oor en vertelt je een kutverhaaltje dat dunner is dan de lijntjes die op datzelfde moment in de dames-wc worden versneden en je knikt, terwijl hij je oor tongzoent en je hersenen vult met spuug en slechte adem. De telefoon gaat. Ik neem hem niet op. Ik laat de computer aan staan, het is net als in mijn jeugd, ik durf het licht niet uit te doen, en loop naar buiten. Het is winter, begin februari. Een droge kou. Ik ben ook droog. Ik sta al een poosje droog en ik streep het af op de kalender, een streep voor elk droog etmaal, als een gevangene die de dagen aftelt tot zijn ontslag, of zijn executie. Ik ben een droogstaande leugenaar. Ik ga niet van café naar café, ik maak een rondje langs de antiquariaten, ik begin in de duurste, in het centrum, waar de eerste drukken en verzamelde werken ingebonden in leer in afgesloten vitrines staan, waar je je tas bij de toonbank moet afgeven en waar je niet mag roken, *libri rare*, en ik eindig in de bruine tweedehandswinkeltjes, in de zakformaten, waar ze geen creditcards accepteren, en in een ervan, de laatste, Volvat Antikvariat, in de barakken langs de Sørkedalsvei, gebeurt het, op het moment dat de eigenaar me vraagt, vermoeid, ongeduldig, nadat ik minstens al een uur langs de kasten heb gelopen: 'Zoek je iets speciaals voor we dichtgaan?' 'Goede ideeën waarvan niemand merkt dat ik ze steel', antwoord ik. 'Steel? Niemand steelt hier. Ik moet je nu vragen te vertrekken.' 'Ik betaal goed voor alles wat ik steel', zeg ik. En dan valt mijn oog erop, op de plank voor rariteiten, een manuscript, 200 vergeelde, getypte vellen in een mapje waar een papiertje op geplakt zit, het lijkt op zo'n papiertje dat ze vroeger op weckpotjes plakten. Met kleine, rode letters staat er: draaiboek. aug. En dat is het moment, 28 jaar na dato, op dat ogenblik, dat de beelden zich vermengen, samenvallen, in een formule die me helder en onbegrijpelijk voor ogen staat; schaar plus muskusos is honger. Uit alles wat uit mijn leven is weggeknipt stijgt een sterke, prikkelende lucht op. Barnums liniaal brandt. Dit is het manuscript dat ik ooit redde, zodat het niet door de straten van Oslo werd geblazen. Ik geef de eigenaar alles wat ik aan contanten op zak heb en haast me naar huis, naar dat wat ik mijn thuis noem, die ene kamer met balkon in Bolteløkka, waar Vivian en ik de eerste jaren woonden. Ik ren de trappen op en maak de deur open. Ik moet me eerst verkleden. Ik loop naar het balkon en zie de rode zon uitdoven boven de fjord, zie de vorstnevel die als drijvende bergen langs de stad zweeft. Dan ga ik achter mijn bureau zitten. Ik sla het manuscript open. *Knut Hamsuns HONGER, draaiboek van Henning Carlsen naar een scenario van Peter Seeberg.* Op de volgende pagina staan eerst alle rollen, van Pontus tot de Brandweerchef, en onder de Brandweerchef komen de figuranten, in twee kolommen, een fietser, schoorsteenveger, een dikke man, een straatmadelief, zes dubbelgangers; er doen meer dan vijftig figuranten mee. En het dringt tot me door dat ik me hen nauwelijks kan herinneren, ze zijn gezichten die verdwijnen. Vivian zou *het kleine meisje (met repliek)* kunnen zijn geweest. Peder en ik zouden *kinderen in Vaterland* hebben kunnen zijn. Nee, twee van ons zouden *een liefkozend paar* kunnen zijn geweest. Ik steek een sigaret op. Er zijn tweemaal zoveel buitenopnamen als binnenopnamen. *YLAJALIS STRAAT*. Daar stonden wij. Dat is de kunst, de juiste plek te vinden. Het tocht door de balkondeur. Ik doe hem dicht. Ik vang een glimp op van een lijkwagen die langsrijdt, achter de iele bomen, en ik denk: die moet leeg zijn, het is na kantoortijd, de kerkhoven zijn gesloten. Ik blijf even staan, duizelig, moet steun zoeken bij de tafel. Dit is het credo van de scenarioschrijver: de zenuwen die het oog met de hersenen verbinden zijn drieëntwintig keer groter dan de zenuwen die het oor met de hersenen verbinden. Schrijf beelden, geen geluid. Ik ga op de hoge stoel zitten. Ik begin te lezen en nu begrijp ik het. De camera is de hoofdpersoon. Ik lees heel simpel over een driehoeksverhouding tussen Pontus, de stad en de camera. Maar de camera is de hoofdpersoon, opdringerig, dreigend. De camera zou bovenaan moeten staan in de rolverdeling. Ik roep plotseling: 'Gods oog! Gods oog, verdomme!' Ik sla een hand voor mijn mond. Ik ben een sneue kluizenaar met een te grote gedachte. Als Gods oog zich sluit, bestaan wij niet. Ik heb de telefoonstekker eruit getrokken. Ik speel. Ik corrigeer en voeg toe. Ik schrijf ons erin. We hollen door het Slottspark, met de camera in onze rug. Ik maak ons weer zichtbaar. Ik vind de bladzijde die ik terugbracht naar de regisseur, die simpele scène die ervoor zorgde dat ik besloot filmscripts te schrijven. *PONTUS ziet een hondje dat door de goot naar huis rent met een bot in zijn bek.* Dan hoor ik de postbode in de portiek. Het is al ochtend. Dus heb ik vannacht alweer niet geslapen. De sneeuw ligt als een dik dekbed op het balkon. Ik zet een streep in de agenda, weer een droog etmaal, en loop naar beneden om de post te halen. Ik heb twee brieven gekregen. Ik neem ze mee naar boven. De dikste envelop is van Peder. Het zijn de vliegtickets voor Berlijn, Oslo Fornebu/Tempelhof. Hij heeft de reservering voor het Hotel Kempinski er ook bij in gedaan. Ik vertrek vanavond. Peder is al eerder vertrokken om de afspraken te regelen. Drie nachten in het Kempinski. Dat kost een vermogen. Dat kost ongeveer vier opties en de subsidie voor het schrijven van een scenario. Peder zegt dat het dat waard is. Kempinski is het halve contract. Heb je een suite in het Kempinski en een kaart voor de bar, is de rest alleen nog smalltalk. Peder denkt nog steeds als een optimist. Hij denkt dat het hem zal lukken af te vallen en hij vertrouwt op mij. Ik maak de andere envelop open. Daar zit een knoop in. Dat is alles. Ik herken hem. Het is de knoop die in het juwelenkistje van De Oude verborgen lag. Ik krijg het koud. Ik hou de knoop in mijn hand. Hij is bijna gewichtloos. Er zit ook een papiertje bij. De letters staan scheef, twee woorden: vaders knoop. Ik kijk weer naar de envelop. Die is blanco, noch mijn naam, noch mijn adres. Hij moet hem zelf in de bus gedaan hebben. Nee. Dat is onmogelijk. Dat is niet waar. Ik loop naar het raam. De sneeuw ligt als een dik dekbed op het balkon. Er vliegt een rood vogeltje op van de balustrade. Ik trek snel de gordijnen dicht. Barnums liniaal brandt. Dat weet ik. Het helpt niet. Negentig procent van onze kennis komt via het oog, vijf procent neemt het gehoor voor zijn rekening, en de rest is pijn en geur. Ik verfrommel het vel papier en stop het in mijn mond, kauw, kauw en slik het door. Ik gooi de knoop in de wc en trek door. En met een tikje van mijn vinger, lichter dan een vlinder, kan ik alles wissen, mezelf wegknippen, het scherm legen tot een blanco, gladde stilte. In plaats daarvan loop ik naar het keukentje, klim op een kruk, maak het ventilatieluik open, steek mijn hand erin en vind wat ik zoek, wat ik daar zelf heb verstopt, maar niet goed genoeg voor de droge leugenaar, een fles wodka. In de koelkast staat jus.

MESTKUUR

Een filmscenario van Barnum Nilsen

1. INT. AVOND. BIOSCOOP.
Een jongen, BARNUM, zit in een bioscoopzaal. Hij is twaalf jaar en erg klein van stuk. Hij ziet niets. Een vrouw met een opgestoken kapsel belemmert het uitzicht. Hij gaat ergens anders zitten en belandt achter een man met een hoed. Hij kiest weer een andere plaats, maar het helpt niet. Iedereen is langer dan hij. Hij strekt zijn hals, hangt naar links en naar rechts. Hij vangt nauwelijks een glimp op van het doek.

De reclames komen. Coca-cola. Ajax. Melkchocolade. Ten slotte gaat Barnum op zijn stoel staan om het te kunnen zien. Het publiek lacht hem uit. Een woedende CONTROLEUR baant zich een weg door de rijen en trekt hem mee. Het publiek lacht en klapt.

Het wordt donker.
Stilte, slechts onderbroken door het geknisper van snoeppapiertjes.
We zien de titel op het doek: *MESTKUUR*.

De film begint.

Er komt een jongen in beeld, PHILIP, twaalf jaar oud, ook erg klein van stuk. Hij staat bij de deurpost van zijn kamer en meet zijn lengte. Hij draagt alleen een onderbroek. En schoenen met hoge hakken. Hij rekt zich uit om nog hoger te komen. We zien een reeks streepjes op de deurpost, met jaartal en datum ernaast.

Iemand in de zaal roept:

MAN: Doe je schoenen uit, dwerg!

Sommigen in de zaal lachen. Anderen roepen sst.

Philip draait zich abrupt om, probeert gehaast zijn schoenen uit te doen, maar is niet snel genoeg en dan staat zijn VADER daar. Hij is een kleine, maar uitzonderlijk dikke man, hij is bijna vierkant. Hij bukt zich en raapt de schoenen met hoge hakken op. Dan geeft hij zijn zoon een klap.

2. INT. DAG. SPREEKKAMER VAN DE SCHOOLARTS.
Philip staat in zijn onderbroek en wordt opgemeten. De SCHOOLARTS, een stijve, lange man in een witte jas, kijkt aandachtig naar de meetlat. Dan kijkt hij naar Philips voeten. Philip heeft zijn sokken aangehouden.

SCHOOLARTS: Doe die sokken ook maar uit.

Philip trekt met tegenzin zijn sokken uit en geeft ze aan een VERPLEEGSTER.

De schoolarts schuift de meetstang op zijn hoofd en kijkt weer naar de lengte.

SCHOOLARTS: Heb jij iets stouts gedaan, Philip?

Philip schudt zijn hoofd.

SCHOOLARTS: Jawel. Dat heb je wel. Anders zou je niet zo klein zijn.

3. INT. AVOND. THUIS.
Philip zit aan tafel met zijn ouders. Zijn MOEDER is nerveus en stil. Zijn vader eet enorm veel. Philip staart naar hem en eet niets meer. Het vet glinstert op zijn vaders pafferige gezicht en stroomt over zijn onderkinnen. Hij kijkt naar zijn zoon en praat met volle mond.

VADER: Jij gaat meer en meer op mij lijken, Philip.

Philip geeft geen antwoord. Hij staart alleen maar naar zijn vader, die maar dooreet.

MOEDER: Jij moet ook wat eten, Philip.

Zijn moeder schept hem op. Philip raakt zijn eten niet aan. Hij staart vol ontzetting naar zijn vader.

PHILIPS STEM: Ik wil niet op vader lijken.

Vader kijkt hem abrupt aan.

VADER: Wat zei je?

PHILIP: Niks.

VADER: Niks? Ik dacht duidelijk te horen dat je iets zei.

PHILIP: Bedankt voor het eten.

MOEDER: Je moet eerst je bord leegeten.

Zijn vader staat op. Hij lijkt nu nog kleiner, en navenant dikker. Hij heeft op een dik kussen gezeten, dat hij meeneemt naar de bank in de hoek. Plotseling blijft hij staan om een forse scheet te laten. De moeder slaat beschaamd haar ogen neer.

MOEDER: Vader toch.

PHILIPS STEM: Dat was het moment waarop ik besloot op te houden met eten. Want als ik niets at, zou ik misschien in de lengte gaan groeien in plaats van in de breedte.

Vader gaat op de bank in de woonkamer liggen, met een krant op zijn gezicht, de overlijdensadvertenties.

PHILIPS STEM: Ik had hoe dan ook niets te verliezen.

4. INT. OCHTEND. SCHOOLKANTINE.

Philip zit met de andere leerlingen aan een lange tafel. Emaillen bekers met melk, wortelen, knäckebrød met leverpastei. Philip doet alsof hij eet, maar slikt het eten niet door.

5. INT. OCHTEND. SCHOOL. WC.
Philip staat over de wc-pot gebogen over te geven. Iemand KLOPT hard op de deur, een paar keer. Philip richt zich op, doet de deur open. Daar staan de grootste jongens van de school hem op te wachten. Ze trekken hem naar de plasgoot, de afvoer is dichtgestopt met wc-papier en stroomt over.

JONGEN: Zou hij kunnen zwemmen, denken jullie?

Alle jongens lachen. Ze grijpen zijn nek beet en duwen hem steeds dichter naar de pisbak. Uiteindelijk wordt hij door de afvoer gezogen, door het pleepapier heen.

6. INT. RIOOL.
Philip drijft door een donker ondergronds kanaal. Hij probeert zich drijvende te houden tussen uitwerpselen, papier, afval en ratten.

7. EXT. MIDDAG. STRAAT.
In een verlaten straat wordt een putdeksel opzijgeschoven. Philip klimt eruit, nat, smerig en uitgeput. Hij kan met moeite staan en wankelt langs de gevels van de huizen.

8. INT. AVOND. BADKAMER.
Philip ligt naakt in de badkuip, onder water. Er wordt op de deur geklopt. Hij hoort het niet.

MOEDER: Philip? Ben je nu nog niet klaar? Wat ben je aan het doen, Philip? Je doet toch niets stouts?

Philip komt uit het water, loopt stilletjes over de vloer en bukt zich naar het sleutelgat. Hij legt zijn mond ertegenaan en blaast zo hard hij kan. Buiten hoor je een geschrokken gil.

9. INT. AVOND. WOONKAMER.
De familie zit rond de eettafel. Zijn moeders oog is rood en ontstoken en

het traant, alsof ze met één oog huilt. De vader zit op zijn kussen te schransen. Philip verstopt het eten in zijn zakken.

De vader praat als altijd met volle mond.

VADER: Hoe gaat het op school, Philip?

PHILIPS STEM: Het is vaders schuld dat ik zo klein ben. Ik zou willen dat hij doodging.

De vader kijkt zijn zoon aan en hij veegt zijn mond af met zijn servet.

VADER: Wat zei je?

PHILIP: Niks.

De vader steekt een groot stuk vlees in zijn mond. Plotseling loopt hij rood aan. Hij snakt naar adem. Hij staat op. De moeder en Philip kijken alleen maar toe, verbouwereerd. Dan valt hij neer op de vloer.

In de verte hoort men kerkklokken.

10. INT. OCHTEND. KAPEL.
De kerkklokken blijven luiden. Philip en zijn moeder zitten op de voorste bank. Ze zijn de enigen in de kapel.

De kist, die erg kort en breed is, zinkt weg in de vloer.

De DOMINEE komt en geeft de moeder een hand.

Philip loopt naar het gat in de vloer. Hij leegt stiekem zijn zakken, stukken vlees, worsten, gebakjes, aardappelen. Hij smijt alles achter de kist aan. Hij buigt zich over het gat en kijkt recht in de vlammen van het crematorium. En hij wordt opgeslokt door het vuur, net als door de afvoer in de pisbak.

11. INT. CREMATORIUM.
Philip baant zich een weg door de vlammen. Er staat een donkere gestalte voor hem, onaangetast door het vuur. Philip blijft staan. Het is zijn vader.

VADER: Heb je nu je zin, jongen?

De vlammen verslinden Philip.

12. INT. AVOND. JONGENSKAMER.
Philip staat naast de deurpost en meet hoe lang hij is. De moeder huilt in de kamer ernaast. Philip controleert de streep. Hij is een centimeter gegroeid. Hij juicht van blijdschap.

De moeder komt met betraand gezicht binnen, in haar begrafeniskleren.

MOEDER: Hoe durf je! Te juichen op een dag als vandaag!

13. INT. OCHTEND. KLASLOKAAL.
De lerares, juffrouw KNOKKEL, staat bij het bord en kijkt de klas in. Ze laat haar blik rusten op Philip. Hij zit in de voorste bank. Hij is erg mager en bleek geworden, een dwergachtig benenpakhuis.

KNOKKEL: En hoe luidt het vierde gebod? Philip? Kun je daar antwoord op geven?

Philip staat op, maar zakt meteen in elkaar op de vloer en valt flauw.

14. INT. OCHTEND. SCHOOLARTS.
Philip ligt op een matras. De schoolarts luistert naar hem. Knokkel en de verpleegster staan ernaast.

KNOKKEL: Zijn vader is onlangs overleden. Dat zal wel te veel geweest zijn voor onze kleine Philip.

SCHOOLARTS: De jongen is ondervoed. Dat mankeert hem.

De schoolarts schudt Philip wakker.

SCHOOLARTS: Krijg jij niet genoeg eten thuis, Philip?

Philip kijkt op naar de schoolarts.

PHILIP: Jawel.

SCHOOLARTS: Nu lieg je, Philip.

De schoolarts geeft de verpleegster een teken, ze loopt naar de telefoon.

15. EXT. DAG. STRATEN.
De moeder haast zich door de straten. Dan moet ze toch blijven staan. Voor haar dragen mannen in witte, bebloede jassen varkenskadavers uit een vrachtwagen naar de slager. Ze moest zich uiteindelijk een weg tussen hen door banen.

16. INT. MIDDAG. GANG.
Philip staat alleen in de gang voor de deur van de schoolarts. Hij bukt zich en kijkt door het sleutelgat. Philip ziet: daarbinnen zit zijn moeder naar de schoolarts te luisteren. Ze klampt zich vast aan het tasje op haar schoot. Plotseling ziet hij dat de kamer met water gevuld wordt. Het lijkt op een aquarium. De moeder en de schoolarts stijgen op van hun stoelen en drijven rond in het groene water, er komen belletjes uit hun mond.
Dan wordt alles volkomen donker.

Direct daarna ziet hij het gezicht van de verpleegster. Ze legt haar lippen rond het sleutelgat, alsof ze zijn oog kust.

De deur gaat open en Philip struikelt over de drempel.

SCHOOLARTS: De jongen moet de Weir Mitchel-kuur volgen!

17. EXT. OCHTEND. STATION.
Philip staat op het perron. Hij heeft een zware koffer in zijn hand. De moeder trekt de rits van zijn jas tot vlak onder zijn kin omhoog.

STEM VAN DE SCHOOLARTS: Of de *mestkuur*, een kuur die we gebruiken om verkommerde, nerveuze, bloedarmoedige, vermagerde mensen en reconvalescenten weer snel op de been te krijgen.

De moeder omhelst Philip. Ze snikt. De fluit van de trein klinkt scherp en dichtbij. Ze laat hem los. Philip stapt in de trein.

De moeder blijft op het perron staan. De trein rijdt weg uit het station. Ze tilt haar hand op en zwaait.

STEM VAN DE SCHOOLARTS: De kuur bestaat uit een dieet van twaalf dagen, samengesteld volgens het recept van professor Burkart.

18. EXT. DAG. STATION 'DAL'.
Philip struikelt de trein uit, met zijn koffer in de hand. Hij wordt meteen opgetild door een man, de BOER, die in klederdracht gekleed gaat.

BOER: Ja, dit is een stadsjongetje dat eten nodig heeft!

De boer pakt Philips koffer en brengt hem naar een vrachtwagen, gooit de koffer in de laadbak en tilt Philip in de cabine.

19. INT. DAG. VRACHTWAGEN.
Philip zit naast de boer die rijdt, terwijl hij tevreden fluit en af en toe glimlachend een blik op Philip werpt. De vrachtwagen schudt en stuitert op de hobbelige weg. Philip houdt zich vast aan de deur en kan net over het dashboard heen kijken.

De boer remt plotseling. Een troep verschillende dieren, schapen, koeien, ossen, varkens en kippen, steekt vlak voor hen de weg over. De boer tikt Philip op zijn schouder en wijst.

BOER: Die moet jij opeten, Philip. Allemaal.

De boer geeft gas en rijdt dwars door de kudde heen.

20. EXT. DAG. VRACHTWAGEN.
We zien, van boven af, de vrachtwagen die op een smalle weg tussen twee

akkers rijdt, waar het koren geel en weelderig in zon en wind staat. Bij alle boerderijen wappert de Noorse vlag aan de vlaggenmasten op het erf. Mooie en gezonde mensen zwaaien.

In de laadbak ligt de koffer.

Een JONGENSKOOR zingt 'Gods lente is aangebroken'.

We zijn nu bijna zo hoog dat we de auto nauwelijks nog zien in het landschap. We verdwijnen in de wolken en alles wordt tot een golvende mist, volkomen stil. Een hand deelt de mist in tweeën. We worden verblind door een fel licht.

STEM VAN DE SCHOOLARTS: U ZULT UW ETEN BEMINNEN GELIJK UZELVE.

21. EXT. DAG. BOERDERIJ.
De vrachtwagen rijdt het erf op, waar de BOERIN, een struise vrouw, ook in klederdracht, wacht. Philip klautert uit de cabine. De boer pakt de koffer uit de laadbak en draagt hem naar binnen. Philip loopt naar de vrouw en begroet haar. Ze schudt zijn arm op en neer.

BOERIN: Welkom op de boerderij, Philip. Nu ga je lekker dik worden.

Ze loopt met Philip naar binnen. Voor een raam op de bovenverdieping staan twee DIKKE JONGENS op hem neer te kijken.

STEM VAN DE SCHOOLARTS: Eerste dag: om halfzeven een halve liter melk, die langzaam moet worden opgedronken in de loop van drie kwartier.

22. INT. OCHTEND. BOERDERIJ.
Aan een lange tafel in een eetzaal zit een aantal JONGENS melk te drinken, die warm en klonterig is. Sommigen zijn net zo mager als Philip, anderen zijn al dikker geworden. Ze zijn in een soort rangorde neergezet, de magersten zitten aan het begin van de tafel, de diksten aan het einde. Philip zit helemaal aan het begin. Alle aandacht is op hem, de nieuwe jongen, gericht.

De vrouw loopt langzaam om de tafel heen en controleert.

Niemand zegt iets. We horen alleen het geluid van het bestek. Philip kijkt naar het overvolle en weinig appetijtelijke bord voor zijn neus. Hij tilt een lepel op, maar kan het eten niet doorslikken. Het zwelt op in zijn mond.

STEM VAN DE SCHOOLARTS: Om twaalf uur soep met eieren, vijftig gram vlees met geprakte aardappelen. Twee beschuiten met pruimencompote.

De twee jongens die we voor het raam zagen staan, PREBEN en ASLAK, die helemaal aan het einde zitten en die echt dik geworden zijn, beginnen op tafel te meppen, eerst voorzichtig, dan steeds harder. Tot slot slaat iedereen op tafel. Philip zweet. De tranen stromen uit zijn ogen. Hij staat bijna op barsten. Het slaan zwelt aan tot een inferno. Philip buigt zich over zijn bord en alles komt weer naar buiten.

Het wordt weer doodstil.

De boerin staat achter Philip. Ze legt haar handen op zijn schouders.

BOERIN: Nu moet je eten, Philip. Anders wordt God boos op je.

Philip steekt zijn lepel in het braaksel, terwijl de boerin hem een klopje op zijn hoofd geeft.

23. INT. NACHT. BOERDERIJ. SLAAPZAAL.

In een te kleine slaapzaal liggen alle jongens. De boer loopt langs de bedden en controleert of alles is zoals het moet zijn. Iedereen doet alsof hij slaapt. De boer doet het licht uit en sluit de deur af.

De maan schijnt door het raam en spiegelt zich in het meer daarbuiten.

Philips ogen zijn open, bang. Hij hoort iemand naar hem toe komen. Hij sluit zijn ogen.

Preben en Aslak gaan aan weerszijden van zijn bed staan. Ze hebben alleen een onderbroek aan. Ze zijn bleek en vet.

PREBEN (fluistert): Philip?

ASLAK (fluistert): Philip? Kom. Kom eens hier.

Philip doet zijn ogen weer open, nu nog banger. Ze trekken hem uit zijn bed en nemen hem mee naar de muur. Daar duwen ze hem op de vloer. Philip zit op zijn knieën en beeft.

PREBEN: Kijk.

Philip begrijpt het niet. Hij durft niets te zeggen. Aslak wijst op een knoestgat in de vloer.

ASLAK (fluistert): Kijk daar eens!

Philip legt zijn oog tegen het gat. Hij ziet: op de verdieping eronder, in de keuken, staat de boerin over het fornuis gebogen en de boer neemt haar van achteren, ruw.

24. EXT. DAG. AKKER.
Alle jongens staan voorovergebogen op de akker aardappelen te rooien. Philip staat tussen Aslak en Preben in.

STEM VAN DE SCHOOLARTS: Tweede dag. Massage, wittebrood met boter en aardappelpuree.

Philip graaft met zijn handen in de aarde. Preben en Aslak bekogelen hem met aardappels. De boer komt aangerend. Hij deelt tikken uit aan Preben en Aslak, die zich gehoorzaam weer over de rijen aardappelen buigen.

De boer legt zijn arm om Philip heen.

BOER: Ik vind dat je al wat aangekomen bent, hm, Philip?

Aslak en Preben loeren naar Philip.

25. INT. AVOND. BOERDERIJ. EETZAAL.
Philip zit alleen aan de lange tafel te eten. Hij kan niet meer. Hij laat zijn mes en vork op zijn bord vallen. Onmiddellijk komt de boerin eraan en ze geeft hem een tik tegen zijn achterhoofd. Philip gaat verder met zich volproppen.

De boerin glimlacht, legt haar handen op zijn schouders en masseert hem tijdens het eten.

26. PHILIPS DROOM.
Philip ligt naakt in het meer. Het maanlicht schijnt op zijn gezicht. Hij slaapt. Alles is stil. Dan kleurt het water rond hem rood en hij wordt langzaam naar beneden getrokken. Philip raakt in paniek. Hij doet zijn mond open om te schreeuwen, maar er komt geen geluid, hij zinkt gewoon, in het rode, troebele water.

27. INT. SLAAPZAAL.
Philip schiet overeind in bed en snakt naar adem. Hij kijkt recht in de gezichten van Aslak en Preben. Ze buigen zich over hem heen. Ze fluisteren.

PREBEN: Weet jij wat de boer en zijn vrouw zijn?

Philip schudt zijn hoofd.

PREBEN: Het zijn engeltjesmakers.

PHILIP: Engeltjesmakers?

PREBEN: Ze brengen ongewenste kinderen naar het bos om ze daar dood te laten gaan.

ASLAK: Daarom ben je hier.

PREBEN: Ben jij een klikspaan?

Philip schudt zijn hoofd.

ASLAK: Ben jij een klikspaan, kutjochie?

Philip staart hen doodsbang aan. Ze trekken hem uit zijn bed en duwen hem weer naar het gat in de vloer. Ze drukken zijn gezicht naar beneden. Philip ziet: de boer staat over het fornuis gebogen, naakt, achter hem staat de vrouw en neemt hem.

28. INT. OCHTEND. EETZAAL.
De jongens staan achter hun stoelen in koor te zingen. De boer is dirigent. Ze zingen 'Gods lente is aangebroken'. Philip staat zwijgend en bleek tussen Aslak en Preben, die allebei uit volle borst meedoen.

Plotseling onderbreekt de boer het gezang en hij kijkt naar Philip.

BOER: Zing jij niet?

Philip geeft geen antwoord. De boer komt naar hem toe.

BOER: Wil jij niet met ons zingen? Ben jij soms beter dan wij? Nou? Ben jij beter dan wij?

29. EXT. DAG. AKKER.
Philip staat alleen op de akker te spitten. We zien hem vanboven, een klein figuurtje in het naakte, grauwe landschap.

STEM VAN DE SCHOOLARTS: Het avondeten wordt vermeerderd. Tachtig gram vlees, boter en gebakken aardappelen, nieren en gekookte testikels.

Philip kijkt omhoog, naar de lucht. Het begint te regenen. Hij gooit de spade neer en loopt zo hard hij kan naar het bos.

30. EXT. MIDDAG. BOS.
Philip blijft hijgend tussen de bomen staan, leunt tegen een stam. Het is volkomen stil. Hij kijkt om. Niemand volgt hem. Dan loopt hij verder.

En dan ziet hij dat het bos vol jongens is. Ze zitten op de grond, halfnaakt, blauw van de kou. Sommigen zijn al gestorven. Anderen wachten slechts op de dood.

Peder kijkt weer om. Aan de rand van het bos staan de boer en zijn vrouw, hand in hand, in hun mooiste kleren, en ze glimlachen tegen hem.

31. INT. AVOND. BOERDERIJ.
Philip staat naakt in de gemeenschappelijke douche en spoelt modder en aarde van zich af. Hij is alleen. Hij staart naar het vieze water dat door de afvoer wervelt. Hij voelt aan de vetrolletjes rond zijn buik.

Dan hoort hij dat er vlak bij hem iemand 'Gods lente is aangebroken' zingt. Philip zet meteen de douche uit en hoort het lied nu duidelijker. Het komt steeds dichterbij. Philip steekt zijn hand uit naar de handdoek, die aan een haakje hangt. Maar hij is te laat. Preben en Aslak staan voor hem. Ze zingen en kijken hem aan. Dan wordt het stil.

Preben pakt de handdoek van het haakje.

ASLAK: Ben jij soms beter dan wij, hm?

PHILIP (fluistert): Nee.

PREBEN: Heb je je handdoek nodig?

PHILIP: Ja, dank je.

Preben steekt hem de handdoek toe, maar trekt hem weer terug. Philip blijft daar naakt staan. Hij probeert zich te bedekken met zijn handen.

ASLAK: Weet je zeker dat je niet beter bent dan wij?

PHILIP: Ik wil niet dik worden. Ik wil alleen langer worden.

Preben en Aslak kijken elkaar lachend aan. Dan trekken ze Philip de slaapzaal in, naar het gat in de vloer. Ze dwingen hem op zijn knieën en duwen zijn gezicht naar beneden.

Philip ziet: de keuken is leeg. Een ketel water staat op het punt van koken op het fornuis.

Philip schreeuwt. Zijn schreeuw wordt gesmoord. Preben trekt de handdoek stijf over zijn mond. Aslak staat op zijn knieën achter hem.

STEM VAN DE SCHOOLARTS: Wie de Weir Mitchel-kuur niet volgt, komt in de magere hel.

Philips gezicht is verwrongen van pijn en angst.

32. INT. OCHTEND. SLAAPZAAL.
Philip staat voor het raam naar de binnenplaats te kijken. Aslak en Preben komen naar buiten, allebei met een koffer, in nette kleren, dik en beleefd, met de boerin. Ze blijven staan bij de vlaggenmast, waar de vlag wappert.

Dan komt de vrachtwagen het erf op rijden en hij stopt. De boerin neemt in tranen verdronken afscheid van Aslak en Preben. Ze klauteren in de laadbak en gaan daar zitten met hun bagage.

Uit de cabine komt een tenger, heel klein en mager jongetje, met een kartonnen koffer in zijn hand. Het is Barnum, die we kennen uit de bioscoopzaal, de jongen die eruit werd gegooid. Hij is bang en in de war. De boerin begroet hem hartelijk.

De boer rijdt weg met Aslak en Preben.

33. EXT. OCHTEND. ERF.
Barnum weet zich eindelijk te bevrijden uit de armen van de boerin. Ze buigt zich naar zijn gezicht.

BOERIN: Nu ga je lekker dik worden, Barnum.

Ze pakt Barnums hand en trekt hem naar het huis. Hij kijkt omhoog, naar de ramen. Hij ziet Philip. Hij ziet het dikke gezicht dat vanaf de bovenverdieping op hem neerkijkt.

Het jongenskoor zingt: 'God is God, al was heel deez' aard verlaten'.

Barnum stribbelt tegen en probeert zich los te rukken. De boerin sleurt hem mee.

34. INT. AVOND. BIOSCOOP.
De controleur sleurt Barnum de bioscoop uit, naar de foyer. We horen het geluid van de film op de achtergrond, jongens die 'God is God' zingen. Barnum rukt zich los en rent een trap op. De controleur stormt achter hem aan, maar struikelt over een trede. Barnum duwt een deur open en komt in een donkere, lange gang.

Barnum blijft staan en kijkt om zich heen. Hij ziet een zuil van licht schuin door de duisternis vallen. Hij loopt erheen. Hij loopt op de tast, naar dat licht.

35. INT. OCHTEND. BOERDERIJ. EETZAAL.
Philip zit aan het uiteinde van de tafel. Hij is nu de allerdikste. Zijn gezicht puilt uit. Hij harkt eten naar binnen. Het vet stroomt over zijn lippen.

De boer staat achter Philip en geeft hem een schouderklopje.

Barnum komt binnen en gaat aan het begin van de tafel zitten, broodmager en bang.

STEM VAN DE SCHOOLARTS: Eerste dag: om halfzeven een halve liter melk, die langzaam moet worden opgedronken in de loop van drie kwartier.

Barnum kijkt in zijn kroes met de grauwe, vieze melk, waarin vetklompjes ronddrijven.

36. INT. AVOND. BIOSCOOP.
Barnum staat midden in de lichtstraal. Hij heeft haast. Hij is in paniek. Hij probeert het licht opzij te duwen. Hij maait met zijn armen.

Vanuit de zaal horen we boegeroep en geschreeuw en gevloek.

We zien Barnums onrustige schaduw die het doek bijna bedekt.

37. INT. AVOND. BOERDERIJ. SLAAPZAAL.
Philip staat naast Barnums bed. Philip is naakt en vet. Barnum is wakker en bang.

Philip trekt hem mee naar de muur en drukt zijn gezicht tegen de vloer.

38. INT. BIOSCOOP. AVOND.
Barnum doet een laag deurtje open. De OPERATEUR, een oudere, vriendelijke man, staat daarbinnen, in een nauw en laag kamertje, een kast bijna, op de draaiende film te letten.

Barnum loopt naar binnen.

BARNUM: Ik wil het niet meer zien.

OPERATEUR: Wat zeg je?

BARNUM: Ik wil het niet meer zien.

OPERATEUR: Ik dacht dat je deze wilde zien.

BARNUM: Nu niet meer.

De operateur kijkt hem bedroefd aan.

OPERATEUR: Ik kan de film niet stopzetten voordat hij afgelopen is. Dat snap je toch wel.

39. INT. NACHT. KEUKEN. BOERDERIJ.
Barnums oog is zichtbaar door het gat in het plafond. Het perst zich door het gat, een opengesperd oog. Dan valt het naar beneden, het oog kukelt in het kokende water in de pan op het vuur.

40. INT. AVOND. BIOSCOOP.
Barnum is gaan zitten. De operateur staat bij de rollen die hij moet verwisselen.

BARNUM: Ik dacht dat jij de dienst uitmaakte.

OPERATEUR: Je moet de rest zien, Barnum.

BARNUM: Maar dat wil ik niet.

OPERATEUR: Je hebt geen keus.

BARNUM: Ik dacht dat jij God was.

De operateur verwisselt de rol.

OPERATEUR: Ja. Ik ben God, helaas. Maar ook ik heb geen keus.

De operateur draait zich om naar Barnum.

OPERATEUR: Je komt me bekend voor. Heb ik je al eens eerder gezien?

BARNUM: Heb jij niet iedereen gezien?

OPERATEUR: Ik heb een slecht geheugen, zie je. Ik begin oud te worden.

De operateur kijkt weer door het luikje.

OPERATEUR: Kom hier. Snel!

Barnum loopt naar hem toe en kijkt door het luikje.

Barnum ziet het doek daar ver beneden hem: de fraaie akker, de jongens die daar werken, blij en ijverig in het mooie weer. Vogelgezang. En Barnum, met een zwart lapje voor zijn oog, komt ook, gevolgd door de boer, hij wordt aan het werk gezet, naast Philip.

Op de achtergrond ontwaren we het bos, als een hoge, dichte schaduw.

OPERATEUR: Nu weet ik wie je bent.

De operateur kijkt Barnum even tersluiks aan.

OPERATEUR: Niet wat je ziet is belangrijk, maar wat je denkt te zien.

Barnum tilt een doos met filmrollen op die daar staat en slaat uit alle macht op het hoofd van de operateur. Die zijgt neer op de vloer.

Barnum rukt de film uit de projector.

Uit de zaal horen we geroep en gefluit.

41 INT AVOND BIOSCOOPZAAL
Het doek is zwart en de zaal ligt er verlaten bij in het donker. De mensen zijn weg. Alleen hun spullen zijn er nog: jasjes, chocoladepapier, paraplu's, handschoenen, sjaals. Er is geen geluid te horen.

Dan wordt er een knetterende lichtstreep zichtbaar op het doek.

Eindelijk wordt een zwartwitfoto zichtbaar: de deurpost van de jongenskamer. Verschillende streepjes met jaartallen en data. De laatste: 4-9-1962.

– The End –

HET ELEKTRISCHE THEATER

(HET NAAMBORDJE)

We trouwden bij de naambordenmaker in de Pilestredet. We hadden voor koper gekozen, met zwarte letters: Vivian en Barnum. Ik had liever gehad dat er Wie en Nilsen had gestaan. Dat klonk beter. Ik gaf Vivian haar zin. De verkoper pakte het bordje in in bruin papier en hij deed er vier schroeven bij. Ik betaalde en we gingen naar huis en schroefden het nieuwe bordje vast op onze deur. Vivian en Barnum. Op de brievenbus bij de buitendeur had ik gewoon een papiertje geplakt waarop ik met de hand onze achternamen had geschreven: Nilsen en Wie. Dat was onze verlovingsring. Nu was het menens. Vivian en Barnum stond er in koper gegrift op de deur op de eerste verdieping in Bolteløkka, een klein flatgebouw, opgetrokken in rode baksteen, met de ingang aan de Johannes Bruns gate. Vivians vader had ons het appartement bezorgd, een kamer, een slaapalkoof en een veranda. Daar gingen we zitten. Het was in het begin van de herfst, een zaterdag, de lucht was helder en klaar, de zon verwarmde nog. In het westen kon ik achter de huizen de top van het Stenspark zien, Blåsen, ik was in het landschap, ik was daar waar ons verhaal plaatsvond. In het zuiden zagen we de fjord, glad en stil en kleurloos, alsof hij al bevroren was. Ik maakte de eerste fles champagne open en schonk onze glazen vol. Er stond een buurvrouw op het kleine gazon beneden, ze zwaaide naar ons met aarde aan haar vingers. Ik dronk. Vivian sloot haar ogen en leunde achterover. Het licht werd goud in haar gezicht. Ik voelde een blijdschap die ik nooit eerder had gevoeld, de lichtheid van de alcohol en de rust van het moment, de roes en de tijd versmolten tot een hogere eenheid. 'Hoelang moet je vermist zijn voordat je als dood wordt beschouwd?' vroeg ik. 'Misschien wel je hele leven.' Vivian deed haar ogen niet open. Ik vulde mijn glas bij. Ik dronk. Ik lachte. 'Je hele leven? Dat betekent dat vermisten eeuwig leven. Ze sterven nooit. Ze gaan gewoon door met leven.' Vivian draaide zich naar me om. Haar ogen leken plotseling moe. Ze hield het hoge, smalle glas met beide handen vast. 'Mis je

Fred?' vroeg ze. Ik had haar hetzelfde kunnen vragen. Ik gaf geen antwoord. In plaats daarvan haalde ik een nieuwe fles. Ik dronk een glas in mijn eentje. Toen ik weer buitenkwam, had Vivian haar zonnebril opgezet. Ik ging naast haar zitten. Er viel een schaduw over de helft van de veranda. Het zou snel koeler worden. 'Ik wil een kind', zei Vivian. Ik leegde mijn glas. 'Komt voor elkaar', zei ik. Ik nam de fles mee naar binnen, Vivian trok de bank uit, legde het beddengoed erop en we gingen naar bed. Het was zo gebeurd. We waren, wat zal ik zeggen, zakelijk en doelgericht in bed. Na de waanzin die avond in het Frognerpark, jaren geleden, bij het paviljoen, de gebeurtenis waar we daarna nooit meer over gesproken hadden en die met geen woord werd genoemd, waren we verlegen en bang geworden, zelfs als ik had gedronken. Het was net alsof we elke keer dat we met elkaar vrijden een duisternis binnenlieten en we elkaar daarom niet in de ogen durfden te kijken. We wilden het gewoon achter de rug zien te krijgen. Maar ik kon nog steeds de vage geur van muskus ruiken. Ik schonk onze glazen vol. 'Heb ik raak geschoten?' vroeg ik. 'Geen grapjes, alsjeblieft', zei Vivian. Ik lachte. 'Heb ik mijn publiek geraakt?' Vivian lachte ook. Ik maakte haar aan het lachen, voor zo lang het duurde. Ik boog me naar haar buik en luisterde. Ze was warm en tenger. 'Denk je dat we nu een kind gemaakt hebben?' fluisterde ik. 'Misschien, misschien ook niet', zei Vivian. Ik ging zitten. Ik had het koud. Er zat nog wat in de fles. Vivian pakte mijn hand. 'Drink je niet een beetje te veel?' vroeg ze. 'Een beetje te veel?' 'Ja. Een beetje te veel. Je hebt bijna twee flessen in je eentje soldaat gemaakt.' 'Tel je ze?' 'Dat is niet zo moeilijk, Barnum. Een plus een is twee.' 'Je kunt het net zo goed als Peder', zei ik. Vivian liet me los. Ik ging weer liggen. 'Ik drink omdat ik gelukkig ben', fluisterde ik. Ze stond op en liep naar de badkamer, waar slechts voor een iemand tegelijk plaats was, in geval van nood voor anderhalf. Ik hoorde dat ze de douche aanzette. Ik dronk de rest op. Vivian had altijd veel tijd nodig in de badkamer. Toen ze terugkwam, stond ik op. 'Kunnen we vandaag niet vroeg gaan slapen', zuchtte ze. 'Ik moet schrijven', zei ik. Ze draaide me haar rug toe. Ze had alleen de rode handdoek om zich heen. Haar natte haar lag in een boog op het witte kussen en vormde een donkere schaduw die allengs groter werd. 'Je moet het niet koud krijgen, Vivian.' 'Ik heb het warm. Heb jij het koud?' 'Nee. Ik voel me prima. Zal ik ze uitdoen?' 'Doe maar, Barnum.' Ik deed de lampjes boven het bed uit en ging achter de smalle werktafel zitten waar we met moeite een plek voor hadden kunnen vinden voor het raam, tussen de balkondeur en de boekenkasten. Maar als ik de lamp daar aandeed, verlichtte die de rest van de kamer ook, ook al boog ik hem zo ver mogelijk naar het papier. Vivian trok het dekbed over haar hoofd. Zo klein was het hier. We hadden twee afbeeldingen aan de muur: de foto van Lauren Bacall en de poster van *Honger.* Ik dacht plotseling aan de kleine stad. Nu was ik onderhand volwassen en woonde in de kleine flat. Ik was, zo niet oud, dan toch in ieder geval voorbij de eerste grens, de grens die langs de meridiaan van de onschuld loopt, waar de lach van kleur verschiet. Toch dachten veel mensen dat ik nog geen twintig was en dus een wat verlopen tiener, het gebeurde zelfs wel dat ik niet werd toegelaten tot films voor boven de achttien en ik een legitimatie moest laten zien. Ik ging niet meer naar dat soort films. De laatste keer dat ik werd tegengehouden was bij *The Shining*, en Peder lachte zich een breuk. Daarna moest ik me legitimeren in bars. Daar hield ik dus ook mee op. Maar wie dicht bij me kwam en goed genoeg keek en zich niet liet misleiden door mijn krullen en mijn kleine postuur, dat ik op goede momenten mijn stille lengte noemde, die kon de sporen in mijn gezicht zien en die waren niet mis te verstaan. Vivian sliep al. Ik benijdde haar vaak om die slaap. Ik bracht alles in gereedheid. Dit waren mijn spullen: 400 vel papier, de liniaal, een potlood, drie balpennen, M.S. Greves *Medische Vraagbaak voor het Noorse gezin*, gum, Tipp-Ex en de typemachine die ik van Fred had gekregen. Ik ging naar de kleine keuken en dronk uit de kleine fles. Ik kreeg een kleine gedachte: 'De Kleine Stad', deel twee, of anderhalf: een dwerg die in het kleinste appartement ter wereld woont krijgt de langste vrouw ter wereld als vriendin. Ik dronk nog een kleine fles leeg, zette koffie en ging weer zitten. Ik haalde mijn notitieblok tevoorschijn. Dit waren mijn ideeen: *1. Lachen en huilen: Barnums documentaire over het menselijke. 2. Het zwembad. 3. Bijna-beroemdheidervaringen. Beatles, Per Oscarsson, Sean Connery e.a. 4. Mestkuur. 5. Hink-stapsprong. 6. De Nachtman.* Dat waren een paar van mijn titels, de werktitels, nauwkeurig genoteerd, met aanvullende commentaren, aanwijzingen, dialogen, rolverdelingen. Dit was mijn mooiste moment, wanneer ik het papier in de machine draaide, of mijn potlood optilde, om Vivian niet te wekken. Dan was ik alleenheerser. Dan was ik mijn eigen heer en meester en heer en meester over de tijd. De duisternis drong zich op tegen het raam. De lichten van de stad waren onrustig. Het regende. Iemand draaide de Sex Pistols op volle sterkte. De katten van Bolteløkka jankten. Toen was het plotseling stil. Ik hoorde alleen nog Vivians rustige ademhaling. Zij was onze motor. Dit was mijn tijd. Ik wilde mijn verhalen hoog en verheven maken, niet laag en traag, nee, ik zou ze hoger tillen dan de strepen op de deurpost, hoger dan mezelf. Was dat te veel verlangd? Op zo'n moment, als mijn hand die het potlood vasthoudt het papier nadert, als mijn vinger naar een letter op het sleetse, krakkemikkige toetsenbord daalt, ben ik in mijn element. Vanaf nu is alles mogelijk. Ik ben de kleine God. Nu ben ik zwaarder dan mijn gewicht en groter dan mijn gedachten, ik stijg uit boven mijn volmachten, in deze tussenruimte, in deze aarzelende seconde, die lijkt op een druppel onder een roestige kraan of op een roos, en die druppel kan tot een zee worden. Vivian draaide zich om en kreunde zachtjes. Misschien had ze iets gedroomd. Misschien groeide er nu een mens in haar, zo dacht ik, mijn cel, haar eitje, niets minder, de trekken die daarbinnen in de warmte al in de kiem aanwezig waren, de frons tussen de wenkbrauwen van een jongen, de lachkuiltjes van een meisje, zo dacht ik, het hart van een kind. In M.S. Greves *Medische Vraagbaak* stond *Bevruchting, de daad waardoor de rijpe eicel in staat wordt gesteld zich tot een nieuw, zelfstandig individu te ontwikkelen*, vlak na *Begrafenis, het laten neerdalen van een lijk in een graf in de aarde opdat het tot ontbinding overgaat en weer tot aarde wordt.* Het potlood landde op *De Nachtman.* Ik schreef de eerste scène. *Een JONGEN, mager en bleek, acht jaar oud, holt door de straten.* Als ik mijn ogen sloot, kon ik hem zien, rennend, door de verlaten straten, in een lege stad, vroeg in de ochtend, zijn kleren zijn ouderwets, ik hoor hem ademen, hij ademt zwaar, ik hoor ook muziek, want deze scène moet muziek hebben, iets blauws, langzaams en symfonisch. Waar gaat de jongen naartoe? Wat moet hij halen, aangezien hij zo hard rent? Ik legde het potlood neer. Het werd te groot voor mij. Ik was nog niet klaar voor dit verhaal, mijn hoeksteen, mijn hoofdwerk, dat over afwezigheid zou gaan. Ik schreef het in de marge en onderstreepte het. *Afwezigheid.* Ik wist wat ik moest schrijven, maar niet in welke volgorde. Dat maakt het verhaal: de volgorde, de loop der gebeurtenissen, wat komt er nu, de manke logica waarbij het niet gaat om oorzaak en gevolg, maar om een andere menselijkheid, de poëtische chronologie. Ik was nog niet groot genoeg voor deze taak. Ik moest meegroeien, me uitrekken, over mijn mandaat heen, mijn eigen meerdere worden. Ik moest de afwezigheid vullen en hem zo opheffen: Fred die al tien jaar weg was, Wilhelm, onze overgrootvader, die in het ijs verdween, Boletta's onbekende man, vaders duistere continent, zijn verloren tijd, vanaf het moment dat hij de koffer met applaus de hoek om droeg totdat hij de Kirkevei in kwam rijden in een gele, glanzende Buick. En Peder moest ik ook niet vergeten, Peder die economie studeerde aan de universiteit van Los Angeles. Misschien rent de jongen deze mensen tegemoet? Vivian sliep. Ik pakte een pilsje en sloop naar de veranda. Ik kon de schaduw van Blåsen zien. Daar zat De Oude altijd, en kwam moeder bij haar. Ik kreeg nog een idee en repte me naar binnen om het niet te vergeten, dat was mijn allergrootste angst, te vergeten, dat is de reden waarom ik dit schrijf. Ik schreef: *Plaatsen. Verhalen over de band van mensen met bepaalde plaatsen. Voorbeelden: De Oude en Blåsen. Boletta en de Noordpool. Esthers kiosk. De binnenplaats. Een plaats is geen plaats totdat er iemand komt. Een mens is geen mens totdat hij een plaats heeft.* Ligt op deze plaatsen ons geheugen? Waar is mijn plaats? Ik wist het niet. Maar kan de tijd niet ook een plaats zijn, een hoekje in de uren, in de luwte van de seconden? Ik wilde mijn plaats in de tijd hebben. Ik schreef onderaan, met grote letters: *Begraafplaatsen.* Wiens plaatsen zijn dat? Daarna bladerde ik terug naar een oud en goed idee: *Hinkstapsprong.* Ik wilde de hink-stapsprong tot mijn poetica maken. De volgorde in een hink-stapsprong is onontkoombaar en noodzakelijk, de snelle aanloop, de elastische afzet, de soepele beroering van de grond, de hink, de stap, en alle kracht die wordt gebundeld in de laatste, geweldige sprong naar de zandbak, terwijl de benen bij het neerkomen naar voren worden gestrekt, een bijna onmogelijke en daarom des te fraaiere beweging. Ik zit te denken aan een overzicht van de geschiedenis van de hink-stapsprong, hoe de techniek door de jaren heen gepolijst is zonder dat men aan de zuivere principes van de beweging heeft getornd, de hink, de stap en de sprong, de drie-eenheid van de beweging. Ik ben vooral geïnteresseerd in de aanloop, daar wordt de basis gelegd, een mislukte sprong kun je al aan de aanloop aflezen. Ik kan me voorstellen dat er een aantal stockshots van verschillende sportevenementen en kampioenschappen bestaat, in zowel binnen- als buitenland, die de complexiteit en het belang van de hink-stapsprong kunnen belichten. Ik heb, na veel afwegingen, besloten huismeester Bang de hoofdpersoon te laten zijn, de manke hink-stapspringer. Zo zie ik het voor me: de oude kampioen heeft zand naar de binnenplaats gedragen en daar een kuil voor gegraven. Nu is iedereen gekomen om hem te zien springen. Het is lente, een zaterdagmiddag, we hangen uit de ramen en staan op de trap, we staan naast de aanloop, het smalle pad bestrooid met grind, we schreeuwen, en daar komt huismeester Bang, onder luid gejuich en ritmisch applaus, gekleed in zijn versleten korte broek en zijn gele singlet, verbeten en mank, hij raakt de plank en zet af, met een kreun, en ik bevries hem daar, ik laat huismeester Bang zo hangen, in de loze lucht, en vandaar wil ik teruggaan in de tijd, naar de dageraad van de hink-stapsprong. Wie kwam als eerste op het idee te hink-stapspringen?

Ik ging naar bed toen Vivian opstond. Ze trok haar joggingkleren aan en vertrok. Ik hoorde haar snelle voetstappen op de trap. Ze bleef een halfuur weg en toen was ik nog niet in slaap gevallen. De telefoon rinkelde, of waren dat de kerkklokken? Het was Vivians vader. 'Kan ik Vivian spreken?' vroeg hij. 'Ze is aan het hardlopen', zei ik. Het was even stil. 'Ik wilde haar alleen even herinneren aan het diner vanavond.' Zijn stem klonk ver weg, alsof hij de hoorn had neergelegd en naar een andere kamer was gelopen. 'Hallo?' fluisterde ik. 'Negentien uur', zei Vivians vader, dichterbij nu. 'Negentien uur', herhaalde ik. 'Goed. Dan spreken we het zo af.' 'Dat doen we', zei ik. Zijn stem werd anders, vertrouwelijk bijna. 'Loop jij niet mee?' 'Vivian rent graag alleen', zei ik. Hij was er nog steeds. Ik hoorde Vivian op de trap, haar ademhaling. 'Hebben jullie het fijn?' vroeg hij plotseling, met diezelfde vriendelijke stem die zo vreemd leek, hij klonk als een man die een vriend probeerde te maken. 'We hebben gisteren een naambordje gekocht', zei ik. Hij hing op. Vivian draaide zich naar me om, nat, ze droop. 'Regent het?' vroeg ik. 'Ik zweet', zei ze. 'Zullen we nog een kindje maken?' 'Ik moet strekken.' Ze pakte de deurpost beet en hing daar. Haar dunne vingers hielden haar overeind. Er was iets tegennatuurlijks aan dit beeld, net als huismeester Bang die ik in zijn hink liet hangen, een soort vagevuur, dacht ik, net zoals Fred ons had verlaten in het purgatorium van de wachttijd. Ik viel in slaap en mijn slaap was diep en kort en zinloos. Toen ik wakker werd zat Vivian in de keuken te ontbijten. Ik rook de koffiegeur, het geroosterde brood, de marmelade. Ik bleef naar haar liggen kijken. Dit was geen vagevuur. Dit was het alledaagse, dat wat we als gegeven beschouwen en daarom vergeten. Dit was een van die momenten die het meest voorkomen, de stille, bedaarde momenten, het alledaagse op een zondag, en ik wilde dat het zo zou zijn. Toen bedacht ik dat dit moment toch niet zo alledaags was. Dit was onze eerste ochtend. Ik haalde het cadeautje dat ik onder mijn kussen had verstopt tevoorschijn en liep naar haar toe. 'Is hier ook nog plaats voor mij?' vroeg ik. Vivian keek op. 'Ja, als ik klaar ben.' Ik ging toch zitten. Ze schonk koffie voor ons in. 'Heb je nog wat kunnen schrijven?' vroeg ze. 'Ik kan maar niet beslissen'. 'Beslissen? Hoezo?' 'Ik heb te veel ideeën, Vivian.' 'Is dat een probleem?' 'Ja. Ik kom niet verder. Ik begin voortdurend aan iets nieuws. Ik weet niet wat ik wil.' Vivian schoof het broodmandje naar me toe. 'Ik geloof dat je hoe dan ook over Fred schrijft', zei ze, zachtjes. Ik vond het niet leuk dat ze dat zei. Ze had gelijk. Ik legde het cadeautje voor haar neer. Ze keek me verbaasd aan. 'Wat is dat?' 'Dat is een ochtendcadeautje', zei ik. Vivian schudde haar hoofd. 'Ik wist niet dat je zo attent was.' Ze glimlachte. Ik knikte. 'Je bedoelt burgerlijk?' 'Nee, ik bedoel attent, Barnum.' 'Maak open!' riep ik. Vivian maakte het doosje open. Het was een ring, eenvoudig, van goud. Ze haalde hem er voorzichtig uit. 'Moeder wilde dat je die kreeg', zei ik. En toen ik Vivian de smalle ring aan haar vinger zag schuiven, kreeg ik een nieuw idee, ik zag plotseling een sprong, een hink-stapsprong: de ring die Rakel aan moeder had gegeven en die ik nu doorgaf aan Vivian, en in die smalle cirkel, de omtrek van de ring, vermoedde ik een verhaal dat groter was dan mijzelf, dat zijn grenzen overschreed, en ik zag een beeld voor me, de berg sieraden die de nazi's van de joden stalen voordat ze naar de gaskamers werden gestuurd, deze ring had daarbij moeten liggen, maar Rakel had kans gezien hem weg te geven, en een ander beeld, een kamer vol schoenen, herenschoenen en damesschoenen, voegt zich bij moeders woorden, *ik hoor die voetstappen nog steeds uit mijn leven verdwijnen.* Ik moest dit opschrijven. Ik wilde opstaan. 'Dankjewel', fluisterde Vivian. Ik bleef zitten. Ik legde mijn hand op de hare. Alles wat ik aanraakte werd tot ideeën.

Later die zondag gingen we wandelen. We liepen arm in arm. De bomen schudden hun bladeren af. Er was bijna niemand op straat, alleen een hondenbezitter met een lelijke chihuahua en hijgende hardlopers. Zelfs zij draaiden zich om en keken ons na. We waren een omgekeerd paar. Ik had mijn plateauschoenen in de kast gezet. Nu gebruikte ik alleen nog hakken. Het was in de loop van de nacht herfst geworden. De mensen bleven thuis om hun zomerkleren op te bergen. Ik was in een wonderlijke stemming. Dat was de schuld van de ring. Ik had hem niet aan haar moeten geven. Ik had nu al spijt. Ik had een andere ring kunnen kopen, of een oorbel. We hadden het bij het bordje op de deur kunnen laten: Vivian en Barnum. Dat was meer dan genoeg. Nu was ik te ver gegaan. Deze ring was te zwaar voor haar hand. Ze legde haar hoofd even op mijn schouder. 'Dankjewel', zei ze nogmaals. 'Hij staat je', fluisterde ik.

We liepen naar Blåsen en gingen daar zitten. Er vloog een vlucht duiven op van het dak, waaierde uit in alle windrichtingen. 'Waar is jouw plek?' vroeg ik. 'Wat bedoel je?' 'Iedereen heeft een eigen plek. Dit is de plek van De Oude.' 'Ik heb geen plek', zei Vivian. Ik lachte. 'Natuurlijk wel.' Ze werd plotseling woedend. 'Misschien wil ik wel geen plek hebben!' riep ze. 'Ook goed', zei ik. Ik stak een lucifer aan. Vivian blies de vlam weg. 'Zal ik je vertellen waar mijn plek is, Barnum? Dat is de bocht waar vader van de weg raakte en ik geboren ben.' Ik stak mijn sigaretten weer in mijn zak. Ik hield niet van die plek. Ik wilde een andere plek voor haar vinden, een plek die geen plaats delict was. 'Ben je vergeten dat we vanavond om negentien nul nul uur voor het diner zijn uitgenodigd?' vroeg ik. Vivian verborg haar gezicht in haar handen. Zo bleef ze minstens tien minuten zitten. Het begon donker te worden. 'Ik ga niet', zei ze. Maar we gingen wel, naar dat wat Vivian later de 'voorstelling van zeven uur bij Dracula' placht te noemen. Onderweg gingen we even bij Krølle langs en zelfs Vivian dronk bier. Ik bestelde er nog twee, Hier werd ik bediend zonder dat ik mijn legitimatie hoefde te laten zien. 'Waar is jouw plek?' vroeg ze. 'Raad eens', zei ik. Ze was snel: 'De boom op de Solliplass.' 'Die is niet van mij', zei ik. 'Dat is immers onze plek.' Er trok een schaduw over Vivians gezicht, misschien kwam die van mij, misschien wierp ik die schaduw op haar. Hij heette Peder. 'De Rosenborg-bioscoop', fluisterde ze. 'Je bent warm', zei ik. Ze boog zich naar me toe. 'Ik weet het, Barnum! De Kleine Stad!' Ik hief mijn glas en proostte. 'Het antwoord is juist.' Vivian hief haar glas. 'Wat moeten we eigenlijk met plekken? Kun je me dat vertellen?' Ik zette mijn glas neer op het zompige bierviltje. 'Die maken ons heel', zei ik zachtjes. Vivian zweeg een poosje. De stemmen om ons heen waren luidruchtig en geprikkeld. Iemand sloeg op tafel. Ik stak de sigaret op. 'Dat is waar ik over schrijf', fluisterde ik. 'Over plekken die ons heel moeten maken.' Ik pakte haar hand en voelde de rand van de ring tegen mijn huid. Vivian keek me opeens aan. 'Waar is Freds plek?' Ik haalde mijn schouders op. 'Misschien is dat wel waar hij naar zoekt.' Ik liet haar los en dronk nog wat bier. 'Mis je Peder?' vroeg ik. Ze had mij hetzelfde kunnen vragen. Ze ging naar de wc. Ik hield de kelner aan en griste een halve liter van zijn dienblad. De Kleine Stad. Dat was mijn plek. Dat was waar ik was uitgekozen, door een politieman met grote handschoenen, en waar ik gestopt was met groeien. Daar had ik mijn eerste idee gekregen, dat ik had opgeschreven. De Kleine Stad was zowel plaats als tijd, er viel onmogelijk aan te ontkomen. Plotseling landde er een pamflet voor me. *Nee tegen de verkoop van Noorwegen. Fakkeloptocht vanaf Youngstorget 20-09.* Ik keek op. Een strenge jongen keek op me neer. 'Noorwegen is ook een plek', zei ik. 'Ben je student?' vroeg de jongen. 'Nee. Ik ben handelaar.' De jongen werd argwanend. 'Handelaar?' 'Dat klopt.' 'Wat verkoop je?' 'Ik verkoop niet', zei ik. 'Ik verhandel.' 'Wat verhandel je dan?' 'Ik verhandel chocolade, waterijsjes, weekbladen en kandijsuiker.' De jongen mepte op tafel, ongeduldig en minachtend. 'Ellendige kapitalistische handelaar!' riep hij. 'Maar toch onderdrukt', zei ik. De jongen trok zijn hand terug, verward. 'Een onderdrukte handelaar? Laat me niet lachen!' Ik stond op. Ik kwam tot zijn borstkas, ondanks mijn hoge hakken. Hij lachte niet. En terwijl ik daar stond, schoot me iets te binnen. 'Het referendum over de EEG was precies vier jaar geleden, toch?' zei ik. De jongen werd weer pissig. 'Nou en? Wat heeft dat er verdomme mee te maken?' Hij stopte het pamflet in zijn zak en liep tussen de obers door naar buiten. En toen ik ging zitten was Vivian eindelijk terug. 'Je moet ze opsturen', zei ze. 'Ze opsturen?' Ik begreep het niet. Ze boog zich over het tafelkleed. 'Je manuscripten opsturen! Je moet ze aan iemand laten zien!' 'Ik ben nog niet klaar', zei ik. Vivian legde een advertentie op tafel die ze uit de krant had gescheurd. Norsk Film AS schreef een scenariowedstrijd uit. Je kon zowel een uitgewerkt script als een synopsis inzenden. Maar dat was nu juist waar ik bang voor was. Ik was bang dat iemand mij zou ontmaskeren, alles wat ik schreef zou ontmaskeren en verwerpen. Nu kon ik blijven dromen en mijn eigen heer en meester zijn langs Barnums liniaal. Ik sloot mijn ogen. De inleverdatum was 1 maart. 'Welke dag is het vandaag?' 'Twintig september', zei Vivian. En ik dacht, als we hard genoeg rennen, kunnen we misschien de fakkeloptocht vanaf het Youngstorg van vier jaar geleden halen. Ik deed mijn ogen open. 'Ik wil het eerst aan jou laten zien', zei ik. 'Nu was je heel ver weg', zei Vivian. Ik lachte. 'Alleen maar even pissen.' Zij lachte ook. 'Meen je dat? Wil je ze aan mij laten zien?' 'Aan wie anders?' Vivian dronk van mijn bier en ik vond het prettig als ze zo dronk, onbezonnen, als ze loskwam, dan kon ze plotseling lachen, dan waren we plotseling goed op elkaar afgestemd, en niet als twee klokken die een verschillende tijd aangaven, als wijzerplaten in hotelrecepties, waarbij Vivian Tokio was en ik Buenos Aires. Nu dronken en lachten we tegelijkertijd, maar des te groter werd de stilte toen haar vader de deur opendeed en wij hem naar de diepte volgden, ik zeg de diepte, naar het donkere appartement, en Vivian ons al in de hal verliet om naar haar moeder in de slaapkamer te gaan en ik in een diep meubelstuk in de bibliotheek ging zitten terwijl haar vader twee glazen whisky inschonk, er met veel lawaai ijsblokjes in liet vallen en zijn stoel dichterbij trok. 'Het wordt tijd dat wij elkaar beter leren kennen', zei hij. 'Ja', fluisterde ik. Hoewel er nauwelijks licht in de kamer brandde, merkte ik toch dat hij me aanstaarde, en zijn ogen waren hard en scherp. 'Na het ongeluk heeft Vivians moeder alle spiegels die we hadden weggegooid. Maar op een dag werd er aangebeld. Ze deed open en er stonden een paar kinderen. Ze hielden een spiegel voor haar omhoog. Sinds die tijd is ze niet meer buiten geweest. Kun je je voorstellen dat kinderen zo boosaardig zijn?' Ik schudde mijn hoofd. Haar vader bracht het glas naar zijn mond. 'Jij probeert een beetje te schrijven, wat vind jij van zo'n verhaal?' Ik sloeg mijn ogen neer. 'Het is een goed verhaal', zei ik. De ijsblokjes rinkelden. 'Goed? Ben jij sentimenteel, Barnum?' 'Dat betwijfel ik.' 'Dan zou je moeten weten dat er geen goede verhalen bestaan. Er bestaan alleen ware en onware verhalen.' Vivians vader dronk van zijn whisky en ademde zwaar. 'Wat heeft Vivian over het ongeluk gezegd?' 'Gezegd?' Haar vader schonk nog wat whisky in zijn glas, ongeduldig, maar niet in het mijne, hoewel dat ook leeg was. 'Ze zal toch wel verteld hebben hoe het gebeurd is?' Ik keek naar de deur, die op een kier stond. Vivian kwam niet. Ze zou niet komen voordat dit gesprek voorbij was. 'Ze was nog niet eens geboren', zei ik en had al spijt voordat het eruit was. Vivians vader boog zich naar me toe en ik ontwaarde een nurkse glimlach. 'Iedereen heeft zijn eigen versie, Barnum. Dingen die je gehoord hebt. Dingen die je gedroomd hebt. Dat weet jij toch zeker wel?' Ik zonk weg in de stoel. 'Ze zei dat je in een bocht de controle over het stuur verloor en van de weg raakte.' Haar vader zuchtte. 'Niemand verliest de controle over een Chevrolet Deluxe, Barnum.' Hij tilde zijn handen op, alsof hij een stuur vasthield. 'In de bocht kwam ons een andere auto tegemoet', fluisterde hij. 'Een open Buick. Die reed veel te snel. Hij schoot door op mijn weghelft en ik moest de Chevrolet opzij gooien.' Vivians vader maakte een draaiend gebaar met zijn handen en stampte op de vloer. Toen liet hij zijn handen in zijn schoot vallen. 'Zo is het gebeurd', zei hij. 'Ik vermeed een botsing en verwoestte mijn gezin.' Hij hief langzaam zijn glas. Hadden we elkaar nu beter leren kennen? Wist ik nu wie hij was? Ik wilde graag nog wat drinken, maar durfde de fles niet te pakken. 'Stopte die andere auto niet?' vroeg ik. Vivians vader schudde zijn hoofd en zijn stem was plotseling onherkenbaar, zijn spraak was verwrongen, er brak iets in hem. 'Die verdomde rotzak reed gewoon door!' En op dat moment werd er aangebeld. Ik voelde een steek, die scheur in je hart, die zó pijn doet dat het prettig is. Misschien was het Peder wel. Ik luisterde. Ik hoorde iemand opendoen, dat moest Vivian zijn, misschien omhelsden Vivian en Peder elkaar wel op dit ogenblik en ik wilde bij hen zijn, in die omhelzing, in dit ogenblik. Haar vader bleef zitten. Hij legde zijn hand op mijn knie. Ik zou willen dat hij die weghaalde. 'Nu weet je het', zei hij en zijn stem was als vanouds, toonloos, een diepe streep in zijn mond. 'Wat?' fluisterde ik. 'Nu weet je de waarheid, Barnum.' En het was net of ik Peder kon horen, ergens ver weg, langgeleden en toch heel dichtbij: *misschien. Misschien ook niet.* Vivians vader stond op. 'We praten er nooit over', zei hij. 'Nooit.' Iemand klopte voorzichtig op de deur en duwde die open. Een oudere, grijzende vrouw met een wit schortje en een zwarte rok keek naar binnen en maakte een knix. 'Uw gast is gearriveerd, mijnheer Wie.' Ze verdween weer net zo snel in de duisternis. Ik liep achter Vivians vader aan naar de woonkamer. Daar stond de gast. Het was moeder. Ze had zich opgedoft. Ze zag er verloren uit. Vivians vader pakte haar hand met beide handen vast. 'Is er niemand om zich over u te ontfermen? Dat spijt me vreselijk. Maar Barnum en ik hadden het over het leven en vergaten zowel tijd als plaats.' 'Dat geeft niet', fluisterde moeder. 'Bedankt dat u op zo'n korte termijn kon komen.' Moeder glimlachte. 'Ik moet u bedanken. En zullen we elkaar niet tutoyeren?' Vivians vader knikte en liet haar hand los. 'Dan ga ik nu mijn meisjes halen', zei hij. Hij liep snel naar de hal. Ik draaide me om naar moeder. 'Waarom heb je niet gebeld? Dan hadden we samen kunnen gaan.' 'Omdat ik pas tien minuten geleden ben uitgenodigd. En toen waren jullie al weg.' 'Hebben ze Boletta niet gevraagd?' vroeg ik. 'Boletta is moe. Heb je gedronken, Barnum?' De oudere dame, de dienstbode, stond daar plotseling met een dienblad en ik kon snel een droge Martini opdrinken voordat ze weer verdween. 'Nee', zei ik. Moeder zuchtte en keek om zich heen. 'Snap jij dat mensen het zo donker willen hebben?' 'Ja', zei ik. 'Ze kunnen het daglicht niet verdragen.' 'Sst, Barnum!' En ik dacht aan wat Vivians vader had verteld, over het ongeluk, wat hij de waarheid noemde. Had hij ons daarom uitgenodigd, om de schuldigen te ontmaskeren? Moeder moest niets over de Buick zeggen. Ik had te veel gedronken en voelde, voor het eerst, dat het veel te weinig was. 'Wat willen ze, verdomme?' fluisterde ik. 'Ze willen aardig doen, Barnum. We zijn immers zo goed als familie.' Ik lachte. 'Zo goed als familie?' Moeder kneep me in mijn arm. 'Gedraag je, Barnum.' Vivians vader kwam terug. Hij had Vivian bij zich. Ze was blij en zenuwachtig toen ze moeder zag. Ze kuste haar op de wang. 'Bedankt, Vera.' Moeder tilde haar hand op en voelde aan de ring. 'Hij staat je.' Vivians vader keek me aan, dezelfde norse mond, de vinger die hij snel even over zijn lippen haalde. Ik vertrouwde hem niet. Toen verplaatste hij zijn blik eindelijk weer naar Vivian. 'Ben je klaar met Annie?' vroeg hij. Vivian knikte. Haar vader glimlachte. 'Mooi zo. Dan kunnen we aan tafel.' Hij schoof de witte deuren naar de eetkamer opzij. Zij zat aan het uiteinde van de tafel, in de schaduw achter de kandelaars, en staarde ons recht aan. Vivian had fraai werk geleverd. Haar gezicht was glad, haar gelaatstrekken waren zuiver en duidelijk, een gouden snede, ze leek op een foto die werd ingelijst door de duisternis, maar toen ik naast haar moest gaan zitten, zag ik dat onder de schmink, onder het fraaie omhulsel, haar vorige gezicht lag, waarin de tijd had stilgestaan sinds het moment dat ze werd verpletterd tegen de voorruit van een Chevrolet Deluxe. De rest was een masker en ze droeg dat met een zekere waardigheid, misschien was het koppigheid. De oude vrouw bediende ons. Ik herinner me niet meer wat we aten. Het was iets van wild. Ik had geen honger. Ik dronk. Vivian hield haar mes en vork op een merkwaardige manier vast, met gebalde vuisten, als een onopgevoed kind. Dat was me nooit eerder opgevallen. De ring leek strak om haar vinger te zitten. Ik zag alleen onze handen, tien handen, vijftig vingers, geen ervan gelijk, mijn eigen hand, die het glas naar mijn mond brengt, de rode wijn, elke slok is een warme flits in mijn hoofd. En het schiet door me heen dat deze handen een motief moeten worden in Barnums documentaire over het menselijke, ik ben bezeten van die gedachte, van de losgerukte handen, maar ik heb niets om op te schrijven en ik durf de tafel ook niet te verlaten, want misschien gebeurt er iets vreselijks als ik weg ben. Vivians vader legt zijn bestek neer en proost met moeder. 'Ik heb steeds het gevoel dat we elkaar eerder gezien hebben', zegt hij. Moeder glimlacht. 'Maar dat is immers ook zo. Bij de première van *Honger*.' 'Nee, ik bedoel lang daarvoor.' Vivians vader zet zijn glas neer. Het is net of er een waas over ons ligt, een vlies, dat elk moment kan scheuren. 'Wanneer zou dat geweest moeten zijn?' zeg ik, luid, en ik lach. Maar niemand hoort wat ik zeg. Mijn glas is leeg. Vader kijkt over de tafel heen. 'Annie, waar hebben wij Barnums moeder eerder gezien?' Ze draait zich langzaam om naar Vivian en praat net zo traag. 'Zijn jullie niet van plan om echt te trouwen?' Vivian haalt diep adem. 'Echt? Hoe bedoel je?' 'Dat weet je heel goed, Vivian. In de kerk, natuurlijk.' Vivian kijkt naar mij. 'Barnum en ik zijn tot de conclusie gekomen dat God niet bestaat. Daarom hebben we ons in plaats daarvan door de naambordmaker laten trouwen.' Haar moeder glimlacht. Zij kijkt ook naar mij. Haar schmink begint te barsten. 'Ik dacht altijd dat Peder en Vivian een paar zou worden', zegt ze. Vivian schuift haar stoel achteruit. 'Waarom dacht je dat, moeder?' 'Omdat jullie zo goed bij elkaar pasten.' Vivians vader buigt zich plotseling naar moeder toe, alsof hij een spoor heeft gevonden dat hij niet wil loslaten, brokstukken van een droom na een zware nacht. 'Wat deed je man voor de kost?' vraagt hij. Moeder aarzelt even. 'Hij was clown en koopman', zegt ze. Het is even stil, slechts het geluid van onze handen, het bestek, het eten dat gekauwd wordt. Dan vraagt Vivians vader weer: 'Hadden jullie niet nog een zoon? Die verdwenen is?' Vivian slaat haar ogen neer en mompelt iets wat ik niet kan verstaan. Moeder recht haar rug. 'Hij is niet verdwenen', zegt ze kalm. 'Hij zwerft gewoon ergens rond.' Ik bedenk dat deze dialoog slechts naar achteren wijst, niets van wat er gezegd wordt duwt het verhaal naar voren, dit gesprek is als stilstaand water. Hier, in deze kamer, in deze eetkamer, bestaat slechts het verleden en zelfs dat kunnen we niet onder woorden brengen. Maar dan legt Vivians moeder opeens een hand op Vivians arm, een benevelde beweging, de schmink schuift weg van haar mond en het litteken, een schuine, bobbelige streep dwars over haar gezicht, wordt zichtbaar, alsof haar gelaat is opgebouwd uit verschillende delen die niet in elkaar passen. 'Zijn jullie van plan kinderen te krijgen?' vraagt ze. Vivian trekt haar arm terug. Haar moeders hand blijft op tafel liggen, tussen de borden en de glazen en het bestek, onrustig, het is net of hij ademhaalt, dan verdwijnt hij ook, abrupt, alleen de afdruk op het tafellaken blijft achter, een schaduw in het witte. 'Nee', zegt Vivian. 'Dat wil ik niemand aandoen.' 'Niemand wat aandoen?' fluistert haar moeder. 'Om kind te zijn, moeder.' Dan staat Vivian op en verlaat de eetkamer. Ze laat een zware stilte achter. Moeder schopt me tegen mijn schenen. Ik ga achter Vivian aan. Ze zit op bed, in haar oude kamer, waar alles is zoals het ooit was, afgezien van de foto van Lauren Bacall, die daar niet meer hangt, nu is er alleen nog een donker vierkant op het behang, als een negatief. Ik leg mijn hoofd in Vivians schoot. 'Had je niet gewoon ja kunnen zeggen?' zeg ik. 'Waarom?' 'Ja is korter dan nee, Vivian.' 'Fout, Barnum. Nee is altijd korter dan ja. Dat zou jij moeten weten.' Ik kus haar. 'Zullen we weer naar binnen gaan of gaan we naar huis?' 'Wat vind jij?' 'Ik vind het niet prettig dat ze alleen zijn', zeg ik. Vivian staat op. 'Zullen we doen alsof we gelukkig zijn?' vraagt ze. 'Ben je dat dan niet? Gelukkig, bedoel ik.' Vivian glimlacht. 'Hier niet', zegt ze.

Het was overigens de laatste keer dat we bij Vivians ouders aten. Moeder nam een taxi naar huis, naar Boletta. Vivian wilde lopen. Bij Peders huis bleven we staan. Er brandde licht op de eerste verdieping, maar we konden niet zien of er iemand thuis was. 'Dacht jij ook dat Peder en jij een paar zouden worden?' vroeg ik. Vivian wachtte even voordat ze antwoord gaf. 'Nee. Ik dacht dat het jij en Peder zou worden', zei ze. We liepen verder door de Tiedemannsgate, en ik wil ons door de jaargetijden zien lopen, het is herfst als we de hoek omslaan en de lampen in Peders huis gedoofd worden, op het Vestkanttorg stappen we de winter binnen, de lente nadert wanneer we bij Bislet komen en in Bolteløkka is het al zomer, weer een zomer, ik doe de ramen open en lucht, ik haal een doekje, terwijl de buurvrouw vuilnis weggooit, en loop naar de gang om ons bordje te poetsen tot het glad en glimmend is: Vivian en Barnum. Ik hoor haar vlak achter me. Ze heeft heel stil gedaan op de trap. Nu legt ze haar handen over mijn ogen. Ik lach. 'Ik ben bij de dokter geweest', fluistert ze. 'De dokter? Ben je ziek?' 'Ik ben volkomen gezond, Barnum. Jij moet je ook laten onderzoeken.' Ze haalt haar handen weg. Ik blijf met de rug naar haar toe staan. 'Weet je zeker dat je kinderen met mij wilt hebben, Vivian?'

(DE HALVE DUISTERNIS)

'Hartstikke bedankt!' De kleine, beleefde jongen zegt hartstikke bedankt als ik hem vijftig øre teruggeef. Hij sluit zijn vingers rond de glimmende munt en in zijn andere hand heeft hij een rood waterijsje. 'Je hoeft niet hartstikke bedankt te zeggen', zeg ik. Ik geef de jongen een aai over zijn bol. Hij draait weg. 'Hè?' fluistert hij. 'Wie z'n geld is dat?' 'Wie z'n geld?' 'Ja, wie z'n vijftig øre zijn dat?' Hij balt zijn vuist nog steviger rond de munt. 'Die van mij!' 'Juist', zeg ik. 'En daarom hoef je niet hartstikke bedankt te zeggen.' De jongen holt de weg over, blijft staan tussen de berkenbomen en draait zich om. 'Halve zool!' roept hij. Ik sta op een leeg kratje en leun door het loket. Het is heel prettig de wereld van hieruit te zien, vanuit de binnenkant van Esthers kiosk. Ik beheer die nu, samen met moeder. Vlak voor de zomer kreeg Esther een lichte beroerte waardoor ze vergat hoe duur kandij is, hoeveel øres er in een kroon gaan en dat ze de kookplaat uit moet zetten. Daar staat tegenover dat ze zich alles herinnert wat er tussen 1945 en 1972 is gebeurd, het weer, interlands, verkiezingen, skiwedstrijden, de maanlanding en welke liedjes het vaakst werden gedraaid in *Muziekwensen*. Ze deelt een kamer in de Prins August Stichting in de Storgate en weet niet meer hoe ze heet, maar ze heeft een hele almanak in haar hoofd. Het is nu herfst. Ik heb de nieuwe weekbladen met kleine knijpertjes aan een koord voor het raam gehangen. De waterijsjes liggen in de vriezer en de colaflesjes staan in de koelkast. Wat me het minst bevalt, zijn de worstjes. Worstjes zijn alleen maar lastig. Ze liggen in het lauwe water tot ze grijs en verschrompeld zijn en alleen nog deugen als hondenvoer. Ik wil ophouden met worstjes. Ik wil een kiosk met droge waar: de gekleurde pers, sigaretten en kandij. Maar moeder wil niets veranderen, zij wil doorgaan waar Esther is gestopt. In de tent in de Sørkedalsvei zijn ze begonnen met garnalensalade en gebakken uitjes voor bij de worst, maar die concurrentieslag ben ik niet van plan aan te gaan, ze mogen rustig doorgaan met hun smeerboel. Ik heb overigens een prachtig uitzicht op De Kleine Stad. Er is daar een schoolklas, om de verkeersregels te leren van een politieagent. Ze staan keurig op een rij en horen hem praten, ongetwijfeld over fietsverlichting en reflectoren, want de donkere avonden zijn niet ver meer weg en dan is het zaak zichtbaar te zijn. En als ik hen zo zie, die kinderen, met hun ernstige gezichten, al die onaffe trekken in hun gezichten, dan is het net of ik mijn vinger op de tijd kan leggen en hem kan voelen bewegen. Dit noteer ik in mijn schriftje: *tijd. Hoe kun je op een nieuwe manier laten zien dat de tijd verstrijkt? Als dat mogelijk zou zijn, zou je bijvoorbeeld iemand vijftig jaar lang voor de camera kunnen zetten en de veranderingen in zijn gezicht filmen. Eventuele titel: Echo.* Dan is de les voorbij en de kinderen hollen de weg over, terwijl de agent bedroefd achterblijft op de kleine zebra en kan constateren dat ze niets hebben geleerd, of dat ze al vergeten zijn wat ze hebben gehoord, niemand kijkt uit, ze lopen zó de weg op en willen als eerste bij Barnums kiosk zijn. Al snel staat er een hele rij voor de kiosk. Ik leun naar buiten en kijk op hen neer en zij kijken naar me op. Ze kunnen immers niet weten dat ik op een kratje sta. 'Wat zal het zijn?' vraag ik. En de jongen die vooraan staat, een dikkerdje met een pony tot in zijn ogen, legt vijf kronen op de rand. 'Worst', zegt hij. Ik zucht. 'Weet je dat zeker?' De verwarring staat op zijn gezicht te lezen. 'Worst', herhaalt hij. Ik pak een bleke Weense in, smeer er ketchup en mosterd op en leg het kadaver in zijn hand. Hij krijgt vier kronen terug, meer is dit dode vlees niet waard, en de dikke jongen denkt dat ik hem verkeerd heb teruggeven, te veel, hij zegt niet hartstikke bedankt, maar loopt haastig weg over het trottoir, terwijl hij de worst in zijn mond duwt. 'Je mag best hartstikke bedankt zeggen!' roep ik hem na. Maar hij hoort niets en de volgende in de rij is een spichtig meisje met een veel te grote schooltas op haar rug, ze kiepert bijna achterover. 'Wat kan ik krijgen voor 25 øre?' vraagt ze. Ik denk na. 'Voor 25 øre krijg je kandij', zeg ik. 'Wat is kandij?' 'Kandij is lekker', zeg ik. Ik pak een grote brok voor haar in en laat het muntje weer in haar hand glippen. 'Ik was bijna vergeten dat kandij gratis is als je het met anderen deelt.' Ze kijkt verbaasd naar me op en loopt alleen in de richting van Majorstuen. En achter in de rij staan twee jongens die een vraag hebben waar ze nogal mee treuzelen. Ze kijken naar alle kanten en durven niets te zeggen voordat het minstens tien kilometer in de omtrek mensenvrij is. Ik begrijp best wat ze willen. Ik laat hen een beetje zweten. De ene rekt zich uit tot het loket. '*Cocktail*', zegt hij, kortaf en gejaagd, hij slikt de woorden bijna weer in voordat hij ze gezegd heeft. 'Pardon?' vraag ik. De ander schopt zijn kameraad tegen de schenen en de stakker moet weer aan de bak. '*Cocktail*', herhaalt hij, duidelijker nu, het zweet stroomt van zijn gladde, nog onbekommerde voorhoofd. 'Bedoel je het mannenblad *Cocktail*?' Beiden knikken fanatiek, ongeduldig en met onrustige ogen, alsof hun moeder ieder moment op kan duiken om hen op heterdaad te betrappen. En wie had kunnen geloven dat dat soort lectuur te vinden was in het assortiment dat de oude Esther aan mij naliet? Jawel, in een doos onder de chocoladerepen lag nog een hele stapel *Cocktails* uit de jaren zestig. Ik had me lange tijd afgevraagd wie *Cocktail* kocht in Esthers kiosk, ik namelijk niet, en ik was tot de conclusie gekomen dat het waarschijnlijk huismeester Bang moest zijn. Ik neem alle tijd en maak de doos open, terwijl de harten van de jongens ratelen als dynamo's. Ik kies nummer 13 uit 1967, met de gekapte dame die op haar hurken op een plaid zit, aan de voet van een boom. Dat kan een mooi begin zijn voor de jongeheren. Ze hebben al een tientje in het loket gelegd. Ik geef hun het geld terug en aai hen allebei over hun hoofd en woel wat door hun haar. 'Voor oude vrouwen hoeven jullie niet te betalen', zeg ik. Ik rol het blad op, doe er een elastiekje omheen en overhandig het pakketje als een estafettestaaf aan de opgewonden jongens, die een nieuw record vestigen op het laatste stukje Kirkevei. Dat moet maar genoeg zijn voor vandaag. Ik doe het loket dicht, trek het rolgordijntje naar beneden en ga zitten op de campingstoel die ik van Esther heb geërfd. Hier kan ik in alle rust zitten schrijven en een beetje bier drinken. Zou de kiosk zelf niet uitgangspunt voor een scenario moeten zijn? Zo zou ik de tijd ook kunnen laten zien, vanuit het loket van Esthers kiosk, in de portiek in de Kirkevei, de klanten die veranderen, de kapsels, de artikelen, de auto's die langsrijden, het geld, de lantaarns, tijd en plaats, de tijd gezien vanuit de plaats, en vooral de plaats gezien vanuit de tijd. Mogelijke titel: Barnums kiosk. Ik voel de warmte in mijn schouders, een soort aangename koorts, het geluk van ergens dichtbij te zijn. Maar vandaag heb ik toch niet genoeg rust om de gedachte te volvoeren. In mijn zak zit namelijk een brief die ik nog steeds niet heb opengemaakt. Ik kan niet langer wachten. Vivian zal me er binnenkort naar vragen en dan moet ik antwoord geven. De brief komt van dokter Lund. *Barnum Nilsen. U wordt donderdag 12 september a.s. om 13.00 uur verwacht in laboratorium III van het Rijkshospitaal. U wordt verzocht sperma mee te nemen, dat niet meer dan drie uur oud mag zijn, en er moeten vijf dagen verstreken zijn sinds de laatste gemeenschap of ejaculatie.* In de ruime envelop zit ook een doorzichtig plastic bekertje met deksel. Donderdag is morgen en de laatste gemeenschap was tijdens midzomernacht. Het regende die avond en de vreugdevuren wilden nauwelijks branden. Ik drink mijn bierflesje leeg, kauw op wat dropjes en loop even bij moeder binnen. Ik heb haar al een poosje niet gezien. Ze is blij dat ik kom en omhelst me. Boletta slaapt op de bank in de woonkamer. 'Hoe gaat het met haar?' 'Ze droomt', fluistert moeder. We lopen naar de keuken. Voor onze kamer blijf ik even staan. Freds bed staat nog steeds klaar. Dat staat het al heel lang. Moeder verschoont het beddengoed twee keer per maand. 'Wil je koffie?' vraagt ze. 'Je hebt zeker geen bier?' Moeder zucht met de rug naar me toe. 'Het is nog maar drie uur, Barnum.' Ik ga aan de keukentafel zitten. 'Wil je goed nieuws horen, moeder?' Ze draait zich bruusk om. Haar stem komt nauwelijks over haar lippen. 'Fred? Heb je van Fred gehoord?' Het wordt heel stil in mijn hoofd. Ik glimlach. 'Nee. Maar Vivian en ik krijgen een kind.' Moeder kijkt me lang aan. Het is net of ze haar gezicht op een andere snelheid moet instellen. 'Barnum toch', zegt ze ten slotte en ze woelt wat door mijn krullen en kust mijn voorhoofd. Ik duik weg. Moeder lacht. 'Bier heb ik niet. Maar voor champagne kan ik wel zorgen.' Ze haalt een groene fles achter uit de koelkast en ik frunnik de kurk los om Boletta niet te wekken. Het bruist fraai in de hoge glazen. We proosten. We zitten op een woensdag in september aan de keukentafel champagne te drinken. Moeder pakt mijn hand. 'Wanneer?' vraagt ze. 'Wanneer?' 'Ja, wanneer krijgen jullie een kind?' 'Zo snel mogelijk', zeg ik. 'Zo snel mogelijk?' 'We hebben alleen maar besloten dat we een kind krijgen, moeder.' Ze trekt haar arm terug en schuift de fles weg. 'Waarom zeg je zoiets?' fluistert ze. 'Zeg ik wat?' 'Dat jullie een kind krijgen? Zeg je dat alleen om iets te drinken te krijgen?' Ik weet niet wat me bezielt, maar een plotselinge woede overmant me. 'Ons kind zal in ieder geval een vader hebben', schreeuw ik bijna. Moeder blijft me aankijken. Ik ben degene die mijn ogen neerslaat, sla mijn ogen neer op het moment dat ik het zeg en neem een slok champagne. 'Dat had je niet hoeven zeggen', zegt ze. Ik schud mijn hoofd en probeer dat te laten ogen als terechte verontwaardiging. Het lukt me niet. 'Het spijt me', zeg ik. Ik kijk op. Moeders ogen zijn zwart geworden. En ik zie, misschien voor het eerst, want het is zo duidelijk, als een stempel in haar gezicht, haar uitdrukking, hoe Fred op haar lijkt. Ze pakt mijn hand weer. 'We praten er niet meer over, Barnum.' 'Jawel, ik wil er graag over praten.' 'Waar wil je over praten?' 'Weet je nog die keer dat Fred en ik Boletta uit de Noordpool haalden?' Moeder glimlacht. Ik schenk onze glazen bij. 'Wie zou dat kunnen vergeten? We dachten dat jullie dood waren.' 'Was dat jouw vader met wie ze daar dronk?' vraag ik. Moeder zwijgt en wordt onrustig. 'Ik zei dat ik er niet over wilde praten', zegt ze uiteindelijk. Ik sta op en neem de fles mee naar het raam. De bloemperken bij het afvalhok zijn bijna overwoekerd. Er groeit onkruid bij de trappen. De wilde wingerd begint rood te worden, als aderen op de bakstenen. Ik haal mijn schouders op. 'Goed. Praat er maar niet over.' Moeder staat ook op. 'Boletta heeft het zo gewild', zegt ze, zachtjes. 'Waarom?' 'Omdat ze mij wilde hebben, Barnum.' Ik versta wat moeder zegt, maar ik snap het niet. 'Wat bedoel je?' 'Ze wilde geen man hebben die verdween.' 'Zoals De Oude? Had Boletta dan ook een zeeman gevonden?' 'Ik weet het niet, Barnum. En ik wil het ook niet weten.' 'Ik beeldde me altijd in dat grootvader trambestuurder was', zeg ik. 'Dat hij op me paste als ik de tram vanaf Majorstuen nam.' 'Hou op, Barnum.' 'Dat vond ik een prettige gedachte, moeder. Dat hij de tram bestuurde en een oogje in het zeil hield.' Dan schiet me plotseling iets te binnen, langzaam maar zeker, en ik begin te lachen, ik lach hardop. 'Wat is er nu weer?' vraagt moeder, geprikkeld. 'Fleming Brant', fluister ik. 'Wat is daarmee?' 'Misschien was dat Boletta's man?' 'Klets niet, Barnum.' 'Ik meen het! De cutter is jouw vader! Dat ligt toch voor de hand!' Moeder haalt naar me uit. Dan legt ze haar hand op mijn schouder. 'Ik was gisteren bij de politie. Om naar Fred te vragen.' Ik sluit mijn ogen. 'Zeiden ze wat nieuws?' 'Ze zeiden dat vermist zijn geen misdaad was', zegt moeder. Dan zie ik drie mannen in glimmende pakken uit de portiek naast de ingang komen. Ze zijn in gezelschap van huismeester Bang, die ook een pak draagt, het pak dat hij altijd bij begrafenissen droeg. Ze blijven staan bij de trap. Bang wijst met een stok en ze kijken allemaal naar het dak. 'Wat is er aan de hand?' vraag ik. Moeder kijkt over mijn schouder. 'Ze schijnen de droogzolder tot appartementen te willen verbouwen.' 'Wie wil daar verdomme nou wonen?' Moeder pakt me de fles af en zet hem in de koelkast. 'Misschien Vivian en jij. En het kind', voegt ze eraan toe. 'Of Fred', fluister ik.

Ik ging terug naar de kiosk voordat Boletta ontwaakte. Ze was een nachtdier geworden. Ze sliep alleen nog overdag. Ik ging op de campingstoel zitten, maakte een biertje open en liet het rolgordijn dicht. Ik schreef een toevoeging in het schrift, onder het kopje plaatsen: de droogzolder. Wat wordt een plek als hij niet meer bestaat, als hij ooit weggevaagd wordt, met de grond gelijkgemaakt? Is die plek dan nog slechts een stip op een oude, onbruikbare kaart? Maar ik slaagde er niet in die gedachte te verheffen, ik bleef hangen in de opsprong, ik was niet alleen zonder hoogte, ik schoot ook te kort in lengte. Ik at een chocoladereep en haalde toen maar een paar verschoten *Cocktails* tevoorschijn uit Esthers Middeleeuwen. Ik bladerde snel langs de foto's van de struise dames, die in de loop van de jaren bleek waren geworden, verlegen, het leek bijna of ze op het punt stonden in slaap te vallen of in snikken uit te barsten, op hun hurken in badkuipen met schuim tussen hun borsten. En ik was nota bene helemaal naar de Frognervei gelopen om een *Cocktail* te kopen. Er kwam ook een andere gedachte bij me op terwijl ik zo bladerde, in deze verboden archieven: misschien kon ik een verhaal schrijven voor dit blad en zo wat geld verdienen. Als ik wat wegliet en er iets bij verzon kon ik misschien de gebeurtenis in het Frognerpark gebruiken, toen Vivian mij nam, het zou bijvoorbeeld een zoele zomernacht kunnen zijn in plaats van een natte herfst, met een stil, zacht licht door de bomen. Ik kon me voorstellen dat Vivian een eenzame vrouw was, uit de hogere klasse, tegen de dertig, op een paard, en ik was een arme maar geniale tuinman die het gras bij het paviljoen wiedde, en ze zou me met dezelfde woestheid besprongen hebben, ze zou me op mijn rug hebben gelegd en me in haar mond hebben genomen, gulzig en vastberaden. Of misschien kon ik een pornografische komedie schrijven? Daar had ik nog nooit van gehoord. Maar toen ik erover nadacht begreep ik meteen dat dat ook niet zo vreemd was. Want zijn de lach en pornografie niet onverenigbaar? De romantiek lacht graag, maar pornografie is slechts zwijgen en driften en wie raakt er opgewonden van een grappige man? Dat schreef ik ook op. Toen werd er aangeklopt op de smalle deur die naar de portiek achter de kiosk voerde. Ik had geen tijd om op te staan. Ze kwamen al binnen, drie man sterk, ze gingen rond de campingstoel staan en eentje pakte een flesje cola uit de koelkast en sloeg me daar zó mee op mijn voorhoofd. 'Zit jij aan mijn broer?' vroeg hij. Ik had hen nog nooit gezien. Ik wist alleen dat ze tot het geslacht der plaaggeesten behoorden. Er is altijd een plaaggeest die het erfgoed verder kan voeren. Hier waren ze weer. Ik voelde een arm rond mijn nek. Ik werd achterover geduwd en de jongen die gepraat had, schopte me in mijn kruis. 'Zit jij aan mijn broer?' schreeuwde hij. Ik hoorde het knarsen, alsof er iets scheurde, eerst kwam het geluid, daarna kwam de pijn, en in de witte tussentijd, tussen het geluid van iets wat verbrijzeld wordt en de zware, misselijkmakende pijn, kon ik zo diep zinken als ik wilde. Bedoelde hij de jongens aan wie ik de *Cocktail* had gegeven en die ik over hun bol had geaaid? Ik probeerde iets te zeggen, maar mijn stem was weg. Ik herinner me dat ik opeens op de vloer lag, iemand stond op mijn nek en dezelfde stem riep: 'Smerige poot! Zit zich hier af te rukken!' Ik kreeg geen adem. Ik wachtte. Ik wachtte alleen maar. Dit moest overgaan. Praatten ze zo over mij, de kleine poot in de kiosk die gratis snoep weggaf en aan zijn klanten zat, was dat mijn reputatie geworden? Ik had de agent in De Kleine Stad kunnen roepen. Ik had Fred kunnen roepen. Maar de agent was naar huis en niemand wist waar Fred was. Ik kon nog net denken dat ik nog nooit zo eenzaam was geweest. Er blikkerde een mes. Ze sneden mijn riem doormidden en trokken hem los en zweepten ermee in mijn gezicht. De gesp bleef in mijn ooglid hangen, als een haak, en het bloed stroomde in mijn mond. Misschien schrokken ze wel van al dat bloed. Ze smeerden hem in ieder geval, maar eerst gooiden ze het kratje dat ik als opstapje gebruikte kapot en baadden me in worstenwater. Daarna werd het donker en stil. Toen ik bijkwam, kon ik maar met één oog zien. Ik wist op te staan. Er hing een extra overhemd aan de deur, voor het geval ik ketchup of mosterd morste. Ik verkleedde me. Ik ruimde een beetje op. Ik gooide de *Cocktails* en de worsten in de afvalbak in de portiek. Toen ging ik naar de Beauty Salon in de Jacob Aallsgate, waar Vivian werkte. Ik viel altijd even binnen aan het einde van de dag. Ik zag haar graag zo, wanneer ze de vermoeide mevrouwen van Majorstuen en Fagerborg verzorgde, hun rimpels verborg en hun gezichten ophief tot een tijdelijke triomf, die stille ijdelheid die slechts werd onderbroken door korte gesprekjes, misschien over het nieuwe kapsel van een omroepster of de laatste nachtcrème uit Parijs, die de doden tot leven kon wekken. De klanten kwamen altijd terug bij Vivian. Ze werden afhankelijk van haar. Ze was een tovenaar. Nu werkte ze aan de hals van een oudere dame, legde een schaduw op de slappe huid, en ik bedacht, met een zekere weemoed, dat alle schoonheid uiteindelijk gezichtsbedrog is. Toen zag Vivian mij in de spiegel. Ze legde neer wat ze in haar handen had en liep naar de stoel waar ik zat. 'Mijn God, wat zie jij eruit', fluisterde ze. 'Ik ben beroofd.' Vivian boog zich naar me toe. 'Je moet naar een dokter, Barnum.' 'Jij kunt me wel oplappen', zei ik. 'Wacht in het achterkamertje', fluisterde ze. 'Maak ik de klant bang?' 'Ja', zei ze. Ik liep naar het achterkamertje. De geur van make-up en crèmes was overweldigend. Ik viel in slaap. Vivian maakte me wakker. Ik was aan de beurt. De salon was gesloten en ik kon eindelijk in de zachte stoel voor de spiegel gaan zitten. Ik herkende mijn eigen gezicht niet. Ik was een vreemde. Vivian veegde het bloed weg met een wattenbolletje. 'Ben je echt beroofd?' 'Ze hebben niet veel buitgemaakt.' 'Maar je moet het toch aangeven?' 'Het waren een paar jongetjes, Vivian. Ik wil hun levens niet kapotmaken.' Vivian zuchtte. 'Je bent veel te aardig', zei ze. Ik lachte. 'Ik ben een waardeloze handelaar.' Ik vond het prettig dat ze me verzorgde. Ik hield van haar zachte, maar toch resolute handen. 'Raad eens?' zei ik. 'Nee, wat dan?' 'De droogzolder bij moeder wordt verbouwd. We kunnen er een appartement krijgen.' 'Wil je dat?' 'Je was toch niet van plan om in die ene kamer te blijven wonen als we een kind krijgen?' Vivian keek me aan in de spiegel. 'Denk je dat het ons zal lukken kinderen te maken?' vroeg ze. 'Ik ga morgen naar het Rijkshospitaal.' 'Goed zo, Barnum.' Vivian ging verder met mijn gezicht op te lappen. Ze reinigde mijn wonden en deed een zalfje op mijn ooglid. 'Ook een beetje rouge', vroeg ik. En zo kreeg ik dat oog, dat mensen verwarde en irriteerde, de zenuwen van mijn linkerooglid waren namelijk kapot, ik voelde niet dat het er zat, en daarom gebeurde het vaak dat het ooglid vanzelf dicht gleed en dan kon ik het met geen mogelijkheid meer open krijgen, het zag eruit alsof ik sluw knipoogde, mensen dachten dat ik al dronken was, bezig in slaap te vallen of dat ik gewoonweg onbeschaamd en hautain was, mijn gezicht kreeg iets scheefs, iets heimelijks, een open en een gesloten oog, de kringspier van het oog werkte niet meer, en er wordt van mij gezegd dat ik een halfweg gezicht heb.

(BARNUMS DIVINA COMMEDIA)

Het regende. Ik had het nog nooit zo zien regenen. Een wand van water, behangen met bladeren, daalde schuin neer uit een lage, zware hemel. Ik trok de gordijnen weer dicht en liep terug naar het bed. Het kleine, doorzichtige potje dat het Rijkshospitaal had gestuurd was een hopeloze uitvinding. Ik moest op mijn zij liggen en mikken, in een uiterst onaangename houding, terwijl ik tegelijkertijd probeerde een erectie te krijgen, twee tegenstrijdige bewegingen die mijn gedachten kortsloten, mijn hypofyse buiten werking stelden en me slap tussen mijn benen maakten. Mijn ballen deden pijn. Als ik ze vasthield, was het alsof het zakjes vol gebroken glas waren. Vivian kwam uit de badkamer. 'Lukt het niet?' vroeg ze. 'Ik ben bezig', zei ik. 'Zal ik je helpen?' 'Graag, dank je.' Wat kon ik anders zeggen? Ik was hulpeloos. Ze ging achter me liggen, streelde met haar hand over mijn buik en pakte mijn pik beet. Maar ze was te wild. Dacht ze dat ik een kraan was die je aanzette? Mijn dode ooglid viel naar beneden en sloot mijn halve ik op en een onaangename gedachte schoot door me heen, een plotseling beeld, dat elk spoortje opwinding weer uit mijn hersenen verjoeg: het ooglid is de voorhuid van het oog. 'Voorzichtig', fluisterde ik. 'Doet het pijn?' 'Een beetje.' Vivian liet me los, ging aan mijn andere kant liggen en nam me in haar mond. Toen besefte ik hoe belangrijk het voor haar was dat ik het potje zou kunnen vullen met de grauwe, taaie en alkalische vloeistof. Ze had me nog nooit in haar mond genomen en ik had het haar ook nooit gevraagd. Ik was zo verrast dat ik onmiddellijk een stijve kreeg, hij stond hard en stram tussen Vivians dunne lippen, nu was het nog slechts een kwestie van tijd. Het bleef maar regenen. Het geluid van de regen omsloot ons, alsof we op een eiland midden in een overstromende rivier woonden. 'Ja', fluisterde ik. Ze trok zich terug. Ik wriggelde tot boven het potje en vulde het zo goed en zo kwaad als het ging. Vivian had al een papieren servet klaar. Ze veegde weg wat eroverheen gegaan was en deed de deksel erop. Toen liep ze naar de badkamer en ik hoorde haar overgeven. Over drie uur moest het potje zijn ingeleverd bij het laboratorium van het Rijkshospitaal, zodat mijn zaadkristallen konden worden goedgekeurd voor de lange reis naar Vivians eitjes, of in de dichtstbijzijnde wasbak konden worden gedumpt. Ik keek op de klok. Het was tien uur. Vivian kwam weer bij me zitten. 'Zal ik meegaan?' vroeg ze. Ik pakte haar hand. 'Dat hoeft niet. Maar toch bedankt.' 'Pas goed op je handel, dan.' Zo praatten we. We zeiden handel. Er was een kilte in onze taal gekomen. We maten onze verhouding in temperaturen. We telden de dagen tussen elke menstruatie en kruisten ze af op de kalender. En ik leverde de handel af. Maar het was langgeleden sinds ik ze in haar winkel had afgeleverd. Zo praatten we. 'Ik neem rechtstreeks een taxi naar het laboratorium', zei ik. Ze kuste me vluchtig op mijn voorhoofd, pakte een paraplu en ging naar de Beauty Salon. Ik bleef liggen. Ik hoorde haar voetstappen op de trap. Ik hoorde de regen en de wind. Het potje lag naast me, met een grauwe klodder op de bodem, mijn handel, die de helft van een mens zou kunnen zijn, een onvolkomen matrijs. Ik douchte, trok schone kleren aan, rookte een sigaret en belde met de taxicentrale. Er werd niet opgenomen. Ten slotte verdween ook de zoemtoon. Ik belde naar de standplaats op Sankthanshaugen. Die was in gesprek. Ik probeerde Majorstuen. Ook in gesprek. Ik belde weer met de centrale. Na ongeveer twaalf minuten werd ik doorgeschakeld naar een automatisch antwoordapparaat. Het is op dit moment erg druk. Probeert u een van onze zestig taxistandplaatsen. Ik had er twee geprobeerd. Ik probeerde er nog een, Bislet. Bislet was ook in gesprek. Het werd halfelf. Ik begon haast te krijgen. Ik griste mijn regenjas mee, stopte het potje in mijn binnenzak en holde naar Sankthanshaugen. Daar stond geen enkele taxi. De telefoon bleef maar rinkelen in het groene kastje. De regen kwam van alle kanten. Ik wilde net verder lopen door de Ullevålsvei, langs de kiosk. Toen riep iemand mijn naam. Ik bleef staan en keek om me heen. Hij zat op de bank bij de vijver. 'Barnum!' riep hij en zwaaide. Ik liep naar hem toe. Ik had niet echt zin, maar ik deed het toch. Het was mijn vroegere plaaggeest, Hamster. Ik had wel eens geruchten over hem gehoord en ik zag dat die waar waren. Nu was hij degene die geplaagd werd en ik voelde geen medelijden. Hij leek op Dustin Hoffman in *Midnight Cowboy*, na zijn dood. Hij had dezelfde dorre blik. Even dacht ik dat ik daar net zo goed had kunnen zitten, en dat ik daar op een dag misschien ook zou zitten, alleen in de regen in een park, het verschil tussen ons was alleen dat ik de langzame, omslachtige dronkenschap koos, terwijl hij had gekozen voor de chemie en het bloed, de spitse bommen. Hij had spataderen in zijn gezicht. Hij zette een zonnebril op. 'Ben jij het, Barnum?' Ik knikte. 'Je herkent me toch wel, Barnum?' 'Nee', zei ik. Hamster lachte moeizaam. 'Lul niet, man. Ik was immers een maat van je broer.' 'O ja?' 'Ja, verdomd waar, Barnum, die geschifte broer van je en ik waren maatjes.' Ik dacht, tijd en roes maken het liegen gemakkelijk, nee, niet gemakkelijk, maar noodzakelijk. 'Nu herinner ik me je', zei ik. Hamster tilde zijn hand op en spreidde zijn gele vingers. 'Dat zeg ik toch. Wij zijn maatjes, toch?' 'Zijn wij maatjes?' 'Verdomme, Barnum, ik heb je altijd graag gemogen, toch, Barnum?' 'Sloeg je me daarom altijd in elkaar?' vroeg ik. Hamster stak een peuk op. De vlam verdween voordat hij hem aan had. 'Dat was ik niet. Aslak en Preben sloegen je in elkaar. Weet je dat niet meer?' Ik zei niets. Dat was mijn antwoord. 'Doe niet zo moeilijk, hé, Barnum. Ik probeerde ze tegen te houden, toch.' Ik had er absoluut geen zin meer in. 'Leuk je ontmoet te hebben, Hamster', zei ik. Maar hij liet me niet gaan. Hij hield me tegen. Er zat nog kracht in hem, magere, pezige krachten, of misschien waren het gewoon de spieren van de paniek. Ik hoorde het potje in mijn binnenzak klotsen. 'Laat me los, verdomme!' schreeuwde ik. Hamster liet los. 'Heb je wat geld voor me, Barnum?' fluisterde hij. Ik gaf hem vijf kronen. Hij keek er nors naar, stak ze toen in zijn zak. En het was net of hij toen niets meer te verliezen had, hij hoefde niet meer te slijmen, er was niet meer dan vijf kronen bij mij te halen en dus kon hij eindelijk weer kwaadaardig en eerlijk zijn. 'Je denkt zeker dat je heel wat bent, hm, kleintje!' riep hij. Ik liep gewoon weg. Ik hoorde Hamsters lach achter me en plotseling kon ik dat niet hebben, Hamsters lach, ik kon het niet hebben. Ik draaide me om en liep terug. Ik wilde met hem afrekenen, voor eens en voor altijd. Nu was Hamster de kleinste en hij kon me niet meer koeioneren. Daar zou hij zo meteen achter komen. Hij zou bloeden. Het uur der wrake was aangebroken, na al die jaren, sinds ze mijn schooltas hadden omgekeerd in de Holtegate en mijn broek naar beneden hadden getrokken op de Riddervoldsplass. Nu zou er afgerekend worden voor al die slapeloze nachten. Ik had hem onder mijn schoenen. Ik bleef vlak voor Hamster staan. Hij nam niet de moeite om op te kijken. Ik zou zijn zonnebril kapot hebben kunnen trappen. Als ik een spiegel had gehad, zou ik hem kunnen hebben laten zien tot wie hij geworden was. Ik bleef even zo staan. Toen liet ik een briefje van vijftig in zijn vieze schoot vallen en verliet hem, zonder een woord te zeggen. Hij mocht erin stikken. Dat vijftigje zou branden. Er reed een taxi de standplaats op. Ik holde ernaartoe. Maar toen ik hem bereikt had, besefte ik dat ik blut was. Hamster had mijn laatste bankbiljet gekregen. Ik keek naar zijn bank. In de regen waren alleen nog een plat, blauw pakje shag en een gammele zonnebril te zien. Hij zat er niet meer. Hamster was al weg en ik zou hem nooit meer zien. Een oudere vrouw met haar handen vol plastic tassen van de staatsdrankwinkel kroop op de achterbank en de taxi reed weg. Ze draaide zich om en zwaaide, glimlachend, achter de natte ruit, ze leek op een dode die in de lijkwagen herrijst om ten afscheid te wuiven, en ik herkende het witte gezicht, het was Knokkel, juffrouw Knokkel, ze zwaaide naar haar vroegere leerling die achterbleef in de regen, toen was ook zij verdwenen, achter de verkeerslichten en de druppels. Ik holde naar de bank in de Waldemar Thranesgate om geld op te nemen. De klok boven de deur wees kwart voor elf aan. Ik vulde een formulier in en leverde dat met mijn legitimatie in bij de balie. De kassier, een jonge vrouw, van mijn eigen leeftijd wellicht, had erg veel tijd nodig voor deze simpele handeling. Af en toe keek ze naar me, haar mond was smal en rood. Mijn ooglid liet weer los en gleed naar beneden. Ze keek snel een andere kant op. Het begon tegen elven te lopen. En ik kreeg dat intense, irritante, onbehaaglijke gevoel dat ik stilstond, vastzat, als in een koortsachtige droom. 'Ik heb nogal haast', fluisterde ik. De jonge kassier schudde haar hoofd en gaf me mijn legitimatie terug. 'Er staat helaas niets meer op uw rekening', zei ze en ze zei het luid, alsof ze dacht dat ik doof was of achterlijk, haar benepen, roze mondje werd een megafoon als ze hem opendeed. 'Dan moeten we maar snel op pad om weer wat te verdienen', zei ik, ook heel hard. Maar achter mij in de rij stond Vivians vader in de weg, niemand minder dan Aleksander Wie, die ik sinds het laatste etentje bij hen niet meer gezien had. Hij moet daar al een poosje gestaan hebben, want hij leek niet erg verrast. Hij keek alleen maar op me neer en zei: 'Nu gaan wij ergens een kop koffie drinken.' De klok schoot met een ruk door naar kwart over elf. Ik legde mijn hand op mijn binnenzak en keek naar hem op. 'Ik heb eigenlijk erg, erg veel haast', fluisterde ik. Aleksander Wie glimlachte vaag. 'Daarom gaan we nu meteen!' Hij liet de anderen voorgaan en ik liep met hem naar buiten. Het regende nog steeds. Ik moest onder zijn zwarte paraplu lopen. Daar was ik graag aan ontsnapt. We gingen naar een restaurant en vonden een plaatsje bij het raam. Hij bestelde koffie en Deense koffiebroodjes voor ons en poetste zijn bril tijdens het wachten. Het was onaangenaam warm hierbinnen. Het zweet stroomde in mijn nek. Ik vroeg me af of de handel van zulke temperatuurschommelingen te lijden had. Aleksander Wie keek me opeens recht aan. 'Heb je pijn in je hart?' 'Nee. Hoezo dat?' Omdat je je hand daar de hele tijd houdt.' Ik legde mijn hand op tafel. Eindelijk kwam de ober terug. In het midden van het ronde koffiebroodje dat voor me werd neergezet, lag een poel warme, grauwe poedersuiker. Ik sloot beide ogen. Ik kon niet eten. Ik dronk koffie. Ik had pijn in mijn ballen. Hier moest snel een einde aan komen. 'Het spijt me dat het zo gelopen is, die avond dat jullie bij ons kwamen eten', zei Aleksander Wie. 'Dat is wel in orde', zei ik. 'We hadden ons er echt op verheugd, zie je.' 'Ja, natuurlijk.' Ik zweette nu verschrikkelijk. Hoe beleefd kan een mens zijn? Kun je sterven van beleefdheid, of is er sprake van schaamte, onderdanigheid, zwakheid, en een gebrek aan wilskracht dat je tot slaaf maakt en tot onderdaan van het toeval? Aleksander Wie boog zich over de tafel en ik zag dat hij veranderd was. Er was een soort duistere kalmte over hem gekomen, een diepe berusting, hij was een man geworden die de dingen als gegeven beschouwde en hij had ze opgegeven. Alles kwam toch zoals het kwam. 'Er is maar zo weinig voor nodig om het verkeerd te laten gaan', fluisterde hij. 'Ik weet het', zei ik. Hij glimlachte weer, niet zijn openlijke, ontwapenende glimlach, maar de glimlach van een berustend man, de glimlach die evenzeer een zucht is, een schouderophalen van het gezicht, over de som van alle slechtheid in de wereld. Het was een fraaie en verontrustende glimlach. Ik werd nog zenuwachtiger. 'Weet je dat?' vroeg hij. 'Ik moet nu echt gaan', zei ik. 'Je hebt je koffiebroodje nog niet opgegeten.' Ik at het op. De gladde, taaie poedersuiker stroomde over mijn lippen. Ik probeerde het zo snel mogelijk door te slikken, maar de klont zat vast op mijn tong. Ik goot de rest van de koffie naar binnen. Aleksander Wie gaf me een servet. 'Bedankt', fluisterde ik. Hij boog zich nog verder naar voren. 'Het ene woord lokt het andere uit', zei hij. 'En al snel kun je wat je gezegd hebt niet meer terugnemen.' Ik veegde mijn mond af met het stugge papier. 'Aha', zei ik. Maar hij wilde mij niet horen, hij luisterde naar zijn eigen woorden. 'Het is als in een rechtszaak waarbij een getuige zoveel zegt, dat hij als beklaagde eindigt.' 'Ik begrijp het niet helemaal', zei ik. Aleksander Wie tilde zijn kopje op, maar zette het langzaam weer neer. De koffie werd koud voordat het kopje de tafel weer raakte. 'Toen mijn echtgenote verminkt werd bij het ongeluk, wilde ik haar verlaten', zei hij. Ik had geen zin om hiernaar te luisteren. Ik wilde niets meer weten. 'Maar dat heb je niet gedaan!' schreeuwde ik bijna. Aleksander Wie schudde zijn hoofd. 'Nee, ik ben uit medelijden bij Annie gebleven.' 'Dat is toch niet zo erg', zei ik. Aleksander Wie lachte, een zachte, brommende lach. 'Medelijden is niets anders dan een deftige vorm van minachting, Barnum.' Ik haalde diep adem. 'Jullie hadden ook een dochter', zei ik. Aleksander Wie sloeg zijn ogen neer, een ogenblik in verlegenheid gebracht. Zijn berusting was nog niet totaal. Er zat een barstje in zijn duistere kalmte, waardoor nog een beetje licht naar binnen kwam. Hij wilde over iets anders praten. 'Geloof jij in het toeval?' vroeg hij. 'Ik kwam jou vandaag toch tegen bij de bank', zei ik. 'Dat is niet zo vreemd. Ik moest jullie huur betalen.' 'Wat?' 'Ik dacht meer aan wat je moeder mij vertelde. Dat jouw vader ooit een Buick had.' 'Mijn vader was een goede chauffeur', zei ik. Aleksander Wie glimlachte. 'Ongetwijfeld. Geloof jij trouwens dat je dingen weer goed kunt maken?' 'Ik geloof niet in het toeval', zei ik. Aleksander Wie zweeg een poosje. 'Is het niet wonderlijk dat mensen niet gerepareerd kunnen worden', fluisterde hij. Toen haalde hij zijn portefeuille tevoorschijn en legde twee honderdjes tussen ons in op tafel. 'Neem iets moois mee voor Vivian als je straks naar huis gaat, Barnum.' Ik wilde ze niet hebben. 'Dat is niet nodig', zei ik. 'Ik wil graag dat je iets moois voor Vivian koopt.' 'Dat is niet nodig', zei ik weer. Maar Aleksander Wie gaf niet op. Het was net alsof niemand hoorde wat ik zei. Hij propte de briefjes in mijn regenjas. Ik moest het potje vasthouden. 'Hartstikke bedankt', zei ik. 'Zeg dat we haar missen', fluisterde hij. 'Ja', zei ik. Ik stond op en liep naar buiten. Het bleef maar regenen. Geen taxi op de standplaats. De telefoon rinkelde als bezeten. Weldra zou de regen de hoorn opnemen om te antwoorden. Ik holde de Ullevålsvei af. Het was bijna kwart voor twaalf. Maar toen ik langs het zwarte hek van de Vår Frelsers Gravlund liep, zag ik een hulpeloze gedaante die me bekend voorkwam. Ik bleef staan. Ik twijfelde. Moest ik naar binnen gaan of moest ik dit negeren en mijn taak van vandaag volbrengen, mijn handel voor één uur bij het Rijkshospitaal afleveren? Het was Esther, die daar tussen de grafzerken stond. Ze sloeg met de stok om zich heen, alsof ze het weer probeerde te slaan of een onwillige paraplu probeerde te openen. Ik had geen keus. Ik vond het toegangshek en liep naar haar toe. Was dit medelijden, Aleksander Wies deftige vorm van minachting? Nee, want het tegenovergestelde, doorlopen, zou cynisme zijn geweest, onverschilligheid jegens alles wat met gezondheid en persoonlijke hygiëne te maken heeft, en dat wreekt zich ook. Ik heb een praktische instelling. Ik bleef op een paar passen afstand staan zodat ik niet door de stok geraakt zou worden. 'Hallo, Esther', zei ik. Langzaam beëindigde ze haar gevechtsronde met de regen. Haar ogen waren leeg. 'Ik ben het', zei ik. Ze stond volkomen stil. Ik kwam dichterbij en stak mijn hand uit. Ze deinsde achteruit. 'Herken je me niet meer, Esther?' Ze schudde kort haar hoofd. Misschien begreep ze ook niet wat ik zei, misschien was de taal ook uit haar weggevloeid. Ik zag dat ze onder haar jas slechts een gele nachtpon droeg. En aan haar voeten bruine, afgetrapte pantoffels. 'Ik ben Barnum', fluisterde ik. 'De man die in jouw kiosk staat.' Maar woorden hadden geen effect meer op haar. 'Kandij', probeerde ik. Het hielp niet. Esthers gezicht werd alleen maar leger. Naar welk teken moest ik grijpen, welk signaal kon ik gebruiken? Ik haalde het potje uit mijn binnenzak en liet dat aan haar zien, kantelde het een beetje zodat het kwakje heen en weer vloeide, het deed me plotseling denken aan van die bollen waarin het gaat sneeuwen als je ze op de kop houdt. En het leek alsof op dat moment het bewustzijn in haar sloeg, een omgekeerde beroerte, een kracht die de druppel weer omhoogtrok uit het roestige afvoerputje en haar verstand verhelderde. Ze werd verlegen, gegeneerd, ze bekeek zichzelf, haar nachtpon, haar pantoffels, ze bloosde zelfs, alsof ze er op heterdaad op betrapt was mens te zijn. 'Ik geloof dat ik verdwaald ben, Barnum', fluisterde ze. 'Ja, jij hoeft nog niet naar het kerkhof', zei ik. Ze kwam dichterbij en was in tranen. 'Ik heb niks verkeerds gedaan', snikte ze. 'Nee, Esther. Wij hebben niks verkeerds gedaan.' Ik pakte haar hand en bracht haar naar de Prins August Stichting in de Storgate. Daar was alles in rep en roer. Esther was al sinds de vorige avond vermist. De politie was allang gewaarschuwd en verschillende verpleegkundigen liepen haar te zoeken bij de Ankertorg en langs de rivier, waar de zwervers elkaar ontmoetten. Ze werd meteen opgevangen en ik moest vertellen waar ik haar had gevonden en in welke toestand. Ik vertelde dat ze haar oude kiosk had bezocht, die ik nu beheerde, en dat alles in orde was. Ik moest in haar tweepersoonskamer wachten terwijl ze haar wasten en verzorgden. De andere vrouw lag in bed, zo dun en klein dat ze nauwelijks schaduwen wierp. Ze draaide zich om onder haar dekbed. 'Is Esther weer terug?' fluisterde ze. 'Esther is terecht', zei ik. En er verscheen teleurstelling in haar lege ogen, het was net of ik gezegd had dat de indiaan uit het Koekoeksnest zich had bedacht, weer teruggekropen was door het kapotte raam en gevraagd had om kauwgum en een elektroshock. 'Ja, ja', zei ze en draaide zich om naar de lichtgroene muur. Twee verpleegsters brachten Esther en legden haar in het andere bed. Het was tien over twaalf. Ik denk dat ze haar wat pillen gevoerd hadden, want haar handen waren zwaar als koekenpannen. Ik bleef nog een poosje bij haar zitten. Ik nam aan dat ze weer verdwaald was in haar hoofd, maar toen ze opeens iets zei was dat met een vermoeide helderheid, zoals je vlak voordat je in slaap valt een visioen kunt hebben, een vlam die de duisternis zichtbaar maakt. 'Jouw vader was geen goed mens', zei ze. Ik liet haar hand los. 'Wat bedoel je?' Maar de vlam doofde uit en verspreidde een diepe schaduw in haar. 'Ook al had hij nylonkousen bij zich', fluisterde ze. Toen viel Esther in slaap en dat was de laatste keer dat ik een zinnig woord uit haar kreeg. 'Welterusten, Esther', zei ik. En toen ik in de regen in de Storgate naar een taxi stond uit te kijken, want nu moest ik maken dat ik met het potje in het Rijkshospitaal kwam, het was tien voor een, toen toeterde iemand een paar keer hard en een armoedige auto maakte vlak voor me een noodstop en spoot een golf regenwater over mijn schoenen. Het was een Vauxhall. Oscar Miil draaide het raampje naar beneden. 'Wil je een lift, Barnum?' Ik stapte in. Hij gaf me een klap op mijn schouder. 'Waar kan ik je naartoe rijden?' vroeg hij. 'Het Rijkshospitaal', zei ik. 'Snel!' Zijn glimlach verdween. 'Je bent toch niet ziek?' 'Ik moet alleen mijn handel afleveren', zei ik. Oscar Miil rukte aan de versnellingspook, trapte op de pedalen, er knalde een uitlaat en we sprongen de Storgate in, ik moest het potje stevig vasthouden, met twee handen. Slechts een van de ruitenwissers werkte. Gelukkig degene aan zijn kant. Hij had een kijkspleetje naar de regen en sloeg af richting Centrum Bioscoop. 'Ben je koerier geworden?' Oscar Miil keek naar mij en ik zou willen dat hij in plaats daarvan naar de weg keek. 'Koerier?' 'Je moest toch handel afleveren?' Ik lachte. 'Wat sperma', zei ik. 'Zit in mijn binnenzak.' Hij boog zich over het stuur. 'Ik vind het leuk dat jij en Vivian samen zijn', zei hij. 'Dank je, het komt zoals het komt.' 'Jullie krijgen vast een leuk kind.' Hij probeerde het raampje dicht te draaien, maar dat zat blijkbaar vast. We reden in een Vauxhall vol regen. 'Hoor jij wel eens iets van Peder?' vroeg Oscar Miil. 'Nee', zei ik. 'Jullie?' 'Hij heeft een paar keer gebeld. Maar hij belt altijd midden in de nacht.' Oscar Miil zweeg totdat hij de auto met veel lawaai voor het Rijkshospitaal had geparkeerd. Het was vijf voor een. 'Het komt wel goed', zei hij. 'Met Peder?' Oscar Miil draaide zich weer naar me om. De regen stroomde door de auto. 'Met ons allemaal', zei hij. Hij wees op mijn gezicht. 'Je zou meteen iets aan dat oog moeten laten doen', zei hij. Ik voelde mijn zware ooglid jeuken. 'En jij zou iets aan dat raam moeten laten doen', zei ik. Hij omhelsde me en hield me even vast. 'Het komt wel goed met ons allemaal', zei hij nogmaals. 'Ja', zei ik. 'Natuurlijk. Het komt goed.' En ik wist niet wie nu wie troostte. Eindelijk liet hij me los, ik klauterde uit de auto en Oscar Miil reed verder in de kleine Vauxhall, hij toeterde drie maal en verdween om de hoek. Ik zwaaide hoewel ik hem niet meer kon zien, alleen nog de regen zag die over mijn gezonde oog stroomde. Toen was het net alsof me opeens te binnen schoot waarom ik daar was. Ik had het gehaald. Ik liep die sleetse, zieke stad binnen waar niemand de geur van afval en zeep kwijtraakt. Sirenes verdwenen in de verte en kwamen dichterbij. De dokters die van de ene naar de andere afdeling moesten, liepen op een drafje onder zwarte paraplu's. Het leek op een trieste musical. Ik moest een portier de weg vragen. Hij wees naar een ingang en daar vond ik het juiste laboratorium, op een binnenplaats. Ik nam de lift naar de kelder, het was de goederenlift. De pijl achter het glaasje naast de deur bleef staan bij een letter, H, verder ging het niet, de H was de laatste letter in het liftalfabet, maar de lift ging toch verder, naar beneden, ik raakte de tel kwijt, en toen hij stopte zaten mijn oren dicht. Ik schoof het hek opzij en wankelde een groene gang in. Ik zag een magere man in een witte jas in een kamer verdwijnen. Ik repte me achter hem aan. Op de deur stond dokter Lund. Ik was er. Het was me gelukt. Ik klopte aan. Dokter Lund, de magere man, deed open. 'Barnum Nilsen', zei ik en overhandigde hem het potje. Hij hield het tegen het licht. 'Wacht buiten', zei hij. Ik vond een lege stoel een eindje verderop in de gang. Ik ging zitten. Er zaten al twee mannen. Ze waren ouder dan ik, tegen de veertig misschien. Maar we waren hoe dan ook leeftijdgenoten. Want hier was iedereen leeftijdloos. Hier waren we gelijken. Hier waren we gelijkwaardig. We keken elkaar kort aan, verlegen, beschaamd misschien, toen wendden we onze blik af en vestigden die op iets anders, een vlek in het linoleum, een haak aan de muur waaraan niets hing, een tl-buis die flikkerde en ten slotte helemaal doofde. Niemand zei iets. Er viel niets meer te zeggen. We hadden ons sperma afgeleverd. Ergens anders wachtten onze vrouwen. Ze wachtten op het antwoord. Kon een van deze cellen het eitje binnendringen, versmelten met de kern en beginnen met het moeizame opbouwen van een nieuw leven? Kortom, waren wij deugdelijke mannen? Ik viel in slaap. Ik droomde dat ik in een boot zat. Ik drijf naar een steile, groene kust. Er vliegt een zwarte vogel op voor de boeg, hij spreidt zijn vleugels en blokkeert de zon. Ik sta op, til de roeispaan op en haal uit naar die zwarte vogel. Ik val. Ik lig op de bodem van de boot, onder het zeil. Ik zoek naar een mes waarmee ik me kan bevrijden. Ik werd gewekt door een verpleegster. 'U kunt nu meekomen', fluisterde ze. Ik volgde haar naar het laboratorium. De twee andere mannen waren al weg. De dokter stond met de rug naar me toe, over een microscoop gebogen. De kamer was wit. De planken langs de wanden stonden vol reageerbuisjes en dunne glaasjes. Hij draaide zich bruusk naar me om. 'Ben je vrachtwagenchauffeur, Barnum Nilsen?' vroeg hij. 'Vrachtwagenchauffeur? Ik heb geeneens een rijbewijs.' 'Draag je vaak strakke broeken?' 'Nee, ik heb ze het liefst wijd', zei ik. 'Heb je broers of zussen?' 'Ja, een broer. Een halfbroer.' De dokter schoof een smal brilletje op zijn neus en bladerde wat paperassen door. 'Komen er geestesziekten in de familie voor?' 'Geestesziekten? Niet dat ik weet.' 'Weet je dat niet?' 'Niemand van mijn familie is geestesziek.' 'Heb je ooit gonorroe gehad?' 'Wat?' 'Syfilis?' 'Syfilis? Nooit.' 'Ben je een hypochonder?' 'Nee.' 'Ben je hysterisch?' 'Nee!' riep ik. 'Maar drink je veel?' Ik moest steun zoeken bij de muur. 'Alleen als ik drink', fluisterde ik. 'Hoe vaak is dat?' 'Op feestdagen.' 'Meet je geen slechte gewoonten aan, Barnum Nilsen.' 'Nee, dokter.' Hij kwam dichterbij. 'Want bij alcoholisme gaan alle verstandelijke vermogens verloren en het enige wat resteert is een pijnlijke en onafgebroken zucht naar alcohol, tot de restanten van het wrak worden opgeslokt door de dood. Begrijp je dat, Barnum Nilsen?' 'Ja', fluisterde ik. 'Wat voor werk doe je?' 'Ik schrijf.' 'En dan zit je natuurlijk?' 'Zit?' 'Zit je als je schrijft?' 'Ja, ik zit altijd als ik schrijf.' De dokter zette zijn bril af. 'Zie je wel', zei hij. 'Wat zien we wel?' vroeg ik. 'Kijk maar eens', zei dokter Lund. Hij wees op de microscoop. Ik liep ernaartoe en drukte mijn gezonde oog tegen de lens. Ik weet niet of ik gilde. Ik zag mijn eigen sperma, duizend maal vergroot. En mijn eerste gedachte was deze: als een kikkervisje in kefir. Ja, als een kikkervisje in kefir. En het kikkervisje lag stil. Ik hoorde de dokter praten, ver, ver weg. 'Je testikels zijn een kostbare zaak, Barnum Nilsen. En die van jouw zijn leeg.' Ik kwam overeind. 'Geen enkele hoop?' Hij schudde zijn hoofd. 'Je kunt ook een heel goed leven leiden zonder kinderen. Laat alleen het cynisme niet de overhand krijgen.' En toen zag ik dat hij toch niet dokter Lund heette. Op het glimmende naamplaatje dat met een roestige veiligheidsspeld op zijn witte jas was bevestigd, stond: *M.S. Greve. Directeur Rijkshospitaal.* Hij gaf me een hand en de verpleegster gooide het potje in een afvalemmer voor speciaal afval. Ik vond de lift terug. De lift voerde me langs de verdiepingen. Ik schoof het hek opzij en liep het trottoir op. De wolken dreven langs de daken en de torenspitsen en namen de regen mee, en de hemel stond hoog en helder als een blauwe koepel boven de stad. Het licht deed de straten glinsteren als rivieren. De mensen bleven aan de oever staan en keken verwonderd en dankbaar naar de zon. Ik moest mijn ogen met mijn hand afschermen, verblind en naakt. Ik herinnerde me de droom uit de kelder. Nu wist ik wat die betekende: de aalscholver die op de rotsen poept opdat hij de weg weer terugvindt. Ik liep naar Sankthanshaugen. Ik stond midden op het kruispunt. Ik had tweehonderd kronen op zak. Ik dacht, bloemen of bier? Ik dronk een halve liter in Schrøder en voor de rest kocht ik rozen, twaalf rozen met lange steel. Dan ga ik naar huis, naar Vivian. Ze wacht op me. Ik zie dat ze ongeduldig is. Er ligt een koorts in haar ogen. Zodra ik binnen ben, staat ze op. Ik verstop het boeket achter mijn regenjas. En voordat ik iets heb kunnen zeggen, zegt zij: 'Er is een brief voor je gekomen, Barnum.' Ze houdt me de envelop voor. Misschien van Peder. Nee, dan zou hij niet voor mij, maar voor ons zijn geweest. Hij moet van Fred zijn. 'Van wie?' 'Norsk Film', zegt Vivian. 'Norsk Film? Waarom sturen die mij een brief?' Vivian haalt haar schouders op en wordt nog ongeduldiger. 'Zou je hem niet openmaken?' Ik pak de envelop. Er staat Norsk Film in de hoek, met het ovale logo, dat een oog gevlochten van filmrollen moet voorstellen. Ik trek de brief eruit en lees. Ik begrijp dit niet. De woorden dringen niet tot me door. Zou Freds blindheid zo aanvoelen, dat de letters plotseling niet meer functioneren? Ik geef de brief aan Vivian. 'Lees jij maar', fluister ik. En Vivian leest voor. 'Beste Barnum Nilsen! Het doet ons genoegen je te kunnen meedelen dat je de eerste prijs hebt gewonnen in de scenariowedstrijd van Norsk Film met 'Mestkuur'. De jury schrijft in zijn beslissing dat het script een originele wending heeft en blijk geeft van vertelplezier en een persoonlijke toon die ruimte biedt aan de bizarre fantasieën van de schrijver, die ook gelezen kunnen worden als het beeld van een perverse, brassende en onderdrukkende maatschappij. De prijs zal worden uitgereikt op 1 oktober om 13.00 uur, in de studio van Norsk Film in Jar.' Vivian laat de brief op de grond vallen en kijkt me aan, haar hoofd schuin en een glimlach om haar lippen. Ik kan nauwelijks praten. 'Heb jij mijn scenario ingestuurd?' Ze knikt. 'Je bent niet boos?' Ik lach. 'Natuurlijk ben ik niet boos. Ik ben blij!' Ze komt dichterbij. 'Huil je, Barnum?' Ik schud mijn hoofd. Ik huil. Ik kan er niets aan doen. Vivian slaat haar armen om me heen en ik huil. 'Ik ben zo trots op je', zegt ze. 'Ik ook', zeg ik. Vivian legt haar lippen tegen mijn oor: 'Hoe is het vandaag gegaan, mannetje van me?' En ik wil dit ogenblik niet verpesten. Ik wil het goede nieuws niet naar beneden halen met een slecht bericht. We balanceren, moeizaam. We zijn nog nooit zo kwetsbaar geweest. We moeten nu niet omvallen. 'Goed', zeg ik. 'Goed?' 'Alles is in orde. De handel is goedgekeurd.' Vivians lippen zijn nat tegen mijn gezicht. 'Ik wist het, toen je met bloemen aankwam!' We trekken het bed uit, rukken elkaar de kleren van het lijf en beminnen elkaar met een waanzin die we nooit eerder hebben gekend, zelfs niet in het Frognerpark, die nacht. We kennen geen verlegenheid. We zetten alles op één kaart. Ik ben plotseling bang haar te verwonden, maar ze wil nog meer van me hebben. Dit is de paniek en de blijdschap, verenigd tot een hogere zinnelijkheid. Na afloop zwijgen we. Ik steek een sigaret op en lees de brief van Norsk Film, om nog een keer te zien of het waar is. Het is waar. Ik kan het met één oog zien. Ik heb gewonnen. Ik ga weer naast Vivian liggen. 'Wat zei dokter Lund?' vraagt ze. 'Dat mijn zaadcellen staan te dringen om jouw eicel te bezoeken.' Vivian doet alsof ze boos wordt. 'Vertel wat hij echt zei!' 'Dat testikels een kostbare zaak zijn!' Ik kus haar snel en haar mond is zacht als een kwal. Vivian lacht en legt haar hand rond mijn zak. Ik kreun. 'Zit er nog wat in die kostbare zaak?' fluistert ze. 'Per Oscarsson kan de boer spelen', zeg ik. 'Of de schoolarts. 'Dit kind gaat het heel goed krijgen', zegt Vivian. 'En Ingrid Vardund kan de moeder zijn', zeg ik. Vivian aait met haar hand over haar buik. 'Dit kind zal het heel goed hebben', herhaalt ze. 'Natuurlijk.' 'Niet zoals wij het hadden', zegt ze. Ik kom overeind. 'Wat bedoel je?' Vivian kijkt op. 'Beter dan wij, Barnum', fluistert ze. 'Beter dan wij.' Ik blijf een poosje zwijgend liggen. 'Ik had het heel fijn als kind', zeg ik. Vivian glimlacht. 'Wie moet jou spelen?' vraagt ze. Ik pak de bloemen, loop naar de portiek en gooi het natte papier in de afvalschacht. Ik neem M.S. Greves *Medische Vraagbaak* ook mee en gooi die ook weg. Het laatste woord dat ik zie is *Oesters: oesters kunnen giftig worden als ze in stilstaand water leven.* Als ik weer naar binnen loop, zie ik dat het restje zon even, voordat hij wegzinkt achter de blauwe, ovale wolken tussen de bomen, de kamer vult met een warm, rood waas, alsof de bloemen hun kleur afgeven aan vloeren en dak. Vivian ligt met haar benen omhoog tegen de muur, zodat mijn sappen sneller bij haar naar binnen kunnen stromen. Ik ga op de rand van het bed zitten. Ik leg het boeket op het hoofdkussen. Ze houdt mijn hand vast. En vlak voordat de kamer in duisternis wordt gedompeld, bedenk ik dat het parfum van deze rozen zo sterk is dat een enkel druppeltje van de bloemblaadjes de oceaan kan laten geuren, etherisch als rozenolie.

(WEDEROM EEN LEGE TAFEL)

We namen een taxi naar Norsk Film in Jar. Vandaag zou ik mijn prijs krijgen. Moeder, Boletta en Vivian waren ook mee. Ze zaten op de achterbank en waren trots op mij. Ik was net zo trots. De chauffeur reed de brede poort aan de Wedel Jarlsbergvei in. Moeder betaalde. Ik stapte uit. Dit was Norsk Film. Hier waren de ateliers. Hier waren de studio's. Dit was mijn plek. Van nu af aan zou dit mijn plek zijn. Hier kon ik rondhangen, op de set zijn, nog een paar scènes schrijven, wat aan een repliek schaven, contracten ondertekenen, lunchen met acteurs. Er was geen mens te zien. De bladeren druppelden van de hoge bomen. Het betrok weer. Vivian pakte mijn hand. 'Zie je ertegen op?' Ik schudde mijn hoofd en kuste haar. 'Ik zou alleen willen dat Peder hier was', zei ik. We vonden de receptie. Een jonge vrouw achter de balie telefoneerde langdurig en rookte sigaretten. Ik liet haar uitpraten. Ze legde de hoorn neer en keek me aan. Ik stak mijn hand uit. 'Ik ben Barnum Nilsen', zei ik. 'Wie?' 'Barnum Nilsen', herhaalde ik. Ze bladerde in wat papieren, maar dat hielp ook al niet. 'Hoe heette je ook alweer?' vroeg ze. 'Ik ben degene die de wedstrijd heeft gewonnen', fluisterde ik. Uiteindelijk begreep ze wie ik was. 'De directeur wil eerst met je praten', zei ze. 'Wacht hier maar even.' We gingen op een krappe bank zitten. We wachtten. Dat duurde lang. Boletta viel in slaap. Moeder staarde naar Vivian. 'Gaat het goed met je?' vroeg ze. Vivian glimlachte en keek naar mij. 'Natuurlijk gaat het goed', antwoordde ze. Er lag een krant van gisteren op tafel. Die las ik. Er was mooi weer voorspeld. Het begon te regenen. 'Het is toch niet de verkeerde dag?' vroeg moeder. 'Die krant is oud', zei ik. 'Weet je dat zeker?' 'Sst', zei ik. En we wachtten. Dit was het begin van mijn wachttijd, de grote wachttijd van de scenarioschrijver. Het was bijna één uur. Ik zag een paar mensen in het gebouw aan de overkant verdwijnen. Een ervan leek op Arne Skouen. De stropdas knelde om mijn nek. Ik leunde tegen Vivian aan. 'Arne Skouen is er', fluisterde ik. Eindelijk stond de vrouw achter de balie op. 'De directeur wacht op je', zei ze. Ik kreeg zin om te zeggen dat ik juist op hém wachtte, maar deed het maar niet. 'Bedankt', zei ik. Zijn kantoor lag op de eerste verdieping. Ik liep een trap op. De wanden hingen vol filmaffiches. *Gjest Bårdsen. Zwervers. Negen Levens.* Ik bevond me in het hart van de Noorse film. Nu was ik een onderdeel van de Noorse film. Op een dag zou mijn affiche daar ook hangen, aan de muur naast de trap naar het kantoor van de directeur: *Mestkuur.* Ik kwam bij de juiste deur, fatsoeneerde mijn haar, haalde diep adem en klopte aan. Ik hoorde iemand kreunen. Ik wachtte weer een poosje. Toen liep ik naar binnen. De directeur zat achter een tafel vol scenario's, er lagen enorme stapels, ook op de vloer, overal in de smalle kamer lagen scenario's, er was nauwelijks plaats voor iets anders dan scenario's. De directeur bleef in een ervan zitten lezen. Ik deed voorzichtig de deur achter me dicht. Ik wilde hem niet storen. Daar stond ik. De directeur kreunde weer. Hij droeg een oud tweedjasje met leren elleboogstukken. Hij rookte een pijp en droeg een grote, vierkante bril. Ik leunde tegen een boekenkast. Dat had ik nooit moeten doen. Die was ongetwijfeld van Ikea. Hij gaf mee en er viel een lawine van scripts over me heen. De directeur stond op en nam de pijp uit zijn mond. 'Het spijt me', fluisterde ik. 'Die moeten toch weggegooid', zei de directeur. Hij maakte een stoel vrij. We gingen zitten. Hij staarde me langdurig aan terwijl hij zijn pijp weer aanstak. 'Dus dit is Barnum Nilsen, in hoogst eigen persoon', zei hij. Ik knikte. Het was allang één uur. Nu had ik de prijs moeten krijgen. 'Heb ik me in de tijd vergist?' vroeg ik. De directeur schudde zijn hoofd. 'Een beetje wachten zal ze goed doen', zei hij. Die gedachte beviel me wel, die beviel me erg goed, dat anderen op mij moesten wachten. Alles zou in mijn voordeel veranderen. De tijd stond aan mijn kant. Ik stak een sigaret op. 'Vertel eens wat over jezelf, Barnum.' 'Er valt niet veel te vertellen', zei ik. De directeur werd een tikkeltje ongeduldig, zijn tanden maakten geluid rond het mondstuk. 'Een synopsis, Barnum. Niet het hele script.' Ik dacht na. En ik herinnerde me iets wat vader ooit gezegd had, dat het noodzakelijk was twijfel te zaaien, want de hele en volledige waarheid is saai, die maakt mensen lui en vergeetachtig, terwijl de twijfel je nooit loslaat. 'Geboren en getogen in Oslo', zei ik. 'Enig kind. Mijn vader stierf voor mijn geboorte.' De directeur haalde zijn schouders op. 'Is Barnum je echte naam?' 'Ik gebruik hem als pseudoniem', zei ik. De directeur glimlachte. 'Heb je pijn in je oog, Barnum?' Ik probeerde te knipogen. 'Nee hoor. Ik ben zo geboren. Ik ben er blind aan.' De directeur leunde over de tafel heen. 'Wat ik eigenlijk wilde weten was of je nog meer geschreven hebt.' 'Ik heb een boek vol ideeën', zei ik. De directeur zakte terug in zijn stoel. 'We zijn blij dat je hier bent, Barnum', zei hij. 'Echt blij.' 'En nog iets', zei ik. 'Kom maar op, Barnum. Dit is jouw dag.' 'Mijn vrouw is schoonheidsspecialiste. Ik wil graag dat zij de make-up van de film doet.' De directeur staarde me langdurig aan. 'De film?' vroeg hij. Ik was even van mijn apropos. 'Ja. De film. *Mestkuur.* Hebben jullie al besloten wie de regisseur wordt?' De directeur stond op, ging achter me staan en legde beide handen op mijn schouders. 'Barnum, Barnum', zei hij. 'Dit zal nooit een film worden.' Het was net of ik niet hoorde wat hij zei, of iets heel anders hoorde. De kamer was verkeerd ondertiteld. 'Wordt het geen film?' 'Nooit', herhaalde de directeur. 'Waarom heb ik dan gewonnen?' vroeg ik. De directeur liet me los en zuchtte. 'Laten we liever naar beneden gaan om beroemd te worden, Barnum.'

Ik ging eerst naar de wc. Ik stond voor de spiegel. Jij hebt gewonnen, zei ik tegen mezelf. Mijn ooglid viel weer naar beneden, een rimpelige huidplooi die mijn halve gezicht bedekte. Ik trok mijn stropdas los, stopte hem in mijn zak en haalde de platte cognacfles tevoorschijn die ik voor achteraf had willen bewaren. Ik nam een slok. Toen ik die gedronken had, nam ik er nog een. De eerste was voor het beste scenario en de laatste voor de film die nooit gemaakt zou worden. Toen haastten we ons door de regen naar het houten gebouw aan de overkant, de kantine van Norsk Film. Dat was de plek waar ik beroemd zou worden. Dat was de plek waar de prijs zou worden uitgereikt.

Er waren niet veel mensen komen opdagen. Vivian, moeder en Boletta zaten al aan een tafeltje broodjes te eten. Twee journalisten met een camera om hun nek stonden bij de wijnflessen. Ze namen allebei een foto. Ik kende de ene vaag. Het was Ditlev van de avondeditie van *Aftenposten.* Hij droeg nog steeds hetzelfde pak. Hij was de tijd die was verstreken. Ik kon Arne Skouen niet ontdekken. De directeur trok me mee naar een spichtige vrouw in wijde, bruine kleren. Ze deed me aan juffrouw Knokkel denken, ja, even dacht ik dat ze het was en ik rook de droge geur van krijt. 'Dit is onze dramaturge', zei hij. Ik begroette de dramaturge. 'Je moet het begin veranderen', riep ze. 'Bedankt', fluisterde ik. De dramaturge liet mijn hand los, alsof ze een wesp onder haar nagels had gekregen. Ik kreeg zin in nog meer drank. Er liepen mensen langs me heen die me op mijn rug sloegen. 'Goed zo!' zeiden ze. 'Goed zo.' Ik was blij dat ik mijn stropdas had afgedaan. De directeur ging op een stoel staan. 'Geachte aanwezigen! Welkom, welkom. We gaan een hectisch seizoen tegemoet. De projecten staan te dringen, een nieuwe generatie filmmakers is bezig zich te markeren, en ik kan in ieder geval wel zeggen dat wij hier bij Norsk Film niet stilzitten en ook gejaagd door de wind zijn.' Iedereen lachte, behalve Boletta. De directeur klapte in zijn handen. 'En daarom is het tijdstip aangebroken om eindelijk te onthullen wie de grote scenariowedstrijd van Norsk Film heeft gewonnen!' De directeur gaf het woord aan de dramaturge. Die ging naast de stoel staan en haalde een vel papier tevoorschijn dat minstens negen keer was opgevouwen. 'We hebben drieënzestig inzendingen binnengekregen en de keuze is gevallen op het filmscript 'Mestkuur'. Het is het wonderlijke verhaal van een jongen die stopt met eten omdat hij langer wil worden en die ten slotte naar een boerderij wordt gestuurd om, ja, inderdaad, vetgemest te worden. Daar wordt hij het slachtoffer van grove mishandelingen. Hij wordt seksueel misbruikt door de andere jongens. Het verhaal kan gelezen worden als een felle en fantasierijke aanklacht tegen een perverse maatschappij.' De dramaturge draaide het papier om. Moeder wilde opstaan, maar bleef gelukkig zitten. 'En de winnaar heet Barnum Nilsen.' Iedereen klapte, behalve moeder. Beide journalisten maakten foto's. Ik kreeg een glas champagne en een cheque van de directeur. 'Wil je een paar woorden zeggen?' vroeg hij. Het werd doodstil. Moeder liet me niet los met haar ogen en ze schudde nee. Ik dronk de champagne. En plotseling verdwaalde mijn mond weer. Ik kon me niet meer herinneren wanneer hij dat voor het laatst gedaan had. Ik dacht dat die tijd voorbij was. 'Krijg de klere', zei ik. Het werd nog stiller. Vivian bloosde en sloeg haar ogen neer. Moeder kon niet erger geschokt raken dan ze al was. De dramaturge moest gaan zitten. Boletta redde me. 'Bravo!' riep ze. 'Bravo!' En iedereen begon weer te klappen, in paniek bijna, terwijl de directeur met gulle hand champagne inschonk. 'Barnum Nilsen staat nu ter beschikking van de pers', zei hij erg luid. 'Als ze durven!' De directeur lachte op een zeer lawaaierige manier. Ditlev kwam als eerste. 'Ja, ja', zei hij. 'Dat is een hele poos geleden.' 'Ja, de tijd vliegt', zei ik en keek naar zijn afgetrapte schoenen. Hij haalde zijn blocnote tevoorschijn, bedacht zich en stopte hem terug in zijn zak. 'Ik heb daarnet even met je moeder gepraat', zei hij. 'O? Wat zei ze?' Ditlev glimlachte. 'Ze is erg trots op je.' 'Dank je.' 'Kun je trouwens wat dieper ingaan op dat enigszins merkwaardige dankwoord van je, Barnum?' Toen begon de andere journalist ongeduldig te worden. Ze begon aan Ditlevs mouw te trekken en gooide haar charme in de strijd. 'Je bent toch niet van plan Barnum Nilsen de hele dag voor jezelf te houden?' Ditlev werd verlegen en trok zich terug, ruimde het veld, vond zijn paraplu en liep de regen in. Hij was week geworden. Hij ging terug naar zijn hok bij de krant om zijn laatste artikel te schrijven. 'Zullen we gaan zitten?' De journaliste vond een tafel. Ik vond een fles. Ze heette Bente Synt. Zij was de vrouw die we later de Eland zouden noemen. Ze was 1,80 lang en maakte nooit aantekeningen. 'Dus jij moet zo'n beetje de Noorse film gaan redden', zei ze. 'Ik zal in ieder geval mijn best doen', zei ik. Ze glimlachte. 'Is dat verhaal waarmee je hebt gewonnen autobiografisch?' En ik voegde Peders woorden bij vaders concept van twijfel zaaien. 'Misschien, misschien ook niet', zei ik. Ze bleef me aan zitten kijken. Dat duurde een hele poos. Ik dronk champagne. Toen stal ze Ditlevs vraag. 'Kun je trouwens wat dieper ingaan op dat enigszins merkwaardige dankwoord van je, Barnum?' 'Geen commentaar', zei ik. Bente Synt lachte kort. 'Is het niet wat te vroeg in je carrière om moeilijk te doen?' De directeur kwam langs. 'Verloopt alles hier naar wens?' vroeg hij. Bente Synt keek op. 'Ik probeer Barnum Nilsen iets te laten zeggen over zijn dankwoord. Krijg de klere.' De directeur legde een hand op haar schouder en werd een sfinx. 'Het is de plicht van de jeugd om ons uit te schelden als de gelegenheid zich voordoet, toch, Bente?' 'Precies', zei ik. De directeur liep door. Bente Synt haalde een sigaret tevoorschijn die ze niet aanstak. 'Wat is je favoriete film?' '*Honger*', zei ik. Ze glimlachte tevreden. 'Dus jouw script is een soort antwoord op Hamsun?' 'Dat zou je kunnen zeggen', zei ik. 'En je beschrijving van die boerderij, die bijna een strafkamp lijkt, is een afrekening met Hamsuns fascisme?' Ik dacht na. 'Misschien, misschien ook niet', zei ik. Bente Synt was niet tevreden met dat antwoord. 'Ben je bezig met nieuwe projecten?' vroeg ze. 'Ik werk aan een moderne versie van Dantes *Goddelijke Komedie*.' 'O?' 'Ik denk aan de grote stad als de hel en Beatrice als reisleidster van een reisgezelschap.' 'Interessant.' Bente Synt stopte de sigaret terug in het pakje en stond op. 'Ik geloof dat ik zo wel genoeg heb', zei ze. Ik bleef tot lang nadat ze vertrokken was in haar schaduw zitten. Plotseling voelde ik iemand in mijn nek ademen. Ik draaide me om en even dacht ik dat het Fleming Brant, de cutter was, het was net alsof ik hem langzaam door de kamer zag lopen, met een roestige hark in zijn hand, dat beeld dat nog zo vaak terug zou keren. Het was Arne Skouen. Hij boog zich naar me toe. 'Nooit over dingen vertellen die je nog niet geschreven hebt', fluisterde hij. 'Want dan wordt het nooit wat.' En ik herinnerde me dat ik eerder iets soortgelijks had gehoord, Peders moeder had dat langgeleden gezegd. Niet zeggen, want dan lukt het je niet meer erover te schrijven. Ik ging naar de wc en dronk de cognac op. Toen ik naar buiten kwam, wachtte de dramaturge me op. 'Die raamvertelling moet eruit', zei ze. 'Helemaal?' 'Dat is oude koek, Barnum Nilsen. Weg ermee.' Ze dronk champagne met grote slokken. Ze werd niet dronken. Alcohol had eerder een omgekeerd effect op haar. Die maakte haar steeds nuchterder, of misschien werd ik gewoon steeds dronkener. 'Maar die raamvertelling is nou net de clou', zei ik. 'De clou?' 'Ik probeer te laten zien dat het leven ook een soort film is. En dat God de operateur is.' 'Waarom is God niet de regisseur?' 'Ik vond een operateur beter passen.' De dramaturge keek naar me zoals je naar hulpeloze, domme kinderen kijkt. 'Je kunt er beter over nadenken wie de vijand in het verhaal is', zei ze. 'De vijand?' 'Is dat de schoolarts, de boer of zijn het de andere jongens? Je moet duidelijk zijn, Barnum.' Hier wist ik geen antwoord op te geven. 'Ik kan de raamvertelling wel schrappen', fluisterde ik. Ik schonk mijn glas vol. De dramaturge glimlachte. 'Bovendien is het wel wat ijdeltuiterig om je eigen naam te gebruiken, of niet soms?' 'Wat maakt het uit, als de film toch niet gemaakt wordt?' vroeg ik. Nu was het mijn beurt te hopen dat ze me het antwoord schuldig zou blijven. Dat was niet het geval. 'We willen dat het script hoe dan ook zo goed mogelijk wordt', zei ze.

Ik zat op de achterbank toen we een taxi naar huis namen en ze waren niet meer zo trots op me. Vivian was stil en moeder was nog steeds onrustig. 'Hoe kun je nu zoiets schrijven?' fluisterde ze. 'Wat bedoel je?' Moeder kon het bijna niet hardop zeggen. 'Dat er zulke dingen op de boerderij gebeurden, Barnum.' Boletta werd wakker op de voorbank. 'Laat die jongen toch verzinnen wat hij wil', zei ze. Maar moeder gaf zich niet gewonnen. 'Hij kan toch geen dingen schrijven die niet waar zijn!' Ze draaide zich om naar mij. 'Je had het leuk daar op die boerderij, toch, Barnum?' Ik voelde me plotseling zo moe. Voor de tweede keer vandaag zag ik Fleming Brant, hij stond op een hoek, op zijn hark leunend, en hij keek ons na. 'Het maakt niet uit', zei ik. 'Er komt toch geen film.' Vivian pakte mijn hand. 'Komt er geen film?' 'Nooit. De directeur zei dat het nooit een film zou worden.' Moeder greep mijn andere hand. 'Godzijdank', zei ze.

Ik wisselde de cheque in bij de bank op Majorstuen en naast de bank was de staatsdrankwinkel. Daarna liepen we langzaam naar huis. De regen was opgehouden. De lucht was ijl en koel. 'Baal je ervan?' vroeg Vivian. Ik bleef staan bij de telefooncel op de Valkyrieplass. Ik had genoeg munten. Ik zocht in de gids het Theatercafé op en belde ernaartoe. Ik reserveerde een tafel om acht uur. Ik liet een paar munten in het bakje liggen. Misschien zouden die gevonden worden door kinderen, die daardoor geld genoeg hadden voor een waterijsje en kandij uit Barnums kiosk. Ik legde mijn arm om Vivian heen. 'Nee', zei ik. 'Goed zo, Barnum. Het is gewoon een kwestie van nog meer schrijven, toch?' En ze kuste me tot we bijna de plastic tasjes met drank lieten vallen.

Maar ik kon niet schrijven. Ik wilde beginnen aan mijn goddelijke komedie, maar de woorden stierven zodra ze op papier stonden. Misschien was het waar, dat je onmogelijk kunt schrijven over de dingen waar je over praat, want dan haal je de kracht uit het verhaal en verwatert het in ieders oren. Dan heb je jezelf al verraden. Ik schreef boven aan de blanco bladzijde: zwijgplicht. Toen bladerde ik wat in mijn aantekeningenboekje. Ik kreeg zin om het weg te gooien. Ik vond de ideeën plotseling armzalig. Het aantekenboekje had geen gewicht. Als ik het in de afvalschacht gooide, zou het nooit landen. Ik zag de ideeën voor me, zwevend, en de letters die werden weggeveegd door rottende etensresten, vet, luiers, koffiedik, peuken, braaksel, bloed en andere lichaamssappen. Ten slotte haalde ik 'Mestkuur' tevoorschijn. Ik haalde een streep door de eerste scène en veranderde mijn naam in Pontus. Maar wat maakte het uit? Die avond dronk ik sneller dan ik dacht.

Om halfzeven ging de telefoon voor de eerste keer. Vivian kwam uit de badkamer en aarzelde even voor ze hem opnam. Ik hoorde de stem tot hier aan toe. Het was de directeur van Norsk Film AS. Vivian gaf de hoorn aan mij. 'Misschien heeft hij zich bedacht', zei ze. De directeur begon meteen te praten, nog steeds even hard. 'Jij bent een grapjas, Barnum.' 'Is dat zo?' 'Barnum is geen pseudoniem en je bent ook geen enig kind.' Ik zei een poosje niets. 'Ben je daar?' vroeg de directeur. 'Waar zou ik anders moeten zijn?' De directeur lachte. Meteen daarna werd hij weer serieus. 'Luister eens, Barnum. En luister goed. Dat verhaal wil ik hebben. En alleen jij kunt het schrijven.' Ik begon nu erg in de war te raken. En onder die verwarring lag een even groot onbehagen, een logge misselijkheid. 'Welk verhaal?' 'Het verhaal van je vermiste broer', zei de directeur. Vivian zat op het bed haar haren te drogen. Ze keek abrupt op. 'Hoe weet jij dat?' vroeg ik. De directeur lachte weer. 'Heb je de avondeditie niet gelezen?' Ik hing op. Ik holde naar de portiek en jatte de krant van de buurvrouw die altijd vergat de afvalschacht dicht te doen. Ditlevs laatste artikel stond op de laatste bladzijde. Nu begreep ik waar hij met moeder over had gepraat. Er stond een foto van Fred bij, van de bokswedstrijd in de Centrum Boksclub, genomen op het moment dat hij de beslissende klap krijgt en zijn gezicht verwrongen wordt, alsof zijn huid loszit en rond zijn hoofd wordt geschoven. Eronder, maar veel kleiner, hadden ze een foto van mij afgedrukt, ik krijg de cheque van de directeur en de cognac in mijn binnenzak is zichtbaar, een kurk die eruit steekt. De kop luidde: de winnaar en de verliezer. Ik liep naar Vivian toe en ging op bed zitten. Ik gaf haar de krant. 'Lees', fluisterde ik. En ze las: 'Vandaag kreeg Barnum

Nilsen de eerste prijs in de scenariowedstrijd van Norsk Film uitgereikt. Voor *Aftenposten*-lezers met een goed geheugen is Barnum Nilsen een niet geheel onbekende naam. Reeds in 1966 ontving hij een prijs in het stadhuis van Oslo toen hij een opstelwedstrijd had gewonnen met het verhaal “De Kleine Stad”. Wat zijn nieuwe manuscript, “Mestkuur”, betreft is de auteur uitermate terughoudend, en het is de vraag of de geschiedenis van zijn broer niet veel dramatischer is. Fred Nilsen, de voormalige bokshoop, verdween twaalf jaar geleden. Vera Nilsen, de moeder van de jongens, vertelde dat ze zich zowel tot de politie als tot het Leger des Heils heeft gewend, zonder resultaat.’ Ik rukte de krant uit Vivians handen, verfrommelde hem en smeet hem op het balkon. Daar bleef ik staan in de kou. Zelfs nu overschaduwde Fred me. ‘Kom eens hier’, fluisterde Vivian. Ik kwam naast haar liggen. ‘Wie is de winnaar en wie is de verliezer?’ vroeg ik. ‘Nu stel je je aan’, zei Vivian. Ik keerde haar mijn rug toe. ‘O.’ ‘Niet boos zijn op je moeder’, zei ze. Ik probeerde te lachen. ‘En dat zeg jij?’ ‘Ze wil alleen maar Fred terug hebben, toch? Misschien dat een van de lezers hem ergens heeft gezien.’ ‘Ik ben niet boos’, zei ik. Vivian maakte mijn riem los en trok mijn overhemd omhoog. ‘Heb je haar verteld dat we een kind gaan krijgen?’ Ik bleef doodstil liggen en bevroor heel even. Ik moest mijn stem ontdooien. ‘Ben je zwanger, Vivian?’ Ze lachte. ‘Nog niet, Barnum. Maar ze keek voortdurend naar mijn buik.’ Ik voelde dat Vivian naakt was. Ze ging boven op me zitten. En terwijl we bezig waren ging de telefoon voor de tweede keer. We namen niet op. Haar haar viel over mijn gezicht, het was nog nat. Ze ging naast me liggen en legde haar benen tegen de muur. ‘Wat wilde de directeur eigenlijk?’ vroeg ze. ‘Dat ik een script over Fred zou schrijven.’ Vivian wreef over haar buik. ‘Wil je dat?’ Ik wachtte even met antwoorden. ‘Misschien ben ik al begonnen.’ ‘Is dat zo?’ ‘Ja’, zei ik. Vivian liet haar benen naar beneden vallen en draaide zich naar me om. ‘Hoe heet het?’ ‘Ik denk dat het *De Nachtman* gaat heten.’ ‘Mag ik het lezen?’ ‘Nog niet, Vivian.’ Het was al zeven uur. Ik douchte, dronk en dofte me op. Vivian had een jurk aangetrokken waarin ik haar nog niet eerder gezien had, blauw met witte strepen. Hij stond haar goed. We gingen voor de spiegel staan. We zagen er helemaal niet gek uit. We zouden naar het Theatercafé gaan. Toen ging de telefoon voor de derde keer die avond. Ik nam op. Het was Peders moeder. ‘Gefeliciteerd’, zei ze. ‘Ik zie dat je een prijs hebt gewonnen.’ ‘Ja, jeetje’, zei ik. ‘Dankjewel!’ ‘Ik ben trots op je, Barnum.’ Maar haar stem klonk zo wonderlijk. Langzaam en vreugdeloos. ‘Ik moet je iets vertellen’, fluisterde ze. Ik ging weer op bed zitten. Ik werd weer nuchter en koud. ‘Ja?’ ‘Peders vader is vannacht gestorven.' 'Gestorven? Hoe dan?' Vivian draaide zich om en liet haar oorbel op de grond vallen. Peders moeder zweeg lange tijd. Ik hoorde alleen haar ademhaling. 'Hij heeft zelfmoord gepleegd, Barnum.' 'O, nee', fluisterde ik. Vivian kwam een stap dichterbij. Bleek, onvast. 'Ik zou erg graag willen dat jullie op de begrafenis komen', zei Peders moeder. Ze legde de hoorn erop. Ik keek op. 'Wat is er?' fluisterde Vivian. 'Wat is er?' Ik trok haar naast me en vertelde haar wat er was. En ik voelde een schok door haar heen gaan, een korte ademstoot, van opluchting, zoals ik zelf ook had gevoeld, het is niet Peder die dood is, en die opluchting gaat meteen over in schaamte en verdriet. We zijn op ons paasbest gekleed. We blijven thuis. En ik zie de lege tafel in het Theatercafé voor me, met mijn naam erop, Barnum Nilsen, 20.00 uur, de enige tafel waar niemand aan gaat zitten, en dit is ook een echo, een echo van tijd, de schaduw van een discus die door de verblindende zon tolt. Ik hou Vivian vast. 'Nu komt Peder in ieder geval naar huis', fluister ik en begin te huilen.

(HET LAATSTE SCHILDERIJ)

Maar Peder kwam niet. Vivian en ik wachtten op het vliegveld. Het was vroeg in de ochtend, op de dag dat zijn vader zou worden bijgezet. We stonden bij het grote raam waardoor we de vliegtuigen konden zien landen, langzaam, alsof de wielen de grond nooit zouden raken. De landingsbaan glinsterde na de regen van vannacht. We holden naar de aankomsthal op de begane grond. We waren niet de enigen. We kwamen er nauwelijks door. Ik ging op een stoel staan. Misschien herkende ik hem wel niet. Misschien moest hij ons herkennen. Maar Peder zat niet in het vliegtuig uit Londen. Peder kwam niet. Uiteindelijk stonden alleen Vivian en ik nog in de hal, en een donkere schoonmaakster die een brede bezem over de vloer duwde waar bloemen, sigaretten, vlaggetjes en een kinderschoen lagen.

We namen een taxi naar Peders moeder. Ze zat klaar in haar rolstoel, tenger en in het zwart. 'De vlucht was afgelast', zei ik. Vivian knikte en keek een andere kant op. Peders moeder legde haar verwelkte handen op de wielen. Ze wilde naar het crematorium geduwd worden. We hadden tijd genoeg. Misschien was dit haar manier om zich voor te bereiden, moed te vatten, een omweg maken, want wie wil zich haasten naar een plek waar hij niet heen wil. We liepen langzaam door het Frognerpark, achter de Monoliet langs naar de Vestre Gravlund waar De Oude en vader begraven lagen. Iemand had er verse bloemen neergelegd. Ik zag het graf van S ook. Het gras stond geel en hoog rond de kleine steen. Ik moest even blijven staan om diep adem te halen. We worden vergeten. Peders vader had de garagedeur dichtgedaan, was in de auto gaan zitten en had de motor stationair laten draaien. De volgende ochtend was hij dood. De krantenjongen had hem gevonden. Hij hield het stuur nog vast en ze moesten zijn vingers losbreken.

De klokken luidden bij het crematorium. We liepen ernaartoe, tilden de rolstoel de traptreden op en duwden haar de duisternis in, naar de witte kist. Het was er al druk. Peder was de enige die ontbrak. Langs het middenpad lagen kransen van familie, filatelisten en vrienden. Vivian en ik gingen bij moeder en Boletta staan. De organist begon te spelen. En ik dacht, als we hen toen bezocht hadden toen we die keer terugkwamen van Vivians ouders en niet alleen op de hoek naar de lichten in het huis hadden staan kijken, zou alles misschien anders geweest zijn. Als ik niet over het kapotte raampje van zijn auto had geklaagd en hem niet gevraagd had het te repareren, zou hij misschien nu nog in leven zijn. Is er zo weinig voor nodig? Ik dacht, hoe weinig is ervoor nodig om iemand te redden? Het werd heel stil, geen hoestje, geen snik, alsof deze dood ons tot geluidloosheid had afgeschrikt. We wachtten. Peders moeder legde een roos op de kist. Toen draaide ze zich om in haar rolstoel en glimlachte tegen alle aanwezigen. Ze was doorschijnend en mooi. Haar stem was helder en langzaam. 'Oscar wilde geen dominee hebben', zei ze. 'Hij geloofde niet in een leven hierna. We praatten vaak over de dood. Maar nooit over een dood op deze manier.' Ze sloot haar ogen en het werd nog stiller. De seconden tikten zwaar. En zo sprak ze verder over haar overleden man: 'Ik hield erg veel van Oscar. Hij had veel geduld met me. Ik hou nog steeds evenveel van hem en zal dat altijd blijven doen. Ik herinner me zijn lach en zijn verstrooidheid en het plezier dat we samen hadden. Dat is vandaag mijn enige troost. Dat verdriet geen terugwerkende kracht heeft. Dat het verdriet van vandaag de kleuren van gisteren niet kan uitwissen.' Ze moest weer even ophouden. En terwijl ze haar hoofd boog zei ze iets, zachtjes, misschien was ik de enige die het hoorde, en die woorden brandden zich in me vast, ze fluisterde, ze kreunde: 'O God, o God, ik kende hem niet!' Toen richtte ze zich op. 'Peder had nu bij me zullen zijn, maar hij was verhinderd. Ik bedank iedereen voor zijn komst.' Ze draaide haar stoel weer om naar de kist.

De plechtigheid werd afgesloten bij het graf. En daar besefte ik dat Oscar Miils zelfmoord ons niet tot geluidloosheid had afgeschrikt, maar ons verlegen had gemaakt en daarom stom. Het oude woord, gecondoleerd, werkte nu niet. Dit verdriet was beschamend. Sommigen glipten snel weg, naar de parkeerplaats of de tramhalte, en legden liever een visitekaartje in het mandje bij de ingang. Peders moeder zat met een groene plaid over haar benen en nam het zwijgende medelijden in ontvangst. Ik zag dat ze haar hand niet meer op kon tillen. Toen het mijn beurt was, boog ik me voorover en kuste haar op haar wang, niet om beter te zijn dan de anderen, maar om te verbergen dat ik huilde. 'Brengen jullie me ook weer naar huis?' fluisterde Peders moeder. We duwden haar dezelfde weg terug. Die was nu nog langer. We hielpen haar de hal in. 'Peder!' riep ze plotseling. Maar Peder gaf geen antwoord. Peder was er nog steeds niet. Ze wilde niet dat we weggingen. Ze wilde dat we zouden blijven. Er stond al een fles wijn op tafel. We zaten in de woonkamer en dronken in stilte. Ze was nauwelijks in staat het glas vast te houden. Ze had de doeken en de lijsten opgeruimd. Door het raam kon ik de garage zien. De deur was maar half dicht. Misschien moest de garage gelucht worden. En het enige wat ik wilde vragen was: waarom? Maar dat was een onmogelijke vraag. 'Heb je je schilderijen af?' vroeg ik in plaats daarvan. Ze keek me bruusk aan en ik besefte onmiddellijk dat dat geen tactische opmerking was, op dit broze, fragiele moment, dat ik nu bijna verpest had. Met grote inspanning tilde ze beide handen op. 'Misschien, misschien ook niet', fluisterde ze. 'Zoals Peder gezegd zou hebben', zei ik. Haar armen vielen weer in haar schoot. Vivian schonk nog wat wijn in. Ik liep naar boven om te pissen. In de gang bleef ik staan en leunde tegen de muur. De deur van de slaapkamer stond open. De pyjama van Peders vader lag er nog. Op het nachtkastje stonden twee wekkers. Op de ene was het kwart over vijf. De andere gaf de Amerikaanse tijd aan, zodat ze altijd wisten hoe laat het bij Peder was. De deur van zijn kamer was op slot. Ik piste en liep weer naar beneden. Vivian was opgestaan. We moesten weg. 'Heb je nog hulp nodig?' vroeg ik. Peders moeder duwde zichzelf naar de hal. 'Oscar droeg me altijd naar bed.' 'Ik kan je wel dragen', zei ik. Ze glimlachte. 'Ik kan maar beter hier beneden slapen vannacht.' Ze pakte me plotseling beet en ik voelde hoe haar greep, haar dunne, rimpelige vingers, al slapper werd. 'Denk je dat we het ooit weer zo als vroeger zullen hebben, Barnum?' fluisterde ze. Ik wist niet wat ik moest zeggen en kon niet tegen haar liegen. 'Nee', zei ik, ook heel zacht.

Toen we buiten kwamen, zagen we dat Peders moeder de lampen uitdeed en het huis werd langzaam in duisternis gehuld. Ik weet niet waarom, maar ik wilde de garage zien. Vivian hield me tegen. 'Niet doen', zei ze. Ik deed het toch. Ze liep achter me aan. Ze was boos en bang. 'Wat wil je daar?' Ik gaf geen antwoord. Ik wist het niet. Ze liet me los en liep weg. Ik kroop onder de deur door. Ik vond een lichtknopje en achter in de hoek ging een gelige lamp branden. De auto was weg. Misschien had de politie hem meegenomen. Dit was niet langer een plek, maar een plaats delict. Ik meende een droge, scherpe lucht te kunnen ruiken. Peders moeder had haar schilderijen hier neergezet. Ze stonden langs de wanden. Ik bekeek er een paar, de meeste waren nog niet af. Toen ontdekte ik een ander schilderij, dat moest het schilderij zijn waaraan ze die zomer op Ildjernet was begonnen, toen Vivian het gif uit me probeerde te zuigen. Ik kon niet blijven staan. Ik knielde. Ze had de titel op de lijst geschreven: 'Vrienden aan Zee'. Het is avond, aan de fjord, de meeste dingen zijn blauw, maar de twee jongens op de voorgrond staan in een eigen licht, dat rond de bruine, jonge lichamen schijnt. Ik herken ons. Het dikkerdje en het kleintje. We zijn naakt. We houden elkaar vast. Onze lippen ontmoeten elkaar in een kus en onze ogen zijn gesloten.

(PARASOL IN DE SNEEUW)

Moeder heeft handschoenen voor me gebreid, met halve vingers, ongeveer zulke handschoenen als Louis Armstrong droeg toen hij trompet speelde in het Bislet-stadion, zodat ik mijn handen warm hou en toch spullen kan pakken en wisselgeld kan uittellen. Ze zegt dat ik mijn tijd verdoe. Ze zegt dat ik iets beters zou moeten zoeken. Maar ik heb het hier naar mijn zin, op mijn gammele campingstoel, en met die handschoenen kun je ook prima schrijven nu het kouder is, vooral 's ochtends, binnenkort komt de eerste sneeuw, en het kleine straalkacheltje dat ik bij de deur heb gezet kan niet veel uitrichten tegen al die tocht. Ik heb het luik gesloten en de gordijnen dichtgetrokken. Er zijn noch klanten, noch plaaggeesten in de buurt. Zelfs nadat ik de prijsvraag van Norsk Film had gewonnen, is de omzet niet gestegen. Ik had gedacht dat ze misschien wel zouden staan te dringen voor Barnums kiosk, toen bekend werd dat ik had gewonnen, maar mooi niet. Het stoort me eigenlijk niet. De worstjes heb ik allang opgegeven en de weekbladen komen elke dinsdag. Maar sommige repen, vooral die van die koetjes, beginnen grijs en hard te worden, ik geloof dat die hier al sinds het midden van de jaren zestig liggen.

Ik haal mijn aantekenboekje tevoorschijn en probeer verder te komen met *De Nachtman*. Ik heb dat beeld in mijn hoofd van de jongen, de magere jongen, die door verlaten straten naar een haven loopt. Dat heeft post gevat, dat beeld, ik ontkom er niet aan, en ik zie een schip door de mist varen, zo dichtbij dat de jongen als hij zijn hand uitsteekt de romp kan aanraken, die is bedekt met een ijsversterking: Antarctic. Maar ik heb alleen die brokstukken, de jongen, de stad en het schip, punten in een verhaal dat groter is dan ikzelf, en daar is niet veel voor nodig. Ik zit vast in de aanloop. Ik zie Fred. Hij is het die zijn hand uitsteekt om het schip tegen te houden. Sinds Ditlev in de krant over hem heeft geschreven, heeft moeder ongeveer elke dag brieven gekregen van mensen die denken dat ze Fred ergens hebben gezien, ik geloof dat het uitsluitend halve zolen zijn, halve zolen die zelf in de schijnwerpers willen staan, en daarbij anderen in het duister laten tasten. Maar hoe dan ook, ze beweren dat ze hem gezien hebben, op Times Square in New York, op het plein van Montevideo, in Kopenhagen, in de Karl Johan en op de veerboot tussen Moskenes en Røst. En die geruchten, even onbetrouwbaar als stellig, hebben moeder nieuwe hoop gegeven, het meest hopeloze van al, dat is moeders taak, 24 uur per dag, wachten en hopen, hopen en wachten, want dat is de banvloek die de vermiste uitspreekt over degenen die hij verlaat. 'Maar sommigen moeten zich toch vergissen', zeg ik vaak. 'Wat bedoel je?' vraagt moeder. 'Hij kan toch niet op al die plaatsen tegelijk zijn?' Dan noemt moeder me een zeurpiet en opent een nieuwe brief, waarin mensen schrijven dat ze met absolute zekerheid Fred Nilsen hebben gezien op Mallorca of in Zweden, ze hebben zijn scheve neus en magere trekken herkend. Moeder geeft alle brieven door aan de afdeling vermiste personen van het Leger des Heils, zodat die de sporen kunnen systematiseren. Ik schrijf in de kantlijn: een brief volgen. Hoe ver terug moet je gaan? Ik zie een bos voor me, ik kies een boom uit, die boom wordt omgehakt, maar wie hakt hem om, wie snoeit en kapt deze boom? Moet ik die mensen ook opsporen? Ik loop liever snel naar de rivier, naar de boomstammen die daar drijven, de kluwens van stammen, als een gigantisch mikadospel, en de mensen die deze kluwen ontwarren. Ik breng de boom naar de fabriek, vlak bij de waterval, of misschien laat ik het papier met de hand maken, in een familiebedrijfje, bijvoorbeeld in Italië, in Bellagio, kan ik me zo voorstellen. Dan zal ik het vervaardigde, blanco vel volgen, tot de winkel, waar een jongeman het koopt. Hier maak ik een sprong, de eerste sprong, naar een verlaten, ijzig landschap, maar voordat ik dat doe moet ik een springplank hebben, ik moet de springplank raken, en dat is de jongeman die zijn geliefde omhelst, een mooi en trots meisje, en aan boord van het schip gaat dat hem naar het land tussen ijs en sneeuw zal brengen. Ik zie hem voor me, hij zit in zijn hut en schrijft aan zijn geliefde, de boom is tot gedachte geworden, de gedachte is tot schrift geworden, en dat schrift zal tot beeld worden. Ik wil de hand die schrijft hebben. Ik wil de zak hebben waarin de brief wordt gestopt, en de anorak die hij niet aantrekt, die aan een haakje in de krappe hut blijft hangen wanneer hij aan zijn laatste tocht begint en in een wak verdwijnt, of vastvriest in het ijs dat hem vastschroeft in een eeuwige begrafenis. Dit is goed. Dit is het begin van een sprong, een hink-stapsprong. Ik neem een slok. Dat heb ik wel verdiend. Donkere drank verlicht me. Dan word ik onderbroken, midden in mijn nieuwe aanloop. Iemand klopt op het luik en ik besluit niet open te doen. Vandaag is Barnums kiosk gesloten. Er wordt weer geklopt, harder nu. Ik laat me niet storen. Ik ben lekker bezig. Maar als iemand voor de derde keer op het luik bonkt en de hele kiosk dreigt af te breken, moet ik het rolgordijn losmaken om dit onmens in ogenschouw te nemen. Een ovaal gezicht, veel te bruin en half bedekt met een zonnebril, vult bijkans de hele opening. 'Worst met brood, alsjeblieft.' 'Wij hebben geen worst in ons assortiment', zeg ik. 'Dan wil ik graag een zacht waterijsje.' 'We hebben helaas alleen bevroren.' 'Maar aan tien sigaretten zonder filter kun je me toch zeker wel helpen, kleintje?' 'Je bent een ondankbare klant', zeg ik. 'En jij bent een waardeloze handelaar, Barnum Nilsen!' Het is Peder. Het is niemand minder dan Peder Miil. Hij pakt mijn jasje beet en sleurt me door het luik en we vallen op straat. We houden elkaar vast, net als vroeger bijna, en een wilde blijdschap vult mijn hart. Peder is eindelijk terug. We staan op en borstelen het stof van onze kleren. 'Je bent aangekomen', zeg ik. Peder laat zijn luidruchtige lach horen. 'En jij bent nog kleiner geworden!' We blijven een poosje zwijgend staan, in de Kirkevei, op een zondag aan het einde van november, en proberen de juiste toon te vinden, we zoeken en weten dat niets meer hetzelfde is. We zien dat we veranderd zijn. Peder draagt een dun, blauw overhemd en een blazer. Ik leg een hand op zijn arm. 'Wat vreselijk van je vader', fluister ik. Hij doet zijn zonnebril af en kijkt me aan. 'Wat heb je met je oog gedaan?' vraagt hij. Ik praat pas weer over zijn vader als hij er zelf over begint. 'We gaan naar huis, naar Vivian', zeg ik. Ik leg mijn handschoenen in de kassa en sluit de kiosk definitief voor die dag. We zijn afoon tot we in Bolteløkka voor de deur staan. Peder ziet het naambordje, het gepoetste koperen plaatje met onze namen erop, Vivian en Barnum. 'Zei ik het niet?' zegt hij. 'Ja? Wat zei je dan?' 'Dat jullie tweeën een stel zouden worden, toch?' Ik doe de deur open. Vivian staat voor het raam, met de rug naar ons toe. We sluipen naar binnen en blijven staan. 'Ben je nu al thuis?' vraagt ze. We praten als een bejaard echtpaar. Een dialoog die we gepikt hebben uit een film met Jean Gabin. 'Weinig volk', antwoord ik. 'En je bent nog nuchter ook?' Peder kijkt me weer aan. Ik stap over op een andere repertoire. 'Raad eens wie er vanavond komt eten?' zeg ik haastig. Vivian is ook veranderd. Het is iets in haar houding. Ze staat gekromd, haar nek is gebogen, het is net alsof ze onderweg iets verloren heeft en ze moet bukken om het te vinden. Ik denk vaak dat ze zo geworden is omdat ze met mij is, ze probeert af te dalen tot mijn niveau, misschien is dat ook een vorm van liefde, en ik bedenk dat het eigenlijk andersom zou moeten zijn, ik zou me moeten uitrekken naar haar. 'Fred', zegt ze plotseling. Ik blijf doodstil staan. 'Wat?' 'Komt Fred vanavond eten?' Ik lach luid. Peder zet zijn zonnebril af. 'Hallo, ongeluk van me', zegt hij. Vivian draait zich om, ze recht haar rug, ze laat haar schouders zakken en rekt haar hals uit, en op het moment dat ze ontdekt wie het is, Peder, wordt ze zichzelf weer, de tussenliggende jaren zijn uitgewist en de tijd is weer aan elkaar gelapt. Ik zie het, en het maakt me gelukkig en wanhopig. 'Hé, dikzak', zegt ze. Peder grijnst, haalt een zakdoek uit zijn borstzakje en poetst zijn bril op. 'Leuk bordje hebben jullie, Vivian.' Ze neemt hem op, nauwkeurig, alsof ze zich ervan wil overtuigen dat hij het echt is, Peder Miil, de dikzak. 'Wanneer ben je teruggekomen?' vraagt ze. 'Een week geleden.' 'Ben je al een week in de stad?' roep ik. Peder verliest Vivian niet uit het oog. 'Ik moest eerst nog wat dingen regelen', zegt hij. Dan holt Vivian eindelijk op hem af en ze houden elkaar een hele poos vast en een van hen huilt. Vivian. Peder heeft ooit gezegd dat we verkering met haar hadden, allebei. Nu is dat weer zo. Ik loop naar de keuken om bier te halen.

Toen we wakker werden, was Vivian vertrokken. Er stond een fles op het nachtkastje. Ik dronk en gaf hem aan Peder. 'Lauren Bacall kijkt nog steeds op ons neer', zei hij. Hij wees naar de foto aan de muur. Die hing vandaag scheef. 'Ik dacht dat het de moeder van Vivian was', zei ik. 'Ik ook', lachte Peder. Hij zette de fles op de grond. 'Behandel je Vivian goed?' vroeg hij opeens. 'Wat bedoel je?' 'Dat weet je heel goed, Barnum.' 'Nee, dat weet ik niet.' En ik voelde de angst bij me opkomen, die zware motor die je naar de diepte duwt, de onderzeeër in je ziel. Peder zweeg. Ik zag dat het was begonnen te sneeuwen. Ik was vergeten de parasol binnen te halen van het balkon. En het beeld van die blauwe parasol, in de sneeuw die in dikke vlokken viel en zich als een knisperende rand op de balustrade vleide, werpt nog steeds een diepe schaduw van verdriet en, wonderlijk genoeg, van even grote vreugde, wanneer de seconden te fel stralen en mij verblinden. 'Heb ik gisteren iets gedaan?' fluisterde ik. 'Niet veel meer dan drinken en lachen.' Ik haal opgelucht adem. 'Waarom vraag je het dan?' 'Ik heb het zwarte in haar ogen gezien', antwoordde Peder. Misschien was er een ander voor nodig om dat te zien, iemand die lang genoeg weg was geweest. 'Ik kan geen kinderen maken', zei ik. Peder bleef een poosje stil liggen. Hij sprak er verder niet meer over. In plaats daarvan ging hij boven op me liggen. 'Droom je nog steeds, Barnum?' 'Ik droom de hele tijd, sukkel!' Peder gaf het niet op. 'Maar droom je in de plus?' Hij lachte en duwde mijn armen achterover. Ik probeerde los te komen. 'Ben je commercieel geworden, in Amerika?' riep ik. Peder liet me acuut los. 'Ik zal je iets laten zien', zei hij.

We dronken de laatste restjes op, ik haalde mijn manuscripten, en we liepen naar buiten. De sneeuwruimers hadden al wallen opgeworpen en het sneeuwde nog steeds. Ik moest niet vergeten die parasol binnen te halen. Die kon niet op het balkon blijven staan. Peder leek op een gastarbeider, met zijn dunne, blauwe overhemd, de bovenste knoopjes los, als iemand die niet weet wat kou is en die een hele winter nodig heeft om te leren het koud te hebben. In de Theresesgate pakten we een taxi en we reden naar de Solliplass. De boom had witte takken, alsof hij sinds de laatste keer albino was geworden. Maar dat was niet wat Peder me wilde laten zien. Het was de zaak van zijn vader. 'Ik heb ook een naamplaatje gekocht', zei hij. Boven de deur stond niet langer Miils postzegels, in- en verkoop. Nu stond er, met nieuwe, spitse plastic letters: Miil & Barnum. Ik wilde vragen wat dat eigenlijk te betekenen had, maar Peder maakte de deur open en duwde me naar binnen. Er was geen postzegel te bekennen in de ruimte. Alles was weg, zelfs die onmiskenbare geur van papier en gom was verdwenen. De kasten en laden waren leeg. Daarvoor in de plaats waren nieuwe meubels, een bureau, archiefkasten, een bank en een bureaustoel gekomen. 'Wat vind je ervan?' vroeg Peder. Ik draaide me naar hem om. 'Waar is alles gebleven?' 'Verkocht, natuurlijk.' 'Je bent gewoon naar huis gekomen en hebt alles wat je vader bezat verkocht?' Peder hief zijn hand op, streek met zijn vingers over zijn lippen, even van zijn stuk gebracht. Zijn stem trilde. 'Ben je sentimenteel geworden, Barnum?' 'Ja', zei ik. Ik zag dat hij begon te glimlachen. Niets beklijfde lang bij Peder. 'Dacht je dat ik de rest van mijn leven tandjes ging zitten tellen?' Ik ging op de bureaustoel zitten. Die had een neksteun, vering, wielen en kon draaien. Het deed me denken aan Tati, *Playtime*, deuren die geluidloos zijn als je ze woedend achter je dichtsmijt. 'Wat doet mijn naam op dat bordje buiten?' vroeg ik. Peder zuchtte. 'Ben je alles waar we over gepraat hebben dan vergeten?' Ik stond op en pakte zijn overhemd beet. Ik geloof dat ik er een knoop af trok. 'Ik ben niet vergeten dat je niets van je hebt laten horen', zei ik. Peder duwde me weer in de stoel. 'Dat is jouw stoel, Barnum', zei hij. Ik keek op. 'Wat?' En Peder draaide me rond, snel, ik moest me vasthouden aan de armleuningen, ik werd helemaal duizelig, ik schreeuwde en Peder lachte, en eindelijk stopte de stoel, het was net 'en de fles die wijst naar...' en ik was de fles. Peder boog zich naar me toe. 'Dromen en wiskunde, Barnum. Jij droomt en ik zal uitrekenen wat dat kost.' Ik sloot mijn ogen en schudde mijn hoofd. Peder legde zijn handen op mijn schouder. 'We gaan films maken, Barnum. Jij schrijft. Ik verkoop.' 'En Vivian doet de make-up!' riep ik. Peder haalde een krantenknipsel uit het archief. Het was het artikel van Bente Synt.

'Nieuwe bezem door Noorse film', las hij voor. Hij keek me aan, en die glimlach, die zo uniek voor Peder was, brak eindelijk door op zijn gezicht. 'Ik ben zo trots op je, Barnum', zei hij. 'Dank je', fluisterde ik en moest nog een rondje draaien op de stoel. 'Weet je wat ik bijna had gedaan toen ik dit las in het vliegtuig hiernaartoe?' 'Zeg maar, Peder. Zeg maar.' 'Ik was bijna naar de cockpit gelopen om te roepen dat Barnum Nilsen mijn beste vriend is!' Ik lachte. 'Je had het hele vliegtuig moeten kapen!' riep ik. Peder las verder. 'En Barnum Nilsens dankwoord zal de geschiedenis ingaan als het kortste en meest bijzondere dankwoord dat we ooit hebben gehoord.' Peder keek weer op. 'Het ontviel me gewoon', zei ik. Maar Peder schudde zijn hoofd. 'Krijg de klere. Dat is te gek, Barnum. Nu vergeten ze je nooit meer.' Hij vouwde het knipsel op en borg het op in het archief. Ik weet niet goed of ik het leuk vond wat hij zei. Ik zou liever willen dat ze het wel vergaten. Maar ik had de puf niet hem tegen te spreken. Ik had dorst en stond op. 'Heb je de koelkast ook verkocht?' vroeg ik. Peder diepte een bundeltje bankbiljetten op en telde ze uit. 'Heb je het scenario meegenomen?' Ik legde 'Mestkuur' op tafel. Peder gaf me drie biljetten. 'Jij gaat drank kopen terwijl ik lees', zei hij. Ik bleef staan, even verbaasd, kwaad bijna, met Peders geld in mijn hand. Wat dacht hij wel niet? Hij ging op de bank zitten en begon het script door te bladeren. Ik liep door de sneeuw naar de staatsdrankwinkel aan de Drammensvei. Ik wilde rode wijn kopen en moest mijn legitimatie laten zien. Ik loop altijd met mijn legitimatie op zak. Er zijn overal leeftijdsgrenzen. De verkoper bestudeerde hem lang, hield hem tegen het licht, riep er collega's bij om hun mening te horen over dat versleten en rafelige document, met een foto van mij, genomen in de automaat op het Vestbane-station, want daar is de stoel het hoogst. Het is net of ik niet meer in overeenstemming ben met mezelf, er heeft een verschuiving plaatsgevonden, ik zaai twijfel, maar het is niet de twijfel waar vader over sprak, de twijfel die waar is en die mensen alles kan laten geloven. Mijn twijfel is onrein, een blok aan je been. Achter de toonbank begonnen ze te lachen. Ik had weg moeten gaan, had me om moeten draaien, weg moeten gaan en de deur achter me dicht moeten smijten. Ik wachtte. Ik had dorst. Uiteindelijk kreeg ik mijn legitimatie terug, en een zak met flessen. De verkoper aarzelde nog even toen hij mijn ooglid naar beneden zag vallen. Ik haastte me naar buiten, ik stond op het punt tegen de deur te schoppen, maar deed het niet en hield hem in plaats daarvan open voor een van de oude dames uit de wijk die al haar lege flessen in krantenpapier had gewikkeld, en ik deed de deur zachtjes achter haar dicht, want ik zou hier ongetwijfeld nog heel vaak terugkomen.

Ik pakte een pilsje in de bar van de Coq d'Or. Peder was een langzame lezer. Ik liet mijn legitimatie op de bar liggen. De barman maakte een grapje. 'Ik zie dat je bang bent dat je vergeet wie je bent', zei hij. 'Ik ben bang dat ik geen bier krijg', zei ik. Ik dronk er nog een en liep terug naar de zaak. Ik bleef buiten naar het nieuwe bord staan kijken. Miil & Barnum. Er klopte iets niet, het bekte niet lekker, het deed me denken aan een reclame voor honing of aan een slecht gedicht. Toen ik binnenkwam, zat Peder met zijn voeten op tafel. 'Je droomt nog steeds in de min', zei hij. Ik trok een fles rode wijn open. 'Vond je het niet goed?' vroeg ik. Peder stond op en begon aan een lang relaas, waarbij hij steeds zijn mollige handen ophief, alsof hij de woorden oppompte. Ik had tijd om bijna een hele fles te drinken. Dit zei hij ongeveer: 'Of ik het goedvond? Natuurlijk vond ik het goed. Ik vind het niet alleen goed. Ik vind het te gek. Maar is dat belangrijk? Hm? Het antwoord is nee. Wat wel belangrijk is, is het feit dat niemand zin heeft om naar de bioscoop te gaan om dit te zien. Mestkuur, nou vraag ik je. Alleen maar mineur. Elk personage in dit verhaal staat aan de debetkant. Alles wat ze doen, elke handeling, maakt hun schuld alleen maar groter. De moeder, de schoolarts, de jongens, de boer en de melkmeid en zelfs de operateur gaan failliet. Je moet in het positieve zien te komen, Barnum. Het publiek wil iets positiefs zien. Wanneer ze de zaal verlaten willen ze nog iets te goed hebben! Ze willen vet worden, niet mager! Nietwaar?' Peder stopte, haalde diep adem en keek me aan. 'Nu weet ik wat er niet aan klopt', zei ik. 'Goed zo!' riep hij. 'Mijn naam moet voorop staan.' Peder was even van zijn apropos. 'Wat zeg je?' 'Barnum & Miil', zei ik. 'Dat is veel beter.' Peder liet zijn handen zakken en glimlachte. 'Dat valt te regelen.' Hij pakte de telefoon, praatte even kort met iemand, hing op en draaide zich naar me om. 'Het is zo goed als geregeld', zei Peder. Hij ging zitten. Ik wist niet met wie hij gebeld had, maar ik was onder de indruk. 'Heb je nog wat?' vroeg hij. Ik schonk zijn glas vol. Peder lachte. 'Ik bedoel materiaal, Barnum.' Ik sloot mijn ogen. Bedierf ik de ideeën nu en verbruikte ik ze? Hoe weinig moest ik zeggen en hoeveel moest ik voor mezelf houden? En het schoot door me heen dat ik wat de meeste dingen betrof half was, mijn gezicht was half, mijn lengte, mijn gedachten, ik was een half mens. Het enige wat ik helemaal was, was half. 'Het zwembad', zei ik. Peder boog zich naar me toe. 'Het zwembad?' 'Dat is de titel. Het zwembad.' Peder hief zijn mok op en zette hem weer neer. 'Miil wil meer', zei hij. Ik gaf hem meer. Ik verklapte hem het verhaal. Zo deed ik dat: 'Ik stel me twee arbeiders voor die zwembaden aanleggen in de tuinen van rijke mensen. Ze graven, metselen, leggen tegels, kortom, ze ploeteren dag en nacht om die prachtige zwembaden klaar te maken voor de kapitalisten. Er terwijl ze aan het werk zijn is er een tuinfeest, mannen in smoking en vrouwen in lange jurken lopen met drankjes en canapés langs de rand. Maar de baden komen nooit vol water. Als het herfst wordt, liggen ze daar nog net zo leeg, slechts vol bladeren en regen. Als enorme graven.' Ik dronk nog wat en keek naar Peder. Zijn gezicht stond afwezig. Er hing een rimpel schuin vanaf zijn voorhoofd. 'Is dat het enige wat er gebeurt?' vroeg hij. 'Vind je dat er meer moet gebeuren?' 'Ja, dat vind ik, Barnum. Er gebeurt niets. Afgezien van het bouwen van een zwembad.' 'Het zwembad is een metafoor', zei ik. 'Er komt nooit water in.' Peder zuchtte. 'Dat bedoel ik dus. Ze krijgen er nooit water in.' 'Dat is ook de bedoeling', zei ik. 'De bedoeling?' 'De metafoor. Dat ze zwembaden zonder water bouwen.' 'Doen die werklui dat met opzet, dat ze het saboteren?' 'Daar heb ik nog niet over nagedacht', zei ik. Peder werd ongeduldig. 'Dan moet je me dit nader uitleggen, Barnum. Neem alle tijd.' 'Er valt niks uit te leggen.' 'Er valt heel veel uit te leggen, Barnum.' 'Het leven is een leeg zwembad', zei ik. Peder zuchtte nog dieper. 'Is het mijn schuld of jouw schuld dat ik me op dit moment heel dom voel?' 'Wat bedoel je?' 'Wil je dat het publiek zich dom voelt, Barnum?' 'Absoluut niet.' 'We kunnen het opsturen naar de televisie', zei hij. Er stopte een vrachtwagen buiten. Twee mannen in overalls met reflecterende strepen rond hun kuiten zetten een ladder tegen het raam. Peder stond op, deed de deur open en gaf een paar instructies. Ik trok nog een fles open en schonk de mokken vol. Peder proostte. 'Weet je nog hoe mijn vader een kater altijd noemde?' vroeg hij plotseling. 'Strafport', antwoordde ik. Peder lachte even. 'Te weinig postzegels op het plezier', zei hij. Ik zag een trekje rond zijn ogen. Hij moest zijn ogen neerslaan. 'Bedankt dat jullie moeder hebben geholpen', fluisterde hij. 'Dat spreekt toch vanzelf, Peder.' 'Ik schaam me zo, Barnum.' 'Waarom?' 'Ik was niet bij machte om thuis te komen voor de begrafenis. Ik ben een lafaard.' Hij keek op. 'Ik werd zo verdomde kwaad toen ze vertelde wat hij had gedaan.' 'Kwaad?' 'Ik begrijp het niet. Dat hij zelfmoord heeft gepleegd. En ik haat wat ik niet begrijp.' Peder boog zijn hoofd weer. 'Krijg de klere', fluisterde hij. 'Krijg de klere.' Ik had zin om hem te vertellen over *De Nachtman*, de eerste scènes uit *De Nachtman* en mijn grootse plannen. Maar hij was me voor. 'Er is nog iets', zei hij. Ik wachtte. Hij nam een slok en keek me aan. 'Ik heb geen enkel examen gedaan.' 'Wat heb je dan gedaan?' 'Op het strand gelegen.' 'Je bent in ieder geval ontzettend bruin geworden', zei ik. Peder stond bruusk op. 'Hoor je niet wat ik zeg? Ik ben niets. Absoluut niets.' 'Niet zo opscheppen', zei ik. Peder bleef staan, zwijgend en in de war, zijn overhemd hing uit zijn broek, zijn voorhoofd was bezweet, zijn handen waren onrustig. 'Nu weet je met wie je je inlaat', zei hij. 'Hoeveel letters zitten er in onze namen?' vroeg ik. 'Tien', zei Peder, vermoeid. Ik stond ook op en pakte zijn hand. 'Daar komen we een heel eind mee', zei ik. En hij leunde op mijn schouder.

Toen klopte een van de mannen op het raam. Ze waren klaar en reden weg, met de ladder op het dak. We liepen naar buiten. Ze hadden het bord veranderd. 'Ik zal je ideeën zichtbaar maken', zei Peder. Hij holde weer naar binnen. Het sneeuwde nog steeds. Toen gebeurde er iets. De letters knipperden hevig, alsof ze van de muur begonnen los te raken. Peder kwam bedaard naar buiten, glimlachend, en hij ging naast me in de sneeuw staan. Al snel kwamen de letters tot rust en lichtten onze namen fel en rood op boven de deur: BARNUM & MIIL. Ik legde mijn arm om Peder heen. En zo begon wat ik, met een leenwoord uit de taal van de stomme film, ons elektrische theater noem, dat mij naar kamer 502 van Cochs Hospits zou voeren en later naar Røst, waar ik opdroogde in de zilte wind.

(RIJ 14, STOELEN 18, 19 EN 20)

De stomme film haalde zijn uitdrukkingen uit de fotografie en de mimekunst, uit de bordelen en het variété, uit de havens, de kroegen, de circussen en van de kerkhoven. Het gezicht liegt niet. Het verhaal van het gezicht is primitief en duidelijk, zoals ook de trekken van De Oude werden gekenmerkt door het verlies, maar ook door het geluk het kind van de vermiste te dragen, Boletta. Wij zijn dubbel. Wij zijn half. Het verhaal van het gezicht is tragedie en komedie. Scenario's bestonden nog niet. De handeling was een beweging, een opgetrokken wenkbrauw, een traan, een glimlach. De taal was uitsluitend aanwezig als verklarende tekst tussen de scènes, witte, flikkerende letters tegen een zwarte achtergrond, en de enige taak van die taal was deze: te vertellen dat de tijd verstrijkt. *Later. De volgende morgen. Die avond.* Maar na verloop van tijd werden deze simpele meldingen, deze tijdsaanduidingen, te beperkt. Het was net of er een grote ijdelheid de taal binnensloop en al snel kon men op het doek lezen: *Langzame, vreselijke dagen slepen zich voort, vervuld van de hopeloosheid van de vertwijfeling. Ongemerkt sloop de wrede ochtend tevoorschijn.* De taal begon fout te gaan. Ten slotte stond de tijd stil in de woorden. Zelfs de muziek kon dat niet verhelpen. De pianist gaf het op. De acteurs begonnen tegen elkaar te fluisteren, gegrepen door dezelfde paniek die het publiek ook voelde. De handeling moest verdergaan. Het gesproken woord drong zich op en daarmee kwam het scenario. Er zijn tijden dat het mij ook zo vergaat: de tijd is stil blijven staan. De vellen papier liggen daar. Ik krijg het maar niet af. Ik sta in het achterkamertje. Ik drink zo langzaam als ik maar kan. Een roes is ook tijd en in het hart van die roes loopt de tijd amok, een klok die explodeert in je slaap. Ik kijk naar de gasten. Ik hoor hen niet. Peder heeft de halve stad uitgenodigd. Het is stampvol. Ik herken gezichten van Norsk Film, daar is de directeur, zijn leren elleboogstukken zitten los, de dramaturge laat een sigaret vallen en trapt die weg in het tapijt als ze denkt dat niemand het ziet, ik zie het, er zijn enkele journalisten, Bente Synt noteert, ze is de skald van de avond en in haar zak heeft ze een camera, er zijn musici in vieze spijkerbroeken, opgewonden regisseurs, vooral dat beroemde echtpaar, de ene in bont, luidruchtige acteurs, mislukte undergrounddichters, kinderoppassen, familieleden en andere bleke mingelaars die niet uitgenodigd zijn, maar die het spoor van gratis drank net zo secuur hebben opgepikt als gedresseerde bloedhonden. Ik ben onder de indruk. Peder en Vivian lopen rond en glimlachen tegen iedereen. Zij zijn de gastheer en gastvrouw. Ze zijn elegant. Ik hou hen in de gaten. Zij zijn de fraaiste vissen in het aquarium. Ik sta aan de andere kant, in het geluidloze. Het bevalt me daar. Vivian draait zich plotseling om en ontmoet mijn blik, het is overweldigend en duurt niet langer dan een seconde, nee, nog minder, slechts een blik die voorbij is, vluchtig, een beweging die niet stopt. Ik glimlach en hef mijn glas, te laat, en ik weet dat ze niet meer de mijne is en dat ze dat misschien wel nooit is geweest. Ik ben geen deugdelijke man. En op het moment dat ik dit besef voel ik me meer met haar verbonden dan ooit. Peder gaat op een stoel staan en houdt een speech. Ik zie de monden die zich in een lach krullen en de handen die klappen. Dan breken de stemmen opeens door, een geluidsgolf die op me af stroomt, en ik kan Peder horen roepen. Hij wil dat ik een paar woorden zeg. Ik loop naar hen toe. Ik klim op dezelfde stoel. Er heerst een zekere verwachting. Ik kijk naar Vivian. Ze wacht rustig af. 'Kom op, Barnum!' roept Bente Synt. Peder zweet lichtelijk. Een van de vroegste films die in Engeland is gemaakt heette *De Kaasmijten of het Lilliputvolk in het Restaurant.* De regisseur Robert W. Paul, bekend om zijn trucages en niet in de laatste plaats om zijn dolly shots, nam eerst een scène op de normale manier op, toen bedekte hij zijn coulissen met zwart, rolde de camera dertig voet achteruit, zette er een andere lens in en maakte nieuwe opnames op de oude rol. Zo kon hij mensen op ware grote en kleine, sprookjesachtige wezens in een en hetzelfde beeld krijgen. Dit is de beroemdste scène: het ongeloof en de verbazing van een zeeman als hij ziet dat er een rij dwergen uit een kaas klimt die hij net wil eten. Ik zou daar graag iets over willen zeggen. Ik wil zeggen dat ik ook een mijt ben, dat ik overal zal opduiken, jullie zullen me vinden als je een lade opentrekt, in een boek bladeren, een hand in je zak steken, naar de wc gaan, het handschoenenvak opendoen en je brillenetui en de koelkast en ik zal er zijn als jullie in slaap vallen en vooral als jullie wakker worden. Ik ben een mijt. Ik moet nu iets zeggen. Maar het lukt me niet. 'De nacht is nog jong', zeg ik in plaats daarvan. Ik klim weer van de stoel. Een paar mensen klappen. Anderen kijken elkaar alleen maar aan. Bente Synt komt langs geglipt. 'Ben je welopgevoed geworden sinds de laatste keer?' zegt ze. Ik knik. 'Wat saai', zegt ze. Bente Synt legt haar hoofd schuin. 'Wat moet jij eigenlijk met Peder Miil?' vraagt ze. Ik ruk de camera uit haar hand en loop dichter naar het lange gezicht, die rode muil toe. 'Ik ga je fotofuckgraferen', roep ik. En dat doe ik ook. Ik pak haar haar ziel af. Bente Synt lacht. Het is een mooie avond. De directeur blijft vlak achter me staan. 'Heb je nog nagedacht over mijn voorstel?' 'Nee', zeg ik. Hij slaat me op mijn schouder. Het is nog steeds een mooie avond.

Bijna iedereen is weg. De emballage is achtergebleven, de peuken, de restjes drank, de glazen en vooral de verfrommelde, vieze papieren servetjes, ik vind opeens dat ze op verminkte vogels lijken. Ik raap een ervan op en strijk de vleugels glad, die zijn bevuild met lippenstift en as. Geen wonder dat ze niet kunnen vliegen. We zitten rond de tafel en delen de laatste fles. Vivian, Peder en ik. 'We zijn op weg', zegt Peder. 'We zijn op weg', herhaal ik. Vivian is moe en blij. Ze heft haar glas. 'Op Miil & Barnum', zegt ze. 'Barnum & Miil', corrigeer ik haar. Peder lacht. 'Op Vivian!' We proosten op onszelf. De avond is niet meer jong. Het is nacht en het bord dat nog steeds boven de deur brandt, kleurt de sneeuw rood. Een onttakelde kerstboom met een halve ster erin ligt midden op straat. Misschien heeft iemand die uit een raam of van een balkon gegooid. We zwijgen in gedachten verzonken terwijl we de rest van de fles opdrinken. 'Komedie', zegt Vivian opeens. We kijken haar aan. 'Wat voor komedie?' vraagt Peder. Vivian is gestopt met roken en steekt een sigaret op. 'Over moeders. Geïnspireerd door dat kinderliedje, "Pål en zijn kippen".' Peder en ik kunnen haar niet helemaal volgen. We zingen 'Pål en zijn kippen' en begrijpen wat ze bedoelt als we bij de laatste zin van het refrein komen. *Nu durf ik niet meer naar huis naar mijn moe.* Ik kus Vivian op haar wang. Vannacht ben ik verliefd. Peder slaat op tafel. 'Lauren Bacall!' roept hij. Ik draai me naar hem om. 'Wat is daarmee?' 'Wat is daarmee? Als we Lauren Bacall voor een project kunnen krijgen, is alles in kannen en kruiken, nietwaar?' 'Lauren Bacall? Ben je zo dronken, Peder?' 'Verdomme, waarom zouden we genoegen nemen met de Gouden Garnaal van Drøbak, hm? Niets is onmogelijk.' Zo praten we en we jutten elkaar op. Het is bijna net als vroeger. Maar er is iets met onze stemmen. We praten te hard. We praten te snel. 'De garage is afgebrand', zegt Peder stilletjes. 'Is de garage afgebrand?' Ik pak zijn hand. Hij knikt een paar keer. 'De hele handel is afgefikt. Wel zo goed, toch?' Vivian en ik lopen naar huis. Peder blijft achter om op te ruimen. Ik krijg dat refrein niet uit mijn hoofd. *Nu durf ik niet meer naar huis naar mijn moe.* De kou maakt me wakker. Ik kan niet slapen. Vivians rug is naakt. Ik leg voorzichtig mijn hand op haar heup. Ze duwt hem weg in haar slaap. Ik sta op. Ik ga aan mijn werktafel zitten. *De Nachtman* ligt in de la. De laden zitten vol. Ik draai een nieuw vel in de machine en schrijf: *De winter werpt eindelijk zijn witte mantel af en laat zijn lichtgroene jurk zien.* Ik kijk naar buiten. Vivian zit onder de parasol op het balkon. Op het ronde tafeltje staat een rood drankje. Ze leunt met haar hoofd achterover en glimlacht, maar niet tegen mij. In 1911 draaide Will Barker *Hamlet* in één dag en de film duurde vijftien minuten. Dat is een record. Vivian is naar de woonkamer gelopen. De telefoon gaat. Het is Peder. Peder schreeuwt in de hoorn, alsof hij in een telefooncel staat, ver terug in zijn jeugd, en hij veel te vertellen heeft met maar één muntje op zak. 'We moeten iets bespreken, Barnum!' 'Ik heb geen tijd', zeg ik. 'Afgesproken, lunchen bij Valka.'

Ik zette mijn zonnebril op en liep naar buiten en voordat ik bij Marienlyst kwam, was de zomer al bijna voorbij. De bomen knisperden, dat merkwaardige, droge geluid van bladeren die branden en vallen, het grote wiel rolde. Maar wat ik hoorde waren hijskranen, ze stonden als mechanische roofdieren op de straat voor ons huis en het hele dak was bedekt met een groen zeil. Toen de wind er vat op kreeg en het deed opwaaien, leek het op een enorme ballon waar het huis aan een dun draadje onder hing. Ze waren begonnen de zolderappartementen te bouwen. En ik dacht, nu breken ze moeders geschiedenis af. Ik liep naar Valka. Peder zat bij het raam. Ik bestelde een kopstootje. Peder dronk cola en had een gebakje gegeten. Ik keek om me heen, naar de slome gasten. 'Zou ik ook zo eindigen?' fluisterde ik. Een zwijgzame ober zette de bestelling op tafel. Ik dronk eerst het kopstootje op. 'Je bent in ieder geval al een aardig eind op weg', zei Peder. 'Was dat wat je wilde bespreken?' Peder schudde zijn hoofd. Dit was de bruine hoek van de norse mannen. Hier stond de tijd stil en de weinige keren dat hij zich verroerde, wanneer iemand moest pissen, draaide hij achteruit. In de verste hoek stond de directeur op. Hij was geen directeur meer. De Rambo's hadden het overgenomen. Hij hoefde alleen nog uit het grauwe raam te kijken. De nieuwe mannen en vrouwen repten zich voorbij, in hun gewichtloze jassen, gewapend met creditcards en stilettohakken. Op alle hoeken waren Amerikaanse hamburgertenten geopend. Zelfs de zatlappen op de trap van Majorstuen hadden een vouw in hun broek. Niet alleen ons huis, maar de hele stad leek bijna op te stijgen, een nieuwe luchtvaart van André en wie moest ons straks gaan zoeken? De enige getrouwen waren het kwartet van het Leger des Heils. Zij waren de bardoenen die een stukje van deze werkelijkheid vasthielden.

Ze stonden bij de tramhalte, met hun ijle gitaren, en ze zongen de oude, vertrouwde liederen. En ik dacht, dat zijn de mensen die naar Fred zoeken. In alle steden in alle landen staan ze te zingen en te kijken, te zingen en te kijken en heil te brengen. 'Heb je wel eens van Arthur Burns gehoord?' vroeg ik. Dat had Peder niet. Niemand heeft ooit van hem gehoord. Ik vertelde het verhaal van Arthur Burns. Hij is vorig jaar overleden. Hij werd 94 jaar. Hij was een van de pioniers van de film. Hij was een jonge, begaafde toneelschrijver die van New York naar Hollywood verhuisde en al scenario's begon te schrijven toen Mary Pickford op haar hoogtepunt was. En dat bleef hij doen. Hij schreef scripts toen Douglas Fairbanks de grote held was, hij schreef voor James Cagney, Edward G. Robinson en John Wayne, hij schreef toen James Dean en Marlon Brando op het doek verschenen met hun melancholie, hij schreef toen Clint Eastwood zijn magnum trok en hij gaf het ook niet op toen Sylvester Stallone van rechts opkwam, met ontbloot bovenlijf. Arthur Burns was een van de meest gerespecteerde scenarioschrijvers van Hollywood. Niemand was langer bezig geweest dan hij. Hij was een legende. Hij overleefde alle helden en Warner Bros betaalde zijn begrafenis. Er zat slechts één maar aan Arthur Burns grootse carrière. Het werd nooit wat. Geen enkel scenario dat hij schreef werd verfilmd, geen enkele scène, geen enkele repliek, nog geen voice-over werd gebruikt. Arthur Burns schreef in het water. Ik bestelde nog een kopstoot. Peder gaapte. 'En wat probeer je daarmee te zeggen?' 'Ik heb ook mijn laden vol scripts die niemand wil hebben', zei ik. Peder leunde over de tafel heen. 'Bewerkingen', zei hij. Ik trok mijn arm snel terug. 'Bewerkingen?' 'Dat heb je goed verstaan. We gaan het over bewerkingen hebben.' 'Beledig me niet, Peder.' 'Ga naar de bibliotheek en zoek boeken met een goed verhaal. Dat is alles wat ik je vraag.' 'Ik gebruik liever mijn eigen ideeën', zei ik. Peder vouwde zijn handen. 'Maar als die eigen ideeën een beetje op zich laten wachten, kun je je in de tussentijd toch laten inspireren door de vondsten van anderen, of niet soms?' 'Weet je wat Scott Fitzgerald over bewerkingen schrijft?' 'Nee, Barnum. Maar dat weet jij ongetwijfeld wel.' Ik knikte. 'Laat een goede vriend het boek lezen, vraag hem te vertellen wat hij zich ervan herinnert, schrijf dat op en dan heb je een film.' 'Briljant', zei Peder. Toen kwam de vroegere directeur terug van de wc. Hij bleef bij onze tafel staan en keek op mij neer. Peder was aan het betalen. 'Schrijf je?' vroeg de directeur. 'Ja', zei ik. 'Maar schrijf je over je broer, Barnum?' Ik weet niet waarom, maar ik werd zo pissig. Ik stond op en duwde hem weg. Ik weet zeker dat ik niet hard geduwd heb. Maar ik duwde. Waarschijnlijk was er iets mis met zijn evenwichtsgevoel.

Hij tuimelde achterover en bleef tussen de stoelen liggen. En ik werd er voorgoed uitgegooid, uit Valka, het was nog niet eens twee uur, terwijl Bente Synt op weg naar binnen was, ik zag haar nog glimlachen, zij was mijn slechte voorteken, want elke keer dat zij opdook, gebeurde er iets verschrikkelijks. Peder pakte mijn arm en trok me de straat over voor ik nog meer onheil kon aanrichten. Het Leger des Heils zong. 'Schrijf je over Fred?' vroeg hij. Ik gaf Peder ook een duw, maar hij viel niet, hij was te zwaar. 'Nee!' riep ik. We gingen naar de Deichman-bibliotheek in de Bogstadvei en leenden twintig romans, waaronder de dunste van Hamsun, *Dwepers*, Johan Borgens *Kleine Lord*, *Dracula*, de saga's en het nieuwste boek van een jonge, langharige schrijver die Ingvar Ambjørnsen heette. We namen een taxi naar ons kantoor. Een van de letters boven de deur was gedoofd. Barum & Miil. We leken op een hotel met wc op de gang. Peder deed de deur open en daar zat Vivian. Ze stond meteen op. 'Hebben jullie het nog niet gehoord?' vroeg ze. Ik werd koud en nuchter. Ik weet niet wat ik verwachtte, maar ik verwachtte het ergste. 'Wat niet gehoord?' fluisterde ik. 'Ze slopen de Rosenborg-bioscoop', zei ze. Peder liet alle boeken pardoes op de grond vallen en we namen er meteen een taxi naartoe. Het was waar. Ze sloopten de Rosenborg-bioscoop. Het zou een fitnessstudio worden. Ze droegen de inventaris naar buiten en kieperden alles in een enorme container die de hele straat blokkeerde. Nu verdween er nog een plek. Maar de beelden konden ze niet weggooien. Het licht konden ze niet in zwarte zakken proppen en wegsmijten. Er bleef iets over wat we niet zouden kwijtraken. Dat was een troost. Peder onderhandelde ongeveer een uur lang met de opzichter. Toen schreef hij een forse cheque uit en mochten we in de container klimmen. Ten slotte vonden we de stoelen, rij 14, stoelen 18, 19 en 20. We droegen die stoelen, de beste plekken in de hele zaal, naar Bolteløkka en daar zetten we ze neer op het balkon. 'Ik wil aan de buitenkant zitten', zei Vivian. Ik protesteerde. 'Jij moet in het midden zitten', zei ik. Maar ze gaat toch aan de buitenkant zitten, het maakt niet uit wat wij zeggen, op stoel 18, veertiende rij, en ik ben degene die in het midden moet. Peder heeft uiteraard een chocoladereep bij zich die hij in drie gelijke stukken breekt. De bomen in het Stenspark dragen nog fraaie, bevende bladeren. Maar het grote wiel knarst. De zon is op weg naar beneden. De Nachtman loopt over Blåsen en alles komt dichterbij. 'Kunnen jullie het goed zien?' vraag ik. 'Sst!' zeggen Peder en Vivian.

(PEAU DE PÊCHE)

Waar ooit het dakvenster was, is nu een breed raam gemaakt, met uitzicht op de duisternis en de hemel. Ik vraag me af of het glas het zal houden als het lang en hevig sneeuwt. De muur naast de schoorsteen en de kolenschacht zijn witgekalkt. De vloer is geschuurd, het is net of de planken veren als ik eroverheen loop, en ze zijn in een lichte, fraaie tint gelakt, waardoor de kamer groter lijkt dan ik me kan herinneren, maar misschien komt dat omdat het hier zo leeg is, niemand woont hier nog, het is nog geen plek. Er is een open keuken en de berghokken hiernaast zijn slaapkamer en bad geworden. Ik weet het al: hier zal ik nooit kunnen wonen.

Ik hoor iemand de trap op komen. Ik draai me om. Moeder blijft staan onder de waslijnen. Zo zie ik haar. Ik vermeng die beelden, die de tijd tegelijk oproept: moeder is blijven staan onder de waslijnen die in flauwe bogen in het licht hangen, aan de muren bevestigd met roestige haken, en als ze zich een beetje uitrekt, kan ze bij de houten knijpers om een stuk wasgoed van de lijn te halen dat ze daar heeft vergeten, een gebloemde jurk, terwijl een duif op een balk zit te koeren. Ik wil iets zeggen, maar doe het niet. Er is iets aan haar, iets anders, een rust die me bang maakt. 'Het is voorbij', zegt moeder. 'Voorbij? Wat bedoel je?' 'Fred', fluistert ze. De regen slaat tegen het schuine raam. Ik zou nooit in deze kamers kunnen slapen. Ik loop naar moeder toe. Het verbaast me dat ik noch blijdschap, noch verdriet voel, ik ben niet eens bang. Het is alsof moeders sombere kalmte ook de mijne is geworden. Maar als ik begin te praten, breekt mijn stem plotseling. 'Hebben ze hem gevonden?' vraag ik. Moeder schudt haar hoofd. 'Ze hebben kleren van hem gevonden.' 'Kleren?' 'Herinner je je dat oude peau de pêche-jasje?' Ik knik. Ik had het een keer van hem mogen lenen, toen hij me absoluut mee wilde hebben naar het kerkhof, maar het was me te groot. 'Dat is in Kopenhagen gevonden. In Nyhavn. Het hing over de leuning van de brug.' Moeder glimlacht. 'Maar goed dat ik jullie namen in jullie kleren heb genaaid', zei ze. 'Ja, moeder.' En ik besef, op het moment dat ze dat zegt, dat ze het heeft opgegeven. Het is gewoon zo. Ze heeft geen zin meer om te wachten. Ze kan niet meer hopen. Ze zal tot rust komen. We zullen hem niet meer vermist noemen, we zullen hem een nieuwe naam geven: dood. Het is net of ze opgelucht is. 'Ze hebben in de kanalen gedregd, maar ze kunnen hem niet vinden', fluistert ze. 'De stroom heeft hem vast ver weg gedreven.' Ze komt nog een stap dichterbij. De vloer trilt. Ik probeer haar in de ogen te kijken, maar hou dat niet vol. 'Misschien heeft iemand zijn jasje geleend', zeg ik. Moeder glimlacht weer en reikt me een vel papier aan, waar iets op geschreven staat. Het is de laatste alinea van de brief uit Groenland en even is dat een soort triomf, hij heeft de brief uiteindelijk gevonden, zijn reis is niet tevergeefs geweest, maar dan herken ik Freds handschrift en de geradbraakte woorden. Hij heeft ze waarschijnlijk gewoon vanbuiten geleerd, net als ik, op zijn eigen, kromme manier. Maar de allerlaatste zin ontbreekt. 'Dat zat in zijn zak', zegt moeder. We blijven een poosje zwijgend staan, alsof we een soort overeenstemming hebben bereikt. Hierboven, op wat ooit de droogzolder was, waar alles ooit begon, zegt moeder dat het afgelopen is. Ze pakt het vel papier terug. 'Ik wil dat jij een speech houdt, Barnum.' Nu moet ik haar wel in de ogen kijken. Die zijn glanzend en donker. 'Een speech? Waar?' 'Bij de herdenkingsdienst voor Fred', zegt ze.

Later loop ik naar Boltekøkka. De planken, laden en kasten zijn leeggehaald. De kartonnen dozen staan langs de wanden. De foto van die vrouw die wij voor Lauren Bacall hielden, heeft een vaag, verbleekt vierkant achtergelaten op het grijze behang. Ik probeer aan *De Nachtman* te schrijven, maar de beelden staan stil. Waar is Freds jasje nu? Dat ben ik moeder vergeten te vragen. Ik drink tot Vivian thuiskomt. Ik weet niet waar ze geweest is. Ik vraag het haar niet. Ze gaat in het donker naast me liggen. Ik hoor dat ze niet slaapt. En nu zegt ze het. 'Ik krijg een kind', fluistert ze. En ik voel het, dat we elk in onze leugen verstrikt zitten, de ene groter dan de andere, leugens die in elkaar grijpen als een geluidloos uurwerk, het is gekmakend, beschamend, en ik heb geen idee wat ik met deze eenzaamheid aan moet. Ik draai me om naar Vivian en leg mijn hand voorzichtig op haar buik, bang iets kapot te maken. Er gaat een trilling door haar dunne, bijna lichtgevende huid, alsof daarbinnen al iets leeft. Ze gaat boven op me zitten. Ik kan haar gezicht niet zien. Ik huil. Ze buigt zich voorover, bijna tot bij mijn mond en streelt met een hand door mijn haren, steeds weer, terwijl ze zachtjes wiegt. 'Niet huilen', zegt ze. 'Nu niet huilen, Barnum.' En die troost, het enige eerlijke vannacht, verstoort bijna het fijne uurwerk van de leugen, ontmaskert ons bijna. 'Fred is dood', zeg ik. Vivian glijdt van me af en duwt me ruw weg en trekt me tegen zich aan, alles in één onthutsende beweging. Haar stem begeeft het bijna. 'Dood? Is Fred dood?' 'Ze hebben zijn jasje in Kopenhagen gevonden. Ze denken dat hij is verdronken in een kanaal.' 'Maar ze hebben hem niet gevonden?' 'Nee', fluister ik. Vivian laat me los. Ik doe het licht aan. Ze verstopt haar gezicht in haar handen. De kamer is wit, het is een kamer die men aan het verlaten is. Hij past bij ons. Ik doe mijn ogen dicht. Ik kan dit niet aanzien. 'Ik wil hem hebben', zegt Vivian en er klinkt iets resoluuts, bijna verbetens door in haar stem, alsof ik haar heb tegengesproken. Eerst snap ik niet wat ze bedoelt. Mijn ene ooglid hangt weer, als een dun, kleverig verband. Dan dringt het tot me door. 'Hem? Weet je al dat het een jongen wordt?' Vivian wendt zich af. 'Ik ben al drie maanden heen', fluistert ze. Ik trek een overhemd aan en ga op het balkon zitten, op stoel 18, aan de buitenkant. Ik zie niets. Alles vloeit in elkaar over. Het verbaast me dat de stad zo stil is, alsof alleen wij hier vannacht overgebleven zijn, verlamd. Is de twijfel ook een soort leugen? Ik drink wat er nog is. Dat doe ik altijd. Wat deed Fred in Kopenhagen, als hij er überhaupt al geweest is? Was hij op weg naar huis? Ging hij naar Køge of wilde hij alleen de muskusos in de dierentuin zien? Ik probeer hem voor me te zien, zoals hij nu moet zijn, vele jaren ouder, een man van middelbare leeftijd bijna, maar het lukt me niet, ik kan hem niet anders zien dan ik me hem herinner, de laatste ochtend in de keuken in de Kirkevei, toen hij voorgoed vertrok, net twintig jaar oud. In mijn beeld van hem is de tijd stil blijven staan. Ik kan hem alleen maar zo zien, de magere, jonge Fred die ik ooit kende, die zijn oude peau de pêche-jasje over de leuning van de brug in Nyhavn hangt en de duisternis aan de andere kant binnengaat. 'Denk jij dat hij dood is?' Vivian staat bij de deur en de lamp in de woonkamer lijst haar in in zilver. Ik meen een vaag bollen van haar buik te zien, of misschien is dat gewoon iets wat ik geloof, nu ik het weet, dat ze het kind zal krijgen dat ik haar niet kon geven. We beschermen elkaar met leugens. Ze heeft haar handen op haar schouders gelegd. Haar armen vormen een kruis. Ze vraagt het nogmaals en haar lippen trillen rond de woorden. 'Denk jij dat Fred dood is, Barnum?' 'Moeder wil een herdenkingsdienst voor hem houden', zeg ik. Vivian kijkt me aan, het is alsof ze in een schijnend gat in het donker staat, op de bodem van een bron van licht. 'Zorg dat ze daarvan afziet', fluistert ze.

Maar moeder was niet te vermurwen. Ik probeerde het tot het laatst, maar niets hielp. Ze had haar besluit genomen, voor eens en voor altijd. Ze was moe van het wachten en eindelijk had ze iets anders om zich op te concentreren. En dat deed ze met een ijver en een overmoed, ja, enthousiasme bijna, waarvan ik me niet kon herinneren die ooit eerder bij haar gezien te hebben en dat maakte me doodsbang. Ze gaf door aan de afdeling vermiste personen van het Leger des Heils dat ze Fred niet meer hoefden te zoeken. De zoektocht was voorbij. Ze bestelde bloemen en kransen. Ze liet een advertentie in de *Aftenposten* zetten. Ze liet de liederen drukken die we moesten zingen. En ze haalde zijn spullen weg uit onze kamer. Ik stond tegen de deurpost geleund en het was een wonderlijk gezicht. Mijn helft was allang leeggeruimd, alleen het frame van mijn bed stond er nog. Nu verdween Freds deel ook en zo werd de kamer in zekere zin weer heel, even naakt, even leeg. Moeder stopte alles weg in een kast en draaide zich naar me om, glimlachte, met glanzend gezicht, jong bijna, mooi was ze, ze had het starre masker van de wachtende weggeworpen en was bevrijd. Het leek op een roes, een steeds sterker wordende roes, en ik telde gewoon af tot het moment dat ze zou instorten. Dit kon niet blijven duren. Ik liep naar Boletta en wekte haar. 'Kun je het moeder niet uit haar hoofd praten?' fluisterde ik. Boletta schudde nauwelijks merkbaar haar hoofd. 'Misschien vindt ze dat ze hem dit verschuldigd is', zei ze. 'Hem dit verschuldigd is? Wat bedoel je?' Boletta stond op van de bank. 'Fred werd niet gepland geboren, Barnum.' Moeder riep vanuit de hal, ongeduldig en beslist. 'Kom je zo?' Ik pakte Boletta's hand, vluchtig. 'Geloof jij dat hij dood is?' Boletta keek op. 'Fred heeft nu lang genoeg rondgezworven', zei ze. Moeder riep weer en ik liep achter haar aan. 'Waar gaan we naartoe?' vroeg ik. Maar moeder had geen tijd om te antwoorden en toen we buiten op de stoep stonden kwamen we Vivian en Peder tegen. Moeder omhelsde Vivian en kuste haar op beide wangen. Vivian fluisterde iets tegen haar wat ik niet kon horen. Ik keek naar Peder. Ik kon geen verandering zien. 'Vivian gaat me het nieuwe zolderappartement laten zien', zei hij. Hij draaide zich snel om naar moeder. 'Ik weet niet wat ik moet zeggen', fluisterde hij. 'Gecondoleerd.' Moeder kuste hem ook. 'Dankjewel, Peder. Jij weet hoe het is iemand te verliezen.' Toen pas voelde hij zich slecht op zijn gemak en hij hanneste lang met de paraplu die hij vooral als stok gebruikte. 'Ja', zei hij zachtjes. 'Dat weet ik.' Moeder zuchtte. 'Het is goed dat het voorbij is.' We bleven een poosje zwijgend staan, op de hoek van de Kirkevei en de Gørbitzgate, in die lichte, koude regen die in Oslo altijd valt, eind september. Er stroomden een paar fijne, glimmende druppels over Vivians voorhoofd, ze liet ze gewoon stromen, tot ze over haar wenkbrauwen rolden en tot stilstand kwamen bij haar mond, waar ze ze weglikte, en toen ik haar blik ontmoette was het alsof ze aan de andere kant van die regen stond, achter een traliewerk van water. Ik kon haar niet bereiken. Peder kreeg eindelijk zijn grote zwarte paraplu open en die was groot genoeg om ons allemaal te overdekken. 'Komen jullie mee?' vroeg hij. Ook daar had moeder geen tijd voor. Vivian en Peder liepen het huis in en wij liepen verder naar Majorstuen. Ik kon moeder met moeite bijhouden. Ze draaide zich om. 'Is Vivian ziek, Barnum?' 'Ziek? Nee. Hoezo?' Maar moeder gaf geen antwoord. Ze was vast al vergeten wat ze gevraagd had. We liepen langs de kiosk, die nu gesloten was, er waren een paar planken losgerukt en iemand had een slogan op het luik geschilderd, rode letters: kraken! Moeder merkte het niet eens. Ze ging alleen nog sneller lopen. We gingen naar het politiebureau van Majorstuen.

We moesten drie kwartier wachten. Het bleek dat moeder het vel papier dat in Freds jaszak zat bij een agent had afgeleverd, om zijn mening te horen, en misschien konden ze ook vingerafdrukken vinden, waar dat ook goed voor mocht zijn. Ik begon moe te worden. Moeder werd nog wakkerder. Toen werden we een kantoor binnengelaten. Een oudere man in uniform, met dun, grijs haar dat platgedrukt was door zijn pet die ook een streep, bijna een kleine greppel rond zijn hoofd had achtergelaten, zat achter een bureau. Voor hem stond een taart, met een kaarsje erop. Moeder gaf hem een hand en we konden gaan zitten. De agent leek afwezig. Hij likte slagroom van zijn vinger, uit gewoonte, en bloosde toen tot hem doordrong wat hij deed. 'Hebt u ernaar gekeken?' vroeg moeder. De agent streek even met zijn vinger over zijn dunne snor, trok een lade open en haalde er een plastic mapje uit waar het vel papier in lag. 'Zijn dit zijn eigen woorden of iets wat hij gelezen kan hebben?' vroeg hij. 'Het is het einde van een brief die mijn grootvader vanuit Groenland naar mijn grootmoeder stuurde', zei moeder. Maar ze vertelde niet dat de laatste zin ontbrak. Misschien was ze die vergeten. Misschien was Fred hem ook vergeten. Ik herinnerde hem me. 'Het schijnt een citaat van een oude Inuit te zijn', zei ik. 'De sjamaan Odark.' De agent schoof de taart over de tafel. 'Willen jullie wat?' We namen allebei een stukje. Hij glimlachte en tilde het papier op. 'Ik ga vandaag met pensioen', zei hij. 'En dit is mijn laatste zaak.' Hij liep naar de muur en haalde er een ingelijst diploma van af dat hij in een al volle doos legde. Wij aten onze taart in stilte. Moeder was veel eerder klaar dan ik. 'Maar wat kunt u hieruit opmaken?' vroeg ze. De agent kwam terug en stopte het papier weer in de plastic map. 'Het is niet gemakkelijk hier wijs uit te worden', zei hij. Moeder werd ongeduldig. Wat wilde ze weten? Wat dacht ze dat deze woorden, scheef opgeschreven uit het hoofd, op een klein stukje papier, konden openbaren? Ze leunde verder naar voren. 'U kunt toch lezen', zei ze. De agent keek haar aan. 'Ja, ik kan lezen. Maar het is niet gezegd dat ik hetzelfde lees als u.' Moeder leek ontevreden met zijn antwoord. 'Wat wilt u daarmee zeggen?' 'Vertelt u me liever hoe u dit leest', zei de beambte. Moeder begon te huilen. 'Het zijn de afscheidswoorden van mijn zoon', fluisterde ze. 'Dat is het.' En ik begreep dat moeder het helemaal niet wilde weten. Ze wilde het niet tot de bodem uitzoeken. Ze wilde alleen maar geloven wat ze zelf had besloten te geloven. De wachttijd was voorbij. Ik pakte het papier en moest moeder ondersteunen naar de deur. De agent stond op. 'Is uw grootvader overigens teruggekomen uit Groenland?' vroeg hij. Moeder bleef staan. 'Nee', zei ze. 'Hij is ook verdwenen.' En op dat ogenblik herkende de oude agent iets, een boog in zijn leven, een samenhang waar hij misschien naar gezocht had, een zin, deze laatste dag op zijn werk. 'Vera Jebsen?' zei hij plotseling. Moeder keek hem verwonderd aan. 'Dat is mijn meisjesnaam.' De agent moest gaan zitten. 'Dan was uw grootmoeder hier vlak na de oorlog om een misdrijf aan te geven', zei hij. Moeder zweeg en de agent stond weer op. 'Dat is nooit opgehelderd, voorzover ik me herinner. Ik was destijds jong en onervaren.' Moeder wankelde, alsof ze duizelig op de rand van een afgrond stond, het duurde maar even, ze viel nog niet, ze blies haar haren weg van haar voorhoofd, glimlachend. 'En bent u nu wijzer geworden?' vroeg ze. De agent trok zijn uniform recht en keek naar beneden, naar de taartkruimels, het lege bureau, het klokje, over een paar minuten zat zijn werk erop en kon hij voorgoed naar huis. 'Nee', fluisterde hij.

Toen we buiten kwamen, regende het niet meer. Moeder pakte mijn hand en keek naar de hemel. Zo stond ze een hele poos, met gesloten ogen, verblind door de zon die in schuine banen door de wolken brak. 'Ik hoop dat het morgen mooi weer wordt', zei ze. Ze draaide zich om naar me. 'Je mag niks onaardigs over Fred zeggen in je speech, Barnum.' 'Wat zou dat dan moeten zijn?' vroeg ik. Moeder zuchtte. 'Dat weet je best, Barnum.' En ik probeerde haar nogmaals te overreden. 'Weet je heel zeker dat je dit wilt doen, moeder?' Ze glimlachte. 'Vivian vroeg me precies hetzelfde.' 'En wat heb je haar geantwoord?' 'Dat ik het heel zeker weet', zei moeder.

Moeder wist het zeker. Ze was nog nooit zo zeker van iets geweest. Ze zou deze herdenkingsdienst houden, een begrafenis zonder kist, dood in absentia, ze zou hem zelfs houden in de kerk van Majorstuen, waar de dominee destijds geweigerd had Fred en mij te dopen. Het had iets doldriests dat ik wel moest bewonderen, een liefdevolle koppigheid. We liepen weer de Kirkevei op. Moeder had mijn hand niet losgelaten. 'Morgen niet drinken', zei ze. Ik had er plotseling spijt van dat ik de vernielingen aan de kiosk niet had aangeven nu we toch bij de politie waren. 'Nee, moeder.' 'Ik wil dat je nuchter bent, Barnum.' 'Ja, moeder.' 'Beloof je dat, kleine Barnum? Voor je broer.'

(DROESEM)

De volgende ochtend word ik alleen wakker. Ik hou me nog steeds aan wat ik moeder heb beloofd, voor mijn broer. Op het nachtkastje ligt een briefje. Vivian schrijft dat ze naar de zwangerschapscontrole is en dat we elkaar wel bij de kerk zien. Het is kwart over tien. De herdenkingsdienst begint om één uur. Ik zie dat de zon schijnt, laag herfstlicht tussen de spichtige bomen. Regen zou beter geweest zijn. Ik sta op en ga douchen. Vivian heeft het toiletkastje ook uitgeruimd. Alleen de allernoodzakelijkste dingen staan er nog, shampoo, een paar soorten parfum, een nagelvijl, gezichtscrème, make-up, musk, haarborstel, een kleine fles wodka en tandpasta, vooral spullen van mij. Ik doe het kastje dicht. Het is langgeleden dat ik mezelf in de spiegel heb bekeken. Nu doe ik het. De stoom glijdt weg, alsof iemand een sluier voor mijn gezicht wegtrekt. Heb ik stilgestaan in Freds ogen, zoals hij dat in de mijne heeft gedaan? Hield mijn tijd ook op te lopen op die ochtend in de Kirkevei, toen hij me aanraakte en vertrok? Heeft hij me sindsdien zo in zijn herinnering gehad, als Barnum, het kleine broertje, zestien jaar oud en van school gestuurd? Op het moment dat ik dat denk voel ik een gemis dat zo diep en zwaar is dat ik met mijn voorhoofd tegen de spiegel moet leunen en naar adem snak. Ik zou willen dat ik dit tegen hem kon zeggen: ik heb het gered, Fred. En jij? Ik doe het kastje weer open en kijk naar de fles. Die is nog ongeopend. Een belofte die nog niet is gebroken. Vandaag wil ik moeder een plezier doen. Maar ik kan mijn oude pak niet vinden, mijn vaders pak. Ik maak de dozen van het verhuisbedrijf open. Daar zit het ook niet in. Ik loop naar de kelder. Ons berghok ligt helemaal achterin, naast de wasruimte. De deur zit niet eens op slot. Soms slapen zwervers uit het park hier in de warmte van het drooghok. Er valt toch niets te stelen, alleen maar spullen die Vivian van plan is weg te gooien of aan een vlooienmarkt te geven, een paar gerafelde houten ski's, kleren die allang uit de mode zijn, mijn plateauschoenen, een schemerlamp met geruite lampenkap, lege flessen. Het pak hangt in een doorzichtige plastic hoes. Ik heb het al heel lang niet meer gebruikt. Ik haal het van het haakje in de muur en dan zie ik opeens iets anders: de koffer. De oude koffer, die vader voor directeur Mundus de hoek om droeg, die ik van vader erfde en die ik later aan Fred uitleende, toen hij ervandoor ging. Nu heb ik hem teruggekregen. Ik til hem op. Hij is nog even licht. Alleen nog meer versleten. De riem rond de deksel is geknapt. Ik hou de koffer vast, alsof het nu mijn beurt is om te vertrekken. Ik maak hem open. Er zit geen applaus in. Hij is leeg. De voering is losgeraakt en hangt in gekreukelde flarden naar beneden. Het is een lange reis geweest. Ik begrijp het niet. Ik gooi de koffer weer in het hok en hol de trap op. Ik heb mezelf buitengesloten. Ik blijf naar de deur staan staren. Het naambordje is bedekt met een mat, vlekkerig waas, alsof onze namen in mist zijn gekerfd, onzichtbaar bijna. Ik weet het. Hij is hier geweest. Misschien heeft hij daar beneden geslapen. Hij heeft mijn gezicht gezien. Hij heeft de tijd die is verstreken gezien. Hij heeft ons gezien. Waarom heeft hij zich niet kenbaar gemaakt? Durfde hij niet? En een andere argwaan schiet plotseling door me heen en die durf ik niet tot een einde te denken, maar hij laat zich niet stoppen, een locomotief in mijn hoofd. Wanneer was hij hier, op zijn heimelijke bezoekjes? Ik hoor iemand. Het is de buurvrouw. 'Jij pikt mijn krant altijd', zegt ze. Ik kleed me uit. De buurvrouw haast zich weer naar binnen. Ik trek het pak aan en gooi mijn andere kleren in de afvalschacht. Ik moet naar de kerk van Majorstuen. Ik maak een omweg over Blåsen. Boven op de heuvel blijf ik staan. Door het koude licht lijkt alles dichterbij te komen. Ik denk: is dit de laatste scène van *De Nachtman*? Ik steek een sigaret op en geef over. Wanneer ik bij de kerk arriveer zitten moeder en Peder op het bankje onder de klok en de rode wilde wingerd. Ze staan op zodra ze me zien. Moeder is ongeduldig en nerveus. Ze kust me op mijn wang, maar ik neem aan dat ze alleen maar wil controleren of ik gedronken heb. Peder legt een arm om mijn schouders. 'Dat zolderappartement is absoluut super', zegt hij. We kunnen naar binnen. Een paar mensen van het Leger zitten achterin. Ik zie huismeester Bang en ik herken een paar gezichten van school, de agent is aan het uiteinde van een bank gaan zitten, Bente Synt is er ook, mijn slechte voorteken, maar deze dag kan niet slechter worden. 'Dit gaat prima', zegt moeder. Ik ga op de voorste bank zitten, tussen Vivian en Boletta in. De deuren worden gesloten. Boletta legt haar tengere, gevlekte hand op mijn schoot. 'Godzijdank dat er hier geen dominee is', zegt ze. Moeder legt haar het zwijgen op. De organist speelt. Ik ken de tekst van de psalm niet. Vivian staart recht voor zich uit. Haar mond is gesloten. Haar wangen zijn mager. Waar de kist had moeten zijn, staat alleen een stoel en rondom die stoel liggen allemaal kransen en bloemen. Op een van de zijden linten staat geschreven: 'Bedankt, Vivian en Barnum.' Moeder staat op en spreekt enkele woorden. Ik volg het niet helemaal. Ik heb die locomotief in mijn hoofd, die wil maar niet stoppen. Ik buig me naar Vivian toe. 'Dit is alleen maar het op een na beste', fluister ik. Ze wordt onrustig. 'Op een na beste? Wat bedoel je.' 'Het beste zou geweest zijn als hij dood was gevonden, nietwaar?' Moeder kijkt me aan. Ze glimlacht. Ze is mooi vandaag, in de zwarte jurk die ze niet meer gedragen heeft sinds vaders dood. Ik ben aan de beurt. Ik zal een rede houden voor Fred. Ik ga voor de bloemen en de lege stoel staan, met mijn rug naar de banken, ik weet niet hoelang ik zo sta, maar wanneer ik me omdraai zie ik dat de kerk helemaal vol zit, er is geen stoel meer vrij. En dat doet me plotseling denken aan de première van *Honger*. Nu is Fred degene die eruit is geknipt. Moeder is naast Vivian gaan zitten. Peder zit achter haar. Ik hoor muziek, de locomotief in mijn hoofd heeft dit lied achter zich aan getrokken, het is Morricone, 'Once Upon A Time in America'. Ik begin te spreken. 'Ik heb er altijd van gedroomd dat Fred terug zou komen, net als Robert de Niro op het station van New York. Maar wanneer we hem vragen wat hij gedaan heeft in al die jaren dat hij weg is geweest, moet híj niet antwoorden: ik ben vroeg naar bed gegaan. Fred moet in plaats daarvan zeggen: ik heb jullie gezien.' Ik pauzeer even. Peder glimlacht, hij heeft het begrepen, en hij buigt zich naar Vivian, ademt in haar nek. Moeder kijkt nog afwachtend, ze leunt naar voren, alsof ze me elk moment kan tegenhouden. Boletta houdt haar arm vast. En terwijl ik daar sta, bij de lege stoel, voor al die witte, zwijgende gezichten, word ik weer de dromer, de dromer Barnum. Ik stel me mezelf voor als vermiste, als gestorvene, ik ben verdronken in de kanalen en daar drijft mijn lijk, in langzame wervelingen naar de bodem. Eindelijk kan ik mijn eigen begrafenis dromen, ze zijn gekomen om míj te herdenken, in de kerk van Majorstuen, en ik kan een laatste blik werpen op degenen die ik ga verlaten, en ik weet dat ze me vergeten zullen zijn zodra ze de deur uit lopen, de indian summer van Fagerborg in. Dit beeld is zo aangrijpend dat mijn ogen overstromen en ik moet een traan wegpinken. Mijn huilen is besmettelijk. Het huilen is mijn boodschap. Wanneer ze mij zo zien, tot tranen geroerd, beginnen ze ook te huilen, iedereen behalve Vivian en Peder. Ik geloof dat Boletta in slaap is gevallen, en dat strekt haar tot eer, maar moeder heeft een zakdoek in haar hand en ze knikt me een paar maal toe, tevreden, goedkeurend, ik maak waar wat ik beloofd heb, voor mijn broer. 'Op een nacht kwam Fred thuis met een doodskist', zeg ik hardop. Moeder is weer op haar hoede en Boletta wordt wakker. Nu is het mijn beurt om de ogen te sluiten. Ik ben de dromer die achterwaarts droomt. 'Misschien wist hij wat er ging komen. Misschien was het een *flash forward*, zoals dat in mijn branche heet. Want vandaag hebben we hier geen kist, we hebben slechts een herinnering, en een herinnering is niets anders dan een beeld, vermenigvuldigd met tijd.' Peder steekt zijn duim op. Moeder is nerveus. Ik heb zin om te gaan zitten, op Freds stoel, maar doe het niet. En wederom meen ik Fleming Brant te zien, hij staat bij de doopvont, het water druipt van zijn handen, hij schudt zijn hoofd en loopt door het middenpad, met zijn hark over zijn schouder, zo langzaam dat hij nooit verdwijnt. 'Maar het eerste wat ik me van Fred herinner is dat we ons onder de tafel in de woonkamer verstopten en overgrootmoeder hoorden voorlezen uit de brief van mijn overgrootvader. Ik ken die brief nog steeds uit mijn hoofd. *Wanneer wij in het ijs vastzaten, vermaakten wij ons met de jacht op zeehonden en wij schoten er ook vele, zij moeten geschoten worden wanneer zij op het ijs in de zon liggen, indien zij zich in het water bevinden, zijn zij moeilijk te verschalken.*' Ik moet weer stoppen. Ik sla mijn ogen neer. Ik sta te midden van bloemen en kransen. Ik kan nu ophouden. Dat doe ik niet. Ik zeg: 'Als een jager een spoor vindt, dan volgt hij dat niet verder. Hij volgt de sporen terug, naar waar het dier vandaan komt.' Moeder wil opstaan. Boletta houdt haar vast. Vivian kijkt een andere kant op. Peder laat me niet los met zijn ogen. Het is volkomen stil in de kerk van Majorstuen. Nu ben ik degene die harkt, het zand langs onze sporen. Ik verhef mijn stem. 'En Freds laatste woorden waren ook ontleend aan deze brief, die het verhaal van onze familie is, het verhaal waaraan wij ontsproten zijn en waarnaar we altijd terugkeren, tussen ijs en sneeuw.' Ik moet weer met de rug van mijn hand over mijn wang strijken en wacht. En ik bedenk dat het leven voor het grootste deel uit wachten bestaat, daar bestaan onze dagen uit, wachten, wachten op iemand, op iets anders. Wij zijn hier om die wachttijd af te sluiten. Ik lees hardop de woorden voor die in Freds zak zaten: '*Je vraagt mij ernaar, maar ik weet niets van den dood, omdat ik slechts het leven ken; ik kan slechts vertellen wat ik geloof: ofwel de dood is het einde van het leven, of slechts den overgang naar een andere manier van leven. Echter, in beide gevallen is er niets te vreezen.*' Ik draai me om naar moeder. Ze heeft haar handen gevouwen. En zachtjes zeg ik de laatste zin, die Fred misschien was vergeten, misschien is er niemand die het hoort, en ik vind dat de mooiste zin van de brief, de woorden van sjamaan Odark, eigenzinnig en vol liefde en moed, de woorden die de jonge Wilhelm tot de zijne maakte toen hij ze neerschreef in de brief aan zijn geliefde en hij niet wist dat dit het einde zou worden van zijn verhaal, en deze woorden maak ik nu tot de woorden van allen. *'Ik wil echter slechts noode sterven, omdat ik vind, dat het prachtig is te leven!'* Moeder staat op. Ze hangt Freds oude jasje over de stoel, het peau de pêche-jasje, alsof hij daar net heeft gezeten, tijdens de les, en naar de gang is gestuurd of gewoon is weggelopen om naar de wc te gaan. En ik besef opeens dat al dat wachten moeders verstand heeft aangetast, en hoe zal ze dit lege gemis nu moeten dragen, een jasje dat niemand meer past? Ze wil dat ik terugga naar mijn bank. 'Het is wel genoeg zo, Barnum', fluistert ze. 'Goed gedaan.' Maar ik blijf staan, naast Freds stoel, ik ben nog niet klaar, en de stilte, die alleen buiten mij bestaat, wordt groter en dieper. Nooit is Fred meer levend voor me geweest dan juist op dat moment. 'De tijd bakt ons een poets', zeg ik luid, misschien roep ik het wel. En ik laat mijn stem dalen. Moeder is blijven staan. 'De tijd heeft vele kamers', fluister ik. 'En alles gebeurt tegelijkertijd, in alle kamers, op dit ogenblik.' Ik ga zitten, op Freds stoel. 'Fred leerde me dat je nooit hartstikke bedankt moest zeggen. Maar vandaag maak ik een uitzondering. Vandaag zeg ik hartstikke bedankt. Want Vivian krijgt eindelijk een kind.' Peder richt zich op en hij doet zijn mond open, maar in plaats van iets te zeggen, lacht hij, ik hoor hoe Peders verbaasde lach de Majorstuen-kerk vult. Ik loop naar Vivian en kus haar en zij kan het me niet beletten. Later staat we in de hal. De laatste gasten groeten ons stilletjes op hun weg naar buiten. Vivian kijkt me woedend aan, maar ze is ook opgelucht, want binnenkort kan ze niet meer verbergen dat ze een kind verwacht. 'Dat moeten we vieren', zegt moeder, ze is bijna in tranen. Ja, nu kunnen we vieren en rouwen, de ene kamer is met zwart behangen en de andere is vol zon, maar toch weten we niet in welke van de twee de vreugde huist. 'Ik moet alleen even iets halen', fluister ik. Ik haast me over de Kirkevei naar de kiosk. In de koelkast heb ik twee flessen verstopt, de donkere drank is om te vergeten, de heldere om je eraan te herinneren waarom je drinkt. Ik ga niet terug naar de anderen. Die kunnen wachten tot ze een ons wegen. Ik stop de flessen in mijn zak, klim over het hek en loop aan de achterkant van het gebouw naar buiten. Ik loop naar Cochs Hospits. Ze hebben een kamer vrij, 502 op de bovenste verdieping, vaders vroegere kamer. Ik krijg de sleutel en hol de trappen op. De gordijnen zijn dicht. Het peertje knettert als ik de plafondlamp aandoe. 'Fred!' roep ik. 'Fred! Ik weet dat je hier bent!' Het is doodstil, alleen dat knetteren, alsof het grote licht op het punt staat het te begeven. Ik roep zijn naam weer. 'Fred! Kom tevoorschijn, lafbek! Ik weet dat je hier bent!' Ik gooi een stoel om. Ik doe een kast open en hoor klerenhangers over me heen vallen. Ik schreeuw. 'Blinde klootzak! Je kunt je verdomme niet verstoppen!' Op de gang staat iemand die me vraagt me wat in te houden. Ik doe de deur op slot en begin te drinken.

(DE VIKING)

Het is de grote liefde. Krijg je een beetje, dan wil je meer. Als je meer hebt gekregen, wil je veel. En daarna wil je de rest. Er bestaat geen tussenweg. Het is alles of niets. Je hebt minnaressen in de hele stad, in bagagekluisjes op het station, in een koffer in de kelder, in een la op kantoor, in de stortbak en de luchtkoker, in de afvalschacht, de broodtrommel en de dakgoot, onder je bed, in de gesloten kiosk, in de brievenbus en in je binnenzak: ze zijn bij je. En de grote liefde begint netjes, met een kus, nee, niet eens een kus, met een liefkozing, dat hoeft niet meer te zijn dan haar geur of haar aanblik, en je herinnert je de eerste verliefdheid in je jeugd, de zoete geur van Malaga, die je met diepe teugen inademde en waarmee je je dromen vulde, want meer is er niet voor nodig, dat is het begin en in den beginne zei God: word donker. Je pakt een glas, want je moet natuurlijk glazen gebruiken, je doet het in stijl, je hebt goede bedoelingen, je neemt een borrel, nee, niet een borrel, alleen een aangelengde, een binnenkomertje, zoals sommigen het noemden, of gewoon een glaasje, die neutrale benaming, een glaasje, zo simpel en gemakkelijk, je gaat genieten van een glaasje en daarom heb je een glas gepakt. Dat is vanzelfsprekend. En op het moment dat je de dop van de fles draait en de scherpe geur van wodka, gin, whisky, wat ook maar effect heeft, zich als een stralend boeket ontvouwt, ben je bijna gelukkig, je staat op het randje van geluk, met dat boeket in je handen, en dat is misschien wel het fijnste moment, je kunt die bloemen nog steeds weer inpakken, maar je neemt immers alleen maar die ene kelk, een stengel, of noem het een roos van je minnares, een zwijgende uitnodiging, en je schenkt het glas in, voorzichtig, je draait snel de dop er weer op en zet de fles weer in de kast, of op de bovenste plank, zo ver mogelijk weg, want meer wil je niet hebben, je hebt alleen maar dit ene drankje nodig, en dat geloof je zelf, wanneer je het glas meeneemt naar een andere kamer of naar een balkon en je daar gaat zitten. Je houdt het boeket in je handen. Je hebt nog niet gedronken. En je gaat ook niet drinken. Je gaat alleen maar nippen. Hier moet van genoten worden. Je gaat er lang over doen. Je wilt alleen maar ruiken. En je brengt de bloem langzaam naar je mond, je droge mond, het is de bloem die jou zal bevochtigen.

Twee dagen later word je ergens anders wakker. Je denkt dat je het gedroomd hebt, maar het is waar. De bloemen zijn verwelkt. Je bent dorstiger dan ooit. Je wilt bemind worden, maar bent verlaten. Je bent de lege vaas. Je tilt je arm op. Je hand zit vol bloed. Je weet niet in welk bed je ligt. De kamer om je heen is zwart. Je probeert te denken. Dat lukt je niet. Dat is maar beter ook. De duisternis rukt op. Als je je niet beweegt, kun je de angst uitstellen. Die is er al snel, want de angst is nu je enige trouwe metgezel, maar je kunt nog een paar seconden vrij zijn. Dan hoor je iets. Het is het geluid van een windmolen, die draait, een wiel vlak bij je gezicht, steeds sneller, je hoort een ongeluk in de buurt, een gil, remmen en een grote stilte, en je weet: ik ben degene die hier ligt, in kamer 502, in Cochs Hospits. Iemand praat voor de deur. De deur is op slot. Iemand doet hem open. 'Fred?' fluister ik. 'Ben jij dat?' Iemand doet de deur dicht en trekt de gordijnen open. Peder kijkt op me neer. 'Godallemachtig', zegt hij. Hij trekt snel de gordijnen weer dicht en gooit de lege flessen en glasscherven in een emmer. Hij kleedt me uit en wast me. Ik heb een snee in mijn rechterduim. Hij maakt de wond schoon en doet er een pleister op. Hij heeft ook schone kleren bij zich. De dikke verzorgt de kleine. Hij doet het raam open om te luchten. Er ligt sneeuw in het raamkozijn. Ik heb het koud. Hij giet cola en hoestdrank in een beker, verpulvert een pil en roert met zijn vinger. Ik drink het op. 'Ik ben een van de nachtmannen', fluister ik. Peder staat met de rug naar me toe. 'Nachtmannen?' 'Mijn familie zit er vol mee, Peder. Mannen die verdwijnen.' 'Je bent nog niet helemaal verdwenen, Barnum. Voorzover ik kan zien.' 'Ik ben op weg', zeg ik. 'Op weg waarnaartoe?' wil Peder weten. 'Naar beneden. Weg. Eruit. Maakt niet uit.' Peder draait zich om. 'En als ik je zeg dat er mensen zijn die willen dat je blijft?' Ik sla mijn ogen neer. 'Hoe heb je me gevonden?' vraag ik, zacht. Peder gaat op het bed zitten. 'Ik vind je altijd, Barnum. Heb je dat nog niet begrepen?' Ik leun met mijn hoofd op zijn schouder. 'Misschien wil ik wel niet gevonden worden', fluister ik. 'Dan vind ik je toch', zegt Peder. 'Ik ben je vriend. Zo is het gewoon.' We blijven een poosje zo zitten, zwijgend. Ik krijg zin om te huilen, maar het lukt me niet. Ik probeer in plaats daarvan te lachen. 'Heb ik een keuze?' zeg ik. Peder schudt zijn hoofd, ernstig. 'Vivian maakt zich zorgen', zegt hij. Ik kijk naar hem op. 'Ben jij de vader?' vraag ik. Het gebeurt zo snel. Peder slaat me recht in mijn gezicht. Ik tuimel achterover op het bed. Hij zit boven op me en slaat. 'Heb je niet gehoord wat ik zei!' schreeuwt hij. 'Ik ben je vriend, klotezatlap!' Ik moet hem vasthouden. Ik voel de klappen niet. Hij maait met zijn armen als een razend kind. Eindelijk kan ik lachen. Peder zakt in elkaar. 'Je mag best nog een keer slaan', kreun ik. 'Hou je bek', zegt Peder. Ik pak zijn hand. Die trilt. We liggen op onze rug in het versleten, scheve tweepersoonsbed en staren naar het plafond. Daar hangt een enorme haak, midden in het plafond, de verf eromheen heeft losgelaten en hangt in grote bladders naar beneden. 'Vader logeerde altijd in deze kamer', zeg ik. 'Was hij ook een nachtman?' 'Vader was de ergste nachtman van ons allemaal', fluister ik. Peder zwijgt nog een poosje. Hij houdt nu mijn hand vast. 'Misschien heeft de dokter die je onderzocht zich vergist, Barnum?' 'Dokter Greve vergist zich nooit.' 'En heb je het nog steeds niet aan Vivian verteld?' Ik sluit mijn ogen. De leugens rollen, zwarte wielen die onmogelijk te stoppen zijn. 'Heb je iets te drinken bij je?' vraag ik. 'Je knipt je leven weg en de alcohol is de schaar', zegt Peder. 'Kun je alsjeblieft ophouden net als ik te praten?' Eindelijk glimlacht Peder, hij laat mijn hand los en staat op. 'Kom', zegt hij. 'Waar gaan we heen?' 'Weg, Barnum.'

We lopen naar beneden, naar de receptie. Peder betaalt voor twee nachten, schoonmaak en klachten, maar de dame met de sleutels kijkt voortdurend naar mij, haar mond is een strakke boog. 'Ik wil jou hier niet meer zien', zegt ze. Peder gooit een extra vijftigje op de balie, leunt naar voren en fluistert: 'Hij komt nooit meer terug.' We rennen over het kruispunt waar De Oude dood werd gereden, 21 september 1957, we rennen door de sneeuw die op onze gezichten begint te vallen, en het is nog steeds hetzelfde ogenblik, want hier werd de foto genomen en als ik me omkeer zie ik Fred onbeweeglijk in de goot zitten, met de kam in zijn hand, alsof hij de tijd achterover wil kammen, De Oude ligt op de klinkers, in het bloed, de chauffeur klimt uit de vrachtwagen en de mensen stromen toe met stomme schreeuwen en dan bedekt de sneeuw alles weer. We zijn al in het verste hoekje van restaurant Lorry gaan zitten en de ober blijft bij onze tafel staan. Peder bestelt twee hamburgers met spiegelei, koffie, melk en flatbrød. Ik vraag om een halve liter bier en een Fernet Branca. Peder kijkt me aan als de kelner is verdwenen. Hij kijkt lang. 'De reparatie is aan de gang', zegt hij ten slotte. 'Is er iets kapot dan?' vraag ik. 'Jij', zegt Peder. De kelner komt terug met de glazen. Ik til de halve liter met beide handen op. Het is geen minnares meer, maar een oude hoer die je uitlacht, terwijl ze de bloemblaadjes van de enige bloem in het boeket uitrukt, houdt van me, houdt niet van me, houdt van me. Het kleinste glas is uitsluitend een medicijn. 'Je weet nog wat ik juffrouw Coch heb beloofd?' zegt Peder. Ik steek een sigaret op. 'Juffrouw Coch?' 'Dat je daar nooit meer terug zou komen, Barnum.' 'Ik hoop dat je je belofte kunt waarmaken', zeg ik. De ober zet het eten op tafel. Ik heb geen honger. Ik eet. Ik moet naar de wc en geef over. Peder wacht. Hij heeft een stapeltje papieren en een paar boeken naast zijn lege bord gelegd. Ik ga zitten. 'Ben je nu klaar?' vraagt hij. Ik knik. 'Klaar voor wat, eigenlijk?' Peder glimlacht en buigt zich naar me toe. 'De Amerikanen hebben de western uitgevonden, de Japanners maakten de samoeraifilms, de eastern, nietwaar, en de Italianen hebben spaghetti. Wat blijft er dan voor ons over?' Peder geeft antwoord voordat ik iets kan zeggen. 'De *northern*, Barnum.' 'Northern?' De ober komt de borden afruimen. Hij heeft een halve liter bij zich, zonder dat ik die heb besteld. Peder duwt de boeken naar me toe. 'Ik heb gedaan waar je me om hebt gevraagd', zegt hij. 'Waar heb ik je dan om gevraagd? Een halve liter?' 'Ik heb gelezen, Barnum. Ik heb de saga's gelezen. Alles wat we nodig hebben, jatten we daaruit. Het ligt daar gewoon op ons te wachten. Action, drama, sterke karakters, liefde, dood, you name it. Wat wil je nog meer?' 'Ik doe geen bewerkingen', antwoord ik. Peder kijkt naar me terwijl ik drink. 'Je kunt Odarks woorden als voice-over gebruiken', zegt hij. Ik hou mijn mond. Peder wordt ongeduldig. Hij legt een hand op mijn schouder. 'Dit is onze grote kans, Barnum', zegt hij. 'Als jij ons niet voor schut zet.' Ik schud zijn hand van me af. 'Hoe wilde je die rotzooi noemen?' vraag ik. 'Ik verkoop het onder de titel *De Viking, een northern*.' Nu is het mijn beurt om lang naar hem te kijken. 'Verkopen?' 'Ik kan zeggen dat er aanzienlijke belangstelling voor het project bestaat, zowel bij de bureaucratie als bij het zakenleven. De commanditaire vennootschappen staan te dringen.' Ik voel een soort woede en sla op tafel. 'Je had misschien eerst met mij kunnen praten', zeg ik luid. 'Voordat je naar de trog met geld ging?' Aan de andere tafels draaien mensen zich om. Peder zucht. 'Je was niet echt toegankelijk de laatste tijd, Barnum.' Hij trekt een envelop uit zijn zak en legt die tussen ons in. 'Wat is dat?' vraag ik. 'Wie hem openmaakt, zal het weten', zegt Peder. Ik drink mijn bier langzaam op. Dan maak ik de envelop open. Er zit een cheque in. Met verschillende nullen achter het getal. Ik kan Peder horen glimlachen. 'Doe je mee, Barnum?' 'Misschien, misschien ook niet', antwoord ik. Ik steek mijn arm omhoog en bestel rode wijn. Peder krijgt een vermoeid gezicht. Er ligt ruzie in zijn blik. 'Weer op weg?' vraagt hij. 'Noem het maar research', zeg ik. Peder staat op. 'Je hebt twaalf uur om te beslissen, Barnum. En deze keer vind ik je niet.' De kelner zet de fles voor me neer. 'Pas jij ondertussen op Vivian', zeg ik. Peder bukt zich. 'Je bent een zielenpoot', zegt hij. 'Ik heb geen zin meer om met je te spelen.' En hij vertrekt zonder zich om te draaien. Ik verstop me in het rode boeket. Dan zie ik dat Peder een paar boeken is vergeten. Het zijn de *Njalssaga*, de *Egilssaga*, de *Saga van Ramnkjell Frøysgode* en de *Koningsspiegel*. Ik blader wat in de laatste. En kom bij het hoofdstuk waar de zoon de vader over Groenland vraagt. En de wijze vader antwoordt: *Groenland ligt aan het uiterste randje van de wereld, in het noorden, en ik geloof niet dat enig land verder van de evenaar ligt, slechts de oceaan die het land omspoelt. Wanneer het slecht weer is, dan gaat dat met meer geweld gepaard dan op de meeste andere plaatsen; de wind is snijdender en de vorst en de sneeuwval zijn heviger. Want de gletsjer heeft als eigenschap dat hij voortdurend een koude adem uitstoot. Er kunnen ook grote scheuren ontstaan in de gletsjers die het land bedekken. Degenen die op Groenland zijn geweest, getuigen dat de koude daar een bijzonder grote macht heeft. En evenzo dragen zowel het land als de zee zelf er overal sporen van dat de vorst en de heerschappij van de kou alomtegenwoordig zijn, want zij zijn zowel 's zomers als 's winters bevroren, en zowel land als zee zijn bedekt met ijs.* De ober staat achter mijn stoel. Hij ruimt de tafels af. Ik laat hem de cheque zien en zeg dat ik morgen betaal. Hij knikt en laat me uit. De sneeuwt schittert. Er zijn bijna geen sporen. Ik loop naar het kantoor. Er is nog een letter gedoofd. We zijn nu Brum & Miil. Peder zit in het achterkamertje. Ik geloof dat hij slaapt. Zijn gezicht is opgevouwen als een trekharmonica. In zijn hand houdt hij een hotdogpapiertje en er zit mosterd op zijn witte overhemd. Ik pak de fles die ik in de laatste lade heb en schenk twee glazen in. 'Ik wil met je spelen', zeg ik. Peder ontwaakt op zijn trage, omstandige manier, één oog per keer, terwijl de onderkinnen en de rimpels op hun plaats vallen in de blaasbalg. 'Ik dacht dat je dood was', fluistert hij. 'Alleen maar schijndood', zeg ik. Ik ga op de bank zitten en laat een glas op mijn borstkas balanceren. Mijn hart klopt. Peder glimlacht. 'Wat wil je spelen?' vraag hij. 'Vikingetje. Ik doe mee.' Ik leeg mijn glas. Ik leef. Peder gooit het hotdogpapiertje in de prullenbak en trekt een schoon overhemd aan. Hij raakt al buiten adem van de knoopjes dichtdoen. Hij heeft ook een nieuw apparaat aangeschaft, een fax. Nu puilt daar papier uit. Peder scheurt het vel af. Het is net of hij daar met de Dode-Zeerollen staat. Hij tikt op de tafel. 'Black Ridge in Hollywood is al geïnteresseerd.' 'Goed zo', zeg ik. Peder krijgt een diepe frons in zijn voorhoofd. 'En we moeten voor de kerst een treatment hebben, Barnum. Lukt je dat?' 'Laat die treatment maar zitten', zeg ik. 'Ik begin meteen aan het script.' Peder glimlacht met zijn hele mond. 'Hoe komt het dat je dit opeens hebt besloten?' 'Wat maakt het uit', zeg ik. Peder haalt zijn schouders op. 'Ik ben gewoon nieuwsgierig,

Barnum.' 'Ik vond die vader die zijn zoon vertelt hoe de wereld in elkaar steekt zo mooi', zeg ik zachtjes. Peder komt naar me toe. Hij geeft een aai over mijn wang. Het is langgeleden dat hij zoiets gedaan heeft. 'Ga naar huis, naar Vivian', fluistert hij. 'Ja', zeg ik. 'Maak haar weer aan het lachen, Barnum.' Ik kijk Peder aan. 'Hoe dan?' 'Misschien door haar de waarheid te vertellen', zegt hij. 'Welke waarheid?' vraag ik. Peder draait zich om. 'Dat je geen kinderen kunt krijgen.'

Wanneer ik thuiskom is Vivian al opgestaan. Ik hoor haar in de douche. Ze neuriet iets, een psalm die ik me niet herinner. Ik klop op de deur. 'Ik moet je iets vertellen', roep ik. Het wordt stil daarbinnen. Ik ga op het bed zitten wachten. Haar zwarte jurk hangt over de laatste stoel, nummer achttien, mijn stoel. Het licht buiten is nat en zwaar. Vivian staat voor me. Ze druipt. Ze is naakt. 'Waarom zei je dat, in de kerk?' vraagt ze. 'Dat ik zwanger ben.' Ik sla mijn ogen neer. 'Ik wilde moeder blij maken', fluister ik. Vivian haalt haar hand even door mijn krullen en trekt er wat aan. 'Ik heb in angst gezeten om je, Barnum.' En die woorden, die beweging, haar hand in mijn haren, maken me zacht en verward, alsof alle dingen in dit ogenblik bijeenkomen, een druppel, zwaar als een rotspunt die binnenkort loskomt en valt. Maar ze vraagt niet waar ik geweest ben. Het is een soort pact tussen ons, meer willen we niet van elkaar weten. Misschien heeft Peder al gebeld en verteld dat hij me heeft gevonden en wel in kamer 502, Cochs Hospits. Ik kus haar heupen. Haar huid is scherp en zacht tegen mijn lippen, er is een andere geur, vreemd en opwindend. Ze rukt zich los, loopt naar het raam en houdt de zwarte jurk voor zich. 'De verhuizers komen vandaag de rest halen', zegt ze. Ik kijk langs haar heen. 'Heb je de kelder opgeruimd?' 'Dat kan allemaal weg', zegt Vivian. 'Alles? Weet je dat heel zeker?' 'Is er iets bij wat jij wilt hebben?' vraagt ze. Ik haal mijn schouders op. 'Misschien moet ik weer met plateauzolen beginnen', zeg ik. Vivian lacht. Het is me gelukt. Ik heb Vivian toch weer aan het lachen weten te krijgen. 'Je kunt ze beter weggeven aan Norsk Film, als rekwisieten', oppert ze. 'Peder en ik zijn aan iets groots bezig', zeg ik. 'Iets echt groots.' Vivian glimlacht voorzichtig. 'Wat dan?' vraagt ze. 'Een vikingfilm, Vivian. We zullen als berserkers tekeergaan.' Ik laat de cheque zien en wijs op alle nullen. 'Was dat wat je me wilde vertellen?' vraagt ze. En als ze zo staat, in het zware licht van het raam, zie ik dat haar lichaam verandert, ik zie het, van seconde tot seconde, ze is voortdurend een ander en nooit dezelfde. Ik sta op. 'Ik wilde alleen maar zeggen dat ik niet verhuis.' Vivian komt een stap dichterbij en blijft daar staan, halverwege het raam en het bed. Ze protesteert niet, ze valt niet op haar knieën om te smeken. Er ligt eerder een bedroefde opluchting in haar ogen en misschien vindt zij iets vergelijkbaars in mijn blik, een uitgeput verdriet. 'Ben je van plan hier te blijven wonen?' fluistert ze. 'Als jij dat goedvindt?' Vivian knikt. 'Natuurlijk, Barnum.' Ze kleedt zich aan. Dit is een doodnormale ochtend. Ik loop naar het balkon en steek een sigaret op. Ik ben wakker en vermoeid tegelijk. Als ik nu ga liggen, kan ik zeven jaar slapen. Lukt het me op te blijven, dan hoef ik nooit meer te gaan slapen. Ik neem een slok uit mijn zakflacon, die lekker koud is geworden in de sneeuw in de bloembak, en loop weer naar Vivian. 'Wat doen we met het bordje?' vraag ik. Ze begrijpt eerst niet wat ik bedoel. Dat kwetst me. Ik doe een stap in haar richting, misschien stamp ik hard op de vloer, zij deinst achteruit. 'Alsjeblieft, Barnum.' Haar stem klinkt plotseling zacht en bang. Ik blijf staan, verbluft. Ik begin te lachen. 'Ons naambordje, Vivian. Op de deur. Wat doen we daarmee?' Ze wendt zich af. 'Kan dat niet gewoon blijven hangen?' fluistert ze. 'Blijven hangen? Vivian en Barnum? Dat is immers gelogen. Of was je misschien van plan om terug te komen?' Ze kijkt me aan, niet bang meer, maar ongeduldig, niemand is lang bang voor mij. 'Doe ermee wat je wilt', zegt ze. 'Ja, ik kan het in tweeën hakken', roep ik. Dan wordt er aangebeld. Het zijn de verhuizers, een jongeman die meteen het eerste wat hij ziet optilt, en een oudere man, die langzaam door de kamer loopt en in kubieke meters denkt. Hij heeft een trieste, koele blik, alsof hij dit al veel te vaak heeft gezien. Vivian wijst aan welke dingen ze mee mogen nemen. Het bed, het bureau en de stoel blijven staan. De koelkast en het fornuis zitten vast in de keuken. De bloemen op het balkon zijn doodgevroren. En ik denk, terwijl ze de laatste dozen naar de vrachtwagen dragen, dat de bordenmaker in de Pilestrede ons getrouwd heeft en het verhuisbedrijf uit Adamstuen ons heeft gescheiden. Vivian pakt mijn hand. 'Ik laat de ring achter', zegt ze. Ik moet mijn adem inhouden. 'Dat was een cadeau.' 'Ik weet het.' 'Beledig me nu niet nog meer.' Vivian laat mijn hand los. 'De rest moeten we later maar regelen', zegt ze. Ik knik. 'Ja, natuurlijk. De rest regelen we later.' En ten slotte zegt ze iets vreemds, voordat ze zich achter de verhuizers aan rept en met hen meerijdt naar de Kirkevei. 'Het is niet alleen jouw schuld, Barnum', zegt ze. Ik blijf staan luisteren naar haar voetstappen op de trap. Al snel kan ik ze niet meer horen. Het ongeluk en het kleintje zijn bij elkaar weggegaan en het is niet mijn schuld. Maar nog steeds word ik soms wakker in het geloof dat ze bij me terugkomt. Ik vind een mes in de keukenla, loop naar de portiek en breek het bordje eraf, koper en zwarte letters, Vivian en Barnum, het zit goed vastgeschroefd en de deur loopt een paar stevige krassen op. De buurvrouw staat vlak achter me. Ik kan de lucht van haar afval ruiken. 'Is ze bij je weg?' zegt ze. Ik draai me om. Ze begint te lijken op het afval dat ze altijd in een plastic tasje meedraagt, op een dag vergist ze zich misschien en duwt ze zichzelf in de afvalschacht en valt in de stinkende duisternis. 'Ze is gewoon op vakantie', zeg ik. De vrouw glimlacht en er stroomt een zware adem uit haar gezicht, alsof ze haar mond vol visingewanden en oude kippenvleugeltjes heeft. Ze fluistert nu, alsof ze bang is een geheim te verklappen. 'Ze heeft haar naam op de brievenbus ook doorgekrast', fluistert ze. Ik moet een stap achteruit doen. Ze is lelijker dan Miss Ezelskop, in 1911 in Connecticut gekozen tot de lelijkste vrouw ter wereld. Ze zou aan een nieuwe wedstrijd mee hebben kunnen doen en die met glans hebben gewonnen. Mundus heeft een winnaar gemist. Ze lacht me recht in mijn gezicht uit. En plotseling doe ik iets wat ze niet had verwacht. Ik begin te huilen. Ze legt haar hand op mijn schouder, in de war, en wordt menselijk en bijna mooi in al haar afschuwelijkheid, en ze zegt hetzelfde als Vivian zei, geheimzinnig en zacht, misschien is het als troost bedoeld, maar het klinkt als een dreigement. 'Het is niet alleen jouw schuld', zegt ze. Ik duw haar weg, gooi het bordje in de afvalschacht en smijt de kale deur achter me dicht. Nu woont hier niemand, nu is de kamer groot genoeg. Ik haal alle flessen die ik verstopt heb tevoorschijn en zet ze op tafel, trek de gordijnen dicht, stop een vel papier in de machine en het eerste woord wat me invalt is: wraak. Ik schets een handeling, mijn bloedige hink-stapsprong, idylle, dood en herstel. Een zoon keert terug om zijn familie te wreken. Op een ochtend gaat de telefoon. Het is moeder. Ze wil eerst weten hoe het met me gaat. 'Ik heb het druk', zeg ik. 'Maar niet te druk om zondag bij ons te komen eten?' vraagt ze. Het is vandaag zondag. Ik hoor het aan de kerkklokken. Ik hang op en trek de stekker eruit. Ik ben beland bij turning point I, de springplank. Er zit vaart in. De wreker heeft zijn vijand gevonden. De wreker wacht op het juiste ogenblik. Ik schrijf: *Het ene oog ziet het andere niet.* Ik heb nog zestig pagina's te gaan. Ik neem een wodka mee onder de douche. Daarna vind ik een wit overhemd in de wasmand. Dat verblindt me, evenals de sneeuw, als ik naar de Kirkevei loop. Ik heb een zonnebril nodig. Moeders haar is nog grijzer geworden. We gaan aan tafel zitten. Boletta lijkt nors en dwars, alsof iets haar vanbinnen opvreet. Ze schenkt met tegenzin wijn in mijn glas en ze zet de fles zo ver mogelijk van me vandaan. Er is voor vier gedekt. 'Komen er nog meer mensen?' vraag ik. 'Vivian voelde zich niet goed', zegt moeder. Ze geeft mij de schaal door. Ik heb geen zin in eten. Ik denk aan de scène die ik ga schrijven, de woedende moeder die haar laffe zoon vernedert door hem rauw vlees op te dienen op de dag dat zijn broer is vermoord. In plaats van te eten drink ik wijn. 'Het zal wel zwaar voor haar zijn helemaal boven te wonen', fluister ik. Boletta pakt me de fles af. 'Vooral nu er geen man in huis is', zegt ze. Dan komt Vivian toch nog. Ze heeft een verschoten, wijd trainingspak aan. Haar haren vallen dun en vet over haar voorhoofd. Zij heeft ook geen zin in eten. Ze eet alleen gekookte worteltjes, drinkt water en zegt niets. Het is net of ik een diepe echo kan horen, het is de ovale klok in de hal die weer is gaan lopen, de munten die rinkelen in de la, als ik hen zo zie, moeder, Boletta en de zwangere Vivian, rond de eettafel in de woonkamer, nu ben ik degene die op bezoek is in het huis met louter vrouwen. Het zwijgen heeft de cirkel rondgemaakt en een zwarte lus van tijd geknoopt. Ik zoek naar iets om te zeggen. 'Hoe gaat het met de kiosk?' vraag ik. Moeder schept nog wat vlees op mijn bord. 'Het heeft geen zin meer om zo'n kiosk te hebben', zegt ze. 'Waarom niet?' Moeder probeert te glimlachen. 'Het is niet meer dan een portiek, Barnum.' Ik schuif mijn eten opzij en reik naar de fles. Maar Boletta schenkt het laatste restje in haar eigen glas. Ik steek een sigaret op. 'Ik dacht dat het meer was dan alleen maar een portiek.' Moeder schudt haar hoofd. 'Zelfs de Beauty Salon is opgeheven. Niet waar, Vivian?' Vivian knikt. De huid van haar gezicht is glimmend en vet. 'Dat is nu een hondenkapper geworden', zegt ze. 'Vier poten.' Ik heb zin om te lachen, maar durf het niet, dat zou hetzelfde zijn als op het kleed morsen, willens en wetens gelach op het witte tafelkleed gieten. 'Koffie', zeg ik hardop. Moeder zucht. 'Koffie? Je hebt nog niks gegeten, Barnum.' Nu kan ik lachen. Nu is mijn lach op zijn plaats. 'Ik bedoel koffie in de kiosk, moeder. Verkoop daar koffie, in bekers met een deksel erop en rietjes.' Boletta staat op en loopt van tafel, zonder een woord te zeggen. Ze doet de deur met een klap dicht. 'Wat heeft zij?' vraag ik, zacht. 'Misschien vindt ze het niet prettig dat je rookt', zegt moeder. Vivian kijkt me aan. 'Of dat je drinkt.' Ik had de stilte nooit moeten doorbreken. Ik schuif mijn stoel naar achteren en gooi de peuk in de haard. De foto hangt daar nog steeds aan de wand, de elektrische Barnum, het kleine genie, in het raadhuis, die keer dat ik een prijs kreeg voor 'De Kleine Stad'. Ik wend me tot moeder. 'Er is één ding dat ik erg vreemd vind', zeg ik. 'Wat dan, Barnum?' 'Dat Fred al die jaren in dat oude jasje heeft gelopen.' Moeder wordt onwillig, haar stem is star en kortaf, hij biedt nauwelijks plaats aan alle woorden. 'Je weet hoe gek hij was op dat peau de pêche-jasje', fluistert ze. Vivian is opgestaan. 'Kom je mee naar boven, even kijken?' vraagt ze. Ik bedank voor het eten en loop achter haar aan. Ze moet op elke overloop even rusten. Ze heeft een zware last te dragen. En ik zie moeder voor me, wanneer ze de was uit de kelder naar de droogzolder droeg, de gevlochten mand vol natte kleren, haar vingers die doof waren, de pijn in haar heupen die zich verspreidde naar haar rug, het netje met de knijpers erin, misschien moest zij ook rusten, terwijl ze bij zichzelf telde hoeveel treden er nog te gaan waren en droomde over iets heel anders dan dit. Vivian draait zich om, ze ademt door haar mond, haar lippen zijn gezwollen en droog. 'Ze schijnen een lift gaan te bouwen aan de buitenkant', zegt ze. 'Vanaf de binnenplaats.' Dan zijn we er eindelijk. Er staat Vivian Wie op de deur, een simpel grijs bordje met zwarte letters, en ze laat me binnen. Ik blijf staan onder het schuine dakraam. De sneeuw smelt zodra hij de ruit raakt. Het licht stroomt weg en trekt de duisternis mee in zijn kielzog. En dan zie ik, in de hoek bij de witgekalkte schoorsteen, de oude kinderwagen, de box, een stapel kinderkleertjes die Fred en ik gedragen hebben, de versleten wieg is ook tevoorschijn gehaald, alles is in gereedheid gebracht, dit zijn gebruikte spullen die wachten op een nieuw mensje. Ik kijk naar de keuken, ze heeft vergeten de melk in de koelkast te zetten. 'Wat vind je ervan?' vraagt Vivian. Ik loop weg van het dakraam. 'Voel je dat het hier heen en weer deint?' 'Wat zeg je?' 'Het deint heen en weer', herhaal ik. Ze blijft doodstil staan, haar blik is onrustig, ze houdt haar handen op haar buik. 'Het deint niet heen en weer, Barnum.' 'Daar kom je dan binnenkort nog wel achter', zeg ik. Ze wordt plotseling woedend. 'Het deint niet!' roept ze. Ik loop naar haar toe. 'Daarom droogde het wasgoed zo mooi en snel hierboven, Vivian.' Ze is bijna in tranen. 'Waarom dan?' 'Omdat het hier deint', zeg ik. Vivian loopt naar de badkamer. Ik zet de melk in de koelkast en pak een pilsje. De oude kinderkleertjes voelen zacht aan, een pyjama, een trappelzak, een hemdje, dat was in de tijd dat ik nog een normale maat had, toen ik Freds kleren nog afdroeg. Ik wist niet dat moeder dit bewaard had. En als ik me over de kinderwagen buig, waarin de leren zak met de dikke, witte voering ligt, voel ik een plotselinge vlaag kou langs mijn mond, het is mijn moeder die kamferzalf op mijn lippen smeert, maar het raakt me niet, ik sta erbuiten. En dat joeg me misschien nog wel de meeste angst aan, dat ik uitgeschakeld ben, mijn accu is leeg. Vivians kind zal ook in de winter geboren worden, in de koudste maand van het jaar, met de mooie ijsmist die vanuit de fjord opstijgt. Ik hoor haar ademhaling. Ze moet daar al een poosje naar me hebben staan kijken, in de deuropening van wat de kinderkamer moet worden. Ik kijk een andere kant op, toch even duizelig en verlegen. 'Hoe gaat het met de viking?' vraagt ze. 'Ik geloof dat ik de plank geraakt heb.' Vivian glimlacht. 'Peder zegt dat het goed zal gaan.' Ik draai me langzaam naar haar om. 'En jij? Jij hebt geen baan gekregen in de hondenwinkel?' Ze veegt haar glimlach weg met de rug van haar hand. 'Ik heb een baan gekregen bij de make-upafdeling van de televisie, na nieuwjaar.' 'Wie gaat op het kind passen?' 'Vera en Boletta', zegt Vivian. En op datzelfde ogenblik worden we verblind door een scherpe flits, eerst denk ik dat het bliksemt, maar het licht komt van een andere kant, niet van het dakraam. Het is moeder. Ze staat in de hal met het oude fototoestel in haar hand en verblindt ons opnieuw, terwijl we allebei een andere kant uit kijken. Ik slaag er niet in haar tegen te houden. 'Herinner je je dit apparaat nog, Barnum?' Ik schud mijn hoofd. Moeder lacht. 'Ik droomde er ooit van fotograaf te worden', zegt ze. 'Waarom ben je het dan niet geworden?' vraag ik en heb spijt zodra ik het gevraagd heb. Moeder kijkt omhoog naar het dakraam. 'Er kwam van alles tussen.' 'Het is toch niet te laat', zeg ik. Moeder tilt het fototoestel weer op. Ik hou haar vast en dat lukt me met moeite. Ze beeft en begint plotseling te huilen. Had ik toen moeten begrijpen dat er iets was wat moeder niet aan kon, een last die groter was dan ik bij machte was te zien en die ze niet meer alleen kon dragen? Ik stond erbuiten. Is dit wat ik de langzame loketten van de herinnering noem? Moeder houdt mijn beide handen vast. 'Ik heb er zo'n spijt van dat ik geen foto's heb genomen in de kerk, Barnum.' 'We herinneren het ons toch wel', zeg ik. Ik kijk naar Vivian. 'Wil jij de kinderwagen voor me naar beneden dragen?' vraagt ze. Dat wil ik wel. Moeder blijft bij Vivian. Vivian blijft bij moeder. En terwijl ik langs ons appartement loop, komt Boletta naar buiten, met bontjas en stok. 'Ik heb frisse lucht nodig', zegt ze. Ik zet de kinderwagen onder de trap bij de brievenbussen en Boletta, die vooroploopt, zegt pas weer iets als we op Blåsen zijn. Dan zegt ze: 'Nu heb ik geen zin meer om verder met je mee te lopen, stommeling.' Ik veeg de bank schoon en we gaan zitten. We zitten een hele poos zo en ik weet niet wat ik moet zeggen. De schemering laat alles in elkaar overvloeien, een roestige duisternis in een lijst van sneeuw. 'Waarom woon je niet bij Vivian?' vraagt Boletta. Ik droog mijn handen af aan mijn broek. 'Het is beter zo', zeg ik. Boletta zoekt naar iets in haar jas. Ze vindt het. Ze reikt me een platte zakflacon aan en als ik de stroeve kurk losdraai komt de intense geur van mijn eerste liefde me tegemoet, waar ik alleen aan mocht ruiken of likken, Malaga, en een jeugd omsluit me, net als deze sneeuw, ik sta er middenin en ben ontroerd. Ik neem een slok en geef de flacon aan Boletta, die voorzichtig nipt. 'Dit is de laatste Malaga van de stad', fluistert ze. 'Dank je, Boletta.' 'Zoiets verspil je niet', zegt ze. 'Malaga niet', zeg ik. Boletta stopt de flacon weer terug in haar mantel en leunt op haar stok. 'Wat is er verdomme mis met ons?' zucht ze. Ik moet plotseling aan Fleming Brant denken wanneer ik de vensters zie uitdoven, de stad in een andere duisternis gedompeld zie worden onder de sneeuw en de hemel. Ik wil iets over hem zeggen, de cutter in het zand, maar ik vind de zin niet, de woorden staan me tegen, ik ben bijna kapot. 'Ik kan geen kinderen krijgen', zeg ik. Boletta draait zich niet om. 'En wat dan nog?' vraagt ze. 'Ik kan geen kinderen krijgen', herhaal ik. 'En toch laat je haar in de steek?' 'Zij heeft mij in de steek gelaten', fluister ik. Boletta staat op en bonkt met haar stok in de sneeuw. 'Je bent kleinzielig', zegt ze. Ik kijk op en begrijp het niet. Haar gezicht ziet er net zo uit als wanneer ze het op haar heupen kreeg en naar de Noordpool moest om af te koelen. 'Wat zei je, Boletta?' Ze wijst op me met de volle lengte van haar stok. 'Ik ben nog nooit woedend op je geweest, Barnum. Maar nu ben ik het meer dan goed voor me is.' Ik probeer te glimlachen. 'Je was boos toen ik van dansles spijbelde', zeg ik. Boletta gaat weer zitten, moe en gelaten. 'Boos is niet hetzelfde als woedend, Barnum. Boos is slechts een kommaatje in de woede.' 'Dan ben ik ook woedend', fluister ik. Boletta legt haar broze hand op de mijne. 'Dat moet je niet zijn', zegt ze. 'Je kunt beter houden van Vivian en het kind.' Ik sla mijn ogen neer. 'Dat kan ik niet.' Boletta laat me los. 'Dan ben je een halve man, Barnum.' Ik voel de woede en die is heel echt nu, het is alsof alle woede die ik heb opgespaard sinds de agent me eruit pikte in De Kleine Stad zich bundelt in één grote, trillende spier. 'Durf je dat te herhalen, Boletta?' vraag ik. 'Daar word je heus niet een helere man van!' roept ze. Ik ruk de stok uit haar handen, breek hem doormidden en waad weg door de sneeuw. 'Ik wil je nooit meer zien!' roep ik. 'Hoor je dat, ouwe heks! Ik wil je nooit meer zien!' En als ik me voor het laatst omkeer, bij de afgesloten fontein, zit zij nog steeds op de bank, op de top van Blåsen, een dunne en kromme schaduw in de steeds dichtere sneeuw en zo verdwijnt ze voor mijn ogen.

Ik kan vannacht niet meer schrijven. Ik doe de telefoonstekker er weer in. Er is nu een andere onrust in me die ik niet tot bedaren kan brengen, een ongelukkige zenuw. Ik drink de restjes op en orden mijn papieren. Ik lees wat ik heb geschreven.

SEQUENTIE I. ZEE. AVOND.

Een schip met een drakenkop. Het is windstil. De bemanning moet roeien. Het enige geluid dat we horen, is het ritmische geroep bij elke riemslag. Het schip lijkt een schaduw die voorbijglijdt.

SEQUENTIE 2. DE GRAN-BOERDERIJ. OCHTEND.

Vår, een mooi meisje van negen jaar, vermaakt zich met het maken van sporen in de sneeuw. Ze is alleen. Ze loopt steeds verder weg van de huizen, naar de rand van het bos.

Ze verliest iets in de sneeuw, blijft staan om het op te rapen: het is een halssieraad, de helft van een stervormig amulet. Op het moment dat ze zich bukt ontdekt ze nog iets anders: andere voetsporen in de sneeuw. Veel groter dan die van haar. Ze verdwijnen in het bos vlak bij haar.

Vår blijft op haar hurken zitten, kijkt naar de huizen, kijkt naar het bos. Ze hangt het amulet langzaam om haar hals.

Haar moeder komt uit het hoofdgebouw, zwaait naar haar.

Vår durft niet terug te zwaaien. Haar moeder blijft naar haar staan kijken. Zwaait weer. Vår hoort een geluid in de bosrand. Een takje dat breekt. Een zwaard dat getrokken wordt.

De stilte wordt met geweld doorbroken: een dozijn als krijgers geklede mannen rijdt het bos uit.

SEQUENTIE 3. EXT. SCHIP. OCHTEND.

Het schip nadert het land. De zeilen zijn nu gehesen. Iedereen werkt als bezeten om de lading klaar te maken, behalve één man. Hij ligt achter in het schip te slapen. Zijn gezicht is verborgen onder een capuchon. Maar om zijn hals kunnen we een sieraad zien, de helft van een stervormig amulet, net zo een als Vår droeg.

Drie mannen zetten vlak bij hem een kooi met vogels neer. Ze kijken naar de slapende man, wenden zich tot elkaar, knikken. Een van hen sluipt naar de man toe, bukt zich en begint voorzichtig aan het sieraad te frunniken, probeert het los te maken. Dan grijpt een vuist zijn arm, bliksemsnel. De 'slapende' man houdt hem vast, in een pijnlijke houdgreep. De dief zinkt op zijn knieën. We zien het gezicht van de man. Hij is 25 jaar, getaand. Hij heet Ulf.

Ulf laat de dief los, staat op en kijkt naar het land.

VOICE-OVER: *Zeven winters geleden was hij vertrokken, van de bossen naar de zee, van het land naar de wind. De eerste winter was hij vermist. De tweede winter had niemand iets van hem gehoord. De vierde winter was hij in drie landen tegelijk gezien. De zesde winter was hij vergeten. Hij kwam naar huis als een vluchteling en hij kwam te laat.*

De telefoon gaat. Ik durf hem niet op te nemen. Ik moet het eerst af hebben. Dat is alles wat telt: het af krijgen. Hij blijft maar rinkelen. Ik trek de stekker er weer uit. De krantenjongen holt de trap af. Ik hoor de buurvrouw die snel de *Aftenposten* van de mat haalt. En een grotere, diepere onrust neemt bezit van me. Misschien heeft Boletta de koude niet kunnen verdragen? Ik loop naar Blåsen. Mijn sporen in de sneeuw zijn onvast. De bank is leeg. Er zit niemand. Ik ben klaar met deze plek. Ik moet me van alle plekken ontdoen als ik verder wil komen, ik moet een nieuwe plek vinden, mijn eigen plek, en ik weet nog niet waar dat is. Ik ga naar de drankwinkel. De verkoper kijkt me langdurig aan, maar hij vraagt niet om een legitimatie. Ik neem een taxi naar huis met mijn inkopen en schrijf verder aan *De Viking*. De aanloop is voorbij. Ik sta op de springplank. En ik krijg Freds peau de pêche-jasje maar niet uit mijn hoofd. Dat stoort me. Dat moet ik ook kwijtraken. Ik ben een kleermaker met een schrijfmachine die het jasje vermaakt, tot een blauwe, leren mantel, en die geef ik aan mijn held, ik stop het in zijn bagage en op het hoogtepunt van het verhaal kleed ik hem in die glanzende mantel, die van verre al oplicht als een donkere vlam, en later laat ik hem de mantel weggeven aan een verraderlijke slaaf, die daar door een misverstand voor moet boeten met zijn leven en op die manier de vijand de indruk geeft dat de held, de thuisgekomen zoon, dood is. Op een ochtend, of een avond, ik heb in ieder geval geslapen en buiten is het toch altijd donker, zie ik dat er in het Stenspark een kerstboom ontstoken wordt, bij de crèche daar. Ik hoor vaag de kinderen zingen. De oude, vertrouwde liedjes. Ik ga achter mijn typemachine zitten en lees het laatste wat ik geschreven heb. En dan besef ik dat ik klaar ben. Een kalme voice-over sluit het geheel af, terwijl het schip uitvaart en de wind van de achtste winter opsteekt. Ik voel een soort geluk, en dat verbaast me, dat een paar woorden, die ik heb gejat en achter elkaar heb geplakt, tot een hink-stapsprong, mij zo gelukkig kunnen maken. Misschien zijn het eerder die kinderen die aan de voet van de Blåsen zingen die me dat gevoel geven. Het doet pijn en ik ben gelukkig.

Later loop ik door de kerststraten naar Peder. Hij heeft het bord gerepareerd. We stralen met al onze letters. Hij zit met zijn rug naar me toe tussen twee telefoons in en draait zich een kwartier nadat ik binnengekomen ben om. Hij houdt een hand voor zijn ogen. 'Je ziet er verschrikkelijk uit', zegt hij. 'Je bent een oppervlakkig mens, Peder.' Hij schudt alleen maar zijn hoofd. 'Zal ik je eens iets zeggen, Barnum?' 'Dat mag je best.' 'Het kan me geen donder schelen of je je dood drinkt, als je *De Viking* maar afkrijgt voor je doodgaat. 'Bedankt voor je bezorgdheid, Peder. Je bent té aardig.' 'Niks te danken, Barnum. Maar kun je me één ding vertellen?' 'Wat dan, Peder?' 'Weet je eigenlijk wel zeker dat je niet dood bent? En dan bedoel ik niet schijndood. Ik bedoel echt dood, zoals in het crematorium.' 'Ik ben niet dood, Peder.' Hij pakt een zakdoek en houdt die onder zijn neus. 'Besef je wel hoelang de doodssnik kan duren? Weken, Barnum. Járen.' 'Ik leef', fluister ik. 'Hoe kun je dat verdomme weten?' vraagt Peder. 'Omdat ik dorst heb', zeg ik. Een van de telefoons gaat en een Amerikaanse stem begint onmiddellijk in te spreken op het antwoordapparaat, de stem praat snel, luid en kortaf. Ik vang maar een paar woorden op, kerst, oudjaar, Vikingen en dollars. Peder kijkt me aan, met een vermoeid gezicht, dat langzaam wegzinkt in zijn onderkinnen. 'Dat was onze man in L.A., Barnum. Hij wil weten hoe het gaat. Maar hoe kan ik weten hoe het gaat als jij me niet vertelt hoe het gaat?' Peder staat moeizaam op, doet de kast open en trekt een ander overhemd aan. 'Wat zou jij voor de kerst willen hebben?' vraag ik. Peder is even stil. Dan gaat hij weer zitten. 'Ik wil een script en een goede vriend', zegt hij stilletjes. Ik haal het pakje uit mijn jaszak en leg het voor hem neer. Peder kijkt lang naar de dikke envelop, waar ik een rode strik omheen heb gebonden. Voor Peder van Barnum. 'Wat is dit verdomme? Een bombrief? Een testament?' 'Wie het openmaakt, zal het weten', zeg ik. Hij kijkt argwanend en nors. 'Lul niet, Barnum.' 'Barnum lult nooit', zeg ik. En eindelijk opent Peder de envelop en trekt er 102 bladzijden uit, *De Viking, een northern*, een origineel scenario van Barnum Nilsen. 'Nu heb ik alles wat ik wilde in één keer gekregen', fluistert hij. 'Ja, een goed script en een slechte vriend.' Peder staat op en omhelst me. 'Ik hou van je, Barnum.' 'Nou niet weer Amerikaans worden', zeg ik. 'Diep in ons hart zijn we allemaal Amerikaans', lacht hij en zoent me op mijn voorhoofd. En zo blijven we staan en voelen slechts elkaar en dit moment, tot zijn overhemd weer nat is. 'Wat gebeurt er nu?' vraag ik. Peder laat me los. 'Nu ga jij naar huis om een beetje uit te rusten, Barnum. Dan kan ik aan de slag.' 'En dat houdt in?' 'Dat houdt in dat ik ga lezen, vertalen en het script naar Black Ridge in Los Angeles ga faxen', zegt Peder. Hij gaat weer bij de telefoons zitten. Ik blijf naar hem staan kijken. Peder is aan de slag. Zo zie ik hem graag. Wij zijn aan de slag. Na een poosje wordt hij onrustig. Hij kijkt op. 'Zei je dat je dorstig was?' vraagt Peder. 'Ik bedoelde gelukkig', zeg ik.

Dan laat ik hem met rust en ga naar huis. Maar ik neem een heleboel omwegen. Ik wil me ook van de rest van mijn plekken ontdoen. Ik moet opruimen. Ik aai de boom bij de Solliplass voor de laatste keer en de harde schors krast in mijn handpalmen en ik hoor hoe de langzame muziek van de pick-up van de dansschool wordt gesmoord in het stof van de achterste planken van een jeugd en hoe de passen op het parket in alle richtingen verdwijnen. Ik ga op de hoek van het Slottspark en de Wergelandsvei zitten en hou een minuut stilte voor De Oude en wanneer ik mijn ogen sluit kan ik de schaduw van Fred zien die eindelijk opstaat van de stoeprand, de glimmende kam in zijn kontzak stopt en met haar verder loopt naar het Koninklijk Paleis. Ik laat de plek achter. Ik loop door naar het Paviljoen in het Frognerpark. Dat is niet meer wit. De armoedige wanden zijn bedekt met graffiti. Iemand heeft geschreven: *ik was hier.* Dat is altijd waar. Wie *ik ben hier* schrijft, heeft alleen gelijk terwijl hij schrijft. Ik spuug in de sneeuw en haast me verder. Ik haal de laatste fles uit de kiosk, die heb ik verstopt onder de losse plank in de vloer, en dan is ook deze plek vergeten, zoals hij ook allang Esthers geheugen heeft verlaten en verworden is tot een droom, gemaakt van kandij en wisselgeld. Dan hol ik naar De Kleine Stad, waar nu weinig meer van over is dan kleine ruïnes in zware, grauwe natte sneeuw, De Kleine Stad is allang verlaten en ik hef hem voorgoed op. Ik schrap hem van de globe. Dan ga ik naar Vivian. Ik bel aan. Moeder doet open. Ze laat een tas op de grond vallen en kijkt me verbaasd aan, en ik kijk ongetwijfeld net zo verbaasd naar haar. 'Vivian is in het ziekenhuis', zegt ze. Ik probeer kalm te lijken. Ik ben volkomen kalm en er is niets om me druk over te maken. 'Nu al?' 'Gewoon, voor de zekerheid.' 'Zekerheid? Er is toch niets mis?' Moeder laat me binnen. Ze stopt toiletspullen en wat kleren van Vivian in de tas. Ik loop achter haar aan. 'Er is toch niets mis?' herhaal ik. 'Vivian is zo smal', fluistert moeder. Dat is het enige wat ze zegt. Vivian is zo smal. En die woorden treffen me met een grote soepele kracht, die me doet denken aan een lieveheersbeestje dat langs een grasssprietje klimt dat langzaam begint door te buigen. Ik leg mijn hand op moeders schouder. 'Het zal toch wel goed gaan?' Moeder trekt de rits dicht en komt overeind. 'Je kunt meegaan, Barnum.' Ik wend me af en antwoord niet. Moeder blijft een poosje staan. 'Heb jij ruzie gemaakt met Boletta?' vraagt ze opeens. 'Nee, heeft ze dat gezegd?' 'Ze heeft helemaal niets gezegd, Barnum. Ze ligt alleen maar op de bank te kwijnen.' Moeder pakt de tas en loopt naar de deur. Haar stem begeeft het bijna. 'Ik weet niet wat er tussen jou en Vivian is gebeurd en ik wil het ook niet weten, Barnum.' Ik doe een stap in haar richting en hef mijn hand op. 'Nee, jij wilt het liefst helemaal niets weten', roep ik. Moeder kijkt me bruusk aan en het donkere trekt over haar ogen. 'Wat bedoel je daarmee?' Mijn hand valt en blijft onder aan mijn arm hangen. 'Zeg tegen Vivian dat ik hier ben', fluister ik.

Ik trek een stoel onder het dakraam en ga daar zitten. De deur valt dicht. Ik tel moeders voetstappen de steile trap af en als ik ze niet meer kan horen, maak ik de fles open. Ik had gelijk. Het deint nog steeds. De drank deint heen en weer, als een opgesloten golf. Wanneer ik omhoogkijk, wordt de donkere ruit een spiegel waarin mijn gezicht beeft, danst. De sneeuw valt en glijdt weg, geluidloos. Alleen die golf is er, en ik, die me vasthou aan die golf. Ik drink langzaam. Het kost tijd om deze plek kwijt te raken en ik neem alle tijd die ervoor nodig is. Dit is mijn herdenkingsdienst. Ik oefen in het vergeten en ik ben de enige die is komen opdagen. Drie etages lager ligt Boletta op de bank te kwijnen. Ergens anders, vlakbij, past moeder op Vivian. Ik vergeet de kist die Fred hiernaartoe zeulde. Ik vergeet de oorlog, de drooglijnen en de dode duif. Een paar keer hoor ik kerkklokken. En dan herinner ik het me toch, zo simpel en zo voor de hand liggend, dat hier maar één ding ligt dat van mij is: de ring, de ring die ik gekocht heb en nooit weg heb kunnen geven, maar die ik in de kolenschacht verstopte, s voor Stine, s voor stilzwijgen, s voor seconden. Ik haal een mes uit de keuken en stort me op de witgekalkte muur. Ik hak, sla, bik en graaf, ik zal die ring verdomme vinden, maar het is onmogelijk om het luikje open te krijgen, ik beuk en pulk, het is onmogelijk, er dwarrelt alleen maar verf en stof neer, en nu hoor ik geen kerkklokken, plotseling hoor ik de telefoon. Ik weet niet waar die staat. Hij staat in de slaapkamer en als ik hem eindelijk te pakken heb, heeft iemand opgehangen. Er staat daar slechts een eenpersoonsbed en de wieg staat in de hoek. Het deint. Ik moet gaan zitten en op hetzelfde moment gaat de telefoon weer. Ik neem langzaam de hoorn op en terwijl ik dat doe denk ik, nu zit Boletta in de centrale van het Telegraafkantoor en verbindt de gesprekken door en nu heeft ze mij gevonden in het elektrische duister van de lijnen. Het is moeder. 'Vivian heeft een zoon gekregen', zegt ze.

Hij gaat Thomas heten.

De ring blijft in de muur liggen, onzichtbaar voor iedereen, behalve voor mij. Ik ga naar huis. Daar staat een fles champagne op tafel en een boeket rozen, twaalf stuks. Op een kaartje heeft Peder geschreven: voor het grote, kleine genie. Gefeliciteerd. Hij zit buiten op het balkon, leest in een script en rookt een sigaar. Als hij me ziet staat hij op, veegt sneeuw van zijn overhemd en komt naar binnen. 'Heb je de deur opengebroken?'

vraag ik. Peder glimlacht. 'Ik heb de sleutels van Vivian gekregen.' Ik sla mijn ogen neer. 'Ben je in het ziekenhuis geweest?' 'Mooie jongen', zegt Peder. 'Krijste als een bezetene.' We zwijgen allebei even. Peder legt zijn hand op mijn schouder. 'De Amerikanen zijn door het dolle heen, Barnum. Ze houden van je.' Ik pak het script van hem af. Het is de Amerikaanse vertaling. Peder lijkt plotseling slecht op zijn gemak en hij maakt de champagnefles open en schenkt de glazen vol. Het is het laatste glas dat ik in minstens zeven jaar zal drinken. 'Wie is verdomme Bruce Gant?' vraag ik. Peder haalt zijn schouders op. 'Wie zei je?' Ik wijs woest op de eerste bladzijde. 'Hier staat "Revision by Bruce Gant" ', zeg ik. 'O, ja, Bruce Gant', zegt Peder. 'Dat is de scriptdokter bij Black Ridge. Hij heeft het alleen hier en daar opgetuigd.' 'Opgetuigd?' 'Laat je niet opfokken door details, Barnum.' Ik begin te lezen. Maar Bruce Gant, de scriptdokter, heeft het niet alleen opgetuigd. Hij heeft mijn stem en mijn woorden weggesneden. Hij heeft mijn beelden geamputeerd. Peder loopt ongedurig heen en weer. 'Pacino is bijna geregeld', zegt hij. 'En het is niet uitgesloten dat Bacall ook meedoet. En Bente Synt wil een interview met ons.' 'Dit is mishandeling', roep ik. Peder legt zijn hand op mijn schouder. 'Niet te fijngevoelig worden, Barnum.' 'Fijngevoelig? Bruce Gant heeft alles kapotgemaakt! Hij is verdomme een kwakzalver! De patiënt is dood!' Ik schud Peder van me af. 'Je weet hoe het is', zegt hij. 'Een scriptwriter moet eigenlijk niet te goed kunnen schrijven.' Ik loop op hem af. 'Is dat een belediging of een compliment?' 'Ik probeer alleen maar te zeggen dat jij te goed bent. De Amerikanen willen het liever wat meer recht op de man af hebben. Begrijp je?' 'Recht op de man af? Vikingen die op dierenvellen neuken onder de blote hemel en die bijna elke scène huilen!' 'Gevoelens, Barnum.' 'Het ene oog ziet het andere niet!' roep ik. 'Die repliek heeft hij ook weggesneden!' 'Jij bent te goed', herhaalt Peder. Ik smijt het hele script naar zijn hoofd en val neer op het bed. 'Aan welke kant sta jij, Peder Miil?' Hij zucht diep. 'Ik sta aan onze kant, verdomme!' Ik kijk naar hem op. 'Nu weet ik eindelijk met wie ik te maken heb', zeg ik. Peder legt de sleutels op tafel, tussen de bloemen en de champagne. 'Misschien zou jij ook bij Vivian op bezoek moeten gaan', zegt hij. Ik heb moeite met praten. 'Niets is meer van mij', zeg ik. 'Niets is van mij.'

Later ga ik weer naar de kelder. Dit is de laatste plek die ik kwijt moet raken. Ik heb een zaklamp bij me en ik zie het zwakke licht langs de wanden zwenken. Er ligt een bult natte, stinkende kleren naast de droogtrommel en er rolt een lege fles weg. Ik schop er zo hard mogelijk tegenaan en hoor glas dat in het donker breekt. Het berghok is open en er is niets aangeraakt. De zwijgende koffer staat achter in de hoek. Dan merk ik dat er mensen binnenkomen, snelle schaduwen, en voor ik me heb kunnen omdraaien word ik vastgepakt en tegen de deur gedrukt, de lamp valt uit mijn handen, een warme misselijkheid vult mijn hoofd en het bloed stroomt in mijn mond. Dan word ik omgedraaid en een sterkere lamp verblindt me. De ene agent doorzoekt mijn zakken. 'Zocht je een plekje om vannacht te slapen?' vraagt hij. 'Ik woon hier', fluister ik. 'Die kleine is straalbezopen', zegt de andere agent. Ik verzet me, ik maak iets kapot, en voel slechts een intense onverschilligheid als ze me naar de auto sleuren en met me wegrijden. De buurvrouw staat op de trap, haar handen vol afval. En de sterren stralen in alle ramen van de stad, behalve in die van mij. Het is immers de avond voor kerst. Ik begin te lachen. Ik val. Ik word omhooggetrokken en door een gang gesleept. Achter tralies zie ik Fleming Brant, ik dacht dat die dood was, maar hij lijkt sprekend, hij steekt een magere hand uit en hij houdt een blinkende schaar tussen zijn vingers en dat is de laatste keer dat ik hem zie, de cutter. 'Gefeliciteerd, vriend', fluistert hij. Ik probeer me los te rukken. Na de onverschilligheid komt de angst. Ze pakken mijn riem, mijn schoenveters, mijn horloge en mijn kam af. Dan valt de deur dicht met een zware dreun die mijn hoofd achterover werpt. Ik zit in de hoek van de politiecel, naast het gat in de vloer, en zo verdwijn ik voor mijn ogen.

(DE AALSCHOLVER)

Een eiland doemt op als een stip aan de rand van de zee. Ik zit op het dek, in een plaid gewikkeld. Ik ben hier eerder geweest. Hier heb ik mijn naam gekregen. Maar wanneer ik op Røst aan land ga, is er niemand die weet wie ik ben. Ik heb mijn typemachine bij me en een agenda. Ik blijf even staan, haal diep adem, maar ruik niets, alleen de gure wind. Ik loop naar Fiskarheimen. Ze hebben een kamer vrij. In de receptie vraagt een donker meisje hoelang ik blijf. 'Lang genoeg', zeg ik. Ze glimlacht en moet mijn naam ook weten. 'Bruce Gant', zeg ik. 'Bruce Gant', herhaalt ze langzaam en kijkt even op voordat ze die naam en de datum in een boek noteert. Dan krijg ik eindelijk de sleutel. De kamer ligt op de eerste verdieping. Het bed staat bij het raam, dat vlekkerig is van het zout. Ik slaap niet. Ik kruis weer een droge dag af. De volgende dag doe ik hetzelfde. De derde ochtend wordt er op de deur geklopt. Het is de donkere van de receptie. Ze heeft een ontbijt bij zich, eieren, brood, jam. Ik vraag haar me een rol plakband te bezorgen. Die brengt ze diezelfde avond, een rol plakband. Ze neemt het blad mee en ziet dat ik niets heb gegeten. Ik schrijf *De Nachtman, sequentie 1*, en plak het papier aan de muur.

Ik probeer te slapen.

Ik hoor de vogels in het donker.

Op een dag met regen ga ik naar buiten. De druppels komen recht op me af, alsof de hemel gekanteld is. Ik buig mijn hoofd en volg de weg dwars over het vlakke Røst, tussen de stokvisrekken door, die lijken op enorme tuinen van vis, maar ik kan de lucht niet ruiken, het is dood, mijn zintuigen zijn afgesleten, zoals de wind deze rotseilanden slijpt met zijn grote schuurpapier tot ze naar de bodem van de zee dwarrelen en verdwenen zijn. Ik doe het hek van het kerkhof open en krijg het niet meer dicht. Een vlaggenmast staat als een boog in de buien. Ik moet kruipen, in de luwte van de stenen muur, en vind ten slotte hun namen, op een hoge, zwarte zerk, omlijst door wit zeezand, Evert en Aurora. De letters zijn bijna bedekt door vogelpoep. Ik wil het wegvegen, maar doe het niet. Ik herinner me plotseling wat de dominee vertelde, op vaders begrafenis, dat de aalscholver op de rotsen kakt om de weg terug te vinden.

Wanneer ik me omdraai, komt de wind even fel van de andere kant, een zoute storm recht in mijn gezicht. Het komt niet door verlegenheid en schaamte dat iedereen hier naar de grond kijkt, het komt door de wind. Ik loop langs een schuur, een scheefgezakt botenhuis, en herken plotseling iets, een voertuig onder een dekzeil, een stukje van het spatbord is zichtbaar. Ik kijk om me heen. Er is niemand in de buurt. Ik loop naar binnen en vouw het dekzeil nog wat verder opzij. Het is de Buick, vaders oude auto, versleten, verroest en vol regen. Ik doe mijn ogen dicht. Dan is er toch iemand. Een kromme man, met een hoog, wit voorhoofd boven een donker gezicht, leunt tegen een kapotte koelkast en hij zwijgt terwijl hij aarde van zijn overall veegt. Ik laat het dekzeil weer vallen. 'Die zie je niet vaak in deze contreien', zeg ik. 'Een Roadmaster Cabriolet.' De man blijft zwijgen, maar maakt geen vijandige indruk. Hij kijkt me alleen maar aan, zoals een secure kleermaker de maat neemt. 'Hoe ben je daar aan gekomen?' vraag ik. 'Iemand was ons nog geld schuldig voor drank en een grafsteen', zegt de man. 'Maar waarom gebruiken jullie hem dan niet?' Nu glimlacht hij. 'We gebruiken hem als de Italianen komen.'

Ik zet verschillende kruisjes in mijn agenda.

Dat is het enige wat ik schrijf.

Op een avond ga ik naar beneden, naar het café, drink jus en kijkt televisie met een paar andere gasten, ingezetenen die hier komen om taart te eten, of misschien vanwege het donkere meisje. Het zijn mannen die voorgoed aan land zijn gegaan en ze bekijken me met een welwillende nieuwsgierigheid, vriendelijk en zwijgend, terwijl ik naar de flikkerende, onzuivere beelden kijk, zonder geluid, alsof de antenne midden in de branding staat, ingeplugd in de wind, en ik denk, die bekende gezichten die hier over het zilte scherm glijden, in Fiskarheimen, het laatste hotel voor de oceaan, die zijn door Vivian geschminkt. Ik sta snel op. 'Wat doe je hier, Bruce Gant?' vraagt het meisje als ik haar het glas geef en weer naar mijn kamer wil gaan. De anderen luisteren, zonder dat te laten merken, alleen hun vorken blijven even hangen. 'Ik droog op', antwoord ik. 'Toch vind ik dat je wat zou moeten eten', zegt ze.

Ik moet binnenkort een nieuwe agenda kopen.

Het wordt lichter.

Op een ochtend neem ik een andere weg dan gewoonlijk, niet naar het kerkhof en om het stenen muurtje heen, maar over de wal en langs de strandlijn, naar de kleine baai achter de kades. Daar zie ik het huis. Het is geen huis, geen woning voor mensen meer, slechts resten die langzaam vallen en wegglijden, als drijfhout. De lijkdeur staat te klapperen. In het ijle, gele gras ligt een gladgeschuurde schapenschedel. En dan gebeurt het. De wind krijgt plotseling vat op mijn jasje en blaast dat op tot een zwart zeil, dat me van de grond optilt, ik stribbel tegen en probeer mezelf zwaar en onhanteerbaar te maken, maar dat is onmogelijk, ik ben slechts een mager vlokje in deze windvlagen die me door de lucht dragen, ik schreeuw en steek mijn armen uit, en ten slotte zet de wind me beleefd neer bij het smalle pad.

Ik loop meteen terug naar Fiskarheimen, geschokt en versuft. Daar staat de donkere achter de balie, met een lachje om haar mond en diezelfde mannen kijken elkaar aan, scheve grijnzen groeien in hun karakteristieke koppen, en een van hen zegt, luid, voordat het gelach losbarst: 'Nee maar, daar komt de aalscholver aan!'

Ik verspreid het stof van het verhaal en laat het in ieders mond bloeien als boeketten van de fraaiste leugens.

Op een ochtend wordt er weer op de deur geklopt. Zij is het, de donkere. Ze kijkt even om zich heen, naar de wanden die weldra bedekt zullen zijn met vellen papier. 'Ik heb geen honger', zeg ik. Ze glimlacht. 'Maar er is een brief voor je.' Dat begrijp ik niet. Ze geeft me een envelop. Ik herken Peders handschrift. En er staan veel adressen op, die zijn doorgestreept voordat hij hier aankwam. 'Bedankt', fluister ik. Het meisje blijft staan. 'Zal ik dan ook maar Barnum Nilsen in het gastenboek schrijven?' vraagt ze. Ik loop op haar af. Haar ogen zijn bruin. 'Hoe wist je dat hij voor mij was?' 'Dat was niet zo moeilijk.' 'Lijk ik zo op mijn naam?' Nu lacht ze. 'Mijn vader zei dat er niet veel mensen zijn die zo'n Buick onder een dekzeil kunnen herkennen', zegt ze.

Ik leg de brief op het nachtkastje en durf hem nog niet te lezen.

Ik droom, voor het eerst sinds lange tijd. Ik droom van de koffer. Iemand draagt hem, maar ik kan niet goed zien wie het is. In mijn droom zie ik alleen de schoenen, de benen en de hand die de koffer draagt, en die is zwaar.

Ik ontwaak abrupt door de zon. Die vult de hele kamer. Ik sta op. De brief ligt op het nachtkastje. Ik maak hem open. Peder schrijft: 'Beste vriend, ik weet niet waar je bent, maar misschien vindt deze brief je. Herinner je je die kaart nog die we vonden die zomer dat we op Ildjernet waren, van de langste man ter wereld? Wat ik wilde zeggen. *De Viking* is niks geworden. De filmmaatschappij heeft een nieuwe directeur. Ik heb hem in L.A. ontmoet. Hij woont sinds 1969 in Venice Beach en het enige wat hij kon zeggen was dit: what about vikings in outer space? Misschien iets voor jou, Barnum?' Ik moet op het bed gaan zitten om uit te lachen. Ik kan me niet herinneren wanneer ik voor het laatst gelachen heb. Dan hoor ik lawaai buiten, stemmen, geroep, muziek. Ik loop naar het raam en zie nu pas dat iemand het gelapt heeft, alles is helder en dichtbij. De wereld verblindt me. Het is de veerboot, die aanlegt aan de kade. Het gros van de eilanders moet zich hier vandaag hebben verzameld. En het is net of ik dit eerder heb gezien en het toch voor het eerst zie. Het zijn de Italianen, de opkopers, die de droge tuinen van Røst zullen oogsten, de wijnranken van de kust. Ze worden de loopplank af geleid en van de andere kant komt de gele Buick, opgepoetst en glanzend en met open kap, hij deint geluidloos als een glimmende equipage op wielen. De chauffeur draagt een uniform en een glimmende pet die zijn hoge, witte voorhoofd verbergt. Hij stopt bij de loopplank, de gasten stappen in en ze rijden langzaam weg, tussen de wind en de mensen door.

Aan het einde heeft Peder geschreven: 'P.S. Ik doe de groeten van Vivian. Thomas heeft zijn eerste woordje gezegd. Raad eens welk?'

Later die dag slenter ik naar de scheefgezakte schuur. De Buick staat buiten geparkeerd. De chauffeur zit op zijn knieën en poetst de wieldoppen tot ze weer glimmen als vier spiegels. 'Weet jij waar mijn vader zijn windmolen heeft opgebouwd?' vraag ik. Hij wist het zweet van zijn voorhoofd, even van zijn stuk gebracht. 'Wij hebben jouw doopfeest voorgeschoten en de grafzerk moesten we helemaal uit Bodø halen', fluistert hij. Ik leg mijn hand op de warme motorkap. 'Dan hebben jullie deze slee verdiend.' Hij kijkt me aan, glimlacht. 'Kom', zegt hij.

We roeien de zeestraat over, naar het steile rotseiland. We zitten naast elkaar op de roeibank. De riemen slippen in mijn handen. De chauffeur lacht. 'Je roeit achteruit, net als Arnold', roept hij. We krijgen de boot op de juiste koers. 'Wat weet jij van mijn vader?' vraag ik. Hij roeit en zegt een poosje niets. Ik moet aanpoten om het ritme bij te houden en heb al snel geen kracht meer. 'Arnold heeft zichzelf een vinger afgehakt toen hij nog een jongetje was', zegt hij. We komen dichterbij, een nauwe baai met een onbegaanbaar strand. 'Was hij een goed mens?' fluister ik. De chauffeur, de veerman, de enige zoon van Elendius, leunt bedroefd op de roeispaan. 'Toen Arnold terugkwam om jou Barnum te dopen, miste hij zijn hele hand', zegt hij zachtjes. Eindelijk zijn we er. Hij helpt me aan land. 'Wil je dat ik met je meega naar de top?' Ik schud mijn hoofd. 'De rest moet ik zelf doen.' Maar hij wil me nog niet laten gaan en nu stopt hij twee zware stenen in mijn jaszakken. 'Je moet niet weer wegwaaien', zegt hij. Dan klim ik de weg omhoog waarlangs vader naar beneden viel en een wiel werd. Ik weet niet hoeveel tijd het me kost. Het licht staat stil in een zwerm witte vogels. Als ik op het hoogste plateau kom en het vochtige gras zich in een zwakke boog welft, zie ik vaders windmolen, hij lijkt op een vliegtuig dat is neergestort, of een vernield kruis. Ik ga zitten. De zon hangt aan de horizon en ik zie dat de zon groen is. Ik gooi de stenen de helling af en ruik de penetrante stank van guano. De wind rukt aan wat er over is van de windmolen, die een klagend, mooi geluid laten horen, een roestig lied. En ik weet: dit is mijn plek.

De volgende ochtend vertrek ik naar het zuiden. Ik neem de veerboot naar Bodø, het vliegtuig naar Oslo en een taxi naar Bolteløkka. Ik moet drie dagen luchten. Het is als na een lange zomervakantie. Er zijn nieuwe buren naast me komen wonen, een jong stel. Ik kom Vivian niet tegen. Ik heb Thomas nog niet gezien. Maar Peder en ik gaan door met ons elektrische theater. Ik zit in de donkere coulissen en tel droge dagen, werk aan *De Nachtman* terwijl ik synopsissen en treatments aflever, totdat ik een knoop met de post krijg, en twee woorden, *vaders knoop*, op de dag dat we naar het filmfestival in Berlijn zullen vertrekken.

(TEMPELHOF)

Peder ademt in mijn nek. Hij loopt mee Tempelhof in, die beschaafde nazi-architectuur, het is nog vroeg in de ochtend en ik ben verdoofd door een zware kalmte. Ik ga naar huis. Ik ga naar huis, naar Fred, want Fred is thuisgekomen. Ik heb hem 28 jaar en zestig dagen niet gezien. Maar misschien heeft hij mij wel gezien. Misschien heeft hij ons al die tijd gezien. Peder pakt mijn hand. Hij heeft de tickets omgeboekt, hij heeft afspraken afgezegd, rekeningen betaald, getelefoneerd en sorry gezegd tegen bijna alle mensen bij wie ik in de buurt was geweest. 'Weet je zeker dat ik niet mee hoef?' vraagt hij. 'Jij bent hier harder nodig', zeg ik. Hij loopt snel om me heen en ik moet blijven staan. 'Je wist dat hij ooit terug zou komen, nietwaar?' 'Wat bedoel je?' Peder kijkt een andere kant op. 'Je wist dat hij niet dood was, Barnum.' We staan in de lege hal. Het ruikt er naar zeep. De wanden wijken en dreigen om te vallen. Ik moet me ergens aan vasthouden. Ik ga op mijn koffer zitten. 'Misschien, misschien ook niet', fluister ik. Een gewapende bewaker komt plotseling uit het toilet rennen, zijn wapen in het zwarte foedraal, de knuppel in zijn strakke riem, de steile uniformpet die hij op zijn plek schuift als hij even om zich heen kijkt en zijn blik op mij blijft hangen. Zijn handen druipen. Dan loopt hij naar de bagageband, waar iemand een blauwe paraplu met het logo van het festival is vergeten. Het ruikt hier naar zeep. 'Geloof jij dat het mogelijk is vergiffenis te krijgen voor iets wat je nog niet hebt gedaan?' vraag ik. Peder buigt zich naar me toe, nu nog bezorgder. 'Je bent toch niet van plan iets doms te doen?' Ik begin te lachen. 'Dat is niet om te lachen', zegt hij. 'Ik lach niet.' 'Heb je pillen nodig?' fluistert hij. Ik schud mijn hoofd. 'Ik dacht alleen aan al die dingen waar nooit iets van komt, Peder.' Hij begrijpt niet wat ik bedoel. 'Waar komt dan niets van?' 'Van alles waar wij mee bezig zijn geweest. Geen enkele film. Geen enkele shot. Zelfs geen enkel beeld is iets geworden.' Peder haalt zijn schouders op. 'Zo denk ik niet', zegt hij alleen maar. Ik sta op van de koffer. 'Geloof jij dat alles anders zou zijn geweest als we onze films hadden kunnen maken?' Peder glimlacht. 'We zouden in ieder geval zijn afgehaald in een limo.' 'Ik meen het, Peder. Zou er iets anders zijn geweest?' Peder draait zich om naar de borden. Oslo ligt op schema. 'Het heeft er alle schijn van dat de wereld zich prima zonder ons heeft gered', zegt hij. 'Zijn wij ook niet de wereld?' 'Ja, wij zijn ook de wereld, Barnum. En is het niet fijn te weten dat niemand weet hoe goed wij zijn?' 'Dat weet ik nog zo net niet', fluister ik. Peder zegt een poosje niets. De paraplu blijft rondjes draaien op de bagageband. 'Is het ongepast om te vragen naar het script dat je vannacht noemde?' zegt hij uiteindelijk. Ik heb het in mijn koffer. Ik maak hem open, streep *De Nachtman* door en schrijf in plaats daarvan *De Nachtmannen.* Peder slaat me op mijn rug en kan bijna niet wachten. 'Goeie titel, Barnum.' En Peder kijkt eerst naar de laatste bladzijde. Peder is het best in getallen lezen. Het scheelt niet veel of hij wordt afoon. 'Vier en een half uur?' fluistert hij. Ik doe de koffer dicht. 'Nou en?' Peder zucht. 'Dat is lang, Barnum.' 'En er mag geen komma van verplaatst worden', zeg ik. We lopen naar de balie en ik check in. Mijn koffer glijdt een gat in en verdwijnt daar. Ik krijg een instapkaart. Mijn vliegtuig wordt omgeroepen. En Peder, de vermoeide optimist, glimlacht weer. 'Je redt je wel?' 'Ik red me wel.' 'Ik zal iets ontzettend moois voor Thomas kopen', zegt hij. Ik sluit mijn ogen. 'Doe dat, Peder. We omhelzen elkaar, in de hal van Tempelhof, zoals we al zo vaak gedaan hebben, elkaar omhelsd, Peder en Barnum, de dikke en de kleine. En hoe kon ik weten dat dit de laatste keer was dat we elkaar zo vast zouden houden? Ik weet het niet. 'Ik kom morgen thuis', zegt Peder. Hij kust me snel op mijn wang. 'En doe de groeten aan die ellendige broer van je!' Peder lacht dat vertrouwde, rare lachje van hem, pikt de paraplu mee van de band en haast zich naar de taxi's met het scenario onder zijn arm. Maar hij kwam de volgende dag niet thuis. Er gebeurde een ongeluk op weg naar Kempinski, het hotel. Ik word tegengehouden bij de veiligheidscontrole. De gewapende bewaker neemt me apart, een hokje in. Hij trekt een dun gordijn dicht. Ik moet al mijn zakken legen. Ik leg mijn balpen, aansteker, kam, sleutels en spiegeltje in een mandje. Het piept nog steeds wanneer hij me met de elektrische knuppel masseert. Ik doe mijn riem af. Dat helpt ook niet. Ten slotte word ik verzocht mijn schoenen uit te trekken. Ik moet doen wat hij zegt. Ik geef ze aan hem. Hij heeft nu gummihandschoenen aan. Hij voelt erin. Hij draait ze om en begint op de zolen te kloppen. Dan breekt hij de hoge hakken eraf, van allebei. Ik wend me af. Er komt een andere bewaker die mijn gemaltraiteerde schoeisel ook nauwkeurig bestudeert. Er zijn twee bewapende mannen in uniform voor nodig om mijn schoenen in te klaren, mijn fopschoenen. Ik mag me weer aankleden. Ze glimlachen, zwijgend. Ik ben vier centimeter kleiner geworden. Het maakt niet meer uit. Ik mag eindelijk door en hoor ze achter mijn rug lachen. Ik stap in de bus die naar het kleine vliegtuig rijdt. Het regent. Ik ren de steile trap op. Hiervandaan lijkt de hal op een ovale tempel, met zijn zuilen en bogen, een vieze tempel voor de reizigers. Ze wachten op mij. Sommigen knikken, ik doe of ik hen niet ken. Ik heb de laatste stoel gekregen, helemaal achterin. Ik doe mijn stoelriem vast en vraag om een glas water. De machine taxiet de startbaan op. En op het moment dat we loskomen, van het vliegveld midden in Berlijn, terwijl we opstijgen tussen de woonhuizen, kan ik de mensen daarbinnen zien, in hun appartementen en kamers, ze beginnen aan hun nieuwe dag, ze trekken de gordijnen opzij, doen de lichten aan, geven een plant water, gaan aan de ontbijttafels zitten, drinken koffie, slaan een krant open, geven een kind eten, het is net een film, denk ik, het verhaal van de mensen van raam tot raam, de bewegingen van de mensen, hun normale en prachtige routines, dit is mijn film, en in het laatste raam zie ik een oud echtpaar dat op de bedrand zit en elkaar kust, dan schiet het vliegtuig de hemel in en krijg ik een glas water.

(EPILOOG)

Boletta haalt me op van Fornebu. We hebben elkaar niet meer gezien sinds ik haar achterliet op Blåsen. Ze is nu ouder dan De Oude was, het is net of het leven achterwaarts in haar leeft, ze groeit naar beneden en is kleiner dan ik, een kromme rimpel, en ze ruikt als een verdroogde vrucht. Toch is haar hand sterk en rustig als ze mijn arm pakt en me naar de taxi's leidt, waar ze onmiddellijk voorkruipt in de rij en wrevel over zich afroept. Het sneeuwt lichtjes, de sneeuw smelt al in de lucht. We gaan op de achterbank zitten. Boletta legt haar wang tegen mijn schouder. 'Nu ben je heel, Barnum', zegt ze. 'Wat bedoel je?' Maar ze geeft geen antwoord en ik denk, terwijl we de flauwe hellingen bij Gaustad omhoog rijden, dat ik niet heel wil zijn, ik wil niet, ik knijp zo hard in Boletta's hand dat ze kreunt. Het rode bakstenen gebouw doemt op tussen de naakte, zwarte bomen, het lijkt op een kasteel, op een sprookjeskasteel met zijn torens en ramen, en niet op een psychiatrische inrichting. 'Waarom is hij hier?' vraag ik. Boletta betaalt de chauffeur. 'Nee, je moeder ligt hier', zegt ze zachtjes. Ze draait zich abrupt om, alsof ze het zich nu herinnert, te laat. 'Had je geen bagage bij je, Barnum?' Ik schud mijn hoofd. 'Die is weg', zeg ik. 'Weg?' 'Het geeft niet', fluister ik. 'Het was maar een oude koffer.' Dan gaan we naar hen toe. De eerste die ik zie, in een soort woonkamer, is een jongetje in een grijze broek en een blauwe trui. En dit is de eerste keer dat hij mij ziet. Hij zit op een stoel die te hoog voor hem is. Hij verroert zich niet. Het is Thomas. Ik blijf voor hem staan. Zijn ogen zijn bang en nieuwsgierig tegelijk, alsof hij voor alles en iedereen op zijn hoede is. Ik ken hem niet, maar ik herken mezelf in hem. Ik weet alleen dat ik voor deze ogen, dit donkere, kwetsbare, door het vuur zou kunnen gaan. Hulpeloos en onhandig leg ik mijn hand op zijn hoofd, maar de bange jongen duikt weg, zoals ik ook gedaan zou hebben. Vivian kijkt naar ons en wanneer ik haar blik ontmoet, bloost ze opeens. Ze draagt de ring nog steeds. Het is net of we allebei diep adem moeten halen, ons moeten bezinnen, om niet te bezwijken onder het gewicht van deze stilte. Boletta tilt Thomas op en houdt hem vast. 'Fred is bij Vera', fluistert Vivian. Ik loop een gang door. Een verpleger staat voor de kamer. Hij doet de deur open. Moeder ligt in bed. Het lijkt of ze slaapt, maar zodra ik binnen ben, glimlacht ze. Bij het raam staat een magere man, met de rug naar ons toe. Moeder probeert iets te zeggen, maar haar mond is zonder geluid en in plaats daarvan begint ze te huilen. De oude, magere man draait zich om. Het is mijn broer. Zijn ogen staan stil. 'Waarom ben je teruggekomen?' vraag ik. En ik weet niet of Fred naar mij of naar moeder kijkt als hij antwoordt: 'Om jou dit alles te vertellen.'